Winkler Welt Literatur

JOSEPH VON EICHENDORFF

WERKE
BAND II

Romane · Erzählungen

Artemis & Winkler

Nach den Ausgaben letzter Hand unter Hinzuziehung der Erstdrucke.
Mit einer Einführung und einer Zeittafel (in Band I) sowie Anmerkungen von Ansgar Hillach. Band II.

ISBN 978-3-411-16023-5

Bibliografische Information der Deutschen Nationalbibliothek
Die Deutsche Nationalbibliothek verzeichnet diese Publikation in der Deutschen Nationalbibliografie; detaillierte bibliografische Daten sind im Internet über http://dnb.d-nb.de abrufbar.

4. Auflage 2013

Artemis & Winkler Verlag, Berlin

Umschlagmotiv: © iStockphoto.com
Umschlaggestaltung: Büroecco, Augsburg
Druckerei: Pustet Grafischer Großbetrieb, Gutenbergstraße 8, 93051 Regensburg
Printed in Germany
ISBN 978-3-411-16023-5
www.artemisundwinkler.de

ROMANE

AHNUNG UND GEGENWART

Erstes Buch

Erstes Kapitel

Die Sonne war eben prächtig aufgegangen, da fuhr ein Schiff zwischen den grünen Bergen und Wäldern auf der Donau herunter. Auf dem Schiffe befand sich ein lustiges Häufchen Studenten. Sie begleiteten einige Tagereisen weit den jungen Grafen Friedrich, welcher soeben die Universität verlassen hatte, um sich auf Reisen zu begeben. Einige von ihnen hatten sich auf dem Verdecke auf ihre ausgebreitete Mäntel hingestreckt und würfelten. Andere hatten alle Augenblick neue Burgen zu salutieren, neue Echos zu versuchen, und waren daher ohne Unterlaß beschäftigt, ihre Gewehre zu laden und abzufeuern. Wieder andere übten ihren Witz an allen, die das Unglück hatten am Ufer vorüberzugehen, und diese aus der Luft gegriffene Unterhaltung endigte dann gewöhnlich mit lustigen Schimpfreden, welche wechselseitig so lange fortgesetzt wurden, bis beide Parteien einander längst nicht mehr verstanden. Mitten unter ihnen stand Graf Friedrich in stiller, beschaulicher Freude. Er war größer als die andern, und zeichnete sich durch ein einfaches, freies, fast altritterliches Ansehen aus. Er selbst sprach wenig, sondern ergötzte sich vielmehr still in sich an den Ausgelassenheiten der lustigen Gesellen; ein gemeiner Menschensinn hätte ihn leicht für einfältig gehalten. Von beiden Seiten sangen die Vögel aus dem Walde, der Widerhall von dem Rufen und Schießen irrte weit in den Bergen umher, ein frischer Wind strich über das Wasser, und so fuhren die Studenten in ihren bunten, phantastischen Trachten wie das Schiff der Argonauten. Und so fahre denn, frische Jugend! Glaube es nicht, daß es einmal anders wird auf Erden. Unsere freudigen Gedanken werden niemals alt und die Jugend ist ewig.

Wer von Regensburg her auf der Donau hinabgefahren ist, der kennt die herrliche Stelle, welche der Wirbel genannt wird. Hohe Bergschluften umgeben den wunderbaren Ort. In der

Mitte des Stromes steht ein seltsam geformter Fels, von dem ein hohes Kreuz trost- und friedenreich in den Sturz und Streit der empörten Wogen hinabschaut. Kein Mensch ist hier zu sehen, kein Vogel singt, nur der Wald von den Bergen und der furchtbare Kreis, der alles Leben in seinen unergründlichen Schlund hinabzieht, rauschen hier seit Jahrhunderten gleichförmig fort. Der Mund des Wirbels öffnet sich von Zeit zu Zeit dunkelblickend, wie das Auge des Todes. Der Mensch fühlt sich auf einmal verlassen in der Gewalt des feindseligen, unbekannten Elements, und das Kreuz auf dem Felsen tritt hier in seiner heiligsten und größten Bedeutung hervor. Alle wurden bei diesem Anblicke still und atmeten tief über dem Wellenrauschen. Hier bog plötzlich ein anderes fremdes Schiff, das sie lange in weiter Entfernung verfolgt hatte, hinter ihnen um die Felsenecke. Eine hohe, junge, weibliche Gestalt stand ganz vorn auf dem Verdecke und sah unverwandt in den Wirbel hinab. Die Studenten waren von der plötzlichen Erscheinung in dieser dunkelgrünen Öde überrascht und brachen einmütig in ein freudiges Hurra aus, daß es weit an den Bergen hinunterschallte. Da sah das Mädchen auf einmal auf, und ihre Augen begegneten Friedrichs Blicken. Er fuhr innerlichst zusammen. Denn es war, als deckten ihre Blicke plötzlich eine neue Welt von blühender Wunderpracht, uralten Erinnerungen und nie gekannten Wünschen in seinem Herzen auf. Er stand lange in ihrem Anblick versunken, und bemerkte kaum, wie indes der Strom nun wieder ruhiger geworden war und zu beiden Seiten schöne Schlösser, Dörfer und Wiesen vorüberflogen, aus denen der Wind das Geläute weidender Herden herüberwehte.

Sie fuhren soeben an einer kleinen Stadt vorüber. Hart am Ufer war eine Promenade mit Alleen. Herren und Damen gingen im Sonntagsputze spazieren, führten einander, lachten, grüßten und verbeugten sich hin und wieder, und eine lustige Musik schallte aus dem bunten, fröhlichen Schwalle. Das Schiff, worauf die schöne Unbekannte stand, folgte unsern Reisenden immerfort in einiger Entfernung nach. Der Strom war hier so breit und spiegelglatt wie ein See. Da ergriff einer von den Studenten seine Gitarre, und sang der Schönen auf dem andern Schiffe drüben lustig zu:

„Die Jäger ziehn in grünen Wald
Und Reiter blitzend übers Feld,

Studenten durch die ganze Welt,
So weit der blaue Himmel wallt.

Der Frühling ist der Freudensaal,
Viel tausend Vöglein spielen auf,
Da schallt's im Wald bergab, bergauf:
Grüß dich, mein Schatz, vieltausendmal!"

Sie bemerkten wohl, daß die Schöne allezeit zu ihnen herübersah, und alle Herzen und Augen waren wie frische junge Segel nach ihr gerichtet. Das Schiff näherte sich ihnen hier ganz dicht. „Wahrhaftig, ein schönes Mädchen!" riefen einige, und der Student sang weiter:

„Viel rüst'ge Bursche ritterlich,
Die fahren hier in Stromes Mitt,
Wie wilde sie auch stellen sich,
Trau mir, mein Kind, und fürcht dich nit!

Querüber übers Wasser glatt
Laß werben deine Äugelein,
Und der dir wohlgefallen hat,
Der soll dein lieber Buhle sein."

Hier näherten sich wieder die Schiffe einander. Die Schöne saß vorn, wagte es aber in dieser Nähe nicht, aufzublicken. Sie hatte das Gesicht auf die andere Seite gewendet, und zeichnete mit ihrem Finger auf dem Boden. Der Wind wehte die Töne zu ihr herüber, und sie verstand wohl alles, als der Student wieder weitersang:

„Durch Nacht und Nebel schleich ich sacht,
Kein Lichtlein brennt, kalt weht der Wind,
Riegl' auf, riegl' auf bei stiller Nacht,
Weil wir so jung beisammen sind!

Ade nun, Kind, und nicht geweint!
Schon gehen Stimmen da und dort,
Hoch überm Wald Aurora scheint,
Und die Studenten reisen fort."

So war es endlich Abend geworden, und die Schiffer lenkten ans Ufer. Alles stieg aus, und begab sich in ein Wirtshaus, das auf einer Anhöhe an der Donau stand. Diesen Ort hatten die Studenten zum Ziele ihrer Begleitung bestimmt. Hier wollten sie morgen früh den Grafen verlassen und wieder zurückreisen. Sie nahmen sogleich Beschlag von einem geräumigen Zimmer, dessen Fenster auf die Donau hinausgingen. Friedrich folgte ihnen erst etwas später von den Schiffen nach. Als er die Stiege hinaufging, öffnete sich seitwärts eine Türe und die unbekannte Schöne, die auch hier eingekehrt war, trat eben aus dem erleuchteten Zimmer. Beide schienen übereinander erschrocken. Friedrich grüßte sie, sie schlug die Augen nieder und kehrte schnell wieder in das Zimmer zurück.

Unterdes hatten sich die lustigen Gesellen in ihrer Stube schon ausgebreitet. Da lagen Jacken, Hüte, Federbüsche, Tabakspfeifen und blanke Schwerter in der buntesten Verwirrung umher, und die Aufwärterin trat mit heimlicher Furcht unter die wilden Gäste, die halbentkleidet auf Betten, Tischen und Stühlen, wie Soldaten nach einer blutigen Schlacht, gelagert waren. Es wurde bald Wein angeschafft, man setzte sich in die Runde, sang und trank des Grafen Gesundheit. Friedrich war heute dabei sonderbar zumute. Er war seit mehreren Jahren diese Lebensweise gewohnt, und das Herz war ihm jedesmal aufgegangen, wie diese freie Jugend ihm so keck und mutig ins Gesicht sah. Nun, da er von dem allem auf immer Abschied nehmen sollte, war ihm wie einem, der von einem lustigen Maskenballe auf die Gasse hinaustritt, wo sich alles nüchtern fortbewegt wie vorher. Er schlich sich unbemerkt aus dem Zimmer und trat hinaus auf den Balkon, der von dem Mittelgange des Hauses über die Donau hinausging. Der Gesang der Studenten, zuweilen von dem Geklirre der Hieber unterbrochen, schallte aus den Fenstern, die einen langen Schein in das Tal hinauswarfen. Die Nacht war sehr finster. Als er sich über das Geländer hinauslehnte, glaubte er neben sich atmen zu hören. Er langte nach der Seite hin und ergriff eine kleine zarte Hand. Er zog den weichen Arm näher an sich, da funkelten ihn zwei Augen durch die Nacht an. Er erkannte an der hohen Gestalt sogleich das schöne Mädchen von dem andern Schiffe. Er stand so dicht vor ihr, daß ihn ihr Atem berührte. Sie litt es gern, daß er sie noch näher an sich zog, und ihre Lippen kamen zusammen. „Wie heißen Sie?“ fragte Friedrich endlich. „Rosa“, sagte sie leise und bedeckte ihr Gesicht mit beiden Händen. In diesem Augenblicke ging die Stubentür auf, ein verworrener Schwall von Licht, Tabaksdampf und verschiedenen tosenden Stimmen quoll heraus, und das Mädchen war verschwunden, ohne daß Friedrich sie halten konnte.

Erst lange Zeit nachher ging er wieder in sein Zimmer zurück. Aber da war indes alles still geworden. Das Licht war bis an den Leuchter ausgebrannt und warf, manchmal noch aufflackernd, einen flüchtigen Schein über das Zimmer und die Studenten, die zwischen Trümmern von Tabakspfeifen, wie Tote, umherlagen und schliefen. Friedrich machte daher die Tür leise zu und begab sich wieder auf den Balkon hinaus, wo er die Nacht zuzubringen beschloß. Entzückt in allen seinen Sinnen, schaute er da in die stille Gegend hinaus. „Fliegt nur, ihr Wolken“, rief er aus, „rauscht nur und rührt euch recht, ihr Wälder! Und wenn alles auf Erden schläft, ich bin so wach, daß ich tanzen möchte!“ Er warf sich auf die steinerne Bank hin, wo das Mädchen gesessen hatte, lehnte die Stirn ans Geländer und sang still in sich verschiedene alte Lieder, und jedes gefiel ihm heut besser und rührte ihn neu. Das Rauschen des Stromes und die ziehenden Wolken schifften in seine fröhlichen Gedanken hinein; im Hause waren längst alle Lichter verlöscht. Die Wellen plätscherten immerfort so einförmig unten an den Steinen, und so schlummerte er endlich träumend ein.

Zweites Kapitel

Als die ersten Strahlen der Sonne in die Fenster schienen, erhob sich ein Student nach dem andern von seinem harten Lager, riß das Fenster auf und dehnte sich in den frischen Morgen hinaus. Auch Friedrich befand sich wieder unter ihnen; denn eine Nachtigall, welche die ganze Nacht unermüdlich vor dem Hause sang, hatte ihn draußen geweckt und die kühle, der Morgenröte vorausfliegende Luft in die wärmere Stube getrieben. Singen, Lachen und muntere Reden erfüllten nun bald wieder das Zimmer. Friedrich überdachte seine Begebenheit in der Nacht. Es war ihm, als erwachte er aus einem Rausche, als wäre die schöne Rosa, ihr Kuß und alles nur Traum gewesen.

Der Wirt trat mit der Rechnung herein. „Wer ist das Frauenzimmer“, fragte Friedrich, „die gestern abends mit uns angekommen ist?" – „Ich kenne sie nicht, aber eine vornehme Dame muß sie sein, denn ein Wagen mit vier Pferden und Bedienten hat sie noch lange vor Tagesanbruch von hier abgeholt." – Friedrich blickte bei diesen Worten durchs offene Fenster auf den Strom und die Berge drüben, welche heute Nacht stille Zeugen seiner Glückseligkeit gewesen waren. Jetzt sah da draußen alles anders aus und eine unbeschreibliche Bangigkeit flog durch sein Herz.

Die Pferde, welche die Studenten hierherbestellt hatten, um darauf wieder zurückzureiten, harrten ihrer schon seit gestern unten. Auch Friedrich hatte sich ein schönes, munteres Pferd gekauft, auf dem er nun ganz allein seine Reise fortsetzen wollte. Die Reisebündel wurden daher nun schnell zusammengeschnürt, die langen Sporen umgeschnallt und alles schwang sich auf die rüstigen Klepper. Die Studenten beschlossen, den Grafen noch eine kleine Strecke landeinwärts zu geleiten, und so ritt denn der ganze bunte Trupp in den heitern Morgen hinein. An einem Kreuzwege hielten sie endlich still und nahmen Abschied. „Lebe wohl", sagte einer von den Studenten zu Friedrich, „du kommst nun in fremde Länder, unter fremde Menschen, und wir sehen einander vielleicht nie mehr wieder. Vergiß uns nicht! Und wenn du einmal auf deinen Schlössern hausest, werde nicht wie alle andere, werde niemals ein trauriger, vornehmer, schmunzelnder, bequemer Philister! Denn, bei meiner Seele, du warst doch der beste und bravste Kerl unter uns allen. Reise mit Gott!" Hier schüttelte jeder dem Grafen vom Pferde noch einmal die Hand und sie und Friedrich sprengten dann in entgegengesetzten Richtungen voneinander. Als er so eine Weile fortgeritten war, sah er sie noch einmal, wie sie eben, schon fern, mit ihren bunten Federbüschen über einen Bergrücken fortzogen. Sie sangen ein bekanntes Studentenlied, dessen Schlußchor:

„Ins Horn, ins Horn, ins Jägerhorn!"

der Wind zu ihm herüberbrachte. „Ade, ihr rüstigen Gesellen", rief er gerührt; „ade, du schöne freie Zeit!" Der herrliche Morgen stand flammend vor ihm. Er gab seinem Pferde die Sporen, um den Tönen zu entkommen und ritt, daß der frische Wind an seinem Hute pfiff.

Wer Studenten auf ihren Wanderungen sah, wie sie frühmorgens aus dem dunkeln Tore ausziehen und den Hut schwenken in der frischen Luft, wie sie wohlgemut und ohne Sorgen über die grüne Erde reisen, und die unbegrenzten Augen an blauem Himmel, Wald und Fels sich noch erquicken, der mag gern unsern Grafen auf seinem Zuge durch das Gebirge begleiten. Er ritt jetzt langsam weiter. Bauern ackerten, Hirten trieben ihre Herden vorüber. Die Frühlingssonne schien warm über die dampfende Erde, Bäume, Gras und Blumen äugelten dazwischen mit blitzenden Tropfen, unzählige Lerchen schwirrten durch die laue Luft. Ihm war recht innerlichst fröhlich zumute. Tausend Erinnerungen, Entwürfe und Hoffnungen zogen wie ein Schattenspiel durch seine bewegte Brust. Das Bild der schönen Rosa stand wieder ganz lebendig in ihm auf, mit aller Farbenpracht des Morgens gemalt und geschmückt. Der Sonnenschein, der laue Wind und Lerchensang verwirrte sich in das Bild, und so entstand in seinem glücklichen Herzen folgendes Liedchen, das er immerfort laut vor sich hersang:

„Grüß euch aus Herzensgrund:
Zwei Augen hell und rein,
Zwei Röslein auf dem Mund,
Kleid blank aus Sonnenschein!

Nachtigall klagt und weint,
Wollüstig rauscht der Hain,
Alles die Liebste meint:
Wo weilt sie so allein?

Weil's draußen finster war,
Sah ich viel hellern Schein,
Jetzt ist es licht und klar,
Ich muß im Dunkeln sein.

Sonne nicht steigen mag,
Sieht so verschlafen drein,
Wünschet den ganzen Tag,
Daß wieder Nacht möcht sein.

Liebe geht durch die Luft,
Holt fern die Liebste ein;
Fort über Berg und Kluft!
Und sie wird doch noch mein!“

Das Liedchen gefiel ihm so wohl, daß er seine Schreibtafel herauszog, um es aufzuschreiben. Da er aber anfing, die flüchtigen Worte bedächtig aufzuzeichnen und nicht mehr sang, mußte er über sich selber lachen und löschte alles wieder aus.

Der Mittag war unterdes durch die kühlen Waldschluften fast unvermerkt vorübergezogen. Da erblickte Friedrich mit Vergnügen einen hohen, bepflanzten Berg, der ihm als ein berühmter Belustigungsort dieser Gegend anempfohlen worden war. Farbige Lusthäuser blickten von dem schattigen Gipfel ins Tal herab. Rings um den Berg herum wand sich ein Pfad hinauf, auf dem man viele Frauenzimmer mit ihren bunten Tüchern in der Grüne wallfahrten sah. Der Anblick war sehr freundlich und einladend. Friedrich lenkte daher sein Pferd um, und ritt mit dem fröhlichen Zuge hinan, sich erfreuend, wie bei jedem Schritte der Kreis der Aussicht ringsum sich erweiterte. Noch angenehmer wurde er überrascht, als er endlich den Gipfel erreichte. Da war ein weiter, schöner und kühler Rasenplatz. An kleinen Tischchen saßen im Freien verschiedene Gesellschaften umher und speisten in lustigem Gespräch. Kinder spielten auf dem Rasen, ein alter Mann spielte die Harfe und sang. Friedrich ließ sich sein Mittagsmahl ganz allein in einem Sommerhäuschen bereiten, das am Abhange des Berges stand. Er machte alle Fenster weit auf, so daß die Luft überall durchstrich, und er von allen Seiten die Landschaft und den blauen Himmel sah. Kühler Wein und hellgeschliffene Gläser blinkten von dem Tische. Er trank seinen fernen Freunden und seiner Rosa in Gedanken zu. Dann stellte er sich ans Fenster. Man sah von dort weit in das Gebirge. Ein Strom ging in der Tiefe, an welchem eine hellglänzende Landstraße hinablief. Die heißen Sonnenstrahlen schillerten über dem Tale, die ganze Gegend lag unten in schwüler Ruhe. Draußen vor der offenen Tür spielte und sang der Harfenist immerfort. Friedrich sah den Wolken nach, die nach jenen Gegenden hinaussegelten, die er selber auch bald begrüßen sollte. „O Leben und Reisen, wie bist du schön!" rief er freudig, zog dann seinen Diamant vom Finger und zeichnete den Namen Rosa in die Fensterscheibe. Bald darauf wurde er unten mehrere Reuter gewahr, die auf der Landstraße schnell dem Gebirge zu vorüberflogen. Er verwandte keinen Blick davon. Ein Mädchen, hoch und schlank, ritt den andern voraus und sah flüchtig mit den frischen Augen den Berg hinan, gerade auf den Fleck, wo Friedrich stand. Der

Berg war hoch, die Entfernung und Schnelligkeit groß; doch glaubte sie Friedrich mit einem Blicke zu erkennen, es war Rosa. Wie ein plötzlicher Morgenblick blitzte ihm dieser Gedanke fröhlich über die ganze Erde. Er bezahlte eiligst seine Zeche, schwang sich auf sein Pferd, und stolperte so schnell als möglich den sich ewig windenden Bergpfad hinab; seine Blicke und Gedanken flogen wie Adler von der Höhe voraus. Als er sich endlich bis auf die Straße hinausgearbeitet hatte und freier Atem schöpfte, war die Reuterin schon nicht mehr zu sehen. Er setzte die Sporen tapfer ein und sprengte weiter fort. Ein Weg ging links von der Straße ab in den Wald hinein. Er erkannte an der frischen Spur der Rosseshufe, daß ihn die Reuter eingeschlagen hatten. Er folgte ihm daher auch. Als er aber eine große Strecke so fortgeritten war, teilten sich auf einmal wieder drei Wege nach verschiedenen Richtungen und keine Spur war weiter auf dem härteren Boden zu bemerken. Fluchend und lachend zugleich vor Ungeduld, blieb er nun hier eine Weile still stehen, wählte dann gelassener den Pfad, der ihm der anmutigste dünkte, und zog langsam weiter.

Der Wald wurde indes immer dunkler und dichter, der Pfad enger und wilder. Er kam endlich an einen dunkelgrünen, kühlen Platz, der rings von Felsen und hohen Bäumen umgeben war. Der einsame Ort gefiel ihm so wohl, daß er vom Pferde stieg, um hier etwas auszuruhen. Er streichelte ihm den gebogenen Hals, zäumte es ab und ließ es frei weiden. Er selbst legte sich auf den Rücken und sah dem Wolkenzuge zu. Die Sonne neigte sich schon und funkelte schräge durch die dunkeln Wipfel, die sich leise rauschend hin und her bewegten. Unzählige Waldvögel zwitscherten in lustiger Verwirrung durcheinander. Er war so müde, er konnte sich nicht halten, die Augen sanken ihm zu. Mitten im Schlummer kam es ihm manchmal vor, als höre er Hörner aus der Ferne. Er hörte den Klang oft ganz deutlich und näher, aber er konnte sich nicht besinnen und schlummerte immer wieder von neuem ein.

Als er endlich erwachte, erschrak er nicht wenig, da es schon finstere Nacht und alles um ihn her still und öde war. Er sprang erstaunt auf. Da hörte er über sich auf dem Felsen zwei Männerstimmen, die ganz in der Nähe schienen. Er rief sie an, aber niemand gab Antwort und alles war auf einmal wieder still. Nun nahm er sein Pferd beim Zügel und setzte so seine Reise auf gut Glück weiter fort. Mit Mühe arbeitete er sich durch die

Rabennacht des Waldes hindurch und kam endlich auf einen weiten und freien Bergrücken, der nur mit kleinem Gesträuch bewachsen war. Der Mond schien sehr hell, und der plötzliche Anblick des freien, grenzenlosen Himmels erfreute und stärkte recht sein Herz. Die Ebene mußte sehr hoch liegen, denn er sah ringsumher eine dunkle Runde von Bergen unter sich ruhen. Von der einen Seite kam der einförmige Schlag von Eisenhämmern aus der Ferne herüber. Er nahm daher seine Richtung dorthin. Sein und seines Pferdes Schatten, wie er so fortschritt, strichen wie dunkle Riesen über die Heide vor ihm her und das Pferd fuhr oft schnaubend und sträubend zusammen. „So", sagte Friedrich, dessen Herz recht weit und vergnügt war, „so muß vor vielen hundert Jahren den Rittern zumute gewesen sein, wenn sie bei stiller, nächtlicher Weile über diese Berge zogen und auf Ruhm und große Taten sannen. So voll adeliger Gedanken und Gesinnungen mag mancher auf diese Wälder und Berge hinuntergesehen haben, die noch immer dastehen, wie damals. Was mühn wir uns doch ab in unseren besten Jahren, lernen, polieren und feilen, um uns zu rechten Leuten zu machen, als fürchteten oder schämten wir uns vor uns selbst, und wollten uns daher hinter Geschicklichkeiten verbergen und zerstreuen, anstatt daß es darauf ankäme, sich innerlichst nur recht zusammenzunehmen zu hohen Entschließungen und einem tugendhaften Wandel. Denn wahrhaftig, ein ruhiges, tapferes, tüchtiges und ritterliches Leben ist jetzt jedem Manne, wie damals, vonnöten. Jedes Weltkind sollte wenigstens jeden Monat eine Nacht im Freien einsam durchwachen, um einmal seine eitlen Mühen und Künste abzustreifen und sich im Glauben zu stärken und zu erbauen. Wie bin ich so fröhlich und erquickt! Gebe mir Gott nur die Gnade, daß dieser Arm einmal was Rechtes in der Welt vollbringe!"

Unter solchen Gedanken schritt er immer fort. Der Fußsteig hatte sich indes immer mehr gesenkt, und er erblickte endlich ein Licht, das aus dem Tale heraufschimmerte. Er eilte darauf los und kam an eine elende, einsame Waldschenke. Er sah durch das kleine Fenster in die Stube hinein. Da saß ein Haufen zerlumpter Kerls mit bärtigen Spitzbubengesichtern um einen Tisch und trank. In allen Winkeln standen Gewehre angelehnt. An dem hellen Kaminfeuer, das einen gräßlichen Schein über den Menschenklumpen warf, saß ein altes Weib gebückt, und zerrte, wie es schien, blutige Därme an den Flammen auseinander. Ein Grausen überfiel den Grafen bei dem scheußlichen Anblick, er setzte sich rasch auf sein Pferd und sprengte querfeldein.

Das Rauschen und Klappern einer Waldmühle bestimmte seine Richtung. Ein ungeheurer Hund empfing ihn dort an dem Hofe der Mühle. Friedrich und sein Pferd waren zu ermattet, um noch weiterzureisen. Er pochte daher an die Haustüre. Eine rauhe Stimme antwortete von innen, bald darauf ging die Türe auf, und ein langer, hagerer Mann trat heraus. Er sah Friedrich, der ihn um Herberge bat, von oben bis unten an, nahm dann sein Pferd und führte es stillschweigend nach dem Stalle. Friedrich ging nun in die Stube hinein. Ein Frauenzimmer stand drinnen und pickte Feuer. Er bemerkte bei den Blitzen der Funken ein junges und schönes Mädchengesicht. Als sie das Licht angezündet hatte, betrachtete sie den Grafen mit einem freudigen Erstaunen, das ihr fast den Atem zu verhalten schien. Darauf ergriff sie das Licht und führte ihn, ohne ein Wort zu sagen, die Stiege hinauf in ein geräumiges Zimmer mit mehreren Betten. Sie war barfuß und Friedrich bemerkte, als sie so vor ihm herging, daß sie nur im Hemde war und den Busen fast ganz bloß hatte. Er ärgerte sich über die Frechheit bei solcher zarten Jugend. Als sie oben in der Stube waren, blieb das Mädchen stehen und sah den Grafen furchtsam an. Er hielt sie für ein verliebtes Ding. „Geh", sagte er gutmütig, „geh schlafen, liebes Kind." Sie sah sich nach der Türe um, dann wieder nach Friedrich. „Ach, Gott!" sagte sie endlich, legte die Hand aufs Herz und ging zaudernd fort. Friedrich kam ihr Benehmen sehr sonderbar vor, denn es war ihm nicht entgangen, daß sie beim Hinausgehen an allen Gliedern zitterte.

Mitternacht war schon vorbei. Friedrich war überwacht und von den verschiedenen Begegnissen viel zu sehr aufgeregt, um schlafen zu können. Er setzte sich ans offene Fenster. Das Wasser rauschte unten über ein Wehr. Der Mond blickte seltsam und unheimlich aus dunkeln Wolken, die schnell über den Himmel flogen. Er sang:

„Er reitet nachts auf einem braunen Roß,
Er reitet vorüber an manchem Schloß:
Schlaf droben, mein Kind, bis der Tag erscheint,
Die finstre Nacht ist des Menschen Feind!

Er reitet vorüber an einem Teich,
Da stehet ein schönes Mädchen bleich
Und singt, ihr Hemdlein flattert im Wind,
Vorüber, vorüber, mir graut vor dem Kind!

Er reitet vorüber an einem Fluß,
Da ruft ihm der Wassermann seinen Gruß,
Taucht wieder unter dann mit Gesaus,
Und stille wird's über dem kühlen Haus.

Wann Tag und Nacht in verworrenem Streit,
Schon Hähne krähen in Dörfern weit,
Da schauert sein Roß und wühlet hinab,
Scharret ihm schnaubend sein eigenes Grab."

Er mochte ungefähr so eine Stunde gesessen haben, als der große Hund unten im Hofe ein paarmal anschlug. Bald darauf kam es ihm vor, als hörte er draußen mehrere Stimmen. Er horchte hinaus, aber alles war wieder still. Eine Unruhe bemächtigte sich seiner, er stand vom Fenster auf, untersuchte seine geladenen Taschenpistolen und legte seinen Reisesäbel auf den Tisch. In diesem Augenblicke ging auch die Tür auf, und mehrere wilde Männer traten herein. Sie blieben erschrocken stehen, da sie den Grafen wach fanden. Er erkannte sogleich die fürchterlichen Gesichter aus der Waldschenke und seinen Hauswirt, den langen Müller, mitten unter ihnen. Dieser faßte sich zuerst und drückte unversehens eine Pistol nach ihm ab. Die Kugel prellte neben seinem Kopfe an die Mauer. „Falsch gezielt, heimtückischer Hund", schrie der Graf außer sich vor Zorn und schoß den Kerl durchs Hirn. Darauf ergriff er seinen Säbel, stürzte sich in den Haufen hinein und warf die Räuber, rechts und links mit in die Augen gedrücktem Hute um sich herumhauend, die Stiege hinunter. Mitten in dem Gemetzel glaubte er das schöne Müllermädchen wiederzusehen. Sie hatte selber ein Schwert in der Hand, mit dem sie sich hochherzig, den Grafen verteidigend, zwischen die Verräter warf. Unten an der Stiege endlich, da alles, was noch laufen konnte, Reißaus genommen hatte, sank er, von vielen Wunden und Blutverluste ermattet, ohne Bewußtsein nieder.

Drittes Kapitel

Als Friedrich wieder das erstemal die Augen aufschlug und mit gesunden Sinnen in der Welt umherschauen konnte, erblickte er sich in einem unbekannten, schönen und reichen Zimmer. Die Morgensonne schien auf die seidenen Vorhänge seines Bettes; sein Kopf war verbunden. Zu den Füßen des Bettes knieete ein schöner Knabe, der den Kopf auf beide Arme an das Bett gelehnt hatte, und schlief.

Friedrich wußte sich in diese Verwandlungen nicht zu finden. Er sann nach, was mit ihm vorgegangen war. Aber nur die fürchterliche Nacht in der Waldmühle mit ihren Mordgesichtern stand lebhaft vor ihm, alles übrige schien wie ein schwerer Traum. Verschiedene fremde Gestalten aus dieser letzten Zeit waren ihm wohl dunkel erinnerlich, aber er konnte keine unterscheiden. Nur eine einzige ungewisse Vorstellung blieb ihm lieblich getreu. Es war ihm nämlich immer vorgekommen, als hätte sich ein wunderschönes Engelsbild über ihn geneigt, so daß ihn die langen, reichen Locken rings umgaben, und die Worte, die es sprach, flogen wie Musik über ihn weg.

Da er sich nun recht leicht und neugestärkt spürte, stieg er aus dem Bette und trat ans Fenster. Er sah da, daß er sich in einem großen Schlosse befand. Unten lag ein schöner Garten; alles war noch still, nur Vögel flatterten auf den einsamen, kühlen Gängen, der Morgen war überaus heiter.

Der Knabe an dem Bette war indes auch aufgewacht. „Gott sei Dank!“ rief er aus Herzensgrunde, als er die Augen aufschlug und den Grafen aufgestanden und munter erblickte. Friedrich glaubte sein Gesicht zu kennen, doch konnte er sich durchaus nicht besinnen, wo er es gesehen hätte. „Wo bin ich?“ fragte er endlich erstaunt. „Gott sei Dank!“ wiederholte der Knabe nur, und sah ihn mit seinen großen, fröhlichen Augen noch immer unverwandt an, als könnte er sich gar nicht in die Freude finden, ihn wirklich wiederhergestellt zu sehen. Friedrich drang nun in ihn, ihm den Zusammenhang dieser ganzen seltsamen Begebenheit zu entwirren. Der Knabe besann sich einen Augenblick und erzählte dann: „Gestern früh, da ich eben in den Wald ging, sah ich dich blutig und ohne Leben am Wege liegen. Das Blut floß über den Kopf, ich verband die Wunde mit meinem Tuche, so gut ich konnte. Aber das Blut drang durch und floß immerfort, und ich versuchte alles vergebens, um es zu stillen. Ich lief und rief nun in meiner Angst rings im Walde umher und betete und weinte dann wieder dazwischen, da ich mir gar nicht mehr zu helfen wußte. Da kam auf einmal ein Wagen die Straße gefahren. Eine Dame erblickte uns aus demselben und ließ sogleich stillhalten. Die Bedienten verbanden die Wunden sehr geschickt. Die Dame schien sehr verwundert und erschrocken über den Umstand. Darauf nahm sie uns beide mit in den Wagen und führte uns hierher auf ihr Schloß. Die Gräfin hat beinahe die ganze Nacht hindurch hier am Bette gewacht.“ – Friedrich dachte an das Engelsbild, das sich wie im Traume über sein Gesicht geneigt hatte, und war noch verwirrter, als vorher. – „Aber wer bist denn du?“ fragte er darauf den Knaben wieder. „Ich habe keine Eltern mehr“, antwortete dieser, und schlug verwirrt die Augen nieder, „ich ging eben über Land, um Dienste zu suchen.“ Friedrich faßte den Furchtsamen bei beiden Händen: „Willst du bei mir bleiben?“ „Ewig, mein Herr!“ sagte der Knabe mit auffallender Heftigkeit.

Friedrich kleidete sich nun völlig an und verließ seine Stube, um sich hier umzusehen und über sein Verhältnis in diesem Schlosse auf irgendeine Art Gewißheit zu erlangen. Er erstaunte über das Altfränkische der Bauart und der Einrichtung. Die Gänge waren gewölbt, die Fenster in der dicken, dunklen Mauer alle oben in einem Bogen zugespitzt und mit kleinen runden Scheiben versehen. Wunderschöne Bilder von Glas füllten oben die Fensterbogen, die von der Morgensonne in den buntesten Farben brannten. Alles im ganzen Hause war still. Er sah zum Fenster hinaus. Das alte Schloß stand von dieser Seite an dem Abhange eines hohen Berges, der, so wie das Tal, unten mit Schwarzwald bedeckt war, aus welchem die Klänge einsamer Holzhauer heraufschallten. Gleich am Fenster, über der schwindlichten Tiefe war ein Ritter, der sein Schwert in den gefalteten Händen hielt, in Riesengröße, wie der steinerne Roland, in die Mauer gehauen. Friedrich glaubte jeden Augenblick, das Burgfräulein, den hohen Spitzenkragen um das schöne Gesicht, werde in einem der Gänge heraufkommen. In der sonderbarsten Laune ging er nun die Stiege hinab und über eine Zugbrücke in den Garten hinaus.

Hier standen auf einem weiten Platze die sonderbarsten, fremden Blumenarten in phantastischem Schmucke. Künstliche

Brunnen sprangen, im Morgenscheine funkelnd, kühle hin und wider. Dazwischen sah man Pfauen in der Grüne weiden und stolz ihre tausendfarbigen Räder schlagen. Im Hintergrunde saß ein Storch auf einem Beine und sah melancholisch in die weite Gegend hinaus. Als sich Friedrich an dem Anblicke, den der frische Morgen prächtig machte, so ergötzte, erblickte er in einiger Entfernung vor sich einen Mann, der hinter einem Spaliere an einem Tischchen saß, das voll Papiere lag. Er schrieb, blickte manchmal in die Gegend hinaus, und schrieb dann wieder emsig fort. Friedrich wollte ausweichen, um ihn nicht zu stören, aber es war nur der einzige Weg und der Unbekannte hatte ihn auch schon erblickt. Er ging daher auf ihn zu und grüßte ihn. Der Schreiber mochte eine lange Unterredung befürchten. „Ich kenne Sie wahrhaftig nicht", sagte er halb ärgerlich, halb lachend, „aber wenn Sie selbst Alexander der Große wären, so müßt ich Sie für jetzt nur bitten, mir aus der Sonne zu gehen." Friedrich verwunderte sich höchlichst über diesen unhöflichen Diogenes und ließ den wunderlichen Gesellen sitzen, der sogleich wieder zu schreiben anfing.

Er kam nun an den Ausgang des Gartens, an den ein lustiges Wäldchen von Laubholz stieß. An dem Saume des Waldes stand ein Jägerhaus, das ringsum mit Hirschgeweihen ausgeziert war. Auf einer kleinen Wiese, welche vor dem Hause mitten zwischen dem Walde lag, saß ein schönes, kaum fünfzehnjähriges Mädchen auf einem, wie es schien, soeben erlegten Rehe, streichelte das Tierchen und sang:

„Wär ich ein muntres Hirschlein schlank,
Wollt ich im grünen Walde gehn,
Spazierengehn bei Hörnerklang,
Nach meinem Liebsten mich umsehn."

Ein junger Jäger, der seitwärts an einem Baume gelehnt stand und ihren Gesang mit dem Waldhorne begleitete, antwortete ihr sogleich nach derselben Melodie:

„Nach meiner Liebsten mich umsehn
Tu ich wohl, zieh ich früh von hier,
Doch sie mag niemals zu mir gehn
Im dunkelgrünen Waldrevier."

Sie sang weiter:

„Im dunkelgrünen Waldrevier,
Da blitzt der Liebste rosenrot,
Gefällt so sehr dem armen Tier,
Das Hirschlein wünscht, es läge tot."

Der Jäger antwortete wieder:

„Und wär das schöne Hirschlein tot,
So möcht ich länger jagen nicht;
Scheint übern Wald der Morgen rot:
Hüt schönes Hirschlein, hüte dich!"

Sie:

„Hüt schönes Hirschlein, hüte dich!
Spricht's Hirschlein selbst in seinem Sinn,
Wie soll ich, soll ich hüten mich,
Wenn ich so sehr verliebet bin?"

Er:

„Weil ich so sehr verliebet bin,
Wollt ich das Hirschlein, schön und wild,
Aufsuchen tief im Walde drin
Und streicheln, bis es stillehielt."

Sie:

„Ja, streicheln, bis es stillehielt,
Falsch locken so in Stall und Haus!
Zum Wald springt's Hirschlein frei und wild
Und lacht verliebte Narren aus."

Hierbei sprang sie von ihrem Rehe auf, denn Pferde, Hunde, Jäger und Waldhornsklänge stürzten auf einmal mit einem verworrenen Getöse aus dem Walde heraus und verbreiteten sich bunt über die Wiese. Ein sehr schöner, junger Mann in Jägerkleidung und das Halstuch in einer unordentlichen Schleife herabhängend, schwang sich vom Pferde und eine Menge großer Hunde sprangen von allen Seiten freundlich an ihm herauf. Friedrich erstaunte beim ersten Blick über die große Ähnlichkeit, die derselbe mit einem älteren Bruder hatte, den er seit seiner Kindheit nicht mehr gesehen, nur daß der Unbekannte hier frischer und freudiger anzusehen war. Dieser kam sogleich auf ihn zu. „Es freut mich“, sagte er, „Sie so munter wiederzufinden. Meine Schwester hat Sie unterwegs in einem schlimmen Zustande getroffen und gestern abends zu mir auf mein Schloß gebracht. Sie ist heute noch vor Tagesanbruch wieder fort. Lassen Sie es sich bei uns gefallen, Sie werden lustige Leute finden.“ Während ihm nun Friedrich eben noch für seine Güte dankte, brachte auf einmal der Wind aus dem Garten oben mehrere Blätter Papier, die hoch über ihre Köpfe weg nach einem nahe gelegenen Wasser zuflatterten. Hinterdrein hörte man von oben eine Stimme: „Halt, halt, halt auf!“ rufen, und der Mensch, den Friedrich im Garten schreibend angetroffen hatte, kam eilends nachgelaufen. Leontin, so hieß der junge Graf, dem dieses Schloß gehörte, legte schnell seine Büchse an und schoß das unbändige Papier aus der Luft herab. „Das ist doch dumm“, sagte der Nachsetzende, der unterdes atemlos angelangt war, da er die Blätter, auf welche Verse geschrieben waren, von den Schroten ganz durchlöchert erblickte. Das schöne Mädchen, das vorher auf der Wiese gesungen hatte, stand hinter ihm und kicherte. Er drehte sich geschwind herum und wollte sie küssen, aber sie entsprang in das Jägerhaus und guckte lachend hinter der halbgeöffneten Türe hervor. „Das ist der Dichter Faber“, sagte Leontin, dem Grafen den Nachsetzenden vorstellend. Friedrich erschrak recht über den Namen. Er hatte viel von Faber gelesen; manches hatte ihm gar nicht gefallen, vieles andere aber ihn wieder so ergriffen, daß er oft nicht begreifen konnte, wie derselbe Mensch so etwas Schönes erfinden könne. Und nun, da der wunderbare Mensch leibhaftig vor ihm stand, betrachtete er ihn mit allen Sinnen, als wollte er alle die Gedichte von ihm, die ihm am besten gefallen, in seinem Gesichte ablesen. Aber da war keine Spur davon zu finden.

Friedrich hatte sich ihn ganz anders vorgestellt, und hätte viel darum gegeben, wenn es Leontin gewesen wäre, bei dessen lebendigem, erquicklichem Wesen ihm das Herz aufging. Herr Faber erzählte nun lachend, wie ihn Friedrich in seiner Werkstatt überrascht habe. „Da sind Sie schön angekommen“, sagte Leontin zu Friedrich, „denn da sitzt Herr Faber wie die Löwin über ihren Jungen, und schlägt grimmig um sich.“ – „So sollte jeder Dichter dichten“, meinte Friedrich, „am frühen Morgen, unter freiem Himmel, in einer schönen Gegend. Da ist die Seele rüstig, und so wie dann die Bäume rauschen, die Vögel singen und der Jäger vor Lust in sein Horn stößt, so muß der Dichter dichten." – „Sie sind ein Naturalist in der Poesie", entgegnete Faber mit einer etwas zweideutigen Miene. – „Ich wünschte", fiel ihm Leontin ins Wort, „Sie ritten lieber alle Morgen mit mir auf die Jagd, lieber Faber. Der Morgen glüht Sie wie eine reizende Geliebte an, und Sie klecksen ihr mit Dinte in das schöne Gesicht." Faber lachte, zog eine kleine Flöte hervor und fing an, darauf zu blasen. Friedrich fand ihn in diesem Augenblicke sehr liebenswürdig.

Leontin trug dem Grafen an, mit ihm zu seiner Schwester hinüberzureiten, wenn er sich schon stark genug dazu fühle. Friedrich willigte mit Freuden ein, und bald darauf saßen beide zu Pferde. Die Gegend war sehr heiter. Sie ritten eben über einen weiten, grünen Anger. Friedrich fühlte sich bei dem schönen Morgen recht in allen Sinnen genesen, und freute sich über den anmutigen Leontin, wie das Pferd unter ihm mit gebogenem Halse über die Ebene hintanzte. „Meine Schwester", sagte Leontin unterweges und sah den Grafen mit verstecktem Lachen immerfort an, „meine Schwester ist viel älter als ich, und, ich muß es nur im voraus sagen, recht häßlich." „So!" sagte Friedrich langsam und gedehnt, denn er hatte heimlich andere Erwartungen und Hoffnungen gehegt. Er schwieg darauf still; Leontin lachte und pfiff ein lustiges Liedchen. Endlich sah man ein schönes, neues Schloß sich aus einem großen Park luftig erheben. Es war das Schloß von Leontins Schwester.

Sie stiegen unten am Eingange des Parkes ab und gingen zu Fuße hinauf. Der Garten war ganz im neuesten Geschmacke angelegt. Kleine, sich schlängelnde Gänge, dichte Gebüsche von ausländischen Sträuchern, dazwischen leichte Brücken von weißem Birkenholze luftig geschwungen, waren recht artig anzuschauen. Zwischen mehreren schlanken Säulen traten sie in das Schloß. Es war ein großes gemaltes Zimmer mit hellglänzendem Fußboden; ein kristallener Lustre hing an der Decke und Ottomanen von reichen Stoffen standen an den Wänden umher. Durch die hohe Glastür übersah man den Garten. Niemand, da es noch früh, war in der ganzen Reihe von prachtvollen Gemächern, die sich an dieses anschlossen, zu sehen. Die Morgensonne, die durch die Glastür schien, erfüllte das schöne Zimmer mit einem geheimnisvollen Helldunkel und beleuchtete eben eine Gitarre, die in der Mitte auf einem Tischchen lag. Leontin nahm dieselbe und begab sich damit wieder hinaus. Friedrich blieb in der Tür stehen, während Leontin sich draußen unter die Fenster stellte, in die Saiten griff und sang:

„Frühmorgens durch die Winde kühl
Zwei Ritter hergeritten sind,
Im Garten klingt ihr Saitenspiel,
Wach auf, wach auf, mein schönes Kind!

Ringsum viel Schlösser schimmernd stehn,
So silbern geht der Ströme Lauf,
Hoch, weit rings Lerchenlieder wehn,
Schließ Fenster, Herz und Äuglein auf!“

Friedrich war gar nicht begierig, die alte Schöne kennenzulernen, und blieb ruhig in der Tür stehen. Da hörte er oben ein Fenster sich öffnen. „Guten Morgen, lieber Bruder!“ sagte eine liebliche Stimme. Leontin sang:

„So wie du bist, verschlafen heiß,
Laß allen Putz und Zier zu Haus,
Tritt nur herfür im Hemdlein weiß,
Siehst so gar schön verliebet aus.“

„Wenn du so garstig singst“, sagte oben die liebliche Stimme, „so leg ich mich gleich wieder schlafen.“ Friedrich erblickte einen schneeweißen, vollen Arm im Fenster und Leontin sang wieder:

„Ich hab einen Fremden wohl bei mir,
Der lauert unten auf der Wacht,
Der bittet schön dich um Quartier,
Verschlafnes Kind, nimm dich in acht!“

Friedrich trat nun aus seinem Hinterhalte hervor und sah mit Erstaunen – seine Rosa im Fenster. Sie war in einem leichten Nachtkleide und dehnte sich mit aufgehobenen Armen in den frischen Morgen hinaus. Als sie so unverhofft Friedrich erblickte, ließ sie mit einem Schrei die Arme sinken, schlug das Fenster zu und war verschwunden.

Leontin ging nun fort, um ein neues Pferd der Schwester im Hofe herumzutummeln und Friedrich blieb allein im Garten zurück.

Bald darauf kam die Gräfin Rosa in einem weißen Morgenkleide herab. Sie hieß den Grafen mit einer Scham willkommen, die ihr unwiderstehlich schön stand. Lange, dunkle Locken fielen zu beiden Seiten bis auf die Schultern und den blendendweißen Busen hinab. Die schönste Reihe von Zähnen sah man manchmal zwischen den vollen, roten Lippen hervorschimmern. Sie atmete noch warm von der Nacht; es war die prächtigste Schönheit, die Friedrich jemals gesehen hatte. Sie gingen nebeneinander in den Garten hinein. Der Morgen blitzte herrlich über die ganze Gegend, aus allen Zweigen jubelten unzählige Vögel. Sie setzten sich in einer dichten Laube auf eine Rasenbank. Friedrich dankte ihr für ihr hülfreiches Mitleid und sprach dann von seiner schönen Donaureise. Die Gräfin saß, während er davon erzählte, beschämt und still, hatte die langen Augenwimpern niedergeschlagen, und wagte kaum zu atmen. Als er endlich auch seiner Wunde erwähnte, schlug sie auf einmal die großen, schönen Augen auf, um die Wunde zu betrachten. Ihre Augen, Locken und Busen kamen ihm dabei so nahe, daß sich ihre Lippen fast berührten. Er küßte sie auf den roten Mund und sie gab ihm den Kuß wieder. Da nahm er sie in beide Arme und küßte sie unzähligemal und alle Freuden der Welt verwirrten sich in diesen einen Augenblick, der niemals zum zweiten Male wiederkehrt. Rosa machte sich endlich los, sprang auf und lief nach dem Schlosse zu. Leontin kam ihr eben von der andern Seite entgegen, sie rannte in der Verwirrung gerade in seine ausgebreiteten Arme hinein. Er gab ihr schnell einen Kuß und kam zu Friedrich, um mit ihm wieder nach Hause zu reiten.

Als Friedrich wieder draußen im Freien zu Pferde saß, besann er sich erst recht auf sein ganzes Glück. Mit unbeschreiblichem Entzücken betrachtete er Himmel und Erde, die im reichsten Morgenschmucke vor ihm lagen. Sie ist mein! rief er immerfort still in sich, sie ist mein! Leontin wiederholte lachend die Beschreibung von der Häßlichkeit seiner Schwester, die er vorhin beim Herritt dem Grafen gemacht hatte, jagte dann weit voraus, setzte mit bewunderungswürdiger Leichtigkeit und Kühnheit über Zäune und Gräben und trieb allerlei Schwänke.

Als sie bei Leontins Schlosse ankamen, hörten sie schon von ferne ein unbegreifliches, verworrenes Getös. Ein Waldhorn raste in den unbändigsten, falschesten Tönen, dazwischen hörte man eine Stimme, die unaufhörlich fortschimpfte. „Da hat gewiß wieder Faber was angestellt", sagte Leontin. Und es fand sich wirklich so. Herr Faber hatte sich nämlich in ihrer Abwesenheit niedergesetzt, um ein Waldhornecho zu dichten. Zum Unglück fiel es zu gleicher Zeit einem von Leontins Jägern ein, nicht weit davon wirklich auf dem Waldhorne zu blasen. Faber störte die nahe Musik, er rief daher ungeduldig dem Jäger zu, still zu sein. Dieser aber, der sich, wie fast alle Leute Leontins, über Herrn Faber von jeher ärgerte, weil er immer mit der Feder hinterm Ohre so erbärmlich aussah, gehorchte nicht. Da sprang Faber auf und überhäufte ihn mit Schimpfreden. Der Jäger, um ihn zu übertäuben, schüttelte nun statt aller Antwort einen ganzen Schwall von verworrenen und falschen Tönen aus seinem Horne, während Faber, im Gesichte überrot vor Zorn, vor ihm stand und gestikulierte. Als der Jäger jetzt seinen Herrn erblickte, endigte er seinen Spaß und ging fort. Faber aber hatte indes, so boshaft er auch aussah, schon längst der Zorn verlassen, denn es waren ihm mitten in der Wut eine Menge witziger Schimpfwörter und komischer Grobheiten in den Sinn gekommen, und er schimpfte tapfer fort, ohne mehr an den Jäger zu denken, und brach endlich in ein lautes Gelächter aus, in das Leontin und Friedrich von Herzen mit einstimmten.

Am Abend saßen Leontin, Friedrich und Faber zusammen an einem Feldtische auf der Wiese am Jägerhause und aßen und tranken. Das Abendrot schaute glühend durch die Wipfel des Tannenwaldes, welcher die Wiese ringsumher einschloß. Der Wein erweiterte ihre Herzen und sie waren alle drei wie alte Bekannte miteinander. „Das ist wohl ein rechtes Dichterleben, Herr Faber", sagte Friedrich vergnügt. – „Immer doch", hub Faber ziemlich pathetisch an, „höre ich das Leben und Dichten verwechseln." – „Aber, aber, bester Herr Faber", fiel ihm Leontin schnell ins Wort, dem jeder ernsthafte Diskurs über Poesie die Kehle zusammenschnürte, weil er selber nie ein Urteil hatte. Er pflegte daher immer mit Witzen, Radottements, dazwischenzufahren und fuhr auch jetzt, geschwind unterbrechend, fort: „Ihr verwechselt mit euren Wortwechseleien alles so, daß man am Ende seiner selbst nicht sicher bleibt. Glaubte ich doch einmal in allem Ernste, ich sei die Weltseele und wüßte vor lauter

Welt nicht, ob ich eine Seele hatte, oder umgekehrt. Das Leben aber, mein bester Herr Faber, mit seinen bunten Bildern, verhält sich zum Dichter, wie ein unübersehbar weitläufiges Hieroglyphenbuch von einer unbekannten, lange untergegangenen Ursprache zum Leser. Da sitzen von Ewigkeit zu Ewigkeit die redlichsten, gutmütigsten Weltnarren, die Dichter, und lesen und lesen. Aber die alten, wunderbaren Worte der Zeichen sind unbekannt und der Wind weht die Blätter des großen Buches so schnell und verworren durcheinander, daß einem die Augen übergehn." – Friedrich sah Leontin groß an, es war etwas in seinen Worten, das ihn ernsthaft machte. Faber aber, dem Leontin zu schnell gesprochen zu haben schien, spann gelassen seinen vorigen Diskurs wieder an: „Ihr haltet das Dichten für eine gar so leichte Sache, weil es flüchtig aus der Feder fließt, aber keiner bedenkt, wie das Kind, vielleicht vor vielen Jahren schon in Lust empfangen, dann im Mutterleibe mit Freuden und Schmerzen ernährt und gebildet wird, ehe es aus seinem stillen Hause das fröhliche Licht des Tages begrüßt." – „Das ist ein langweiliges Kind", unterbrach ihn Leontin munter, „wäre ich so eine schwangere Frau, als Sie da sagen, da lacht ich mich gewiß, wie Philine, vor dem Spiegel über mich selber zu Tode, eh ich mit dem ersten Verse niederkäme." – Hier erblickte er ein Paket Papiere, das aus Fabers Rocktasche hervorragte: eines davon war „An die Deutschen" überschrieben. Er bat ihn, es ihnen vorzulesen. Faber zog es heraus und las es. Das Gedicht enthielt die Herausforderung eines bis zum Tode verwundeten Ritters an alle Feinde der deutschen Ehre. Leontin sowohl als Friedrich erstaunten über die Gediegenheit und männliche Tiefe der Romanze und fühlten sich wahrhaft erbaut. „Wer sollte es glauben", sagte Leontin, „daß Herr Faber diese Romanze zu ebender Zeit verfertiget hat, als er Reißaus nahm, um nicht mit gegen die Franzosen zu Felde ziehn zu dürfen." Faber nahm darauf ein anderes Blatt zur Hand und las ihnen ein Gedicht vor, in welchem er sich selber mit höchst komischer Laune in diesem seinem feigherzigen Widerspruche darstellte, worin aber mitten durch die lustigen Scherze ein tiefer Ernst, wie mit großen, frommen Augen, ruhend und ergreifend hindurchschaute. Friedrich ging jedes Wort dieses Gedichtes schneidend durchs Herz. Jetzt wurde es ihm auf einmal klar, warum ihm so viele Stellungen und Einrichtungen in Fabers Schriften durchaus fremd blieben und mißfielen. –

„Dem einen ist zu tun, zu schreiben mir gegeben“,

sagte Faber, als er ausgelesen hatte. „Poetisch sein und Poet sein“, fuhr er fort, „das sind zwei verschiedene Dinge, man mag dagegen sagen, was man will. Bei dem letzteren ist, wie selbst unser großer Meister Goethe eingesteht, immer etwas Taschenspielerei, Seiltänzerei usw. mit im Spiele.“ – „Das ist nicht so“, sagte Friedrich ernst und sicher, „und wäre es so, so möchte ich niemals dichten. Wie wollt Ihr, daß die Menschen Eure Werke hochachten, sich daran erquicken und erbauen sollen, wenn Ihr Euch selber nicht glaubt, was Ihr schreibt und durch schöne Worte und künstliche Gedanken Gott und Menschen zu überlisten trachtet? Das ist ein eitles, nichtsnutziges Spiel, und es hilft Euch doch nichts, denn es ist nichts groß, als was aus einem einfältigen Herzen kommt. Das heißt recht dem Teufel der Gemeinheit, der immer in der Menge wach und auf der Lauer ist, den Dolch selbst in die Hand geben gegen die göttliche Poesie. Wo soll die rechte, schlichte Sitte, das treue Tun, das schöne Lieben, die deutsche Ehre und alle die alte herrliche Schönheit sich hinflüchten, wenn es ihre angebornen Ritter, die Dichter, nicht wahrhaft ehrlich, aufrichtig und ritterlich mit ihr meinen? Bis in den Tod verhaßt sind mir besonders jene ewigen Klagen, die mit weinerlichen Sonetten die alte schöne Zeit zurückwinseln wollen, und, wie ein Strohfeuer, weder die Schlechten verbrennen, noch die Guten erleuchten und erwärmen. Denn wie wenigen möchte doch das Herz zerspringen, wenn alles so dumm geht, und habe ich nicht den Mut, besser zu sein als meine Zeit, so mag ich zerknirscht das Schimpfen lassen, denn keine Zeit ist durchaus schlecht. Die heiligen Märtyrer, wie sie, laut ihren Erlöser bekennend, mit aufgehobenen Armen in die Todesflammen sprangen – das sind des Dichters echte Brüder, und er soll ebenso fürstlich denken von sich; denn so wie sie den ewigen Geist Gottes auf Erden durch Taten ausdrückten, so soll er ihn aufrichtig in einer verwitterten, feindseligen Zeit durch rechte Worte und göttliche Erfindungen verkünden und verherrlichen. Die Menge, nur auf weltliche Dinge erpicht, zerstreut und träge, sitzt gebückt und blind draußen im warmen Sonnenscheine und langt rührend nach dem ewigen Lichte, das sie niemals erblickt. Der Dichter hat einsam die schönen Augen offen; mit Demut und Freudigkeit betrachtet er, selber erstaunt, Himmel und Erde, und das

Herz geht ihm auf bei der überschwenglichen Aussicht, und so besingt er die Welt, die, wie Memnons Bild, voll stummer Bedeutung, nur dann durch und durch erklingt, wenn sie die Aurora eines dichterischen Gemütes mit ihren verwandten Strahlen berührt." – Leontin fiel hier dem Grafen freudig um den Hals. – „Schön, besonders zuletzt sehr schön gesagt", sagte Faber, und drückte ihm herzlich die Hand. Sie meinen es doch alle beide nicht so, wie ich, fühlte und dachte Friedrich betrübt.

Es war unterdes schon dunkel geworden und der Abendstern funkelte vom heitern Himmel über den Wald herüber. Da wurde ihr Gespräch auf eine lustige Art unterbrochen. Die kleine Marie nämlich, die am Morgen mit dem Jäger auf der Wiese gesungen, hatte sich als Jägerbursche angezogen. Die Jäger jagten sie auf der Wiese herum, sie ließ sich aber nicht erhaschen, weil sie, wie sie sagte, nach Tabaksrauch röchen. Wie ein gescheuchtes Reh kam sie endlich an dem Tische vorüber. Leontin fing sie auf und setzte sie vor sich auf seinen Schoß. Er strich ihr die Haare aus den muntern Augen und gab ihr aus seinem Glase zu trinken. Sie trank viel und wurde bald ungewöhnlich beredt, daß sich alle über ihre liebenswürdige Lebhaftigkeit freuten. Leontin fing an, von ihrer Schlafkammer zu sprechen und andere leichtfertige Reden vorzubringen, und als er sie endlich auch küßte, umklammerte sie mit beiden Armen seinen Hals. Friedrich schmerzte das ganze lose Spiel, sosehr es auch Faber gefiel, und er sprach laut vom Verführen. Marie hüpfte von Leontins Schoße, wünschte allen mit verschmitzten Augen eine gute Nacht und sprang fort ins Jägerhaus. Leontin reichte Friedrich lächelnd die Hand und alle drei schieden voneinander, um sich zur Ruhe zu begeben. Faber sagte im Weggehen: seine Seele sei heut so wach, daß er noch tief in die Nacht hinein an einem angefangenen, großen Gedichte fortarbeiten wolle.

Als Friedrich in sein Schlafzimmer kam, stellte er sich noch eine Weile ans offene Fenster. Von der andern Seite des Schlosses schimmerte aus Fabers Zimmer ein einsames Licht in die stille Gegend hinaus. Fabers Fleiß rührte den Grafen, und er kam ihm in diesem Augenblicke als ein höheres Wesen vor. „Es ist wohl groß", sagte er, „so mit göttlichen Gedanken über dem weiten, stillen Kreise der Erde zu schweben. Wache, sinne und bilde nur fleißig fort, fröhliche Seele, wenn alle die andern Menschen schlafen! Gott ist mit dir in deiner Einsamkeit und Er weiß es allein, was ein Dichter treulich will, wenn auch kein Mensch sich um dich bekümmert.“ Der Mond stand eben über dem altertümlichen Turme des Schlosses, unten lag der schwarze Waldgrund in stummer Ruhe. Die Fenster gingen nach der Gegend hinaus, wo die Gräfin Rosa hinter dem Walde wohnte. Friedrich hatte Leontins Gitarre mit hinaufgenommen. Er nahm sie in den Arm und sang:

„Die Welt ruht still im Hafen,
Mein Liebchen, gute Nacht!
Wann Wald und Berge schlafen,
Treu' Liebe einsam wacht.

Ich bin so wach und lustig,
Die Seele ist so licht,
Und eh ich liebt, da wußt ich
Von solcher Freude nicht.

Ich fühl mich so befreiet
Von eitlem Trieb und Streit,
Nichts mehr das Herz zerstreuet
In seiner Fröhlichkeit.

Mir ist, als müßt ich singen
So recht aus tiefer Lust
Von wunderbaren Dingen,
Was niemand sonst bewußt.

O könnt ich alles sagen!
O wär ich recht geschickt!
So muß ich still ertragen,
Was mich so hoch beglückt.“

Viertes Kapitel

Friedrich gab Leontins Bitten, noch länger auf seinem Schlosse zu verweilen, gern nach. Leontin hatte nach seiner raschen, fröhlichen Art bald eine wahre Freundschaft zu ihm gefaßt, und sie verabredeten miteinander, einen Streifzug durch das nahe Gebirge zu machen, das manches Sehenswerte enthielt. Die Ausführung dieses Planes blieb indes von Tage zu Tage verschoben. Bald war das Wetter zu neblicht, bald waren die Pferde nicht zu entbehren oder sonst etwas Notwendiges zu verrichten, und sie mußten sich am Ende selber eingestehen, daß es ihnen beiden eigentlich schwerfiel, sich, auch nur auf wenige Tage, von ihrer hiesigen Nachbarschaft zu trennen. Leontin hatte hier seine eigenen Geheimnisse. Er ritt oft ganz abgelegene Wege in den Wald hinein, wo er nicht selten halbe Tage lang ausblieb. Niemand wußte, was er dort vorhabe, und er selber sprach nie davon. Friedrich dagegen besuchte Rosa fast täglich. Drüben in ihrem schönen Garten hatte die Liebe ihr tausendfarbiges Zelt aufgeschlagen, ihre wunderreichen Fernen ausgespannt, ihre Regenbogen und goldenen Brücken durch die blaue Luft geschwungen, und rings die Berge und Wälder wie einen Zauberkreis um ihr morgenrotes Reich gezogen. Er war unaussprechlich glücklich. Leontin begleitete ihn sehr selten, weil ihm, wie er immer zu sagen pflegte, seine Schwester wie ein gemalter Frühling vorkäme. Friedrich glaubte von jeher bemerkt zu haben, daß Leontin bei aller seiner Lebhaftigkeit doch eigentlich kalt sei und dachte dabei: was hilft dir der schönste gemalte oder natürliche Frühling! Aus dir selber muß doch die Sonne das Bild bescheinen, um es zu beleben.

Zu Hause, auf Leontins Schlosse, wurde Friedrichs poetischer Rausch durch nichts gestört; denn was hier Faber Herrliches ersann und fleißig aufschrieb, suchte Leontin auf seine freie, wunderliche Weise ins Leben einzuführen. Seine Leute mochten alle fortleben, wie es ihnen ihr frischer, guter Sinn eingab; das Waldhorn irrte fast Tag und Nacht in dem Walde hin und her, dazwischen spukte die eben erwachende Sinnlichkeit der kleinen Marie wie ein reizender Kobold, und so machte dieser seltsame, bunte Haushalt diesen ganzen Aufenthalt zu einer wahren Feenburg. Mitten in dem schönen Feste blieb nur ein einziges Wesen einsam und anteillos. Das war Erwin, der schöne Knabe, der mit Friedrich auf das Schloß gekommen war. Er war allen unbegreiflich. Sein einziges Ziel und Augenmerk schien es, seinen Herrn, den Grafen Friedrich, zu bedienen, welches er bis zur geringsten Kleinigkeit aufmerksam, emsig und gewissenhaft tat. Sonst mischte er sich in keine Geschäfte oder Lust der andern, erschien zerstreut, immer fremd, verschlossen und fast hart, so lieblich weich auch seine helle Stimme klang. Nur manchmal, bei Veranlassungen, die oft allen gleichgültig waren, sprach er auf einmal viel und bewegt, und jedem fiel dann sein schönes, seelenvolles Gesicht auf. Unter seine Seltsamkeiten gehörte auch, daß er niemals zu bewegen war, eine Nacht in der Stube zuzubringen. Wenn alles im Schlosse schlief und draußen die Sterne am Himmel prangten, ging er vielmehr mit der Gitarre aus, setzte sich gewöhnlich auf die alte Schloßmauer über dem Waldgrunde und übte sich dort heimlich auf dem Instrumente. Wie oft, wenn Friedrich manchmal in der Nacht erwachte, brachte der Wind einzelne Töne seines Gesanges über den stillen Hof zu ihm herüber, oder er fand ihn frühmorgens auf der Mauer über der Gitarre eingeschlafen. Leontin nannte den Knaben eine wunderbare Laute aus alter Zeit, die jetzt niemand mehr zu spielen verstehe.

Eines Abends, da Leontin wieder auf einem seiner geheimnisvollen Ausflüge ungewöhnlich lange ausblieb, saßen Friedrich und Faber, der sich nach geschehener Tagesarbeit einen fröhlichen Feierabend nicht nehmen ließ, auf der Wiese um den runden Tisch. Der Mond stand schon über dem dunkeln Turme des Schlosses. Da hörten sie plötzlich ein Geräusch durch das Dickicht brechen und Leontin stürzte auf seinem Pferde, wie ein gejagtes Wild, aus dem Walde hervor. Totenbleich, atemlos, und hin und wieder von den Ästen blutig gerissen, kam er sogleich zu ihnen an den Tisch und trank hastig mehrere Gläser Wein nacheinander aus. Friedrich erschütterte die schöne, wüste Gestalt. Leontin lachte laut auf, da er bemerkte, daß ihn alle so verwundert ansahen. Faber drang neugierig in ihn, ihnen zu erzählen, was ihm begegnet sei. Er erzählte aber nichts, sondern sagte statt aller Antwort: „Ich reise fort ins Gebirge, wollt ihr mit?“ – Faber sagte überrascht und unentschlossen, daß ihm jetzt jede Störung unwillkommen sei, da er soeben an dem angefangenen großen Gedichte arbeite, schlug aber endlich ein. Friedrich schwieg still. Leontin, der ihm wohl ansah, was er meine, entband ihn seines alten Versprechens, ihn zu begleiten; er mußte ihm aber dagegen geloben, ihn auf seinem Schlosse zu erwarten. Sie blieben nun noch einige Zeit beieinander. Aber Leontin blieb nachdenklich und still. Seine beiden Gäste begaben sich daher bald zur Ruhe, ohne zu wissen, was sie von seiner Veränderung und raschem Entschlusse denken sollten. Noch im Weggehen hörten sie ihn singen:

„Hinaus, o Mensch, weit in die Welt,
Bangt dir das Herz in krankem Mut!
Nichts ist so trüb in Nacht gestellt,
Der Morgen leicht macht's wieder gut."

Am Morgen frühzeitig blickte Friedrich aus seinem Fenster. Da sah er Leontin schon unten auf der Waldstraße auf das Schloß seiner Schwester zureiten. Er eilte schnell hinab und ritt ihm nach.

Als er auf Rosas Schlosse ankam, fand er Leontin im Garten in einem lauten Wortwechsel mit seiner Schwester. Leontin war nämlich hergekommen, um Abschied von ihr zu nehmen. Rosa hatte aber kaum von seinem Vorhaben gehört, als sie sogleich mit aller Heftigkeit den Gedanken ergriff mitzureisen. „Das laß ich wohl bleiben", sagte Leontin, „da schnüre ich noch heut mein Bündel und reit euch ganz allein davon. Ich will eben als ein Verzweifelter weit in die Welt hinaus, will mich, wie Don Quijote, im Gebirge auf den Kopf stellen und einmal recht verrückt sein, und da fällt's euch gerade ein, hinter mir dreinzuzotteln, als reisten wir nach Karlsbad oder Pyrmont, um mich jedesmal fein natürlich wieder auf die Beine zu bringen und zurechtzurücken. Kommt mir doch jetzt meine ganze Reise vor, wie eine Armee, wo man vorn blitzende Schwerter und wehende Fahnen, hinterdrein aber einen langen Schwanz von Wagen und Weibern sieht, die auf alten Stühlen, Betten und anderm Hausgerät sitzen und plaudern, kochen, handeln und zanken, als wäre da vorn eben alles nichts, daß einem alle Lust zur Courage vergeht. Wahrhaftig, wenn du mitziehst, meine weltliche Rosa, so lasse ich das ganze herrliche, tausendfarbige Rad meiner Reisevorsätze fallen, wie der Pfau, wenn er seine prosaischen Füße besieht." – Rosa, die kein Wort von allem verstanden hatte, was ihr Bruder gesagt, ließ sich nichts ausreden, sondern beharrte ruhig und fest bei ihrem Entschlusse, denn sie gefiel sich schon im voraus zu sehr als Amazone zu Pferde und freute sich auf neue Spektakel. Friedrich, der eben hier dazukam, schüttelte den Kopf über ihr hartes Köpfchen, das ihm unter allen Untugenden der Mädchen die unleidlichste war. Noch tiefer aber schmerzte ihn ihre Hartnäckigkeit, da sie doch wußte, daß er nicht mitreise, daß er es nur um ihretwillen ausgeschlagen habe, und ihn wandelte heimlich die Lust an, selber allein in alle Welt zu gehen. Leontin, der, wie auf etwas sinnend, unterdes die beiden verliebten Gesichter angesehen hatte, lachte auf einmal auf. „Nein", rief er, „wahrhaftig, der Spaß ist so größer! Rosa, du sollst mitreisen, und Faber und Marie und Erwin und Haus und Hof. Wir wollen sanft über die grünen Hügel wallen, wie Schäfer, die Jäger sollen die ungeschlachten Hörner zu Hause lassen und Flöte blasen. Ich will mit bloßem Halse gehn, die Haare blond färben und ringeln, ich will zahm sein, auf den Zehen gehen und immer mit zugespitztem Munde leise lispeln: ‚O teuerste, schöne Seele, o mein Leben, o mein Schaf!' Ihr sollt sehen, ich will mich bemühen, recht mit Anstand lustig zu sein. Dem Herrn Faber wollen wir einen Strohhut mit Lilabändern auf das dicke Gesicht setzen und einen langen Stab in die Hand geben, er soll den Zug anführen. Wir andern werden uns zuweilen zum Spaß im grünen Haine verirren, und dann über unser hartes Trennungslos aus unsern spaßhaften Schmerzen ernsthafte Sonette machen." – Rosa, die von allem wieder nur gehört hatte, daß sie mitreisen dürfe, fiel hier ihrem Bruder unterbrechend um den Hals und tat so schön in ihrer Freude, daß Friedrich wieder ganz mit ihr ausgesöhnt war. Es wurde nun verabredet, daß sie sich noch heute abend auf Leontins Schlosse einfinden sollten, damit sie alle morgen frühzeitig aufbrechen könnten, und sie sprang fröhlich fort, um ihre Anstalten zu treffen.

Als Friedrich und Leontin wieder nach Hause kamen, begann letzterer, der seinen gestrigen Schreck fast schon ganz wieder vergessen zu haben schien, sogleich mit vieler Lustigkeit zusammenzurufen, Befehle auszuteilen und überall Alarm zu schlagen, um, wie er sagte, das Zigeunerleben bald von allen Seiten aufzurühren. Rosa traf, wie sie es versprochen hatte, gegen Abend ein und fand auf der Wiese bei Mondenschein bereits alles in der buntesten Bewegung. Die Jäger putzten singend ihre Büchsen und Sattelzeug, andere versuchten ihre Hörner, Faber band ganze Ballen Papier zusammen, die kleine Marie sprang zwischen allen leichtfertig herum.

Alle begaben sich heute etwas früher als gewöhnlich zur Ruhe. Als Friedrich eben einschlummerte, hörte er draußen einige volle Akkorde auf der Laute anschlagen. Bald darauf vernahm er Erwins Stimme. Das Lied, das er sang, rührte ihn wunderbar, denn es war eine alte, einfache Melodie, die er in seiner Kindheit sehr oft und seitdem niemals wieder gehört hatte. Er sprang erstaunt ans Fenster, aber Erwin hatte soeben wieder aufgehört. Das Licht aus Rosas Schlafzimmer am andern Flügel des Schlosses war erloschen, der Wind drehte knarrend die Wetterfahne auf dem Turme, der Mond schien außerordentlich hell. Friedrich sah Erwin wieder, wie sonst, mit der Gitarre auf der Mauer sitzen. Bald darauf hörte er den Knaben sprechen; eine durchaus unbekannte, männliche Stimme schien ihm von Zeit zu Zeit Antwort zu geben. Friedrich verdoppelte seine Aufmerksamkeit, aber er konnte nichts verstehen, auch sah er niemand außer Erwin. Nur manchmal kam es ihm vor, als lange ein langer Arm über die Mauer herüber nach dem Knaben. Zuletzt sah er einen Schatten von dem Knaben fort längs der Mauer hinuntergehen. Der Schatten wuchs beim Mondenschein mit jedem Schritte immer höher und länger, bis er sich endlich in Riesengröße in den Wald hinein verlor. Friedrich lehnte sich ganz zum Fenster hinaus, aber er konnte nichts unterscheiden. Erwin sprach nun auch nicht mehr und die ganze Gegend war totenstill. Ein Schauer überlief ihn dabei. Sollte diese Erscheinung, dachte er, Zusammenhang haben mit Leontins Begebenheiten? Weiß vielleicht dieser Knabe um seine Geheimnisse? Ihm fiel dabei ein, daß sich sein ganzes Gesicht lebhaft verändert hatte, als Faber heute noch einmal Leontins gestrigen unbekannten Begegnisses erwähnte. Beinahe hätte er alles für einen überwachten Traum gehalten, so seltsam kam es ihm vor, und er schlief endlich mit sonderbaren und abenteuerlichen Gedanken ein.

Fünftes Kapitel

Als draußen Berg und Tal wieder licht waren, war der ganze bunte Trupp schon eine Stunde weit von Leontins Schlosse entfernt. Der sonderbare Zug gewährte einen lustigen Anblick. Leontin ritt ein unbändiges Pferd allen voraus. Er war leicht und nachlässig angezogen, und seine ganze Gestalt hatte etwas Ausländisches. Friedrich sah durchaus deutsch aus. Faber dagegen machte den allerseltsamsten und abenteuerlichsten Aufzug. Er hatte einen runden Hut mit ungeheuer breiten

Krempen, der ihn, wie ein Schirm, gegen die Sonne und Regen zugleich schützen sollte. An seiner Seite hing eine dick angeschwollene Tasche mit Schreibtafeln, Büchern und anderm Reisegerät herab. Er war wie ein fahrender Scholast anzusehen. Rosa ritt mitten unter ihnen ein schönes, frommes Pferd auf einem weiblichen, englischen Sattel. Ein langes grünes Reitkleid, von einem goldenen Gürtel zusammengehalten, schmiegte sich an ihre vollen Glieder, ein blendendweißer Spitzenkragen umschloß das schöne Köpfchen, von dem hohe Federn in die Morgenluft nickten. Zu ihrer Begleitung hatte man die kleine Marie bestimmt, die ihr als Jägerknabe folgte. Auch Erwin ritt mit und hatte die Gitarre an einem himmelblauen Bande umgehängt. Hinterdrein kamen mehrere Jäger mit wohlbepackten Pferden.

Sie zogen eben über einen freien Bergrücken weg. Die Morgensonne funkelte ihnen fröhlich entgegen. Rosa blickte Friedrich aus ihren großen Augen so frisch und freudig an, daß es ihm durch die Seele ging. Als sie auf den Gipfel kamen, lag auf einmal ein unübersehbar weites Tal im Morgenschimmer unter ihnen. „Viktoria!" rief Leontin fröhlich und schwang seinen Hut. „Es geht doch nichts übers Reisen, wenn man nicht dahin oder dorthin reiset, sondern in die weite Welt hinein, wie es Gott gefällt! Wie uns aus Wäldern, Bergen, aus blühenden Mädchengesichtern, die von lichten Schlössern grüßen, aus Strömen und alten Burgen das noch unbekannte, überschwengliche Leben ernst und fröhlich ansieht!" – „Das Reisen", sagte Faber, „ist dem Leben vergleichbar. Das Leben der meisten ist eine immerwährende Geschäftsreise vom Buttermarkt zum Käsemarkt; das Leben der Poetischen dagegen ein freies, unendliches Reisen nach dem Himmelreich." – Leontin, dessen Widerspruchsgeist Faber jederzeit unwiderstehlich anregte, sagte darauf: „Diese reisenden Poetischen sind wieder den Paradiesvögeln zu vergleichen, von denen man fälschlich glaubt, daß sie keine Füße haben. Sie müssen doch auch herunter und in Wirtshäusern einkehren und Vettern und Basen besuchen, und, was sie sich auch für Zeug einbilden, das Fräulein auf dem lichten Schlosse ist doch nur ein dummes, höchstens verliebtes Ding, das die Liebe mit ihrem bißchen brennbaren Stoffe eine Weile in die Lüfte treibt, um dann desto jämmerlicher, wie ein ausgeblasener Dudelsack, wieder zur Erde zu fallen; auf der alten, schönen, trotzigen Burg findet sich auch am Ende nur noch ein kahler Landkavalier usw. Alles ist Einbildung." – „Du solltest nicht so reden", entgegnete Friedrich. „Wenn wir von einer innern Freudigkeit erfüllt sind, welche, wie die Morgensonne, die Welt überscheint und alle Begebenheiten, Verhältnisse und Kreaturen zur eigentümlichen Bedeutung erhebt, so ist dieses freudige Licht vielmehr die wahre göttliche Gnade, in der allein alle Tugenden und großen Gedanken gedeihen, und die Welt ist wirklich so bedeutsam, jung und schön, wie sie unser Gemüt in sich selber anschaut. Der Mißmut aber, die träge Niedergeschlagenheit und alle diese Entzauberungen, das ist die wahre Einbildung, die wir durch Gebet und Mut zu überwinden trachten sollen, denn diese verdirbt die ursprüngliche Schönheit der Welt." – „Ist mir auch recht", erwiderte Leontin lustig. – „Graf Friedrich", sagte Faber, „hat eine Unschuld in seinen Betrachtungen, eine Unschuld." – „Ihr Dichter", fiel ihm Leontin hastig ins Wort, „seid alle eurer Unschuld über den Kopf gewachsen, und, wie ihr eure Gedichte ausspendet, sagt ihr immer: ‚Da ist ein prächtiges Kunststück von meiner Kindlichkeit, da ist ein besonders wohleingerichtetes Stück von meinem Patriotismus oder von meiner Ehre!'" – Friedrich erstaunte, da Leontin so keck und hart aussprach, was er, als eine Lästerung aller Poesie, sich selber zu denken niemals erlauben mochte.

Rosa hatte unterdes über dem Gespräche mehrere Male gegähnt. Faber bemerkte es, und da er sich jederzeit als ein galanter Verehrer des schönen Geschlechts auszeichnete, so trug er sich an, zu allgemeiner Unterhaltung eine Erzählung zum besten zu geben. „Nur nicht in Versen", rief Rosa, „denn da versteht man doch alles nur halb." Man rückte daher näher zusammen, Faber in die Mitte nehmend, und er erzählte folgende Geschichte, während sie zwischen den waldigen Bergen langsam fortzogen:

„Es war einmal ein Ritter." – „Das fängt ja an wie ein Märchen", unterbrach ihn Rosa. – Faber setzte von neuem an: „Es war einmal ein Ritter, der lebte tief im Walde auf seiner alten Burg in geistlichen Betrachtungen und strengen Bußübungen. Kein Fremder besuchte den frommen Ritter, alle Wege zu seiner Burg waren lange mit hohem Grase überwachsen und nur das Glöcklein, das er bei seinen Gebeten von Zeit zu Zeit zog, unterbrach die Stille und klang in hellen Nächten weit über die Wälder weg. Der Ritter hatte ein junges Töchterlein, die machte ihm viel Kummer, denn sie war ganz anderer Sinnesart, als ihr Vater und all ihr Trachten ging nur auf weltliche Dinge. Wenn sie abends am Spinnrocken saß, und er ihr aus seinen alten Büchern die wunderbaren Geschichten von den heiligen Märtyrern vorlas, dachte sie immer heimlich bei sich: Das waren wohl rechte Toren, und hielt sich für weit klüger, als ihr alter Vater, der alle die Wunder glaubte. Oft, wenn ihr Vater weg war, blätterte sie in den Büchern und malte den Heiligen, die darin abgebildet waren, große Schnurrbärte" – Rosa lachte hierbei laut auf. – „Was lachst du?" fragte Leontin spitzig, und Faber fuhr in seiner Erzählung fort: „Sie war sehr schön und klüger, als alle die andern Kinder in ihrem Alter, weswegen sie sich auch immer mit ihnen zu spielen schämte, und wer mit ihr sprach, glaubte eine erwachsene Person reden zu hören, so gescheit und künstlich waren alle ihre Worte gesetzt. Dabei ging sie bei Tag und Nacht ganz allein im Walde umher, ohne sich zu fürchten, und lachte immer den alten Burgvogt aus, der ihr schauerliche Geschichten vom Wassermann erzählte. Gar oft stand sie dann an dem blauen Flusse im Walde und rief mit lachendem Munde: ‚Wassermann soll mein Bräutigam sein! Wassermann soll mein Bräutigam sein!'

Als nun der Vater zum Sterben kam, rief er die Tochter zu seinem Bette und übergab ihr einen großen Ring, der war sehr schwer von reinem Golde gearbeitet. Er sagte dabei zu ihr: ‚Dieser Ring ist vor uralten Zeiten von einer kunstreichen Hand verfertigt. Einer deiner Vorfahren hat ihn in Palästina, mitten im Getümmel der Schlacht, erfochten. Dort lag er unter Blut und Staub auf dem Boden, aber er blieb unbefleckt und glänzte so hell und durchdringlich, daß sich alle Rosse davor bäumten und keines ihn mit seinem Hufe zertreten wollte. Alle deine Mütter haben den Ring getragen und Gott hat ihren frommen Ehestand gesegnet. Nimm du ihn auch hin und betrachte ihn alle Morgen mit rechten Sinnen, so wird sein Glanz dein Herz erquicken und stärken. Wenden sich aber deine Gedanken und Neigungen zum Bösen, so verlöscht sein Glanz mit der Klarheit deiner Seele und wird dir gar trübe erscheinen. Bewahre ihn treu an deinem Finger, bis du einen tugendhaften Mann gefunden. Denn welcher Mann ihn einmal an seiner Hand trägt, der kann nicht mehr von dir lassen und wird dein Bräutigam.' – Bei diesen Worten verschied der alte Ritter.

Ida blieb nun allein zurück. Ihr war längst angst und bange auf dem alten Schlosse gewesen, und da sie jetzt ungeheure Schätze in den Kellern ihres Vaters vorfand, so veränderte sie sogleich ihre Lebensweise." – „Gott sei Dank", sagte Rosa, „denn bis jetzt war sie ziemlich langweilig." – Faber fuhr wieder fort: „Die dunkeln Bogen, Tore und Höfe der alten Burg wurden niedergerissen und ein neues, lichtes Schloß mit blendendweißen Mauern und kleinern, luftigen Türmchen erhob sich bald über den alten Steinen. Ein großer, schöner Garten wurde daneben angelegt, durch den der blaue Fluß vorüberfloß. Da standen tausenderlei hohe, bunte Blumen, Wasserkünste sprangen dazwischen, und zahme Rehe gingen darin spazieren. Der Schloßhof wimmelte von Rossen und reichgeschmückten Edelknaben, die lustige Lieder auf ihr schönes Fräulein sangen. Sie selber war nun schon groß und außerordentlich schön geworden. Von Ost und West kamen daher nun reiche und junge Freier angezogen, und die Straßen, die zu dem Schlosse führten, blitzten von blanken Reitern, Helmen und Federbüschen.

Das gefiel dem Fräulein gar wohl, aber so gern sie auch alle Männer hatte, so mochte sie doch mit keinem einzigen ihren Ring auswechseln; denn jeder Gedanke an die Ehe war ihr lächerlich und verhaßt. Was soll ich, sagte sie zu sich selbst, meine schöne Jugend verkümmern, um in abgeschiedener, langweiliger Einsamkeit eine armselige Hausmutter abzugeben, anstatt daß ich jetzt so frei bin, wie der Vogel in der Luft. Dabei kamen ihr alle Männer gar dummlich vor, weil sie entweder zu unbehülflich waren, ihrem müßigen Witze nachzukommen, oder auf andere, hohe Dinge stolz taten, an die sie nicht glaubte. Und so betrachtete sie sich in ihrer Verblendung als eine reizende Fee unter verzauberten Bären und Affen, die nach ihrem Winke tanzen und aufwarten mußten. Der Ring wurde indes von Tage zu Tage trüber.

Eines Tages gab sie ein glänzendes Bankett. Unter einem prächtigen Zelte, das im Garten aufgeschlagen war, saßen die jungen Ritter und Frauen um die Tafel, in ihrer Mitte das stolze Fräulein, gleich einer Königin, und ihre witzigen Redensarten überstrahlten den Glanz der Perlen und Edelgesteine, womit ihr Hals und Busen geschmückt war. Recht wie ein wurmstichiger Apfel, so schön rot und betrüglich war sie anzusehen. Der goldene Wein kreiste fröhlich herum, die Ritter schauten kühner, üppig lockende Lieder zogen hin und wieder im Garten durch die sommerlaue Luft. Da fielen Idas Blicke zufällig auf ihren Ring. Der war auf einmal finster geworden, und sein verlöschender Glanz tat nur eben noch einen seltsamen, dunkelglühenden Blick auf sie. Sie stand schnell auf und ging an den Abhang des Gartens. ‚Du einfältiger Stein sollst mich nicht länger mehr stören!' sagte sie, in ihrem Übermute lachend, zog den Ring vom Finger und warf ihn in den Strom hinunter. Er beschrieb im Fluge einen hellschimmernden Bogen und tauchte sogleich in den tiefsten Abgrund hinab. Darauf kehrte sie wieder in den Garten zurück, aus dem die Töne wollüstig nach ihr zu langen schienen.

Am andern Tage saß Ida allein im Garten und sah in den Fluß hinunter. Es war gerade um die Mittagszeit. Alle Gäste waren fortgezogen, die ganze Gegend lag still und schwül. Einzelne seltsam gestaltete Wolken zogen langsam über den dunkelblauen Himmel; manchmal flog ein plötzlicher Wind über die Gegend, und dann war es, als ob die alten Felsen und die alten Bäume sich über den Fluß unten neigten und miteinander über sie besprächen. Ein Schauder überlief Ida. Da sah sie auf einmal einen schönen, hohen Ritter, der auf einem schneeweißen Rosse die Straße hergeritten kam. Seine Rüstung und sein Helm waren wasserblau, eine wasserblaue Binde flatterte in der Luft, seine Sporen waren von Kristall. Er grüßte sie freundlich, stieg ab und kam zu ihr. Ida schrie laut auf vor Schreck, denn sie erblickte den alten wundertätigen Ring, den sie gestern in den Fluß geworfen hatte, an seinem Finger, und dachte sogleich daran, was ihr ihr Vater auf dem Totenbette prophezeit hatte. Der schöne Ritter zog sogleich eine dreifache Schnur von Perlen hervor und hing sie dem Fräulein um den Hals, dabei küßte er sie auf den Mund, nannte sie seine Braut und versprach, sie heute abend heimzuholen. Ida konnte nichts antworten, denn es kam ihr vor, als läge sie in einem tiefen Schlafe, und doch vernahm sie den Ritter, der in gar lieblichen Worten zu ihr sprach, ganz deutlich, und hörte dazwischen auch den Strom, wie über ihr, immerfort verworren dreinrauschen. Darauf sah sie den Ritter sich wieder auf seinen Schimmel schwingen und so schnell in den Wald zurücksprengen, daß der Wind hinter ihm dreinpfiff.

Als es gegen Abend kam, stand sie in ihrem Schlosse am Fenster und schaute in das Gebirge hinaus, das schon die graue

Dämmerung zu überziehen anfing. Sie sann hin und her, wer der schöne Ritter sein möge, aber sie konnte nichts herausbringen. Eine nie gefühlte Unruhe und Ängstlichkeit überfiel dabei ihre Seele, die immer mehr zunahm, je dunkler draußen die Gegend wurde. Sie nahm die Zither, um sich zu zerstreuen. Es fiel ihr ein altes Lied ein, das sie als Kind oft ihren Vater in der Nacht, wenn sie manchmal erwachte, hatte singen hören. Sie fing an zu singen:

‚Obschon ist hin der Sonnenschein
Und wir im Finstern müssen sein,
So können wir doch singen
Von Gottes Güt und seiner Macht,
Weil uns kann hindern keine Nacht,
Sein Lobe zu vollbringen.'

Die Tränen brachen ihr hierbei aus den Augen, und sie mußte die Zither weglegen, so weh war ihr zumute.

Endlich, da es draußen schon ganz finster geworden, hörte sie auf einmal ein großes Getös von Rosseshufen und fremden Stimmen. Der Schloßhof füllte sich mit Windlichtern, bei deren Schein sie ein wildes Gewimmel von Wagen, Pferden, Rittern und Frauen erblickte. Die Hochzeitsgäste verbreiteten sich bald in der ganzen Burg, und sie erkannte alle ihre alten Bekannten, die auch letzthin auf dem Bankett bei ihr gewesen waren. Der schöne Bräutigam, wieder ganz in wasserblaue Seide gekleidet, trat zu ihr und erheiterte gar bald ihr Herz durch seine anmutigen und süßen Reden, Musikanten spielten lustig, Edelknaben schenkten Wein herum, und alles tanzte und schmauste in freudenreichem Schalle.

Während des Festes trat Ida mit ihrem Bräutigam ans offene Fenster. Die Gegend war unten weit und breit still, wie ein Grab, nur der Fluß rauschte aus dem finstern Grunde herauf. ‚Was sind das für schwarze Vögel', fragte Ida, ‚die da in langen Scharen so langsam über den Himmel ziehn?' – ‚Sie ziehen die ganze Nacht fort', sagte der Bräutigam, ‚sie bedeuten deine Hochzeit.' – ‚Was sind das für fremde Leute', fragte Ida wieder, ‚die dort unten am Flusse auf den Steinen sitzen und sich nicht rühren?' – ‚Das sind meine Diener', sagte der Bräutigam, ‚die auf uns warten.' – Unterdes fingen schon lichte Streifen an, sich am Himmel aufzurichten, und aus den Tälern hörte man von ferne Hähne krähen. ‚Es wird so kühl', sagte Ida und schloß das Fenster. ‚In meinem Hause ist es noch viel kühler', erwiderte der Bräutigam, und Ida schauderte unwillkürlich zusammen.

Darauf faßte er sie beim Arme und führte sie mitten unter den lustigen Schwarm zum Tanze. Der Morgen rückte indes immer näher, die Kerzen im Saale flackerten nur noch matt und löschten zum Teil gar aus. Während Ida mit ihrem Bräutigam herumwalzte, bemerkte sie mit Grausen, daß er immer blässer ward, je lichter es wurde. Draußen vor den Fenstern sah sie lange Männer mit seltsamen Gesichtern ankommen, die in den Saal hereinschauten. Auch die Gesichter der übrigen Gäste und Bekannten veränderten sich nach und nach, und sie sahen alle aus wie Leichen. ‚Mein Gott, mit wem habe ich so lange Zeit gelebt?' rief sie aus. Sie konnte vor Ermattung nicht mehr fort und wollte sich loswinden, aber der Bräutigam hielt sie fest um den Leib und tanzte immerfort, bis sie atemlos auf die Erde hinstürzte.

Frühmorgens, als die Sonne fröhlich über das Gebirge schien, sah man den Schloßgarten auf dem Berge verwüstet, im Schlosse war kein Mensch zu finden, und alle Fenster standen weit offen. Die Reisenden, die bei hellem Mondenscheine oder um die Mittagszeit an dem Flusse vorübergingen, sahen oft ein junges Mädchen sich mitten im Strome mit halbem Leibe über das Wasser emporheben. Sie war sehr schön, aber totenblaß."

So endigte Faber seine Erzählung. „Erschrecklich!" rief Leontin, sich, wie vor Frost, schüttelnd. Rosa schwieg still. Auf Friedrich hatte das Märchen einen tiefen und ganz besonderen Eindruck gemacht. Er konnte sich nicht enthalten, während der ganzen Erzählung mit einem unbestimmten, schmerzlichen Gefühle an Rosa zu denken, und es kam ihm vor, als hätte Faber selber nicht ohne Absicht gerade diese Erfindung gewählt.

Fabers Märchen gab Veranlassung, daß auch Friedrich und Leontin mehrere Geschichten erzählten, woran aber Rosa immer nur einen entfernten Anteil nahm. So verging dieser Tag unter fröhlichen Gesprächen, ehe sie es selber bemerkten, und der Abend überraschte sie mitten im Walde in einer unbekannten Gegend. Sie schlugen daher den ersten Weg ein, der sich ihnen darbot, und kamen schon in der Dunkelheit bei einem Bauernhause an, das ganz allein im Walde stand, und wo sie zu übernachten beschlossen. Die Hauswirtin, ein junges, rüstiges Weib, wußte nicht, was sie aus dem ganz unerwarteten Besuche machen sollte und maß sie mit Blicken, die eben nicht das beste Zutrauen verrieten. Die lustigen Reden und Schwänke Leontins und seiner Jäger aber brachten sie bald in die beste Laune, und sie bereitete alles recht mit Lust zu ihrer Aufnahme.

Nach einem flüchtig eingenommenen Abendessen ergriffen Leontin, Faber und die Jäger ihre Flinten und gingen noch in den Wald hinaus auf den Anstand, da ihnen die gefällige Bäuerin mit einer gewissen verstohlenen Vertraulichkeit den Platz verraten hatte, wo das Wild gewöhnlich zu wechseln pflegte. Rosa fürchtete sich nun, hier allein zurückzubleiben, und bat daher Friedrich, ihr Gesellschaft zu leisten, welches dieser mit Freuden annahm. Beide setzten sich, als alles fort war, auf die Bank an der Haustür vor den weiten Kreis der Wälder. Friedrich hatte die Gitarre bei sich und griff einige volle Akkorde, welche sich in der heitern, stillen Nacht herrlich ausnahmen. Rosa war in dieser ungewohnten Lage ganz verändert. Sie war einmal ohne alle kleine Launen, hingebend, ungewöhnlich vertraulich und liebenswürdig ermattet. Friedrich glaubte sie noch niemals so angenehm gesehen zu haben. Er hatte ihr schon längst versprechen müssen, seine ganze Jugendgeschichte einmal ausführlich zu erzählen. Sie bat ihn nun, sein Versprechen zu erfüllen, bis die andern zurückkämen. Er war gerade auch aufgelegt dazu und begann daher, während sie, mit dem einen Arme auf seine Achsel gelehnt, so nahe als möglich an ihn rückte, folgendermaßen zu erzählen:

„Meine frühesten Erinnerungen verlieren sich in einem großen, schönen Garten. Lange, hohe Gänge von gradbeschnittenen Baumwänden laufen nach allen Richtungen zwischen großen Blumenfeldern hin, Wasserkünste rauschen einsam dazwischen, die Wolken ziehen hoch über die dunkeln Gänge weg, ein wunderschönes kleines Mädchen, älter als ich, sitzt an der Wasserkunst und singt welsche Lieder, während ich oft stundenlang an den eisernen Stäben des Gartentors stehe, das an die Straße stößt, und sehe, wie draußen der Sonnenschein wechselnd über Wälder und Wiesen fliegt, und Wagen, Reuter und Fußgänger am Tore vorüber in die glänzende Ferne hinausziehen. Diese ganze, stille Zeit liegt weit hinter all dem Schwalle der seitdem durchlebten Tage, wie ein uraltes, wehmütig süßes

Lied, und wenn mich oft nur ein einzelner Ton davon wieder berührt, faßt mich ein unbeschreibliches Heimweh, nicht nur nach jenen Gärten und Bergen, sondern nach einer viel ferneren und tieferen Heimat, von welcher jene nur ein lieblicher Widerschein zu sein scheint. Ach, warum müssen wir jene unschuldige Betrachtung der Welt, jene wundervolle Sehnsucht, jenen geheimnisvollen, unbeschreiblichen Schimmer der Natur verlieren, in dem wir nur manchmal noch im Traume unbekannte, seltsame Gegenden wiedersehen!"

„Und wie war es denn nun weiter?" fiel ihm Rosa ins Wort.

„Meinen Vater und meine Mutter", fuhr Friedrich fort, „habe ich niemals gesehen. Ich lebte auf dem Schlosse eines Vormunds. Aber eines ältern Bruders erinnere ich mich sehr deutlich. Er war schön, wild, witzig, keck und dabei störrisch, tiefsinnig und menschenscheu. Dein Bruder Leontin sieht ihm sehr ähnlich und ist mir darum um desto teurer. Am besten kann ich mir ihn vorstellen, wenn ich an einen Umstand zurückdenke. An unserm altertümlichen Schlosse lief nämlich eine große steinerne Galerie rings herum. Dort pflegten wir beide gewöhnlich des Abends zu sitzen, und ich erinnere mich noch immer an den eignen, sehnsuchtsvollen Schauer, mit dem ich hinuntersah, wie der Abend blutrot hinter den schwarzen Wäldern versank und dann nach und nach alles dunkel wurde. Unsere alte Wärterin erzählte uns dann gewöhnlich das Märchen von dem Kinde, dem die Mutter mit dem Kasten den Kopf abschlug und das darauf als ein schöner Vogel draußen auf den Bäumen sang. Rudolf, so hieß mein Bruder, lief oder ritt unterdes auf dem steinernen Geländer der Galerie herum, daß mir vor Schwindel alle Sinne vergingen. Und in dieser Stellung schwebt mir sein Bild noch immer vor, das ich von dem Märchen, den schwarzen Wäldern unten und den seltsamen Abendlichtern gar nicht trennen kann. Da er wenig lernte und noch weniger gehorchte, wurde er kalt und übel behandelt. Oft wurde ich ihm als Muster vorgestellt, und dies war mein größter und tiefster Schmerz, den ich damals hatte, denn ich liebte ihn unaussprechlich. Aber er achtete wenig darauf. Das schöne italienische Mädchen fürchtete sich vor ihm, sooft sie mit ihm zusammenkam, und doch schien sie ihn immer wieder von neuem aufzusuchen. Mit mir dagegen war sie sehr vertraulich und oft ausgelassen lustig. Alle Morgen, wenn es schön war, ging sie in den Garten hinunter und wusch sich an der

Wasserkunst die hellen Augen und den kleinen, weißen Hals, und ich mußte ihr währenddessen die zierlichen Zöpfchen flechten helfen, die sie dann in einen Kranz über dem Scheitel zusammenheftete. Dabei sang sie immer folgendes Liedchen, das mir mit seiner ganz eignen Melodie noch immer sehr deutlich vorschwebt:

‚Zwischen Bergen, liebe Mutter,
Weit den Wald entlang,
Reiten da drei junge Jäger
Auf drei Rößlein blank,
lieb Mutter,
Auf drei Rößlein blank.

Ihr könnt fröhlich sein, lieb Mutter:
Wird es draußen still,
Kommt der Vater heim vom Walde,
Küßt Euch wie er will,
lieb Mutter,
Küßt Euch wie er will.

Und ich werfe mich im Bettchen
Nachts ohn Unterlaß,
Kehr mich links, und kehr mich rechtshin,
Nirgends hab ich was,
lieb Mutter,
Nirgends hab ich was.

Bin ich eine Frau erst einmal,
In der Nacht dann still
Wend ich mich nach allen Seiten,
Küß, soviel ich will,
lieb Mutter,
Küß, soviel ich will.‘

Sie sang das Liedchen ganz allerliebst. Das arme Kind wußte wohl damals selbst noch nicht deutlich, was sie sang. Aber einmal fuhren die Alten, die sie darüber belauscht hatten, gar täppisch mit harten Verweisen drein, und seitdem, erinnere ich mich, sang sie das Lied heimlich noch viel lieber.

So lebten wir lange Zeit in Frieden nebeneinander, und es

fiel mir gar nicht ein, daß es jemals anders werden könnte, nur daß Rudolf immer finsterer wurde, je mehr er heranwuchs. Um diese Zeit hatte ich mehrere Male sehr schwere und furchtbare Träume. Ich sah nämlich immer meinen Bruder Rudolf in einer Rüstung, wie sie sich auf einem alten Ritterbilde auf unserem Vorsaale befand, durch ein Meer von durcheinanderwogenden, ungeheuren Wolken schreiten, wobei er sich mit einem langen Schwerte rechts und links Bahn zu hauen schien. Sooft er mit dem Schwerte die Wolken berührte, gab es eine Menge Funken, die mich mit ihren vielfarbigen Lichtern blendeten, und bei jedem solchen Leuchten kam mir auch Rudolfs Gesicht plötzlich blaß und ganz verändert vor. Während ich mich nun mit den Augen so recht in den Wolkenzug vertiefte, bemerkte ich mit Verwunderung, daß es eigentlich keine Wolken waren, sondern sich alles nach und nach in ein langes, dunkles, seltsam geformtes Gebirge verwandelte, vor dem mir schauderte, und ich konnte gar nicht begreifen, wie sich Rudolf dort so allein nicht fürchtete. Seitwärts von dem Gebirge sah ich eine weite Landschaft, deren unbeschreibliche Schönheit und wunderbaren Farbenschimmer ich niemals vergessen habe. Ein großer Strom ging mitten hindurch bis in eine unabsehbare, duftige Ferne, wo er sich mit Gesang zu verlieren schien. Auf einem sanftgrünen Hügel über dem Strome saß Angelina, das italienische Mädchen, und zog mit ihrem kleinen, rosigen Finger zu meinem Erstaunen einen Regenbogen über den blauen Himmel. Unterdes sah ich, daß das Gebirge anfing sich wundersam zu regen; die Bäume streckten lange Arme aus, die sich wie Schlangen ineinanderschlungen, die Felsen dehnten sich zu ungeheuren Drachengestalten aus, andere zogen Gesichter mit langen Nasen, die ganze wunderschöne Gegend überzog und verdeckte dabei ein qualmender Nebel. Zwischen den Felsenplatten streckte Rudolf den Kopf hervor, der auf einmal viel älter und selber wie von Stein aussah, und lachte übermäßig mit seltsamen Gebärden. Alles verwirrte sich zuletzt und ich sah nur die entfliehende Angelina mit ängstlich zurückgewandtem Gesichte und weißem, flatterndem Gewande, wie ein Bild über einen grauen Vorhang, vorüberschweben. Eine große Furcht überfiel mich da jedesmal und ich wachte vor Schreck und Entsetzen auf.

Diese Träume, die sich, wie gesagt, mehrere Male wiederholten, machten einen so tiefen Eindruck auf mein kindisches

Gemüt, daß ich nun meinen Bruder oft heimlich mit einer Art von Furcht betrachtete, auch die seltsame Gestaltung des Gebirges nie wieder vergaß.

Eines Abends, da ich eben im Garten herumging und zusah, wie es in der Ferne an den Bergen gewitterte, trat auf einmal an dem Ende eines Bogenganges Rudolf zu mir. Er war finsterer, als gewöhnlich. ‚Siehst du das Gebirge dort?‘ sagte er, auf die fernen Berge deutend. ‚Drüben liegt ein viel schöneres Land, ich habe ein einziges Mal hinuntergeblickt.‘ Er setzte sich ins Gras hin, dann sagte er in einer Weile wieder: ‚Hörst du, wie jetzt in der weiten Stille unten die Ströme und Bäche rauschen und wunderbarlich locken? Wenn ich so hinunterstiege in das Gebirge hinein, ich ginge fort und immer fort, du würdest unterdes alt, das Schloß wäre auch verfallen und der Garten hier lange einsam und wüste.‘ – Mir fiel bei diesen Worten mein Traum wieder ein, ich sah ihn an, und auch sein Gesicht kam mir in dem Augenblicke gerade so vor, wie es mir im Traume immer erschien. Eine niegefühlte Angst überwältigte mich und ich fing an zu weinen. ‚Weine nur nicht!‘ sagte er hart und wollte mich schlagen. Unterdes kam Angelina mit neuem Spielzeuge lustig auf uns zugesprungen und Rudolf entfernte sich wieder in den dunkeln Bogengang. Ich spielte nun mit dem muntern Mädchen auf dem Rasenplatze vor dem Schlosse und vergaß darüber alles Vorhergegangene. Endlich trieb uns der Hofmeister zu Bette. Ich erinnere mich nicht, daß mir als Kind irgend etwas widerwärtiger gewesen wäre, als das zeitige Schlafengehen, wenn alles draußen noch schallte und schwärmte und meine ganze Seele noch so wach war. Dieser Abend war besonders schön und schwül. Ich legte mich unruhig nieder. Die Bäume rauschten durch das offene Fenster herein, die Nachtigall schlug tief aus dem Garten, dazwischen hörte ich noch manchmal Stimmen unter dem Fenster sprechen, bis ich endlich nach langer Zeit einschlummerte. Da kam es mir auf einmal vor, als schiene der Mond sehr hell durch die Stube, mein Bruder erhöbe sich aus seinem Bett und ginge verschiedentlich im Zimmer herum, neige sich dann über mein Bett und küsse mich. Aber ich konnte mich durchaus nicht besinnen.

Den folgenden Morgen wachte ich später auf, als gewöhnlich. Ich blickte sogleich nach dem Bette meines Bruders und sah, nicht ohne Ahnung und Schreck, daß es leer war. Ich lief schnell in den Garten hinaus, da saß Angelina am Springbrunnen und weinte heftig. Meine Pflegeeltern und alle im ganzen Hause waren heimlich, verwirrt und verstört, und so erfuhr ich erst nach und nach, daß Rudolf in dieser Nacht entflohen sei. Man schickte Boten nach allen Seiten aus, aber keiner brachte ihn mehr wieder."

„Und habt ihr denn seitdem niemals wieder etwas von ihm gehört?" fragte Rosa.

„Es kam wohl die Nachricht", sagte Friedrich, „daß er sich bei einem Freikorps habe anwerben lassen, nachher gar, daß er in einem Treffen geblieben sei. Aber aus späteren, einzelnen, abgebrochenen Reden meiner Pflegeeltern gelangte ich wohl zu der Gewißheit, daß er noch am Leben sein müsse. Doch taten sie sehr heimlich damit und hörten sogleich auf davon zu sprechen, wenn ich hinzutrat; und seitdem habe ich von ihm nichts mehr sehen noch erfahren können.

Bald darauf verließ auch Angelina mit ihrem Vater, der weitläufig mit uns verwandt war, unser Schloß und reiste nach Italien zurück. Es ist sonderbar, daß ich mich auf die Züge des Kindes nie wieder besinnen konnte. Nur ein leises, freundliches Bild ihrer Gestalt und ganzen lieblichen Gegenwart blieb mir übrig. Und so war denn nun das Kleeblatt meiner Kindheit zerrissen und Gott weiß, ob wir uns jemals wiedersehen. – Mir war zum Sterben bange, mein Spielzeug freute mich nicht mehr, der Garten kam mir unaussprechlich einsam vor. Es war, als müßte ich hinter jedem Baume, an jedem Bogengange noch Angelina oder meinem Bruder begegnen, das einförmige Plätschern der Wasserkünste Tag und Nacht hindurch vermehrte nur meine tiefe Bangigkeit. Mir war es unbegreiflich, wie es meine Pflegeeltern hier noch aushalten konnten, wie alles um mich herum seinen alten Gang fortging, als wäre eben alles noch, wie zuvor.

Damals ging ich oft heimlich und ganz allein nach dem Gebirge, das mir Rudolf an jenem letzten Abend gezeigt hatte, und hoffte in meinem kindischen Sinne zuversichtlich, ihn dort noch wiederzufinden. Wie oft überfiel mich dort ein Grausen vor den Bergen, wenn ich mich manchmal droben verspätet hatte und nur noch die Schläge einsamer Holzhauer durch die dunkelgrünen Bogen heraufschallten, während tief unten schon hin und her Lichter in den Dörfern erschienen, aus denen die Hunde fern bellten. Auf einem dieser Streifzüge verfehlte ich beim Heruntersteigen den rechten Weg und konnte ihn durchaus nicht wiederfinden. Es war schon dunkel geworden und meine Angst nahm mit jeder Minute zu. Da erblickte ich seitwärts ein Licht; ich ging darauf los und kam an ein kleines Häuschen. Ich guckte furchtsam durch das erleuchtete Fenster hinein und sah darin in einer freundlichen Stube eine ganze Familie friedlich um ein lustig flackerndes Herdfeuer gelagert. Der Vater, wie es schien, hatte ein Büchelchen in der Hand und las vor. Mehrere sehr hübsche Kinder saßen im Kreise um ihn herum und hörten, die Köpfchen in beide Arme aufgestützt, mit der größten Aufmerksamkeit zu, während eine junge Frau daneben spann und von Zeit zu Zeit Holz an das Feuer legte. Der Anblick machte mir wieder Mut, ich trat in die Stube hinein. Die Leute waren sehr erstaunt, mich bei ihnen zu sehen, denn sie kannten mich wohl, und ein junger Bursche wurde sogleich fortgesandt, sich anzukleiden, um mich auf das Schloß zurückzugeleiten. Der Vater setzte unterdes, da ich ihn darum bat, seine Vorlesung wieder fort. Die Geschichte wollte mich bald sehr anmutig und wundervoll bedünken. Mein Begleiter stand schon lange fertig an der Tür. Aber ich vertiefte mich immer mehr in die Wunder; ich wagte kaum zu atmen und hörte zu und immer zu und wäre die ganze Nacht geblieben, wenn mich nicht der Mann endlich erinnert hätte, daß meine Eltern in Angst kommen würden, wenn ich nicht bald nach Hause ginge. Es war der gehörnte Siegfried, den er las."

Rosa lachte. – Friedrich fuhr, etwas gestört, fort:

„Ich konnte diese ganze Nacht nicht schlafen, ich dachte immerfort an die schöne Geschichte. Ich besuchte nun das kleine Häuschen fast täglich, und der gute Mann gab mir von den ersehnten Büchern mit nach Hause, soviel ich nur wollte. Es war gerade in den ersten Frühlingstagen. Da saß ich denn einsam im Garten und las die ‚Magelone', ‚Genoveva', die ‚Haimonskinder' und vieles andere unermüdet der Reihe nach durch. Am liebsten wählte ich dazu meinen Sitz in dem Wipfel eines hohen Birnbaumes, der am Abhange des Gartens stand, von wo ich dann über das Blütenmeer der niedern Bäume weit ins Land schauen konnte, oder an schwülen Nachmittagen die dunklen Wetterwolken über den Rand des Waldes langsam auf mich zukommen sah."

Rosa lachte wieder. Friedrich schwieg eine Weile unwillig still. Denn die Erinnerungen aus der Kindheit sind desto empfindlicher und verschämter, je tiefer und unverständlicher sie werden, und fürchten sich vor groß gewordenen, altklugen Menschen, die sich in ihr wunderbares Spielzeug nicht mehr zu finden wissen. Dann erzählte er weiter:

„Ich weiß nicht, ob der Frühling mit seinen Zauberlichtern in diese Geschichten hineinspielte, oder ob sie den Lenz mit ihren rührenden Wunderscheinen überglänzten – aber Blumen, Wald und Wiesen erschienen mir damals anders und schöner. Es war, als hätten mir diese Bücher die goldnen Schlüssel zu den Wunderschätzen und der verborgenen Pracht der Natur gegeben. Mir war noch nie so fromm und fröhlich zumute gewesen. Selbst die ungeschickten Holzstiche dabei waren mir lieb, ja überaus wert. Ich erinnere mich noch jetzt mit Vergnügen, wie ich mich in das Bild, wo der Ritter Peter von seinen Eltern zieht, vertiefen konnte, wie ich mir den einen Berg im Hintergrunde mit Burgen, Wäldern, Städten und Morgenglanz ausschmückte, und in das Meer dahinter, aus wenigen groben Strichen bestehend, und die Wolken drüber, mit ganzer Seele hineinsegelte. Ja, ich glaube wahrhaftig, wenn einmal bei Gedichten Bilder sein sollen, so sind solche die besten. Jene feinern, sauberen Kupferstiche mit ihren modernen Gesichtern und ihrer, bis zum kleinsten Strauche, ausgeführten und festbegrenzten Umgebung verderben und beengen alle Einbildung, anstatt daß diese Holzstiche mit ihren verworrenen Strichen und unkenntlichen Gesichtern der Phantasie, ohne die doch niemand lesen sollte, einen frischen, unendlichen Spielraum eröffnen, ja sie gleichsam herausfordern.

Alle diese Herrlichkeit dauerte nicht lange. Mein Hofmeister, ein aufgeklärter Mann, kam hinter meine heimlichen Studien und nahm mir die geliebten Bücher weg. Ich war untröstlich. Aber Gott sei Dank, das Wegnehmen kam zu spät. Meine Phantasie hatte auf den waldgrünen Bergen, unter den Wundern und Helden jener Geschichten gesunde, freie Luft genug eingesogen, um sich des Anfalls einer ganz nüchternen Welt zu erwehren. Ich bekam nun dafür Campes Kinderbibliothek. Da erfuhr ich denn, wie man Bohnen steckt, sich selber Regenschirme macht, wenn man etwa einmal, wie Robinson, auf eine wüste Insel verschlagen werden sollte, nebstbei mehrere zukkergebackene, edle Handlungen, einige Elternliebe und kindliche Liebe in Scharaden. Mitten aus dieser pädagogischen Fabrik schlugen mir einige kleine Lieder von Matthias Claudius rührend und lockend ans Herz. Sie sahen mich in meiner prosaischen Niedergeschlagenheit mit schlichten, ernsten, treuen Augen an, als wollten sie freundlich tröstend sagen: ‚Lasset die Kleinen zu mir kommen!‘ Diese Blumen machten mir den farb- und geruchslosen, zur Menschheitssaat umgepflügten Boden, in welchen sie seltsam genug verpflanzt waren, einigermaßen heimatlich. Ich entsinne mich, daß ich in dieser Zeit verschiedene Plätze im Garten hatte, welche Hamburg, Braunschweig und Wandsbek vorstellten. Da eilte ich denn von einem zum andern und brachte dem guten Claudius, mit dem ich mich besonders gerne und lange unterhielt, immer viele Grüße mit. Es war damals mein größter, innigster Wunsch, ihn einmal in meinem Leben zu sehen.

Bald aber machte eine neue Epoche, die entscheidende für mein ganzes Leben, dieser Spielerei ein Ende. Mein Hofmeister fing nämlich an, mir alle Sonntage aus der Leidensgeschichte Jesu vorzulesen. Ich hörte sehr aufmerksam zu. Bald wurde mir das periodische, immer wieder abgebrochene Vorlesen zu langweilig. Ich nahm das Buch und las es für mich ganz aus. Ich kann es nicht mit Worten beschreiben, was ich dabei empfand. Ich weinte aus Herzensgrunde, daß ich schluchzte. Mein ganzes Wesen war davon erfüllt und durchdrungen, und ich begriff nicht, wie mein Hofmeister und alle Leute im Hause, die doch das alles schon lange wußten, nicht ebenso gerührt waren und auf ihre alte Weise so ruhig fortleben konnten.“ –

Hier brach Friedrich plötzlich ab, denn er bemerkte, daß Rosa fest eingeschlafen war. Eine schmerzliche Unlust flog ihn bei diesem Anblicke an. Was tu ich hier, sagte er zu sich selber, als alles so still um ihn geworden war, sind das meine Entschlüsse, meine großen Hoffnungen und Erwartungen, von denen meine Seele so voll war, als ich ausreiste? Was zerschlage ich den besten Teil meines Lebens in unnütze Abenteuer ohne allen Zweck, ohne alle rechte Tätigkeit? Dieser Leontin, Faber und Rosa, sie werden mir doch ewig fremd bleiben. Auch zwischen diesen Menschen reisen meine eigentlichsten Gedanken und Empfindungen hindurch, wie ein Deutscher durch Frankreich. Sind dir denn die Flügel gebrochen, guter, mutiger Geist, der in die Welt hinausschaute, wie in sein angebornes Reich? Das Auge hat in sich Raum genug für eine ganze Welt, und nun sollte es eine kleine Mädchenhand bedecken und zudrücken können? – Der Eindruck, den Rosas Lachen während seiner Erzählung auf ihn gemacht hatte, war noch nicht vergangen. Sie schlummerte rückwärts auf ihren Arm gelehnt, ihr Busen, in den sich die dunklen Locken herabringelten, ging im Schlafe ruhig auf und nieder. So ruhte sie neben ihm in unbeschreiblicher Schönheit. Ihm fiel dabei ein Lied ein. Er stand auf und sang zur Gitarre:

„Ich hab manch Lied geschrieben,
Die Seele war voll Lust,
Von treuem Tun und Lieben,
Das Beste, was ich wußt.

Was mir das Herz bewogen,
Das sagte treu mein Mund,
Und das ist nicht erlogen,
Was kommt aus Herzensgrund.

Liebchen wußt's nicht zu deuten
Und lacht mir ins Gesicht,
Dreht sich zu andern Leuten
Und achtet's weiter nicht.

Und spielt mit manchem Tropfe,
Weil ich so tief betrübt.
Mir ist so dumm im Kopfe,
Als wär ich nicht verliebt.

Ach Gott, wem soll ich trauen?
Will sie mich nicht verstehn,
Tun all' so fremde schauen,
Und alles muß vergehn.

Und alles irrt zerstreuet –
Sie ist so schön und rot –
Ich hab nichts, was mich freuet,
Wär ich viel lieber tot!"

Rosa schlug die Augen auf, denn das Waldhorn erschallte in dem Tale und man hörte Leontin und die Jäger, die soeben von ihrem Streifzuge zurückkehrten, im Walde rufen und schreien. Sie hatten gar keine Beute gemacht und waren alle der Ruhe höchst bedürftig. Die Wirtin wurde daher eiligst in Tätigkeit gesetzt, um jedem sein Lager anzuweisen, so gut es die Umstände zuließen. Es wurde nun von allen Seiten Stroh herbeigeschafft und in der Stube ausgebreitet, die für Rosa, Leontin, Friedrich und Faber bestimmt war; die übrigen sollten sonstwo im Hause untergebracht werden. Da alles mithalf, ging es bei den Zubereitungen ziemlich tumultuarisch her. Besonders aber zeigte sich die kleine Marie, welcher die Jäger tapfer zugetrunken hatten, ungewöhnlich ausgelassen. Jeder behandelte sie aus Gewohnheit als ein halberwachsenes Kind, fing sie auf und küßte sie. Friedrich aber sah wohl, daß sie sich dabei gar künstlich sträubte, um nur immer fester gehalten zu werden, und daß ihre Küsse nicht mehr kindisch waren. Dem Herrn Faber schien sie heute ganz besonders wohl zu behagen, und Friedrich glaubte zu bemerken, daß sie sich einige Male verstohlen und wie im Fluge mit ihm besprach.

Endlich hatte sich nach und nach alles verloren, und die Herrschaften blieben allein im Zimmer zurück. Faber meinte: sein Kopf sei so voll guter Gedanken, daß er sich jetzt nicht niederlegen könne. Das Wetter sei so schön und die Stube so schwül, er wolle daher die Nacht im Freien zubringen. Damit nahm er Abschied und ging hinaus. Leontin lachte ihm ausgelassen nach. Rosa war unterdes in üble Laune geraten. Die Stube war ihr zu schmutzig und enge, das Stroh zu hart. Sie erklärte, sie könne so unmöglich schlafen, und setzte sich schmollend auf eine Bank hin. Leontin warf sich, ohne ein Wort darauf zu erwidern, auf das Stroh und war gleich eingeschlafen. Endlich überwand auch bei Rosa die Müdigkeit den Eigensinn. Sie verließ ihre harte Bank, lachte über sich selbst und legte sich neben ihren Bruder hin.

Friedrich ruhte noch lange wach, den Kopf in die Hand gestützt. Der Mond schien durch das kleine Fenster herein, die Wanduhr pickte einförmig immer fort. Da vernahm er auf einmal draußen folgenden Gesang:

„Ach, von dem weichen Pfühle
Was treibt dich irr umher?
Bei meinem Saitenspiele
Schlafe, was willst du mehr?

Bei meinem Saitenspiele
Heben dich allzusehr
Die ewigen Gefühle;
Schlafe, was willst du mehr?

Die ewigen Gefühle,
Schnupfen und Husten schwer,
Ziehn durch die nächt'ge Kühle;
Schlafe, was willst du mehr?

Ziehn durch die nächt'ge Kühle
Mir den Verliebten her,
Hoch auf schwindlige Pfühle;
Schlafe, was willst du mehr?

Hoch auf schwindligem Pfühle
Zähle der Sterne Heer;
Und so dir das mißfiele:
Schlafe, was willst du mehr?"

Friedrich konnte die Stimme nicht erkennen; sie schien ihm mit Fleiß verändert und verstellt. Mit besonders komischem Ausdruck wurde jedesmal das: „Schlafe, was willst du mehr?" wiederholt. Er sprang auf und trat ans Fenster. Da sah er einen dunklen Schatten schnell über den mondhellen Platz vor dem Hause vorüberlaufen und zwischen den Bäumen verschwinden. Er horchte noch lange Zeit dort hinaus, alles blieb still die ganze Nacht hindurch.

Sechstes Kapitel

Ein Hifthorn draußen im Hofe weckte am Morgen die Neugestärkten. Leontin sprang schnell vom Lager. Auch Rosa richtete sich auf. Die Morgensonne schien ihr durch das Fenster gerade ins Gesicht. Die Locken noch verwirrt vom nächtlichen Lager, sah sie so blühend und reizend verschlafen aus, daß sich Friedrich nicht enthalten konnte, ihr einen Kuß auf die frischen Lippen zu drücken. Alles rüstete sich nun fröhlich wieder zur Weiterreise. Aber nun bemerkten sie erst, daß Faber fehle. Er hatte sich, wie wir wissen, abends hinausbegeben und er war seitdem nicht wieder in die Stube zurückgekehrt. Leontin befragte daher die Jäger, und diese sagten denn zu allgemeiner Verwunderung Folgendes aus:

Als sie, noch vor Tagesanbruch, hinausgingen, um nach den Pferden zu sehen, hörten sie jemand hoch über ihnen, wie aus der Luft, zu wiederholten Malen rufen. Sie sahen ringsherum und erblickten endlich mit Erstaunen Herrn Faber, der mitten auf dem Dache des Hauses an dem festverschlossenen Dachfenster saß und schimpfend mit beiden Armen, wie eine Windmühle, in der Morgendämmerung focht. Sie setzten ihm nun auf sein Begehren die Leiter an, die vor dem Hause auf der Erde lag, und erlösten ihn so von seinem luftigen Throne. Er aber forderte, sobald er unten war, ohne sich weiter in Erklärungen einzulassen, sogleich sein Pferd und seinen Mantelsack heraus. Da er sehr heftig und wunderlich zu sein schien, taten sie, was er verlangte. Als er sein Pferd bestiegen hatte, sagte er nur noch zu ihnen: sie möchten ihren Herrn, den fremden Grafen und die Gräfin Rosa von ihm auf das beste grüßen, und für die lang erwiesene Freundschaft in seinem Namen danken; er für seinen Teil reise in die Residenz, wo er sie früher oder später wiederzusehen hoffe. Darauf habe er dem Pferde die Sporen gegeben und sei in den Wald hineingeritten.

„Lebe wohl, guter, unruhiger Freund!" rief Leontin bei dieser Nachricht aus, „ich könnte wahrhaftig in diesem Augenblicke recht aus Herzensgrunde traurig sein, so gewohnt war ich an dein wunderliches Wesen. Fahre wohl, und Gott gebe, daß wir bald wieder zusammenkommen!" „Amen", fiel Rosa ein; „aber was in aller Welt hat ihn denn auf das Dach hinaufgetrieben und bewogen, uns dann so plötzlich zu verlassen?" – Niemand wußte sich das Rätsel zu lösen. Aber die kleine Marie hörte während der ganzen Zeit nicht auf, geheimnisvoll zu kichern, Friedrich erinnerte sich auch an das gestrige, sonderbare Nachtlied vor dem Fenster, und nun übersahen sie nach und nach den ganzen Zusammenhang.

Faber hatte nämlich gestern abend mit Marie eine heimliche Zusammenkunft in der Dachkammer, wo sie schlief, verabredet. Das schlaue Mädchen aber hatte, statt Wort zu halten, das Dachfenster von innen fest versperrt und sich, ehe noch Faber so künstlich von ihnen weggeschlichen, in den Wald hinausbegeben, wo sie abwartete, bis der Verliebte, der Verabredung gemäß, auf der Leiter das Dach erstiegen hatte. Dann sprang sie schnell hervor, nahm die Leiter weg und sang ihm unten das lustige Ständchen, das Friedrich gestern belauscht, während Faber, stumm vor Zorn und Scham, zwischen Himmel und Erde schwebte.

Leontin und Rosa lachten unmäßig und fanden den Einfall überaus herrlich. Friedrich aber fand ihn anders und schüttelte unwillig den Kopf über das vierzehnjährige Mädchen.

Sie setzten nun also ihre Reise allein weiter fort. Der Morgen war sehr heiter, die Gegend wunderschön; dessenungeachtet konnten sie heute gar nicht recht in die alte Lust und gewohnte Gesprächsweise hineinkommen. Faber fehlte ihnen und wurde von allen vermißt, besonders von Leontin, der fortwährend einen Ableiter seines überflüssigen Witzes brauchte. Dazu taugte ihm aber gerade niemand besser, als Faber, der komisch genug war, um Witz zu erzeugen und selber witzig genug, ihn zu verstehn. Friedrich nannte daher auch alle Gespräche zwischen Leontin und Faber egoistische Monologe, wo jeder nur sich selbst reden hört und beantwortet, anstatt daß er bei jeder Unterhaltung mit redlichem Eifer für die Sache selbst in den anderen überzeugend einzudringen suchte. Am sichtbarsten unter allen aber war Rosa verstimmt. Sie hatte sich ganz besondere, unerhörte Ereignisse und Wunderdinge von der Reise versprochen, und da diese nun nicht erscheinen wollten und auch der Schimmer der Neuheit von ihren Augen gefallen war, fing sie nach und nach an zu bemerken, daß es sich doch eigentlich für sie nicht schicke, so allein mit den Männern in der Welt herumzustreifen, und sie hatte keine Ruhe und keine Lust mehr an den ewigen, langweiligen Steinen und Bäumen.

So waren sie an einen freigrünen Platz auf dem Gipfel einer Anhöhe gekommen und beschlossen, hier den Mittag abzuwarten. Ringsum lagen niedrigere Berge mit Schwarzwald bedeckt, von der einen Seite aber hatte man eine weite Aussicht ins ebene Land, wo man die blauen Türme der Residenz an einem blitzenden Strome sich ausbreiten sah. Der mitgenommene Mundvorrat wurde nun abgepackt, ein Feldtischchen mitten in der Aue aufgepflanzt, und alle lagerten sich in einem Kreise auf dem Rasen herum und aßen und tranken. Rosa mochte launisch nichts genießen, sondern zog, zu Leontins großem Ärgernis, ihre Strickerei hervor, setzte sich allein seitwärts und arbeitete, bis sie am Ende darüber einschlief. Friedrich und Leontin nahmen daher ihre Flinten und gingen in den Wald, um Vögel zu schießen. Die lustigen bunten Sänger, die von einem Wipfel zum andern vor ihnen herflogen, lockten sie immer weiter zwischen den dunkelgrünen Hallen fort, so daß sie erst nach langer Zeit wieder auf dem Lagerplatze anlangten.

Hier kam ihnen Erwin mit auffallender Lebhaftigkeit und Freude entgegengesprungen und sagte, daß Rosa fort sei. Ein Wagen, erzählte der Knabe, sei bald, nachdem sie fortgegangen waren, die Straße hergefahren. Eine schöne, junge Dame sah aus dem Wagen heraus, ließ sogleich stillhalten und kam auf die Gräfin Rosa zu, mit der sie sich dann lange sehr lebhaft und mit vielen Freuden besprach. Zuletzt bat sie dieselbe, mit ihr zu fahren. Rosa wollte anfangs nicht, aber die fremde Dame streichelte und küßte sie und schob sie endlich halb mit Gewalt in den Wagen. Die kleine Marie mußte auch mit einsitzen, und so hatten sie den Weg nach der Residenz eingeschlagen. – Friedrich kränkte bei dieser unerwarteten Nachricht die Leichtfertigkeit, mit der ihn Rosa so schnell verlassen konnte, in tiefster Seele. Als sie an den Feldtisch in der Mitte der Aue kamen, fanden sie dort ein Papier, worauf mit Bleistift geschrieben stand: „Die Gräfin Romana."

„Das dacht ich gleich", rief Leontin, „das ist so ihre Weise." – „Wer ist die Dame?" fragte Friedrich. – „Eine junge, reiche Witwe", antwortete Leontin, „die nicht weiß, was sie mit ihrer Schönheit und ihrem Geiste anfangen soll, eine Freundin meiner Schwester, weil sie mit ihr spielen kann, wie sie will, eine tollgewordene Genialität, die in die Männlichkeit hineinpfuscht." Hierbei wandte er sich ärgerlich zu seinen Jägern, die ihre Pferde schon wieder aufgezäumt hatten, und befahl ihnen, nach seinem Schlosse zurückzukehren, um die Reise freier und bequemer, bloß in Friedrichs und Erwins Begleitung weiter fortzusetzen.

Die Jäger brachen bald auf und die beiden Grafen blieben nun allein auf dem grünen Platze zurück, wo es so auf einmal still und leer geworden war. Da kam Erwin wieder gesprungen und sagte, daß man den Wagen soeben noch in der Ferne sehen könne. Sie blickten hinab und sahen, wie er in der glänzenden Ebene fortrollte, bis er zwischen den blühenden Hügeln und Gärten in dem Abendschimmer verschwand, der sich eben weit über die Täler legte. Von der andern Seite hörte man noch die Hörner der heimziehenden Jäger über die Berge. „Siehst du dort", sagte Friedrich, „die dunklen Türme der Residenz? Sie stehen wie Leichensteine des versunkenen Tages. Anders sind die Menschen dort, unter welche Rosa nun kommt; treue Sitte, Frömmigkeit und Einfalt gilt nicht unter ihnen. Ich möchte sie lieber tot, als so wiedersehn. Ist mir doch, als stiege sie, wie eine Todesbraut, in ein flimmernd aufgeschmücktes, großes Grab, und wir wendeten uns treulos von ihr und ließen sie gehen." – Leontin fuhr lustig über die Saiten der Gitarre und sang:

„Der Liebende steht träge auf,
Zieht ein Herrjemine-Gesicht
Und wünscht, er wäre tot.
Der Morgen tut sich prächtig auf,
So silbern geht der Ströme Lauf,
Die Vöglein schwingen hell sich auf:
‚Bad, Menschlein, dich im Morgenrot,
Dein Sorgen ist ein Wicht!'"

Darauf bestiegen sie beide ihre Pferde und ritten in das Gebirge hinein.

Nachdem sie so mehrere Tage herumgeirrt und die merkwürdigsten Orte des Gebirges in Augenschein genommen hatten, kamen sie eines Abends schon in der Dunkelheit in einem Dorfe an, wo sie im Wirtshause einkehrten. Dort aber war alles leer und nur von einer alten Frau, die allein in der Stube saß, erfuhren sie, daß der Pächter des Ortes heute einen Ball gebe, wobei auch seine Grundherrschaft sich befände, und daß daher alles aus dem Hause gelaufen sei, um dem Tanze zuzusehen.

Da es zum Schlafengehen noch zu zeitig und die Nacht sehr schön war, so entschlossen sich auch die beiden Grafen, noch einen Spaziergang zu machen. Sie strichen durchs Dorf und kamen bald darauf am andern Ende desselben an einen Garten, hinter welchem sich die Wohnung des Pächters befand, aus deren erleuchteten Fenstern die Tanzmusik zu ihnen herüberschallte. Leontin, den diese ganz unverhoffte Begebenheit in die lustigste Laune versetzt hatte, schwang sich sogleich über den Gartenzaun, und überredete auch Friedrich, ihm zu folgen. Der Garten war ganz still, sie gingen daher durch die verschiedenen Gänge bis an das Wohnhaus. Die Fenster des Zimmers, wo getanzt wurde, gingen auf den Garten hinaus, aber es war hoch oben im zweiten Stockwerke. Ein großer, dichtbelaubter Baum stand da am Hause und breitete seine Äste gerade vor den Fenstern aus. „Der Baum ist eine wahre Jakobsleiter", sagte Leontin, und war im Augenblicke droben. Friedrich wollte durchaus nicht mit hinauf. „Das Belauschen", sagte er, „besonders fröhlicher Menschen in ihrer Lust, hat immer etwas Schlechtes im Hinterhalte." „Wenn du Umstände machst", rief Leontin von oben, „so fange ich hier so ein Geschrei an, daß alle zusammenlaufen und uns als Narren auffangen oder tüchtig durchprügeln." Soeben knarrte auch wirklich die Haustür unten und Friedrich bestieg daher ebenfalls eilfertig den luftigen Sitz.

Oben aus der weiten, dichten Krone des Baumes konnten sie die ganze Gesellschaft übersehen. Es wurde eben ein Walzer getanzt, und ein Paar nach dem andern flog an dem Fenster vorüber. Junge, flüchtige Ökonomen, wie es schien, in knappen und eng zugespitzten Fracken fegten tapfer mit tüchtigen Mädchen, die vor Gesundheit und Freude über und über rot waren. Hin und wieder zogen fröhliche, dicke Gesichter, wie Vollmonde, durch diesen Sternenhimmel. Mitten in dem Gewimmel tanzte eine hagere Figur, wie ein Satyr, in den abenteuerlichsten, übertriebensten Wendungen und Kapriolen, als wollte er alles Affektierte, Lächerliche und Ekle jedes einzelnen der Gesellschaft in eine einzige Karikatur zusammendrängen. Bald darauf sah man ihn auch unter den Musikanten ebenso mit Leib und Seele die Geige streichen. „Das ist ein höchst seltsamer Gesell", sagte Leontin, und verwendete kein Auge von ihm. „Es ist doch ein sonderbares Gefühl", erwiderte Friedrich nach einer Weile, „so draußen aus der weiten, stillen Einsamkeit auf einmal in die bunte Lust der Menschen hineinzusehen, ohne ihren inneren Zusammenhang zu kennen; wie sie sich, gleich Marionetten, voreinander verneigen und beugen, lachen und die Lippen bewegen, ohne daß wir hören, was sie sprechen." „Oh, ich könnte mir", sagte Leontin, „kein schauerlicheres und lächerlicheres Schauspiel zugleich wünschen, als eine Bande Musikanten, die recht eifrig und in den schwierigsten Passagen spielten, und einen Saal voll Tanzender dazu, ohne daß ich einen Laut von der Musik vernähme." – „Und hast du dieses Schauspiel nicht im Grunde täglich?" entgegnete Friedrich. „Gestikulieren, quälen und mühen sich nicht überhaupt alle Menschen ab, die eigentümliche Grundmelodie äußerlich zu gestalten, die jedem in tiefster Seele mitgegeben ist, und die der eine mehr, der andere weniger und keiner ganz auszudrücken vermag, wie sie ihm vorschwebt? Wie weniges verstehen wir von den Taten, ja, selbst von den Worten eines Menschen!" – „Ja, wenn sie erst Musik im Leibe hätten!" fiel ihm Leontin lachend ins Wort. „Aber die meisten fingern wirklich ganz ernsthaft auf Hölzchen ohne Saiten, weil es einmal so hergebracht ist und das vorliegende Blatt heruntergespielt werden muß; aber das, was das ganze Hantieren eigentlich vorstellen soll, die Musik selbst und Bedeutung des Lebens, haben die närrisch gewordenen Musikanten darüber vergessen und verloren."

In diesem Augenblicke kam ein neues Paar bei dem Fenster angeflogen, alles machte ehrerbietig Platz und sie erblickten ein wunderschönes Mädchen, das sich durch seinen Anstand vor allen den andern auszeichnete. Sie lehnte lächelnd die zarte, glühende Wange an die Fensterscheibe, um sie abzukühlen. Darauf öffnete sie gar das Fenster, teilte zierlich ihre Haare, durch die ein Rosenkranz geflochten war, nach beiden Seiten über die Stirn, und schaute, so wie in Gedanken versunken, lange in die Nacht hinaus. – Leontin und Friedrich waren ihr dabei so nahe, daß sie ihren Atem hören konnten; ihre stillen, großen Augen, in deren feuchtem Spiegel der Mond widerglänzte, standen gerade vor ihnen. „Wo ist das Fräulein?" rief auf einmal eine Stimme von innen, und das Mädchen wandte sich um und verlor sich unter den Menschen. – Leontin sagte: „Ich möchte den Baum schütteln, daß er bis in die Wurzeln vor Freude beben sollte, ich möchte hier ins offene Fenster hineinspringen und tanzen, bis die Sonne aufginge, ich möchte wie ein Vogel von dem Baume fliegen über Berge und Wälder!" – Zwei ältliche Herren unterbrachen diese Ausrufungen, indem sie sich zum Fenster hinauslehnten. Ihr Gespräch, so ruhig wie ihre Gesichter, ergoß sich wie ein einförmiger, aber klarer Strom über die neuesten politischen Zeitbegebenheiten, von denen sie bald auf ihre Landwirtschaft ablenkten, und aus den Blitzen, die man in der Ferne am wolkenlosen Himmel erblickte, ein günstiges Erntewetter prophezeieten.

Unterdes hatte die Musik aufgehört, das Zimmer oben wurde leerer. Man hörte unten die Tür auf- und zugehen, verschiedene Parteien gingen bei dem schönen Mondscheine im Garten auf und nieder, und auch die beiden alten Herren verschwanden von dem Fenster. Da kam ein junges Paar, ganz getrennt von den übrigen, langsam auf den Baum zugewandelt. „Gott steh uns bei“, sagte Leontin, „da kommen gewiß Sentimentale, denn sie wandeln so schwebend auf den Zehen, wie einer, der gern fliegen möchte und nicht kann.“ Sie waren indes schon so nahe gekommen, daß man verstehen konnte, was sie sprachen. „Haben Sie“, fragte der junge Mann, „das neueste Werk von Lafontaine gelesen?“ „Ja“, antwortete das Mädchen, in einer ziemlich bäuerischen Mundart, „ich habe es gelesen, mein ädler Freund! und es hat mir Tränen entlockt, Tränen, wie sie jeder Fühlende gern weint. Ich bin so froh“, fuhr sie nach einer kleinen Pause fort, „daß wir aus dem Schwarm, von den lärmenden, unempfindlichen Menschen fort sind; die rauschenden Vergnügungen sind gar nicht meine Sache, es ist da gar nichts für das Herz.“ Er: „Oh, daran erkenne ich ganz die schöne Seele! Aber Sie sollten sich der süßen Melancholie nicht so stark ergeben, die edlen Empfindungen greifen den Menschen zu sehr an.“ – „Sie sieht aber doch“, flüsterte Friedrich, „blitzgesund aus und voll zum Aufspringen.“ „Das kommt eben von dem Angreifen“, meinte Leontin. – Er: „Ach, in wenigen Stunden scheidet uns das eiserne Schicksal wieder, und Berge und Täler liegen zwischen zwei gebrochenen Herzen.“ Sie: „Ja, und in dem einen Tale ist der Weg immer so kotig und kaum zum Durchkommen.“ Er: „Und an meinem neuen schönen Parutsch gerade auch ein Rad gebrochen. – Aber genießen wir doch die schöne Natur! An ihrem Busen werd ich so warm!“ Sie: „O ja.“ Er: „Es geht doch nichts über die Einsamkeit für ein sanftes, überfließendes Herz. Ach! die kalten Menschen verstehen mich gar nicht!“ Sie: „Auch Sie sind der einzige, mein ädler Freund, der mich ganz versteht. Schon lange habe ich Sie im stillen bewundert, diesen – wie soll ich sagen? – diesen ädlen Charakter, diese schönen Sentimentre –“ „Sentiments wollen Sie sagen“, fiel er ihr ins Wort und rückte sich mit eitler Wichtigkeit zusammen.

„O jemine!“ flüsterte Leontin wieder, „mir juckt der Edelmut schon in allen Fingern, ich dächte, wir prügelten ihn durch.“

Die beiden Sentimentalen hatten einander indes mit den Armen umschlungen und sahen lange stumm in den Mond. „Nun sitzt die Unterhaltung auf dem Sande“, sagte Leontin, „der Witz ist im abnehmenden Monde.“ Aber zu seiner Verwunderung hub er von neuem an: „O heilige Melancholie! du sympathetische Harmonie gleichgestimmter Seelen! So rein, wie der Mond dort oben, ist unsere Liebe!" Währenddessen fing er an, heftig an dem Busenbande des Mädchens zu arbeiten, die sich nur wenig sträubte. „Nun", sagte Leontin, „sind sie in ihre eigentliche Natur zurückgefallen, der Teufel hat die Poesie geholt." „Das ist ja ein verwetterter Schuft", rief Friedrich, und fing oben auf seinem Baume an, ganz laut zu singen. Die Sentimentalen sahen sich eine Weile erschrocken nach allen Seiten um, dann nahmen sie in der größten Verwirrung Reißaus. Leontin schwang sich lachend, wie ein Wetterkeil, vom Baume hinter ihnen drein und verdoppelte ihren Schreck und ihre Flucht.

Unsere Reisenden waren nun wahrscheinlich verraten und mußten also auf einen klugen Rückzug bedacht sein. Sie zogen sich daher auf den leeren Gängen des Gartens an den Spazierengehenden vorüber und wurden so, vom Dunkel begünstigt, von allen entweder übersehen oder für Ballgäste gehalten.

Als sie, schon nahe am Ausgange, eben um die Ecke eines Ganges umbiegen wollten, stand auf einmal das schöne Fräulein, die mit einer Begleitung von der andern Seite kam, dicht vor ihnen. Der Mondschein fiel gerade sehr hell durch eine Öffnung der Bäume und beleuchtete die beiden schönen Männer. Das Fräulein blieb mit sichtbarer Verwirrung vor ihnen stehen. Sie grüßten sie ehrerbietig. Sie dankte verlegen mit einer tiefen, zierlichen Verbeugung, und eilte dann schnell wieder weiter. Aber sie bemerkten wohl, daß sie sich in einiger Entfernung noch einmal flüchtig nach ihnen umsah.

Sie kehrten nun wieder in ihr Wirtshaus zurück, wo sie bereits alles zu einer guten Nacht vorbereitet fanden. Leontin war unterwegs voller Gedanken und stiller, als gewöhnlich. Friedrich stellte sich eben noch an das offene Fenster, von dem man das stille Dorf und den gestirnten Himmel übersah, verrichtete sein Abendgebet und legte sich schlafen. Leontin aber nahm die Gitarre und schlenderte langsam durch das nächtliche Dorf. Nach verschiedenen Umwegen kam er wieder an den Garten. Da war unterdes alles leer geworden und totenstill, in der Wohnung des Pächters alle Lichter verlöscht und die ganze laute, fröhliche Erscheinung versunken. Ein leichter Wind ging rauschend durch die Wipfel des einsamen Gartens, hin und wieder nur bellten Hunde aus entfernteren Dörfern über das stille Feld. Leontin setzte sich auf den Gartenzaun hinauf und sang:

„Der Tanz, der ist zerstoben,
Die Musik ist verhallt,
Nun kreisen Sterne droben,
Zum Reigen singt der Wald.

Sind alle fortgezogen,
Wie ist's nun leer und tot!
Du rufst vom Fensterbogen:
Wann kommt der Morgen rot!

Mein Herz möcht mir zerspringen,
Darum, so wein ich nicht,
Darum, so muß ich singen
Bis daß der Tag anbricht.

Eh es beginnt zu tagen:
Der Strom geht still und breit,
Die Nachtigallen schlagen,
Mein Herz wird mir so weit!

Du trägst so rote Rosen,
Du schaust so freudenreich,
Du kannst so fröhlich kosen,
Was stehst du still und bleich?

Und laß sie gehn und treiben
Und wieder nüchtern sein,
Ich will wohl bei dir bleiben!
Ich will dein Liebster sein."

Das schöne Fräulein war in dem Hause des Pächters über Nacht geblieben. Sie stand halbentkleidet an dem offenen Fenster, das auf den Garten hinausging. „Wer mögen wohl die beiden Fremden sein?" sagte sie gleichgültig scheinend zu ihrer Jungfer. – „Ich weiß es nicht, aber ich möchte mich gleich fortschleichen und noch heute im Wirtshause nachfragen." – „Um Gottes willen, tu das nicht", sagte das Fräulein erschrokken, und hielt sie ängstlich am Arme fest. – „Morgen ist es zu spät. Wenn die Sonne aufgeht, sind sie gewiß längst wieder über alle Berge." – „Ich will schlafen gehen", sagte das Fräulein, ganz in Gedanken versunken. „Gott weiß, wie es kommt, ich bin heute so müde und doch so munter." – Sie ließ sich darauf entkleiden und legte sich nieder. Aber sie schlief nicht, denn das Fenster blieb offen und Leontins verführerische Töne stiegen die ganze Nacht wie auf goldenen Leitern in die Schlafkammer des Mädchens ein und aus.

Siebentes Kapitel

Stand ein Mädchen an dem Fenster,
Da es draußen Morgen war,
Kämmte sich die langen Haare,
Wusch sich ihre Äuglein klar.

Sangen Vöglein aller Arten,
Sonnenschein spielt' vor dem Haus,
Draußen übern schönen Garten
Flogen Wolken weit hinaus.

Und sie dehnt' sich in den Morgen
Als ob sie noch schläfrig sei,
Ach, sie war so voller Sorgen,
Flocht ihr Haar und sang dabei:

„Wie ein Vöglein hell und reine,
Ziehet draußen muntre Lieb,
Lockt hinaus zum Sonnenscheine,
Ach, wer da zu Hause blieb'!"

Die Morgensonne traf unsre Reisenden schon wieder draußen zu Pferde, und das Dorf, wo sie übernachtet, lag dampfend hinter ihnen. Leontin hatte bereits im Wirtshause erfahren, daß das schöne Fräulein die Tochter eines in der Nähe reich begüterten Edelmannes sei, welcher, wie er sich sehr wohl erinnerte, mit seinem Vater in ganz besonders freundschaftlichen Verhältnissen gestanden hatte. Es wurde daher beschlossen, bei ihm einzusprechen.

Gegen Abend erblickten sie das Schloß des Herrn v. A., das aus einem freundlichen Chaos von Gärten und hohen Bäumen friedlich hervorragte. Sie ritten langsam zwischen hohen Kornfeldern hin. Die Sonne, die sich eben zum Untergange neigte, warf ihre Strahlen schief über die Fläche und spielte lustig in den nickenden Ähren. Ein fröhliches Singen und Wirren verschiedener Stimmen lenkte bald die Augen der beiden Reiter von der ruhigen Landschaft vor ihnen ab, und sie erblickten seitwärts in einiger Entfernung vom Wege ein weites Feld, wo man soeben mit der Ernte begriffen war. Eine lange Reihe von Arbeitern wimmelte lustig durcheinander, der laute Ruf der Merker erschallte von Zeit zu Zeit dazwischen, und schwerbeladene Wagen zogen langsam und knarrend dem Dorfe zu. Im Hintergrunde dieses Gewimmels sah man eine bunte Gruppe von vornehmeren Personen gelagert, die den Arbeitern zusahen und unter denen Leontin sogleich das schöne Fräulein wiedererkannte. Mitten unter ihnen ragte eine höchst seltsame Figur hervor. Ein hagerer Mensch nämlich in einem langen, weißen Mantel saß auf einem hochbeinigten Schimmel, der den Kopf fast auf die Erde hängen ließ. Von dieser seiner Rosinante teilte die abenteuerliche Gestalt im Tone einer Predigt Befehle an die Bauern aus, worauf jedesmal ein lautes Gelächter erfolgte.

Leontin und Friedrich zweifelten nicht, daß jene Zuschauer die Herrschaft des Ortes seien, und da sie bemerkten, daß bereits alle Augen auf sie gerichtet waren, so übergaben sie ihre Pferde an Erwin und eilten, sich selber der Gesellschaft vorzustellen. Herr v. A. und seine Schwester, die sich seit dem Tode ihres Mannes beim Bruder aufhielt, erinnerten sich sogleich der ehemaligen freundschaftlichen Verhältnisse zwischen den beiden Häusern, und drückten ihre Freude, Leontin und seinen Freund bei sich zu sehen, mit den aufrichtigsten Worten aus. Das Fräulein wurde bei ihrer Ankunft über und über rot und wagte nicht, die Augen aufzuschlagen, denn sie erkannte beide recht gut wieder. Neben ihr stand ein ziemlich junger, bleicher Mann, in dem sie sogleich dieselbe Gestalt wiedererkannten, die gestern mit so einer ironischen Wut getanzt und musiziert hatte. Seine auffallenden Gesichtszüge hatten sich tief in Leontins Gedächtnis gedrückt. Aber es war heut gar keine Spur von gestern an ihm, er schien ein ganz anderer Mensch. Er sah schlicht, still und traurig und war verlegen im Gespräche. Es war ein Theolog, der, zu arm, seine Studien zu vollenden, auf dem Schlosse des Herrn v. A. Unterhalt, Freunde und Heimat gefunden und dafür die Leitung des Schulwesens auf den sämtlichen Gütern übernommen hatte. Der Ritter von der traurigen

Gestalt dagegen schaute von seinem Schimmel während des Empfanges und der ersten Unterhaltung so unheimlich und komisch darein, daß Leontin gar nicht von ihm wegsehen konnte. Jeder Bauer, den seine Arbeit an ihm vorüberführte, gesegnete die Gestalt mit einem tüchtigen Witze, wobei sich jener immer heftig verteidigte. Leontin erhielt sich nur noch mit vieler Mühe, sich nicht dareinzumischen, als die Tante endlich die Gesellschaft aufforderte, sich nach Hause zu begeben, und alles aufbrach. Die sonderbare Gestalt setzte sich nun voraus in Galopp. Er schlug dabei mit beiden Füßen unaufhörlich in die Rippen des Kleppers und sein weißer Mantel rauschte in seiner ganzen Länge in den Lüften hinter ihm drein. Die Bauern riefen ihm sämtlich ein freudiges Hurra nach. Herr v. A., der die Verwunderung der beiden Gäste bemerkte, sagte lachend: „Das ist ein armer Edelmann, der vom Stegreif lebt, ein irrender Ritter, der von Schloß zu Schloß zieht, und uns besonders oft heimsucht, ein Hofnarr für alle, die ihn ertragen können, halb närrisch und halb gescheut."

Als sie durchs Dorf gingen, wurden sie von allen Seiten nicht nur mit dem Hute, sondern auch mit freundlichen Worten und Mienen begrüßt, welches immer ein gutmütiges und natürliches Verhältnis zwischen der Herrschaft und ihren Bauern verrät. Sie kamen endlich an das Schloß und übersahen auf einmal einen weiten, freundlichen und fröhlich wimmelnden Hof. Alles war geschäftig, nett und ordentlich und beurkundete eine tätige Hauswirtin. Friedrich äußerte diese Bemerkung, wodurch sich die Tante ungemein geschmeichelt zu finden schien. Sie konnte ihre Freude darüber so wenig verbergen, daß sie sogleich anfing, sich mit einer Art von Wohlbehagen über ihre häuslichen Einrichtungen und die Vergnügungen der Landwirtschaft auszubreiten. Das Schloß selbst war neu, sehr heiter, licht und angenehm, das Hausgerät in den gemütlichen Zimmern ohne besondere Wahl gemischt und sämtlich wie aus einer unlängst vergangenen Zeit.

Der Tisch in dem großen, geräumigen Tafelzimmer wurde gedeckt und man setzte sich bald fröhlich zum Abendessen. Die Unterhaltung blieb anfangs ziemlich stockend, steif und gezwungen, wie dies jederzeit in solchen Häusern der Fall ist, wo, aus Mangel an vielseitigen, allgemeinen Berührungen mit der Außenwelt, eine gewisse feste, ungelenke Gewohnheit des Lebens Wurzel geschlagen hat, die durch das plötzliche Eindringen wildfremder Erscheinungen, auf die ihr ewig gleichförmiger Gang nicht berechnet ist, immer eher verstimmt als umgestimmt wird. Herr v. A., ein langer, ernster Mann, in seiner Kleidung fast pedantisch, sprach wenig. Desto mehr führte seine Schwester das hohe Wort. Sie war eine lebhafte, regsame Frau, wie man zu sagen pflegt, in den besten Jahren, eigentlich aber gerade in den schlimmsten. Denn ihre Gestalt und unverkennbar schönen Gesichtszüge fingen soeben an, auf ein vergangenes Reich zu deuten. In dieser gefährlichen Sonnenwende steigt die Schönheit mürrisch, launisch und zankend von ihrem irdischen Throne, wo sie ein halbes Leben lang geherrscht, in die öde, freudenlose Zukunft, wie ins Grab. Wohl denen seltenen größeren Frauen, welche die Zeit nicht versäumten, sondern im ruhigen, gesammelten Gemüte sich eine andere Welt der Religion und Sanftmut erbauten! Sie verwechseln nur die Throne und werden ewig lieben und geliebt werden.

Das Gespräch fiel während der Tafel auch auf die Erziehung der Kinder, ein Kapitel, von dem fast alle Weiber am liebsten sprechen und am wenigsten verstehen. Die Tante, die nur auf eine Gelegenheit gepaßt hatte, ihren Geist vor den beiden Fremden glänzen zu lassen, verbreitete sich darüber in dem gewöhnlichen Tone von Aufklärung, Bildung, feinen Sitten usw. Zu ihrem Unglück aber fiel es dem irrenden Ritter, der unterdes ganz unten an der Tafel mit Leib und Seele gegessen hatte, ein, sich mit in das Gespräch zu mischen. Gerade, als sie sich in ihren Redensarten eben am wohlsten gefiel, fuhr er höchst komisch mit Wahrheiten darein, die aber alle so ungewöhnlich und abenteuerlich ausgedrückt waren, daß Friedrich und Leontin nicht wußten, ob sie mehr über die Schärfe seines Geistes oder über seine Verrücktheit erstaunen sollten. Besonders brach Leontin in ein schadenfrohes Gelächter aus. Die Tante, der es nicht an vielseitigen Talenten gebrach, um seine Verrücktheiten nicht ohne Salz zu finden, warf ihm unwillige Blicke zu, worauf sich jener in einem philosophischen Bombast von Unsinn verteidigte und endlich selber in ein albernes Lachen ausbrach. Sie hatte aber doch das Spiel verspielt; denn beide Gäste, besonders Leontin, spürten bereits eine gewisse Kameradschaft mit dem rätselhaften irrenden Ritter in sich.

Als endlich die Tafel aufgehoben wurde, mußte Fräulein Julie noch ihre Geschicklichkeit auf dem Klaviere zeigen, welches sie ziemlich fertig spielte. Währenddes hatte die Tante Friedrich beiseite genommen, und erzählte ihm, wie sehr sie bedaure, ihre Nichte nicht frühzeitig in die Residenz in irgendein Erziehungshaus geschickt zu haben, wo allein junge Frauenzimmer das gewisse Etwas erlernten, welches zum geselligen Leben so unentbehrlich sei. „Ich bin der Meinung", antwortete ihr Friedrich, „daß jungen Fräulein das Landleben gerade am besten fromme. In jenen berühmten Instituten wird durch Eitelkeit und heillose Nachahmungssucht die kindliche Eigentümlichkeit jedes Mädchens nur verallgemeinert und verdorben. Die arme Seele wird nach einem Modelle, das für alle passen soll, so lange dressiert und gemodelt, bis am Ende davon nichts übrigbleibt, als das leere Modell. Ich versichere, ich will alle Mädchen aus solchen Instituten sogleich an ihrer Wohlerzogenheit erkennen, und wenn ich sie anrede, weiß ich schon im voraus, was sie mir antworten werden, was für ein Schlag von Witz oder Spaß erfolgen muß, was sie für kleine Lieblingslaunen haben usw." Die Tante lachte, ohne jedoch eigentlich zu wissen, was Friedrich mit alledem meine.

Unterdes hatte das Fräulein ein Volkslied angefangen. Die Tante unterbrach sie schnell und ermahnte sie, doch lieber etwas Vernünftiges und Sanftes zu singen. Leontin aber, den dabei seine Laune überwältigte, setzte sich statt des Fräuleins hin und sang sogleich aus dem Stegreif ein zärtliches Lied so übertrieben und süßlich, daß Friedrich fast übel wurde. Fräulein Julie sah ihn groß an und war dann während seines ganzen Gesanges in tiefe Gedanken versunken. – Erst spät begab man sich zur Ruhe.

Das Schlafzimmer der beiden Gäste war sehr nett und sauber zubereitet, die Fenster gingen auf den Garten hinaus. Eine geheimnisvolle Aussicht eröffnete sich dort über den Garten weg in ein weites Tal, das in stiller, nächtlicher Runde vor ihnen lag. In einiger Ferne schien ein Strom zu gehen, Nachtigallen schlugen überall aus den Tälern herauf. „Das muß hier eine schöne Gegend sein", sagte Leontin, indem er sich zum Fenster hinauslehnte. „Sie kommt mir vor, wie die Menschen hier im Hause", entgegnete Friedrich. „Wenn ich in einen solchen abgeschlossenen Kreis von fremden Menschen hineintrete, ist es mir immer, als sähe ich von einem Berge in ein unbekanntes, weites, nächtliches Land. Da gehen stille breite Ströme, und tausend verborgene Wunder liegen seltsam zerstreut, und die fröhliche Seele dichtet bunte, lichte, glückliche Tage in die verworrene Dämmerung hinein. Ich habe oft gewünscht, daß ich die meisten Menschen niemals zum zweiten Male wiedersehen und näher kennenlernen dürfte, oder daß ich immer aufgeschrieben hätte, wie mir jeder zum ersten Male vorkam." – „Wahrhaftig", fiel ihm Leontin lachend ins Wort, „sprichst du doch, als wärst du von neuem verliebt. Aber du hast ganz recht, mir ist ebenso zumute, und es ist nur schade um ein redliches Herz, das durch eine immerwährende Täuschung so entherzt wird. Denn wenn in jene schöne, ungewisse Nacht der ersten Bekanntschaft nach und nach der Tag anfängt herüberzuschielen und die nüchternen Hähne krähen, da schleicht ein wunderbarer Geist nach dem andern abseits; was in der Nacht wie ein dunkler Riese dastand, wird ein krummer Baum, das Tal, das aussah wie eine umgeworfene, uralte römische Stadt, wird ein gemeines Ackerfeld, und das ganze Märchen nimmt ein schales Ende. Ich könnte so fromm sein, wie ein Lämmchen und niemals eine Anwandlung von Witz verspüren, wenn nicht alles so dumm ginge." – Friedrich sagte darauf: „Nimm dich in acht mit deinem Übermute! Es ist leicht und angenehm, zu verspotten, aber mitten in der Täuschung den großen, herrlichen Glauben an das Bessere festzuhalten, und die andern mit feurigen Armen emporzuheben, das gab Gott nur seinen liebsten Söhnen." – „Ich sage dir in vollem Ernst", erwiderte Leontin ungemein liebenswürdig, „du wirst mich noch einmal ganz bekehren, du seltsamer Mensch. Gott weiß es wohl, mir fehlt noch viel, daß ich gut wäre." –

Am Morgen strahlte die Gegend in einem zauberischen Glanze in ihre Fenster herauf. Sie eilten in den Garten hinab, wo sie nicht wenig über die Schönheit der Landschaft erstaunten. Der Garten selbst stand auf einer Reihe von Hügeln, wie eine frische Blumenkrone über der grünen Gegend. Von jedem Punkte desselben hatte man die erheiternde Aussicht in das Land, das wie in einem Panorama ringsherum ausgebreitet lag. Nirgends bemerkte man weder eine französische noch englische durchgreifende Regel, aber das Ganze war ungemein erquicklich, als hätte die Natur aus fröhlichem Übermute sich selber aufschmücken wollen.

Herr v. A. und seine Schwester, letztere, wie wir später sehen werden, wohl nicht ohne besondere Absicht, baten ihre Gäste recht herzlich und dringend, längere Zeit bei ihnen zu verweilen, und beide willigten gern in den angenehmen Aufenthalt. Doch erst, als die allmähliche Gewohnheit des Zusammenlebens ihnen das Bürgerrecht des Hauses erteilt hatte, empfanden sie die Wohltat des stillen, gleichförmigen, häuslichen Lebens und labten sich an diesem immer neu erfreulichen Schauspiele, das über gutgeartete Gemüter eine Ruhe und einen gewissen festen Frieden verbreitet, den viele ein Leben lang in der bunten Weltlust oder in der Wissenschaft selber vergebens suchen.

Wenn die Sonne über den Gärten, Bergen und Tälern aufging, flog auch schon alles aus dem Schlosse nach allen Seiten aus. Herr v. A. fuhr auf die Felder, seine Schwester und das Fräulein hatten im Hofe zu tun und wurden gewöhnlich erst gegen Mittag in reinlichen, weißen Kleidern sichtbar. Friedrich und Leontin wohnten eigentlich den ganzen Vormittag draußen in dem schönen Garten. Auf Friedrich hatte das stille Leben den wohltätigsten Einfluß. Seine Seele befand sich in einer kräftigen Ruhe, in welcher allein sie imstande ist, gleich dem unbewegten Spiegel eines Sees, den Himmel in sich aufzunehmen. Das Rauschen des Waldes, der Vogelsang rings um ihn her, diese seit seiner Kindheit entbehrte grüne Abgeschiedenheit, alles rief in seiner Brust jenes ewige Gefühl wieder hervor, das uns wie in den Mittelpunkt alles Lebens versenkt, wo alle die Farbenstrahlen, gleich Radien, ausgehn und sich an der wechselnden Oberfläche zu dem schmerzlich-schönen Spiele der Erscheinung gestalten. Alles Durchlebte und Vergangene geht noch einmal ernster und würdiger an uns vorüber, eine überschwengliche Zukunft legt sich, wie ein Morgenrot, blühend über die Bilder und so entsteht aus Ahnung und Erinnerung eine neue Welt in uns und wir erkennen wohl alle die Gegenden und Gestalten wieder, aber sie sind größer, schöner und gewaltiger und wandeln in einem anderen, wunderbaren Lichte. Und so dichtete hier Friedrich unzählige Lieder und wunderbare Geschichten aus tiefster Herzenslust, und es waren fast die glücklichsten Stunden seines Lebens.

Oft besuchte ihn dort Herr v. A. in seiner Werkstatt, doch immer nur auf kurze Zeit, um ihn nicht zu stören; denn er schien eine heilige Scheu vor allem zu haben, womit es einem Menschen Ernst war, obschon er, wie Friedrich aus mehreren Äußerungen bemerkt hatte, insbesondere von der Dichtkunst gar nichts hielt. Er war einer von jenen, die, durch einseitige

Erziehung und eine Reihe schmerzlicher Erfahrungen ermüdet, den lebendigen Glauben an Poesie, Liebe, Heldenmut und alles Große und Ungewöhnliche im Leben aufgegeben haben, weil es sich so ungefüge gebärdet und nirgends mehr in die Zeit hineinpassen will. Zu überdrüssig, um sich diese Rätsel zu lösen, und doch zu großmütig, um sich in das wichtigtuende Nichts der andern einzulassen, ziehen sich solche Menschen nach und nach kalt in sich selbst zurück und erklären zuletzt alles für eitel und Affektation. Daher liebte er die beiden Gäste, welche seine meist sehr genialen Bemerkungen, mit denen er das Erbärmliche aller Affektation auf die höchste Spitze des Lächerlichen zu stellen pflegte, immer sogleich verstanden und würdigten. Überhaupt waren ihm diese beiden eine ganz neue Erscheinung, die ihn oft in seiner Apathie irremachte, und er gewann während ihres Aufenthaltes auf dem Schlosse eine ungewöhnliche Heiterkeit und Lust an sich selber. Übrigens war er bis zur Sonderbarkeit einfach, redlich und gutmütig, und Friedrich liebte ihn unaussprechlich.

Fräulein Julie fuhr fort, ihre Tante in den häuslichen Geschäften mit der strengsten Ordnung zu unterstützen. Sonst war sie still und wußte sich ebensowenig wie ihr Vater in die gewöhnliche Unterhaltung zu finden, worüber sie oft von der Tante Vorwürfe anhören mußte. Doch verbreitete die beständige Heiterkeit und Klarheit ihres Gemütes einen unwiderstehlichen Frühling über ihr ganzes Wesen. Leontin, den ihre Schönheit vom ersten Augenblicke an heftig ergriffen hatte, beschäftigte sich viel mit ihr, sang ihr seine phantastischen Lieder vor, oder zeichnete ihr Landschaften voll abenteuerlicher Karikaturen und Bäumen und Felsen, die immer aussahen, wie Träume. Aber er fand, daß sie gewöhnlich nicht wußte, was sie mit alledem anfangen sollte, daß sie gerade bei Dingen, die ihn besonders erfaßten, fast kalt blieb. Er begriff nicht, daß das heiligste Wesen des weiblichen Gemütes in der Sitte und dem Anstande bestehe, daß ihm in der Kunst, wie im Leben, alles Zügellose ewig fremd bliebe. Er wurde daher gewöhnlich ungeduldig und brach dann in seiner seltsamen Art in Witze und Wortspiele aus. Da aber das Fräulein wieder viel zu unbelesen war, um diese Sprünge seines Geistes zu verfolgen und zu verstehen, so führte er, statt zu belehren, einen immerwährenden Krieg in die Luft mit einem Mädchen, dessen Seele war wie das Himmelblau, in dem jeder fremde Schall verfliegt, das aber in ungestörter Ruhe aus sich selber den reichen Frühling ausbrütet.

Desto besser schien das Fräulein mit Friedrich zu stehen. Diesem erzählte sie zutraulich mit einer wohltuenden Bestimmtheit und Umsicht von ihrem Hauswesen, ihrer beschränkten Lebensweise, zeigte ihm ihre bisherige Lektüre aus der Bibliothek ihres Vaters, die meistenteils aus fabelhaften Reisebeschreibungen und alten Romanen aus dem Englischen bestand, und tat dabei unbewußt mit einzelnen, abgerissenen, ihr ganz eignen Worten, oft Äußerungen, die eine solche Tiefe und Fülle des Gemütes aufdeckten, und so seltsam weit über den beschränkten Kreis ihres Lebens hinausreichten, daß Friedrich oft erstaunt vor ihr stand und durch ihre großen, blauen Augen in ein Wunderreich hinunterzublicken glaubte. Leontin sah sie oft stundenlang so zusammen im Garten gehen und war dann gewöhnlich den ganzen Tag über ausgelassen, welches bei ihm immer ein schlimmes Zeichen war.

Der schöne Knabe Erwin, der mit einer unbeschreiblichen Treue an Friedrich hing, behielt indes auch hier seine Sonderbarkeiten bei. Er hatte ebenfalls seinen Wohnplatz in dem Garten aufgeschlagen und war noch immer nicht dahin zu bringen, eine Nacht im Hause zu schlafen. Leontin hatte für ihn eine eigne phantastische Tracht ausgesonnen, so viel auch die Tante, die es sehr ungereimt fand, dagegen hatte. Eine Art von spanischem Wams nämlich, himmelblau mit goldenen Kettchen, umschloß den schlanken Körper des Knaben. Den weißen Hals trug er bloß, ein zierlicher Kragen umgab den schönen Kopf, der mit seinen dunklen Locken und schwarzen Augen wie eine Blume über dem bunten Schmucke ruhte. Da Friedrich hier weniger zerstreut war, als sonst, so widmete er auch dem Knaben eine besondere Aufmerksamkeit. Er entdeckte in wenigen Gesprächen bald an Schärfe und Tiefe eine auffallende Ähnlichkeit seines Gemütes mit Julien. Nur mangelte bei Erwin das ruhige Gleichgewicht der Kräfte, die alles beleuchtende Klarheit ganz und gar. Im verborgensten Grunde der Seele schien vielmehr eine geheimnisvolle Leidenschaftlichkeit zu ruhen, die alles verwirrte und am Ende zu zerstören drohte. Mit Erstaunen bemerkte Friedrich zugleich, daß es dem Knaben durchaus an allem Unterrichte in der Religion gebreche. Er suchte daher seine frühesten Lebensumstände zu erforschen, aber der Knabe beharrte mit unbegreiflicher Hartnäckigkeit, ja mit einer Art von Todesangst auf seinem Stillschweigen über diesen Punkt. Friedrich ließ es sich nun ernstlich angelegen sein, ihn im Christentume zu unterrichten. Alle Morgen, wenn die Natur in ihrer Pracht vor ihnen ausgebreitet lag, saß er mit ihm im Garten, und machte ihn mit dem großen wunderreichen Lebenswandel des Erlösers bekannt und fand, ganz dem Gange der Zeit zuwider, das Gemüt des Knaben weit empfänglicher für das Verständnis des Wunderbaren als des Alltäglichen und Gewöhnlichen. Seit dieser Zeit schien Erwin innerlich stiller, ruhiger und selbst geselliger zu werden.

In Juliens Wesen war indes, seit die Fremden hier angekommen waren, eine unverkennbare Veränderung vorgegangen. Sie schien seitdem gewachsen und sichtbar schöner geworden zu sein. Auch fing sie an, sich mehrere Stunden des Tages auf ihrem Zimmer zu beschäftigen. Aus diesem Zimmer ging eine Glastür auf den Garten hinaus; vor derselben standen auf einem Balkon eine Menge hoher, ausländischer Blumen; mitten in diesem Wunderreiche von Duft und Glanz saß ein bunter Papagei hinter goldenen Stäben. Hier befand sich Julie, wenn alles ausgegangen war, und las oder schrieb, während Erwin, draußen vor dem Balkon sitzend, auf der Gitarre spielte und sang. So fand sie Friedrich einmal, als er sie zu einem Spaziergange abholte, eben über einem Gemälde begriffen. Es war, wie er mit dem ersten Blicke flüchtig unterscheiden konnte, ein halbvollendetes Portrait eines jungen Mannes. Sie verdeckte es schnell, als er hereintrat, und sah ihn mit einem durchdringenden, rätselhaften Blicke an. – Sollte sie lieben? dachte Friedrich und wußte nicht, was er davon halten sollte.

Achtes Kapitel

Es war festgesetzt worden, daß die ganze Familie eine kleine Reise auf ein Jagdgut des Herrn v. A. unternehmen sollte, das einige Meilen von dem Schlosse entfernt war. Am Morgen des bestimmten Tages wachte Friedrich sehr zeitig auf. Er stellte sich ans Fenster. Der Hof und die ganze Gegend lag noch ruhig, am fernen Horizonte fing bereits an der Tag zu grauen. Nur zwei Jäger waren auch schon munter und putzten unten im Hofe die Gewehre. Sie bemerkten den Grafen nicht und schwatzten und lachten miteinander. Friedrich hörte dabei mit

Verwunderung mehrere Male Fräulein Julie nennen. Der eine Jäger, ein schöner junger Bursch, sang darauf mit heller Stimme ein altes Lied, wovon Friedrich immer nur die letzten Verse, womit sich jede Strophe schloß, verstand:

„Das Fräulein ist ein schönes Kind,
Sie hat so muntre Augen,
Die Augen so verliebet sind,
Zu sonst sie gar nichts taugen.“

Friedrich erschrak, denn er zweifelte nicht, daß das Lied Julien gelten sollte. Er überdachte das Benehmen des Fräuleins in der letzten Zeit, das Verstecken des Bildes und verschiedene hingeworfene Reden, und konnte sich selbst der Meinung nicht erwehren, daß sie verliebt sei; aber wen sie meine, blieb ihm noch immer dunkel.

Unterdes hatte sich der Tag immer mehr und mehr erhoben, hin und wieder im Schlosse gingen schon Türen auf und zu, bis es endlich nach und nach lebendig wurde. Wer es weiß, was es heißt, ein so schwerfälliges Haus flottzumachen, der wird sich von dem Rumpelmorgen einen Begriff machen können, der nun begann. Wie auf einem Schiffe, das sich zu einer nahen Schlacht bereitet, verbreitete sich langsam wachsend ein dunkles Getöse von Eile und Geschäftigkeit durchs ganze Schloß, Betten, Koffer und Schachteln flogen aus einer Ecke in die andere, nur noch selten hörte man die Kommandotrompete der Tante dazwischentönen. Für Leontin waren diese feierlichen Vorbereitungen, die Wichtigkeit, mit der jeder sein Geschäft betrieb, ein wahres Fest. Unermüdlich befand er sich überall mitten im Gewühle und suchte unter dem Scheine der Hülfleistung die Verwirrung immer größer zu machen, bis er endlich durch seine zweideutigen Mienen den Zorn der gesamten Frauenzimmer dergestalt gegen sich empört hatte, daß er es für das rätlichste hielt, Reißaus zu nehmen.

Er setzte sich daher mit Friedrich und Viktor, so hieß der Theolog, zu Pferde und sie ritten auf das Gut hinaus. Viktor, der nun mit den beiden schon vertrauter und gesprächiger geworden war, schien alle Trübnis dahintengelassen zu haben, als sie über die Berge ritten. Er war auf einmal ausgelassen lustig, und sie konnten nicht umhin, über den sonderbar wechselnden Menschen zu erstaunen, der besonders ganz nach Leontins Geschmack war. Unterwegs sahen sie den seltsamen, irrenden Ritter, der schon lange wieder das Schloß verlassen hatte, in der Ferne auf seinem Gaule über ein Ackerfeld hinwegstolpern. Viktor brachte dieser Anblick ganz außer sich vor Freude. Er rief ihm sogleich mit geschwenktem Hute zu. Da aber jener, statt stillzuhalten, seinen Gaul vielmehr in Trab setzte, um ihnen zu entkommen, so drückte er sogleich die Sporen ein und machte Jagd auf ihn. Er hatte ihn bald eingeholt und brachte ihn unter einem heftigen und lauten Wortwechsel mit sich zurück. Um diese Eroberung vermehrt, zogen sie nun fröhlich weiter und erblickten nach einigen Stunden endlich das Gut des Herrn v. A., als sie auf einer Anhöhe plötzlich aus dem Walde herauskamen. Das kleine Schloß mit seinem netten Hofe lag mitten in einem einsamen Tale, ringsumher von Tannenwäldern umschlossen. Leontin, den diese tiefe Einsamkeit überraschte, blieb in Gedanken stehen und sagte: „Wie fürchterlich schön, hier mit einem geliebten Weibe ein ganzes Leben lang zu wohnen! Ich möchte mich um alle Welt nicht verlieben."

Als sie unten in das Tal hinabzogen, bog auch schon auf der Höhe der Wagen des Herrn v. A. mit seinen vier Rappen um die Waldesecke herum, und der Kutscher knallte lustig mit der Peitsche, daß es weit in die Wälder hineinschallte. Das Fräulein lehnte sich zum Wagen hinaus. „Da reitet er!" rief sie auf einmal hastig. – Zum Glücke rollte der Wagen zu schnell hinab, und die Tante hatte es nicht gehört.

Am folgenden Morgen, da die Gesellschaft zur Jagd aufbrach, war Leontin schon lange draußen im Walde. Er hatte sich von den Jägern im allgemeinen die Gegend bezeichnen lassen, wo die Jagd gehalten werden sollte, und war noch vor Tagesanbruch allein herausgeritten. Denn ihm waren alle die weitläufigen und schulgerechten Zurüstungen, die einer solchen allgemeinen Jagd immer vorherzugehen pflegen, in den Tod verhaßt. Er durchstrich daher an dem frischen Morgen allein die einsame Heide, wo ihn oft plötzlich durch eine Lichtung des Waldes die herrlichsten Aussichten überraschten und stundenlang festbannten. So folgte er dem lustigen Jagdgewirre immer von weitem nach. Und wie unter ihm die Wälder rauchten, hin und wieder Schüsse fielen, und zwischen dem Gebell der Hunde die Hörner von Zeit zu Zeit ertönten, da dichtete seine frische Seele unaufhörlich seltsame Lieder, die er sogleich sang, ohne jemals ein einziges aufzuzeichnen. Denn was er aufschrieb, daran verlor er sogleich die freie, unbestimmte Lust. Es war, als bräche das Wort unter seiner Hand die luftigen Schwingen. Er beherrschte nicht, wie der besonnene Dichter, das gewaltige Element der Poesie, der Glückliche wurde von ihr beherrscht.

Unterdes war die Sonne schon hoch über die Wipfel des Waldes gestiegen, nur noch hin und her gaben die Hunde einzelne Laute, kein Schuß fiel mehr und der Wald wurde auf einmal wieder still. Die Jäger durchstrichen das Revier und riefen mit ihren Hifthörnern die zerstreuten Schützen von allen Seiten zusammen. So hatte sich nach und nach die Gesellschaft, außer Leontin, zusammengefunden und auf einer großen, schönen Wiese gelagert, die kühl und luftig zwischen den Waldbergen sich hinstreckte. Mehrere benachbarte Edelleute waren schon frühmorgens mit ihren Söhnen und Töchtern im Walde zur Jagd gestoßen und vermehrten nun den Trupp ansehnlich. Die Mädchen saßen, wie Blumen in einen Teppich gewirkt, mit ihren bunten Tüchern lustig im Grünen, reinlich gedeckte Tische mit Eßwaren und Wein standen schimmernd unter den kühlen Schatten, die Tante ging, alles fleißig und mit gutem Sinne ordnend, umher. Julie hatte, während Friedrichs und Leontins Aufenthalte auf dem Schlosse, den benachbarten Fräulein schon manches von den beiden Fremden geschrieben, vielerlei seltsame Dinge hatte der Ruf, der auf dem Lande alles Fremde um desto hungriger ergreift, je seltener es ihm kommt, zu ihnen getragen. Friedrich hatten sie nun kennengelernt, aber seine ruhige, einfache Sitte befriedigte die jungen, neugierigen Seelen keineswegs. Und doch hatte ihnen Julie immer nur von ihm mit so vieler Wärme und Ausführlichkeit geschrieben, Leontin aber bloß mit einigen flüchtigen Worten berührt, aus denen sie niemals recht klug werden konnten. – Auf einmal trat auch dieser gegenüber auf der Höhe aus dem Walde, und alle die jungen, schönen Augen flogen der hohen, schlanken Gestalt zu. Er konnte sich nicht enthalten, als er unter sich das bunte Lustlager erblickte, seinen Hut überm Kopfe zu schwenken. Man erwiderte von unten seine Begrüßung, wobei sich insbesondere Viktor wieder auszeichnete. Er warf seinen Hut mit fröhlicher Wut hoch in die Luft, ergriff schnell seine Büchse und schoß ihn so im Fluge, zu nicht geringem Schrecken der sämtlichen Frauenzimmer, wieder herab.

Leontin war indes hinabgestiegen, und alles rückte sich nun um die reichbedeckten Tische zusammen. Die Jäger lagen, ihre Weinflaschen in der Hand, hin und her zerstreut, ihre Hunde lechzend neben ihnen auf den Boden hingestreckt. Der freie Himmel machte alle Herzen weit, der Wein blickte golden aus den hellgeschliffenen Gläsern, wie die Lust aus den glänzenden Augen, und ein fröhliches Durcheinandersprechen erfüllte bald die Luft. Unter den fremden Fräulein befand sich auch eine Braut, ein hübsches, junges, sehr munteres Mädchen. Ihr Bräutigam war ein schöner, schlanker Landjunker mit einem bedeutenden Gesicht voll Leben, um das es jammerschade war, daß es durch einige rohe Züge entstellt wurde. Er mußte sich auf das tumultuarische Andringen sämtlicher Alten feierlich neben seine Braut setzen, welches er auch ohne weiteres tat. „Könnte ich es nur ein einziges Mal in meinem Leben so weit bringen", sagte Leontin zu Friedrich, „so einen stattlichen, engelrechten Bräutigam vorzustellen! So eine öffentliche Brautschaft ist wie ein Wirtshaus mit einem abgeschabten Cupido am Aushängeschilde, wo jedermann aus und ein gehen und sein bißchen Witz blicken lassen darf."

Wehe der Braut, die unter lustige Trinker gerät! So wurde auch hier nach rechter deutscher Weise dem Brautpaare bald von allen Seiten mit kernigen Anhängen zugetrunken, wofür sich die junge Braut immer zierlich und errötend bedankte, indem sie jedesmal ebenfalls das Glas an den Mund setzte. Auch Leontin, der sich an dem allgemeinen Getümmel von guten und schlechten Einfällen ergötzte, und dem die feinen Lippen der Braut rosiger vorkamen, wenn sie sie in den goldenen Rand des Weines tauchte, setzte ihr tapfer zu und trank mehr als gewöhnlich.

Die alten Herren hatten sich indes in einen weitläufigen Diskurs über die Begebenheiten und Heldentaten der heutigen Jagd verwickelt und konnten nicht aufhören, zu erzählen, wie jener Hase so herrlich zum Schuß gekommen, wie jener Hund angeschlagen, der andre die Jagd dreimal gewendet usw. Leontin, der auch mit in das Gespräch hineingezogen wurde, sagte: „Ich liebe an der Jagd nur den frischen Morgen, den Wald, die lustigen Hörner und das gefährliche, freie, soldatische Leben." – Alle nahmen sogleich Partei gegen diesen ketzerischen Satz und überschrieen ihn heftig mit einem verworrenen Schwall von Widersprüchen. „Die eigentlichen Jäger vom Handwerk", fuhr Leontin lustig fort, „sind die eigentlichen Pfuscher in der edlen Jägerei, Narren des Waldes, Pedanten, die den Waldgeist nicht verstehen; man sollte sie gar nicht zulassen, uns andern gehört das schöne Waldrevier!“ Diese offenbare Kriegserklärung brachte nun vollends alles in Harnisch. Von allen Seiten fiel man laut über ihn her. Leontin, den der viele Wein und die allgemeine Fehde erst recht in seine Lustigkeit hineinversetzt hatte, wußte sich nicht mehr anders zu retten: er ergriff die Gitarre, die Julie mitgebracht, sprang auf seinen Stuhl hinauf und übersang die Kämpfenden mit folgendem Liede:

„Was wollt ihr in dem Walde haben,
Mag sich die arme Menschenbrust
Am Waldesgruße nicht erlaben,
Am Morgenrot und grüner Lust?

Was tragt ihr Hörner an der Seite,
Wenn ihr des Hornes Sinn vergaßt,
Wenn's euch nicht selbst lockt in die Weite,
Wie ihr vom Berg frühmorgens blast?

Ihr werdt doch nicht die Lust erjagen,
Ihr mögt durch alle Wälder gehn;
Nur müde Füß und leere Magen –
Mir möcht die Jägerei vergehn!

O nehmet doch die Schneiderelle,
Guckt in der Küche in den Topf!
Sonntags dann auf des Hauses Schwelle
Krau euch die Ehfrau auf dem Kopf!

Die Tierlein selber: Hirsch und Rehen,
Was lustig haust im grünen Haus,
Sie fliehn auf ihre freien Höhen,
Und lachen arme Wichte aus.

Doch, kommt ein Jäger, wohlgeboren,
Das Horn irrt, er blitzt rosenrot,
Da ist das Hirschlein wohl verloren,
Stellt selber sich zum lust'gen Tod.

Vor allen aber die Verliebten,
Die lad ich ein zur Jägerlust,
Nur nicht die weinerlich Betrübten –
Die recht von frisch' und starker Brust.

Mein Schatz ist Königin im Walde,
Ich stoß ins Horn, ins Jägerhorn!
Sie hört mich fern und naht wohl balde,
Und was ich blas, ist nicht verlorn.

Ich glaube, ich blase gar schon aus des Knaben Wunderhorn", unterbrach er sich hier selber, und sprang schnell von seinem Stuhle. Die ganze Gesellschaft war durch das lustige Lied wieder mit ihm ausgesöhnt, der Streit war vergessen, und von allen Seiten wurde auf die Gesundheit des Sängers getrunken.

Unterdes zog der seltsame Viktor, der sich während Leontins Gesang fortgeschlichen hatte, weil er kein Lied vertragen konnte, wo er nicht selbst mitsingen durfte, aller Augen auf ein neues Schauspiel. Er warf nämlich im Hintergrunde, um nicht bemerkt zu werden, zu seiner eigenen Herzenslust, die leeren Weinfäßchen in die Luft, während die Jäger alle nach denselben schießen mußten, welches nicht ohne das größte Geschrei ablief. Die Tante, welche keinen Rausch an Männern ertragen konnte, befürchtete eine allgemeine Anarchie und lud die Gesellschaft, um die erhitzten Gemüter zu zerstreuen, noch auf einige Stunden zu sich auf das Jagdschloß. Alles brach daher auf und bestieg den Wagen. Friedrich, Leontin und Viktor ritten wieder dem langen Zuge voran, den Ritter von der traurigen Gestalt in ihrer Mitte, dessen baufälliges Pferd die Jäger mit einem Baldachin von grünen Zweigen und jungen Bäumchen besteckt hatten, so daß er, gleich Münchhausen, wie unter einer Laube ritt.

Als sie auf dem Schlosse angekommen waren, wurden geschwind noch einige Musikanten, so gut sie hier zu bekommen waren, zusammengebracht, und man tanzte bis zur einbrechenden Nacht. Für Friedrich und Leontin, die, frühzeitig in die Welt hinausgestoßen, gewohnt waren, das Leben immer nur in großen, vollendeten Massen, gleichsam wie im Fluge, zu berühren, gewährte dieser kleine Kreis, wo fast alle, miteinander verwandt, nur eine Familie bildeten, eine neue Erscheinung.

Die erquickliche Art, wie die jungen Landfräulein immer mit Mund, Händen und den muntern Augen zugleich erzählten, ihre kleinen Manieren und unschuldige Koketterie, die Sorgfalt, mit welcher die Mütter nach jedem Tanze herumgingen und ihren artigen Kätzchen die Haare aus der heißen Stirne strichen und sie ermahnten, nicht kalt zu trinken, das lächelnde Wohlbehagen, mit dem eine jede alle Mienen Leontins und Friedrichs verfolgte, wenn sie sich mit ihren Töchtern gut zu unterhalten schienen, alles dies machte auf die beiden Fremden den sonderbarsten Eindruck, und sie hätten mit ihrem neuen und ungewöhnlichen Wesen heut viele Herzen erobern können, wenn der eine nicht zu großmütig, der andre nicht zu wild gewesen wäre.

Leontin walzte mit der niedlichen Braut. Sie tanzte außerordentlich leicht und schön, und wie er so den schlanken, vollen Leib im Arme hatte, sah sie so unbeschreiblich frisch und reizend aus, daß er sich nicht enthalten konnte, das schöne Kind einige Male an sich zu drücken. Sie blickte heimlich lächelnd mit listig fragenden Augen zu ihm hinauf. Sie konnten endlich beide vor Müdigkeit nicht mehr weiter fort und er tanzte daher mit ihr bis in die nächste Fensternische, wo sie zusammen auf die Stühle sanken.

Nach einiger Zeit sah er sie an einem andern Fenster neben Fräulein Julie in ruhigem Gespräche sitzen. Er lehnte sich hinter ihnen an die Wand, ohne von ihnen bemerkt zu werden. Sie erzählte Julie, wann ihre Hochzeit sein werde, wieviel feine Wäsche sie mitbekomme, wie sie ihren kleinen Garten einrichten wollten usw. „Dort in dem Schlößchen unten", fuhr sie fort, „werden wir wohnen." Leontin warf einen Blick durch das offene Fenster und sah das Dach des Schlößchens, soeben vom Abendrot beleuchtet, unbeschreiblich einsam und verlassen aus den Wäldern hervorragen. Eine große Bangigkeit überflog da sein Herz und er versank in tiefe Gedanken. Die Braut, die unterdes auf einmal gewahr wurde, daß er alles mit angehört, schämte sich und verdeckte ihr Gesicht mit beiden Händen.

In diesem Augenblick hörte man ein verworrenes Getöse auf der Stiege, die Tür gähnte und spie einen ganzen Knäuel der seltsamsten und abenteuerlichsten Zerrbilder und Mißgestalten aus, wie sie nur eine fürchterlich reiche, dunkel in sich selber arbeitende Phantasie ersinnen konnte. „Viktor!" – riefen Leontin und Friedrich zugleich, und sie hatten es erraten. Dieser hatte nämlich in möglichster Hast alles Altmodische, Lächerliche und Zerlumpte von Kleidungsstücken, dessen er habhaft werden konnte, zusammengerafft und damit die Bedienten und Jäger des Herrn v. A. aufgeputzt. Mit einem unübertrefflich raschen und glücklichen Witze hatte er, da er alle genau kannte, jedem zugeteilt, was ihm zukam, und so durch eine ungewöhnliche Verbindung des Gewöhnlichsten den phantasiereichsten Charakterzug erschaffen. Da keine Larven vorhanden waren, so hatte er selber in aller Schnelligkeit die Gesichter gemalt, und man mußte zugeben, jedes war ein wahrer Triumph der freisten und schärfsten Laune, denn eines jeden verborgenste, innerste Narrheit lachte erlöst aus den Zügen. Besonders zeichnete sich eine über alle Maßen dünne und schneiderartige Figur aus mit einem unbeschreiblich albern lächelnden Gesichte, dem er alle Haare rückwärts aus der glatten Stirne gekämmt hatte. Der Leib des alten Rockes war um ebensoviel zu lang, als die knappen Ärmel zu kurz erschienen. Recht oben auf dem Wirbel schwebte ein winziges Hütchen, in der Hand trug er einen kleinen Sonnenschirm. Viktor selbst führte in einem umgekehrten Rocke mit einer verstimmten Geige den Zug an und war recht das Salz und die Seele des Abenteuers. Mit einer Wut von Lust wußte er einem jeden seinen eigentümlichen Spielraum zu verschaffen, und selbst die Eitelsten dahin zu bringen, daß sie sich einmal über sich selbst erhoben und ihre eigene Narrheit zum Narren hatten. Und so gebärdeten sich denn auch die Ungeschicktesten meisterhaft, so wie die Plumpheit selber komisch wird, wenn sie über ihre eigenen Füße fällt. Herr v. A. stand ganz still in einer Ecke und lachte, daß ihm die Augen übergingen. Die Tante, die, wie fast alle Damen, keinen unmittelbaren Spaß verstand, lächelte gezwungen. Manche andere schämten sich zu lachen, und taten sich Gewalt an, ernsthaft auszusehen. Den irrenden Ritter aber hatte, seltsam genug, gleich beim Eintritte des Maskenzuges eine sonderbare Furcht überfallen; er nahm Reißaus und ließ sich nicht wieder sehen.

Viktor führte daher, als die Ergötzung an dem Spektakel anfing lau zu werden, endlich die Bande wieder fort, um den flüchtigen Ritter aufzusuchen. Sie fanden ihn in einem finstern Winkel des Hofes versteckt. Er war äußerst aufgebracht und wehrte sich mit Händen und Füßen, als sie ihn aufspürten. Viktor nahm ihn beim Arme und walzte mit ihm, wie wahnsinnig, im Hofe um den Brunnen herum. Ein alter, dicker Gerichtsverwalter, dem sie unvermerkt die Dose mit Kienruß gefüllt, und der daher, da er sich bei jeder Prise das Gesicht bemalte, wider sein Wissen und Willen eine Hauptfigur in dem Lustspiele abgab, mußte ebenfalls an einer allgemeinen Menuett teilnehmen, die sich jetzt in dem Hofe entspann. Ein einziges Licht stand auf einem Pfahle und warf im Winde einen flatternden Schein über die seltsame Verwirrung. Leontin, der sich bald anfangs mit Leib und Seele mit hineingemischt hatte, saß hoch oben auf dem Gartenzaune und strich die verstimmte Geige dazu. Den irrenden Ritter, der sich indes voll Angst und Zorn mit Gewalt wieder losgemacht hatte, sah man auf seinem Pferde mitten in der mondhellen Nacht über die Felder entfliehen.

„Wie haben Ihnen die Streiche gefallen?“ fragte die Tante den Grafen Friedrich, von dem sie ganz zuversichtlich erwartete, daß er den Spaß für unanständig hielt. „In meinem Leben“, sagte Friedrich, „habe ich keine Pantomime gesehen, wo mit so einfachen Mitteln so Vollkommenes erreicht worden wäre. Es wäre zu wünschen, man könnte die weltberühmten Mimiker, Grotesktänzer, und wie sie sich immer nennen, auf einen Augenblick zu ihrer Belehrung unter diesen Trupp versetzen. Wie armselig, nüchtern und albern würden sie sich unter diesen tüchtigen Gesellen ausnehmen, die nicht bloß diese oder jene einzelne Richtung des Komischen ängstlich herausheben, sondern Sprache, Witz und den ganzen Menschen in Anspruch nehmen. Jene ermatten uns recht mit allgemeinen Späßchen ohne alle Individualität, mit hergebrachten, längst abgenutzten Mienen und Sprüngen, und vor lauter künstlichen Anstalten zum Lachen kommen wir niemals zum Lachen selber. Hier erfindet jeder selbst, wie es ihm die Lust des Augenblickes eingibt, und die Torheit lacht uns unmittelbar und keck ins Gesicht, daß uns recht das Herz vor Freiheit aufgeht.“ – „Das ist wahr“, sagte die Tante, über dieses Urteil erstaunt, „unser Viktor ist ein pudelnärrischer, lustiger Mensch.“ – „Das glaube ich kaum“, erwiderte Friedrich, „ein Mensch muß sehr kalt oder sehr unglücklich sein, um so zu phantasieren. Viktor kommt mir vor wie jener Prinz in Sizilien, der in seinem Garten und Schlosse alles schief baute, so daß sein Herz das einzige Gerade in der phantastischen Verkehrung war.“

Es war unterdes schon spät geworden, die fremden Wagen fuhren unten vor, und die Gesellschaft fing an Abschied zu nehmen und aufzusteigen. In dem allgemeinen Getümmel der Bekomplimentierungen hatte die niedliche Braut noch ein Tuch vergessen. Sie lief daher mit Julie noch einmal in das Zimmer zurück. Es war niemand mehr darin; nur Leontin, der endlich auch die Maskenbande verlassen hatte, kam soeben von der andern Seite herein. Das lustige Mädchen versteckte sich schnell, da sie ihn erblickte, hinter die lange Fenstergardine und wickelte sich ganz darein, so daß nur die muntern Augen lüstern auffordernd aus dem Schleier hervorblitzten. Leontin zog das schöne mutwillige Kind heraus und küßte sie auf den Mund. Sie gab ihm schnell einen herzhaften Kuß wieder und rannte eiligst zu dem Wagen zurück, wo man ihrer schon harrte. „Ade, ade!" sagte sie noch am Schlage zu Julie, eigentlich aber mehr zu Leontin hingewendet, „ihr seht mich nun so bald nicht wieder, gewiß nicht." – Und sie hielt Wort.

Die Gäste waren nun fort, Herr v. A. und seine Schwester schlafen gegangen, und alles im Schlosse leer und still. Leontin saß oben im Vorsaale im offenen Fenster. Draußen zogen Gewitter, man sah es am fernen Horizonte blitzen. Fräulein Julie ging soeben, mit einem Lichte in der Hand, über den Hausflur nach ihrer Schlafkammer. Er rief ihr eine gute Nacht zu. Sie war unentschlossen, ob sie bleiben oder weitergehen sollte. Endlich kehrte sie zögernd um und trat zu ihm ans Fenster. Da bemerkte er Tränen in ihren großen Augen; sie war ihm noch nie so wunderschön vorgekommen. „Liebe Julie!" sagte er, und faßte ihre kleine Hand, die sie gern in der seinigen ließ. Der Wind, der zum Fenster hereinkam, löschte ihr plötzlich das Licht aus. Mit abgewendetem Gesicht sprach sie da einige Worte in die Nacht hinaus, aber so leise und, wie es ihm schien, von verhaltenem Weinen erstickt, daß er nichts verstehen konnte. Er wollte sie fragen, aber sie zog ihre Hand weg und ging schnell in ihr Schlafzimmer.

Ohne zu wissen, was er davon halten sollte, schaute er voller Gedanken in den finstern Hof hinunter. Dort sah er Viktor auf einem großen Steine sitzen, den Kopf in beide Hände gestützt; er schien eingeschlafen. Er eilte daher selber in den Hof hinab und nahm die Gitarre mit, die er unten im Fenster liegend fand. „Wir wollen diese Nacht auf dem Teiche herumfahren", sagte er zu Viktor, der indes aufgewacht war. Dieser war sogleich mit voller Lust von der Partie, und so zogen sie zusammen hinaus.

Sie bestiegen den kleinen Kahn, der unweit vom Schlosse im Schilfe angebunden lag, und ruderten bis in die Mitte des Sees. Die ganze Runde war totenstill, nur einige Nachtvögel pfiffen von Zeit zu Zeit aus dem Walde herüber. Es schien, als wollte das Wetter heraufkommen, das man von ferne sah, denn ein kühler Wind flog über den Teich voran und kräuselte die ruhige Fläche. Sie glaubten Fräulein Julie an dem Fenster zu bemerken. Da sang Leontin, der vorn im Kahne aufrecht stand, folgendes Lied zur Gitarre, während der ewig rege und unruhige Viktor bald tollkühn mit dem Kahne schaukelte, bald wieder in den Wald hinausrief, daß hin und her die Hunde an den nächsten Häusern wach wurden:

„Schlafe Liebchen, weil's auf Erden
Nun so still und seltsam wird!
Oben geht die goldne Herde,
Für uns alle wacht der Hirt.

In der Ferne ziehn Gewitter;
Einsam auf dem Schifflein schwank
Greif ich draußen in die Zither,
Weil mir gar so schwül und bang.

Schlingend sich an Bäum und Zweigen,
In dein stilles Kämmerlein,
Wie auf goldnen Leitern, steigen
Diese Töne aus und ein.

Und ein wunderschöner Knabe
Schifft hoch über Tal und Kluft,
Rührt mit seinem goldnen Stabe
Säuselnd in der lauen Luft.

Und in wunderbaren Weisen
Singt er ein uraltes Lied,
Das in linden Zauberkreisen
Hinter seinem Schifflein zieht.

Ach, den süßen Klang verführet
Weit der buhlerische Wind,
Und durch Schloß und Wand ihn spüret
Träumend jedes schöne Kind."

Es fing stärker an zu blitzen, das Gewitter stieg herauf. Viktor schaukelte heftiger mit dem Kahne; Leontin sang:

„Es waren zwei junge Grafen
Verliebt bis in den Tod,
Die konnten nicht ruhn noch schlafen
Bis an den Morgen rot.

O trau den zwei Gesellen,
Mein Liebchen, nimmermehr,
Die gehn wie Wind und Wellen,
Gott weiß: wohin, woher. –

Wir grüßen Land und Sterne
Mit wunderbarem Klang,
Und wer uns spürt von ferne,
Dem wird so wohl und bang.

Wir haben wohl hienieden
Kein Haus an keinem Ort,
Es reisen die Gedanken
Zur Heimat ewig fort.

Wie eines Stromes Dringen
Geht unser Lebenslauf,
Gesanges Macht und Ringen
Tut helle Augen auf.

Und Ufer, Wolkenflügel,
Die Liebe hoch und mild –
Es wird in diesem Spiegel
Die ganze Welt zum Bild.

Dich rührt die frische Helle,
Das Rauschen heimlich, kühl,
Das lockt dich zu der Welle,
Weil's draußen leer und schwül.

Doch wolle nie dir halten
Der Bilder Wunder fest,
Tot wird ihr freies Walten,
Hältst du es weltlich fest.

Kein Bett darf er hier finden.
Wohl in den Tälern schön
Siehst du sein Gold sich winden,
Dann plötzlich meerwärts drehn.“

Viktor, der unterdes, ohne auf das Lied zu achten, immerfort das Echo versuchte, zwang ihn, durch sein übermäßiges Rufen und Schreien, hier abzubrechen. Julie hatte auch schon lange das Fenster geschlossen und alles im Schlosse war finster und still. Das Gewitter zog indes gerade über ihnen hin, die Wälder rauschten von allen Seiten. Leontin griff stärker und frömmer in die Saiten:

„Schlag mit den flamm’gen Flügeln!
Wenn Blitz aus Blitz sich reißt,
Steht wie in Rossesbügeln
So ritterlich mein Geist.

Waldesrauschen, Wetterblicken
Macht recht die Seele los,
Da grüßt sie mit Entzücken,
Was wahrhaft, ernst und groß.

Es schiffen die Gedanken
Fern wie auf weitem Meer,
Wie auch die Wogen schwanken:
Die Segel schwellen mehr.

Herr Gott, es wacht dein Wille!
Wie Tag und Lust verwehn,
Mein Herz wird mir so stille
Und wird nicht untergehn.“

Sie bemerkten nun einen roten Schein, der über dem Schloßhofe zu stehen schien. Sie hielten es für einen Feuermann; denn die ganze Zeit hindurch hatten sie rings in der Runde solche Erscheinungen, wie Wachtfeuer, lodern gesehen: teils bläuliche Irrlichter, die im Winde über die Wiesen streiften, teils größere Feuergestalten, mit zweifelhaftem Glanze durch die Nacht wandelnd. Als sie aber wieder hinblickten, sahen sie den Feuermann über dem Schlosse sich langsam dehnen und riesengroß wachsen, und ein langer Blitz, der soeben die ganze Gegend beleuchtete, zeigte ihnen, daß der Schein gerade vom Dache ausging. „Um Gottes willen, das ist Feuer im Schloß!“ rief Viktor erblassend, und sie ruderten, ohne ein Wort zu sprechen, eiligst auf das Ufer zu.

Als sie ans Land kamen, sahen sie bereits einen rötlichen Qualm zum Dachfenster hervordringen und sich in fürchterlichen Kreisen in die Nacht hinauswälzen. Alles im Hause und im Hofe schlief noch in tiefster Ruhe. Viktor machte Lärm an allen Türen und Fenstern. Leontin eilte in die Kirche und zog die Sturmglocke, deren abgebrochene, dumpfe Klänge, die weit über die stillen Berge hinzogen, ihn selber im Innersten erschütterten. Der Nachtwächter ging durch die Gassen des Dorfes und erfüllte die Luft mit den gräßlichen Jammertönen seines Hornes. Und so wurde endlich nach und nach alles lebendig, und rannte mit bleichen Totengesichtern, gleich Gespenstern, bestürzt und verstört durcheinander. Die heftige Tante hatte bald der erste Schrecken überwältigt. Sie lag bewußtlos in Krämpfen und vermehrte so die allgemeine Verwirrung noch mehr.

Schon schlug die helle Flamme oben aus dem Dache, das Hinterhaus stand noch ruhig und unversehrt. Niemanden fiel es in der ersten Bestürzung ein, daß Fräulein Julie im Hinterhause schlafe und ohne Rettung verloren sei, wenn die Flamme die einzige Stiege, die dort hinaufführte, ergriffe. Leontin dachte daran und stürzte sich sogleich in die Glut.

Als er in ihr Schlafzimmer trat, sah er das schöne Mädchen, den Kopf auf den vollen, weißen Arm gesenkt, in ungestörtem Schlafe ruhen. Alles in dem Zimmer lag noch still und friedlich umher, wie sie es beim Entkleiden hingelegt; ein aufgeschlagenes Gebetbuch lag an ihrer Seite. Es war ihm in diesem Augenblicke, als sähe er einen schönen, goldgelockten Engel neben ihrem Bette sitzen, der schaute mit den stillen, himmlischen Augen in das wilde Element, das sich vor Kinderaugen fürchtet. – Das Fräulein schlug verwundert fragend die großen Augen auf, als er zu ihr trat, und erblickte bald die ungewöhnliche, schreckliche Helle durch das ganze Haus. Leontin schlug schnell das Bettuch um sie herum und nahm sie auf den Arm. Ohne ein Wort zu sprechen, umklammerte sie ihn in stummem Schrecken. Ein heftiger Wind, der aus dem Brande selbst auszugehen schien, faltete indes die Flammenfahnen immer mehr auseinander, der schreckliche Feuermann griff mit seinen Riesenarmen rechts und links in die dunkle Nacht und hatte bereits auch schon das Hinterhaus erfaßt. Da sah Leontin auf einmal, mitten zwischen den Flammen, eine unbekannte weibliche Gestalt in weißem Gewande erscheinen, die ruhig in dem Getümmel auf und nieder ging. „Gott sei Dank!" hörte er zugleich draußen die Bauern rufen, „wenn die da ist, wird's bald besser gehn." – „Wer ist die weiße Frau?" fragte Leontin, der nicht ohne innerlichen Schauder auf sie hinblicken konnte. Julie, die ihr Gesicht fest an ihn gedrückt hatte, überhörte in der Verwirrung die Frage, und so trug er sie hoch durch das Feuer hindurch, ohne die Augen von der fremden Gestalt zu wenden. Kaum hatte er aber das Fräulein im Hofe niedergesetzt, als er selber, von dem Rauche, der Hitze und Anstrengung ganz erschöpft, bewußtlos auf den Boden hinsank.

Jene seltsame Erscheinung hatte währenddessen alle mit frischem Mute beseelt, und so war es der verdoppelten Anstrengung gelungen, die Flammen endlich zu zwingen. Als Leontin die Augen wieder aufschlug, sah er mit Erstaunen alles ringsumher schon leer und ruhig. Die weiße Frau aber war mit dem Feuer verschwunden, wie sie gekommen war. Er selber lag neben der Brandstätte auf einem Kasten zwischen einer Menge geretteter Gerätschaften, die unordentlich übereinanderlagen. Julie saß neben ihm und hatte seinen Kopf auf ihrem Schoße. Alle andern hatten sich, von der Arbeit ermattet, nach und nach zerstreut, Herr v. A. und seine Schwester noch auf einige Stunden sich zur Ruhe begeben. Nur Viktor, der während des Brandes mehrere Male bis in die innersten Zimmer eingedrungen, und immer mitten zwischen dem zusammenstürzenden Gebälk erschienen war, sah er hoch auf einem halbabgebrannten Pfeiler eingeschlafen. Das prächtige Feuerwerk war nun in sich selber zusammengesunken, nur hin und wieder flackerte noch zuweilen ein Flämmchen auf, während einige dunkle Wachen an dem verwüsteten Platze auf und ab gingen, um das Feuer zu hüten. Leontin hatte den einen Arm um Julie geschlungen, die still neben ihm saß. Ihr Herz war so voll, wie noch niemals in ihrem ganzen Leben. Im Innersten aufgeregt von den raschen Begebenheiten dieser Nacht, war es ihr, als hätte sie in den wenigen Stunden Jahre überlebt; was lange im stillen geglommen, war auf einmal in helle Flammen ausgebrochen. Müde lehnte sie ihr Gesicht an seine Brust und sagte, ohne aufzusehen: „Sie haben mir mein Leben gerettet. Ich kann es nicht beschreiben, wie mir damals zumute war. Ich möchte Ihnen nun so gern aus ganzer Seele danken, aber ich könnte es doch nicht ausdrücken, wenn ich es auch sagen wollte. Es ist auch eigentlich nicht das, daß Sie mich aus dem Feuer getragen haben." – Hier hielt sie eine Weile inne, dann fuhr sie wieder fort: „Die Flamme ist nun verloschen. Wenn der Tag kommt, ist alles wieder gut und ruhig, wie sonst. Jeder geht wieder gelassen an seine alte Arbeit und denkt nicht mehr daran. Ich werde diese Nacht niemals vergessen."

Sie sah bei diesen Worten gedankenvoll vor sich hin. Leontin hielt sich nicht länger, er zog sie an sich und wollte sie küssen. Sie aber wehrte ihn ab und sah ihn sonderbar an. – So saßen sie noch lange, wenig sprechend, nebeneinander, bis endlich Julie die Augen zusanken. Er fühlte ihr ruhiges, gleichförmiges Atmen an seiner Brust. Er hielt sie fest im Arme und saß so träumerisch die übrige Nacht hindurch.

Die Gewitter hatten sich indes ringsum verzogen, ein labender Duft stieg aus den erquickten Feldern, Kräutern und Bäumen. Aurora stand schon hoch über den Wäldern. Da weckte der kühle Morgenwind Julie aus dem Schlummer. Der Rausch der Nacht war verflogen; sie erschrak über ihre Stellung in Leontins Armen und bemerkte nun, da es überall licht war, mit Erröten, daß sie halb bloß war. Leontin hob das schöne, verschlafene Kind hoch vor sich in den frischen Morgen hinein, während sie ihr Gesicht mit beiden Händen bedeckte. Darauf sprang sie fort von ihm und eilte ins Haus, wo soeben alles anfing sich zu ermuntern.

Neuntes Kapitel

Am Morgen saßen alle in der Stube des Jägers beim Frühstück versammelt, die unruhigen Ereignisse dieser Nacht besprechend. Julie sah blaß aus, und Leontin bemerkte, daß sie oft heimlich über die Tasse weg nach ihm hinblickte, und schnell wieder wegsah, wenn sein Auge ihr begegnete.

Alle untersuchten darauf noch einmal die Brandstätte, die noch immer fortrauchte. Man war allgemein der Meinung, daß ein Blitz gezündet haben müsse, so viele Mühe sich auch der dicke Gerichtsverwalter gab, darzutun, daß es boshafterweise angelegt sei, und daß man daher mit aller Strenge untersuchen und verfahren müsse. Herr v. A. verschmerzte den Verlust sehr leicht, da er ohnedies schon lange willens war, das alte Schlößchen niederreißen zu lassen, um ein neues, bequemeres hinzubauen.

Leontin fragte endlich wieder um die weiße Frau. „Es ist eine reiche Witwe“, sagte Herr v. A., „die vor einigen Jahren plötzlich in diese Gegend kam und mehrere Güter ankaufte. Sie ist im stillen sehr wohltätig, und, seltsam genug, bei Tag und bei Nacht, wo immer ein Feuer ausbricht, sogleich bei der Hand, wobei sie dann die armen Verunglückten mit ansehnlichen Summen unterstützt. Die Bauern glauben nun ganz zuversichtlich, sobald sie nur erscheint, müsse das Feuer sich legen, wie beim Anblick einer Heiligen. Übrigens empfängt und erwidert sie keine Besuche, und niemand weiß eigentlich recht, wie sie heißt, und woher sie gekommen; denn sie selber spricht niemals von ihrem vergangenen Leben.“ „Ja wohl“, sagte der Gerichtsverwalter, mit einer wichtigen Miene, „es geht dort überaus geheimnisvoll zu. Aber es gibt auch noch Leute hinterm Berge. Man weiß wohl, wie es zugeht in der Welt. Mein Gott! die liebe Jugend – junges Blut tut nicht gut.“ – „Ich bitte, malen Sie uns keinen Schnurrbart an das Heiligenbild!“ unterbrach ihn Leontin, der sich seine Phantasie von der wunderbaren Erscheinung nicht verderben lassen wollte.

Es war unterdes schon wieder aufgepackt worden, um auf das Schloß des Herrn v. A. zurückzukehren. Leontin konnte der Begierde nicht widerstehen, die weiße Frau näher kennenzulernen. Er beredete daher Friedrich, mit ihm einen Streifzug nach dem nahegelegenen Gute derselben zu machen. Sie versprachen beide, noch vor Abend wieder bei der Gesellschaft einzutreffen.

Gegen Mittag kamen sie auf dem Landsitze der Unbekannten an. Sie fanden ein neuerbautes Schloß, das, ohne eben groß zu sein, durch seine große, einfache Erfindung auf das angenehmste überraschte. Eine Reihe hoher, schlanker Säulen bildete oben den Vorderteil des Schlosses. Eine schöne, steinerne Stiege, welche die ganze Breite des Hauses einnahm, führte zu diesem Säuleneingange hinauf. Die Stiege erhob sich nur allmählich und terrassenförmig und war mit Orangen, Zitronenbäumen und verschiedenen hohen Blumen besetzt. Vor dieser blühenden Terrasse lag ein weiter, schattenreicher Garten ausgebreitet.

Alles war still, es schien niemand zu Hause zu sein. Auf der Stiege lag ein schönes, etwa zehnjähriges Mädchen über einem Tamburin, auf das sie das zierliche Köpfchen gelehnt hatte, eingeschlummert. Oben hörte man eine Flötenuhr spielen. Das Mädchen wachte auf, als sie an sie herankamen, und schüttelte erstaunt die schwarzen Locken aus den muntern Augen. Dann sprang sie scheu auf und in den Garten fort, während die Schellen des Tamburins, das sie hoch in die Luft hielt, hell erklangen.

Die beiden Grafen gingen nun in den Garten hinab, dessen ganze Anlage sie nicht weniger anzog, als das Äußere des Schlosses. „Wie wahr ist es", sagte Friedrich, „daß jede Gegend schon von Natur ihre eigentümliche Schönheit, ihre eigene Idee hat, die sich mit ihren Bächen, Bäumen und Bergen, wie mit abgebrochenen Worten, auszusprechen sucht. Wen diese einzelnen Laute rühren, der setzt mit wenigen Mitteln die ganze Rede zusammen. Und darin besteht doch eigentlich die ganze Kunst und Lust, daß wir uns mit dem Garten recht verstehen." Leontin war indes mehrere Male verwundert stehengeblieben. „Höchst seltsam!" sagte er endlich, als sie den Gipfel eines Hügels erreicht hatten, „diese Baumgruppen, Wäldchen, Hügel und Aussichten erinnern mich ganz deutlich an gewisse Gegenden, die ich in Italien gesehen, und an manchen glücklich durchschwärmten Abend. Es ist wahrhaftig mehr als eine zufällige Täuschung."

Der Abend fing bereits an, einzubrechen, als sie wieder bei den Stufen der großen Stiege anlangten. Sie wurden beide von dem herrlichen Anblicke überrascht, der sich ihnen dort von oben darbot. Die Gegend lag in der abendroten Dämmerung wie ein verworrenes Zaubermeer von Bäumen, Strömen, Gärten und Bergen, auf dem Nachtigallenlieder, gleich Sirenen, schifften. „Wie glücklich", sagte Friedrich, „ist eine beruhigte, stille Seele, die imstande ist, so besonnen und gleichförmig nach allen Seiten hin zu wirken und zu schaffen, die, von keiner besondern Leidenschaft mehr gestört, auf der schönen Erde wie in der Vorhalle des größern Tempels wohnt!"

Er wurde hier durch einige Saitenakkorde unterbrochen, die aus dem Garten herauftönten. Bald darauf hörten sie einen Gesang. Friedrich horchte voll Erstaunen, denn es war dasselbe sonderbare Lied aus seiner Kindheit, das manchmal auch Erwin in der Nacht gesungen, und das er sonst nirgends wieder gehört hatte.

Leontin war indes in das erste Zimmer hineingetreten, dessen Tür halb geöffnet stand. Er warf einen flüchtigen Blick durch das Gemach. Ein altes, auf Holz gemaltes Ritterbild hing dort an der Wand, über welche der Abend zuckend die letzten ungewissen Strahlen warf. Leontin trat erschüttert zurück, denn er erkannte auf einmal das beleuchtete Gesicht des Bildes. In demselben Augenblick trat ein alter Bedienter von der andern Seite in das Zimmer und schien heftig zu erschrecken, als er Leontin ansah. „Um Gottes willen", rief Leontin ihm zu, „sagen Sie mir, wer ist der Ritter dort?" Der Alte entfärbte sich und sah ihn lange ernsthaft und forschend an. „Das Bild ist vor mehreren hundert Jahren gemalt, eine zufällige Ähnlichkeit muß Sie täuschen", sagte er hierauf wieder gesammelt und ruhig. „Wo ist die Frau vom Hause?" fragte Leontin wieder. „Sie ist heut noch vor Tagesanbruch schnell fortgereist und kommt so bald nicht zurück", antwortete der Bediente und entfernte sich mit einer eiligen Verbeugung, als wollte er allen fernern Fragen ausweichen.

Unruhig kehrte nun Leontin wieder zu Friedrich zurück, gegen den er von dem ganzen letzten Vorfalle nichts erwähnte. Weder der Bediente, noch auch das zierliche, scheue Mädchen, das sie vorhin schlummernd angetroffen, zeigte sich mehr, und so ritten beide endlich gedankenvoll auf das Schloß des Herrn v. A. zurück, wo sie spät in der Nacht anlangten.

Zehntes Kapitel

Die alte, gleichförmige Ordnung der Lebensweise kehrte nun wieder auf dem Schlosse zurück. Die beiden Gäste hatten auf vieles Bitten noch einige Zeit zugeben müssen und lebten jeder auf seine Weise fort. Friedrich dichtete wieder fleißig im Garten oder in dem daranstoßenden angenehmen Wäldchen. Meist war dabei irgendein Buch aus der Bibliothek des Herrn v. A., wie es ihm gerade in die Hände fiel, sein Begleiter. Seine Seele war dort so ungestört und heiter, daß er die gewöhnlichsten Romane mit jener Andacht und Frischheit der Phantasie ergriff, mit welcher wir in unserer Kindheit solche Sachen lesen. Wer denkt nicht mit Vergnügen daran zurück, wie ihm zumute war, als er den ersten Robinson oder Ritterroman las, aus dem ihm das früheste, lüsterne Vorgefühl, die wunderbare

Ahnung des ganzen, künftigen, reichen Lebens anwehte; wie zauberisch da alles aussah und jeder Buchstab auf dem Papiere lebendig wurde? Wenn ihm dann nach vielen Jahren ein solches Buch wieder in die Hand kommt, sucht er begierig die alte Freude wieder auf darin, aber der frische, kindische Glanz, der damals das Buch und die ganze Erde überschien, ist verschwunden, die Gestalten, mit denen er so innig vertraut war, sind unterdes fremd und anders geworden, und sehen ihn an wie ein schlechter Holzstich, daß er weinen und lachen möchte zugleich. Mit so muntern, malerischen Kindesaugen durchflog denn auch Friedrich diese Bücher. Wenn er dazwischen dann vom Blatte aufsah, glänzte von allen Seiten der schöne Kreis der Landschaft in die Geschichten hinein, die Figuren, wie der Wind durch die Blätter des Buches rauschte, erhoben sich vor ihm in der grenzenlosen, grünen Stille und traten lebendig in die schimmernde Ferne hinaus; und so war eigentlich kein Buch so schlecht erfunden, daß er es nicht erquickt und belehrt aus der Hand gelegt hätte. Und das sind die rechten Leser, die mit und über dem Buche dichten. Denn kein Dichter gibt einen fertigen Himmel; er stellt nur die Himmelsleiter auf von der schönen Erde. Wer, zu träge und unlustig, nicht den Mut verspürt, die goldenen, losen Sprossen zu besteigen, dem bleibt der geheimnisvolle Buchstab ewig tot, und er täte besser, zu graben oder zu pflügen, als so mit unnützem Lesen müßig zu gehn.

Leontin dagegen durchstrich alle Morgen, wenn er es etwa nicht verschlief, welches gar oft geschah, mit der Flinte auf dem Rücken Felder und Wälder, schwamm einige Male des Tages über die reißendsten Stellen des Flusses, der im Tale vorbeiging, und kannte bereits alle Pfade und Gesichter der Gegend. Auch auf das Schloß der unbekannten Dame war er schon einige Male wieder hinübergeritten, fand aber immer niemanden zu Hause. Alle Tage besuchte er gewissenhaft ein paar wunderliche altkluge Gesellen auf dem Felde, die er auf seinen Streifereien ausgespürt hatte, gab ihnen Tabak zu schnupfen, den er bloß ihretwillen bei sich trug, und führte stundenlang eine tolle Unterhaltung mit ihnen. Er las wenig, besonders von neuen Schriften, gegen die er eine Art von Widerwillen hatte. Dessenungeachtet kannte er doch die ganze Literatur ziemlich vollständig. Denn sein wunderliches Leben führte ihn von selbst und wider Willen in Berührung mit allen ausgezeichneten

Männern, und was er so bei Gelegenheit kennenlernte, faßte er schnell und ganz auf.

Sowohl er, als Friedrich besuchten fast alle Nachmittage den einsamen Viktor, dessen kleines Wohnhaus, von einem noch kleineren Gärtchen umgeben, hart am Kirchhofe lag. Dort unter den hohen Linden, die den schönberaseten Kirchhof beschatteten, fanden sie den seltsamen Menschen vergraben in eine Werkstatt von Meißeln, Bohrern, Drehscheiben und anderm unzähligen Handwerkszeuge, als wollte er sich selber sein Grab bauen. Hier arbeitete und künstelte derselbe täglich, soviel es ihm seine Berufsgeschäfte zuließen, mit einem unbeschreiblichen Eifer und Fleiße, ohne um die andere Welt draußen zu fragen. Ohne jemals eine Anleitung genossen zu haben, verfertigte er Spieluhren, künstliche Schlösser, neue, sonderbare Instrumente, und sein bei der Stille nach außen ewig unruhiger und reger Geist verfiel dabei auf die seltsamsten Erfindungen, die oft alle in Erstaunen setzten. Seine Lieblingsidee war, ein Luftschiff zu erfinden, mit dem man dieses lose Element ebenso bezwingen könnte, wie das Wasser, und er wäre beinahe ein Gelehrter geworden, so hartnäckig und unermüdlich verfolgte er diesen Gedanken. Für Poesie hatte er, sonderbar genug, durchaus keinen Sinn, so willig, ja neugierig er auch aufhorchte, wenn Leontin oder Friedrich darüber sprachen. Nur Abraham von St. Clara, jener geniale Schalk, der mit einer ernsthaften Amtsmiene die Narren auslacht, denen er zu predigen vorgibt, war seine einzige und liebste Unterhaltung, und niemand verstand wohl die Werke dieses Schriftstellers so zu durchdringen und sich aus Herzensgrunde daran zu ergötzen, als er. In diesem unförmlichen „Gemisch-Gemasch“ von Spott, Witz und Humor fand sein sehr nahe verwandter Geist den rechten Tummelplatz.

Übrigens hatte sich Friedrich gleich anfangs in seinem Urteile über ihn keineswegs geirrt. Seine Gemütsart war wirklich durchaus dunkel und melancholisch. Die eine Hälfte seines Lebens hindurch war er bis zum Tode betrübt, mürrisch und unbehülflich, die andere Hälfte lustig bis zur Ausgelassenheit, witzig, sinnreich und geschickt, so daß die meisten, die sich mit einer gewöhnlichen Betrachtung der menschlichen Natur begnügen, ihn für einen zweifachen Menschen hielten. Es war aber eben die Tiefe seines Wesens, daß er sich niemals zu dem ordentlichen, immer gleichförmigen Spiele der andern an der

Oberfläche bequemen konnte, und selbst seine Lustigkeit, wenn sie oft plötzlich losbrach, war durchaus ironisch und fast schauerlich. Dabei waren alle Schmeichelkünste und alltäglichen Handgriffe, sich durch die Welt zu helfen, seiner spröden Natur so zuwider, daß er selbst die unschuldigsten, gebräuchlichsten Gunstbewerbungen, ja sogar unter Freunden alle äußern Zeichen der Freundschaft verschmähte. Vor allen sogenannten klugen, gemachten Leuten war er besonders verschlossen, weil sie niemals weder seine Betrübnis, noch seine Lust verstanden und ihn mit ihrer angebildeten Afterweisheit von allen Seiten beengten. Die beiden Grafen waren die ersten in seinem Leben, die bei allen seinen Äußerungen wußten, was er meine. Denn es ist das Besondere ausgezeichneter Menschen, daß jede Erscheinung in ihrer reinen Brust sich in ihrer ursprünglichen Eigentümlichkeit bespiegelt, ohne daß sie dieselbe durch einen Beischmack ihres eigenen Selbst verderben. Er liebte sie daher auch mit unerschütterlicher Treue bis zu seinem Tode.

Sooft sie nachmittags zu ihm kamen, warf er sogleich alle Instrumente und Gerätschaften weit von sich und war aus Herzensgrunde lustig. Sie musizierten dann in seiner kleinen Stube entweder auf alten, halbbespannten Instrumenten, oder Friedrich mußte einige wilde Burschenlieder auf die Bahn bringen, die Viktor schnell auswendig wußte und mit gewaltiger Stimme mitsang. Fräulein Julie, die nebst ihrem Vater von jeher Viktors beste und einzige Freundin im Hause war, stand dann gar oft stundenlang gegenüber am Zaune des Schloßgartens, strickte und unterhielt sich mit ihnen, war aber niemals zu bereden, selber zu ihnen herüberzukommen. Die Tante und die meisten andern konnten gar nicht begreifen, wie die beiden Grafen einen solchen Geschmack an dem ungebildeten Viktor und seinen lärmenden Vergnügungen finden konnten.

Und du seltsamer, guter, geprüfter Freund, ich brauche dich und mich nicht zu nennen; aber du wirst uns beide in tiefster Seele erkennen, wenn dir diese Blätter vielleicht einmal zufällig in die Hände kommen. Dein Leben ist mir immer vorgekommen, wie ein uraltes, dunkel verbautes Gemach mit vielen rauhen Ecken, das unbeschreiblich einsam und hoch steht über den gewöhnlichen Hantierungen der Menschen. Eine alte verstimmte Laute, die niemand mehr zu spielen versteht, liegt verstaubt auf dem Boden. Aus dem finstern Erker siehst du durch bunt und phantastisch gemalte Scheiben über das niedere, emsig wimmelnde Land unten weg in ein anderes, ruhiges, wunderbares, ewig freies Land. Alle die wenigen, die dich kennen und lieben, siehst du dort im Sonnenscheine wandeln und das Heimweh befällt auch dich. Aber dir fehlen Flügel und Segel, und du reißest in verzweifelter Lustigkeit an den Saiten der alten Laute, daß es mir oft das Herz zerreißen wollte. Die Leute gehen unten vorüber und verlachen dein wildes Geklimper, aber ich sage dir, es ist mehr göttlicher Klang darin, als in ihrem ordentlichen, allgepriesenen Geleier.

An einem schwülen Nachmittage saß Leontin im Garten an dem Abhange, der in das Land hinausging. Kein Mensch war draußen, alle Vögel hielten sich im dichtesten Laube versteckt, es war so still und einsam auf den Gängen und in der ganzen Gegend umher, als ob die Natur ihren Atem an sich hielte. Er versuchte einzuschlummern. Aber wie über ihm die Gräser zwischen dem unaufhörlichen, einförmigen Gesumme der Bienen sich hin und wider neigten, und rings am fernen Horizonte schwere Gewitterwolken gleich phantastischen Gebirgen mit großen, einsamen Seen und himmelhohen Felsenzacken die ganze Welt enge und immer enger einzuschließen schienen, preßte eine solche Bangigkeit sein Herz zusammen, daß er schnell wieder aufsprang. Er bestieg einen hohen, am Abhange stehenden Baum, in dessen schwankem Wipfel er sich in das schwüle Tal hinauswiegte, um nur die fürchterliche Stille in und um sich loszuwerden.

Er hatte noch nicht lange oben gesessen, als er den Herrn v. A. und dessen Schwester aus dem Bogengange hervorbiegen und langsam auf den Baum zukommen sah. Sie waren in einem lauten und lebhaften Gespräche begriffen, er hörte, daß von ihm die Rede war. „Du magst sprechen, was du willst“, sagte die Tante, „er ist bis über die Ohren verliebt in unser Mädchen. Da müßt ich keine Menschenkenntnis haben! Und Julie kann keine bessere Partie finden. Ich habe schon lange, ohne dir etwas zu sagen, nähere Erkundigungen über ihn eingezogen. Er steht sehr gut. Er vertut zwar viel Geld auf Reisen und verschiedenes unnützes Zeug, und soll zu Hause ein etwas unordentliches und auffallendes Leben führen; aber er ist noch ein junger Mensch, und unser Kind wird ihn schon kirre machen. Glaube mir, mein Schatz, ein kluges Weib kann durch vernünftiges Zureden sehr viel bewirken. Sind sie nur erst verheiratet und sitzen ruhig auf ihrem Gütchen, so wird er schon sein sonderbares Wesen und seine überspannten Ideen fahrenlassen und werden wie alle andern. Höre, mein Schatz, fange doch recht bald an, ihn so von weitem näher zu sondieren." – „Das tue ich nicht", erwiderte Herr v. A. ruhig, „ich habe mich um nichts erkundigt, ich habe nichts bemerkt und nichts erfahren. Ihr Weiber verlegt euch alle aufs Spionieren und Heiratsstiften und sehet zu weit. Wirbt er um sie, und sie ist ihm gut, so soll er sie haben; denn er gefällt mir sehr. Aber ich menge mich in nichts." – „Mit deiner ewigen Gelassenheit", fiel ihm hier die Schwester heftig ins Wort, „wirst du noch alles verderben. Dich rührt das Glück deines eigenen Kindes nicht. Und ich sage dir, ich ruhe und raste nicht, bis sie ein Paar werden!" – Sie waren unterdes schon wieder von der andern Seite hinter den Bäumen verschwunden, und er konnte nichts mehr verstehn.

Er stieg rasch vom Baume herab. „Noch bin ich frei und ledig!" rief er aus und schüttelte alle Glieder. „Rückt mir nicht auf den Hals mit eurem soliden, häuslichen, langweiligen Glück, mit eurer abgestandenen Tugend im Schlafrock! Wohl hat die Liebe zwei Gesichter wie Janus. Mit dem einen buhlt diese ungetreue, reizende Fortuna auf ihrer farbigen Kugel mit der frischen Jugend um flüchtige Küsse; doch willst du sie plump haschen und festhalten, kehrt sie dir plötzlich das andere, alte, verschrumpfte Gesicht zu, das dich unbarmherzig zu Tode schmatzt. – Heiraten und fett werden, mit der Schlafmütze auf dem Kopfe hinaussehen, wie draußen Aurora scheint, Wälder und Ströme noch immer ohne Ruhe fortrauschen müssen, Soldaten über die Berge ziehn und raufen, und dann auf den Bauch schlagen und: Gott sei Dank! rufen können, das ist freilich ein Glück! – Und doch noch tausendmal widerlicher sind mir die Faungesichter von Hagestolzen, wie sie sich um die Mauern streichen, ein bißchen Rammelei und Diebsgelüst im Herzen, wenn sie noch eins haben. Pfui! Pfui!"

So jagten sich die Gedanken in seinem Kopfe ärgerlich durcheinander, und er war, ohne daß er es selbst bemerkte, ins Schloß gekommen. Die Tür zu Juliens Zimmer stand nur halb angelehnt, er ging hinein, fand sie aber nicht darin. Sie schien es eben verlassen zu haben; denn Farben, Pinsel und andere Malergerätschaften lagen noch umher. Auf dem Tische stand ein Bild aufgerichtet. Er betrachtete es voll Erstaunen: es war sein eignes Porträt, an welchem Julie lange heimlich gearbeitet.

Er war in derselben Jägerkleidung gemalt, in der sie ihn zum ersten Male gesehen hatte. Mit Verwunderung glaubte er auch die Gegend, die den Hintergrund des Bildes ausfüllte, zu erkennen. Er erinnerte sich endlich, daß er Julien manchmal von seinem Schlosse, seinem Garten, den Bergen und Wäldern, die es umgeben, erzählt hatte, und ihr reiches Gemüt hatte sich nun aus den wenigen Zügen ein ganz anderes, wunderbares Zauberland, als ihre neue Heimat, zusammengesetzt.

Er stand lange voller Gedanken am Fenster. Ihre Gitarre lag dort; er nahm sie und wollte singen, aber es ging nicht. Er lehnte sich mit der Stirn ans Fenster und wollte sie durchaus hier erwarten, aber sie kam nicht.

Endlich stieg er hinab, ging in den Hof und sattelte und zäumte sich selber sein Pferd. Als er eben zum Tore hinausritt, kam Julie eilfertig aus der Gartentür. Sie schien ein Geschäft vorzuhaben, sie grüßte ihn nur flüchtig mit freundlichen Augen und lief ins Schloß. Er gab seinem Pferde die Sporen und sprengte ins Feld hinaus.

Ohne einen bestimmten Weg einzuschlagen, war er schon lange herumgeritten, als er mitten im Walde auf einen hochgelegenen, ausgehauenen Fleck kam. Er hörte jemanden lustig ein Liedchen pfeifen und ritt darauf los. Es war zu seiner nicht geringen Freude der bekannte Ritter, den er schon lange einmal auf seinen Irrzügen zu erwischen sich gewünscht hatte. Er saß auf einem Baumsturze und ließ seinen Klepper neben sich weiden. Romantische, goldene Zeit des alten, freien Schweifens, wo die ganze schöne Erde unser Lustrevier, der grüne Wald unser Haus und Burg, dich schimpft man närrisch – dachte Leontin bei diesem Anblicke, und rief dem Ritter aus Herzensgrunde sein Hurra zu. Er stieg darauf selbst vom Pferde und setzte sich zu ihm hin. Der Tag fing eben an, sich zu Ende zu neigen, die Waldvögel zwitscherten von allen Wipfeln in der Runde. Von der einen Seite sah man in einer Vertiefung unter der Heide ein Schlößchen mit stillem Hofe und Garten ganz in die Waldeinsamkeit versenkt. Die Wolken flogen so niedrig über das Dach weg, als sollte sich die bedrängte Seele daranhängen, um jenseits ins Weite, Freie zu gelangen. Mit einem innerlichen Schauder von Bangigkeit erfuhr Leontin von dem Ritter, daß dies dasselbe Schloß sei, wo jetzt die muntere Braut, die er auf jener Jagd kennengelernt, seit lange schon mit ihrem jungen Manne ruhig wohne, wirtschafte und hause.

„Aber“, sagte er endlich zu dem Ritter, „wird Euch denn niemals bange auf Euren einsamen Zügen? Was macht und sinnt Ihr denn den ganzen langen Tag?“ – „Ich suche den Stein der Weisen“, erwiderte der Ritter ruhig. Leontin mußte über diese fertige, unerwartete Antwort laut auflachen. „Ihr seid irrisch in Eurem Verstande, daß Ihr so lacht“, sagte der Ritter etwas aufgebracht. „Eben weil die Leute wohl wissen, daß ich den Stein der Weisen wittere, so trachten die Pharisäer und Schriftgelehrten darnach, mir durch Reden und Blicke meine Majestät von allen Seiten auszusaugen, auszuwalzen und auszudreschen. Aber ich halte mich an das Prinzipium: an Essen und Trinken; denn wer nicht ißt, der lebt nicht, wer nicht lebt, der studiert nicht, und wer nicht studiert, der wird kein Weltweiser, und das ist das Fundament der Philosophie.“ – So sprach der tolle Ritter eifrig fort, und gab durch Mienen und Hände seinen Worten den Nachdruck der ernsthaftesten Überzeugung. Leontin, den seine heutige Stimmung besonders aufgelegt machte zu ausschweifenden Reden, stimmte nach seiner Art in denselben Ton mit ein, und so führten die beiden dort über die ganze Welt das allerseltsamste und unförmlichste Gespräch, das jemals gehört wurde, während es ringsumher schon lange finster geworden war. Der Ritter, dem ein so aufmerksamer Zuhörer etwas Seltenes war, hielt tapfer Stich, und focht nach allen Seiten in einem wunderlichen Chaos von Sinn und Unsinn, das oft die herrlichsten Gedanken durchblitzten. Leontin erstaunte über die scharfen, ganz selbsterschaffenen Ausdrücke und die entschiedene Anlage zum Tiefsinn. Aber alles schien wie eine üppige Wildnis, durch den lebenslangen Müßiggang zerrüttet und fast bis zum Wahnwitz verworren.

Zuletzt sprach der Ritter noch von einem Philosophen, den er jährlich einmal besuche. Leontin war mit ganzer Seele gespannt, denn die Beschreibung von demselben stimmte auffallend mit dem alten Ritterbilde überein, dessen Anblick ihn auf dem Schlosse der weißen Frau so sehr erschüttert hatte. Er fragte näher nach, aber der Ritter antwortete jedesmal so toll und abschweifend, daß er alle weitern Erkundigungen aufgeben mußte.

Endlich brach der Ritter auf, da er heute noch auf dem Schlosse der niedlichen Braut Herberge suchen wollte. Leontin trug ihm an dieselbe seine schönsten Grüße auf. Der Ritter stolperte nun auf seiner Rosinante langsam über die Heide hinab, und unterhielt sich noch immerfort mit Leontin mit großem Geschrei über die Philosophie, während er schon längst in der Nacht verschwunden war.

Leontin sah sich, nun allein, nach allen Seiten um. Alle Wälder und Berge lagen still und dunkel ringsumher. Unten in der Tiefe schimmerten Lichter hin und her aus den zerstreuten Dörfern, Hunde bellten fern in den einsamen Höfen. Auch in dem Schlosse des Herrn v. A. sah er noch mehrere Fenster erleuchtet. So blieb er noch lange oben auf der Heide stehen.

Am folgenden Morgen frühzeitig erhielt Friedrich einen Brief. Er erkannte sogleich die Züge wieder: er war von Rosa. So lange schon hatte er sich von Tage zu Tage vergebens darauf gefreut, und erbrach ihn nun mit hastiger Ungeduld. Der Brief war folgenden Inhalts:

„Wo bleibst Du so lange, mein innig geliebter Freund? Hast Du denn gar kein Mitleid mehr mit Deiner armen Rosa, die sich so sehr nach Dir sehnt?

Als ich auf der Höhe im Gebirge von euch entführt wurde, hatte ich mir fest vorgenommen, gleich nach meiner Ankunft in der Residenz an Dich zu schreiben. Aber Du weißt selbst, wieviel man die erste Zeit an einem solchen Orte mit Einrichtungen, Besuchen und Gegenbesuchen zu tun hat. Ich konnte damals durchaus nicht dazu kommen, obschon ich immer und überall an Dich gedacht habe. Und so verging die erste Woche, und ich wußte dann nicht mehr, wohin ich meinen Brief adressieren sollte. Vor einigen Tagen endlich kam hier der junge Marquis von P. an, der wollte bestimmt wissen, daß sich mein Bruder mit einem fremden Herrn auf dem Gute des Herrn v. A. aufhalte. Ich eilte also, sogleich an Dich dorthin zu schreiben. Der Marquis verwunderte sich zugleich, wie ihr es dort so lange aushalten könntet. Er sagte, es wäre ein Séjour zum Melancholischwerden. Mit der ganzen Familie wäre in der Welt nichts anzufangen. Der Baron sei wie ein Holzstich in den alten Rittergeschichten: gedruckt in diesem Jahr, die Tante wisse von nichts zu sprechen, als von ihrer Wirtschaft, und das Fräulein vom Hause sei ein halbreifes Gänseblümchen, ein rechtes Bild ohne Gnaden. Sind das nicht recht närrische Einfälle? Wahrhaftig, man muß dem Marquis gut sein mit seinem losen Maule. Siehst Du, es ist Dein Glück, denn ich hatte schon große Lust eifersüchtig zu werden. Aber ich kenne schon meinen Bruder, solche Bekanntschaften sind ihm immer die liebsten; er läßt sich nichts einreden. Ich bitte Dich aber, sage ihm nichts von alle diesem. Denn er kann sich ohnedies von jeher mit dem Marquis nicht vertragen. Er hat sich schon einige Male mit ihm geschlagen, und der Marquis hat an der letzten Wunde über ein Vierteljahr zubringen müssen. Er fängt immer selber ohne allen Anlaß Händel mit ihm an. Ich weiß gar nicht, was er wider ihn hat. Der Marquis ist hier in allen gebildeten Gesellschaften beliebt und ein geistreicher Mann. Ich weiß gewiß, Du und der Marquis werdet die besten Freunde werden. Denn er macht auch Verse und von der Musik ist er ein großer Kenner. Übrigens lebe ich hier recht glücklich, so gut es Deine Rosa ohne Dich sein kann. Ich bekomme und erwidere Besuche, mache Landpartien usw. Dabei fällt mir immer ein, wie ganz anders Du doch eigentlich bist als alle diese Leute, und dann wird mir mitten in dem Schwarme so bange, daß ich mich oft heimlich wegschleichen muß, um mich recht auszuweinen. – Die junge, schöne Gräfin Romana, die mich alle Morgen an der Toilette besucht, sagt mir immer, wenn ich mich anziehe, daß meine Augen so schön wären, und wickelt sich meine Haare um ihren Arm und küßt mich. – Ich denke dann immer an Dich. Du hast das auch gesagt und getan, und nun bleibst Du auf einmal so lange aus. Ich bitte Dich, wenn Du mir gut bist, laß mich nicht so allein; es ist nicht gut so.–

Ich hatte mich gestern soeben erst recht eingeschrieben und hatte Dir noch so viel zu sagen, da wurde ich zu meinem Verdrusse durch einen Besuch unterbrochen. Jetzt ist es schon zu spät, da die Post sogleich abgehen wird. Ich schließe also schnell in der Hoffnung, Dich bald an mein liebendes Herz zu drücken.

Diesen Winter wird es hier besonders brillant werden. Wie schön wäre es, wenn wir ihn hier zusammen zubrächten! Komm, komm gewiß!"

Friedrich legte den Brief still wieder zusammen. Unwillkürlich summte ihm der Gassenhauer: „Freut euch des Lebens" usw., den Leontin gewöhnlich abzuleiern pflegte, wenn seine Schwester etwas nach ihrer Art Wichtiges vorbrachte, durch den Kopf. Der ganze Brief, wie von einem von Lustbarkeiten Atemlosen im Fluge abgeworfen, war wie eine Lücke in seinem Leben, durch die ihn ein fremdartiger, staubiger Wind anblies.

Habe ich es oben auf der Höhe nicht gesagt, daß du in dein Grab hinabsteigst? Wenn die Schönheit mit ihren frischen Augen, mit den jugendlichen Gedanken und Wünschen unter euch tritt, und, wie sie die eigene, größere Lebenslust treibt, sorglos und lüstern in das liebewarme Leben hinauslangt und sproßt, sich an die feinen Spitzen, die zum Himmel streben, giftig anzusaugen und zur Erde hinabzuzerren, bis die ganze, prächtige Schönheit, fahl und ihres himmlischen Schmuckes beraubt, unter euch dasteht wie euresgleichen – die Halunken!

Er öffnete das Fenster. Der herrliche Morgen lag draußen wie eine Verklärung über dem Lande, und wußte nichts von den menschlichen Wirren, nur von rüstigem Tun, Freudigkeit und Frieden. Friedrich spürte sich durch den Anblick innerlichst genesen, und der Glaube an die ewige Gewalt der Wahrheit und des festen religiösen Willens wurde wieder stark in ihm. Der Gedanke, zu retten, was noch zu retten war, erhob seine Seele, und er beschloß, nach der Residenz abzureisen.

Er ging mit dieser Nachricht zu Leontin, aber er fand seine Schlafstube leer und das Bett noch von gestern in Ordnung. Er ging daher zu Julie hinüber, da er hörte, daß sie schon auf war. Das schöne Mädchen stand in ihrer weißen Morgenkleidung eben am Fenster. Sie kehrte sich schnell zu ihm herum, als er hereintrat. „Er ist fort!" sagte sie leise mit unterdrückter Stimme, zeigte mit dem Finger auf das Fenster und stellte sich wieder mit abgewendetem Gesichte abseits an das andere. Der erstaunte Friedrich erkannte Leontins Schrift auf der Scheibe, die er wahrscheinlich gestern, als er hier allein war, mit seinem Ringe aufgezeichnet hatte. Er las:

„Der fleißigen Wirtin von dem Haus
Dank ich von Herzen für Trank und Schmaus,
Und was beim Mahl den Gast erfreut:
Für heitre Mien und Freundlichkeit.

Dem Herrn vom Haus sei Lob und Preis!
Seinen Segen wünsch ich mir auf die Reis,
Nach seiner Lieb mich sehr begehrt,
Wie ich ihn halte ehrenwert.

Herr Viktor soll beten und fleißig sein,
Denn der Teufel lauert, wo einer allein;

Soll lustig auf dem Kopfe stehn,
Wenn alle so dumm auf den Beinen gehn.

Und wenn mein Weg über Berge hoch geht,
Aurora sich auftut, das Posthorn weht,
Da will ich ihm rufen von Herzen voll,
Daß er's in der Ferne spüren soll.

Ade! Schloß, heiter überm Tal,
Ihr schwülen Täler allzumal,
Du blauer Fluß ums Schloß herum,
Ihr Dörfer, Wälder um und um.

Wohl sah ich dort eine Zaubrin gehn,
Nach ihr nur alle Blumen und Wälder sehn,
Mit hellen Augen Ströme und Seen,
In stillem Schaun, wie verzaubert, stehn.

Ein jeder Strom wohl findt sein Meer,
Ein jeglich Schiff kehrt endlich her,
Nur ich treibe und sehne mich immerzu,
O wilder Trieb! wann läßt du einmal Ruh?"

Darunter stand, kaum leserlich, gekritzelt:

„Herr Friedrich, der schläft in der Ruhe Schoß,
Ich wünsch ihm viel Unglück, daß er sich erbos,
Ins Horn, zum Schwert, frisch dran und drauf!
Philister über dir, wach, Simson, wach auf!"

Friedrich stutzte über diese letzten Zeilen, die ihn unerwartet trafen. Er erkannte tief das Schwerfällige seiner Natur und versank auf einen Augenblick sinnend in sich selbst.

Julie stand noch immerfort am Fenster, sah durch die Scheiben und weinte heimlich. Er faßte ihre Hand. Da hielt sie sich nicht länger, sie setzte sich auf ihr Bett und schluchzte laut. Friedrich wußte wohl, wie untröstlich ein liebendes Mädchen ist. Er verabscheute alle jene erbärmlichen Spitaltröster voll Wiedersehens, unverhofften Windungen des Schicksals usw. „Lieb ihn nur recht", sagte er zu Julien, „so ist er ewig dein, und wenn die ganze Welt dazwischenläge. Glaube nur niemals den falschen Verführern: daß die Männer eurer Liebe nicht wert sind. Die Schufte freilich nicht, die das sagen; aber es gibt nichts Herrlicheres auf Erden, als der Mann, und nichts Schöneres, als das Weib, das ihm treu ergeben bis zum Tode." – Er küßte das weinende Mädchen und ging darauf zu ihren Eltern, um ihnen seine eigene, baldige Abreise anzukündigen.

Er fand die Tante höchst bestürzt über Leontins unerklärliche Flucht, die sie auf einmal ganz irre an ihm und allen ihren Plänen machte. Sie war anfangs böse, dann still und wie vernichtet. Herr v. A. äußerte weniger mit Worten, als durch ein ungewöhnlich hastiges und zerstreutes Tun und Lassen, das Friedrich unbeschreiblich rührte, wie schwer es ihm falle, sich von Leontin getrennt zu sehen, und die Tränen traten ihm in die Augen, als nun auch Friedrich erklärte, schon morgen abreisen zu müssen. So verging dieser noch übrige Tag zerstreut, gestört und freudenlos.

Am andern Morgen hatte Erwin frühzeitig die Reisebündel geschnürt, die Pferde standen bereit und scharrten ungeduldig unten im Hofe. Friedrich machte noch eilig einen Streifzug durch den Garten und sah noch einmal von dem Berge in die herrlichen Täler hinaus. Auch das stille, kühle Plätzchen, wo er so oft gedichtet und glücklich gewesen, besuchte er. Wie im Fluge schrieb er dort folgende Verse in seine Schreibtafel:

„O Täler weit, o Höhen,
O schöner, grüner Wald,
Du meiner Lust und Wehen
Andächt'ger Aufenthalt!
Da draußen, stets betrogen,
Saust die geschäft'ge Welt,
Schlag noch einmal die Bogen
Um mich, du grünes Zelt!

Wann es beginnt zu tagen,
Die Erde dampft und blinkt,
Die Vögel lustig schlagen,
Daß dir dein Herz erklingt:
Da mag vergehn, verwehen
Das trübe Erdenleid,
Da sollst du auferstehen
In junger Herrlichkeit.

Da steht im Wald geschrieben
Ein stilles, ernstes Wort,
Vom rechten Tun und Lieben,
Und was des Menschen Hort.
Ich habe treu gelesen
Die Worte, schlicht und wahr,
Und durch mein ganzes Wesen
Ward's unaussprechlich klar.

Bald werd ich dich verlassen,
Fremd in der Fremde gehn,
Auf buntbewegten Gassen
Des Lebens Schauspiel sehn,
Und mitten in dem Leben
Wird deines Ernsts Gewalt,
Mich Einsamen erheben,
So wird mein Herz nicht alt."

Als der junge Tag sich aus den Morgenwolken hervorgearbeitet hatte, war Friedrich schon draußen zu Pferde. Julie winkte noch weit mit ihrem weißen Tuche aus dem Fenster nach.

Zweites Buch

Elftes Kapitel

Es war schon Abend, als Friedrich in der Residenz ankam. Er war sehr schnell geritten, so daß Erwin fast nicht mehr nach konnte. Je einsamer draußen der Kreis der Felder ins Dunkel versank, je höher nach und nach die Türme der Stadt, wie Riesen, sich aus der Finsternis aufrichteten, desto lichter war es in seiner Seele geworden vor Freude und Erwartung. Er stieg im Wirtshause ab und eilte sogleich zu Rosas Wohnung. Wie schlug sein Herz, als er durch die dunklen Straßen schritt, als er endlich die hellbeleuchtete Treppe in ihrem Hause hinaufstieg. Er mochte keinen Bedienten fragen, er öffnete hastig die erste Tür. Das große, getäfelte Zimmer war leer, nur im Hintergrunde saß eine weibliche Gestalt in vornehmer Kleidung. Er glaubte sich verirrt zu haben und wollte sich entschuldigen.

Aber das Mädchen vom Fenster kam sogleich auf ihn zu, führte sich selbst als Rosas Kammermädchen auf und versicherte sehr gleichgültig, die Gräfin sei auf den Maskenball gefahren. Diese Nachricht fiel wie ein Maifrost in seine Lust. Es war ihm vor Freude gar nicht eingefallen, daß er sie verfehlen könnte, und er hatte beinahe Lust zu zürnen, daß sie ihn nicht zu Hause erwartet habe. „Wo ist denn die kleine Marie?“ fragte er nach einer Weile wieder. „Oh, die ist lange aus den Diensten der Gräfin“, sagte das Mädchen mit gerümpftem Näschen und betrachtete ihn von oben bis unten mit einer schnippischen Miene. Friedrich glaubte, es gälte seiner staubigen Reisekleidung; alles ärgerte ihn, er ließ den Affen stehn und ging, ohne seinen Namen zu hinterlassen, wieder fort.

Verdrüßlich nahm er den Weg zu den Redoutensälen. Die Musik schallte lockend aus den hohen Bogenfenstern, die ihre Scheine weit unten über den einsamen Platz warfen. Ein alter Springbrunnen stand in der Mitte des Platzes, über den nur noch einzelne dunkle Gestalten hin und her irrten. Friedrich blieb lange an dem Brunnen stehen, der seltsam zwischen den Tönen von oben fortrauschte. Aber ein Polizeidiener, der, in seinen Mantel gehüllt, an der Ecke lauerte, verjagte ihn endlich durch die Aufmerksamkeit, mit der er ihn zu beobachten schien.

Er ging ins Haus hinein, versah sich mit einem Domino und einer Larve, und hoffte seine Rosa noch heute in dem Getümmel herauszufinden. Geblendet trat er aus der stillen Nacht in den plötzlichen Schwall von Tönen, Lichtern und Stimmen, der wie ein Zaubermeer mit rastlos beweglichen, klingenden Wogen über ihm zusammenschlug. Zwei große, hohe Säle, nur leicht voneinander geschieden, eröffneten die unermeßlichste Aussicht. Er stellte sich in das Bogentor zwischen beide, wo die doppelten Musikchöre aus beiden Sälen verworren ineinanderklangen. Zu beiden Seiten toste der seltsame, lustige Markt, fröhliche, reizende und ernste Bilder des Lebens zogen wechselnd vorüber, Girlanden von Lampen schmückten die Wände, unzählige Spiegel dazwischen spielten das Leben ins Unendliche, so daß man die Gestalten mit ihrem Widerspiel verwechselte, und das Auge verwirrt in der grenzenlosen Ferne dieser Aussicht sich verlor. Ihn schauderte mitten unter diesen Larven. Er stürzte sich selber mit in das Gewimmel, wo es am dichtesten war.

Gewöhnliches Volk, Charaktermasken ohne Charakter vertraten auch hier, wie draußen im Leben, überall den Weg: gespreizte Spanier, papierne Ritter, Taminos, die über ihre Flöte stolperten, hin und wieder ein behender Harlekin, der sich durch die unbehülflichen Züge hindurchwand und nach allen Seiten peitschte. Eine höchst seltsame Maske zog indes seine Aufmerksamkeit auf sich. Es war ein Ritter in schwarzer, altdeutscher Tracht, die so genau und streng gehalten war, daß man glaubte, irgendein altes Bild sei aus seinem Rahmen ins Leben hinausgetreten. Die Gestalt war hoch und schlank, sein Wams reich mit Gold, der Hut mit hohen Federn geschmückt, die ganze Pracht doch so uralt, fremd und fast gespenstisch, daß jedem unheimlich zumute ward, an dem er vorüberstreifte. Er war übrigens galant und wußte zu leben. Friedrich sah ihn fast mit allen Schönen buhlen. Doch alle machten sich gleich nach den ersten Worten schnell wieder von ihm los, denn unter den Spitzen der Ritterärmel langten die Knochenhände eines Totengerippes hervor.

Friedrich wollte eben den sonderbaren Gast weiter verfolgen, als sich die Bahn mit einem Janhagel junger Männer verstopfte, die auf einer Jagd begriffen schienen. Bald erblickte er auch das flüchtige Reh. Es war eine kleine, junge Zigeunerin, sehr nachlässig verhüllt, das schöne schwarze Haar mit bunten Bändern in lange Zöpfe geflochten. Sie hatte ein Tamburin, mit dem sie die Zudringlichsten so schalkisch abzuwehren wußte, daß ihr alles nur um desto lieber nachfolgte. Jede ihrer Bewegungen war zierlich, es war das niedlichste Figürchen, das Friedrich jemals gesehen.

In diesem Augenblicke streiften zwei schöne, hohe weibliche Gestalten an ihm vorbei. Zwei männliche Masken drängten sich nach. „Es ist ganz sicher die Gräfin Rosa“, sagte die eine Maske mit düsterer Stimme. Friedrich traute seinen Ohren kaum. Er drängte sich ihnen schnell nach, aber das Gewimmel war zu groß, und sie blieben ihm immer eine Strecke voraus. Er sah, daß der schwarze Ritter den beiden weiblichen Masken begegnete, und der einen im Vorbeigehen etwas ins Ohr raunte, worüber sie höchst bestürzt schien und ihm eine Weile nachsah, während er längst schon wieder im Gedränge verschwunden war. Mehrere Parteien durchkreuzten sich unterdes von neuem, und Friedrich hatte Rosa aus dem Gesichte verloren.

Ermüdet flüchtete er sich endlich an ein abgelegenes Fenster, um auszuruhen. Er hatte noch nicht lange dort gestanden, als die eine von den weiblichen Masken eiligst ebenfalls auf das Fenster zukam. Er erkannte sogleich seine Rosa an der Gestalt. Die eine männliche Maske folgte ihr auf dem Fuße nach, sie schienen beide den Grafen nicht zu bemerken. „Nur einen einzigen Blick!" bat die Maske dringend. Rosa zog ihre Larve weg und sah den Bittenden mit den wunderschönen Augen lächelnd an. Sie schien unruhig. Ihre Blicke durchschweiften den ganzen Saal und begegneten schon wieder dem schwarzen Ritter, der wie eine Totenfahne durch die bunten Reihen drang. „Ich will nach Hause –" sagte sie darauf ängstlich bittend, und Friedrich glaubte Tränen in ihren Augen zu bemerken. Sie bedeckte ihr Gesicht schnell wieder mit der Larve. Ihr unbekannter Begleiter bot ihr seinen Arm, drängte Friedrich, der gerade vor ihr stand, stolz aus dem Wege und bald hatten sich beide in dem Gewirre verloren.

Der schwarze Ritter war indes bei dem Fenster angelangt. Er blieb vor Friedrich stehen und sah ihm scharf ins Gesicht. Dem Grafen grauste, so allein mit der wunderbaren Erscheinung zu stehn, denn hinter der Larve des Ritters schien alles hohl und dunkel, man sah keine Augen. „Wer bist du?" fragte ihn Friedrich. „Der Tod von Basel", antwortete der Ritter und wandte sich schnell fort. Die Stimme hatte etwas so Altbekanntes und Anklingendes aus längstvergangener Zeit, daß Friedrich lange sinnend stehen blieb. Er wollte ihm endlich nach, aber er sah ihn schon wieder im dicksten Haufen mit einer Schönen wie toll herumwalzen.

Ein Getümmel von Lichtern draußen unter den Fenstern lenkte seine Aufmerksamkeit ab. Er blickte hinaus und sah bei dem Scheine einer Fackel, wie die männliche Maske Rosan nebst noch einer andern Dame in den Wagen hob. Der Wagen rollte darauf schnell fort, die Lichter verschwanden, und der Platz unten war auf einmal wieder still und finster.

Er warf das Fenster zu und wandte sich in den glänzenden Saal zurück, um sich ebenfalls fortzubegeben. Der schwarze Ritter war nirgends mehr zu sehen. Nach einigem Herumschweifen traf er in der mit Blumen geschmückten Kredenz noch einmal auf die nur allzu gefällige Zigeunerin. Sie hatte die Larve abgenommen, trank Wein und blickte mit den muntern Augen reizend über das Glas weg. Friedrich erschrak, denn es war die kleine Marie. Er drückte seine Larve fester ins Gesicht und faßte das niedliche Mädchen bei der Hand. Sie zog sie verwundert zurück und zeichnete mit ihrem Finger ratend eine Menge Buchstaben in seine flache Hand, aber keiner paßte auf seinen Namen.

Er zog sie an ein Tischchen und kaufte ihr Zucker und Naschwerk. Mit ungemeiner Zierlichkeit wußte das liebliche Kind alles mit ihm zu teilen, und blinzelte ihm dazwischen oft neugierig in die Augen. Unbesorgt um die Reize, die sie dabei enthüllte, riß sie einen Blumenstrauß von ihrem Busen und überreichte ihn lächelnd ihrem unbekannten, sonderbaren Wirte, der immerfort so stumm und kalt neben ihr saß. „Die Blumen sind ja alle schon verwelkt", sagte Friedrich, zerzupfte den Strauß und warf die Stücke auf die Erde. Marie schlug ihn lachend auf die Hand und riß ihm die noch übrigen Blumen aus. Er bat endlich um die Erlaubnis, sie nach Hause begleiten zu dürfen, und sie willigte mit einem freudigen Händedruck ein.

Als er sie nun durch den Saal fortführte, war unterdes alles leer geworden. Die Lampen waren größtenteils verlöscht und warfen nur noch zuckende, falbe Scheine durch den Qualm und Staub, in welchen das ganze bunte Leben verraucht schien. Die Musikanten spielten wohl fort, aber nur noch einzelne Gestalten wankten auf und ab, demaskiert, nüchtern und übersatt. Mitten in dieser Zerstörung glaubte Friedrich mit einem flüchtigen Blicke Leontin totenblaß und mit verwirrtem Haar in einem fernen Winkel schlafen zu sehen. Er blieb erstaunt stehen, alles kam ihm wie ein Traum vor. Aber Marie drängte ihn schnell und ängstlich fort, als wäre es unheimlich, länger an dem Orte zu hausen.

Als sie unten zusammen im Wagen saßen, sagte Marie zu Friedrich: „Ihre Stimme hat eine sonderbare Ähnlichkeit mit der eines Herrn, den ich sonst gekannt habe." Friedrich antwortete nicht darauf. „Ach Gott!" sagte sie bald nachher, „die Nacht ist heut gar so schwül und finster!" Sie öffnete das Kutschenfenster, und er sah bei dem matten Schimmer einer Laterne, an der sie vorüberflogen, daß sie ernsthaft und in Gedanken versunken war. Sie fuhren lange durch eine Menge enger und finsterer Gäßchen, endlich rief Marie dem Kutscher zu, und sie hielten vor einem abgelegenen, kleinen Hause. Sie sprang schnell aus dem Wagen und in das Haus hinein. Ein

Mädchen, das in Mariens Diensten zu sein schien, empfing sie an der Haustür. „Er ist mein, er ist mein!" rief Marie kaum hörbar, aber aus Herzensgrunde, dem Mädchen im Vorübergehen zu und schlüpfte in ein Zimmer.

Das Mädchen führte den Grafen mit prüfenden Blicken über ein kleines Treppchen zu einer andern Tür. „Warum", sagte sie, „sind Sie gestern abend nicht schon zu uns gekommen, da Sie vorbeiritten und so freundlich heraufgrüßten? Ich sollte wohl nichts sagen, aber seit acht Tagen spricht und träumt die arme Marie von nichts als von Ihnen, und wenn es lange gedauert hätte, wäre sie gewiß bald gestorben." Friedrich wollte fragen, aber sie schob die Tür hinter ihm zu und war verschwunden.

Er trat in eine fortlaufende Reihe schöner, geschmackvoller Zimmer. Ein prächtiges Ruhebett stand im Hintergrunde, der Fußboden war mit reichen Teppichen geschmückt, eine alabasterne Lampe erleuchtete das Ganze nur dämmernd. In dem letzten Zimmer sah er die niedliche Zigeunerin vor einem großen Wandspiegel stehen und ihre Haare flüchtig in Ordnung bringen. Als sie ihn in dem vordern Zimmer erblickte, kam sie sogleich herbeigesprungen und stürzte mit einer Hingebung in seine Arme, die keine Verstellung mit ihren gemeinen Künsten jemals erreicht. Der erstaunte Friedrich riß in diesem Augenblicke seinen Mantel und die Larve von sich. Wie vom Blitze berührt, sprang Marie bei diesem Anblicke auf, stürzte mit einem lauten Schrei auf das Ruhebett und drückte ihr mit beiden Händen bedecktes Gesicht tief in die Kissen.

„Was ist das!" sagte Friedrich, „sind deine Freunde Gespenster geworden? Warum hast du mich geliebt, eh du mich kanntest, und fürchtest dich nun vor mir?" Marie blieb in ihrer Stellung und ließ die eine Hand, die er gefaßt hatte, matt in der seinigen; sie schien ganz vernichtet. Mit noch immer verstecktem Gesichte sagte sie leise und gepreßt: „Er war auf dem Balle – dieselbe Gestalt – dieselbe Maske." – „Du hast dich in mir geirrt", sagte Friedrich, und setzte sich neben sie auf das Bett, „viel schwerer und furchtbarer irrst du dich am Leben, leichtsinniges Mädchen! Wie der schwarze Ritter heute auf dem Balle, tritt überall ein freier, wilder Gast ungeladen in das Fest. Er ist so lustig aufgeschmückt und ein rüstiger Tänzer, aber seine Augen sind leer und hohl, und seine Hände totenkalt, und du mußt sterben, wenn er dich in die Arme nimmt, denn dein

Buhle ist der Teufel.“ – Marie, seltsam erschüttert von diesen Worten, die sie nur halb vernahm, richtete sich auf. Er hob sie auf seinen Schoß, wo sie still sitzen blieb, während er sprach. Ihre Augen und Mienen kamen ihm in diesem Augenblicke wieder so unschuldig und kindisch vor, wie ehemals. „Was ist aus dir geworden, arme Marie!“ fuhr er gerührt fort. „Als ich das erstemal auf die schöne grüne Waldeswiese hinunterkam, wo dein stilles Jägerhaus stand, wie du fröhlich auf dem Rehe saßest und sangst – der Himmel war so heiter, der Wald stand frisch und rauschte im Winde, von allen Bergen bliesen die Jäger auf ihren Hörnern – das war eine schöne Zeit! – Ich habe einmal an einem kalten, stürmischen Herbsttage ein Frauenzimmer draußen im Felde sitzen gesehen, die war verrückt geworden, weil sie ihr Liebhaber, der sich lange mit ihr herumgeherzt, verlassen hatte. Er hatte ihr versprochen, noch an demselben Tage wiederzukommen. Sie ging nun seit vielen Jahren alle Tage auf das Feld und sah immerfort auf die Landstraße hinaus. Sie hatte noch immer das Kleid an, das sie damals getragen hatte, das war schon zerrissen und seitdem ganz altmodisch geworden. Sie zupfte immer an dem Ärmel und sang ein altes Lied zum Rasendwerden.“ – Marie stand bei diesen Worten schnell auf und ging an den Tisch. Friedrich sah auf einmal Blut über ihre Hand hervorrinnen. Alles dieses geschah in einem Augenblicke.

„Was hast du vor?“ rief Friedrich, der unterdes herbeigesprungen war. „Was soll mir das Leben!“ antwortete sie mit verhaltener, trostloser Stimme. Er sah, daß sie sich mit einem Federmesser gerade am gefährlichsten Flecke unterhalb der Hand verwundet hatte. „Pfui“, sagte Friedrich, „wie bist du seitdem unbändig geworden!“ Das Mädchen wurde blaß, als sie das Blut erblickte, das häufig über den weißen Arm floß. Er zog sie an das Bett hin und riß schnell ein Band aus ihren Haaren. Sie kniete vor ihm hin und ließ sich gutwillig von ihm das Blut stillen und die Wunde verbinden. Das heftige Mädchen war währenddessen ruhiger geworden. Sie lehnte den Kopf an seine Kniee und brach in einen Strom von Tränen aus.

Da wurden sie durch Mariens Kammermädchen unterbrochen, die plötzlich in die Stube stürzte und mit Verwirrung vorbrachte, daß soeben der Herr auf dem Wege hierher sei. „O Gott!“ rief Marie sich aufraffend, „wie unglücklich bin ich!“ Das Mädchen aber schob den Grafen, ohne sich weiter auf Erklärungen einzulassen, eiligst aus dem Zimmer und dem Hause und schloß die Tür hinter ihm ab.

Draußen auf der Straße, die leer und öde war, begegnete er bald zwei männlichen, in dunkle Mäntel dicht verhüllten Gestalten, die durch die neblige Nacht an den Häusern vorbeistrichen. Der eine von ihnen zog einen Schlüssel hervor, eröffnete leise Mariens Haustür und schlüpfte hinein. Desselben Stimme, die er jetzt im Vorbeigehen flüchtig gehört hatte, glaubte er vom heutigen Maskenballe auffallend wiederzuerkennen.

Da hierauf alles auf der Gasse ruhig wurde, eilte er endlich voller Gedanken seiner Wohnung zu. Oben in seiner Stube fand er Erwin, den Kopf auf den Arm gestützt, eingeschlummert. Die Lampe auf dem Tische war fast ausgebrannt und dämmerte nur noch schwach über das Zimmer. Der gute Junge hatte durchaus seinen Herrn erwarten wollen, und sprang verwirrt auf, als Friedrich hereintrat. Draußen rasselten die Wagen noch immerfort, Läufer schweiften mit ihren Windlichtern an den dunklen Häusern vorüber, in Osten standen schon Morgenstreifen am Himmel. Erwin sagte, daß er sich in der großen Stadt fürchte; das Gerassel der Wagen wäre ihm vorgekommen wie ein unaufhörlicher Sturmwind, die nächtliche Stadt wie ein dunkler eingeschlafener Riese. Er hat wohl recht, es ist manchmal fürchterlich, dachte Friedrich, denn ihm war bei diesen Worten, als hätte dieser Riese Marie und seine Rosa erdrückt, und der Sturmwind ginge über ihre Gräber. „Bete", sagte er zu dem Knaben, „und leg dich ruhig schlafen!" Erwin gehorchte, Friedrich aber blieb noch auf. Seine Seele war von den buntwechselnden Erscheinungen dieser Nacht mit einer unbeschreiblichen Wehmut erfüllt, und er schrieb heute noch folgendes Gedicht auf:

Der armen Schönheit Lebenslauf

Die arme Schönheit irrt auf Erden,
So lieblich Wetter draußen ist,
Möcht gern recht viel gesehen werden,
Weil jeder sie so freundlich grüßt.

Und wer die arme Schönheit schauet,
Sich wie auf großes Glück besinnt,

Die Seele fühlt sich recht erbauet,
Wie wenn der Frühling neu beginnt.

Da sieht sie viele schöne Knaben,
Die reiten unten durch den Wind,
Möcht manchen gern im Arme haben,
Hüt dich, hüt dich, du armes Kind!

Da ziehn manch redliche Gesellen,
Die sagen: „Hast nicht Geld noch Haus,
Wir fürchten deine Augen helle,
Wir haben nichts zum Hochzeitsschmaus."

Von andern tut sie sich wegdrehen,
Weil keiner ihr so wohl gefällt,
Die müssen traurig weitergehen,
Und zögen gern ans End der Welt.

Da sagt sie: „Was hilft mir mein Sehen,
Ich wünscht, ich wäre lieber blind,
Da alle furchtsam von mir gehen,
Weil gar so schön mein Augen sind." –

Nun sitzt sie hoch auf lichtem Schlosse,
In schöne Kleider putzt sie sich,
Die Fenster glühn, sie winkt vom Schlosse,
Die Sonne blinkt, das blendet dich.

Die Augen, die so furchtsam waren,
Die haben jetzt so freien Lauf,
Fort ist das Kränzlein aus den Haaren,
Und hohe Federn stehn darauf.

Das Kränzlein ist herausgerissen,
Ganz ohne Scheu sie mich anlacht;
Geh du vorbei: sie wird dich grüßen,
Winkt dir zu einer schönen Nacht. –

Da sieht sie die Gesellen wieder,
Die fahren unten auf dem Fluß,

Es singen laut die lust'gen Brüder;
So furchtbar schallt des einen Gruß:

„Was bist du für 'ne schöne Leiche!
So wüste ist mir meine Brust,
Wie bist du nun so arm, du Reiche,
Ich hab an dir nicht weiter Lust!" –

Der Wilde hat ihr so gefallen,
Laut schrie sie auf bei seinem Gruß,
Vom Schloß möcht sie hinunterfallen
Und unten ruhn im kühlen Fluß. –

Sie blieb nicht länger mehr da oben,
Weil alles anders worden war,
Von Schmerz ist ihr das Herz erhoben,
Da ward's so kalt, doch himmlisch klar;

Da legt sie ab die goldnen Spangen,
Den falschen Putz und Ziererei,
Aus dem verstockten Herzen drangen
Die alten Tränen wieder frei.

Kein Stern wollt nicht die Nacht erhellen,
Da mußte die Verliebte gehn,
Wie rauscht der Fluß! die Hunde bellen,
Die Fenster fern erleuchtet stehn.

Nun bist du frei von deinen Sünden,
Die Lieb zog triumphierend ein,
Du wirst noch hohe Gnade finden,
Die Seele geht in Hafen ein. –

Der Liebste war ein Jäger worden,
Der Morgen schien so rosenrot,
Da blies er lustig auf dem Horne,
Blies immerfort in seiner Not.

Zwölftes Kapitel

Rosa saß des Morgens an der Toilette; ihr Kammermädchen mußte ihr weitläufig von dem fremden Herrn erzählen, der gestern nach ihr gefragt hatte. Sie zerbrach sich vergebens den Kopf, wer es wohl gewesen sein möchte, denn Friedrich erwartete sie nicht so schnell. Vielmehr glaubte sie, er werde darauf bestehen, daß sie die Residenz verlasse und das machte ihr manchen Kummer. Die junge Gräfin Romana, eine Verwandte von ihr, in deren Hause sie wohnte, saß neben ihr am Flügel und schwelgte tosend in den Tänzen von der gestrigen Redoute. „Wie ihr andern nur", sagte sie, „alle Lust so gelassen ertragen und aus dem Tanze schnurstracks ins Bett springen könnt und der schönen Welt so auf einmal ein Ende machen! Ich bin immer so ganz durchklungen, als sollte die Musik niemals aufhören."

Bald darauf fand sie Rosas Augen so süß verschlafen, daß sie schnell zu ihr hinsprang und sie küßte. Sie setzte sich neben sie hin und half sie von allen Seiten schmücken, setzte ihr bald einen Hut, bald Blumen auf, und riß ebensooft alles wieder herunter, wie ein verliebter Knabe, der nicht weiß, wie er sich sein Liebchen würdig genug aufputzen soll. „Ich weiß gar nicht, was wir uns putzen", sagte das schöne Weib endlich und lehnte den schwarzgelockten Kopf schwermütig auf den blendendweißen Arm, „was wir uns kümmern und noch Herzweh haben nach den Männern: solches schmutziges, abgearbeitetes, unverschämtes Volk, steifleinene Helden, die sich spreizen und in allem Ernste glauben, daß sie uns beherrschen, während wir sie auslachen, fleißige Staatsbürger und ehrliche Ehestandskandidaten, die, ganz beschwitzt von der Berufsarbeit und das Schurzfell noch um den Leib, mit aller Wut ihrer Inbrunst von der Werkstatt zum Garten der Liebe springen, und denen die Liebe ansteht wie eine umgekehrt aufgesetzte Perücke." – Rosa besah sich im Spiegel und lachte. – „Wenn ich bedenke", fuhr die Gräfin fort, „wie ich mir sonst als kleines Mädchen einen Liebhaber vorgestellt habe: wunderschön, stark, voll Tapferkeit, wild, und doch wieder so milde, wenn er bei mir war.

Ich weiß noch, unser Schloß lag sehr hoch zwischen einsamen Wäldern, ein schöner Garten war daneben, unten ging ein Strom vorüber. Alle Morgen, wenn ich in den Garten kam, hörte ich draußen in den Bergen ein Waldhorn blasen, bald nahe, bald weit, dazwischen sah ich oft einen Reiter plötzlich fern zwischen den Bäumen erscheinen und schnell wieder verschwinden. Gott! mit welchen Augen schaute ich da in die Wälder und den blauen, weiten Himmel hinaus! Aber ich durfte, solange meine Mutter lebte, niemals allein aus dem Garten. Ein einziges Mal, an einem prächtigen Abende, da der Jäger draußen wieder blies, wagte ich es und schlich unbemerkt in den Wald hinaus. Ich ging nun zum ersten Male allein durch die dunkelgrünen Gänge, zwischen Felsen und über eingeschlossene Wiesen voll bunter Blumen, alte, seltsame Geschichten, die mir die Amme oft erzählte, fielen mir dabei ein; viele Vögel sangen ringsumher, das Waldhorn rief immerfort, noch niemals hatte ich so große Lust empfunden. Doch wie ich im Beschauen so versunken ging und staunte, hatt ich den rechten Weg verloren, auch wurde es schon dunkel. Ich irrt und rief, doch niemand gab mir Antwort. Die Nacht bedeckte indes Wälder und Berge, die nun wie dunkle Riesen auf mich sahen, nur die Bäume rührten sich so schaurig, sonst war es still im großen Walde. – Ist das nicht recht romantisch?" unterbrach sich hier die Gräfin selbst, laut auflachend. – „Ermüdet", fuhr sie wieder weiter fort, „setzte ich mich endlich auf die Erde nieder und weinte bitterlich. Da hört ich plötzlich hinter mir ein Geräusch, ein Reh bricht aus dem Dickicht hervor und hinterdrein der Reiter. – Es war ein wilder Knabe, der Mond schien ihm hell ins Gesicht; wie schön und herrlich er anzusehen war, kann ich mit Worten nicht beschreiben. Er stutzte, als er mich erblickte, und staunend standen wir so voreinander. Erst lange darauf fragte er mich, wie ich hierhergekommen und wohin ich wollte? Ich konnte vor Verwirrung nicht antworten, sondern stand still vor ihm und sah ihn an. Da hob er mich schnell vor sich auf sein Roß, umschlang mich fest mit einem Arme, und ritt so mit mir davon. Ich fragte nicht: wohin? denn Lust und Furcht war so gemischt in seinem wunderbaren Anblick, daß ich weder wünschte, noch wagte von ihm zu scheiden. Unterwegs bat er mich freundlich um ein Andenken. Ich zog stillschweigend meinen Ring vom Finger und gab ihn ihm. So waren wir, nach kurzem Reiten auf unbekannten Wegen, zu meiner Verwunderung auf einmal vor unser Schloß gekommen. Der Jäger setzte mich hier ab, küßte mich und kehrte schnell wieder in den Wald zurück.

Aber mir scheint gar, du glaubst mir wirklich alles das Zeug da", sagte hier die Gräfin, da sie Rosa über der Erzählung ihren ganzen Putz vergessen und mit großen Augen zuhorchen sah. – „Und ist es denn nicht wahr?" fragte Rosa. – „So, so", erwiderte die Gräfin, „es ist eigentlich mein Lebenslauf in der Knospe. Willst du weiter hören, mein Püppchen?

Der Sommer, die bunten Vögel und die Waldhornsklänge zogen nun fort, aber das Bild des schönen Jägers blieb heimlich bei mir den langen Winter hindurch. – Es war an einem von jenen wundervollen Vorfrühlingstagen, wo die ersten Lerchen wieder in der lauen Luft schwirren, ich stand mit meiner Mutter an dem Abhange des Gartens, der Fluß unten war von dem geschmolzenen Schnee ausgetreten und die Gegend weit und breit wie ein großer See zu sehen. Da erblickte ich plötzlich meinen Jäger wieder gegenüber auf der Höhe. Ich erschrak vor Freude, daß ich am ganzen Leibe zitterte. Er bemerkte mich und hielt meinen Ring an seiner Hand gerade auf mich zu, daß der Stein im Sonnenscheine funkelnd, wunderbar über das Tal herüberblitzte. – Er schien zu uns herüber zu wollen, aber das Wasser hinderte ihn. So ritt er auf verschiedenen Umwegen und kam an einen tiefen Schlund, vor dem das Pferd sich zögernd bäumte. Endlich wagte es den Sprung, sprang zu kurz und er stürzte in den Abgrund. Als ich das sah, sprang ich, ohne mich zu besinnen, mit einem Schrei vom Abhange aus dem Garten hinunter. Man trug mich ohnmächtig ins Schloß, und ich sah ihn niemals mehr wieder; aber der Ring blitzt wohl noch jeden Frühling aus der Grüne farbigflammend in mein Herz, und ich werde die Zauberei nicht los." – „Was sagte denn aber die Mutter dazu?" fragte Rosa. – „Sie erinnerte sich sehr oft daran. Noch den Tag vor ihrem Tode, da sie schon zuweilen irre sprach, fiel es ihr ein und sie sagte in einer Art von Verzückung zu mir: ‚Springe nicht aus dem Garten! Er ist so fromm und zierlich umzäunt mit Rosen, Lilien und Rosmarin. Die Sonne scheint gar lieblich darauf und lichtglänzende Kinder sehen dir von fern zu und wollen dort zwischen den Blumenbeeten mit dir spazierengehen. Denn du sollst mehr Gnade erfahren und mehr göttliche Pracht überschauen, als andere. Und eben, weil du oft fröhlich und kühn sein wirst und Flügel haben, so bitte ich dich: springe niemals aus dem stillen Garten!'" – „Was wollte sie denn aber damit sagen?" fiel ihr Rosa ins Wort, „verstehst du's?" – „Manchmal", erwiderte die

Gräfin, „an nebligen Herbsttagen.“ – Sie nahm die Gitarre, trat an das offene Fenster und sang:

„Laue Luft kommt blau geflossen,
Frühling, Frühling soll es sein!
Waldwärts Hörnerklang geschossen,
Mut'ger Augen lichter Schein,
Und das Wirren bunt und bunter
Wird ein magisch wilder Fluß,
In die schöne Welt hinunter
Lockt dich dieses Stromes Gruß.

Und ich mag mich nicht bewahren!
Weit von euch treibt mich der Wind,
Auf dem Strome will ich fahren,
Von dem Glanze selig blind!
Tausend Stimmen lockend schlagen,
Hoch Aurora flammend weht,
Fahre zu! ich mag nicht fragen,
Wo die Fahrt zu Ende geht!

Was macht dein Bruder Leontin?“ fragte sie schnell abbrechend und legte die Gitarre, in Gedanken versunken, hin. „Wie kommst du jetzt auf den?“ fragte Rosa verwundert. „Er sagt von mir“, antwortete die Gräfin, „ich sei wie eine Flöte, in der viel himmlischer Klang ist, aber das frische Holz habe sich geworfen, habe einen genialischen Sprung, und so tauge doch am Ende das ganze Instrument nichts. Das fiel mir eben jetzt ein.“

Rosa war froh, daß gerade der Bediente hereintrat und meldete, daß die Pferde zum Spazierritte bereit seien. Denn die Reden der Gräfin hatten sie heute mehr gepreßt, als sie zeigte, und wäre Friedrich, nach dessen immer beruhigenden Gesprächen sie hier gar oft eine aufrichtige Sehnsucht fühlte, in diesem Augenblicke hereingetreten, sie wäre ihm gewiß mit einer Leidenschaft um den Hals gefallen, die ihn in Verwunderung gesetzt hätte.

Friedrich hatte bis weit in den Tag hinein geschlafen oder vielmehr geträumt und stand unerquickt und nüchtern auf. Die alte, schöne Gewohnheit, beim ersten Erwachen in die rüstige, freie Morgenpracht hinauszutreten, und auf hohem Berge oder im Walde die Weihe großer Gedanken für den Tag zu empfangen, mußte er nun ablegen. Trostlos blickte er aus dem Fenster in das verwirrende Treiben der mühselig drängenden, schwankenden Menge, und es war ihm, als könnte er hier nicht beten. In solchen verlassenen Stunden wenden wir uns mit doppelter Liebe nach den Augen der Geliebten, aus denen uns die Natur wieder wunderbar begrüßt, wo wir Ruhe, Trost und Freude wiederzufinden wähnen. Auch Friedrich eilte, seine Rosa endlich wiederzusehen. Aber seine Erwartung sollte noch einmal getäuscht werden. Sie war, wie wir gehört haben, eben fortgeritten, als er hinkam.

Ungeduldig verließ er von neuem das Haus, und es fehlte wenig, daß er in einer Aufwallung nicht sogleich gar wieder fortreiste. Müßig und unlustig schlenderte er durch die Gassen zwischen den fremden Menschengesichtern, ohne zu wissen, wohin. Die ersten Stunden und Tage, die wir in einer großen, unbekannten Stadt verbringen, gehören meistens unter die verdrüßlichsten unsers Lebens. Überall von aller organischen Teilnahme ausgeschlossen, sind wir wie ein überflüssiges stillstehendes Rad an dem großen Uhrwerke des allgemeinen Treibens. Neutral hängen wir gleichsam unser ganzes Wesen schlaff zu Boden und haschen, da wir innerlich nicht zu Hause sind, auswärts nach einem festen, sichern Halt. Solche Augenblicke sind es, wo wir darauf verfallen Visiten zu machen und nach Bekanntschaften zu jagen, da uns sonst der ungestörte Zug eines frischen, bewegten Lebens in Liebe und Haß mit Gleichen und Widrigen von selbst kräftiger und sicherer zusammenführt.

So erinnerte sich auch Friedrich, daß er ein Empfehlungsschreiben an den hiesigen Minister P., den er von einsichtsvollen Männern als ein Wunder von tüchtiger Tätigkeit rühmen gehört, bei sich habe. Er zog es hervor und überlas bei dieser Gelegenheit wieder einmal den weitläufigen Reiseplan, den er bei seinem Auszuge von der Universität sorgfältig in seine Schreibtafel aufgezeichnet hatte. Es rührte ihn, wie da alle Wege so genau vorausbestimmt waren, und wie nachher alles anders gekommen war, wie das innere Leben überall durchdringt und, sich an keine vorberechneten Pläne kehrend, gleich einem Baume aus freier, geheimnisvoller Werkstatt seine Äste nach allen Richtungen hinstreckt und treibt, und erst als Ganzes einen Plan und Ordnung erweist.

Unter solchen Gedanken erreichte er des Ministers Haus. Ein Kammerdiener meldete ihn an und führte ihn bald darauf durch eine lange Reihe von Zimmern, die alle fast bis zur Einförmigkeit einfach und schmucklos waren. Erstaunt blieb er stehen, als ihm endlich an der letzten Tür der Minister selbst entgegenkam. Er hatte sich nach alledem Erhebenden, was er von seinem großen Streben gehört, einen lebenskräftigen, heldenähnlichen, freudigen Mann vorgestellt, und fand eine lange, hagere, schwarzgekleidete Gestalt, die ihn mit unhöflicher Höflichkeit empfing. Denn so möchte man jene Höflichkeit nennen, die nichts mehr bedeuten will, und keinen Zug mehr ihres Ursprungs, der wohlwollenden Güte, an sich hat. Der Minister las das Schreiben schnell durch und erkundigte sich um die Familienverhältnisse des Grafen mit wenigen sonderbaren Fragen, aus denen Friedrich zu seiner höchsten Verwunderung ersah, daß der Minister in die Geheimnise seiner Familie eingeweihter sein müsse, als er selber, und er betrachtete den kalten Mann einige Augenblicke mit einer Art von heiliger Scheu.

Während dieser Unterredung kam unten ein junger Mann in soldatischer Kleidung die Straße herabgeritten. Wie wenn ein Ritter, noch ein heiliges Bild voriger, rechter Jugend, dessen Anblicks unser Auge längst entwöhnt ist, uns plötzlich begegnete, so ragte der herrliche Reiter über die verworrene, falbe Menge, die sein wildes Roß auseinandersprengte. Alles zog ehrerbietig den Hut, er nickte freundlich in das Fenster hinauf, der Minister verneigte sich tief; es war der Erbprinz.

Auf Friedrich hatte die wahrhaft fürstliche Schönheit des Reiters einen wunderbaren Eindruck gemacht, den er, solange er lebte, nie wieder auszulöschen vermochte. Er sagte es dem Minister. Der Minister lächelte. Friedrich ärgerte das britisierende, eingefrorne Wesen, das er aus Jean Pauls Romanen bis zum Ekel kannte, und jederzeit für die allerschändlichste Prahlerei hielt. Auf die Wahrhaftigkeit seines Herzens vertrauend, sprach er daher, als sich bald nachher die Unterhaltung zu den neuesten Zeitbegebenheiten wandte, über Staat, öffentliche Verhandlungen und Patriotismus mit einer sorglosen, sieghaften Ergreifung, die vielleicht manchmal um desto eher an Übertreibung grenzte, je mehr ihn der unüberwindlich kalte Gegensatz des Ministers erhitzte. Der Minister hörte ihn stillschweigend an. Als er geendigt hatte, sagte er ruhig: „Ich bitte Sie, verlegen Sie sich doch einige Zeit mit ausschließlichem Fleiße auf das Studium der Jurisprudenz und der kameralistischen Wissenschaften." Friedrich griff schnell nach seinem Hute. Der Minister überreichte ihm eine Einladungskarte zu einem sogenannten Tableau, welches heute abend bei einer Dame, die durch gelehrte Zirkel berüchtigt war, von mehreren jungen Damen aufgeführt werden sollte, und Friedrich eilte aus dem Hause fort. Er hatte sich oben in der Gegenwart des Ministers wie von einer unsichtbaren Übermacht bedrückt gefühlt, es kam ihm vor, als ginge alles anders auf der Welt, als er es sich in guten Tagen vorgestellt.

Es war schon Abend geworden, als sich Friedrich endlich entschloß, von der Einladungskarte, die er vom Minister bekommen hatte, Gebrauch zu machen. Er machte sich schnell auf den Weg; aber das Haus der Dame, wohin die Adresse gerichtet war, lag weit in dem andern Teile der Stadt, und so langte er ziemlich spät dort an.

Er wurde bei Vorweisung der Karte in einen Saal gewiesen, der, wie es schien, mit Fleiß nur durch einen einzigen Kronleuchter sehr matt beleuchtet wurde. In dieser sonderbaren Dämmerung fand er eine zahlreiche Gesellschaft, die, lebhaft durcheinandersprechend, in einzelne Partien zerstreut umhersaß. Er kannte niemand und wurde auch nicht bemerkt; er blieb daher im Hintergrunde und erwartete, an einen Pfeiler gelehnt, den Ausgang der Sache.

Bald darauf wurde zu seinem Erstaunen auch der einzige Kronleuchter hinaufgezogen. Eine undurchdringliche Finsternis erfüllte nun plötzlich den Raum und er hörte ein quiekendes, leichtfertiges Gelächter unter den jungen Frauenzimmern über den ganzen Saal. Wie sehr aber fühlte er sich überrascht, als auf einmal ein Vorhang im Vordergrunde niedersank und eine unerwartete Erscheinung von der seltsamsten Erfindung sich den Augen darbot.

Man sah nämlich sehr überraschend ins Freie, überschaute statt eines Theaters die große, wunderbare Bühne der Nacht selber, die vom Monde beleuchtet draußen ruhte. Schräge über die Gegend hin streckte sich ein ungeheurer Riesenschatten weit hinaus, auf dessen Rücken eine hohe weibliche Gestalt erhoben stand. Ihr langes weites Gewand war durchaus blendendweiß, die eine Hand hatte sie ans Herz gelegt, mit der andern hielt sie ein Kreuz zum Himmel empor. Das Gewand schien ganz und gar von Licht durchdrungen und strömte von allen Seiten einen milden Glanz aus, der eine himmlische Glorie um die ganze Gestalt bildete und sich ins Firmament zu verlieren schien, wo oben an seinem Ausgange einzelne wirkliche Sterne hindurchschimmerten. Rings unter dieser Gestalt war ein dunkler Kreis hoher, traumhafter, phantastisch ineinander verschlungener Pflanzen, unter denen unkenntlich verworrene Gestalten zerstreut lagen und schliefen, als wäre ihr wunderbarer Traum über ihnen abgebildet. Nur hin und her endigten sich die höchsten dieser Pflanzengewinde in einzelne Lilien und Rosen, die von der Glorie, der sie sich zuwandten, berührt und verklärt wurden und in deren Kelchen goldene Kanarienvögel saßen und in dem Glanze mit den Flügeln schlugen. Unter den dunklen Gestalten des untern Kreises war nur eine kenntlich. Es war ein Ritter, der sich, der glänzenden Erscheinung zugekehrt, auf beide Kniee aufgerichtet hatte und auf ein Schwert stützte, und dessen goldene Rüstung von der Glorie hell beleuchtet wurde. Von der andern Seite stand eine schöne weibliche Gestalt in griechischer Kleidung, wie die Alten ihre Göttinnen abbildeten. Sie war mit bunten, vollen Blumengewinden umhangen und hielt mit beiden aufgehobenen Armen eine Zimbel, wie zum Tanze, hoch in die Höh, so daß die ganze regelmäßige Fülle und Pracht der Glieder sichtbar wurde. Das Gesicht erschrocken von der Glorie abgewendet, war sie nur zur Hälfte erleuchtet; aber es war die deutlichste und vollendetste Figur. Es schien, als wäre die irdische, lebenslustige Schönheit von dem Glanze jener himmlischen berührt, in ihrer bacchantischen Stellung plötzlich so erstarrt. Je länger man das Ganze betrachtete, je mehr und mehr wurde das Zauberbild von allen Seiten lebendig. Die Glorie der mittelsten Figur spielte in den Pflanzengewinden und den zitternden Blätterspitzen der nächststehenden Bäume. Im Hintergrunde sah man noch einige Streifen des Abendrots am Himmel stehen, fernes, dunkelblaues Gebirg, und hin und wieder den Strom aus der weiten Tiefe wie Silber aufblickend. Die ganze Gegend schien in erwartungsvoller Stille zu feiern, wie vor einem großen Morgen, der das geheimnisvoll gebundene Leben in herrlicher Pracht lösen soll.

Friedrich war freudig zusammengefahren, als der Vorhang sich plötzlich eröffnete, denn er hatte in der mittelsten Figur mit dem Kreuze sogleich seine Rosa erkannt. Wie wir einen geliebten köstlichen Stein mit dem Kostbarsten sorgfältig umfassen, so schien auch ihm der herrliche Kreis der gestirnten Nacht draußen nur eine Folie um das schöne Bild der Geliebten, zu welcher aller Augen unwiderstehlich hingezogen wurden. An ihren großen, sinnigen Augen entzündete sich in seiner Brust die Macht hoher, freudiger Entschlüsse und Gedanken, das Abendrot draußen war ihm die Aurora eines künftigen, weiten, herrlichen Lebens und seine ganze Seele flog wie mit großen Flügeln in die wunderbare Aussicht hinein.

Mitten in dieser Entzückung fiel der Vorhang plötzlich wieder, das Ganze verdeckend, herab, der Kronleuchter wurde heruntergelassen und ein schnatterndes Gewühl und Lachen erfüllte auf einmal wieder den Saal. Der größte Teil der Gesellschaft brach nun von allen Sitzen auf und verlor sich. Nur ein kleiner Teil von Auserwählten blieb im Saale zurück. Friedrich wurde währenddessen vom Minister, der auch zugegen war, bemerkt und sogleich der Frau vom Hause vorgestellt. Es war eine fast durchsichtig schlanke, schmächtige Gestalt, gleichsam im Nachsommer ihrer Blüte und Schönheit. Sie bat ihn mit so überaus sanften, leisen, lispelnden Worten, daß er Mühe hatte, sie zu verstehen, ihre künstlerischen Abendandachten, wie sie sich ausdrückte, mit seiner Gegenwart zu beehren, und sah ihn dabei mit blinzelnden, fast zugedrückten Augen an, von denen er zweifelhaft war, ob sie ausforschend, gelehrt, sanft, verliebt oder nur interessant sein sollten.

Die Gesellschaft zog sich indes in eine kleinere Stube zusammen. Die Zimmer waren durchaus prachtvoll und im neuesten Geschmacke dekoriert; nur hin und wieder bemerkte man einige auffallende Besonderheiten und Nachlässigkeiten, unsymmetrische Spiegel, Gitarren, aufgeschlagene Musikalien und Bücher, die auf den Ottomanen zerstreut umherlagen. Friedrich kam es vor, als hätte es der Frau vom Hause vorher einige Stunden mühsamen Studiums gekostet, um in das Ganze eine gewisse unordentliche Genialität hineinzubringen.

Endlich erschien auch Rosa mit der jungen Gräfin Romana, welche in dem Tableau die griechische Figur, die lebenslustige, vor dem Glanze des Christentums zu Stein gewordene Religion der Phantasie so meisterhaft dargestellt hatte. Rosas erster Blick traf gerade auf Friedrich. Erstaunt und mit innigster Herzensfreude rief sie laut seinen Namen. Er wäre ihr um den Hals gefallen, aber der Minister stand eben wie eine Statue neben ihm, und manche Augen hatte ihr unvorsichtiger Ausruf auf ihn gerichtet. Er hätte sich vor diesen Leuten ebensogern wie Don Quijote in der Wildnis vor seinem Sancho Pansa in Purzelbäumen produzieren wollen, als seine Liebe ihren Augen preisgeben. Aber so nahe als möglich hielt er sich zu ihr, es war ihm eine unbeschreibliche Lust, sie anzurühren, er sprach wieder mit ihr, als wäre er nie von ihr gewesen und hielt oft minutenlang ihre Hand in der seinigen. Rosa tat diese langentbehrte, ungekünstelte, unwiderstehliche Freude an ihr im Innersten wohl.

Es hatte sich unterdes ein niedliches, etwa zehnjähriges Mädchen eingefunden, die in einer reizenden Kleidung mit langen Beinkleidern und kurzem schleiernen Röckchen darüber, keck im Zimmer herumsprang. Es war die Tochter vom Hause. Ein Herr aus der Gesellschaft reichte ihr ein Tamburin, das in einer Ecke auf dem Fußboden gelegen hatte. Alle schlossen bald einen Kreis um sie und das zierliche Mädchen tanzte mit einer wirklich bewunderungswürdigen Anmut und Geschicklichkeit, während sie das Tamburin auf mannigfache Weise schwang und berührte und ein niedliches italienisches Liedchen dazu sang. Jeder war begeistert, erschöpfte sich in Lobsprüchen und wünschte der Mutter Glück, die sehr zufrieden lächelte. Nur Friedrich schwieg still. Denn einmal war ihm schon die moderne Knabentracht bei Mädchen zuwider, ganz abscheulich aber war ihm diese gottlose Art, unschuldige Kinder durch Eitelkeit zu dressieren. Er fühlte vielmehr ein tiefes Mitleid mit der schönen kleinen Bajadere. Sein Ärger und das Lobpreisen der andern stieg, als nachher das Wunderkind sich unter die Gesellschaft mischte, nach allen Seiten hin in fertigem Französisch schnippische Antworten erteilte, die eine Klugheit weit über ihr Alter zeigten, und überhaupt jede Ungezogenheit als genial genommen wurde.

Die Damen, welche sämtlich sehr ästhetische Mienen machten, setzten sich darauf nebst mehreren Herren unter dem Vorsitze der Frau vom Hause, die mit vieler Grazie den Tee einzuschenken wußte, förmlich in Schlachtordnung und fingen an, von Ohrenschmäusen zu reden. Der Minister entfernte sich in die Nebenstube, um zu spielen. – Friedrich erstaunte, wie diese Weiber geläufig mit den neuesten Erscheinungen der Literatur umzuspringen wußten, von denen er selber manche kaum dem Namen nach kannte, wie leicht sie mit Namen herumwarfen, die er nie ohne heilige, tiefe Ehrfurcht auszusprechen gewohnt war. Unter ihnen schien besonders ein junger Mann mit einer verachtenden Miene in einem gewissen Glauben und Ansehen zu stehen. Die Frauenzimmer sahen ihn beständig an, wenn es darauf ankam, ein Urteil zu sagen, und suchten in seinem Gesichte seinen Beifall oder Tadel im voraus herauszulesen, um sich nicht etwa mit etwas Abgeschmacktem zu prostituieren. Er hatte viele genialische Reisen gemacht, in den meisten Hauptstädten auf öffentlicher Straße auf seine eigene Faust Ball gespielt, Kotzebue einmal in einer Gesellschaft in den Sack gesprochen, fast mit allen berühmten Schriftstellern zu Mittag gespeist oder kleine Fußreisen gemacht. Übrigens gehörte er eigentlich zu keiner Partei; er übersah alle weit und belächelte die entgegengesetzten Gesinnungen und Bestrebungen, den eifrigen Streit unter den Philosophen oder Dichtern: Er war sich der Lichtpunkt dieser verschiedenen Reflexe. Seine Urteile waren alle nur wie zum Spiele flüchtig hingeworfen mit einem nachlässig mystischen Anstrich, und die Frauenzimmer erstaunten nicht über das, was er sagte, sondern was er, in der Überzeugung, nicht verstanden zu werden, zu verschweigen schien.

Wenn dieser heimlich die Meinung zu regieren schien, so führte dagegen ein anderer fast einzig das hohe Wort. Es war ein junger, voller Mensch mit strotzender Gesundheit, ein Antlitz, das vor wohlbehaglicher Selbstgefälligkeit glänzte und strahlte. Er wußte für jedes Ding ein hohes Schwungwort, lobte und tadelte ohne Maß und sprach hastig mit einer durchdringenden, gellenden Stimme. Er schien ein wütend Begeisterter von Profession und ließ sich von den Frauenzimmern, denen er sehr gewogen schien, gern den heiligen Thyrsusschwinger nennen. Es fehlte ihm dabei nicht an einer gewissen schlauen Miene, womit er niedrere, nicht so saftige Naturen seiner Ironie preiszugeben pflegte. Friedrich wußte gar nicht, wohin dieser während seiner Deklamationen so viel Liebesblicke verschwende, bis er endlich ihm gerade gegenüber einen großen Spiegel entdeckte.

Der Begeisterte ließ sich nicht lange bitten, etwas von seinen Poesien mitzuteilen. Er las eine lange Dithyrambe von Gott, Himmel, Hölle, Erde und dem Karfunkelstein mit angestrengtester Heftigkeit vor, und schloß mit solchem Schrei und Nachdruck, daß er ganz blau im Gesichte wurde. Die Damen waren ganz außer sich über die heroische Kraft des Gedichts, sowie des Vortrags.

Ein anderer junger Dichter von mehr schmachtendem Ansehn, der neben der Frau vom Hause seinen Wohnsitz aufgeschlagen hatte, lobte zwar auch mit, warf aber dabei einige durchbohrende, neidische Blicke auf den Begeisterten, vom Lesen ganz Erschöpften. Überhaupt war dieser Friedrich schon von Anfang an durch seinen großen Unterschied von jenen beiden Flausenmachern aufgefallen. Er hatte sich während der ganzen Zeit, ohne sich um die Verhandlungen der andern zu bekümmern, ausschließlich mit der Frau vom Hause unterhalten, mit der er eine Seele zu sein schien, wie man von dem süßen, zugespitzten Munde beider abnehmen konnte, und Friedrich hörte nur manchmal einzelne Laute, wie: „Mein ganzes Leben wird zum Roman" – „überschwengliches Gemüt" – „Priesterleben" – herüberschallen. Endlich zog auch dieser ein ungeheures Paket Papiere aus der Tasche und begann vorzulesen, unter andern folgendes Assonanzenlied:

„Hat nun Lenz die silbern'n Bronnen
   Losgebunden:
Knie ich nieder, süßbeklommen,
   In die Wunder.

Himmelreich so kommt geschwommen
   Auf die Wunden!
Hast du einzig mich erkoren
   Zu den Wundern?

In die Ferne süß verloren,
   Lieder fluten,
Daß sie, rückwärts sanft erschollen,
   Bringen Kunde.

Was die andern sorgen wollen,
   Ist mir dunkel,
Mir will ew'ger Durst nur frommen
   Nach dem Durste.

Was ich liebte und vernommen,
   Was geklungen,
Ist den eignen, tiefen Wonnen
   Selig Wunder!"

Weiter folgendes Sonett:

„Ein Wunderland ist oben aufgeschlagen,
Wo goldne Ströme gehn und dunkel schallen
Und durch ihr Rauschen tief Gesänge hallen,
Die möchten gern ein hohes Wort uns sagen.

Viel goldne Brücken sind dort kühn geschlagen,
Darüber alte Brüder sinnend wallen
Und seltsam' Töne oft herunterfallen –
Da will tief Sehnen uns von hinnen tragen.

Wen einmal so berührt die heil'gen Lieder:
Sein Leben taucht in die Musik der Sterne,
Ein ewig Ziehn in wunderbare Ferne.

Wie bald liegt da tief unten alles Trübe!
Er kniet ewig betend einsam nieder,
Verklärt im heil'gen Morgenrot der Liebe."

Er las noch einen Haufen Sonette mit einer Art von priesterlicher Feierlichkeit. Keinem derselben fehlte es an irgendeinem wirklich aufrichtigen kleinen Gefühlchen, an großen Ausdrücken und lieblichen Bildern. Alle hatten einen einzigen, bis ins Unendliche breit auseinandergeschlagenen Gedanken, sie bezogen sich alle auf den Beruf des Dichters und die Göttlichkeit der Poesie, aber die Poesie selber, das ursprüngliche, freie, tüchtige Leben, das uns ergreift, ehe wir darüber sprechen, kam nicht zum Vorschein vor lauter Komplimenten davor und Anstalten dazu. Friedrich kamen diese Poesierer in ihrer durchaus polierten, glänzenden, wohlerzogenen Weichlichkeit wie der fade, unerquickliche Teedampf, die zierliche Teekanne mit ihrem lodernden Spiritus auf dem Tische wie der Opferaltar dieser Musen vor. Er erinnerte sich bei diesem ästhetischen Geschwätz der schönen Abende im Walde bei Leontins Schloß, wie da Leontin manchmal so seltsame Gespräche über Poesie und Kunst hielt, wie seine Worte, je finsterer es nach und nach ringsumher wurde, zuletzt eins wurden mit dem Rauschen des Waldes und der Ströme und dem großen Geheimnisse des Lebens, und weniger belehrten als erquickten, stärkten und erhoben.

Er erholte sich recht an der erfrischenden Schönheit Rosas, in deren Gesicht und Gestalt unverkennbar der herrliche, wilde, oft ungenießbare Berg- und Waldgeist ihres Bruders zur ruhigeren, großen, schönen Form geworden war. Sie kam ihm diesen Abend viel schöner und unschuldiger vor, da sie sich fast gar nicht in die gelehrten Unterhaltungen mit einmischte. Höchst anziehend und zurückstoßend zugleich erschien ihm dagegen ihre Nachbarin, die junge Gräfin Romana, welche er sogleich für die griechische Figur in dem Tableau erkannte, und die daher heute allgemein die schöne Heidin genannt wurde. Ihre Schönheit war durchaus verschwenderisch reich, südlich und blendend und überstrahlte Rosas mehr deutsche Bildung weit, ohne eigentlich vollendeter zu sein. Ihre Bewegungen waren feurig, ihre großen, brennenden, durchdringenden Augen, denen es nicht an Strenge fehlte, bestrichen Friedrich wie ein Magnet. Als endlich der Schmachtende seine Vorlesung geendigt hatte, wurde sie ziemlich unerwartet um ihr Urteil darüber befragt. Sie antwortete sehr kurz und verworren, denn sie wußte fast kein Wort davon; sie hatte währenddessen heimlich ein auffallend getroffenes Portrait Friedrichs geschnitzt, das sie schnell Rosa zusteckte. Bald darauf wurde auch sie aufgefordert, etwas von ihren Poesien zum besten zu geben. Sie versicherte vergebens, daß sie nichts bei sich habe, man drang von allen Seiten, besonders die Weiber mit wahren Judasgesichtern, in sie, und so begann sie, ohne sich lange zu besinnen, folgende Verse, die sie zum Teil aus der Erinnerung hersagte, größtenteils im Augenblick erfand und durch ihre musikalischen Mienen wunderbar belebte:

„Weit in einem Walde droben,
Zwischen hoher Felsen Zinnen,
Steht ein altes Schloß erhoben,
Wohnet eine Zaubrin drinne.
Von dem Schloß, der Zaubrin Schöne,
Gehen wunderbare Sagen,
Lockend schweifen fremde Töne
Plötzlich her oft aus dem Walde.
Wem sie recht das Herz getroffen,
Der muß nach dem Walde gehen,
Ewig diesen Klängen folgend,
Und wird nimmermehr gesehen.

Tief in wundersamer Grüne
Steht das Schloß, schon halb verfallen,
Hell die goldnen Zinnen glühen,
Einsam sind die weiten Hallen.
Auf des Hofes stein'gem Rasen
Sitzen von der Tafelrunde
All die Helden dort gelagert,
Überdeckt mit Staub und Wunden.
Heinrich liegt auf seinem Löwen,
Gottfried auch, Siegfried der Scharfe,
König Alfred, eingeschlafen
Über seiner goldnen Harfe.
Don Quijote hoch auf der Mauer,
Sinnend tief in nächt'ger Stunde,
Steht gerüstet auf der Lauer
Und bewacht die heil'ge Runde.
Unter fremdes Volk verschlagen,
Arm und ausgehöhnt, verraten,
Hat er treu sich durchgeschlagen,
Eingedenk der Heldentaten
Und der großen alten Zeiten,
Bis er, ganz von Wahnsinn trunken,
Endlich so nach langem Streiten
Seine Brüder hat gefunden.

Einen wunderbaren Hofstaat
Die Prinzessin dorthin führet,
Hat ein'n wunderlichen Alten,
Der das ganze Haus regieret.
Einen Mantel trägt der Alte,
Schillernd bunt in allen Farben
Mit unzähligen Zieraten,
Spielzeug hat er in den Falten.
Scheint der Monden helle draußen,
Wolken fliegen überm Grunde:
Fängt er draußen an zu hausen,
Kramt sein Spielzeug aus zur Stunde.
Und das Spielzeug um den Alten
Rührt sich bald beim Mondenscheine,
Zupfet ihn beim langen Barte,
Schlingt um ihn die bunten Kreise,

Auch die Blümlein nach ihm langen,
Möchten doch sich sittsam zeigen,
Ziehn verstohlen ihn beim Mantel,
Lachen dann in sich gar heimlich.
Und ringsum die ganze Runde
Zieht Gesichter ihm und rauschet,
Unterhält aus dunklem Grunde
Sich mit ihm als wie im Traume.
Und er spricht und sinnt und sinnet,
Bunt verwirrend alle Zeiten,
Weinet bitterlich und lachet,
Seine Seele ist so heiter.

Bei ihm sitzt dann die Prinzessin,
Spielt mit seinen Seltsamkeiten,
Immer neue Wunder blinkend
Muß er aus dem Mantel breiten,
Und der wunderliche Alte
Hielt sie sich bei seinen Bildern
Neidisch immerfort gefangen,
Weit von aller Welt geschieden.
Aber der Prinzessin wurde
Mitten in dem Spiele bange
Unter diesen Zauberblumen,
Zwischen dieser Quellen Rauschen.
Frisches Morgenrot im Herzen
Und voll freudiger Gedanken,
Sind die Augen wie zwei Kerzen,
Schön die Welt dran zu entflammen.
Und die wunderschöne Erde,
Wie Aurora sie berühret,
Will mit ird'scher Lust und Schmerzen
Ewig neu sie stets verführen.
Denn aus dem bewegten Leben
Spüret sie ein Hochzeitsgrüßen,
Mitten zwischen ihren Spielen
Muß sie sich bezwungen fühlen.

Und es hebt die ewig Schöne,
Da der Morgen herrlich schiene,
In den Augen große Tränen,

Hell die jugendlichen Glieder.
,Wie so anders war es damals,
Da mich, bräutlich Ausgeschmückte,
Aus dem heimatlichen Garten
Hier herab der Vater schickte!
Wie die Erde frisch und jung noch,
Von Gesängen rings erklingend,
Schauernd in Erinnerungen,
Helle in das Herz mir blickte,
Daß ich, schamhaft mich verhüllend,
Meinen Ring, von Glanz geblendet,
Schleudert in die prächt'ge Fülle,
Als die ew'ge Braut der Erde.
Wo ist nun die Pracht geblieben,
Treuer Ernst im rüst'gen Treiben,
Rechtes Tun und rechtes Lieben
Und die Schönheit und die Freude?
Ach! ringsum die Helden alle,
Die sonst schön und helle schauten,
Um mich in den lichten Tagen
Durch die Welt sich fröhlich hauten,
Strecken steinern nun die Glieder,
Eingehüllt in ihre Fahnen,
Sind seitdem so alt geworden,
Nur ich bin so jung wie damals. –
Von der Welt kann ich nicht lassen,
Liebeln nicht von fern mit Reden,
Muß mit Armen warm umfassen! –
Laß mich lieben, laß mich leben!'

Nun verliebt die Augen gehen
Über ihres Gartens Mauer,
War so einsam dort zu sehen
Schimmernd Land und Ström und Auen.
Und wo ihre Augen gingen:
Quellen aus der Grüne sprangen,
Berg und Wald verzaubert standen,
Tausend Vögel schwirrend sangen.
Golden blitzt es überm Grunde,
Seltne Farben irrend schweifen,
Wie zu lang entbehrtem Feste

Will die Erde sich bereiten.
Und nun kamen angezogen
Freier bald von allen Seiten,
Federn bunt im Winde flogen,
Jäger schmuck im Walde reiten.
Hörner lustig drein erschallen
Auf und munter durch das Grüne,
Pilger fromm dazwischen wallen,
Die das Heimatsfieber spüren.
Auf vielsonn'gen Wiesen flöten
Schäfer bei schneeflock'gen Schafen,
Ritter in der Abendröte
Knieen auf des Berges Hange,
Und die Nächte von Gitarren
Und Gesängen weich erschallen,
Daß der wunderliche Alte
Wie verrückt beginnt zu tanzen.
Die Prinzessin schmückt mit Kränzen
Wieder sich die schönen Haare,
Und die vollen Kränze glänzen
Und sie blickt verlangend nieder.

Doch die alten Helden alle,
Draußen vor der Burg gelagert,
Saßen dort im Morgenglanze,
Die das schöne Kind bewachten.
An das Tor die Freier kamen
Nun gesprengt, gehüpft, gelaufen,
Ritter, Jäger, Provenzalen,
Bunte, helle, lichte Haufen.
Und vor allen junge Recken
Stolzen Blicks den Berg berannten,
Die die alten Helden weckten,
Sie vertraulich Brüder nannten,
Doch wie diese uralt blicken,
An die Eisenbrust geschlossen
Brüderlich die Jungen drücken,
Fallen die erdrückt zu Boden.
Andre lagern sich zum Alten,
Graust ihn'n gleich bei seinen Mienen,
Ordnen sein verworrnes Walten,

Daß es jedem wohl gefiele;
Doch sie fühlen schauernd balde,
Daß sie ihn nicht können zwingen,
Selbst zu Spielzeug sich verwandeln,
Und der Alte spielt mit ihnen.
Und sie müssen töricht tanzen,
Manche mit der Kron geschmücket
Und im purpurnen Talare
Feierlich den Reigen führen.
Andre schweben lispelnd lose,
Andre müssen männlich lärmen,
Rittern reißen aus die Rosse
Und die schreien gar erbärmlich.
Bis sie endlich alle müde
Wieder kommen zu Verstande,
Mit der ganzen Welt in Frieden,
Legen ab die Maskerade.
‚Jäger sind wir nicht, noch Ritter',
Hört man sie von fern noch summen,
‚Spiel nur war das – wir sind Dichter!' –
So vertost der ganze Plunder,
Nüchtern liegt die Welt wie ehe,
Und die Zaubrin bei dem Alten
Spielt die vor'gen Spiele wieder
Einsam wohl noch lange Jahre. –"

Die Gräfin, die zuletzt mit ihrem schönen, begeisterten Gesicht einer welschen Improvisatorin glich, unterbrach sich hier plötzlich selber, indem sie laut auflachte, ohne daß jemand wußte, warum. Verwundert fragte alles durcheinander: „Was lachen Sie? Ist die Allegorie schon geschlossen? Ist das nicht die Poesie?" – „Ich weiß nicht, ich weiß nicht, ich weiß nicht", sagte die Gräfin lustig und sprang auf.

Von allen Seiten wurden nun die flüchtigen Verse besprochen. Einige hielten die Prinzessin im Gedicht für die Venus, andre nannten sie die Schönheit, andre nannten sie die Poesie des Lebens. Es mag wohl die Gräfin selber sein, dachte Friedrich. – „Es ist die Jungfrau Maria als die große Weltliebe", sagte der genialische Reisende, der wenig achtgegeben hatte, mit vornehmer Nachlässigkeit. „Ei, daß Gott behüte!" brach Friedrich, dem das Gedicht der Gräfin heidnisch und übermütig vorgekommen war, wie ihre ganze Schönheit, halb lachend und halb unwillig aus: „Sind wir doch kaum des Vernünftelns in der Religion los und fangen dagegen schon wieder an, ihre festen Glaubenssätze, Wunder und Wahrheiten zu verpoetisieren und zu verflüchtigen. In wem die Religion zum Leben gelangt, wer in allem Tun und Lassen von der Gnade wahrhaft durchdrungen ist, dessen Seele mag sich auch in Liedern ihrer Entzückung und des himmlischen Glanzes erfreuen. Wer aber hochmütig und schlau diese Geheimnisse und einfältigen Wahrheiten als beliebigen Dichtungsstoff zu überschauen glaubt, wer die Religion, die nicht dem Glauben, dem Verstande oder der Poesie allein, sondern allen dreien, dem ganzen Menschen, angehört, bloß mit der Phantasie in ihren einzelnen Schönheiten willkürlich zusammenrafft, der wird ebensogern an den griechischen Olymp glauben, als an das Christentum, und eins mit dem andern verwechseln und versetzen, bis der ganze Himmel furchtbar öde und leer wird." – Friedrich bemerkte, daß er von mehreren sehr weise belächelt wurde, als könne er sich nicht zu ihrer freien Ansicht erheben.

Man hatte indes an dem Tische die Geschichte der Gräfin Dolores aufgeschlagen und blätterte darin hin und her. Die mannigfaltigsten Urteile darüber durchkreuzten sich bald. Die Frau vom Hause und ihr Nachbar, der Schmachtende, sprachen vor allen andern bitter und mit einer auffallend gekränkten Empfindlichkeit und Heftigkeit darüber. Sie schienen das Buch aus tiefster Seele zu hassen. Friedrich erriet wohl die Ursache und schwieg. – „Ich muß gestehen", sagte eine junge Dame, „ich kann mich darein nicht verstehen, ich wußte niemals, was ich aus dieser Geschichte mit den tausend Geschichten machen soll." „Sie haben sehr recht", fiel ihr einer von den Männern, der sonst unter allen immer am richtigsten geurteilt hatte, ins Wort, „es ist mir immer vorgekommen, als sollte dieser Dichter noch einige Jahre pausieren, um dichten zu lernen. Welche Sonderbarkeiten, Verrenkungen und schreienden Übertreibungen!" – „Gerade das Gegenteil", unterbrach ihn ein anderer, „ich finde das Ganze nur allzu prosaisch, ohne die himmlische Überschwenglichkeit der Phantasie. Wenn wir noch viele solche Romane erhalten, so wird unsere Poesie wieder eine bloße allegorische Person der Moral."

Hier hielt sich Friedrich, der dieses Buch hoch in Ehren hielt, nicht länger. „Alles ringsumher", sagte er, „ist prosaisch und gemein, oder groß und herrlich, wie wir es verdrossen und träge, oder begeistert ergreifen. Die größte Sünde aber unsrer jetzigen Poesie ist meines Wissens die gänzliche Abstraktion, das abgestandene Leben, die leere, willkürliche, sich selbst zerstörende Schwelgerei in Bildern. Die Poesie liegt vielmehr in einer fortwährend begeisterten Anschauung und Betrachtung der Welt und der menschlichen Dinge, sie liegt ebensosehr in der Gesinnung als in den lieblichen Talenten, die erst durch die Art ihres Gebrauches groß werden. Wenn in einem sinnreichen, einfach strengen, männlichen Gemüte auf solche Weise die Poesie wahrhaft lebendig wird, dann verschwindet aller Zwiespalt: Moral, Schönheit, Tugend und Poesie, alles wird eins in den adeligen Gedanken, in der göttlichen, sinnigen Lust und Freude, und dann mag freilich das Gedicht erscheinen, wie ein in der Erde wohlgegründeter, tüchtiger, schlanker, hoher Baum, wo grob und fein erquicklich durcheinander wächst, und rauscht und sich rührt zu Gottes Lobe. Und so ist mir auch dieses Buch jedesmal vorgekommen, obgleich ich gern zugebe, daß der Autor in stolzer Sorglosigkeit sehr unbekümmert mit den Worten schaltet, und sich nur zu oft daran ergötzt, die kleinen Zauberdinger kurios auf den Kopf zu stellen."

Die Frauenzimmer machten große Augen, als Friedrich unerwartet so sprach. Was er gesagt, hatte wenigstens den gewissen, guten Klang, der ihnen bei allen solchen Dingen die Hauptsache war. Romana, die es von weitem flüchtig mit angehört, fing an, ihn mit ihren dunkelglühenden Augen bedeutender anzusehen. Friedrich aber dachte: in euch wird doch alles Wort nur wieder Wort, und wandte sich zu einem schlichten Manne, der vom Lande war und weniger mit der Literatur als mit dieser Art, sie zu behandeln, unbekannt zu sein schien.

Dieser erzählte ihm, wie er jenem Romane eine seltsame Verwandlung seines ganzen Lebens zu verdanken habe. Auf dem Lande ausschließlich zur Ökonomie erzogen, hatte er nämlich von frühester Kindheit an nie Neigung zum Lesen und besonders einen gewissen Widerwillen gegen alle Poesie, als einen unnützen Zeitvertreib. Seine Kinder dagegen ließen seit ihrem zartesten Alter einen unüberwindlichen Hang und Geschicklichkeit zum Dichten und zur Kunst verspüren, und alle Mittel, die er anwandte, waren nicht imstande, sie davon abzubringen und sie zu tätigen, ordentlichen Landwirten zu machen. Vielmehr lief ihm der älteste Sohn fort und wurde wider seinen

Willen Maler. Dadurch wurde er immer verschlossener, und seine Abneigung gegen die Kunst verwandelte sich immer bitterer in entschiedenen Haß gegen alles, was ihr nur anhing. Der Maler hatte indes eine unglückselige Liebe zu einem jungen, seltsamen Mädchen gefaßt. Es war gewiß das talentvollste, heftigste, beste und schlechteste Mädchen zugleich, das man nur finden konnte. Eine Menge unordentlicher Liebschaften, in die sie sich auch jetzt noch immerfort einließ, brachte den Maler oft auf das Äußerste, so daß es in Anfällen von Wut oft zwischen beiden zu Auftritten kam, die ebenso furchtbar als komisch waren. Ihre unbeschreibliche Schönheit zog ihn aber immer wieder unbezwinglich zu ihr hin, und so teilte er sein unruhvolles Leben zwischen Haß und Liebe und allen den heftigsten Leidenschaften, während er immerfort in den übrigen Stunden unermüdet und nur um desto eifriger an seinen großen Gemälden fortarbeitete. – „Ich machte mich endlich einmal nach der weit entlegenen Stadt auf den Weg", fuhr der Mann in seiner Erzählung fort, „um die seltsame Wirtschaft meines Sohnes, von der ich schon so viel gehört hatte, mit eigenen Augen anzusehen. Schon unterweges hörte ich von einem seiner besten Freunde, daß sich manches verändert habe. Das Mädchen oder Weib meines Sohnes habe nämlich von ohngefähr ein Buch in die Hände bekommen, worin sie mehrere Tage unausgesetzt und tiefsinnig gelesen. Keiner ihrer Liebhaber habe sie seitdem zu sehen bekommen und sie sei endlich darüber in eine schwere Krankheit verfallen. Das Buch war kein anderes, als ebendiese Geschichte von der Gräfin Dolores. Als ich in die Stadt ankomme, eile ich sogleich nach der Wohnung meines Sohnes. Ich finde niemand im ganzen Hause, die Tür offen, alles öde. Ich trete in die Stube: das Mädchen lag auf einem Bette, blaß und wie vor Mattigkeit eingeschlafen. Ich habe niemals etwas Schöneres gesehen. In dem Zimmer standen fertige und halb vollendete Gemälde auf Staffeleien umher, Malergerätschaften, Bücher, Kleider, halbbezogene Gitarren, alles sehr unordentlich durcheinander. Durch das Fenster, welches offenstand, hatte man über die Stadt weg eine entzückende Aussicht auf den weit gewundenen Strom und die Gebirge. In der Stube fand ich auf einem Tische ein Buch aufgeschlagen, es war die ‚Dolores'. Ich wollte die Kranke nicht wecken, setzte mich hin und fing an in dem Buche zu lesen. Ich las und las, vieles Dunkle zog mich immer mehr an, vieles kam mir so wahrhaft vor, wie meine verborgene innerste Meinung oder wie alte, lange wieder verlorne und untergegangene Gedanken, und ich vertiefte mich immer mehr. Ich las bis es finster wurde. Die Sonne war draußen untergegangen, und nur noch einzelne Scheine des Abendrots fielen seltsam auf die Gemälde, die so still auf ihren Staffeleien umherstanden. Ich betrachtete sie aufmerksamer, es war, als fingen sie an lebendig zu werden, und mir kam in diesem Augenblicke die Kunst, der unüberwindliche Hang und das Leben meines Sohnes, begreiflich vor. Ich kann überhaupt nicht beschreiben, wie mir damals zumute war; es war das erstemal in meinem Leben, daß ich die wunderbare Gewalt der Poesie im Innersten fühlte, und ich erschrak ordentlich vor mir selber. – Es war mir unterdes aufgefallen, daß sich das Mädchen auf dem Bette noch immer nicht rühre, ich trat zu ihr, schüttelte sie und rief. Sie gab keine Antwort mehr, sie war tot. – Ich hörte nachher, daß mein Sohn heute, sowie sie gestorben war, fortgereist sei und alles in seiner Stube so stehn gelassen habe."

Hier hielt der Mann ernsthaft inne. „Ich lese seitdem fleißig", fuhr er nach einer kleinen Pause gesammelt fort; „vieles in den Dichtern bleibt mir durchaus unverständlich, aber ich lerne täglich in mir und in den Menschen und Dingen um mich vieles einsehen und lösen, was mir sonst wohl unbegreiflich war und mich unbeschreiblich bedrückte. Ich befinde mich jetzt viel wohler."

Friedrich hatte diese einfache Erzählung gerührt. Er sah den Mann aufmerksam an und bemerkte in seinem stark gezeichneten Gesicht einen einzigen, sonderbar dunklen Zug, der aussah wie Unglück und vor dem ihm schauderte. Er wollte ihn eben noch um einiges fragen, das in der Geschichte besonders seine Aufmerksamkeit erregt hatte, aber der dithyrambische Thyrsusschwinger, der unterdes bei den Damen seinen Witz unermüdet hatte leuchten lassen, lenkte ihn davon ab, indem er sich plötzlich mit sehr heftigen Bitten zu dem guten Schmachtenden wandte, ihnen noch einige seiner vortrefflichen Sonette vorzulesen, obschon er, wie Friedrich gar wohl gehört, die ganze Zeit über gerade diese Gedichte vor den Damen zum Stichblatt seines Witzes und Spottes gemacht hatte. Friedrich empörte diese herzlose, doppelzüngige Teufelei; er kehrte sich schnell zu dem Schmachtenden, der neben ihm stand, und sagte: „Ihre Gedichte gefallen mir ganz und gar nicht." Der Schmachtende machte große Augen, und niemand von der Gesellschaft verstand Friedrichs großmütige Meinung. Der Dithyrambist aber fühlte die Schwere der Beschämung wohl, er wagte nicht weiter mit seinen Bitten in den Schmachtenden zu dringen und fürchtete Friedrich seitdem wie ein richtendes Gewissen. Friedrich wandte sich darauf wieder zu dem Landmanne und sagte zu ihm laut genug, daß es der Thyrsusschwinger hören konnte: „Fahren Sie nur fort, sich ruhig an den Werken der Dichter zu ergötzen, mit schlichtem Sinne und redlichem Willen wird Ihnen nach und nach alles in denselben klar werden. Es ist in unsern Tagen das größte Hindernis für das wahrhafte Verständnis aller Dichterwerke, daß jeder, statt sich recht und auf sein ganzes Leben davon durchdringen zu lassen, sogleich ein unruhiges, krankhaftes Jucken verspürt, selber zu dichten und etwas dergleichen zu liefern. Adler werden sogleich hochgeboren und schwingen sich schon vom Neste in die Luft, der Strauß aber wird oft als König der Vögel gepriesen, weil er mit großem Getös seinen Anlauf nimmt, aber er kann nicht fliegen."

Es ist nichts künstlicher und lustiger, als die Unterhaltung einer solchen Gesellschaft. Was das Ganze noch so leidlich zusammenhält, sind tausend feine, fast unsichtbare Fäden von Eitelkeit, Lob und Gegenlob usw., und sie nennen es denn gar zu gern ein Liebesnetz. Arbeitet dann unverhofft einmal einer, der davon nichts weiß, tüchtig darin herum, geht die ganze Spinnewebe von ewiger Freundschaft und heiligem Bunde auseinander.

So hatte auch heute Friedrich den ganzen Tee versalzen. Keiner konnte das künstlerische Weberschiffchen, das sonst, fein im Takte, so zarte ästhetische Abende wob, wieder in Gang bringen. Die meisten wurden mißlaunisch, keiner konnte oder mochte, wie beim babylonischen Baue, des andern Wortgepräng verstehen, und so beleidigte einer den andern in der gänzlichen Verwirrung. Mehrere Herren nahmen endlich unwillig Abschied, die Gesellschaft wurde kleiner und vereinzelter. Die Damen gruppierten sich hin und wieder auf den Ottomanen in malerischen und ziemlich unanständigen Stellungen. Friedrich bemerkte bald ein heimliches Verständnis zwischen der Frau vom Hause und dem Schmachtenden. Doch glaubte er zugleich an ihr ein feines Liebäugeln zu entdecken, das ihm selber zu gelten schien. Er fand sie überhaupt viel schlauer, als man anfänglich ihrer lispelnden Sanftmut hätte zutrauen mögen; sie schien ihren schmachtenden Liebhaber bei weitem zu übersehen und, sehr aufgeklärt, selber nicht so viel von ihm zu halten, als sie vorgab und er aus ganzer Seele glaubte.

Wie ein rüstiger Jäger in frischer Morgenschönheit stand Friedrich unter diesen verwischten Lebensbildern. Nur die einzige Gräfin Romana zog ihn an. Schon das Gedicht, das sie rezitiert, hatte ihn auf sie aufmerksam gemacht und auf die eigentümliche, von allen den andern verschiedene Richtung ihres Geistes. Er glaubte schon damals eine tiefe Verachtung und ein scharfes Überschauen der ganzen Teegesellschaft in derselben zu bemerken, und seine jetzigen Gespräche mit ihr bestätigten seine Meinung. Er erstaunte über die Freiheit ihres Blicks und die Keckheit, womit sie alle Menschen aufzufassen und zu behandeln wußte. Sie hatte sich im Augenblick in alle Ideen, die Friedrich in seinen vorigen Äußerungen berührt, mit einer unbegreiflichen Lebhaftigkeit hineinverstanden und kam ihm nun in allen seinen Gedanken entgegen. Es war in ihrem Geiste, wie in ihrem schönen Körper ein zauberischer Reichtum; nichts schien zu groß in der Welt für ihr Herz; sie zeigte eine tiefe, begeisterte Einsicht ins Leben wie in alle Künste, und Friedrich unterhielt sich daher lange Zeit ausschließlich mit ihr, die übrige Gesellschaft vergessend. Die Damen fingen unterdes schon an zu flüstern und über die neue Eroberung der Gräfin die Nasen zu rümpfen.

Das Gespräch der beiden wurde endlich durch Rosa unterbrochen, die zu der Gräfin trat und verdrüßlich nach Hause zu fahren begehrte. Friedrich, der eine große Betrübnis in ihrem Gesichte bemerkte, faßte ihre Hand. Sie wandte sich aber schnell weg und eilte in ein abgelegenes Fenster. Er ging ihr nach. Sie sah mit abgewendetem Gesicht in den stillen Garten hinaus, er hörte, daß sie schluchzte. Eifersucht vielleicht und das schmerzlichste Gefühl ihres Unvermögens, in allen diesen Dingen mit der Gräfin zu wetteifern, arbeitete in ihrer Seele. Friedrich drückte das schöne, trostlose Mädchen an sich. Da fiel sie ihm schnell und heftig um den Hals und sagte aus Grund der Seele: „Mein lieber Mann!“ Es war das erstemal in seinem Leben, daß sie ihn so genannt.

Es kamen soeben mehrere andere hinzu und alles fing an Abschied zu nehmen und auseinanderzugehen; er konnte nichts mehr mit ihr sprechen. Noch im Weggehn trat der Minister zu ihm und fragte ihn, wie es ihm hier gefallen habe? Er antwortete mit einer zweideutigen Höflichkeit. Der Minister sah ihn ernsthaft und ausforschend an und ging fort. Friedrich aber eilte durch die nächtliche Stadt seiner Wohnung zu. Ein rauher Wind ging durch die Straßen. Er hatte sich noch nie so unbehaglich, leer und müde gefühlt.

Dreizehntes Kapitel

Es war ein schöner Herbstmorgen, da ritt Friedrich eine von den langen Straßenalleen hinunter, die von der Residenz ins Land hinausführten. Er hatte es schon längst der schönen Gräfin Romana versprechen müssen, sie auf ihrem Landgute, das einige Meilen von der Stadt entfernt lag, zu besuchen, und der blaue Himmel hatte ihn heute hinausgelockt. Sie war seit seiner Trennung von Leontin die einzige, zu der er von allem reden konnte, was er dachte, wußte und wollte, die Unterhaltung mit ihr war ihm fast schon zum Bedürfnis geworden.

Der Weg war ebenso anmutig als der Morgen. Er kam bald an einen von beiden Seiten eng von Bergen eingeschlossenen Fluß, an dem die Straße hinablief. Die Wälder, welche die schönen Berge bedeckten, waren schon überall mit gelben und roten Blättern bunt geschmückt, Vögel reisten hoch über ihm weg dem Strome nach und erfüllten die Luft mit ihren abgebrochenen Abschiedstönen, die Friedrich jedesmal wunderbar an seine Kindheit erinnerten, wo er, der Natur noch nicht entwachsen, einzig von ihren Blicken und Gaben lebte.

Einige Stunden war er so zwischen den einsamen Bergschluchten hingeritten, als er am jenseitigen Ufer eine Stimme rufen hörte, die ihn immerfort zu begleiten schien und vom Echo in den grünen Windungen unaufhörlich wiederholt wurde. Je länger er nachhorchte, je mehr kam es ihm vor, als kenne er die Stimme. Plötzlich hörte das Rufen wieder auf und Friedrich fing nun an zu bemerken, daß er einen unrechten Weg eingeschlagen haben müsse, denn die grünen Bergesgänge wollten kein Ende nehmen. Er verdoppelte daher seine Eile und kam bald darauf an den Ausgang des Gebirges und an ein Dorf, das auf einmal sehr reizend im Freien vor ihm lag.

Das erste, was ihm in die Augen fiel, war ein Wirtshaus, vor welchem sich ein schöner grüner Platz bis an den Fluß ausbreitete. Auf dem Platze sah er einen, mit ungewöhnlichem und rätselhaftem Geräte schwer bepackten Wagen stehen und mehrere sonderbare Gestalten, die wunderlich mit der Luft zu fechten schienen. Wie erstaunte er aber, als er näher kam und mitten unter ihnen Leontin und Faber erkannte. – Leontin, der ihn schon von weitem über den Hügel kommen sah, rief ihm sogleich entgegen: „Kommst du auch angezogen, neumodischer Don Quijote, Lamm Gottes, du sanfter Vogel, der immer voll schöner Weisen ist, haben sie dir noch nicht die Flügel gebrochen? Mir war schon lange zum Sterben bange nach dir!“ Friedrich sprang schnell vom Pferde und fiel ihm um den Hals. Er hielt Leontins Hand mit seinen beiden Händen und sah ihm mit grenzenloser Freude in das lebhafte Gesicht; es war, als entzünde sich sein innerstes Leben jedesmal neu an seinen schwarzen Augen.

Er bemerkte indes, daß die Menschen ringsum, die ihm schon von weitem aufgefallen waren, auf das abenteuerlichste in lange, spanische Mäntel gehüllt waren und sich immerfort, ohne sich von ihm stören zu lassen, wie Verrückte miteinander unterhielten. „Ha, verzweifelte Sonne!“ rief einer von ihnen, der eine Art von Turban auf dem Kopfe und ein gewisses tyrannisches Ansehn hatte, „willst du mich ewig bescheinen? Die Fliegen spielen in deinem Licht, die Käfer im – ruhen selig in deinem Schoße, Natur! Und ich – und ich – warum bin ich nicht ein Käfer geworden, unerforschlich waltendes Schicksal? – Was ist der Mensch? – Ein Schaum. Was ist das Leben? – Ein nichtswürdiger Wurm.“ – „Umgekehrt, gerade umgekehrt, wollen Sie wohl sagen“, rief eine andere Stimme. – „Was ist die Welt?“ fuhr jener fort, ohne sich stören zu lassen, „was ist die Welt?“ – Hier hielt er inne und lachte grinsend und weltverachtend wie Abällino unter seinem Mantel hervor, wendete sich darauf schnell um und faßte unvermutet Herrn Faber, der eben neben ihm stand, bei der Brust. „Ich verbitte mir das“, sagte Faber ärgerlich, „wie oft soll ich noch erklären, daß ich durchaus nicht mit in den Plan gehöre!“ – „Laß dich's nicht wundern“, sagte endlich Leontin zu Friedrich, der aus dem allen nicht gescheit werden konnte, „das ist eine Bande Schauspieler, mit denen ich auf der Straße zusammengetroffen und seit gestern reise. Wir probieren soeben eine Komödie aus dem Stegreif, zu der ich die Lineamente unterwegs entworfen habe. Sie heißt: ‚Bürgerlicher Seelenadel und Menschheitsgröße, oder der tugendhafte Bösewicht, ein psychologisches Trauerspiel in fünf Verwirrungen der menschlichen Leidenschaften', und wird heute abend in dem nächsten Städtchen gegeben werden, wo der gebildete Magistrat zum Anfang durchaus ein schillerndes Stück verlangt hat. Ich werde der Vorstellung mit beiwohnen und habe alle Folgen über mich genommen."

„Ja, wahrhaftig", sagte Faber, „wenn das noch lange so fortgeht, so sage ich aller gebildeten Welt Lebewohl und fange an auf dem Seile zu tanzen, oder die Zigeunersprache zu studieren. Ich bin des Herumziehens in der Tat von Herzen satt." – „Verstellen Sie sich nur nicht immer so", fiel ihm Leontin ins Wort, „Sie kommen doch am Ende nicht weg von mir. Wir zanken uns immer und treffen doch immer wieder auf einerlei Wegen zusammen. Übrigens sind diese Schauspieler ein gar vortrefflicher Künstlerverein; sie wollen nicht gepriesen, sondern gespeist sein, und gehen daher in der Verzweiflung der Natur noch keck und beherzt auf den Leib."

Es war unterdes an einen jungen Menschen von der Truppe, der auch eine Rolle in dem Stücke übernommen hatte, die Reihe gekommen, ebenfalls seinen Teil vorzustellen. Er benahm sich aber sehr ungeschickt und war durchaus nicht imstande, etwas zu erfinden und vorzubringen. Ein schönes Mädchen, mit welcher er eben die Szene spielen sollte, wurde ungeduldig, erklärte, sie wolle hier nicht länger einen Narren abgeben, und sprang lachend fort, der andere, ältere Schauspieler lief ihr nach, um sie zurückzuholen, und so war die ganze Probe gestört.

Der junge Mann war indes näher getreten. Friedrich sah ihm genauer ins Gesicht, er traute seinen Augen kaum, es war einer von den Studenten, die ihm bei seinem Abzuge von der Universität das Geleit gegeben hatten. – „Mein Gott! wie kommst du unter diese Leute?" rief Friedrich voll Erstaunen, denn er hatte ihn damals als einen stillen und fleißigen Menschen gekannt, der vor den Ausgelassenheiten der andern jederzeit einen heimlichen Widerwillen hegte. Der Student gestand, daß er den Grafen sogleich wiedererkannt, aber gehofft habe, von ihm übersehen zu werden. Er schien sehr verlegen.

Friedrich, der sich an seinem Gesichte aller alten Freuden und Leiden erinnerte, zog ihn erfreut und vertraulich an den Tisch und der Student erzählte ihnen endlich den ganzen Hergang seiner Geschichte. Nicht lange nach Friedrichs Abreise hatte sich nämlich auf der Universität eine reisende Gesellschaft von Seiltänzern eingefunden, worunter besonders eine Springerin durch ihre Schönheit alle Augen auf sich zog. Viele Studenten versuchten und fanden ihr Glück. Er aber mit seiner stillen und tiefern Gemütsart verliebte sich im Ernste in das Mädchen, und wie ihr Herz bisher in ihrer tollen Lebensweise von der Gewalt der Liebe ungerührt geblieben war, wurde sie von seiner zarten, ungewohnten Art, sie zu behandeln und zu gewinnen, überrascht und gefangen. Sie beredeten sich, einander zu heiraten; sie verließ die Bande und er arbeitete von nun an Tag und Nacht, um seine Studien zu vollenden und sich ein Einkommen zu erwerben. Es verging indes längere Zeit, als er geglaubt hatte, das Mädchen fing an, von Zeit zu Zeit launisch zu werden, bekam häufige Anfälle von Langeweile und – eh er sich's versah, war sie verschwunden. „Mein mühsam erspartes Geld", fuhr der Student weiter fort, „hatte ich indes immer wieder auf verschiedene Einfälle und Launen des Mädchens zersplittert, meine Eltern wollten nichts von mir wissen, mein innerstes Leben hatte mich auf einmal betrogen, die Studenten lachten entsetzlich, es war der schmerzlichste und unglücklichste Augenblick meines Lebens. Ich ließ alles und reiste dem Mädchen nach. Nach langem Irren fand ich sie endlich bei diesen Komödianten wieder, denn es ist dieselbe, die vorhin hier weggegangen. Sie kam sehr freudig auf mich zugesprungen, als sie mich erblickte, doch ohne ihre Flucht zu entschuldigen oder im geringsten unnatürlich zu finden. – Meine Mutter ist seitdem aus Gram gestorben. Ich weiß, daß ich ein Narr bin und kann doch nicht anders."

Die Tränen standen ihm in den Augen, als er das sagte. Friedrich, der wohl einsah, daß der gute Mensch sein Herz und sein Leben nur wegwerfe, riet ihm mit Wärme, sich ernstlich zusammenzunehmen und das Mädchen zu verlassen, er wolle für sein Auskommen sorgen. – Der Verliebte schwieg still. – „Laß doch die Jugend fahren!" sagte Leontin, „jeder Schiffmann hat seine Sterne und das Alter treibt uns zeitig genug auf den Sand. Du brichst dem tollen Nachtwandler doch den Hals, wenn du ihn bei seinem prosaischen, bürgerlichen Namen rufst. Aber härter müssen Sie sein", sagte er zu dem Studenten, „denn die Welt ist hart und drückt Sie sonst zuschanden."

Das Mädchen kam unterdes wieder und trällerte ein Liedchen. Ihre Gestalt war herrlich, aber ihr schönes Gesicht hatte etwas Verwildertes. Sie antwortete auf alle Fragen sehr unterwürfig und keck zugleich, und schien nicht üble Lust zu haben, noch länger bei den beiden Grafen zurückzubleiben, als der Theaterprinzipal kam und ankündigte, daß alles zur Abreise fertig sei.

Der Student drückte Friedrich herzlich die Hand und eilte zu dem aufbrechenden Haufen. Der mit allerhand Dekorationen schwer bepackte Wagen, von dessen schwankender Höhe der Prinzipal noch immerfort aus der Ferne seine untertänigste Bitte an Leontin wiederholte, heute abend mit seiner höchst nötigen Protektion nicht auszubleiben, wackelte indes langsam fort, nebenher ging die ganze übrige Gesellschaft bunt zerstreut und lustig einher, der Student war zu Pferde, neben ihm ritt sein Mädchen auch auf einem Klepper und warf Leontin noch einige Blicke zu, die ziemlich vertraulich aussahen, und so zog die bunte Karawane wie ein Schattenspiel in die grüne Schlucht hinein. „Wie glücklich“, sagte Leontin, als alles verschwunden war, „könnte der Student sein, so frank und frei mit seiner Liebsten durch die Welt zu ziehn! wenn er nur Talend fürs Glück hätte, aber er hat eine einförmige Niedergeschlagenheit in sich, die er nicht niederschlagen kann, und die ihn durchs Leben nur so hinschleppt.“

Sie setzten sich nun auf dem schönen grünen Platze um einen Tisch zusammen, der Fluß flog lustig an ihnen vorüber, die Herbstsonne wärmte sehr angenehm. Leontin erzählte, wie er den Morgen nach seiner Flucht vom Schlosse des Herrn v. A. bei Anbruch des Tages auf den Gipfel eines hohen Berges gekommen sei, von dem er von der einen Seite die fernen Türme der Residenz, von der andern die friedlich reiche Gegend des Herrn v. A. übersah, über welcher soeben die Sonne aufging. Lange habe er vor dieser grenzenlosen Aussicht nicht gewußt, wohin er sich wenden solle, als er auf einmal unten im Tale Faber die Straße heraufwandern sah, den, wie er wohl wußte, wieder einmal die Albernheiten der Stadt auf einige Zeit in alle Welt getrieben hatten. Wie die Stimme in der Wüste habe er ihn daher, da er gerade eben in einem ziemlich ähnlichen Humor gewesen, mit einer langen Anrede über die Vergänglichkeit aller irdischen Dinge empfangen, ohne von ihm gesehen werden zu können, und so zu sich hinaufgelockt. – Leontin versank dabei in Gedanken. „Wahrhaftig“, sagte er, „wenn ich mich in jenen Sonnenaufgang auf dem Berge recht hineindenke, ist mir zumute, als könnt es mir manchmal auch so gehn, wie dem Studenten.“ –

Faber war unterdes fortgegangen, um etwas zu essen und zu trinken zu bestellen, und Friedrich bemerkte dabei mit Verwunderung, daß die Leute, wenn er mit ihnen sprach oder etwas forderte, ihm ins Gesicht lachten oder einander heimlich zuwinkten und die neugierigen Kinder furchtsam zurückzogen, wenn er sich ihnen näherte. Leontin gestand, daß er manchmal, wenn sie in einem Dorfe einkehrten, vorauszueilen pflege und die Wirtsleute überrede, daß der gute Mann, den er bei sich habe, nicht recht bei Verstande sei, sie sollten nur recht auf seine Worte und Bewegungen achthaben, wenn er nachkäme. Dies gebe dann zu vielerlei Lust und Mißverständnis Anlaß, denn wenn sich Faber einige Zeit mit den Gesichtern abgebe, die ihn alle so heimlich, furchtsam und bedauernd ansähen, hielten sie sich am Ende wechselseitig alle für verrückt. – Leontin brach schnell ab, denn Faber kam eben zu ihnen zurück und schimpfte über die Dummheit des Landvolks.

Friedrich mußte nun von seinem Abschiede auf dem Schlosse des Herrn v. A. und seinen Abenteuern in der Residenz erzählen. Er kam bald auch auf die ästhetische Teegesellschaft und versicherte, er habe sich dabei recht ohne alle Männlichkeit gefühlt, etwa wie bei einem Spaziergange durch die Lüneburger Ebne mit Aussicht auf Heidekraut. Leontin lachte hell-laut. „Du nimmst solche Sachen viel zu ernsthaft und wichtiger, als sie sind“, sagte er. „Alle Figuren dieses Schauspiels sind übrigens auch von meiner Bekanntschaft, ich möchte aber nur wissen, was sie seit der Zeit, daß ich sie nicht gesehen, angefangen haben, denn wie ich soeben höre, hat sich seitdem auch nicht das mindeste in ihnen verändert. Diese Leute schreiten fleißig von einem Meßkataloge zum andern mit der Zeit fort, aber man spürt nicht, daß die Zeit auch nur um einen Zoll durch sie weiter fortrückte. Ich kann dir jedoch im Gegenteil versichern, daß ich nicht bald so lustig war, als an jenem Abende, da ich zum ersten Male in diese Teetaufe oder Traufe geriet. Aller Augen waren prüfend und in erwartungsvoller Stille auf mich neuen Jünger gerichtet. Da ich die ganze heilige Synode, gleich den Freimaurern mit Schurz und Kelle, so feierlich mit poetischem Ornate angetan dasitzen sah, konnt ich mich nicht enthalten, despektierlich von der Poesie zu sprechen und mit unermüdlichem Eifer ein Gespräch von der Landwirtschaft, von den Runkelrüben usw. anzuspinnen, so daß die Damen wie über den Dampf von Kuhmist die Nasen rümpften und mich bald für verloren hielten. Mit dem Schmachtenden unterhielt ich mich besonders viel. Er ist ein guter Kerl, aber er hat keine Mannsmuskel im Leibe. Ich weiß nicht, was er gerade damals für eine fixe Idee von der Dichtkunst im Kopfe hatte, aber er las ein Gedicht vor, wovon ich trotz der größten Anstrengung nichts verstand, und wobei mir unaufhörlich des simplicianisch-teutschen Michels verstümmeltes Sprachgepränge im Sinne lag. Denn es waren deutsche Worte, spanische Konstruktionen, welsche Bilder, altdeutsche Redensarten, doch alles mit überaus feinem Firnis von Sanftmut verschmiert. Ich gab ihm ernsthaft den Rat, alle Morgen gepfefferten Schnaps zu nehmen, denn der ewige Nektar erschlaffe nur den Magen, worüber er sich entrüstet von mir wandte. – Mit dem vom Hochmutsteufel besessenen Dithyrambisten aber bestand ich den schönsten Strauß. Er hatte mit pfiffiger Miene alle Segel seines Witzes aufgespannt und kam mit vollem Winde der Eitelkeit auf mich losgefahren, um mich Unpoetischen vor den Augen der Damen in den Grund zu bugsieren. Um mich zu retten, fing ich zum Beweise meiner poetischen Belesenheit an, aus Shakespeares: ‚Was ihr wollt', wo Junker Tobias den Malvolio peinigt, zu rezitieren: ‚Und besäße ihn eine Legion selbst, so will ich ihn doch anreden.' Er stutzte und fragte mich mit herablassender Genügsamkeit und kniffigem Gesichte, ob vielleicht gar Shakespeare mein Lieblingsautor sei? – Ich ließ mich aber nicht stören, sondern fuhr mit Junker Tobias fort: ‚Ei, Freund, leistet dem Teufel Widerstand, er ist der Erbfeind der Menschenkinder.' Er fing nun an, sehr salbungsvolle, genialische Worte über Shakespeare ergehen zu lassen, ich aber, da ich ihn sich so aufblasen sah, sagte weiter: ‚Sanftmütig, sanftmütig! Ei, was machst du, mein Täubchen? Wie geht's, mein Puthühnchen? Ei, sieh doch, komm, tucktuck!' – Er schien nun mit Malvolio zu bemerken, daß er nicht in meine Sphäre gehöre, und kehrte sich mit einem unsäglich stolzen Blicke, wie von einem unerhört Tollen, von mir. ‚O jemine!' fiel die Gräfin Romana hier mit ein. Sie sagte dies so richtig und schön, daß ich sie dafür hätte küssen mögen. Das schlimmste war aber nun, daß ich dadurch demaskiert war, ich konnte nicht länger für einen Ignoranten gelten; und die Frauenzimmer merkten dies nicht so bald, als sie mit allerhand Phrasen, die sie hin und wieder ernascht, über mich herfielen. In der Angst fing ich daher nun an, wütend mit gelehrten Redensarten und poetischen Paradoxen nach allen Seiten um mich herumzuwerfen, bis sie mich, ich sie, und ich mich selber nicht mehr verstand und alles verwirrt wurde. Seit dieser Zeit haßt mich der ganze Zirkel und hat mich als eine Pest der Poesie förmlich exkommuniziert."

Friedrich, der Leontin ruhig und mit Vergnügen angehört hatte, sagte: „So habe ich dich am liebsten, so bist du in deinem eigentlichen Leben. Du siehst so frisch in die Welt hinein, daß alles unter deinen Augen bunt und lebendig wird." „Jawohl", antwortete Leontin, „so buntscheckig, daß ich manchmal selber zum Narren darüber werden könnte."

Die Sonne fing indes schon an, sich zu senken, und sowohl Friedrich als Leontin gedachten ihrer Weiterreise und versprachen einander, nächstens in der Residenz sich wieder zu treffen. Herr Faber bat Friedrich, ihn der Gräfin Romana bestens zu empfehlen. „Die Gräfin", sagte er, „hat schöne Talente und sich durch mehrere Arbeiten, die ich kenne, als Dichterin erwiesen. Nur macht sie sich freilich alles etwas gar zu leicht." Leontin, den immer sogleich ein seltsamer Humor befiel, wenn er die Gräfin nennen hörte, sang lustig:

„Lustig auf den Kopf, mein Liebchen,
Stell dich, in die Luft die Bein!
Heisa! ich will sein dein Bübchen,
Heute nacht soll Hochzeit sein!

Wenn du Shakespeare kannst vertragen,
O du liebe Unschuld du!
Wirst du mich wohl auch ertragen
Und noch jedermann dazu. –"

Er sprach noch allerhand wild und unzüchtig von der Gräfin und trug Friedrich noch einen zügellosen Gruß an sie auf, als sie endlich von entgegengesetzten Seiten auseinanderritten. Friedrich wußte nicht, was er aus diesen wilden Reden machen sollte. Sie ärgerten ihn, denn er hielt die Gräfin hoch, und er konnte sich dabei der Besorgnis nicht enthalten, daß Leontins lebhafter Geist in solcher Art von Renommisterei am Ende sich selber aufreiben werde.

In solchen Gedanken war er einige Zeit fortgeritten, als er bei einer Biegung um eine Feldecke plötzlich das Schloß der Gräfin vor sich sah. Es stand wie eine Zauberei hoch über einem weiten, unbeschreiblichen Chaos von Gärten, Weinbergen, Bäumen und Flüssen, der Schloßberg selber war ein großer Garten, wo unzählige Wasserkünste aus dem Grün hervorsprangen. Die Sonne ging eben hinter dem Berge unter und bedeckte das prächtige Bild mit Glanz und Schimmer, so daß man nichts deutlich unterscheiden konnte.

Überrascht und geblendet gab Friedrich seinem Pferde die Sporen und ritt die Höhe hinan. Er erstaunte über die seltsame Bauart des Schlosses, das durch eine fast barocke Pracht auffiel. Es war niemand zu sehen. Er trat in die weite, mit buntem Marmor getäfelte Vorhalle, durch deren Säulenreihen man von der andern Seite in den Garten hinaussah. Dort standen die seltsamsten ausländischen Bäume und Pflanzen wie halbausgesprochene, verzauberte Gedanken, schimmernde Wasserstrahlen durchkreuzten sich in kristallenen Bogen hoch über ihnen, ausländische Vögel saßen sinnend und traumhaft zwischen den dunkelgrünen Schatten umher.

Ein wunderschöner Knabe sprang indes soeben draußen im Hofe vom Pferde, stutzte, als er im Vorbeilaufen Friedrich erblickte, sah ihn einen Augenblick mit den großen, schönen Augen trotzig an und eilte sogleich wieder durch die Vorhalle weiter in den Garten hinaus. Friedrich sah, wie er dort mit bewunderungswürdiger Fertigkeit eine hohe, am Abhange des Gartens stehende Tanne bestieg und aus dem höchsten Gipfel sich in die Gegend hinauslegte, als suche er fern etwas mit den Augen.

Da immer noch niemand kam, stellte sich Friedrich an ein hohes Bogenfenster, aus dem man die prächtigste Aussicht auf das Tal und die Gebirge hatte. Noch niemals hatte er eine so üppige Natur gesehen. Mehrere Ströme blickten wie Silber hin und her aus dem Grunde, freundliche Landstraßen, von hohen Nußbäumen reich beschattet, zogen sich bis in die weiteste Ferne nach allen Richtungen hin, der Abend lag warm und schallend über der Gegend, weit über die Gärten und Hügel hin hörte man ringsum das Jauchzen der Winzer. Friedrich wurde bei dieser Aussicht unsäglich bange in dem einsamen Schlosse, es war ihm, als wäre alles zu einem großen Feste hinausgezogen, und er konnte kaum mehr widerstehen, selber wieder hinunterzureiten, als er auf einmal die Gräfin erblickte, die in einem langen grünen Jagdkleide in dem erquickenden Hauche des Abends auf der glänzenden Landstraße aus dem Tale heraufgeritten kam. Sie war allein, er erkannte sie sogleich an ihrer hohen, schönen Gestalt.

Als sie vor dem Schlosse vom Pferde stieg, kam der schöne Knabe, der vorhin auf der Tanne gelauert hatte, schnell herbeigesprungen, fiel ihr stürmisch um den Hals und küßte sie. „Kleiner Ungestüm!“ sagte sie halb böse und wischte sich den Mund. Sie schien einen Augenblick verlegen, als sie so unvermutet Friedrich erblickte und bemerkte, daß er diesen sonderbaren Empfang gesehen hatte. Sie schüttelte aber die flüchtige Scham bald wieder von sich und bewillkommte Friedrich mit einer Heftigkeit, die ihm auffiel. „Ich bedaure nur“, sagte sie, „daß ich Sie nicht so bewirten kann, wie ich wünschte, alle meine Leute schwärmen schon den ganzen Tag bei der Weinlese, ich selbst bin seit frühem Morgen in der Gegend herumgeritten.“

Sie nahm ihn bei der Hand und führte ihn in das Innere des Schlosses. Friedrich verwunderte sich, denn fast in allen Zimmern standen Türen und Fenster offen. Die hochgewölbten Zimmer selbst waren ein seltsames Gemisch von alter und neuer Zeit, einige standen leer und wüste, wie ausgeplündert, in andern sah er alte Gemälde an der Wand herumhängen, die wie aus schändlichem Mutwillen mit Säbelhieben zerhauen schienen. Sie kamen in der Gräfin Schlafgemach. Das große Himmelbett war noch unzugerichtet, wie sie es frühmorgens verlassen, Strümpfe, Halstücher und allerlei Gerät lag bunt auf allen Stühlen umher. In dem einen Winkel hing ein Portrait, und er glaubte, soviel es die Dämmerung zuließ, zu seinem Erstaunen die Züge des Erbprinzen zu erkennen, dessen Schönheit in der Residenz einen so tiefen Eindruck auf ihn gemacht hatte.

Die Gräfin nahm den schönen Knaben, der ihnen immerfort gefolgt war, beiseite und trug ihm heimlich etwas auf. Der Knabe schien durchaus nicht gehorchen zu wollen, er wurde immer lauter und ungebärdiger, stampfte endlich zornig mit dem Fuße, rannte hinaus und warf die Tür hinter sich zu, daß es durch das weite Haus erschallte. „Er ist doch in einer Stunde wieder da“, sagte Romana, ihm nachsehend, nahm die Gitarre, die in einer Ecke auf der Erde lag, während sie Friedrich ein

Körbchen mit Obst und Wein übergab, und führte ihn wieder weiter eine Stiege aufwärts.

Wie einem Nachtwandler, der plötzlich auf ungewohntem Orte aus schweren, unglaublichen Träumen erwacht, war Friedrich zumute, als er mit ihr die letzten Stufen erreichte, und sich auf einmal unter der weiten, freien, gestirnten Wölbung des Himmels erblickte. Es war nämlich eine große Terrasse, die nach italienischer Art über das Dach des Schlosses ging. Ringsum an der Galerie standen Orangenbäume und hohe, ausländische Blumen, welche den himmlischen Platz mit Düften erfüllten.

„Hier auf dem Dache", sagte Romana, „ist mein liebster Aufenthalt. In den warmen Sommernächten schlafe ich oft hier oben." Sie setzte sich zu ihm, reichte ihm die Früchte und trank ihm von dem mitgenommenen Weine selber zu. „Sie wohnen hier so schwindlig hoch", sagte Friedrich, „daß Sie die ganze Welt mit Füßen treten." – Romana, die sogleich begriff, was er meinte, antwortete stolz und keck: „Die Welt, der große Tölpel, der niemals gescheiter wird, wäre freilich der Mühe wert, daß man ihm höflich und voll Ehrfurcht das Gesicht streichelte, damit er einen wohlwollend und voll Applaus anlächle. Es ist ja doch nichts als Magen und Kopf, und noch dazu ein recht breiter, übermütiger, selbstgefälliger, eitler, unerträglicher, den es eine rechte Götterlust ist aufs Maul zu schlagen." – Sie brach hierbei schnell ab und lenkte das Gespräch auf andere Gegenstände.

Friedrich mußte dabei mehr als einmal die fast unweibliche Kühnheit ihrer Gedanken bewundern, ihr Geist schien heut von allen Banden los. Sie ergriff endlich die Gitarre und sang einige Lieder, die sie selbst gedichtet und komponiert hatte. Die Musik war durchaus wunderbar, unbegreiflich und oft beinahe wild, aber es war eine unwiderstehliche Gewalt in ihrem Zusammenklange. Der weite, stille Kreis von Strömen, Seen, Wäldern und Bergen, die in großen, halbkenntlichen Massen übereinander ruhten, rauschten dabei feenhaft zwischen die hinausschiffenden Töne hinein. Die Zauberei dieses Abends ergriff auch Friedrichs Herz, und in diesem sinnenverwirrenden Rausche fand er das schöne Weib an seiner Seite zum ersten Male verführerisch. „Wahrhaftig", sagte sie endlich aus tiefster Seele, „wenn ich mich einmal recht verliebte, es würde mich gewiß das Leben kosten! – Es reiste einmal", fuhr sie fort,

„ein Student hier in der Nacht beim Schlosse vorbei, als ich eben auf dem Dache eingeschlummert war, der sang:

,Wenn die Sonne lieblich schiene
Wie in Welschland, lau und blau,
Ging' ich mit der Mandoline
Durch die überglänzte Au.

In der Nacht dann Liebchen lauschte
An dem Fenster, süßverwacht,
Wünschte mir und ihr – uns beiden
Heimlich eine schöne Nacht.

Wenn die Sonne lieblich schiene
Wie in Welschland, lau und blau,
Ging' ich mit der Mandoline
Durch die überglänzte Au.'

Aber die Sonne scheint nicht wie in Welschland und der Student zog weiter, und es ist eben alles nichts. – Gehn wir schlafen, gehn wir schlafen", setzte sie langweilig gähnend hinzu, nahm Friedrich bei der Hand und führte ihn wieder die Stiege hinab.

Er bemerkte, als sie wieder in den Zimmern angekommen waren, eine ungewöhnliche Unruhe an ihr, sie hing bewegt an seinem Arme. Sie schien ihm bei dem Mondenschimmer, der durch das offne Fenster auf ihr Gesicht fiel, totenblaß, eine Art von seltsamer Furcht befiel ihn da auf einmal vor ihr und dem ganzen Feenschlosse, er gab ihr schnell eine gute Nacht und eilte in das ihm angewiesene Zimmer, wo er sich angekleidet auf das Bett hinwarf.

Das Gemach war nur um einige Zimmer von dem Schlafgemach der Gräfin entfernt. Die Türen dazwischen fehlten ganz und gar. Eine Lampe, die der Gräfin Zimmer matt erhellte, warf durch die offenen Türen ihren Schein gerade auf einen großen, altmodischen Spiegel, der vor Friedrichs Bett an der Wand hing, so daß er in demselben fast ihr ganzes Schlafzimmer übersehen konnte. Er sah, wie der schöne Knabe, der sich unterdes wieder eingeschlichen haben mußte, quer über einigen Stühlen vor ihrem Bette eingeschlafen lag. Die Gräfin entkleidete sich nach und nach und stieg so über den Knaben weg ins Bett. Alles im Schlosse wurde nun totenstill und er wendete das Gesicht auf die andere Seite, dem offenen Fenster zu. Die Bäume rauschten vor demselben, aus dem Tale kam von Zeit zu Zeit ein fröhliches Jauchzen, bald näher, bald wieder in weiter Ferne, dazwischen hörte er ausländische Vögel draußen im Garten in wunderlichen Tönen immerfort wie im Traume sprechen, das seltsame bleiche Gesicht der Gräfin, wie sie ihm zuletzt vorgekommen, stellte sich ihm dabei unaufhörlich vor die Augen, und so schlummerte er erst spät unter verworrenen Phantasien ein.

Mitten in der Nacht wachte er plötzlich auf, es war ihm, als hätte er Gesang gehört. Der Mond schien hell draußen über der Gegend und durch das Fenster herein. Mit Erstaunen hörte er neben sich atmen. Er sah umher und erblickte Romana, unangekleidet wie sie war, an dem Fuße seines Betts eingeschlafen. Sie ruhte auf dem Boden, mit dem einen Arm und dem halben Leibe auf das Bett gelehnt. Die langen schwarzen Haare hingen aufgelöst über den weißen Nacken und Busen herab. Er betrachtete die wunderschöne Gestalt lange voll Verwunderung halbaufgerichtet. Da hörte er auf einmal die Töne wieder, die er schon im Schlummer vernommen hatte. Er horchte hinaus; das Singen kam jenseits von den Bergen über die stille Gegend herüber, er konnte folgende Worte verstehen:

„Vergangen ist der lichte Tag,
Von ferne kommt der Glockenschlag,
So reist die Zeit die ganze Nacht,
Nimmt manchen mit, der's nicht gedacht.

Wo ist nun hin die bunte Lust,
Des Freundes Trost und treue Brust,
Des Weibes süßer Augenschein?
Will keiner mit mir munter sein?

Da's nun so stille auf der Welt,
Ziehn Wolken einsam übers Feld,
Und Feld und Baum besprechen sich –
O Menschenkind! was schauert dich?

Wie weit die falsche Welt auch sei,
Bleibt mir doch Einer nur getreu,

Der mit mir weint, der mit mir wacht,
Wenn ich nur recht an Ihn gedacht.

Frisch auf denn, liebe Nachtigall,
Du Wasserfall mit hellem Schall!
Gott loben wollen wir vereint,
Bis daß der lichte Morgen scheint!“

Friedrich erkannte die Weise, es war Leontins Stimme. – „Ich komme, herrlicher Gesell!“ rief er bewegt in sich und raffte sich schnell auf, ohne die Gräfin zu wecken. Nicht ohne Schauer ging er durch die totenstillen, weit öden Gemächer, zäumte sich im Hofe selber sein Pferd und sprengte den Schloßberg hinab.

Er atmete tief auf, als er draußen in die herrliche Nacht hineinritt, seine Seele war wie von tausend Ketten frei. Es war ihm, als ob er aus fieberhaften Träumen oder aus einem langen, wüsten, liederlichen Lustleben zurückkehre. Das hohe Bild der Gräfin, das er mit hergebracht, war in seiner Seele durch diese sonderbare Nacht phantastisch verzerrt und zerrissen, und er verstand nun Leontins wilde Reden an dem Wirtshause.

Leontins Gesang war indes verschollen, er hatte nichts mehr gehört und schlug voller Gedanken den Weg nach der Residenz ein. Das Feenschloß hinter ihm war lange versunken, die Bäume an der Straße fingen schon an lange Schatten über das glänzende Feld zu werfen, Vögel wirbelten schon hin und her hoch in der Luft, die Residenz lag mit ihren Feuersäulen wie ein brennender Wald im Morgenglanze vor ihm.

Vierzehntes Kapitel

Draußen über das Land jagten zerrissene Wolken, die Melusina sang an seufzenden Wäldern, Gärten und Zäunen ihr unergründlich einförmiges Lied, die Dörfer lagen selig verschneit. In der Residenz zog der Winter prächtig ein mit Schellengeklingel, frischen Mädchengesichtern, die vom Lande flüchteten, mit Bällen, Opern und Konzerten, wie eine lustige Hochzeit. Friedrich stand gegen Abend einsam an seinem Fenster, Leontin und Faber ließen noch immer nichts von sich hören, Rosa hatte ihn letzthin ausgelacht, als er voller Freuden zu ihr lief, um ihr eine politische Neuigkeit zu erzählen, die ihn ganz ergriffen hatte, an der Gräfin Romana hatte er seit jener Nacht keine Lust weiter, er hatte beide seitdem nicht wiedergesehen; vor den Fenstern fiel der Schnee langsam und bedächtig in großen Flocken, als wollte der graue Himmel die Welt verschütten. Da sah er unten zwei Reiter in langen Mänteln die Straße ziehn. Der eine sah sich um, Friedrich rief: „Viktoria!" es waren Leontin und Faber, die soeben einzogen.

Friedrich sprang, ohne sich zu besinnen, zur Tür hinaus und die Stiege hinunter. Als er aber auf die Straße kam, waren sie schon verschwunden. Er schlenderte einige Gassen in dem Schneegestöber auf und ab. Da stieß der Marquis, den wir schon aus Rosas Briefe kennen, die hervorragenden Steine mit den Zehen zierlich suchend, auf ihn. Er hing sich ihm sogleich wie ein guter Bruder, in den Arm, und erzählte ihm in einem Redestrome tausend Späße zum Totlachen, wie er meinte, die sich heut und gestern in der Stadt zugetragen, welche Damen heut vom Lande angekommen, wer verliebt sei und nicht wiedergeliebt werde usw. Friedrich war die flache Lustigkeit des Wichts heut entsetzlich, und er ließ sich daher, da ihm dieser nur die Wahl ließ, ihn entweder zu sich nach Hause, oder in die Gesellschaft zum Minister zu begleiten, gern zu dem letztern mit fortschleppen. Denn besser mit einem Haufen Narren, dachte er übellaunisch, als mit einem allein.

Er fand einen zahlreichen und glänzenden Zirkel. Die vielen Lichter, die prächtigen Kleider, der glatte Fußboden, die zierlichen Reden, die hin und wider flogen, alles glänzte. Er wäre fast wieder umgekehrt, so ganz ohne Schein kam er sich da auf einmal vor. Vor allen erblickte er seine Rosa. Sie hatte ein rosasamtnes Kleid, ihre schwarzen Locken ringelten sich auf den weißen Busen hinab. Der Erbprinz unterhielt sich lebhaft mit ihr. Sie sah inzwischen mehrere Male mit einer Art von triumphierenden Blicken seitwärts auf Friedrich; sie wußte wohl, wie schön sie war. Friedrich unterhielt sich gedankenvoll zerstreut rechts und links. Jene Frau vom Hause, bei der er die Teegesellschaft verlebt, war auch da und schien wieder an ihren ästhetischen Krämpfen zu leiden. Sie unterhielt sich sehr lebendig mit mehreren hübschen jungen Männern über die Kunst, und Friedrich verstand nur, wie sie zuletzt ausrief: „Oh, ich möchte Millionen glücklich machen!" – Da hörte man plötzlich ein lautes Lachen aus einem andern abgelegenen Winkel des

Zimmers erschallen. Friedrich erkannte mit Erstaunen sogleich Leontins Stimme. Die Männer bissen sich heimlich in die Lippen über dieses Lachen zu rechter Zeit, obschon keiner vermutete, daß es wirklich jenem Ausruf gelten sollte, da der Lacher fern in eine ganz andere Unterhaltung vertieft schien. Friedrich aber wußte gar wohl, wie es Leontin meinte. Er eilte sogleich auf ihn los und fand ihn zwischen zwei alten Herren mit Perücken und altfränkischen Gesichtern, mit denen sich niemand abgeben mochte, mit denen er sich aber kindlich besprach und gut zu vertragen schien. Er erzählte ihnen von seiner Gebirgsreise die wunderbarsten Geschichten vor, und lachte herzlich mit den beiden guten Alten, wenn sie dabei ihn über offenbaren, gar zu tollen Lügen ertappten. Er freute sich sehr, Friedrich noch heut zu sehn, und sagte, wie es ihm eine gar wunderlich schauerliche Lust sei, so aus der Grabesstille der verschneiten Felder mitten in die glänzendsten Stadtzirkel hineinzureiten, und umgekehrt.

Sie sprachen noch manches zusammen, als der Prinz hinzutrat und Friedrich in ein Fenster führte. „Der Minister“, sagte er zu ihm, als sie allein waren, „hat Sie mir sehr warm, ja ich kann wohl sagen, mit Leidenschaft empfohlen. Es ist etwas Außerordentliches, denn er empfiehlt sonst keinen Menschen auf diese Art.“ Friedrich äußerte darüber seine große Verwunderung, da er von dem Minister gerade das Gegenteil erwartete. „Der Minister“, fuhr der Prinz fort, „läßt sein Urteil nicht fangen, und ich vertraue Ihnen daher. Unsere Zeit ist so gewaltig, daß die Tugend nichts gilt ohne Stärke. Die wenigen Mutigen aus aller Welt sollten sich daher treu zusammenhalten, als ein rechter Damm gegen das Böse. Es wäre nicht schön, lieber Graf, wenn Sie sich von der gemeinen Not absonderten.“ „Gott behüte mich vor solcher Schande!“ erwiderte Friedrich halb betroffen, „mein Leben gehört Gott und meinem rechtmäßigen Herrn.“ „Es ist groß, sich selber, von aller Welt losgesagt, fromm und fleißig auszubilden“, sagte darauf der Prinz begeistert, „aber es ist größer, alle Freuden, alle eigenen Wünsche und Bestrebungen wegzuwerfen für das Recht, alles –“ hier strich soeben die Gräfin Romana an ihnen vorüber. Der Prinz ergriff ihre Hand und sagte: „So lange von uns wegzubleiben!“ – Sie zog langsam ihre Hand aus der seinigen und sah nur Friedrich groß an, als sähe sie ihn wieder zum ersten Male. Der Prinz lachte unerklärlich, drückte Friedrich flüchtig die Hand und wandte sich wieder in den Saal zurück. Friedrich folgte der Gräfin mit ihren herausfordernden Augen. Sie war schwarz angezogen und fast furchtbar schön anzusehen. Von der Nacht auf dem Schlosse erwähnte sie kein Wort.

Leontin kam auf sie zu und erzählte ihr, wie er erst gestern bei ihrem Schlosse vorbeigezogen. „Es war schon Nacht", sagte er, „ich war so frei, mit Faber und einer Flasche echten Rheinweins, die wir bei uns hatten, das oberste Dach des Schlosses zu besteigen. Der Garten, die Gegend und die Galerie oben waren tief verschneit, eine Tür im Hause mußte offenstehn, denn der Wind warf sie immerfort einförmig auf und zu, über der verstarrten Verwüstung hielt die Windsbraut einen lustigen Hexentanz, daß uns der Schnee ins Gesicht wirbelte, es war eine wahre Brockennacht. Ich trank dabei dem Dauernden im Wechsel ein Glas nach dem andern zu und rezitierte mehrere Stellen aus Goethes Faust, die mir mit den Schneewirbeln alle auf einmal eiskalt auf Kopf und Herz zuflogen. ‚Verfluchte Verse!' rief Faber, ‚schweig, oder ich werfe dich wahrhaftig über die Galerie hinunter!' Ich habe ihn niemals so entrüstet gesehn. Ich warf die Flasche ins Tal hinaus, denn mich fror, daß mir die Zähne klapperten." – Romana antwortete nichts, sondern setzte sich an den Flügel und sang ein wildes Lied, das nur aus dem tiefsten Jammer einer zerrissenen Seele kommen konnte. „Ist das nicht schön?" fragte sie einige Male dazwischen, sich mit Tränen in den Augen zu Friedrich herumwendend, und lachte abscheulich dabei. – „Ah pah!" rief Leontin zornig, „das ist nichts, es muß noch besser kommen!" Er setzte sich hin und sang ein altes Lied aus dem Dreißigjährigen Kriege, dessen fürchterliche Klänge wie blutige Schwerter durch Mark und Bein gingen. Friedrich bemerkte, daß Romana zitterte. Leontin war indes wieder aufgestanden und hatte sich aus der Gesellschaft fortgeschlichen, wie immer, wenn er gerührt war.

Wir aber wenden uns ebenfalls von den Blasen der Phantasie, die, wie die Blasen auf dem Rheine, nahes Gewitter bedeuten, zu der Einsamkeit Friedrichs, wie er nun oft nächtelang voller Gedanken unter Büchern saß und arbeitete. Wohl ist der Weltmarkt großer Städte eine rechte Schule des Ernstes für bessere, beschauliche Gemüter, als der getreueste Spiegel ihrer Zeit. Da haben sie den alten, gewaltigen Strom in ihre Maschinen und Räder aufgefangen, daß er nur immer schneller und schneller fließe, bis er gar abfließt, da breitet denn das arme Fabrikenleben in dem ausgetrockneten Bette seine hochmütigen Teppiche aus, deren inwendige Kehrseite ekle, kahle, farblose Fäden sind, verschämt hängen dazwischen wenige Bilder in uralter Schönheit verstaubt, die niemand betrachtet, das Gemeinste und das Größte, heftig aneinandergeworfen, wird hier zu Wort und Schlag, die Schwäche wird dreist durch den Haufen, das Hohe ficht allein. Friedrich sah zum ersten Male so recht in den großen Spiegel, da schnitt ihm ein unbeschreiblicher Jammer durch die Brust, und die Schönheit und Hoheit und das heilige Recht, daß sie so allein waren, und wie er sich selber in dem Spiegel so winzig und verloren in dem Ganzen erblickte, schien es ihm herrlich, sich selber vergessend, dem Ganzen treulich zu helfen mit Geist, Mund und Arm. Er erstaunte, wie er noch so gar nichts getan, wie es ihn noch niemals lebendig erbarmet um die Welt. So schien das große Schauspiel des Lebens, manche besondere äußere Anregung, vor allem aber der furchtbare Gang der Zeit, der wohl keines der bessern Gemüter unberührt ließ, auf einmal alle die hellen Quellen in seinem Innern, die sonst zum Zeitvertreibe wie lustige Springbrunnen spielten, in einen großen Strom vereinigt zu haben. Ihn ekelten die falschen Dichter an mit ihren tauben Herzen, die, uneingedenk der himmelschreienden Mahnung der Zeit, ihre Nationalkraft in müßigem Spiele verliederten. Die unbestimmte Knabensehnsucht, jener wunderbare Spielmann vom Venusberge, verwandelte sich in eine heilige Liebe und Begeisterung für den bestimmten und festen Zweck. Gar vieles, was ihn sonst beängstigte, wurde zuschanden, er wurde reifer, klar, selbstständig und ruhig über das Urteil der Welt. Es genügte ihm nicht mehr, sich an sich allein zu ergötzen, er wollte lebendig eindringen. Desto tiefer und schmerzlicher mußte er sich überzeugen, wie schwer es sei, nützlich zu sein. Mit grenzenloser Aufopferung warf er sich daher auf das Studium der Staaten, ein neuer Weltteil für ihn, oder vielmehr die ganze Welt und was der ewige Geist des Menschen strebte, dachte und wollte, in wenigen großen Umrissen, vor dessen unermeßner Aussicht sein Innerstes aufjauchzte.

Ihm träumte einmal, als er in der Nacht einst so über seinen alten Büchern eingeschlummert, als weckte ihn ein glänzendes Kind aus langen lieblichen Träumen. Er konnte kaum die Augen auftun vor Licht, von so wunderbarer Hoheit und

Schönheit war des Kindes Angesicht. Es wies mit seinem kleinen Rosenfinger von dem hohen Berge in die Gegend hinaus, da sah er ringsum eine unbegrenzte Runde, Meer, Ströme und Länder, ungeheure, umgeworfene Städte mit zerbrochenen Riesensäulen, das alte Schloß seiner Kinderjahre seltsam verfallen, einige Schiffe zogen hinten nach dem Meere, auf dem einen stand sein verstorbener Vater, wie er ihn oft auf Bildern gesehen, und sah ungewöhnlich ernsthaft – alles doch wie in Dämmerung aufarbeitend, zweifelhaft und unkenntlich, wie ein verwischtes, großes Bild, denn ein dunkler Sturm ging über die ganze Aussicht, als wäre die Welt verbrannt, und der ungeheure Rauch davon lege sich nun über die Verwüstung. Dort, wo des Vaters Schiff hinzog, brach darauf plötzlich ein Abendrot durch den Qualm hervor, die Sonne senkte sich fern nach dem Meere hinab. Als er ihr so nachsah, sah er dasselbe wunderschöne Kind, das vorhin neben ihm gewesen, recht mitten in der Sonne zwischen den spielenden Farbenlichtern traurig an ein großes Kreuz gelehnt, stehen. Eine unbeschreibliche Sehnsucht befiel ihn da, und Angst zugleich, daß die Sonne für immer in das Meer versinken werde. Da war ihm, als sagte das wunderschöne Kind, doch ohne den Mund zu bewegen oder aus seiner traurigen Stellung aufzublicken: „Liebst du mich recht, so gehe mit mir unter, als Sonne wirst du dann wieder aufgehen, und die Welt ist frei!“ – Vor Lust und Schwindel wachte er auf. Draußen funkelte der heitere Wintermorgen schon über die Dächer, das Licht war herabgebrannt, Erwin saß bereits angekleidet ihm gegenüber und sah ihn mit den großen, schönen Augen still und ernsthaft an.

Zu solcher Lebensweise kam ein schöner Kreis neuer, rüstiger Freunde, die auf Reisen, an gleicher Gesinnung sich erkennend, aus verschiedenen deutschen Zonen sich nach und nach hier zusammengefunden hatten. Der Erbprinz, der mit einer fast grenzenlosen Leidenschaft an Friedrich hing, wußte den Bund durch seine hinreißende Glut und Beredsamkeit immer frisch zu stärken, so auch, obgleich auf ganz verschiedene Weise, der ältere, besonnene Minister, der nach einer herumschweifenden und wüst durchlebten Jugend, später, seiner größeren Entwürfe und seiner Kraft und Berufes vor allen andern, sie auszuführen sich klar bewußt, auf einmal mehrere brave aber schwächere Männer gewaltsam unterdrückt, ja, selbst seinen eigensten Wunsch, eine Liebe aus früherer Zeit, aufgegeben und dafür eine freudenlose Ehe mit einem der vornehmsten Mädchen gewählt hatte, einzig um das Steuer des Staats in seine festere und sichere Hand zu erhalten. – Eine gleiche Gesinnung schien alle Glieder dieses Kreises zu verbrüdern. Sie arbeiteten fleißig, hoffend und glaubend, dem alten Recht in der engen Zeit Luft zu machen, auf Tod und Leben bereit.

Ganz anders, abgesondert und ohne alle Berührung mit diesem Kreise lebte Leontin in einem abgelegenen Quartiere der Residenz mit der Aussicht auf die beschneiten Berge über die weiten Vorstädte weg, wo er, mit Faber zusammenwohnend, einen wunderlichen Haushalt führte. Alle die Begeisterungen, Freuden und Schmerzen, die sich Friedrich, dessen Bildung langsam aber sicherer fortschritt, erst jetzt neu aufdeckten, hatte er längst im Innersten empfunden. Ihn jammerte seine Zeit vielleicht wie keinen, aber er haßte es, davon zu sprechen. Mit der größten Geisteskraft hatte er schon oft redlich alles versucht, wo es etwas nützen konnte, aber immer überwiesen, wie die Menge reich an Wünschen, aber innerlich dumpf und gleichgültig sei, wo es gilt, und wie seine Gedanken jederzeit weiter reichten als die Kräfte der Zeit, warf er sich in einer Art von Verzweiflung immer wieder auf die Poesie zurück und dichtete oft nächtelang ein wunderbares Leben, meist Tragödien, die er am Morgen wieder verbrannte. Seine alles verspottende Lustigkeit war im Grunde nichts, als diese Verzweiflung, wie sie sich an den bunten Bildern der Erde in tausend Farben brach und bespiegelte.

Friedrich besuchte ihn täglich, sie blieben einander wechselseitig noch immer durchaus unentbehrliche Freunde, wenngleich Leontin auf keine Weise zu bereden war, an den Bestrebungen jenes Kreises Anteil zu nehmen. Er nannte unverhohlen das Ganze eine leidliche Komödie und den Minister den unleidlichen Theaterprinzipal, der gewiß noch am Ende des Stücks herausgerufen werden würde, wenn nur darin das Wort: „deutsch“ recht fleißig vorkäme, denn das mache in der undeutschen Zeit den besten Effekt. Besonders aber war er ein rechter Feind des Erbprinzen. Er sagte oft, er wünschte ihn mit einem großen Schwerte seiner Ahnherrn aus Barmherzigkeit recht in der Mitte entzweihauen zu können, damit die eine ordinäre Hälfte vor der andern närrischen, begeisterten einmal Ruhe hätte. – Dergleichen Reden verstand Friedrich zwar damals nicht recht, denn seine beste Natur sträubte sich gegen ihr Verständnis, aber sie machten ihn stutzig. Faber dagegen, welcher, der Dichtkunst treu ergeben, immer fleißig fortarbeitete, empfing ihn alle Tage gelassen mit derselben Frage: ob er noch immer weltbürgerlich sei? – „Gott sei Dank", antwortete Friedrich ärgerlich, „ich verkaufte mein Leben an den ersten besten Buchhändler, wenn es eng genug wäre, sich in einigen hundert Versen ausfingern zu lassen." „Sehr gut", erwiderte Faber mit jener Ruhe, welche das Bewußtsein eines redlichen ernsthaften Strebens gibt, „wir alle sollen nach allgemeiner Ausbildung und Tätigkeit, nach dem Verein aller Dinge mit Gott streben; aber wer von seinem einzelnen, wenn es überhaupt ein solches gibt, es sei Staats-, Dicht- oder Kriegskunst, recht wahrhaft und innig, d.h. christlich durchdrungen ward, der ist ja eben dadurch allgemein. Denn nimm du einen einzelnen Ring aus der Kette, so ist es die Kette nicht mehr, folglich ist eben der Ring auch die Kette." Friedrich sagte: „Um aber ein Ring in der Kette zu sein, mußt du ebenfalls tüchtig von Eisen und aus einem Gusse mit dem Ganzen sein, und das meinte ich." Leontin verwickelte sie hier durch ein vielfaches Wortspiel dergestalt in ihre Kette, daß sie beide nicht weiterkonnten.

Diese strebende, webende Lebensart schien Friedrich einigermaßen von Rosa zu entfernen, denn jede große innerliche Tätigkeit macht äußerlich still. Es schien aber auch nur so, denn eigentlich hatte seine Liebe zu Rosa, ohne daß er selbst es wußte, einen großen Anteil an seinem Ringen nach dem Höchsten. So wie die Erde in tausend Stämmen, Strömen und Blüten treibt und singt, wenn sie der alles belebenden Sonne zugewendet, so ist auch das menschliche Gemüt zu allem Großen freudig in der Sonnenseite der Liebe. Rosa nahm Friedrichs nur seltene Besuche nicht in diesem Sinne, denn wenige Weiber begreifen der Männer Liebe in ihrem Umfange, sondern messen ungeschickt das Unermeßliche nach Küssen und eitlen Versicherungen. Es ist, als wären ihre Augen zu blöde, frei in die göttliche Flamme zu schauen, sie spielen nur mit ihrem spielenden Widerscheine. Friedrich fand sie überhaupt seit einiger Zeit etwas verändert. Sie war oft einsilbig, oft wieder bis zur Leichtfertigkeit munter, beides schien Manier. Sie mischte oft in ihre besten Unterhaltungen so Fremdartiges, als hätte ihr innerstes Leben sein altes Gleichgewicht verloren. Über seine seltenen

Besuche machte sie ihm nie den kleinsten Vorwurf. Er war weit entfernt, den wahren Grund von allem diesem auch nur zu ahnen. Denn die rechte Liebe ist einfältig und sorglos.

Eines Tages kam er gegen Abend zu ihr. Das Zimmer war schon dunkel, sie war allein. Sie schien ganz atemlos vor Verlegenheit, als er so plötzlich in das Zimmer trat, und sah sich ängstlich einige Male nach der andern Tür um. Friedrich bemerkte ihre Unruhe nicht, oder mochte sie nicht bemerken. Er hatte heut den ganzen Tag gearbeitet, geschrieben und gesonnen. Auf seiner unbekümmert unordentlichen Kleidung, auf dem verwachten, etwas bleichen Gesichte und den sinnigen Augen ruhte noch der Nachsommer der Begeisterung. Er bat sie, kein Licht anzuzünden, setzte sich nach seiner Gewohnheit mit der Gitarre ans Fenster und sang fröhlich ein altes Lied, das er Rosa oft im Garten bei ihrem Schlosse gesungen. Rosa saß dicht vor ihm, voll Gedanken, es war, je länger er sang, als müßte sie ihm etwas vertrauen und könne sich nicht dazu entschließen. Sie sah ihn immerfort an. „Nein, es ist mir nicht möglich!" rief sie endlich und sprang auf. Er legte die Laute weg; sie war schnell durch die andere Tür verschwunden. Er stand noch einige Zeit nachdenkend, da aber niemand kam, ging er verwundert fort.

Es war ihm von jeher eine eigene Freude, wenn er so abends durch die Gassen strich, in die untern erleuchteten Fenster hineinzublicken, wie da alles, während es draußen stob und stürmte, gemütlich um den warmen Ofen saß, oder an reinlich gedeckten Tischen schmauste, des Tages Arbeit und Mühen vergessend, wie eine bunte Galerie von Weihnachtsbildern. Er schlug heute einen andern, ungewohnten Weg ein, durch kleine, unbesuchte Gäßchen, da glaubte er auf einmal in dem einen Fenster den Prinzen zu sehen. Er blieb erstaunt stehen. Er war es wirklich. Er saß in einem schlechten Überrocke, den er noch niemals bei ihm gesehen, im Hintergrunde auf einem hölzernen Stuhle. Vor ihm saß ein junges Mädchen in bürgerlicher Kleidung auf einem Schemel, beide Arme auf seine Kniee gestützt, und sah zu ihm hinauf, während er etwas zu erzählen schien und ihr die Haare von beiden Seiten aus der heitern Stirn strich. Ein flackerndes Herdfeuer, an welchem eine alte Frau etwas zubereitete, warf seine gemütlichen Scheine über die Stube. Teller und Schüsseln waren in ihren Geländern ringsum an den Wänden blank und in zierlicher Ordnung aufgestellt, ein Kätzchen saß auf einem Großvaterstuhle am Ofen und putzte sich, im Hintergrunde hing ein Muttergottesbild, vom Kamine hell beleuchtet. Es schien ein stilles, ordentliches Haus. Das Mädchen sprang fröhlich von ihrem Sitze auf, kam ans Fenster und sah einen Augenblick durch die Scheiben. Friedrich erstaunte über ihre Schönheit. Sie schüttelte sich darauf munter und ungemein lieblich, als fröre sie bei dem flüchtigen Blick in die stürmische Nacht draußen, stieg auf einen Stuhl und schloß die Fensterladen zu.

Am folgenden Morgen, als Friedrich mit dem Prinzen zusammenkam, sagte er ihm sogleich, was er gestern gesehen. Der Prinz schien betroffen, besann sich darauf einen Augenblick und bat Friedrich, die ganze Begebenheit zu verschweigen. Er besuche, sagte er, das Mädchen schon seit langer Zeit und gebe sich für einen armen Studenten aus. Die Mutter und die Tochter, die wenig auskämen, hielten ihn wirklich dafür. Friedrich sagte ihm offen und ernsthaft, wie dies ein gefährliches Spiel sei, wobei das Mädchen verspielen müsse, er solle lieber alles aufgeben, ehe es zu weit käme, und vor allen Dingen großmütig das Mädchen schonen, das ihm noch unschuldig schiene. Der Prinz war gerührt, drückte Friedrich die Hand und schwur, daß er das Mädchen zu sehr liebe, um sie unglücklich zu machen. Er nannte sie nur sein hohes Mädchen.

Später, an einem von jenen wunderbaren Tagen, wo die Bäche wieder ihre klaren Augen aufschlagen und einzelne Lerchen schon hoch in dem blauen Himmel singen, hatte Friedrich alle seine Fenster offen, die auf einen einsamen Spaziergang hinausgingen, den zu dieser Jahreszeit fast niemand besuchte. Es war ein Sonntag, unzählige Glocken schallten durch die stille, heitere Luft. Da sah er den Prinzen wieder verkleidet in der Ferne vorübergehen, neben ihm sein Bürgermädchen, im sonntäglichen Putze zierlich aufgeschmückt. Sie schien sehr zufrieden und glücklich und drückte sich oft fröhlich an seinen Arm. Friedrich nahm die Gitarre, setzte sich auf das Fenster und sang:

„Wann der kalte Schnee zergangen,
Stehst du draußen in der Tür,
Kommt ein Knabe schön gegangen,
Stellt sich freundlich da zu dir,
Lobet deine frischen Wangen,

Dunkle Locken, Augen licht,
Wann der kalte Schnee zergangen,
Glaub dem falschen Herzen nicht!

Wann die lauen Winde wehen,
Scheint die Sonne lieblich warm:
Wirst du wohl spazierengehen,
Und er führet dich am Arm,
Tränen dir im Auge stehen,
Denn so schön klingt, was er spricht;
Wann die lauen Winde wehen,
Glaub dem falschen Herzen nicht!

Wenn die Lerchen wieder schwirren,
Trittst du draußen vor das Haus,
Doch er mag nicht mit dir irren,
Zog weit in das Land hinaus;
Die Gedanken sich verwirren,
Wie du siehst den Morgen rot;
Wann die Lerchen wieder schwirren,
Armes Kind, ach, wärst du tot!"

Das Lied rührte Friedrich selbst mit einer unbeschreiblichen Gewalt. Die Glücklichen hatten ihn nicht bemerkt, er hörte das Mädchen noch munter lachen, als sie schon beide wieder verschwunden waren.

Der Winter neckte bald darauf noch einmal durch seine späten Züge. Es war ein unfreundlicher Abend, der Wind jagte den Schnee durch die Gassen, da ging Friedrich, in seinen Mantel fest eingewickelt, zu Rosa. Sie hatte ihm, da sie überhaupt jetzt mehr als sonst sich in Gesellschaften einließ, feierlich versprochen, ihn heut zu Hause zu erwarten. Er hatte eine Sammlung alter Bilder unter dem Mantel, die er erst unlängst aufgekauft, und an denen sie sich heut ergötzen wollten. Er freute sich unbeschreiblich darauf, ihr die Bedeutung und die alten Geschichten dazu zu erzählen. Wie groß war aber sein Erstaunen, als er alles im Hause still fand. Er konnte es noch nicht glauben, er stieg hinauf. Ihr Wohnzimmer war auch leer und kein Mensch zur Auskunft da. Der Spiegel auf der Toilette stand noch aufgestellt, künstliche Blumen, goldene Kämme und Kleider lagen auf den Stühlen umher; sie mußte das Zimmer unlängst verlassen haben. Er setzte sich an den Tisch und schlug einsam seine Bilder auf. Die treue Farbenpracht, die noch so frisch aus den alten Bildern schaute, als wären sie heute gemalt, rührte ihn; wie da die Genoveva arm und bloß im Walde stand, das Reh vor ihr niederstürzt und hinterdrein der Landgraf mit Rossen, Jägern und Hörnern, wie da so bunte Blumen stehen, unzählige Vögel in den Zweigen mit den glänzenden Flügeln schlagen, wie die Genoveva so schön ist und die Sonne prächtig scheint, alles grün und golden musizierend, und Himmel und Erde voller Freude und Entzückung. – „Mein Gott, mein Gott“, sagte Friedrich, „warum ist alles auf der Welt so anders geworden!“ – Er fand ein Blatt auf dem Tische, worauf Rosa die Zeichnung einer Rose angefangen. Er schrieb, ohne selbst recht zu wissen, was er tat: „Lebe wohl“ auf das Blatt. Darauf ging er fort.

Draußen auf der Straße fiel ihm ein, daß heute Ball beim Minister sei. Nun übersah er den ganzen Zusammenhang und ging sogleich hin, um sich näher zu überzeugen. Dicht und unkenntlich in seinen Mantel gehüllt, stellte er sich in die Tür unter die zusehenden Bedienten. Er mußte lachen, wie der Marquis soeben im festlichen Staate einzog und mit einer vornehmen Geckenhaftigkeit ihn mit den andern Leuten auf die Seite schob. Er bemerkte wohl, wie die Bedienten heimlich lachten. Gott steh dem Adel bei, dachte er dabei, wenn dies noch seine einzige Unterscheidung und Halt sein soll in der gewaltsam drängenden Zeit, wo untergehen muß, was sich nicht ernstlich rafft!

Die Tanzmusik schallte lustig über den Saal, wie ein wogendes Meer, wo unzählige Sterne glänzend auf- und untergingen. Da sah er Rosa mit dem Prinzen walzen. Alle sahen hin und machten willig Platz, so schön war das Paar. Sie langte im Fluge ohnweit der Tür an und warf sich atemlos in ein Sofa. Ihre Wangen glühten, ihr Busen, dessen Weiße die schwarz herabgeringelten Locken noch blendender machten, hob sich heftig auf und nieder; sie war überaus reizend. Er konnte sehen, wie sie dem Prinzen, der lange mit Bitten in sie zu dringen schien, tändelnd etwas reichte, das er schnell zu sich steckte. Der Prinz sagte ihr darauf etwas ins Ohr, worauf sie so leichtfertig lachte, daß es Friedrich durch die Seele schnitt.

Höchst sonderbar, erst hier in diesem Taumel, in dieser Umgebung glaubte Friedrich auf einmal in des Prinzen Reden dieselbe Stimme wiederzuerkennen, die er auf dem Maskenballe, da er Rosa zum ersten Male wiedergesehen, bei ihrem Begleiter, und dann in dem dunklen Gäßchen, als er von der kleinen Marie herauskam, bei dem einen von den zwei verhüllten Männern gehört hatte. – Er erschrak innerlichst über diese Entdeckung. Er dachte an das arme Bürgermädchen, an Leontins Haß gegen den Prinzen, an die verlorne Marie, an alle die schönen auf immer vergangenen Zeiten, und stürzte sich wieder hinunter in das lustige Schneegestöber.

Als er nach Hause kam, fand er Erwin auf dem Sofa eingeschlummert. Schreibzeug lag umher, er schien geschrieben zu haben. Er lag auf dem Rücken, in der rechten Hand, die auf dem Herzen ruhte, hielt er ein zusammengelegtes Papier lose zwischen den Fingern. Friedrich hielt es für einen Brief, da es immer Erwins liebstes Geschäft war, ihn mit den neuangekommenen Briefen bei seiner Nachhausekunft selbst zu überraschen. Er zog es dem Knaben leise aus der Hand und machte es, ohne es näher zu betrachten, schnell auf.

Er las: „Die Wolken ziehn immerfort, die Nacht ist so finster. Wo führst du mich hin, wunderbarer Schiffer? Die Wolken und das Meer haben kein Ende, die Welt ist so groß und still, es ist entsetzlich, allein zu sein.“ – Weiter unten stand: „Liebe Julie, denkst du noch daran, wie wir im Garten unter den hohen Blumen saßen und spielten und sangen, die Sonne schien warm, du warst so gut. Seitdem hat niemand mehr Mitleid mit mir.“ – Wieder weiter: „Ich kann nicht länger schweigen, der Neid drückt mir das Herz ab.“ – Friedrich bemerkte erst jetzt, daß das Papier nur wie ein Brief zusammengelegt und ohne alle Aufschrift war. Voll Erstaunen legte er es wieder neben Erwin hin und sah den lieblich atmenden Knaben nachdenklich an.

Da wachte Erwin auf, verwunderte sich, Friedrich und den Brief neben sich zu sehen, steckte das Papier hastig zu sich und sprang auf. Friedrich faßte seine beiden Hände und zog ihn vor sich hin. „Was fehlt dir?“ fragte er ihn unwiderstehlich gutmütig. Erwin sah ihn mit den großen, schönen Augen lange an, ohne zu antworten, dann sagte er auf einmal schnell, und eine lebhafte Fröhlichkeit flog dabei über sein seelenvolles Gesicht: „Reisen wir aus der Stadt und weit fort von den Menschen, ich führ dich in den großen Wald.“ – Von einem großen Walde darauf und einem kühlen Strome und einem Turme darüber, wo ein Verstorbener wohne, sprach er wunderbar wie aus dunklen, verworrenen Erinnerungen, oft alte Aussichten aus Friedrichs eigener Kindheit plötzlich aufdeckend. Friedrich küßte den begeisterten Knaben auf die Stirn. Da fiel er ihm um den Hals und küßte ihn heftig, mit beiden Armen ihn fest umklammernd. Voll Erstaunen machte sich Friedrich nur mit Mühe aus seinen Armen los, es war etwas ungewöhnlich Verändertes in seinem Gesichte, eine seltsame Lust in seinen Küssen, seine Lippen brannten, das Herz schlug fast hörbar, er hatte ihn noch niemals so gesehen.

Der Bediente trat eben ein, um Friedrich auszukleiden. Erwin war verschwunden. Friedrich hörte, wie er darauf in seiner Stube sang:

„Es weiß und rät es doch keiner,
Wie mir so wohl ist, so wohl!
Ach, wüßt es nur einer, nur einer,
Kein Mensch sonst es wissen sollt!

So still ist's nicht draußen im Schnee,
So stumm und verschwiegen sind
Die Sterne nicht in der Höhe,
Als meine Gedanken sind.

Ich wünscht, es wäre schon Morgen,
Da fliegen zwei Lerchen auf,
Die überfliegen einander,
Mein Herze folgt ihrem Lauf:

Ich wünscht, ich wäre ein Vöglein
Und zöge über das Meer,
Wohl über das Meer und weiter,
Bis daß ich im Himmel wär!"

Funfzehntes Kapitel

Schwül und erwartungsvoll schauen wir in den dunkelblauen Himmel, schwere Gewitter steigen ringsum herauf, die über manche liebe Gegend und Freunde ergehen sollen, der Strom schießt dunkelglatt und schneller vorbei, als wollte er seinem Geschick entfliehen, die ganze Gegend verwandelt plötzlich seltsam ihre Miene. Keine Glockenklänge wehen mehr fromm über die Felder, die Wolken zu zerteilen, der Glaube ist tot, die Welt liegt stumm, und viel Teures wird untergehen, eh die Brust wieder frei aufatmet.

Friedrich fühlte diesen gewitternden Druck der Luft und waffnete sich nur desto frömmer mit jenem Ernst und Mute, den ein großer Zweck der Seele gibt. Er warf sich mit doppeltem Eifer wieder auf seine Studien, sein ganzes Sinnen und Trachten war endlich auf sein Vaterland gerichtet. Dies mochte ihn abhalten, Erwin damals genauer zu beobachten, der seit jenem Abend stiller als je geworden und sich an einem wunderbaren Triebe nach freier Luft und Freiheit langsam zu verzehren schien. Rosa mochte er seitdem nicht wieder besuchen. Romana hatte sich seit einiger Zeit seltsam von allen größeren Gesellschaften entfernt. – Wir aber stürzen uns lieber in die Wirbel der Geschichte, denn es wird der Seele wohler und weiter im Sturm und Blitzen, als in dieser feindlich lauernden Stille.

Es war ein Feiertag im März, da ritt Friedrich mit dem Prinzen auf einem der besuchtesten Spaziergänge. Nach allen Richtungen hin zogen unzählige bunte Schwärme zu den dunklen Toren aus und zerstreuten sich lustig in die neue, warme, schallende Welt. Schaukeln und Ringelspiele drehten sich auf den offenen Rasenplätzen, Musiken klangen von allen Seiten ineinander, eine unübersehbare Reihe prächtiger Wagen bewegte sich schimmernd die Allee hinunter. Romana teilte die Menge rasch zu Pferde wie eine Amazone. Friedrich hatte sie nie so schön und wild gesehen. Rosa war nirgends zu sehen. Als sie an das Ende der Allee kamen, hörten sie plötzlich einen Schrei. Sie sahen sich um und erblickten mehrere Menschen, die bemüht schienen, jemand Hülfe zu leisten. Der Prinz ritt sogleich hinzu; alles machte ehrerbietig Platz und er erblickte sein Bürgermädchen, die ohnmächtig in den Armen ihrer Mutter lag. Wie versteinert schaute er in das totenbleiche Gesicht des Mädchens. Er bat Friedrich, für sie Sorge zu tragen, wandte sein Pferd und sprengte davon. Er hatte sie zum letzten Male gesehen.

Die Mutter, welche sich selbst von Staunen und Schreck nicht erholen konnte, erzählte Friedrich, nachdem er alle unnötigen Gaffer zu entfernen gewußt, wie sie heut mit ihrer Tochter hierher spazierengegangen, um einmal den Hof zu sehen, der, wie sie gehört, an diesem Tage gewöhnlich hier zu erscheinen pflege. Ihr Kind sei besonders fröhlich gewesen und habe noch oft gesagt: „Wenn er doch mit uns wäre, so könnte er uns alle die Herrschaften nennen!“ Auf einmal hörten sie hinter sich: „Der Prinz! der Prinz!“ Alles blieb stehen und zog den Hut. Sowie ihre Tochter den Prinzen nur erblickte, sei sie sogleich umgefallen. – Friedrich rührte die stille Schönheit des Mädchens mit ihren geschlossenen Augen tief. Er ließ sie sicher nach Hause bringen; er selbst wollte sie nicht begleiten, um alles Aufsehn zu vermeiden.

Noch denselben Abend spät sprach er mit dem Prinzen über diese Begebenheit. Dieser war sehr bewegt. Er hatte das Mädchen des Abends besucht. Sie aber wollte ihn durchaus nicht wiedersehen und hatte ebenso hartnäckig ein fürstliches Geschenk, das er ihr anbot, ausgeschlagen. Übrigens schiene sie, wie er hörte, ganz gesund.

Erwin fing um diese Zeit an zu kränkeln, es war, als erdrückte ihn die Stadtluft. Seine seltsame Gewohnheit, die Nächte im Freien zuzubringen, hatte er hier ablegen müssen. Es schien seit frühester Kindheit eine wunderbare Freundschaft zwischen ihm und der Natur mit ihren Wäldern, Strömen und Felsen. Jetzt, da dieser Bund durch das beengte Leben zerstört war, schien er, wie ein erwachter Nachtwandler, auf einmal allein in der Welt.

So versank er mitten in der Stadt immer tiefer in Einsamkeit. Nur um Rosa bekümmerte er sich viel und mit einer auffallenden Leidenschaftlichkeit. Übrigens erlernte er noch immer nichts, obschon es nicht am guten Willen fehlte. Ebenso las er auch sehr wenig und ungern, desto mehr, ja fast unaufhörlich, schrieb er, seit er es beim Grafen gelernt, sooft er allein gewesen. Friedrich fand manchmal dergleichen Zettel. Es waren einzelne Gedanken, so seltsam weit abschweifend von der Sinnes- und Ausdrucksart unsrer Zeit, daß sie oft unverständlich wurden, abgebrochene Bemerkungen über seine Umgebungen und das Leben, wie fahrende Blitze auf durchaus nächtlichem, melancholischem Grunde, wunderschöne Bilder aus der Erinnerung an eine früher verlebte Zeit und Anreden an Personen, die Friedrich gar nicht kannte, dazwischen Gebete wie aus der tiefsten Seelenverwirrung eines geängstigten Verbrechers, immerwährende Beziehung auf eine unselige verdeckte Leidenschaft, die sich selber nie deutlich schien, kein einziger Vers, keine Ruhe, keine Klarheit überall.

Friedrich versuchte unermüdlich seine frühere Lebensgeschichte auszuspüren, um nach so erkannter Wurzel des Übels vielleicht das aufrührerische Gemüt des Knaben sicherer zu beruhigen und ins Gleichgewicht zu bringen. Aber vergebens. Wir wissen, mit welcher Furcht er das Geheimnis seiner Kindheit hütete. „Ich muß sterben, wenn es jemand erfährt", war dann jedesmal seine Antwort. Eine ebenso unbegreifliche Angst hatte er auch vor allen Ärzten.

Sein Zustand wurde indes immer bedenklicher. Friedrich hatte daher alles einem verständigen Arzte von seiner Bekanntschaft anvertraut und bat denselben, ihn, ohne seine Absicht merken zu lassen, des Abends zu besuchen, wann Erwin bei ihm wäre.

Als Friedrich des Abends an Erwins Tür kam, hörte er ihn drin nach einer rührenden Melodie ohne alle Begleitung eines Instruments folgende Worte singen:

„Ich kann wohl manchmal singen,
Als ob ich fröhlich sei,
Doch heimlich Tränen dringen,
Da wird das Herz mir frei.

So lassen Nachtigallen,
Spielt draußen Frühlingsluft,
Der Sehnsucht Lied erschallen
Aus ihres Käfigts Gruft.

Da lauschen alle Herzen,
Und alles ist erfreut,
Doch keiner fühlt die Schmerzen,
Im Lied das tiefe Leid."

Friedrich trat während der letzten Strophe unbemerkt in die Stube. Der Knabe ruhte auf dem Bette, und sang so liegend mit geschlossenen Augen.

Er richtete sich schnell auf, als er Friedrich erblickte. „Ich bin nicht krank", sagte er, „gewiß nicht!" – damit sprang er auf. Er war sehr blaß. Er zwang sich, munter zu scheinen, lachte und sprach mehr und lustiger, als gewöhnlich. Dann klagte er über Kopfweh. – Friedrich strich ihm die nußbraunen Locken aus den Augen. „Tu nicht schön mit mir, ich bitte dich!" – sagte der Knabe da, sonderbar und wie mit verhaltenen Tränen.

Der Arzt trat eben in das Zimmer. Erwin sprang auf. Er erriet ahnend sogleich, was der fremde Mann wolle, und machte Miene zu entspringen. Er wollte sich durchaus nicht von ihm berühren lassen und zitterte am ganzen Leibe. Der Arzt schüttelte den Kopf. „Hier wird meine Kunst nicht ausreichen", sagte er zu Friedrich, und verließ das Zimmer bald wieder, um den Knaben in diesem Augenblicke zu schonen. Da sank Erwin ermattet zu Friedrichs Füßen. Friedrich hob ihn freundlich auf seine Knie und küßte ihn. Er aber küßte und umarmte ihn nicht wieder, wie damals, sondern saß still und sah, in Gedanken verloren, vor sich hin.

Schon spannen wärmere Sommernächte draußen ihre Zaubereien über Berge und Täler, da war es Friedrich einmal mitten in der Nacht, als riefe ihn ein Freund, auf den er sich nicht besinnen könnte, wie aus weiter Ferne. Er wachte auf, da stand eine lange Gestalt mitten in dem finstern Zimmer. Er erkannte Leontin an der Stimme. „Frisch auf, Herzensbruder!" sagte dieser, „die eine Halbkugel rührt sich hellbeleuchtet, die andere träumt; mir war nicht wohl, ich will den Rhein einmal wiedersehen, komm mit!" Er hatte die Fenster aufgemacht, einzelne graue Streifen langten schon über den Himmel, unten auf der Gasse blies der Postillion lustig auf dem Horne.

Da galt kein Staunen und kein Zögern, Friedrich mußte mit ihm hinunter in den Wagen. Auch Erwin war mit unbegreiflicher Schnelligkeit reisefertig. Friedrich erstaunte, ihn auf einmal ganz munter und gesund zu sehen. Mit funkelnden Augen sprang er mit in den Wagen, und so rasselten sie durch das stille Tor ins Freie hinaus.

Sie fuhren schnell durch unübersehbare stille Felder, durch einen dunkeldichten Wald, später zwischen engen, hohen Bergen, an deren Fuß manch Städtlein zu liegen schien, ein Fluß, den sie nicht sahen, rauschte immerfort seitwärts unter der Straße, alles feenhaft verworren. Leontin erzählte ein Märchen, mit den wechselnden Wundern der Nacht, wie sie sich die Seele ausmalte, in Worten kühl spielend. Friedrich schaute still in die Nacht, Erwin ihm gegenüber hatte die Augen weit offen, die unausgesetzt, solange es dunkel war, auf ihn geheftet schienen, der Postillion blies oft dazwischen. Der Tag fing indes an von der einen Seite zu hellen, sie erkannten nach und nach ihre

Gesichter wieder, einzelne zu früh erwachte Lerchen schwirrten schon, wie halb im Schlafe, hoch in den Lüften ihr endloses Lied, es wurde herrlich kühl.

Bald darauf langten sie an dem Gebirgsstädtchen an, wohin sie wollten. Das Tor war noch geschlossen. Der Torwächter trat schlaftrunken heraus, wünschte ihnen einen guten Morgen und pries die Reisenden glückselig und beneidenswert in dieser Jahreszeit. In dem Städtchen war noch alles leer und still. Nur einzelne Nachtigallen vor den Fenstern und unzählige von den Bergen über dem Städtchen schlugen um die Wette. Mehrere alte Brunnen mit zierlichem Gitterwerk rauschten einförmig auf den Gassen. In dem Wirtshause, wo sie abstiegen, war auch noch niemand auf. Der Postillion blies daher, um sie zu wecken, mehrere Stücke, daß es über die stillen Straßen weg in die Berge hineinschallte. Erwin saß indes auf einem Springbrunnen auf dem Platze und wusch sich die Augen klar.

Friedrich und Leontin ließen Erwin bei dem Wagen zurück und gingen von der andern Seite ins Gebirge. Als sie aus dem Walde auf einen hervorragenden Felsen heraustraten, sahen sie auf einmal aus wunderreicher Ferne, von alten Burgen und ewigen Wäldern kommend, den Strom vergangener Zeiten und unvergänglicher Begeisterung, den königlichen Rhein. Leontin sah lange still in Gedanken in die grüne Kühle hinunter, dann fing er sich schnell an auszukleiden. Einige Fischer fuhren auf dem Rheine vorüber und sangen ihr Morgenlied, die Sonne ging eben prächtig auf, da sprang er mit ausgebreiteten Armen in die kühlen Fluten hinab. Friedrich folgte seinem Beispiele, und beide rüstige Schwimmer rangen sich lange jubelnd mit den vom Morgenglanze trunkenen, eisigen Wogen. Unbeschreiblich leicht und heiter kehrten sie nach dem Morgenbade wieder in das Städtchen zurück, wo unterdes alles schon munter geworden. Es war die Weihe der Kraft für lange Kämpfe, die ihrer harrten.

Als die Sonne schon hoch war, bestiegen sie die alte, wohlerhaltene Burg, die wie eine Ehrenkrone über der altdeutschen Gegend stand. Des Wirtes Tochter ging ihnen mit einigen Flaschen Wein lustig die dunklen, mit Efeu überwachsenen Mauerpfade voran, ihr junges, blühendes Gesicht nahm sich gar zierlich zwischen dem alten Gemäuer und Bilderwerk aus. Sie legte vor der Sonne die Hand über die Augen und nannte ihnen die zerstreuten Städte und Flüsse in der unermeßlichen

Aussicht, die sich unten auftat. Leontin schenkte Wein ein, sie tat ihnen Bescheid und gab jedem willig zum Abschiede einen Kuß.

Sie stieg nun wieder den Berg hinab, die beiden schauten fröhlich in das Land hinaus. Da sahen sie, wie jenseits des Rheins zwei Jägerburschen aus dem Walde kamen und einen Kahn bestiegen, der am Ufer lag. Sie kamen quer über den Rhein auf das Städtchen zugefahren. Der eine saß tiefsinnig im Kahne, der andere tat mehrere Schüsse, die vielfach in den Bergen widerhallten. Erwin hatte sich in ein ausgebrochenes Bogenfenster der Burg gesetzt, das unmittelbar über dem Abgrunde stand. Ohne allen Schwindel saß er dort oben, seine ganze Seele schien aus den sinnigen Augen in die wunderbare Aussicht hinauszusehen. Er sagte voller Freuden, er erblicke ganz im Hintergrunde einen Berg und einen hervorragenden Wald, den er gar wohl kenne. Leontin ließ sich die Gegend zeigen und schien sie ebenfalls zu erkennen. Er sah darauf den Knaben ernsthaft und verwundert an, der es nicht bemerkte.

Erwin blieb in dem Fensterbogen sitzen, sie aber durchzogen das Schloß und den Berg in die Runde. Junge, grüne Zweige und wildbunte Blumen beugten sich überall über die dunklen Trümmer der Burg, der Wald rauschte kühl, Quellen sprangen in hellen, frischlichen Bogen von den Steinen, unzählige Vögel sangen, von allen Seiten die unermeßliche Aussicht, die Sonne schien warm über der Fläche, in tausend Strömen sich spiegelnd; es war, als sei die Natur hier rüstiger und lebendiger vor Erinnerung im Angesichte des Rheins und der alten Zeit. „Wo ein Begeisterter steht, ist der Gipfel der Welt“, rief Leontin fröhlich aus.

„Willkommen, Freund, Bruder!“ sagte da auf einmal eine Stimme mit Pathos, und ein fremder junger Mann, den sie vorher nicht bemerkt hatten, faßte Leontin fest bei der Hand. „Ach, was Bruder!“ fuhr Leontin heraus, ärgerlich über die unerwartete Störung. Der Fremde ließ sich nicht abschrecken, sondern sagte: „Jene Worte logen nicht, Sie sind ein Verehrer der Natur, ich bin auch stolz auf diesen Namen.“ „Wahrhaftig, mein Herr“, erwiderte Leontin geschwind, sich komisch erwehrend, „Sie irren sich entsetzlich, ich bin weder biederherzig, wie Sie sich vorstellen, noch begeistert, noch ein Verehrer der Natur, noch –“ Der Fremde fuhr ganz blind erpicht fort: „Lassen Sie die Gewöhnlichen sich ewig suchen und verfehlen, die

Seltenen wirft ein magnetischer Zug einander an die männliche Brust, und der ewige Bund ist ohne Wort geschlossen in des Eichenwaldes heiligen Schatten, wenn die Orgel des Weltbaues gewaltig dahinbraust." – Bei diesen Worten fiel ihm ein Buch aus der Tasche. „Sie verlieren Ihre Noten", sagte Leontin, Schillers Don Carlos erkennend. „Warum Noten?" fragte der Fremde. „Darum", sagte Leontin, „weil Euch die ganze Natur nur der Text dazu ist, den Ihr nach den Dingern da aborgelt, und je schwieriger und würgender die Koloraturen sind, daß Ihr davon ganz rot und blau im Gesichte werdet und die Tränen samt den Augen heraustreten, je begeisterter und gerührter seid Ihr. Macht doch die Augen fest zu in der Musik und im Sausen des Waldes, daß Ihr die ganze Welt vergeßt und E u c h vor allem!"

Der Fremde wußte nicht recht, was er darauf antworten sollte. Leontin fand ihn zuletzt gar possierlich; sie gingen und sprachen noch viel zusammen und es fand sich am Ende, daß er ein abgedankter Liebhaber der Schmachtenden in der Residenz sei, den er früher manchmal bei ihr gesehen. Der Einklang der Seelen hatte sie zusammen-, und ich weiß nicht was, wieder auseinandergeführt. Er rühmte viel, wie dieses seelenvolle Weib mit Geschmack, treu und tugendhaft liebe. „Treu? – sie ist ja verheiratet", sagte Friedrich unschuldig. „Ei, was!" fiel ihm Leontin ins Wort, „diese Alwinas, diese neuen Heloisen, diese Erbschleicherinnen der Tugend sind pfiffiger als Gottes Wort. Nicht wahr, der Teufel stinkt nicht und hat keine Hörner, und Ehebrechen und Ehebrechen ist zweierlei?" – Der Fremde war verlegen wie ein Schulknabe.

Es neigte sich indes zum Abend, aber die Luft war schwül geworden und man hörte von fern donnern. Das letztere war dem Fremden eben recht; der Donner, den er nicht anders als rollend nannte, schien ihn mit einem neuen Anfalle von Genialität aufzublähen. Er versicherte, er müsse im Gewitter einsam und im Freien sein, das wäre von jeher so seine Art, und nahm Abschied von ihnen. Leontin klopfte ihn beim Weggehn tüchtig auf die Achsel: „Beten und fasten Sie fleißig und dann schauen Sie wieder in Gottes Welt hinaus, wie da der H e r r genialisch ist. Es ist doch nichts lächerlicher", sagte er, da jener fort war, „als eine aus der Mode gekommene Genialität. Man weiß dann gar nicht, was die Kerls eigentlich haben wollen."

Es gewitterte indes immer stärker und näher. Leontin bestieg schnell eine hohe Tanne, die am Abhange stand, um das Wetter zu beschauen. Der Wind, der dem Gewitter vorausflog, rauschte durch die dunklen Äste des Baumes und neigte den Wipfel über den Abgrund hinaus. „Ich sehe in das Städtchen, in alle Straßen hinab“, rief Leontin von oben, „wie die Leute eilig hin und her laufen, und die Fenster und Türen schließen, und mit den Laden klappern vor dem heranziehenden Wetter! Es achtet ihrer doch nicht und zieht über sie weg. Unsern Don Carlos sehe ich auf einer Felsenspitze, den Batterien des Gewitters gegenüber, er steht, die Arme über der Brust verschränkt, den Hut tief in die Augen gedrückt, den einen Fuß trotzig vorwärts, pfui, pfui, über den Hochmut! Den Rhein seh ich kommen, zu dem alle Flüsse des Landes flüchten, langsam und dunkelgrün, Schiffe rudern eilig ans Ufer, eines seh ich mit Gott geradaus fahren; fahre, herrlicher Strom! Wie Gottes Flügel rauschen, und die Wälder sich neigen, und die Welt still wird, wenn der Herr mit ihr spricht. Wo ist dein Witz, deine Pracht, deine Genialität? Warum wird unten auf den Flächen alles eins und unkenntlich wie ein Meer, und nur die Burgen stehen einzeln und unterschieden zwischen den wehenden Glockenklängen und schweifenden Blitzen. Du könntest mich wahnwitzig machen unten, erschreckliches Bild meiner Zeit, wo das zertrümmerte Alte in einsamer Höhe steht, wo nur das einzelne gilt und sich, schroff und scharf im Sonnenlichte abgezeichnet, hervorhebt, während das Ganze in farblosen Massen gestaltlos liegt, wie ein ungeheurer, grauer Vorhang, an dem unsere Gedanken, gleich Riesenschatten aus einer andern Welt, sich abarbeiten.“ – Der Wind verwehte seine Worte in die grenzenlose Luft. Es regnete schon lange. Der Regen und der Sturm wurden endlich so heftig, daß er sich nicht mehr auf dem Baume erhalten konnte. Er stieg herab, und sie kehrten zu der Burg zurück.

Als das Wetter sich nach einiger Zeit wieder verzogen hatte, brachen sie aus ihrem Schlupfwinkel auf, um sich in das Städtchen hinunterzubegeben. Da trafen sie an dem Ausgange der Burg mit den zwei Jägern zusammen, die sie frühmorgens über den Rhein fahren gesehen, und die ebenfalls das Gewitter in der Burg belagert gehalten hatte. Es war schon dunkel geworden, so daß sie einander nicht wohl erkennen konnten. Die Bäume hingen voll heller Tropfen, der enge Fußsteig war durch den Regen äußerst glatt geworden. Die beiden Jäger gingen sehr vorsichtig und furchtsam, hielten sich an alle Sträucher und glitten mehrere Male bald Friedrich, bald Leontin in die Arme, worüber sie vom letztern, der ihnen durchaus nicht helfen wollte, viel Gelächter ausstehn mußten. Erwin sprang mit einer ihm sonst nie gewöhnlichen Wildheit allen weit voraus, wie ein Gems den Berg hinab.

Allen wurde wohl, als sie nach der langen Einsamkeit in das Städtchen hinunterkamen, wo es recht patriarchalisch aussah. Auf den Gassen ging jung und alt, sprechend und lachend, nach dem Regen spazieren, die Mädchen des Städtchens saßen draußen vor ihren Türen unter den Weinlauben. Der Abend war herrlich, alles erquickt nach dem Gewitter, das nur noch von fern nachhallte, Nachtigallen schlugen wieder von den Bergen, vor ihren Augen rauschte der Rhein an dem Städtchen vorüber. Leontin zog mit seiner Gitarre, wie ein reisender Spielmann aus alter Zeit, von Haus zu Haus und erzählte den Mädchen Märchen, oder sang ihnen neue Melodien auf ihre alten Lieder, wobei sie still mit ihren sinnigen Augen um ihn herumsaßen. Friedrich saß neben ihm auf der Bank, den Kopf in beide Arme auf die Knie gestützt, und erholte sich recht an den altfränkischen Klängen.

Die zwei Jäger hatten sich nicht weit von ihnen um einen Tisch gelagert, der auf dem grünen Platze zwischen den Häusern und dem Rheine aufgeschlagen war, und schäkerten mit den Mädchen, denen sie gar wohl zu gefallen schienen. Die Mädchen verfertigten schnell einen fröhlichen, übervollen Kranz von hellroten Rosen, den sie dem einen, welcher der lustigste schien, auf die Stirn drückten. Leontin, der wenig darauf achtgab, begann folgendes Lied über ein am Rheine bekanntes Märchen:

„Es ist schon spät, es wird schon kalt,
Was reitst du einsam durch den Wald?
Der Wald ist lang, du bist allein,
Du schöne Braut! ich führ dich heim!“

Da antwortete der Bekränzte drüben vom andern Tische mit der folgenden Strophe des Liedes:

„Groß ist der Männer Trug und List,
Vor Schmerz mein Herz gebrochen ist,
Wohl irrt das Waldhorn her und hin,
O flieh! du weißt nicht, wer ich bin.“

Leontin stutzte und sang weiter:

„So reich geschmückt ist Roß und Weib,
So wunderschön der junge Leib,
Jetzt kenn ich dich – Gott steh mir bei!
Du bist die Hexe Lorelei.“

Der Jäger antwortete wieder:

„Du kennst mich wohl – von hohem Stein,
Schaut still mein Schloß tief in den Rhein.
Es ist schon spät, es wird schon kalt,
Kommst nimmermehr aus diesem Wald!“

Der Jäger nahm nun ein Glas, kam auf sie los und trank Friedrich keck zu: „Unsere Schönen sollen leben!“ Friedrich stieß mit an. Da zersprang der Römer des Jägers klingend an dem seinigen. Der Jäger erblaßte und schleuderte das Glas in den Rhein. –

Es war unterdes schon spät geworden, die Mädchen fingen an einzunicken, die Alten trieben ihre Kinder zu Bett, und so verlor sich nach und nach eines nach dem andern, bis sich unsere Reisenden allein auf dem Platze sahen. Die Nacht war sehr warm, Leontin schlug daher vor, die ganze Nacht über auf dem Rheine nach der Residenz hinunterzufahren, er sei ein guter Steuermann und kenne jede Klippe auswendig. Alle willigten sogleich ein, der eine Jäger nur mit Zaudern, und so bestiegen sie einen Kahn, der am Ufer angebunden war. Den Knaben Erwin, der während Leontins Liedern zu Friedrichs Füßen eingeschlafen, hatten sie, da er durchaus nicht zu ermuntern war, in den Kahn hineintragen müssen, wo er auch nach einem kurzen, halbwachen Taumel sogleich wieder in Schlaf versank. Friedrich saß vorn, die beiden Jäger in der Mitte, Leontin am Steuerruder lenkte keck gerade auf die Mitte los, die Gewalt des Stromes faßte recht das Schiffchen, zu beiden Seiten flogen Weingärten, einsame Schlünde und Felsenriesen mit ausgebreiteten Eichenarmen, wechselnd vorüber, als gingen die alten Helden unsichtbar durch den Himmel und würfen so ihre streifenden Schatten über die stille Erde.

Der Himmel hatte sich indes von neuem überzogen, die Gewitter schienen wieder näher zu kommen. Der eine von den

Jägern, der überhaupt fast noch gar nicht gesprochen, blieb fortwährend still. Der andere mit dem Rosenkranze dagegen saß schaukelnd und gefährlich auf dem Rande des Kahnes und hatte beide Beine, die bei jeder Schwankung die Wellen berührten, darüber heruntergehangen. Er sah in das Wasser hinab, wie die flüchtigen Wirbel kühl aufrauschend, dann wieder still, wunderbar hinunterlockten. Leontin hieß ihn die Beine einstecken. „Was schadet's", sagte der Jäger innerlich heftig, „ich tauge doch nichts auf der Welt, ich bin schlecht, wär ich da unten, wäre auf einmal alles still." – „Oho!" rief Leontin, „Ihr seid verliebt, das sind verliebte Sprüche. Sag an, wie sieht dein Liebchen aus? Ist's schlank, stolz, kühn, voll hohen Graus', ist's Hirsch, Pfau oder eine kleine süße Maus?" – Der Jäger sagte: „Mein Schatz ist ein Hirsch, der wandelt in einer prächtigen Wildnis, die liegt so unbeschreiblich hoch und einsam, und die ganze Welt übersieht man von dort, wie sich die Sonne ringsum in Seen und Flüssen und allen Kreaturen wunderbar bespiegelt. Es ist des Jägers dunkelwüste Lust, das Schönste, was ihn rührt, zu verderben. So nahm er Abschied von seinem alten Leben und folgte dem Hirsche immer höher mühsam hinauf. Als die Sonne aufging, legte er oben in der klaren Stille lauernd an. Da wandte sich der Hirsch plötzlich und sah ihn keck und fromm an, wie den Herzog Hubertus. Da verließen den Jäger auf einmal seine Künste und seine ganze Welt, aber er konnte nicht niederknieen, wie jener, denn ihm schwindelte vor dem Blick und der Höhe, und es faßte ihn ein seltsames Gelüst, die dunkle Mündung auf seine eigene, ausgestorbene Brust zu kehren." –

Die beiden Grafen überhörten bei dem Winde, der sich nach und nach zu erheben anfing, diese sonderbaren Worte des Verliebten. Fahrende Blitze erhellten inzwischen von Zeit zu Zeit die Gegend, und ihr Schein fiel auf die Gesichter der beiden Jäger. Sie waren gar lieblich anzusehen, schienen beide noch Knaben. Der eine hatte ein silbernes Horn an der Seite hängen. Leontin sagte, er solle eins blasen; er versicherte aber, daß er es nicht könne. Leontin lachte ihn aus, was sie für Jäger wären, nahm das Horn und blies sehr geschickt ein altes, schönes Lied. Der eine gesprächige Jäger sagte, es fiele ihm dabei eben ein Lied ein, und sang zu den beiden Grafen mit einer angenehmen Stimme:

„Wir sind so tief betrübt, wenn wir auch scherzen,
Die armen Menschen mühn sich ab und reisen,
Die Welt zieht ernst und streng in ihren Gleisen,
Ein feuchter Wind verlöscht die lust'gen Kerzen. –

Du hast so schöne Worte tief im Herzen,
Du weißt so wunderbare alte Weisen,
Und wie die Stern am Firmamente kreisen,
Ziehn durch die Brust dir ewig Lust und Schmerzen.

So laß dein Stimme hell im Wald erscheinen!
Das Waldhorn fromm wird auf und nieder wehen,
Die Wasser gehn, und Rehe einsam weiden.

Wir wollen stille sitzen und nicht weinen,
Wir wollen in den Rhein hinuntersehen,
Und, wird es finster auf der Welt, nicht scheiden."

Kaum hatte er die letzten Worte ausgesungen, als Erwin, der durch den Gesang aufgewacht war und bei einem langen Blitze das Gesicht des andern stillen Jägers plötzlich dicht vor sich erblickte, mit einem lauten Schrei aufsprang und sich in demselben Augenblicke über den Kahn in den Rhein stürzte. Die beiden Jäger schrieen entsetzlich, der Knabe aber schwamm wie ein Fisch durch den Strom und war schnell hinter dem Gesträuch am Ufer verschwunden.

Leontin lenkte sogleich ihm nach ans Ufer und alle eilten verwundert und bestürzt ans Land. Sie fanden sein Tuch zerrissen an den Sträuchern hängen; es war fast unbegreiflich, wie er durch dieses Dickicht sich hindurchgearbeitet.

Friedrich und Leontin begaben sich in verschiedenen Richtungen ins Gebirge, sie durchkletterten alle Felsen und Schluchten und riefen nach allen Seiten hin. Aber alles blieb nächtlich still, nur der Wald rauschte einförmig fort. Nach langem Suchen kamen sie endlich müde beide wieder auf der Höhe über ihrem Landungsplatze zusammen. Der Kahn stand noch am Ufer, die beiden Jäger aber unten waren verschwunden. Der Rhein rauschte prächtig funkelnd in der Morgensonne zwischen den Bergen hin. Erwin kehrte nicht mehr zurück.

Sechszehntes Kapitel

Die heftige Romana liebte Friedrich vom ersten Blicke an mit der ihr eigentümlichen Gewalt. Seitdem er aber in jener Nacht auf dem Schlosse von ihr fortgeritten, als sie bemerkte, wie ihre Schönheit, ihre vielseitigen Talente, die ganze Phantasterei ihres künstlich gesteigerten Lebens alle Bedeutung verlor und zuschanden wurde an seiner höhern Ruhe, da fühlte sie zum ersten Male die entsetzliche Lücke in ihrem Leben, und daß alle Talente Tugenden werden müssen oder nichts sind, und schauderte vor der Lügenhaftigkeit ihres ganzen Wesens. Friedrichs Verachtung war ihr durchaus unerträglich, obgleich sie sonst die Männer verachtete. Da raffte sie sich innerlichst zusammen, zerriß alle ihre alten Verbindungen und begab sich in die Einsamkeit ihres Schlosses. Daher ihr plötzliches Verschwinden aus der Residenz.

Sie mochte sich nicht stückweise bessern, ein ganz neues Leben der Wahrheit wollte sie anfangen. Vor allem bestrebte sie sich mit ehrlichem Eifer, den schönen, verwilderten Knaben, den wir dort kennengelernt, zu Gott zurückzuführen, und er übertraf mit seiner Kraft eines unabgenützten Gemütes gar bald seine Lehrerin. Sie knüpfte Bekanntschaften an mit einigen häuslichen Frauen der Nachbarschaft, die sie sonst unsäglich verachtet, und mußte beschämt vor mancher Trefflichkeit stehen, von der sie sich ehedem nichts träumen ließ. Die Fenster und Türen ihres Schlosses, die sonst Tag und Nacht offenstanden, wurden nun geschlossen, sie wirkte still und fleißig nach allen Seiten und führte eine strenge Hauszucht. Friedrich sollte ihretwegen von alledem nichts wissen, das war ihr, wie sie meinte, einerlei. –

Es war ihr redlicher Ernst, anders zu werden, und noch nie hatte sich ihre Seele so rein triumphierend und frei gefühlt, als in dieser Zeit. Aber es war auch nur ein Rausch, obgleich der schönste in ihrem Leben. Es gibt nichts Erbarmungswürdigeres, als ein reiches, verwildertes Gemüt, das in verzweifelter Erinnerung an seine ursprüngliche, alte Güte, sich lüderlich an dem Besten und Schlechtesten berauscht, um nur jenes Andenken loszuwerden, bis es, so ausgehöhlt, zugrunde geht. Wenn uns der Wandel tugendhafter Frauen wie die Sonne erscheint, die in gleich verbreiteter Klarheit, still und erwärmend, täglich die vorgeschriebenen Kreise beschreibt, so möchten wir dagegen Romanas rasches Leben einer Rakete vergleichen, die sich mit schimmerndem Geprassel zum Himmel aufreißt und oben unter dem Beifallsklatschen der staunenden Menge in tausend funkelnde Sterne ohne Licht und Wärme prächtig zerplatzt.

Sie hatte die Einfalt, diese Grundkraft aller Tugend, leichtsinnig verspielt; sie kannte gleichsam alle Schliche und Kniffe der Besserung. Sie mochte sich stellen, wie sie wollte, sie konnte, gleich einem Somnambulisten, ihre ganze Bekehrungsgeschichte wie ein wohlgeschriebenes Gedicht, Vers vor Vers, inwendig vorauslesen, und der Teufel saß gegenüber und lachte ihr dabei immerfort ins Gesicht. In solcher Seelenangst dichtete sie oft die herrlichsten Sachen, aber mitten im Schreiben fiel es ihr ein, wie doch alles eigentlich nicht wahr sei – wenn sie betete, kreuzten ihr häufig unkeusche Gedanken durch den Sinn, daß sie erschrocken aufsprang.

Ein alter, frommer Geistlicher vom Dorfe besuchte die schöne Büßerin fleißig. Sie erstaunte, wie der Mann so eigentlich ohne alle Bildung und doch so hochgebildet war. Er sprach ihr oft stundenlang von den tiefsinnigsten Wahrheiten seiner Religion, und war dabei immer so herzlich heiter, ja, oft voll lustiger Schwänke, während sie dabei jedesmal in eine peinliche, gedankenvolle Traurigkeit versank. Er fand manchmal geistliche Lieder und Legenden bei ihr, die sie soeben gedichtet. Nichts glich dann seiner Freude darüber; er nannte sie sein liebes Lämmchen, las die Lieder viele Male sehr aufmerksam und legte sie in sein Gebetbuch. Mein Gott! sagte da Romana in Gedanken verloren oft zu sich selbst, wie ist der gute Mann doch unschuldig! –

In dieser Zeit schrieb sie, weniger aus Freundschaft, als aus Laune und Bedürfnis sich auszusprechen, mehrere Briefe an die Schmachtende in der Residenz, im tiefsten Jammer ihrer Seele verfaßt. Sie erstaunte über sich selbst, wie moralisch sie zu schreiben wußte, wie ganz klar ihr Zustand ihr vor Augen lag und sie es doch nicht ändern konnte. Die Schmachtende konnte sich nicht enthalten, diese interessanten Briefe ihrem Abendzirkel mitzuteilen. Man nahm dieselben dort für Grundrisse zu einem Romane, und bewunderte die feine Anlage und den Geist der Gräfin.

Romana hielt es endlich nicht länger aus, sie mußte ihren hohen Feind und Freund, den Grafen Friedrich, wiedersehen.

Kaum hatte sie sich diesen Wunsch einmal erlaubt, als sie auch schon auf dem Pferde saß und der Residenz zuflog. Dies war damals, als sie Friedrich an dem warmen Märzfeste so wild die Menge teilend vorüberreiten sah. Als sie nun ihren Geliebten wieder vor sich sah, noch immer unverändert ruhig und streng wie vorher, während eine ganz neue Welt in ihr auf- und untergegangen war, da schien es ihr unmöglich, seine Tugend und Größe zu erreichen. Die beiden vor ihr Leben gespannten, unbändigen Rosse, das schwarze und das weiße, gingen bei dem Anblick von neuem durch mit ihr, alle ihre schönen Pläne lagen unter den heißen Rädern des Wagens zerschlagen, sie ließ die Zügel schießen und gab sich selber auf.

Friedrich war indes noch mehrere Tage lang mit Leontin in dem Gebirge herumgestrichen, um Erwin wiederzufinden. Aber alle Nachforschungen blieben vergebens. Es blieb ihm nichts übrig, als auf immer Abschied zu nehmen von dem lieben Wesen, dessen wunderbare Nähe ihm durch die lange Gewohnheit fast unentbehrlich geworden war.

Rüstig und neu gestärkt durch die kühle Wald- und Bergluft, die wieder einmal sein ganzes Leben angeweht, kehrte er in die Residenz zurück und ging freudiger, als jemals, wieder an seine Studien, Hoffnungen und Pläne. Aber wie vieles hatte sich gar bald verändert. Die braven Gesellen, welche der Winter tüchtig zusammengehalten, zerstreute und erschlaffte die warme Jahreszeit. Der eine hatte eine schöne, reiche Braut gefunden und rechnete die gemeinsame Not seiner Zeit gegen sein eigenes einzelnes Glück zufrieden ab, seine Rolle war ausgespielt. Andere fingen an auf öffentlichen Promenaden zu paradieren, zu spielen und zu liebeln, und wurden nach und nach kalt und beinahe ganz geistlos. Mehrere rief der Sommer in ihre Heimat zurück. Aller Ernst war verwittert, und Friedrich stand fast allein. Mehr jedoch, als diese Treulosigkeit einzelner, auf die er doch nie gebaut, kränkte ihn die allgemeine Willenlosigkeit, von der er sich immer deutlicher überzeugen mußte. So bemerkte er, unter vielen andern Zeichen der Zeit, oft an einem Abend und in einer Gesellschaft zwei Arten von Religionsnarren. Die einen prahlten da, daß sie das ganze Jahr nicht in die Kirche gingen, verspotteten freigeisterisch alles Heilige und hingen auf alle Weise, die Gott sei Dank! bereits abgenutzte und schäbige Paradedecke der Aufklärung aus. Aber es war nicht wahr, denn sie schlichen heimlich vor Tagesanbruch, wenn der Küster aufschloß, zum Hinterpförtchen in die Kirchen hinein und beteten fleißig. Die andern fielen dagegen gar weidlich über diese her, verfochten die Religion und begeisterten sich durch ihre eigenen schönen Redensarten. Aber es war auch nicht wahr, denn sie gingen in keine Kirche und glaubten heimlich selber nicht, was sie sagten. Das war es, was Friedrich empörte, die überhandnehmende Desorganisation gerade unter den Bessern, daß niemand mehr wußte, wo er ist, die landesübliche Abgötterei unmoralischer Exaltation, die eine allgemeine Auflösung nach sich führen mußte.

Um diese Zeit erhielt Friedrich nach so vielen Monaten unerwartet einen Brief von dem Gute des Herrn v. A. An den langen Drudenfüßen sowohl, als an dem fast komisch falsch gesetzten Titel erkannte er sogleich den halbvergessenen Viktor. Er erbrach schnell und voll Freude das Siegel. Der Brief war folgenden Inhalts:

„Es wird uns alle sehr freuen, wenn wir hören, daß Sie und der Herr Graf Leontin sich wohl befinden, wir sind hier alle, Gott sei Dank! gesund. Als Sie beide weggereist sind, war es hier so still, als wenn ein Kriegslager aufgebrochen wäre und die Felder nun einsam und verlassen stünden, im ganzen Schlosse sieht's aus, wie in einer alten Rumpelkammer. Ich mußte anfangs an den langen Abenden auf dem Schlosse aus dem Abraham a St. Clara vorlesen. Aber es ging gar nicht recht. Der Herr v. A. sagte: ja, wenn der Leontin dabei wäre! Die gnädige Frau sagte: es wäre doch alles gar zu dummes Gewäsch durcheinander, und Fräulein Julie dachte Gott weiß an was, und paßte gar nicht auf. Es ist gar nichts mehr auf der Welt anzufangen. Ich kann das verdammte traurige Wesen nicht leiden! Ich bin daher schon über einen Monat weder aufs Schloß, noch sonstwo ausgekommen. Sie sind doch recht glücklich! Sie sehen immer neue Gegenden und neue Menschen. Ich weiß die vier Wände in meiner Kammer schon auswendig. Ich habe meine zwei kleinen Fenster mit Stroh verhangen, denn der Wind bläst schon infam kalt durch die Löcher herein, auch alle meine Wanduhren habe ich ablaufen lassen, denn das ewige Picken möcht einen toll machen, wenn man so allein ist. Ich denke mir dann gar oft, wie Sie jetzt auf einem Balle mit schönen, vornehmen Damen tanzen, oder weit von hier am Rheine fahren oder reiten, und rauche Tabak, daß das

Licht auf dem Tische oft auslischt. Gestern hat es zum ersten Male den ganzen Tag wie aus einem Sacke geschneit. Das ist meine größte Lust. Ich ging noch spätabends, in den Mantel gehüllt, auf den Berg hinaus, wo wir immer nachmittags im Sommer zusammen gelegen haben. Das Rauchtal und die ganze, schöne Gegend war verschneit und sah kurios aus. Es schneite immerfort tapfer zu. Ich tanzte, um mich zu erwärmen, über eine Stunde in dem Schneegestöber herum.

Dies hab ich schon vor einigen Monaten geschrieben. Gleich nach jener Nacht, da ich draußen getanzt, verfiel ich in eine langwierige Krankheit. Alle Leute fürchteten sich vor mir, weil es ein hitziges Fieber war, und ich hätte wie ein Hund umkommen müssen; aber Fräulein Julie besuchte mich alle Tage und sorgte für Medizin und alles, wofür sie Gott belohnen wird. Ich wußte nichts von mir. Sie sagt mir aber, ich hätte immerfort von Ihnen beiden phantasiert und oft auch gar in Reimen gesprochen. Ich muß mir das Zeug durch die Erkältung zugezogen haben. – Jetzt bin ich, Gott sei Dank, wiederhergestellt, und mache wieder fleißig Uhren. – Neues weiß ich weiter nichts, als daß seit mehreren Wochen ein fremder Kavalier, der in der Nachbarschaft große Herrschaften gekauft, zu uns auf das Schloß kommt. Er soll viele Sprachen kennen und sehr gelehrt und bereist sein, und will unser Fräulein Julie haben. Die gnädige Frau möchte es gern sehen, aber dem Fräulein gefällt er gar nicht. Wenn sie nachmittags oben im Garten beim Lusthause sitzt und ihn von weitem unten um die Ecke heranreiten sieht, klettert sie geschwind über den Gartenzaun und kommt zu mir. Was will ich tun? Ich muß sie in meiner Kammer einsperren, und gehe unterdes spazieren. Neulich, als ich schon ziemlich spät wieder zurückkam und meine Tür aufschloß, fand ich sie ganz blaß und am ganzen Leibe zitternd. Sie war noch völlig atemlos vor Schreck und fragte mich schnell, ob ich ihn nicht gesehen? Dann erzählte sie mir: als es angefangen finster zu werden, habe sie auf meinem Bette in Gedanken gesessen, da habe auf einmal etwas an das Fenster geklopft. Sie hätte den Atem eingehalten und unbeweglich gesessen, da wäre plötzlich das Fenster aufgegangen und Ihr leibhaftiger Page, der Erwin, habe mit totenblassem Gesicht und verwirrten Haaren in die Stube hineingeguckt. Als er sich überall umgesehen und sie auf dem Bett erblickt, habe er ihr mit dem Finger gedroht und sei wieder verschwunden. Ich sagte ihr, sie sollte sich solches dummes Zeug nicht in den Kopf setzen. Sie aber hat es sich sehr zu Herzen genommen, und ist seitdem etwas traurig. Die Tante soll nichts davon wissen. Was gibt's denn mit dem guten Jungen, ist er nicht mehr bei Ihnen? – Soeben, wie ich dies schreibe, sieht Fräulein Julie drüben über den Gartenzaun. – Als ich sagte, daß ich an Sie schriebe, kam sie schnell aus dem Garten zu mir herüber und ich mußte ihr eine Feder schneiden; sie wollte selber etwas dazuschreiben. Dann wollte sie wieder nicht und lief davon. Sie sagte mir, ich solle Sie von ihr grüßen und bitten, Sie möchten auch den Herrn Grafen Leontin von ihr grüßen, wenn er bei Ihnen wäre. Kommen Sie beide doch bald wieder einmal zu uns! Es ist jetzt wieder sehr schön im Garten und auf den Feldern. Ich gehe wieder, wie damals, alle Morgen vor Tagesanbruch auf den Berg, wo Sie und Leontin mich immer auf meinem Sitze besucht haben. Die Sonne geht gerade in der Gegend auf, wo Sie mir immer an den schwülen Nachmittagen beschrieben haben, daß die Residenz liegt und der Rhein geht. Ich rufe dann mein Hurra und werfe meinen Hut und meine Pfeife hoch in die Luft.

P. S. Die niedliche Braut, auf die Sie sich vielleicht noch von dem Tanze auf dem Jagdschlosse her erinnern, besucht uns jetzt oft und empfiehlt sich. Sie leben recht gut in ihrer Wildnis, sie hat schon ein Kind und ist noch schöner geworden und sehr lustig. Adieu!"

Friedrich legte das Papier stillschweigend zusammen. Ihn befiel eine unbeschreibliche Wehmut bei der lebhaften Erinnerung an jene Zeiten. Er dachte sich, wie sie alle dort noch immer, wie damals, seit hundert Jahren und immerfort zwischen ihren Bergen und Wäldern friedlich wohnen, im ewig gleichen Wechsel einförmiger Tage frisch und arbeitsam Gott loben und glücklich sind, und nichts wissen von der andern Welt, die seitdem mit tausend Freuden und Schmerzen durch seine Seele gegangen. Warum konnte er, und wie er wohl bemerkte, auch Viktor nicht ebenso glücklich und ruhig sein? –

Dabei hatte ihn die Nachricht von Erwins unerklärlicher, flüchtiger Erscheinung heftig bewegt. Er ging sogleich mit dem Briefe zu Leontin. Aber er fand weder ihn, noch Faber zu Hause. Er sah durch das offene Fenster, der reine Himmel lag blau und unbegrenzt über den fernen Dächern und Kuppeln bis in die neblige Weite. Er konnt es nicht aushalten; er nahm

Hut und Stock und wanderte durch die Vorstädte ins Freie hinaus. Unzählige Lerchen schwirrten hoch in der warmen Luft, die neugeschmückte Frühlingsbühne sah ihn wie eine alte Geliebte an, als wollte ihn alles fragen: Wo bist du so lange gewesen? Hast du uns vergessen? – Ihm war so wohl zum Weinen. Da blies neben ihm ein Postillion lustig auf dem Horne. Eine schöne Reisekutsche mit einem Herrn und einem jungen Frauenzimmer fuhr schnell an ihm vorüber. Das Frauenzimmer sah lachend aus dem Wagen nach ihm zurück. Er täuschte sich nicht, es war Marie. Verwundert sah Friedrich dem Wagen nach, bis er weit in der heitern Luft verschwunden war. Die Straße ging nach Italien hinunter.

Da es sich zum Abend neigte, wandte er sich wieder heimwärts. In den Vorstädten war überall ein sommerabendliches Leben und Weben, wie in den kleinen Landstädtchen. Die Kinder spielten mit wirrem Geschrei vor den Häusern, junge Burschen und Mädchen gingen spazieren, der Abend wehte von draußen fröhlich durch alle Gassen. Da bemerkte Friedrich seitwärts eine alte, abgelegene Kirche, die er sonst noch niemals gesehen hatte. Er fand sie offen und ging hinein.

Es schauderte ihn, wie er aus der warmen, fröhlich bunten Wirrung so auf einmal in diese ewig stille Kühle hineintrat. Es war alles leer und dunkel drinnen, nur die ewige Lampe brannte wie ein farbiger Stern in der Mitte vor dem Hochaltare; die Abendsonne schimmerte durch die gemalten, gotischen, Fenster. Er kniete in eine Bank hin. Bald darauf bemerkte er in einem Winkel eine weibliche Gestalt, die vor einem Seitenaltare, im Gebet versunken, auf den Knien lag. Sie erhob sich nach einer Weile und sah ihn an. Da kam es ihm vor, als wäre es das Bürgermädchen, die unglückliche Geliebte des Prinzen. Doch konnte er sich gar nicht recht in die Gestalt finden; sie schien ihm weit größer und ganz verändert seitdem. Sie war ganz weiß angezogen und sah sehr blaß und seltsam aus. Sie schien weder erfreut, noch verwundert über seinen Anblick, sondern ging, ohne ein Wort zu sprechen, tief in einen dunklen Seitengang hinein, auf den Ausgang der Kirche zu. Friedrich ging ihr nach, er wollte mit ihr sprechen. Aber draußen fuhren und gingen die Menschen bunt durcheinander, und er hatte sie verloren.

Als er nach Hause kam, fand er den Prinzen bei sich, der, den Kopf in die Hand gestützt, am Fenster saß und ihn erwartete. „Mein hohes Mädchen ist tot!“ rief er aufspringend, als Friedrich hereintrat. Friedrich fuhr zusammen: „Wann ist sie gestorben?“ – „Vorgestern.“ – Friedrich stand in tiefen Gedanken und hörte kaum, wie der Prinz erzählte, was er von der alten Mutter der Dahingeschiedenen gehört: wie das Mädchen anfangs nach der Ohnmacht in allen Kirchen herumgezogen und Gott inbrünstig gebeten, daß er sie doch noch einmal glücklich in der Welt machen möchte. Nach und nach aber fing sie an zu kränkeln und wurde melancholisch. Sie sprach sehr zuversichtlich, daß sie bald sterben würde, und von einer großen Sünde, die sie abzubüßen hätte, und fragte die Mutter oft ängstlich, ob sie denn noch in den Himmel kommen könnte? Den Prinzen wollte sie noch immer nicht wiedersehen. Die letzten Tage vor ihrem Tode wurde sie merklich besser und heiter. Noch den letzten Tag kam sie sehr fröhlich nach Hause und sagte mit leuchtenden Augen, sie habe den Prinzen wiedergesehen, er sei, ohne sie zu bemerken, an ihr vorbeigeritten. Den Abend darauf starb sie. Der Prinz zog hierbei ein Papier heraus und las Friedrich ein Totenopfer vor, welches er heut in einer Reihe von Sonetten auf den Tod des Mädchens gedichtet hatte. Die ersten Sonette enthielten eine wunderfeine Beschreibung, wie der Prinz das Mädchen verführt. Friedrich graute, wie schön sich da die Sünde ausnahm. Das letzte Sonett schloß:

„Einsiedler will ich sein und einsam stehen,
Nicht klagen, weinen, sondern büßend beten,
Du bitt für mich dort, daß ich besser werde!

Nur einmal, schönes Bild, laß dich mir sehen,
Nachts, wenn all’ Bilder weit zurücke treten,
Und nimm mich mit dir von der dunklen Erde!“

„Wie gefällt Ihnen das Gedicht?“ – „Gehn Sie in jene Kirche, die dort so dunkel hersieht“, sagte Friedrich erschüttert, „und wenn der Teufel mit meinen gesunden Augen nicht sein Spiel treibt, so werden Sie sie dort wiedersehen.“ – „Dort ist sie begraben“, antwortete der Prinz, und wurde blaß und immer blässer, als ihm Friedrich erzählte, was ihm begegnet. „Warum fürchten Sie sich?“ sagte Friedrich hastig, denn ihm war, als sähe ihn das stille, weiße Bild wie in der Kirche wieder an, „wenn Sie den Mut hatten, das hinzuschreiben, warum erschrecken Sie, wenn es auf einmal Ernst wird und die Worte sich rühren und lebendig werden? Ich möchte nicht dichten, wenn es nur Spaß wäre, denn wo dürfen wir jetzt noch redlich und wahrhaft sein, wenn es nicht im Gedichte ist? Haben Sie den rechten Mut, besser zu werden, so gehn Sie in die Kirche und bitten Sie Gott inbrünstig um seine Kraft und Gnade. Ist aber das Beten und alle unsere schönen Gedanken um des Reimes willen auf dem Papiere, so hol der Teufel auf ewig den Reim samt den Gedanken!" –

Hier fiel der Prinz Friedrich ungestüm um den Hals. „Ich bin durch und durch schlecht", rief er, „Sie wissen gar nicht und niemand weiß es, wie schlecht ich bin! die Gräfin Romana hat mich zuerst verdorben vor langer Zeit; das verstorbene Mädchen habe ich sehr künstlich verführt; der damals in der Nacht zu Marie bei Ihnen vorbeischlich, das war ich; der auf jener Redoute –" Hier hielt er inne. – „Betrügerisch, verbuhlt, falsch und erbärmlich bin ich ganz", fuhr er weiter fort. „Der Mäßigung, der Gerechtigkeit, der großen, schönen Entwürfe, und was wir da zusammen beschlossen, geschrieben und besprochen, dem bin ich nicht gewachsen, sondern im Innersten voller Neid, daß ich's nicht bin. Es war mir nie Ernst damit und mit nichts in der Welt. – Ach, daß Gott sich meiner erbarme!" Hierbei zerriß er sein Gedicht in kleine Stückchen, wie ein Kind, und weinte fast. Friedrich, wie aus den Wolken gefallen, sprach kein einziges Wort der Liebe und Tröstung, sondern die Brust voll Schmerzen und kalt wandte er sich zum offenen Fenster von dem gefallenen Fürsten, der nicht einmal ein Mann sein konnte.

Siebzehntes Kapitel

Rosa saß frühmorgens am Putztische und erzählte ihrem Kammermädchen folgenden Traum, den sie heut nacht gehabt: „Ich stand zu Hause in meiner Heimat im Garten; der Garten war noch ganz so, wie er ehedem gewesen, ich erinnere mich wohl, mit allen den Alleen, Gängen und Figuren aus Buchsbaum. Ich selber war klein, wie damals, da ich als Kind in dem Garten gespielt. Ich verwunderte mich sehr darüber, und mußte auch wieder lachen, wenn ich mich ansah, und fürchtete mich vor den seltsamen Baumfiguren. Dabei war es mir, als wäre mein vergangenes Leben und daß ich schon einmal groß gewesen, nur ein Traum. Ich sang immerfort ein altes Lied, das ich damals als Kind alle Tage gesungen und seitdem wieder vergessen habe. Es ist doch seltsam, wie ich es in der Nacht ganz auswendig wußte! Ich habe heut schon viel nachgesonnen, aber es fällt mir nicht wieder ein. Meine Mutter lebte auch noch. Sie stand seitwärts vom Garten an einem Teiche. Ich rief ihr zu, sie sollte herüberkommen. Aber sie antwortete mir nicht, sondern stand still und unbeweglich, vom Kopfe bis zu den Füßen in ein langes, weißes Tuch gehüllt. Da trat auf einmal Graf Friedrich zu mir. Es war mir, als sähe ich ihn zum ersten Male, und doch war er mir wie längst bekannt. Wir waren wieder gute Freunde, wie sonst – ich habe ihn nie so gut und freundlich gesehen. Ein schöner Vogel saß mitten im Garten auf einer hohen Blume und sang, daß es mir durch die Seele ging, meinen Bruder sah ich unten über das glänzende Land reiten, er hatte die kleine Marie, die eine Zimbel hoch in die Luft hielt, vor sich auf dem Rosse, die Sonne schien prächtig. ‚Reisen wir nach Italien!' sagte da Friedrich zu mir. – Ich folgte ihm gleich, und wir gingen sehr schnell durch viele schöne Gegenden immer nebeneinander fort. Sooft ich mich umsah, sah ich hinten nichts, als ein grenzenloses Abendrot, und in dem Abendrot meiner Mutter Bild, die unterdes sehr groß geworden war, in der Ferne wie eine Statue stehen, immerfort so still nach uns zugewendet, daß ich vor Grauen davon wegsehen mußte. Es war unterdes Nacht geworden und ich sah vor uns unzählige Schlösser auf den Bergen brennen. Jenseits wanderten in dem Scheine, der von den brennenden Schlössern kam, viele Leute mit Weib und Kindern, wie Vertriebene, sie waren alle in seltsamer, uralter Tracht; es kam mir vor, als sähe ich auch meinen Vater und meine Mutter unter ihnen, und mir war unbeschreiblich bange. Wie wir so fortgingen, schien es mir, als würde Friedrich selbst nach und nach immer größer. Er war still und seine Mienen veränderten sich seltsam, so daß ich mich vor ihm fürchtete. Er hatte ein langes, blankes Schwert in der Hand, mit dem er vor uns her den Weg aushaute; sooft er es schwang, warf es einen weitblitzenden Schein über den Himmel und über die Gegend unten. Vor ihm ging sein langer Schatten, wie ein Riese, weit über alle Täler gestreckt. Die Gegend wurde indes immer seltsamer und wilder, wir gingen zwischen himmelhohen, zackigen Gebirgen. Wenn wir an einen Strom kamen, gingen wir auf unsern eigenen Schatten, wie auf einer Brücke, darüber. Wir kamen so auf eine weite Heide, wo ungeheure Steine zerstreut umherlagen. Mich befiel eine niegefühlte Angst, denn je mehr ich die zerstreuten Steine betrachtete, je mehr kamen sie mir wie eingeschlafene Männer vor. Die Gegend lag unbeschreiblich hoch, die Luft war kalt und scharf. Da sagte Friedrich: ‚Wir sind zu Hause!' Ich sah ihn erschrocken an und erkannte ihn nicht wieder, er war völlig geharnischt, wie ein Ritter. Sonderbar! es hing ein altes Ritterbild sonst in einem Zimmer unsers Schlosses, vor dem ich oft als Kind gestanden. Ich hatte längst alle Züge davon vergessen, und geradeso sah jetzt Friedrich auf einmal aus. – Ich fror entsetzlich. Da ging die Sonne plötzlich auf und Friedrich nahm mich in beide Arme und preßte mich so fest an seine Brust, daß ich vor Schmerz mit einem lauten Schrei erwachte." –

„Glaubst du an Träume?" sagte Rosa nach einer Weile in Gedanken zu dem Kammermädchen. Das Mädchen antwortete nicht. „Wo mag nun wohl Marie sein, die Ärmste?" sagte Rosa unruhig wieder. – Dann stand sie auf und trat ans Fenster. Es war ein Gartenhaus der Gräfin Romana, das sie bewohnte; der Morgen blitzte unten über den kühlen Garten, weithin übersah man die Stadt mit ihren duftigen Kuppeln, die Luft war frisch und klar. Da warf sie plötzlich alle Schminkbüchschen, die auf dem Fenster standen, heimlich hinaus und zwang sich, zu lächeln, als es das Mädchen bemerkte. –

Denselben Tag abends erhielt sie einen Brief von Romana, die wieder seit einiger Zeit auf einem ihrer entferntesten Landgüter im Gebirge sich aufhielt. Es war eine sehr dringende Einladung zu einer Gemsenjagd, die in wenigen Tagen dort gehalten werden sollte. Der Brief bestand nur in wenigen Zeilen und war auffallend verwirrt und seltsam geschrieben, selbst ihre Züge schienen verändert und hatten etwas Fremdes und Verwildertes. Ganz unten stand noch: „Letzthin, als Du auf dem Balle beim Minister warst, war Friedrich unbemerkt auch da und hat Dich gesehen." –

Rosa versank über dieser Stelle in tiefe Gedanken. Sie erinnerte sich aller Umstände jenes Abends auf einmal sehr deutlich, wie sie Friedrich versprochen hatte, ihn zu Hause zu erwarten, und wie er seitdem nicht wieder bei ihr gewesen. Ein Schmerz, wie sie ihn noch nie gefühlt, durchdrang ihre Seele. Sie ging unruhig im Zimmer auf und ab. Sie konnte es endlich nicht länger aushalten, sie wollte alle Mädchenscheu abwerfen, sie wollte Friedrich, auf welche Art es immer sei, noch heute sehn und sprechen. Sie war eben allein, draußen war es schon finster. Mehrere Male nahm sie ihren Mantel um und legte ihn zaudernd wieder hin. Endlich faßte sie ein Herz, schlich unbemerkt aus dem Hause und über die dunklen Gassen fort zu Friedrichs Wohnung. Atemlos mit klopfendem Herzen flog sie die Stiegen hinauf, um, so ganz sein und um alle Welt nichts fragend, an seine Brust zu fallen. Aber das Unglück wollte, daß er eben nicht zu Hause war. Da stand sie im Vorhaus und weinte bitterlich. Mehrere Türen gingen indes im Hause auf und zu, Bediente eilten hin und her über die Gänge. Sie konnte nicht länger weilen, ohne verraten zu werden.

Die Furcht, so allein und zu dieser Zeit auf der Gasse erkannt zu werden, trieb sie schnell durch die Gassen zurück, das Gesicht tief in den seidenen Mantel gehüllt. Aber das Geschick war in seiner teuflischen Laune. Als sie eben um eine Ecke bog, stand der Prinz plötzlich vor ihr. Eine Laterne schien ihr gerade ins Gesicht, er hatte sie erkannt. Ohne irgendein Erstaunen zu äußern, bot er ihr den Arm, um sie nach Hause zu begleiten. Sie sagte nichts, sondern hing kraftlos und vernichtet vor Scham an seinem Arm. Er wunderte sich nicht, er lächelte nicht, er fragte um nichts, sondern sprach artig von gewöhnlichen Dingen. – Als sie an ihr Haus kamen, bat er sie scherzend um einen Kuß. Sie willigte verwirrt ein, er umschlang sie heftig und küßte sie zum ersten Male. Eine lange Gestalt stand indes unbemerkt gegenüber an der Mauer und kam plötzlich auf den Prinzen los. Der Prinz, der sich nichts Gutes versah, sprang schnell in ein Nebenhaus und schloß die Tür hinter sich zu. Es war Friedrich, den der Zufall eben hier vorbeigeführt hatte. Sie hatten beide einander nicht erkannt. Er saß noch die halbe Nacht dort auf der Schwelle des Hauses und lauerte auf den unbekannten Gast. Die wildesten Gedanken, wie er sie sein Lebelang nicht gehabt, durchkreuzten seine Seele. Aber der Prinz kam nicht wieder heraus. – Rosa hatte von der ganzen letzten Begebenheit nichts mehr gesehen. – Der Prinz hatte sie überrascht. Noch niemals war er ihr so bescheiden, so gut, so schön und liebenswürdig vorgekommen, und sein Kuß brannte die ganze Nacht verführerisch auf ihren schönen Lippen fort.

Es war ein herrlicher Morgen, als Friedrich und Leontin in

den ewigen Zwinger der Alpen einritten, wohin auch sie von der Gräfin Romana zur Jagd geladen waren. Als sie um die letzte Bergecke herumkamen, fanden sie schon die Gesellschaft auf einer schönen Wiese zwischen grünen Bergen bunt und schallend zerstreut. Einzelne Gruppen von Pferden und gekoppelten Hunden standen rings in der schönen Wildnis umher, im Hintergrunde erhob sich lustig ein farbiges Zelt. Mitten auf der glänzenden Wiese stand die zauberische Romana in einer grünen Jagdkleidung, sehr geschmückt, fast phantastisch wie eine Waldfee anzusehn. Neben ihr, auf ihre Achsel gelehnt, stand Rosa in männlichen Jagdkleidern und versteckte ihr Gesicht an der Gräfin, da der Prinz eben zu ihr sprach, als sie Friedrich mit ihrem Bruder von der andern Seite ankommen sah. Von allen Seiten vom Gebirge herab bliesen die Jäger auf ihren Hörnern, als bewillkommneten sie die beiden neuangekommenen Gäste. Friedrich hatte Rosa noch nie in dieser Verkleidung gesehen und betrachtete lange ernsthaft das wunderschöne Mädchen.

Romana kam auf die beiden los und empfing sie mit einer auffallenden Heftigkeit. Nun entlud sich auch das Zelt auf einmal eines ganzen Haufens von Gästen, und Leontin war in dem Gewirre gar bald in seine launigste Ausgelassenheit hineingeärgert, und spielte in kecken, barocken Worten, die ihm wie von den hellen Schneehäuptern der Alpen zuzufliegen schienen, mit diesem Jagdgesindel, das ein einziger Auerochs verjagt hätte. Auch hier war die innerliche Antipathie zwischen ihm und dem Prinzen bemerkbar. Der Prinz wurde still und vermied ihn, wo er konnte, wie ein Feuer, das überall mit seinen Flammenspitzen nach ihm griff und ihn im Innersten versengte. Nur Romana war heute auf keine Weise aus dem Felde zu schlagen, sie schien sich vielmehr an seiner eigenen Weise nur immer mehr zu berauschen. Er konnte sich, wie immer, wenn er sie sah, nicht enthalten, mit zweideutigen Witzen und Wortspielen ihre innerste Natur herauszukitzeln, und sie hielt ihm heute tapfer Stich, so daß Rosa mehrere Male rot wurde und endlich fortgehn mußte. „Gott segne uns alle“, sagte er zuletzt zu einem vornehmen Männlein, das eben sehr komisch bei ihm stand, „daß wir heute dort oben an einem schmalen Felsenabhange nicht etwa einem von unsern Ahnherren begegnen, denn die verstehn keinen Spaß, und wir sind schwindlige Leute.“ –

Hier wurde er durch das Jagdgeschrei unterbrochen, das nun plötzlich von allen Seiten losbrach. Die Hörner forderten wie zum Kriege, die Hunde wurden losgelassen, und alles griff nach den Gewehren. Leontin war bei dem ersten Signal mitten in seiner Rede fortgesprungen, er war der erste unter dem Haufen der anführenden Jäger. Mit einer schwindelerregenden Kühnheit sah man ihn, sich an die Sträucher haltend, geschickt von Fels zu Fels über die Abgründe immer höher hinaufschwingen; er hatte bald alle Jäger weit unter sich und verschwand in der Wildnis. Mehrere von der Gesellschaft schrien dabei ängstlich auf. Romana sah ihm furchtlos mit unverwandten Blicken nach; „wie sind die Männer beneidenswert!" sagte sie, als er sich verloren hatte.

Die Gesellschaft hatte sich unterdes nach allen Richtungen hin zerstreut, und die Jagd ging wie ein Krieg durch das Gebirge. In tiefster Abgeschiedenheit, wo Bäche in hellen Bogen von den Höhen sprangen, sah man die Gemsen schwindlig von Spitze zu Spitze hüpfen, einsame Jäger dazwischen auf den Klippen erscheinen und wieder verschwinden, einzelne Schüsse fielen hin und her, das Hifthorn verkündigte von Zeit zu Zeit den Tod eines jeden Tieres. Da sah Friedrich auf einem einsamen Fleck nach mehreren Stunden seinen Leontin wagehalsig auf der höchsten von allen den Felsspitzen stehen, daß das Auge den Anblick kaum ertragen konnte. Er erblickte Friedrich und rief zu ihm hinab: „Das Pack da unten ist mir unerträglich; wie sie hinter mir drein quickten, als ich vorher hinaufstieg! Ich bleibe in den Bergen oben, lebe wohl, Bruder!" Hierauf wandte er sich wieder weiter und kam nicht mehr zum Vorschein.

Der Abend rückte heran, in den Tälern wurde es schon dunkel. Die Jagd schien geendigt, nur einzelne kühne Schützen sah man noch hin und wieder an den Klippen hängen, von den letzten Widerscheinen der Abendsonne scharf beleuchtet. Friedrich stand eben in höchster Einsamkeit an seine Flinte gelehnt, als er in einiger Entfernung im Walde singen hörte:

„Dämmrung will die Flügel spreiten,
Schaurig rühren sich die Bäume,
Wolken ziehn wie schwere Träume –
Was will dieses Graun bedeuten?

Hast ein Reh du lieb vor andern,
Laß es nicht alleine grasen,
Jäger ziehn im Wald und blasen,
Stimmen hin und wider wandern.

Hast du einen Freund hienieden,
Trau ihm nicht zu dieser Stunde,
Freundlich wohl mit Aug und Munde,
Sinnt er Krieg im tück'schen Frieden.

Was heut müde gehet unter,
Hebt sich morgen neugeboren.
Manches bleibt in Nacht verloren –
Hüte dich, bleib wach und munter!"

Es wurde wieder still. Friedrich erschrak, denn es kam ihm nicht anders vor, als sei er selber mit dem Liede gemeint. Die Stimme war ihm durchaus unbekannt. Er eilte auf den Ort zu, woher der Gesang gekommen war, aber kein Laut ließ sich weiter vernehmen.

Als er eben so um eine Felsenecke bog, stand plötzlich Rosa in ihrer Jägertracht vor ihm. Sie konnte der Sänger nicht gewesen sein, denn der Gesang hatte sich nach einer ganz andern Richtung hin verloren. Sie schien heftig erschrocken über den unerwarteten Anblick Friedrichs. Hochrot im Gesicht, ängstlich und verwirrt, wandte sie sich schnell und sprang wie ein aufgescheuchtes Reh, ohne der Gefahr zu achten, von Klippe zu Klippe die Höhe hinab, bis sie sich unten im Walde verlor. Friedrich sah ihr lange verwundert nach, später stieg auch er ins Tal hinab.

Dort fand er die Gesellschaft auf der schönen Wiese schon größtenteils versammelt. Das Zelt in der Mitte derselben schien von den vielen Lichtern wie in farbigen Flammen zu stehn, eine Tafel mit Wein und allerhand Erfrischungen schimmerte lüstern lockend zwischen den buntgewirkten Teppichen hervor, Männer und Frauen waren in freien Scherzen ringsumher gelagert. Die vielen wandelnden Windlichter der Jäger, deren Scheine an den Felsenwänden und am Walde auf und nieder schweiften, gewährten einen zauberischen Anblick. Mitten unter den fröhlich Gelagerten und den magischen Lichtern ging Romana für sich allein, eine Gitarre im Arm, auf der Wiese auf und ab. Friedrich glaubte eine auffallende Spannung in ihrem Gesichte und ganzem Wesen zu bemerken. Sie sang:

„In goldner Morgenstunde,
Weil alles freudig stand,
Da ritt im heitern Grunde
Ein Ritter über Land.

Rings sangen auf das beste
Die Vöglein mannigfalt,
Es schüttelte die Äste
Vor Lust der grüne Wald.

Den Nacken, stolz gebogen,
Klopft er dem Rösselein –
So ist er hingezogen
Tief in den Wald hinein.

Sein Roß hat er getrieben,
Ihn trieb der frische Mut;
‚Ist alles fern geblieben,
So ist mir wohl und gut!'“

Sie ging während des Liedes immerfort unruhig auf und ab und sah mehrere Male seitwärts in den Wald hinein, als erwartete sie jemand. Auch sprach sie einmal heimlich mit einem Jäger, worauf dieser sogleich forteilte. Friedrich glaubte manchmal eine plötzliche, aber ebenso schnell wieder verschwindende Ähnlichkeit ihres Gesanges mit jener Stimme auf dem Berge zu bemerken, da sie wieder weitersang:

„Mit Freuden mußt er sehen
Im Wald ein' grüne Au,
Wo Brünnlein kühle gehen,
Von Blumen rot und blau.

Vom Roß ist er gesprungen,
Legt sich zum kühlen Bach,
Die Wellen lieblich klungen,
Das ganze Herz zog nach.

So grüne war der Rasen,
Es rauschte Bach und Baum,
Sein Roß tät stille grasen,
Und alles wie ein Traum.

Die Wolken sah er gehen,
Die schifften immerzu,
Er konnt nicht widerstehen –
Die Augen sanken ihm zu.

Nun hört' er Stimmen rinnen,
Als wie der Liebsten Gruß,
Er konnt sich nicht besinnen –
Bis ihn erweckt ein Kuß.

Wie prächtig glänzt' die Aue!
Wie Gold der Quell nun floß,
Und einer süßen Fraue,
Lag er im weichen Schoß.

‚Herr Ritter! wollt Ihr wohnen
Bei mir im grünen Haus:
Aus allen Blumenkronen
Wind ich Euch einen Strauß!

Der Wald ringsum wird wachen,
Wie wir beisammen sein,
Der Kuckuck schelmisch lachen,
Und alles fröhlich sein.'

Es bog ihr Angesichte
Auf ihn, den süßen Leib,
Schaut mit den Augen lichte
Das wunderschöne Weib.

Sie nahm sein'n Helm herunter,
Löst Krause ihm und Bund,
Spielt mit den Locken munter,
Küßt ihm den roten Mund.

Und spielt' viel süße Spiele
Wohl in geheimer Lust,
Es flog so kühl und schwüle
Ihm um die offne Brust."

Friedrichs Jäger trat hier eiligst zu seinem Herrn und zog ihn abseits in den Wald, wo er sehr bewegt mit ihm zu sprechen schien. Romana hatte es bemerkt. Sie verwandte gespannt kein Auge von Friedrich und folgte ihm in einiger Entfernung langsam in den Wald nach, während sie dabei weitersang:

„Um ihn nun tät sie schlagen
Die Arme weich und bloß,
Er konnte nichts mehr sagen,
Sie ließ ihn nicht mehr los.

Und diese Au zur Stunde
Ward ein kristallnes Schloß,
Der Bach, ein Strom gewunden,
Ringsum gewaltig floß.

Auf diesem Strome gingen
Viel Schiffe wohl vorbei,
Es konnt ihn keines bringen
Aus böser Zauberei."

Sie hatte kaum noch die letzten Worte ausgesungen, als Friedrich plötzlich auf sie zukam, daß sie innerlichst zusammenfuhr. „Wo ist Rosa?" fragte er rasch und streng. „Ich weiß es nicht", antwortete Romana schnell wieder gefaßt, und suchte mit erzwungener Gleichgültigkeit auf ihrer Gitarre die alte Melodie wiederzufinden. Friedrich wiederholte die Frage noch einmal dringender. Da hielt sie sich nicht länger. Als wäre ihr innerstes Wesen auf einmal losgebunden, brach sie schnell und mit fast schreckhaften Mienen aus: „Du kennst noch nicht mich und jene unbezwingliche Gewalt der Liebe, die wie ein Feuer alles verzehrt, um sich an dem freien Spiele der eigenen Flammen zu weiden und selber zu verzehren, wo Lust und Entsetzen in wildem Wahnsinn einander berühren. Auch die grünblitzenden Augen des buntschillernden, blutleckenden Drachen im Liebeszauber sind keine Fabel, ich kenne sie wohl und sie machen mich noch rasend. Oh, hätte ich Helm und Schwert wie Armida! – Rosa kann mich nicht hindern, denn ihre Schönheit ist blöde und dein nicht wert. Ja, gegen dich selber will ich um dich kämpfen. Ich liebe dich unaussprechlich, bleibe bei mir, wie ich nicht mehr von dir fort kann!" – Sie hatte ihn bei den letzten Worten fest umschlungen. Friedrich fuhr mit einem Male aus tiefen Gedanken auf, streifte schnell die blanken Arme von sich ab, und eilte, ohne ein Wort zu sagen, tief in den Wald, wo er sein Pferd bestieg, mit dem ihn der Jäger schon erwartete, und fort hinaussprengte.

Romana war auf den Boden niedergesunken, das Gesicht mit beiden Händen verdeckt. Das fröhliche Lachen, Singen und Gläserklirren von der Wiese her schallte ihr wie ein höllisches Hohngelächter.

Rosa war, als sich Tag und Jagd zu Ende neigten, von Romana und aller Begleitung, wie durch Zufall, verlassen worden. Der Prinz hatte sie den ganzen Tag über beobachtet, war ihr überall im Grünen begegnet und wieder verschwunden. Sie hatte sich endlich halb zögernd entschlossen, ihn zu fliehen und höher ins Gebirge hinaufzusteigen. Sein blühendes Bild heimlich im Herzen, das die Waldhornsklänge immer wieder von neuem weckten, unschlüssig, träumend und halbverirrt, zuletzt noch von dem Liede des Unbekannten, das auch sie hörte, seltsam getroffen und verwirrt, so war sie damals bis zu dem Flecke hinaufgekommen, wo sie so auf einmal Friedrich vor sich sah. Der Ort lag sehr hoch und wie von aller Welt geschieden, sie dachte an ihren neulichen Traum und eine unbeschreibliche Furcht befiel sie vor dem Grafen, die sie schnell von dem Berge hinabtrieb.

Unten, fern von der Jagd, saß der Prinz auf einem ungeheuren Baume. Da hörte er das Geräusch hinter sich durch das Dickicht brechen. Er sprang auf und Rosa fiel atemlos in seine ausgebreiteten Arme. Ihr gestörtes Verhältnis zu Friedrich, das Lied oben, und tausend alte Erinnerungen, die in der grünen Einsamkeit wieder wach geworden, hatten das reizende Mädchen heftig bewegt. Ihr Schmerz machte sich hier endlich in einem Strome von Tränen Luft. Ihr Herz war zu voll, sie konnte nicht schweigen. Sie erzählte dem Prinzen alles aus tiefster, gerührter Seele.

Es ist gefährlich für ein junges Mädchen, einen schönen Vertrauten zu haben. Der Prinz setzte sich neben ihr auf den Rasen hin. Sie ließ sich willig von ihm in den Arm nehmen und lehnte ihr Gesicht müde an seine Brust. Die Abendscheine spielten schon zuckend durch die Wipfel, unzählige Vögel sangen von allen Seiten, die Waldhörner klangen wollüstig durch den warmen Abend aus der Ferne herüber. Der Prinz hatte ihre langen Haare, die aufgegangen waren, um seinen Arm gewickelt und sprach ununterbrochen so wunderliebliche, zauberische Worte, gleich sanfter Quellen Rauschen, kühlelockend und sinnenberauschend, wie Töne alter Lieder aus der Ferne verführend herüberspielen. Rosa bemerkte endlich mit Schrekken, daß es indes schon finster geworden war, und drang ängstlich in den Prinzen, sie zu der Gesellschaft zurückzuführen. Der Prinz sprang sogleich seitwärts in den Wald und brachte zu ihrem Erstaunen zwei gesattelte Pferde mit hervor. Er hob sie schnell auf das eine hinauf, und sie ritten nun, so geschwind als es die Dunkelheit zuließ, durch den Wald fort.

Sie waren schon weit auf verschiedenen, sich durchkreuzenden Wegen fortgetrabt, aber die Wiese mit dem Zelte wollte noch immer nicht erscheinen. Die Waldhornsklänge, die sie vorher gehört hatten, waren schon lange verstummt, der Mond trat schon zwischen den Wolken hervor. Rosa wurde immer ängstlicher, aber der Prinz wußte sie jedesmal wieder zu beruhigen.

Endlich hörten sie die Hörner von neuem aus der Ferne vor sich. Sie verdoppelten ihre Eile, die Klänge kamen immer näher. Doch wie groß war Rosas Schrecken, als sie auf einmal aus dem Walde herauskam und ein ganz fremdes, unbekanntes Schloß vor sich auf dem Berge liegen sah. Entrüstet wollte sie umkehren und machte dem Prinzen weinend die bittersten Vorwürfe. Nun legte der Prinz die Maske ab. Er entschuldigte seine Kühnheit mit der unwiderstehlichen Gewalt seiner lange heimlich genährten Sehnsucht, umschlang und küßte die Weinende und beschwor alle Teufel seiner Liebe herauf. Die Hörner klangen lockend immerfort, und zitternd, halb gezwungen und halb verführt, folgte sie ihm endlich den Berg hinauf. Es war ein abgelegenes Jagdschloß des Prinzen. Nur wenige verschwiegene Diener hatten dort alles zu ihrem Empfange bereitet.

Friedrich ritt indes zwischen den Bergen fort. Sein Jäger, der gegen Abend weit von der Jagd abgekommen war, hatte zufällig Rosa mit dem Prinzen auf ihrer Flucht durch den Wald fortjagen gesehen, und war sogleich zu seinem Herrn zurückgeeilt, um ihm diese Entdeckung mitzuteilen. Dies war es, was Friedrich so schnell auf sein Pferd getrieben hatte.

Als er endlich nach manchem Umwege an die letzten Felsen kam, welche diese Wiese umschlossen, erblickte er plötzlich im Walde seitwärts eine weiße Figur, die, eine Flinte im Arm, gerade auf seine Brust zielte. Ein flüchtiger Mondesblick beleuchtete die unbewegliche Gestalt, und Friedrich glaubte mit Entsetzen Romana zu erkennen. Sie ließ erschrocken die Flinte sinken, als er sich nach ihr umwandte, und war im Augenblick im Walde verschwunden. Ein seltsames Graun befiel dabei den Grafen. Er setzte die Sporen ein, bis er das ganze furchtbare Jagdrevier weit hinter sich hatte.

Unermüdet durchstreifte er nun den Wald nach allen Richtungen, denn jede Minute schien ihm kostbar, um der Ausführung dieser Verräterei zuvorzukommen. Aber kein Laut und kein Licht rührte sich weit und breit. So ritt er ohne Bahn fort und immerfort, und der Wald und die Nacht nahmen kein Ende.

Drittes Buch

Achtzehntes Kapitel

Wir finden Friedrich fern von dem wirrenden Leben, das ihn gereizt und betrogen, in der tiefsten Einsamkeit eines Gebirges wieder. Ein unaufhörlicher Regen war lange wie eine Sündflut herabgestürzt, die Wälder wogten wie Ährenfelder im feuchten Sturme. Als er endlich eines Abends auf die letzte Ringmauer von Deutschland kam, wo man nach Welschland heruntersieht, fing das Wetter auf einmal an sich auszuklären, und die Sonne brach warm durch den Qualm. Die Bäume tröpfelten in tausend Farben blitzend, unzählige Vögel begannen zu singen, das liebreizende, vielgepriesene Land unten schlug die Schleier zurück und blickte ihm wie eine Geliebte ins Herz.

Da er eben in die weite Tiefe zu den aufgehenden Gärten hinablenken wollte, sah er auf einer der Klippen einen jungen, schlanken Gemsenjäger keck und trotzig ihm gegenüberstehn und seinen Stutz auf ihn anlegen. Er wandte schnell um und ritt auf den Jäger los. Das schien diesem zu gefallen, er kam schnell zu Friedrich herabgesprungen und sah ihn vom Kopf bis auf den Fuß groß an, während er dem Pferde desselben, das ungeduldig stampfte, mit vieler Freude den gebogenen Hals streichelte. „Wer gibt dir das Recht, Reisende aufzuhalten?“ fuhr ihn Friedrich an. „Du sprichst ja deutsch“, sagte der Jäger, ihn ruhig auslachend, „du könntest jetzt auch etwas Besseres tun, als reisen! Komm nur mit mir!“ Friedrich erfrischte recht das kecke, freie Wesen, das feine Gesicht voll Ehre, die gelenke, tapfere Gestalt; er hatte nie einen schönern Jäger gesehen. Er zweifelte nicht, daß er einer von jenen sei, um derentwillen er schon seit mehreren Tagen das verlassene Gebirge vergebens durchschweift hatte, und trug daher keinen Augenblick Bedenken, dem Abenteuer zu folgen. Der Jäger ging singend voraus, Friedrich ritt in einiger Entfernung nach.

So zogen sie immer tiefer in das Gebirge hinein. Die Sonne war lange untergegangen, der Mond schien hell über die Wälder. Als sie ohngefähr eine halbe Stunde so gewandert waren, blieb der Jäger in einiger Entfernung plötzlich stehen, nahm sein Hifthorn und stieß dreimal hinein. Sogleich gaben unzählige Hörner nacheinander weit in das Gebirge hinein Antwort. Friedrich stutzte und wurde einen Augenblick an dem ehrlichen Gesichte irre. Er hielt sein Pferd an, zog sein Pistol heraus und hielt es, gefaßt gegen alles, was daraus werden durfte, auf seinen Führer. Der Jäger bemerkte es. „Lauter Landsleute!“ rief er lachend, und schritt ruhig weiter. Aller Argwohn war verschwunden, und Friedrich ritt wieder nach.

So kamen sie endlich schon bei finsterer Nacht auf einem hochgelegenen, freien Platze an. Ein Kreis bärtiger Schützen war dort um ein Wachtfeuer gelagert, grüne Reiser auf den Hüten, und ihre Gewehre neben sich auf dem Boden. Friedrichs Führer war schon voraus mitten unter ihnen und hatte den Fremden angemeldet. Mehrere von den Schützen sprangen sogleich auf, umringten Friedrich bei seiner Ankunft und fragten ihn um Neuigkeiten aus dem flachen Lande. Friedrich wußte sie wenig zu befriedigen, aber seine Freude war unbeschreiblich, sich endlich am Ziele seiner Irrfahrt zu sehen. Denn dieser Trupp war, wie er gleich beim ersten Anblick vermutet, wirklich eine Partei des Landsturmes, den das Gebirgsvolk bei dem unlängst ausgebrochenen Kriege gebildet hatte.

Die Flamme warf einen seltsamen Schein über den soldatischen Kreis von Gestalten, die rings umherlagen. Die Nacht war still und sternhell. Einer von den Jägern, die draußen auf dem Felsen auf der Lauer lagen, kam und meldete, wie in dem Tale nach Deutschland zu ein großes Feuer zu sehen sei. Alles richtete sich auf und lief weiter an den Bergesrand. Man sah unten die Flammen aus der stillen Nacht sich erheben, und konnte ungeachtet der Entfernung die stürzenden Gebälke der Häuser deutlich unterscheiden. Die meisten kannten die Gegend, einige nannten sogar die Dörfer, welche brennen müßten. Alle aber waren sehr verwundert über die unerwartete Nähe des Feindes, denn diesem schrieben sie den Brand zu. Man erwartete mit Ungeduld die Zurückkunft eines Trupps, der schon gestern in die Täler auf Kundschaft ausgezogen war.

Einige Stunden nach Mitternacht ohngefähr hörte man in einiger Entfernung im Walde von mehreren Wachen das Losungswort erschallen; bald darauf erschienen einige Männer, die man sogleich für die auf Kundschaft Ausgeschickten erkannte und begrüßte. Sie hatten einen jungen, fremden Mann bei sich, der aber über der üblen Zeitung, welche die Kundschafter mitbrachten, anfangs von allen übersehen wurde. Sie sagten nämlich aus, eine ansehnliche feindliche Abteilung habe ihre heimlichen Schlupfwinkel entdeckt und sie durch einen rastlosen, mühsamen Marsch umgangen. Der Feind stehe nun auf dem Gebirge selbst mitten zwischen ihren einzelnen, auf den Höhen zerstreuten Haufen, um sie mit Tagesanbruch so einzeln aufzureiben. – Ein allgemeines Gelächter erscholl bei den letzten Worten im ganzen Trupp. „Wir wollen sehn, wer härter ist“, sagte einer von den Jägern, „unsere Steine oder ihre Köpfe!“ Die Jüngsten warfen ihre Hüte in die Luft, alles freute sich, daß es endlich zum Schlagen kommen sollte.

Man beratschlagte nun eifrig, was unter diesen Umständen das klügste sei. Zum Überlegen war indes nicht lange Zeit, es mußte für den immer mehr herannahenden Morgen ein rascher Entschluß gefaßt werden. Friedrich, der allen wohl behagte, gab den Rat, sie sollten sich heimlich auf Umwegen neben den feindlichen Posten hin vor Tagesanbruch mit allen den andern zerstreuten Haufen auf *einem* festen Fleck zu vereinigen suchen. Dies wurde einmütig angenommen, und der Älteste unter ihnen teilte hiermit alsogleich den ganzen Haufen in viele kleine Trupps und gab jedem einen jungen, rüstigen

Führer zu, der alle Stege des Gebirges am besten kannte. Über die einsamsten und gefährlichsten Felsenpfade wollten sie heimlich mitten durch ihre Feinde gehen, alle ihre andern Haufen, auf die sie unterwegs stoßen mußten, an sich ziehn und auf dem höchsten Gipfel, wo sie wußten, daß ihr Hauptstamm sich befände, wieder zusammenkommen, um sich bei Anbruch des Tages von dort mit der Sonne auf den Feind zu stürzen.

Das Unternehmen war gefährlich und gewagt, doch nahmen sie sehr vergnügt Abschied voneinander. Friedrich hatte sich auch ein grünes Reis auf den Hut gesteckt und auf das beste bewaffnet. Ihm war der junge Jäger, den er zuerst auf der Straße nach Italien getroffen, zum Führer bestimmt worden, zu seinen Begleitern hatte er noch zwei Schützen und den jungen Menschen, den die Kundschafter vorhin mitgebracht. Dieser hatte die ganze Zeit über, ohne einigen Anteil an der Begebenheit verspüren zu lassen, seitwärts auf einem Baumsturze gesessen, den Kopf in beide Hände gestützt, als schliefe er. Sie rüttelten ihn nun auf. Wie erstaunte da Friedrich, als er sich aufrichtete und in ihm denselben Studenten wiedererkannte, den er damals auf der Wiese unter den herumziehenden Komödianten getroffen hatte, als er auf Romanas Schloß zum Besuche ritt. Doch hatte er sich seitdem sehr verändert, er sah blaß aus, seine Kleidung war abgerissen, er schien ganz herunter. Sie setzten sich sogleich in Marsch, und da es zum Gesetz gemacht worden war, den ganzen Weg nichts miteinander zu sprechen, so konnte Friedrich nicht erfahren, wie derselbe aufs Gebirge und in diesen Zustand geraten war.

Sie gingen nun zwischen Wäldern, Felsenwänden und unabsehbaren Abgründen immer fort; der ganze Kreis der Berge lag still, nur die Wälder rauschten von unten herauf, ein scharfer Wind ging auf der Höhe. Der Gemsenjäger schritt frisch voran, sie sprachen kein Wort. Als sie einige Zeit so fortgezogen waren, hörten sie plötzlich über sich mehrere Stimmen in ausländischer Sprache. Sie blieben stehen und drückten sich alle hart an die Felsenwand an. Die Stimmen kamen auf sie los und schienen auf einmal dicht bei ihnen; dann lenkten sie wieder seitwärts und verloren sich schnell. Dies bewog den Führer, einen andern, mehr talwärts führenden Umweg einzuschlagen, wo sie sicherer zu sein hofften.

Sie hatten aber kaum die untere Region erlangt, als ihnen ein Gewirre von Reden, Lachen und Singen durcheinander entgegenscholl. Zum Umkehren war keine Zeit mehr, seitwärts von dem Platze, wo das Schallen sich verbreitet, führte nur ein einziger Steg über den Strom, der dort in das Tal hinauskam. Als sie an den Bach kamen, sahen sie zwei feindliche Reiter auf dem Stege, die beschäftigt waren, Wasser zu schöpfen. Sie streckten sich daher schnell unter die Sträucher auf den Boden nieder, um nicht bemerkt zu werden. Da konnten sie zwischen den Zweigen hindurch die vom Monde hell beleuchtete Wiese übersehen. Ringsum an dem Rande des Waldes stand dort ein Kreis von Pferden angebunden, eine Schar von Reitern war lustig über die Aue verbreitet. Einige putzten singend ihre Gewehre, andere lagen auf dem Rasen und würfelten auf ihren ausgebreiteten Mänteln, mehrere Offiziere saßen vorn um ein Feldtischchen und tranken. Der eine von ihnen hatte ein Mädchen auf dem Schoße, das ihn mit dem einen Arme umschlungen hielt. Friedrich erschrak im Innersten, denn der Offizier war einer seiner Bekannten aus der Residenz, das Mädchen die verlorne Marie. Es war einer von jenen leichten, halbbärtigen Brüdern, die im Winter zu seinem Kreise gehört, und bei anbrechendem Frühling Ernst, Ehrlichkeit und ihre gemeinschaftlichen Bestrebungen mit den Bällen und andern Winterunterhaltungen vergaßen.

Ihn empörte dieses Elend ohne Treue und Gesinnung, wie er mit vornehmer Zufriedenheit seinen Schnauzbart strich und auf seinen Säbel schlug, gleichviel für was oder gegen wen er ihn zog. Der Lauf seines Gewehres war zufällig gerade auf ihn gerichtet; er hätte es in diesem Augenblicke auf ihn losgedrückt, wenn ihn nicht die Furcht, alle zu verraten, davon abgehalten hätte.

Der Offizier stand auf, hob sein Glas in die Höh und fing an Schillers Reiterlied zu singen, die andern stimmten mit vollen Kehlen ein. Noch niemals hatte Friedrich das fürchterliche Lied so widerlich und höllisch-gurgelnd geklungen. Ein anderer Offizier mit einem feuerroten Gesichte, in dem alle menschliche Bildung zerfetzt war, trat dazu, schlug mit dem Säbel auf den Tisch, daß die Gläser klirrten, und pfiff durchdringend den Dessauer Marsch drein. Ein allgemeines wildes Gelächter belohnte seine Zote. –

Unterdes hatten die beiden Reiter den Steg wieder verlassen. Friedrich und seine Gesellen rafften sich daher schnell vom Boden auf und eilten über den Bach von der andern Seite wieder ins Gebirge hinauf. Je höher sie kamen, je stiller wurde es ringsumher. Nach einer Stunde endlich wurden sie von den ersten Posten der Ihrigen angerufen. Hier erfuhren sie auch, daß fast alle die übrigen Abteilungen, die sich teils durchgeschlichen, teils mit vielem Mute durchgeschlagen hatten, bereits oben angekommen wären. Es war ein freudenreicher Anblick, als sie bald darauf den weiten, freien Platz auf der letzten Höhe glücklich erreicht hatten. Die ganze unübersehbare Schar saß dort, auf ihre Waffen gestützt, auf den Zinnen ihrer ewigen Burg, die großen Augen gedankenvoll nach der Seite hingerichtet, wo die Sonne aufgehn sollte. Friedrich lagerte sich vorn auf einem Felsen, der in das Tal hinausragte. Unten rings um den Horizont war bereits ein heller Morgenstreifen sichtbar, kühle Winde kamen als Vorboten des Morgens angeflogen. Eine feierliche, erwartungsvolle Stille war über die Schar verbreitet, einzelne Wachen nur hörte man von Zeit zu Zeit weit über das Gebirge rufen. Ein Jäger vorn auf dem Felsen begann folgendes Lied, in das immer zuletzt alle die andern mit einfielen:

„In stiller Bucht, bei finstrer Nacht,
Schläft tief die Welt im Grunde,
Die Berge rings stehn auf der Wacht,
Der Himmel macht die Runde,
Geht um und um
Ums Land herum
Mit seinen goldnen Scharen,
Die Frommen zu bewahren.

Kommt nur heran mit eurer List,
Mit Leitern, Strick und Banden,
Der Herr doch noch viel stärker ist,
Macht euren Witz zuschanden.
Wie wart ihr klug! –
Nun schwindelt Trug
Hinab vom Felsenrande –
Wie seid ihr dumm! o Schande!

Gleichwie die Stämme in dem Wald
Wolln wir zusammenhalten,
Ein' feste Burg, Trutz der Gewalt,
Verbleiben treu die alten.

Steig, Sonne, schön!
Wirf von den Höhn
Nacht und die mit ihr kamen,
Hinab in Gottes Namen!"

Friedrich ärgerte es recht, daß der Student immerfort so traurig dabeisaß. Seine Komödiantin, wie er Friedrich hier endlich entdeckte, hatte ihn von neuem verlassen und diesmal auch alle seine Barschaft mitgenommen. Arm und bloß und zum Tode verliebt, war er nun dem aufrührerischen Gebirge zugeeilt, um im Kriege sein Ende zu finden. „Aber so seid nur nicht gar so talket!" sagte ein Jäger, der seine Erzählung mit angehört hatte. „Mein Schatz", sang ein anderer neben ihm:

„Mein Schatz, das ist ein kluges Kind,
Die spricht: ‚Willst du nicht fechten,
Wir zwei geschiedne Leute sind;
Erschlagen dich die Schlechten,
Auch keins von beiden dran gewinnt.'
Mein Schatz, das ist ein kluges Kind,
Für die will ich lebn und fechten!"

„Was ist das für eine Liebe, die so wehmütige, weichliche Tapferkeit erzeugt?" sagte Friedrich zum Studenten, denn ihm kam seine Melancholie in dieser Zeit, auf diesen Bergen und unter diesen Leuten unbeschreiblich albern vor. „Glaubt mir, das Sterben ist viel zu ernsthaft für einen sentimentalischen Spaß. Wer den Tod fürchtet und wer ihn sucht, sind beide schlechte Soldaten, wer aber ein schlechter Soldat ist, der ist auch kein rechter Mann."

Sie wurden hier unterbrochen, denn soeben fielen von mehreren Seiten Schüsse tief unten im Walde. Es war das verabredete Zeichen zum Aufbruch. Sie wollten den Feind nicht erwarten, sondern ihn von dieser Seite, wo er es nicht vermutete, selber angreifen. Alles sprang fröhlich auf und griff nach den herumliegenden Waffen. In kurzer Zeit hatten sie den Feind im Angesicht. Wie ein heller Strom brachen sie aus ihren Schluchten gegen den blinkenden Damm der feindlichen Glieder, die auf der halben Höhe des Berges steif gespreizt standen. Die ersten Reihen waren bald gebrochen, und das Gefecht zerschlug sich in so viele einzelne Zweikämpfe, als es ehrenfeste

Herzen gab, die es auf Tod und Leben meinten. Es kommandierte, wem Besonnenheit oder Begeisterung die Übermacht gab. Friedrich war überall zu sehen, wo es am gefährlichsten herging, selber mit Blut überdeckt. Einzelne rangen da auf schwindligen Klippen, bis beide einander umklammernd in den Abgrund stürzten. Blutrot stieg die Sonne auf die Höhen, ein wilder Sturm wütete durch die alten Wälder, Felsenstücke stürzten zermalmend auf den Feind. Es schien das ganze Gebirge selbst wie ein Riese die steinernen Glieder zu bewegen, um die fremden Menschlein abzuschütteln, die ihn greist geweckt hatten und an ihm heraufklettern wollten. Mit grenzenloser Unordnung entfloh endlich der Feind nach allen Seiten weit in die Täler hinaus.

Nur auf einem einzigen Flecke wurde noch immer fortgefochten. Friedrich eilte hinzu und erkannte inmittelst jenen Offizier wieder, der in der Residenz zu seinen Genossen gehörte. Dieser hatte sich, von den Seinigen getrennt, schon einmal gefangengegeben, als er zufällig um den Anführer seiner Sieger fragte. Mehrere nannten einstimmig Friedrich. Bei diesem Namen hatte er plötzlich einem seiner Führer den Säbel entrissen und versuchte wütend, noch einmal sich durchzuschlagen. Als er nun Friedrich selber erblickte, verdoppelte er seine fast schon erschöpften Kräfte von neuem und hieb in Wut blind um sich, bis er endlich von der Menge entwaffnet wurde. Stillschweigend folgte er nun, wohin sie ihn führten, und wollte durchaus kein Wort sprechen. Friedrich mochte ihn in diesem Augenblicke nicht anreden.

Das Verfolgen des flüchtigen Feindes dauerte bis gegen Abend. Da langte Friedrich mit den Seinigen ermüdet auf einem altfränkischen Schlosse an, das am Abhange des Gebirges stand. Hof und Schloß stand leer; alle Bewohner hatten es aus Furcht vor Freund und Feind feigherzig verlassen. Der Trupp lagerte sich sogleich auf dem geräumigen Hofe, dessen Pflaster schon hin und wieder mit Gras überwachsen war. Rings um das Schloß wurden Wachen ausgestellt.

Friedrich fand eine Tür offen und ging in das Schloß. Er schritt durch mehrere leere Gänge und Zimmer und kam zuletzt in eine Kapelle. Ein einfacher Altar war dort aufgerichtet, mehrere alte Heiligenbilder auf Holz hingen an den Wänden umher, auf dem Altare stand ein Kruzifix. Er kniete vor dem Altare nieder und dankte Gott aus Grund der Seele für den heutigen Tag. Darauf stand er neugestärkt auf und fühlte die vielen Wunden kaum, die er in dem Gefechte erhalten. Er erinnerte sich nicht, daß ihm jemals in seinem Leben so wohl gewesen. Es war das erstemal, daß es ihm genügte, was er hier trieb und vorhatte. Er war völlig überzeugt, daß er das Rechte wolle, und sein ganzes voriges Leben, was er sonst einzeln versucht, gestrebt und geübt hatte, kam ihm nun nur wie eine lange Vorschule vor zu der sichern, klaren und großen Gesinnung, die jetzt sein Tun und Denken regierte.

Er ging nun durch das Schloß, wo fast alle Türen geöffnet waren. In dem einen Gemache fand er ein altes Sofa. Er streckte sich darauf; aber er konnte nicht schlafen, so müde er auch war. Denn tausenderlei Gedanken zogen wechselnd durch seine Seele, während er dort von der einen Seite durch die offene Tür den Schloßhof übersah, wo die Schützen um ein Feuer lagen, das die alten Gemäuer seltsam beleuchtete, von der andern Seite durchs Fenster die Wolkenzüge über den stillen, schwarzen Wäldern. Er gedachte seines vergangenen ruhigen Lebens, wie er noch mit seiner Poesie zufrieden und glücklich war, an seinen Leontin, an Rosa, an den stillen Garten beim Herrn v. A., wie das alles so weit von hier hinter den Bergen jetzt im ruhigen Schlafe ruhte.

Das Feuer aus dem Hofe warf indes einen hellen Widerschein über die eine Wand der Stube. Da wurde er auf ein großes, altes Bild aufmerksam, das dort hing. Es stellte die heilige Mutter Anna vor, wie sie die kleine Maria lesen lehrte. Sie hatte ein großes Buch vor sich auf dem Schoße. An ihren Knien stand die kleine Maria mit vor der Brust gefalteten Händchen, die Augen fleißig auf das Buch niedergeschlagen. Eine wunderbare Unschuld und Frömmigkeit, wie die demütige Ahnung einer künftigen, unbeschreiblichen Schönheit und Herrlichkeit, ruhte auf dem Gesichte des Kindes. Es war, als müßte sie jeden Augenblick die schönen, klaren Kindesaugen aufschlagen, um der Welt Trost und himmlischen Frieden zu geben. Friedrich war erstaunt, denn je länger er das stille Köpfchen ansah, je deutlicher schienen alle Züge desselben in ein ihm wohlbekanntes Gesicht zu verschwimmen. Doch verlor sich diese Erinnerung in seine früheste Kindheit, und er konnte sich durchaus nicht genau besinnen. Er sprang auf und untersuchte das Bild von allen Seiten, aber nirgends war irgendein Name oder besonderes Zeichen zu sehen.

Verwundert ging er in den Hof hinaus und fragte nach den Bewohnern des Schlosses. Nur einige wußten Bescheid und sagten aus, das Schloß werde gewöhnlich bloß von einem Vogte bewohnt und gehöre eigentlich einer Edelfrau im Auslande, die alle Jahre immer nur auf wenige Tage herkomme. Sonst konnte er nichts erfahren. Ihm fiel dabei unwillkürlich die weiße Frau ein, die er schon fast wieder vergessen hatte. –

Sein Schlaf war vorbei – er begab sich daher auf die alte steinerne Galerie, die auf der Waldseite über eine tiefe Schlucht hinausging, um dort den Morgen abzuwarten. Dort fand er auch den gefangenen Offizier, der in einem dunklen Winkel zusammengekrümmt lag. Er setzte sich zu ihm auf das halb abgebrochene Geländer.

„Das Unglück macht vieles wieder gut", sagte er, und reichte ihm die Hand. – Der Offizier wickelte sich fester in seinen Mantel und antwortete nicht. – „Hast du denn alles vergessen", fuhr Friedrich fort, „was wir in der guten Zeit vorbereitet? Mir war es Ernst mit dem, was ich vorhatte. Ich war ein ehrlicher Narr, und ich will es lieber sein, als klug ohne Ehre." – Der Offizier fuhr auf, schlug seinen Mantel auseinander und rief: „Schlag mich tot wie einen Hund!" – „Laß diese weibische Wut, wenn du nichts Besseres kannst", sagte Friedrich ruhig. „Du siehst so wüst und dunkel aus, ich kenne dein Gesicht nicht mehr wieder. Ich liebte dich sonst, so bist du mir gar nichts wert." – Bei diesen Worten sprang der Offizier, der Friedrichs ruhige Züge nicht länger ertragen konnte, auf, packte ihn bei der Brust und wollte ihn über die Galerie in den Abgrund stürzen. Sie rangen einige Zeit miteinander; Friedrich war vom vielen Blutverluste ermattet und taumelte nach dem schwindligen Rande zu. Da fiel ein Schuß aus einem Fenster des Schlosses; ein Schütze hatte alles mit angesehen. – „Jesus Maria!" rief der Offizier getroffen, und stürzte über das Geländer in den Abgrund hinunter. – Da wurde es auf einmal still, nur der Wald rauschte finster von unten herauf. Friedrich wandte sich schaudernd von dem unheimlichen Orte.

Die Schützen hatten unterdes ausgerastet, das Morgenrot begann bereits sich zu erheben. Neue Nachrichten, die soeben eingelaufen waren, bestimmten den Trupp, sogleich von seinem Schlosse aufzubrechen, um sich mit den andern tiefer im Lande zu vereinigen.

Eine seltsame Erscheinung zog jedoch bald darauf aller

Augen auf sich. Als sie nämlich auf der einen Seite des Schlosses herauskamen, sahen sie jenseits zwischen den Bäumen auf einer hohen Klippe eine weibliche Gestalt stehen, welche zwei von den Ihrigen, die ihr nachstiegen, mit dem Degen abwehrte. Friedrich wurde hinzugerufen. Er erfuhr, das Mädchen sei gegen Morgen allein mit verwirrtem Haar und einem Degen in der Hand an dem Schlosse herumgeirrt, als suche sie etwas. Als sie dann auf den erschossenen Offizier gestoßen, habe sie ihn schnell in die Arme genommen, und den Leichnam mit einer bewunderungswürdigen Kraft und Geduld in das Gebirge hinaufgeschleppt. Zwei Schützen, denen ihr Herumschleichen verdächtig wurde, waren ihr bis zu diesem Felsen gefolgt, den sie nun wie ihre Burg verteidigte.

Als Friedrich näher kam, erkannte er in dem wunderbaren Mädchen sogleich Marie, sie kam ihm heute viel größer und schöner vor. Ihre langen, schwarzen Locken waren auseinandergerollt, sie hieb nach allen Seiten um sich, so daß keiner, ohne sie zu verletzen, die steile Klippe ersteigen konnte. Als dieselbe Friedrich unter den fremden Männern erblickte, ließ sie plötzlich den Degen fallen, sank auf die Knie und verbarg ihr Gesicht an der kalten Brust ihres Geliebten. Die bärtigen Männer blieben erstaunt stehn. „Ist in dir eine solche Gewalt wahrhafter Liebe“, sagte Friedrich gerührt zu ihr, „so wende sie zu Gott, und du wirst noch große Gnade erfahren!“

Die Umstände nötigten indes immer dringender zum Aufbruch. Friedrich ließ daher einen des Weges kundigen Jäger bei Marie zurück, der sie in Sicherheit bringen sollte. Das Mädchen richtete sich halb auf und sah still dem Grafen nach; sie aber zogen singend über die Berge weiter, über denen soeben die Sonne aufging.

Neunzehntes Kapitel

Der Krieg wütete noch lange fort. Friedrich hatte im Laufe desselben den Ruhm seines alten Namens durch alte Tugend wieder angefrischt. Der Fürst, dem er angehörte, war unter den Feinden. Friedrichs Güter wurden daher eingezogen. Das Kriegsglück wandte sich, die Seinigen wurden immer geringer und schwächer, alles ging schlecht: er blieb allein desto hartnäckiger gut und wich nicht. Endlich wurde der Friede geschlossen. Da nahm er, zurückgedrängt auf die höchsten Zinnen des Gebirges, Abschied von seinen Hochländern und eilte güterlos und geächtet hinab. Über das platte Land verbreitete sich der Friede weit und breit in schallender Freude; er allein zog einsam hindurch, und seine Gedanken kann niemand beschreiben, als er die letzten Gipfel des Gebirges hinter sich versinken sah. Er gedachte wenig seiner eigenen Gefahr, da rings in dem Lande die feindlichen Truppen noch zerstreut lagen, von denen er wohl wußte, daß sie seiner habhaft zu werden trachteten. Er achtete sein Leben nicht, es schien ihm nun zu nichts mehr nütze. –

So langte er an einem unfreundlichen, stürmischen Abend in einem abgelegenen Dorfe an. Die Gärten waren alle verwüstet, die Häuser niedergebrannt, die wenigen übriggebliebenen schienen von den Bewohnern verlassen; es war ein trauriges Denkmal des kaum geendigten Krieges, der an diesen Gegenden besonders seine Wut recht ausgelassen hatte. An dem andern Ende des Dorfes fand Friedrich endlich einen Mann, der auf einem schwarzgebrannten Balken seines umgerissenen Hauses saß und an einem Stück trockener Brotrinde nagte. Friedrich fragte um Unterkommen für sich und sein Pferd. Der Mann lachte ihm widerlich ins Gesicht und zeigte auf das abgebrannte Dorf.

Ermüdet band Friedrich sein Pferd an und setzte sich zu dem Manne hin. Er befragte ihn, wie so großes Unglück insonderheit dieses Dorf getroffen? – Der Mann sagte gleichgültig und wortkarg: „Wir haben uns den Feinden widersetzt, worauf unser Dorf abgebrannt und mancher von uns erschossen wurde. Was kümmert mich aber das, und das Land und die ganze Welt“, fuhr er nach einer Weile fort, „mir tut's nur leid um mich, denn zu fressen muß man doch haben!“ – Friedrich sah ihn von der Seite an, wie er so an seinem Brote kauete, sein Gesicht war hager und bleichgelb, und sah nach nichts Gutem aus.

Eine lustige Tanzmusik schallte inzwischen immerfort durch die Nacht zu ihnen herüber. Sie kam aus einem altertümlichen Schlosse, das dem Dorfe gegenüber auf einer Anhöhe stand. Die Fenster waren alle hell erleuchtet. Inwendig sah man eine Menge Leute sich drehen und wirren; manches Paar lehnte sich in die offenen Fenster und sah in die regnerische Gegend hinaus.

„Wem gehört das Schloß da droben, wo es so lustig hergeht?“ fragte Friedrich. „Der Gräfin Romana“, war die Antwort. Unwillkürlich schauderte er bei dieser unerwarteten Antwort zusammen. Erstaunt drang er nun mit Fragen in den Mann und hörte mit den seltsamsten Empfindungen zu, da dieser erzählte: „Als die letzte Schlacht verloren war und alles recht drunter und drüber ging, heisa! da wurde unsere Gräfin so lustig! – Ihr Vermögen war verloren, ihre Güter und Schlösser verwüstet, und als unser Dorf in Flammen aufging, sahen wir sie mit einem feindlichen Offiziere an dem Brande vorbeireiten, der hatte sie vorn vor sich auf seinem Pferde, und so ging es fort in alle Welt. Seit einigen Tagen hatte der Feind dort unten auf den Feldern sein Lager aufgeschlagen; da war ein Trommeln, Jubeln, Musizieren, Saufen und Lachen, Tag und Nacht, und unsere Gräfin mitten unter ihnen, wie eine Marketenderin. Gestern ist das Lager aufgebrochen und die Gräfin gibt den Offizieren, die heute auch noch nachziehen, droben den Abschiedsschmaus.“ – Friedrich war über dieser Erzählung in Nachdenken versunken. – „Ich sehe den Offizier noch immer vor mir“, fuhr der Mann bald darauf wieder fort, „der den Befehl gab, unsere Häuser anzustecken. Ich lag eben hinter einem Zaune, ganz zusammengehauen. Er saß seitwärts nicht weit von mir auf seinem Pferde, der Widerschein von den Flammen fiel ihm durch die dunkle Nacht gerade auf sein wohlgenährtes, glattes Gesicht. Ich würde das Gesicht in hundert Jahren noch wiedererkennen.“ –

Die Lichter in dem Schlosse, während sie so sprachen, fingen indes an zu verlöschen, die Musik hörte auf, und es wurde nach und nach immer stiller. Der Mann wurde seltsam unruhig. „Jetzt werden die Offiziere auch fortziehn, wollen wir ihnen nicht sicheres Geleit geben?“ – sagte er abscheulich lachend, und stand auf. Friedrich bemerkte dabei, daß er etwas Blitzendes, wie ein Gewehr, unter seinem Kittel verborgen hatte. Eh er sich aber besann, war der Mann schon hinter den Häusern in der Finsternis verschwunden. Friedrich trauete ihm nicht recht, er zweifelte nicht, daß er etwas Gräßliches vorhabe. Er eilte ihm daher nach, um ihn auf alle Fälle zu verhindern. Tief im Walde sah er ihn noch einmal von weitem, wie er eben eilig um eine Felsenecke herumbog; darauf verschwand er ihm für immer, und er hatte sich vergebens ziemlich weit vom Dorfe in dem Gebirge verstiegen.

Als er eben auf einer Höhe ankam, um sich von dort wieder zurechtzufinden, stand sehr unerwartet die Gräfin Romana plötzlich vor ihm. Sie hatte eine kurze Flinte auf dem Rücken und dieselbe feenhafte Jägerkleidung, in welcher er sie zum letzten Male auf der Gemsenjagd gesehen hatte. Versteinert wie eine Bildsäule blieb sie stehen, als sie Friedrich so unverhofft erblickte. Dann sah sie ringsherum und sagte: „Ich habe mich hier oben verirrt, ich weiß den Weg nicht mehr nach Hause – führe mich, wohin du willst, es ist alles einerlei!" – Friedrich fiel das ungewohnte „Du" auf, auch bemerkte er in ihrem Gesichte jene leidenschaftliche Blässe, die ihn sonst schon oft an ihr gestört hatte. Die Nacht überdeckte schon unten die stillen Wälder, der Mond ging von der andern Seite über den Bergen auf. Er führte sie an Klippen und schwindligen Abhängen vorüber den hohen, langen Berg hinab, sie sprachen kein Wort miteinander.

So kamen sie endlich nach einem mühsamen Wege zu dem Schlosse der Gräfin zurück. Es war eine alte Burg, mitten in der Wildnis, halb verfallen, kein Mensch war darin zu sehen. „Das ist mein Stammschloß", sagte Romana, „und ich bin die letzte des alten, berühmten Geschlechts."

Sie führte ihn durch die hohen, gewölbten Gemächer. In dem einen Zimmer lag alles vom Feste noch unordentlich umher, zerbrochene Weinflaschen und umgeworfene Stühle; durch das zerschlagene Fenster pfiff der Wind herein und flackerte mit dem einzigen Lichte, das, fast schon bis an den Leuchter herabgebrannt, in der Mitte auf einem Tische stand und spielende Scheine auf eine Reihe altväterischer Ahnenbilder warf, die rings an den Wänden umherhingen.

„Sie sind alle schon morsch, die guten Gesellen", sagte Romana in einem Anfalle von gespannter, unmenschlicher Lustigkeit, als sie die Verwüstung betrat, die noch vor so kurzer Zeit vom Getümmel und freudenreichen Schalle belebt war, nahm ihre Stutzflinte vom Rücken und stieß ein Bild nach dem andern von der Wand, daß sie zertrümmert auf die Erde fielen. Dazwischen kehrte sie sich auf einmal zu Friedrich und sagte: „Als ich mich vorhin im Gebirge umwandte, um wieder zum Schlosse zurückzukehren, sah ich plötzlich auf einer Klippe mir gegenüber einen langen, wilden Mann stehen, den ich sonst in meinem Leben nicht gesehen, der hatte in der einsamen Stille seine Flinte unbeweglich mit der Mündung gerade auf mich angelegt. Ich sprang fort, denn mir kam es vor, als stehe der Mann seit tausend Jahren immer und ewig so dort oben." – Friedrich bemerkte bei diesen verwirrten Worten, die ihn an den Halbverrückten erinnerten, dem er vorhin gefolgt, daß der Hahn an ihrer Flinte, die sie unbekümmert in der Hand hielt und häufig gegen sich kehrte, noch gespannt sei. Er verwies es ihr. Sie sah in die Mündung hinein und lachte wild auf. „Schweigen Sie still", sagte Friedrich ernst und streng, und faßte sie unsanft an. –

Er trat an das eine Fenster, setzte sich in den Fensterbogen und sah in die vom Monde beschienenen Gründe hinab. Romana setzte sich zu ihm. Sie sah noch immer blaß, aber auch in der Verwüstung noch schön aus, ihr Busen war unanständig fast ganz entblößt; sie hielt seine Hand, er bemerkte, daß die ihrige bisweilen zuckte.

„Heftiges, unbändiges Weib", sagte Friedrich, der sich nicht länger mehr hielt, sehr ernsthaft, „gehn Sie beten! Beschauen Sie recht den Wunderbau der hundertjährigen Stämme da unten, die alten Felsenriesen und den ewigen Himmel darüber, wie da die Elemente, sonst wechselseitig vernichtende Feinde gegeneinander, selber ihre rauhen, verwitternden Riesennacken und angeborne Wildheit vor ihrem Herrn beugend, Freundschaft schließen und in weiser Ordnung und Frömmigkeit die Welt tragen und erhalten. Und so soll auch der Mensch die wilden Elemente, die in seiner eigenen dunklen Brust nach der alten Willkür lauern und an ihren Ketten reißen und beißen, mit göttlichem Sinne besprechen und zu einem schönen, lichten Leben die Ehre, Tugend und Gottseligkeit in Eintracht verbinden und formieren. Denn es gibt etwas Festeres und Größeres, als der kleine Mensch in seinem Hochmute, das der Scharfsinn nicht begreift und die Begeisterung nicht erfindet und macht, die, einmal abtrünnig, in frecher, mutwilliger, verwilderter Willkür wie das Feuer alles ringsum zerstört und verzehrt, bis sie über dem Schutte in sich selber ausbrennt – Sie glauben nicht an Gott!" –

Friedrich sprach noch viel. Romana saß still und schien ganz ruhig geworden zu sein, nur manchmal, wenn die Wälder heraufrauschten, schauerte sie, als ob sie der Frost schüttelte. Sie sah Friedrich mit ihren großen Augen unverwandt an, denn sie wußte alles, was er in der letzten Zeit getan und aufgeopfert, und es war im tiefsten Grunde nur ihre unbezwingliche Leidenschaft zu ihm im zerknirschenden Gefühl, ihn nie erreichen zu können, was das heftige Weib nach und nach bis zu diesem schwindligen Abgrund verwildert hatte. Es war, als ginge bei seinem neuen Anblick die Erinnerung an ihre eigene ursprüngliche, zerstörte Größe noch einmal schneidend durch ihre Seele. Sie stand auf und ging, ohne ein Wort zu sagen, nach der einen Seite fort.

Friedrich blieb noch lange dort sitzen, denn sein Herz war noch nie so bekümmert und gepreßt, als diese Nacht. Da fiel plötzlich ganz nahe im Schlosse ein Schuß. Er sprang, wie vom Blitze gerührt, auf, eine entsetzliche Ahnung flog durch seine Brust. Er eilte durch mehrere Gemächer, die leer und offen standen, das letzte war fest verschlossen. Er riß die Tür mit Gewalt ein: welch ein erschrecklicher Anblick versteinerte da alle seine Sinne! Über den Trümmern ihrer Ahnenbilder lag dort Romana in ihrem Blute hingestreckt, das Gewehr, wie ihren letzten Freund, noch fest in der Hand.

Ihn überfiel im ersten Augenblicke ein seltsamer Zorn, er faßte sie in beide Arme, als müßte er sie mit Gewalt noch dem Teufel entreißen. Aber das wilde Spiel war für immer verspielt, sie hatte sich gerade ins Herz geschossen. Der müde Leib ruhte schön und fromm, da ihn die heidnische Seele nicht mehr regierte. Er kniete neben ihr hin und betete für sie aus Herzensgrunde.

Da sah er auf einmal helle Flammen zu den Fenstern hereinschlagen, durch die offene Tür erblickte er auch schon die andern Gemächer in vollem Brande. Kein Mensch war da, die Nacht auch gewitterstill, sie mußte das Schloß in ihrer Raserei selber angesteckt haben, vielleicht um Friedrich zugleich mit sich zu verderben. Er nahm den Leichnam und trug ihn durch das brennende Tor ins Freie hinaus. Dort legte er sie unter eine Eiche und bedeckte sie mit Zweigen, damit sie die Raben nicht fräßen, bis er im nächsten Dorfe die nötigen Vorkehrungen zu ihrem Begräbnisse getroffen. Dann eilte er den Berg hinab und schwang sich auf sein Pferd.

Hinter ihm stieg die Flamme auf die höchste Zinne der Burg und warf gräßliche Scheine weit zwischen den Bäumen. Das Schloß sank wie ein dunkler Riese in dem feurigen Ofen zusammen, über der alten, guten Zeit hielt das Flammenspiel im Winde seinen wilden Tanz; es war, als ginge der Geist ihrer Herrin noch einmal durch die Lohen. –

Zwanzigstes Kapitel

Es war Friedrich seltsam zumute, als er den andern Tag am Saume des Waldes herauskam und den wirtlichen, zierlich bepflanzten Berg mit seinen bunten Lusthäusern und dunklen Lauben dort auf einmal vor sich sah, auf dem er beim Antritt seiner Reise die ersten einsamen, fröhlichen Stunden nach der Trennung von seinen Universitätsfreunden zugebracht hatte. Überrascht blieb er eine Weile vor der weiten, von der Sonne hell beschienenen Gegend stehen, die ihm wie ein Traum, wie eine liebliche Zauberei vorkam; denn eine Gegend aus unserm ersten, frischen Jugendglanze bleibt uns wie das Bild der ersten Geliebten ewig erinnerlich und reizend. Dann lenkte er langsam den lustigen Berg hinan.

Dort oben war alles noch wie damals, die Tische und Bänke im Grünen standen noch immer an derselben Stelle, mehrere Gesellschaften waren wieder bunt und fröhlich über den grünen Platz zerstreut und schmausten und lachten, aller kaum vergangenen Not vergessend. Auch der alte Harfenist lebte noch und sang draußen seine vorigen Lieder. Friedrich suchte das luftige Sommerhaus auf, wo er damals gespeist und den eben verlassenen Gesellen frisch zugetrunken hatte. Dort fand er den Namen Rosa wieder, den er an jenem schwülen Nachmittage mit seinem Ringe in die Fensterscheibe gezeichnet. – Er hielt beide Hände vor die Augen, so tief überfiel ihn die Gewalt dieser Erinnerung. Die treuen Züge blitzten noch frisch in der Sonne, aber die Züge jenes wunderschönen Bildes, das er damals in der Seele hatte, waren unterdes im Leben verworren und verloren für immer. –

Er lehnte sich zum Fenster hinaus und übersah die schöne, noch gar wohlbekannte Gegend, und sein ganzer damaliger Zustand wurde ihm dabei so deutlich, wie wenn man ein lange vergessenes, frühes Gedicht nach vielen Jahren wiederliest, wo alles vergangen ist, was einen zu dem Liede verführt. Wie anders war seitdem alles in ihm geworden! Damals segelten seine Gedanken und Wünsche mit den Wolken ins Blaue über das Gebirge fort, hinter dem ihm das Leben mit seinen Reisewundern wie ein schönes, überschwenglich reiches Geheimnis lag. Jetzt stand er an demselben Orte, wo er begonnen, wie nach einem mühsam beschriebenen Zirkel, frühzeitig an dem andern, ernstern und stillern Ende seiner Reise und hatte keine

Sehnsucht mehr nach dem Plunder hinter den Bergen und weiter. Die Poesie, seine damalige, süße Reisegefährtin genügte ihm nicht mehr, alle seine ernstesten, herzlichsten Pläne waren an dem Neide seiner Zeit gescheitert, seine Mädchenliebe mußte, ohne daß er es selbst bemerkte, einer höheren Liebe weichen, und jenes große, reiche Geheimnis des Lebens hatte sich ihm endlich in Gott gelöst.

Während er dies alles so überdachte, fiel ihm ein, wie Leontins Schloß ganz in der Nähe von hier sei. Er fühlte ein recht herzliches Verlangen, diesen seinen Bruder und jene Waldberge wiederzusehen. Der Gedanke bewegte ihn so, daß er sogleich sein Pferd bestieg und von dem Berge hinab die schattige Landstraße wieder einschlug.

Die Sonne stand noch hoch, er hoffte den Wald noch vor Anbruch der Nacht zurückzulegen. Nach einiger Zeit erlangte er einen hohen Bergrücken. Die Lage der Wälder, der Kreis von niederern Bergen ringsumher, alles kam ihm so bekannt vor. Er ritt langsam und sinnend fort, bis er sich endlich erinnerte, daß es dieselbe Heide sei, über welche er in jener Nacht, da er sich verirrt und das seltsame Abenteuer in der Mühle bestanden, sein Pferd am Zügel geführt hatte. Der Schlag der Eisenhämmer kam nur schwach und verworren durch das Singen der Vögel und den schallenden Tag aus der fernen Tiefe herauf. Es war ihm, als rückte sein ganzes Leben Bild vor Bild so wieder rückwärts, wie ein Schiff nach langer Fahrt, die wohlbekannten Ufer wieder begrüßend, endlich dem alten, heimatlichen Hafen bereichert zufährt.

Ein Gebirgsbach fand sich dort in der Einsamkeit mit seiner plauderhaften Emsigkeit neben ihm ein. Er wußte, daß es der nämliche sei, der die schöne Wiese von Leontins Schlosse durchschnitt, und folgte ihm daher auf einem Fußsteige die Höhen hinab. Da erblickte er nach einem langen Wege unerwartet auch die berüchtigte Waldmühle im Grunde wieder. Wie anders, gespensterhaft und voll wunderbarer Schrecken hatte ihm damals die phantastische Nacht diese Gegend ausgebildet, die heute recht behaglich im Sonnenscheine vor ihm lag. Der Bach rauschte melancholisch an der alten Mühle vorüber, die halbverfallen dastand und schon lange verlassen zu sein schien; das Rad war zerbrochen und stand still.

Auf der einen Seite der Mühle war ein schöner, lichtgrüner Grund, über welchem frische Eichen ihre kühlen Hallen woben. Dort sah Friedrich ein Mädchen in einem reinlichen, weißen Kleide am Boden sitzen, halb mit dem Rücken nach ihm gekehrt. Er hörte das Mädchen singen und konnte deutlich folgende Worte verstehen:

„In einem kühlen Grunde,
Da geht ein Mühlenrad,
Mein' Liebste ist verschwunden,
Die dort gewohnet hat.

Sie hat mir Treu versprochen,
Gab mir ein'n Ring dabei,
Sie hat die Treu gebrochen,
Mein Ringlein sprang entzwei.

Ich möcht als Spielmann reisen
Weit in die Welt hinaus,
Und singen meine Weisen
Und gehn von Haus zu Haus.

Ich möcht als Reiter fliegen,
Wohl in die blut'ge Schlacht,
Um stille Feuer liegen
Im Feld bei dunkler Nacht.

Hör ich das Mühlrad gehen,
Ich weiß nicht, was ich will –
Ich möcht am liebsten sterben,
Da wär's auf einmal still."

Diese Worte, so aus tiefster Seele herausgesungen, kamen Friedrich in dem Munde eines Mädchens sehr seltsam vor. Wie erstaunt, ja wunderbar erschüttert aber war er, als sich das Mädchen während des Gesanges, ohne ihn zu bemerken, einmal flüchtig umwandte, und er bei dem Sonnenstreif, der durch die Zweige gerade auf ihr Gesicht fiel, nicht nur eine auffallende Ähnlichkeit mit dem Mädchen, das ihm damals in der Mühle hinaufgeleuchtet, bemerkte, sondern in dieser Kleidung und Umgebung vielmehr jenes wunderschöne Kind aus längst verklungener Zeit wiederzusehen glaubte, mit der er als kleiner Knabe so oft zu Hause im Garten gespielt, und die er seitdem nie wiedergesehen hatte. Jetzt fiel es ihm auch plötzlich wie Schuppen von den Augen, daß dies dieselben Züge seien, die ihm in dem verlassenen Gebirgsschlosse auf dem Bilde der heiligen Anna in dem Gesichte des Kindes Maria so sehr aufgefallen waren. –

Verwirrt durch so viele sich durchkreuzende, uralte Erinnerungen, ritt er auf das Mädchen zu, da sie eben ihr Lied geendigt hatte. Sie aber, von dem Geräusche aufgeschreckt, sprang, ohne sich weiter umzusehen, fort, und war bald in dem Walde verschwunden.

Da sah er auf der Anhöhe, wohin sich das Mädchen geflüchtet, eine andere weibliche Gestalt zwischen den Bäumen erscheinen, groß, schön und herrlich. – Es war Friedrich, als begrüße ihn sein ganzes vergangenes Leben hier wie in einem Traume noch einmal in tausend schönwirrenden Verwandlungen; denn je näher er dem Berge kam, je deutlicher glaubte er in jener Gestalt Julie wiederzuerkennen. Er stieg vom Pferde und eilte die Anhöhe hinauf, wo unterdes die liebliche Erscheinung sich wieder verloren hatte.

Oben fand er sie ruhig auf dem Boden sitzend, es war wirklich Julie. „Stille, stille", sagte sie, als er näher trat, nicht weniger überrascht als er, und wies auf Leontin, der neben ihr, an einem Baume angelehnt, eingeschlummert lag. Er war auffallend blaß, sein linker Arm ruhte in einer Binde. Friedrich betrachtete verwundert bald Leontin, bald Julie. Julie schien dabei das Unschickliche ihrer einsamen Lage mit Leontin einzufallen, und sie sah errötend in den Schoß.

Leontin war indes erwacht und machte die Augen groß auf, da er neben der Geliebten auch noch den Freund vor sich sah. „Da mag schlafen, wer Lust hat, wenn es wieder so lustig auf der Welt aussieht", sagte er, und sprang rasch auf. Friedrich erstaunte, wie männlicher seitdem sein ganzes Wesen geworden. „Aber sage, wie hat dich der Himmel wieder hierhergebracht?" fuhr er fort, „ich dachte, die Zeit würde uns beide mit verschlingen; aber ich glaube, sie fürchtet sich, uns nicht verdauen zu können." – Friedrich kam nun vor lauter Fragen nicht selber zum Fragen, sosehr es ihm auch am Herzen lag; er mußte sich bequemen, die Geschichte seines Lebens seit ihrer Trennung zu erzählen. Als er auf den Tod der Gräfin Romana kam, wurde Leontin nachdenkend. Julie, die auch sonst schon viel von ihr gehört, konnte sich in diese ihre seltsame Verwilderung durchaus nicht finden und verdammte ihr schimpfliches Ende ohne Erbarmen, ja, mit einer ihr sonst ungewöhnlichen Art von Haß.

Nach vielem Hin- und Herreden, das jedes Wiedersehen mit sich zu bringen pflegt, bat endlich auch Friedrich die beiden, seinen Bericht mit einer ausführlichen Erzählung ihrer seitherigen Begebenheiten zu erwidern, da er aus ihren kurzen, unzusammenhängenden Antworten noch immer nicht klug werden konnte. Vor allem erkundigte er sich nach dem Mädchen, das, wie er meinte, zu ihnen geflüchtet sein müsse. Julie sah dabei Leontin unentschlossen an. – „Lassen wir das jetzt!“ sagte dieser, „die Gegend und meine Seele ist so klar und heiter, wie nach einem Gewitter, es ist mir gerade alles recht lebhaft erinnerlich, ich will dir erzählen, wie wir hier zusammengekommen.“

Er nahm hierbei eine Flasche Wein aus einem Körbchen, das neben Julie stand, und setzte sich damit an den Abhang mit der Aussicht in die grüne Waldschlucht bei der Mühle; Friedrich und Julie setzten sich zu beiden Seiten neben ihn. Sie wollte ihm durchaus die Flasche wieder entreißen, da sie wohl wußte, daß er mehr trinken werde, als seinen Wunden noch zuträglich war. Aber er hielt sie fest in beiden Händen. „Wo es“, sagte er, „wieder so gut, frisch Leben gibt, wer fragt da, wie lange es dauert!“ Und Julie mußte sich am Ende selber bequemen, mitzutrinken. Sie hatte sich mit beiden Armen auf seine Knie gestützt, um die Geschichte, die sie beinahe schon auswendig wußte, noch einmal recht aufmerksam anzuhören. Friedrich, der sie nun ruhig betrachten konnte, bemerkte dabei, wie sich ihre ganze Gestalt seitdem entwickelt hatte. Alle ihre Züge waren entschieden und geistreich. So begann nun Leontin folgendermaßen:

„Als ich auf jener Alp während der Gemsenjagd von dir Abschied nahm, wurde mir sehr bange, denn ich wußte wahrhaftig nicht, was ich in der Welt eigentlich wollte und anfangen sollte. Was recht Tüchtiges war eben nicht zu tun, gleichviel, ob am Guten oder am Schlechten; bloß um der Tätigkeit willen abzuarbeiten, wie man etwa spazierengeht, um sich Motion zu machen, war von jeher meine größte Widerwärtigkeit. Wäre ich recht arm gewesen, ich hätte aus lauter Langeweile arbeiten können, um mir Geld zu erwerben, und hinterdrein die Leute überredet, es geschehe alles um des Staates willen, wie die andern tun. Unter solchen moralischen Betrachtungen ritt ich über das Gebirge fort, und es tat mir recht ohne allen Hochmut leid, wie da alle die Städte und Dörfer gleich Ameisenhaufen und Maulwurfshügeln so tief unter mir lagen; denn ich habe nie mehr Menschenliebe, als wenn ich weit von den Menschen bin. Da wurde es nach und nach schwül und immer schwüler unten über dem deutschen Reiche, die Donau sah ich wie eine silberne Schlange durch das unendliche, blauschwüle Land gehn, zwei Gewitter, dunkel, schwer und langsam standen am äußersten Horizonte gegeneinander auf; sie blitzten und donnerten noch nicht, es war eine erschreckliche Stille. – Ich erinnere mich, wie frei mir zumute wurde, als ich endlich die ersten Soldaten unten über die Hügel kommen und hin und wider reiten, wirren und blitzen sah.

Ich zog in den Krieg hinunter. Was da geschah, ist dir bekannt. Nach der großen Schlacht, die wir verloren, war das Korps, zu dem ich gehörte, erschlagen und zersprengt, ich selber von den Meinigen getrennt. Ich suchte durch verschiedene Umwege mich wieder zu vereinigen, aber je länger ich ritt, je tiefer verirrte ich mich in dem verteufelten Walde. Es regnete und stürmte in einem fort, aber ich mochte nirgends einkehren, denn ich war innerlichst so zornig, daß ich mich in dem Wetter noch am leidlichsten befand.

Am Abend des andern Tages fingen endlich die Wolken an sich zu zerteilen, die Sonne brach wieder hindurch und schien warm und dampfend auf den Erdboden, da kam ich auf einer Höhe plötzlich aus dem Walde und stand – vor Juliens Gegend. Ich kann es nicht beschreiben, mit welcher Empfindung ich aus der kriegerischen Wildnis meines empörten Gemüts so auf einmal in die friedens- und segensreiche Gegend voll alter Erinnerungen und Anklänge hinaussah, die, wie du wissen wirst, zwischen ihren einsamen Bergen und Wäldern mitten im Kriege in tiefster Stille lag.

Überrascht blieb ich oben stehen. Da sah ich den blauen Strom unten wieder gehn und Segel fahren, das freundliche Schloß am Hügel und den wohlbekannten Garten ringsumher, alles in alter Ruhe, wie damals. Den Herrn v. A. sah ich auf dem mittelsten Gange des Gartens hinab ruhig spazierengehen. Auf den weiten Plänen jenseits des Stromes, über welche die eben untergehende Sonne schräg ihre letzten Strahlen warf, kam ein Reiter auf das Schloß zugezogen, ich konnte ihn nicht erkennen. Julie erblickte ich nirgends.

Es ließ mir da oben nicht länger Ruh; ich eilte den Berg hinunter, ich wollte Julie, ihren Vater, den Viktor wiedersehen, die ganze Vergangenheit noch einmal in einem schnellen Zuge durchleben und genießen. Tiefer unten am Abhange erblickte ich den Reiter plötzlich wieder. Es war eine junge, hagere, verlebte Figur, durchaus modern, einer von den gäng und gäben alten Jungen mit der Brille auf der Nase. Mich überlief ein Ärger, daß dieses modische, mir nur zu sehr bekannte Gezücht auch schon bis in diese glücklich verborgenen Täler gedrungen war. Er aber sah mich flüchtig vornehm an, lenkte auf einem bequemeren, aber weiteren Umwege nach dem Schlosse und verschwand bald wieder.

Ein Bauer aus dem Dorfe des Herrn v. A., der auch von der Arbeit nach Hause ging, hatte sich indes neben mir eingefunden. Ich erinnerte mich seines Gesichts sogleich wieder, er aber kannte mich nicht mehr. Von diesem erfuhr ich nach einem schnell angeknüpften Gespräche, daß die Tante schon seit längerer Zeit tot sei. – Ich fragte ihn darauf, wer der fremde Herr sei, der eben vorbeigeritten. Er antwortete mir mit heimlicher Miene: ‚Fräulein Juliens Bräutigam.'" –

Hier schüttelte Julie lächelnd den Kopf und wollte Leontins Erzählung unterbrechen. Leontin fuhr aber sogleich wieder fort:

„Es war inzwischen völlig Nacht geworden, als ich das Dorf erreichte. Ich mochte nach jener Nachricht nun niemand aus dem Hause sprechen, noch sehen – nur einen flüchtigen Streifzug durch den alten, schuldlosen Garten wollt ich machen, und sogleich wieder fort.

Ich band mein Pferd an einem Baume an und stieg übern Zaun in den Garten. Dort war jeder Gang, jede Bank, ja, jedes Blumenbeet noch immer auf dem alten Platze, so daß die Seele nach so vielen inzwischen durchlebten Gedanken und Veränderungen diesen gemütlichen Stillstand kaum fassen konnte. Der Sturm wütete indes noch immer heftig fort und riß ein Heer von Wolken nebst vielen verspäteten Abendvögeln, die kreischend dazwischenruderten, in einer unabsehbaren Flucht über den Garten hinaus, während unten die Bäume sich neigten und einzelne Nachtigallentöne aus den Tälern durch den Wind heraufklagten; es war eine recht dunkelschwüle Gespensternacht.

Ein ungewöhnlich starkes Licht, das aus dem einen Fenster in den Garten hinausschien, zog mich zum Schlosse hin. Ich stellte mich gerade vor das Fenster und konnte das ganze

Zimmer übersehen, das von einem Kaminfeuer so hell erleuchtet wurde. Der Herr v. A. saß in einem Lehnstuhle und las Zeitungen, Julie saß am Kamine und sang, hatte aber den Rücken gegen das Fenster gekehrt, so daß ich ihr Gesicht nicht sehen konnte. Was sie sang, war eine alte Romanze, die mir schon als Kind bekannt war. Sie ist mir noch erinnerlich:

‚Hoch über den stillen Höhen
Stand in dem Wald ein Haus,
Dort war's so einsam zu sehen
Weit übern Wald hinaus.

Drin saß ein Mädchen am Rocken
Den ganzen Abend lang,
Der wurden die Augen nicht trocken,
Sie spann und sann und sang:

›Mein Liebster, der war ein Reiter,
Dem schwur ich Treu bis in Tod,
Der zog über Land und weiter
Zu Kriegeslust und -not.

Und als ein Jahr war vergangen,
Und wieder blühte das Land,
Da stand ich voller Verlangen
Hoch an des Waldes Rand.

Und zwischen den Bergesbogen,
Wohl über den grünen Plan,
Kam mancher Reiter gezogen,
Der meine kam nicht mit an.

Und zwischen den Bergesbogen,
Wohl über den grünen Plan,
Ein Jägersmann kam geflogen,
Der sah mich so mutig an.

So lieblich die Sonne schiene,
Das Waldhorn scholl weit und breit,
Da führt' er mich in das Grüne.
Das war eine schöne Zeit! –

Der hat so lieblich gelogen
Mich aus der Treue heraus,
Der Falsche hat mich betrogen,
Zog weit in die Welt hinaus.‹ –

Sie konnte nicht weitersingen,
Vor bitterem Schmerz und Leid,
Die Augen ihr übergingen
In ihrer Einsamkeit.‘

Julie ging es wohl nicht besser, denn sie stand plötzlich auf, öffnete das Fenster und lehnte sich in die Nacht hinaus. Überhaupt glaubte ich während des Singens eine große Unruhe an ihr bemerkt zu haben. ‚Was ist das für ein erschrecklicher Sturm!‘ hört ich den Herrn v. A. drin sagen, ‚der bedeutet noch Krieg, Gott steh unsern Leuten bei, die schlagen sich wohl jetzt wieder.‘ – ‚Und ich muß hier sitzen!‘ sagte Julie aus tiefster Seele. – Ich stand seitwärts, an einen Pfeiler gelehnt, und die Töne gingen in dem rasenden Winde gar seltsam wehmütig über den Garten hinaus, in dem ich mir nun wie ein lange Verbannter vorkam, da Julie bald in ihrem Gesange am offenen Fenster wieder also fortfuhr:

‚Die Muhme, die saß beim Feuer
Und wärmet sich am Kamin,
Es flackert und sprüht das Feuer,
Hell über die Stub es schien.

Sie sprach: ›Ein Kränzlein in Haaren,
Das stünde dir heut gar schön,
Willst draußen auf dem See nicht fahren?
Hohe Blumen am Ufer dort stehn.‹

›Ich kann nicht holen die Blumen,
Im Hemdlein weiß am Teich
Ein Mädchen hütet die Blumen,
Die sieht so totenbleich.‹

›Und hoch auf des Sees Weite,
Wenn alles finster und still,
Da rudern zwei stille Leute, –
Der eine dich haben will.‹

›Sie schauen wie alte Bekannte,
Still, ewig stille sie sind,
Doch einmal der eine sich wandte,
Da faßt' mich ein eiskalter Wind. –

Mir ist zu wehe zum Weinen –
Die Uhr so gleichförmig pickt,
Das Rädlein, das schnurrt so in einem,
Mir ist, als wär ich verrückt. –

Ach Gott! wann wird sich doch röten
Die fröhliche Morgenstund!
Ich möchte hinausgehn und beten,
Und beten aus Herzensgrund!

So bleich schon werden die Sterne,
Es rührt sich stärker der Wald,
Schon krähen die Hähne von ferne,
Mich friert, es wird so kalt!

Ach, Muhme! was ist Euch geschehen?
Die Nase wird Euch so lang,
Die Augen sich seltsam verdrehen –
Wie wird mir vor Euch so bang!‹

Und wie sie so grauenvoll klagte,
Klopft's draußen ans Fensterlein,
Ein Mann aus der Finsternis ragte,
Schaut still in die Stube herein.

Die Haare wild umgehangen,
Von blutigen Tropfen naß,
Zwei blutige Streifen sich schlangen,
Wie Kränzlein, ums Antlitz blaß.

Er grüßt' sie so fürchterlich heiter,
Er heißt sie sein' liebliche Braut,
Da kannt sie mit Schaudern den Reiter,
Fällt nieder auf ihre Knie.

Er zielt' mit dem Rohre durchs Gitter
Auf die schneeweiße Brust hin;
›Ach, wie ist das Sterben so bitter,
Erbarm dich, weil ich so jung noch bin!‹ –

Stumm blieb sein steinerner Wille,
Es blitzte so rosenrot,
Da wurd es auf einmal stille
Im Walde und Haus und Hof. –

Frühmorgens da lag so schaurig
Verfallen im Walde das Haus,
Ein Waldvöglein sang so traurig,
Flog fort über den See hinaus.'

Gegen das Ende ihres Gesanges hatte Julie von ohngefähr meinen Schatten bemerkt, den das Licht vom Zimmer lang und unbeweglich in den Garten warf. Sie sah sich stutzend um, und da sie nichts erblicken konnte, schloß sie nachdenkend und schweigend das Fenster. In diesem Augenblick klopfte es drin an die Stubentür. Sie fuhr erschrocken zusammen und vom Fenster auf. Ich blickte noch einmal hinein und sah jenen gehässigen Reiter, dem ich vorhin begegnet, eilfertig eintreten. ‚Er lebt!' rief Julie außer sich vor Freude und stürzte dem Manne um den Hals. –

Hatt ich schon vorher draußen in dem Fremden sogleich einen von jenen poetischen Jüngern erkannt, die's niemals zum Meister oder überhaupt zu einem Manne bringen, so kam mir jetzt der hagere, blasse Poet neben der gesunden Julie, die unterdes so wunderbar hoch geworden war, und deren große Augen in diesem Augenblicke vor Freude ordentliche Strahlen warfen, gar erbärmlich vor. Mir kamen die Verse aus Goethes Fischerin zwischen die Zähne:

‚Wer soll Bräutigam sein?
Zaunkönig soll Bräutigam sein!
Zaunkönig sprach zu ihnen
Hinwieder den beiden:
›Ich bin ein sehr kleiner Kerl,
Kann nicht Bräutigam sein,
Ich kann nicht der Bräutigam sein!‹'

Ich schwang mich sogleich wieder über den Gartenzaun, band mein Pferd los und ging, es hinter mir herführend, aus dem Dorfe hinaus.

Da kam ich am andern Ende desselben an dem kleinen Häuschen Viktors vorüber, ich guckte ihm ins Fenster hinein, das, wie du weißt, im Sommer Tag und Nacht offensteht. Er saß eben mit dem Rücken gegen das Fenster, über einem alten, dicken Buche, den Kopf in die Hand gestützt. Das Licht auf dem Tische flackerte ungewiß umher, die vielen Uhren an den Wänden pickten einförmig immerfort, es war eine unendliche Einsamkeit drinnen. Ich begrüßte ihn endlich mit dem Vers, der ihm im ganzen Faust der liebste war: ‚Ich guckte der Eule in ihr Nest, Hu! die macht' ein Paar Augen!' Er wandte sich schnell um, und als er mein Gesicht völlig erkannte, sprang er auf, warf die Bücher und alles, was auf dem Tische lag, auf die Erde und tanzte wie unsinnig in der Stube herum. Ich kletterte sogleich durchs Fenster zu ihm hinein, ergriff eine halbbespannte Geige, die an der Wand hing, und so walzten wir beide mit den seltsamsten Gebärden und großem Getös nebeneinander in der kleinen Stube auf und ab, bis er endlich erschöpft vor Lachen auf den Boden hinsank. Es dauerte lange, ehe wir zu einem vernünftigen Diskurs kamen, während welchem er einen ungeheuren Krug voll Wein anschleppte. Er ist noch immer der alte, noch immer nicht fetter, nicht ruhiger, nicht klüger, und wie sonst wütend kriegerisch gegen alle Sentimentalität, die er ordentlich mißhandelt.

Gegen Mitternacht endlich, so viel er auch dagegen hatte, zog ich wieder von dannen, das gelobte Land in ruhigem Schlafe hinter mir und die weite Stille ringsumher gesegnend, während Viktor, der mich ein Stück begleitet hatte, auf der letzten Höhe mir wie eine Windmühle in der Dunkelheit mit dem Hute nachschwenkte und nachrief, bis alles in den großen, grauen Schoß versunken war.

‚In den Krieg denn von neuem in Gottes Namen hinaus!' rief ich draußen und nahm die Richtung auf mein Schloß, da ich indes erfahren hatte, daß der Tummelplatz jetzt dort in der Nähe sei. Bei Sonnenaufgang sah ich die Unsrigen in dem weiten Tale bunt und blitzend zerstreut wieder, und das Herz ging mir auf bei dem Anblick. Die lustige Bewegung, die mir von weitem so mutig entgegenblitzte, war aber nichts anderes, als eine verworrene, grenzenlose Flucht. Der Feind war noch ziemlich weit, ich ritt daher an den zerstreuten Trupps langsam vorüber. Da sah ich den Haufen in dumpfer Resignation herumtaumeln, mehrere weise Mienen achselzuckend zur Schau tragen, als steckten wohl ganz andere Pläne dahinter – keinem hätte das Herz im Leibe zerspringen mögen. Da fiel mir ein, was mir Viktor oft in seinen melancholischsten Stunden gesagt: besser, Uhren machen, als Soldaten spielen.

Ich meinesteils war fest entschlossen, da alles, was mir ehrwürdig und lieb auf Erden war, zugrunde gehen sollte, lieber fechtend selber mit unterzugehn, als gefangen in der gemeinen Schande zurückzubleiben. Ich sprengte eilig auf mein Schloß und bot alle meine Jäger und Diener auf, deren Gesinnung und Treue ich kannte, viele Freiwillige von der Armee gesellten sich wacker dazu, und so verschanzten und besetzten wir mein Schloß und Garten, da ich wohl wußte, daß der Feind bei seiner Verfolgung diesen Weg nehmen und demselben an dieser vorteilhaften Höhe besonders viel gelegen sein mußte. Wir wehrten uns verzweifelt oder vielmehr tollkühn gegen die Übermacht. Die feindlichen Kugeln hatten mein Schloß fürchterlich zerrissen, die Gesimse brannten, ein Burgtor nach dem andern stürzte in den Lohen zusammen, alles war verloren, und ich fiel, der letzte, nieder. – Als ich die Augen wieder aufschlug, lag ich im Sonnenscheine in dem schönen Garten des Herrn v. A. vor der großen Aussicht, und Julie stand still neben mir." –

Hier hielt Leontin inne, denn Julie, die sich schon einige Zeit mit ängstlicher Unruhe umgesehen hatte, sagte ihm etwas ins Ohr, stand schnell auf und ging in den Wald hinein, worauf Leontin, nachdem er ihr eine Weile nachgesehen, folgendermaßen wieder fortfuhr:

„Es war mir wie im Traume, als ich so wieder meinen ersten Blick in die Welt tat, alles auf einmal so stille um mich, und Julie neben mir, die mich schweigend und ernsthaft betrachtete. Sie sagte mir damals nichts, aber später erfuhr und erriet ich Folgendes: Der moderne Junge, dem ich damals in der Nacht auf dem Schlosse des Herrn v. A. begegnet, war ein Edelmann aus der Nachbarschaft, der erst unlängst von Universitäten auf seine Güter zurückgekehrt war. Seine fast täglichen Besuche bei Julie, seine ungebundene Art, mit ihr umzugehen, und die voreilig geschwätzigen Andeutungen der anfangs noch lebenden Tante veranlaßten, daß er binnen kurzer Zeit allgemein für Juliens Bräutigam gehalten wurde. Er war nach seiner Art verliebt in Julie, aber ein Mädchen im Ernste zu lieben oder gar zu heiraten, hielt er für lächerlich, denn – er war zum Dichter berufen. Als nachher der Krieg ausbrach und das Gerücht mein Benehmen dabei auch bis dorthin trug, pries er mit grenzenlosem Enthusiasmus, doch immer mit der vornehmen Miene eines eigenen, höheren Standpunktes, solche erzgediegne, lebenskräftige Naturen, ewig zusammenhaltende Granitblöcke des Gemeinwesens usw., aber selbst mit dreinschlagen konnt er nicht, denn – er war zum Dichter berufen. Übrigens hat er ein ganz ordinär sogenanntes gutes Herz. Daher ritt er, als mich allerhand widersprechende Gerüchte bald für tot, bald für verwundet ausgaben, aus Mitleid für Julie auf Kundschaft aus, und kehrte eben in jener Nacht, da ich ihm begegnete, mit der gewissen Botschaft meines Lebens zurück, und Juliens: ‚Er lebt!‘ das mich damals so schnell vom Fenster und übern Zaun und aus dem Dorfe trieb, galt mir.

Erstaunt erfuhr Julie am Morgen von Viktor meinen schnellen Durchzug, und bald nachher auch das Los meiner Burg. Ohne Verwirrung, im Schreck wie in der Freude, sattelte sie noch in der Nacht, wo sie die Nachricht erhalten, ihr Pferd und ritt, ohne ihren Vater zu wecken, mit einem Bedienten nach meinem Schloß. Der vermeinte Bräutigam, der noch dort war, ließ es sich durchaus nicht nehmen, die Romanze, wie er es nannte, mitzumachen. Er schmückte sich in aller Eile sehr phantastisch und abenteuerlich aus, bewaffnete sich mit einem Schwert, einer Flinte und mehreren Pistolen, obschon die Feinde mein Schloß längst wieder verlassen hatten, da es ihnen jetzt, bei dem großen Vorsprunge der Unsrigen, ganz unnütz geworden war. Julie suchte unermüdlich zwischen den zusammengefallenen Steinen, erkannte mich endlich und trug mich selbst aus den dampfenden Trümmern. Der Bräutigam machte ein Sonett darauf, und Julie heilte mich zu Hause aus.

Da aber meine Verteidigung des Schlosses als unberufen, und in einem bereits eroberten Lande als rebellisch angesehen wird, so wurde mir vom Feinde nachgestellt, und ich befand mich auf dem Schlosse des Herrn v. A. nicht mehr sicher. Man brachte mich daher auf die abgelegene Mühle hier, wo mich Julie täglich besucht, bis ich endlich jetzt wieder ganz hergestellt bin.“

So endigte Leontin seine Erzählung. – „Und wohin willst du nun?" fragte Friedrich. „Jetzt weiß ich nichts mehr in der Welt", sagte Leontin unmutig. – Sie mußten abbrechen, denn eben kam Julie wieder zurück und winkte Leontin heimlich mit den Augen, als sei etwas Bewußtes glücklich vollbracht.

Sie hatten indes über diesen Unterhaltungen alle nicht bemerkt, daß es bereits anfing dunkel zu werden. Julie wurde es zuerst gewahr, und zwar nicht ohne sichtbare Verlegenheit, denn jetzt in der Nacht nach Hause zu reiten, war wegen der noch immer umherstreifenden Soldaten für ihr Geheimnis höchst bedenklich, andererseits überfiel sie ein mädchenhafter Schauer bei dem Gedanken, so allein mit den zwei Männern im Walde über Nacht zu bleiben. Am Ende mußte sie sich doch zu dem letztern bequemen, und so lagerten sie sich denn, so gut sie konnten, vergnüglich in das hohe Gras auf der Anhöhe.

Die Nacht dehnte langsam die ungeheuren Drachenflügel über den Kreis der Wildnis unter ihnen, die Wälder rauschten dunkel aus der grenzenlosen Stille herauf. Julie war ohne alle Furcht. Leontin aber, der noch matt war, fing endlich an sich nach kräftigerer Ruhe zu sehnen, und auch Julie wurde die zunehmende Frische der Nacht nach und nach empfindlich. Sie brachen daher auf und begaben sich zu der nahen, alten, verlassenen Mühle, wo Leontin, wie gesagt, schon seit einigen Tagen heimlich sein Quartier hatte. Friedrich wollte draußen auf der Schwelle bleiben und als ein wackrer Ritter die Jungfrau im Kastell bewachen, Julie bat ihn aber errötend, mit hineinzugehen, und er willigte lächelnd ein, während einem Bedienten, den Julie mitgebracht, aufgetragen wurde, vor der Tür Haus und Pferde zu bewachen.

Das Stübchen, das sie in Beschlag nahmen, war eng und nur zur Not vor dem Wetter verwahrt. Ein Bett, das Julie für Leontin mitgebracht hatte, wurde verteilt und nebst einigem Stroh auf dem Fußboden ausgebreitet, so daß es für alle drei hinreichte; Licht wagte man nicht zu brennen. Die beiden Grafen nahmen das Fräulein in ihre Mitte, Leontin war vor Müdigkeit bald eingeschlafen. Friedrich bemerkte, wie Julie sich fest aufs Ohr legte und tat, als ob sie schliefe, während sie beide Augen lauschend weit offen hatte und Leontin fortwährend ungestört betrachtete, bis sie endlich auch mit einschlummerte. Friedrich hatte sich mit halbem Leibe aufgerichtet und sah sich, auf den einen Arm gestützt, ringsum. Ein Schauder überlief ihn, sich wieder an demselben Orte zu erblicken, wo er damals die grausige Nacht verlebt. Er gedachte des jungen Mädchens wieder, das ihm damals in dieser Stube hier Feuer gepickt, ihm fiel dabei die rätselhafte Gestalt ein, die er heut bei seiner Ankunft vor der Mühle getroffen, und ihre flüchtige Ähnlichkeit mit jener, und er versank in ein Meer von Erinnerungen und Verwirrung. Julie hörte er leise neben sich atmen, es war eine unendlich stille, mondhelle Nacht.

Da erhob sich auf einmal draußen ein Gesang, von einer Zither begleitet, zuerst vom Walde, dann wie aus der Ferne melodisch schallend, das Haus mit wunderschönen Weisen erfüllend, dann wieder weiter verhallend. Friedrich wagte kaum zu atmen, um die Zauberei nicht zu stören. Doch, je länger er den leise verschwindenden Tönen lauschte, je unruhiger wurde er nach und nach; denn es war wieder jenes alte Lied aus seiner Kindheit, das er einmal in der Nacht auf Leontins Schlosse von Erwin auf der Mauer singen gehört; auch schien es dieselbe Stimme. Er raffte sich endlich auf und trat leise vor die Tür hinaus. Da lag und schlief der Bediente quer über der Schwelle, wie ein Toter. Draußen sah er den Sänger im hellen Mondenscheine unter den hohen Eichen wandeln. Er lief freudig auf ihn zu – es war Erwin! – Der Knabe wandte sich schnell, und als er Friedrich erblickte, stürzte er mit einem durchdringenden Schrei zu Boden, unter ihm lag seine Zither zerbrochen.

Der Bediente auf der Schwelle fuhr über dem Schrei taumelnd auf. „Verrückt! verrückt!" rief er, sich aufmunternd, Friedrich zu, und eilte sehr ängstlich in das Haus hinein, um seine Herrschaft zu wecken. Friedrich schnitt dieser Ausruf wie Schwerter durchs Herz, denn er hatte es aus des Knaben unbegreiflicher Flucht längst gefürchtet.

Erwin sah indes wie aus einem langen Traume mit ungewiß schweifenden Blicken rings um sich her und dann Friedrich an, während sehr heftige innerliche Zuckungen, die sich immer mehr dem Herzen zu nähern schienen, durch seinen Körper fuhren. Abgebrochen durch den Schmerz, aber ohne sein schönes Gesicht zu verziehen, sagte er zu Friedrich: „Es war ein tiefes, weites, rosenrotes Meer, dich sah ich darin auf dem Grunde immerfort über hohe Gebirge gehen, ich sang die besten alten Lieder, die ich wußte, aber du erinnertest dich nicht mehr daran, ich konnte dich niemals erjagen, und unten stand der Alte tief im Meere, ich fürchtete mich vor seinen Augen. Manchmal ruhtest du, auf mich zugewendet, aus, da saß ich still dir gegenüber und sah dich vielhundert Jahre an – ach, ich war dir so gut, so gut! – Die Leute sagten, ich sei verrückt, ich hörte es wohl und hörte auch draußen die Uhren schlagen und die Welt ordentlich gehn und schallen wie durch Glas, aber ich konnte nicht mit hinein. Damals war mir wohl, jetzt bin ich wieder krank. – Glaube nur nicht, daß ich jetzt irre spreche, jetzt weiß ich wohl recht gut, was ich rede und wo ich bin – das ist ja der Eichgrund, das ist die alte Mühle –" bei diesen Worten versank er in ein starres Nachsinnen. Dann fuhr er unter immerwährenden Krämpfen wieder fort: „Dort, wo die Sonne aufgehn wird, ist ein großer Wald, in dem Walde wohnt ein Mann mit dunklen Augen und einer langen Schramme über dem rechten Auge, der kennt mich und euch alle, er –" hier nahmen die Zuckungen in immer engern Kreisen auf einmal sehr heftig zu. Der Knabe nahm Friedrichs Hand, drückte sie fest an seine Lippen und sagte: „Mein lieber Herr!" Ein plötzlicher Krampf streckte noch einmal seinen ganzen Leib, und er hörte auf zu atmen.

Friedrich, außer sich, stürzte über ihn her und öffnete oben schnell sein Wams, denn es war dieselbe phantastische Kleidung, die der Knabe sonst auf dem Schlosse des Herrn v. A. getragen hatte. Wie sehr erschrak und erstaunte er, als ihm da der schönste Mädchenbusen entgegenschwoll, noch warm, aber nicht mehr schlagend. – Er blieb wie eingewurzelt auf seinen Knien und starrte dem Mädchen in das stille Gesicht, als hätte er es noch nie vorher gesehn.

Leontin und Julie waren unterdes auch aus der Mühle herbeigeeilt. Sie schienen gar nicht erstaunt, Erwin hier zu sehen, noch weniger über die Entdeckung seines Geschlechts, sondern nur bestürzt über seinen jetzigen, unerwarteten Zustand. In stummer Geschäftigkeit, ohne sich wechselseitig zu erklären, waren alle nur bemüht, ihn ins Leben zurückzurufen – aber alles blieb vergebens, das schöne, seltsame Mädchen war tot.

Julie hatte sie trostlos vor sich auf dem Schoße liegen. Sie ruhte wie ein Engel still und schön. Kein Atem wehte mehr säuselnd durch die zarten, roten Lippen, die sonst zu so wunderschönen Tönen sich auftaten, ihre großen Augen, so lieblich wild, waren auf ewig verschlossen, nur eine einsame Nachtluft bewegte noch ihre Locken hin und her. Leontin und Friedrich saßen stillschweigend gegenüber. Friedrich, dem jetzt auf einmal viele Sonderbarkeiten des Mädchens nur zu klar wurden, klagte sich in tiefem, stummem Schmerze bei sich selber an, daß er ihre zerstörende, verhaltene Liebe zu ihm so schlecht belohnt, daß er sie bei größerer Achtsamkeit hätte schonen und retten können.

Währenddes fing jenseits über dem Walde der Morgen an zu dämmern und beleuchtete die seltsame Gruppe. Da kam plötzlich ein Bedienter von dem Schlosse des Herrn v. A. angesprengt und brachte atemlos die Nachricht, daß ein feindlicher Offizier mit seinem Trupp in der Nähe herumstreife und ihnen, wie er eben von Bauern erfahren, auf der Spur sei. Die Bestürzung aller über diese unerwartete Begebenheit war nicht gering. Leontin und Friedrich, die ein Schicksal verfolgte, waren in diesem Augenblick noch ohne weitern Plan; soviel war gewiß, daß Julie zum Vater zurückkehren und das tote Mädchen mitnehmen mußte. Die Leiche wurde daher eiligst auf ein lediges Handpferd gehoben. Dabei entdeckte Julie ein reichgefaßtes Medaillon, welches das Mädchen auf dem bloßen Leibe hängen hatte, und das sonst niemand jemals bei ihr bemerkt. Es war das Portrait eines sehr schönen, etwa neunjährigen Mädchens. Sie nahm es ab und überreichte es Friedrich.

Sein Gesicht veränderte sich, als er den ersten Blick darauf warf; denn es waren die Züge der kleinen Angelina, mit der er als Kind so oft im Garten gespielt, und welcher, wie es ihm nun ganz klarwurde, das Kind Maria auf dem Heiligenbilde des verlassenen Gebirgsschlosses so auffallend ähnlich sah. Er betrachtete es lange gerührt und stillschweigend. Da fielen ihm die rätselhaften Worte wieder ein, die Erwin sterbend von dem Alten im Walde gesagt hatte. Er zweifelte nicht, daß dieser um vieles wissen müsse, was ihnen Licht über das sonderbare Leben der Verstorbenen und ihren Zusammenhang mit seiner eigenen Kindheit geben könne. Er erzählte es Leontin. Dieser erschrak darüber und ward bei jedem Worte aufmerksamer; er schien den Alten selber schon gesehen zu haben, doch sagte er nicht, wann und wo.

Die beiden Freunde beschlossen nun, jenen Winken Erwins zufolge die Richtung nach dem beschriebenen Walde hin zu nehmen, um dort vielleicht eine erwünschte Auflösung zu erhalten, da überdies jene Wildnis von Feinden rein und der Weg Leontin ziemlich bekannt war. Es wurde schnell alles vorbereitet. Sie nahmen herzlichen Abschied von Julie, mit dem Versprechen, einander so bald als möglich wiederzusehen, und Julie ritt nun mit ihrer süßen, traurigen Last, die sie in ihrer bunten Kleidung wie eine abgebrochene Blume auf einem Pferde neben sich herführte, von der einen Seite nach Hause, während sie von der andern gegen Sonnenaufgang in den großen Wald fortzogen.

Einundzwanzigstes Kapitel

Der Morgen stieg dampfend aus den Wäldern, als die beiden Grafen schon fern über einen einsamen Wiesengrund hinritten, der seltsamen Ereignisse dieser Nacht gedenkend. Der Weg war für jeden Fremdling fast ungangbar, die Entfernung, die sie in den wenigen Stunden zurückgelegt, ziemlich beträchtlich, sie konnten schon langsamer und gemächlicher ziehn. Da erzählte Leontin Friedrich Folgendes:

„Es war ein schöner Sommermorgen, da Julie in ihrem Schlafzimmer, das, wie du weißt, auf den Garten hinausgeht, noch schlummerte, als sie draußen von einer bekannten Stimme mit einem bekannten Liede geweckt wurde. Sie trat in den Garten hinaus und sah Erwin, der wieder auf der Blumenterrasse saß und in das glänzende Land hinaussang. Mit pochendem Herzen flog sie zu ihm und fragte ihn nach seinem Herrn. Der Knabe sah sie aber starr an, er war blaß und seltsam verwildert im Gesichte, und aus seinen verwirrten Antworten bemerkte sie bald mit Schrecken, daß er verrückt sei. – In solchem Gemütszustande hatte er uns nämlich in jener Nacht auf dem Rheine so unbegreiflich verlassen, und auf unzähligen Umwegen zu dem Schlosse des Herrn v. A. sich geflüchtet, wahrscheinlich aus Eifersucht, denn die beiden Jäger, die wir damals in der alten Burg trafen, und die dann mit uns auf dem Rheine fuhren, waren, wie ich nachher erfuhr, niemand anders, als Romana und meine Schwester Rosa, welche Erwin bei dem schnellen Lichte des Blitzes, gleichwie mit schärferen Sinnen, plötzlich erkannt hatte.“ – Friedrich verwunderte sich hier über die gewagte Kleidung der beiden

Weiber und beklagte das unglückliche Ohngefähr, indem ihm dabei alles, was in jener Nacht vorgegangen, wieder erinnerlich ward. – Leontin fuhr fort: „Erwin verriet durch seine jetzige verwirrte Unachtsamkeit und seine tiefe, unüberwindliche Neigung zu dir gar bald sein Geschlecht. Das unglückliche Mädchen sang sehr viel, und ihre Lieder zeigten oft eine zeitig aufgereizte und heimlich genährte, heftige Sinnlichkeit. Von ihrem frühesten Leben war auch jetzt nicht das mindeste herauszukriegen. Julie bot alles auf, sie zu retten. Sie nannte sie Erwine, gab ihr Frauenzimmerkleider, suchte überhaupt alles erinnernde Phantastische aus ihrer Lebensweise zu entfernen und taufte sie so, nach dem gewöhnlichen Verfahren in solchen Fällen, in gemeingültige Prosa. Das Mädchen wurde dadurch auch stiller, aber es war eine wahre Grabesstille, von der sie sich nur manchmal im Gesange wieder zu erholen schien.

So traf ich sie, als ich verwundet auf dem Schlosse ankam. Mein erster Anblick verdarb auf einmal wieder viel an ihr, doch nur vorübergehend. Viel heftiger, und uns allen unerklärlich aber erschütterte sie der Anblick der alten Mühle, wohin wir sie mitnahmen, als ich hingebracht wurde; sie zitterte am ganzen Leibe. Julie nahm sie daher künftig niemals mehr mit dorthin. Gestern aber war sie ihr heimlich nachgeschlichen, und sie war es, die du im weißen Gewande singend vor der Mühle trafst. Wir waren in nicht geringer Besorgnis, daß sie dich nicht so plötzlich wiedersehe, und Julie schickte sie daher heimlich mit dem Bedienten sogleich wieder auf das Schloß zurück. Dort muß sie aber in der Nacht ihrer alten Knabentracht habhaft geworden und noch einmal entwichen sein.“

Der Schluß von Leontins Erzählung bestätigte Friedrichs Ahnung, daß Erwin wirklich dasselbe Mädchen sein müsse, das ihm damals in jener fürchterlichen Nacht in der Mühle Feuer gemacht und hinaufgeleuchtet hatte, womit auch ihre schon bemerkte Ähnlichkeit vollkommen übereinstimmte. Er versank darüber in Gedanken und sie beschleunigten beide stillschweigend wieder ihre Reise.

Gegen Abend erblickten sie auf einmal von einer Höhe fern unten die Kuppeln der Residenz. Ein von plötzlichem Regen angeschwollener Gebirgsbach hinderte sie zugleich, ihren Weg in der bisherigen Richtung fortzusetzen. Sie blieben eine Weile unentschlossen stehen. Die Dämmerung fing indes an, sich niederzusenken, da bemerkten sie mit Verwunderung Feuerblicke und schnell entstehende und wieder verschwindende Sterne in der Gegend der Residenz, die sie für Raketen hielten. „Das sieht recht lustig aus“, sagte Leontin. „Hier können wir ohnedies nicht weiter, laß uns einen Streifzug dorthinaus wagen und sehen, was es in der Stadt gibt. Wir kommen wohl in der Dunkelheit unerkannt durch und sind, ehe der Tag anbricht, wieder im Gebirge.“ – Friedrich willigte ein, und so zogen sie ins Tal hinunter.

Noch vor Mitternacht langten sie vor der Residenz an. Der ganze Kreis der Stadt war bis zu den höchsten Turmspitzen hinauf erleuchtet, und lag mit seinen unzähligen Fenstern wie eine Feeninsel in der stillen Nacht vor ihnen. Sie hatten die Kühnheit, bis ins Tor hineinzureiten. Ein verworrener Schwall von Musik und Lichtern quoll ihnen da entgegen. Herren und Damen wandelten wie am Tage geputzt durch die Gassen, unzählige Wagen mit Fackeln tosten dazwischen, sich mannigfaltig durchkreuzend, eine fröhliche Menge schwärmte hin und her. – „Nun, was gibt’s denn hier noch für eine rasende Freude?“ fragte Leontin endlich einen Handwerksmann, der, ein Schurzfell um den Leib und ein Glas Branntwein hoch in der Hand, unaufhörlich Vivat rief. Der Mann machte eine verteufelt pfiffige Miene und hätte gern die Unwissenheit der beiden Fremden tüchtig abgeführt, wenn ihm nicht eben sein Witz versagt hätte. Endlich sagte er: „Der Erbprinz hält heute Hochzeit mit der schönen Gräfin Rosa. Wer will mir da Branntwein verbieten! Mag der Gräfin voriger Bräutigam Wasser saufen, denn er ist lange tot, und ihr Bruder mit den Engeln Milch und Honig trinken, denn er treibt sich in allen Wäldern herum. Hol der Teufel alle Ruhestörer! Friede! Friede! Es leben alle Patrioten, vivat hoch!“ – So taumelte der Branntweinzapf wieder weiter.

Die beiden Grafen sahen einander verwundert an. An Friedrichs Brust schallte die Neuigkeit ziemlich gleichgültig vorüber. Er hatte Rosa längst aufgegeben. Seine Phantasie, die Liebeskupplerin, war seitdem von größern Bildern durchdrungen, alle die hellen Quellen seiner irdischen Liebe waren in e i n e n großen, ruhigen Strom gesammelt, der andere Wünsche und Hoffnungen zu einem andern Geliebten trug. –

Ein Bürger, der ihr Gespräch mit dem Betrunkenen mit angehört hatte, war unterdes zu ihnen getreten und sagte: „Es ist alles wahr, was der Kerl da so konfus vorgebracht. Die Gräfin Rosa hatte wirklich vorher schon einen Grafen zum Liebhaber; der ist aber im Kriege geblieben und es ist gut für ihn, denn er ist mit Lehn und Habe dem Staate verfallen. Der Bruder der Gräfin ebenfalls, aber wir wissen von sicherer Hand, daß man gegen diesen nicht streng verfahren wird und ihm gern verzeihen möchte, wenn er nur zurückkäme und Reue und Besserung verspüren lassen wollte." –

Leontin lachte bei diesen Worten laut auf und gab seinem Pferde die Sporen. „Frischauf!" sagte er zu Friedrich, „ich ziehe mit den Toten, da die Lebendigen so abgestanden sind! Ich mag keinen von ihnen mehr wiedersehen, kommen wir wieder zurück auf unsere grünen Freiheitsburgen!"

Sie waren indes an das fürstliche Schloß gekommen. Tanzmusik schallte aus den hellen Fenstern. Eine Menge Volks war unten versammelt und gebärdete sich wie unsinnig vor Entzücken. Denn Rosa zeigte sich eben an der Seite ihres Bräutigams am Fenster. Man konnte sie deutlich sehen. Ihre blendende Schönheit, mit einem reichen Diadem von Edelsteinen geschmückt, funkelte und blitzte bei den vielen Lichtern manches Herz unten zu Asche. – So hatte sie ihr höchstes Ziel, die weltliche Pracht und Herrlichkeit, erreicht. – „Sie taugte niemals viel, Weltfutter, nichts als Weltfutter!" schimpfte Leontin ärgerlich immerfort. Friedrich drückte den Hut tief in die Augen, und so zogen die beiden dunklen Gestalten einsam durch den Jubel hindurch, zum Tore hinaus und wieder in die Berge zurück.

Nach mehreren einsamen Tagereisen, wobei auch die schönen Nächte zu Hülfe genommen wurden, kamen sie endlich immer höher auf das Gebirge. Die Gegend wurde immer größer und ernster, kaum noch lagen mehr einzelne Hirtenhütten in den tiefen, dunkelgrünen Schluchten hin und her zerstreut, es war eine grenzenlose Einsamkeit, nebenaus oft Streifen von unermeßlicher Aussicht. Ihre Herzen wurden wieder stark und weit, und voll kühler Freudenquellen.

Da erblickten sie sehr unerwartet mitten in der Wildnis einen niedrigen, zierlichen Zaun von weißem Birkenholz, dem es ordentlich Mühe zu kosten schien, die wilde Freiheit der Natur, die überall ihre grünen, festen Arme wie zum Spotte ungezogen durchstreckte, im Zaume zu halten. Sie lachten einander beide bei dem ersten Anblicke an, denn überraschender konnte ihnen nichts kommen, als gar eine moderne englische Anlage in dieser menschenleeren Gegend. Sie ritten längs des Zaunes hin, aber nirgends war die geringste Spur eines Einganges. Sie wußten wohl, daß sie bereits in dem großen Walde sein mußten, den Erwine sterbend meinte, auch waren sie nach der langen Tagereise begierig, endlich einmal Menschen, Speise und Trank wiederzufinden, sie banden daher ihre Pferde an und sprangen über den Zaun hinein.

Ein niedlicher Schlangenpfad, mit weißem Sande ausgestreut, führte sie dort bis an ein großes, dichtes Gebüsch von meist ausländischen Sträuchern, wo er sich plötzlich in zwei Arme teilte. Sie schlugen nun jeder für sich allein einen derselben ein, um so desto eher zu einer erwünschten Entdeckung zu gelangen. Doch diese schmalen Pfade gingen seltsam genug in einem ewigen Kreise immerfort um sich selber herum, so daß die beiden Grafen, je emsiger sie zuschritten, zwar immer ganz nahe blieben, aber einander niemals erjagen oder zusammenkommen konnten. Einige Male, wo die Gänge sich plötzlich durchkreuzten, stießen sie unverhofft aneinander, trennten sich von neuem und standen endlich, nachdem sie sich beinahe müde geirrt, auf einmal wieder vor dem Zaune, an demselben Orte, wo sie ausgelaufen waren.

Sie lachten und ärgerten sich zugleich über den sinnreichen Einfall. Doch machte sie diese kleine Probe aufmerksam und neugieriger auf die ganze sonderbare Anlage. Sie nahmen daher noch einmal einen beherzten Anlauf und drangen nun mitten durch das dicke Gehege gerade hindurch. Da kamen sie bald auf einen freien Platz zu einem Gebäude. Ihre Augen konnten sich bei dem ersten verwirrenden Anblick durchaus nicht aus dem labyrinthischen, höchst abenteuerlichen Gemisch dieses Tempels herausfinden, so unförmlich, obgleich klein, war alles über- und durcheinandergebaut. Den Haupteingang nämlich bildete ein griechischer Tempel mit zierlichem Säulenportal, welches sehr komisch aussah, da alles überaus niedlich und nur aus angestrichenem Holze war. Sie traten hinein und fanden in der Halle einen hölzernen Apollo, der die Geige strich, und dem der Kopf fehlte, weil nicht mehr Raum genug dazu übriggeblieben war. Gleich aus dem Tempel trat man in einen geschmackvollen Kuhstall nebst einer vollständigen holländischen Meierei in der neuesten Manier, aber alles leer. Über der Meierei hing, wie ein Bienenkorb, eine Art von schwebender Einsiedelei. Den zweiten Eingang bildete ein viereckiger Turm, wie bei den alten Burgen, der eine Ruine vorstellen sollte, und auf dessen Mauer hin und her Blumentöpfe mit Moos umherstanden. Über das ganze Gemisch hinweg endlich erhob sich ein feingeschnitztes, buntes, chinesisches Türmchen, an welchem unzählige Glöcklein im Winde musizierten. Unter diesem Türmchen in dem innersten Gemache saß inmitten des getäfelten Bodens ein unförmlicher, kleiner Chinese von Porzellan mit untergeschlagenen Beinen und dickem Bauche, und wackelte einsam fort mit dem breiten Kahlkopfe, als der einzige Bewohner seines unsinnigen Palastes.

„Nein, das ist zu toll!" sagte Leontin, „was gäb ich drum, wenn wir den Phantasten von Baumeister noch selber in seinem Zauberneste überraschten! Das ist ja ein wahrer Surrogattempel für allen Geschmack auf Erden."

Währenddes waren sie endlich in dem letzten Gemache des Gebäudes angekommen, welches mit großen, goldenen Buchstaben „Gesellschaftssaal" überschrieben war. Sie erstaunten auch wirklich beim Eintritte nicht wenig über die ungeheure Gesellschaft, denn Wände und Decke bestanden daselbst aus künstlich geschliffenen Spiegeln, die ihre Gestalten auf einmal ins Unendliche vervielfältigten. Ihr Kopf war ganz überfüllt und verwirrt von dem Gesehenen. Kein Mensch war in der weiten Runde zu hören, es grauste ihnen fast, länger in dieser Verrückung so einsam zu verweilen, und sie begaben sich daher schnell wieder ins Freie.

Sie durchstrichen darauf noch den andern Teil des Parks, der auf die alltäglichste Art mit Trauerweiden, Baumgruppchen, Brückchen usw. angefüllt war. Auch die üblichen Aushängetafeln mit Inschriften waren im Überfluß vorhanden, nur mit dem Unterschiede, daß hier alle von einer ungeheuren Länge und Breite waren, so daß sie die jungen Bäume, an denen sie befestigt, fast bis auf die Erde herunterzogen. Unsere Reisenden verweilten verwundert hin und wieder, und lasen unter andern: „Wachsen, Blühen, Staubwerden." – Gleich daneben stand auf einer andern Tafel die erste Strophe von: „Freuet euch des Lebens!" usw. nebst einigen andern Zoten.

So von groben Bäumen verfolgt, waren sie endlich am andern Ende des sonderbaren Parks angekommen, wo derselbe wieder durch ein niedliches Zäunchen von dem Walde geschieden war. Noch eine ungeheure Inschrift begrüßte sie dort folgendermaßen: „Gefühlvoller Wanderer! stehe still und vergieße einige Tränen über deine Narrheit!“ Darunter stand nur noch halbleserlich mit Bleistift geschrieben: „Und dann kehre wieder um, denn mir bist du doch nur langweilig.“ Nicht ohne Bedeutung, wie es schien, stieß diese letzte Partie des Gartens, welche besonders kleinlich aus allerlei Zwergbäumen nebst einem kaum bemerkbaren Wasserfalle bestand, auf einmal an den dunkelgrünen Saum des Hochwaldes. Zwischen Felsen stürzte dort ein einsamer Strom gerade hinab, als wollte er den ganzen Garten vernichten, wandte sich dann am Fuße der Höhe plötzlich, wie aus Verachtung, wieder seitwärts in den Wald zurück, dessen ernstes, ewig gleiches Rauschen gegen die unruhig phantastische Spielerei der Gartenanlage fast schmerzlich abstach, so daß die beiden Freunde überrascht stillstanden. Sie sehnten sich recht in die große, ruhige, kühle Pracht hinaus und atmeten erst frei, als sie wirklich endlich wieder zu Pferde saßen.

Während sie sich so über das Gesehene besprachen, verwundert, keine menschliche Wohnung ringsum zu erblicken, fing indes die Gegend an etwas lieblicher und milder zu werden. Vor ihnen erhob sich ein freundlicher, bis an den Gipfel mit Laubwald bedeckter Berg aus dem dunkelzackigen Chaos von Gebirgen. Hinter dem Berge schien es nach der einen Seite hin auf einmal freier zu werden und versprach eine große Aussicht. Sie zogen langsam ihres Weges fort, der Himmel war unbeschreiblich heiter, der Abend sank schon hernieder und spielte mit seinen letzten Strahlen lustig in dem lichten Grün des Berges vor ihnen. Friedrich hatte lange unverwandt in die Gegend vor sich hinausgesehen, dann hielt er plötzlich an und sagte: „Ich weiß nicht, wie mir ist, diese Aussicht ist mir so altbekannt, und doch war ich, solange ich lebe, nicht hier.“ –

Je weiter sie kamen, je erinnernder und sehnsüchtiger sprach jede Stelle zu ihm; oft verwandelte sich auf einmal alles wieder, ein Baum, ein Hügel legte sich fremd vor seine Aussicht wie in eine uralte, wehmütige Zeit, doch konnte er sich durchaus nicht besinnen.

So hatten sie nach und nach den Gipfel des Berges erreicht. Freudig überrascht standen sie beide still, denn eine überschwengliche Aussicht über Städte, Ströme und Wälder, so weit die Blicke in das fröhlich-bunte Reich hinauslangten, lag unermeßlich unter ihnen. Da erinnerte sich Friedrich auf einmal: „das ist ja meine Heimat!“ rief er, mit ganzer Seele in die Aussicht versenkt. „Was ich sehe, hier und in die Runde, alles gemahnt mich wie ein Zauberspiegel an den Ort, wo ich als Kind aufwuchs! Derselbe Wald, dieselben Gänge – nur das schöne, altertümliche Schloß finde ich nicht wieder auf dem Berge.“ –

Sie stiegen weiter und erblickten wirklich auf dem Gipfel im Gebüsche die Ruinen eines alten, verfallenen Schlosses. Sie kletterten über die umhergeworfenen Steine hinein und erstaunten nicht wenig, als sie dort ein steinernes Grabmal fanden, das ihnen durch seine Schönheit sowohl, als durch seine mannigfaltige Bedeutsamkeit auffiel. Es stellte nämlich eine junge, schöne, fast wollüstig gebaute weibliche Figur vor, die tot über den Steinen lag. Ihre Arme waren mit künstlichen Spangen, ihr Haupt mit Pfauenfedern geschmückt. Eine große Schlange, mit einem Krönlein auf dem Kopfe, hatte sich ihr dreimal um den Leib geschlungen. Neben und zum Teil über dem schönen Leichnam lag ein altgeformtes Schwert, in der Mitte entzweigesprungen, und ein zerbrochenes Wappen. Aus dieser Gruppe erhob sich ein hohes, einfaches Kreuz, mit seinem Fuße die Schlange erdrückend.

Friedrich traute seinen Augen kaum, da er bei genauerer Betrachtung auf dem zerbrochenen Schilde sein eigenes Familienwappen erkannte. Seine Augen fielen dabei noch einmal aufmerksamer auf die weibliche Gestalt, deren Gesicht soeben von einem glühenden Abendstrahle hell beleuchtet wurde. Er erschrak und wußte doch nicht, warum ihn diese Mienen so wunderbar anzogen. Endlich nahm er das kleine Porträt hervor, das sie auf Erwinens Brust gefunden hatten. Es waren dieselben Züge, es war das schöne Kind, mit dem er damals in dem Blumengarten seiner Heimat gespielt; nur das Leben schien seitdem viele Züge verwischt und seltsam entfremdet zu haben. Ein wehmütiger Strom von Erinnerung zog da durch seine Seele, dem er kaum mehr in jenes frühste, helldunkle Wunderland nachzufolgen vermochte. Er fühlte schaudernd seinen eigenen Lebenslauf in den geheimnisvollen Kreis dieser Berge mit hineingezogen.

Er setzte sich voller Gedanken auf das steinerne Grabmal und sah in die Täler hinunter, wie die Welt da nur noch in einzelnen, großen Farbenmassen durcheinander arbeitete, in welche Türme und Dörfer langsam versanken, bis es dann still wurde wie über einem beruhigten Meere. Nur das Kreuz auf ihrem Berge oben funkelte noch lange golden fort.

Da hörten sie auf einmal hinter ihnen eine Schalmei über die Berge wehen; die Töne blieben oft in weiter Ferne aus, dann brachen sie auf einmal wieder mit neuer Gewalt durch die ziehenden Wolken herüber. Sie sprangen freudig auf. Sie zweifelten längst nicht mehr, daß sie sich in dem Gebiete des sonderbaren Mannes befänden, zu dem sie von Erwin hingewiesen worden. Um desto willkommener war es ihnen, endlich einen Menschen zu finden, der ihnen aus diesem wunderbaren Labyrinthe heraushelfe, in dem ihre Augen sowie ihre Gedanken verwirrt und verloren waren. Sie bestiegen daher schnell ihre Pferde und ritten jenen Klängen nach.

Die Töne führten sie immerfort bergan zu einer ungeheuren Höhe, die immer öder und verlassener wurde. Ganz oben erblickten sie endlich einen Hirten, welcher, auf der Schalmei blasend, seine Herde in der Dämmerung vor sich her nach Hause trieb. Sie grüßten ihn, er dankte und sah sie ruhig und lange von oben bis unten an. „Wem dient Ihr?" fragte Leontin. – „Dem Grafen." – „Wo wohnt der Graf?" – „Dort rechts auf dem letzten Berge in seinem Schlosse." – „Wer liegt dort", fuhr Leontin fort, „auf der grünen Höhe unter den steinernen Figuren begraben?" – Der Hirt sah ihn an und antwortete nicht; er wußte nichts davon und war noch niemals dort hinabgekommen. – Sie ritten langsam neben ihm her, da erzählte er ihnen, wie auch er weit von hier in den Tälern geboren und aufgewachsen sei, „aber das ist lange her", sagte er, „und ich weiß nicht mehr, wie es unten aussieht." Darauf wünschte er ihnen eine gute Nacht, nahm seine Schalmei wieder vor und lenkte links in das Gebirge hinein. – Sie blickten rings um sich, es war eine weite, kahle Heide und die Aussicht zwischen den einzelnen Fichten, die hin und her zerstreut standen, unbeschreiblich einsam, als wäre die Welt zu Ende. Es wurde ihnen angst und weh an dem Orte. Sie gaben ihren Pferden die Sporen und schlugen rechts den Weg ein, den ihnen der einsilbige Hirt zu dem Schlosse des Grafen angezeigt hatte.

Es war indes völlig dunkel geworden. Die Gegend wurde noch immer höher, die Luft schärfer; sie wickelten sich fest in ihre Mäntel ein und ritten schnell fort. Da erblickten sie endlich auf dem höchsten Gipfel des Gebirges das verheißene Schloß. Es war, soviel sie in der Dunkelheit unterscheiden konnten, weitläufig gebaut und alt. Der Weg führte sie von selbst durch ein dunkles Burgtor in den altertümlichen, gepflasterten Hof, in dessen Mitte sich ein großer Baum über einem steinernen Springbrunnen wölbte.

Das erste, das ihnen dort auffiel, war ein seltsamer Mensch, mit einem langen, breiten Talare über den Achseln, einer Art von Krone, die etwas schief auf dem Kopfe saß, und einem langen Hirtenstabe in der Hand. Er näherte sich ihnen ein wenig, kehrte sich dann stolz wieder um und ging mit einem feierlich abgemessenen Schwebetritte langsam über den Hof, wobei der breite Mantel, wie der Schweif eines sich aufblähenden kalkuttischen Hahnes, hinter ihm drein rauschte. Ein alter Mann war unterdes heruntergekommen und sagte den beiden Gästen, sein Graf sei nicht zu Hause, bat sie aber, abzusteigen. Sie hatten die Augen noch auf jene vorüberschwebende Figur gerichtet und fragten erstaunt, was das zu bedeuten habe? „Er sucht den Karfunkelstein", sagte der Alte trocken und führte ihre Pferde ab.

Ein junger Mensch, der sich inzwischen mit einem Lichte eingefunden hatte, bat sie, ihm zu folgen, und führte sie stillschweigend über verschiedene Wendeltreppen und einen langen Bogengang in ein großes, gotisch gewölbtes Gemach mit zwei Himmelbetten, ein paar großen, altmodischen Stühlen und einem ungeheuren runden Tische in der Mitte. Sie bemerkten mit Verwunderung, daß er ein ledernes Reiterwams trug und seine ganze Tracht überhaupt altdeutsch sei. Seine blonden Haare hatte er über der Stirne gescheitelt und in schönen Locken über die Schultern herabhängen.

Er setzte das Licht auf den Tisch und fragte sie, wann sie wieder weiterzuziehen gedächten? „Ach", fügte er hinzu, ohne erst ihre Antwort abzuwarten, „ach, könnt ich mitziehn!" – „Und wer hält Euch denn hier?" fragte Leontin. – „Es ist meine eigene Unwürdigkeit", entgegnete jener wieder, „wohl fehlt mir noch viel zu der ehrenfesten Gesinnung, zu der Andacht und der beständigen Begeisterung, um der Welt wieder einmal Luft zum Himmel zu hauen. Ich bin gering und noch kein Ritter, aber ich hoffe, es durch fleißige Tugendübung mit Gottes Gnade zu werden und gegen die Heiden hinauszuziehn; denn die Welt wimmelt wieder von Heiden. Die Burgen sind geschleift, die Wälder ausgehauen, alle Wunder haben Abschied genommen, und die Erde schämt sich recht in ihrer fahlen, leeren Nacktheit vor dem Kruzifixe, wo noch eines einsam auf dem Felde steht; aber die Heiden hantieren und gehen hochmütig vorüber und schämen sich nicht." – Er sprach dies mit einer wirklich rührenden Demut, doch selbst in der steigenden Begeisterung, in die er sich bei den letzten Worten hineingesprochen hatte, blieb etwas modern Fades in seinen Zügen zurück. Leontin faßte ihn bei der Hand und wußte nicht, was er aus ihm machen sollte, denn für einen Menschen, der seine ordentliche Vernunft besitzt, hatte er ihm doch beinahe zu gescheit gesprochen.

Unterdes hatte sich der Ritter nachlässig in einen Stuhl geworfen, zog eine Lorgnette unter dem Wams hervor, betrachtete die beiden Grafen flüchtig und sagte, seine letzten Worte wohlgefällig wiederholend: „Aber die Heiden gehen vorüber und schämen sich nicht. – Recht gut gesagt, nicht wahr, recht gut?" – Beide sahen ihn erstaunt an. – Er lorgnettierte sie von neuem. „Aber ihr seid doch recht einfältig", fuhr er darauf lachend fort, „daß ihr das alles eigentlich so für baren Ernst nehmt! Ihr seid wohl noch niemals in Berlin gewesen? Seht, ich möchte wohl eigentlich ein Ritter sein, aber, aufrichtig gesprochen, das ist doch im Grunde alles närrisches Zeug, welcher gescheite Mensch wird im Ernste an so etwas glauben! Überdies wäre es auch schrecklich langweilig, so strenge auf Tugend und Ehre zu halten. Ich versichere euch aber, ich bin wohl eigentlich ein Ritter, aber ihr faßt das nur nicht, ihr andern Leute, ich halte aus ganzer Seele gleichsam auf die alte Ehre, aber seht, das ist ganz anders zu verstehen – das ist – aber ihr versteht mich doch nicht – das ist" – hierbei schien er verwirrt und zerstreut zu werden. Er zog sein Ritterwams vom Leibe und erschien auf einmal in einem überaus modernen Negligé vom feinsten, weißen Perkal, von dem er mit vieler Grazie hin und wieder die Staubfleckchen abzuklopfen und wegzublasen bemüht war.

Nach einer Weile nahm er das Augenglas wieder vor und musterte die beiden Fremden, sich vornehm auf dem Sessel hin und her schaukelnd. „Bei welchem Schneider lassen Sie arbeiten?" sagte er endlich. Dann stand er auf und befühlte ihre Hemden an der Brust. „Aber, mein Gott! wie kann man so etwas tragen?“ sagte er, „bon soir, bon soir, mes amis!“ Hiermit ging er, laut ein französisches Liedchen trällernd, ab. In der Tür begegnete er einem Mädchen, das eben mit einem Korbe voll Erfrischungen heraufkam. Er nahm sie sogleich in den Arm und wollte sie küssen. Sie schien aber keinen Spaß zu verstehen und warf den Ritter, wie sie an dem Gepolter wahrnehmen konnten, ziemlich unsanft die Stiege hinab.

„Nun wahrhaftig“, sagte Friedrich, „hier geht es lustig zu, ich sehe nur, wann wir beide selber anfangen, mit verrückt zu werden.“ – „Mir war bei dem Kerl zumute“, meinte Leontin, „als sollten wir ihn hundemäßig durchprügeln.“

Das Mädchen hatte unterdes, ohne ein Wort zu sprechen, mit unglaublicher Geschwindigkeit den Tisch gedeckt und Essen aufgetragen. Ihre Hast fiel ihnen auf, sie betrachteten dieselbe genauer und erschraken beide, als sie in ihr die verlorne Marie erkannten. Sie war leichenblaß, ihr schönes Haar war seltsam aufgeputzt und phantastisch mit bunten Federn und Flitter geschmückt. Der überraschte Leontin nahm sie sanft streichelnd bei dem weichen, vollen Arme, und sah ihr in die sonst so frischen Augen, die er seit ihrem Abschiede auf der Gebirgsreise nicht wiedergesehen hatte. Sie aber wand die Hand los, legte den Finger geheimnisvoll auf den Mund, und war so im Augenblicke zur Tür hinaus. Vergebens eilten und riefen sie ihr nach, sie war gleich einer Lazerte zwischen dem alten Gemäuer verschwunden.

Beide hatte dieses unerwartete Begegnis sehr bewegt. Sie lehnten sich in das Fenster und sahen über die Wälder hinaus, die der Mond herrlich beleuchtete. Leontin wurde immer stiller. Endlich sagte er: „Es ist doch seltsam, wie gegenwärtig mir hier eine Begebenheit wird, die mich einst heftig erschütterte; und ich täusche mich nicht, daß ich hier endlich eine Auflösung darüber erhalten werde.“ Friedrich bat ihn, sie ihm mitzuteilen, und Leontin erzählte:

„Ich hatte einst ein Liebchen hinter dem Walde bei meinem Schlosse, ein gutes, herziges, verliebtes Ding. Ich ritt gewöhnlich spätabends zu ihr, und sie litt mich wohl manchmal über Nacht. Eines Abends, da ich eben auch hinkomme, sieht sie ungewöhnlich blaß und ernsthaft aus, und empfängt mich ganz feierlich, ohne mir, wie sonst, um den Hals zu fallen. Doch schien sie mehr traurig, als schmollend. Wir gingen an dem

Teiche spazieren, der bei ihrem Häuschen lag, wo sie mit ihrer Mutter einsam wohnte; da sagte sie mir: ich sei ja gestern abends noch sehr spät bei ihr gewesen, und da sie mich küssen wollen, hätte ich sie ermahnt, lieber Gott, als die Männer zu lieben, darauf hätte ich noch eine Weile sehr streng und ernsthaft mit ihr gesprochen, wovon sie aber nur wenig verstanden, und wäre dann ohne Abschied fortgegangen.

Ich erschrak nicht wenig über diese Rede, denn ich war jenen Abend nicht von meinem Schlosse weggekommen. Während sie noch so erzählte, bemerkte ich, daß sie plötzlich blaß wurde und starr auf einen Fleck im Walde hinsah. Ich konnte nirgends etwas erblicken, aber sie fiel auf einmal für tot auf die Erde. –

Als sie sich zu Hause, wohin ich sie gebracht, nach einiger Zeit wieder erholt hatte, schien sie sich ordentlich vor mir zu fürchten, und bat mich in einer sonderbaren Gemütsbewegung, niemals mehr wiederzukommen. Ich mußt es ihr versprechen, um sie einigermaßen zu beruhigen. Dessenungeachtet trieb mich die Besorgnis um das Mädchen und die Neugierde den folgenden Abend wieder hinaus, um wenigstens von der Mutter etwas zu erfahren.

Es war schon ziemlich spät, der Mond schien wie heute. Als ich in dem Walde, durch den ich hindurch mußte, eben auf einem etwas freien, mondhellen Platz herumbiege, steigt auf einmal mein Pferd und mein eigenes Haar vom Kopfe in die Höh. Denn einige Schritte vor mir, lang und unbeweglich an einem Baume, stehe ich selber leibhaftig. Mir fiel dabei ein, was das Mädchen gestern sagte; mir grauste durch Mark und Bein bei dem gräßlichen Anblicke. Darauf faßte mich, ich weiß selbst nicht wie, ein seltsamer Zorn, das Phantom zu vernichten, das immer unbeweglich auf mich sah. Ich spornte mein Pferd, aber es stieg schnaubend in die Höh und wollte nicht daran. Die Angst steckte mich am Ende mit an, ich konnte es nicht aushalten, länger hinzusehn, mein Pferd kehrte unaufhaltsam um, eine unbeschreibliche Furcht bemächtigte sich seiner und meiner, und so ging es windschnell durch Sträucher und Hecken, daß die Äste mich hin und her blutig schlugen, bis wir beide atemlos wieder bei dem Schlosse anlangten. Das war jener Abend vor unserer Gebirgsreise, da ich so wild und ungebärdet tat, als du mit Faber ruhig am Tische auf der Wiese saßest. – Später erfuhr ich, daß das Mädchen denselben Abend um dieselbe Stunde gestorben sei. – Und so wolle Gott jeden Schnapphahn kurieren, denn ich habe mich seitdem gebessert, das kann ich redlich sagen!“

Friedrich erinnerte sich bei dieser wunderlichen Geschichte an eine Nacht auf Leontins Schlosse, wie er Erwinen einmal von der Mauer sich mit einem fremden Manne unterhalten gehört und dann einen langen, dunklen Schatten von ihm in den Wald hineingehn gesehen hatte. – „Allerdings“, sagte Leontin, „habe ich selber einmal dergleichen bemerkt, und es kam mir zu meinem Erstaunen vor, als wäre es dieselbe Gestalt, die mir im Walde erschienen. Aber du weißt, wie geheimnisvoll Erwine immer war und blieb; doch so viel wird mir nach verschiedenen flüchtigen Äußerungen von ihr immer wahrscheinlicher, daß dieses Bild hier in diesem Walde spuke oder lebe, es sei nun, was es wolle. – Ich weiß nicht, ob du noch unsres Besuches auf dem Schlosse der Frau v. A. gedenkest. Dort sah ich ein altes Ritterbild, vor dem ich augenblicklich zurückfuhr. Denn es war offenbar sein Portrait. Es waren meine eigenen Züge, nur etwas älter und ein fremder Zug auf der Stirn über den Augen.“ –

Während Leontin noch so sprach, hörten sie auf einmal ein Geräusch auf dem Hofe unten, und ein Reiter sprengte durch das Tor herein; mehrere Windlichter füllten sogleich den Platz, in deren über die Mauern hinschweifenden Scheinen sich alle Figuren nur noch dunkler ausnahmen. „Er ist's!“ rief Leontin. – Der Reiter, welcher der Herr des Schlosses zu sein schien, stieg schnell ab und ging hinein, die Windlichter verschwanden mit ihm, und es war plötzlich wieder dunkel und still wie vorher.

Leontin war sehr bewegt, sie beide blieben noch lange voll Erwartung am Fenster, aber es rührte sich nichts im Schlosse. Ermüdet warfen sie sich endlich auf die großen, altmodischen Betten, um den Tag zu erwarten, aber sie konnten nicht einschlafen, denn der Wind knarrte und pfiff unaufhörlich an den Wetterhähnen und Pfeilern des alten, weitläufigen Schlosses, und ein seltsames Sausen, das nicht vom Walde herzukommen schien, sondern wie ferner Wellenschlag tönte, brauste die ganze Nacht hindurch.

Zweiundzwanzigstes Kapitel

Kaum fing der Morgen draußen an zu dämmern, so sprangen die beiden schon von ihrem Lager auf und eilten aus ihrem

Zimmer auf den Gang hinaus. Aber kein Mensch war noch da zu sehen, die Gänge und Stiegen standen leer, der steinerne Brunnen im Hofe rauschte einförmig fort. Sie gingen unruhig auf und ab; nirgends bemerkten sie einen neuen Bau oder Verzierung an dem Schlosse, es schien nur das Alte gerade zur Notdurft zusammengehalten. Bunte Blumen und kleine grüne Bäumchen wuchsen hin und wieder auf dem hohen Dache, zwischen denen Vögel lustig sangen. Sie kamen endlich über mehrere Gänge in dem abgelegensten und verfallensten Teile des Schlosses in ein offenes, hochgelegenes Gemach, dessen Wände sie mit Kohle bemalt fanden. Es waren meist flüchtige Umrisse von mehr als lebensgroßen Figuren, Felsen und Bäumen, zum Teil halb verwischt und unkenntlich. Gleich an der Tür war eine seltsame Figur, die sie sogleich für den Eulenspiegel erkannten. Auf der andern Wand erkannte Friedrich höchst betroffen einen großen, ziemlich weitläufigen Umriß seiner Heimat, das große alte Schloß und den Garten auf dem Berge, den Strom unten, den Wald und die ganze Gegend. Aber es war unbeschreiblich einsam anzusehen, denn ein ungeheurer Sturm schien über die winterliche Gegend zu gehen, und beugte die entlaubten Bäume alle nach einer Seite, sowie auch eine wilde Flammenkrone, die aus dem Dache des Schlosses hervorbrach, welches zum Teil schon in der Feuersbrunst zusammenstürzte.

Friedrich konnte die Augen von diesen Zügen kaum wegwenden, als Leontin einen Haufen von Zeichnungen und Skizzen hervorzog, die ganz verstaubt und vermodert in einem Winkel des Zimmers lagen. Sie setzten sich beide auf den Fußboden hin und rollten eine nach der andern auf. Die meisten Blätter waren komischen Inhalts, fast alle von einem ungewöhnlichen Umfange. Die Züge waren durchaus keck und oft bis zur Härte streng, aber keine der Darstellungen machte einen angenehmen, viele sogar einen widrigen Eindruck. Unter den komischen Gesichtern glaubte Friedrich zu seiner höchsten Verwunderung manche alte Bekannte aus seiner Kindheit wiederzufinden.

Der erste Morgenschein fiel indes soeben durch die hohen Bogenfenster, und spielte gar seltsam an den Wänden der Polterkammer und in die wunderliche Welt der Gedanken und Gestalten hinein, die rings um sie her auf dem Boden zerstreut lagen. Es war ihnen dabei wie in einem Traume zumute. – Sie schoben endlich alle die Bilder wieder in den Winkel zusammen und lehnten sich zum Fenster hinaus.

Alles war noch nächtlich und grenzenlos still, nur einige frühe Vögel zogen pfeifend hin und her über den Wald und begrüßten die ersten Morgenstrahlen, die durch die Wipfel funkelten. Da hörten sie auf einmal draußen in einiger Entfernung folgendes Lied singen:

„Ein Stern still nach dem andern fällt
Tief in des Himmels Kluft,
Schon zucken Strahlen durch die Welt,
Ich wittre Morgenluft.

In Qualmen steigt und sinkt das Tal;
Verödet noch vom Fest
Liegt still der weite Freudensaal,
Und tot noch alle Gäst.

Da hebt die Sonne aus dem Meer
Eratmend ihren Lauf:
Zur Erde geht, was feucht und schwer,
Was klar, zu ihr hinauf.

Hebt grüner Wälder Trieb und Macht
Neu rauschend in die Luft,
Zieht hinten Städte, eitel Pracht,
Blau' Berge durch den Duft.

Spannt aus die grünen Tepp'che weich,
Von Strömen hell durchrankt,
Und schallend glänzt das frische Reich,
So weit das Auge langt.

Der Mensch nun aus der tiefen Welt
Der Träume tritt heraus,
Freut sich, daß alles noch so hält,
Daß noch das Spiel nicht aus.

Und nun geht's an ein Fleißigsein!
Umsumsend Berg und Tal,
Agieret lustig groß und klein
Den Plunder allzumal.

Die Sonne steiget einsam auf,
Ernst über Lust und Weh,
Lenkt sie den ungestörten Lauf
In stiller Glorie. –

Und wie er dehnt die Flügel aus,
Und wie er auch sich stellt:
Der Mensch kann nimmermehr hinaus,
Aus dieser Narrenwelt."

Die beiden Freunde eilten sogleich auf das sonderbare Lied hinunter und aus dem Schlosse hinaus. Die Wälder rauchten ringsum aus den Tälern, eine kühle Morgenluft griff stärkend an alle Glieder. Der Gesang hatte unterdes aufgehört, doch erblickten sie in jener Gegend, wo er hergekommen war, einen großen, schönen, ziemlich jungen Mann an dem Eingange des Waldes. Er stand auf und schien weggehn zu wollen, als er sie gewahr wurde; dann blieb er stehen und sah sie noch einmal an, kam darauf auf sie zu, faßte Friedrich bei der Hand und sagte sehr gleichgültig: „Willkommen Bruder!" –

Wie dem Schweizer in der Fremde, wenn plötzlich ein Alphorn ertönt, alle Berge und Täler, die ihn von der Heimat scheiden, in dem Klange versinken, und er die Gletscher wiedersieht, und den alten, stillen Garten am Bergeshange, und alle die morgenfrische Aussicht in das Wunderreich der Kindheit, so fiel auch Friedrich bei dem Tone dieser Stimme die mühsame Wand eines langen, verworrenen Lebens von der Seele nieder: – er erkannte seinen wilden Bruder Rudolf, der als Knabe fortgelaufen war, und von dem er seitdem nie wieder etwas gehört hatte.

Keine ruhige, segensreiche Vergangenheit schien aus diesen dunkelglühenden Blicken hervorzusehen, eine Narbe über dem rechten Auge entstellte ihn seltsam. Leontin stand still dabei und betrachtete ihn aufmerksam, denn es war wirklich dasselbe Bild, das ihm mitten im bunten Leben oft so schaurig begegnet. „Oh, mein lieber Bruder", sagte Friedrich, „so habe ich dich denn wirklich wieder! Ich habe dich immer geliebt. Und als ich dann größer wurde und die Welt immer kleiner und enger, und alles so wunderlos und zahm, wie oft hab ich da an dich zurückgedacht und mich nach deinem wunderbaren härtern Wesen gesehnt!" – Rudolf schien wenig auf diese Worte zu achten, sondern wandte sich zu Leontin um und sagte: „Wie geht es Euch, mein Signor Amoroso? Durch diesen Wald geht kein Weg zum Liebchen." – „Und keiner in der Welt mehr", fiel Leontin, der wohl wußte, was er meine, empfindlich ihm ins Wort, „denn Eure Possen haben das Mädchen ins Grab gebracht." – „Besser tot, als eine H –" sagte Rudolf gelassen. „Aber", fuhr er fort, „was treibt euch aus der Welt hier zu mir herauf? Sucht ihr Ruhe: ich habe selber keine; sucht ihr Liebe: ich liebe keinen Menschen, oder wollt ihr mich listig aussondieren, zerstreuen und lustig machen: so zieht nur in Frieden wieder hinunter, eßt, trinkt, arbeitet fleißig, schlaft bei euren Weibern oder Mädchen, seid lustig und lacht, daß ihr euch krähend die Seiten halten müßt, und danket Gott, daß er euch weiße Lebern, einen ordentlichen Verstand, keinen überflüssigen Witz, gesellige Sitten und ein langes, wohlgefälliges Leben bescheret hat – denn mir ist das alles zuwider." – Friedrich sah den Bruder staunend an, dann sagte er: „Wie ist dein Gemüt so feindselig und wüst geworden! Hat dich die Liebe –" „Nein", sagte Rudolf, „ihr seid gar verliebt, da lebt recht wohl!"

Hiermit ging er wirklich mit großen Schritten in den Wald hinein und war bald hinter den Bäumen verschwunden. Leontin lief ihm einige Schritte nach, aber vergebens. „Nein", rief er endlich aus, „er soll mich nicht so verachten, der wunderliche Gesell! Ich bin so reich und so verrückt wie er!" – Friedrich sagte: „Ich kann es nicht mit Worten ausdrücken, wie es mich rührt, den tapfern, gerechten, rüstigen Knaben, der mir immer vorgeschwebt, wenn ich dich ansah, so verwildert wiederzusehen. Aber ich bleibe nun gewiß auch wider seinen Willen hier, ich will keine Mühen sparen, sein reines Gold, denn solches war in ihm, aus dem wüst verfallenen Schachte wieder ans Tageslicht zu fördern." – „Oh", fiel ihm Leontin ins Wort, „das Meer ist nicht so tief, als der Hochmütige in sich selber versunken ist! Nimm dich in acht! er zieht dich eher schwindelnd zu sich hinunter, ehe du ihn zu dir hinauf."

Friedrich hatte der Anblick seines Bruders auf das heftigste bewegt. Er ging schnell von Leontin fort und allein tief in den Wald hinein. Er brauchte der stillen, vollen Einsamkeit, um die neuen Erscheinungen, die auf einmal so gewaltsam auf ihn eindrangen, zu verarbeiten und seine seltsam aufgeregten Geister zu beruhigen.

Lange war er so im Walde herumgeschweift, als auch Leontin wieder zu ihm stieß. Dieser hatte währenddes wieder jene Bilderstube bestiegen und die Zeit unter den Zeichnungen gesessen. Dabei waren ihm in dieser Einsamkeit die Figuren oft wie lebendig geworden vorgekommen und verschiedene Lieder eines Wahnsinnigen eingefallen, die er, wie Sprüche auf die alten Bilder, den Gestalten aus dem Munde auf die Wand aufgeschrieben hatte.

Die Sonne fing schon wieder an sich von der Mittagshöhe herabzuneigen. Weder Leontin noch Friedrich wußten recht, wo sie sich befanden, denn kein ordentlicher Weg führte vom Schlosse hierher. Sie schlugen daher die ohngefähre Richtung ein, sich über den melancholischen Rudolf besprechend. Als sie nach langem Irren eben auf einer Höhe angelangt waren, hörten sie plötzlich mehrere lebhafte Stimmen vor sich. Ein undurchdringliches Dickicht, durch welches von dieser Seite kein Eingang möglich war, trennte sie von den Sprechenden. Leontin bog die obersten Zweige mit Gewalt auseinander: da eröffnete sich ihnen auf einmal das seltsamste Gesicht. Mehrere auffallende Figuren nämlich, worunter sie sogleich Marie, den Karfunkelsteinspäher und den Ritter von gestern erkannten, lagen und saßen dort auf einer grünen Wiese zerstreut umher. Die große Einsamkeit, die fremdartigen, zum Teil ritterlichen Trachten, womit die meisten angetan, gaben der Gruppe ein überraschendes, buntes und wundersames Ansehen, als ob ein Zug von Rittern und Frauen aus alter Zeit hier ausraste.

Marie war ihnen besonders nahe, doch ohne sie zu bemerken. Sie war mit langen Kränzen von Gras behangen und hatte eine Gitarre vor sich auf dem Schoße. Auf dieser spielte sie und sang das Lied, das sie damals auf dem Rehe gesungen, als sie Friedrich zum ersten Male auf der Wiese bei Leontins Schlosse traf. Nach der ersten Strophe hielt sie, in Gedanken verloren, inne, als wollte sie sich auf das Weitere besinnen, und fing dann das Lied immer wieder vom Anfang an. –

Mitten unter den Narren saß Rudolf auf einem umgefallenen Baumstamme, den Kopf vornhin in beide Arme auf die Knie gestützt. Er war ohne Hut und sah sehr blaß aus. Mit Verwunderung hörten sie, wie er mit ihnen allen in ein lebhaftes Gespräch vertieft war. Er wußte dem Wahnsinn eines jeden eine Tiefe und Bedeutung zu geben, über welche sie erstaunten, und je verrückter die Narren sprachen, je witziger und ausgelassener wurde er in seinem wunderlichen Humor. Aber sein Witz war scharf ohne Heiterkeit, wie Dissonanzen einer großen, zerstörten Musik, die keinen Einklang finden können oder mögen.

Leontin, der aufmerksam zugehört hatte, war es durchaus unmöglich, das wilde Spiel länger zu ertragen. Er hielt sich nicht mehr, riß mit Gewalt durch das Dickicht und eilte auf Rudolf zu. Rudolf, durch sein Gespräch exaltiert, sprang über der plötzlichen, unerwarteten Erscheinung rasch auf und riß dem verrückten Ritter, der neben ihm saß, den Degen aus der Scheide. So mit dem Degen aufgerichtet, sah der lange Mann mit seinen verworrenen Haaren und bleichem Gesichte fast gespensterartig aus. Beide hieben in demselben Augenblicke wütend aufeinander ein, denn Leontin ging unter diesen Verrückten nicht unbewaffnet aus. Ein Strom von Blut drang plötzlich aus Rudolfs Arme und machte der seltsamen Verblendung ein Ende. Alles dieses war das Werk eines Augenblicks.

Friedrich war indes auch herbeigeeilt, und beide Freunde waren bemüht, das Blut des verwundeten Rudolfs mit ihren Tüchern zu stillen, worauf sie ihn näher an sein Schloß führten.

Als er sich nach einiger Zeit wieder erholt hatte, und die Gemüter beruhigt waren, äußerte Friedrich seine Verwunderung, wie er so einsam in dieser Gesellschaft aushalten könne.

„Und was ist es denn mehr und anders“, sagte Rudolf, „als in der andern gescheiten Welt? Da steht auch jeder mit seinen besondern, eigenen Empfindungen, Gedanken, Ansichten und Wünschen neben dem andern wieder mit seinem besondern Wesen, und wie sie sich auch, gleichwie mit Polypenarmen, künstlich betasten und einander recht aus dem Grunde herauszufühlen trachten, es weiß ja doch am Ende keiner, was er selber ist oder was der andere eigentlich meint und haben will, und so muß jeder dem andern verrückt sein, wenn es übrigens Narren sind, die überhaupt noch etwas meinen oder wollen. Das einzige Tolle bei jenen Verrückten von Profession aber ist nur, daß sie dabei noch glücklich sind.“

Bei diesen Worten erblickte er das vielerwähnte Medaillon von Erwin, das Friedrich nur halbverborgen unter dem Rocke trug. Er ging schnell auf Friedrich zu. „Woher hast du das?“ fragte er, und nahm das Bild zu sich. Er schien bewegt, als sie ihm erzählten, von wem sie es hatten und daß Erwin gestorben sei, doch konnte man nicht unterscheiden, ob es Zorn oder Rührung war. Er sah darauf das Bild lange Zeit an und sagte kein Wort.

Durch die Ermattung von dem Blutverluste, sowie durch den unerwarteten Anblick des Portraits, schien seine Wildheit einigermaßen gebändigt. Die beiden Freunde drangen daher in ihn, ihnen endlich Aufschluß über das alles zu geben, und, wo möglich, seine Lebensgeschichte zu erzählen, auf welche sie beide sehr begierig waren, da sie wohl bemerkten, daß er mit diesem Mädchen und vielen andern Rätseln in einem nahen Zusammenhange stehen müsse. Er war heut wirklich ruhig genug dazu. Er setzte sich, ohne sich weiter nötigen zu lassen, neben ihnen auf den Rasen und begann sogleich folgendermaßen:

Dreiundzwanzigstes Kapitel

„Wenn ich mein Leben überdenke, ist mir so totenstill und nüchtern, wie nach einem Balle, wenn der Saal noch wüst und schwül qualmt und ein Licht nach dem andern verlöscht, weil andere Lichter durch die zerschlagenen Fenster hineinschielen, und man reißt die Kleider von der Brust und steigt draußen auf den höchsten Berg und sieht der Sonne entgegen, ob sie nicht bald aufgehn will – Doch ich will ruhig erzählen:

Die erste Begebenheit meines Lebens, an die ich mich wie an einen Traum erinnere, war eine große Feuersbrunst. Es war in der Nacht, die Mutter fuhr mit uns und noch einigen fremden Leuten, auf die ich mich nicht mehr besinne, im Kahne über einen großen See. Mehrere Schlösser und Dörfer brannten ringsumher an den Ufern und der Widerschein von den Flammen spiegelte sich bis weit in den See hinein. Meine Wärterin hob mich aus dem Kahne hoch in die Höhe und ich langte mit beiden Armen nach dem Feuer. Alle die fremden Leute im Kahne waren still, meine Mutter weinte sehr; man sagte mir, mein Vater sei tot. –

Noch eines Umstandes muß ich dabei gedenken, weil er seltsam mit meinem übrigen Leben zusammenhängt. Als wir nämlich, soviel ich mich erinnere, gleichsam aus Flammen in den Kahn einstiegen, erblickte ich einen Knaben etwa von meinem Alter, den ich sonst nie gesehn hatte. Der lachte uns aus, tanzte an dem Feuer mit höhnenden Gebärden und schnitt mir Gesichter. Ich nahm schnell einen Stein und warf ihn ihm mit einer für mein Alter ungewöhnlichen Kraft an den Kopf, daß er umfiel. Sein Gesicht ist mir noch jetzt ganz deutlich und ich wurde den widrigen Eindruck dieser Begebenheit niemals wieder los. – Das ist alles, was mir von jener merkwürdigen Nacht übrigblieb, deren Stille, Wunderbilder und feurige Widerscheine sich meinem kindischen Gemüte unverlöschlich einprägten. In dieser Nacht sah ich meine Mutter zum letzten Male.

Nachher erinnere ich mich wieder auf nichts, als Berge und Wälder, große Haufen von Soldaten und blitzenden Reitern, die mit klingendem Spiele über Brücken zogen, unbekannte Täler und Gegenden, die wie ein Schattenspiel schnell an meiner Seele vorüberflogen.

Als ich mich endlich zum ersten Male mit Besinnung in der Welt umzuschauen anfing, befand ich mich allein mit dir in einem fremden, schönen Schloß und Garten unter fremden Leuten. Es war, wie du weißt, unser Vormund, und das Schloß, obschon unser Eigentum, doch nicht unser Geburtsort. Wir beide sind am Rheine geboren. – Es mochte mir hier bald nicht behagen. Besonders stach mir gegen das niemals in meiner Erinnerung erloschene Bild meiner Mutter, die ernst, hoch und schlank war, die neue, kleine, wirtschaftliche und dickliche Mutter zu sehr ab. Ich wollte ihr niemals die Hand küssen. Ich mußte viel sitzen und lernen, aber ich konnte nichts erlernen, besonders keine fremde Sprache. Am wenigsten aber wollte mir das sogenannte gewisse Etwas in Gesellschaften anpassen, wobei ich mich denn immer sehr schlecht und zu allgemeiner Unzufriedenheit präsentierte. Mir war dabei das Verstellen und das zierliche Niedlichtun der Vormünderin und des Hofmeisters unbegreiflich, die immer auf einmal ganz andere Leute waren, wenn Gäste kamen. Ja, ich erinnere mich, daß ich den letztern einige Male, wenn er so außer dem gewöhnlichen Wege besonders klug sprach, hinten am Rocke zupfte und laut auflachte, worauf ich denn jedesmal mit drohenden Blicken aus dem Zimmer verwiesen wurde. Mit Prügeln war bei mir nichts auszurichten, denn ich verteidigte mich bis zum Tode gegen den Hofmeister und jedermann, der mich schlagen wollte. So kam es denn endlich, daß ich bei jeder Gelegenheit hintenangesetzt wurde. Man hielt mich für einen trübseligen Einfaltspinsel, von dem weder etwas zu hoffen noch zu fürchten sei. Ich wurde dadurch nur noch immer tiefsinniger und einsamer und träumte unaufhörlich von einer geheimen Verschwörung aller gegen mich, selbst dich nicht ausgenommen, weil du mit den meisten im Hause gut standest.

Ein einziges liebes Bild ging in dieser dunklen, schwerer Träume vollen Zeit an mir vorüber. Es war die kleine Angelina, die Tochter eines verwandten italienischen Marchese, der sich auch vor den Unruhen in Italien zu uns geflüchtet hatte und lange Zeit dort blieb. Du wirst dich des lieblichen, wunderschönen Kindes erinnern, wie sie von uns Deutsch lernte und so schöne, welsche Lieder wußte. Ich hatte damals Tag und Nacht keine Seelenruh vor diesem schönen Bilde. Inzwischen glaubte ich zu bemerken, daß sie überall dich mehr begünstigte, als mich; ich war ihr zu wild, sie schien sich vor mir zu fürchten. Mein alter Argwohn, Haß und Bangigkeit nahm täglich zu, ich saß, wie in mir selbst gefangen, bis endlich ein seltsamer Umstand alle die Engel und Teufel, die damals noch dunkel in mir rangen, auf einmal losmachte.

Ich war nämlich eines Abends eben mit Angelina im Garten an dem eisernen Gitter, durch das man auf die Straße hinaussah. Angelina stand am Springbrunnen und spielte mit den goldenen Kugeln, welche die Wasserkunst glänzend auf- und niederwarf. Da kam eine alte Zigeunerin am Gitter vorbei und verlangte, als sie uns drinnen erblickte, auf die gewöhnliche ungestüme Art, uns zu prophezeien. Ich streckte sogleich meine Hand hinaus. Sie las lange Zeit darin. Währenddes ritt ein junger Mensch, der ein Reisender schien, draußen die Straße vorbei und grüßte uns höflich. Die Zigeunerin sah erstaunt mich, Angelina und den vorüberziehenden Fremden wechselseitig an, endlich sagte sie, auf uns und ihn deutend: ‚Eines von euch dreien wird den andern ermorden.‘ – Ich blickte dem Reiter scharf nach, er sah sich noch einmal um, und ich erkannte erschrocken und zornig sogleich das Gesicht desselben unbekannten Knaben wieder, der uns bei unsrem Auszuge aus der Heimat an dem Feuer so verhöhnt hatte. – Die Zigeunerin war unterdes verschwunden, Angelina furchtsam fortgelaufen, und ich blieb allein in dem großen, dämmernden Garten und glaubte fest, nun als Mörder auch sogar von Gott verlassen zu sein; niemals fühlte ich mich so finster und leer.

In der Nacht konnt ich nicht schlafen, ich stand auf und zog mich völlig an. Es war alles still, nur die Wetterhähne knarrten im Hofe, der Mond schien sehr hell. Du schliefst still neben mir, das Gebetbuch lag noch halb aufgeschlagen bei dir, ich wußte nicht, wie du so ruhig sein könntest. Ich küßte dich auf den Mund, ging dann schnell aus dem Hause, durch den Garten, und kehrte niemals mehr wieder.

Von nun an geht mein Leben rasch, bunt, ungenügsam, wechselnd, und in allem Wechsel doch unbefriedigt. Ich will nur einige Augenblicke herausheben, die mich, wie einsam erleuchtete Berggipfel über dem dunkelwühlenden Gewirre, noch immer von weitem ansehn.

Als ich zu Ende jener Nacht die letzte Höhe erreicht hatte, ging eben die Sonne prächtig auf. Die Gegend unten, so weit die Blicke reichten, war mit bunten Zelten, unermeßlich blitzenden Reihen, und Lust und Schallen überdeckt. Einzelne bunte Reiter flogen in allen Richtungen über den grünen Anger, einzelne Schüsse fielen bis in die tiefste Ferne hin und her im Walde. Ich stand wie eingewurzelt vor Lust bei dem Anblick. Ich glaubte es nun auf einmal gefunden zu haben, was mir fehlte und was ich eigentlich wollte. Ich eilte daher schnell hinunter und ließ mich anwerben.

Wir brachen noch denselben Tag von dem Orte auf, aber schon da auf dem Marsche fing ich an zu bemerken, daß dieses nicht das Leben war, das ich erwartete. Der platte Leichtsinn, das Prahlen und der geschäftige Müßiggang ekelte mich an, besonders unerträglich aber war mir, daß ein einziger, unbeschreiblicher Wille das Ganze wie ein dunkles Fatum regieren sollte, daß ich im Grunde nicht mehr wert sein sollte, als mein Pferd – und so versenkten mich diese Betrachtungen in eine fürchterliche Langeweile, aus der mich kaum die Signale, welche die Schlacht ankündigten, aufzurütteln vermochten.

Damals bekam mein Oberst von meinem Vormund, der mich aufgespürt hatte, einen Brief, worin er ihn bat, mich auszuliefern. Aber es war zu spät, denn das Treffen war eben losgegangen. Mitten im blitzenden Dampfe und Todesgewühl erblickt ich plötzlich das beinahe bleiche Gesicht des Unbekannten wieder mir feindlich gegenüber. – Wütend, daß das Gespenst mich überall verfolgte, stürzte ich auf ihn ein. Er focht so gut, wie ich. Endlich sah ich sein Pferd stürzen, während ich selbst, leicht verwundet, vor Ermattung bewußtlos hinsank. Als ich wieder erwachte, war alles ringsum finster und totenstill über der weiten Ebene, die mit Leichen bedeckt war. Mehrere Dörfer brannten in der Runde, und nur einzelne Figuren, wie am Jüngsten Gericht, erhoben sich hin und her und wandelten dunkel durch die Stille. Ein unbeschreibliches Grausen überfiel mich vor dem wahnwitzigen Jammerspiel, ich raffte mich schnell auf und lief, bis es Tag wurde.

In einem Städtchen las ich in der Zeitung die Bekanntmachung meines Vormunds, daß ich in dem Treffen geblieben sei, auch hörte ich, daß der Marchese mit seiner Tochter unser Schloß wieder verlassen habe. Ich war zu stolz und aufgeregt, um nach Hause zurückzukehren. Indes erwachte das Bild der kleinen Angelina von neuem in meinem Herzen. Ich bildete mir die liebliche Erinnerung mit allen Kräften meiner Seele aus, und so malte ich damals jenes Engelsköpfchen, das du hier zu meinem Erstaunen mitgebracht hast. Es ist Angelinens Portrait.

Mein unruhiges und doch immer in sich selbst verschlossenes Gemüt bekam nun auf einmal die erste entschiedene Richtung nach außen. Ich warf mich mit einem unerhörten Fleiße auf die Malerei und streifte mit dem Gelde, das ich mir dadurch erwarb, in Italien herum. Ich glaubte damals, die Kunst werde mein Gemüt ganz befriedigen und ausfüllen. Aber es war nicht so. Es blieb immer ein dunkler, harter Fleck in mir, der keine Farben annahm und doch mein eigentlicher, innerster Kern war. Ich glaube, wenn ich in meiner Angst einen neuen Münster hätte aus mir herausbauen können, mir wäre wohler geworden, so felsengroß lag immer meine Entzückung auf mir. Meine Skizzen waren immer besser als die Gemälde, weil ihre Ausführung meistens unmöglich war. Gar oft in guten Stunden ist mir wohl eine solche Glorie von nie gesehenen Farben und unbeschreiblich himmlischer Schönheit vorgekommen, daß ich mich kaum zu fassen wußte. Aber dann war's auch wieder aus, und ich konnte sie niemals ausdrücken. – So schmückt sich wohl jede tüchtige Seele einmal ihren Kerker mit Künsten aus, ohne deswegen zum Künstler berufen zu sein. Und überhaupt ist es am Ende doch nur Putz und eitel Spielerei. Oder würdet ihr den nicht für töricht halten, der sich im Wirtshause, wo er übernachtet, eifrig auszieren wollte? Und wir machen so viel Umstände mit dem Leben und wissen nicht, ob wir noch eine Stunde bleiben!

An einem schönen Sommerabende fuhr ich einmal in Venedig

auf dem Golf spazieren. Der Halbkreis von Palästen mit ihren still erleuchteten Fenstern gewährte einen prächtigen Anblick. Unzählige Gondeln glitten aneinander vorüber über das ruhige Wasser, Gitarren und tausend weiche Gesänge zogen durch die laue Nacht. Ich ruderte voll Gedanken fort und immer fort, bis nach und nach die Lieder verhallten und alles um mich her still und einsam geworden war. Ich dachte an die ferne Heimat und sang ein altes, deutsches Lied, eines von denen, die ich noch als Knabe Angelina gelehrt hatte. Wie sehr erstaunte ich, als mir da auf einmal eine wunderschöne weibliche Stimme von dem Altan eines Hauses mit der nächstfolgenden Strophe desselben Liedes antwortete. Ich sprang sogleich ans Ufer und eilte auf das Haus zu, von dem der Gesang herkam. Eine weiße Mädchengestalt neigte sich zwischen den Orangenbäumen und Blumen über den Balkon herab und sagte flüsternd: ‚Rudolf!' Ich erkannte bei dem hellen Mondenscheine sogleich A n g e l i n a. Sie schien noch mehr sprechen zu wollen, aber die Tür auf dem Balkon öffnete sich von innen, und sie war verschwunden.

Verwundert und entzückt in allen meinen Sinnen, setzt ich mich an einen steinernen Springbrunnen, der auf dem weiten, stillen Platze vor dem Hause stand. Ich mochte ohngefähr eine Stunde dort gesessen haben, als ich die Glastür oben leise wieder öffnen hörte. Angelina trat, sich furchtsam auf dem Platze umsehend, noch einmal auf den Balkon heraus. Ihre schönen Locken fielen auf den schneeweißen, nur halbverhüllten Busen herab, sie war barfuß und im leichtesten Nachtkleide. Sie erschrak, als sie mich wirklich noch unten erblickte. Sie legte den Finger auf den Mund, während sie mit der andern Hand auf die Tür deutete, lehnte sich stillschweigend über das Geländer und sah mich so lange Zeit unbeschreiblich lieblich an. Darauf zog sie ein Papierchen hervor, warf es mir hinab, lispelte kaum hörbar: ‚Gute Nacht!' und ging zaudernd wieder hinein. – Auf dem Zettel stand mit Bleistift der Name einer Kirche aufgeschrieben.

Ich begab mich am Morgen zu der benannten Kirche und sah das Mädchen wirklich zur bestimmten Stunde mit einer ältlichen Frau, die ihre Vertraute schien, schon von weitem die Straße heraufkommen. Ich erschrak fast vor Freuden, so überaus schön war sie geworden. Als sie mich ebenfalls erblickte, wurde sie rot vor Scham über die vergangene Nacht und schlug den Schleier fest über das Gesicht. Auf dem Wege und in der Kirche erzählte sie mir nun ungestört, daß sie schon lange wieder in Italien zurück seien, daß ihr Vater, da ihre Mutter bei ihrer Geburt in Todesnot war, das feierliche Gelübde getan, sie, Angelina, als Klosterjungfrau dem Himmel zu weihn, und daß der dazu bestimmte Tag nicht mehr fern sei. – Das verliebte Mädchen sagte dies mit Tränen in den Augen.

Wir kamen darauf noch oft, bald in der Kirche, bald in der Nacht am Balkon zusammen; der Tag, wo Angelina aus dem väterlichen Hause fort ins Kloster sollte, rückte immer näher heran, und wir verabredeten endlich, miteinander zu entfliehn.

In der Nacht, die wir zur Flucht bestimmt hatten, trat sie, mit dem Notwendigsten versehen und reich geschmückt wie eine Braut, hervor. Die heftige Bewegung, in der ihr Gemüt war, machte ihr Gesicht wunderschön, und ich sehe sie in diesem Zustande, in diesem Kleide, noch wie heute vor mir stehn. Sie war noch in ihrem Leben nicht um diese Zeit allein auf der Gasse gewesen, sie wurde daher noch im letzten Augenblick von neuem schüchtern und halb unschlüssig; sie weinte und fiel mir um den Hals. Ich faßte sie endlich um den Leib und trug sie in den Kahn, den ich im Golf bereithielt. Ich stieß schnell vom Ufer ab, das Segel schwoll im lauen Winde, der Halbkreis der erleuchteten Fenster versank allmählich hinter uns, und wir befanden uns allein auf der stillen, unermeßlichen Fläche.

Die Liebe hatte sie nun ganz in meine Gewalt gegeben. Sie wurde nun ruhig. Innerlichst fröhlich, aber still, saß sie fest an mich gedrückt und sah mit den weit offenen, sinnigen Augen unverwandt ins Meer hinaus. Ich bemerkte, daß sie oft heimlich zusammenschauerte, bis sie endlich ermüdet einschlummerte.

Da rauschte plötzlich ein Kahn mit mehreren Leuten und Fackelschein vorüber nach Venedig zu. Der eine von ihnen schwang eben seine Fackel und ich erblickte bei dem flüchtigen Scheine den unbekannten, wunderbar mit mir verknüpften Fremden wieder, der mitten im Kahne aufrecht stand. Ich fuhr unwillkürlich bei dem Anblick zusammen, und höchst seltsam, obschon die ganze Erscheinung ohne das mindeste Geräusch vorübergeglitten war, so wachte doch Angelina in demselben Augenblicke von selber auf und sagte mir erschrocken, es habe ihr etwas Fürchterliches geträumt, sie wisse sich nun aber nicht mehr darauf zu besinnen. Ich beruhigte sie und sagte ihr nichts von dem Begegnis, worauf sie denn bald von neuem einschlief.

Ein lauter Freudenschrei entfuhr ihrer Brust, als sie nach einigen Stunden die hellen Augen aufschlug, denn die Sonne ging eben prächtig über der Küste von Italien auf, die in duftigem Wunderglanze vor uns dalag. Es war der erste überschwengliche Blick des jungen Gemütes in das freie, lüstern lockende, reiche, noch ungewisse Leben. Wir stiegen nun ans Land und setzten unsre Reise zu Pferde nach Rom fort. Dieses Ziehen in den blauen, lieblichen Tagen über grüne Berge, Täler und Flüsse, rollt sich noch jetzt blendend vor meiner Erinnerung auf, wie ein mit prächtig glänzenden, wunderbaren Blumen gestickter Teppich, auf dem ich mich selbst als lustige Figur mit bunt geflickter Narrenjacke erblicke.

In Rom nisteten wir uns in einem entlegenen Quartiere der Stadt ein, wo uns niemand bemerkte. Wir führten einen wunderlichen, ziemlich unordentlichen Haushalt miteinander, denn Angelina gewöhnte sich sehr bald auch an das freie, sorglose Künstlerwesen. Sie hatte, gleich als wir ans Land stiegen, Mannskleider anlegen müssen, um nicht erkannt zu werden, und ich gab sie so für meinen Vetter aus. Die Tracht, in der sie mich nun auch frei auf allen Spaziergängen begleitete, stand ihr sehr niedlich; sie sah oft aus wie Correggios Bogenschütz. Sie mußte mir oft zum Modell sitzen, und sie tat es gern, denn sie wußte wohl, wie schön sie war. Damals wurden meine Gemälde weniger hart, angenehmer und sinnreicher in der Ausführung.

Indes entging es mir nicht, daß Angelina anfing mit der Mädchentracht nach und nach auch ihr voriges mädchenhaftes, bei aller Liebe verschämtes Wesen abzulegen, sie wurde in Worten und Gebärden kecker, und ihre sonst so schüchternen Augen schweiften lüstern rechts und links. Ja, es geschah wohl manchmal, wenn ich sie unter lustige Gesellen mitnahm, mit denen wir in einem Garten oft die Nacht durchschwärmten, daß sie sich berauschte, wo sie dann mit den furchtsam dreisten Mienen und glänzend schmachtenden Augen ein ungemein reizendes Spiel der Sinnlichkeit gab.

Weiber ertragen solche kühnere Lebensweise nicht. – Ein Jahr hatten wir so zusammengelebt, als mir Angelina eine Tochter gebar. Ich hatte sie einige Zeit vorher auf einem Landhause bei Rom vor aller Welt Augen verborgen, und auf ihr eigenes Verlangen, welches meiner Eifersucht auffiel, blieb sie nun auch noch lange nach ihrer Niederkunft mit dem Kinde dort. –

Eines Morgens, als ich eben von Rom hinkomme, finde ich alles leer. – Das alte Weib, welches das Haus hütete, erzählt mir zitternd: Angelina habe sich gestern abend sehr zierlich als Jäger angezogen, sie habe darauf, da der Abend sehr warm war, lange Zeit bei ihr vor der Tür auf der Bank gesessen und angefangen so betrübt und melancholisch zu sprechen, daß es ihr durch die Seele ging, wobei sie öfters ausrief: ‚Wär ich doch lieber ins Kloster gegangen!‘ Dann sagte sie wieder lustig: ‚Bin ich nicht ein schöner Jäger?‘ Darauf sei sie hinaufgegangen, habe, während schon alles schlief, noch immerfort Licht gebrannt und am offenen Fenster allerlei zur Laute gesungen. Besonders habe sie folgendes Liedchen zum öftern wiederholt, welches auch mir gar wohlbekannt war, da es Angelina von mir gelernt hatte:

‚Ich hab gesehn ein Hirschlein schlank
Im Waldesgrunde stehn,
Nun ist mir draußen weh und bang,
Muß ewig nach ihm gehn.

›Frischauf, ihr Waldgesellen mein!
Ins Horn, ins Horn frischauf!
Das lockt so hell, das lockt so fein,
Aurora tut sich auf!‹

Das Hirschlein führt den Jägersmann
In grüner Waldesnacht
Talunter, schwindelnd und bergan,
Zu nie gesehner Pracht.

›Wie rauscht schon abendlich der Wald,
Die Brust mir schaurig schwellt!
Die Freunde fern, der Wind so kalt,
So tief und weit die Welt!‹

Es lockt so tief, es lockt so fein
Durchs dunkelgrüne Haus,
Der Jäger irrt und irrt allein,
Findt nimmermehr heraus.‘ –

‚Gegen Mitternacht ohngefähr', fuhr die Alte fort, ‚hörte ich ein leises Händeklatschen vor dem Hause. Ich öffnete leise die Lade meines Guckfensters und sah einen großen Mann, bewaffnet und in einen langen Mantel vermummt, unter Angelinas Fenster stehn, seitwärts im Gebüsch hielt ein Wagen mit Bedienten und vier Pferden. In demselben Augenblicke kam auch Angelina, ihr Kind auf dem Arme, unten zum Hause heraus. Der fremde Herr küßte sie und hob sie geschwind in den Wagen, der pfeilschnell davonrollte. Eh ich mich besann, herauslief und schrie, war alles in der dicken Finsternis verschwunden.'

Auf diesen verzweifelten Bericht der Alten stürzte ich in das Zimmer hinauf. Alles lag noch wie sonst umher, sie hatte nichts mitgenommen, als ihr Kind. Ein Bild, das nach ihr kopiert war, stand noch ruhig auf der Staffelei, wie ich es verlassen. Auf dem Tische daneben lag ein ungeheurer Haufen von Goldstücken. Wütend und außer mir, warf ich alle das Gold, das Bild und alle andere Bilder und Zeichnungen hinterdrein zum Fenster hinaus. Die Alte tanzte unten mit widrig vor Staunen und Gier verzerrten Gebärden wie eine Hexe zwischen dem Goldregen herum, und ich glaubte da auf einmal in ihren Zügen dieselbe Zigeunerin zu erkennen, die mir damals an dem Gartengitter prophezeit hatte. – Ich eilte zu ihr hinab, aber sie hatte sich bereits mit dem Golde verloren. – Ich lud nun meine Pistolen, warf mich auf mein Pferd und jagte der Spur des Wagens nach, die noch deutlich zu kennen war. Ich war vollkommen entschlossen, Angelina und ihren Entführer totzuschießen. – So erbärmliches Zeug ist die Liebe, diese liederliche Anspannung der Seele! –

So durchstreifte ich fast ganz Italien nach allen Richtungen, ich fand sie nimmermehr. Als ich endlich, erschöpft von den vielen Zügen, auf den letzten Gipfeln der Schweiz ankam, schauderte mir, als ich da auf einmal aus dem italienischen Glanze nach Deutschland hinabsah, wie das so ganz anders, still und ernsthaft mit seinen dunklen Wäldern, Bergen und dem königlichen Rheine dalag. – Ich hatte keine Sehnsucht mehr nach der Ferne und versank in eine öde Einsamkeit. Mit meiner Kunst war es aus. –

Dagegen lockte mich nun bald die Philosophie unwiderstehlich in ihre wunderbaren Tiefen. Die Welt lag wie ein großes Rätsel vor mir, die vollen Ströme des Lebens rauschten geheimnisvoll, aber vernehmlich, an mir vorüber, mich dürstete unendlich nach ihren heiligen, unbekannten Quellen. Der kühnere Hang zum Tiefsinn war eigentlich mein angebornes Naturell. Schon als Kind hatte ich oft meinen Hofmeister durch seltsame, ungewöhnliche Fragen in Verwirrung gebracht, und selbst meine ganze Malerei war im Grunde nur ein falsches Streben, das Unaussprechliche auszusprechen, das Undarstellbare darzustellen. Besonders verspürte ich schon damals dieses Gelüst vor manchen Bildern des großen Albrecht Dürer und Michelangelo. Ich studierte nun mit eisernem, unausgesetztem Fleiß alle Philosopheme, was die Alten ahneten und die Neuen grübelten oder phantasierten. Aber alle Systeme führten mich entweder von Gott ab, oder zu einem falschen Gott.

Alles aufgebend und verzweifelt, daß ich auf keine Weise die Schranken durchbrechen und aus mir selber herauskommen konnte, stürzt ich mich nun wütend, mit wenigen lichten Augenblicken schrecklicher Reue, in den flimmernden Abgrund aller sinnlichen Ausschweifungen und Greuel, als wollt ich mein eigenes Bild aus meinem Andenken verwischen. Dabei wurde ich niemals fröhlich, denn mitten im Genuß mußte ich die Menschen verhöhnen, die, als wären sie meinesgleichen, halb schlecht und halb furchtsam, nach der Weltlust haschten und dabei wirklich und in allem Ernst zufrieden und glücklich waren. Niemals ist mir das Hantieren und Treiben der Welt so erbärmlich vorgekommen, als damals, da ich mich selber darin untertauchte.

Eines Abends sitz ich am Pharotisch, ohne aufzublicken und mich um die Gesellschaft zu bekümmern. Ich spielte diesen Abend wider alle sonstige Gewohnheit immerfort unglücklich, und wagte immer toller, je mehr ich verlor. Zuletzt setzte ich mein noch übriges Vermögen auf die Karte. – ‚Verloren!' hört ich den Bankhalter am andern Ende der Tafel rufen. Ich springe auf und erblicke den geheimnisvollen Unbekannten, den ich fast schon vergessen hatte. Er wurde sichtbar bleich, als er mich erkannte. Ich weiß nicht, mit welcher Medusengewalt gerade in diesem Augenblicke sein Bild auf meine Seele wirkte. In der Verblendung dieses Anblicks warf ich alle Karten nach dem Orte, wo die Erscheinung gestanden, aber er war schon fort und schnell aus der Stube verschwunden. Alle sahen mich erstaunt an, einige murrten, ich stürzte zur Tür hinaus auf die Straße.

Ich ging eilig durch die Gassen und blickte rechts und links in die erleuchteten Fenster hinein, wie da einige soeben ruhig und vollauf zu Abend schmausten, dort andere ein L'hombrechen spielten, anderswo wieder lustige Paare sich drehten und jubelten, und allen so philisterhaft wohl war. Mich hungerte gewaltig. Betteln mocht ich nicht. ‚Schmaust, jubelt und dreht euch nur, ihr Narren!' rief ich, und ging mit starken Schritten aus dem Tore aufs Feld hinaus. Es war eine stockfinstere Nacht, der Wind jagte mir den Regen ins Gesicht.

Als ich eben an den Saum eines Waldes kam, erblickte ich plötzlich hart vor mir zwei lange Männer, heimlich lauernd an eine Eiche gelehnt, die ich sogleich für Schnapphähne erkannte. Ich ging im Augenblick auf sie los, und packte den einen bei der Brust. ‚Gebt mir was zu essen, ihr elenden Kerle!' schrie ich sie an, und mußte auch gleich darauf laut auflachen, was sie über diese unerwartete Wendung der Sache für Gesichter schnitten. Doch schien ihnen das zu gefallen, sie betrachteten mich als einen würdigen Kumpan, und führten mich freundschaftlich tiefer in den Wald hinein.

Wir kamen bald auf einen freien, einsamen Platz, wo bärtige Männer, Weiber und Kinder um ein Feldfeuer herumlagen, und ich bemerkte nun wohl, daß ich unter einen Zigeunerhaufen geraten war. Da wurde geschlachtet, geschunden, gekocht und geschmort, alle sprachen und sangen ihr Kauderwelsch verworren durcheinander, dabei regnete und stürmte es immerfort; es war eine wahre Walpurgisnacht. Mir war recht kannibalisch wohl. Übrigens war es, außer daß sie alle ausgemachte Spitzbuben waren, eine recht gute, unterhaltende Gesellschaft. Sie gaben mir zu essen, Branntwein zu trinken, tanzten, musizierten und kümmerten sich um die ganze Welt nicht.

Mitten in dem Haufen bemerkte ich bald darauf ein altes Weib, die ich bei dem Widerscheine der Flamme nicht ohne Schreck für dieselbe Zigeunerin wiedererkannte, die mir als Kind geweissagt hatte. Ich ging zu ihr hin, sie kannte mich nicht mehr. – Von unserm letzten Zusammentreffen bei Rom wußte oder mochte sie nichts wissen. – Ich reichte ihr noch einmal die Hand hin. Sie betrachtete alle Linien sehr genau, dann sah sie mir scharf in die Augen und sagte, während sie mit seltsamen Gebärden nach allen Weltgegenden in die Luft focht: ‚Es ist hoch an der Zeit, der Feind ist nicht mehr weit, hüte dich, hüte dich!‘ Darauf verlor sie sich augenblicklich unter dem Haufen, und ich sah sie nicht mehr wieder. Mir wurde dabei nicht wohl zumute und die abenteuerlichen Worte gingen mir wunderlich im Kopfe herum.

Indes brachten mich die andern Gesellen wieder auf andere Gedanken. Denn sie drängten sich immer vertraulicher um mich, und erzählten mir ihre verübten Schwänke und Schalksstaten, worunter eine besonders meine Aufmerksamkeit auf sich zog. Ein junger Bursch erzählte mir nämlich, wie seine Großmutter vor vielen Jahren einmal einer reisenden, welschen Dame, die mit einem Herrn im Wirtshause übernachtete, ihr kleines Kind gestohlen habe, weil es so wunderschön aussah. Er beschrieb mir dabei alle Nebenumstände so genau, daß ich fast nicht zweifeln konnte, die reisende, welsche Dame sei niemand anders, als Angelina selbst gewesen. – Ich sprang auf und drang in ihn, mir die Geraubte sogleich zu zeigen. Bestürzt über meinen unerklärlichen Ungestüm, antwortete er mir: ‚Das geraubte Fräulein wuchs teils unter uns, teils unter unsern Brüdern in einer Waldmühle auf, wo sie vor einigen Tagen plötzlich mit Mann und Maus verschwunden ist, ohne daß wir wissen, wohin?‘ “–

„So war also Erwine deine Tochter!“ fiel hier Friedrich seinem Bruder erstaunt ins Wort. – „Seit ich dieses kleine Bild hier gesehen“, sagte dieser, „und ihre weitere Geschichte und Namen von euch gehört habe, ist es mir gewiß. Ich habe sie später, nachdem ich schon von der Welt geschieden war, manchmal von der Mauer gesehn und gesprochen, wenn ich des Nachts an Leontins Schlosse vorbeistreifte. Aber mir war der Knabe, für den ich sie hielt, wie ihr, nur reizend als eine besondere neue Art von Narren, als von welcher mir noch keiner vorgekommen war. Denn auch ich konnte und mochte niemals etwas von ihrem früheren Leben aus ihr herauskriegen. Das gute Kind fürchtete wahrscheinlich noch immer Strafe für die unwillkürliche, schändliche Verbindung, in der sie ihre Kindheit zugebracht. – Doch, hört nun meine Geschichte völlig aus, denn das viele Plaudern ist mir schon zuwider:

Noch vor Tagesanbruch also, als wir so lagen und erzählten, kam ein junger Kerl von der Bande, der auf Kundschaft ausgeschickt worden war, mit fröhlicher Botschaft zurück, die sogleich den ganzen Haufen in Alarm brachte. ‚Der reiche Graf‘, sagte er nämlich aus, ‚wird heute abend auf dem Schlosse seinen

Geburtstag feiern, da gibt's was zu schmausen und zu verdienen!‘ Es wurde sogleich beschlossen, dem Feste, auf was immer für eine Art, ungeladen beizuwohnen. Das Wetter hatte sich aufgeklärt, wir brachen daher alle schnell auf und zogen lustig über das Gebirge fort.

Gegen Abend lagerten wir uns auf einem schönen, waldigen Berge, dem gräflichen Schlosse gegenüber, das jenseits eines Stromes ebenfalls auf einer Anhöhe mit seinen Säulenportalen und seinem italienischen Dache sich recht lustig ausnahm. Wir wollten hier die Dunkelheit abwarten. Der letzte Widerschein der untergehenden Sonne flog eben wie ein Schattenspiel über die Gegend. Unten auf dem Flusse zogen mehrere aufgeschmückte Schiffe voll Herren und Damen mit bunten Tüchern und Federn lustig auf das Schloß zu, während von beiden Seiten Waldhörner weit in die Berge hinein verhallten.

Als es endlich ringsumher still und finster wurde, sahen wir, wie im Schlosse drüben ein Fenster nach dem andern erleuchtet wurde und Kronleuchter mit ihren Kreisen von Lichtern sich langsam zu drehen anfingen. Auch im Garten entstand ein Licht nach dem andern, bis auf einmal der ganze Berg mit Sternen, Bogengängen und Girlanden von buntfarbigen Glaskugeln erleuchtet, sich wie eine Feeninsel aus der Nacht hervorhob. Ich überließ meine Begleiter ihren Beratschlagungen und Kunstgriffen und begab mich allein hinüber zu dem Feste, ohne eigentlich selber zu wissen, was ich dort wollte.

Von der Seite, wo ich auf dem Berge hinaufgekommen, war kein Eingang. Ich schwang mich daher auf die Mauer und sah, so da droben sitzend, in den Zaubergarten hinein, aus dem mir überall Musik entgegenschwoll. Herren und Frauen spazierten da in zierlicher Fröhlichkeit zwischen den magischen Lichtern, Klängen und schimmernden Wasserkünsten prächtig durcheinander. Auch mehrere Masken sah ich wie Geister durch den lebendigen Jubel auf und ab wandeln.

Mich faßte bei dem Anblick auf meiner Mauer oben ein blindes, wildes, unglückseliges Gelüst, mich mit hineinzumischen. Aber meine von Regen und Wind zerzauste Kleidung war wenig zu einem solchen Abenteuer eingerichtet. Da erblickte ich seitwärts durch ein offenes Fenster eine Menge verschiedener Masken in der Vorhalle des Schlosses umherliegen. Ohne mich zu besinnen, sprang ich von der Mauer herab und in das Vorhaus hinein. Eine Menge Bedienten, halb berauscht, rannten dort mit Gläsern und Tellern durcheinander, ohne mich zu bemerken oder doch weiter zu beachten. Ich zettelte daher den bunten Plunder von Masken ungestört auseinander und zog zufällig eine schwarze Rittertracht nebst Schwert und allem Zubehör hervor. Ich legte sie schnell an, nahm eine danebenliegende Larve vor und begab mich so mitten unter das Gewirre in den Glanz hinaus.

Ich kam mir in der Fröhlichkeit vor wie der Böse, denn mir war nicht anders zumute, als dem Zigeunerhauptmann auf dem Jahrmarkt zu Plundersweilern. Am Ende eines erleuchteten Bogenganges hörte ich auf einmal einige Damen ausrufen: ‚Sieh da, die Frau vom Hause! Welche Perlen! Welche Juwelen!‘ Ich sehe mich schnell um und erblicke – Angelina, die in voller Pracht ihrer Schönheit die Allee heraufkommt. – Mein mörderischer Zorn, der mich damals durch ganz Italien hin und her gehetzt hatte, war längst vorüber, denn ich war nicht mehr verliebt. Es war mir eben alles einerlei auf der Welt. Ich wandte mich daher, und wollte, ohne sie zu sprechen, in einen andern Gang herumbiegen. Wie sehr erstaunte ich aber, als Angelina mir schnell nachhüpfte und sich vertraulich in meinen Arm hing. – ‚Kennst du mich?‘ rief ich ganz entrüstet. – ‚Wie sollt ich doch nicht‘, sagte sie scherzend, ‚hab ich dir denn nicht selber die Halskrause zu der Maske genäht?‘ – Ich bemerkte nun wohl, daß sie mich verkannte, konnte aber nicht wissen, für wen sie mich hielt, und ging daher stillschweigend neben ihr her.

Wir waren indes von der Gesellschaft abgekommen, die Musik schallte nur noch schwach nach, die Beleuchtung ging gar aus, von fern gewitterte es hin und wieder. ‚Warum bist du so still?‘ sagte sie wieder. ‚Ich weiß nicht‘, fuhr sie fort, ‚ich bin heut traurig bei aller Lust, und ich könnte es auch nicht beschreiben, wie mir zumute ist. Aber ihr harten Männer achtet gar wenig darauf.‘ – Wir kamen an eine Laube, in deren Mitte eine Gitarre auf einem Tischchen lag. Sie nahm dieselbe und fing an, ein italienisches Liedchen zu singen. Mitten in dem Liede brach sie aber wieder ab. ‚Ach, in Italien war es doch schöner!‘ sagte sie, und lehnte die Stirn an meine Brust. ‚Angelina!‘ rief ich, um sie zu ermuntern. Sie richtete sich schnell auf und lauschte dem Rufe wie einem alten, wohlbekannten Tone, auf den sie sich nicht recht besinnen konnte. – Dann sagte sie: ‚Ich bitte dich, singe etwas, denn mir ist zum Sterben bange!‘

Ich nahm die Gitarre und sang folgende Romanze, die mir in diesem Augenblick sehr deutlich durch den Sinn ging:

,Nachts durch die stille Runde
Rauschte des Rheines Lauf,
Ein Schifflein zog im Grunde,
Ein Ritter stand darauf.

Die Blicke irre schweifen
Von seines Schiffes Rand,
Ein blutigroter Streifen
Sich um das Haupt ihm wand.

Der sprach: ›Da oben stehet
Ein Schlößlein überm Rhein,
Die an dem Fenster stehet:
Das ist die Liebste mein.

Sie hat mir Treu versprochen,
Bis ich gekommen sei,
Sie hat die Treu gebrochen,
Und alles ist vorbei.‹'

Ich bemerkte hier bei dem Scheine eines Blitzes, daß Angelina heftig geweint hatte und noch fortweinte. Ich sang weiter:

,Viel Hochzeitleute drehen
Sich oben laut und bunt,
Sie bleibet einsam stehen,
Und lauschet in den Grund.

Und wie sie tanzen munter,
Und Schiff und Schiffer schwand,
Stieg sie vom Schloß herunter,
Bis sie im Garten stand.

Die Spielleut musizierten,
Sie sann gar mancherlei,
Die Töne sie so rührten,
Als müßt das Herz entzwei.

Da trat ihr Bräut'gam süße
Zu ihr aus stiller Nacht,
So freundlich er sie grüßte,
Daß ihr das Herze lacht.

Er sprach: ›Was willst du weinen,
Weil alle fröhlich sein?
Die Stern so helle scheinen,
So lustig geht der Rhein.

Das Kränzlein in den Haaren
Steht dir so wunderfein,
Wir wollen etwas fahren
Hinunter auf dem Rhein.‹

Zum Kahn folgt' sie behende,
Setzt' sich ganz vorne hin,
Er setzt' sich an das Ende
Und ließ das Schifflein ziehn.

Sie sprach: ›Die Töne kommen
Verworren durch den Wind,
Die Fenster sind verglommen,
Wir fahren so geschwind.

Was sind das für so lange
Gebirge weit und breit?
Mir wird auf einmal bange
In dieser Einsamkeit!

Und fremde Leute stehen
Auf mancher Felsenwand,
Und stehen still und sehen
So schwindlig übern Rand.‹ –

Der Bräut'gam schien so traurig
Und sprach kein einzig Wort,
Schaut in die Wellen schaurig
Und rudert immerfort.

Sie sprach: ›Schon seh ich Streifen
So rot im Morgen stehn,
Und Stimmen hör ich schweifen,
Am Ufer Hähne krähn.

Du siehst so still und wilde,
So bleich ist dein Gesicht,
Mir graut vor deinem Bilde –
Du bist mein Bräut'gam nicht!‹' –

‚Ich bitte dich um Gottes willen', unterbrach mich hier Angelina dringend, ‚nimm die Larve ab, ich fürchte mich vor dir.' – ‚Laß das', sagte ich abwehrend, ‚es gibt fürchterliche Gesichter, die das Herz in Stein verwandeln, wie das Haupt der Medusa.' – Ich hatte fast zu viel gesagt und griff rasch wieder in die Saiten:

‚Da stand er auf – das Sausen
Hielt an in Flut und Wald –
Es rührt mit Lust und Grausen
Das Herz ihr die Gestalt.

Und wie mit steinern'n Armen
Hob er sie auf voll Lust,
Drückt ihren schönen, warmen
Leib an die eis'ge Brust.

Licht wurden Wald und Höhen,
Der Morgen schien blutrot,
Das Schifflein sah man gehen,
Die schöne Braut drin tot.'

Kaum hatte ich noch die letzte Strophe geendigt, als Angelina mit einem lauten Schrei neben mir zu Boden fiel. Ich schaue ringsum und erblicke mein eigenes, leibhaftiges Konterfei im Eingange des Bosketts: dieselbe schwarze Rittermaske, die nämliche Größe und Gestalt. – ‚Laß mein Weib, verführerisches Blendwerk der Hölle!' rief die Maske außer sich, und stürzte mit blankem Schwerte so wütend auf mich ein, daß ich kaum Zeit genug hatte, meinen eigenen Degen zu ziehn. Ich erstaunte über die Ähnlichkeit seiner Stimme mit der meinigen, und begriff nun, daß mich Angelina für diesen ihren Mann gehalten hatte. In der Bewegung des Gefechts war ihm indes die Larve vom Gesicht gefallen, und ich erkannte mit Grausen den fürchterlichen Unbekannten wieder, dessen Schreckbild mich durchs ganze Leben verfolgt. Mir fiel die Prophezeiung ein. Ich wich entsetzt zurück, denn er focht unbesonnen in blinder Eifersucht und ich war im Vorteil. Aber es war zu spät, denn in demselben Augenblicke rannte er sich wütend selber meine Degenspitze in die Brust und sank tot nieder.

Mein dunkler, wilder, halb unwillkürlicher Trieb war nun erfüllt. Finsterer, als die Nacht um mich, eilte ich den Garten hinab. Ein Kahn stand unten am Ufer des Stromes angebunden. Ich stieg hinein und ließ ihn den Strom hinabfahren. Die Nacht verging, die Sonne ging auf und wieder unter, ich saß und fuhr noch immerfort.

Den andern Morgen verlor sich der Strom zwischen wilden, einsamen Wäldern und Schluchten. Der Hunger trieb mich ans Land. Es war diese Gegend hier. Ich fand nach einigem Herumirren das Schloß, das ihr gesehen. Ein alter, verrückter Einsiedler wohnte damals darin, von dessen früherem Lebenslaufe ich nie etwas erfahren konnte. Es gefiel mir gar wohl in dieser Wüste und ich blieb bei ihm. Kurze Zeit darauf starb der Alte und hinterließ mir seine alten Bücher, sein verfallenes Schloß und eine Menge Goldes in den Kellern. Ich hätte nun wieder in die Welt zurückkehren können mit dem Schatze zum allgemeinen Nutzen und Vergnügen. Aber ich passe nirgends mehr in die Welt hinein. Die Welt ist ein großer, unermeßlicher Magen und braucht leichte, weiche, bewegliche Menschen, die er in seinen vielfach verschlungenen, langweiligen Kanälen verarbeiten kann. Ich tauge nicht dazu, und sie wirft solche Gesellen wieder aus, wie unverdauliches Eisen, fest, kalt, formlos und ewig unfruchtbar.“ –

So endigte Rudolf seine Erzählung, welche die beiden Grafen in eine nachdenkliche Stille versenkt hatte. Leontin hatte sich, als Rudolf das Schloß der Angelina beschrieb, an jenen kurzen Besuch erinnert, den er nach dem Brande mit Friedrich auf dem Schlosse der weißen Frau abgelegt, und konnte sich der Vermutung nicht erwehren, daß diese vielleicht Angelina selber war. – Es war unterdes dunkel geworden, der Mond trat eben über den einsamen Bergen hervor.

„Ihr wißt nun alles, gute Nacht!“ sagte Rudolf schnell und ging von ihnen fort. Sie sahen ihm lange nach, wie sein langer, dunkler Schatten sich zwischen den hohen Bäumen verlor.

Als sie wieder oben in ihrem Zimmer waren, ergriff Leontin Mariens Gitarre, die sie dort vergessen hatte, und sang über den stillen Kreis der Wälder hinaus:

„Nächtlich dehnen sich die Stunden,
Unschuld schläft in stiller Bucht,
Fernab ist die Welt verschwunden,
Die das Herz in Träumen sucht.

Und der Geist tritt auf die Zinne,
Und noch stiller wird's umher,
Schauet mit dem starren Sinne
In das wesenlose Meer.

Wer ihn sah bei Wetterblicken
Stehn in seiner Rüstung blank:
Den mag nimmermehr erquicken
Reichen Lebens frischer Drang. –

Fröhlich an den öden Mauern
Schweift der Morgensonne Blick,
Da versinkt das Bild mit Schauern
Einsam in sich selbst zurück.“

Vierundzwanzigstes Kapitel

Friedrich und Leontin vermehrten nun auch den wunderlichen Haushalt auf dem alten Waldschlosse. Der unglückliche Rudolf lag gegen beide und gegen alle Welt mit Witz zu Felde, sooft er mit ihnen zusammenkam. Doch geschah dies nur selten, denn er schweifte oft tagelang allein im Walde umher, wo er sich mit sich selber oder den Rehen, die er sehr zahm zu machen gewußt, in lange Unterredungen einzulassen pflegte. Ja, es geschah gar oft, daß sie ihn in einem lebhaften und höchst komischen Gespräche mit irgendeinem Felsen oder Steine überraschten, der etwa durch eine mundähnliche Öffnung oder durch eine weise vorstehende Nase eine eigene, wunderliche

Physiognomie machte. Dabei bildeten die Narren, welche er auf seinen Streifzügen, die er noch bisweilen ins Land hinab machte, zusammengerafft, eine seltsame Akademie um ihn, alle ernsthaften Torheiten der Welt in fast schauerlicher und tragischer Karikatur travestierend. Jeder derselben hatte seine bestimmte Tagesarbeit im Hauswesen. Durch diese fortlaufende Beschäftigung, die Einsamkeit und reine Bergluft kamen viele von ihnen nach und nach wieder zur Vernunft, worauf sie dann Rudolf wieder in die Welt hinaussandte und gerührt auf immer von ihnen Abschied nahm.

In Friedrich entwickelte diese Abgeschiedenheit endlich die ursprüngliche, religiöse Kraft seiner Seele, die schon im Weltleben, durch gutmütiges Staunen geblendet, durch den Drang der Zeiten oft verschlagen und falsche Bahnen suchend, aus allen seinen Bestrebungen, Taten, Poesieen und Irrtümern hervorleuchtete. Jetzt hatte er alle seine Pläne, Talentchen, Künste und Wissenschaften unten zurückgelassen, und las wieder die Bibel, wie er schon einmal als Kind angefangen. Da fand er Trost über die Verwirrung der Zeit, und das einzige Recht und Heil auf Erden in dem heiligen Kreuze. Er hatte endlich den phantastischen, tausendfarbigen Pilgermantel abgeworfen, und stand nun in blanker Rüstung als Kämpfer Gottes gleichsam an der Grenze zweier Welten. Wie oft, wenn er da über die Täler hinaussah, fiel er auf seine Knie und betete inbrünstig zu Gott, ihm Kraft zu verleihen, was er in der Erleuchtung erfahren, durch Wort und Tat seinen Brüdern mitzuteilen. – Leontin dagegen wurde hier oben ganz melancholisch und wehmütig, wie ihn Friedrich noch niemals gesehen. Es fehlte ihm hier alle Handhabe, das Leben anzugreifen. –

Eines Tages, da sie beide zusammen einen ihnen bis jetzt noch unbekannten Weg eingeschlagen und sich weiter als gewöhnlich von dem Schlosse verirrt hatten, kamen sie auf einmal auf eine Anhöhe zwischen den Bäumen heraus zu einer wundervollen Aussicht, die sie innigst überraschte. Mitten in der Waldeseinsamkeit stand nämlich ein Kloster auf einem Berge; hinter dem Berge lag plötzlich das Meer in seiner schauerlichen Unermeßlichkeit; von der andern Seite sah man weit in das ebene Land hinaus. Es schien eben ein Fest in dem Kloster gewesen zu sein, denn lange, bunte Züge von Wallfahrern wallten durch das Grün den Berg hinab und sangen geistliche Lieder, deren rührende Weise sich gar anmutig mit den Klängen der Abendglocken vermischte, die ihnen von dem Kloster nachhallten.

Leontin sah ihnen stillschweigend nach, bis ihr Gesang in der Ferne verhallte und die Gegend in dämmernde Stille versank. Dann nahm er die Gitarre, die hier überall seine Begleiterin war, und sang folgendes Lied:

„Laß, mein Herz, das bange Trauern
Um vergangnes Erdenglück,
Ach, von dieser Felsen Mauern
Schweifet nur umsonst dein Blick!

Sind denn alle fortgegangen:
Jugend, Sang und Frühlingslust?
Lassen, scheidend, nur Verlangen
Einsam mir in meiner Brust?

Vöglein hoch in Lüften reisen,
Schiffe fahren auf der See,
Ihre Segel, ihre Weisen
Mehren nur des Herzens Weh.

Ist vorbei das bunte Ziehen,
Lustig über Berg und Kluft,
Wenn die Bilder wechselnd fliehen,
Waldhorn immer weiter ruft?

Soll die Lieb auf sonn'gen Matten
Nicht mehr baun ihr prächtig Zelt,
Übergolden Wald und Schatten
Und die weite, schöne Welt? –

Laß das Bangen, laß das Trauern,
Helle wieder nur den Blick!
Fern von dieser Felsen Mauern
Blüht dir noch gar manches Glück!“

Beide Freunde wurden still nach dem Liede und gingen schweigend nebeneinander wieder nach dem Schlosse zurück. Die abgefallenen Blätter raschelten schon unter ihren Tritten auf dem Boden, ein herbstlicher Wind durchstrich den seufzenden Wald und verkündigte, daß die fröhliche Sommerzeit bald Abschied nehmen wolle. Sie schienen beide besondern Gedanken und Entschlüssen nachzuhängen, die sie an jenem Platze gefaßt hatten.

Als der Mond die alten Zinnen des Schlosses beleuchtete, trat Leontin auf einmal reisefertig vor Friedrich. „Ich ziehe fort", sagte er, „der Winter kommt bald, mir ist, als läge das ganze Leben wie diese Felsen hier auf meiner Brust, und ein Strom von Tränen möchte aus dem tiefsten Herzen ausbrechen, um die Berge wegzuwälzen; ich muß fort, ziehe du auch mit!" – Friedrich schüttelte lächelnd den Kopf, aber im Innersten war er traurig, denn er fühlte, daß sich ihr Lebenslauf nun bedeutend und vielleicht auf immer scheiden werde.

Leontin zog endlich sein Pferd hervor und führte es langsam am Zügel hinter sich her, während ihm Friedrich noch eine Strecke weit das Geleite gab. Der volle Mond ging eben über dem stillen Erdkreise auf, man konnte in der Tiefe weit hinaus den Lauf der Ströme deutlich unterscheiden. Leontin war ungewöhnlich gerührt und drang nochmals in Friedrich, mit hinunterzuziehn. „Du weißt nicht, was du forderst", sagte dieser ernst, „locke mich nicht noch einmal hinab in die Welt, mir ist hier oben unbeschreiblich wohl, und ich bin kaum erst ruhig geworden. Dich will ich nicht halten, denn das muß von innen kommen, sonst tut es nicht gut. Und also ziehe mit Gott!" Die beiden Freunde umarmten einander noch einmal herzlich, und Leontin war bald in der Dunkelheit verschwunden.

Ihm zogen nun bald auch Vögel, Laub, Blumen und alle Farben nach. Der alte, grämliche Winter saß melancholisch mit seiner spitzen Schneehaube auf dem Gipfel des Gebirges, zog die bunten Gardinen weg, stellte wunderlich nach allen Seiten die Kulissen der lustigen Bühne, wie in einer Rumpelkammer, auseinander und durcheinander, baute sich phantastisch blitzende Eispaläste und zerstörte sie wieder, und schüttelte unaufhörlich eisige Flocken aus seinem weiten Mantel darüber. Der stumme Wald sah aus wie die Säulen eines umgefallenen Tempels, die Erde war weiß, so weit die Blicke reichten, das Meer dunkel; es war eine unbeschreibliche Einsamkeit da droben.

Rudolfs seltsam verwildertem Gemüt war diese Zeit

eben recht. Er streifte oft halbe Tage lang mitten im Sturm und Schneegestöber auf allen den alten Plätzen umher. Abends pflegte er häufig bis tief in die Nacht auf seiner Sternwarte zu sitzen und die Konjunkturen der Gestirne zu beobachten. Eine Menge alter astrologischer Bücher lag dabei um ihn her, aus denen er verschiedenes auszeichnete und geheimnisvolle Figuren bildete.

Nach solchen Perioden machte er dann gewöhnlich wieder größere Streifzüge, manchmal bis ans Meer, wo es ihm eine eigene Lust war, ganz allein auf einem Kahne mit Lebensgefahr in die wilde, unermeßliche Einöde hinauszufahren. Bisweilen verirrte er sich auch wohl in den Tälern zu manchem einsamen Landschlosse, wenn er in der Faschingszeit die Fenster hellerleuchtet sah. Er betrachtete dann gewöhnlich draußen die Tanzenden durchs Fenster, wurde aber immer bald von dem rasenden Trompeten und Geigen wieder vertrieben.

Als er einmal von so einem Zuge zurückkam, erzählte er Friedrich, er habe unten, weit von hier, einen großen Leichenzug gesehen, der sich bei Fackelschein und mit schwarzbehängten Pferden langsam über die beschneiten Felder hinbewegte. Er habe weder die Gegend, noch die Personen gekannt, die der Leiche im Wagen folgten. Aber Leontin sei bei dem Zuge, ohne ihn zu bemerken, an ihm vorübergesprengt. – Friedrich erschrak über diese düstere Botschaft. Aber er konnte nicht erraten, welchem alten Bekannten der Zug gegolten, da sich Rudolf weiter um nichts bekümmert hatte.

Friedrich setzte indes noch immer seine geistlichen Betrachtungen fort. Er besuchte, sooft es nur das Wetter erlaubte, das nahgelegene Kloster, das er an Leontins Abschiedstage zum ersten Male gesehen, und blieb oft wochenlang dort. Rudolf konnte er niemals bewegen, ihn zu begleiten, oder auch nur ein einziges Mal die Kirche zu besuchen. Er fand in dem Prior des Klosters einen frommen, erleuchteten Mann, der besonders auf der Kanzel in seiner Begeisterung, gleich einem Apostel, wunderbar und altertümlich erschien. Friedrich schied nie ohne Belehrung und himmlische Beruhigung von ihm, und mochte sich bald gar nicht mehr von ihm trennen. Und so bildete sich denn sein Entschluß, selber ins Kloster zu gehen, immer mehr zur Reife.

Der Winter war vergangen, die schöne Frühlingszeit ließ die Ströme los und schlug weit und breit ihr liebliches Reich wieder auf. Da erblickte Friedrich eines Morgens, als er eben von der Höhe schaute, unten in der Ferne zwei Reiter, die über die grünen Matten hinzogen. Sie verschwanden bald hinter den Bäumen, bald erschienen sie wieder auf einen Augenblick, bis sie Friedrich endlich in dem Walde völlig aus dem Gesichte verlor.

Er wollte nach einiger Zeit eben wieder in das Schloß zurückkehren, als die beiden Reiter plötzlich vor ihm aus dem Walde den Berg heraufkamen. Er erkannte sogleich seinen Leontin. Sein Begleiter, ein feiner, junger Jäger, sprang ebenfalls vom Pferde und kam auf ihn zu.

„Setzen wir uns", sagte Leontin gleich nach der ersten Begrüßung munter, „ich habe dir viel zu sagen. Vor allem: kennst du den?" Hierbei hob er dem Jäger den Hut aus der Stirne, und Friedrich erkannte mit Erstaunen die schöne Julie, die in dieser Verkleidung mit niedergeschlagenen Augen vor ihm stand. „Wir sind auf einer großen Reise begriffen", sagte er darauf. „Die Jungfrau Europa, die so hochherzig mit ihren ausgebreiteten Armen dastand, als wolle sie die ganze Welt umspannen, hat die alten, sinnreichen, frommen, schönen Sitten abgelegt und ist eine Metze geworden. Sie buhlt frei mit dem gesunden Menschenverstande, dem Unglauben, Gewalt und Verrat, und ihr Herz ist dabei besonders eingeschrumpft. – Pfui, ich habe keine Lust mehr an der Philisterin! Ich reise weit fort von hier, in einen andern Weltteil, und Julie begleitet mich." – Friedrich sah ihn bei diesen Worten groß an. – „Es ist mein voller Ernst", fuhr Leontin fort, „Juliens Vater ist auch gestorben und ich kann hier nicht länger mehr leben, wie ich nicht mag und darf."

Friedrich erfuhr nun auch, daß sie Land und alles, was sie hier besessen, zu Gelde gemacht, und ein eigenes Schiff bereits in der abgelegenen Bucht, die an das erwähnte Kloster stieß, bereitliege, um sie zu jeder Stunde aufzunehmen. – Er konnte, ungeachtet der schmerzlichen Trennung, nicht umhin, sich über dieses Vorhaben zu freuen, denn er wußte wohl, daß nur ein frisches, weites Leben seinen Freund erhalten könne, der hier in der allgemeinen Misere durch fruchtlose Unruhe und Bestrebung nur sich selber vernichtet hätte.

Sie sprachen dort noch lange darüber. Julie saß unterdes still, mit dem einen Arme auf Leontins Knie gestützt, und sah überaus reizend aus. – „Seid ihr denn getraut?“ fragte Friedrich Leontin leise. – Julie hatte es dessenungeachtet gehört, und wurde über und über rot.

Es wurde nun sogleich beschlossen, die Trauung noch heute in dem Kloster zu vollziehen. Man begab sich daher in das alte Schloß, die Felleisen wurden abgeschnallt und Julie mußte sich umziehen. Friedrich bereitete unterdes fröhlich alles, was sich hier schaffen ließ, zu einem lustigen Hochzeitsfeste, während Leontin, der sich in dieser Lage als feierlicher Bräutigam gar komisch vorkam, allerhand Possen machte, und die seltsamsten Anstalten traf, um das Fest recht phantastisch auszuschmücken.

Endlich erschien Julie wieder. Sie hatte ein weißes Kleid, die schönen, goldenen Haare fielen in langen Locken über den Nacken und die Schultern, man konnte sie nicht ansehen, ohne sich an irgendein schönes, altdeutsches Bild zu erinnern. Sie bestiegen nun alle ihre Pferde und zogen so, Julie in die Mitte nehmend, auf das Kloster zu. Als sie die letzte Höhe vor demselben erreichten, wo auf einmal das Meer durch die Wälder und Hügel seinen furchtbar großen Geisterblick hinaufsandte, tat Julie einen Freudenschrei über den unerwarteten, noch nie gehabten Anblick, und sah dann den ganzen Weg über mit den großen, sinnigen Augen stumm in das wunderbare Reich, wie in eine unbekannte, gewaltige Zukunft. Die Glockenklänge von dem Klosterturme kamen ihnen wunderbar tröstend aus der unermeßlichen Aussicht entgegen.

In dem Kloster selbst war eben das Wallfahrtsfest, das alle Jahre einige Male gefeiert wurde, wiedergekehrt. Die Einsamkeit ringsherum war wieder bunt belebt, eine Menge Pilger war, als sie dort ankamen, in kleinen Haufen unter den grünen Bäumen vor der Kirche gelagert, die Kirche selbst mit Blumen und grünen Reisern freundlich geschmückt. Friedrich hatte schon früher den Prior von ihrer Ankunft benachrichtigen lassen, und so wurden denn Leontin und Julie noch diesen Vormittag in der Kirche feierlich zusammengegeben.

Die Menge fremder Pilger freute sich über das fremde Paar. Nur eine hohe, junge Dame, die einen dichten Schleier über das Gesicht geschlagen hatte, lag seitwärts vor einem einsamen Altare voll Andacht auf den Knien und schien von allem, was hinter ihr in der Kirche vorging, nichts zu bemerken. Friedrich sah sie; sie kam ihm bekannt vor. – Diese einsame Gestalt, das unaufhörliche Ringen und Brausen der Orgeltöne, der fröhliche Sonnenschein, der draußen vor der offenen Tür auf dem grünen Platze spielte, alles drang so seltsam rührend auf ihn ein, als wollte das ganze vergangene Leben noch einmal mit den ältesten Erinnerungen und lang vergessenen Klängen an ihm vorübergehen, um auf immer Abschied zu nehmen. Ihm fiel dabei recht ein, wie nun auch Leontin fortreise und wahrscheinlich nie mehr wiederkomme, und eine unbeschreibliche Wehmut bemächtigte sich seiner, so daß er ins Freie hinaus mußte. Er ging draußen unter den hohen Bäumen vor der Kirche auf und ab und weinte sich herzlich aus.

Die Zeremonie war unterdes geendigt, und sie ritten wieder nach dem alten Schlosse zurück. Auf dem grünen Platze vor demselben empfing sie unter den hohen Bäumen ein reinlich gedeckter Tisch; große Blumensträuße und vielfarbiges Obst stand in silbernen Gefäßen zwischen dem golden blickenden Wein und hellgeschliffenen Gläsern, alle das fröhlich bunte Gemisch von Farben gab in dem Grün und unter blauheiterm Himmel einen frischer lockenden Schein. Man hatte, was in dem Schlosse nicht zu finden war, schnell aus dem Kloster herbeigeschafft. Rudolf ließ sich nirgends sehen.

Sie aßen und tranken nun in der grünen Einsamkeit, während der Kreis der Wälder in ihre Gespräche hineinrauschte. Julie saß still in die Zukunft versenkt und schien innerlich entzückt, daß nun endlich ihr ganzes Leben in des Geliebten Gewalt gegeben sei.

So kam der Abend heran. Da sahen sie zwei Männer, die in einem lebhaften Gespräche miteinander begriffen schienen, aus dem Walde zu ihnen heraufkommen. Sie erkannten Rudolf an der Stimme. Kaum hatte ihn Julie, die schon von dem vielen Weine erhitzt war, erblickt, als sie laut aufschrie und sich furchtsam an Leontin andrückte. Es war dieselbe dunkle Gestalt, die sie aus dem Wagen bei dem Leichenzuge ihres Vaters einsam auf dem beschneiten Felde hatte stehen sehen. –

„O seht, was ich da habe", rief ihnen Rudolf schon von weitem entgegen, „ich habe im Walde einen Poeten gefunden, wahrhaftig, einen Poeten! Er saß unter einem Baume und schmälte laut auf die ganze Welt in schönen, gereimten Versen, daß ich bis zu Tränen lachen mußte. ‚Gib dich zufrieden, Gevatter!' sagte ich so gelind als möglich zu ihm, aber er nimmt keine Vernunft an und schimpft immerfort." – Rudolf lachte hierbei so übermäßig und aus Herzensgrunde, wie sie ihn noch niemals gesehen.

Sie hatten indes in seinem Begleiter mit Freuden den lang entbehrten Herrn Faber erkannt. Leontin sprang sogleich auf, ergriff ihn, und walzte mit ihm auf der Wiese herum, bis sie beide nicht mehr weiter konnten. „Et tu Brute?" – rief endlich Faber aus, als er wieder zu Atem gekommen war, „nein, das ist zu toll, der Berg muß verzaubert sein! Unten begegne ich der kleinen Marie, ich will sie aus alter Bekanntschaft haschen und küssen, und bekomme eine Ohrfeige; weiter oben sitzt auf einer Felsenspitze eine Figur mit breitem Mantel und Krone auf dem Haupte, wie der Metallfürst, und will mir grämlich nicht den Weg weisen, ein als Ritter verkappter Phantast rennt mich fast um; dann falle ich jenem Melancholikus da in die Hände, der nicht weiß, warum er lacht; und nachdem ich mich endlich mit Lebensgefahr hinaufgearbeitet habe, seid ihr hier oben am Ende auch noch verrückt." – „Das kann wohl sein", sagte Leontin lustig, „denn ich bin verheiratet" (hierbei küßte er Julie, die ihm die Hand auf den Mund legte) „und Friedrich da", fuhr er fort, „will ins Kloster gehn. Aber du weißt ja den alten Spruch: sie haben sich zu Toren gemacht vor der Welt. – Und nun sage mir nur, wie in aller Welt du uns hier aufgefunden hast?"

Faber erzählte nun, daß er auf einer Wallfahrt zu dem Kloster begriffen gewesen, von dessen schöner Lage er schon viel gehört. Unterwegs habe er am Meere von Schiffsleuten vernommen, daß sich Leontin hier oben aufhalte, und daher den Berg bestiegen. – Rudolf verwandte unterdes mit komischer Aufmerksamkeit kein Auge von dem kurzen, runden, wohlhäbigen Manne, der mit so lebhaften Gebärden sprach. Faber setzte sich zu ihnen, und sie teilten ihm nun zu seiner Verwunderung ihre Pläne mit. Rudolf war indes auch wieder still geworden und saß wie der steinerne Gast unter ihnen am Tische. Julie blickte ihn oft seitwärts an und konnte sich noch immer einer heimlichen Furcht vor ihm nicht erwehren, denn es war ihr, als verginge diesem kalten und klugen Gesichte gegenüber ihre Liebe und alles Glück ihres Lebens zu nichts.

Die Nacht war indes angebrochen, die Sterne prangten an dem heitern Himmel. Da erklang auf einmal Musik aus dem nächsten Gebüsche. Es waren Spielleute aus dem Kloster, die Leontin bestellt hatte. Rudolf stand bei den ersten Klängen auf, sah sich ärgerlich um und ging fort.

Leontin, von den plötzlichen Tönen wie im innersten Herzen erweckt, hob sein Glas hoch in die Höhe und rief: „Es lebe die Freiheit!“ „Wo?“ – fragte Faber, indem er selbst langsam sein Glas aufhob. – „Nur nicht etwa in der Brust des Philosophen allein“, erwiderte Leontin, unangenehm gestört. „Diese allgemeine, natürliche, philosophische Freiheit, der jede Welt gut genug ist, um sich in ihrem Hochmute frei zu fühlen, ist mir ebenso in der Seele zuwider, als jene natürliche Religion, welcher alle Religionen einerlei sind. Ich meine jene uralte, lebendige Freiheit, die uns in großen Wäldern wie mit wehmütigen Erinnerungen anweht, oder bei alten Burgen sich wie ein Geist auf die zerfallene Zinne stellt, der das Menschenschifflein unten wohl zufahren heißt, jene frische, ewig junge Waldesbraut, nach welcher der Jäger frühmorgens aus den Dörfern und Städten hinauszieht, und sie mit seinem Horne lockt und ruft, jener reine, kühle Lebensatem, den die Gebirgsvölker auf ihren Alpen einsaugen, daß sie nicht anders leben können, als wie es der Ehre geziemt. – Aber damit ist es nun aus. – Wenn unserer Altvordern Herzen wohl mit dreifachem Erz gewappnet waren, das vor dem rechten Strahle erklang, wie das Erz von Dodona; so sind die unsrigen nun mit sechsfacher Butter des häuslichen Glückes, des guten Geschmacks, zarter Empfindungen und edelmütiger Handlungen umgeben, durch die kein Wunderlaut bis zu der Talggrube hindurchdringt. Zieht dann von Zeit zu Zeit einmal ein wunderbarer, altfränkischer Gesell, der es noch ehrlich und ernsthaft meint, wie Don Quijote, vorüber, so sehen Herren und Damen nach der Tafel gebildet und gemächlich zu den Fenstern hinaus, stochern sich die Zähne und ergötzen sich an seinen wunderlichen Kapriolen, oder machen wohl gar auch Sonette auf ihn, und meinen, er sei eine recht interessante Erscheinung, wenn er nur nicht eigentlich verrückt wäre. – Das alte große Racheschwert haben sie sorglich vergraben und verschüttet, und keiner weiß den Fleck mehr, und darüber auf dem lockern Schutt bauen sie nun ihre Villen, Parks, Eremitagen und Wohnstuben, und meinen in ihrer vernünftigen

Dummheit, der Plunder könne so fortbestehn. Die Wälder haben sie ausgehauen, denn sie fürchten sich vor ihnen, weil sie von der alten Zeit zu ihnen sprechen und am Ende den Ort noch verraten könnten, wo das Schwert vergraben liegt.“ – Leontin ergriff hierbei hastig die Gitarre, die neben ihm auf dem Rasen lag, und sang:

„O könnt ich mich niederlegen
Weit in den tiefsten Wald,
Zu Häupten den guten Degen,
Der noch von den Vätern alt!

Und dürft von allem nichts spüren
In dieser dummen Zeit,
Was sie da unten hantieren,
Von Gott verlassen, zerstreut;

Von fürstlichen Taten und Werken,
Von alter Ehre und Pracht,
Und was die Seele mag stärken,
Verträumend die lange Nacht!

Denn eine Zeit wird kommen,
Da macht der Herr ein End,
Da wird den Falschen genommen
Ihr unechtes Regiment.

Denn wie die Erze vom Hammer,
So wird das lockre Geschlecht,
Gehaun sein von Not und Jammer
Zu festem Eisen recht.

Da wird Aurora tagen
Hoch über den Wald hinauf,
Da gibt's was zu siegen und schlagen,
Da wacht, ihr Getreuen, auf!

Und so“, sagte er, „will ich denn in dem noch unberührten Waldesgrün eines andern Weltteils Herz und Augen stärken, und mir die Ehre und die Erinnerung an die vergangene große Zeit, sowie den tiefen Schmerz über die gegenwärtige heilig bewahren, damit ich der künftigen, bessern, die wir alle hoffen, würdig bleibe, und sie mich wach und rüstig finde. Und du", fuhr er zu Julie gewendet fort, „wirst du ganz ein Weib sein, und, wie Shakespeare sagt, dich dem Triebe hingeben, der dich zügellos ergreift und dahin oder dorthin reißt, oder wirst du immer Mut genug haben, dein Leben etwas Höherem unterzuordnen? Und dämmert endlich die Zeit heran, die mich Gott erleben lasse! wirst du fröhlich sagen können: ‚Ziehe hin! denn was du willst und sollst, ist mehr wert, als dein und mein Leben?'" – Julie nahm ihm fröhlich die Gitarre aus der Hand und antwortete mit folgender Romanze:

„Von der deutschen Jungfrau

Es stand ein Fräulein auf dem Schloß,
Erschlagen war im Streit ihr Roß,
Schnob wie ein See die finstre Nacht,
Wollt überschrein die wilde Schlacht.

Im Tal die Brüder lagen tot,
Es brannt die Burg so blutigrot,
In Lohen stand sie auf der Wand,
Hielt hoch die Fahne in der Hand.

Da kam ein röm'scher Rittersmann,
Der ritt keck an die Burg hinan,
Es blitzt sein Helm gar mannigfach,
Der schöne Ritter also sprach:

‚Jungfrau, komm in die Arme mein!
Sollst deines Siegers Herrin sein.
Will baun dir einen Palast schön,
In prächt'gen Kleidern sollst du gehn.

Es tun dein Augen mir Gewalt,
Kann nicht mehr fort aus diesem Wald,
Aus wilder Flammen Spiel und Graus
Trag ich mir meine Braut nach Haus!'

Der Ritter ließ sein weißes Roß,
Stieg durch den Brand hinauf ins Schloß,

Viel Knecht ihm waren da zur Hand,
Zu holen das Fräulein von der Wand.

Das Fräulein stieß die Knecht hinab,
Den Liebsten auch ins heiße Grab,
Sie selbst dann in die Flammen sprang,
Über ihnen die Burg zusammensank."

Faber brach, als sie geendigt hatte, einen Eichenzweig von einem herabhängenden Aste, bog ihn schnell zu einem Kranze zusammen und überreichte ihr denselben, indem er mit altritterlicher Galanterie vor ihr hinkniete. Julie drückte den Kranz mit seinen frischgrünen, vollen Blättern lächelnd in ihre blonden Locken über die ernsten, großen Augen, und sah so wirklich dem Bilde nicht unähnlich, das sie besungen. –

„Es ist seltsam", sagte Faber darauf, „wie sich unser Gespräch nach und nach beinahe in einen Wechselgesang aufgelöst hat. Der weite, gestirnte Himmel, das Rauschen der Wälder ringsumher, der innere Reichtum und die überschwengliche Wonne, mit welcher neue Entschlüsse uns jederzeit erfüllen, alles kommt zusammen; es ist, als hörte die Seele in der Ferne unaufhörlich eine große, himmlische Melodie, wie von einem unbekannten Strome, der durch die Welt zieht, und so werden am Ende auch die Worte unwillkürlich melodisch, als wollten sie jenen wunderbaren Strom erreichen und mitziehen. So fällt auch mir jetzt ein Sonett ein, das euch am besten erklären mag, was ich von Leontins Vorhaben halte." Er sprach:

„In Wind verfliegen sah ich, was wir klagen,
Erbärmlich Volk um falscher Götzen Thronen,
Wen'ger Gedanken, deutschen Landes Kronen,
Wie Felsen, aus dem Jammer einsam ragen.

Da mocht ich länger nicht nach euch mehr fragen,
Der Wald empfing, wie rauschend! den Entflohnen,
In Burgen alt, an Stromeskühle wohnen,
Wollt ich auf Bergen bei den alten Sagen.

Da hört ich Strom und Wald dort so mich tadeln:
,Was willst, Lebend'ger du, hier überm Leben,
Einsam verwildernd in den eignen Tönen?

Es soll im Kampf der rechte Schmerz sich adeln,
Den deutschen Ruhm aus der Verwüstung heben,
Das will der alte Gott von seinen Söhnen!‘“

Friedrich sagte: „Es ist wahr, wovon Ihr Sonett da spricht, und doch billige ich Leontins Plan vollkommen. Denn wer, von Natur ungestüm, sich berufen fühlt, in das Räderwerk des Weltganges unmittelbar mit einzugreifen, der mag von hier flüchten, so weit er kann. Es ist noch nicht an der Zeit, zu bauen, solange die Backsteine, noch weich und unreif, unter den Händen zerfließen. Mir scheint in diesem Elend, wie immer, keine andere Hülfe, als die Religion. Denn wo ist in dem Schwalle von Poesie, Andacht, Deutschheit, Tugend und Vaterländerei, die jetzt, wie bei der babylonischen Sprachverwirrung, schwankend hin und her summen, ein sicherer Mittelpunkt, aus welchem alles dieses zu einem klaren Verständnis, zu einem lebendigen Ganzen gelangen könnte? Wenn das Geschlecht vorderhand einmal alle seine irdischen Sorgen, Mühen und fruchtlosen Versuche, der Zeit wieder auf die Beine zu helfen, vergessen und wie ein Kleid abstreifen, und sich dafür mit voller, siegreicher Gewalt zu Gott wenden wollte, wenn die Gemüter auf solche Weise von den göttlichen Wahrheiten der Religion lange vorbereitet, erweitert, gereinigt und wahrhaft durchdrungen würden, daß der Geist Gottes und das Große im öffentlichen Leben wieder Raum in ihnen gewönne, dann erst wird es Zeit sein, unmittelbar zu handeln, und das alte Recht, die alte Freiheit, Ehre und Ruhm in das wiedereroberte Reich zurückzuführen. Und in dieser Gesinnung bleibe ich in Deutschland und wähle mir das Kreuz zum Schwerte. Denn, wahrlich, wie man sonst Missionarien unter Kannibalen aussandte, so tut es jetzt viel mehr not in Europa, dem ausgebildeten Heidensitze.“

Faber kam aus tiefen Gedanken zurück, als Friedrich ausgeredet hatte. „Wie Ihr da so sprecht“, sagte er, „ist mir gar seltsam zumute. War mir doch, als verschwände dabei die Poesie und alle Kunst wie in der fernsten Ferne, und ich hätte mein Leben an eine reizende Spielerei verloren. Denn das Haschen der Poesie nach außen, das geistige Verarbeiten und Bekümmern um das, was eben vorgeht, das Ringen und Abarbeiten an der Zeit, so groß und lobenswert als Gesinnung, ist doch immer unkünstlerisch. Die Poesie mag wohl Wurzel schlagen in demselben Boden der Religion und Nationalität, aber unbekümmert, bloß um ihrer himmlischen Schönheit willen, als Wunderblume zu uns heraufwachsen. Sie will und soll zu nichts brauchbar sein. Aber das versteht Ihr nicht und macht mich nur irre. Ein fröhlicher Künstler mag sich vor Euch hüten. Denn wer die Gegenwart aufgibt, wie Friedrich, wem die frische Lust am Leben und seinem überschwenglichen Reichtume gebrochen ist, mit dessen Poesie ist es aus. Er ist wie ein Maler ohne Farben."

Friedrich, den die Zurückrufung der großen Bilder seiner Hoffnungen innerlichst fröhlich gemacht hatte, nahm statt aller Antwort die Gitarre, und sang nach einer alten, schlichten Melodie:

„Wo treues Wollen, redlich Streben
Und rechten Sinn der Rechte spürt,
Das muß die Seele ihm erheben,
Das hat mich jedesmal gerührt.

Das Reich des Glaubens ist geendet,
Zerstört die alte Herrlichkeit,
Die Schönheit weinend abgewendet,
So gnadenlos ist unsre Zeit.

O Einfalt gut in frommen Herzen,
Du züchtig schöne Gottesbraut!
Dich schlugen sie mit frechen Scherzen,
Weil dir vor ihrer Klugheit graut.

Wo findst du nun ein Haus, vertrieben,
Wo man dir deine Wunder läßt,
Das treue Tun, das schöne Lieben,
Des Lebens fromm vergnüglich Fest?

Wo findest du den alten Garten,
Dein Spielzeug, wunderbares Kind,
Der Sterne heil'ge Redensarten,
Das Morgenrot, den frischen Wind?

Wie hat die Sonne schön geschienen!
Nun ist so alt und schwach die Zeit;

Wie stehst so jung du unter ihnen,
Wie wird mein Herz mir stark und weit!

Der Dichter kann nicht mit verarmen;
Wenn alles um ihn her zerfällt,
Hebt ihn ein göttliches Erbarmen –
Der Dichter ist das Herz der Welt.

Den blöden Willen aller Wesen,
Im Irdischen des Herren Spur,
Soll er durch Liebeskraft erlösen,
Der schöne Liebling der Natur.

Drum hat ihm Gott das Wort gegeben,
Das kühn das Dunkelste benennt,
Den frommen Ernst im reichen Leben,
Die Freudigkeit, die keiner kennt.

Da soll er singen frei auf Erden,
In Lust und Not auf Gott vertraun,
Daß aller Herzen freier werden,
Eratmend in die Klänge schaun.

Der Ehre sei er recht zum Horte,
Der Schande leucht er ins Gesicht!
Viel Wunderkraft ist in dem Worte,
Das hell aus reinem Herzen bricht.

Vor Eitelkeit soll er vor allen
Streng hüten sein unschuld'ges Herz,
Im Falschen nimmer sich gefallen,
Um eitel Witz und blanken Scherz.

O laßt unedle Mühe fahren,
O klinget, gleißt und spielet nicht
Mit Licht und Gnad, so ihr erfahren,
Zur Sünde macht ihr das Gedicht!

Den lieben Gott laß in dir walten,
Aus frischer Brust nur treulich sing!

Was wahr in dir, wird sich gestalten,
Das andre ist erbärmlich Ding. –

Den Morgen seh ich ferne scheinen,
Die Ströme ziehn im grünen Grund,
Mir ist so wohl! – die's ehrlich meinen,
Die grüß ich all aus Herzensgrund!"

Faber reichte Friedrich, der die Gitarre wieder weglegte, die Hand zur Versöhnung. – Der Morgen warf unterdes wirklich schon vom Meere her ungewisse Scheine über den dämmernden Himmel, hin und wieder erwachten schon frühe Vögel im Walde, alle Wipfel fingen an sich frischer zu rühren. Da sprang Leontin fröhlich mitten auf den Tisch, hob sein Glas hoch in die Höh und sang:

„Kühle auf dem schönen Rheine
Fuhren wir vereinte Brüder,
Tranken von dem goldnen Weine,
Singend gute deutsche Lieder.
Was uns dort erfüllt' die Brust,
Sollen wir halten,
Niemals erkalten,
Und vollbringen treu mit Lust!
Und so wollen wir uns teilen,
Eines Fels' verschiedne Quellen,
Bleiben so auf hundert Meilen
Ewig redliche Gesellen!"

Alle stießen freudig mit ihren Gläsern an, und Leontin sprang wieder vom Tische herab. Denn soeben sahen sie Rudolf, unter beiden Armen schwer bepackt, aus der Burg auf sie zukommen. „Lustig! lustig!" rief er, als er den gläserklirrenden Jubel sah, „frisch, spielt auf, Flöten und Geigen! Da habt ihr Gold!" Hierbei warf er zwei große Geldsäcke vor ihnen auf die Erde, daß die Goldstücke nach allen Seiten in das Gras hervorrollten. – „Das ist ein lustiges Metall", fuhr er fort, „wie es in die fröhliche, unschuldige Welt hinaushüpft und rollt, mit den verwunderten Gräsern funkelnd spielt und mit dunkelroten, irren Flammen zuckt, liebäugelnd, klingend und lockend! Verfluchter, unterirdischer, rotäugiger

Lügengeist, der niemals hält, was er verspricht! Da, nehmt alles, greift zu! Kauft Ehre, kauft Liebe, kauft Ruhm, Lust und alles Ergötzen der Erde, seid immer satt und immer wieder durstiger bis ans Grab, und wenn ihr einmal fröhlich und zufrieden werdet, so mögt ihr mir danken." –

Alle sahen ihn erstaunt an. Faber sagte: „Ich achte das Geld nur, wenn ich es brauche. Aber Dichter brauchen immer Geld." Und hiermit packte er ruhig seine Taschen voll, so daß er mit dem aufgeschwollnen Rocke sehr lächerlich anzusehen war.

Rudolf nahm hierauf kurzen Abschied von allen und wandte sich wieder nach seinem Schlosse zurück. Friedrich eilte ihm nach, er wollte ihn so nicht gehn lassen. Da kehrte er sich noch einmal zu ihm. „Du willst ins Kloster?" fragte er ihn, und blieb stehn. „Ja", sagte Friedrich, und hielt seine Hand fest, „und was willst du nun künftig beginnen?" – „Nichts –" war Rudolfs Antwort. – „Ich bitte dich", sagte Friedrich, „versenke dich nicht so fürchterlich in dich selbst. Dort findest du nimmermehr Trost. – Du gehst niemals in die Kirche." – „In mir", erwiderte Rudolf, „ist es wie ein unabsehbarer Abgrund, und alles still." – Friedrich glaubte dabei zu bemerken, daß er heimlich im Innersten bewegt war. – „O könnt ich alles Große wecken", fuhr er dringender fort, „was in dir verzweifelt und gebunden ringt! Hast du doch selber erzählt, daß dich alle wissenschaftliche Philosophie nicht befriedigte, daß du darin Gott und dich nie erkanntest. So wende dich denn zur Religion zurück, wo Gott selber unmittelbar zu dir spricht, dich stärkt, belehrt und tröstet!" – „Du meinst es gut", sagte Rudolf finster, „aber das ist es eben in mir: ich kann nicht g l a u b e n. Und da mich denn der Himmel nicht mag, so will ich mich der Magie ergeben. Ich gehe nach Ägypten, dem Lande der alten Wunder." – Hiermit drückte er seinem Bruder schnell die Hand und ging mit großen Schritten in den Wald hinein. Sie sahen ihn nicht mehr wieder.

Lange blickten sie ihm nach und bedauerten den unglücklich Verwirrten, als ein Schiffer ankam, um Leontin an die Abfahrt zu mahnen, indem soeben ein günstiger Wind vom Lande trieb. Alle sahen einander stillschweigend an und schienen erschrocken, da nun der Augenblick wirklich da war, den sie selber lange vorbereitet hatten.

Der Schiffer übernahm das wenige Gepäck, und sie machten sich sogleich auf den Weg nach dem Meere. Friedrich begleitete sie. Langsam rückten Berge und Wälder bei jedem Schritte immer weiter hinter ihnen zurück, das Meer rollte sich vor ihren Blicken auseinander.

Friedrich sagte unterwegs: „Mir scheint unsre Zeit dieser weiten, ungewissen Dämmerung zu gleichen! Licht und Schatten ringen noch ungeschieden in wunderbaren Massen gewaltig miteinander, dunkle Wolken ziehn verhängnisschwer dazwischen, ungewiß, ob sie Tod oder Segen führen, die Welt liegt unten in weiter, dumpfstiller Erwartung. Kometen und wunderbare Himmelszeichen zeigen sich wieder, Gespenster wandeln wieder durch unsre Nächte, fabelhafte Sirenen selber tauchen, wie vor nahen Gewittern, von neuem über den Meeresspiegel und singen, alles weist wie mit blutigem Finger warnend auf ein großes, unvermeidliches Unglück hin. Unsere Jugend erfreut kein sorglos leichtes Spiel, keine fröhliche Ruhe, wie unsere Väter, uns hat frühe der Ernst des Lebens gefaßt. Im Kampfe sind wir geboren, und im Kampfe werden wir, überwunden oder triumphierend, untergehn. Denn aus dem Zauberrauche unsrer Bildung wird sich ein Kriegsgespenst gestalten, geharnischt, mit bleichem Totengesicht und blutigen Haaren; wessen Auge in der Einsamkeit geübt, der sieht schon jetzt in den wunderbaren Verschlingungen des Dampfes die Lineamente dazu aufringen und sich leise formieren. Verloren ist, wen die Zeit unvorbereitet und unbewaffnet trifft; und wie mancher, der weich und aufgelegt zu Lust und fröhlichem Dichten, sich so gern mit der Welt vertrüge, wird, wie Prinz Hamlet, zu sich selber sagen: ‚Weh, daß ich zur Welt, sie einzurichten, kam!' Denn aus ihren Fugen wird sie noch einmal kommen, ein unerhörter Kampf zwischen Altem und Neuem beginnen, die Leidenschaften, die jetzt verkappt schleichen, werden die Larven wegwerfen, und flammender Wahnsinn sich mit Brandfackeln in die Verwirrung stürzen, als wäre die Hölle losgelassen, Recht und Unrecht, beide Parteien, in blinder Wut einander verwechseln – Wunder werden zuletzt geschehen, um der Gerechten willen, bis endlich die neue und doch ewig alte Sonne durch die Greuel bricht, die Donner rollen nur noch fernab an den Bergen, die weiße Taube kommt durch die blaue Luft geflogen, und die Erde hebt sich verweint, wie eine befreite Schöne, in neuer Glorie empor. – O Leontin! wer von uns wird das erleben!“ –

Sie waren unterdes ans Gestade gekommen. Leontin umarmte hierauf noch einmal die Freunde, Friedrich küßte Julie auf die Stirn, und die drei bestiegen ihr Schiff. Faber ritt landeinwärts fort. Friedrich kehrte ins Kloster zurück, um es niemals mehr zu verlassen.

Als er in die Kirche eintrat, fand er dort noch alles leer und still. Nur einige fromme Pilger waren noch hin und her in den Bänken zerstreut. Auch die hohe, verschleierte Dame von gestern bemerkte er wieder unter ihnen. Er kniete vor einen Altar und betete. Als er wieder aufstand und sich umwandte, wobei ihm durch ein offenes Fenster die Morgenhelle gerade auf Brust und Gesicht fiel, sank plötzlich die Dame ohnmächtig auf den Boden nieder. Mehrere Bedienten sprangen herbei und brachten sie vor die Tür, wo ein Wagen ihrer zu warten schien. – Es war Rosa.

Friedrich hatte nichts mehr davon bemerkt. Beruhigt und glückselig war er in den stillen Klostergarten hinausgetreten. Da sah er noch, wie von der einen Seite Faber zwischen Strömen, Weinbergen und blühenden Gärten in das blitzende, buntbewegte Leben hinauszog, von der andern Seite sah er Leontins Schiff mit seinem weißen Segel auf der fernsten Höhe des Meeres zwischen Himmel und Wasser verschwinden. Die Sonne ging eben prächtig auf.

DICHTER UND IHRE GESELLEN

ERSTES BUCH

Erstes Kapitel

In den letzten Strahlen der Abendsonne wurde auf der grünen Höhe ein junger Reiter sichtbar, der zwischen dem Jauchzen der Hirten und heimkehrenden Spaziergänger fröhlich nach dem freundlichen Städtchen hinabritt, das wie in einem Blütenmeere im Grunde lag.

Er sann lange nach, was ihn hier mit so altbekannten Augen ansah, und sang immerfort ein längst verklungenes Lied leise in sich hinein, ohne zu wissen, woher der Nachhall kam. Da fiel es ihm plötzlich aufs Herz: wie in Heidelberg lagen die Häuser da unten zwischen den Gärten und Felsen und Abendlichtern, wie in Heidelberg rauschte der Strom aus dem Grunde, und der Wald von allen Höhen! So war er als Student manchen lauen Abend sommermüde von den Bergen heimgekehrt und hatte über die Feuersäule, die das Abendrot über den Neckar warf, in die duftige Talferne gleichwie in sein künftiges, noch ungewisses Leben hinausgeschaut. –

„Mein Gott“, rief er endlich, „da in dem Städtchen unten muß ja Walter wohnen, mein treuer Heidelberger Kamerad, mit dem ich manchen stillen, fröhlichen Abend auf den Bergen verlebt! Was muß der wackere Gesell nicht alles schon wissen, wenn er fortfuhr, so fleißig zu sein, wie damals!“ – Er gab ungeduldig seinem Pferde die Sporen und hatte bald das dunkle Tor der Stadt erreicht. Walters Wohnung war in dem kleinen Orte leicht erfragt: ein buntes, freundliches Häuschen am Markte, mit hohen Linden vor den Fenstern, in denen unzählige Sperlinge beim letzten Abendschimmer einen gewaltigen Lärm machten. Der Reisende sprang eilig die enge, etwas dunkle Treppe hinan und riß die ihm bezeichnete Tür auf; die Abendsonne, durch das Laub vor den Fenstern zitternd, vergoldete soeben die ganze, stille Stube, Walter saß im Schlafrock am Schreibtische neben großen Aktenstößen, Tabaksbüchse,

Kaffeekanne und eine halbgeleerte Tasse vor sich. Er sah den Hereintretenden erstaunt und ungewiß an, seine Gipspfeife langsam weglegend. „Baron Fortunat!" rief er dann, „mein lieber Fortunat!" und beide Freunde lagen einander in den Armen.

„Also so sieht man aus in Amt und Brot?" sagte Fortunat nach der ersten Begrüßung, während er Walter von allen Seiten umging und betrachtete; denn es kam ihm vor, als wäre seit den zwei Jahren, daß sie einander nicht gesehen, die Zeit mit ihrem Pelzärmel seltsam über das frische Bild des Freundes dahingefahren, er schien langsamer, bleicher und gebückter. Dieser dagegen konnte sich gar nicht satt sehen an den klaren Augen und der heitern, schlanken Gestalt Fortunats, die in der schönen Reisetracht an Studenten, Jäger, Soldaten und alles Fröhliche der unvergänglichen Jugend erinnerte. – Fragen und Gegenfragen kreuzten sich nun rasch, ohne eine Antwort abzuwarten. Walter pries vor allem sein Glück, das ihn hier so schnell eine leidliche Stelle hatte finden lassen, es fehlte nicht an größern Aussichten, und so sehe er einer heitern, sorgenlosen Zukunft entgegen. – Dazwischen hatte er in seiner freudigen Unruhe bald noch einen Brief zusammenzufalten, bald ein Paket Akten zu binden, bald draußen etwas zu bestellen, beide konnten den alten, vertraulichen Ton gar nicht wiederfinden.

Unterdes war eine alte Frau hereingetreten und fing an, eine altmodische Kaffeeserviette zierlich auszubreiten und Teller, Gläser und Weinflaschen aufzustellen, wobei sie von der Seite ehrerbietige Blicke auf den vornehmen, fremden Herrn warf, der eine solche Revolution in der einförmigen Junggesellenwirtschaft verursachte. Fortunat aber überschaute am Fenster den heitern Markt, und eine leise Wehmut flog durch seine Seele über die langsam zersetzende und zerstörende Gewalt der Verhältnisse, wie sie ihm auf Walters treues Gemüt wirksam zu sein schien. – „Laß uns nach guter, alter Art im Freien trinken!" rief er, sich schnell umwendend, aus, da er die Zurüstungen hinter sich erblickte. Walter hatte Bedenken: das sei hier nicht gewöhnlich, man werde in kleinen Städten zu sehr bemerkt. Fortunat aber hatte unterdes schon unter jeden Arm eine Flasche genommen, und wanderte damit die Treppe hinunter. Walter folgte verlegen lachend, die Alte brachte voll Verwunderung Tisch und Gläser nach, und bald war die ganze fröhliche, funkelnde Wirtschaft unter den Bäumen vor der Tür aufgeschlagen.

Die Sonne war indes untergegangen, und die Dächer und die Gipfel der Berge über der Stadt glühten noch, von denen ein erquickender Strom von Kühle durch alle Straßen und Herzen ging. Kinder jagten sich und schwärmten in den Gassen, die Vornehmen, ihre Hüte nachlässig in der Hand und sich den Schweiß abtrocknend, kehrten, von allen Seiten ehrerbietig begrüßt, von ihren Spaziergängen zurück. Andere traten in bequemen Nachtkleidern mit den Pfeifen vor die Türen, und plauderten mit dem Nachbar, während junge Mädchen, kichernd und in lebhaftem Gespräch, Arm in Arm über den Platz schlenderten und neugierig an dem Fremden vorüberstrichen.

Walter ging bei den Erinnerungen an die fröhliche Studentenzeit und bei dem langentbehrten weiteren und reichen Gespräch recht das Herz auf, er hatte gar bald alle Scheu und blöde Rücksicht abgeschüttelt. – „Wie glücklich bist du zu preisen", rief er seinem Freunde zu, „daß dir vergönnt ist, so mit den Vögeln durch den Frühling zu ziehen und die Reise nach Italien nun wirklich anzutreten, die wir in den heitersten Stunden in Heidelberg so oft miteinander besprachen. Das waren schöne Jugendträume!" –

„Das verhüte Gott!" versetzte Fortunat lebhaft, „warum denn Träume? Die Ahnung war es, der erste Schauer des schönen, überreichen Lebens, das gewißlich mit aller seiner geahnten und ungeahnten herrlichen Gewalt über uns kommen wird, wenn wir nur fröhlich standhalten. Wo wären wir denn aufgewacht von den sogenannten Träumen? Was hätte sich denn seitdem verändert? Aurora scheint noch so jung über die Berge, wie damals, die Erde blüht alljährlich wieder bis ins fernste tiefste Tal – warum sollte denn unsere unsterbliche Seele, die alle den Plunder überdauert, allein alt werden? Was hindert denn zum Exempel dich, alle den Ballast von Vor-, Neben- und Rücksichten frisch wegzuwerfen, und frei mit mir in das offene Meer zu stechen? – Reise mit, alter Kumpan!"

Walter faßte lächelnd die ihm dargebotene Rechte. „Was mich eigentlich zwischen diesen Bergen festhält", sagte er, „das sollst du künftig erfahren. – Doch – du magst immerhin lachen – das kann ich außerdem ehrlich sagen: es wäre mir schwer, ja gewissermaßen unmöglich, den einmal mit Ernst und Lust begonnenen Geschäften zu entsagen, die wie ein stiller, klarer Strom in tausend unscheinbaren Nebenarmen das Land befruchten, und mich so von meiner stillen Stube aus in immer wechselndem, lebendigem Verkehr mit den entferntesten Gegenden verbinden."

Fortunat sah ihn nachdenklich an. „Du meinst es immer brav", sagte er nach einer Pause, „darum glaube ich dir, wo ich dich auch nicht recht verstehe. Aber in welchem greulichen Rumor lebt ihr Beamte dabei! Keiner hat Zeit zu lesen, zu denken, zu beten. Das nennt man Pflichttreue; als hätte der Mensch nicht auch die höhere Pflicht, sich auf Erden auszumausern und die schäbigen Flügel zu putzen zum letzten, großen Fluge nach dem Himmelreich, das eben auch nicht wie ein Wirtshaus an der breiten Landstraße liegt, sondern treu und ernstlich und mit ganzer, ungeteilter Seele erstürmt sein will. Ja, ich habe schon oft nachgedacht über den Grund dieser zärtlichen Liebe so vieler zum Staatsdienst. Hunger ist es nicht immer, noch seltener Durst nach Nützlichkeit. Ich fürchte, es ist bei den meisten der Reiz der Bequemlichkeit, ohne Ideen und sonderliche Anstrengung gewaltig und mit großem Spektakel zu arbeiten, die Satisfaktion, fast alle Stunden etwas Rundes fertig zu machen, während die Kunst und die Wissenschaften auf Erden niemals fertig werden, ja in alle Ewigkeit kein Ende absehen." „Da rührst du", entgegnete Walter, „an den wunden Fleck, wenigstens bei mir. Daß ich, aus Mangel an Zeit, zu beiden Seiten die schönen Fernen und Tiefen, die uns sonst so wunderbar anzogen, liegenlassen muß, das ist es, was mich oft heimlich kränkt, und was ich hier nicht einmal einem Freunde klagen kann. Dazu kommt die Abgelegenheit des kleinen Orts, wo alle Gelegenheit und aller Reiz fehlt, der neuesten Literatur zu folgen."

„Ist auch nicht nötig", versetzte Fortunat. „Was willst du jedem Phantasten in seine neumodischen Parkanlagen nachschreiten! Das rechte Alte ist ewig neu, und das r e c h t e Neue schafft sich doch Bahn über alle Berge, und – wie ich oben bemerkt – auch in diesen Gebirgskessel. Denn, wenn ich nicht irre, sah ich vorhin bei dir neben dem Corpus juris die neuesten poetischen Werke des Grafen Victor stehen." „Nun", sagte Walter, „meinen großen Landsmann muß ich doch in Ehren halten, seine Heimat liegt ja kaum eine Tagereise von hier." – Fortunat sprang überrascht auf. „Da reit ich hin", rief er, „den muß ich sehen.“ – „Geduld“, erwiderte Walter lächelnd, „er ist schon seit mehreren Jahren auf Reisen.“ „Und ich reite doch hin!“ entgegnete Fortunat fröhlich, „wer einen Dichter recht verstehen will, muß seine Heimat kennen. Auf ihre stillen Plätze ist der Grundton gebannt, der dann durch alle seine Bücher wie ein unaussprechliches Heimweh fortklingt.“ Walter schien einem Anschlage nachzudenken. „Wohlan“, sagte er endlich, „wenn du durchaus hin willst, so begleite ich dich, ich bin dort wohlbekannt, und wir bleiben dann um so länger beisammen. Ich muß dir nur gestehen, ich hatte mich eigentlich schon selbst darauf eingerichtet, in diesen Tagen hinzugehen. Hier kann ich dir nicht viel Ergötzliches bieten, und wenn's dir recht ist, so reisen wir morgen.“ – Fortunat schlug freudig ein.

Walter aber fing nun an, einige Lieblingsstellen aus Victors Werken zu rezitieren, was Fortunat immer störte, weil ein gutes Gedicht keine Stellen, sondern eben nur das ganze gute Gedicht gibt, gleichwie eine abgeschlagene Nase oder ein Paar abgerissene Ohren der Mediceischen Venus für Kenner recht gut, aber sonst ganz nichtswürdig sind.

„Du kennst doch Victors Werke? Du liebst ihn doch auch?“ unterbrach sich endlich Walter selbst, da Fortunat schweigend ein Glas nach dem andern hinunterstürzte. – „Ich liebe ihn“, sagte dieser, „wie ich ein nächtliches Gewitter liebe, das alles Grauen und alle Wunder in der Brust regt, ich kenne ihn, weil er von den geheimnisvollsten, innersten Gedanken meiner Seele, ja ich möchte sagen, von dem Waldesrauschen meiner Kindheit wunderbaren Klang gibt. – Friede dem großen dunklen Gemüt“, fuhr er sein Glas erhebend fort, „und freudiges Begegnen mit ihm!“

Die Freunde hatten über dem lebhaften Gespräch gar nicht bemerkt, daß unterdes der Platz allmählich öde geworden war. In der wachsenden Stille hörte man nur noch eine Geige aus einiger Entfernung, und dann das einförmige Stampfen von Tanzenden dazwischen herüberschallen. Beides klappte so wenig zusammen, und die Geige wurde so unaufhörlich und entsetzlich schnell gestrichen, daß Fortunat laut auflachte, und ungeachtet Walters Einwendungen sogleich dem Tanzplatze zueilte. Der verworrene Klang kam aus einem niedrigen Häuschen, über dessen Tür ein Strohbüschel als Wahrzeichen eines Weinschanks im Nachtwinde hin und her baumelte. Walter war in anständiger Ferne stehengeblieben, während Fortunat durch das Fenster in die seltsame Tanzgrube hineinblickte. Ein langes dünnes Licht, das wie ein Peitschenstiel aus einem eisernen Leuchter hervorragte, warf ungewisse Scheine über das dunkle Gewölbe eines Kellers, an dessen Seitenwänden eingeschlafene Trinker über den langen plumpen Tischen umherlagen. In der Mitte tanzten eifrig mehrere Paare lustigen Gesindels, bald mit den zierlich gebogenen Armen wie zum Fliegen ausholend, bald in den auserlesensten Figuren und Windungen sich nähernd und wieder trennend, bevor sie einander endlich zum Walzer umfaßten. Der dicke Weinschenk ging mit aufgestreiften Hemdärmeln dazwischen herum, ahmte mit dem Munde den Wachtelschlag nach, schnitt den vorübertanzenden Frauenzimmern lächerliche Gesichter, oder wagte zuweilen selbst einen künstlichen Sprung. Am auffallendsten aber war der Musikant: ein anständig gekleidetes, lebhaftes Männchen mit einem scharfen, geistreichen Gesicht, emsig in den wunderlichsten Laufern die Geige spielend, während seine Augen mit unverkennbarem Wohlbehagen die Tanzenden verfolgten. Vergebens riefen diese ihm zu, sich zu moderieren, der Unaufhaltsame drehte mit wahrem Virtuosenwahnsinn die Töne, wie einen Kreisel, immer schneller und dichter, die Tanzenden gerieten endlich ganz außer Takt und Atem, es entstand ein allgemeines Wirren und Stoßen, bis zuletzt alle zornig auf den Musikus eindrangen. Dieser erhob sich nun, und retirierte besonnen in künstlichen Fechtparaden nach der Tür, immerfort mit dem Fiedelbogen in den dicksten Haufen stoßend. So kam er glücklich auf die Straße heraus, die Schlafmütze des Wirts, die er im Getümmel aufgespießt, hoch auf seinem Bogen. Der lustige Wirt folgte schimpfend und vermehrte den Lärm von Zeit zu Zeit durch das Prasseln von Feuerwerk, das er täuschend mit dem Munde nachmachte.

Jetzt bemerkte der Musikus plötzlich die beiden Freunde auf der Gasse, und sah sie mit seinen klugen Augen durchdringend an, während der Wirt, mit der einen Hand seine wilden Gäste in den Keller zurückdrängend, mit der andern ruhig die ihm zugeworfene Schlafmütze wieder auf den Kopf stülpte. Walter war einen Augenblick in Verlegenheit, ob und wie er den ihm unbekannten Fremden anreden sollte, und äußerte endlich seine Verwunderung über diese heillose Fertigkeit auf der Geige. – „Kleinigkeit! Kleinigkeit!“ erwiderte der Musikus, „nichts als Taranteln, womit ich die Leute in die Waden beiße und den St.-Veits-Tanz erfinde." Mit diesen Worten empfahl er sich, nahm die Geige unter den Arm, und schlenderte, noch einigemal furchtsam nach dem Keller zurückblickend, rasch durch die Nacht über den Marktplatz fort.

Fortunat, der bisher kein Auge von ihm verwendet hatte, trat nun schnell auf den Wirt zu, um etwas Näheres über das wunderbare Männchen zu erfahren. „Ein Fremder", sagte der Wirt, „ein Partikulier, wie er sich nennt, mit dem ich schon manchen Verdruß gehabt habe. Er kommt zuweilen in die Stadt, aber immer nur gerade zu mir, und wenn ich reelle Gäste habe, die nach getaner Arbeit ihr Gläschen trinken und vernünftig diskurrieren wollen, setzt er sich zu ihnen, und eh ich's mich versehe, hat er Händel unter ihnen angestiftet, und hat dann keine Courage, sie auszufechten. Wenn er recht vergnügt ist, zieht er gar seine verfluchte Geige hervor, und spielt tolles Zeug auf. Hol der Teufel alle Phantasten."

Hiermit kehrte der Wirt wieder in seine Höhle zurück, und die beiden Freunde bemerkten bei dem hellen Mondenschein, wie der unbekannte Musikus soeben zum Stadttor hinauswanderte. „Ein herrlicher Narr!" rief Fortunat aus, dem Wanderer noch immer nachsehend. „Laß die Fledermäuse", erwiderte Walter, „sie geraten uns sonst noch in die Haare. Komm nun nach Haus, es ist schon spät, und ich habe noch alle Hände voll zu tun für morgen."

Auf Walters Stube ging nun ein fröhliches Rumoren an. Die alte Aufwärterin wurde herbeigerufen, Befehle wurden erteilt, Briefe versiegelt, und Akten und Wäsche gepackt, wobei Fortunat, in der Vorfreude der bevorstehenden, unerwarteten Fahrt, zur Verwunderung der Alten wütend half. Der weitgestirnte Himmel sah indes durch die offenen Fenster herein, der Brunnen rauschte vom einsamen Markte, während die Nachtigallen in den Gärten schlugen, und Fortunat war es dazwischen, als ginge draußen das Geigenspiel des wunderlichen Musikanten noch einmal fern über die stillen Höhen.

Zweites Kapitel

Bei dem schönsten Frühlingswetter zogen die beiden Freunde, auf ihren Pferden fröhlich von den alten Zeiten miteinander schwatzend, in das morgenrote Land hinein. Sie hatten den weitern, aber anmutigern Weg durch das Gebirge eingeschlagen, auf welchem sie Hohenstein, den Sitz des Grafen Victor, nach Walters Versicherung noch vor Nacht bequem erreichen konnten. Das Städtchen mit seiner grünen Stille lag schon weit hinter ihnen, ein frischer Wind ging durch alle Bäume und Walter fühlte sich recht wie ein Vogel, der aus dem Käfig entflohen. Er war fast ausgelassen heiter, schwenkte den Hut in der Luft, und stimmte alte Studentenlieder an, so daß es den beiden Reitern vorkam, als wären sie nie getrennt gewesen und zögen nur eben wieder aus dem Tor von Heidelberg den grünen Bergen zu. In dieser Stimmung ließ er sich gern von dem unruhigen Fortunat verlocken, der bald dem fremden Schall eines unbekannten Gebirgsvogels folgte, bald mit den Hirten plauderte, dann wieder einen schönen Berggipfel oder eine reizend gelegene Ruine zu erklettern hatte. So waren sie lange aufs Geratewohl umhergeschweift, als Walter endlich zu seinem Schrecken bemerkte, daß schon die Abendsonne schräg durch den Wald funkelte. Jetzt fand er auch, daß sie alle Richtung verloren hatten, er wußte nicht, wo er war. Vergebens schlug er den ersten besten Pfad ein, die Wege teilten sich bald von neuem wieder, kein Dorf war ringsumher zu sehen, je tiefer sie in den Wald kamen, je ungeduldiger wurde er, er wollte durchaus noch heut nach Hohenstein. Unterdes war die Nacht völlig hereingebrochen, sie mußten absteigen, und ihre Pferde hinter sich herführen, da der Holzweg sich nach und nach in einen verwachsenen Fußsteig verlor.

Walter war verdrießlich und sprach wenig. Fortunat aber wurde immer vergnügter, je weiter sie fortschritten, und blickte recht mit frischem Herzen in die wunderbaren Mondlichter und die rätselhaften Abgründe, an denen sie vorüberzogen. Oft hielten sie horchend still, denn es war ihnen, als hörten sie aus weiter Ferne Hunde bellen, und den dumpfen Takt eines Pochhammers dazwischen; aber das einförmige Rauschen der Wälder verschlang immer alles wieder.

Walter schwor endlich, nicht einen Schritt mehr weiterzugehen, er band sein Pferd an und setzte sich maulend daneben. Fortunat hatte sich gleichfalls auf den Rasen hingestreckt, während sein Gefährte nun allerlei Reden über unzeitige Romantik und verlorne Zeit verlauten ließ. Fortunat antwortete nicht darauf, und da es gar nicht enden wollte, zog er seinen Mantel über den Kopf und schlummerte bald vor Ermüdung ein.

Als er wieder aufwachte, war Walter unterdes vor Ärger fest eingeschlafen. Er sah freudig rings um sich her, die tiefe Einsamkeit, die unbekannte Gegend, der Schlafende, und die Pferde im Mondschein, alles war ihm so neu und wunderbar; er ging unter den Bäumen auf und nieder, und sang halb für sich:

„Wie schön, hier zu verträumen
Die Nacht im stillen Wald,
Wenn in den dunklen Bäumen
Das alte Märchen hallt.

Die Berg im Mondesschimmer
Wie in Gedanken stehn,
Und durch verworrne Trümmer
Die Quellen klagend gehn.

Denn müd ging auf den Matten
Die Schönheit nun zur Ruh,
Es deckt mit kühlen Schatten
Die Nacht das Liebchen zu.

Das ist das irre Klagen
In stiller Waldespracht,
Die Nachtigallen schlagen
Von ihr die ganze Nacht.

Die Stern gehn auf und nieder –
Wann kommst du, Morgenwind,
Und hebst die Schatten wieder
Von dem verträumten Kind?

Schon rührt sich's in den Bäumen,
Die Lerche weckt sie bald –
So will ich treu verträumen
Die Nacht im stillen Wald."

Und wie er aufblickte, hörte er wirklich schon den Klang einer früherwachten Lerche durch den Himmel schweifen. „Frisch auf!" rief er fröhlich Waltern zu, „frisch auf, ich wittre

Morgenluft!“ Walter erhob sich taumelnd, und konnte sich lange nicht in dem wunderlichen Schlafsaal zurechtfinden. Der kurze Schlummer hatte ihn neu gestärkt und verwandelt, er schämte sich seines gestrigen Mißmuts, und bald saßen die beiden Freunde wieder rüstig zu Pferde, um, wo möglich, noch vor Tagesanbruch aus dem Labyrinth der Wälder herauszukommen.

Nach einem kurzen Ritt hatten sie die Freude, unerwartet wieder einen ordentlichen Weg zu erreichen. „Land! Land!“ rief endlich Walter vergnügt aus, „dorthin zu liegt Hohenstein!“ – Sie verdoppelten nun ihre Eile, und gelangten bald völlig aus dem Walde in das weite, geheimnisvolle Land hinaus. Immer tiefer und freudiger stiegen sie von den Bergen in das Blütenmeer, schon hörten sie von fern eine Turmuhr schlagen, zahllose Nachtigallen schlugen überall in den Gärten. Am Ausgang des Gebirges schien ein großes Dorf zu liegen, zerstreute Hügel, dunkle Baumgruppen und ein hohes prächtiges Schloß hoben sich nach und nach aus der verworrenen Dämmerung, alles noch unkenntlich und rätselhaft, wie in Träumen. So waren sie in eine hohe Kastanienallee gekommen, als Walter plötzlich an einem zierlichen Gittertor stillhielt. „Sie schlafen noch alle“, sagte er, „wir wollen indes hier in den gräflichen Garten gehen und die Erwachenden überraschen.“

Sie banden nun ihre Pferde an den Zaun, und schwangen sich von den steinernen Sphinxen, die den Eingang bewachten, über das Gitter in den Garten hinein. Da war noch alles still und duftig, einzelne Marmorbilder tauchten eben erst aus den lauen Wellen der Nacht empor. Das alte, finstere Schloß im Hintergrunde mit seinen dichtgeschlossenen Jalousien stand wie eine Gewitterwolke über einem freundlichen Nebengebäude, von dem man vor lauter Weinlaub fast nur das rote Ziegeldach sah. Unter den hohen Bäumen vor dem letztern fanden sie einen Tisch und mehrere Stühle, als wären sie eben erst von einer Gesellschaft verlassen worden. – „Da hat sie schon wieder ihre Gitarre draußen vergessen“, sagte Walter kopfschüttelnd. – „Wer denn?“ fragte Fortunat – „die schöne Amtmannstochter, von der du mir erzählt hast?“ – „Ja, Florentine“, erwiderte Walter; „das ist des Amtmanns Wohnung, und dort oben nach dem Garten hinaus ihre Schlafstube.“ – „Du weißt hier gut Bescheid“, entgegnete Fortunat. – Walter wurde rot und schwieg verlegen. Fortunat aber ergriff ohne weiteres die auf dem Tische liegende Gitarre, stellte sich vor das bezeichnete Fenster und sang:

„Zwei Musikanten ziehn daher
Vom Wald aus weiter Ferne,
Der eine ist verliebt gar sehr,
Der andre wär es gerne.“

„Ich bitte dich“, unterbrach ihn Walter, „was singst du da für dummes Zeug!“ – „Wart nur, ’s kommt gleich klüger“, erwiderte Fortunat und sang weiter:

„Die stehn allhier im kalten Wind
Und singen schön und geigen:
Ob nicht ein süßverträumtes Kind
Am Fenster sich wollt zeigen?“

Sein Wunsch ging wirklich in Erfüllung. Ein schönes Mädchen, noch ganz verschlafen, wie es schien, fuhr oben ans Fenster, schüttelte die Locken aus dem Gesichtchen und sah neugierig mit großen, frischen Augen durch die Scheiben. Als sie aber unten einen unbekannten, wohlgekleideten Mann erblickte, war sie ebenso schnell wieder verschwunden. – Walter wurde nun in der Tat unwillig, Fortunat aber griff immer lustiger in die Saiten und sang wieder:

„Mein Herz ist recht von Diamant,
Eine Blum von Edelsteinen,
Die funkelt fröhlich übers Land
In tausend bunten Scheinen!

Und durch das Fenster steigen ein
Waldsrauschen und Gesänge,
Da bricht der Sänger mit herein
Im seligen Gedränge.“

Unterdes war es im Hause nach und nach lebendig geworden, Türen gingen auf und zu, im Innern hörte man dazwischen das kräftige Lachen eines Mannes, das immer näher zu kommen schien. Endlich wurde die Haustür von innen geöffnet, und mit einer langen Pfeife im Munde, stand ein schon völlig angekleideter, großer, starker Mann vor ihnen, dessen gebräuntes, lebenslustiges Gesicht von der Morgensonne hell beschienen wurde. Es war der Amtmann selbst. Er war voller Freude, Walter so unerwartet wiederzusehen, und konnte gar nicht aufhören, über das lustige Ständchen zu lachen, durch das sich Fortunat sogleich in seine entschiedene Gunst gesetzt zu haben schien. Mit schallender Stimme rief er nun alles im Hause wach, es mußten eilig Kaffee und Pfeifen ins Freie herausgebracht werden, sie lagerten sich um den Tisch auf dem grünen Platze vor der Tür, den die beiden Gäste noch vor kurzem so einsam gesehen hatten, und Walter mußte ausführlich ihre nächtlichen Irrfahrten vortragen.

Unterdes war auch die Frau Amtmann dazugekommen. Sie hatte sich vor dem unbekannten Gaste sorgfältig und beinahe festlich angetan und empfing Fortunat mit umständlicher, wortreicher Feierlichkeit. Fortunat, dem bei solcher Gelegenheit unwillkürlich alle Bewillkommungskomplimente einfielen, die er in seinem ganzen Leben gehört oder auch nicht gehört hatte, konnte nicht widerstehen, mit einem unerschöpflichen Schwalle der auserlesensten Redensarten zu entgegnen, und erweckte dadurch bei der Dame eine nicht geringe Meinung von sich und seiner feinen Lebensart.

„Das ist heute ein rechter Freudentag!“ sagte der Amtmann, „da soll es auch einmal hoch hergehen.“ Er erzählte nun, wie sie heut gegen Abend auch noch ihren jungen Neffen Otto hier erwarteten, der von der fernen Universität zurückkehre, um sich zu seiner Anstellung vorzubereiten. Die Amtmännin ließ mit zufriedener Miene noch einfließen, daß Otto, der Sohn ihrer verstorbenen Schwester, aus Herrn Walters Städtchen sei, daß er schon auf der Schule immer für den Stillsten und Geschicktesten galt, und nun ein wahrer Gelehrter geworden sei.

Fortunat bemerkte während dieses Gesprächs, daß sich Walter unterdes verloren hatte. Der Garten, der nun in voller Morgenpracht herüberfunkelte, lockte auch ihn schon lange, und er sagte endlich dem Amtmanne, wie er Walter vorzüglich in der Absicht hierherbegleitet habe, um die Heimat des berühmten Grafen Victor einmal in der Nähe zu sehen. Der Amtmann lächelte. „Ich weiß nicht“, sagte er, „ob Sie auch solcher Meinung sind, aber wenn die andern von dem berühmten, gelehrten Grafen sprechen, denken sie sich ihn immer mit der Zipfelperücke, wie den Hilmar Curas vor seiner Grammatik.

Das kann mich immer ärgern. Was da Gelehrter! Zu Pferde muß man den großen Victor sehen, im Walde auf der Jagd, auf dem Felsen, wo allen andern schwindelt – mit einem Worte: das ist ein rechter Mann! Das Berühmtsein und Versemachen ist nur so Lumpenzeug daneben, wie eine Schabracke auf einem schönen Roß, und er gibt selber nichts darauf. Doch wir sprechen ein anderes Mal mehr davon." – Er stand nun auf und beschrieb Fortunat die Gänge, die er im Garten einschlagen sollte, um zu den schönsten Punkten zu gelangen, da ihn selbst die Wirtschaftsanordnungen für den anbrechenden Tag in das Haus hineinriefen.

Fortunat wandte sich nun allein in den Garten, wo er zu seinem Erstaunen ringsumher nur architektonische Formen altmodischer Gänge, hohe, feierliche Buchenalleen, Springbrunnen und künstliche Blumenbeete erblickte, von denen dunkelglühende Päonien und prächtige Kaiserkronen glänzten. Es war, als hätte ein wunderbarer Zauberer über Nacht seine bunten Signaturen über das Grün gezogen, und säße nun selber eingeschlummert in dem Labyrinth beim Rauschen der Wasserkünste und träumte von der alten Zeit, die er in seine stillen Kreise gebannt.

Schon waren Schloß und Amtmannswohnung hinter Fortunat versunken, als er plötzlich einen wohlgekleideten jungen Mann bemerkte, der an den Marmorstufen eines einsamen Gartenhauses eingeschlafen war. Er wollte umkehren, aber der Schläfer, von dem Geräusch erweckt, fuhr soeben rasch auf, blickte verworren ringsumher und fragte Fortunat, wer er sei? Dieser erzählte nun sein nächtliches Abenteuer und seinen langgehegten Wunsch, diese Gegend einmal zum Angedenken des Dichter-Grafen Victor zu durchstreifen. – „Vortrefflich", erwiderte der andere, „so will ich Sie sogleich herumführen!" – „Kennen Sie den Grafen Victor?" fragte Fortunat. - „Nicht sonderlich", erwiderte jener, „doch weiß ich eben genug von ihm, um Ihnen hier überall genügende Auskunft zu geben."

Fortunat nahm das unerwartete Anerbieten dankbar an, und betrachtete, als sie nun miteinander weitergingen, mit freudiger Überraschung das schöne, aber etwas bleiche und wüste Gesicht des Unbekannten, über das die Morgenlichter durch das Laub wunderlich wechselnde Scheine warfen. Er äußerte endlich seine Verwunderung über die, wie es schien, absichtlich und sehr sorgfältig festgehaltene Altmodigkeit dieses Gartens. –

„Der Graf“, entgegnete sein Begleiter, „will es so haben. Buchsbaumene Kindlichkeit! Wie es in seiner Kindheit gewesen, so soll es hier ferner verbleiben, selbst dieselben Blumen müssen jährlich an denselben Plätzen wieder gepflanzt werden, wie damals.“ – „Er hat recht“, sagte Fortunat, „was soll ein Garten, wenn er nicht ein Gedicht von ganz bestimmtem Klange ist! In diesem einförmigen Plätschern der Wasserkünste, in dieser geisterhaften Symmetrie der Laubwände und stummen Marmorbilder ist eine Wehmut, die einen wahnsinnig machen könnte.“

Jetzt standen sie an dem Abhange des Berges, dessen obere Fläche das Schloß und der eigentliche Ziergarten einnahmen. Von der mit Efeu umrankten Felswand sah man hier plötzlich in tiefe Schluchten und Wiesenplätze hinab, wo im kühlen Schatten uralter Bäume Rehe und Damhirsche weideten, die scheu die Köpfe nach ihnen emporhoben und dann pfeilschnell im tieferen Dunkel verschwanden. – „Sehen Sie da“, rief Fortunats Begleiter aus, „das Großartige und Kühne dieser Komposition. Ich betrete diesen Ort nie ohne Ehrfurcht vor dem seltenen Genius dieses Dichter-Grafen – oder sagen wir es nur lieber gradheraus: Dichterkönigs! besonders muß ich Sie hier auf jene leichtgeschwungenen Brücken aufmerksam machen. Sie führen, wie Sie sehen, über die Wipfel der Bäume hinweg nach einzelnstehenden hohen, abgerissenen Felsen hinüber, die, mit ihren bunten Gärtchen auf den Gipfeln, wie funkelnde Blumenzinnen über Waldeseinsamkeit emporragen. Diesen Einfall hat der liebenswürdige Graf vor dem lieben Gott voraus, er legte diese hängenden Gärten an; das waren die Blocksberge seiner Phantasie. Hier pflegte er als Knabe, wenn ein Gewitter heraufzog, und im Schlosse alles ängstlich durcheinanderlief, vor der unermeßlichen Aussicht zu sitzen, mit den Beinen über dem Abgrunde baumelnd, bis ihm die ersten dicken Regentropfen an die seidenen Strümpfe klatschten.“ – „Es freut mich“ – erwiderte Fortunat, der, ganz in den Anblick des wunderbaren Grundes versunken, die letzten Worte fast überhört hatte – „es freut mich recht, daß Sie Victors poetische Erscheinung so hochhalten.“

Der Begleiter sah ihn aus den schönen Augen scharf und zweifelhaft an. – „Ich bedaure ihn aufrichtig“, sagte er dann, „denn ich halte die Anstellung als Genie für eine der epinösesten in der Welt. Ein anderer stopft sich seine Pfeife, zieht seinen Schlafrock an, setzt sich auf dem Schreibesel zurecht, und macht seine Arbeiten ab, und geht dann zufrieden in die Ressource, wo er wieder ganz Mensch sein kann. Aber so ein Genie, zumal ein Dichter, kann das Genie gar nicht loswerden; wie ein Spaziergänger, der im Herbst über Feld gegangen, schleppt er die Sonnenfäden seiner Träume an Hut und Ärmeln bis auf die Ressource nach. Ist dort gar das Fenster offen, so sind die Nachtigallen und Lerchen draußen recht wie versessen auf ihn, und rufen ihn ordentlich bei Namen, ja zuweilen spielt ihm seine kaum halbfertig gedichtete Geliebte den fatalen Streich, und blickt ihn plötzlich aus den Augen irgendeiner albernen Dame an." – Hier stand er plötzlich selber überrascht still. Sie waren in das Felsental hinabgestiegen und an einen einsamen Weiher gelangt, in dessen Mitte sich eine, wie es schien, unzugängliche Insel im frischen Schmuck des Morgentaues spiegelte. Spuren ehemaliger Gänge und Blumenplätze waren von hohem Grase und Unkraut überwachsen, fremde Blütengewächse schlangen sich an den Baumstämmen empor, nur einzelne hohe Blumen funkelten noch hier und da aus der bunten Verwilderung, in der unzählige Vögel sangen. „Das war sonst Victors Lieblingsplatz", sagte der Fremde nach einem Weilchen, „hier hat er den Namen seines ersten Liebchens in die Bäume geschnitten. Das Mädchen ist tot, der Nachen zu der Insel lange zertrümmert und versenkt, und Wipfel und Zweige, Unkraut und Blüten schlingen sich drüben verwildert durcheinander, und können doch nicht in den Himmel wachsen." – Ein seltsames Leuchten flog bei diesen Worten über sein geistreiches Gesicht. Dann auf einmal zu Fortunat gewandt, sagte er: „Aber Sie sind am Ende selbst der Graf Victor – leugnen Sie nur nicht!" – Fortunat brach in lautes Lachen aus, und bat den Unbekannten, der ihm wohl behagte, zu wechselseitiger näherer Bekanntschaft sogleich mit zum Amtmanne hinaufzukommen. Der Fremde besann sich einen Augenblick, und fragte dann, ob noch mehrere Gäste dort wären? Da er hörte, daß auch Walter droben sei, entschuldigte er sich, er habe zu lange am Brunnen geschlafen, und müsse nun schnell wieder weiter. – „Sind Sie denn nicht hier aus dem Hause?" fragte Fortunat erstaunt. – Aber jener eilte schon fort, winkte noch einmal mit dem Hute, und war bald zwischen den Bäumen verschwunden.

Drittes Kapitel

Als Fortunat wieder die Anhöhe erreichte, traute er seinen Augen kaum. Der schönste Morgenglanz blitzte jetzt über die gezirkelten Rasenfiguren und Tulpenbeete, an den Statüen hingen Mieder, Poschen und Schleier umher, ein frischer Wind ging durch den Garten, und ließ, die Zweige teilend, bald ein Paar bloße Mädchenarme, bald ein ganzes zierliches Bildchen flüchtig erblicken. Und so glich der Garten mit den bunten Tüchern, die wie Frühlingsfahnen von den Büschen flatterten, mit den funkelnden Strahlen der Wasserkünste und dem heitern Sonnenhimmel darüber, auf einmal jenen alten Landschaften, wo alle Hecken von schwärmenden Nymphen wunderbar belebt sind. Erstaunt drang er weiter vor, da sah er eine junge Dame in wunderlichem Schmuck, mit Reifrock, Mieder und gesticktem Fächer vor einem Springbrunnen stehen, sie bespiegelte sich, fröhlich plaudernd, im Wasser, schüttelte lachend die schweren blitzenden Ohrgehänge und sah wieder hinein. Auf einmal wandte sie sich, er glaubte in dem frischen Gesichtchen Florentine, die Amtmannstochter, zu erkennen, die er vorhin am Fenster gesehen. Aber nun erschallte ein lauter Schrei, und aus allen Hecken, in Taft und Seide rauschend, fuhren erschrocken fliehende Mädchengestalten durchs Grüne, als hätte der Wind Aprikosenblüten umhergestreut.

Fortunat folgte ihnen zu der Amtmannswohnung, wo sie verschlüpft waren. Aber hier hielt ihn neue Verwirrung fest, er fand auch dort alles in lebhafter Bewegung. Aus dem Mörserstampfen im Hause und dem ernst-wichtigen Durcheinanderrennen der Mägde, zwischen dem man von Zeit zu Zeit die Kommandostimme der Amtmännin vernahm, schloß er sogleich auf ein großes Kuchenbacken im Innern. Draußen aber auf dem Rasen sah man große Teppiche ausbreiten, Sofas und Polsterstühle ausklopfen, überall wurden die verdunkelnden Doppelfenster ausgehoben, die Morgensonne schien lustig durch das ganze Haus, und einzelne Schwalben kreuzten jauchzend über dem Platze.

Ein langer, hagerer Mann mit dünnem Hals und hervorstehenden Augen schien besonders selig in dem Rumor, man sah ihn überall im dicksten Haufen schreiend, helfend und anordnend. Von diesem erfuhr Fortunat endlich, nicht ohne Müh und wiederholte Fragen, daß die Pachterstöchter aus der Nachbarschaft angekommen, und mit Florentinen im Garten den alten gräflichen Hofstaat anprobiert hätten, und daß alle diese Anstalten auf den feierlichen Empfang des heute erwarteten Studenten Otto zielten, der nach den eingelaufenen Nachrichten früher hier eintreffen könnte, als man anfangs glaubte. Der Mann aber war der Förster des Orts, der früher selbst das Gymnasium frequentiert, und seitdem eine wütende Vorliebe für Studenten hatte. – Fortunat war diese unverhoffte Wirtschaft ein willkommenes Fest. Er mischte sich ohne Verzug in das bunte Getümmel, um den Lärm womöglich noch größer zu machen. Dem Förster stellte er vor, wie unerläßlich es sei, den Gefeierten durch ein Triumphtor einzuführen, worauf beide sogleich voll Eifer forteilten, um die nötigen Materialien zu dem neuen Werke herbeizuschaffen. Unterwegs begegneten sie Walter, der soeben mit einem Buche in den Garten ging. „Ich muß mich ein wenig sammeln", sagte er flüchtig zu Fortunat, „ich freute mich so auf den stillen Tag im Freien, und nun bricht aller Plunder herein, es ist mir einmal nicht gegeben, mit den Leuten über nichts zu schwatzen, es ist unleidlich!"

Inzwischen verzögerte sich Ottos Ankunft von Stunde zu Stunde. Walter hatte nicht lange gelesen, sondern revidierte in seiner praktischen Lust mit dem Amtmann die Höfe, Scheunen und Ställe. Im Garten wurden die Vögel schon still, Florentine und ihre jungen Freundinnen, wieder bequem in ihren gewöhnlichen Kleidern, flüchteten vor der steigenden Sonne aus einem Schatten zum andern, die immer kürzer wurden, jede hatte ein Stück frischen Kuchen in der Hand, sie wußten nicht, was sie in der Hitze anfangen sollten mit der langen Zeit. Auch ein junger Wirtschaftsschreiber mit Sporen und neuem Frack hatte sich eingefunden. Er trug den Mädchen die Tücher nach, focht mit seiner Reitgerte galant in die Luft, und wußte durch Schnalzen auf Lindenblättern und andere artige Kunststücke sich bei den Frauenzimmern angenehm zu machen.

Plötzlich versetzte der Knall eines Böllers alles in die größte Verwirrung, aus allen Hecken und Türen stürzten die Erwartenden nach der Richtung hin, wo die Explosion erfolgt war. Dort gewahrten sie schon von fern den Förster am Abhange des Gartenberges, wie er soeben durch ein altes Perspektiv, das er wütend immer länger und länger hervorschob, in die Gegend hinausblickte. Als die andern endlich atemlos und fragend anlangten, warf er auf einmal das Fernrohr fort, ergriff eine neben ihm stehende Lunte und löste zum Schrecken der laut schreienden Damen einen zweiten Böller. Und in der Tat, in demselben Augenblick wurde durch den sich teilenden Pulverdampf zwischen den Kornfeldern am blaugewundenen Strom im Tal ein Reiter in bunter studentischer Tracht sichtbar, der nun auch seinerseits die Harrenden auf dem Berge erblickte, und, freudig seinen Hut schwenkend, die Sporen einsetzte. „Otto! Otto!“ rief alles fröhlich durcheinander und winkte ihm mit den Schnupftüchern entgegen. Der Reiter hatte unterdes den Fuß des Berges erreicht, schwang sich vom Pferde, und auf dem nächsten Wege zwischen den grünen Rebengeländern aufsteigend, erschien ein schöner Jüngling von etwas kleiner, zierlich schlanker Gestalt mit einem feinen Gesicht und fast träumerischen Augen.

Aber am Eingang zur ersten Allee wurde er plötzlich durch eine seltsame Erscheinung aufgehalten. Ein schöner Tannenbaum stand dort am Abhang von alters her, wie ein dunkler Ritter auf der Wacht, und ragte mit dem Wipfel bis über die Anhöhe hinauf. Auf einmal rauschte er mit den grünen Kronen und zeigte sein Riesenhaupt mit rotbraunem Gesicht und langem Schilfbart, das Haar phantastisch von wilden Blumen und Eichenlaub umkränzt. „Salve!“ redete das Haupt, die Augen sichtbar bewegend, den erstaunten Studenten an:

„Salve! Herr Doktor oder Magister!
Bin ein alter Bursch und haß die Philister,
Bin der Waldmann aus dem Gebirge hier,
Darf nicht näher treten zu dir,
Kann nicht zu dir kommen in Haus und Zimmer,
Trät dort alle den Plunder in Trümmer,
Drum schau ich über die Wipfel hier hinaus;
Und bist du der alte noch immer,
So lad ich dich wieder in mein grünes Haus!
Da gehn, wie damals, noch mit Gefunkel
Die Quellen verworren durchs kühle Dunkel,
Waldhornsklänge und Vögelschall,
Von fern dazwischen der Wasserfall,
Und über uns rauschend die Buchen und Fichten,
Erzählen dir wieder die alten Geschichten. –
Doch hast du über Pandekten und Latein
Seitdem vergessen die Sprache mein,

So magst du über deinem Buche hocken und lesen!
Das meine ist doch gescheiter gewesen!
Dann halt ich auf ewig meinen großen Mund,
Wir sehen uns nimmermehr wieder – und –“

Und – hier blieb der Gebirgsgeist plötzlich stecken, man hörte eine andere Stimme immer lauter, aber vergeblich soufflieren. Darüber geriet das Haupt nach und nach ins Wackeln, auf einmal kollerte es zwischen den Zweigen auf die Anhöhe herunter, und prasselnd hinterdrein der Förster und Fortunat zu großem Gelächter und Ergötzen der Umstehenden.

Otto stürzte dem schimpfenden Waldmann herzlich in die Arme, dann sah er mit den schönen Augen Fortunat nachdenklich an. „Gott weiß es“, sagte er, „ich verstehe die Waldessprache noch immer, und was ich auch seitdem hinzugelernt habe, sie ist und bleibt doch meine rechte Muttersprache!“ – Nun bemerkte er erst die andern in der Allee, und fiel jubelnd dem Amtmann und seiner Frau und endlich auch den Mädchen in die Runde um den Hals, die errötend und verlegen sich des Ungestümen nicht erwehren konnten. Aber kein Mensch konnte zu Worte kommen, denn der unermüdliche Förster, der in seinem Eifer gar keine Notiz von der Rührung nahm, hatte insgeheim Pauken und Trompeten herbestellt, die jetzt furchtbar in die Ohren der Damen schmetterten, Böller auf Böller wurde dazwischen gelöst, er selbst aber rührte sehr künstlich die Pauken, auf die er zuletzt hinaufsprang und, Schlägel und Hut hoch über sich in die Luft werfend, unaufhörlich hurra schrie. Die Amtmann wurde ganz zornig in dem Lärm, auch Otto schien verlegen und gestört. Da war der tolle Förster endlich mit seinem Empfange fertig geworden, und noch ganz erhitzt von dem pappenen Riesenkopfe, in dem er vorhin gesteckt, führte er nun mit einer wunderlichen, ungelenken Grandezza die fremden Mädchen nach der Amtmannswohnung hin.

Hier unter den Bäumen standen auf einer altmodischen Kaffeeserviette, in welche verschiedene Städte und Hirschjagden rot gewirkt waren, unzählige kleine chinesische Tassen aufgepflanzt, ein ungeheurer Kaffeekrug dampfte einladend dazwischen, die junge Dienstmagd im Sonntagsputz brachte eine Schüssel mit den in Kuchen gebackenen Namenszügen Ottos herbei, und küßte dem neu angekommenen jungen Herrn hocherrötend die Hand. Der Förster, der alte Junggesell, war inzwischen in den vollen Redestrom seiner Feiertagslaune geraten, und brachte alle seine alten Jagdspäße und lateinischen Brocken wieder aufs Tapet, worüber die Pachterstöchter, die ihn insgeheim für einen gewandten Weltmann und Gelehrten hielten, jedesmal in ein unmäßiges Lachen ausbrachen. Bald aber nahm Otto die Aufmerksamkeit ausschließlich in Anspruch, noch in der vollen Heimatsfreude des ersten Wiedersehens erzählte er von seinem Studentenleben in Halle, er sprach so frisch, und als nun gar der Amtmann die funkelnden Weinflaschen auf den Tisch setzte, glitten alle Gedanken fröhlich mit dem bunten Studentenschifflein am Giebichenstein und den blühenden Kirschgärten die Saale hinab in das gelobte Land der Jugend.

So war unvermerkt der Abend herangekommen, der Förster und die Mädchen hatten sich heimlich ins Haus geschlichen, Otto erzählte noch immer, als plötzlich die Tür sich weit auftat, und bei dem Geschwirr einer Geige ein ganzer Hofstaat von Damen und Herren in Reifröcken, Haarbeuteln und altfranzösischen Fräcken sich rauschend herausbewegte. Man erkannte sogleich den Förster unter ihnen, er führte feierlich die jungen Leute vom Tisch den verlegen knicksenden Damen auf, die Geige schwirrte von neuem, und so entspann sich unversehens ein Tanz auf dem Rasen. Walter wollt es gar nicht gelingen, er wurde immer verlegener, je mehr die andern über ihn lachten, auch die beiden Pachterstöchter konnten sich in ihren Staat nicht finden, in dem sie sich, wie in einem Gehäuse, nur schwerfällig bewegten und alle Augenblicke verwickelten. Jeder sprang, so gut er konnte, und als nun vom Schwung der Reifröcke die Lichter verlöschend flackerten, ergriff der Wirbel endlich auch die Alten am Weintisch, der Förster führte die sich vergebens sträubende Amtmann zu einer Sarabande, jeder der übrigen wählte gleichfalls seine Dame, und es entstand eine wundersame, künstliche Verschlingung, wobei der Förster durch kühne Schwenkungen alles in Erstaunen setzte.

Auf einmal fuhr Florentine aus dem leuchtenden Kreise wie eine Sternschnuppe in den finstern Garten hinaus. Ihre Brust flog über dem knappen, seidenen Mieder, sie atmete erschöpft in der kühlen Nachtluft, dabei blickte sie immerfort nach den Bäumen zurück, als erwartete sie noch jemand. Fortunat bemerkte sie, ihn hatte unter den abenteuerlichen Gestalten nach und nach die Hofluft der alten Zeit unwiderstehlich ergriffen, er folgte rasch dem Mädchen nach, faßte sie zierlich an den äußersten Fingerspitzen, und promenierte so feierlich mit ihr auf den geschnörkelten Gängen. Sie ließ ihm lachend die Finger, sah aber immer ungeduldiger zurück. So waren sie in galantem Diskurs an eine einsame Grotte gekommen, noch ein Überbleibsel jenes grillenhaften Schmuckes altmodischer Gärten. Bunte Muscheln blitzten im Mondschein von Decke und Wänden, ausgestopfte Reiher und Wasservögel standen mit weit aufgesperrten Schnäbeln auf Kristallriffen umher. – „Süßer Gott der Liebe“, sagte Fortunat, „das ist recht eine Grotte zum Schnäbeln, o wären wir doch jetzt zwei Turteltäubchen!“ – Sie sah ihn einen Augenblick verschmitzt an, dann drehte sie leise einen verborgenen Kran, auf einmal spritzten alle Schnäbel funkelnde Wasserstrahlen gerade auf Fortunat, und eh er sich noch besinnen konnte, war seine wilde Taube in dem Sprühregen verflogen.

Er schüttelte sich lachend ab, und als er zu der Gesellschaft zurückkam, stand Florentine schon wieder am Tisch vor der Mutter, die ihr besorglich die Locken aus der heißen Stirn strich. Sie hatte die langen Augenwimpern tief gesenkt, denn es tat ihr nun heimlich leid um Fortunats neuen Frack, die flakkernden Lichter spielten auf ihrem Gesicht und dem glitzernden Mieder, so sah sie in den rauschenden Wogen von Taft und bunten Schleifen wie ein Elfchen aus, das aus einer Tulpe guckt. – Walter sah sie lange unverwandt an, dann faßte er Fortunat unter dem Arm und führte ihn rasch in den Garten. „Ist sie nicht wunderschön? o wie bin ich doch glücklich!“ rief er aus, und erzählte nun dem Freunde, daß er seit längerer Zeit mit Florentine verlobt sei, daß sie auf den Rat der Eltern nur noch eine bevorstehende Gehaltserhöhung Walters abwarteten, und dann in dem Städtchen Haus und Garten mit der Aussicht auf Hohenstein kaufen und dort im Grünen sich für die ganze Lebenszeit miteinander einrichten wollten. –

Kaum eine Stunde darauf aber war alles verklungen, aus den Tälern schallte das Zirpen der Heimchen herauf, man hörte nur noch die Kalesche der Pachterstöchter auf dem steinigen Wege durch die Nacht fortrumpeln, in der Ferne zerplatzten einige Leuchtkugeln, die der unermüdliche Förster noch aus seinem Gärtchen warf. – O glückselige, bangsame Einsamkeit, dachte Fortunat, wer es wie Walter über sich gewönne, sich ganz darin zu versenken!

Viertes Kapitel

Schöne, stille Zeit, du liebste Heimatsgegend mit deinen frischen Morgen und mittagschwülen Tälern, und ihr rüstigen, nun nach allen Weltgegenden hin zerstreuten Jugendgesellen, die damals von den Bergen so ernst und fröhlich mit mir in das Leben hinausgesehen – ich grüß euch alle aus Herzensgrund! Denn alles wird mir wieder lebendig hier auf den kühlen Waldbergen, wie ich den Amtmann zwischen den Kornfeldern wandern sehe, und Florentine bald oben am Fenster, beim ersten Morgenlichte singend und ihre Haare flechtend und sich streckend und putzend um die Wette mit den erwachenden Vögeln in den Bäumen vor dem Hause, bald wieder im Garten über einer französischen Grammaire eingeschlafen, die Walter ihr gegeben, um sich für das Stadtleben auszubilden. Vor allen aber hat Fortunat, der seine Abreise von einem Tage zum andern verschiebt, sich behaglich im Garten eingerichtet. Im Grün zwischen hohen Blumen, die weite Landschaft unter sich, und über ihm die rauschenden Wipfel, setzt er sich jeden Morgen mit dem Schreibzeug an dem steinernen Fußgestell eines etwas verwitterten Apollos zurecht, um einige Novellen, die er in glücklichen Reisestunden auf seinem Pferde ersonnen, endlich einmal recht in Ruhe zu Papier zu bringen. Aber da geht es ihm wunderlich. Der lustige Morgenwind wirft ihm die Blätter ins Gras, wo sich die Hühner drum raufen, hinter ihm aber stimmen die Wipfel ihr uraltes Lied wieder an, das in keine Novelle paßt, die Waldvögel singen ganz fremde Noten dazwischen und Wolken fliegen über das Land und rufen ihm zu: „Menschenkind, sei doch kein Narr!“ Und zog dann gar der Förster unten zur Jagd, und schwenkte seinen Hut und rief Hurra hinauf, da warf er gewiß Feder und Papier fort und schwang sich auf seinem Pferde mit in den frischen, glänzenden Morgen hinaus. –

Auf einem solchen Morgenritt tröstete er sich einmal mit folgendem Liedchen:

„Ich wollt im Walde dichten
Ein Heldenlied voll Pracht,
Verwickelte Geschichten,
Recht sinnreich ausgedacht.
Da rauschten Bäume, sprangen

Vom Fels die Bäche drein,
Und tausend Stimmen klangen
Verwirrend aus und ein.
Und manches Jauchzen schallen
Ließ ich aus frischer Brust,
Doch aus den Helden allen
Ward nichts vor tiefer Lust.

Kehr ich zur Stadt erst wieder
Aus Feld und Wäldern kühl,
Da kommen all die Lieder
Von fern durchs Weltgewühl,
Es hallen Lust und Schmerzen
Noch einmal leise nach,
Und bildend wird im Herzen
Die alte Wehmut wach,
Der Winter auch derweile
Im Feld die Blumen bricht –
Dann gibt's vor Langerweile
Ein überlang Gedicht!“

Bei seiner Rückkehr fand er im Hause alles ausgeflogen, und streckte sich ermüdet im Garten an dem hohen Bogengange ins Gras. Er hatte aber noch nicht lange geruht, als er Stimmen neben sich vernahm, an denen er die Amtmann und Walter erkannte, die, ohne ihn zu bemerken, in dem Gange auf und nieder wandelnd, in lebhaftem Gespräch begriffen schienen. – „Das kommt bei dem Überstudieren heraus“, sagte soeben die Amtmann, „nichts als Verse im Kopf, Reisen und dergleichen unkluges und kostspieliges Zeug.“ – „Ich glaube gar“, rief Fortunat, „die spricht von mir!“ – „Beruhigen Sie sich“, hörte er nun Walter entgegnen, „ich werde versuchen, die eigentlichen Absichten dieses verschlossenen, rätselhaften Gemüts zu erforschen.“ – „Bei Nacht möchte er spazierengehen“, fing die Amtmann wieder an, „den Tag verträumt er! Und warum verbirgt er sich vor uns?“ – Hier verlor sich der Diskurs in der Ferne. Fortunat sprang hastig auf. Sie reden von meinem unbekannten Führer im Garten an jenem ersten Morgen, dachte er, und es fiel ihm aufs Herz, daß er ihn in der Zerstreuung so ganz vergessen hatte.

Als am Abend alle unter den Linden vor der Haustür sich wieder versammelten, beschloß er, der Sache näher auf den Grund zu kommen. Der Amtmann war der erste auf dem Platz, er erzählte ihm sogleich das ganze Begegnis, wie er damals den Unbekannten schlafend am Springbrunnen getroffen, und was sie miteinander gesprochen hatten. Dieser hörte sehr aufmerksam zu, er mußte ihm Größe, Kleidung, Haare und Stimme des Fremden ausführlich beschreiben, aber der Amtmann wußte alles besser, als er, alle seine Fragen trafen wunderbar ein. „So kennen Sie ihn also?" fragte Fortunat. – Der Amtmann schüttelte nachdenklich den Kopf. „Ich weiß nicht, wer es war", sagte er, „und darf nicht sagen, was ich vermute." – Unterdes war seine Frau herausgekommen, er bat Fortunat schnell, vor den Weibern nichts von der Geschichte zu erwähnen. Jetzt trat auch der Student Otto, der von einem weiten Spaziergange zurückzukommen schien, zu der Gesellschaft. Als er sich bei ihnen niederließ und in der warmen Luft seinen Rock schnell öffnete, fiel ein sauber eingebundenes Buch daraus zu Boden; es war des Grafen Victors neuestes poetisches Werk, das er bisher noch nicht gekannt und heute früh unter den zerworfenen Büchern des Amtmanns gefunden hatte. – „Ach, ich dachte, es wäre dein juristisches Handbuch", sagte die Amtmann, indem sie das Buch aufnahm und Otto zurückgab. Dann, sich gemächlich auf ihren Lehnstuhl zurücklehnend, fuhr sie nach einer kurzen Pause fort: „Hab ich doch heute von Tagesanbruch in Haus und Hof zu schaffen gehabt, daß mir ordentlich alle Glieder wehtun. Nun dafür schmeckt auch am Abend die Ruhe, wenn man sich wacker gerührt und seine Pflichten erfüllt hat." – Otto errötete flüchtig, ohne etwas darauf zu erwidern. – Fortunat aber fiel es bei diesen Worten erst auf, wie sonderbar allerdings Otto seit einiger Zeit erschien. Alle Morgen zog er ganz allein in den Wald hinaus und kam selten vor Mittag wieder zum Vorschein. Dann war er einsilbig, schüchtern, zerstreut, und oft mitten in den heitersten Augenblicken flog es über sein freundliches Gesicht wie ein Wolkenschatten über eine schöne, sonnenhelle Gegend.

Man hatte unterdes das Abendessen aufgetragen, und die rüstige Amtmann, die es nun heut einmal auf Otto abgesehen zu haben schien, begann, indem sie den Braten zerschnitt und jeden reichlich davon beteilte, sich mit allerlei weisen Redensarten und spitzigen Ausfällen über die teuren Zeiten zu verbreiten, und wie notwendig es sei, daß ein junger Mensch jetzt frühzeitig darauf denke, dereinst sein sicheres Brot zu haben. Da seien noch immer Toren genug in der Welt, um reichen Leuten die Zeit zu vertreiben mit schönen Bildern, Komödienspielen oder Versemachen – das sei ein bloß herrschaftliches Vergnügen, setzte sie schnell verbessernd hinzu, indem ihr dabei Graf Victor einfallen mochte. – Der Amtmann hatte die Salatschüssel vor sich geschoben und aß hastig, man konnte nicht erraten, ob er sich über Otto, oder über seine Frau ärgerte. – „Da fällt mir immer mein seliger Bruder ein“, hob die letztere wieder an; „er hatte auch studiert, aber das war ein gescheiter Kopf, der ließ die Phantasten ablaufen, setzte sich auf seine Brotwissenschaften, heiratete eine gebildete, vernünftige Frau, und Gott hat seinen Ehestand gesegnet. Nun du kannst es ja selber bezeugen“ – fuhr sie zu dem Amtmann gewendet fort, empfindlich, daß er ihr gar nicht beistimmte – „der ließ sich zu seiner Hochzeit von den besten Poeten Schäfergedichte machen, Gott weiß, wo die nun selber die Schafe hüten.“ – Hier brach Otto, der bis jetzt sichtbar mit sich selbst kämpfte, plötzlich mit verbissener Bitterkeit und einem höhnischen Stolze los, den niemand dem sanften Jünglinge zugetraut hatte. „Lieber Schweine hüten“, sagte er, „als so zeitlebens auf der Treckschuite gemeiner Glückseligkeit vom Buttermarkt zum Käsemarkt fahren. Der liebe Gott schafft noch täglich Edelleute und Pöbel, gleichviel, ob sie Adelsdiplome haben oder nicht. Und ich will ein Herr sein und bleiben, weil ich's bin, und jene Knechte sollen mich speisen und bedienen, wie es ihnen zukommt!“ – Das war der bestürzten Amtmann zu toll. „Unsinniger, aufgeblasener Mensch!“ rief sie hochrot vor Zorn; „so iß meinetwegen trockenes Brot, wenn du Butter und Käse verachtest! Aber wir wissen's wohl, wo du die Komödiantensprüche gelernt hast. Denke nur nicht, in unser ehrliches Haus einmal eine Theaterprinzessin heimzuführen, die nicht so viel hat, um die Löcher zu flicken, die sie in ihre Lappen gerissen, so eine von aller Welt ausgeklatschte Kreatur!“

Aber Otto hörte nicht mehr, er war rasch aufgestanden und schritt zürnend in den nächtlichen Garten hinein. Walter, in sichtbarer Verlegenheit, wollte ihm folgen, wurde aber von Fortunat aufgehalten, der ihn schnell in einen Seitengang führte. „Sage doch nur“, fragte er Walter, „was gibt's denn eigentlich hier, und wo willst du hin?“ – „Den Gekränkten trösten“, erwiderte Walter, „und – vermag ich’s sonst – ihm auch den Kopf ein wenig zurechtsetzen. Komm mit!“ – „Das laß ich wohl bleiben“, rief Fortunat aus, „ich bin froh, wenn mir mein eigener Kopf zuweilen noch so leidlich sitzt.“ – „Mein Vorhaben“, sagte Walter, „ist wahrhaftig edler, als es dir nach deinem ironischen Gesicht auf den ersten Blick vielleicht erscheinen mag. Denke dir nur recht diesen stillbeschränkten, heitern Familienkreis, dessen ganzes Trachten und Hoffen auf den einzigen Jüngling gerichtet ist, der auf der Schule immer für den aufgewecktesten und geschicktesten galt. Und nun kehrt er von der Universität zurück, verwandelt, träumerisch in sich gekehrt, unlustig zu jeder tüchtigen Arbeit, und einer verworrenen Welt von ausschweifenden Gedanken und Wünschen nachhängend, um – wie ich fürchte – dereinst zu spät von der grausamsten Täuschung zu erwachen und ein verlornes Leben zu bereuen. Nein, ich will es endlich versuchen, ihn auf das Gefährliche eines Pfades aufmerksam zu machen, der einsam über die Köpfe der andern Menschen weggeht und immer nur für sehr wenige bestimmt scheint.“ – Fortunat war über diese Worte ernst und nachsinnend geworden. „Du ehrliche Seele!“ sagte er endlich, dem Freunde herzlich die Hand schüttelnd, „so versuche dich denn an ihm. Ist der junge Mensch ein halber Philister, so hilf ihm völlig aus dem tollen Poetenmantel heraus, und ist es rechter Ernst mit seinem Talent, so muß er ja doch weiter, und rennt dich über, wärst du auch der weise Salomo selber.“

Alle vor dem Hause waren durch den Vorfall gestört, die kleine Gesellschaft sah stumm und kopfhängend auf die Teller. Draußen über den Tälern war es indes schon stiller und dunkler geworden, nur in weiter Ferne sah man zuweilen leichte Blitze über den Bergen schweifen. Die Amtmann blickte mit heimlicher Besorgnis, wie es schien, bald in das Wetterleuchten, bald nach der Richtung hin, wo Otto verschwunden war, und ging dann, ohne ein Wort zu sagen, in das Haus hinein. Endlich brach der Amtmann ärgerlich die unheimliche Stille. „Es geht auch alles konfus jetzt“, sagte er zu Fortunat, „im Frühling Gewitter, im Sommer kalt, in der Jugend alt und im Alter närrisch! Glauben Sie mir, unsere ganze Zeit jetzt ist gerade wie dieses verrückte Frühlingswetter, die Schwüle brütet und treibt alles vorzeitig hervor, und ich fürchte, es schießt mehr ins Kraut, als in die Blüte. Unsere Jungens wissen schon jetzt mehr, als wir jemals erfahren haben, und recken und sehnen sich aus allen Gelenken heraus, während wir in unserer lustigen und gesunden Jugendzeit ohne besondere Sehnsucht hinreichend dumme Streiche machten, und erst die fatalen Lümmeljahre überstehen mußten. Ja, es ist recht verdrießlich! Man möchte sich gern bequem, fröhlich und auf die Dauer einrichten, wie in der guten, alten Zeit, aber der ferne Donner verkündigt überall den unheimlichen Ernst, und so sitzen wir verwirrt, ungewiß und in banger Erwartung vor dem dunklen Vorhang, hinter dem fortwährend Gott weiß, was! unruhig und feurig zuckt." – Unterdes hatte Walter den verscheuchten Otto im Garten aufgefunden. Empört und in innerster Seele verletzt, saß er wie eine Nachteule mitten im Gestrüpp. Als er Walter erblickte, sprang er rasch auf und kam ihm mit erzwungener, gleichgültiger Höflichkeit entgegen. „Die Tante", sagte er, „ist gewiß schon besorgt, daß ich draußen nicht den Schnupfen bekomme. Freilich die Nase ist ein empfindlicher Teil, da sitzt die Seele schon tiefer und wärmer, die ficht so leicht nichts an." – Walter stand einen Augenblick verblüfft, denn es war ihm, als säh er auf einmal sich selber als Studenten vor sich stehn, er war ganz aus seinem Konzept gebracht und ergriff gerührt die Hand des aufgeregten Jünglings. „Ich komme keineswegs", sagte er endlich, „um das harte, heftige Wesen der Amtmann zu verteidigen, obgleich es auch nur eine andere, ungeschickte Form der Liebe ist. Das Angedenken meiner eigenen Jugend ist es, was mich herführt, der aufrichtige Schmerz um ein junges, heitres Gemüt, das auf diesem Wege sich immer tiefer und tiefer in der blühenden Einsamkeit verirrt und verwildert. Ich kenne diese trostlose Öde junger Seelen gar wohl, das Heimweh ohne Heimat, diese labyrinthische Selbstquälerei. Sie stehn verlassen auf der Welt, ohne Vater und Mutter – verlangt Sie in dieser Einsamkeit nach einem Freunde, und wollen Sie's mit mir versuchen, so biete ich Ihnen meine Hand bis in den Tod und will raten, schützen, helfen wo ich kann!" – Otto sah ihn erstaunt an, denn in Walters Worten war jener wunderbare Klang ernster Güte, der überall unmittelbar zum Herzen geht. – „Sie sind im Amte, angesehen, ruhig" – sagte er dann nach einer kurzen Pause. „Und wenn ich Ihnen nun auch erzählen wollte von dem zauberischen Spielmanne, der jeden Frühling, wenn der Sonnenschein sich munter über die Felder ausbreitet, aus dem Venusberge kommt mit neuen, wunderbaren Liedern, und die Seelen verlockt, von dem in schwüler Mittagsstunde der einsame Vogelsang schallt, von dem die Ströme und Quellen verworren rauschen im Mondschein, und die badenden Nixen wie im Traume singen durch die stille, goldne Nacht – Sie würden mich ja doch nur für verrückt halten!" – Walter erschrak fast, so irr und fremd leuchteten die Augen des Jünglings im Streiflicht des Mondes. – „Und ich bin es ja auch in der Tat!" fuhr dieser fort, „bildete mir da ein, dem Zauberstrom von Klängen unversehrt folgen zu dürfen und ein Dichter zu sein, der die Zauber regiert! Aber nun weiß ich's besser. Alle Engel, die durch die erste Dämmerung meiner Kindheit zogen, was ich oft betend heimlich ersehnte und immer und immer vergeblich auszusprechen versuchte: ich fand es heut auf einmal mit freudigem Erschrecken in des Grafen Victors Buch, er hat es kühn, frisch und jung wie eine Zauberinsel entdeckt – und ich weiß nicht mehr, was ich will. – Aber es ist noch immer Zeit, ich bin noch jung. Und wie ich das Buch hier vom Berge in den Fluß hinunterschleudere, so entsag ich von heut ab der fröhlichen Dichtkunst, der Metze! Und gleich den andern, die ich verachtet und die so unsäglich besser sind als ich, will ich von heut an allein und ganz der Rechtswissenschaft leben und von den Büchern nicht wieder aufsehen!" – hier brach er plötzlich in Weinen aus und stürzte wie vernichtet an Walters Brust.

Beide neuen Freunde schritten nun durch den stillen Garten, nur eine Nachtigall tönte schluchzend in der Ferne. Otto schwieg und schien gefaßter. Walter sagte: er brauche ja darum die Poesie nicht ganz aufzugeben, es bedürfe eines des andern, die Poesie des strengen, ernsten Lebens und das Leben der heitern Dichtkunst. Aber er fühlte bald, wie albern solcher Trost in solcher Stunde war, und schwieg endlich auch still.

So kamen sie an das Haus, wo sie die Amtmann in Angst und Tränen fanden. Sie hatte zuletzt gefürchtet, daß Otto in seiner Heftigkeit sich selbst ein Leids angetan, und fiel nun dem Geretteten mit großer Freude um den Hals, die dieser herzlich erwiderte. „Es ist vorbei", rief Otto in seiner seltsamen Hast, „ihr habt mich nun ganz wieder, und nächstens, will's Gott, ist Examen!" – „Du bist ein braver Junge", rief der Amtmann, „stoß an!" – Die Gläser gaben einen hellen Klang, und so endigte der Abend noch in Freuden; die fernen Gewitter hatten sich auch verzogen, und der Himmel glänzte mit tausend Sternen über den Versöhnten.

Fünftes Kapitel

Aber es blieb nicht lange so ungestört; ein Zufall, Mißverständnis, oder wie sonst der Mensch des Himmels Führung oder sein eigenes Ungeschick benennen mag, stellte unerwartet alles anders auf Hohenstein.

Es war ein schwüler Nachmittag, die Blätter im Garten rührten sich kaum, der Amtmann war auf der Bank vor der Haustür eingeschlummert, Walter schrieb Briefe im Hause, Fortunat hatte sich mit einem Buche ins Gras gestreckt, und ließ es sich vor der weiten Aussicht gern gefallen, daß die leise Luft ihm das Buch verblätterte. Florentine wurde ganz wehe in dieser Stille, sie mußte immer etwas zu schaffen haben; so schlich sie sich heimlich nach dem Walde, um für den Abend Erdbeeren zu pflücken, die Walter für sehr gesund hielt, weil er sie gern aß. Fortunat sah sie mit ihrem Körbchen unten aus dem Dorfe gehen, er warf sein Buch weg und folgte ihr, konnte sie aber im Walde nicht wiederfinden.

Florentine war unterdes, bald sammelnd, bald naschend, von Strauch zu Strauch geschlendert, und so unvermerkt an die Ruine der gräflichen Stammburg gekommen. Überrascht sah sie in der Einsamkeit an den halbzerfallenen Mauern, Toren und Fensterbogen empor; steinernes Bildwerk, das von der ehemaligen Pracht zeugte, lag im hohen Grase zerstreut, aber der Frühling hatte den verlassenen Berg wieder bestiegen, und spielte fast wehmütig in dem stillen Hause. Seltsame Sagen gingen in der Gegend von diesem einsamen Ort. Die Hirten hörten oft bei Nacht fremde Stimmen in der Burg, eine wunderschöne, bleiche Frau sollte sich manchmal dort in dem ausgebrochenen Fenster sehen lassen. – Florentine war noch nie allein hier gewesen, jetzt verlockte sie der eigene Reiz des Grauens, sie betrat erst vorsichtig und zaudernd, dann immer kecker die kühlen, von oben verschatteten Hallen. Durch die Mauerlücken blickten zuweilen die Täler schillernd aus der sonnenhellen Tiefe herauf, nur hin und her sang ein Gebirgsvogel mit fremdem Schall und verstörte Eidechsen fuhren raschelnd unter das Unkraut, daß sie unwillkürlich zusammenschrak.

Jetzt kam sie in den innern Burghof, da stand ein wilder Kirschbaum in voller Blüte, dunkelrote Blumen glühten zwischen den Steinen, einzelne Schmetterlinge flatterten ungewiß in der trüben, brütenden Schwüle; und als sie plötzlich um den Pfeiler trat, sah sie eine schöne, bleiche Frau in einem seltsamen, himmelblauen Gewande mitten im Hofe auf dem Rasen sitzen, die wandte sich nicht, und kämmte schweigend ihr lang herabwallendes, rabenschwarzes Haar. – Florentine blickte noch einmal scharf hin, dann, vom Entsetzen überwältigt, ergriff sie die Flucht.

Aber wie es oft in ängstlichen Träumen geht, sie verfehlte in der Hast die rechte Pforte; aus einem Zwinger in den andern rennend, glaubte sie sprechen zu hören, die Stimmen kamen immer näher, sie konnte den Ausgang nicht finden. Auf einmal standen zwei fremde Männer vor ihr in abgetragenen Ritterwämsern, Pickelhauben auf den Köpfen. Der eine wollte sie am Körbchen festhalten, in der Todesangst ließ sie ihm fliehend die Beeren, und hörte sein schallendes Lachen hinter sich.

Wie atmete sie tief auf, als sie endlich Gottes freien Himmel wiedersah! Der erste, der ihr begegnete, war Fortunat. Atemlos, mit heftig klopfendem Herzen flog sie an seine Brust, er drückte das schöne Kind fester an sich, und fühlte einen flüchtigen, brennenden Kuß auf seinen Lippen. – In demselben Augenblicke aber war auch Walter, der sie zu suchen schien, neben ihnen aus dem Gebüsch hervorgetreten. Florentine besann sich schnell wieder, strich die Locken aus der heißen Stirn und reichte ihm die Hand hin, um ihr über die letzten Trümmer herabzuhelfen.

Nun erzählte sie in lebhafter Aufregung, und oft noch scheu zurückblickend, ihr wundersames Abenteuer. Walter war still und schien nur halb hinzuhören. Fortunat wollte sogleich in die Burg zurück, um die bleiche Frau zu sehen, aber Florentine gab es durchaus nicht zu. Während sie aber noch so stritten, stutzte sie plötzlich und wies dann ganz erstaunt nach dem Tale hinaus. Dort wurde fern am Saume des Waldes ein abenteuerlich bepackter, langsam einherziehender Wagen sichtbar, ihm folgte ein seltsam gekleidetes Mädchen zu Pferde in blauem Gewand, mit dunklem, fliegendem Haar, mehrere Männer, grüne Zweige auf ihren Hüten, schritten rüstig nebenher; unter ihnen erkannte man sogleich die beiden Burgkobolde wieder, deren Pickelhauben weit in der Sonne funkelten. Ein fröhlicher Chorgesang schallte von dem Zuge durch das Grün herauf. – „Reisende Komödianten!“ rief Fortunat lachend, „nun bedarf es keiner Untersuchung weiter, das waren die Spukgeister, der Weg kommt gerade von der Burg.“

So traten sie nun alle beruhigter den Rückweg nach Hohenstein an. Florentine, die sich völlig wieder erholt hatte, lachte jetzt selber mit; dann wandte sie sich noch einmal nach den Blütentälern, in die sich die künstlerischen Wandervögel gesenkt. „Es geht doch nichts übers Reisen“, rief sie fröhlich aus, „wenn ich so manchmal im Sommer recht früh erwache und höre unten aus den Dörfern die Hähne krähen, oder ein Posthorn von fern über den Garten herüber, da wünsch ich mir oft, ich wäre ein Mann und könnte auch so mit in die Welt hinaus.“ – „Ich meine“, fiel hier Walter etwas grämlich ein, „man müsse erst sich selbst und die kleine Welt um sich herum recht verstehen gelernt haben, ehe man sich weiter umsieht, und das Reisen zieme überhaupt nur dem reifern Alter.“ – Fortunat ärgerte der Schulmeisterton. „Gerade umgekehrt“, rief er aus, „nur die Jugend versteht recht aus Herzensgrunde die Schönheit der Welt mit ihren morgenroten Gipfeln und kühlen Abgründen und funkelnden Auen im Grün, und malt es alles fresko nach, daß das Alter einst sich daran erfrische, wenn draußen die Blätter fallen und die sinkende Herbstsonne die Schildereien noch einmal wunderbar beleuchtet. Während dein sogenanntes reifes Alter vom Schifflein sorgsam die Tiefe mit dem Senkblei mißt, sitzt die Jugend über Bord geneigt, und sieht ihr eigenes weinbekränztes Haupt in der klaren Flut und hört die Glocken der versunkenen Stadt aus der Tiefe heraufklingen. Ja, glaubt nur, die Welt ist wie eine eigensinnige Schöne, die nur in jungen Augen sich mit ihrem fröhlichsten Schmucke spiegeln mag, für Klugheit und Kenntnisse gibt sie nur Brot, für Liebe und rechte Freude an ihr aber wieder Freude und Liebe.“

So waren sie vor der Amtmannswohnung angelangt. Die letzten Strahlen der untergehenden Sonne vergoldeten bereits die Bäume vor dem Hause, unter denen die Amtmann schon wieder den Tisch gedeckt hatte. Ein jeder machte sich's in der Abendkühle behaglich bequem, und Florentine mußte, ausruhend, ihre Burggeschichte nochmals umständlich erzählen. Nur Walter fehlte. Auf einmal trat er, ganz reisefertig, mit dem Amtmann aus dem Hause. „Schlechte Neuigkeit“, sagte der letztere, „Walter hat dringende Briefe bekommen, er muß in die Stadt, und will noch heut reisen, um die nächtliche Kühle zu benutzen." – Die Amtmann machte besorgt Einwendungen gegen das gefährliche Reisen in der Nacht, Florentine ereiferte sich über die Geschäfte, die sie von jeher als eine unbekannte, feindliche Macht betrachtete, aber Walter blieb unerschütterlich und nahm, auch von Fortunat, schnell und kurz Abschied. Ganz zuletzt wandte er sich noch einmal zu diesem, als wollt er ihm etwas sagen, schüttelte ihm aber nur rasch die Hand und ging schweigend fort. – Fortunat begleitete ihn noch heraus bis zu seinem Pferde, dem Florentine den Hals streichelte, und, als es dann beim Aufsteigen unruhig wurde, schnell nach der Haustür zurücksprang. „Herrje!" sagte er heimlich zu Walter, „was machst du da für ein langes Gesicht! Und überhaupt, warum willst du gerade heut noch fort? die Geschäfte sind's ja doch nicht." – „Ich will nicht stören", entgegnete Walter empfindlich, „du bleibst ja doch noch längere Zeit hier, ich sag dir's vielleicht ein andermal, leb wohl!" – Hiermit gab er seinem Pferde die Sporen und war bald zwischen den Bäumen verschwunden. – „O langweilige Welt!" rief Fortunat ihm nachsehend aus, „wie glücklich könnte er sein mit seinem schlanken Reh im schönen grünen Wald, wenn er frisch vom Herzen weg liebte, anstatt den Talar von Melancholie, Eifersucht und andern hergebrachten Liebestücken durch alle Paradiese jämmerlich hinter sich nachzuschleppen!"

Als er in den Garten zurückkam, bemerkte er auf der Linde vor dem Hause zwei zierlich beschuhete Füßchen zwischen den Zweigen. Es war Florentine; sie saß im Baume, mit den Füßchen baumelnd, während sie Walter nachschaute, der sich soeben in der Dämmerung zwischen Wiesen und Kornfeldern verlor. Das heitere Mädchen schien in ihrer Unbefangenheit von seinem Mißmute gar nichts zu ahnen.

Fortunat aber ging allein und unruhig durch den Garten. Ich werde doch kein Narr sein und mich verlieben? sagte er zu sich selbst. Und doch bin ich auf dem nächsten Wege dazu. Und hinter mir langsam und feierlich der abgemagerte Geist des sich selbst erschossenen Walters, und vor mir ein Zug von Tanten und Basen, und gute Wirtschaft, und Kindergeschrei, und ein Haus machen –

Der Angstschweiß trat ihm ordentlich bei diesen Gedanken vor die Stirn. Er rannte eiligst nach dem Hause zurück und eröffnete dort ohne weiteres der erstaunten Familie, wie er zwar heute gerade keine Briefe aus der Stadt bekommen habe, aber eigentlich ebenfalls schleunigst fortreisen müsse; daß er daher für Speis und Trank und alle die schöne, stille, herrliche Zeit aus Herzensgrund Dank sagen und hiermit sogleich schon heut Abschied nehmen wolle, da er noch vor Tagesanbruch weiterzuziehen gedenke. Florentine wurde bei diesen Worten ganz rot, sie setzte sich schmollend auf eine entfernte Bank, und Fortunat glaubte zu bemerken, daß ihre abgewendeten Augen von Tränen glänzten. Auch die andern machten ihm durch ihre aufrichtige Trauer das Herz schwer, denn sie hatten sich alle in der kurzen Zeit schon an seine fröhliche Weise verwöhnt. Er mußte versprechen, wiederzukommen und ihnen noch ausführlich von den Ländern und Städten zu erzählen, wohin seine Reise ging; so saßen sie noch lange plaudernd vor der Haustür beisammen. Beim Schlafengehen endlich flüsterte ihm Florentine noch heimlich zu: „Und ich werde doch auf sein, eh Sie wegreiten!" –

Er hatte alle Fenster des Schlafzimmers offen gelassen, um den Morgen nicht zu verschlafen. Da war es ihm, als gingen draußen fröhliche Stimmen unter den Fenstern auf und nieder, und riefen immerfort in seinen Schlummer hinein: „Frischauf, schlafe nicht mehr! Wunderbare Berge und Gründe, schimmernde Fernen, frisch auf! und schöne, helle, fröhliche Zeit!" – Er sprang endlich empor und blickte durchs Fenster. Es war noch Nacht; dennoch kleidete er sich in langentbehrter Reiselust sogleich an, ging durch das stille Haus an Florentinens Schlafkammer vorüber, und machte noch schnell einen Gang durch den Garten. Es war in der Nacht ein warmer Regen gefallen, die Nachtigallen schlugen überall aus den erfrischten Büschen, hin und her bellten Hunde fern in den Dörfern, sonst lag alles noch still im prächtigen Mondenscheine unter dem weiten, gestirnten Himmel. – Als er zurückkehrte, hörte er unten im Hause leise ein Fenster öffnen, es war Florentine, die sich in leichter Morgenkleidung hinauslehnte. „Zisch aus! zisch aus!" rief sie ihm entgegen, „ich bin früher wach gewesen, als Sie!" Dann, sich im Garten umsehend, sagte sie, „das ist gerade wie damals, da Sie hier das Ständchen brachten und wir Sie zum ersten Male sahen. – Nun wird es hier wieder recht einsam sein, und ich wollte Sie eben nur noch bitten, daß Sie auf Ihrer Reise von sich hören lassen und manchmal an Walter schreiben, der Ihnen außerordentlich gut ist und gern von fremden Ländern hört." – Fortunat versprach es, und bat sie um einen Kuß zum Abschiede. – „Warum nicht gar!" rief das Mädchen lachend, indem sie ihm schnell die Hand hinausreichte, dann schloß sie geschwind das Fenster, und er sah sie nicht wieder. Fortunat warf sich nun ungesäumt auf sein Pferd und ritt durch die hohe, dunkle Allee an dem Gittertor des Gartens und dem stillen Dorfe vorüber. Draußen auf dem Berge aber wandte er sich noch einmal zurück. „Gesegnet", rief er, „du schönes Waldtal, in deiner glückseligen Abgeschiedenheit, möge der Sturm der Welt dich nie verstören!"

Sechstes Kapitel

Ein schweres Gewitter zog eben an dem Gebirge hin und sandte seine Regenschauer in die Ebenen hinaus, während Fortunat, durchnäßt und lange vom Wege abgekommen, über ein weites, in Regen und Abenddunkel verhülltes Feld dahintrabte. Da hörte er unerwartet den Gesang einer schönen Männerstimme von fern herüberschallen, wovon er nur folgende Worte verstehen konnte:

„Bei dem angenehmsten Wetter
Singen alle Vögelein,
Klatscht der Regen auf die Blätter,
Sing ich so für mich allein.

Denn mein Aug kann nichts entdecken,
Wenn der Blitz auch grausam glüht,
Was im Wandeln könnt erschrecken
Ein zufriedenes Gemüt."

Er gab seinem Pferde die Sporen, und erreichte in kurzer Zeit ein Häufchen Wanderer, die neben einem Paar Pferde einherschritten, auf denen zwei junge Frauenzimmer saßen. Mit freudiger Überraschung erkannte er sogleich die abenteuerlichen Gestalten der Schauspieler wieder, die an Victors Stammburg vorübergezogen waren, von denen aber jetzt die Dunkelheit nur die ungefähren Umrisse erraten ließ.

Fortunats Gruß fand nur eine halbe Erwiderung, die Gesellschaft schien in üblem Humor zu sein, und langsam und schweigend, wie ein schwerer Traum, bewegte sich das Ganze weiter. Endlich unterbrach der Voranschreitende, welcher soeben gestolpert war, die Stille mit einem derben Fluche, prustete und glitt gleich wieder aus, und kam gar nicht aus der Wut. – „Das haben wir davon", hob die eine Dame zu Pferde zu der andern Reiterin an, „das haben wir nun von Eurer schönen Natur. Brächen die Herren nicht ihren Flaschen auf das Wohlsein jeder alten Burg die Hälse, so wäre uns allen jetzt wohler und wir säßen im Trocknen, denn unser Wagen ist gewiß längst in der Stadt." – Dabei breitete sie mühsam einen, wie es schien, nicht sonderlich konditionierten Regenschirm über sich aus. Aber der Wind verarbeitete ihn sogleich mit solcher Fertigkeit, daß ihre berittene Nachbarin laut auflachte, und die Dame ihre Segel erbost wieder einziehen mußte. Fortunat, welcher hier heimlich auf ein ergötzliches Gezänk hoffte, ermahnte die Gesellschaft, den beiden Damen in diesem Kampfe mit den Elementen durch ein gemeinschaftliches, angenehmes Gespräch galant unter die Arme zu greifen. Die Männer antworteten gar nicht darauf, die Dame mit dem Regenschirme aber fragte: ob er vielleicht auch ein Künstler sei und es so gut haben wolle wie sie? „Oh", setzte sie spitzig nach ihrer Nachbarin gewendet hinzu, „Liebhaberrollen sind hier jederzeit zu haben." – „Bitte sehr", erwiderte die Nachbarin mit einer wohlklingenden Stimme, „bei Ihnen ist ja diese Stelle seit geraumer Zeit vakant." – Ein plötzlicher Blitz beleuchtete hier auf einen Augenblick ein schönes, feines, aber bleiches Gesichtchen, über welches zu beiden Seiten lange schwarze Haare triefend herabhingen. – „Mein Gott, was ist das für eine Wirtschaft um das bißchen Regen!" rief einer der jungen Männer aus, „quamquam sint sub aqua, sub aqua maledicere tentant!" – „Sparen Sie doch Ihr Latein", sagte die Dame mit dem Schirme, „Sie memorieren wohl eben den Bettelstudenten?" Sie wollte noch mehr sprechen, aber der Literatus fiel schnell in das Lied wieder ein, das Fortunat schon vorhin von fern gehört hatte, und übersang sie lustig:

„Frei von Mammon will ich schreiten
Auf dem Feld der Wissenschaft,
Sinne ernst und nehm zuzeiten
Einen Mund voll Rebensaft.

Bin ich müde vom Studieren,
Wann der Mond tritt sanft herfür,
Pfleg ich dann zu musizieren
Vor der Allerschönsten Tür."

„Land! Land!" schrie hier plötzlich der Voranschreitende dazwischen, und man erblickte zu allgemeiner Freude von weitem Mauern und Türme, die sich wie dunkle Riesen immer deutlicher aus dem trüben Grau aufrichteten. Einzelne Lichter schimmerten schon den Reisenden trostreich entgegen, ein jeder strengte neu belebt seine letzten Kräfte an, und so waren sie bald an dem Tore eines kleinen Städtchens angelangt. – Wie Zugvögel mit begossenen, hängenden Flügeln strichen sie stumm durch die engen, finstern Gassen, wo sich die Lichter aus den Fenstern blendend und verwirrend im Wasser spiegelten, während der Regen von allen Dächern aus abenteuerlich vorgestreckten Drachenköpfen auf sie herabstürzte.

So kamen sie endlich in den Hof eines Wirtshauses. Hier war der Reisewagen der Gesellschaft, den man unterwegs umgeworfen hatte, auch soeben erst angelangt. Der Theaterprinzipal Sorti, ein kleines, fixes Männchen, rannte eifrig hin und her, vom Wagen wurden Burgen, Drachen und lange Kamelhälse eilig über den Hof getragen, die Hofhunde bellten, überall war ein Rufen, Drängen und Schimpfen in der undurchdringlichen Finsternis, die nur von einzelnen Blitzen manchmal durchkreuzt wurde. Mitten aus diesem Rumor hob der Literatus die jüngere Reiterin schnell vom Pferde und trug sie auf seinem Arm in das Haus. Das Mädchen war arg durchnäßt, mit dem dünnen, vom Regen knapp anliegenden Kleide, mit den lang herabhängenden, tröpfelnden Locken sah sie wie ein Nixchen aus, das eben den Wellen entstiegen. Sie hielt beide Hände vor das Gesicht, um sich vor dem plötzlich aus dem Hause dringenden Lichte zu schützen, aber zwischen den kleinen Fingern funkelten zwei schwarze Augen hindurch, die Fortunat im Vorüberfluge durchdringend anblickten.

Dieser konnte nur mit Mühe ein besonderes Stübchen gewinnen, wo er schnell seine Kleider wechselte, während draußen nach und nach ein gewaltiges Türzuwerfen, Streiten und Lachen, von einzelnen Operntrillern und Laufern durchschwirrt, das ganze Haus erfüllte. Unterdes hatte auch das Wetter sich wieder verzogen, und der Mond trat klar zwischen dem zerrissenen Gewölk hervor. Er verließ daher gar bald seine enge, schwüle Kammer wieder und eilte zwischen den Reifröcken, Rüstungen, Fahnen und Miedern, die über dem Treppengeländer zum Trocknen ausgehängt waren, in den Garten hinab. Ein einsames Frauenzimmer saß dort vor der Haustür auf der Bank, an dem etwas verbrauchten Federhut, dem hohen Kragen und der ganzen Haltung erkannte er die Dame mit dem Schirme wieder. – „Ich bin mir selbst noch Genugtuung schuldig", hob sie sogleich an, als sie Fortunat bemerkte, „Sie werden vielleicht eine ungünstige Meinung von mir gefaßt haben; aber Sie glauben nicht, welche Verleugnung es einem zarteren Gemüt kostet, mit den rohen Scherzen dieser Menschen, wenn auch nur zum Schein, gleichen Schritt zu halten." – „In der Tat", erwiderte Fortunat, „der Lateiner schritt wacker und lustig aus." – „Lustig?" sagte die Dame, „Sie kennen diesen Wilden noch nicht, er hat keine Ahnung von jener geistigen Seelenlust, die schon diesseits die Gipfel der Menschheit erklimmt –" „Und jenseits rücklings wieder herunterschurrt", fiel hier der feindliche Literatus ein, der, eben mit einer Gitarre aus dem Hause tretend, das letzte Kapitel von der Lust mit angehört hatte, und, einzelne Akkorde anschlagend, sich nun weiterhin auf dem Platze im Dunkel verlor. Fortunat lachte, denn ein leiser Zornesblitz zuckte plötzlich über das Gesicht der Dame und brachte die ganze Muskeldekoration in eine augenblickliche, widerliche Unordnung, zumal da gleich darauf auch die andere hübsche Reiterin aus der Tür guckte, ihr Näschen rümpfte, da sie die beiden beisammen erblickte, und dann gleichfalls an ihnen vorüber in den Garten schlenderte. – „Die arme Kleine! sie hat keinen ganzen Strumpf", bemerkte die Dame hämisch. Und in der Tat, auch der Mond hatte das schon bemerkt, und beleuchtete wohlgefällig ein Streifchen des zierlichsten Beinchens, das blendend über dem Schuh hervorblickte, während die hochgeschürzte Kleine unbefangen unter den Linden bemüht schien, Blüten von den herabhängenden Zweigen zu streifen.

Unterdes ging ein frisches Wehen durch die Wipfel, die letzte Wolkendecke zerriß, und die alte Stadtmauer und die Waldberge darüber standen plötzlich wunderbar beglänzt. Die Dame hatte sich erhoben und unter der Linde vor der Bank eine malerische, melancholisch-heroische Stellung genommen. Das Haupt in die rechte Hand an den Baum gestützt, sah sie eine

Zeitlang, wie in Gedanken verloren, nach den Höhen – „Tiedge!" – sagte sie endlich bedeutungsvoll, und drückte Fortunat leise die Hand. – Fortunat, den die ganze wunderliche Wirtschaft dieses Polterabends schon lange innerlichst aufgeregt hatte, sprang rasch auf. „O Gott, wahrhaftig!" rief er, ihre Hand festhaltend, aus, „da schwebt er dahin als ein Veilchenduft, die Sterne scheinen ihm durch den Leib – o hören Sie nichts? – nun lispelt er mit jemand, wie gedämpfte Musik der Sphären, es ist Lafontaine, mit dem er kost, der hat einen perlendurchwirkten Schlafrock an, aber die Perlen alle sind Tränen – sie wandeln miteinander auf der Milchstraße – aber was ist das!" – „Wo?" sagte die Dame erschrocken, und versuchte vergeblich, ihm ihre Hand zu entwinden. – „Sehen Sie die bärtige Wolke dort", fuhr er fort, „da kommt ihnen Kotzebue auf einem Ziegenbock entgegen, ach, Lafontaine weint, daß ihn der Bock stößt – oh, es ist keine Tugend mehr auf der Welt!" – Hier hatte die Dame sich endlich losgemacht, sie hielt ihn längst für betrunken oder wahnsinnig, stammelte verlegen eine kurze Entschuldigung und stürzte in das Haus zurück. Er aber sprach noch immer fort, bis sie ihr Zimmer erreicht und die Tür eilfertig hinter sich abgeschlossen hatte.

Lachend warf er sich nun wieder auf die Bank hin, die Wälder rauschten in der plötzlichen Stille von den Bergen herüber, hin und her erwachten einzelne Nachtigallen, in einiger Entfernung hörte man den Literatus singen:

„Die fernen Heimatshöhen,
Das stille, hohe Haus,
Der Berg, von dem ich gesehen
Jeden Frühling ins Land hinaus,
Mutter, Freunde und Brüder,
An die ich so oft gedacht,
Es grüßt mich alles wieder
In stiller Mondesnacht."

Die zierliche Reiterin hatte sich bald nach den ersten Klängen dem Sänger genähert. „Du, du" – sagte sie mit dem Finger drohend, „du hast heute wieder deine melancholische Stunde!" – „Ach", erwiderte der Literatus, halb unwillig abbrechend, „was weißt du davon, wie einem Gelehrten manchmal zumute ist!"

Ein plötzliches Getümmel an der Haustür verhinderte hier Fortunat, mehr von dieser Unterredung zu vernehmen. Ein ganzer, heller Haufe von Schauspielern kam nämlich samt einem langen, mit Weinflaschen und Gläsern besetzten Tische, den sie alle mühsam trugen, zum Hause heraus, der Gastwirt, voll Besorgnis um seine Gläser, ihnen auf dem Fuße nach. „Der liebe Gott hat hier draußen den Vorhang wieder aufgezogen“, sagte der eine zum Wirt, „seht da, Menschenkind, den prächtigen Saal! Ein Reverbère, der bis auf einige verjährte Rostflecke ziemlich blank ist, eine Unzahl von Lichtern, die sich selber putzen, an allen Wänden ganze Mondlandschaften al fresco.“ – Die Gesellschaft hatte sich unterdes nicht ohne bedeutenden Tumult um den Tisch gelagert. Ein starker, wohlleibiger Mann von gesetzten Jahren zündete qualmend seine lange Pfeife an dem flackernden Lichte an, das in einer Glaskugel auf dem Tische stand, und in dessen Widerscheine sein vom Wein und Wetter verbranntes Gesicht sich noch dunkelroter ausnahm, es schien derselbe, der vorhin, im Regen der Gesellschaft voranschreitend, verschiedentlich gestolpert und geflucht hatte. – „Sie sollten auch Komödie spielen, mein Herr Wirt“, sagte er, mit der Pfeife in breiter Behaglichkeit auf dem Stuhle zurückgelehnt. – Der Wirt äußerte Bedenklichkeiten gegen seine Geschicklichkeit. – „Ach, Flausen!“ fiel ihm der Schmauchende in die Rede, „sehen Sie, so wie ich hier vor Ihnen sitze, so sitz ich auch auf dem Theater als Oberförster, als gutmütig polternder Alter usw., ich rauche, ich plaudere und trinke mein Gläschen Wein so gut, wie hier.“ – „Das würd ich allenfalls wohl auch treffen“, meinte der Wirt. – „Nun, so seid kein Tor!“ fuhr jener fort, „wollt Ihr gratis Eure Schlafmütze aufsetzen, Euer Abendpfeifchen schmauchen, Euren Kindern rührende Ermahnungen geben? Laßt's Euch bezahlen, Mensch!“

Fortunat, dem der Mann gar nicht übel dünkte, verließ hier seine Bank. „Aber, mein Bester“ – sagte er, sich mit an den Tisch setzend – „wird Euch denn nicht manchmal angst, daß die neuere Poesie Eure Oberförstereien aufhebt und Euch Eure häuslichen Vergnügungen legt?“ – „Keineswegs“, entgegnete der Oberförster sehr ruhig, „im Gegenteil, die neuesten kurzen Dramen machen sich wieder ganz vernünftig und familiär. Und wenn ich auch in Versen spreche, oder vielleicht gar ein Ritterwams anlege, ich bleibe doch der alte. Oh, mein Herr, solange noch deutsche Biederkeit waltet, und Bier getrunken und Tabak geraucht wird, steht mein Charakter unerschütterlich, wie auf Elefantenfüßen." – Hier mischte sich ein junger, blasser Schauspieler mit in das Gespräch, der bisher für sich allein an dem Stümpfchen Licht in einem Buche gelesen hatte, ohne an dem Lärm der andern teilzunehmen. „Bester Herr Ruprecht", redete er den Oberförster an, „wer Sie so zum ersten Male schwatzen hört, könnte leicht an Ihnen irrewerden. Ich aber weiß es wohl, wie Sie, gleich jenem Herrn, in der Kunst nur das Edlere, das Ideale schätzen." – Ruprecht, der sich nicht wenig damit wußte, daß er in seiner Jugend die Kantische Philosophie gehört hatte, räusperte sich und rückte sich soeben wohlgefällig in seinem Stuhle zurecht, als plötzlich die kleine Reiterin herbeisprang und ihm von hinten den Mund zuhielt. „Um Gottes willen", rief sie, „fangt nicht wieder von dem langweiligen Zeuge an, ihr guten Leute und schlechten Philosophen!" – „Armer Shakespeare!" entgegnete der Blasse, mit einem unsäglich verachtenden Blicke. – „Oh", fiel ihm Kordelchen – so hieß die Reiterin – in die Rede, „der Ruprecht ist ein eingefleischter Shakespeare, hat er sich nicht schon allmählich Bardulphs feurige Nase anstudiert?" – Und in der Tat, seine stolze Nase leuchtete immer schöner, je trüber das Licht in der Glaskugel zu verlöschen begann. Er begab sich für einen Augenblick der feierlichen Gravität, in die ihn die Erinnerung an seine akademischen Studien versetzt hatte, und, täppisch Kordelchen zu sich zerrend, rief er: „So komm und gib deinem Bardulph einen Kuß, du süße Dortchen Lakenreißer!" – Da gab ihm Kordelchen, durch diese unzeitige Vergleichung beleidigt, geschwind eine derbe Ohrfeige, Ruprecht aber sprang zornig auf sie los, während seine nächsten Nachbarn bemüht waren, ihn festzuhalten. Bei der allgemeinen Bewegung warfen sie mit ihren Ellbogen einige Stühle und mehrere volle Gläser um, der Blasse, der ganz entrüstet sein Buch retten wollte, fiel über ein Stuhlbein, der hinzugesprungene Wirt über den Blassen, Ruprecht mit seinen Verfolgern über den Wirt, und so war auf einmal alles wie ein Rattenkönig von wundersam durcheinanderarbeitenden Armen und Beinen. In diesem Augenblicke hörte man Säbelscheiden über die Hausschwelle klirren, und zwei bärtige Polizeidiener traten in den Garten. „Was für eine skandalöse Aufführung", rief der eine die Erschrockenen an, „ist das jetzt die Zeit, durch schnöden Lärm eine gesittete Bürgerschaft zu turbieren, die, nach sauer erfüllter Berufspflicht, soeben schon den einen Fuß in das Bett gesetzt hat –" „Und die durchreisenden Herrschaften! da fährt eben eine ehrwürdige Matrone erschrocken empor", fiel sein Gefährte ein, indem er auf ein Fenster wies, wo die Dame mit dem Schirm neugierig hervorguckte, bei dieser Apostrophe aber schnell wieder verschwand. – „Nur nicht noch gar räsoniert!" – fuhr der andere zornig fort, da die Schauspieler reden wollten – „wir kennen uns, wir sind verwegene Schuldenmacher, denen kein Gläubiger mehr glauben will." – Rasch an das Licht tretend und ein Papier entfaltend, las er: „Da ist Herr Ruprecht – feurig von Nase, erhaben von Nase, blühend von Nase – was? Nichts als lauter Nase! – Herr Lothario dann, auch Literatus genannt. – Charakter: Erster Tenor; besondere Kennzeichen: verdrehte Schleife am Halstuch, ungekämmtes Haar, spricht am vernünftigsten, wenn er betrunken ist, in summa: großes Genie. – Aber der Teufel mag aus der Beschreibung klug werden, ich verhafte in dem Klumpen da die ersten besten Beine. – Greif zu!" – Sein Gefährte packte nun ohne weiteres den Ruprecht an den Füßen, der in dem Gedränge vergeblich bemüht war, seine Stiefeln in den Händen des Häschers zu lassen und sich auf die Strümpfe zu machen. Unterdes hatten sich endlich auch die andern eiligst vom Boden aufgerafft, der Direktor Sorti, schon halb entkleidet, flog in größter Bestürzung herzu, der Hofhund dicht an seinen Waden hinter ihm drein, Kordelchen lachte, der Wirt schimpfte, der Blasse deklamierte fortwährend von persönlicher Freiheit und unverletzlichen Menschenrechten.

„Seid ihr nicht rechte Narren!" rief da auf einmal der Polizeidiener dazwischen, und warf Bart, Hut und Rock von sich – es war der Literatus Lothario. Sein Gefährte aber verwandelte sich ebenso rasch in Herrn Fabitz, den Komikus der Bande.

„Ich wußt es lange" – sagte Ruprecht, der sich zuerst von dem Schreck erholt hatte – indem er ruhig seine Pfeife ausklopfte. Die übrigen aber konnten den Scherz nicht so schnell verwinden, dem einen hatten sie auf das Hühnerauge getreten, ein anderer fuhr wütend mit dem Ellbogen aus dem Ärmel und behauptete, das Loch sei erst von jetzt, alle keiften auf Lothario los, während ihnen Fabitz unvermerkt ihr Bier austrank. Lothario aber hatte unterdes vom Reisewagen schnell eine Trommel geholt, setzte sich damit auf den Tisch, und begann lustig zu wirbeln, bald piano, bald crescendo, nach der jedesmaligen Stimmung des Redenden. Kein Mensch konnte sein eigenes

Wort verstehen, die Zänker schrien sich ganz heiser und verloren die Geduld, einige lachten, Lothario trommelte immerfort, bis alle nach und nach den Platz geräumt, und der letzte zornig die Haustür hinter sich zugeschmissen hatte. Nur Kordelchen war zurückgeblieben. Sie setzte sich trotzig neben Lothario auf den Tisch. „Und ich bleibe gerade noch draußen", sagte sie, „mir gefällt die Nacht. Überhaupt", fuhr sie fort, „ich habe dir's schon oft gesagt, dieses stolze, herrische, hochfahrende Wesen sollst du mir endlich einmal ganz lassen!" – „Ich bitte dich", erwiderte Lothario die Trommel weglegend, „du bist sonst gescheit, und ich kann dich wohl leiden, aber mit dem Lassen und Anderswerden, Kind, da ist gar nicht die Rede davon bei mir!" – Kordelchen sah ihn eine Weile an, dann brach sie plötzlich in lautes Lachen aus. „Das wollt ich nur", sagte sie, „es steht dir gar zu schön, wenn du zornig bist. Gute Nacht!" hiermit gab sie ihm einen Kuß und war schnell im Hause verschwunden.

Fortunat aber, der unterdes an einem entfernteren Tische sein Abendessen verzehrte, war nicht wenig erstaunt, als er in Lothario, da er vorhin seine Polizeimaske abwarf und ins volle Licht getreten war, auf einmal den wunderlichen Cicerone wiedererkannt hatte, der ihn am ersten Morgen in Hohenstein durch den Garten begleitet. Er benutzte die plötzliche Stille, um den alten Bekannten zu begrüßen, Lothario schien überrascht und sah Fortunat einen Augenblick durchdringend an. – „Hat mich sonst noch jemand dort gesehen?" fragte er endlich, und als Fortunat es verneinte, schien er noch viele Fragen auf dem Herzen zu haben, besann sich aber schnell wieder. „Ich liebe Hohenstein", sagte er nach einer kurzen Pause, „vor allen andern Orten und mache, sooft wir in der Nähe vorüberziehen, einen Abstecher nach dem Garten. – Doch heut ist's schon zu spät, wir sprechen wohl noch morgen mehr davon." – Hiermit schüttelte er Fortunat die Hand und ging nach dem andern Flügel des Hauses hin.

Fortunat konnte in seiner Kammer lange nicht einschlafen. Im Hause und unter den Fenstern war alles still geworden, nur die Bäume neigten sich rauschend im Winde, während ferne Blitze zuweilen noch eine plötzliche, gespenstische Helle über den Garten warfen. Da war es ihm, als nahten sich zwei Gestalten von fern dem Hause. Er erkannte Lothario, der mit einem fremden Manne, den er bisher in der Gesellschaft nicht bemerkt hatte, in lebhaftem Gespräche begriffen schien. Sie verloren sich bald wieder zwischen den Bäumen. Nach einem Weilchen kam Lothario allein zurück, dann wurde alles wieder still.

Siebentes Kapitel

Noch war keine Spur des Morgens am Himmel, da lagen mehrere der jüngeren Schauspieler, denen es zu schwül im Hause geworden war, in ihre Mäntel gehüllt, schlafend auf den Stühlen und Bänken unter den Linden umher. Fabitz, der Komikus, welcher sich über den langen Tisch hingestreckt hatte, erwachte zuerst. Er blickte erschrocken in den Himmel, und da er an dem Stand der Gestirne bemerkte, daß es lange nach Mitternacht war, sprang er sogleich auf den Tisch hinauf, und fing wie ein Hahn zu krähen an.

Da fuhr eine dunkle Gestalt nach der andern fröhlich in die dämmernde Nacht empor, schauernd und sich schüttelnd in der kühlen Luft. Lothario aber kam, schon ganz reisefertig, tiefer aus dem Garten und pochte lustig an die Haustür. „Glück auf!" rief er, „fröhliche Botschaft! heraus da! ich habe Fortuna beim Schopf!" – Nun fuhren schlaftrunkene Mädchengesichter neugierig aus den Fenstern, immer mehr Stimmen wurden nach und nach drinnen wach, Türen flogen heftig auf und zu, und bald glich das ganze Haus einem Bienenstocke, der schwärmen will.

Fortunat, von dem wachsenden Lärm aufgeschreckt, eilte gleichfalls hinab, und fand schon die ganze Gesellschaft in der liebenswürdigsten Laune um Lothario versammelt. Dieser hatte nämlich in der Nacht durch einen Freund die Nachricht erhalten, daß der Fürst auf seinem, eine Tagereise von hier gelegenen, Jagdschlosse angekommen, wo er jeden Sommer einige Wochen hindurch sich den Freuden der Jagd und allerlei wunderlichen, romantischen Einfällen zu überlassen pflege. Dem Briefe lag zugleich eine Einladung des Fürsten an Herrn Sorti bei, mit seiner Truppe so schnell als möglich sich auf dem Schlosse einzufinden. – Dieser unerwartete Glücksfall verbreitete einen allgemeinen Jubel. Ein jeder schnürte eiligst sein Bündel, alle versprachen sich goldene Berge von dem reizenden Aufenthalt, die Männer Ruhm und gutes Leben, die Mädchen vornehme Liebschaften und Geschenke. Fortunat selbst, den sein Weg ohnedies an dem fürstlichen Schlosse vorbeiführte, beschloß, die Fröhlichen bis in die Nähe desselben zu begleiten.

Die aufgehende Sonne traf die muntere Karawane schon draußen auf den Bergen. Kamilla – so wurde die Dame mit dem Schirm genannt – schien Fortunat ausweichen zu wollen, und war daher mit Herrn Sorti auf dem Packwagen vorausgefahren. Die andern hatten in dem Städtchen einen Burschen gedungen, der sie auf den Fußsteigen durch den schönen Wald führen mußte, alle waren freudig aufgeregt und sprachen viel von den Festen auf dem fürstlichen Schlosse und den schönen Tagen, denen sie entgegenwanderten. Ruprecht schritt Tabak rauchend wieder voraus, und intonierte an den schönsten Waldstellen zuweilen: „In diesen heiligen Hallen“, oder eine andere würdige Baßarie, während Fabitz unermüdlich die mannigfaltigsten Vögelstimmen nachahmte. Lothario schweifte unterdes, seine Flinte auf dem Rücken, allein auf den Bergen umher, von Zeit zu Zeit hörte man ihn fern im Walde schießen, was jedesmal von der Gesellschaft mit einem lauten Hurra erwidert wurde. – Fortunat aber war wunderlich zumute in der ungebundenen Freiheit. Er atmete fröhlich die kühle Waldluft, sich oft zurückwendend und des muntern Zuges erfreuend, wie die heitern Gestalten mit ihren bunten Tüchern und phantastischen Reisetrachten, bald über ihm auf überhängenden Felsen erschienen, bald tief im dunklen Grün wieder verschwanden.

Als die Sonne schon hoch stand, ruhte die Truppe auf einer schönen Waldwiese aus. Da kam plötzlich auch Lothario aus dem Walde zu ihnen. „Wer ist der fremde Herr hier in den Bergen?“ fragte er rasch den Führer, „– da ist so ein Kerl im Frack, der schlüpft schon die ganze Zeit über von Strauch zu Strauch, sieht sich manchmal nach euch um, und flieht dann von neuem vor eurem Singsang und Geschnatter, wie ein Hase auf der Klapperjagd.“ – „Das ist gewiß der Doktor“, erwiderte der Führer lachend, „der kam einmal mitten in einem Platzregen ins Dorf, wie vom Himmel gehagelt. Die Gegend gefiel ihm, es war gerade ein Haus droben leer, da wohnt er seitdem darin, eine alte Frau aus dem Dorfe besorgt ihm das Essen. Am Abend aber, wenn die jungen Burschen und Mädchen vor den Haustüren sitzen, kommt er auch herab, und sie müssen ihm Lieder singen und Märchen erzählen, da hat er schon manche Maulschelle bekommen, wenn er die Mädchen heimlich in die Arme kniff. Aber es ist ihm nicht zu trauen", fuhr der Führer fort, „er hat droben kuriose Bücher, da ist kein christlicher Buchstabe drin, lauter Zirkumflexe, wie wenn eine Spinne übers Blatt gelaufen wäre, und sooft er aus den Büchern murmelt, zieht sich an den Bergkoppen ein Wetter zusammen, dann hört man ihn drinnen im Hause laut sprechen und schimpfen, und ist doch kein Mensch bei ihm."

In demselben Augenblick erblickten sie auch den Zauberer selbst in der Ferne, wie er soeben hastig den Berg hinanklomm, daß die Steine hinter ihm herabkollerten. – „Den muß ich doch sprechen!" rief Lothario, dem Fliehenden sogleich rasch nachsetzend. Fortunat und noch einige andere von der Gesellschaft schlossen sich neugierig an.

So verfolgten sie rasch die Spur des Fremden, der unterdes schon den Gipfel des nächsten Hügels erreicht hatte; nur seine Rockschöße sahen sie noch manchmal zwischen den Gebüschen fliegen, bis sie ihn zuletzt ganz aus den Augen verloren. Nach mühsamem Umherirren gelangten sie endlich an ein halbverfallenes, rings von hohem Unkraut umgebenes Haus, dessen Türen und Fenster fest verschlossen waren. – „Da ist er gewiß hineingeschlüpft", sagte Lothario, und klopfte an die alte Tür. Es erfolgte keine Antwort, aber im Innern des Hauses hörten sie ein gewaltiges Gepolter, als würden Tisch und Bänke hastig an die Tür geschoben. Lothario pochte von neuem, stärker und immer stärker. Da flog plötzlich oben eine Dachluke auf, und mit zornblitzenden Augen erschien in der Öffnung ein kleiner, lebhafter Mann, in dem Fortunat zu seinem Erstaunen sogleich den nächtlichen, seltsamen Geiger aus dem Weinkeller in Walters Städtchen wiedererkannte. – „Doktor! – Dryander!" riefen die Schauspieler überrascht aus.

„Was wollt ihr?" fuhr sie der Musikus von oben sehr heftig an. „Denkt ihr, ich werde aus den frischen Berglüften zu eurem dicken Lampendunst hinabkommen und das Volk lassen um das Publikum, und das Rauschen der Wälder um eure Triller und Sentenzen? Geht hinunter und weint um Hekuba, wenn ihr nicht über eure eigene Misere weinen könnt!" – Hier sah er erst seine Zuhörer einen nach dem andern genauer an. „Entsetzlich", sagte er nach einer kurzen Pause zu Ruprecht, „du schaust wie ein brennender Busch aus. – Und du, idealer, blaß verwaschener Musenbräutigam, redest du jede Magd noch Jungfrau an, und forderst den Stiefelknecht in Jamben? – Aber dich, Barbar, der in Blut watet, und von den Tränen des Publikums lebt, dich erkannt ich gleich an der roten, tyrannischen Stirn wieder!“ – Jetzt wurde er plötzlich auch Lothario gewahr, er stutzte, und wie ein Morgenleuchten überflog es sein ganzes Gesicht, dann warf er schnell das Dachfenster zu. – Lothario aber hatte unterdes schon die morsche Tür eingerannt, und über die umgeworfenen Stühle, womit sie verrammelt war, das Zimmer erreicht.

Als die übrigen eintraten, fanden sie beide in einem leisen, heftigen Gespräch, das Laub vor dem Hause verbreitete eine wunderbare, grüne Dämmerung über die kleine Stube, durchs offene Fenster hörte man den mehrstimmigen Gesang der zurückgebliebenen Schauspieler von unten heraufschallen:

„Wir wandern wohl heut noch weit.
Wie das Waldhorn schallt!
O grüner Wald,
O lustige, lustige Sommerzeit!“

Dryander war auf einmal wie verwandelt. „Das ist noch das alte Lied“, sagte er, und schob ein paar Bücher in seine Rocktasche, „das hab ich euch damals komponiert, um eure Affekte von den Wirtshäusern auf die schöne, erhabene Natur zu lenken. Seid ihr noch immer so durstig? Und lebt Kordelchen noch, den Kennern zur Freude und den Frauen zum Trotz?“ –

„O lustige, lustige Sommerzeit!“

klang es wieder herauf. Da hatte der Doktor hastig wieder ein paar Bücher eingesteckt, nahm die Geige unter den Arm und setzte seinen Hut auf. Lothario stopfte ihm schnell noch ein Bündel Wäsche nach, die andern drängten ihn schon zur Tür hinaus, und so stiegen sie eilig mit dem Doktor die Höhe hinab.

Unten auf der Waldwiese fanden sie alles soeben schon im Begriff, wieder aufzubrechen. Ein allgemeiner Jubel begrüßte die Ankommenden, und alle umringten den wiedergefundenen Doktor, der früher einmal als Musikdirektor die Gesellschaft eine Zeitlang begleitet hatte. Dieser embrassierte die alten Kameraden nach der Reihe durch, küßte dann der Dame Kamilla, die eben nicht sehr erfreut schien, ihn wiederzusehen, zierlich die Hand, und half ihr, da Herr Sorti ängstlich zur Fortsetzung der Reise trieb, mit ausnehmendem Anstande auf den Rüstwagen.

Unter diesem Bewillkommungsgetümmel bewegte sich endlich der Zug langsam weiter. Dryander aber mit seinen dick angeschwollenen Rocktaschen setzte sich an die Spitze desselben, ergriff seine Geige, und spielte und sang, daß es weit durch den Wald erschallte:

„Mich brennt's an meinen Reiseschuhn,
Fort mit der Zeit zu schreiten –
Was wollen wir agieren nun
Vor so viel klugen Leuten?

Es hebt das Dach sich von dem Haus,
Und die Kulissen rühren
Und strecken sich zum Himmel 'raus,
Strom, Wälder musizieren!

Und aus den Wolken langt es sacht,
Stellt alles durcheinander,
Wie sich's kein Autor hat gedacht:
Volk, Fürsten und Dryander.

Da gehn die einen müde fort,
Die andern nahn behende,
Das alte Stück, man spielt's so fort
Und kriegt es nie zu Ende.

Und keiner kennt den letzten Akt
Von allen, die da spielen,
Nur der da droben schlägt den Takt,
Weiß, wo das hin will zielen."

Die Sonne stand schon tief, und warf ihre letzten Strahlen zwischen den Baumstämmen schimmernd über die Wanderer, als diese durch die zierlichen Jägerhäuser und die im Walde sich kreuzenden Alleen daran erinnert wurden, daß sie dem Ziele ihrer Reise nicht mehr fern sein konnten. Von weitem vernahm man nun auch Waldhornsignale, einzelne Schüsse und Rufen dazwischen, wie das letzte Verhallen einer großen, weitverbreiteten Jagd. Die Gesellschaft wurde nun nach und nach stiller, jeder rückte sorgsam seine Kleidung zurecht und blickte erwartungsvoll vor sich in die Ferne hinaus. Fortunat aber fühlte sich unbehaglich überrascht, da nun das bisherige fröhliche Reiseleben plötzlich zum förmlichen Metier werden sollte.

Jetzt senkte sich der Weg allmählich ins Tal hinab, da sahen sie eine luftige Säulenhalle, rote Ziegeldächer und stille Wasserspiegel wechselnd aus der Tiefe aufblicken, immer geheimnisvoller, je weiter sie kamen, schimmerte es bald da, bald dort zwischen dem Grün herauf, durch die Wipfel aber leuchtete ein Gewitter, das sie im Walde nicht bemerkt hatten. Auf einmal schrien die Frauenzimmer kreischend auf, denn gerade über ihnen, wie aus den Lüften, ließen sich plötzlich fremde Stimmen vernehmen und auf der, in viele Klüfte zerspaltenen, fast unzugänglichen Felsenwand erblickte man zwei Schützen, die sich offenbar dort zwischen den Steinen verstiegen hatten. Der eine, ein kleiner, dicker runder Mann, der immer da, wo man ihn am wenigsten vermutete, wie ein Kürbis vom Felsen hing, trat beständig zu kurz, während sein überlanger, hagerer Begleiter jederzeit über sein Ziel hinausschritt. Dieser gab sich, zum Ärger des andern, das Ansehn, ihm beizustehn, obgleich er selbst jeden Augenblick das Gleichgewicht verlor und so den Dicken erst recht mit ins Unglück brachte. Endlich konnten beide weder vor, noch zurück mehr, und begannen aus Leibeskräften um Hülfe zu schreien. Da erschallte vom höchsten Gipfel ein mutwilliges Lachen. Die Abendsonne warf unter der schwarzen Gewitterwolke einen dunkelroten Glanz über die ganze Gegend, und in der scharfen Beleuchtung erschien droben plötzlich eine schöne, hohe Mädchengestalt zu Pferde, ein grünsamtenes Jagdkleid umschloß die schlanken Glieder, lange, weiße Federn wogten vom Barett über ihre Schultern hinab. Während ihr Pferd ungeduldig den Boden scharrte, betrachtete sie mit großen, dunklen Augen die Erstaunten, die unwillkürlich die Unbekannte ehrfurchtsvoll begrüßten. Sie nickte mit dem schwarzgelockten Köpfchen kaum einen flüchtigen Dank, wandte sich dann rasch und war bald in den Abendgluten wieder verschwunden.

„Herrlich!" riefen mehrere von der Gesellschaft aus. – „Bei Gott", sagte Lothario, die Reiterin mit durchdringenden Blicken verfolgend, „die haben gewiß heut wieder einmal ihren romantischen Tag!" – Unterdes waren die andern schon mit langen Stangen, Stricken und Leitern herbeigeeilt, und es gelang ihnen endlich unter größerem Lärm, als eben nötig war, die beiden verirrten Schützen glücklich auf die Ebene zu bringen. Diese waren indes übel zugerichtet, der eine hatte den Hut, der andere den Rockschoß droben gelassen, am abenteuerlichsten sah der Lange aus mit knappen, grauen Kamaschen und modernem Jagdkleid, halb Überrock halb Frack, fast lauter Tasche. Kaum aber sahen sie sich unten in Sicherheit, als sie, Gefahr und Dank vergessend, sogleich mit spitzigen Worten aufeinander losgingen. Jeder schob dem andern die Schuld zu, es schien, als habe die schöne Jägerin, der sie in verliebter Galanterie nachgesetzt, sie absichtlich in dieses Klippenlabyrinth verlockt. – So schritten beide, ohne sich um die Schauspieler weiter zu bekümmern, eilend dem Schlosse zu, und man hörte sie noch weit durch die Dämmerung zanken.

Jetzt aber fegte der Sturm alles zusammen, von allen Seiten sah man einzelne Jäger an den einsamen Waldesabhängen herniedersteigen. Da begann es auch im Schlosse sich wundersam zu rühren, Türen wurden geöffnet und geschlossen, Bediente in bunten reichen Livereien liefen die Marmortreppen auf und ab, die hellerleuchteten Fenster, hinter denen sich in prächtigen Gemächern einzelne Frauengestalten bewegten, warfen einen magischen Schein weit über den dunklen Garten. Dann wurde auf einmal alles still in der ganzen weiten Runde, die Nacht und das Gewitter zog immer tiefer herein, Fortunat, der keine Lust hatte, wieder naß zu werden, war bereits allein nach der Dorfschenke geritten, die Schauspieler schimpften, sie hatten zu ihrem Empfange sich Triumphbogen geträumt, einholende Kammerjunker und den Fürsten von hohem Balkon ihnen entgegenwinkend. – Endlich sahen sie vom Schlosse her Fackeln durch den Waldgrund sich bewegen, und erkannten bei den wirren Scheinen mit klopfendem Herzen die bunten Livereien der fürstlichen Bedienten. „Heda, ihr Herren Komödianten!" rief der eine, „wo Teufel steckt ihr denn?" – „Nun Gott behüt uns!" – sagte ein anderer im Kreise umherleuchtend – „das hängt ja wie Meltau an allen Sträuchern, als hätt es Plunder geregnet!" – Kamilla, höchst entrüstet, rauschte mit ihrem vornehmsten Anstande daher, und ließ einiges von impertinenten Domestiken fallen. Da war aber nicht lange Zeit zum Ärgern und Händelmachen. Denn der Gewitterwind wühlte schon in den Flammen der Fackeln und in den Tüchern der Damen, die Bedienten trieben zur Eile, Mäntel und Regenschirme flogen verworren durcheinander, und so wälzte sich alles in unordentlicher Flucht dem Schlosse zu.

Nur Lothario war zurückgeblieben, denn die schöne Jägerin mußte noch in den Bergen sein. Und er irrte sich nicht. Zwischen den Blitzen von Fels zu Fels, daß ihm schwindelte, lenkte sie mit kühner Gewandtheit ihr Pferd langsam den schmalen Steig hinab. Von dem letzten Abhange endlich wagte es einen verzweifelten Sprung, und stürzte unten samt der Reiterin auf dem Rasen zusammen. In demselben Augenblick riß sie es gewaltsam wieder empor, beide hatten keinen Schaden genommen, nur der Zaum war entzwei. Da sprang Lothario rasch hinzu, ein langer Blitz beleuchtete plötzlich die ganze schöne Gestalt. „Wie das blendet!“ rief er, während er, auf den Nacken des Pferdes gelehnt, ihr lächelnd unter dem Barett in die Augen blickte. – Sie sah ihn groß an – „da, die Kinnkette noch“, erwiderte sie kurz und stolz, dann, als er den Zaum in Ordnung gebracht, drückte sie rasch die Sporen ein, und zwischen den roten Scheinen der Windlichter sah er ihren weißen Federschmuck, wie einen Schwan, durch die finstere Nacht dahinziehn.

Achtes Kapitel

Als Fortunat erwachte, blickte er erstaunt in einem hohen, vom Morgenrot schimmernden, Gemache umher. Nach und nach erst besann er sich auf alles, wie er gestern noch vor Ausbruch des Gewitters aus der Dorfschenke in das fürstliche Schloß geladen worden, wie wunderbar da beim Widerscheine der Blitze das Schloß in der Nacht aussah, das Getümmel dann im Hofe, und wie darauf ein Bedienter ihn mitten aus dem Gewirre in dieses Gemach gewiesen. Hier hatte er durch das Fenster bemerkt, daß die übrigen Schauspieler nochmals weiterziehen mußten, und beim trüben Schein einiger Windlichter einen dunklen Baumgang hinabgeführt wurden, bis zuletzt die Lichter, das Rumpeln des Reisewagens und die wohlbekannten Stimmen sich in dem Plätschern des Regens verloren, der nun plötzlich in Strömen herabstürzte.

Jetzt aber regte sich noch kein Laut, nur draußen blickten einzelne Flüsse und Landschaften mit funkelnden Kirchtürmen schon geheimnisvoll zwischen den hohen Bäumen herauf. Da kleidete Fortunat sich schnell an und eilte durch das stille Haus die breiten, dämmernden Marmortreppen hinab. Unter einer luftigen Säulenhalle, die von beiden Seiten mit hohen, ausländischen Blumen besetzt war, trat er in den prächtigen Garten. Hier war nach dem erfrischenden Regen der Morgen wie ein bunter Teppich ausgebreitet, auf dem das Schloß gleich einer schlummernden Sphinx noch rätselhaft ruhte. – Er wollte eben tiefer in das Grün hineingehen, als er überrascht in einiger Entfernung folgendes Lied singen hörte:

„Aus Wolken, eh im nächt'gen Land
Erwacht die Kreaturen,
Langt Gottes Hand,
Zieht durch die stillen Fluren
Gewaltig die Konturen,
Strom, Wald und Felsenwand.

Wach auf, wach auf! die Lerche ruft,
Aurora taucht die Strahlen
Verträumt in Duft,
Beginnt auf Berg und Talen
Ringsum ein himmlisch Malen
In Meer und Land und Luft.

Und durch die Stille, lichtgeschmückt,
Aus wunderbaren Locken
Ein Engel blickt. –
Da rauscht der Wald erschrocken,
Da gehn die Morgenglocken,
Die Gipfel stehn verzückt.

O lichte Augen, ernst und mild,
Ich kann nicht von euch lassen!
Bald wieder wild
Stürmt's her von Sorg und Hassen –
Durch die verworrnen Gassen
Führ mich, mein göttlich Bild!"

Fortunat folgte dem Gesange, der von einem entfernten Flügel des Schlosses herzukommen schien. Die hohe Tür war nur angelehnt, er trat hinein, und befand sich in einer schönen, großen Kapelle, die durch eine Kuppel erleuchtet wurde. Auf einem Gerüste stand dort ein Maler, welcher in dieser stillen, kühlen Einsamkeit, zwischen den von oben einfallenden Morgenlichtern und den halbvollendeten, betenden Gestalten mit ihren reichen, leuchtenden Gewändern, wie in dem Kelch einer wunderbaren Blume schwebte. Er hörte auf zu singen, als er unten den Fremden gewahrte, und wandte schnell ein munteres Gesicht zwischen umwallenden, braunen Locken aus seinem Himmel hinab. – „Glückauf!“ rief ihm Fortunat, überrascht von der ganzen, unerwarteten Erscheinung, fröhlich zu, „das ist eine herrliche Werkstatt!“ – Der Maler nickte lächelnd und fuhr in seiner Arbeit fort, kehrte sich dann aber, plötzlich abbrechend, wieder zu Fortunat: „Sind Sie nicht gestern abend mit den Schauspielern gekommen?“ – „Ja, und zugleich von ihnen abgekommen, ich weiß nicht wie“, erwiderte Fortunat. – „Oh, die sind gar nicht weit“, sagte der Maler. „Und eigentlich ist auch heut Aurora zu schön, um ihr hier ins Gesicht zu klecksen, ich will Sie lieber gleich zu Ihren Kameraden führen.“ – Bei diesen Worten hatte er rasch Pinsel und Palette weggelegt und kam die Leiter herab. Es war ein kecker, vollwangiger Jüngling mit bloßem Hals und knappem, sehr zierlichem, deutschem Rock. Er verschloß die Tür, da sie hinaustraten, und führte Fortunat eilig durch den Baumgang, in welchem gestern nacht die Schauspielergesellschaft verschwunden war. „Das muß ein glückliches Leben sein“, sagte er, „wie oft hab ich mir schon gewünscht, so mit fröhlichen Gesellen ins Blaue hineinzuziehen! Wir Maler sind überall an Ort und irdisches Material gebunden. Da sind die andern Künstler besser dran, zumal der Dichter. Die ganze schöne Welt ist sein Revier, und wo er singt, ist der Himmel. – Aber da sind wir schon!“ unterbrach er sich hier. „Sehen Sie dort. Es ist eigentlich ein altes Gartenpalais, das lange wüst und verlassen stand. Ich wohne auch drin, seit ich hier male, nun hat der Fürst auch die Gesellschaft mit hineinquartiert. Hören Sie doch, was für ein Rumor darin! Das ist ja wahrhaftig wie eine Menagerie, wo unzählige Loris und Papageien durcheinanderkreischen und manchmal eine alte Hyäne dazwischengähnt.“

Fortunat erblickte nun am Ende des Baumganges einen weiten, grünen Platz, wo mehrere Figuren von Buchsbaum, halbzertrümmerte Statüen und vertrocknete Wasserkünste einen ehemaligen französischen Garten andeuteten, der jetzt nur noch durch einzelne Kaiserkronen und dunkelglühende Päonien seltsam an die alte Herrlichkeit erinnerte. Im Hintergrunde stand ein alter, schwerfälliger, von der Zeit gebräunter Palast, dessen vornehme Gesimse mit Verachtung auf die aus den Fenstern flatternde Wäsche und auf Kamillas Regenschirm herabzublicken schienen, den sie vor ihrem Schlafzimmer als Markise ausgespannt hatte.

Fortunat trat mit dem Maler hinein und begrüßte seine lustigen Reisegefährten, die vor Freuden auch nicht mehr schlafen konnten und sich hier nach jahrelangem, dunklen Umhertreiben in den Dachstübchen kleiner Städte sehr behaglich und laut in dem ungewohnten Glanze sonnten. Ein großer Saal mit Stuckverzierungen, verblichenen Tapeten und einem altväterischen Billard in der Mitte, diente ihnen zum Versammlungsplatz, und wenngleich die Boursen des Billards zum Teil vom Zahne der Zeit schon abgenagt waren, so hatten die erfindsamen Geister doch sogleich ihre eigenen, ohnedies ziemlich überflüssigen Geldbeutel darangeheftet, und schnitten ihre Karoline mit mehr Behagen, als Geschicklichkeit. Nur Kordelchen erwies sich als Meisterin, wobei sie, in gewandten Stellungen über der grünen Tafel schwebend, ihr zierliches Figürchen zu zeigen willkommene Gelegenheit hatte.

Der enthusiastische Maler begann sogleich eine Partie mit ihr, und Fortunat wollte eben Lothario aufsuchen, den er in der Gesellschaft vermißte, als der sonst friedfertige Komiker Fabitz plötzlich mit einem seltsamen jungen Manne, mit welchem er draußen in Zank geraten, in den Saal hereinstürzte. Der junge Mensch trug die altdeutsche Tracht, deren verschossenes Schwarz aber schon bedeutend ins Grauliche spielte; lange, grobe Haare hingen ihm von beiden Seiten bis über die Schultern herab und gaben dem langen, eckigen Gesichte ein gewisses antiquitätisches Ansehen. Es ergab sich, daß es gleichfalls ein Maler, namens Albert, war, der auf seiner Rückreise von Rom hier seit einiger Zeit Beschäftigung und günstige Aufnahme gefunden. Dieser hatte nun kaum in Erfahrung gebracht, daß bei der eben angekommenen Gesellschaft ein Herr Fabitz den Kasperl zu spielen pflege, als er sogleich mit wahrem Missionarieneifer auf den Unglücklichen losging und ihm über das Unwürdige, Verkehrte und daher Unhaltbare seines Kunstgewerbes die gemessensten Vorstellungen machte. Er sprach viel vom ernsten Norden, wo die edlen Eichen höherer Bildung solch niederes Unkraut gar nicht aufkommen ließen, ja eine norddeutsche Zunge, wie die seinige, entsetzte sich schon vor dem barbarischen Laute: Kasperl! Fabitz dagegen meinte, er kenne zwar von den nordischen Zungen bloß die geräucherten; die langen, norddeutschen Kaspars aber seien wahrscheinlich nur zu langweilig, um auf das Theater gebracht zu werden. – Zuletzt aber, da ihm die ganze Erscheinung des Norddeutschen etwas Neues war, überwältigte ihn sein Naturell. Unwillkürlich nahm er nach und nach, Zorn und Streitpunkt vergessend, die wunderliche Haltung, Gesicht und Stimme seines Gegners, der in seinem fanatischen Eifer nichts davon merkte, selber an, und focht so verzweifelt in aufgeschnappten, hochtrabenden Sentenzen, daß sein Gegner ganz konfus wurde. – Kordelchen hatte schon lange vom Billard zugehorcht. „Allerliebster Narr", rief sie nun hinzuspringend aus, und gab ihm einen herzhaften Kuß. „Pfui! wenn er nur nicht so häßlich wäre!" sagte sie dann, sich den Mund schnell abwischend.

Währenddes hatte sich, ohne von dem Streite Notiz zu nehmen, ein kurzer, runder Mann zu Fortunat gesellt, der sich ihm als den fürstlichen Schulrat vorstellte, und in welchem er sogleich den dicken Schützen wiedererkannte, dem sie gestern vom Felsen geholfen. Fortunat wußte gar nicht, wie ihm geschah, da der Kleine auf einmal sehr gelehrt von Poesie, Kunst und Religion zu sprechen anfing, und sich endlich angelegentlichst erbot, ihn in den wenigen Augenblicken der Muße, die ihm blieben, mit den mancherlei Merkwürdigkeiten des Orts bekannt zu machen. Kaum hatte der kämpfende Maler Albert den Schulrat erblickt, als er vornehm den Streit abbrach und sich zu ihnen wandte. – „Vortrefflich", sagte der Schulrat, sich an Fortunats Arm hängend, „so geleite ich Sie gleich zu einem Götterfrühstück, womit ich mich jeden Morgen für meine Berufsgeschäfte zu stärken pflege." – So schritten sie eilig durch einen langen Korridor zu einer schweren, eichenen Tür, die Albert mit einer gewissen Feierlichkeit öffnete. Es war sein Atelier, ein hohes, ritterliches Gemach, an dessen schmuckloser Hauptwand ein großes, mit der Jahreszahl 1813 bezeichnetes Schwert hing, um das sich ein verwelkter Eichenkranz wand. „Das ist mein treuer Reisegefährte", sagte Albert zu Fortunat, „und wenn mich schlaffe Ruh oder weichliche Lust überschleichen wollen, blick ich die Eisenbraut an und gedenke der ernsten, großen Zeit." – „Ach, das ist schon eine alte Geschichte!" entgegnete Fortunat lachend. – „Sind Sie damals mit zu Felde gewesen?" fragte der Maler etwas spitzig. – „Freilich", erwiderte jener, „das versteht sich ja aber ganz von selbst."

Inzwischen befand sich der Schulrat schon mitten unter Alberts Arbeiten, die in dem Gemache umherstanden und von dem erstaunenswerten Fleiße des Malers zeugten. Da waren die ungeheuersten Anstalten zur Kunst: Gliederpuppen, sorgfältig gefaltete Mäntel, Modelle und Büsten, dazwischen mehrere vollendete Bilder, Historienstücke aus der antiken Heroenzeit von sehr zusammengesetzter, studierter und nicht leicht faßlicher Komposition. „Göttlich!" rief der Schulrat einmal über das andere aus, während er mit Kennermiene beschäftigt war, jedes Bild genau in das rechte Licht zu stellen. „Sehen Sie den ätherischen Hauch des Inkarnats, die Perspektive, diesen klassischen Ausdruck!" – „In der Tat, ein philosophischer Pinsel", erwiderte Fortunat. Denn diese anmaßlichen, affektierten Heldengestalten voll Männerstolz und Männerwürde wollten ihm nicht im mindesten behagen, und die Jungfrauen mit ihrer langgestreckten, anmutlosen Tugendlichkeit kamen ihm gar wie gemalte Begriffe der Jungferschaft vor.

„Nun, ich muß mich nur wieder mit Gewalt losreißen", sagte endlich der Schulrat, seinen Hut ergreifend, „ernstere Geschäfte rufen mich. – Ein Genie!" flüsterte er, im Fortgehen auf Albert deutend, Fortunat zu. – „Ein tiefer, umfassender Geist!" sagte Albert, als der Schulrat verschwand.

Fortunat aber hatte unterdes eines von den kleinern Bildern angezogen. Man sah Rom in der Ferne mit seinen phantastischen Trümmern und Palästen in der vollen Glut des südlichen Abendhimmels. Im Vorgrunde, von Rom fort, schritt einsam durch das schon dunkelnde, öde Feld ein einzelner Mann mit antikem Faltenwurf des Mantels und feierlich ernster Miene, an dem Fortunat sogleich den Maler selbst erkannt hätte, wenn er auch nicht zum Überflusse noch mit dem obengedachten Schwerte vom Jahre 1813 umgürtet gewesen wäre. – „Aber warum in aller Welt kehren Sie dieser leuchtenden Wunderpracht hier so eilfertig den Rücken?" fragte er erstaunt. – „Dieses Bild", erwiderte Albert mit seinem allerlängsten Gesicht, „bezeichnet eigentlich die dunkle Führung überhaupt, die in meinem Leben waltet. Rom ist herrlich, und ich nahte voll Ehrfurcht den alten Heldenmalen. Aber das leichtsinnige Geschlecht und das Klingeln der Bonzen über den Gräbern versunkener Größe störte und empörte mich. Ich konnte mich den Anmutungen des Aberglaubens, auch nur zum Scheine, nicht gefällig erweisen und hatte beständig Verdruß. Dazu kam, daß das Geschick meines deutschen Vaterlandes, wo eine neue, große Zeit sich ausgebärt, heimlich an meinem Herzen fraß, ich hatte nirgends Ruhe. Meine Kameraden gefielen sich dort bald höchlichst – ich aber ermannte mich zur rechten Zeit und flüchtete vor den gleißenden Schlingen doppelter Knechtschaft nach dem ernsten, heimatlichen Norden." –

„Norden?!" – rief Fortunat erschrocken über dieses plötzlich wiederkehrende Lieblingsthema des Malers aus, und griff hastig nach seinem Hute. Albert, welcher dies für eine Aufwallung übereinstimmender Empfindung halten mochte, drückte ihm stumm die Hand, aber mit so seltsamer Kreuzung der Finger, daß es Fortunat sogleich für das heimliche Zeichen irgendeines ihm fremden Bundes erkannte. Fortunat besann sich nicht lange, sondern erwiderte den Druck, zu Alberts Verwunderung, mit noch abenteuerlicheren Handgriffen und stürzte dann ins Freie hinaus.

„Verdammte Wirtschaft!" rief er draußen, durch den Baumgang eilend, „überall vertreten einem solche lange Gesichter das Morgenlicht! Lassen sich da von irgendeinem kritischen Kleinmeister eine angeräucherte Brille aufheften, womit sie dann in alle Welt gehen, die Völker zu richten. So zieht das Geschmeiß, wie die Wanderraupen, durch den Glanz der Länder in stillem Wahnwitze fort, wenn es sonst Wahnsinn ist, die Dinge anders anzusehen, als sie wirklich sind!" – Zuletzt mußte er selbst laut auflachen über den wunderlichen Zorn, in den ihn das Larven-Kunstkabinett des Malers versetzt hatte. Die Morgensonne spielte golden durch die Wipfel der Bäume und unzählige Vögel sangen. Er blickte fröhlich umher und fand, daß die Welt trotz aller Narren so schön und lustig blieb, wie sie war.

Neuntes Kapitel

Es war schön anzusehen, wie auf der luftigen Rampe des Schlosses, die gleich einer Blumenzinne weit über die Wälder hinausragte, schlanke Frauengestalten und bunte Uniformen zwischen den dunklen Orangenbäumen hervorschimmerten. Oben saßen die Fürstin, Herren und Damen in der heitern Morgenkühle auf buntgestickten Feldstühlen umher, die Abenteuer der gestrigen Jagd besprechend. Mehrere Bände von Shakespeare mit funkelndem Goldschnitt lagen auf einem zierlichen Tischchen, Notenhefte und eine Gitarre daneben; der Morgenwind blätterte lustig darin und ging durch die Saiten, daß es von Zeit zu Zeit zwischen dem Plaudern und Lachen einen fröhlichen Klang gab. – Weiter zurück aber standen die zur Musterung heraufbeschiedenen Schauspieler in ihren besten Feierkleidern, ganz verwirrt unter den Fürsten und Grafen, die sie doch so oft auf ihren Brettern gespielt hatten. Vergebens suchten sie unter den fremden Gesichtern den geraden Kriegshelden, den schlauen Beichtvater, den falschen Minister, Herr Sorti vergaß darüber ganz seine wohlersonnene, altmodische Anrede, sie fanden alles anders, als sie sich's unten eingebildet hatten. Mit ehrerbietiger Neugier blickten sie zuweilen seitwärts durch die offene Tür in die prächtigen Gemächer hinein, aus denen der glatte Fußboden, hohe Spiegel und Statüen zwischen bronzenen Kandelabern geheimnisvoll glänzten. Manches junge Herz aber wünschte sich hundert Meilen von hier, denn unter der Terrasse pfiffen die Vögel lustig in der alten Freiheit, und zwischen den Wipfeln blickte die Landschaft so heiter herauf, als riefe es: kommt nur wieder hinunter, da draußen ist's doch viel schöner!

Der Fürst, ein junger, schöner Mann in bequemer Jagdkleidung, war unterdes zu ihnen getreten und entschuldigte seine gestrige Vergeßlichkeit so leicht und vornehm, daß sie ihm für ihren schlechten Empfang noch danken mußten. Er belobte Herrn Sorti über die Eile, mit der er seiner Einladung gefolgt, und wußte in aller Geschwindigkeit durch Andeutungen seltener Belesenheit und Sachkenntnis allen zu imponieren. Dazwischen blickte er manchmal verstohlen nach Kordelchen, die das auch sogleich bemerkte und, schlau ihre Augen niederschlagend, die Verwirrte spielte. Kammerherren, junge Offiziere und Jagdjunker mischten sich nun mit in die Unterhaltung, die Schauspieler wollten in auserlesenen Redensarten ihren Weltton zeigen, die Mädchen waren naiv, die Junker charmant, zwischen ihnen und den Feldstühlen der Damen flogen häufig französische Witzworte, wie zierliche Pfeile, über den glatten Boden hin und her, deren Zielscheibe eben nicht zweifelhaft war. Unter ihnen fiel der lange Schütz von gestern am meisten auf, ein reisender Lord, der überall wie ein Kamelhals mit seiner Lorgnette über die andern hervorragte. Er versicherte jeden seiner Protektion und sprach immerfort von Kunst und dramatischer Kunst und mimischer Kunst in so wunderlichem Deutsch, daß einer den andern nicht verstand.

Die Konfusion aber wurde noch immer größer. Denn seitwärts hinter einer phantastischen Palme, auf deren breiten Blättern ein Papagei linkisch auf und nieder kletterte, stand die kühne Reiterin von gestern und neckte, wie es schien recht absichtlich, den Vogel, dessen durchdringendes Gekreisch jeden Augenblick den galanten Diskurs verstörte. Sie beachtete die Komödianten nicht, aber zuweilen funkelten ihre Blicke zwischen den Zweigen nach Fortunat und Lothario herüber, welcher den ersteren mit heraufgeschleppt und soeben der Fürstin als einen geistreichen, nur erst kürzlich zu ihnen gestoßenen Volontär vorgestellt hatte. Die Fürstin, eine junge, schmächtige Dame mit schwarzem Haar, bleichem Gesicht und feurigen Augen, in graziöser Lebhaftigkeit bald zu diesem, bald zu jenem Herrn ihres Gefolges plaudernd zurückgewandt, nun witzig, dann sinnig, dann wieder gelehrt, wechselte in wenigen Minuten verschwenderisch alle Farben der neuesten Bildung. Dazwischen blickte sie oft Fortunat fast lauernd an, als wollte sie prüfen, welchen Ton sie ihm gegenüber eigentlich anschlagen sollte. Sie schien es wunderbarerweise recht ausschließlich auf den Beifall des unbekannten jungen Mannes abgesehen zu haben, der sich, wie in einem plötzlichen Feuerwerk, vor den Raketen und steigenden Leuchtkugeln dieser Unterhaltung gar nicht zu fassen und zu retten wußte. – Dem Fürsten aber waren die Blicke der Gräfin Juanna – so nannte man die schöne Jägerin – nicht entgangen, er wurde auf einmal verstimmt, und entließ schnell die Schauspielergesellschaft. „Das ist ein lustiges Metier“, sagte er dabei noch mit besonderem Nachdruck zu Fortunat, „sich so täglich in einen andern zu verwandeln, gestern ein Graf, heute ein Schauspieler und immer ein Poet.“ – „Ganz interessant“, meinte die Fürstin, „die Exposition ist romantisch, die Motive lassen sich ahnen, ich bin nur auf den letzten Akt begierig.“ – Fortunat war ganz verwirrt, noch mitten in dem Getümmel des Abschiednehmens konnte er bemerken, wie die Fürstin der unterdes hinzugetretenen Gräfin Juanna sehr lebhaft etwas zuflüsterte, das ihm zu gelten schien. „Also dieser?“ – sagte die Gräfin, den schönen Mund spöttisch aufwerfend. – Und wie sie so fortgingen, und die Terrasse hinter ihnen versank, und nur noch Juanna an dem marmornen Geländer hoch über dem schönen, weiten Kreise der Wälder stand, da war es, als sei sie die Fürstin hier, der alle andern dienten. –

Die Schauspieler schritten nun eifrig schwatzend durch den Garten, die meisten waren ganz begeistert und wie berauscht, andere, die sich zurückgesetzt glaubten, sprachen von drückender Hofluft und dem schlüpfrigen Boden der vornehmen Welt. Fortunat aber fiel nun erst alles auf: seine gestrige Aufnahme im Schloß, vorhin die Dienstfertigkeit des Schulrats, die Reden der Fürstin und Juannas letzter Ausruf. – Sollten sie den reisenden Baron in mir wittern? dachte er, kennen mich doch die Schauspieler selbst nicht, wie sollten die droben es wissen! –

Am Abend desselben Tages ruhete er mit Lothario auf dem grünen Abhange einer Höhe und schaute fröhlich über die Wälder in die weite, fruchtbare Gegend hinaus, in die er nun bald selbst mit dem blauen Strome hineinziehen sollte. Lothario, immer rastlos umherschweifend, hatte in der kurzen Zeit alle verworrenen Verhältnisse ihres neuen Aufenthalts schnell überblickt, und entwarf nun in seiner Art eine Musterkarte davon. „Der Fürst“, sagte er, „ist ein erstaunlicher Virtuos, er spielt die schwierigste Romantik vom Blatt weg, ohne eben selbst zu komponieren. Die Fürstin ist ganz und gar sinniger Roman, durch viele Hände gegangen, schon sehr zerlesen; ich glaube, der lange Lord studiert sie jetzt. Diese wilde, schöne Gräfin dann, die ihnen wie ein Hirsch durch alle ihre künstlichen Gehege bricht und die Meute Liebhaber hinter sich für Hunde hält – wahrlich, so scheues Wild weckt recht das Jagdgelüste!“ – „Nimm dich in acht“, entgegnete Fortunat; „was mich betrifft, so kümmert's mich wenig, wie sie sind, das Ganze zusammen macht sich doch schön, und mehr verlang ich nicht von ihnen.“ – Lothario sah ihn ein Weilchen fast ärgerlich an. „Ich begreif's nicht“, sagte er dann, „wie ihr Dichter es vor Langerweile aushaltet, so ein dreißig bis fünfzig Jahre auf der ästhetischen Bärenhaut rücklings über zu liegen, und Kriegstrouble, Philosophie, wilde Jäger und singende Engel wie ein Wolkenspiel über euch dahinziehen zu lassen, um daraus ganz gemächlich ein paar dicke Romane zusammenzuschreiben, die am Ende niemand liest. Zum Teufel, ich bin keine Äolsharfe, die nur Klang gibt, wenn ein Poet ihr Wind vormacht! Ist das Leben schön, so will ich auch schön leben, und selber so verliebt sein wie Romeo, und so tapfer wie Götz, und so tiefsinnig wie Don Quijote. Um die Schönheit will ich freien, wo ich sie treffe, und mich mit den Philistern drum schlagen, daß die Haare davonfliegen. Warum sollte man so ein lumpiges Menschenleben nicht ganz in Poesie übersetzen können?" – „Du bist ein wunderlicher Mensch", unterbrach ihn Fortunat, „ich glaube, du könntest ein großer Dichter sein, wenn du nicht so stolz wärest." – „Ich?" – erwiderte Lothario fast betroffen, und sah einen Augenblick nachdenkend vor sich hin.

Hier wurden sie auf einer weiter ins Land hinaus gelegenen Anhöhe mehrere der Schauspieler gewahr, die soeben zwischen den Gebüschen emporstiegen und sich gleichfalls an der schönen Aussicht zu ergötzen schienen. Sie konnten deutlich unterscheiden, wie Herr Ruprecht sein altes Perspektiv gemächlich aus dem Futteral nahm, es wie ein Fühlhorn bald weit ausstreckte, bald wieder einzog und damit in die Ferne zielte. Bald aber schienen sie unten etwas Besonderes auf dem Korn zu haben, das Fernrohr ging eilig aus Hand in Hand, und Fortunat bemerkte nun auch seinerseits einen Fußgänger im Tal, welcher bequem zwischen Wiesen und Büschen daherkam, zuweilen stehenblieb und sich nach den schönen, abendroten Gründen heiter zurückwandte, dann zufrieden wieder weiterschlenderte. Auf einmal erhoben die Schauspieler ein wütendes Freudengeschrei, und winkten mit Perspektiv und Hüten und Schnupftüchern. Jetzt schien auch der Wanderer sie zu erkennen, er warf jubelnd seinen Hut hoch in die Luft und schritt dann eilig den Berg hinan. – „Wahrhaftig, den sollt ich kennen!" rief Fortunat ganz erstaunt aus. – „Gott schütz, gewiß noch ein Dichter!" entgegnete Lothario, indem er aufsprang und ohne weiteres in den Wald hineinging.

Fortunat eilte sogleich zu den Schauspielern hinüber. Aber eine tiefe Kluft lag dazwischen; er verlor sie im Walde bald aus dem Gesicht und wußte nicht, wo er war, als auf einmal der Wanderer, der gleichfalls den nächsten Weg gesucht und den rechten verfehlt hatte, sich mühsam neben ihm durch das Gestrüpp hervorarbeitete. „Fortunat!" rief er höchst überrascht und sichtbar verlegen aus, da er den alten Bekannten erblickte. – „Mein Gott! Otto!" erwiderte jener, „wie kommen Sie hierher?" – „Ich?" – sagte der Student ganz verwirrt – „ist denn das nicht der fürstliche Park, wo die Schauspielergesellschaft des Herrn Sorti –"

Fortunat aber hatte keine Zeit mehr zu antworten, denn um eine Waldecke sahen sie plötzlich einen ganzen Haufen Lumpengesindel von weitem auf sich zuwanken, das sie im ersten Augenblick für Zigeuner erkannten. Sie schienen untereinander in Händel geraten zu sein und kamen in vollem Zanke daher, einige von ihnen waren bemüht, von hinten einen widerspenstigen Esel vorzuschieben, auf dem eine seltsame, phantastisch geschmückte Weibergestalt saß, die voll Zorn nach den ungestümen Treibern zurückschimpfte. Wie eine Zigeunerkönigin hatte sie ihr langes zottiges Haar mit einer Schnur von Gold und Edelsteinen oben in ein Krönchen zusammengefaßt, in den Ohren trug sie schwere Gehenke von geschmelzter Arbeit, ihre Schabracke war von Scharlach, das grüne Kleid mit silbernen Posamenten verbrämt, und ihr schneeweißes Hemd an den Nähten mit schwarzer Seide nach böhmischer Art ausgenäht, woraus sie hervorschien, wie eine Heidelbeere aus der Milch. – Jetzt erst erkannte Fortunat in dem Gesindel nach und nach die Gesichter der Schauspieler, ohne zu begreifen, wie sie zu dem Narrenstreiche kamen. Seitwärts bemerkte er nun auch Kamilla, welche die Rolle der Preziosa übernommen zu haben schien, wozu sie ihre große, noble Figur besonders geeignet glaubte. Sie schwärmte abgesondert von den andern, eine Gitarre im Arm, und sang: „Einsam bin ich nicht alleine." Aber sie blieb doch allein, denn alles lief einer jungen, schönen Zigeunerin nach, die plötzlich wie ein wildes Reh aus dem Walde brach. Die pechschwarzen Haare hingen glänzend über Stirn und Wangen, ihr Gesicht war wie eine schöne Nacht. Sie blieb dicht vor Otto stehen und funkelte ihn neugierig mit den Augen von oben bis unten an. „Wußt ich's doch", sagte sie dann, „daß es so kommen wird." – Es war Kordelchen. „Silentium!" hörte man nun auf einmal die abenteuerliche Gestalt durch das Getümmel rufen, die unterdes auf ihrem Esel herangekommen war. „Ei, mein schöner, weißer, junger Gesell", redete sie Otto an, „was machst du hier? wo kommst du so allein daher?" – Der Esel, der unterwegs ein Maul voll Gras genommen, sah die Gesellschaft, seine lange Ohren schüttelnd, ruhig an, und hieb mit dem einen Hinterfuß nach den Komödianten, die ihn heimlich zwickten. Otto aber, von der allgemeinen Lust mit angesteckt, antwortete: „Meine großmächtige Frau Libuschka, ich komme von Haus und bin willens, in der Welt ein mehreres zu studieren, oder einen Dienst zu bekommen, denn ich bin ein armer Schüler." – „Daß dich Gott behüte, mein Kind!" versetzte die alte Zigeunerin „– aber zum Teufel! laßt die Faxen, ich falle wahrhaftig herunter!" rief sie dazwischen den Schauspielern plötzlich mit grober Stimme zu, an der Fortunat sogleich Herrn Ruprecht erkannte. Dieser aber ließ sich dadurch nicht irremachen. „Wenn du Lust hast, bei uns zu bleiben", fuhr er fort, „so ist der Sache bald abgeholfen." – „Ich will noch ein paar Tage mit mir selbst zu Rate gehen", erwiderte Otto, „des Studierens und Tag und Nacht über den Büchern zu hocken bin ich schon vorlängst müd worden." – „Du hast einen weisen Menschensinn, mein Sohn", versetzte hier Ruprecht, „und kannst hierbei leicht abnehmen und probieren, was unsere Manier vor anderer Menschen Leben für einen Vorzug habe, wenn du nämlich siehst, wie wir hier in unserer Freiheit auf den alten Kaiser leben, wie die Marder und Füchse. Was ist Reichtum, was ist Geld, Habe? Wenn ich's nicht habe, acht ich's für gar nichts, und wenn ich's habe, schmeiß ich's gleich wieder weg. Man muß immer als Philosoph denken, glaube einem alten Genie, mein Sohn, und werden die Lichter ausgeputzt und es kommt die Nacht und die Schlafenszeit, so sind doch alle wieder gleich, Zigeuner und andere Leut!"

„Oho!" riefen hier die andern darein! denen der Sermon schon zu lang wurde, „eine moralische Libuschka! eine philosophische Zigeunerin!" Ruprecht schimpfte sie ganz erbost Ignoranten, die wie Ochsen mit eingelegten Hörnern ins Blaue hineinrennten. Aber sie hörten nicht auf ihn. Ein paar rüstige Gesellen erwischten Otto bei den Beinen, und schwangen ihn vor die Frau Libuschka auf den Esel, den Kordelchen unterdes mit bunten Bändern ausgeschmückt hatte; andere faßten die Zügel, und so wälzte sich der ganze tolle Zug nach dem Gartenpalaste hin.

Hier aber wurden sie selbst überrascht, die Zurückgebliebenen hatten sich schnell verkleidet und unter den Bäumen bunte Zelte aufgeschlagen, so lagen sie an lustigen Feuern umher, und zu Fortunats Verwunderung kam es nun nach und nach heraus, daß sie Otto als ein neues Mitglied ihrer Truppe heute hier erwartet hatten. Unter ihnen erwies sich Guido besonders geschäftig, der junge, hübsche Maler aus der Kapelle, der in seiner sorgfältigen Zigeunertracht sich selbst sehr hübsch zu finden schien und, von Zeit zu Zeit Kordelchen feurige Blicke zuwerfend, wohlgefällig sein Schnurrbärtchen strich. Er hatte brennende Pechkessel besorgt, und war eifrig bemüht, die phantastischen Gestalten malerisch um die Flammen zu gruppieren und überall die rechten Lichteffekte anzubringen. Er mußte indes gar bald alles gehenlassen, es war schlechterdings keine Ordnung und kein künstlerisches Motiv hineinzubringen. Über dem dunklen Berge aber trat plötzlich der Mond aus einer Wolke und beschien die stillen Wälder und Gründe; da war auf einmal alles in der rechten, wunderbaren Beleuchtung: das öde Haus, der altmodische, halbverfallene Garten, die wildverwachsenen Statüen und die abenteuerlichen Gestalten, die auf den Bassins der vertrockneten Wasserkünste umhersaßen, wie eine Soldatennacht im Dreißigjährigen Kriege. – „Preziöschen!" rief Fortunat Kordelchen zu, „bellt von fern ein Hund, liegt ein Dorf im Grund, schläft Bauer und Vieh, gibt was zu schnappen hie!" – Kordelchen antwortete munter: „Heult der Wolf in der Heid, ist mein Schatz nicht mehr weit; stellt aus die Wacht, gibt heut eine gute Zigeunernacht." – „Willewau, wau, wau, witohu!" riefen die andern jauchzend dazwischen. Kordelchen aber schwang plötzlich ein Tamburin, daß es schwirrte, tanzte mit ihren roten, polnischen Stiefeln auf zigeunerisch und sang dazu:

„Am Kreuzweg, da lausche ich, wenn die Stern
Und die Feuer im Walde verglommen,
Und wo der erste Hund bellt von fern,
Da wird mein Bräut'gam herkommen."

Fortunat antwortete lustig:

„Und als der Tag graut' durch das Gehölz,
Sah ich eine Katze sich schlingen,
Ich schoß ihr auf den nußbraunen Pelz,
Die macht' einmal weite Sprünge!"

Kordelchen sang wieder:

„'s ist schad nur ums Pelzlein, du kriegst mich nit!
Mein Schatz muß sein wie die andern:
Braun und ein Stutzbart auf ungrischen Schnitt
Und ein fröhliches Herze zum Wandern."

Hier schlug sie das Tamburin dem Ruprecht, der ihrem Tanze verliebt zusah, dröhnend an den Kopf und setzte sich, in der Tat wie ein Kätzchen, dem träumerischen Otto auf den Schoß.

„Weißt du –“ sagte sie, ihre Haare aus dem erhitzten Gesicht schüttelnd „– weißt du noch, wie wir uns zum erstenmal sahen? Du kamst vom Giebichenstein herab mit einem studentischen Helm, daß der Federbusch dir in die Augen hing; damals gefielst du mir besser, als jetzt so mit dem närrischen Frack.“ – Otto war's bei diesen Worten, als tauchte seine ganze, schöne Jugendzeit wieder vor ihm auf, das Mädchen war nur so wild, das störte ihn heimlich. – „Es war in den ersten Frühlingstagen“, sagte er, „überall zogen Studenten durchs Grün, du saßest auf der Bank vor dem Wirtshause unter den Linden und spieltest die Harfe.“ – „Ja, ja“, fiel ihm Kordelchen in die Rede, „und du glaubtest, ich spielte für Geld, und setztest dich neben mich und drücktest mir einen Taler in die Hand.“ – „Und du“, versetzte Otto, „besahst verwundert das Geld, dann stecktest du's lachend ein, gabst mir schnell einen Kuß und verschwandest im Hause, und ich sah dich nicht mehr wieder. Ach Kordelchen! nun ist ja alles, alles wieder gut, und –“ „Nun und was denn?!“ rief Kordelchen lustig, sprang schnell auf und verlor sich in dem dicksten Haufen.

Kamilla, die es mit angesehen, ging eben vornehm vorüber und sprach halbleise von wilden Waldbeeren, womit man Gimpel fange. Otto aber hielt sich nun nicht länger und fiel ganz glückselig dem Fortunat um den Hals. „Ach“, rief er aus, „ich bin so von Grund der Seele vergnügt, wie ein Vogel in der Luft!“ – Sie gingen miteinander auf den mondbeschienenen Gängen weit fort, daß sie die Stimmen der Schauspieler kaum mehr vernahmen, und Otto erzählte nun, wie entsetzlich einsam es nun auf Hohenstein geworden, nachdem Walter und Fortunat fortgezogen. Er habe sich gleich nach ihrer Abreise mit redlichem Ernst und Eifer ganz auf die Bücher geworfen, nichts anderes gedichtet und getrachtet, und selbst jede Erinnerung an sein früheres Leben gewissenhaft vermieden. „Aber“, fuhr er fort, „die Seele des Dichters ist wie eine Nachtigall, je tiefer man ihren Käfig verhängt, je schöner schlägt sie, und ich hörte sie oft in Träumen wunderbar klagen, aber ich hütete mich wohl, wenn ich erwachte, dem weiter nachzuhängen. Und wie nun so der Amtmann täglich um dieselbe Stunde auf das Feld hinausritt und wieder zurückkehrte, und Florentine ihre Tauben fütterte und ihre Blumen band, und ringsum in der ländlichen Stille allmählich alles wuchs und wuchs, als wollte das Grün die Menschen begraben – es war mir nicht anders, als säß ich viele hundert Klaftern tief im Meer und hörte die Abendglocken meiner Heimat von weitem über mir. So verzehrte ich mich sichtbar selbst, der gute Amtmann sah mich oft insgeheim bedenklich an, die Amtmann steckte mir die besten Leckerbissen zu, sie dachte, wenn ich nur erst fetter wäre, so würde schon alles gut werden. – In einer schönen Nacht aber träumte mir von Halle, ich stand auf dem Giebichenstein, die Kirschgärten unten blühten wieder, und lustige Kähne mit Studenten glitten die Saale hinab, da erklang ein Lied aus dem Tale, das ich damals gehört, auf das ich mich aber seitdem durchaus nicht wieder besinnen konnte. Ich wachte vor Freude darüber auf, das Fenster stand noch offen, und als ich mich hinauslehnte, klang das Lied wirklich draußen durch die stille Nacht herüber. – Seht, ein solcher Lufthauch wendet oft das Narrenschiff des Menschen! Ohne selber recht zu wissen, was ich tat oder wollte, kleidete ich mich rasch an, schnürte mein Bündel, im Hause schliefen noch alle, und ehe eine Viertelstunde verging, wanderte ich schon durch die dunkle Kastanienallee das stille Dorf entlang. Als ich ins Freie kam, tönte das Lied noch immerfort, aber sehr fern." –

Hier hielt er plötzlich erschrocken inne, man hörte tief im Garten singen; die Luft kam von dort herüber; sie konnten deutlich folgende Worte vernehmen:

„Hörst du nicht die Bäume rauschen
Draußen durch die stille Rund?
Lockt's dich nicht, hinabzulauschen
Von dem Söller in den Grund,
Wo die vielen Bäche gehen
Wunderbar im Mondenschein,
Und die stillen Schlösser sehen
In den Fluß vom hohen Stein?"

„Das ist das Lied!" – rief Otto, und eilte ganz verwirrt den Berg hinab. Unten aber sang es von neuem:

„Kennst du noch die irren Lieder
Aus der alten, schönen Zeit?

Sie erwachen alle wieder
Nachts in Waldeseinsamkeit,
Wenn die Bäume träumend lauschen
Und der Flieder duftet schwül
Und im Fluß die Nixen rauschen –
Komm herab, hier ist's so kühl."

Fortunat glaubte jetzt in dem Grunde, woher der Gesang kam, Kordelchen zwischen den mondbeglänzten Gebüschen zu erkennen. – Dann wurde auf einmal alles still, es war eine verlockende Nacht, das Wetter leuchtete von fern, und die wechselnden Bäume schwankten verwirrend über den Steinen und Klüften.

Zehntes Kapitel

Fern von diesem Weltgetümmel, mitten zwischen den Waldbergen, lag in stiller Abgeschiedenheit ein altes Schloß mit wunderlichen, kleinen Fenstern, halbverfallenen Söllern und Türmchen, alles ganz verwildert und grün überwachsen. Zwischen den Tannenwipfeln qualmten die weißen Schornsteine des freundlichen Dorfes lustig herauf, sie schienen das Schloß schon lange einzuräuchern, denn es sah ganz braun aus, und zahllose Sperlinge lärmten und nisteten in dem Helm des steinernen Wappenschildes über dem Tore. Aus den alten Wallgräben war früher ein Garten, und aus dem Garten mit der Zeit eine grüne Wildnis von Stachelbeeren und Haselnußsträuchern geworden, in der jetzt einige Ziegen ruhig weideten.

Dort saßen an einem schwülen Nachmittage mehrere Jagdhunde unter einer Weinlaube und unter ihnen der Gutsherr, Baron Eberstein, mit dem jungen Prediger des Orts schwatzend, der zum Besuch heraufgekommen war, um dem Baron seine neuen Meerschaumköpfe anrauchen zu helfen. Sie freuten sich beide des allmählich aufsteigenden Gewitters, denn die schillernden Täler unten lechzten nach Regen, es rührte sich kein Lüftchen in der ganzen Gegend, nur die Bienen summten um die hohen Sonnenblumen vor dem Schlosse. Seitwärts aber sah man bald einen roten Schuh, bald ein zierliches Füßchen aus dem Laube eines Kirschbaums schimmern, zwischen dem manchmal ein Paar schöne, dunkle Augen herausfunkelten. Es war Fräulein Gertrud, des Barons Tochter, die im Wipfel Kirschen naschte und die Kerne mutwillig nach den Hunden schnellte; eigentlich aber hatte sie's auf des Predigers neue, geschniegelte Weste abgesehen.

Der Prediger aber merkte nichts davon, so vertieft war er in den Diskurs. „Ja", sagte er, „diese Gewitterschwüle ist ein bedeutungsvolles Bild der Gegenwart, alles liegt in banger Erwartung, daß man fast den leisen Schritt der Zeit hört, Gedankenblitze spielen auf dem dunklen Grunde." – „Ah bah!" erwiderte der Baron, sich eine neue Pfeife stopfend. „Gewitter ist Gewitter und dummes Zeug ist dummes Zeug!" – Der Prediger, ein wenig pikiert, rückte sich vornehm zurecht und sprach von der unaufhaltsamen Intelligenz, von der Mündigkeit der Zeit und der unsichtbaren Gewalt unverjährbarer Wahrheit. Da wurde der Baron ganz hitzig. „Was ist wahr? was ist wahr?" rief er dicht heranrückend aus. Dem Prediger, erschrocken und verblüfft wie er war, wollte gerade in diesem kritischen Moment keine passende Antwort einfallen. – „Na seht", fuhr der Baron fort, „Ihr wißt's nicht und ich weiß es auch nicht, das weiß der liebe Gott allein. – Aber mein Jagdrevier hier das kenn ich ganz genau, und wer mir in meine Wildbahn bricht, mündig oder unmündig, den schieß ich vor den Kopf wie einen tollen Hund, und damit basta! Und wenn jeder so täte in seinem Revier, so hätten wir bald Ruhe vor der verjährten Intelligenz und der unsichtbaren Wahrheit und alle dem Plunder. Glaubt einem altgedienten Offiziere, Prediger, die Zeit will nur Prügel haben, weiter ist's nichts!"

„Gäste kommen! Gäste kommen!" rief hier auf einmal das Fräulein im Kirschbaume. Und in der Tat, kein Schiffer vom Mastkorbe blickt so scharf in die Ferne, als ein Landfräulein in der Meeresstille ihrer einförmigen Einsamkeit, denn kaum noch schimmert' es flüchtig von dem Gipfel des gegenüberliegenden Berges herüber. Das Gewitter lag schwer über dem Berge und verdunkelte schon die ganze Gegend, nur der grüne Abhang nach dem Schlosse zu war von der Abendsonne noch hell beschienen. Da sah man auf einmal Federbüsche aus dem Grün nicken, einzelne Reiter flogen über den Plan, immer mehrere folgten, Jäger und Frauengestalten auf zierlichen Zeltern, wie wenn der Herbstwind farbige Blätter verstreut; der eine der Reiter schien eine Gitarre im Arme zu haben; man hörte seine Stimme durch die stille Luft bis herüber schallen, andere bliesen auf dem Waldhorne dazu und schossen ihre Flinten ab; so bewegte sich der bunte Zug in der wunderbaren Beleuchtung heiter und eilig den Abhang hinunter – das Fräulein konnte sich nicht satt sehn daran.

„Wahrhaftig, Seine Durchlaucht mit Ihrer ganzen Literatur!" rief der erstaunte Baron aus, indem er die Pfeife schnell weglegte. „Jetzt biegen sie in den Hohlweg, es kommt alles hierher. He, Johann! meinen Hut, meine Uniform! Was das lateinische Reiter sind! Wo bleibt der Schlingel! Das wollen Jäger sein, die Juanna, das Blitzmädel, ist noch der beste Schütz unter ihnen." – „Sie soll immer mitten ins Herz treffen", versetzte der ästhetische Prediger. – „Prediger!" sagte der Baron, ihn bei der Hand festhaltend, „ich bitt Euch um Gottes willen, lauft mir jetzt nicht davon, Ihr müßt gelehrt sprechen mit den Leuten, mir ist's immer wie Chaldäisch im Halse, unter ihnen." – „Nun, nun, wir wollen schon machen", erwiderte der Prediger, zufrieden schmunzelnd.

Fräulein Trudchen aber war schon wie ein Reh über Wallgraben und Sträucher nach dem Schlosse gesprungen. Da gab's ein wahres Volksfest, die Türen flogen krachend auf und zu, die Hunde bellten, die alten Sofas und Stühle wurden ausgeklopft, daß es rauchte, zuweilen hörte man das lustige Lachen des Fräuleins dazwischen. Zuletzt band sie nur noch schnell ihre neue Schürze um; sie wußt es wohl, sie war hübsch genug, so wie sie war.

Nun aber begann auch schon draußen der Lärm. In hastiger Flucht brachen Gewitter und Gäste zusammen herein; der kleine Hof füllte sich plötzlich mit Glanz und Getümmel von eleganten Uniformen, Reitern und Rossen, der Regen fiel schon in einzelnen großen Tropfen, Tücher, Mäntel und Schleier flatterten im Sturme durcheinander, und bunte Jockeis flogen von den Pferden, um in der Verwirrung den Herrschaften herabzuhelfen, während die Mägde und Knechte des Barons, ihre Mützen in der Hand, ganz verwirrt in den Türen standen. Der Fürst war der erste, der sich aus dem Knäuel herauswickelte. Er befahl seinen Leuten, mit Pferden und Hunden im Dorfe ein Unterkommen zu suchen, so gut es gehe; dann entschuldigte er verbindlich beim Baron den plötzlichen Überfall, das Unwetter habe sie überrascht; er bat um Schutz für die Nacht; wo könne er diesen besser finden, setzte er hinzu, als bei den alten Häusern des Landes. – „Alt und wackelig in der Tat", sagte die

Fürstin leise zu ihrem Nachbar, das Schloß bedenklich betrachtend. – „Es sieht aus", erwiderte dieser, „wie ein altes Rolandsbild, dem der Zahn der Zeit den Kopf abgebissen." – „Nein, wie ein einzeln stehengebliebener Backenzahn der Zeit selbst", meinte ein anderer. – Der Baron aber, in dem beim Anblick von Damen jederzeit die Ritterlichkeit seines ehemaligen Offizierlebens wieder erwachte, hatte mit scharfem Jägerblicke sogleich die Fürstin aufs Korn genommen. Er half ihr kunstgerecht aus dem Sattel, bot ihr mit altmodischer Galanterie den Arm und führte sie über den Hof, immerfort französisch mit ihr sprechend, obgleich sie ihm deutsch antwortete. Aber schon am Eingange gab es unverhofften Aufenthalt. Die fürstlichen Jagdhunde schnupperten überall vornehm umher, da gebrauchten die Hunde des Barons ihr Hausrecht und eh man sich's versah, gerade in der Tür, entstand plötzlich ein Balgen und Würgen, daß die Haare davonflogen. Mit gewaltiger Stimme, mit Stock und Stiefeln stiftete der Baron endlich wieder Frieden, und wandte sich dann entschuldigend zur Fürstin. Die Fürstin aber kam darüber in ein unaufhaltsames Lachen, das steckte die andern mit an, und so zog alles fröhlich ein.

Dieser konfuse Anfang hatte die ganze Feierlichkeit verstört, welche der Baron im Schilde führte. Er brachte die Gesellschaft in ein großes Zimmer, das nicht zum gewöhnlichen Gebrauche bestimmt schien, wie man an der verstaubten Pracht der damastenen Gardinen abnehmen konnte. Anstatt aber Platz zu nehmen, eilte die Fürstin nach einer leichten Verbeugung sogleich mit Kennermienen zu einer alten, sehr kunstreich mit Elfenbein ausgelegten Kommode. In demselben Augenblicke fing eine vergoldete Stutzuhr auf dem Schranke mit heisern Absätzen zu spielen an. „Mein Gott, noch aus ‚Cosa rara'!" rief die Fürstin überrascht aus. – „Ich weiß wirklich nicht –" erwiderte der Baron, der es für Spott hielt, und zog die Augenbrauen finster zusammen. Aber er irrte sich. ‚Cosa rara' war die erste Oper, welche die Fürstin noch als Kind gehört; jetzt überwältigte sie die Erinnerung, sie hütete sich aber, es zu sagen, damit niemand die Jahre nachzählte. Unterdes hatte der Fürst auch ein Klavier entdeckt, und mit der Unbarmherzigkeit der großen Welt wurde Fräulein Trudchen ohne weiteres, wie zur Schlachtbank, zum Spielen gedrängt. Der Prediger, der sich gern bemerklich machen wollte, brachte ein Pack Noten herbei, und stellte sich geschäftig hinter den Stuhl, um die Blätter umzuschlagen. Dem Fräulein ging es aber wie der Spieluhr, rot bis an die Ohrläppchen konnte sie keinen vernünftigen Ton hervorbringen. Da warf sie plötzlich das Stutznäschen stolz in die Höh, schob die Noten zur Seite und sang herzhaft eines von den Volksliedern, wie sie damals noch auf den Bergen im Schwange waren. Da ging zur Verwunderung des erschrockenen Barons auf einmal eine freudige Bewegung durch die ganze Gesellschaft, man verglich sie einem Waldvöglein, sie mußte mehr und immer noch mehr solche Lieder singen. Dazu kam die Neuheit der ganzen Umgebung, das heimliche Gefühl der Sicherheit in der stillen Burg, während draußen schon der Sturm den Regen an die Fenster peitschte. Die Fürstin fand das altertümliche Kamin, die tiefen Fensterbogen und Erker entzückend, während der Fürst in dem einen Fenster sich nicht satt sehen konnte an dem tiefen Waldgrunde unter dem Schlosse, den die Blitze von Zeit zu Zeit seltsam erleuchteten, so daß der Baron, der lange dort nicht hinausgesehen, endlich selbst neugierig mit hinunterblickte. So war alles in der heitersten Stimmung, als nun noch in dem Kamin ein lustiges Feuer angezündet wurde; der Prediger konnte mit seiner Gelehrsamkeit gar nicht aufkommen, und der Baron fand mit Erstaunen, daß es doch eigentlich gar nicht so übel leben sei unter diesen Leuten.

Es war noch zu früh zum Schlafengehen, die Fürstin schlug vor, Geschichten zu erzählen, jeder, was ihm eben einfiele. Der Prediger räusperte sich; eine Novelle, die er neulich für ein Taschenbuch geschrieben, steckte ihm schon im Halse. Aber zu aller Verwunderung bat der lange Lord vorweg um das Wort, der Baron brachte alten Ungarwein, wovon er ein Glas der Fürstin zierlich auf einem silbernen Teller präsentierte, alles setzte sich um das Kaminfeuer zurecht, und der Lord begann ohne weiteres folgende

,,Geschichte der wilden Spanierin

In dem Kriege Napoleons gegen Spanien diente ich in der englischen Armee, welche damals den Spaniern zu Hülfe zog. Ich war Husarenoffizier, da hatt ich vielen Ärger mit der unvernünftig hohen Bärenmütze, die alle Augenblicke das Gleichgewicht verlor, während ich mich täglich ein paarmal in dem sarmatischen Gehänge und Gebommel von Säbeltasche, Dolman und Fangschnüren mit meinen langen Beinen verwickelte. Einmal waren wir versprengt und rasteten im Freien. Es regnete in einem fort, ich stand melancholisch mitten im Felde unter meinem Regenschirme, in jeder Hand, wie ich aus Vorsicht immer zu tun pflegte, eine Pistole mit gespanntem Hahn. Auf einmal heißt's: ‚Die Franzosen!' Wir waren unserer nur wenige, der Feind in hellen Haufen. Meine Kameraden zerstoben im Nu nach allen Seiten. Ich aber fasse mein Pferd, fahre in der Eile mit dem Beine in den Pelzärmel des Dolmans, mit einem Arme in die Säbeltasche, mit dem andern in die verfluchte Takelage von Schnüren und Troddeln, so daß ich mich nicht rühren, viel weniger die Zügel erlangen konnte; mein Pferd erschrickt vor meiner Positur und rennt gerade auf den Feind los und so, mit ausgespreizten Armen, den Säbel zwischen den Zähnen, während meine Pistolen losgehen, fliege ich wie eine wahnsinnige Fledermaus, mitten unter die Franzosen hinein, daß ein lustiges Hussa! durch ihr ganzes Geschwader erscholl. Ich war nun in ihre Gefangenschaft geraten, sie hatten Mühe, mich aus meiner verwickelten Lage zu bringen und nannten mich den tollsten Kerl, den sie jemals gesehen. Da ich aber französisch sprach und Geld in der Börse hatte, so wurden wir bald gute Kameraden. Sie wollten mich nach Burgos führen in ihr Depot, das war aber nicht so leicht gemacht, denn bewaffnete Banden spanischer Bauern verrannten uns überall den Weg, und so zogen wir geraume Zeit miteinander im Lande umher.

Auf diesem Zuge lagerten wir einmal in einer schönen Sommernacht an einem großen Schlosse, das schon seit langer Zeit nicht mehr bewohnt schien. Die alten, zackigen Türme warfen im Mondenscheine lange Schatten über den wüsten Schloßgarten, wo wir lagen und unsere Pferde an die verwilderten Hecken angebunden hatten. Es war alles still in der ganzen Gegend, von Zeit zu Zeit hörte man die Pferde schnauben und die Wachen anrufen aus der Ferne, im Walde schlugen die Nachtigallen, als gäb es keinen Krieg in der Welt. – Der Rittmeister, der den Zug führte, ein heiterer Gaskogner, lag rücklings auf seinen Mantel ausgestreckt, ich glaubte, er schliefe, er hatte aber, wie er mir nachher sagte, an seine ferne, schöne Heimat gedacht. Auch richtete er sich gleich darauf schnell und rüstig wieder auf. ‚Hier ist nicht Zeit zum Träumen', meinte er,

‚wir müssen auf unserer Hut sein heut nacht, denn das ist das Schloß der wilden Spanierin.‘ Und als ich fragte, wer die sei, benutzte er gern die Gelegenheit, sich munter zu erhalten, und erzählte mir alles ausführlich.

‚In diesem Schlosse‘, sagte er, ‚wohnte ehedem ein Graf aus uraltem Stamme, der nach und nach wohl sich zu beugen verlernt haben mochte. Wenigstens soll der Graf früher den Anforderungen des alten Hofes jederzeit trotzigen Stolz entgegengesetzt haben bis zu wechselseitiger, bitterer Verstimmung; um so mehr durfte man voraussetzen, daß er der neuen Ordnung der Dinge geneigt sei. Auch fanden ihn die Unsrigen, als sie das Land überzogen, einsam auf seinem Schlosse, höflich, aber finster und, wie es schien, ohne alle Teilnahme an dem, was hinter seinen Bergen vorging. Seine größte Freude war ein Töchterchen, sein einziges Kind, bei dessen Geburt die Mutter gestorben. Mit ihr pflegte er, wenn alles schon schlief, die Zinne des Schlosses zu besteigen und zeigte ihr das Land, das ehemals ihre Ahnen beherrscht, so weit der Mond die Wälder beleuchtete, und erzählte ihr halbe Nächte hindurch von der alten, großen Zeit und der fürstlichen Freiheit, die sich dem Zwange der Städte nicht unterwerfe. Unter solchen Träumen wuchs das Fräulein auf, und da der Krieg alles vereinzelte, so sah sie fast kein anderes Frauenzimmer, als ihre alte Amme, ein hexenhaftes Weib, das von ihrem Vater, einem Zigeuner, und ihrer Mutter, einer gefangenen Araberin, manch Zauberstückchen ererbt hatte, woran die Tradition dieser Stämme so reich ist.

Aber unsern Leuten blieb die junge Gräfin nicht lange verborgen, und die sie sahen, konnten nicht genug erzählen, wie wunderbar schön sie war: schwarze Locken, bleich mit brennend rotem Munde, die Augen wie ein dunkler Abgrund. Täglich nun flimmerte es von französischen Offizieren auf dem Schlosse. Das gefiel ihr wohl, sie ritt und focht mit ihnen, und war der beste Schütz auf der Jagd, sooft aber einer näher trat mit verliebten Blicken oder Worten, sah sie ihn verwundert an und wußte nicht, was er wollte; allen gleich fern und fremd, wie ein Stern in kalter Winternacht. Das verlockte aber die lustigen Gesellen nur noch immer mehr aufs Glatteis, und ein hübscher, junger Unterlieutenant – St. Val war sein Name – der soeben erst aus der Militärschule von Paris angekommen war und davon hörte, verschwor sich mörderlich, sie müßte sein werden, oder er wollte des Teufels sein!

Unterdes wurden die Plänkeleien in der Gegend immer ernster, die Offiziere hatten vollauf zu tun und blieben aus, da konnte sich die Gräfin gar nicht wiederfinden in die alte Einsamkeit und das einförmige Rauschen der Wälder. – So stand sie auch eines Abends allein mit der Amme vor dem Schlosse. Der Krieg ging unten wie eine lustige Jagd durch die Berge, zuweilen sahen sie fern in der Abendsonne ein Geschwader von Reitern aufblitzen, einzelne Trompeten klangen herüber, dann verhallte und verdunkelte nach und nach alles wieder, nur die Flammen brennender Dörfer blieben am Horizonte stehen. Die Gräfin sah lange stumm und unverwandt in das ferne Feuer, dann brach sie still in Weinen aus und sagte für sich: ›Wie ist das herrlich! ach, daß ich kein Mann geworden bin! ihnen gehört alles, sie regieren die Welt.‹ – Die kluge Amme erwiderte: ›Desto besser, Kind, desto besser, denn die Frauen regieren wieder die Männer.‹ – ›Wieso?‹ – sagte die Gräfin und sah sie groß an, daß ihr die Tränen funkelnd in den schönen Augen stockten. – ›Nun, nun‹, antwortete die Alte, ›kein schlanker Tiger verwundet so tief, als wenn Ihr lacht und ihnen die weißen Zähnchen weist, oder einen beim Küssen heimlich damit beißt; keine buntgefleckte Schlange ist so schön und stark, als Eure Arme, wenn Ihr einen umschlingt.‹ – Die Gräfin hörte nur halb darauf und sagte wie in Gedanken: ›Darum habe ich immer in den alten Büchern meines Vaters gelesen, wie Fürsten und Könige vor Mädchen knieten, und ihnen treu und gehorsam waren bis in den Tod. – Ach, liebe Amme, du weißt so viele Künste von deinem Vater, kannst du denn nicht machen, daß alle Männer, die mich sehen, in Liebe entbrennen und mir folgen müssen?‹ – ›Hm‹, entgegnete die Amme zögernd, ›wenn nur – ich wüßte wohl –‹

Die Gräfin aber, deren Seele ganz erfüllt war von dem Gedanken, hatte sie schon am Arm gefaßt und drängte sie ungeduldig fort; die Nacht sei dunkel und schwül, alles schlafe schon im Schlosse, es sei eben die rechte Zeit. – So gingen sie weiter den stillen Garten entlang bis ans einsamste Ende. Unterwegs sagte die Amme: ›Es ist nichts Geringes, dem Freier, den ich Euch zuerst zeigen werde, müßt Ihr den Ring vom Finger ziehn – aber laßt's Euch nicht anfechten, wenn er etwas bleich und wirre sieht – den Ring drückt Ihr ans Herz bis es blutet, dann ist Euer Herz liebefest, und Eure Augen werden schön funkeln wie der Stein im Ringe, der arme Junge aber muß sterben.‹ – Hier waren sie an ein altes, zerfallenes Gemäuer gekommen, die Amme holte ein weißes Stäbchen aus einem hohlen Baumstamme, da schwirrten plötzlich Fledermäuse hervor und schlugen mit den Flügeln in den Zweigen, eine Schlange fuhr rasch zwischen das Gestein, unter dem sie eine dicke Kröte mit großen, rötlichen Augen ansah. ›Hoho, bist du auch da, Großmutter‹, lachte die Alte und schien lustig auf zigeunerisch mit den Tieren zu sprechen. Darauf tauchte sie Hände und Stab in einen Topf, daß sie hell leuchteten, und beschrieb unverständlich murmelnd einen feurigen Kreis, bei dessen grüngoldenem Glanze die Eidechsen neugierig im Grase hervorschlüpften. Die Gräfin stand mitten drin, es war ihr wie im Traume, als fingen die Blumen, Büsche und Wälder in der stillen Runde leise zu singen an, Johanniswürmchen zogen leuchtend um ihr Haupt, so sah sie mit tiefer, tiefer Lust vom Berge über die mondbeschienene Gegend und in den weiten, gestirnten Himmel hinein. – Die Amme aber schien in großer Unruhe, die Schweißtropfen standen auf ihrer Stirn. ›Siehst du noch immer nichts?‹ fragte sie manchmal leise dazwischen. Aber nur ein Hund bellte aus dem fernen Dorfe, dann war alles wieder still, die Gräfin hielt den Atem an vor Erwartung. Auf einmal fuhren beide zusammen – ein fremder Mann, dicht im Mantel verhüllt, trat plötzlich in der Ferne zwischen den Bäumen hervor. ›Um Gottes willen!‹ rief die Amme und flüsterte noch etwas in der höchsten Angst. Aber die Gräfin, wie ein Falke in den Lüften hängend, stürzte mit unmenschlicher Lust schon auf ihre Beute. Der Fremde erschrak heftig, erholte sich aber, da er ein Weib vor sich erblickte. Sie sah ihn groß an, sie kannte ihn nicht. Auf ihre Frage: wo er hin wolle, erwiderte er zögernd und sichtbar verwirrt, er wolle der schönen, jungen Gräfin ein Ständchen bringen. Der Wind schlug ein wenig seinen Mantel auf, da fiel es ihr seltsam aufs Herz, daß es ein französischer Offizier, doch sagte sie nichts, aber ihre Blicke gingen scharf seitwärts in die Dunkelheit, denn es war ihr, als hörte sie etwas heimlich durch den Garten huschen und Pferde schnauben in der Ferne. – ›Kannst du mir die Fenster zeigen, wo sie schläft?‹ sagte der Fremde wieder, und da sie ihm gefiel, umschlang er sie mit einem Arme. Die Gräfin besann sich einen Augenblick. ›Warum nicht!‹ sagte sie dann schnell, ›wenn Ihr mir Euren schönen Ring gebt zum Lohne; aber Euren Mantel müßt Ihr mir borgen, damit man mich nicht erkennt.‹ Der verliebte Offizier hing ihr selbst den Mantel um und meinte dabei, ihre aufgeringelten Locken sähen wie Schlangen aus bei Nacht. Sie aber hatte schon ganz andere Gedanken, und als er eben den Ring vom Finger zog, ergriff sie rasch ein Pistol, das er unter dem Rocke auf der Brust trug, und stieß ihn damit rücklings von der Rampe, auf der sie standen. – ›Sie ist im Garten, greift die kleine Hexe!‹ rief jetzt eine Stimme tiefer unten. Da drückte sie schnell ihr Pistol ab und: ›Herr Jesus!‹ hörte man unten dieselbe Stimme verhallen. Dann, sich in den Mantel wickelnd, rief sie hinab: ›Mir nach, sonst seid ihr alle verloren!‹

Aber es war alles schon zu spät. Die Unsrigen, die unerwartet erfahren, daß der Graf es heimlich mit dem Feinde halte, hatten die dunkle Nacht benutzt, das Schloß ohne Geräusch beschlichen und den Grafen bereits gefangen in ihrer Mitte. Dieser nun, als er die Tochter an der Stimme erkannte, glaubte sich von seinem eigenen Kinde verraten, in dieser Verblendung entriß er wütend einem der Soldaten den Degen, um sie selbst zu richten. Sein Leben war ihm nichts gegen die Ehre und Freiheit; so ward ihm schnell die letzte zuteil, indem die anderen Soldaten, da sie ihn nicht mehr aufhalten konnten, ihn von hinten mit vielen Stichen durchbohrten. – Unterdes aber war, wie die Gräfin vorausgesehen, durch den Schuß alles munter geworden. Gleichwie die Krähen, wenn man nachts in die Wipfel schießt, sich mit wildem Geschrei in die Lüfte stürzen, so brachen bewaffnete Jäger, Bedienten und Bauern, die damals einen leisen Schlaf hatten, plötzlich aus allen Türen, Hecken und Mauerritzen hervor. Die Unsrigen, als sie sich so umgeben sahen, folgten blindlings der Gräfin, die sie in dem Offiziermantel für ihren Kapitän hielten. Sie wollte ihrem Vater, den sie noch im Schlosse glaubte, Zeit lassen, sich zu retten, und führte, immerfort winkend, die verstörten Soldaten bis in den äußern Hof, wo sie dem wilden Haufen gerade in die Hände rannten. Da rangen sie still und grimmig in der Dunkelheit Mann gegen Mann, die einen ums Leben, die andern um den Leichnam ihres Herrn; die Gräfin hatte unterdes eine Meute grausamer Hunde losgelassen, welche in der Verwirrung die Fliehenden zerrissen, es war eine schreckliche Nacht. – Der Offizier aber, den die Gräfin durch den Pistolenschuß so stillgemacht, war derselbe junge St. Val, der damals sie zu fangen geschworen, und sich nun vermessen zu dem gefährlichen

Kommando gedrängt hatte. Er war aber nur verwundet und betäubt, und als er auf dem stillen Platze einmal die Augen aufschlug, sah er, wie im Traume, zum ersten Male das Gesicht der Gräfin zwischen den schwarzen, herabwallenden Locken beim Widerschein einer Fackel über sich geneigt – er mußte die Augen wieder schließen, so furchtbar schön war der Anblick.'"

Hier wurde der Lord plötzlich von der Fürstin unterbrochen, die schon während der ganzen Erzählung eine seltsame Unruhe gezeigt und öfters ängstlich nach der Tür gesehen hatte. „Nein, das ist gar zu traurig vor dem Schlafengehen", rief sie mit einem bedeutenden Blick auf den Fürsten, und schien aufbrechen zu wollen. Dieser aber, ganz vertieft in die Geschichte, merkte nicht darauf; so blutigrot also war ihr Aufgang – sagte er in Gedanken und wollte durchaus noch das Ende wissen. Der Lord stutzte, da aber der Fürst von neuem in ihn drang und die andern mit Blicken und Kopfnicken beistimmten, erzählte er ruhig wieder weiter:

„,Seit dieser Stunde' – so fuhr mein Rittmeister fort – ,steht das Schloß wüst und verlassen, aber die wilde Gräfin geht wie ein wunderbarer Spuk durchs Gebirge. Oft nach nächtlichen Biwaks, wenn die Sonne über der prächtigen Gegend aufgeht, erscheint sie am Saume des Waldes zu Pferd im vollen Glanze der Schönheit; da schwingt sich manch fröhlicher Reiter auf, sie zu fangen, aber keiner von allen kehrte noch jemals wieder zurück. – Seltsam, es ist ja doch nur ein Weib. Seht, ich habe mein Liebchen in Frankreich, mir soll sie nur kommen, ich spüre eine rechte Lust, ihr einmal zu begegnen! –

Dem armen St. Val aber ging es am schlimmsten. Das Bild der Gräfin stand seit jener Nacht unaufhörlich vor seiner Seele, der lustige Bursch wurde ganz schwermütig, und eines Abends war er plötzlich verschwunden, wir wußten lange nicht, wohin er gekommen. Er aber war an diesem Abend, wie er damals oft zu tun pflegte, einsam in der Gegend herumgeschweift. Da hörte er wunderschönen Klang in der Abendluft, wie eine Kriegsmusik aus der Ferne – man sagt, daß es in der Morgendämmerung vor großen Schlachten so in den Lüften musiziert – es waren die Guerillas, die im Gebirge sangen. Die Klänge verlockten ihn, er ging wie im Traume immer fort, so kam er in den Wald, wo damals die Gräfin hauste. Die Abendsonne leuchtete durchs Gebirge, als stände alles in Feuer, die Vögel sangen den funkelnden Wald entlang, dazwischen hörte er immerfort Stimmen bald da, bald dort, darunter eine wie ein Glöckchen bei Nacht, es klang ihm, als müßt es die Gräfin selber sein. Ihm graute, und doch mußt er der Stimme folgen. So war er schon lange gegangen, als er, plötzlich um einen Felsen tretend, auf einem stillen Rasenplatz über den Wipfeln eine weibliche Gestalt wie eingeschlummert sitzen sah, die Stirn über beiden Armen auf die Knie gesenkt, daß die herabgefallenen reichen Locken sie wie ein dunkler Schleier umgaben. Sie hielt ein Roß am Zügel, das weidete ruhig neben ihr, von allen Seiten rauschten die Wälder herauf, sonst war's so still daneben, daß man die Quellen gehen hörte. Und wie er noch so staunend stand in dieser Einsamkeit, erblickte er seitwärts in der Ferne einen Offizier von der deutschen Legion, der unten zwischen dem Gebüsch seine Büchse angelegt hatte, er wußte nicht, ob er auf ihn oder die Schlummernde ziele, und machte erschrocken eine heftige Bewegung. Da schüttelte die Schlafende die Locken aus den Augen und richtete sich, in der Abendglut mit den Steinen ihres Gürtels leuchtend, plötzlich auf. Der Deutsche, wie geblendet, ließ seine Büchse sinken und verschwand zwischen den Bäumen; St. Val aber erkannte mit Schauern die Gräfin, denn ihm fiel die Soldatensage ein, daß es jedem den Tod bedeute, der sie unversehens im Walde erblickt. – Die Gräfin aber sah scharf nach allen Seiten, dann ihn durchdringend an. ›Ihr seid sehr vorwitzig‹, sagte sie darauf, ›doch es wird schon spät, ich bin so müde und verirrt, zeigt mir den Weg aus dem Walde.‹ Da fiel es St. Val plötzlich aufs Herz; er wußte, daß die Franzosen den Wald umzingelt hatten und in welcher Gefahr sie war, er wollte sie retten, es koste was es wolle, und dann noch diese Nacht zu seinem Regiment zurück und sich zu andern Truppen versetzen lassen, weit von diesen Wäldern. – Während diese Gedanken verworren durch seine Seele gingen, hatte sie schon ihr Pferd gezäumt; sie befahl ihm, unterdes zu satteln, und lachte ihn aus, als er damit nicht zurechtkommen konnte, dann schwang sie sich hinauf, er mußte das Pferd am Zügel führen. Sie saß seitwärts auf einem Frauensattel, auf ihrem Arm über den Hals des Pferdes gelehnt, und plauderte im Waldesgrün unbekümmert, wie ein Kind, in ihrer schönen, melodischen Sprache, daß es St. Val war, als hörte er die ferne Musik wieder in der stillen Abendluft, die ihn vorhin verlockt hatte. Auf einmal richtete sie sich lauschend auf, man hörte französisch sprechen dicht unter ihnen. Sie lenkte vorsichtig hin nach den Stimmen, und durch das Gebüsch sahen sie einen Trupp Reiter in ihren weißen Mänteln, die in der Dunkelheit leuchteten, langsam vorüberziehen – nur ein Laut von St. Val, und die Gräfin war verloren. – Sie aber schaute mit kühner Lust hinab, wie man nachts in ein Gewitter sieht, dann, plötzlich sich selbst unterbrechend, streckte sie den Fuß gegen St. Val: er sollt ihr das Schuhband binden, und lächelte spöttisch, da er's tat. –

Von diesem Augenblick an war er ganz in ihrer Macht. Sie sagte: sie hätte ihn nur versuchen wollen, ob er's ehrlich meine, sie wisse den Weg besser, als er, sie wolle ihn heimführen. Mit diesen Worten lenkte sie rasch herum, und in den Klüften bald hernieder, bald wieder aufwärts, an schwindelnden Abgründen vorüber, ging es immer tiefer in die Nacht und die Wälder hinein – er konnte kaum folgen durch das Gestrüpp, wie ein getreuer Hund, und als sie endlich unerwartet ins Freie kamen, sah der Entsetzte eine Guerillabande vor sich im Waldgrund gelagert. Unzählige Röhre, da sie die französische Uniform erkannten, waren plötzlich auf ihn gerichtet, aber ein zorniger Blick der Gräfin bändigte alle; die grimmigen Bestien, ihre schwarzen Mähnen schüttelnd, zogen sich knurrend zurück und wärmten wieder ihre Tatzen an den Wachtfeuern. Nun bemerkte St. Val mit Erstaunen, wie diese wilden Männer die Gräfin, gleich einer Königin, verehrten und bedienten. Ein junger Bursch hob sie aus dem Sattel, einige breiteten einen bunten Teppich über den Rasen, während andere rasch ein lustiges Zelt darüber aufschlugen, dann war auf einmal alles wieder still und feierlich. Unterdes war auch der Mond aufgegangen und beleuchtete die Wälder. Die Gräfin saß unter ihrem Zelt und spielte auf einer Zither, St. Val lag gedankenvoll zu ihren Füßen, ihm war noch nie so himmlisch wohl gewesen. – Es war eine von den prächtigen Sommernächten jenes Landes, die alles wunderbar in Traum verwandeln. Die Gräfin hatte sich bald mit einem Teil der Bande wieder entfernt, nur wenige bewaffnete Bauern bewachten den Gefangenen, die Luft kam von der Ebene und wehte Wohlgerüche aus den blühenden Gärten herauf, die unter den Bergen lagen. Da hörte St. Val die Trompeten seines Regiments durch die weite Stille herüberklingen, sie bliesen ein fröhliches Reiterlied aus der alten, guten Zeit. Das wandte ihm das Herz, er war wieder ganz Franzose, der die Ehre über alles stellte. Er merkte gar wohl an der geheimnisvollen Geschäftigkeit der Abenteurer, daß sie einen Hauptstreich vorhatten, da war kein Augenblick zu verlieren. So, in höchster Angst vor dem Zelte sitzend und umspähend, sann er eben, heimlich zu entfliehen und die Seinigen zu warnen, als auf einmal die ganze Bande mit Windlichtern wieder aus dem Walde zurückkehrte. Die Gräfin, mitten unter ihnen, tritt rasch hervor und, zwischen den schweifenden Lichtern mit den losgegangenen Locken wieder über ihn geneigt, wie in jener Nacht am Schloß, blickt sie ihn streng an in ihrer ganzen, furchtbaren Schönheit. Da springt er auf, entreißt einem Bauer die Fackel und ganz verblendet und verwirrt führt er selber den Haufen zum Überfall gegen seine Landsleute! – So, rasch und schweigend, gehen sie durch den stillen Wald –'

Kaum hatte der Rittmeister diese Worte ausgesprochen, als plötzlich ein Schuß hinter uns her fiel, und bald ein zweiter und noch einer. ‚Teufel! da ist St. Val!' schrie der Rittmeister aufspringend, und ich erblickte in einem Erker des Schlosses einen schönen jungen Mann, totenbleich beim Fackelschein, ohne Hut, in einer halb zerrissenen französischen Uniform, hinter ihm im roten Widerschein der Windlichter, der seltsam über die vergüldeten Wände der Säle schweifte, wurden wilde, trotzige Gestalten mit Dolchen und langen Vogelflinten sichtbar, wie sie der Rittmeister vorhin beschrieben. Sie schossen aus allen Fenstern auf uns, und mancher Franzose sank ins Gras, eh sich unser Häuflein nur besinnen konnte. Unterdes hatte sich das Gerücht verbreitet, die wilde Gräfin sei im Schlosse! der Rittmeister verlor keinen Augenblick den Kopf, er traute mir nicht mehr in solcher Gefahr und ließ mich tiefer in den Wald zurückbringen, dann erbrachen sie mit gewaltiger Anstrengung Tor und Riegel und drangen in die Burg hinein. Der erste, der ihnen dort begegnete, war St. Val, er focht wie ein Rasender und stürzte sich zuletzt in wildem Wahnsinn selbst in die französischen Klingen.

Über seinen Leichnam nun ging der Kampf von Treppe zu Treppe entsetzlich durch alle Gänge. Die Franzosen waren kriegsgewandter und zahlreicher, als ihre Gegner, die Gräfin und die Ihrigen wurden immer höher hinaufgetrieben – es war keine Rettung mehr für sie. Da schlug plötzlich aus dem einen Fenster ein heller Schein hervor, dann wieder aus einem andern, immer mehr rötliche Flammen züngelten schnell an allen Ecken auf, der Sturm faßte die wachsenden Lohen und wildkühn kletterte das Feuer an den Gebälken empor, wie ein prächtiges Laubgewinde in der Nacht, mitten in der Glut sah man die dunklen Gestalten noch ringen. In dieser Not erblickte der Rittmeister auf einmal die Gräfin hoch über sich, wie den Todesengel, zwischen den Flammen. Ihm vergingen die Sinne bei dem Anblick, er vergaß Heimat, Liebchen und Ruhm, er wollte nur sie retten oder sterben. Vergebens riefen ihm die Seinigen nach, er hörte nicht mehr und drang verblendet die brennende Treppe hinan, unter sich in der wilden Beleuchtung sah er den Garten, die Schlufte'n und den Strom, der wie eine glühende Schlange an dem Schlosse vorüberschoß – schon langte er nach ihr, sie zu umschlingen und hinabzutragen, da stieß sie ihn mächtig von der Zinne hinab, daß die Flammen wie fliegende Fahnen den braven Soldaten bedeckten.

Bald darauf stürzte der ganze Bau donnernd über Freund und Feind zusammen – man hat seitdem die Gräfin nicht wiedergesehen."

Alles schwieg, als der Lord endigte, nur der Baron, der während der Erzählung eingeschlummert war, fuhr auf seinem Stuhle erschrocken auf über die plötzliche Stille. – „Nun – und weiter?" sagte endlich der Fürst ganz zerstreut. – Der Lord sah ihn verwundert an. „Was wollen Sie noch weiter in der spanischen Nacht, nachdem dieser schöne Stern gesunken? Das andere lohnt nicht mehr: da der Rittmeister tot war, ergriffen die wenigen noch übriggebliebenen Franzosen voll Entsetzen die Flucht, auch meine Wächter waren verschwunden. Ich eilte nun in der neuen Freiheit sogleich zum Schloß, um die Gräfin, von der ich so viel gehört, womöglich mit eigenen Augen zu schauen – es war zu spät. – Als ich aber an die Brandstätte kam, da war's, als wüchsen dunkle Reitergestalten aus dem feurigen Boden, die wühlten mit ihren Degen in den Trümmern, daß überall blaue Flämmchen aufschlugen. ‚Sie ist mitverbrannt', hört ich einen von ihnen sagen. – ‚So war denn alles nur ein prächtiger Traum!' rief ein anderer schmerzlich aus; dann stürzten sie in den Wald, den Flüchtlingen nach. – Später hörte ich, daß die schwarzen Gesellen, welche das Schloß hatten entsetzen wollen, von der englisch-deutschen Legion gewesen."

„Und sahen Sie den Offizier nicht, der sie anführte?" fragte der Fürst wieder. „Ich erblickte ihn nur fern und flüchtig in der wilden Nacht", erwiderte der Lord, „bei meinem Regiment aber nannten sie nachher einen deutschen Grafen: Victor von Hohenstein." –

„Nun wahrhaftig, Ihr werdet uns am Ende gar noch überreden wollen, daß die Novelle wahr ist", sagte hier die Fürstin, indem sie sich erhob und das Signal zum allgemeinen Aufbruch gab. Man vermißte jetzt erst die Gräfin Juanna. Der Baron sagte, sie promeniere schon seit länger als einer Stunde mit seiner Tochter durch alle Winkel des Schlosses und sei dadurch um die ganze spanische Reitergeschichte gekommen. Er ergriff nun eine seidene Klingelschnur und zog erst gelassen, dann immer heftiger, aber der Draht war durch den langen Nichtgebrauch verrostet, es wollte durchaus nicht klingen, bis er endlich ganz zornig zur Tür hinausschrie. Mehrere Bedienten in alten, verschossenen Livreien stürzten herein, und setzten sich mit massiven Armleuchtern an die Spitze des Zuges, den der Baron, die Fürstin an den Fingerspitzen haltend, feierlich eröffnete, in der Perspektive erblickte man durch die offenen Flügeltüren ein mächtiges Himmelbett mit schwerseidenen Gardinen und einem Federbusch darüber. Nun verliefen sich auch die andern mit ihren Lichtern auf den verwirrten Gängen; es sah von draußen aus wie ein verbranntes Blatt Papier, wo die Funken geschäftig durcheinanderirren, bis endlich der letzte plötzlich verlischt.

Und als nun alles ruhig geworden im ganzen Hause, stand der Fürst noch immer allein mit dem Lord am offenen Fenster eines dunklen Saals und konnte nicht aufhören, ihn über die erzählte Begebenheit immer genauer auszufragen. Das Gewitter draußen war vorüber, es blitzte nur noch von fern, einzelne zerrissene Wolken flogen eilig über den stillen Hof. Da fuhr plötzlich der Lord auf: „Seht da, wahrhaftig, die wilde Gräfin!" – der Mond war auf einmal zwischen den Wolken hervorgetreten und beleuchtete flüchtig Juanna, die jenseits noch auf dem Balkon stand. – Der Fürst aber schloß schnell das Fenster. „Still, still", sagte er zu dem erstaunten Lord, der diesen Ausruf nur so gedankenlos hingeworfen, „verratet es niemand, daß Ihr sie kennt." –

Eilftes Kapitel

Ein prächtiges Schloß über schimmernden Fernen, ein bunter, fürstlicher Hofhalt, Komödianten und ein Liebchen im Grün – was Wunder, daß Ottos fröhliches Studentenherz wie eine Lerche singend über dem phantastischen Herbstschmuck der Wälder hing! – Auch Fortunat verschob seine Abreise von einem Tag zum andern, die geheimnisvolle Aufmerksamkeit, womit man ihn hier unbegreiflicherweise auszeichnete, wurde immer auffallender. Er glich einem Fremden, der auf der Durchreise, bevor der Postillion wieder blies, sich auf einige Minuten im Theater an einen Pfeiler gelehnt hat und nun auf einmal gewahr wird, daß droben auf den Brettern von ihm selber die Rede sei und alle Blicke sich unheimlich auf ihn heften. Das Rätsel, meinte er, müsse jeden Augenblick sich lösen, er wollte wenigstens den ersten Akt noch abwarten.

Am wunderlichsten aber war es Dryander ergangen. Sein Dichterruf öffnete ihm alle Flügeltüren des Schlosses, da hatte ihn aber der Hofwind so wacker gefaßt, daß er bald den Hut samt dem Kopfe darüber verloren hätte. Die unverschämte Art, mit der er sich selbst vergötterte, sein Witz und poetisches Wetterleuchten dazwischen blendete, verwirrte und belebte alles, und eh man sich dessen versah, hatte der Fürst ihn bei Hofe angestellt, die Schauspieler meinten: als lustigen Rat. Er selbst aber nahm die Sache sehr ernst, hielt einen Bedienten, mit dem er sich täglich zankte, kleidete sich sorgfältig nach der neuesten Mode, sprach nur französisch zu den Komödianten, die es nicht verstanden, und wies Lotharios Gelächter mit gründlicher Verachtung zurück.

Währenddes hatte auch der junge, schöne Maler Guido sich immer mehr in Kordelchens feingeschlitzte Augen vertieft, und entdeckte in dem mutwilligen Mädchen täglich neue, unerhörte, nur von der Gemeinheit ihrer Umgebung verschüttete Talente, von denen sie selber nichts wisse. Strotzend von guten Vorsätzen, voll Selbstvertrauens und jugendlichen Glaubens an Tugend und Liebe, ging er mutig darauf los, sie aus ihrer Verwilderung mit sich emporzuflügeln. – Eines Nachmittags saßen beide zusammen in dem altmodischen Ziergarten, der die Wohnung der Schauspieler umgab. Sie strickte einen Strumpf, er las ihr Goethes Tasso vor. Zwischen den grünen Taxuswänden schillerten von fern die reichen Täler herauf, bunte Schmetterlinge flatterten auf den halbverwilderten Blumenbeeten; die feierliche Pracht der Gänge, die Hermen römischer Dichter, die in der Einsamkeit umherstanden, weiterhin über den Buchenwipfeln das heitere, fürstliche Schloß – alles versetzte ihn recht mitten in das schöne Gedicht, er las sich immer mehr ins Feuer. – „Wie schön sie ist!“ rief da auf einmal Kordelchen fast traurig aus. Guido glaubte: die Prinzessin im Stück. Kordelchen aber meinte die Gräfin Juanna, die soeben, eine Laute im Arm, durch den obern Schloßgarten ging. Er sah ihr selber nach, bis sie zwischen den Orangenbäumen wieder verschwunden war, dann fuhr er, etwas gestört, weiter fort. Aber seine Schülerin war heute ganz zerstreut. „Haben Sie gestern abend Lothario droben gesehen?“ unterbrach sie ihn von neuem, „ich glaube, er wollte ein Ständchen bringen.“ – Guido wollte aus der Haut fahren, er nickte ihr nur flüchtig zu, er war eben an einer Lieblingsstelle und deklamierte so eifrig fort, daß ihm die Stirn davon rot wurde. Als er aber einmal über das Buch hinwegsah, hatte Kordelchen gar ihr Strickzeug weggelegt und den ganzen Schoß voll Sternblumen. – „Sie liebt ihn – sie liebt ihn nicht –“ sagte sie leise in Gedanken vor sich hin, eine Blume nach der andern zerpflückend. Guido stand auf, klappte das Buch heftig zu und schob es in die Tasche, seine begeisterten Augen leuchteten im Zorne so schön unter den herabwallenden braunen Locken. „Du närrischer Junge!“ rief Kordelchen, ihn mit einem herzhaften Kuß festhaltend. Da wanderte eben Otto vorüber und warf ihr einen verächtlichen Blick zu. Sie warf ihm dagegen lachend alle ihre Blumen nach und sprang dann selber schnell in den Garten fort.

Ungünstigeres aber hätte Otto in diesem Augenblick nicht begegnen können, als der unerwartete Anblick dieser Vertraulichkeit. Denn er ging soeben, das Manuskript eines Trauerspiels unter dem Arm, mit klopfendem Herzen nach dem alten Palast der Schauspieler, um es ihnen behufs einer zu verhoffenden Darstellung vorzulesen. – Er fand Herrn Sorti und die übrigen Stimmführer der Gesellschaft bereits vor dem Hause in einer Wolke von Tabaksrauch zwischen hohen Biergläsern um einen runden Tisch versammelt. Zerstreut und in Gedanken noch halb bei Kordelchen, begann er mit unsicherer, fast schüchterner Stimme die Vorlesung. Doch bald faßte ihn der rasche Strom der eigenen Dichtung, heiter glitt er an den duftigen Gestaden, Rebengeländern und Burgen hinab, und das stille Glück der Stunden, ja die Gegenden und Plätze, wo er damals gedichtet, wehten ihn wieder erfrischend an. So las er immer schöner und mächtiger, und bemerkte nicht, wie die Gesichter seiner Zuhörer nach und nach immer länger wurden, dort einer heimlich durch die Nase gähnte, da ein anderer mit vornehmem Lächeln unverwandt sein Bierglas ansah. Und als er endlich schloß, erfolgte eine allgemeine Stille, daß man das Laub im Baume sich bewegen hörte – ein Zustand, wobei einem jungen Autor die Gedanken plötzlich zu Eiszapfen gefrieren können.

„Schön – recht poetisch", nahm endlich Sorti das Wort, „aber aufführen –" „Keine Drucker", platzte Ruprecht heraus. – „Zu viel Verwandlungen", meinte ein anderer – „Kein einziger brillanter Abgang." – „Aber was hat denn alle das Teufelszeug mit meinem Gedicht zu schaffen?" fragte der erstaunte Otto in seiner poetischen Unschuld. – „Wird sich schon geben, mein Liebster", entgegnete Sorti gelassen, „wird sich nach und nach schon geben mit der zunehmenden Bühnenkenntnis." – Nun steckten alle die Nasen in das Heft, und ein jeder fing an, nach seiner Art daran zu mäkeln. Der Dialog war zu phantastisch, er sollte noch einmal überarbeitet, herabgestimmt und natürlicher gemacht werden. Der Held dagegen erschien allen zu einfach, die Dame gar zu verliebt. – Da hielt sich Otto nicht länger, diese Mädchengestalt war ihm gerade die schönste, er hatte sich, wie es jungen Dichtern wohl begegnet, nach und nach im Schreiben selber in sie verliebt. – „Das Lieblichste", rief er aus, „das Heimlichste, Wahrste und Beste, was ich wußte, hab ich gegeben, und nicht einen Buchstaben ändere ich an dem ganzen Stück!" – Hiermit schleuderte er das Manuskript zornig auf den Tisch und ging rasch in den Garten fort, und es war ihm in einiger Entfernung, als hörte er die Schauspieler hinter sich lachen.

In diesem heftig bewegten Zustande begegnete er Lothario, der ihm sehr bald die ganze Geschichte abgefragt hatte und darauf in ein tolles Gelächter ausbrach. „Darf man erfahren, worüber Sie lachen?" fragte Otto empfindlich. „Weil Sie", erwiderte Lothario, „durch diese glückliche Begebenheit hoffentlich auf den nächsten Weg geraten sind, sich der theatralischen Flausen gänzlich zu entschlagen." Otto sah ihn verwundert an. Aber Lothario ließ sich nicht irremachen. „Überlegt doch nur selbst", fuhr er fort, „was wollen sie denn eigentlich! Ein großer, starker Kerl, der plötzlich herausstürzt und rezitativisch schreit: ‚Ich fürcht mich vor dem Tode nicht!' ein Posaunenstoß oder ein paar Striche über die große Baßgeige dazu – das ist ein Held. Ein zimperlich Ding, etwas verliebt und etwas tugendhaft und sehr geschnürt, das in Jamben spricht und mit den Logen kokettiert – das ist eine Jungfrau. Ein Korb voll Kaldaunen, der nach Tische zur Verdauung Poesie treibt und in Romeo und Julie eines gemalten Pomeranzenbaums bedarf, um sich nach Italien zu versetzen: das ist das Publikum." – „Und dennoch", erwiderte Otto nach einer kurzen Pause, „wenn alle so dächten, so müßte die dramatische Poesie in der Luft spielen und die Bühne zugrunde gehen." – „Ja, das hoff ich auch!" sagte Lothario, „die Dichter müssen nur nicht nachgeben, sondern die Theater poetisch aushungern, sie an ihrer eigenen Misere und Langweiligkeit allmählich verschmachten lassen und unterdes draußen frisch und keck die Welt auf ihre eigene Hand dramatisieren. Das Publikum ist so dumm gerade nicht, wie es aussieht. Ist es erst im Buch an die ursprüngliche Schönheit wieder gewöhnt, so wird es auch die Bühnen schon zwingen, sich zu akkommodieren. Aus der alten, guten Poesie kann sich ein neues Theater bilden, nimmermehr aber eine neue Poesie aus den kranken Gelüsten des Publikums und der Pedanterei der Theatermaschinisten. Und überhaupt, junger Mensch", fuhr er fort, „wollt Ihr ein Dichter werden – und ich meine, Ihr habt die unglückliche Disposition dazu – so müßt Ihr Euch ein für allemal daran gewöhnen, für die Handvoll Gescheiter im Lande zu dichten und nach den andern nicht zu fragen. Vor allem aber müßt Ihr Euch hier von uns Komödianten und Frauenzimmern losmachen, denn wer sich so in der Rumpelkammer des Lebens herumtreibt, dem fliegen die Fledermäuse an den Kopf, und es wäre schade um Euer weiches Flachshaar."

Otto zürnte wie ein Mädchen. Lothario aber in seinem kühnen Wesen, griff wie ein eisiger Morgenwind durch alle Saiten seiner wunden Seele. Auch hatte es Otto ja mit eigenen Augen gesehen: Kordelchen war treulos, das Brettergerüst seines geträumten Bühnenruhms zertrümmert, er kam sich nach den heutigen Erfahrungen nun selbst hier kahl und erbärmlich vor. Und so geschah es, daß er, ehe sie noch das Ende des Gartens erreichten, dem harten Freunde mit dem Ungestüm eines frischen Entschlusses die Hand darauf gab, sogleich weiterzureisen, um ungestört und mit strengem Ernste ganz der Dichtkunst zu leben. – Nun fehlte es aber wieder am nötigen Reisegeld zur Ausführung eines so löblichen Vorsatzes. – Lothario machte bei dieser Bemerkung eine lebhafte Bewegung und schien einen raschen Vorschlag auf dem Herzen zu haben, schwieg aber plötzlich. – Da standen sie soeben vor Dryanders Tür. „Halt!“ sagte er, „hier wohnt Fortunas Hofnarr, da wollen wir anklopfen, kommen Sie nur geschwind.“

Mit diesen Worten drängte er den Zögernden in das Haus hinein. Ein Bedienter empfing sie in der Vorstube und wollte anmelden. Der Schauspieler schob ihn aber lächelnd zur Seite und trat ohne weiteres in das Zimmer. Hier war durch tief herabhängende, grünseidene Gardinen ein künstliches Halblicht verbreitet, ein zierlicher, bronzener Opferaltar auf dem Mahagonitisch erfüllte das Gemach mit Wohlgerüchen, Dryander selbst, in einem feinperkalenen Negligé, ruhte mit einem Papier in der Hand nachlässig auf einer Ottomane. Er blinzelte die Eintretenden vornehm an, als könnte er sie nicht gleich erkennen, faltete und versiegelte erst den Brief und klingelte nach dem Bedienten: „An Se. Durchlaucht, aber sogleich.“ – Dann sprang er auf und nötigte die Gäste verbindlich auf das Sofa. – Lothario, als sie sich feierlich niedergelassen, drückte mit devoter Stimme ihre langverhaltene Freude über seinen sehr ergötzlichen Glückswechsel aus. „Mich hat es nicht im geringsten überrascht, verehrter Hofrat“, sagte er, „du strebtest von jeher obenhinaus: keine Dachstube war dir zu hoch, du hattest schon damals immer die besten Aussichten.“ – Dryander, hofmännisch überhörend, wandte sich, ohne darauf zu antworten, zu Otto, ihn seiner besonderen Teilnahme an seinem schönen Talent versichernd, doch müsse er ihm als Freund raten, seinen Umgang sorgfältiger zu wählen. – „Eben darum“, unterbrach ihn Lothario, „hat dieser junge Mann einen festen Entschluß gefaßt. Du hast gestern dein Gehalt bezogen und brauchst es nicht; wir wollten daher gehorsamst bitten, ob du vielleicht die Güte haben möchtest, ihm unter die Arme zu greifen – ein kleines Darlehn – auf kurze Frist – er will nach Italien.“ – „Nach Italien?“ rief Dryander aus, „in das göttliche Land –“ „Ja, wo, nach Goethe, die Zitronen blühn“, fiel Lothario ein. – „Meine Verbindungen hier bei Hofe, ich kann Ihnen vielleicht nützlich sein“, fuhr Dryander fort, „auch kenne ich mehrere Personen von Rang in Rom, Neapel, mein Freund der Duca –“

„Degli Lazzaroni", meinte Lothario, „eine alte Familie, ich glaube, ihr seid verwandt." – Otto stand hochrot und entrüstet auf. – „Ich bedaure nur", sagte Dryander, gleichfalls aufbrechend, „daß in diesem Augenblick dringende Amtsgeschäfte – es wird mir aber sehr erfreulich sein, Sie vor Ihrer Abreise –" „Allerliebster Hofrat!" rief hier plötzlich Lothario, seine Hand fassend: „jetzt tanz noch eine Menuett mit mir." – Dryander maß ihn mit verächtlichen Blicken. – „Oder soll ich dich morgen vor dem ganzen Hofe auffordern? Du kennst ja meine Kuchenreiter", sagte Lothario. – Der Hofrat wollte hastig klingeln. – „Tanz" – wiederholte Lothario warnend. – Da stellte sich Dryander mit teuflischem Lächeln in Positur, Lothario sang vergnügt die Menuett à la Vigano, so führten sie auf dem bunten Teppich graziös mehrere Touren aus, und es war wunderlich anzusehen, wie Dryander seinen Gegner mit den Augen erstechen wollte, sooft sie feierlich aneinander vorüberschwebten. Dann geleitete ihn Lothario an den Fingerspitzen bis zum Sofa, machte eine tiefe Verbeugung und entfernte sich mit dem verlegenen Otto, der gar nicht wußte, wie ihm geschehen.

„Das war eine gesunde Motion –" sagte Lothario lachend – als sie draußen waren – „aber Mensch, sehen Sie nicht so trübe aus! Schreiben Sie noch heut nach Hohenstein um Geld, treu, klar und aufrichtig; Sie kriegen des Plunders genug; wer ehrlich will, was er soll, der kann auch, was er will!" – Mit diesen Worten wandte er sich wieder in den Garten. Otto stand noch lange zweifelnd still, dann aber eilte er auf sein einsames Stübchen, um sogleich den guten Rat zu befolgen. – Als er oben am offenen Fenster saß, tanzte schon das Abendgold durch das Weinlaub so lustig über das reine Blatt vor ihm. Er stand oft im Schreiben auf und lehnte sich zum Fenster hinaus. Die Abendsonne beschien draußen die herbstliche Gegend, die Wandervögel zogen über das Haus fort, seine ganze Seele war voll fröhlicher Verheißung und zog mit ihnen in die schöne, wunderbare Ferne hinaus.

Währenddes kehrte unten der Fürst mit mehreren Begleitern von einem Ausfluge heim. Sie ritten zwischen den einsamen Felsenwänden den kühlen Strom entlang, die Wälder glühten im buntfarbigen Herbstschmuck. Da erblickten sie hoch über sich auf einem überhangenden Felsen die Gräfin Juanna, unter wilden Waldblumen nach dem Strome hinabgebeugt, daß die dunklen Locken Stirn und Wangen bedeckten. – „Lurelei!" – sagte der Fürst wie in Gedanken zu seinen Begleitern, die geblendet hinaufschauten. –

Aber er selber war schon in ihrem Bann, und als sie am Schlosse angekommen, hatte er sich unbemerkt entfernt und stieg allein hastig und verwirrt durch die schöne Einsamkeit hinauf. Er kannte von seinen Jagden den wenig betretenen Fußsteig zur Höh, Juanna fuhr erschrocken auf, als er soeben plötzlich durch das Gebüsch brach und neben ihr auf die Knie sank, ihre Hand mit glühenden Küssen bedeckend. Sie schwieg und sah ihn lange durchdringend an. „Still, still" – sagte sie dann, „hier kann man uns vom Schloß aus sehen." – Hiermit ergriff sie seine Hand und führte ihn rasch durch die Hecken, über schmale Felsrücken an jähen Abgründen vorbei. Durch seine Seele gingen wechselnd Furcht und Hoffnung, wie die Schatten im Walde. „Wo wandern wir hin?" fragte er endlich betroffen, denn die grünen Plätze kamen ihm so bekannt vor, das Abendrot spielte, wie die alte schöne Zeit, darüber. So traten sie auf einmal zwischen den Bäumen heraus und erblickten unter einzelnen Tannen ein kleines Haus mit einem stillen, zierlichen Gärtchen davor. – Der Fürst drängte erschrocken weiter. „Hier wollen wir ausruhen", sagte Juanna, ihn festhaltend. Er schaute nun unverwandt hinüber, wie in einem Traum. Eine alte, blinde Frau saß in der Abendsonne vor der Tür, ein schönes, bleiches Mädchen ging singend vor ihr im Garten auf und nieder. Da erblickte sie auf einmal den Fürsten und floh wie ein erschrecktes Kind zu der Mutter und setzte sich zu ihren Füßen ins Gras. – „Was hast du denn?" fragte die Blinde. Das Mädchen sagte: es gehe ein Engel im Abendscheine durch den Wald, ein anderer stehe neben ihm, der werfe einen langen Schatten weit über den Wald und die Täler, ach, es dunkelt schon, und er kommt noch immer nicht wieder! – Sie drückte ihr Gesicht in den Schoß der Mutter und weinte bitterlich.

Der Fürst wandte sich ab. Es war das Jägermädchen, das er so oft in früheren Jahren heimlich besucht. Ihr Herz war gebrochen, da sie in ihrem Liebsten den Fürsten erkannt, nun war sie lange wahnsinnig, er hatte sie fast vergessen. – Die Abendglut blickte noch einmal durch den Wald herauf, daß die Gegend plötzlich ganz fremd und wie verwandelt erschien. Juannas Augen funkelten beinahe tödlich, er hielt sie nicht länger aus und floh tief erschüttert von dem entsetzlichen Ort.

Sie aber war unterdes in das Gärtchen getreten und sprach trostreich zu der Blinden und ihrem armen Kind, und warf ihr, ehe sie weiterging, einige Goldstücke in den Schoß. Da betete die Alte still vor sich, denn nun glaubte sie's selbst auch, daß in der Abendstille ein Engel an ihrem Hause vorübergegangen. – Währenddes stieg der Maler Albert, bis an die Zähne bewaffnet, still und ernst den Waldberg hinan. Er hatte vorhin die Gräfin auf dem Felsen, dann den Fürsten heimlich hinaufschleichen gesehen und in seiner Tugendhaftigkeit sogleich beschlossen, mit Gut und Blut die Unschuld zu beschützen. Die Nacht war schon hereingebrochen, die ganze Gegend stand wie in Gedanken im Mondglanz umher, und als Juanna wieder im Schloß an ihrem Fenster stand, hörte sie unter sich den Strom aufrauschen, wie von Ruderschlägen. Es war Lothario, der unten auf einem Nachen vorüberfuhr und sang, sie konnte durch den Nachtwind nur folgende Worte verstehen:

„Wetterleuchten fern im Dunkeln,
Wunderbar die Berge stehn,
Nur die Bäche manchmal funkeln,
Die im Grund verworren gehn,
Und ich schaue froh erschrocken
Wie in eines Traumes Pracht –
Schüttle nur die dunklen Locken,
Deine Augen sind die Nacht."

Der Nachtwächter unter den Fenstern aber schüttelte den Kopf und sah zu seiner Verwunderung auf dem Felsen drüben eine lange Gestalt, auf ihr Schwert gestützt, die halbe Nacht hindurch gleich einer verlornen Schildwacht stehen.

Zwölftes Kapitel

Es kann ein Mensch lange Zeit in den besten Grundsätzen wie ein Schneemann eingefroren sitzen, aber die lustigen Frühlingsbäche unterwaschen schon heimlich plaudernd und neckend den Sitz unter ihm – ein Laut, der leise Flug eines Vogels: und er stürzt kopfüber und verschüttet alle guten Vorsätze wieder. – So erging es Dryander.

Es war ein schöner, stiller Abend, da ging die Fürstin allein in einem entlegenen Teile des Gartens spazieren, sie schien unruhig, oft blieb sie stehen und hörte zu, wie die Schauspieler unten sangen. Aber das kluge Kordelchen hatte sie schon aus der Ferne bemerkt, Lothario fehlte heut wider seine Gewohnheit bei dem Gesange – sie hatte ihre eigenen Gedanken. So begegnete sie Dryander am Eingange des Parks, da flog ihr plötzlich ein Anschlag durch den Kopf. „Endlich finde ich Sie!" flüsterte sie ihm geheimnisvoll zu, „die Fürstin dort, sie erwartet Sie. Aber still –" sagte sie, den Finger auf den Mund legend, und verschlüpfte schnell wieder zwischen den Bäumen. – Eitelkeit macht dumm. Der überraschte Dryander überblätterte geschwind das Glücksbuch seiner hiesigen Anstellung, jedes Blatt rauschte ihm plötzlich wie die Schleppe der Fürstin, nun verstand er erst alles, ja, er überredete sich in allem Ernste selber, längst in die Fürstin sterblich verliebt zu sein. So, im Garten fortrennend, umspann er sich immer hitziger mit dem tollsten Roman, und als nun die schlanke Gestalt in einem dunklen Bogengange auf einmal vor ihm stand, überschüttete er sie atemlos, ohne Eingang und Vorbereitung, verworren mit der glühendsten Liebeserklärung. Die Fürstin, da er so auf sie losstürmte, stand erst verwundert, dann lächelte sie fein und still, es fiel ihr nicht ein, daß er sich einbilden könnte, sie meine ihn. – „Tasso!" sagte sie scherzhaft warnend, „wir sind hier nicht in Belriguardo." – Indem sie aber den Handschuh ausziehen wollte, um ihm ihre weiße Hand zum Kuß zu reichen, fiel ein Mondstrahl durch das Laub auf Stirn und Mund. Da kam sie Dryander schon eigentlich etwas alt vor, sie gefiel ihm auf einmal gar nicht, und seine Gedanken schlugen ihm unwillkürlich um, wie Milch beim Wetterleuchten. „O Gott, Fürstin!" rief er aus, „die Nacht ist eine wilde, phantastische Blume, berauschenden Duft verstreuend, schöne, gefallene Engel wiegen sich auf den Blättern und singen im Traume von den Sternen, wo sie sonst gewohnt, und zwischen den träumenden Kaiserkronen und Blütenglocken flüsternd, ringelt die alte Schlange sich leise empor und von ihrem Krönlein lösen sich grüngoldene Funken und schwärmen durch das Blütengeflecht, und in ihrem streifenden Widerscheine sehen die Gesichter leichenblaß, wie Sie jetzt, Fürstin, im Mondlicht." – So redete er sich nach und nach in die Tugend und tragisches Wesen hinein, sprach entsetzlich von der Sünde, immer begeisterter, wilder und herzzerschneidend. Die Fürstin überlief es heimlich eiskalt dabei. Aber sie bezwang sich und unterbrach ihn lachend: „Der Duft der Nachtblume ist Ihnen zu Kopfe gestiegen, gehen Sie nach Hause und nehmen Sie ein Fußbad." – Dann wandte sie sich stolz nach dem Schlosse.

Dryander stand wie vom Donner gerührt. Jetzt wollte er ihr nach, sie festhalten, rannte aber in der Verwirrung mit der Stirn an einen Baum, daß er den Hut verlor. Er schimpfte sich selbst einen gefallenen Engel, der gotteslästerlich die Unschuld an die Wand male, die ihn verführt. So eilte er wie besessen quer durch den Wald, in der Ferne verklang eben noch die letzte Abendglocke, die Mädchen im Dorfe unten sangen vor den Haustüren. Und als er am Ende des Parks plötzlich heraustrat, erblickte er vor der letzten Hütte des Dorfs beim hellsten Mondenscheine ein schöne Jungfrau, die er noch niemals gesehen, in reichem Gewand unter einer Linde sitzend. Sie hatte ein blondgelocktes Kind auf dem Schoße, ein anderes stand auf ihr Knie gestützt und sah an ihr empor, alle von einem weiten Schleier umgeben, durch den die Sterne flimmerten, als wären sie dreingewirkt. Da war's ihm, als hätte der Himmel sich barmherzig auf diesen Hügel herabgeneigt, todmüde, außer sich, warf er sich zu ihren Füßen auf den Rasen hin, vor den unschuldigen Augen. „O heilige Jungfrau, bitte für mich!" redete er sie aus tiefstem Grund der Seele an, „beschütze mich von der wilden Jagd – ich selber Hund und Wild – erlöse mich vor der innern Lüge!" – Sie sah ihn ernsthaft an, sie konnte vor den Kindern nicht aufstehen. – Er aber achtete nicht darauf; wie ein Kranker, der einen seligen Traum hat, sprach er immerfort zu ihr und bot ihr endlich gerührt seine Hand an. Er wollte sie mit den Kindern auf einen Esel setzen, so wollten sie ziehen durchs einsame Gebirg die Klippen hinab in der schattigen Kühle, alles hinter sich lassen und vergessen, fort nach der blauen Ferne, bis in das stille Himmelreich. – „Was sind das für Bälge?" unterbrach er sich hier plötzlich selbst, das Kind hastig abwehrend, das mit den schmutzigen Händen zu ihm wollte. – „Ich brachte ihnen Speise und Medizin", erwiderte das Fräulein, „ihre Mutter liegt drin krank – –" „Krank?!" rief Dryander schnell aufspringend und bedenklich nach der Hütte blickend, denn er hatte eine abergläubische Furcht vor Ansteckung. Ein Bedienter mit einem Handkörbchen war unterdes aus dem Hause dazugetreten, das Fräulein erhob sich, wie erlöst, von dem Rasen, und entfernte sich rasch, noch öfters furchtsam zurückblickend. – In dem Gebüsch daneben aber hörte er ein feines Lachen, er glaubte ein Frauenkleid durch die Zweige schimmern zu sehen.

Es war Kordelchen, die ihm heimlich gefolgt. Aber es bekam ihr schlimm. Denn sie hatte sich kaum in ihrem Versteck zurechtgesetzt, da stürzte Dryander, wie ein Rasender, schreiend und tobend daher und fuhr mit dem Kopfe gerade in ihre Röcke. Sie sprang erschrocken auf – eine Fledermaus, da er seinen Hut im Walde gelassen, war ihm unversehens in die Haare geflogen und blickte, dort festgenestelt, mit stieren Augen vom Kopfe des Dichters. Dieser schrie, Kordelchen schimpfte, keines mochte anfassen, darüber fuhren Köpfe, Mägde und Kinder aus allen Fenstern und Türen, die Hunde im Dorfe schlugen an, Dryander nahm ganz verblüfft Reißaus, der Nachtwächter, der eben blasen wollte, mit langen Schritten ihm nach – so kam er atemlos nach Hause, wo er, endlich von dem gespenstischen Untier befreit, sogleich zu Bett ging und sich fest einbildete, todkrank zu sein.

Feine Lebensart ist wie ein guter Firnis, den die gemeine Luft nicht angreift; so war auch die Fürstin seit jenem Abende ganz unverändert; sie erwähnte des Vorfalls mit keinem Worte, sie mochte wohl ihre Gründe dazu haben. Dryander, da es ihn nicht mehr interessierte, hatte längst alles wieder vergessen, bis auf die schöne, mildtätige Jungfrau vor der Hütte. Diese aber war niemand anders, als Fräulein Trudchen von dem wüsten Schlosse des Barons. Die leichte, heitere Art der vornehmen Gäste bei dem fürstlichen Besuche hatte sie ganz verblendet; wie nach Sonnenuntergang flimmerte es noch lange in ihrer Einsamkeit nach, und sie hörte nicht auf zu bitten und zu schmollen, bis der Vater sie endlich auf mehrere Wochen zu dem fürstlichen Forstmeister, ihrem Verwandten, hinüberschickte, um sich zu bilden. – Dryander besuchte nun regelmäßig jeden Abend den Forstmeister, disputierte mit den dort häufig versammelten Gutsbesitzern, trank viel, und verfolgte das Fräulein mit wahrhaft poetischer Wut. Er schleppte ihr unermüdlich Bücher zu: Goethe, Shakespeare, Calderon, Cervantes, sie mußte geschwind lesen, ihre Unwissenheit reizte ihn nur immer mehr. Es war ihr alles so neu, im Hause hatten alle großen Respekt vor seiner Gelehrsamkeit, er umstrickte sie ganz mit seinem leidenschaftlichen Wesen. – Die

Schauspieler hatten insgeheim ihre große Freude daran, und eines Abends kamen die Schalksnarren Ruprecht, Kordelchen, Fabitz, eins nach dem andern, feierlich zu ihm, der eine brachte ein Gedicht, der andere einen dicken Blumenstrauß, und gratulierten zu seiner morgigen Vermählung mit dem Fräulein. Er stutzte und lief sogleich noch zum Forstmeister hinüber. – Es war schon spät, er fand einen seltsamen Rumor im Hause, Spiegel und Kronleuchter wurden geputzt, Gäste vom Lande waren angekommen, andere wurden noch erwartet. Im Garten aber sah er unter den Pflaumenbäumen ein trübes Feuer glühen, vor dem sich dunkle Gestalten seltsam hin und her bewegten. Er eilte hin und fand sein Trudchen, eine Schürze vorgebunden und die Ärmel aufgestreift, in voller Arbeit vor dem Backofen, in welchen soeben Kuchen geschoben wurden. Neugierig und diensteifrig wollte er ihr helfen, um etwas Näheres zu erfahren. Aber sie hatte nicht viel Zeit, er war ihr überall im Wege, sie streifte ein paarmal dicht an ihn an, daß er auf der einen Seite ganz weiß von Mehl wurde. „Nun, nun", sagte sie, da er sich eifrig abstäubte, „es ist ja nicht Ihr Hochzeitsfrack." – „Wahrhaftig", rief er, „wo soll ich bis morgen einen bessern hernehmen?" – „Kommen Sie nur in dem", erwiderte sie, „und bringen Sie ein hübsches Gedicht mit." – Er wollte sie, da die Mädchen eben in den Ofen sahen, schnell haschen und küssen. Aber sie hatte gerade den Kochlöffel in einen Topf voll Pflaumenmus getunkt und fuhr ihm fix damit über den Mund. „Morgen!" sagte sie lachend und lief nach dem Hause. Er sah ihr nach – es war ihm, als führe sie unter den Bäumen wie eine kleine Hexe auf dem Kochlöffel davon.

Am folgenden Morgen war er schon frühzeitig auf dem Platze, in Schuhen und Strümpfen, einen Klapphut unter dem Arme. In des Forstmeisters Hause schien noch alles zu schlafen; er trat unbemerkt in den stillen Gartensaal. Dort war eine lange Tafel schon festlich gedeckt, buntes Naschwerk schimmerte zwischen den künstlich gefalteten Servietten, in der Mitte ein prächtiger, altmodischer Aufsatz mit Pomeranzenbäumchen von Wachs und porzellanenen Götterfiguren, die sich in dem Spiegelboden, wie in einem Weiher, verdoppelten. Er schritt neugierig auf und nieder und kostete alle Teller durch. Dann ging er in den Garten, um in der Geschwindigkeit noch die Rede zu memorieren, die er an der Hochzeitstafel halten wollte. Da sangen aber die Vögel so spöttisch und die schlanken Pappeln im Morgenwinde verneigten sich vor ihm, als wollte ihm alles gratulieren. Von einem umwachsenen Hügel konnte er gerade ins Haus seiner Liebsten sehen. Dort war es unterdes auch schon lebendig geworden, er sah, wie sich Vettern und Basen im festlichen Staate versammelten, immer neue Gestalten erschienen an den Fenstern, ein galantes Wirren, Scharren und Knicksen flimmernd durcheinander, draußen wurden Pasteten und ein hoher Baumkuchen ins Haus getragen, vom Jubel der Dorfjugend begleitet, die eben zur Schule ging. Er hatte sich das alles noch niemals so recht voraus überlegt, jetzt aber befiel ihn, allmählich wachsend, eine unwiderstehliche Angst vor dem Heiraten, und als er eben in eine Allee hineinbiegen wollte, erblickte er am andern Ende gar zwei alte Damen, die in taftenen Kleidern feierlich auf ihn dahergerauscht kamen. Da wandte er sich schnell und entfloh in langen Sätzen unaufhaltsam durch den Garten, am Dorfe vorüber in die Berge hinein, es war ihm, als verfolgte ihn Gott Hymen und klopfte seine Fackel an seinem Kopfe aus, daß ihm die Funken knisternd um die Augen sprühten.

In dem Hause ging es unterdes schon hoch her, es war des Forstmeisters Geburtstag, kein Mensch dachte an Hochzeit. Trudchen trat oft ans Fenster und ging immer wieder ganz böse fort, daß Dryander noch nicht kam. Auch der Baron, der sich wie gewöhnlich zu dem Feste mit eingefunden, war begierig, ihn zu sehen, denn der Forstmeister hatte ihm schon von seiner Liebschaft, seiner einträglichen Stelle und seinen bedeutenden Verbindungen am Hofe erzählt, und der Baron in seinen verzweifelten Vermögensumständen dachte sogleich daran, seine Tochter unter die Haube und sich unter Dach zu bringen, ehe sein eigenes ihm über dem Kopfe zusammenstürzte. Aber vergeblich war mehrere Male nach Dryanders Wohnung geschickt worden, man hatte sich endlich zu Tisch gesetzt, die Unterhaltung wurde immer lauter, in dem Lärm flogen schon Bonbons und bedeutende Blicke zwischen den jungen Leuten hin und her, vom Knall der Champagnerflaschen salutiert, als sich auf einmal durch die Diener vom Schlosse her das Gerücht verbreitete, der Hofrat sei entsprungen und fern im Walde in vollem Staate gesehen worden. Niemand wußte sich's zu erklären, denn die Schauspieler, die einen solchen Ausgang nicht erwartet hatten, hüteten sich wohl, zu verraten, was sie Dryander eingeredet. – Trudchen aber stand plötzlich auf und ging hochrot hinaus. Da wurde die Sache erst recht auffallend, alle Blicke waren auf die Fortgehende gerichtet, die Mädchen zischelten einander heimlich in die Ohren, der Baron eilte ihr nach, denn es sollte noch getanzt werden. Aber das Fräulein war wie ausgewechselt, schmollend und trotzig, und wollte durchaus nicht mehr zur Gesellschaft zurück. Sie wisse es am besten, sagte sie, die Alltäglichkeit dieser prosaischen Menschen habe den Hofrat vertrieben, sie frage gar nicht mehr nach den unwissenden Leuten, sie kenne nun eine ganz andere Welt! – Der Baron aber schalt sie eine verdrehte Närrin. Dann ließ er voller Zorn mitten in der allgemeinen Verwirrung anspannen, schob sie in den Wagen und verschwor sich: der Kerl, der Hofrat, solle sie nehmen, oder er jage ihm eine Kugel durch den Kopf!

Keinem war der Vorfall fataler als Lothario, denn der Doktor war ihm lange wie ein Blitzableiter, in den sein Witz und Ärger lustig einzuschlagen pflegte. Er ging soeben, die seltsame Flucht besprechend, mit Fortunat durch den Garten, als ihnen plötzlich Otto mit leuchtenden Augen entgegenkam. „Gute Nachrichten aus Hohenstein!“ rief er schon von weitem, einen Brief emporhaltend. Er hatte, über alle Erwartung, nicht nur die Zustimmung des Amtmanns in seine Pläne, sondern auch eine bedeutende Summe erhalten, die mehr als zureichend schien, die Reise durch Italien behaglich zu vollenden. Auch ein Brief von Walter an Fortunat war beigeschlossen, den dieser mit großer Freude sogleich erbrach.

„Unser Otto“, schrieb der wackere Freund, „hat uns von Eurem seltsamen Zusammentreffen und dem poetischen Leben an dem Hoflager des Fürsten ausführlichen Bericht erstattet. Er schreibt überaus lebendig, und es ist uns allen, als wären wir in den Palästen und grünen Gängen mitten unter Euch, und sähen und hörten jeden nach seiner Weise sich bewegen und sprechen, diesen Lothario, Kordelchen und Dich selbst nicht ausgenommen. Da sitzen wir dann in Hohenstein, wenn im Feld und Haus alles besorgt ist, jeden Abend wieder unter den Linden vor der Haustür zusammen, und ich muß den Brief immer wieder von Anfang bis zu Ende laut und deutlich vorlesen, bis der Mond über uns aufgeht. So bist Du auch in der Ferne bei uns, wie denn überhaupt eine stille, mondhelle Nacht schon an sich etwas Traumhaftes hat, und entfernte, geliebte Gegenden und Personen der Seele wunderbar näherbringt.

Wie glücklich seid Ihr Dichter! Eurem zauberischen Sinne

erschließt sich überall, wo Ihr wandelt, wie dem Geliebten, willig und vertraulich die verborgene Schönheit der Welt, mit jedem Schritte erweitern sich die Kreise, das Entfernte, Dunkle rückt verständlich in freundliche Nähe und neue Fernen heben sich wieder wunderbar immer weiter und schöner. Was ist Dir nicht alles wieder begegnet, seit wir uns trennten! – Mit mir geht es gerade umgekehrt. Je weiter ich komme, je enger wird der Kreis, und die Fernen, die mich in der Jugend entzückten, verbleichen und versinken mir allmählich. – Doch ich denke, das muß wohl so sein. Ruhiger, als Du Dir vielleicht einbilden magst, habe ich endlich meine Stellung in der Welt erkannt und von den vornehmen Täuschungen Abschied genommen. Ich lerne mich bescheiden und beschränken, und mir ist wohl. Eure Aufgabe ist unübersehbar, verwickelt und selten recht in Eurer eigenen Gewalt. Mein Beruf dagegen ist einfach und mir jederzeit klar, und glaube nur, es ist auch was wert, mit sich selber im reinen zu sein.

Kann ich nun nicht selbst, wie ich früher wohl träumte, mit hinaus in das schöne Land der Poesie, so will ich wenigstens den Dichtern redlich helfen, wie und wo ich's vermag. So ist es mir denn auch endlich gelungen, den Otto mit seinen Pflegeeltern zu versöhnen, denn ich meine, es stand da ein bedeutendes Talent auf dem Spiele. Glaube aber nur nicht etwa, daß das so schwerhielt. Ein rechter, fester Wille tut überall Wunder. Ottos plötzlicher Entschluß, die Heimat zu verlassen, hat die bisherige Ansicht der Sache, ich möchte sagen, auf den Kopf gestellt und der Einbildungskraft der Hohensteiner eine ganz neue Richtung gegeben. Dem Amtmann gefällt Ottos Mut, um so mehr, je weniger er ihn dem sanften Stillen zugetraut hatte. Die gute Mutter aber freut sich nun heimlich darauf, Ottos Namen gedruckt, oder gar sein Bild vor einem Buche zu sehen.

Du wirst Dich wahrscheinlich über das viele Geld wundern, das wir schicken. Aber es kommt nicht von uns. Otto hat hohe Gönner – mehr darf ich für jetzt davon nicht verraten.

Das ist jetzt eine glückliche Zeit. Kaum war diese Angelegenheit wegen Otto nach Wunsch beseitigt, so erhielt ich aus der Stadt die Nachricht, daß mir das einträgliche Amt eines Gerichtsverwalters hier in Hohenstein, das ich so lange zwischen Hoffnung und Zweifeln ersehnt, zuteil geworden. Nun steht unserer Verheiratung nichts mehr im Wege. – Soeben guckt mir Florentine über die Schulter ins Blatt und hält mir schnell mit der Hand den Mund zu, damit ich nicht alles ausplaudern soll. Da ich aber unterdes fortfuhr zu schreiben, so läuft sie nun gar fort und läßt Dich nicht einmal grüßen. – Ich schreibe im Garten auf demselben Platze mit der großen Aussicht, wo Du alle Morgen zu lesen oder zu dichten pflegtest. Aber die Felder unten sind schon leer, auf den Beeten neben mir prangen nur noch die Astern, und die Blätter auf den Bäumen färben sich und fallen. Das ängstigte mich sonst immer, diesmal ist mir gar wunderlich zumute dabei, denn im Hause durch die offenen Fenster sehe ich die Mutter emsig Federn schütten zu den Brautbetten, der Tischler hat seine muntere Werkstatt vor der Haustür aufgeschlagen und schnitzt die Doppelfenster für unsere künftige Wohnung, und ich richte mich mit innigem Behagen in Gedanken für den Winter ein – da mögen draußen Sturm und Schnee an die Fenster schlagen! doch dieses Gefühl verstehst Du wohl nicht? – Nun, Gott sei mit Dir, lieber Bruder, und führe Dich auf Deinen weiten Wegen zu solchem Glücke und solcher Herzensfreude, als ich auf dem nächsten hier gefunden habe."

Fortunat legte den Brief mit ganz eigenen Empfindungen zusammen, es war ihm, als stände er tief im stillen Abendrote. Vor ihm aber stand Otto mit Lothario an dem Abhange und schaute trunken in die Ferne, in die er nun bald hinausziehen sollte.

Dreizehntes Kapitel

„Und wo noch kein Wandrer gegangen,
Hoch über Jäger und Roß,
Die Felsen im Abendrot hangen
Als wie ein Wolkenschloß.

Dort zwischen den Zinnen und Spitzen,
Von wilden Nelken umblüht,
Die schönen Waldfrauen sitzen
Und singen im Wind ihr Lied.

Der Jäger schaut nach dem Schlosse:
Die droben, das ist mein Lieb! –
Er sprang vom scheuenden Rosse,
Weiß keiner, wo er blieb."

So sang Lothario, auf einer Waldhöh auf seine Büchse gestützt. Fortunat trat zu ihm herauf, da sahen sie jenseits den Wald schon von Jägern und Reitern blitzen, der Fürst hatte zum Valet noch eine große Jagd veranstaltet, bevor alles vor dem Winter wieder in die Stadt flüchte.

„Hast du die Braut nicht gesehen?“ fragte Lothario unruhig umherspähend. – „Du meinst die Gräfin Juanna, so hörtest du auch davon?“ erwiderte Fortunat, „sie halten's so geheim vor mir, und alle Jäger wissen's. Erst diesen Morgen hört ich, daß der Bräutigam, ein Baron Manfred, noch heut zur Jagd erwartet wird.“ – „Das ist ein prächtiges Wetter zum Heiraten“, sagte Lothario, „der Alteweibersommer fliegt, als hätten sich alle alte Jungfern das Haupthaar ausgerauft und in die Lüfte umhergestreut, da bleibt mancher Ritter noch mit den Sporen drin hängen. Gebt acht, es gibt eine köstliche Verwickelung!“ – Hiermit schüttelte er Fortunat heftig die Hand und ging schnell ins Tal hinunter.

Fortunat sah ihm verwundert nach, dann folgte er der Jagd, die jetzt immer lustiger durch die Berge ging. So verlor er sich bald in das Labyrinth der Wälder und kam zuletzt in eine grüne Schlucht, über deren Felsenwände von allen Seiten Efeu verwildert hinabstieg. Auf einmal brach ein Hirsch durch das Dickicht, eine Meute Hunde an seinen Fersen und hinter ihnen Juanna. Das edle Tier bei seinem Anblick stutzte schnaubend und stürzte sich seitwärts in den Abgrund, Hunde und Reiterin konnten ihm dorthin nicht folgen. Da hielt Juanna plötzlich über Fortunat in der wilden Einsamkeit, die Hunde streckten sich lechzend zu ihren Füßen. „Seht, der ist frei“ – sagte sie, die schwarzen Locken aus dem erhitzten Gesichte schüttelnd – „und eher fangt Ihr mit verliebten Blicken einen Hirsch im Walde, als mich! Was wollt Ihr von mir? Laßt das Werben um mich, mir ist wohl in meiner Freiheit. Was auch die Fürstin für Anschläge hat, ich werde nie die Eurige und keines Mannes Weib – hütet Euch, es wäre unser beider Tod!“ – Hierauf wandte sie ihr Roß, die alten Bäume schüttelten sich und streuten ihre gelben Blätter wie einen Goldregen über die schöne Gestalt. Fortunat stand ganz verwirrt, ihm war, als sprächen ringsum die Quellen irre den Wald entlang, Unerhörteres konnte ihm nicht begegnen, als daß er nun am Ende selbst der Bräutigam sein sollte! – Unterdes hatte sich Juanna wieder höher in das Gebirge gewendet, ein plötzlicher Anschlag schien ihre ganze Seele zu bewegen. Sie kannte den Waldweg nach einem Nonnenkloster, das jenseits des Gebirges lag und dessen Äbtissin ihr verwandt war. Dort wollte sie noch heute hin und abwarten, bis der Winter Gebirge, Freier und Verliebte verschüttet. Aber mitten in diesen Gedanken erblickte sie auf einmal eine Gemse über sich, die sich hoch über den Wipfeln von Klippe zu Klippe schwang. Das war ihr ganz neu, sie konnte der gefährlichen Lust nicht widerstehen. Ein alter Jäger, der sich bis in diese Öde verstiegen hatte, arbeitete sich eben durch das Gesträuch, sie übergab ihm ihr Pferd, er sollte es hüten, bis sie wiederkäme, und eh er sie noch warnen konnte, war sie schon zwischen den Felsen verschwunden.

Nun kletterte sie wie ein schlanker Panther über die Klippen, das scheue Wild verlockte sie immer höher hinauf, die Lust wuchs mit der Gefahr, sie hatte sich lange nicht so wohl gefühlt und erstaunte, da sie plötzlich eine Felsenwand über sich wie in Feuer erblickte, es war der Widerschein der Abendsonne, die soeben jenseits hinter den schwarzen Wäldern versank. Mit der einen Hand sich an einen Strauch haltend, sah sie über den Felsenrand hinab: die Täler unten dunkelten schon, aus weiter Ferne hörte sie noch eine Abendglocke heraufschallen, sie meinte, es komme von dem Kloster herüber. Eilig schlug sie nun die Richtung ein, aber sie konnte sich in dem wilden Gewirre nicht zurechtfinden, wohin sie sich wandte, taten sich neue Abgründe auf; so stand sie in der entsetzlichen Einsamkeit wie einer, der nachts zwischen den Zacken und Steinbildern eines unbekannten Münsters vergessen worden. In dieser Not verfiel sie darauf, ihr Gewehr zum Signal abzuschießen. Zu ihrer Freude gab sogleich ein Schuß ganz nahe Antwort. Bald darauf hörte sie Fußtritte auf dem lockeren Gerölle, eine hohe, schlanke Gestalt trat plötzlich zwischen den Steinen hervor – es war Lothario. „Das ist ein gefährliches Revier“, sagte er, „und die Nacht bricht schon herein, doch ich bin hier der Pfade kundig und meiner Richtung gewiß.“ – Die Gräfin aber hatte bei seinem Anblicke ein seltsamer Eigensinn ergriffen, gerade ihm dachte sie hier am wenigsten zu begegnen, und eh er's verhindern konnte, schwang sie, ihn abwehrend, sich auf einen einzelnen, senkrecht über die Tiefe hinausragenden Fels, daß ihm in innerster Seele grauste – nur ein Fehltritt und sie glitt in den Abgrund hinunter. – Da hatte Lothario mit sicherem Blicke seinen Vorteil abgesehen. In raschem Entschlusse umfaßte er sie plötzlich und schwang die Sträubende auf seinen Arm. Erschrocken, überrascht, wußte sie nicht, wie ihr geschehe, und sah ihm verwundert und zornig in die Augen. Er aber trug sie grauenhaft an jähen Schlünden vorüber durch die Dämmerung von Klippe zu Klippe hinab, daß sie, vor Entsetzen mit dem einen Arm seinen Nacken umklammernd, ihn rings mit ihren aufgeringelten Locken umgab. So schwiegen sie beide lange Zeit.

Jetzt ging der Mond prächtig über den Wäldern auf. Lothario schaute in die wunderbare Einsamkeit und sagte halb für sich: „So hab ich's manchmal im Traume gesehen." – Juanna aber blickte spähend umher, die Gegend war ihr ganz fremd, einzelne Wolkenschatten flogen darüber, tiefer schimmerten die Gründe fast heimatlich herauf, wie die Täler in Spanien, sie gedachte der schönen Sommernächte unter den Guerillas. – Auf einmal stutzte sie, zwei gesattelte Pferde standen dicht vor ihnen im Walde, und ehe sie sich besinnen und fragen konnte, hob sie Lothario schon auf das eine Roß, schwang sich selbst auf das andere, und über den mondhellen Waldgrund nun ging es rasch fort durch die stille, sternenklare Nacht.

Hier blitzte plötzlich eine furchtbare Ahnung durch Juannas Seele, sie konnte kein Wort hervorbringen, dem Unglaublichen finster nachsinnend, während Büsche, Täler und ferne Dörfer geheimnisvoll an ihnen vorüberflogen. Lothario war wie verwandelt. „Juanna!" rief er ihr aus Herzensgrunde zu, „blick um dich, die Erde ist so still und schön wie eine Brautnacht! Frei sollst du wohnen auf hohem Schloß, wo die Rehe an den Abhängen einsam grasen, dort will ich unter deinem offenen Fenster ruhen in den Sommernächten und dich in Traum singen, bis die Sterne verlöschen und die erste Lerche mich ablöst hoch in der stillen Luft. Und fallen die Blätter und die Vögel ziehen fort, und dich befällt Heimweh, wenn du vom Schlosse über die einsamen Wälder siehst: ich führe dich weit über die Berge fort, du arme Fremde! Auf dem Meere wollen wir fahren an glänzenden Küsten vorüber, bis die Laute deiner Muttersprache gleich bunten Wundervögeln herschweifen und deine ernste, schöne Heimat emportaucht, duftige Gärten, Gebirge und maurische Schlösser in den trunkenen Fluten spiegelnd – o Juanna, mir ist's, wie von einem hohen Berge ins Morgenrot zu sehen!" –

So sprach er voll Freude, während sie ritten, Juanna war

immerfort still, in der Tiefe neben ihnen rauschte ein Strom, sie horchte manchmal hinunter. Auf einmal blinkte das Wasser zwischen dunklen Bäumen hinauf, da warf sie ihr Roß gewaltsam zur Seite, setzte die Sporen ein und schwang es mit sich in den Fluß hinab. Erschrocken stürzte Lothario nach, er sah sie mit dem weitaufgelösten Haare gleich einer Nixe in klarem Mondlichte über die Flut dahinschweben, sinken und wieder emportauchen. Endlich hatte er sie gefaßt, sie ruhte an seiner Schulter, ihre feuchten Locken verdunkelten ihm Stirn und Augen. So sank er mit seiner Beute erschöpft am jenseitigen Ufer auf den Rasen hin und lauschte in der entsetzlichen Stille kniend über ihr – aber sie atmete nicht mehr, stumm und bleich in strenger Todesschönheit.

Das hatte sich alles anders gestaltet, als die lustigen Jäger sich's dachten. Fortunat war damals noch vor Abend von der Jagd abgekommen und mehrere Tage allein im Walde umhergeschweift, um recht nach Herzenslust das schöne Gebirge zu durchforschen. Als er zurückkehrte, fand er zu seinem Erstaunen alles leer, das Abendrot schien über Schloß und Garten, aus dem einen Flügel klang eine Spieluhr noch in einzelnen, langgezogenen Tönen herüber. Bei seinen Tritten, die in dem trockenen Laube raschelten, fuhr der alte Schloßwart erschrocken empor, der auf den Marmorstufen vor dem Schlosse eingeschlummert war. Von diesem hörte er nun, die Gräfin Juanna habe sich auf der Jagd in den Klippen verstiegen, so sei sie im Fluß verunglückt, zwei Hirten hätten sie im Mondenschein auf dem Strome schwimmen gesehen und mit dem Wassermann ringen. Da wäre der Fürst sogleich am andern Morgen mit seinem ganzen Gefolge nach der Residenz aufgebrochen, auch die Schauspielertruppe sei wieder weitergezogen; von Lothario wußte er nichts. – Fortunat aber befiel ein tiefes Grauen in der plötzlichen Einsamkeit, er beschloß, noch heut bis in das nächste Städtchen zu reisen und sich dann ohne weitern Aufenthalt nach Italien zu wenden. – Als er fortritt, dunkelte es schon, fern an den Bergen sah er einen stillen Fackelzug, es war Juannas Leiche, die sie nach der Residenz brachten. So geht oft ein Schauer mahnend durch die Lust der Menschen, damit sie sich erinnern, daß ihnen die schöne Erde nur geliehen sei.

Zweites Buch

Vierzehntes Kapitel

Über einer der verborgensten Schlüfte der Schweiz rauschte leise die Nacht, nur ein Bach stieg zwischen den Felsen hernieder und plauderte, da die Menschen schliefen, heimlich mit der Wetterfahne auf der ärmlichen Waldherberge, die in dem stillen Grunde lag. Da fuhr auf dem Heuboden des Hauses ein Gesell verwirrt aus dem Schlafe empor. Es war Fortunat, der auf seiner Reise nach Italien spät des Abends das Wirtshaus erreicht und gern das luftige Nachtlager bestiegen hatte, da die wenigen Fremdenstuben schon von andern Reisenden besetzt waren. Dort hatte ihn ein Traum erweckt: es war ihm plötzlich, als hätte eine altbekannte Stimme unten seinen Namen genannt. Er lauschte hinab, es rührte sich kein Laut. Draußen aber flimmerten noch die Sterne, da setzte er sich in das offene Dachfenster auf die obersten Sprossen der Leiter, und sah den weiten, stillen Kreis von Gletschern im hellsten Mondenscheine über den Wäldern, nur der dumpfe Donner einer Lawine hallte von Zeit zu Zeit durch die große Einsamkeit herüber.

Jetzt erst fiel ihm der grillenhaft verworrene Bau des Hauses auf, er betrachtete schläfrig die kleinen, hölzernen Galerien, Winkel und Erker, als auf einmal in dem alten Seitenanbau sich ein Laden öffnete und eine Dame, dicht in einen langen Schleier gehüllt, am Fenster erschien. Fortunat, scharf hinblickend, schauerte innerlichst zusammen – es war der Hut, das Reitkleid, Gestalt und Art der Gräfin Juanna! – Der Mond funkelte über ihren Gürtel, wie damals auf der Jagd, dann wurde das Fenster schnell wieder geschlossen. Gleich darauf aber sah er den Wirt zwei gesattelte Pferde auf den Hof führen, die Dame trat mit einem fremden Manne aus dem Hause, alles ganz sacht und leise, wie Wolken in der Nacht, sie flüsterten heimlich untereinander und mit dem Wirt, der ihm auf einmal selbst gespenstisch vorkam, und eh er sich noch besinnen konnte, war die ganze Erscheinung, wie ein Zug Verstorbener, im wechselnden Mondlichte zwischen den Felsen und Bäumen verschwunden.

Fortunat war geblendet, wie einer, der nachts in den Blitz gesehen; er eilte nun die Leiter hinab, der Hof war leer, als wäre nichts geschehen, aber zu seinem Erstaunen hörte er nun in einiger Entfernung Waffenklang durch die Stille. Fechten die Toten in der Luft? dachte er und verfolgte rasch die Richtung. Da erblickte er bald durch das auseinandergebogene Gesträuch zwei Männer, die auf einer mondhellen Wiese in heftigem Zweikampfe begriffen waren. Gestalt, Tracht und Haltung, je länger er hinsah, schien ihm nicht fremd. – „Um Gott, ihr Phantasten", rief er endlich aus, „was habt ihr wieder vor!" denn jetzt erkannte er deutlich den langen Lord und den Maler Albert von dem fürstlichen Jagdschlosse.

Als die Kämpfenden ihn bemerkten, traten sie, die Spitzen ihrer Degen senkend, jeder feierlich einen Schritt zurück und verneigten sich kurz und ernst voreinander, dann stürzte der erhitzte Lord, der vor Eifer keine Zeit zum Verwundern und Begrüßen hatte, sogleich auf Fortunat los. „Entscheiden Sie selbst", rief er, „und ich behaupt es nochmals und tausendmal: es gibt keinen kategorischen Imperativ, die Tugend ist nur der Flügelschlag der primitiven Freiheit der Seele, die Ahnung des geistigen Urstoffs und dieser endlose Urstoff läßt sich so wenig durch Großmut, Keuschheit definieren, daß –" „Keineswegs!" entgegnete Albert ganz empört, „es gibt ein absolutes Sittengesetz, die Tugend, sie ist kein leerer Schall!" – „Aber, so sagt doch nur, was denn? was gibt's denn?" unterbrach sie endlich Fortunat höchst erstaunt, und erfuhr nun nach und nach abgebrochen in einzelnen, verworrenen Sätzen von den Heftigen, daß sie beide, in der festen Überzeugung von einer Entführung Juannas durch Lothario, an jenem unglücklichen Abend, sobald die Gräfin vermißt wurde, die Jagd mit dem Schwure verlassen hatten, sie zurückzubringen oder niemals wiederzukehren. Sehr bald, so behaupteten sie, seien sie auch wirklich den Flüchtlingen auf die Spur gekommen, die sie bis zu diesem einsamen Wirtshause verfolgt hätten. „Und nun, da wir am Ziele sind", fuhr der Maler fort, „läßt dieser Herr da plötzlich seine großmütige Larve fallen und will die Gräfin als seine eigene Beute entführen. Aber mit diesem Schwerte, das in dem großen Kriegsjahre dreizehn geweiht ist, bewahre ich die Unschuld jener Dame gegen jeden Verführer, er mag ein deutscher Komödiant oder ein englischer Lord sein!" – Und hiermit gingen sie von neuem aufeinander los, und führten ihre Schulterquarten und Schlenkerprimen mit einer bewunderungswürdigen Künstlichkeit und Pedanterie aus.

Da fuhr auf einmal der dicke Wirt aus der Haustür wütend

zwischen die Fechtenden hinein, er hatte einen umgekehrten Tisch über dem Kopfe, wie ein Stier mit vier Hörnern, die schon gezückten Schwerter klatschten flach auf seinen rindsledernen Schlafpelz. „Tausend Parlament", schrie er, „Schändlichmens, Lordmajors oder Oberstlieutenant, ich frage den Teufel darnach! ich nehme nicht tausend Pfund Sperling für den Skandal, verjagt mir da mit eurem Geklimper die besten Gäste, ist das ein Ständchen für eine schöne, ausländische Gräfin!" – „Gräfin! ist sie schon fort? wohin?" unterbrachen ihn hier die Duellanten, ihre Degen rasch einsteckend. – „Ausländisch?" stotterte Albert vor Eifer, „was für eine Sprache redete sie?" – „Wahrhaftig, mir kam's ganz spanisch vor", erwiderte der Wirt, und schien nun, indem er die beiden geheimnisvoll nach dem Stalle führte, mit ihnen angelegentlichst von der Fremden zu sprechen, Fortunat konnte nur noch bemerken, daß der Schalk ihnen eine ganz andere Richtung wies, als die Dame vorhin eingeschlagen hatte. – Als er zurückkam, wollte ihn Fortunat selbst über die Gräfin näher ausfragen. Aber der dicke, schlaue Mann war nicht zu haschen, er sprach von tollen Nächten, Spukgeistern und fahrenden Hexen, und brach mit solchem Lärmen den Tag an, daß der Hofhund anschlug und Knechte und Mägde aus allen Winkeln herausfuhren. Mitten in dieser Konfusion hörte Fortunat plötzlich den Lord und den Maler von der andern Seite durch die Dämmerung miteinander disputieren, und ehe er ihnen noch nachrufen konnte, hatten sie in ihren langen, bis an die Knöchel herabhängenden Wachstaftmänteln, aus denen die englischen Pferde ihre dünnen Hälse seltsam hervorstreckten, sich zwischen den fliegenden Morgennebeln schon verloren.

So stand er noch ein Weilchen ganz verwirrt, dann berichtigte auch er schnell seine Zeche, schwang sich auf sein Pferd und schlug den Waldpfad ein, den die geheimnisvolle Erscheinung vor Tagesanbruch genommen. Er ritt den ganzen Morgen fort: aber er fand sie nicht mehr wieder.

Fünfzehntes Kapitel

Die Sonne war eben über Rom untergegangen, als Fortunat von den Bergen mit der Abendkühle in die Stadt einzog. Nur ein Streifen des Meeres in der Ferne und das Kreuz der Peterskuppel brannten noch im Widerschein, dazwischen der Klang unzähliger Abendglocken, und Gärten, Paläste und einsames Gebirg unten wunderbar zerworfen – es war ihm, als zöge er in ein prächtiges Märchen hinein. „Ecco là!" rief auf einmal sein Vetturin und hielt still. Sie standen vor einem großen, altmodischen Palast, welcher zum Teil unbewohnt schien und in der Dämmerung melancholisch auf den einsamen Platz herniederschaute, wo hohes Gras aus dem Pflaster drang und ein Springbrunnen emsig rauschte. Es war das Haus des Marchese A., in welchem befreundete Reisende für Fortunat die Wohnung besorgt hatten.

Ein alter Diener, mit klugen, kurzen Blicken das geringe Gepäck des genügsamen Reisenden musternd, führte diesen die breiten Marmortreppen hinan, während er in großem Wortschwall die Abwesenheit des Marchese entschuldigte, welcher erst heut vom Lande zurückkehre und nicht ermangeln werde, den schuldigen Empfang morgen nachzuholen.

Die ersten Stunden in einer großen, unbekannten Stadt gehören zu den einsamsten im Leben, auch Fortunat überflog das Gefühl, als sei er jetzt erst in der Fremde. Er verlor sich ganz in den hohen Gemächern und betrachtete, als der Diener sich entfernt hatte, vor Langerweile die Stuckverzierungen an den Decken, die schweren, altmodischen Stühle, die hohen Spiegel mit goldenen Rahmen, sowie die umherhängenden Jagdbilder, Kavaliere in seltsamen Trachten vorstellend, halb Ritter, halb Gecken, einen Hirsch mit galanter Reiterkühnheit verfolgend, und junge, schöne Damen in Reifröcken unter einem prächtigen Zelt im Walde, Jagdhörner in den Händen, denen der glückliche Jäger seine Beute ehrfurchtsvoll zu Füßen legte. – Draußen schien ein großer Garten zu liegen, weit über den Garten her schlugen viele Uhren in der Ferne, es war ihm, als sei er schon gestorben und hörte die Totenglocke über sich.

In diesen Betrachtungen unterbrach ihn das Rasseln eines Wagens, der vor dem Schlosse zu halten schien. Er sah durchs Fenster und konnte bei dem Schein einer Fackel nur noch bemerken, wie eine schlanke Mädchengestalt aus der altmodischen Karosse behende in das Haus schlüpfte. Im andern Flügel des Palastes hörte man nun Türen auf- und zuwerfen, gehen und lachen, dann war plötzlich alles wieder still. – Bald darauf aber vernahm er im Garten einzelne, langgezogene Klänge einer weiblichen Stimme, wie eine Nachtigall, durch das Rauschen der Wipfel, durch welche die Glühwürmer leuchtend hinzogen. Der Mond trat eben hervor und verwandelte alles in Traum. Da öffnete Fortunat alle Flügeltüren, ergriff seine Gitarre und schritt durch die lange Reihe der Gemächer singend auf und nieder:

„Es rauschen die Wipfel und schauern;
Als machten zu dieser Stund
Um die halb versunkenen Mauern
Die alten Götter die Rund.

Hier hinter den Myrtenbäumen
In heimlich dämmernder Pracht,
Was sprichst du wirr, wie in Träumen,
Zu mir, phantastische Nacht?

Es funkeln auf mich alle Sterne
Mit glühendem Liebesblick,
Es redet trunken die Ferne
Wie von künftigem, großem Glück! –“

Der schönste Frühlingsmorgen funkelte vor dem Palast über den Garten, da grünte und sang schon alles in der reizenden Verwirrung, in den ausgetrockneten Becken der Wasserkünste jagten sich jubelnd bunte Vögel, üppig blühende Ranken umschlangen mutwillig die Marmorstatüen, als wollte der Frühling sie mit Küssen ersticken. Arglos zwischen den nackten Götterbildern stand Fiametta, die vierzehnjährige Tochter des Marchese, mit ihrer Kammerjungfer Lenore plaudernd, die ihr die schönen, dunklen Haarflechten aufsteckte. Sie war ihr heute ungeduldig entsprungen, beide waren neugierig, ihren Gast, den gestern angekommenen Engländer, zu sehen, wofür sie jeden reisenden Fremden hielten. „Mir träumte heut von ihm“, sagte Fiametta, „er sah aus wie die jungen deutschen Maler mit den langen, blonden Locken, und stand in einer unbekannten, prächtigen Gegend, die schimmerte und blitzte, daß ich vor Blendung gar nicht hinsehen konnte. Ich wußt es wohl, es war der Morgen, der schon durch die roten Gardinen schimmerte, aber ich drückte die Augen fest zu –“ hier hielt sie ein und lachte in sich. – Lenore sah sie fragend an. – „Nein, nein", meinte Fiametta leicht errötend, „was er mir da ins Ohr sagte, sag ich nicht wieder – ob er noch jung sein mag?" – Lenore erzählte, daß sie gestern abends noch im Garten gewesen, da habe sie seinen Schatten im Zimmer auf und nieder schwanken gesehen, lang und dünn wie der Perpendikel einer Turmuhr – „Oder einer Spieluhr, denn ich hört es wohl herüberklingen", fiel ihr Fiametta ins Wort, während sie ihr Füßchen auf den Nacken eines umgestürzten Apollos stellte und sich die zierlichen Schuhe festband. Jetzt sahen sie auf einmal zwischen den Zweigen hindurch den besprochenen Gast selbst, sich streckend und dehnend, aus der Schloßtür treten und verschlüpften, wie Lazerten, schnell zwischen Blumen und Unkraut hinter ein halbverfallenes Gemäuer, wo er vorüber mußte, und durch dessen Ritze sie ihn ungesehen betrachten konnten. Lenore fand ihn sehr schön. Fiametta dagegen kritisierte, heimlich flüsternd, sein schlichtes, braunes Haar, seinen dreisten Gang und seltsamen Anzug. – Als er an die Mauer kam, sagte sie leis: „Ich schreck ihn." Lenore fuhr abwehrend nach ihrer Hand, aber die kleine Marchesin hatte schon den über die Mauer herüberlangenden Ast eines blühenden Apfelbaumes gefaßt und schüttelte kurz und rasch, daß Fortunat von den Blütenflocken ganz verschneit war; dann liefen sie beide schnell davon.

Fortunat aber war heute längst über alles Verwundern hinaus. Schon beim Erwachen in den hohen Trumeau blickend, der Himmel und Bäume abspiegelte, hatte er geglaubt, so entkleidet mitten im Garten zu liegen und war erschrocken aufgesprungen; da hörte er draußen Lachen und Mädchenstimmen in den schönen fremden Lauten, wie Glöckchen, verlockend durch die morgenfrische Wildnis gehen. So war er die helle, stille Marmortreppe hinabgeeilt, um Rom, den Garten, den jungen Frühling und den alten Marchese zu begrüßen.

Nach allen Seiten fröhlich umschauend, wurde er in einiger Entfernung vor sich einen stattlichen Herrn mit gepudertem Haar, Schnallenschuhen und einem alten, hofmäßigen Kleide gewahr, welcher ein junges Frauenzimmer am Arm führte, während ein Bedienter in verschossener Liverei mit einem Sonnenschirm und in sichtbarer Langeweile ihnen langsam nachschlenderte. Seine Vermutung bestätigte sich bald, es war der alte Marchese A., welcher seinen Gast kaum bemerkt hatte, als er ihn in französischer Sprache sehr feierlich willkommen hieß und ihm in seiner Begleiterin seine Tochter Fiametta vorstellte, die errötend ihre langen schwarzen Augenwimpern senkte, da sie auf Fortunats Rock noch einige Apfelblüten erblickte. Dann lud er den Fremden ein, an ihrer Morgenpromenade teilzunehmen. Fortunat war es, da sie nun in künstlicher Verschlingung zierlicher Redensarten an den Buchsbaumwänden durch die langen Alleen mit perspektivischen Aussichten gemessen dahinschritten, als wüchse ihm langsam ein Haarbeutel im Nacken und ein Stahldegen zwischen den Rockschößen heraus, und als ginge er immer tiefer und tiefer in jene gute, alte, wunderliche Zeit hinein, wie er sie aus Büchern und Bildern wohl noch kannte. Dazwischen machten ihn die dunklen, funkelnden Augen Fiamettas recht innerlichst vergnügt, und so kam er selbst, eh er's wußte, immer lustiger in die auserlesenste Galanterie, und es störte die Illusion kaum noch, als sich der Marchese zuletzt ganz unerwartet nach einem seiner entfernten Verwandten in Deutschland, dem Grafen Victor von Hohenstein, erkundigte. Fortunat nannte ihn einen homme de lettres, der sein Siècle mache.

MARCHESE: Er ist aus einem alten Hause.

FORTUNAT: Bewohnt es aber wenig, sondern ist seit geraumer Zeit auf den Parnaß verzogen, wo er sich seine eigenen Luftschlösser baut.

MARCHESE: Ein barocker Einfall für einen Kavalier.

FIAMETTA: Ich möchte einmal einen Dichter sehen.

FORTUNAT: Ihren Augen, meine Gnädigste, kann das nicht schwer werden, wo der Frühling zaubert, muß selbst der nordische Boreas durch die Blume sprechen.

FIAMETTA: Haben Sie auch Blumen in Deutschland?

FORTUNAT *mit galantem Blick*: So schöne nicht. –

Während dieses Diskurses hatten sie sich wieder bis an den Palast herangeschlungen, man schied mit vielen Verbeugungen am Portal unter großem Geschrei der Sperlinge in den zerbröckelten Säulenknäufen. Fortunat war es, als hätt er in aller Frühe eine Menuett getanzt, im Garten aber sangen die Vögel und rauschten die Bäume wieder, als sprächen sie noch immer von den funkelnden Augen der schönen Marchesin.

Sechszehntes Kapitel

Die ersten Tage verstrichen Fortunat wie im Rausche, alles schimmerte vor seiner Seele, er mochte in dem Glanze noch nichts Deutliches unterscheiden. Der beste Führer durch Rom und der Plan der Stadt lagen auf dem Tische aufgeschlagen, jeden Morgen ging er mit dem festen Vorsatze aus, seinen regelmäßigen, auf dem Plane im voraus rot punktierten Umlauf zu beginnen, aber eine überraschende Aussicht zog ihn an, ein Bänkelsänger, der einen Kreis von Lumpengesindel um sich versammelte, lenkte ihn von seinem Wege ab und hielt ihn lange auf, oft folgte er durch ganze Straßen ein paar seltsamen Männergestalten, deren römische Nasen und ausdrucksvolle Gebärden ihm aber besonders auffielen, und wenn er dann ermüdet von dem müßigen Umherschlendern zurückkehrte, mußte er sich dennoch eingestehen, daß er in der kurzen Zeit mehr gesehen und erfahren hatte, als sein gedruckter Führer sich träumen ließ.

Auf einem solchen Streifzuge hatte er sich eines Abends in ein entlegenes Labyrinth kleiner Gassen verirrt, die Bewohner saßen plaudernd vor den Türen, schöne, halbnackte Kinder spielten und lärmten in dem Abendschimmer. Da hörte er unerwartet weiterhin ein lautes Gezänk in deutscher Sprache herüberschallen und eilte neugierig dem Hofe zu, woher der Lärm kam. Auf einmal sprang die Haustür hastig auf und ein wohlgekleideter, nicht mehr ganz junger Mann kam so unsanft herausgeflogen, daß er den Hut vom Kopfe verlor. „Mein Gott! du, Grundling!" rief Fortunat überrascht aus – es war der deutsche Reisende, der ihm die Wohnung in dem Palaste besorgt hatte. – „Da bist du ja wie gerufen", sagte dieser ganz ruhig seinen Hut abstäubend, „ich will dich sogleich bei Landsleuten einführen." Hiermit versuchte er den Drücker der Tür, fand sie aber hinter sich verschlossen. „Hat nichts zu sagen", meinte er nun, winkte Fortunat und führte den Erstaunten in das leerstehende Nebenhaus, im Dunkeln vorsichtig tappend, zwischen wüstem Gerölle hindurch. Währenddes hörten sie im Innern nebenan eine männliche und eine weibliche Stimme immerfort lebhaft miteinander zanken. „Das sind nun meine goldenen Träume!" rief der Mann. – „Träume?" erwiderte das Mädchen schnippisch, „so zwick dich in die Nase, damit du erwachst, ich glaube, du bist heut wirklich betrunken.“ – „Was wußtest du je von der Trunkenheit der göttlichen Kunst!“ fiel er ihr wieder ins Wort, „ich Tor, der ich meinte, dich mit emporzuheben! Nun zerrst du mich selbst mit hinab und machst mir die Welt so gemein, daß ich ihr alle meine Farbentöpfe an den Kopf werfen möchte!“ – „Nun, einen deiner Pinsel wenigstens hast du schon hinausgeschmissen“, entgegnete das Mädchen lachend. – „Da meint sie mich“, sagte Grundling zu Fortunat, „fideles, genialisches Volk!“

Jetzt öffnete er am Ende eines schmalen, finstern Ganges eine Hintertür, und sie traten in ein großes, wüstes, von einem Kaminfeuer zweifelhaft erleuchtetes Gemach, wo Fortunat zu nicht geringer Verwunderung in den Zankenden, Kordelchen und den Maler Guido erkannte. Die erstere saß auf einem Koffer, wo sie Wäsche zu flicken schien. Kaum hatte sie Fortunat erblickt, als sie aufspringend alles wegwarf, ihm mit großer Freude an den Hals flog und ihn tüchtig abküßte. Guido, bleich und verstört, stand schweigend und schien einen Augenblick verlegen. Kordelchen aber erzählte in aller Geschwindigkeit: Herr Grundling, der in Rom bekannt sei, wie in seiner eigenen Tasche, habe Guido in den Bildergalerien und bei allen Malern herumgeführt, vor kurzem seien sie in einem großen, philosophischen Disput über die Kunst zurückgekehrt, da habe Grundling Guidos angefangene Bilder und Zeichnungen getadelt, daraus sei der ganze Spektakel entstanden. – „Wie du alles wieder verdrehst!“ fiel ihr Guido heftig ins Wort, „es ist nicht um den Plunder auf meiner Staffelei dort! Vor den übermächtigen, alten Bildern in den Werkstätten unserer frommen, ernsten deutschen Künstler, da tat es plötzlich einen langen Blitz über mein ganzes Leben von allen Decken, Wänden herab und verbrannte, was hinter mir lag. Da wußt ich's auf einmal, wer ich bin, ein weinerlicher, erbärmlicher Wicht, der noch nichts gemalt und erdacht hat!“ – Hier brach seine Stimme, er setzte schnell seinen Hut auf und stürzte, ohne jemand zu begrüßen, trotzig zur Tür hinaus.

„Es ist doch ein schöner Junge, besonders wenn er böse wird“, sagte Kordelchen, ihm nachsehend. Grundling zündete unterdessen an dem Kamin, wo Überbleibsel vom Mittagessen aufgewärmt wurden, gelassen seine Zigarre an, während Fortunat Guido nacheilen wollte. Aber Kordelchen vertrat ihm den Weg. „Ich bitte Sie, lieber Baron“, sagte sie, „tun Sie ihm nicht den Gefallen, denn er will doch nur bedauert und widerlegt sein. Je mehr man ihn tröstet und streichelt, je ungebärdiger wird er, wie ein ungezogenes Kind, das sich selbst in die Zunge gebissen hat."

Sie fing nun, unbekümmert um die Gegenwart der beiden Fremden, vor den Trümmern eines zerbrochenen Spiegels sich schnell zu putzen an, wobei sie Fortunat sehr lustig erzählte, wie sie nach Rom gekommen. Das fröhliche Mädchen, schon früh für die Bühne dressiert, hatte durch ihr Zusammentreffen mit Lothario zum ersten Male in ihrem Leben Lust und Leid in ihrer tiefern Gewalt erfahren, ohne sich weiter ihren Zustand klarzumachen. Als nun aber der unbeständige Freund so plötzlich verschwunden war, wurden ihr Theater, Sorti und alle die alten Gesichter langweilig, und der enthusiastische Guido beredete sie um so leichter, ihn nach Italien zu begleiten, als sie an Lotharios Untreue sich zu rächen und insgeheim diesen hier wiederzufinden meinte, was sie aber allen verschwieg. Unterwegs hatte sie sich unzählige Male mit Guido entzweit und wieder versöhnt, sie galt für seine Frau, hier in Rom endlich zerstreute sie die neue Welt, und so führte sie gedankenlos ihr gewohntes, leichtfertiges Leben mit einer gewissen Unschuld fort, die dabei nichts Arges hatte. – „Aber wie sind Sie damals in der Schweiz den Lord und den Albert wieder losgeworden?" fragte sie plötzlich Fortunat. – „Wie!" sagte dieser erstaunt, „so wart ihr es in jener Nacht?" – „Freilich", erwiderte sie lachend, „ich kannte ihre Einbildung, und ritt und trug mich wie die arme Gräfin, um die irrenden Ritter zu foppen." –

Währenddes machte Grundling dem Mädchen bei ihrer Toilette auf seine schwerfällige Art den Hof, was sie sogleich zu benutzen wußte, indem sie beständig etwas zu kommandieren hatte, bald mußte er ihr ein Tuch holen, bald eine Nadel suchen, dann reichte sie ihm ihr Füßchen hin, um ihr den Schuh festzubinden, was der trockene Schalk mit ungeschickter Umständlichkeit ausführte. Darauf wollte sie ihre Gäste auf nordische Weise mit Tee bewirten, aber da waren die Teelöffel verlegt, die Tassen voll Farbenkleckse, zudem war es schon finster, und je mehr man suchte, je größer wurde die Verwirrung, bis Kordelchen endlich, den Einfall wieder aufgebend, die beiden Männer lustig zu einem Seitenpförtchen hinausschob, um ihnen ihren sogenannten Garten zu zeigen.

So gelangten sie durch das dunkelverbaute Hinterhaus auf einen kleinen, grünen Platz, dessen Aussicht Fortunat wunderbar überraschte. Denn hinter den Weingeländen und duftigen Gärten, die sich terrassenartig senkten, lag plötzlich die Nacht mit ihren Trümmern und zerbrochenen Säulen wie ein Buch der Vergangenheit unter ihnen aufgeschlagen, dessen Anfangsbuchstaben der Mond rätselhaft vergoldete. Da hörten sie von fern aus den Gärten einzelne Akkorde einer Laute, bald darauf sang eine schöne männliche Stimme:

„Jetzt wandr ich erst gern!
Am Fenster nun lauschen
Die Mädchen, es rauschen
Die Brunnen von fern.
Aus schimmernden Büschen
Ihr Plaudern, so lieb,
Erkenn ich dazwischen,
Ich höre mein Lieb!"

Kordelchen, die aufmerksam hinabgelauscht hatte, besann sich nicht lange und antwortete sogleich nach derselben Melodie:

„Ich höre mein Lieb,
Beim wechselnden Scheine
Verläßt er die Seine
Und kommt wie ein Dieb.
Es hallt von den Steinen,
Die Wipfel wehn sacht
Und sagen's der Deinen –
Ja, hüt dich bei Nacht!"

Der Sänger unten schien es vernommen zu haben, er sang, immer näher und näher kommend, lustig entgegen:

„Ja hüt dich! bei Nacht
Pflegt Amor zu wandern,
Ruft leise die andern,
Da schreiten erwacht
Die Götter zur Halle
Ins Freie hinaus,
Es bringt sie dir alle
Der Dichter ins Haus."

Die Stimme schien Fortunat bekannt, da rauschte es in dem nächsten Gebüsch, und mit einem leichten Satze schwang sich der Sänger zwischen dem alten Gemäuer zu ihnen herauf, daß seine Laute an den Zweigen einen fröhlichen Klang gab. – „Otto!“ rief Fortunat freudig aus, denn es war niemand anders, als der poetische Student aus Hohenstein. Fast aber hätte er ihn nicht wiedererkannt, so verwandelt, von der Sonne gebräunt und rüstig erschien der Jüngling. Er hatte Fortunats Ankunft schon erfahren, und erzählte ihm nun sogleich voller Entzücken von seiner Reise und dem hiesigen Aufenthalt, er war wie berauscht in den fremden Lüften. Kordelchen neckte ihn mit seinem römischen Liebchen, und Grundling schwor, das sei das schönste Frauenzimmer, das er jemals gesehen, alle Maler stiegen ihr nach, wenn sie, ihr Fruchtkörbchen auf dem Kopfe mit dem einen Arm unterstützend, schlank und zierlich über den Markt ging; einem Landsmann habe sie bei dieser Gelegenheit einmal eine Feige umsonst gereicht, nämlich hinters Ohr.

Während sie noch so sprachen, hörten sie hinter sich im Hause heftig gehen und die Türen zuschlagen. Es war Guido, der, in der ungebärdigsten Laune zurückgekehrt, nach Licht rief und im Finstern mit den Stühlen umherwarf. – „Heraus, du verstörter Poltergeist mit deinem dummen Künstlerunglück!“ rief Grundling in das Haus hinein. – „Laßt mich jetzt ungeschoren, das rat ich euch“, erwiderte Guido zornig von innen, „wem sein Himmel über dem Haupte zusammenbrach, dem kommt's auf ein paar Scherben mehr oder weniger nicht an.“ – Hier aber verwickelte er sich unter dem alten Gerümpel des Hausflurs mit den Füßen in umherliegende Schläuche, er zuckte ungeduldig, darüber geriet ein übereinandergeschichteter Turm von leeren Weintonnen ins Wanken und Fallen, bis auf einmal Schaff, Tonnen und Maler, unaufhaltsam übereinanderkollernd, zum Hause herausgestürzt kamen. Grundling, der sich vorwitzig der Tür genähert hatte, konnte nicht so schnell entspringen, eine Tonne hüpfte ihm zwischen die Beine, er wollte sich an Otto festhalten, erwischte aber nur seine Laute, mit der er krachend niederfiel. Otto schalt auf Grundling, Grundling auf Guido, Guido auf mehrere alte Weiber, die über dem Lärm keifend aus allen Dachfenstern herausfuhren. Mitten aus dieser Verwirrung brach endlich das tiefe, weitschallende Lachen Grundlings mit solcher vehementen

Herzlichkeit, daß es bald Handelnde und Zuschauer unaufhaltsam mitfortriß.

Diese unerwartete Explosion zerstreute die letzten Wölkchen an dem leicht beweglichen Horizont. Auch Guido hatte darüber seine hochmütige Zerknirschung gänzlich wieder vergessen. Man holte Wein herbei, und Kordelchen forderte Grundling auf, da sie sich eben alle wie in der Arche Noah so fröhlich zusammengefunden hätten, bei der schönen, warmen Nacht seine Lebensgeschichte zum besten zu geben, was von den andern mit großem Applaus aufgenommen wurde.

Grundling langte nun aus seinem tiefen Schubsack erst mehrere Stücke eines Pfeifenrohrs hervor, die er umständlich zusammensetzte, und einen ungeheuren Pfeifenkopf vollpfropfte, während er auf einem der umgestürzten Weinfässer Platz nahm. Die andern hatten sich, um dem Qualme des schlechten Tabaks zu entgehen, vorsichtig außer dem Winde um ihn her gesetzt, worauf derselbe endlich folgendermaßen begann:

„Du wirst dich noch erinnern, Fortunat, wie ich in Heidelberg mich so in die Wissenschaften verbissen hatte, daß ich gar nicht mehr loskommen konnte." – „Allerdings", erwiderte Fortunat, „du und dein grüngräulicher Mantel hatten schon mehrere Studentengenerationen überlebt, als ich dort ankam. Du warst ein hartnäckiger Kantianer, und standst, noch immerfort nach der Aufklärung hinweisend, wie ein alter Meilenzeiger, den man mitten im Kornfelde vergessen, nachdem Fichte und Schelling längst andere Straßen gezogen hatten. Du verachtetest damals uns Jüngere unsäglich, die wir den neuen Weg eingeschlagen." – „Nun bei Gott, das tu ich auch jetzt noch", rief Grundling, indem er dicke Tabakswolken von sich stieß. – „Auf einmal aber warst du in Heidelberg spurlos verschwunden", sagte Fortunat. „Ein von den Ferien zurückkehrender Student hatte deinen Mantel mitten auf der Heerstraße gefunden, den wir sodann mit einem philosophischen Leichensermon feierlich zur Erde bestattet haben. Wie ging das zu?" – „Das will ich euch wohl berichten", entgegnete Grundling.

„Es trieb sich dazumal ein schlanker, junger Mensch in Heidelberg herum, den niemand näher kannte, er war nicht Student, nicht Philister, aber verdammt schlau. Das kam mir gleich verdächtig vor, denn ich habe in solchen Stücken eine feine Nase. Ich fühlte dem Patron bei schicklicher Gelegenheit auf den Zahn, da sprach er von Fürsten, Ministern und Bischöfen! – versteht ihr? Bischöfen – mit denen er oft in naher Berührung stände, von Rührung, Stimmung der Seelen usw., aber alles glatt und durcheinandergeschlungen, wie ein Aal. Da schoß mir endlich ganz das Blatt. Ja, lieben Freunde, es war niemand anders, als ein geheimer Jesuit, so ein verdammter, proselytenmacherischer Emissär! Nun, ihr kennt mich, von Stund an faßt ich den Kerl scharf ins Auge, sann und beobachtete ihn bei Tag und Nacht. Eines Abends sehr spät wandle ich eben in meinem Mantel vor dem Tore so für mich auf und nieder, als ich auf einmal den Emissär sacht und vorsichtig in ein dunkles Gebüsch schlüpfen sehe. Ich, nicht zu faul, lenke sogleich meine Schritte dahin, arbeite durch Strauch und Dorn immer tiefer nach, und was erblick ich?! – Unter einer hohen Linde im dämmernden Mondenschein steht der Emissär in erhabener Stellung, neben ihm ein sehr junger Mensch, der soeben, die rechte Hand zum Himmel gereckt, einen feierlichen Schwur ablegt. Nun halt ich mich nicht länger, ich stürze hervor und donnere den Seelenverkäufer an, daß er sich unterfange, diesen Sitz der Aufklärung mit der pestilenzialischen Finsternis des Mittelalters zu verdüstern et cetera. Unterdes fing auch über meiner Rede ein Hund in der Nähe zu bellen an, einige Personen bewegten sich von fern zwischen den Bäumen, die Überraschten wurden immer verlegener, ich fuhr in meinen Ermahnungen immer nachdrücklicher fort. Aber was geschieht? Der Kerl von Jesuit packt mich auf einmal von hinten, der andere an den Füßen, daß ich die Balance verliere, so werfen sie mich in eine verfluchte Kalesche am Gebüsch, die ich vorher gar nicht bemerkt hatte, schwingen sich mit herauf, der Kutscher peitscht in die Pferde und fort geht es über Stock und Stein in die finstere Nacht hinein. – Als ich wieder zu mir selbst kam, fand ich mit Vergnügen, daß meine Pfeife in der Konfusion nicht ausgegangen war, auch hatte ich den Tag über viel gesessen, etwas Motion konnte nicht schaden, die Nacht war schön, kein Mensch oder Dorf in der Runde – so dacht ich denn: laß sie fahren! und setzte meine Ermahnungen ruhig wieder fort. Aber es dauerte nicht lange, so war der junge Proselyt darüber eingeschlafen. Der Jesuit dagegen, wie es die Art dieses schlauen Ordens ist, wich mir mit sophistischen Redensarten bald rechts, bald links aus, dann zog er eine Flasche guten, schweren Weines aus der Wagentasche und trank mir zu. Ich kam immer mehr ins Feuer, wir diskutierten und tranken, ich verbreitete mich ausführlich über Aufklärung, Mönchtum, dicke Finsternis et cetera, aber Gott weiß, wie das zuging, es war mir, wie ich so fortsprach, als schritt ich in der Rage unserm Säkulum um einige Jahrhunderte so unaufhaltsam vor, daß ich meine Gedanken gar nicht mehr halten konnte, vergeblich blickte ich unverwandt auf den dreieckigen Hut des Kutschers vor mir, Bäume und Dörfer und Wälder und Gedanken flogen und verwickelten sich mir im Mondenschein durcheinander, nur manchmal hört ich noch den Jesuiten dazwischenschnarchen, bis mir zuletzt selbst alle Sinne vergingen. – Als ich wieder aufwachte, war der Jesuit und Proselyt und Wagen und alles fort, und ich liege rücklings auf einem Rasenkanapee an der Chaussee in der angenehmsten Morgenkühle. Aber w i e lieg ich da! In einem kompletten Jesuiterroquelaure mit unzähligen Knöpfen vom Kinn bis an die Fußspitzen, und ein kleines, schwarzes Barett auf dem Haupt!"

Hier brachen sämtliche Zuhörer in ein lautes Gelächter aus, nachdem Kordelchen schon während der ganzen Erzählung öfters heimlich gekichert hatte. „Dummes Zeug!" rief Grundling ärgerlich, und stürzte zwei Gläser Wein hintereinander aus, „was ist da zu lachen? Das war kein Spaß. Vom Felde glotzten mich ein paar Bauern groß an, ich schämte mich in dem Aufzuge, als ob ich nackt wäre, und sprang geschwind ins Gebüsch. Aber die Bauern, wie sie das sehen, fangen an zu schreien, und hurra hinter mir drein! Ich springe und schlüpfe und duck mich in Gräben an Zäunen, laufe in der Verwirrung gerade ins Dorf hinein, verwickle mich mit dem langen Roquelaure im Gesträuch, da fahren euch Hunde, Kinder und Weiber aus allen Löchern und alles schreit Mordio. – So brachten sie mich ganz atemlos zum Pastor. Da hatt ich nun gut reden, daß ich kein Jesuit, sondern eigentlich ein Philosoph sei, je mehr ich von Aufklärung sprach und auf die Jesuiten schimpfte, je schlauer und verdächtiger lächelte der Pastor dazu. Endlich gab er zu essen, ich hatte einen erstaunlichen Appetit. Über der Mahlzeit aber hör ich draußen ein Pferd schnauben und scharren, der Pastor geht hinaus, ich vernehme eine feine Silberstimme, die sich voller Verwunderung und sehr eifrig nach mir erkundigt. Als ich ans Fenster trete, erblick ich unter den alten Linden vor dem Pfarrhause ein hohes, schlankes Frauenzimmer zu Pferde, im Jagdhabit mit nickenden Federn auf dem Haupt. Sie ritt soeben wieder fort, ich konnte ihr Gesicht nicht mehr sehen, aber sie machte von hinten einen recht majestätischen Eindruck auf meine Sinne. – Nun kam und ging der Pastor wieder hin und her und hatte immerfort das fatale Lächeln im Gesicht, ich merkte, daß Boten abgeschickt wurden, ich hörte insgeheim vom Gerichtshalter et cetera flüstern, da wurde mir zuletzt angst, und gegen Abend schlüpfte ich unvermerkt durchs Hinterpförtchen, um die Nacht über nach Heidelberg fortzuwandern. Wie ich aber so vor dem Dorfe am Schloßpark vorüberziehe, hör ich drin dieselbe Silberstimme sehr angenehm zur Laute singen. Das ficht mich an, ich trete in den Park, immer dreister und weiter – es war richtig die Reiterin. Sie hatte mich schon erblickt. – ‚O meine Ahnung! wußt ich's doch, daß du kommen würdest, frommer Vater', sagte sie, zu mir tretend. Nun hätte das doch mit dem Teufel zugehen müssen, wenn ich ihr Vater hätte sein sollen, denn sie war älter als ich, und häßlich, lang und vertrocknet. Sie erzählte mir nun in der Geschwindigkeit, daß sie Schriftstellerin sei unter dem Namen Blancheflour, ich würde ihre Schriften wohl kennen, sie habe diesen wichtigen Moment in ihres Herzens Herzen längst ersehnt. – ‚Aber was wollen Sie denn eigentlich?' fragte ich ganz verblüfft. – ‚Nun mein Gott! katholisch werden! Aber du kennst wohl meine geistlichen Hymnen noch nicht, ehrwürdiger Vater?' – Und nun fing sie, eh ich's mich versah, wütend zu deklamieren an, bei jedem Vers trat sie in der Verzückung einen Schritt näher, ich einen Schritt zurück, bis an eine Laube, wo ich geschwind entwischen will. Da brechen auf einmal zwei junge Leute aus dem Buschwerk, und gerade auf mich los; es war der Bruder des Fräuleins und sein akademischer Freund, ein durchreisender englischer Lord. Der Lord, der uns für verliebt hält, nimmt sich sogleich der verfolgten Unschuld der Jungfrau an, es werden Hieber angeschleppt und ich muß mich auf der Stelle mit ihm duellieren. Ihr wißt, ich führte eine gute Klinge, der Lord ebenfalls, wir konnten einander nichts anhaben. Nun ging's drauf – das Fräulein lag in Ohnmacht – Schlenkerprimen und Schulterquarten, daß ich mein Barett vom Kopf verlor. ‚Nur noch einen Gang!' rief der Lord entzückt aus – meinetwegen! – und wieder einen und noch einen! – Darüber wird mir endlich der Lord ganz gewogen, wirft den Hieber weg und embrassiert mich. – Nun fand sich's, daß er auch ein heller, philosophischer Kopf, und ebenso erpicht auf Menschenbildung war, als ich. Ich mußte mit ihm aufs Schloß, da hatte er alle Koffer voll neuer Konstitutionen, die er bei den verschiedenen Nationen anbringen wollte. Wir disputieren zusammen die ganze Nacht, wir werden ein Herz und ein Sinn, trinken Brüderschaft, und er proponiert mir, mit ihm zu reisen. Das Fräulein behandelte mich nun schnöde und verächtlich. Aber ich fragte nichts darnach, am folgenden Morgen saß ich mit dem Lord auf dem Wagen und wir fuhren durch die Schweiz über Rom, Neapel, zwischen Kalabrien und Sizilien durch –"

„Halt! halt ein!" riefen hier die andern lachend dazwischen, „dein Lebenslauf kommt auf einmal so verteufelt ins Stürzen, daß einem ordentlich der Wind am Hute pfeift."

„Was da halt!" erwiderte Grundling, trinkend und wieder einschenkend. „Aber in Spanien ging's uns kurios. Das ist ein verteufelt hitziges Land, kaum hat man dort das Samenkorn der Weisheit in den Boden gelegt, so schießt's einem auch schon gleich unter den Beinen empor, Disteln und Unkraut, da ist kein Halten mehr, und eh man sich's versieht, ist einem in dem verrückten Klima die ganze Vegetation über den Kopf gewachsen wie eine ungeheure Pelzmütze. Das haben wir dazumal wohl erfahren. Wir hatten uns durch Prozessionen, an Klöstern und Feudalsitzen vorüber, schon ziemlich tief ins Land hineingeärgert, und ritten eines Abends soeben dem Gebirge zu, als sich ein paar wackere Burschen zu uns gesellten. Wem's Ernst ist, der feiert nicht gern. Wir knüpften sogleich ein Gespräch aus dem Gebiete der praktischen Philosophie mit ihnen an, bald holten wir noch ein paar Wanderer ein, und wieder ein paar, bis wir zuletzt am Fuße des Berges auf einen großen, hellen Haufen stießen. Ich besinne mich nicht lange und haranguiere das Volk. Ich sprach vom Aberglauben, von der Freiheit des Willens et cetera, ich kam immer mehr ins Feuer mit donnernder Stimme und zuckenden Gedankenblitzen, das zündet gleich rechts und links, die Kerls jauchzen, schreien Bravi und wieder Bravi, und eh man die Hand umdreht, mitten in der Rede, heben sie mit Piken und Stangen ein altes, abgebrochenes Zelt hoch über ihre Köpfe, schwingen vor Entzücken mich und den Lord auf den Baldachin hinauf, und tragen uns so im Triumphe auf ein altes, adeliges Schloß zu. Da war's doch nicht anders, als wollten sie mit unsern Köpfen die Mauern einrennen, denn in der Begeisterung fragten sie den Teufel darnach, daß das Schloßtor viel zu niedrig war für unsern Baldachin. Zum Glück erblick ich nebst dem Lord noch zu rechter Zeit einen Balkon gerade vor uns über dem Tore, wir erfaßten schnell das Geländer, die Kerls schritten wie toll unter uns weg, und so blieben wir draußen am Balkon hängen, mit den Beinen in der Luft. Jetzt aber entstand unter uns ein Spektakel, ein Gedränge und Gewürge – denn die Kerls waren Guerillas – die vom Schloß fielen aus, die Guerillas ein – zwischen unsern Beinen hindurch flogen die Kugeln immerfort hin und her, der Lord verwünschte unsere Philosophie, worüber wir noch heftig aneinandergerieten. Wie wir nun so bedenklich hängen und streiten, stürzt plötzlich oben im prächtigen Mondenscheine zwischen blühenden Pomeranzenbäumen das Schloßfräulein auf den Balkon heraus, dunkle Locken, Alabasterhals und -busen und eine Laute im Schwanenarm. Die sieht mich penetrant an und bleibt wie verzaubert stehen, sie sieht mich noch einmal an – und: ‚O mein Traum!‘ ruft sie und läßt die Laute fallen. Darauf, schnell wieder gefaßt, erwischt sie mich hinten beim Kragen, und hilft erst mir, dann dem Lord rasch übers Geländer auf den Balkon, in das Pomeranzengemach hinein. Jetzt aber war guter Rat teuer; ich unbewaffnet, kein Schwert in der Nähe, und von unten heult das Gedrossel, wie ein versessener Sturmwind, durch das alte Haus immer höher und näher herauf. Der Lord wirft sich noch geschwind an den Sekretär des Fräuleins hin, schreibt sein Testament und setzt mich zu seinem Universalerben ein. Unterdes aber – ihr kennt die südliche Glut – verliebt sich die Prinzessin –“

„Prinzessin?“ rief Fortunat, „du nanntest sie ja eben noch schlechtweg vorhin Fräulein!“

„Verliebt sich die Prinzessin“, fuhr Grundling immer schneller redend und trinkend fort, „immer heftiger in mich, und erzählte mir, wie sie mich schon früher einmal im Traume gesehen, mit Uniform und dreieckigem Hute durchs Morgenrot auf Wolken schwebend, et cetera. Jetzt war auch der Lord mit dem Petschieren des Testaments fertig, die Prinzessin wollte uns aus dem Schlachtgetümmel heimlich salvieren, wir retirierten durch Kammern und lange Gänge unaufhaltsam immer höher hinauf, wobei uns noch der eigensinnige Lord gefährlich wurde, der niemals seine prallen, hirschledernen Hosen ablegen mochte, die nun in dem Mondenscheine von weitem leuchteten. So kamen wir endlich auf das flache Schloßdach hinaus, da standen wieder blühende Granaten und Limonien, in der Mitte plätscherte eine Wasserkunst sehr angenehm, in der Goldfischchen bei dem klaren Mondenscheine lustig hin und her fuhren. Aber da war nicht lange Zeit zur Ergötzlichkeit. Unter uns der Kriegslärm, vor uns der nächtliche Abgrund, dazwischen die schöne Herzogin mit der südlichen Glut immer dicht hinter mir drein: ich soll katholisch werden und sie heiraten, oder ich und sie müßten auf der Stelle sterben! Ich aber kann mich in der Konfusion nicht gleich resolvieren, da zieht sie einen unvernünftig langen Dolch aus dem Gürtel, preßt mich mit dem linken Arm fest an ihre Brust, holt mit dem rechten hinter meinem Rücken aus, und will mich und sich zugleich durch und durch stechen. In demselben Augenblicke platzt die Falltür neben uns mit einem ungeheuren Knall, daß die Stücke meilenweit auseinanderfliegen. Sie hatten schon lange daruntergestemmt, und nun, wie wenn ein Champagnerstöpsel unverhofft losgeht, kamen auf einmal Guerillas, Schloßsoldaten und Alguazils, die einen mit den Ellbogen, die andern mit den Stiefeln voraus, mit unglaublicher Vehemenz aus dem Loche senkrecht emporgeflogen, und sowie einer auf das Dach wieder niederfiel, fuhr er seinem Nachbar gleich wieder in die Haare, so verbissen waren sie untereinander. Die verliebte Königin, da sie nun alles verloren sieht, faßt mich beim Arme und rasch mit mir fort an den Rand der Zinne; aber ihr wißt, ich hielt niemals viel auf Kleider, mein ganzer Ärmel läßt oben in der Naht los, und die Königin stürzt sich mit meinem Ärmel in den Abgrund hinab, in der Luft noch: ‚Don Grundlinghio!' rufend. – Unterdes bekommt mein Lord plötzlich seinen englischen Spleen. Eh ich's mich versehe, duckt er sich kopfüber in das Bassin der Wasserkunst. Das war nun aber so klein und seicht, daß ihm die Lederhosen oben trocken heraushingen. Ich schreie, die gestörten Goldfische stoßen wütend auf seinen Backenbart, alles umsonst! er stampft und stopft sich selber immer tiefer hinein, und ersäuft sich so mit aller Gewalt. Es war ein kritischer Moment, Feinde ringsum, ich ziehe schnell mein Schwert und mähe mich von Etage zu Etage hinunter, ein umgefallener Alguazil beißt mich in dem Gemetzel noch in die Wade, ich spick ihn fest an den Boden –

Aber was Teufel!“ fuhr Grundling hier plötzlich mit sichtbarem Schrecken von seinem Sitze auf, „stehen denn die Toten wieder auf? da geht wahrhaftig der Lord vorüber!" – Und in der Tat, durch die offenen Türen des Hauses sah man draußen auf der Gasse beim hellsten Mondenscheine die gelben Lederhosen eines rasch vorübergehenden Mannes deutlich schimmern. Überrascht sprangen nun auch die andern auf, denn sie glaubten in der Figur flüchtig ihren langen Lord vom fürstlichen Hofe wiederzuerkennen. Eine schlanke Mädchengestalt, mit welcher die Eile des Fremden vielleicht in einigem Zusammenhange stehen mochte, schlüpfte unterdes, noch einmal zurückblickend, schnell um die dunkle Straßenecke. Grundling aber hatte den Engländer schon erreicht, und sie sahen nun beide in der Dämmerung wie zwei Schatten im Reiche der Toten dahinschweben.

„Laßt die Phantasten laufen!" sagte Kordelchen in der Haustür. „Wißt ihr denn nun aber auch, wer den Grundling eigentlich aus Heidelberg fortgeschafft hat? Der vermeintliche Proselytenknabe war ich selbst, und der sogenannte Jesuit niemand anders, als ein junger Schauspieler, der mich damals heimlich von Heidelberg entführte. Wir mußten wohl den tollen Kauz über Hals und Kopf mit auf den Wagen packen, wenn er mit seinem Lärm nicht alles verraten sollte; mein Freund hatte in seiner kleinen Theatergarderobe zufällig eine Jesuitenkleidung, in die wir dann den Trunkenen hineinknöpften und des Nachts auf der Landstraße wieder aussetzten." – „Nun wahrlich", rief Fortunat lachend aus, „das ist ja ein wahrer Sturmbeutel voll Lügen!"

Währenddes ruhte Guido, der nach den heftigen Gemütsbewegungen über Grundlings Erzählung eingeschlummert war, draußen im Gärtchen, noch im Schlafe malerisch über einen zertrümmerten Säulenknauf hingestreckt. Otto aber blickte immerfort unverwandt in die Straße hinaus, auch er hatte vorhin jene flüchtige Mädchengestalt bemerkt und schien zerstreut und unruhig. Endlich hielt er sich nicht länger, und schlug Fortunat hastig noch einen Streifzug durch die Stadt vor, was dieser mit Freuden annahm. Kordelchen blickte beide listig an: „Felicissima notte!" sagte sie dann mit einem ganz besondern, schelmischen Nachdruck, und als sich Otto unwillig darüber zu ihr wandte, war das wilde Mädchen schon im Hause und hatte die Tür laut lachend hinter sich verschlossen.

Sie eilten nun aus dem Gewirre der kleinen, engen Gäßchen ins Freie hinaus, Zithern schwirrten von fern durch die stille Luft, die Straßen waren noch voll Menschen, die fröhlich plaudernd und singend, in der erquickenden Kühle auf und nieder schwärmten. Otto war still und schritt in Gedanken immer schneller und schneller, bis sie zuletzt an einen einsamen Platz kamen, wo er sogleich auf ein kleines, unansehnliches Haus zueilte. Er fand die Tür verschlossen und klopfte leise an; es blieb alles still drin, er klopfte noch einmal lauter. Da ließ sich eine überaus anmutige Stimme im Hause vernehmen: „Mein Herr, ich kann den Schlüssel im Dunkeln nicht finden, auch wacht die Mutter noch, aber habt die Güte, rechts die Straße hinabzugehen, dann links um die Ecke, über die Brücke fort, dann wieder rechts, das vierte Gäßchen links hinein, so kommt Ihr in einen kleinen Hof, und wenn Ihr dort nicht auf den Kettenhund stoßt und die Leiter findet, so könnt Ihr mir von dem Dache unseres Hinterhauses noch eine gute Nacht sagen; aber sputet Euch und fallt nicht, denn ich bin schon sehr schläfrig." Und kaum hatte sie ausgeredet, so hörten sie sie schon, leise lachend, die Treppe hinaufspringen. – „Annidi!" rief nun Otto höchst verwundert hinauf. Auf diesen Ton öffnete sich schnell ein Fenster über ihnen, und eine Mädchengestalt von überraschender Schönheit mit rabenschwarzem Haar und Augen erschien im hellsten Mondglanze. „Bist du es!" rief sie erstaunt aus, „ich meinte, es wäre der lange Engländer, der mir vorhin wie auf hohen Stelzen nachkam." Jetzt bemerkte sie auch Fortunat, stutzte und war bemüht, ihr loses Halstuch vor dem Fremden rasch in Ordnung zu bringen. Otto hatte sich unterdes auf einen Stein gestellt und reichte so bis ans Fenster. Das Mädchen legte den schönen Arm vertraulich um seinen Nacken, sich hinausbeugend, daß ihre dunklen Locken aufgingen und den Freund von allen Seiten umgaben; dabei sah sie unverwandt Fortunat an, dem sie nicht recht zu trauen schien. „Nein! nein!" rief sie endlich, nicht ohne Koketterie, ihre Locken wieder aus der Stirn schüttelnd, „was fragt ihr fremden Herren nach dem Rufe eines armen römischen Mädchens! Die Nachbarn wachen noch und alle Fenster sehen im Mondenscheine wie glänzende Augen her, gute Nacht!" Hiermit warf sie noch unversehens jedem einen frischen Blumenstrauß ins Gesicht und schloß schnell das Fenster.

Währenddes waren zwei Frauenzimmer, dicht in seidene Mäntel verhüllt, eilig über den Platz gegangen. Fortunat kam es vor, als hätten sie ihn im Vorüberstreifen scharf und verwundert angesehen. Er hörte sie darauf leise und eifrig miteinander sprechen, die eine sah noch einmal zurück, dann waren beide schnell verschwunden.

„O wie wunderschön sie ist!“ rief Otto, noch immer nach dem Fenster schauend, aus, und erzählte nun begeistert, wie er sein Liebchen auf einem ländlichen Feste zum ersten Male gesehen, wie sie mit ihren armen Eltern eingezogen, aber fröhlich, lebe, wie sie von ihm Deutsch und er von ihr Poesie lerne, weil ihre Gegenwart, gleich der Morgenröte, alles verzaubere und verwandle. So gingen sie langsam durch die verlockende Nacht, die Nachtigallen schlugen aus allen Gärten und zahllose Brunnen rauschten von fern.

Siebenzehntes Kapitel

Die Villa des Marchese A. mit ihren kühlen Schatten, hohen, ausländischen Blumen und weißen Marmorbildern lag wie eine Insel in dem Weltgewühle, auf die sich Fortunat einsam verschlagen fühlte. Oft tönte es wunderlich in seine Morgenträume hinein, wie wenn eine Hochzeit in weiter Ferne schwirrend durch eine anmutige Landschaft ginge; wenn er erwachte, erkannte er Fiamettas liebliche Stimme, die treppauf treppab singend, plaudernd und lachend, das ganze Haus schon mit fröhlichem Klange erfüllte. Eines Morgens fand er sogar einen frischen, vollen Blumenstrauß auf seinem Tischchen am Bett, er begriff nicht, wie er über Nacht dahin gekommen, und da er der kleinen Marchesin dafür danken wollte, schob sie's lachend auf ihre Kammerjungfer Lenore, die ihn gestern dort vergessen, aber sie wurde über und über rot dabei. – Einmal kam er spät des Abends von einer Wanderung zurück, als er im Garten noch singen hörte, er meinte Fiamettas Stimme zu erkennen und wollte ihr noch eine gute Nacht sagen. Da war's ihm, als säh er ihr Figürchen, verstohlen winkend und flüsternd, bald hier bald dort durch das Gebüsch schimmern, er folgte immer eifriger durch Hecken und Dorn in eine ganz unbekannte Gegend des Gartens hinein, die schadenfrohen Nesseln stichelten auf seine seidenen Strümpfe, Eidechsen schlüpften überall neugierig durch das Gestrüpp. Plötzlich stand er vor einem Gartenhause, die Tür war fest zu, durch die geschlossenen Jalousien aber glaubte er im Mondenscheine flüchtig zwei frische Augen funkeln zu sehen. Sonst war alles still im ganzen

Garten, und beschämt und verdrießlich wanderte er wieder nach dem alten Schlosse zurück. – Aber es half ihm nichts, der Morgen kam doch wieder und das liebliche Stimmchen mit ihm, wie ein Zaubervogel im Walde, der ihn neckend immer tiefer in das grüne Labyrinth verlockte, von dem kein Ende abzusehen war.

So waren mehrere Wochen vergangen, Fortunat hatte, um sich alle Liebestorheit aus dem Sinne zu schlagen, sich endlich mit einer Art von Wut auf die Sehenswürdigkeiten der Stadt geworfen, mancherlei Studien und Ausflüge in die Umgegend gemacht und darüber seine deutschen Freunde fast ganz vernachlässigt. Er freute sich daher recht, als eines Tages Otto unerwartet gegen Abend zu ihm ins Zimmer trat, und bestürmte ihn sogleich mit Fragen nach Hohenstein, dessen grüne Stille mit allen ihren geliebten Personen ihm bei des Studenten Anblick wieder einmal ganz lebendig wurde. Aber zu seiner Verwunderung beantwortete Otto alles nur obenhin, ausweichend und beinahe verlegen. Dagegen schien ihn irgendeine gegenwärtige, große Freude zu drängen, seinem Herzen Luft zu machen. Gegen seine sonstige, zurückhaltende Gewohnheit teilte er unaufgefordert mehrere soeben vollendete Gedichte mit, sprach voll fröhlicher Zuversicht von seinen Plänen zu künftigen, großen Arbeiten, und entwickelte einen solchen bunten Reichtum der Seele, daß Fortunat wie in ein Kaleidoskop hineinzusehen glaubte.

Draußen wehte es unterdes schon wieder kühl über die Stadt, sie machten noch einen Gang ins Freie und Otto, sein Gespräch leidenschaftlich fortsetzend, führte den Freund zwischen kleinen Häusern und Weinbergen unvermerkt in eine schöne, abgelegene Gegend hinaus, die Fortunat noch nicht kannte. Garten stieß an Garten, ein unübersehbares, blühendes Paradies mit zierlichen Villen und Balkonen, auf denen manche schlanke Gestalt zwischen den Wipfeln erschien, alles von der untergehenden Sonne zauberhaft durchblitzt und beleuchtet. – „Wenn ich“, sagte Otto die Gegend überschauend, „wenn ich jemals aus diesem Glanze wieder in die dumpfe Enge meines deutschen Gebirgsstädtchens zurück müßte, wo sie jetzt wohl vor den Türen unter ihren hölzernen Lauben sitzen, die Hände vor Kälte fest eingewickelt, und nichts vernehmen, als das Glöcklein der Bergleute und den Schlag des Eisenhammers von fern, und die Berge sehen von allen Seiten finster auf den stillen Markt herein, und der feuchte Wind schlägt den Kohlenrauch nieder und verhüllt alles wie ein Grab – mich schauert ordentlich bei dem Gedanken!" – „Hüt dich wohl", entgegnete Fortunat, „es ist ein wunderbares Lied in dem Waldesrauschen unserer heimatlichen Berge; wo du auch seist, es findet dich doch einmal wieder, und wär es durchs offene Fenster im Traum, keinen Dichter noch ließ seine Heimat los." – Otto schwieg nachsinnend – es war heut fast etwas Freudeverstörtes in seinem ganzen Wesen.

Auf einmal bog er rasch mitten in das Blütenmeer von Gärten hinein. Sie kamen an ein kleines, aber wohlgebautes, reinliches Haus, von Efeu, Weinlaub und blühenden Bäumen reizend überwachsen und verdeckt; die Tauben, die sich auf dem Dache in der Abendsonne spiegelten, die offenstehenden Fenster und Türen, wo bunte Schmetterlinge flimmernd ein und aus flatterten, alles gab ein wunderliches Bild südlicher Häuslichkeit. Otto führte seinen Begleiter ohne weiteres gerade durch das Haus in ein dahinter gelegenes, einsames Gärtchen, umgeben von Nachbargärten, die von allen Seiten blühend hereinhingen und jede Aussicht verschlossen.

„Wo sind wir denn hier?" fragte endlich Fortunat erstaunt. Indem aber erschien ein Mädchen in der Haustür, er erkannte sogleich die schöne Annidi wieder. Sie begrüßte ihn etwas verwirrt und beschämt, dann trat sie unter eine Weinlaube und begann aus ihrem Handkörbchen einen Tisch reinlich zu decken, Gläser und Teller aufzustellen. Draußen im Nachbargarten hörten sie einen Knaben fröhlich singen:

„Es sang ein Vöglein hier jedes Jahr:
Wie schön das Kränzlein im dunklen Haar!
Heuer ist's Vöglein nicht wiederkommen;
Wer hat dir das schöne Kränzlein genommen?"

Nun hielt sich Otto nicht länger, es kam alles heraus: daß Annidis Eltern seine Besuche ohne bestimmte Erklärung nicht weiter dulden wollten, daß er seit einigen Tagen mit dem Mädchen verheiratet, und sich nun samt den Ihrigen hier eingenistet habe. Fortunat erschrak über diese ganz unerwartete Entdeckung und überdachte schnell die wunderlichen Folgen, die diese Übereilung für Otto herbeiführen mußte. Doch wurde er bald durch die liebliche Erscheinung der jungen

Frau wieder beschwichtigt, die sich, ihrer neuen Lage noch ungewohnt, fortwährend mehr zierlich dienend, als mitgenießend erwies, als sie sich nun fröhlich unter der Laube um den Tisch setzten. Auch ihre Eltern gesellten sich jetzt zu ihnen, zu Fortunats heimlichem Unbehagen, den die gewöhnlichen, welsch gekniffenen Gesichter störten. Sie mischten sich öfters ungeschickt mit in das Gespräch, redeten viel von guter Wirtschaft und dem nötigen Fleiße ihres Schwiegersohnes im Büchermachen, und Fortunat konnte wohl bemerken, daß sie ihn selbst als einen Zeitverderber und zweideutigen Kameraden Ottos scheel ansahen. – Unbekümmert saß und schmauste unterdes das glückliche Ehepaar, Annidi auf einem Fußbänkchen, mit beiden Armen auf Ottos Knie gestützt, und die gebratenen Kastanien ausschälend, die sie jede zur Hälfte miteinander teilten. Der Mond schimmerte schon durch das Weinlaub, Otto war selig still, die junge Frau überaus schön, drüben sang der Knabe wieder:

„Wer hat dir das Kränzlein genommen?“

Fortunat aber überwältigte mitten in dieser Stille eine unwiderstehliche Wehmut, als sei Otto nun hier in der Fremde märchenhaft verzaubert. Es wollte ihm das Herz zersprengen, er schützte ein dringendes Geschäft vor, ergriff schnell seinen Hut und nahm tiefgerührt Abschied von dem Freunde, wie von einem Verstorbenen. Als er zurückblickte, standen Otto und Annidi noch in der Haustür. Glühwürmchen schwärmten leuchtend durch das Rebengelände, er sah von der schönen Frau nur noch die glänzenden Augen und Schultern, Otto erschien totenbleich im Mondenschein.

In wirren Gedanken war Fortunat hastig nach Hause geeilt. Der Mond schien prächtig über den alten Garten, er lauschte, ob er Fiametta nicht wieder singen hörte, doch alles blieb still. Als er aber um den Pfeiler des Schlosses trat, fuhr er heftig zusammen, denn in einer der Alleen glaubte er plötzlich sich selber zu erblicken. Unverwandt starrte er hin, die Gestalt zeigte sich noch einmal im hellsten Mondlicht, es war seine Kleidung, sein Gang, seine Haltung, und doch schien es wieder ein ganz fremder, junger Mann. Jetzt blieb der Unbekannte lauernd hinter einer Hecke stehen. Da kam auf einmal Fiametta aus dem Gebüsch hervorgesprungen, besah ihn lachend rundum, dann gingen sie Arm in Arm tiefer in den Garten hinein. Mitten im fröhlichen Plaudern aber schienen sie plötzlich Fortunats Schatten auf dem Rasen zu bemerken, er sah sie erschrocken entfliehen, und bald war die ganze Erscheinung im Dunkel wieder verschwunden.

Fortunat aber hatte sich ins Schloß gewandt und ging heftig in seinem Zimmer auf und nieder. „Also diesem galt das Abendliedchen letzthin, o ich Tor!" sagte er mit einem bittern Gefühl, das er sich selbst nicht eingestehen mochte. Es war fest beschlossen, er wollte sogleich morgen weiter nach Neapel reisen, ohne Fiametta noch einmal wiederzusehen. Noch in der Nacht schrieb er sein Vorhaben dem Marchese, der eben auf dem Lande war, und packte, in geheimer Wut lustige deutsche Lieder singend, seinen Koffer. Dabei schwirrten ihm die Worte aus einem alten Liede:

Das Kränzlein ist herausgerissen,
Ganz ohne Scheu sie mich anlacht:
Geh du vorbei: sie wird dich grüßen,
Winkt dir zu einer schönen Nacht.

immerfort durch den Sinn, daß er darüber aus Herzensgrunde hätte weinen mögen.

Am folgenden Morgen hatte er noch einige weitläufige Gänge, um das nötige Reisegeld zu erheben; so war die Mittagsstunde herangekommen, die Zeit der zauberischen Schwüle, die im Süden alles Lebendige überwältigt. Dennoch wollte er nicht abreisen, ohne vorher noch einen Streifzug durch den Garten zu machen. Da rührte sich jetzt kein Blättchen in der weiten, träumerischen Stille, die Vögel schwiegen, nur einzelne Schlangen sonnten sich ringelnd auf den einsamen Gängen, alle Menschen lagen wie tot. Es war das erstemal, daß er hier zu dieser Stunde wach war, und dieses Schlafen der Natur mit offenen Augen erschreckte ihn gespenstisch. Er flüchtete nach einem kühlen Gartenhause, blieb aber überrascht im Eingange stehen, da er Fiametta, gleichfalls schlummernd, drin erblickte. Sie ruhte auf dem rechten Arme, das Gesicht von den losgelösten Locken halb verdeckt, heiter atmend, wie ein schönes Kind. Einige abgebrochene Worte hielten ihn fest. Sie sprach im Schlaf, immer deutlicher und zusammenhängender, aber zu seinem Erstaunen ganz in der ausländischen Weise, wie er selbst das Italienische zu sprechen pflegte. In wunderlichem Dialog hörte er nun, wie er ihr aus ihrem eigenen Munde gestand, daß er sich nur so kalt stelle, daß er sie aber eigentlich herzlich liebe. – Er erschrak, daß sie so aus seiner Seele redete. – Nun lachte sie in sich, und entgegnete fröhlich: das wisse sie ja lange schon! – Dann sprach sie leise, immer leiser, als spräch sie ihm ins Ohr, er konnte nichts verstehen, bis sie zuletzt, tief aufseufzend, sich zu regen begann.

Fortunat eilte ganz verwirrt nach dem Schlosse zurück, schon rührte sich's wieder in allen Straßen, der Postillon draußen mahnte zur Abreise, er warf sich schweigend in den Wagen, und das lieblichste Rätsel, das er nicht zu lösen wußte, erfüllte seine ganze Seele.

Achtzehntes Kapitel

Mehrere Monate sind seitdem verflossen, die Sonne glüht auf den Quadern der öden Paläste und die Reichen sind längst auf ihre Villen geflüchtet, denn auf den Trümmern der alten Stadt sitzt die Aera cattiva schon wie ein verhülltes Gespenst, Fieber und Wahnsinn brütend. Wie ist Ottos Einsiedelei seitdem so seltsam verwildert! Die Ranken an der Haustür wuchern bis über das Dach hinaus, in dem Gärtchen hat üppiges Unkraut, in roten und gelben Blüten brennend, Beete und Gänge verschlungen. – Da kehrte Otto eines Tages ermüdet von einem weiten Spaziergange zurück, er fand im Hause alles ausgeflogen, nur die Bienen summten einförmig in dem stillen Garten, er fühlte sich unbeschreiblich verlassen, Hausflur, Stuben und Bäume kamen ihm in der ungewohnten Einsamkeit auf einmal so fremd vor, daß er erschrak. Er ging einige Male im Garten auf und nieder, dann setzte er sich zwischen den tief herabhängenden Zweigen an den Tisch, und schrieb folgende Zeilen:

Die Nachtigall schweigt, sie hat ihr Nest gefunden,
Träg ziehn die Quellen, die so kühle sprangen,
In trüber Schwüle liegt die Welt gefangen,
So hat den Lenz der Sommer überwunden.

Noch nie hat es die Brust so tief empfunden,
Mir war's, als ob viel Stimmen heimlich sangen:
Auch dein Lenz, froher Sänger, ist vergangen,
Auf welkem Laub nun liegst du selbst gebunden.

O komm, Geliebte, komm zu mir zurücke!
Daß ich in deinen Augen wieder lesen
Mein Hoffen kann, mein Singen und mein Lieben!
Doch weh! wie fremd sind plötzlich deine Blicke,
Als wärst du's, die ich meinte, nie gewesen –
Wie einsam bin ich in der Welt geblieben.

Mein Weib das schwärmt beständig,
Und Deutschland liegt so weit,
Das Dichten geht elendig
In meiner Einsamkeit.

Ich dehne alle Glieder
Aus dieser schwülen Gruft,
O Herr, gib Frühling wieder,
Luft, frische, freie Luft!

Als er von dem Blatt aufsah, hörte er draußen Vorübergehende reden in der fremden Sprache, aber ein Vogel über ihm sang wie ehemals in Hohenstein – er drückte die Stirn über beide Arme auf den Tisch und weinte aus Herzensgrunde.

Da hörte man plötzlich im Hause eine liebliche Stimme einzelne Klänge aus Opernarien theatralisch anschlagen. Eine junge Dame in reicher, eleganter Kleidung trat in den Garten, und hob den seidenen Hut vom Köpfchen, die reichen Locken ringelten über den schönen, vollen Nacken hinab – es war Annidi, wie war sie seitdem so prächtig geworden! Sie warf ihre Handschuhe der dienstfertig herbeieilenden Mutter nachlässig zu, während ihr Vater, der sie als Bedienter begleitet zu haben schien, im Hause Schal und Sonnenschirm niederlegte. „Der Graf Archimbaldi läßt dich grüßen", sagte sie zu Otto, „aber die ganze Noblesse wundert sich, lieber Mann, daß du so menschenscheu bist und immerfort studierst, der lustige Duca sagte: Weisheit mache weiße Köpfe. Auch die junge Malerfrau war heute dort, mein Gott, wie war die angezogen! Der junge

Mensch flüsterte mir heimlich ins Ohr, sie sei wahrscheinlich, erst halb schraffiert und grundiert, ihrem Pinsel von Mann entlaufen." –

Hier aber brach sie plötzlich erschrocken ab, da Otto endlich aufsah und ihr das bleiche, wüste Gesicht zuwandte. Sie hielt ihn für krank, sie ließ es sich nicht ausreden. Die Mutter mußte sogleich nach der Küche laufen, es wurde Tee gekocht, herzstärkende Tropfen geholt und Kräuter gestampft mit großem Geräusch. – „Mir geschieht schon recht", rief Otto mit schneidender Bitterkeit aus, „ihr habt ganz recht, mit den Fingern nach mir zu weisen. Doch ich will einen Strich durch die Rechnung meines Lebens machen, o ja, ich will auch lustig sein, daß mir das Herz zerspringt!" – Aber wie es in solchen Fällen wohl geht, Annidi hatte ihn ganz mißverstanden. – „Wahrhaftig" – sagte sie, vertraulich näher tretend – „du magerst mir ganz ab bei dem Leben, und ich wollt es dir schon lange einmal sagen: so fleißig wie du bist, es kann dir ja doch am Ende einerlei sein, was du schreibst. Da ist der junge Schreiber uns gegenüber, du schreibst eine bessere Hand, als er, das sagen alle, und was verdient der, wie lebt der gegen uns!" –

Da kam die Mutter mit dem Tee, Otto wies sie so heftig von sich, daß Kanne und Tassen übereinanderstürzten. „Das kommt von dem ewigen Sitzen und Brüten", sagte der erstaunte Vater in der Haustür. – „Ja, und jede Henne brütet doch mehr aus fürs Haus, als er", brummte die Mutter. Otto aber, um nur aus alle dem Plunder herauszukommen, war schon aus dem Garten und Hause fort, und schweifte, so müde er war, in der Abendkühle durch die Gassen und dunkelnden Felder, bis die Nacht völlig hereinbrach.

Als er zurückkehrte, war schon alles still im Hause, es ärgerte ihn heimlich, daß Annidi nicht besorgter war um ihn. Er fand sie droben eingeschlafen, der Mondenschein machte ihre Züge so mild, ach, und sie war so schön! Da blickte er durchs offene Fenster über die Dächer in die mondbeglänzten Abgründe der Stadt hinab, einzelne Wolken flogen darüber nach seiner fernen Heimat zu. – „Wunderbar", sagte er zu sich selbst, „schon in meiner Kindheit, wie oft bei stiller Nacht im Traume hört ich der fernen Roma Glocken schallen, und nun, da ich hier bin, hör ich sie wie damals aus weiter, weiter Ferne, als gäb es noch eine andere Roma weit hinter diesen dunklen Hügeln." –

In dieser Zeit traf es sich, daß in der Nähe von Rom auf dem

Lande eine Kirchweihe gefeiert wurde. Annidi dünkte sich zu vornehm, um an dem Feste teilzunehmen. Otto aber, den es heimlich verdroß, warf auf einmal alle Papiere und Bücher beiseite und eilte hinaus ins Freie. Es war in den ersten linden Herbsttagen, ein warmer Regen hatte die Gegend erfrischt, Otto atmete tief auf, es war ihm, als wanderte er wieder nach Hohenstein. Je tiefer er ins Tal hinabstieg, je belebter wurden allmählich Busch und Felder, bunte Züge von Reitern und Spaziergängern schlangen sich wie Blumenkränze durchs Grün, von den Waldeswiesen schimmerten farbige Zelte, zwischen denen zerstreute Gruppen fröhlich lagerten, während luftige Gestalten im Ballspiel über den Rasen hin und her schwebten. Mitten in dieser Wirrung aber bemerkte Otto einen schlanken Zitherbuben, der auf seinem geschmückten Pferde langsam über die beglänzte Au dahinritt. Ein voller Kranz von frischem Weinlaub umschloß seinen Hut, von dem bunte Bänder in der Abendluft flatterten, von Zeit zu Zeit gab er einen vollen Klang auf der Zither. – Otto folgte der zierlichen Erscheinung, erstaunte aber nicht wenig, als der Knabe auf einmal deutsch zu singen begann:

„Die Lerch, der Frühlingsbote,
Sich in die Lüfte schwingt,
Eine frische Reisenote
Durch Wald und Herz erklingt!“

„Mein Gott“, rief Otto sich besinnend aus, „das ist ja das Reiselied, das ich so oft in Deutschland gesungen habe.“ – Er trat näher, der Zitherbube sang wieder:

„Die Wolken ziehn hernieder,
Die Lerche senkt sich gleich –
Gedanken gehn und Lieder
Ins liebe deutsche Reich.

Aber eh ich ihnen selbst nachreite, muß ich vorher trinken, denn ich bin beinah erdurstet“, unterbrach sich hier plötzlich der Knabe, während er vor einer Laube anhielt und lachend von seinem Pferdchen dem Otto fast in die Arme sprang. Dieser erkannte nun Kordelchen, die ihn schon längst in der Menge hinter sich bemerkt hatte.

Sie zog ihn in die Laube, Guido und ihre andern Begleiter, sagte sie, kauerten soeben wie Nachteulen in Ruinen und Felsenritzen, um zu zeichnen, überdies habe sie sich auch mit ihnen verzankt. – „Aber wie siehst du aus!“ rief sie dann, Otto genauer betrachtend, „nüchtern und blaugrün, wie eine leere Weinflasche! Das kommt vom Ehestande. Armer Junge! bliebst du mir treu, so wärest du nicht in das Unglück geraten.“ – Sie bestellte nun Wein, und sie setzten sich zusammen in die Laube. Otto hatte seit Monaten keinen Bekannten gesehen, nun war ihm nach der langen Einsamkeit wie einem Genesenen, der zum erstenmal wieder in die frische Luft kommt. „Sieh, Kordelchen“, sagte er fröhlich, „gerade in solchen linden Tagen war es auch, als wir uns zum erstenmal in Deutschland sahen.“ – „Ganz recht“, erwiderte sie mit leuchtenden Augen, „wir rasteten eben unter einer alten Burg im Grün, da kam er aus dem Walde und sagte, er wollte mit uns ziehen.“ – Sie meinte Lothario, Otto dachte, sie spräche von ihm. „Wahrhaftig“, fuhr er fort, „mir ist heut ganz zumute, wie damals, als käme der Frühling wieder.“ „Ach nein, nein“, sagte sie traurig, „der kommt nicht mehr wieder.“ – Sie nippte schnell am Weinglase, um die Augen zu verbergen, die von Tränen glänzten, dann wandte sie das schöne, von Locken und Weinlaub verhängte Gesichtchen wieder heiter nach Otto herum. Da bemerkte sie, daß er auf beiden Armen über den Tisch gelehnt, sie mit einem langen, wirren Blick ansah, den sie gar wohl verstand; sie schien davon überrascht, beugte sich plötzlich vor ihm, und sah ihm halb fragend in die Augen. Da hielt er sich nicht länger, er drückte sie mit glühenden Küssen an sich. Sie erwiderte flüchtig den Kuß, und sprang dann rasch auf. „Ei Ehemann!“ rief sie mit dem Finger drohend, schwang sich behend auf ihr Pferdchen, und war im Augenblick zwischen den Zelten und Büschen verschwunden.

Otto hatte nun den Wein zu bezahlen, die Neige kam ihm jetzt schal vor, da sie die brennendroten Lippen nicht mehr darin kühlte. Draußen aber war unterdes der Abend verklungen und verblüht, nur von den Bergen sah man noch einzelne Leuchtkugeln aufsteigen. Wie im Taumel wanderte er zwischen den Gitarrenklängen, dem Singen und Plaudern der Heimschwärmenden durch die laue Nacht, als mitten in dem Jubel eine dunkle Gestalt an ihm vorüberstreifte, dann aber plötzlich zurückgewandt, ihm fest ins Auge blickte. Mit Erstaunen sah er den Maler Albert vor sich stehen: ganz bleich, verwildert und abgerissen. – „Mein Gott! wie kommen Sie nach Rom, und in diesem Zustande?“ rief der Überraschte aus. – „Verloren, alles verloren!“ erwiderte Albert finster und mit solchem Ausdruck des tiefsten Grams, daß Otto schauderte. „Aber hier belauscht uns der Mond noch, auch er ist falsch in diesem Lande“, fuhr er fort, indem er Ottos Hand faßte und ihn tiefer in den Wald hineinzog. Rasch und unzusammenhängend erfuhr nun Otto, daß sein wunderlicher Landsmann, von heimlich aufschlagenden Freiheitsflammen von neuem auf diesen vulkanischen Boden verlockt, schon seit längerer Zeit hier heimlich mit wenigen Gleichgesinnten seine Kunst, Gut und Leben an eine Tollheit gesetzt, daß aber jetzt alle Pläne gescheitert, und er selbst als Carbonaro verfolgt werde. – Der gutmütige Otto bot sogleich alle seine Kräfte, Geld und Verbindungen zur Hilfe an, er wollte den Unglücklichen zunächst in seinem Hause verbergen, bis sich Gelegenheit fände, ihn heimlich aus dem Lande zu schaffen. Aber Albert schüttelte den Kopf, daß ihm die langen, struppigen Haare Augen und Wangen bedeckten. „Nicht um mich handelt sich's hier“, sagte er, „sondern um die Schmach der Zeit. Horch, wie sie draußen jauchzen und mit den Sklavenketten lustig klingeln – das ist's, was mir das Herz frißt!“ Hier hörte man verworrene Männerstimmen weiter unten im Walde, die sich zu nähern schienen. Albert blickte wild um sich, und zog einen Degen unter seinem Mantel hervor. Otto erkannte sogleich das Schwert vom großen Kriegsjahre dreizehn wieder. „Die Sbirren sind mir auf der Spur“, flüsterte er, „eilen Sie fort, es ist gefährlich, die Bahn eines tragischen Geschickes zu kreuzen.“ Aber Otto war fest entschlossen, lieber das Äußerste zu wagen, als den Verwirrten in dieser Not zu verlassen. Rasch und geräuschlos schritten sie unterdes immer höher ins Gebirge hinauf, Albert hieb sich mit seinem Schwerte Bahn durch das Gestrüpp, aus welchem verstörte Schlangen nach den Steinritzen schlüpften. So waren sie auf einen Felsen gekommen, der schwindelerregend über eine unermeßliche, dämmernde Tiefe hinüberhing. Albert stand am äußersten Rande und wies mit seinem Schwerte schweigend in die Ferne. – „Großer Gott, wie herrlich!“ rief Otto überrascht aus – Rom lag da unten still und feierlich im Mondglanz. – Da hörte er auf einmal ein Geräusch, er sah Albert plötzlich wanken, sinken. Der Unglückliche hatte sich mit heidnischer Tugend in sein eigenes Schwert gestürzt.– „Grüße das Vaterland – ich sterbe – frei“, sagte er ohne Zeichen des Schmerzes, wehrte die Hand des hinzugesprungenen Otto kräftig ab, und glitt, eh ihn dieser wieder fassen konnte, rettungslos in den Abgrund hinab.

Entsetzt beugte sich Otto über die Felsenwand, es war alles still unten, nur der Strom rauschte zornig herauf – da faßte ihn ein unwiderstehliches Grauen, halb bewußtlos schwang er sich von Klippe zu Klippe den Berg hinunter. Im Fliehen bemerkte er seitwärts in dem Abgrunde mehrere dunkle bewaffnete Gestalten mit Fackeln, die den Toten in ihrer Mitte gräßlich beleuchteten. Nun schlugen hin und wieder Hunde an, einzelne Stimmen wurden in dem Tale wach, der Widerschein der Windlichter spiegelte sich wild im Flusse. Otto wagte nicht mehr zurückzublicken, schauernd flog er über die stillen Felder, durch die leeren Gassen fort zu seiner einsamen Wohnung.

Hier fiel es ihm erst ein, daß er bei den Seinigen hinterlassen, diese Nacht auf dem Lande zubringen zu wollen. Er fand nun die Türen verschlossen, alles im Hause schien längst zu schlafen. Unmutig stieg er daher über den Zaun in den Garten, wo er sich sogleich auf die Bank in der Laube hinwarf. Das leise Rauschen in den Zweigen sang gar bald den Ermüdeten ein. Da träumte ihm, er läge in dem schönen Garten zu Hohenstein und sähe die steinernen Götterbilder vor sich im hellen Mondenscheine auf den Gängen stehen. Es war, als flüsterten sie in der Stille heimlich untereinander, und als er recht hinsah, regte sich das Venusbild und stieg langsam von dem marmornen Fußgestell herab. Mit Grauen erkannte er seine Annidi, sie kam gerade auf ihn zu, eine Marmorkälte durchdrang plötzlich alle seine Glieder, daß er erschrocken aufwachte. Als er aber noch ganz verwirrt umherblickte, stand wirklich die weiße Gestalt in der Haustür, leise flüsternd nach jemand zurückgewandt, den er nicht sehen konnte. Auf einmal schlug sie einen weiten Mantel auseinander, und Annidi trat aus den Falten hervor. Ein junger, hoher Mann umschlang und küßte sie, dann warf sie ihm lachend den Mantel zu und schlüpfte ins Haus, der Fremde schwang sich rasch über den Gartenzaun – und alles war wieder totenstill.

Otto starrte lange regungslos auf den dunklen Fleck, wo der furchtbare Spuk zerronnen. Darauf stürzte er aus dem

Garten in die Nacht hinaus, ohne zu wissen, wohin – er hatte nun keine Heimat mehr auf Erden! – Die Straßen waren öde, die Wasserkünste im Mondenschein, die ihm sonst so bräutlich rauschten, kamen ihm jetzt gespenstisch vor, wie verschleierte Nixen, im Winde sich beugend und neigend, als flüsterten sie heimlich von ihm und seiner Schande. Unwillkürlich hatte er den Weg zu Guidos Wohnung eingeschlagen, er wollte ihn wecken, er mußte in dieser Stunde jemand haben, dem er alles sagte. Zu seinem Erstaunen fand er die Tür nur leicht angelehnt, ein Licht brannte drin. Als er in die Stube trat, sah er Kordelchen auf der Erde knien zwischen Wäsche und Kleidern, die sie eifrig in einen Mantelsack packte. Sie blickte erstaunt, fast erschrocken nach ihm herum. „Was willst du denn jetzt hier?" sagte sie, „Guido ist noch auf dem Lande, und kommt erst in einigen Tagen zurück." – Otto aber wollte das Herz zerspringen, er warf sich auf das Sofa und brach, sein Gesicht mit beiden Händen bedeckend, in ein unaufhaltsames Weinen aus. Da stutzte Kordelchen, sie ließ alles liegen, setzte sich zu ihm und tröstete und streichelte ihn neugierig und mit herzlicher Teilnahme, bis sie nach und nach sein ganzes Unglück erfahren. Sie hörte alles still und nachdenklich an. Als er aber schwieg, sprang sie plötzlich fröhlich auf. „Wir reisen zusammen!" rief sie aus, „das ist eine langweilige Wirtschaft hier, und ich und Guido, wir paßten eigentlich niemals zusammen. Wenn er sich betrinkt, so ist das genial, wenn er sich verliebt, so ist's Andacht, und wenn ich ihn darüber auslache, so wird er wütend, und will mich durchaus mit sich emporflügeln, wie er's nennt. Ich hab's schon seit einigen Wochen beschlossen, ich reise heimlich fort und zurück nach Deutschland, ich habe soeben Geld genug, die Pferde sind bestellt – kurz: wir reisen noch heut!" – Dabei wartete sie gar keine Antwort ab, sondern rumorte und packte dazwischen immer lustig fort, Otto wußte nicht, wie ihm geschah, durch das offene Fenster wehte frische Reiseluft herein, der Morgen dämmerte schon leise über der stillen Stadt.

Wer dem Teufel läßt ein Haar, den faßt er ganz und gar. So brannte der Kuß von gestern noch immer heimlich fort auf Ottos Lippen, über den Trümmern seines Glücks war über Nacht eine üppig blühende Wildnis schimmernder Erinnerungen und Hoffnungen giftig aufgeschossen. – Und als die ersten Streiflichter des Morgens über die Berge flogen und die früherwachten Lerchen noch halbverträumt in den Lüften hingen, da zogen Otto und Kordelchen schon durch die stillen Felder nach Deutschland zu, und sahen Rom, wie in einem Feuermeer, langsam hinter sich versinken.

Währenddes war Fortunat in Neapel und Sizilien umhergestreift. In seiner poetischen Behaglichkeit hatte er sich alles aus dem Sinn geschlagen, und machte überhaupt aus seiner Liebe gar nichts, als ein langes Gedicht in vielen Gesängen und verschiedenen Silbenmaßen, worin ein schönes, schlankes italienisches Mädchen die Hauptfigur spielte. Da begab sich's aber, daß er im Schreiben sich nach und nach in diese Figur selbst verliebte, und je verliebter er wurde, je ähnlicher wurde sie unvermerkt der kleinen Marchesin, als ob Fiametta oft plötzlich zwischen den Blütengewinden der Verse hervorguckte und, ihn auslachend, ausrief: „Siehst du, ich hab dich doch!" – Ja, als er in Sizilien eines Abends auf einem hohen, senkrechten Felsen über dem Meere eingeschlummert war, träumte ihm, die blaue Flut teile sich leise, und mit langem, grünen Haar und glänzenden Schultern tauche Fiametta unten empor, in irren Tönen wehmütig klagend. – Als er erwachte, war der Mond schon über dem Meere aufgegangen, in der Ferne aber sah er ein Segel schwellend durch die weite Stille nach dem jenseitigen Ufer Italiens hinübergleiten. – Da faßte ihn eine unwiderstehliche Sehnsucht, und schon die folgende Nacht segelt' er selber hinüber. Und so geschah es, daß aus demselben Morgenrot, in welchem Rom hinter Otto versank, die Gärten, Trümmer und Kuppeln vor dem glückseligen Fortunat duftig wieder emporstiegen.

Sein erster Gang war zu dem Palast des Marchese, mit klopfendem Herzen betrat er den stillen Hof. Er horchte, ob sich nicht irgendwo Fiamettas heitere Stimme vernehmen ließe, doch alles blieb lautlos, wie ausgestorben. So ging er durch die offene, luftige Säulenhalle in den Garten. Da sangen die Vögel und rauschten die Brunnen noch immer wie damals. Aber an der Hauptallee sah er Wäsche zum Trocknen aufgehängt, einzelne Ziegen weideten ungestört zwischen den verwilderten Blumenbeeten. Endlich glaubte er in einiger Entfernung deutsch reden zu hören. Er ging dem Klange nach, und begegnete einem alten, unbekannten, etwas schäbigen Diener. Hastig fragte er nach dem Marchese A. und seiner Tochter.

Der Alte sah ihn von oben bis unten an, und sagte dann verdrießlich: dieser Palast sei von einem deutschen Kavalier bewohnt. Fortunat war wie im Traume. – Er verlangte nun, den Herrn zu sprechen. Der Bediente wies schweigend nach einer Laube und ging fort, ohne sich weiter um den Gast zu bekümmern.

Hellen Halses aber mußte nun Fortunat auflachen, als er in die bezeichnete Laube trat und in dem deutschen Kavalier unsern Freund Grundling erkannte: in dem geblümten Schlafrock des Marchese auf einem halbzerrissenen, damastenen Sofa ausgestreckt, eine lange Tabakspfeife und ein Buch in der Hand, Talglicht, Fidibus und Kaffeekanne vor sich. Der Vielgereiste, an das wechselnde Kommen und Gehen in Rom längst gewöhnt, schien nicht im mindesten erstaunt, Fortunat wiederzusehen. „Mir ist's eben recht", sagte er, „daß der alte Marchese banquerout gemacht –" „Was! der Marchese A.?" rief Fortunat höchst überrascht aus.

„Ja, eben recht, sag ich, daß er seinen Palast und Rom verlassen mußte, so konnte ich mich hier in der liederlichen Wirtschaft seiner Gläubiger ziemlich wohlfeil einmieten. – Wenn nur", fuhr er, seine Pfeife plötzlich grimmig wegsetzend, fort, „in der unvernünftigen Hitze der Tabak nicht so in die Zunge bisse!"

Hier verlor endlich Fortunat alle Geduld. „Nun rede zum Teufel einmal ordentlich!" rief er, Grundling rasch an der Brust fassend, „wo ist Fiametta? was macht sie?" – „In Deutschland wahrscheinlich und weint", erwiderte Grundling gelassen. – „Warum weint sie?" – „Weil sie ein junges, albernes Ding ist, dem ein konfuser Wein, der noch moussiert, lieblicher in die Nase sticht, als ein würdiges, abgelegenes Gewächs; das will heißen: die einen brutalen Phantasten, der sein Liebchen verläßt und seine Freunde drosselt, charmanter findet, als –" „Und wem gehört jetzt dieser Palast?" unterbrach ihn Fortunat ungeduldig wieder. – „Einem filzigen Kaufmanne, der ihn, seiner Entlegenheit wegen, abtragen lassen und die Steine verkaufen will." – „So führ mich gleich zu ihm!" – Das war Grundling, der sich gern umhertrieb, eben recht. Wenige Minuten nach diesem Verhöre waren sie schon auf der Straße, und Fortunat erfuhr nun noch unterwegs, daß Fiametta unmittelbar nach seiner Abreise aus Rom bedeutend erkrankt, und bald darauf mit ihrem Vater plötzlich abgereist sei. Weder er, noch der Kaufmann wisse, wohin sie sich gewendet. Auch Ottos und Kordelchens Flucht hatte der Müßiggänger schon erfahren. „Der Otto“, sagte er, „war beständig in poetischem Tran, das mußte ein Ende mit Katzenjammer nehmen.“

Während dieses Berichts waren sie bei dem Kaufmanne angelangt. Dieser war, gleich Grundling, nicht wenig erstaunt, als nun Fortunat den alten, verfallenen Palast und Garten des Marchese zu kaufen verlangte. Die Hast und Jugend des Fremden weckte in dem Italiener merkantilische Gelüste und abenteuerliche Forderungen, da kam er aber bei Grundling übel an, welcher sogleich ein so heftiges Gezänk darüber anfing und mit solchem Geschrei fortsetzte, daß sie in einigen Stunden, ganz erschöpft, endlich doch noch um einen leidlichen Kaufpreis einig wurden. Fortunat hatte erst kürzlich bedeutende Wechsel aus Deutschland bezogen, sie reichten eben hin, die Summe und eine genügsame Weiterreise notdürftig zu decken. Mit bewundernswürdiger Beharrlichkeit und Resignation trieb er nun das Geschäft, wie einen Kreisel, unausgesetzt zum Ausgange, und endigte damit, den hocherfreuten Grundling zum Schloßwart seines neuen Besitztums einzusetzen.

Kaum aber hatten sie den Garten wieder erreicht, da erscholl im Hofe schon der fröhliche Klang eines Posthorns. Fortunat hatte seinen Wagen hierherbestellt, aus den frühern Gesprächen mit dem alten Marchese glaubte er zu ahnen, wohin er sich gewendet. Und als er nun endlich tief aufatmend draußen in den prächtigen Abend hineinfuhr, blühten alle Gärten und ein Regenbogen stand über der Gegend, als müßte nun alles, alles wieder gut werden.

Drittes Buch

Neunzehntes Kapitel

Auf dem fürstlichen Jagdschlosse, wo im vorigen Jahre alles so bunt und fröhlich war, sieht es jetzt ganz anders aus. Die Vögel picken frühmorgens auf der marmornen Treppe zwischen den Säulen, ein lässiger Gärtnerbursch dehnt sich in der Morgenkühle und schickt sich an, die verschlungenen Gänge notdürftig in Ordnung zu bringen, die überall blühend verwildern. In der alten Pracht funkeln die Sommernächte wieder über den stillen Grund, aber keine Gitarren erklingen mehr, nur die getreuen Nachtigallen schlagen wie damals in den Gebüschen, als klagten sie noch um Juannas verlorne Schönheit.

Der Fürst gedachte nicht mehr des Schlosses, er war selber lange verwildert. Zwischen Genuß und Reue, Lust und Grauen war er allmählich immer tiefer hinabgestiegen in die schimmernden Abgründe, wo mit verlockendem Gesang die Nixen im Mondenscheine auf den Klippen ihr feuchtes Haar kämmen, das ferne Wetterleuchten der Religion verwirrte ihn nur noch mehr; so hatte er sich im schönen Leben verirrt und konnte sich nicht wieder nach Hause finden. Da schlug die himmlische Liebe ihren Sternenmantel um den Todmüden. Er verfiel in eine schwere Krankheit, und als er wieder genas, war auf einmal alles vorbei. Die Leute nannten ihn wahnsinnig, er aber war vergnügt und blätterte Tag für Tag mit stiller, herzlicher Lust in den alten Bilderbüchern, die er als Kind gelesen; alles andere hatte er vergessen. Sie hatten ihn endlich in einem entlegenen Flügel des Schlosses absondern müssen von der Welt, die er nur noch wie im Traume von fern sah, nur die unschuldigen Vögel sangen alle Morgen vor seinen Fenstern von der alten Zeit, daß er oft erschrocken von seinen Bildern aufhorchte. – Aus seiner Hand aber hatte die Fürstin rasch die Zügel des Regiments ergriffen, und lenkte keck, die Rosse peitschend, in die neue Freiheit hinaus.

In dieser Zeit kam Lothario eines Abends einsam von dem Gebirge herab. Wir wissen nicht, wohin er wanderte, sein Weg führte ihn durch die Stadt. Der Mond trat manchmal heimlich lauernd zwischen den Wolken hervor, da lag die alte Residenz unten wie eine Ruine phantastisch in der schwülen Nacht umher, es war schon alles still, nur ein Mädchen sang noch zur Gitarre aus einem Garten drüben und die Nachtigallen schlugen von den Bergen.

Er kehrte in einem wenig besuchten Gasthause ein, das draußen auf einer Anhöhe lag und eine weite Aussicht über die Stadt hatte. Dort mußte er lange pochen, eh jemand erschien. Ein alter Diener sagte ihm endlich, es sei alles in die Stadt gezogen, wo heute zum Geburtstage der Fürstin ein großes Fest gegeben werde. – Lothario nahm nun im obern Stockwerk einen Saal in Besitz und öffnete rasch alle Fenster. Die prächtige Nacht duftete fast berauschend herauf. Er ließ Licht und

Wein bringen, er fühlte seit langer Zeit wieder einmal eine rechte Lust zu dichten. – Als er sich aber so einsam hinsetzte und hastig trank und schrieb, da war's ihm, als riefe es durch die Stille seinen Namen, erst leise, dann lauter, und der Teufel sähe ihm beim Schreiben über die Schulter und flüsterte zu ihm: „Nur zu, nur zu! die unschuldige Welt mit vornehmen Worten belogen und verführt, ich will dich dafür auf die Zinnen des Ruhms stellen und die Welt soll dir huldigen!" –

Er sprang auf und erschrak, als er sich flüchtig in einem Wandspiegel erblickte, so bleich und wüst sah er aus. Da streifte der Wind klingend die Saiten einer Gitarre, die am offenen Fenster lag. Der Mond aus blassen Wolken beschien soeben wieder die stillen Bäume und unten die alte Stadt. Er trat mit der Gitarre ans Fenster und sang:

„Lieder schweigen jetzt und Klagen,
Nun will ich erst fröhlich sein,
All mein Leid will ich zerschlagen
Und Erinnern – gebt mir Wein!
Wie er mir verlockend spiegelt
Sterne und der Erde Lust,
Stillgeschäftig dann entriegelt
All die Teufel in der Brust,
Erst der Knecht und dann der Meister
Bricht er durch die Nacht herein,
Wildester der Lügengeister,
Ring mit mir, ich lache dein!
Und den Becher voll Entsetzen
Werf ich in des Stromes Grund,
Daß sich nimmer dran soll letzen
Wer noch fröhlich und gesund!

Lauten hör ich ferne klingen,
Lust'ge Bursche ziehn vom Schmaus,
Ständchen sie den Liebsten bringen,
Und das lockt mich mit hinaus.
Mädchen hinterm blühnden Baume
Winkt und macht das Fenster auf,
Und ich steige wie im Traume
Durch das kleine Haus hinauf.
Schüttle nur die dunklen Locken

Aus dem schönen Angesicht!
Sieh, ich stehe ganz erschrocken:
Das sind ihre Augen licht.
Locken hatte sie wie deine,
Bleiche Wangen, Lippen rot –
Ach, du bist ja doch nicht meine,
Und mein Lieb ist lange tot!
Hättest du nur nicht gesprochen
Und so frech geblickt nach mir,
Das hat ganz den Traum zerbrochen
Und nun grauet mir vor dir.
Da, nimm Geld, kauf Putz und Flimmern,
Fort und lache nicht so wild!
O ich möchte dich zertrümmern,
Schönes, lügenhaftes Bild!

Spät von dem verlornen Kinde
Kam ich durch die Nacht daher,
Fahnen drehten sich im Winde,
Alle Gassen waren leer.
Oben lag noch meine Laute
Und mein Fenster stand noch auf,
Aus dem stillen Grunde graute
Wunderbar die Stadt herauf.
Draußen aber blitzt's von weiten,
Alter Zeiten ich gedacht,
Schauernd reiß ich in den Saiten
Und ich sing die halbe Nacht.
Die verschlafnen Nachbarn sprechen,
Daß ich nächtlich trunken sei –
O du mein Gott! und mir brechen
Herz und Saitenspiel entzwei! –"

Es blitzte wirklich von weitem, aber es waren nur einzelne Raketen, die von Zeit zu Zeit fern über dem dunklen, fürstlichen Parke lustig aufstiegen. Da fiel ihm das Fest wieder ein, von dem der alte Diener vorhin sprach, er beschloß, selbst noch hinzugehn.

Lässig schlenderte er durch die lange Vorstadt; bis dorthin war das Fest nicht gedrungen, die kleinen Häuser standen still und dunkel, nur wenige Laternen flackerten im Winde, der

Nachtwächter schickte sich eben an, die zehnte Stunde auszurufen; von fern aber über die hellbeleuchteten Dächer und Schornsteine qualmte ihm schon der trübrote Schein der Illumination entgegen wie die aufgehende Sonne an einem nebligen Herbstmorgen. So war er ans Theater gekommen. Durch ein hohes, verhangenes Fenster glaubte er drin die Schauspieler mit aller Gewalt der Leidenschaft pathetisch deklamieren zu hören; ihn schauerte, so kühl und nüchtern war es dagegen hier draußen. Eine lange Reihe von Wagen, auf ihre Herrschaften wartend, standen an der finstern Mauer, die Kutscher schlummerten auf ihren hohen Kutschböcken, der eine zog gähnend seine Taschenuhr heraus und hielt sie an den ungewissen Schein der Laterne. „Was Teufel spielen sie denn heut so lange?" fragte er einen Kerl, der eben an einem Eckpfeiler seine Fackel putzte, daß die Funken auf einen Augenblick das ganze langweilige Chaos wunderlich beleuchteten. Dieser nannte ein bekanntes Stück vom Grafen Victor von Hohenstein. – Da fuhr Lothario unwillkürlich zusammen. Er ging rasch hinein, ein gutes Trinkgeld verschaffte ihm von dem verwunderten Logendiener noch einen Platz in der Fremdenloge.

Das Haus war prächtig erleuchtet und zum Erdrücken voll, aus der fürstlichen Loge zwischen den reichen Vorhängen blitzt' und schimmerte es von Sternen, Lichtern und schönen Frauenaugen blendend herüber. Das Stück war fast zu Ende. Es war, seltsam genug, eben Juannas frühere Geschichte in Spanien, alle wilden Waldbäche der Leidenschaft stürzten in dieser letzten Szene wie in einen mächtigen Strom zusammen. Die Schauspielerin, welche Juanna vorstellte, hatte, vielleicht bewußtlos, nach und nach das ganze Wesen der Gräfin angenommen: ihre frische Waldkühle, ihre Stimme, das strenge, schöne Gesicht, so funkelte sie mit den dunklen Augen gerade auf Lothario herüber. – Lothario sprang erschüttert auf, eine Totenstille herrschte im ganzen Hause. Da auf einmal beginnt ein Flüstern unten, es wächst und steigt allmählich durch alle Reihen der Zuschauer, viele Köpfe und immer mehrere wenden sich erstaunt nach Lothario herum. – „Was gibt's da?" frägt die Fürstin, sich weit aus ihrer Loge hervorlehnend. – Ein Kammerherr drängt sich eilig vor, auf Lothario deutend: „Dort, der Dichter selbst, sie haben ihn erkannt, Graf Victor von Hohenstein." – „Der?!" – entgegnet die Fürstin und sinkt verwirrt auf ihren Sessel zurück.

Unterdes war der Vorhang gefallen, ein wütender Applaus brach plötzlich los, sich immer wieder erneuernd. Den Grafen Victor aber – denn er war es wirklich – erfaßte ein seltsames Grauen vor dem hohlen Sturm des Beifalls, er sah noch einmal dazwischen einen sengenden Blick der Fürstin nach ihm herüberschießen, dann stürzte er entsetzt über die noch leeren Treppen ins Freie hinaus.

Mit welchen Gedanken sah er nun den weiten, gestirnten Himmel wieder! Die plötzliche Erinnerung an die Zeit, wo er das Stück geschrieben, versenkte seine ganze Seele wie in ein Meer von Wehmut. Auf dem Gebirge in Spanien, als er an jenem stillen Abend, im Walde auf den Franzosen St. Val zielend, zum erstenmal Juanna erblickte, da war's ihm, wie in die Sonne zu sehen – sie war schon lange untergegangen, aber Wald und Berge schimmerten und sprühten noch in wunderbaren Funken – damals dichtete er das Schauspiel von der wilden Gräfin. Da dachte er nicht, daß es so kommen würde! Und als es dann Friede und alles wieder still und nüchtern wurde, kehrte auch er nach Deutschland zurück, und der Frühling und das Grün der wechselnden Landschaften breiteten sich wie ein Schleier milde über das schöne Bild im Herzen. Aber nach der ernsten, bewegten Zeit, in der er ehrlich gerungen, kam ihm zu Hause nun alles so klein und unbedeutend vor, ihm war wie einem Schiffer nach langer, stürmischer Fahrt, der den Boden unter sich noch immer wanken fühlt und aus dem Wirtshaus am Ufer sehnsüchtig wieder in den kühlen Wogenschlag hinaussieht. In solcher Laune war er nach kurzem Umhertreiben, um sich von der guten Gesellschaft zu erholen, zum Teil auch aus grillenhafter, flüchtiger Neigung zu Kordelchen, unerkannt unter dem Namen Lothario mit der Schauspielerbande ausgezogen, wo wir ihn in jener regnerischen Nacht zum erstenmal trafen. – Hier hörte er plötzlich, daß die verlorengeglaubte Gräfin Juanna noch lebe und zu der ihr verwandten fürstlichen Familie geflüchtet, mit der sie auf dem nahen Jagdschlosse sich aufhalte. Da gab's auf einmal frischen Klang! Sein Plan war gleich gemacht. Durch seine geheime Vermittelung erfolgte die Einladung der Schauspielergesellschaft nach dem Jagdschlosse, er begleitete sie in seiner Verkleidung, denn es schien ihm lächerlich, ja sinnlos, um diese märchenhafte Diana auf dem gewöhnlichen Paradepferde gräflicher Galanterie zu freien. – Bei seiner eigenen, sorglosen

Unvorsichtigkeit konnte indes die Sache nicht ganz verborgen bleiben, der Fürst und seine Gemahlin wenigstens hatten unbestimmte Kunde von seinem Vorhaben, noch ehe die Truppe bei ihnen ankam. Insbesondere hatte die Fürstin, mit dem den Frauen in solchen Dingen eigentümlichen Scharfsinn, die eigentliche Absicht gar wohl erraten. Zwar erwarteten sie täglich den Baron Manfred auf dem Schlosse, den sie insgeheim zu Juannas Bräutigam ausersehen. Dennoch konnten sie's nicht lassen, die interessante Genialität einer so romantischen Maskerade um so leichtsinniger zu begünstigen, da im schlimmsten Falle Victor noch immer als eine bessere Partie für die unbemittelte Gräfin erschien, als der etwas unscheinbare Manfred. So schwiegen sie recht mit innerlicher Lust und spielten die Getäuschten, täuschten aber unbewußt nur sich selbst, indem sie den zufällig dazwischengekommenen Fortunat, da er gleich von Anfang so rätselhaft auftrat, für den heimlich erwarteten Grafen hielten. – Victor aber verlockte indes Juannas Schönheit nach und nach immer tiefer in das wildeste Labyrinth ausschweifender Wünsche, er gab ihren herausfordernden Blicken eine Deutung, die sie selber niemals kannte. Da hörte er auf der Jagd zum erstenmal von der nahen Ankunft des unbekannten Bräutigams – es war ihm unerträglich: er entschloß sich rasch, Juanna zu entführen, nur so, meinte er, könne diese wilde Nymphennatur bezwungen werden, gleichwie eine still aufsteigende Flamme sich plötzlich entfaltet, wenn der Sturm sie zerwühlt. – Ja, kühne, schlanke Flamme! sagte er nun tausendmal zu sich selbst, wie griffst du plötzlich zornig in die Waldesnacht und klettertest furchtbar schön die Felswand auf und nieder, daß alle Wipfel donnernd in die Gluten sanken! Die lust'gen Wälder meiner Jugend sind verbrannt.

In solchen Gedanken war Victor jetzt durch mehrere Straßen fortgeschritten. Die Wagen rasselten aus dem Theater, der hoffärtige Patriotismus kokettierte aus tausend geputzten Fenstern, Kinder zogen in dem magischen Lichte lärmend durch die Gassen und brachten jedem brennenden Teertopf ein Vivat. Wohin er sich wandte, immer neue Feueralleen zogen sich durch die Nacht, bis er endlich unerwartet an den fürstlichen Garten kam. Ein Feuerwerk, wie es schien, war eben abgebrannt, nur einzelne Schwärmer stiegen noch empor und erleuchteten im Zerplatzen seltsam die Gegend und die verworrene Menge, die sich nun jauchzend nach allen Seiten verlief. Bei dem flüchtigen Widerscheine glaubte Victor auf einen Augenblick sein Wirtshaus jenseits auf der stillen Anhöhe gesehen zu haben. Der Wege unkundig an dem fremden Orte, schlägt er die nächste Richtung ein und tritt durch ein Pförtchen, das er nur angelehnt findet, zwischen die Bäume hinein, verschlungene Gänge führen ihn immer weiter, auf einmal sieht er sich mitten im fürstlichen Park. Der Himmel ist schwül bezogen, zahllose Glühwürmchen schweifen in den dunklen Gängen, die weißen Statuen stehen einsam im Mondenscheine umher; da ist's, als hört' er leise seinen Namen nennen, ein Flüstern geht seitwärts durchs Gebüsch, dann alles wieder still. – Jetzt schimmern auch die hohen Schloßfenster schon herüber, drin sieht er im hellen Glanze sich Masken wundersam bewegen, die eine Saaltür öffnet sich, ein Schwall von Licht und Klängen schlägt heraus – da fährt er innerlichst zusammen, denn bei dem brennenden Streiflichte sieht er plötzlich Juannas Gestalt zwischen den Bäumen entschlüpfen. Außer sich folgt er nach, er erblickt sie von neuem: Reitkleid, Gürtel und Hut, wie sie in Spanien getragen, endlich erreicht er sie, sie wendet sich rasch, mit Grauen sieht er in die dunklen Augenhöhlen einer Larve.

Er steht wie eingewurzelt vor ihr, während sie ihn schweigend zu betrachten scheint. – „Du fernes Wetterleuchten", sagt er endlich ganz verwirrt, „ich folge dir, und wär es in den Wahnsinn!" – Da erhebt sich auf einmal tiefer im Garten ein wunderbarer Gesang, fast ohne Melodie, in wenigen herzzerreißenden Tönen. Sie schauert, als bräch der Tag an, ihre schwarzen Locken ringeln sich von beiden Seiten herab, er sieht die dunklen Augen aus der Larve funkeln. – „Morgen!" flüstert sie dann kaum hörbar und verschwindet schnell zwischen den wechselnden Schatten.

Victor aber flieht entsetzt durch den Garten, der Mondenschein wiegt sich träumend auf dem Gebüsch, seitwärts schwanken Wasserkünste im Winde, wie Feen in langen, wallenden Schleiern. Plötzlich hört er den Gesang wieder erschallen. Auf dem steinernen Rande des Springbrunnens sieht er einen eingeschlummerten Mann sitzen, ohne Hut, mit dem Haupte vornüber nickend, der singt im Schlaf. Bei einem flüchtigen Mondblick glaubt er den bleichen, kranken Fürsten zu erkennen.

So kommt er ganz verstört in die Stadt zurück. Dort hat sich unterdes alles verwandelt. Nur einzelne Menschen irren noch beim ungewissen Scheine der Laternen, die verlöschend flackern, zerrissene Wolken fliegen über die Dächer, die Nacht war finster und stürmisch geworden. Da schweiften zwei weibliche Gestalten eilig durch das Dunkel. „Wo schleppst du mich hin?“ fragte die eine. – „Sahst du ihn nicht vorhin?“ entgegnete die andere, „ich muß ihn haschen!“ –

„Kordelchen! Du?“ rief Victor plötzlich vor ihnen stehend aus – „du siehst ja so blaß im Laternenschein, wie eine Leiche mit spielenden, funkelnden Augen.“ – „Ach, dummes Zeug, red nicht so graulich“, sagte die Komödiantin. – Er wollte fort, aber sie hatte sich schon fest in seinen Mantel verwickelt.

Sie standen an der offenen Tür eines kleinen Hauses. Ihre leichtfertige Begleiterin, die zu ihrem Verdrusse noch gar nicht beachtet worden, wünschte schnippisch viel Vergnügen, und verließ sie empfindlich. Kordelchen aber hatte ihren späten Gast bereits hineingedrängt. Ein schwüler Duft von halbvertrockneten Blumensträußen, die an den Fenstern standen, quoll ihnen aus der kleinen Stube entgegen. Das tief heruntergebrannte Licht, dem eine leere Flasche zum Leuchter diente, verbreitete eine ungewisse Dämmerung über ärmliches Hausgerät, zerbrochene Spiegel, Notenbücher und Kleidungsstücke, die überall unordentlich umherlagen. Mitten in dieser Verwirrung war ein wohlgekleideter Mann am Tische fest eingeschlafen, die Feder lag umgefallen noch zwischen seinen Fingern auf dem halbbeschriebenen Blatte vor ihm.

„Still, still, der wird ein Paar Augen machen!“ sagte Kordelchen, indem sie Victor leise an der Hand in einen entfernten Winkel führte und ihn dabei, eh er sich's versah, herzhaft in den Finger biß. Dann setzte sie sich auf einen Reisekoffer, öffnete ihre Schürze, die voll Knackmandeln war, und fing vergnügt an zu naschen und zu plaudern, man sah ihr recht die Freude aus den muntern Augen glänzen. So in aller Geschwindigkeit erzählte sie ihm, daß sie mit Otto aus dem langweiligen Italien entflohen, seit einigen Tagen hier sei und wieder aufs Theater wolle. Auf einmal sah sie Victor lange ins Gesicht. „Armer Lothario“, sagte sie, „du siehst schlecht aus. Dacht ich's doch gleich, als du damals die Augen so hoch warfst, siehst du, wer hieß dich Gemsen jagen! – Aber so iß doch mit – und hast du die Fürstin heut gesehen? – sie ist als Gräfin Juanna maskiert.“ – Dazwischen warf sie wieder Mandelschalen nach dem Schreiber hinüber, der noch immer schlief.

Da fuhr dieser erschrocken auf – es war Otto – sie wollte sich totlachen, wie er so wild aus dem Schlafe umherstierte. Aber Victor, bisher wie in Gedanken verloren, hatte sich bei dem unerwarteten Anblick des wüsten Gesichts plötzlich aufgerichtet. „Um Gottes willen, Otto!“ rief er mit tief erschütterter Stimme, „flieh, flieh in die Nacht hinaus, in den Krieg, bau das Feld, spalte Holz, bettle von Haus zu Haus – nur fort von hier!“ – „Geh, geh!“ sagte Kordelchen, von ihrem Koffer springend, „du bist ja so pathetisch wie der steinerne Komtur aus dem Don Juan.“ – Otto, den Kopf auf beide Arme gestützt, ahnet heimlich, was jener meint, Lotharios Urteil gilt ihm alles, seine ganze Seele hängt lauschend wie an einem jähen Absturz. – Aber Victors Sinn war heut wie ein schneidendes Schwert. – „Und red mir nicht von Poesie, von Dichterberuf“, fuhr er fort, „du hast nicht mehr davon, als ein verliebtes Mädchen. Es gibt nur wenige Dichter in der Welt, und von den wenigen kaum einer steigt unversehrt in diese märchenhafte, prächt’ge Zaubernacht, wo die wilden, feurigen Blumen stehen und die Liederquellen verworren nach den Abgründen gehen, und der zauberische Spielmann zwischen dem Waldesrauschen mit herzzerreißenden Klängen nach dem Venusberg verlockt, in welchem alle Lust und Pracht der Erde entzündet und wo die Seele, wie im Traume, frei wird mit ihren dunklen Gelüsten –“

Hier hielt sich Otto nicht länger. Es überlief ihn eiskalt, als zuckte ein Blitz durch die Nacht und erleuchtete auf einmal gräßlich sein ganzes verlornes Leben. Noch ganz verwirrt, im Innersten getroffen, ergriff er wie ein Rasender einen nahe gelegenen Theaterdegen und drang sinnlos auf Victor ein. Dieser schleuderte den Wütenden weit von sich, daß ihm der Degen entfiel. „Ruhig!“ rief er, „und bedenke meine Worte, ehe alles zu spät! Mich aber laß, ich habe mit mir selbst zu fechten, Gott gnad uns beiden!“ – So eilte er aus dem Hause fort.

Draußen auf der leeren Gasse hörte man noch Kordelchen klagen, die ihm betroffen nachgestürzt. „Lothario!“ rief sie außer sich, „lieber, schöner, verrückter Lothario! ich bitt dich um Gottes willen, kehre um, nur noch ein einziges Mal komm zurück! Es ist ja alles nicht wahr, was die Leute sagen, ich war dir immer im Herzen treu, was kann ich dafür, daß ich arm und schön bin? Ach, verlaß mich nicht, ich habe sonst niemand auf der Welt! Wickle mich ins Schnupftuch, steck mich in deine

Rocktasche, wenn du mir nicht traust, ich will still sitzen und dich ansehen, wenn du mich nur wieder liebhast, du wilder, abscheulicher Kerl!" – So bat sie rührend, lachte und schimpfte, bis sie zuletzt unaufhaltsam in heftiges Weinen ausbrach.

Aber Victor hörte sie nicht mehr. Er trat aus dem dunklen Stadttore, einzelne Morgenstreifen zuckten schon über die stille Gegend. – Durch seine Seele gingen übermächtige Gedanken. Aus der tiefen Nacht seines Grams stieg allmählich Stern auf Stern, ihm war, als müßt nun alles anders werden.

Zwanzigstes Kapitel

Zu Weinsheim klangen die Abendglocken über die anmutige Gegend, das reiche Dorf mit seinen frischen, kühlen Gärten und dem weißen, herrschaftlichen Schlosse darüber lag schon vom Gebirge verschattet, während die Abendsonne weiterhin die fruchtbare Ebene und den gewundenen Strom noch heiter beleuchtete. Auf allen Feldern war ein fröhliches Erntegewimmel, bis weit hinaus hörte man singen, rufen und jauchzen und das Rasseln der Wagen dazwischen. Mitten durch die bunte Wirrung ritt ein schöner, schlanker Mann mit gebräuntem Gesichte langsam dem Schlosse zu, nach allen Seiten für den folgenden Tag Befehle erteilend, und manchem scheuen, glänzenden Blick der Bauermädchen begegnend. Es war der junge Baron Manfred, dem diese Landschaft in doppeltem Sinne angehörte, denn er hatte sie wüst ererbt, und durch Umsicht und verständige Anregung in einen blühenden Garten verwandelt.

In solcher Erntezeit haben die Landschlösser etwas unbeschreiblich Einsames. Auch Manfred fand Hof und Haus noch leer, alle Diener schwärmten noch draußen im Tale, nur die gegenüberstehenden Waldberge schauten ernst durch die offenen Fenster herein. – Ermüdet setzte er sich auf das Fenstergeländer, um sich in der Abendkühle zu erfrischen, als er auf der Straße, die vom Gebirge kam, einen wunderlichen Zug sich zwischen den Walnußbäumen langsam heranbewegen sah. Ein elegantes Kabriolett, das aber der Steinweg übel zugerichtet zu haben schien, wurde auf drei Rädern von einem Pferde mühsam fortgeschleppt. Ein Mann in seltsamer Reisetracht führte das Pferd am Zügel, eine junge Dame, mit einem Kornblumenkranze im Haar, schlenderte daneben, das Ganze gemahnte an ziehende Komödianten. Einige verspätete Jäger des Barons hatten sich dazugesellt, die Krüppelfuhre, wie es schien, mit derben Witzen gesegnend. Der Reisende aber blieb keine Antwort schuldig. Manfred konnte, da sie eben unter seinen Fenstern vorüberzogen, deutlich vernehmen, wie er den Jägern sehr eifrig demonstrierte, bei ihrer Kunst sei, außer den Frischlingen, nichts Frisches mehr, das Elend hätten sie aus den Wäldern verjagt und hegten's zu Hause, von der Blume des Ganzen dürfe man vor gebildeten Löffeln gar nicht mehr sprechen, überdies sei Diana längst eine alte Jungfer geworden, es lohne nicht mehr, Hörner zu tragen. – So kamen sie alle mit großem Rumor und Gelächter oben an.

Hier warf der Fremde dem Jäger die Zügel zu, und befahl ihm ohne weiteres alles aufs beste unterzubringen, das Wägelchen wiederherzustellen und das Pferd reichlich zu füttern, das heute mehr die Sonne als der Hafer gestochen habe. „Das sieht hier gar nicht schlecht aus“, sagte er dann, sich zufrieden nach allen Seiten umsehend, „wem gehört das Schloß?“ – Die Antwort des Jägers aber schien ihn aufs höchste zu überraschen. „Was! dem Baron Manfred?“ rief er aus, und flog sogleich nach dem Schlosse, wo er den eben heraustretenden Baron beinahe übergerannt hätte. – „Waren Sie“, sagte er hastig und ohne alle Einleitung, „waren Sie nicht vor einiger Zeit auf Reisen? So sind Sie ohne Zweifel der gewesene Bräutigam der ehemaligen Gräfin Juanna, der damals auf dem fürstlichen Schlosse erwartet wurde!“ – Manfred bejahte kurz und trocken. – „Aber heiraten!“ rief der Reisende aus, „wer wird eine wildschöne Diana gleich heiraten wollen!“ – „Wer sind Sie?“ unterbrach ihn Manfred, den Aufdringlichen mit etwas ernsten Blicken messend. – „Ja so!“ – erwiderte dieser – „haben Sie vielleicht schon einmal von einem gewissen Dryander gehört?“ – „Dem bekannten Dichter?“ – „Der bin ich, ich reise eben auf Volkslieder, und jenes Frauenzimmer dort ist meine Frau.“

Nun stellte er die junge Dame mit dem Kornblumenkranze vor, die soeben an einem Ecksteine noch ihre Schuhe festband, und ihnen, als sie sich nennen hörte, ein munteres, etwas trotziges Gesichtchen zuwandte, in dem wir sogleich Fräulein Gertrud als alte Bekannte vom fürstlichen Schlosse wiederbegrüßen. Die Kleine begann unmittelbar nach der ersten Verständigung, mit der Lebhaftigkeit eines jungen Sinnes, dem alles noch neu ist, von ihrer romantischen Fahrt durchs Gebirge, von dem Unfall mit dem Wagen und andern Abenteuern zu erzählen, wobei sie deutlich merken ließ, daß dem Baron eigentlich ein unverdientes Glück widerfahre, den berühmten Dichter Dryander bei sich beherbergen zu können. Der letztere aber, dem die Beschreibung zu schön und zu lang zu werden schien, war schnell wieder in den Hof zurückgeeilt, um Pfeife und Tabaksbeutel aus dem Wagen zu holen. – Und so sah sich denn Manfred allein mit der hübschen, jungen Frau in einer seltsamen Lage; denn wenn er sie, nach ihrer ganzen Erscheinung, als ein lebenslustiges, verliebtes Landfräulein zu nehmen geneigt war, so wandelte sie nun auf einmal die Farbe, und brach, zu seiner Verwunderung, ästhetische Diskurse vom Zaun. Und je länger er schwieg, je fröhlicher geriet sie, in der sichtbaren Lust, dem Landjunker zu imponieren, wie ein munterer Wasserfall unaufhaltsam in eine plauderselige Gelehrsamkeit, unbekümmert Zeiten, Autoren und Bücher durcheinander vermengend.

Ein Lachen hinter ihnen unterbrach hier plötzlich die sonderbare Unterhaltung. Es war Dryander, der sich unterdes wieder eingefunden, und eine Zeitlang ungesehen alles mit angehört hatte. „Trudchen, Trudchen!" rief er immerfort lachend, „was geschieht dir? ich erkenne dich gar nicht wieder – dieses charmante Wesen und angenehme Klugsprechen, Attitüden und romantischer Schaltanz." – Das resolute Weibchen aber schien nicht einen Augenblick betreten. Mit veränderter Stimme, die plötzlich wie der Absatz eines Pantöffelchens klang, erwiderte sie: „Solche Faxen leid ich nun ein für allemal nicht von dir! Willst du ein Philister sein, so ist's gut, ich werde auch sein, wie ich Lust habe!" – Dryander hatte sie unterdes umfaßt und walzte mit ihr auf dem Rasen herum. Sie aber schrie auf einmal laut auf, und riß sich mit mehr Heftigkeit, als Grazie, von ihm los. „Du bist immer so ungeschickt", sagte sie, „du trittst mir auf den Fuß." – „Das ist nicht wahr", rief Dryander. – „Wahr oder nicht wahr!" – entgegnete sie, „ich bin todmüde von deinem Herumziehen in dem dummen Gebirge, und ich will schlafen gehn, und das jetzt gleich!" – Nun geriet Dryander seinerseits in eine wunderliche Wut. „Um Gottes willen, nur keine Launen!" rief er aus, „Weiberlaune ist mir zuwider, wie das Pech am Pfropfen einer Champagnerflasche, ein ekelhafter Meltau auf Blumen, da ist offenbarer

Wahnsinn noch herrlich dagegen mit seinem Abgrunde bodenloser Gedanken." – „Und ich gehe doch schlafen!" unterbrach ihn Gertrud trotzig, machte Manfred eine kurze Verbeugung und ging nach dem Schlosse, wo die alte Haushälterin des Barons, die den Spektakel in der Haustür verwundert mit angehört hatte, die Erhitzte aufnahm und in ihre Zimmer führte.

„Ist sie nicht zum Küssen schön, wenn sie böse wird?" sagte Dryander zu Manfred gewandt. Manfred, ganz entrüstet über diese verkehrte, nichtsnutzige Wirtschaft, stellte ihn ernstlich zur Rede, daß er durch solche Tollheiten die Frau geistig vernichte. – „Ganz und gar nicht", erwiderte Dryander, „faule Naturen werden erst in der Leidenschaft bedeutend und reizend, sie ist eigentlich sehr dumm." –

Unterdes war ein Tisch mit Erfrischungen im Garten aufgeschlagen worden. Dryander nahm ohne weiteres Platz, band sich eine Serviette unterm Kinne wie zum Rasieren vor, und begann so eifrig zu essen, wie Manfred noch niemals gesehen. Dazwischen erzählte er, von allen Schüsseln zugleich zulangend, wie in seinem Bräutigamsstande auf dem fürstlichen Jagdschlosse seine Aversion gegen eine feierliche Hochzeit ein unübersteigliches Hindernis geworden, wie er sodann einmal plötzlich vor dem hochaufgestapelten Hochzeitsbette erschrocken und davongegangen, Gertrud aber bald darauf aus Melancholie gleichfalls von dem Schlosse verschwunden sei.

„Aber auf dieser außerordentlichen Flucht", fuhr er fort, „setzte mir die Liebe nicht wenig zu, ich kam ganz herunter, ich war fast nichts als Seele. In diesem Zustande hatte ich mich einmal des Abends im Gebirge verirrt, ich wußte durchaus nicht, wo ich mich befand, und war endlich, wie es mir vorkam, über die Trümmer eines umgefallenen Zaunes in einen ehemaligen französischen Garten geraten. Durch die schnell vorüberfliegenden Wolken fielen nur einzelne Mondblicke zwischen finstern Laubwänden und künstlich verschnittenen Taxusbäumen über zerbrochene Statüen, die im hohen Grase lagen, aus dem Walde schlugen unzählige Nachtigallen. Nur eine Statüe in einiger Entfernung von mir schien noch wohlerhalten, es war eine sitzende Najade an einem steinernen Bassin, dessen klare Flut ihre Füße umspülte. – Ich bin eigentlich ein Schwärmer. Mit über der Brust gekreuzten Armen lehnte ich mich nachlässig an einen neben mir stehenden antiken Opferaltar und sah eben unverwandt in den Mond, als der morsche Altar, den ich für Stein gehalten, hinter mir zusammenbrach. Daß ich mit umfiel, war das geringste dabei. Aber denkt Euch mein Entsetzen! Über dem Gepolter wendet die Najade auf einmal den Kopf, richtet sich hoch auf und entflieht in den dunklen Garten. Trotz meiner Gänsehaut schreite ich doch auf das Bassin los, und finde zwei der zierlichsten Pantöffelchen auf dem steinernen Rande. Ich lege sie sogleich an mein Herz zwischen Frack und Weste, und komme beim weitern Vordringen an einen von hohen Bäumen tiefverschatteten Platz. Auf dem Platze war ein Schloß, und an dem Schlosse ein Altan und auf dem Altane sehe ich, wie hinter einem Schleier von Mondenschein, Blüten und Laubgewinden, das weiße Gewand der Najade wieder hervorschimmert. Das kam mir auf einmal ganz spanisch vor mit dem Balkone, ich redete sie erst zierlich in Assonanzen an, sie verbarg sich halb furchtsam, halb neugierig, bald sah ich eine Locke, bald ein bloßes Füßchen, bald einen Arm, bald wieder gar nichts. Ich wurde immer verliebter, die Reime flossen mir wie Lavendelwasser, ich sprach von des Mondes Zaubermacht, der das Lieben hat erdacht, von einer süßvalenz'schen Nacht, vom Kosen und vom Flüstern sacht, bis daß die erste Lerche erwacht! Sie schwieg immerfort, und wie auf der Himmelsleiter meines eigenen Wohllauts, stieg ich endlich ohne weiteres auf den nächsten Baum, schwang mich mit der einen Hand auf den Balkon und hielt mit der andern der Erstaunten ihre Pantöffelchen entgegen. In demselben Augenblicke aber entriß sie mir's plötzlich und schlug mir damit tüchtig um beide Ohren. ‚Also das ist deine Treue!‘ rief sie, ‚ich erkannte dich gleich anfangs, o ich unglückseliges Mädchen!‘ – es war Gertrud selbst. Ich stand ganz verblüfft. Vergeblich sagte ich, daß ich sie eigentlich auch gleich anfangs erkannt hätte, und beschwor sie, nur jetzt das Maul zu halten. Aber sie glaubte und hörte nichts, sie schimpfte und weinte dazwischen immerfort. Über dem Lärm und Gezänke steckte die alte Amme, die ich noch vom fürstlichen Schlosse her kannte, ihr Gesicht aus der Schloßtür und verschwand sogleich wieder, ein großer Hund schlug im Garten ein paarmal an, und eh ich mich noch besinnen kann, tut sich die Balkontür weit auf, und ein verworrener Haufe von Vettern, Lichtern und Dienern stürzt plötzlich hervor, voran ein großer, starker Mann in einem damastenen Schlafrocke, mit kleinem dreieckigen Hute und langem Haarzopfe, in der einen

Hand eine Pistole, in der andern einen bloßen Degen. Die alte Amme, der vor den Folgen ihres Verrats bange wurde, wollte den Wütenden von hinten am Zopfe aufhalten, darüber ringelte sich das Band los, und die langen Haare umflatterten ihn wunderlich wie ein phantastisches Hirngespinst. ‚Kopuliert sie in drei Teufels Namen!‘ donnerte er, mit der Pistole nach mir zielend, denn es war niemand anders, als Gertruds Vater. Ein alter Geistlicher, der nicht wußte, wie ihm geschah, trat aus dem Gefolge, und ich und Gertrud wurden auf der Stelle kopuliert.“ –

Hier stand Manfred, der schon mehrere Male den beredten Dichter unterbrechen wollte, entrüstet auf. „Schändlich!“ sagte er, „mich friert innerlichst bei der Geschichte.“ – Dryander sah ihn mit den geistvollen Augen ein Weilchen groß an, dann sprang er plötzlich auf und fiel dem Baron um den Hals. „Sie haben ganz recht“, rief er aus, „das ist die verruchte Doppelgängerei in mir, ich kann nichts Großes ersinnen, ohne ihm sogleich von hinten einen Haarbeutel anzuhängen, ein tragischer, wahnsinniger König und ein Hanswurst, der ihm fix ein Bein unterstellt, die hetzen und balgen sich Tag und Nacht in mir, daß ich zuletzt nicht weiß, welcher von beiden Narren ich selber bin.“

Manfred schwieg unwillig, Dryander aber war an den Abhang des Gartens getreten, und schaute in das dunkle Tal hinaus; man unterschied nur noch einzelne Massen von Wald, Feldern und Dörfern, durch die weite Stille kam der dumpfe Schlag eines Eisenhammers herüber. – „Das ist schön!“ sagte er, „es ist mir, als hört ich den Pendul der Zeit einförmig picken. – Ich bleibe hier“, wandte er sich dann schnell zu Manfred: „ich habe das wüste Treiben satt; Profession vom Dichten machen, das ist überhaupt lächerlich, als wenn einer beständig verliebt sein wollte und noch obendrein auf öffentlicher Straße – ich will hier bei Euch die Landwirtschaft lernen!“ – „Sie?“ – erwiderte Manfred erstaunt, „das gäbe eine schöne Wirtschaft!“ – Aber Dryander hörte nicht darauf. „Ich will mich“, fuhr er fort, „ich will mich hier wie auf den Grund des Meeres versenken, daß ich von der Welt nichts mehr höre – aber Ihr müßt mir die Hand darauf geben, daß Ihr so lange kein Wort von Literatur mit mir reden wollt.“

Er sprach so eifrig, daß er endlich auch den ungläubigen Manfred um so mehr mit sich fortriß, als dieser selbst überzeugt war, daß nur die Einsamkeit und eine eisern geregelte Tätigkeit den wirren Geist heilen könnte. Und mehr bedurfte es nicht, um ihn mit Leib und Seele für den Gedanken zu gewinnen.

Sie besprachen nun noch bei einer Bowle Punsch ausführlich den neuen Plan. Dryander faßte alles begeistert auf, richtete sich in Gedanken schon völlig hier ein, war beruhigt, fast weich, und in diesem ungewohnten Zustande unwiderstehlich liebenswürdig; und als sie endlich schieden, begab sich Manfred mit dem Gefühle eines begonnenen, guten Werkes zur Ruhe, und überdachte noch lange, wie er es am besten vollführen und gestalten wollte.

Wie sehr war er daher erstaunt, als er am folgenden Morgen vernahm, daß Dryander, der von dem übermäßig genossenen Punsche vor Hitze nicht schlafen konnte, noch lange vor Tagesanbruch die Frau und den ganzen Hof aufrumort habe, und soeben schon wieder abgereist sei. – In des Dichters Stube fand er mehrere vergessene Kleinigkeiten, Tücher und Strümpfe, auf allen Stühlen zerstreut, das offene Fenster klappte im Winde, auf dem Tische lag ein, wie es schien, vor kurzem von Dryander beschriebenes Blatt. Er nahm es auf und las:

Vor dem Schloß in den Bäumen es rauschend weht,
Unter den Fenstern ein Spielmann geht,
Mit irren Tönen verlockend den Sinn –
Der Spielmann aber ich selber bin.

Vorüber jag ich an manchem Schloß,
Die Locken zerwühlet, verwildert das Roß,
Du frommes Kindlein im stillen Haus,
Schau nicht nach mir zum Fenster hinaus.

Von Lüsten und Reue zerrissen die Brust,
Wie rasend in verzweifelter Lust,
Brech ich im Fluge mir Blumen zum Strauß,
Wird doch kein fröhlicher Kranz nicht daraus!

Wird aus dem Schrei doch nimmer Gesang,
Herz, o mein Herz, bist ein irrer Klang,
Den der Sturm in alle Lüfte verweht –
Lebt wohl, und fragt nicht, wohin es geht!

„Sollte man nicht wirklich denken, er sei durch und durch verzweifelt", sagte Manfred, indem er das Blatt mitleidig lächelnd weglegte, „und ich wette, da hat er in der Zerstreuung alles wieder rein vergessen, was wir gestern verabredet." – Und als er hinausblickte, sah er draußen im Morgenblitzen das Wägelchen des Dichters, über dem ein durchlöcherter Sonnenschirm aufgespannt war, wie ein Schattenspiel zwischen den grünen Bäumen dahinschwanken.

Einundzwanzigstes Kapitel

Wir finden den Baron Manfred fern von seinem stillen, grünen Revier wieder, aus dem ihn eine Familienangelegenheit von besonderer Dringlichkeit verlockt hatte. Das Geschäft, das er heiter zu ordnen gedacht, war indes durch Mißverständnisse unerwartet verwickelt geworden, und unruhig, ja ernstlich besorgt verließ er soeben das Schloß einer ihm verwandten Dame, bei der er mehrere Tage verweilt.

Schon auf dem Schlosse hatte ihn ein verworrenes Gerücht interessiert, das sich weiterhin in den Dörfern immer wunderbarer ausschmückte. Es war die fast märchenhafte Sage von der Einsamkeit eines aufgehobenen Klosters im benachbarten Gebirge und von einem Mönch, der seit kurzer Zeit dort umgehe, während andere ihn wieder für einen wahnsinnigen Einsiedler hielten. Aber auch diese wußten nicht, wann und woher er gekommen; man nannte ihn nur den Waldbruder Vitalis. – Da Manfreds Weg ihn durch das Gebirge führte, beschloß er endlich den geheimnisvollen Eremiten in seiner eigenen Klause aufzusuchen.

Es war ein schöner Sommerabend, als er zwischen Wiesen und nickenden Kornfeldern den bezeichneten Bergen zuritt. Ein Gewitter war über das Gebirge fortgezogen und blitzende Tropfen hingen noch in Zweigen und Gras, aus dem ein erquickender Wohlgeruch emporstieg. Ein Holzhauer hatte ihm den Pfad nach der Einsiedelei gewiesen, die Gegend wurde immer höher, kühler und stiller, nur die Abendglocken schallten noch durch das feierliche Rauschen des Waldes aus den Tälern herauf. – In dieser kräftigen Einsamkeit konnte er sich eines zürnenden Mißtrauens gegen den Einsiedler nicht erwehren, den er soeben kennenlernen sollte. Es kam ihm kleinlich, ja verrucht vor, inmitten allgemeiner Lust und Not sich so in hochmütiger Selbstliebe abzusondern und über die andern zu stellen. Der Mensch, sagte er zu sich selbst, der Mensch allein verwirrt alles mit seiner Leidenschaft und Affektation!

Durch solche Betrachtungen war er nach und nach ganz in Eifer geraten und nahm sich eben ernstlich vor, den Einsiedler durch vernünftige Überredung womöglich der Welt wieder zuzuwenden, als sein Pferd sich plötzlich scheute und heftig zur Seite sprang. Denn eine wundersame Gestalt war auf einmal zwischen den Bäumen hervorgetreten, unter denen nun auch die in den Fels gehauene, von wilden Weinranken kühl verhangene Einsiedelei nebst einem sorgfältig umzäunten Gärtchen sich zeigte. Der Eremit trug einen breitrandigen Pilgerhut, ein ungeheurer, alter Schlafpelz, der ihm überall zu weit war, rauschte im Grase hinter ihm her, während er aus einer langen Pfeife Tabak rauchte. Manfred traute seinen Augen nicht. „Wie!“ rief er, „Herr Dryander – Sie also sind der Vitalis!?“ – „Vitalis? warum denn nicht?“ erwiderte Dryander gelassen, „aber bleiben Sie mir mit dem dummen, wilden Pferde ein wenig vom Leibe.“

Manfred band sein Pferd an einen Baum und folgte dem Doktor, der sich fast bei jedem Schritt auf den Pelz trat, zu der Klause. Dort fehlte nichts zum Hausrat eines vollkommenen Waldbruders, ein weißer Totenschädel glänzte aus der Grotte, an deren hinterer Felswand ein großes schmuckloses Kruzifix aufgerichtet war, ein Brevier lag auf der Bank vor der Klause noch aufgeschlagen. Manfred sah lange finster umher, endlich brach er los. „Das ist kein bloßer Scherz“, sagte er, „es wäre zu frevelhaft. Aber auch der bitterste Ernst ist hier ein Frevel. Armer, grillenhafter, wetterwendischer Mensch, gehe erst zu den Einfältigen in die Lehre, erkenne erst unten im Gedränge das unsichtbare Kreuz, das der Herr mitten im Leben aufgerichtet, eh du es selbst zu fassen und in Seinem Namen die Welt zu belehren und zu richten wagst!“ – „Amen, mein Sohn!“ unterbrach ihn hier Dryander mit milder Stimme, „aber nimmermehr wird es dir gelingen, durch lose Worte mir das Rauhe meines Eremitenpelzes herauszukehren, denn mich erbarmt in tiefster Seele deine Verblendung. Also von der Welt Rumor, mein Sohn, hoffst du noch immer zu lernen, was nicht von der Welt ist? Ich aber sage dir: da ist nichts zu lernen, sondern niederzustürzen auf die Knie, denn mitten in der Stille der Waldeseinsamkeit, plötzlich und von Waffen blitzend, kommt der Engel des Herrn!" – Hier zog und qualmte der Zelot so heftig aus seiner Tabakspfeife, die ihm über dem Reden ausgehen wollte, daß Manfred mitten in seinem Ärger in ein lautes Gelächter ausbrach. Das steckte Dryander an, er stimmte unaufhaltsam mit ein. Beide aber wandten sich erschrocken, als plötzlich hinter ihnen das herzhafte Lachen noch eines Dritten dareinschallte.

Ein großer, starkknochiger Mann mit gebräuntem Gesicht und herabhängendem Haar, eine grobe Kutte mit einem Strick um den Leib gebunden, trat aus dem Gebüsche hervor und konnte sich, noch immer lachend, gar nicht satt sehen an dem abenteuerlichen Aufzuge des Dichters. Es ergab sich nun, daß der Neuangekommene der eigentliche Besitzer der Klause sei, und daß Dryander erst vor wenigen Stunden, auf seiner Fußreise vom Gewitter überrascht und ganz durchnäßt, sich hierhergeflüchtet und, während der Eremit in den Wald nach Holz gegangen, es sich in dessen trockenem Pelze bequem gemacht hatte.

Der Einsiedler machte sich nun sogleich mit Manfreds Pferde zu schaffen, er zäumte es ab, warf ihm Heu vor, streichelte und betrachtete es mit großem Wohlgefallen. „Eine saubere Kreatur!" sagte er, „da versteh ich mich noch darauf aus meinen jungen Jahren, als ich bei dem löblichen Kürassierregimente stand." – Darauf traf er mit gleichem Eifer Anstalten, seine Gäste zu bewirten, die unterdes einige nähere Blicke in die kleine Wirtschaft tun konnten. Im Garten hatten Kartoffeln und Kohl fast alle Blumen verdrängt; am Eingange desselben aber fiel ihnen ein frisch gegrabenes Grab auf. „Das ist nur so gegen die überflüssigen Weltgedanken", sagte der Einsiedler – „succumbit humi bos et Caesar." Quer über dem Grabe waren zwei große Speckschwarten auf Stangen befestigt. Der Einsiedler meinte, in der Hütte kämen ihm sonst die Ratten darüber.

Er setzte nun Weinflaschen und Gläser auf den steinernen Tisch vor der Klause, die Gäste mußten sich auf der Bank herumsetzen, er wollte auf einmal etwas Neues aus der Welt hören. Dryander, den der viele Kohl im Garten ärgerte, nannte ihn einen Canonicus in herbis und sprach wütend das tollste Küchenlatein, der Einsiedler antwortete ebenso und schien erst recht vergnügt in dieser barbarischen Sprachverwirrung. Dazwischen rauchte er, heftig dampfend, stinkenden Tabak aus einer kurzen, ungarischen Pfeife, im Wein aber tat er wenig Bescheid, er mache ihn, sagte er, aufgeblasen und zänkisch. Er erzählte ihnen, daß er Frater Sammler in dem Kloster oben gewesen, nach dessen Aufhebung aber sich hier angesiedelt habe und bei den Bauern in der Runde, die ihn aus alter Bekanntschaft mit allem, was er brauche, reichlich versähen, sehr gut seine Rechnung finde. Überhaupt sei es ihm im Leben immer gut gegangen. Schon als Kind habe er mit seinem alten Vater, einem blinden Geiger, so viel erbettelt, daß er die Schule besuchen konnte. Später sei er zum Kürassierregimente eingezogen, aber gleich in der ersten Bataille so übel zugerichtet worden, daß sie ihn doch wieder hätten laufenlassen müssen. Als er darauf in sein Dorf zurückgekommen, habe seine Braut unterdes einen andern geheiratet, den sie nun halb tot keife. „Laus Deo!" schloß er, mit seinem Glase lustig anstoßend.

Manfred betrachtete nicht ohne tiefe Wehmut den fidelen Einsiedler, den das Leben mit allen seinen Stößen nicht hatte unterkriegen können, und der nun die Frömmigkeit frischweg wie ein löbliches Handwerk trieb. – „Es ist ganz unmöglich", rief er endlich nach einigem Nachsinnen aus, „auch Sie sind nicht der Vitalis!" –

„Oho!" erwiderte der Waldbruder, „ich und Herr Vitalis! wo denkt Ihr hin, nicht seine Schuhriemen aufzulösen, bin ich würdig, und ich tät's ihm gern heut und allezeit, wenn er es litte! Nein, nein, der wohnt dort im ehemaligen Konvente." – „Als Nachteule", sagte Dryander, „um die Mäuse wegzuschnappen, die nach deinen Speckschwarten gehen." – „Still", fiel ihm der Einsiedler mit überfliegender Röte schnell ins Wort, „schnattert nicht so ungewaschen ins Zeug hinein, wenn Ihr nichts von der Geistlichkeit versteht. ‚Contenti estote', sagte einmal ein Kapuziner in einer Komödie, die ich noch als Soldat gesehen habe, das heißt: begnügt euch mit eurem Kommißbrote, wenn ihr das Himmelsmanna nicht vertragen könnt!" – „Na, seid nur nicht gleich so grob", lachte Dryander, den der Vorwurf heimlich wurmte.

„Abgemacht!" rief der gutmütige Klausner. „Aber vom Herrn Vitalis muß ich euch noch erzählen." – Er rückte voll Eifer näher und dampfte so hastig aus der ungarischen Pfeife, daß Dryander sich an das andere Ende des Tisches setzte. –

„Seht“, sagte er, „es war gerade eine so schöne, sternklare Sommernacht, wie Anno 1814, da wir über den Rhein rückten. Ich hatte meinen Rosenkranz eben abgebetet und stand auf und zog, wie ich alle Mitternacht zu tun pflege, die Glocke über meiner Hütte, denn den Kranken unten in den Dörfern, wenn alles schläft, ist es tröstlich, das Glöcklein von den Bergen zu hören. Auch das Wild ist's schon gewohnt, ich hab jedesmal meine Freude daran, wie die Rehe dann im Mondenscheine dort auf die Wiese herauskommen und das Weiden vergessen und die Köpfe hoch nach dem Klange wenden, als wollten die armen Dinger auch Gott loben. Nun, jedes tut, was es kann. Aber diesmal schnaubten sie auf einmal, und eh ich mich's versah, waren sie plötzlich nach allen Seiten zerstoben. Ich tret heraus, da steht ein schöner, wilder Jägersmann dicht vor mir. ‚Laudetur Jesus Christus‘, sage ich. Er aber, ohne amen zu sagen: ‚Was machst du da?‘ – ‚Wie Ihr seht, Herr, ich bin ein Einsiedler und bete, wenn die andern schlafen.‘ – ‚Und schläfst, wenn die andern beten, das ist alles eins!‘ – ‚Gewiß, so lösen wir einander ab auf der himmlischen Schildwacht.‘ – Der Jäger darauf stöbert mir in der Hütte herum, sieht mein Moosbett, das Kreuz, den Totenkopf. ‚Vollständige Dekoration‘, sagt er, ‚bist du so faul, daß dich der Kahlkopf da mit seinen gefletschten Zähnen erst jeden Abend ins Gewissen beißen muß, um zu beten?‘ – ‚Herr‘, erwidere ich, ‚Ihr werdet mir nichts weismachen, ich bin Soldat und Mönch in dem Kloster da droben gewesen, und weiß wohl, daß es leichter ist, eine Festung, als das Himmelreich zu erobern. Nun möcht ich doch den Prahlhans sehen, der eine Festung ohne Bajonett, Leiter und Handwerkszeug nehmen wollte! Und Ihr wollt den Himmel, der höher liegt, stürmen, nackt und erbärmlich, wie Ihr seid, ohne Wehr und Rüstung und tägliche Übung in den Waffen? Ich sage Euch: Demut ist der Anfang und das Ende, hochmütiger Mensch!‘ – Der Fremde sah mich groß an mit funkelnden Augen, dann stützte er auf dem Tische den Kopf in die Hand, ich meint, er betrachtete den Totenkopf, der vor ihm lag, aber er mochte wohl andere Gedanken haben. Sitz du, solange du willst, dachte ich, ich fürcht dich nicht, ich trau dir nicht. Damit streckt ich mich auf meine Streu und behielt ihn in den Augen, bis sie mir am Ende zufielen.

Als ich aufwachte, waren meine Augen noch immer auf den Tisch gerichtet, aber der Jäger saß nicht mehr auf demselben

Punkte. Als ich aber vor die Klause trat, sah ich ihn in der Morgendämmerung schon von dem alten Kloster herabkommen. Es war ein prächtiger Morgen, die Hähne krähten unten in den Dörfern, hin und her klang schon eine Morgenglocke durch die stille Luft. Auch der Fremde, nachdem er mich freundlich gegrüßt hatte, blieb stehen und sah lange ins Tal hinaus. ‚Sieh', sagte er, ‚das ist ein Friede Gottes überall, als zögen die Engelscharen singend über die Erde! die armen Menschenkinder! sie hören's nur, wie im Traume. Müde da unten, verirrt in der Fremde und Nacht, wie sie weinend rufen und des Vater's Haus suchen, und wo ein Licht schimmert, klopfen sie furchtsam an die Tür, und es wird ihnen aufgetan, aber sie sollen den Fremden dienen um das tägliche Brot; darüber werden sie groß und alt, und kennen die Heimat und den Vater nicht mehr. O wer ihnen allen den Frieden bringen könnte! Aber wer das ehrlich will, muß erst Frieden stiften in sich selbst, und wenn er darüber zusammenbräche, was tut's! – Sieh, Gesell, und das ist geistliches Recht und Tagewerk.'

Ich alter Kerl stand ganz verblüfft vor ihm, denn ich verstand schon gleich damals so viel davon, daß ich bisher eigentlich noch gar nichts verstanden hatte von meinem Metier. Vor meiner eigenen Tür wollt ich kehren und die ewige Seligkeit für mich allein zusammenknickern, wie ein filziger Schuft, als wär's dem lieben Gott um mich allein zu tun in der Welt. – Und seht, von der Stund ab blieb der Jäger hier auf den Bergen und wohnte im Kloster droben und machte sich gemein mit mir, wie ein getreuer Kamerad, und ist doch ein grundgelehrter Herr. ‚Denn du gefällst mir', sagt er, ‚du machst keine Flausen mit deiner Frömmigkeit.' Und wenn ich faste, so hungert er, und wenn ich aufwache, so hat er die ganze Nacht gewacht und gebetet, und trinkt keinen Wein und mag keinen Speck, und will ich alter Narr manchmal verzagen, so singt er ein schönes Lied, und – kurz, das ist der Herr Vitalis, von dem ihr unten gehört habt."

Der Einsiedler wandte sich hier und machte sich etwas mit dem Tische zu tun, denn er schämte sich, weil ihm die Tränen in den Augen standen. Manfred aber stand auf, ein überraschender Gedanke schien durch seine Seele zu fliegen. „Führt mich zu Vitalis hinauf", sagte er, „ich muß ihn durchaus sprechen!" Der Einsiedler schüttelte bedenklich den Kopf. „Ich will's wohl tun", meinte er, „aber seht Euch vor, wenn Euch bloß die Neugier treibt. – Da war erst neulich einer, ein junges Blut, der wollte durchaus mit Einsiedler werden. – Aber ich dacht mir's gleich – denn zum gottseligen Leben gehört eine gute, feste Natur – wenn er nachts mit mir im Walde stand, da schauerte ihn, wie ein Mädchen, unsere alten Gebete waren ihm noch nicht schön genug, er setzte sie in künstliche Verse, dann weinte er auch zuviel und hatte so allerhand Sehnsuchten. Zuletzt hatte er gar ein junges, hübsches Hirtenmädchen aufgespürt, die wollt er mit Gewalt bekehren, aber sie war schon frömmer, als er, und eh er sich's versah, verliebt' er sich in sie, da wurde er ganz traurig – und kurz, wie ich's vorausgesagt hatte, mit dem Herrn Vitalis ist nicht zu spaßen, der jagt' ihn wieder fort –"

„Hieß der junge Mann nicht Otto?" fragte Dryander. – „Wahrhaftig, so nannte er sich", erwiderte der Einsiedler verwundert. –

Die Nacht war indes völlig hereingebrochen, als sich alle drei auf den Weg nach dem Kloster machten. Der Eremit schritt mit einer Fackel auf einem schmalen, halbverwachsenen Fußsteige voran, die andern folgten schweigend und erwartungsvoll. Unterwegs fragte Manfred den Doktor, wo er denn seine kleine Frau gelassen? – „Sie ist unter die Husaren gegangen", sagte Dryander trocken und mochte durchaus nicht nähere Auskunft geben.

So waren sie, nach einem mühseligen Gange, zu der Ruine gekommen, der Widerschein der Fackel, als sie durch das Tor gingen, beleuchtete den stillen Klosterhof mit seinen alten Bäumen und dem verfallenen Brunnen in der Mitte. Ihr Führer sah sich nach allen Seiten um. „Sollte er noch im Gebirge sein?" sagte er und öffnete knarrend eine eichene Tür. Sie kamen in eine kleine Halle, aber auch dort war niemand zu finden. Nur ein Strohsack auf dem Boden, ein Kreuz auf dem Tische und einige Bücher bezeichneten Vitalis' Wohnung, durch das verfallene Fenster aber sah wunderbar die Nacht herein. Als sie an die Öffnung traten, flatterte verstörtes Nachtgevögel scheu aus den Mauerritzen empor, einzelne Mauerstücke hatten unter ihren Füßen sich abgelöst, sie lauschten, wie es schallend tiefer und immer tiefer hinabrollte. Da trat auf einmal der Mond drüben zwischen den Wolken hervor, sie sahen nichts als stille Schlünde unter sich und das dunkle Chaos uralter Wipfel. – „Entsetzlich!" rief Manfred, in Gedanken hinabschauend.

Hier aber wurden sie plötzlich durch Dryanders Geschrei unterbrochen. Er war neugierig vorgetreten, da hatte ihn der Schwindel gefaßt, er griff krampfhaft in des Einsiedlers Kutte. „Sagt ich's doch", rief dieser, „ist dir wohl, so bleibe unten, arbeite und lobe Gott, und laß allen Vorwitz!" Damit packte er den Doktor beim Kragen und schleuderte ihn von dem Abgrund zurück und zur Zelle hinaus.

Indem sie aber nun ins Freie wieder heraustraten, sahen sie auf einmal zu ihrem Erstaunen zwei fremde Gestalten erschrokken über den Klosterhof hinwegstreichen. „Er ist's, um Gottes willen nur schnell!" flüsterte der eine, und in demselben Augenblicke waren beide zwischen dem alten Gemäuer in der Nacht wieder verschwunden. Bei dem Klang der Stimme fuhr Manfred sichtbar zusammen, er hatte die Flüchtlinge in der scharfen Beleuchtung der Fackel unausgesetzt mit den Augen verfolgt; jetzt stürzte er ihnen selbst nach. Aber der Einsiedler schritt mit seinen langen Beinen aus, daß die Kutte rauschte, und faßte ihn mächtig am Arme. „Seid Ihr toll", rief er, „ich weiß nicht, wer es war, aber das weiß ich, daß Ihr bei Nacht im unbekannten Gebirge das Gesindel nicht fangt, sondern den Hals brecht, wenn Ihr kein Gemsbock seid!" – Manfred mußte ihm nach kurzem Besinnen recht geben, dann aber trieb er plötzlich mit auffallender Hast zur ungesäumten Rückkehr, und blieb still und nachdenklich, während sie vorsichtig zwischen den Felsen hinabstiegen.

„Ich muß noch diese Stunde fort, suche aber bald noch einmal den Vitalis auf", sagte er, als sie endlich bei der Einsiedelei wieder ankamen, schüttelte seinem Wirte herzlich die Hand und schwang sich sogleich auf sein Pferd. – Der Einsiedler hatte kaum die Zeit, ihm den nächsten Weg zu bezeichnen, und sah ihm dann ganz verwundert lange nach. – „Daß ich ein Narr wäre, in dieser Spuknacht weiterzuziehen", meinte Dryander, und bat sich noch eine lange Pfeife Tabak aus, er freute sich darauf, die ganze Nacht einmal das Einsiedlerleben recht gemächlich mit durchzumachen, auch wollte er noch einige von den Nachtliedern des Eremiten abschreiben.

Manfred aber ritt eifrig den Tälern zu, da hörte er nach einiger Zeit, wie im Traume, oben noch des Einsiedlers Glöcklein schallen, die Rehe weideten wieder zur Seite, seine ganze Seele fühlte sich von der Todesstille wie in ein Grab verschüttet. Die Mitternacht aber hatte unterdes den Himmel weit aufgetan und ihre wunderbaren Schleier über die Erde geworfen. So immer tiefer und freudiger stieg er eratmend in die träumende Sommernacht hinunter, schon hörte er unten von fern die Ströme wieder rauschen und die Nachtigallen schlugen, von einem einsamen Schlosse klang noch eine Gitarre herüber und Düfte wehten erquickend aus den blühenden Gärten herauf. Von dem letzten Abhange des Berges rief er, wie erlöst, hinab: „Gegrüßt, du schönes Leben, ja ich spür's, ich habe dich wieder!"

Zweiundzwanzigstes Kapitel

Auf der Donau glitt bei dem heitersten Wetter ein Schiff zwischen den schönen, waldigen Bergen und Burgen hinab. Von Zeit zu Zeit erschallte ein so herzhaftes Lachen von dem Schiffe, daß die Vorübergehenden am Ufer stehenblieben und vor Lust mitlachen mußten, ohne zu wissen, warum. Es waren reisende Kaufleute, Studenten und Jäger, die auf dem Verdecke im Kreise umherlagen, in ihrer Mitte ein kleiner, stämmiger Mann mit Reisetasche und breitkrempigem Pilgerhute, der ihnen aus seinem eigenen Leben die unerhörtesten Abenteuer erzählte und jedesmal ganz entrüstet war, wenn sie lachten und ihm nicht glauben wollten. Abgesondert aber von dem lustigen Häuflein stand mitten im Schiffe ein wunderschöner Jüngling in zierlicher Jägertracht an den Mast gelehnt, er hatte eine Zither im Arme, die er in der Kajüte gefunden, ihm zu Füßen saß ein anderer hübscher Junge. Beide konnte man für Schüler halten, die zur Vakanz reisten, und es war anmutig zu sehen, wie die fröhlichen Bilder bald im kühlen Schatten der Felsen, bald von der Abendsonne hell beschienen, zwischen den wechselnden Landschaften dahinflogen. Der eine am Maste blickte frisch unter seinem Reisehut in das Grün hinaus und sang:

„Sie stand wohl am Fensterbogen
Und flocht sich traurig ihr Haar,
Der Jäger war fortgezogen,
Der Jäger ihr Liebster war.

Und als der Frühling gekommen,
Die Welt war von Blüten verschneit,

Da hat sie ein Herz sich genommen
Und ging in die grüne Heid.

Sie legt das Ohr an den Rasen,
Hört ferner Hufe Klang –
Das sind die Rehe, die grasen
Am schattigen Bergeshang.

Und abends die Wälder rauschen,
Von fern nur fällt noch ein Schuß,
Da steht sie stille, zu lauschen:
‚Das war meines Liebsten Gruß!'

Da sprangen vom Fels die Quellen,
Da flogen die Vöglein ins Tal,
‚Und wo ihr ihn trefft, ihr Gesellen,
Grüßt mir ihn tausendmal!'"

Die Gesellschaft war längst auf den schönen Gesang aufmerksam geworden; der abenteuerliche Pilger trat vor den Sänger und sang ihm sogleich nach derselben Melodie zu:

„Das klingt wie ein Waldhorn in Träumen,
Was irrst du durch das Gestein,
Mein Rehlein, unter den Bäumen?
Ich will dein Jäger sein!"

Der Sänger sah ihn einen Augenblick von der Seite an, und antwortete, ohne sich lange zu besinnen:

„Sie aber lachte im Wandern:
‚Du hast einen kecken Mund,
Ich aber mein einen andern,
Du bist mir zu kurz und rund!'"

Hier erschallte ein allgemeines Gelächter, der Sänger erschrak darüber, warf schnell die Zither fort und setzte sich zu seinem Gesellen. Der Runde aber war nicht so leicht aus dem Felde zu schlagen, er machte sich, sehr vergnügt, sogleich mit Witzen an die beiden und wollte sie ins Bockshorn jagen. „Mein zärtlicher Herr Jäger", sagte er, „mir scheint, Ihr seid viel mehr geschossen, als Ihr jemals geschossen habt." – „Und Ihr, scheint mir, habt Euch verschossen", versetzte das muntere Jägerbürschchen, „denn der Witz brennt Euch von der Pfanne." – „Wird Euch wenigstens kein Härchen über der Oberlippe versengen! Wett ich doch, Ihr hättet gar zu gern einen Schnauzbart an Eurem Mund." – „Wenn die Schnauze darunter hübscher wär als Eure!" – „Ich bitt Euch, schnauzt mich nur nicht so an. Aber, Bart beiseite, ich fürcht, er wird gleich grau sprossen, denn nach Eurem verliebten Liede macht Euch ein Mädchen viel Not." – „Nein, zwei, so närrisch sie sind, ich hab sie schon ganz müde gejagt." – „Daß die Jungfern nur dabei nicht fallen! wo jagt Ihr sie hin?" – „Unter die Haube." – „Was! führt Ihr Hauben mit Euch?" – „Gewiß, da guckt her!" – Hier lüftete der Jäger ein Felleisen, das hinter ihm lag. Der Pilgrim, der etwas kurzsichtig war, fuhr neugierig mit der Nase hinzu, und eh er sich's versah, hatte ihm das Bürschchen von hinten eine schneeweiße Schlafmütze über den Kopf gestülpt.

Nun aber war der aufrecht stehende Zipfel der Nachtmütze nicht anders, als wie ein Blitzableiter, in den plötzlich von allen Seiten alle Witze, matte und feurige, durcheinander einschlugen. Darüber wurde der Pilger ganz hirnschellig, man wußte bei seinem wunderlichen Wesen nicht recht, ob es ihm Ernst oder Spaß war mit der Wut. Der junge Jäger, da er unverhofft solche Wirtschaft angerichtet, saß unterdes mäuschenstill und blickte nur ein paarmal scheu herüber. Als er aber den Pilger so auf das allerlustigste schimpfen hörte und unter seiner Schlafhaube wohl die Hasenohren sah, konnt er's doch nicht lassen; er sprang von neuem auf, schnalzte mit seiner Reitgerte und parlierte immerfort keck mit drein. Die lustigen Vögel im Schiff hetzten: sie sollten sich miteinander schießen, der Abend brach auch herein und vermehrte die Verwirrung, der Pilger schwor, er wolle noch heut mit der Degenspitze aus dem schönen Jungen eine junge Schöne herauskitzeln! Das Jägerbürschchen aber flüsterte heimlich seinem Gesellen zu: „Was fangen wir nun an? ich bitt dich, Hänschen, rat mir!" – Da stieß das Schiff ans Land.

Während die andern nun ihre Bündel, Tabakspfeifen und Feldflaschen noch zusammenrafften, eilte Dryander – denn niemand anders war der abenteuerliche Pilgrim – schon voraus und flog in größter Hast nach dem Wirtshaus an dem breiten Gastwirt vorüber, der das Schiff gemächlich an der Tür erwartete und ihm verwundert nachsah. In der Gaststube fand er einen jungen Mann, der auf der Brüstung des offenen Fensters saß und in das fröhliche abendliche Getümmel hinausschaute; dieser wandte sich schnell – er erkannte seinen Fortunat. Ohne in der Konfusion sich zu verwundern oder ihn erst zu begrüßen, rief ihm Dryander sogleich entgegen: „Verfluchte Teufelsgeschichte! hast du deine Kuchenreiter mit? So ein Mädchen von Junge! Aber ich will ihm den Bart unter der Nase wegputzen, wenn er nur einen hätt! Da ist nichts zu lachen dabei! Er hat gut treffen, ich bin wie ein Bienenkorb gegen seine Taille, und –" „Halt ein!" unterbrach ihn Fortunat, immer heftiger lachend, „du zerplatzest ja wie eine Bombe, was gibt's denn da auf einmal?" – Aber Dryander war zu erbost, er schimpfte unaufhaltsam über die Albernheit der Ritterlichkeit, der Duelle, der Ehre, die, wie eine Regimentsfahne, erst von Kugeln zerfetzt und lumpig sein sollte, um ein Ansehen zu haben. Indem er sich aber so in Vergleichungen erschöpfte, kam das Getümmel draußen wachsend immer näher und näher. „Dummes Zeug!" schloß er endlich, und entwischte mit solcher Geschwindigkeit aus der Tür, daß er seinen Hut im Zimmer vergaß.

Fortunat ließ ihn laufen. Was wird es sein! dachte er, die alte Posse: Sorgen ohne Not und Not ohne Sorgen. Die Rakete wird draußen verprasseln, ohne eben den Erdkreis in Brand zu stecken. – Unterdes hatte die Stube sich nach und nach lärmend gefüllt, Felleisen, Mäntel und Tabaksbeutel lagen auf Stühlen und Tischen umher, die muntere Schiffsgesellschaft machte sich behaglich breit, der eine schrie nach Wein, der andere nach Kaffee, alle waren noch ganz voll von den lustigen Händeln, und da sie vom Wirt erfuhren, daß die beiden Jäger ein eigenes Zimmer bezogen, beredeten sie sich, wie sie morgen zum Duell die Pistolen blind laden, dem Pilger Knallkugeln unter die Füße legen wollten usw. Als aber nun allmählich aus mehreren Schlünden dicker Tabaksqualm emporzuwirbeln begann, zog Fortunat, nachdem er in dem Lärm vergeblich nach einem Leuchter gerufen, auch über Dryander keine nähere Auskunft erhalten hatte, sich ohne Licht in sein Zimmer zurück, da er morgen mit Sonnenaufgang wieder aufzubrechen gedachte.

Seine Stube ging nach dem Garten hinaus, die Glastür stand noch weit offen, wie er sie vor einigen Stunden verlassen. Alle Bewohner des Hauses hatten mit den Gästen vollauf zu tun, es war so still draußen, daß man den Ruderschlag einzelner Fischer aus der Ferne hören konnte. Ermüdet setzte er sich auf die Schwelle hin. Da hörte er Stimmen im Garten, in einer fremden Sprache, wie es ihm schien. Bald bemerkte er beim hellen Mondenscheine zwei unbekannte Gestalten, die sich hier wohl für unbelauscht halten mochten. Der eine, wie ein Jäger gekleidet, saß mit untergeschlagenen Beinen auf dem Rasen, er hatte den Hut abgenommen und in der Kühle sein Wämschen gelüftet, sein wunderschönes Haar floß in reichen Locken herab; der Mond glänzte blendend auf seiner entblößten Schulter. Der andere kniete hinter ihm und schien die Locken zu ordnen, während sie leise und lebhaft miteinander schwatzten. Ein Brunnen, den Fortunat vor dem Gebüsch nicht sehen konnte, plauderte um die Wette mit ihnen und, je nachdem die Luft sich bewegte, klang bald das Plätschern, bald die liebliche Stimme wie ein Glöcklein aus der stillen Mondnacht herüber. Die Nacht aber hatte unterdes die Gegend draußen wunderbar verwandelt, zwischen den alten Bäumen hindurch sah man weit in die Täler hinaus, da lag es verworren im Mondenschein, wie glänzende Kuppeln, Trümmer und prächtige Gärten, in dem nahen Städtchen unten sang ein Student noch vor seiner Liebsten Tür, dazwischen immerfort wieder das Rauschen des Brunnens – Fortunat saß wie im Traum, er dachte an Italien, an Rom, und unwillkürlich in Gedanken rief er – „Fiametta!"

Bei dem Klange reckten die beiden, wie Rehe, wenn das Laub raschelt, plötzlich die Köpfchen in die Höh, sprangen scheu auf, und flogen dem Hause zu. Fortunat trat ihnen erstaunt entgegen, da stutzte das Jägerbürschchen plötzlich und sah ihn einen Augenblick durchdringend an, dann aber warf es sich auf einmal atemlos an seinen Hals, ihn fest umklammernd und schluchzend, er fühlte des Jünglings Tränen unaufhaltsam über seine Wangen rinnen; seine Locken rollten rings um ihn her, es war, als würde er in seinen Armen ganz und gar vergehen. Nun aber wußt er's wohl, wen er im Arme hielt. „Meine liebe, liebe Fiametta!" rief er aus tiefstem Herzensgrunde. Da ließ das schöne verkleidete Mädchen los, stellte sich, ihre Locken aus dem Gesicht schüttelnd, dicht vor ihn und blickte ihn aus den Tränen so fröhlich an, daß es ihm recht durch die Seele ging. Darauf schnell wieder besonnen, zog sie ihn schweigend mit sich in sein Zimmer hinein. Er sah im Vorüberschweifen dem andern Gesellen ins Gesicht und erkannte seines Liebchens Kammerjungfer, die über und über rot wurde. In der Stube aber steckte Fiametta ihr Haar wieder auf, während sie die Kammerjungfer mit einem heimlichen Auftrage fortschickte. Dann trieb sie Fortunat, in sichtbarer Furcht, geheimnisvoll und ohne ihm Rede und Antwort zu stehen, zur unverzüglichen Abreise, half ihm unter tausend Späßen mitten in ihrer Angst und Hast seine Sachen rasch in ein Bündel schnüren und drängte ihn fort, fort, aus dem Hause, aus dem Garten und immer weiter. Draußen auf einem abgelegenen Platz fanden sie Fortunats Diener mit seinen beiden gesattelten Pferden, die Kammerjungfer hatte ihn hergeführt. Sie sollte mit dem Diener auf dem Schiffe weiterreisen, Fiametta selbst aber schwang sich schnell auf das eine Pferd. Fortunat wußte nicht, wie ihm geschah, und ehe er sich fassen konnte, waren Kammerjungfer und Wirtshaus schon hinter ihnen verschwunden.

Als sie im Freien waren, fragte Fiametta mit tief gesenkten Augen kaum hörbar: „Was macht denn Annidi?" Fortunat mußte sich fast auf den Namen besinnen. „Annidi?" – sagte er, „sie hat in Rom den Studenten Otto geheiratet. Aber wie kommst du auf die?" – Fiametta sah ihn groß an: „Ist sie denn nicht deine Liebste gewesen?" „Mein Gott", erwiderte Fortunat nach einigem Nachdenken, „so warst du es wohl, die an jenem Abend im schwarzen Mäntelchen an mir vorüberstreifte, als mich Otto zu seinem Mädchen führte, das ich damals noch gar nicht kannte." – „Ja freilich", entgegnete Fiametta lebhaft, „und ich spielte dann einmal des Abends die Annidi in unserm Garten, die Kammerjungfer mußte deine Kleider anziehen und so über den Gartenzaun zu mir kommen, da kamst du auf einmal selber, wir hatten dich nicht so früh zurückerwartet." – „O vernagelter Kopf, der ich war!" rief Fortunat, sich vor die Stirn schlagend aus, „hätt ich das damals gewußt!" – Sie lachte seelenvergnügt und ihre Augen glänzten von Tränen.

Währenddes ritten sie eilig an dem Städtchen vorüber, zwischen den schlafenden Gärten und Landhäusern immer tiefer in die weite, sternhelle Nacht hinein. Die Nachtigallen schlugen von den waldigen Bergen, über das stille Feld hörte man die Hunde von fern bellen, Fiametta sah sich öfters ängstlich um. „Sieh", sagte Fortunat, „mir ist wie einem Vogel in der Luft, ich folge dir über die ganze Erde! Jetzt aber sage mir auch, warum blickst du so scheu zurück? wie kamst du vorhin auf das Schiff? was in aller Welt hast du vor?" – „Ach, das ist eine lange, traurige Geschichte", entgegnete Fiametta, „die muß ich vom Anfang anfangen." – Sie ritt dicht neben ihm und, selbst wie in Träumen in der träumerischen Nacht, halb an ihn gelehnt, begann sie folgendermaßen zu erzählen:

„Als du in Rom auf einmal verschwunden warst und nun der Winter kam, und es regnete Tag und Nacht, und der Vater saß abends in dem großen Saale am Kaminfeuer und sprach kein Wort und alles war so still im ganzen Hause, daß man die Turmuhr gehen hörte, da wurde ich plötzlich krank. Da träumte mir, ich wäre auf einer Anhöhe über Rom im Abendglanze eingeschlafen. Als ich aber erwachte, war es schon finstere Nacht, mich fror und ich kannte die Gegend nicht wieder. Da kam durch das Dunkel ein Jäger vom Berge herab. ‚Ach, führ mich zur Stadt hinunter', rief ich, ‚horch, da klingt in der Ferne noch die Glocke vom Kapitol –' ‚Das ist die Turmuhr, die schlägt auf meinem Schloß im Walde', sagte der Jäger. – ‚Kennst du denn nicht das Schloß des Marchese A.?' fragte ich wieder – ‚Wo Fiametta wohnt? ach, das ist lange her', sagte der Jäger, dann wandt er sich plötzlich – du selbst warst der Jäger, aber du kanntest mich nicht mehr. – Nun stiegst du weiter den Berg hinab, ich rief voll Angst und konnte dir so schnell nicht folgen. Da ging gegenüber der Mond auf und auf einmal, so weit ich sehen konnte, lag die ganze fremde Gegend tief verschneit und flimmerte im hellen Mondenschein, als sollt ich sterben vor Wehmut.

Als ich mich von der Krankheit wieder erholte, stand eines Morgens der Vater vor meinem Bett, das Fenster stand offen, die Bäume draußen waren schon wieder grün und die Vögel sangen. ‚Steh nur auf', sagte mein Vater, ‚wir reisen nach Deutschland!' – Er hatte sein Vermögen verloren, das Haus, unser Garten sollten verkauft werden, er mochte das nicht mit ansehen. So fuhren wir in einer schönen Frühlingsnacht von Rom fort, die Brunnen rauschten auf den stillen Gassen, in unserm Garten schlugen die Nachtigallen, als wüßten sie's auch, und als die Paläste und Kuppeln allmählich hinter uns im Mondglanz versanken, sah ich meinen Vater zum erstenmal weinen."

„Wo ist der Vater jetzt?" unterbrach sie Fortunat hier. Fiametta aber ritt ein Weilchen schweigend vor sich hin, er merkte, daß sie selber weinte. Dann sah sie sich plötzlich wieder nach allen Seiten um, und fuhr gefaßter fort:

„Mein armer Vater fand's in Deutschland nicht so, wie er sich's gedacht. Die mächtigen Verwandten, auf die er gerechnet hatte, weil sie in der Jugend brüderlich zusammen gelebt, waren seitdem alt und anders geworden, die meisten lange tot, ihre Kinder, die ihn nicht mehr kannten, sahen ihn verwundert und neugierig an, er konnte sich in der verwandelten Welt nicht zurechtfinden und starb vor Gram. – Das war eine furchtbare Nacht, ich erinnere mich nur der schwarzbehangenen Pferde und Gestalten und des Fackelscheins zwischen den dunklen Bäumen – und als die Glockenklänge allmählich verhallten, saß ich allein mit einer alten, schwarzgekleideten Dame im Wagen, wir fuhren rasch durch unbekannte Gegenden, sie sprach immerfort französisch zu mir, aber ich hörte nur das dumpfe Rasseln des Wagens in der Nacht, mir war's, als führen wir selber ins Grab. Die Dame aber war eine reiche kinderlose Tante, die mich nun zu sich genommen hatte. Sie wohnte auf einem großen Schloß, das einsam am Abhange des Gebirges mitten in einem prächtigen Parke lag, der wimmelte von seltsamen Tauben und Pfauen, in dem klaren Bassin vor dem Schloß spielten bunte ausländische Fische, wie Vögel in der Luft, weiterhin in einem zierlich vergitterten Wäldchen weidete ein schöner Goldfasan. Die Tante hatte ihre Freude daran, mich recht auszuputzen, obgleich wir nur selten Besuch hatten, da ging ich denn in prächtigen Kleidern, und wenn ich manchmal so allein im Garten stand, kam ich mir selber in der Einsamkeit wie ein verzauberter Goldfasan vor. An den Sommernachmittagen aber pflegte die Tante mit mir im Garten auf einem schattigen Hügel zu sitzen, von dem man weit hinaussehen konnte, wie der Strom und die Straßen glänzend durchs Land gingen, Reiter und Wagen zogen da wie in einem Schattenspiele rasch vorbei, manchmal kam der Klang eines Posthorns aus der Ferne herüber. ‚Dort geht es nach Italien hinaus', sagte die Tante – mir war zum Sterben bange.

Eines Abends saßen wir auch dort, ich zerpflückte in Gedanken eine Sternblume: ob du kommst oder nicht kommst? ‚Er kommt!' rief ich auf einmal erschrocken aus, warf die Blume fort und flog vom Hügel, am Schlosse vorüber, immerfort ins Tal hinab. Denn zwei Reiter kamen unten vom Walde, der eine im grünen Reiserocke, gerade wie du! Als ich atemlos unten anlange, stutzt sein Pferd – es war ein ganz fremdes Gesicht. Er mocht es wohl erraten, wer ich bin, er schwang sich schnell vom Pferde, und indem er die Zügel seinem Bedienten zuwarf, reichte er mir höflich den Arm und führte mich wie eine Gefangene zurück. Ich glaubte, die Tante würde schmälen, aber sie besorgte nur, daß mir die Erhitzung nicht schade, strich mir die Locken aus der Stirn und nannte mich ein artiges Kind, daß ich ihren Vetter, den sie viele Jahre nicht gesehen, so freundlich empfangen. Sie nannte ihn Baron Manfred."

„Manfred?" sagte Fortunat erstaunt, „den Namen habe ich oft von Lothario gehört. Doch den kennst du ja nicht." – Fiametta schüttelte das Köpfchen und fuhr weiter fort:

„Bisher hatte ich fast wie im Traume gelebt, mit dem Fremden aber kam auf einmal Hast und Unruhe in unsere ländliche Stille. Nichts war ihm recht in unserer Wirtschaft, alles wollte er gescheiter einrichten, und sah mich dabei oft so sonderbar an, daß ich erschrak, denn er schaute so klug drein, als könnte er meine Gedanken lesen. Vor Verdruß darüber hatte ich mich eines Tages in der schwülen Mittagszeit mitten ins Gras gelegt, alle Vögel schwiegen, nur die Bienen summten, einzelne Wolken flogen über die stille Gegend fort, ich dachte an die alten Zeiten, an dich, an unsern Garten in Rom. Da kam auf einmal die Tante mit ihrem Vetter im Buchengang herunter. Ich hob mich im Grase halb empor, sie bemerkten mich nicht. ‚Ich habe auch schon daran gedacht', sagte die Tante, ‚so kann es mit Fiametta nicht länger bleiben, sie vergeht mir hier in der Einsamkeit wie eine Blume.' – ‚Abgesehen selbst von allem, was ich Ihnen eben erzählt habe', erwiderte der Vetter, ‚so wüßte ich in der Tat keine bessere Partie für das Fräulein, als den Baron, jung, reich, unabhängig.' – ‚Und Sie übernehmen es also', fragte die Tante wieder, ‚ihn zu uns zu bringen?' –

Ich konnte seine Antwort nicht mehr verstehen. Aber, wie wenn der Blitz neben mir eingeschlagen hätte, sprang ich schnell auf und flog zu meiner italienischen Kammerjungfer und erzählte ihr alles. Da war nicht lange Zeit zum Besinnen, ihr war hier so bang auf dem Schlosse wie mir, sie wollte unter dem Vorwande einer Maskerade Jägerkleider für uns beide herbeischaffen, und wir beschlossen, zu einer jungen, fröhlichen Tante in Wien zu entfliehen, die ich noch aus Rom kannte und die mich vor der dummen Partie beschützen sollte.

Seitdem sahen mich die Tante und der Vetter noch häufiger geheimnisvoll und schmunzelnd an. Besonders aber ganz abscheulich war mir nun der kluge Vetter, wenn er mit seinen spitzigen Blicken, wie eine Spinne mit ihren langen Beinen, nach mir zielte. Ja, spinne und laure du nur! dachte ich. Und als er nun wirklich abreiste, um den Bräutigam zu holen, da fuhren wir, während alles schon schlief, in unsere Jägerkleider und stiegen in der schönsten Sommernacht mit klopfendem Herzen sacht die Treppen hinab durchs leere Schloß, den stillen Garten entlang, bis wir endlich im freien Felde tief aufatmeten. Da sah's draußen so frisch und waldkühl aus! – Noch dieselbe Nacht aber hatten wir uns im Gebirge verirrt. Fragen mochten wir nicht, so kamen wir zuletzt gar an ein verfallenes Schloß. Mich schauerte und fror, die Jungfer weinte, da tat sich plötzlich eine Tür auf, drei Männer mit Windlichtern traten heraus – der eine war der Vetter, verwildert und bleich im Widerscheine der Fackeln – ich glaube, er geht um bei Nacht, was hatt er sonst zu tun da droben? Aber erkannt hat er mich und setzt mir sicherlich nach. Wie wir da heruntergekommen, weiß ich nicht mehr, aber als der Tag endlich anbrach, sahen wir die Donau im Tale funkeln, ein Schiff wollt eben abgehn, wir stiegen mit ein, und so fuhr ich in Lust und Angst, und bekam Händel und sollte mich duellieren und –" „Und ich", fiel Fortunat ein, „habe den verflogenen Goldfasan wieder eingefangen und laß ihn nun nimmermehr los!"

Fortunat war voller Freude und doch verwirrt, er wußte gar nicht, was er mit dem lieblichen Kinde nun anfangen sollte, das sich so ganz in seine Arme geworfen, auch war die Angst vor dem Erwischen nicht gering.

Unterdessen flogen schon einzelne Streiflichter durch die stille Luft. „Wie bist du schön geworden!" sagte Fortunat, sie fast erstaunt betrachtend. Da wurde sie über und über rot, jetzt dachte sie erst daran, daß sie so ganz allein mit ihm war. Aus den fernen Dörfern aber hörte man schon einzelne Stimmen, über die wogenden Kornfelder schossen ihnen die ersten Sonnenstrahlen blitzend entgegen – so ritten sie fröhlich in den prächtigen Morgen hinein.

Dreiundzwanzigstes Kapitel

Als Otto – von dem strengen Vitalis verstoßen – so einsam von dem Gebirge der Einsiedler hinabstieg, weinte er sich recht von Herzensgrunde aus. Dann wurde ihm erst leichter. Er fühlte wieder einen rechten Trieb und Mut, nach dem Höchsten in der Welt zu streben, er wollte endlich ehrlich Frieden stiften in seiner Seele, und so neugeboren zu dem Einsiedler zurückkehren, ja es kam ihm in diesen glücklichen Stunden gering vor, selbst sein Dichten zu lassen, wenn es ihn wieder in Eitelkeit verstricken wollte. Die stille Nacht sah ihn dabei von den Bergen, wie eine milde Mutter, fast wehmütig, an. – Indessen verloschen nach und nach die Sterne am Himmel, und wie nun die Morgenkühle über die Felder kam, und unten der Strom und von drüben die Spiegelfenster eines Schlosses lustig aufblitzten: da erschien dem Verweinten die Erde wieder so jung und frisch wie nach einem Gewitterregen, in den tröpfelnden Bäumen über ihm dehnten die Vögel erwachend die Flügel und sahen ihn neugierig an, als wollten sie fragen: Gesell, wo bist du so lange gewesen? – Er wanderte fröhlich den ganzen Tag, und als er endlich auf dem letzten Berge aus dem Walde trat, erblickte er auf einmal in der Ferne mitten zwischen Gärten die alte, braune Stadt, wie eine von Efeu übergrünte Ruine. Ermüdet streckte er sich unter den Bäumen hin, er sah Handwerksbursche, Reiter und schlanke Bauermädchen heiter durchs Grün auf dem Gebirgspfade hinabziehn, die Vögel sangen im Walde, einzelne Wolkenschatten flogen wechselnd über die glänzende Landschaft – so schlummerte er ein, und träumte von der schönen, waldkühlen Jugendzeit.

Er mußte lange geschlafen haben, denn als er erschrocken wieder um sich blickte, ging die Sonne schon unter und vergoldete die Giebel und Türme der Stadt. Voll Erstaunen sah er sich ganz von Blumen bedeckt, als hätt es Rosen geregnet. Da hörte er eine schöne Stimme lustig durch die Abendluft klingen. Ein eleganter Reisewagen stand tiefer am Saume des Waldes, zwei junge Damen, die, wie es schien, den steilen Berg zu Fuß herabgekommen, stiegen soeben wieder ein. Die eine wandte sich noch einmal und blickte nach ihm herüber, er mußte verwirrt und geblendet niedersehen, so schön war sie. „Nach der Bergvorstadt!" rief sie dem Postillion zu – da flog der Wagen in den duftigen Abend hinein, er hörte das Posthorn noch lange aus der Ferne schallen.

In der Stadt fand er seine Wohnung bereit: ein kleines, freundliches Stübchen im dritten Stock, alte Kupferstiche an den Wänden, der Boden neu mit Sand bestreut, ein Glas mit frischen Blumen unter dem Spiegel. Eine alte Frau empfing ihn sehr gesprächig und händigte ihm ein Briefchen ein. Sein Jugendfreund, der hier alles für ihn besorgt hatte, meldete ihm, daß ihn leider unvorhergesehene Geschäfte über Land geführt, in wenigen Wochen hoffte er wieder zurück zu sein – so befand sich denn Otto unerwartet ganz allein in der fremden Stadt. Er konnte sich nach der langen Gebirgseinsamkeit gar nicht wieder zurechtfinden, alles kam ihm neu und wunderbar vor, der heitere Reisetag hallte noch in seiner Seele nach, und als er das Fenster öffnete, dämmerte die unbekannte Gegend so seltsam über die Dächer herauf, es war ihm, als hörte er noch immer das Posthorn fern aus der Frühlingsnacht herübertönen. Er konnte nicht widerstehen, er mußte noch einen Streifzug durch die Stadt machen.

Unten erkundigte er sich nach der Bergvorstadt, er hatte sich geschämt, die Alte darnach zu fragen. Man wies ihn nach einer entfernten Anhöhe, die mit einzelnen Villen und weitläufigen Gärten geheimnisvoll in die Straße hereinsah. Das nächtliche Wandern in einer unbekannten, großen Stadt hat etwas Märchenhaftes, die Häuser und Türme stehen wie im Traum im Mondenscheine, auf den Straßen schwärmt es noch laut und behaglich in der Maskenfreiheit der lauen Nacht, dann plötzlich alles wieder still im engen, dunklen Gäßchen, nur die Dachluken klappen im Winde, eine Nachtigall schlägt wehmütig am Fenster. – Otto schlenderte in Gedanken immer fort, alte Reiselieder fielen ihm ein, er sang leise vor sich hin, er wußte selbst nicht, was er draußen wollte. Endlich hatte er die Höhe erreicht, je weiter er kam, je stiller und ländlicher wurde die Straße, seitwärts schienen sich prächtige Gärten hinabzusenken. Oft blieb er stehn und sah zurück über die Stadt hin, zwischen den vielen verworrenen Lichtern ging das dumpfe Rasseln der Wagen wie ein ferner Sturm, zuweilen brach ein Schwarm verstörter Dohlen aus einem alten Kirchendach und durchkreiste schreiend die Nacht, eine Spieluhr vom Turme sang ihr frommes Lied in der Einsamkeit der Lüfte. Von der andern Seite aber war die Gasse schon offen, ein frischer Hauch wehte herüber, er hörte eine Mühle gehen, die er nicht sah, dann Hundegebell von fern, und da und dort noch Stimmen im dunklen Feld.

Auf einmal erklang eine Gitarre und einzelne Töne eines wunderschönen Gesangs, träumerisch vom Winde verweht, wie wenn die Nachtluft durch die Saiten einer Harfe geht. Er eilte zu dem Garten, woher die Töne kamen, das Pförtchen war nur angelehnt, er trat hinein. Da stutzte er, denn es war, als flöge der Schatten einer fliehenden Gestalt heimlich zwischen den Gebüschen hin, sonst war alles still. Neugierig ging er weiter in die dunklen Schatten der alten Bäume hinein, der Mondenschein glänzte seitwärts über die Rasenplätze. Da bemerkte er einen Weiher, von Trauerweiden umhangen, eine weiße Statue schimmerte durch die Zweige herüber: eine Nymphe, die, halb abgewandt, am Weiher auf ihrem Arme ruhte, den andern verschlafen über das Haupt gelehnt. – Er wollte eben näher hinzutreten, als plötzlich tiefer aus dem Garten ein heller Lichtschimmer durch die Bäume funkelte und ebenso schnell wieder verschwand. Erschrocken, zögernd, wandte er sich zurück, er suchte das Pförtchen wieder, aber die Streiflichter des Mondes und die schwankenden Schatten der Bäume dazwischen verwirrten ihn ganz, und eh er sich besinnen konnte, stand er vor den Marmorstufen eines hohen, altertümlichen Palastes. In demselben Augenblick schüttelt sich der Fliederstrauch über ihm, daß er ganz von Tau und Blüten verschneit wird, er hört ein heimliches Kichern hinter sich, eine schlanke, weiße Mädchengestalt guckt verstohlen durch die Zweige und faßt ihn schnell an der Hand. „Siehst du, das ist der Willkomm, weil du mich überrascht hast", flüstert sie mit der lieblichsten Stimme, „das ist ja prächtig, daß du schon heute kommst." So führt sie, vorangehend, den Erstaunten über die Stufen durch eine dunkle Halle, plötzlich treten sie in ein erleuchtetes Gemach, sie wendet sich rasch herum – er erkennt mit freudigem Schrecken die reisende Dame von heut abend im Walde.

Sie sah ihn erstaunt an, indem sie seine Hand losließ. Dann bemerkte sie eine ihrer Rosen, die er noch im Knopfloche trug, eine flüchtige Röte flog über ihr schönes Gesicht. „Aber", sagte sie kopfschüttelnd, „wie haben Sie mich denn so bald aufgefunden?" Er erzählte nun sein Erwachen auf dem Berge, seine Unruhe darauf und den Streifzug durch die schöne Nacht. Aber sie war ganz zerstreut, sie schien auf etwas zu sinnen. Dann sprang sie schnell zur Tür hinaus, er hörte sie draußen lebhaft mit jemand sprechen.

In dieser seltsamen Lage schaute er betroffen im Zimmer umher. Eine Alabasterlampe beleuchtete wunderbar das kostbarste Gerät, auf dem eine Gitarre und aufgeschlagene Notenhefte unordentlich herumlagen. Hohe, ausländische Gewächse rankten sich schlangenartig an den Wänden empor und hingen mit ihren glühenden Blüten in die träumerische Dämmerung herein, als spiegelten sie sich in dem reichen Teppich am Boden.

„Armer Junge! du wirst recht müde sein", sagte jetzt die Unbekannte, indem sie fröhlich wieder hereintrat und ihn auf den Diwan niederzog. Sie setzte sich dicht neben ihn, ein Bein über das andere geschlagen, er mußte ihr erzählen, woher er gekommen, wer er sei, und was er hier treibe. – „Also so sieht ein Dichter aus!" – rief sie erstaunt, als sie seinen Namen hörte, dabei wandte sie ihn an beiden Achseln zu sich herum und sah ihm mit den großen, schönen Augen gerade ins Gesicht, er mußte die seinen errötend niederschlagen. „Come è bello!" sagte sie kaum hörbar für sich. Darauf nahm sie eine Pfirsich aus der Kristallschale vor ihnen, biß mit ihren weißen Zähnchen herzhaft hinein und reichte sie ihm hin. Aber Otto war ganz verwirrt, aus ihren Augen leuchtete zuweilen eine irre, wilde Flamme, die ihn schreckte, in dieser seltsamen Verstimmung konnte er durchaus den rechten Ton nicht finden, und saß blöde und unbeholfen neben der vornehmen, schönen Frau. Da lachte sie plötzlich mutwillig auf, er wußte nicht worüber, dann sprang sie auf und brachte aus einem verborgenen Wandschranke ein zierlich gebundenes Buch hervor. „Kennst du das?" fragte sie, ihm den funkelnden Goldschnitt vorhaltend; es waren seine Gedichte. – „Ich kenn sie noch nicht", sagte sie, „lies mir was vor daraus."

Sie setzten sich wieder, er blätterte unentschlossen und begann endlich eines seiner liebsten Gedichte von der schönen Meerfei Melusina. – „Und daß du's nur weißt", unterbrach ihn die Dame, „ich bin eigentlich selbst die Melusina; du darfst nur in den Nächten vom Montag und Donnerstag in den Garten kommen. Frag nicht nach mir, und plaudre nicht davon; wenn du mich ein einziges Mal bei Tage erblickst, sehen wir uns niemals mehr wieder." Otto sah sie verwundert an, dann las er wieder weiter. Es war ein langer Romanzenzyklus, er hatte ihn in der glücklichsten Jugendzeit gedichtet und seitdem nicht wiedergesehn; jetzt nach so langer Zeit, in der märchenhaften Umgebung, ergriff es ihn selber wunderbar, er las aus ganzer Seele fort und immer fort. Zuletzt beim Umschlagen des Blattes blickte er einmal flüchtig zur Seite – die schöne Frau lag fest eingeschlafen neben ihm. – Er schwieg, ihn schauerte heimlich, denn die schlanke Gestalt in dem weißen Nachtgewande ruhte halb abgewendet, den einen Arm nachlässig über ihr Haupt geschlagen, gerade wie die Statue vorhin am Weiher. In dieser plötzlichen Stille öffnete sich auf einmal leise die Tür, ein schwarzgelocktes Mädchenköpfchen guckte herein, überblickte spöttisch den Schauplatz dieser tiefen Ruhe und winkte ihm dann, ihr zu folgen. „Still, still“ – sagte sie, als er heraustrat, ihn an der Hand schnell fortführend – „jetzt müssen Sie sacht fort, der Mond ist eben untergegangen vor Langerweile.“ Draußen sang sie halb für sich:

„Ein Fink saß schlank auf grünem Reis
  Pink, Pink!
Der Jäger da mit rechtem Fleiß
Zu zielen an und messen fing,
Und zielt' und dacht: jetzt bist du mein –
Fort war das lust'ge Vögelein:
Pink, pink! mußt flinker sein!“

„Was singst du da so lustig?“ fragte Otto. – „Ich pink nur ein wenig Feuer an im Dunkeln“, entgegnete das Mädchen, „wollen Sie sich vielleicht ein Pfeifchen dran anstecken und noch etwas lesen von den zwölf schlafenden Jungfrauen?“ – Sie plauderte mutwillig noch vielerlei in den Wind hinein – so gingen sie rasch durch den stillen Garten. Otto blickte im Vorbeigehn noch einmal nach dem Weiher hinüber, dort ruhte die Statue wieder auf ihrem Marmorpfühl, ein eingeschlummerter Schwan fuhr bei ihren Tritten mit dem Kopf aus den Flügeldecken hervor, sah sie schlaftrunken an und träumte dann weiter. – „Gute Nacht, Herr Morpheus!“ sagte das Mädchen an der Gartentür mit einem schnippischen Knicks und schob ihn lachend hinaus.

Er hörte das Pförtchen hinter sich zuklappen, es war ihm wunderbar, so plötzlich allein unter dem stillen, weiten Sternenhimmel. In der ganzen Gegend regte sich kein Laut mehr, nur die Uhren schlugen fern in der Stadt, es war lange Mitternacht vorüber.

Seit dieser Zeit war es um ihn geschehn, die schönen Mondnächte beleuchteten noch oft seinen einsamen Gang zu dem stillen Zaubergarten. Das geheimnisvolle Grauen in der Lust verlockte ihn nur noch mehr, er mochte nicht nach dem Namen der schönen Frau fragen, ja, er hütete sich, ihr Revier bei Tage zu betreten – war sie ja doch sein mit Leib und Seele! Aber in seiner stillen Stube dann, nach solchen durchschwelgten Nächten, überkam es ihn oft wie Alphornsklänge den Schweizer in der Fremde. Da befiel ihn eine tiefe Angst, er dichtete hastig oft ganze Nächte hindurch, er wollte mit Poesie sich selber überflügeln – als wäre das Talent ein Ding für sich ohne den ganzen Menschen! – So zwischen halber Lust und Reue, versank er nach und nach immer tiefer in Melancholie, Verzagen an sich selbst, in Liederlichkeit und Armut, bis zuletzt ein zehrendes Fieber die müde Seele in seinen Traummantel einhüllte: da hörte er in seinen Phantasien das Posthorn wieder durch die Frühlingsnacht, dazwischen Waldesrauschen und das Glöcklein des Einsiedlers aus der Ferne. –

Er hatte mehrere Wochen krank gelegen. Als er endlich wieder zu sich kam, konnte er sich gar nicht besinnen, wo er war. Die Sonne schien über die Dächer freundlich durch das kleine Zimmer, eine Katze nickte auf dem Fensterbrett, nebenan hörte er einen Kanarienvogel singen, dann wieder eine Wanduhr dazwischenpicken, seine alte Wirtin saß auf einem alten Lehnstuhle neben ihm am Bett und war über ihrem Strickzeug eingeschlummert. Er sah lange verwirrt in dieser Stille umher, eh er sie weckte. Nun fuhr sie freudig empor, und erzählte ihm, wie sie schon für seine Seele gebetet, wie er irre geredet im Fieber, daß sein Freund noch immer nicht zurück sei, aber ein unbekanntes, junges Mädchen sei vor langer Zeit einmal ins Haus gekommen und habe nach ihm gefragt. – Da dämmerte ihm allmählich alles wieder auf. „Kam das Mädchen nicht aus der Bergvorstadt?“ fragte er, und beschrieb ausführlich Schloß und Garten. Aber die Alte schüttelte den Kopf, der Palast, sagte sie, ist ja schon seit vielen Jahren unbewohnt – sie glaubte, er phantasiere wieder. Otto fuhr mit der Hand über seine Stirn, er war wie im Traume.

Eines Abends aber, als die Alte ausgegangen war, hatte er sich rasch angekleidet und ging heimlich die Treppe hinab, über die wohlbekannten Gassen und Plätze in die Vorstadt hinaus. Die Abendsonne funkelte lustig durch die Straße, Kinder spielten vor den Toren, die Mädchen plauderten an den Brunnen und Lerchen hingen jubelnd hoch im rötlichen Dufte, er taumelte, wie berauscht, in der ungewohnten Luft. So kam er an den Garten der Geliebten, das Pförtchen war zu, aber er hatte den Schlüssel noch seit dem letzten Gange in der Rocktasche. Er schloß hastig auf und trat mit klopfendem Herzen hinein. Unterdes war die Sonne untergegangen, es war schon tiefes Abendrot. In der wunderbaren Beleuchtung kam ihm alles wie verwandelt vor; die Gänge, die er bisher nur bei Nacht flüchtig gesehen, schienen wüst und verwildert, und mit Schrecken fielen ihm die Worte der Alten wieder ein, als er endlich den Palast erblickte, denn kein Laut regte sich im ganzen Hause. Das Gras wuchs aus den Ritzen der Marmorstufen, die Türen und Fenster waren alle fest verschlossen, nur der Wind klappte eben mit einem halbzerbrochenen Laden, seitwärts schlug eine Nachtigall im Gebüsch, er hatte sie oft gehört, wenn er in den schwülen Sommernächten hier zum Liebchen schlich. – „Mein Gott, wo bin ich denn so lange gewesen!" sagte er in Gedanken versunken. – Da hörte er plötzlich in einiger Entfernung ein wohlbekanntes Lied aus alter Zeit:

„Jetzt wandr ich erst gern!
Am Fenster nun lauschen
Die Mädchen, es rauschen
Die Brunnen von fern –"

Voll Freude antwortete er sogleich mit den folgenden Worten desselben Liedes:

„Aus schimmernden Büschen
Dein Plaudern, so lieb,
Erkenn ich dazwischen –
Ich höre mein Lieb!"

„Barmherziger Gott – Kordelchen!" rief er auf einmal erschrocken aus. Die Schauspielerin stand vor ihm, sorgfältig geschmückt, frischgepflückte, bunte Blumen im Haar. – „Ist er noch immer nicht zu Hause?" fragte sie, nach dem Palaste schauend. – „Wer denn?" entgegnete Otto ganz verwirrt. – Bei dem Klange seiner Stimme horchte sie hoch auf und sah ihn lange unverwandt an. „Ich kenn dich recht gut", sagte sie dann mit einem schlauen Lächeln, „weißt du noch, wie du uns in jener regnichten Nacht zum ersten Male trafst, als wir nach einem kleinen Städtchen zogen? Damals hatt ich ein Loch im Strumpfe, Kamilla stichelte darauf, denn Kamillen sind bitter – ach nein, du bist's nicht!" schloß sie traurig. Dann hing sie sich in seinen Arm und flüsterte ihm geheimnisvoll zu: „Ich weiß wohl, wie er eigentlich heißt, aber ich verrat's nicht, sag du's auch nicht weiter, denn die Nacht hat Ohren – Ohren –

Und Augen verstohlen,
Wenn alles im Schlaf,
Da kommt er mich holen –
's ist ein vornehmer Graf."

„Kordelchen! Kordelchen!" rief jetzt eine Stimme außerhalb des Gartens. Das Mädchen riß sich schnell los und verschwand wie ein aufgescheuchtes Reh zwischen den Bäumen. – Otto sah ihr lange nach, dann, plötzlich vom Entsetzen ergriffen, floh er unaufhaltsam über die öden Gänge, aus dem Garten, durch die einsame Vorstadt fort. Es war indes schon völlig dunkel geworden, die Sterne spielten munter am Himmel, von dem fernen Turme in der Stadt sang die Spieluhr wieder ihr frommes Lied; er mußte sein Gesicht mit beiden Händen verdecken, es war, als zögen Engel über ihm singend durch die stille Nacht.

Zu Hause aber schnürte er hastig sein Reisebündel; noch denselben Abend, ungeachtet der Vorstellungen der besorgten Alten, verließ er die Stadt.

Der Eilwagen rollte auf der glänzenden Straße in die schöne Sommernacht hinaus, der Postillion knallte lustig, daß es weit über die stillen Felder schallte. Vorn im Kabriolett plauderte ein Knabe, der zum ersten Male von Hause fuhr, munter mit dem Kondukteur, dann sah er wieder lange stumm in die Gegend, wie da die dunklen Schatten der Pappeln und seitwärts Büsche, Wälder und Dörfer im Mondenschein vorüberflogen, und wenn das Posthorn erklang, stiegen allmählich prächtige Schlösser und wunderbare Gärten und Gebirge mit Wasserfällen in der dämmernden Ferne vor ihm auf. Dann dachte er nach Hause, wie die Seinigen jetzt alle ruhig schlafen, der Mond scheint durchs Fenster über die Bilder an der Wand, nur eine Fliege summt tönend durch die stille Stube – da kam er sich auf einmal so verlassen vor hier draußen, und doch so tapfer und frei in der Fremde. – So reisefrisch war auch Otto früher gar manche schöne Frühlingsnacht zumute gewesen, heute saß er still vor sich hinbrütend im dunklen Wagen, es war ihm bei dem einförmigen, schlaftrunkenen Rasseln, als ginge es immerfort bergunter, unaufhaltsam einem unbekannten Abgrunde zu. Zuweilen blitzte der Mond oder das vorüberfliegende Licht eines Bauerhauses durch den Wagen und streifte flüchtig bald eine bleiche Nase, bald einen martialischen Schnurrbart, bald die Glasaugen einer Brille. Sie schwatzten viel von einer wunderschönen Opernsängerin und einem reichen Grafen S., einem lockern Zeisig. – „Nein, ein Dompfaff", rief der eine, „denn sie hat ihn pfeifen gelehrt." – „Vogel ist Vogel", meinte ein anderer kurz: „sie hat ihn tüchtig gerupft, nun ist sie selber davongeflogen." – „Eine barocke Idee", sagte der mit der Brille, „sich da in dem verfallenen Palaste in der Vorstadt einzunisten!" – Otto, aus seinen Gedanken auffahrend, horchte plötzlich auf. – „Nisten!" fiel der Schnurrbart ein, „Turteltauben nisten gerade am liebsten in alten Ruinen, da ist's hübsch düster und nachtigallenhaft. Ja, mein Lieber, das hatte alles seine guten Wege, nämlich so unter den Bäumen sacht fort, die plaudern nichts aus. Konnte man wohl diskreter handeln, als der Graf? er ließ ihrer Treue ein Hinterpförtchen offen. Nun, nun, er ist ein Mann von kostbaren Erfahrungen, sie war wenigstens nicht seine prima Donna, und, ich denke, er hatte eben auch keine Solopartie bei ihr." – Ein schallendes Gelächter erfolgte hier. Otto schnitt es durch die Seele, sie sprachen offenbar von seiner wundersamen Melusina! Es war ihm, als hätten die Gesellen mit ihren schmutzigen Reisestiefeln auf einmal einen köstlichen Teppich umgeschlagen und er sähe nun die groben, rohen Fäden der glühenden Traumblumen – ihm graute recht vor dieser faden Kehrseite des Lebens.

Hier hielt der Wagen plötzlich vor einem Hause mitten im Felde, ein Mann in Nachtmütze und Pelz trat verschlafen mit einer Laterne heraus, um einige Pakete zu übergeben und andere in Empfang zu nehmen. Währenddes öffnete sich hinter ihm leise der Schieber des kleinen Fensters, der Widerschein der Laterne beleuchtete flüchtig ein wunderschönes Mädchengesicht, das schnell wieder zurückfuhr. Otto erschrak, die Züge waren ihm bekannt, er konnte sich aber durchaus nicht besinnen. Da gähnte der Mann im Pelz. „Friß mich nicht, Mauschel!" rief ihm der lustige Kondukteur vom Kutschbocke zu. – „Ich esse kein Schweinefleisch", entgegnete der Jude trocken. Die Passagiere lachten, der Postillion knallte, und rasselnd flog der Wagen wieder in die stille Nacht hinaus.

Auf der nächsten Mittagsstation verließ Otto seine Reisegesellschaft, die jetzt schlummernd in allen Winkeln der Passagierstube umherlag, während die Rüstigeren, überwacht und verdrießlich, nach Kaffee, Rum und Butterbroten durcheinanderschrien. Von hier aus gingen Seitenwege nach Hohenstein, dort im schattigen Grün wollte er ausruhen; er hofft' es noch vor Nacht zu erreichen, so matt und krank er sich auch fühlte. Er fragte nach dem nächsten Wege, man wies ihn auf einen Fußsteig, der gerade durch die Wälder führen sollte. Einsam schritt er nun zwischen die Berge hinein. Wie so anders, dachte er, als ich vor vielen Jahren hier auswanderte! Nun ist es Schlafenszeit, und alles ist vorüber. – Die schleichende Gewalt der Krankheit, von der durchwachten Nacht und Anstrengung neu geschürt, brach und reckte und dehnte ihn heimlich in allen Gliedern, er mußte öfters rasten, und verließ endlich vor Ermüdung den Fußsteig, um womöglich ein Dorf zu erlangen. Aber kein Haus wollte sich zeigen, es war so still den Wald entlang, daß man die Spechte picken hörte. So hatte er Zeit und Weg verloren; der Abend funkelte schon durch die Wipfel, die Gegend wurde ihm immer fremder, je weiter er fortging.

Da erblickte er seitwärts ein kleines Mädchen, das im Walde Blumen pflückte. Als er hinzutrat, wandte sie sich schnell herum, es war ihm plötzlich vor den klaren, unschuldigen Augen wie in den Himmelsgrund zu sehen. Die Abendsonne schimmerte durch die blonden Locken, er streichelte und küßt' es herzlich auf die blanke Stirn.

Das schien dem armen Kinde selten zu begegnen, es suchte emsig in seiner Schürze und reichte ihm eine wilde weiße Rose, und als er fragte, ob es ihm den Weg aus dem Walde weisen könne, gab es ihm vertraulich die Hand, während es mit der andern sorgfältig das Schürzchen zusammenhielt, um seine Blumen nicht zu verlieren. Wie sie so miteinander fortgingen, wurde das schöne Kind immer vergnügter und gesprächiger. Es erzählte, es wäre gar nicht mehr so lange hin, da käme wieder Weihnachten, wo die vielen Lichter in den vornehmen Häusern brennten, dann säß es in der Kammer auf seinem Bettchen am Fenster, da flimmerten draußen die Sterne so schön über dem Schnee, und das Christkindlein flöge durch die Nacht über den stillen Garten hin und brächt ihm von seinen Eltern viele kostbare Sachen: neue rote

Schuhe und ein Mützchen. – „Wo wohnen denn deine Eltern?" fragte Otto. – Die Kleine sah ihn erstaunt an, dann wies sie nach dem Himmel. – „Aber wo führst du mich denn jetzt hin?" fragte er fast betroffen wieder. – „Nach Hause –" entgegnete das Kind. – Ihn schauerte unwillkürlich bei dem Doppelsinn der Antwort.

Auf einmal traten sie an einem Abhange aus dem Walde heraus, Otto stand wie geblendet. Denn tief unter ihm lag plötzlich seine Heimatsgegend im stillen Abendglanze ausgebreitet: das schattige Städtchen, jenseits seiner Eltern Garten und Haus, der vergoldete Strom dann im Wiesengrunde und die fernen, blauen Berge dahinter – alles wie er's in der Fremde wohl manchmal im Traume gesehen. Ganz erschöpft sank er unter dem Baume hin. „O stille, alte Zeit", rief er aus, „wie liegst du so weit, weit von hier!" – Die Kleine hatte sich zu seinen Füßen ins Gras gesetzt. „Nein, nein", sagte sie, „so ist es nicht, ich will dich's lehren." Und bei dem Vogelschall, selbst wie ein Waldvöglein, sang sie mit dem kindischen Stimmchen:

„Waldeinsamkeit,
Du grünes Revier,
Wie liegt so weit
Die Welt von hier!
Schlaf nur, wie bald
Kommt der Abend schön,
Durch den stillen Wald
Die Quellen gehn,
Die Mutter Gottes wacht,
Mit ihrem Sternenkleid
Bedeckt sie dich sacht
In der Waldeinsamkeit,
Gute Nacht, gute Nacht!" –

Otto dunkelte es vor den Augen, da ging auf einmal ein Leuchten über die Gegend wie ein Blitz in der Nacht: stille Abgründe fernab, Gärten und Paläste wunderbar im Mondglanz, er erkannte unten die goldenen Kuppeln und hörte durch die stille Luft herüber die Glocken wieder gehen und die Brunnen rauschen in Rom, und das Kind sang wieder dazwischen:

„O du stille Zeit!
Kommst, eh wir's gedacht,
Über die Berge weit
Nun rauscht es so sacht
In der Waldeinsamkeit,
Gute Nacht –"

„Still, still", lachte die Kleine, „er schläft –" aber der müde Wandersmann wachte nimmermehr auf.

Vierundzwanzigstes Kapitel

Wir aber, da es nun so still geworden im Tal und auf den Höhen, lassen die Blicke weit über das schöne Land hinschweifen, um nicht in Wehmut zu vergehen. Da rauschen die Wälder so frisch über Lust und Not, als riefe es: Menschenkind! blick auf zum weiten Sternenhimmel, da ist ja doch alles eitel und nichts dagegen! – Und fern im Gebirge, wo der Mond so hell über die Waldwiese scheint, gewahren wir plötzlich zwei Wanderer, die fröhlich niedersteigen: es sind die beiden Liebesleute auf ihrer abenteuerlichen Fahrt. Fortunat hat soeben die Pferde in einem Dörfchen untergebracht, und wendet sich mit Fiametta auf einem Fußsteig zwischen die leise bewegten Kornfelder hinein, die Nacht kühlt sich am Horizont mit Wetterleuchten, eine Wachtel schlägt fern im Felde. Vor ihnen aber breiten sich dunkle Höhen aus, der Mond beleuchtet nur einzelne Abhänge, da erkennt er nach und nach Lauben und Gänge, zuweilen blitzt ein Springbrunnen auf, aus den duftigen Gebüschen hören sie schon die Nachtigallen über das Feld herübertönen. Auf einmal hält Fortunat still und schwenkt voll Freuden seinen Hut. „Grüß dich Gott, du kühler Wald!" ruft er aus Herzensgrunde. Fiametta sieht ihn einen Augenblick fragend an, dann schwenkt auch sie jubelnd ihr Hütchen, ohne zu wissen warum. – Es ist Hohenstein, das vor ihnen liegt.

Fortunat wußte, daß Walter jetzt ganz hier wohne; zu dem Hülfreichen, Besonnenen, Ratvollen wollte er zunächst das Mädchen bringen. Er hatte gehofft, die Berge noch am Abend zu erreichen, nun aber mochte er kein Aufsehen machen, sie beschlossen, die kurze Sommernacht im Garten zu verweilen, um sogleich am frühesten Morgen dem alten Freunde alles zu vertrauen.

Er kannte noch aus alter Zeit den Steg im Gartenzaun, sie schwangen sich hinüber und stiegen mit klopfendem Herzen den Waldberg hinan. Fortunat blickte oft seitwärts zwischen die Bäume hinein nach den stillen Gängen, wo er so oft gewandelt, es war alles so fremd und unheimlich im Mondenscheine. „Das ist Jakobs Traumleiter", sagte er fröhlich, „wie sie der liebe Gott zuweilen in solchen Frühlingsnächten herunterläßt, nur frisch! wir steigen ins Himmelreich, ich seh schon die Sterne durch die Wipfel flimmern." – Jetzt hatten sie die letzten Stufen erreicht, auf einmal traten sie zwischen dem dunklen Laub, wie Bergleute aus einem Schacht, ins Freie hinaus. Da sahen sie rechts das alte Schloß, und vor ihm die weiten, duftigen Blumenplätze, stille Lauben und Büsche, ein Springbrunnen plätscherte schläfrig dazwischen, weiterhin dämmerte eine unermeßliche Aussicht im Mondglanze durch die wunderbare Einsamkeit herauf. Fortunat schaute schweigend in die Runde, und eh die kleine Marchesin sich noch besinnen konnte, hatte er schon eine weitgebreitete Linde bestiegen, die am äußersten Abhange über den schimmernden Abgrund hinaushing. „Fiametta!" rief er von oben, „wär's nicht um dich, ich möchte alles wachschreien vor Freude! Sieh, da unten blickt der Strom manchmal so heimlich auf, drüben grasen Damhirsche am mondbeschienenen Abhange, nun seh ich auch das Dorf, wo die lustigen Mädchen wohnen, mit denen ich hier oben getanzt, das schläft nun alles, alles – nur eine Turmuhr schlägt dort von fern herüber, ich hörte sie damals oft bei stiller Nacht. Und Gott Vater fährt über die Saiten seiner Harfe, wie eine leise Musik zieht's gnadenreich über die stille Gegend."

Fiametta aber sah sich nach allen Seiten um wie ein scheues Reh. In dem dunklen Buchengange, der vom Schloß herabkam, schwankte das Mondlicht, als bewegten sich bleiche Gestalten, sie fürchtete sich so allein da unten. Fortunat bemerkte es endlich, er reichte ihr die Hand, sie stieg schnell auf die Bank, die unter dem Baume stand, und schwang sich so lachend mit hinauf. Dort setzten sie sich nun zusammen in dem dämmernden Laube bequem zwischen die Äste zurecht, vor ihnen schossen Sternschnuppen über das Land, manchmal bellte ein Hund fern in den Dörfern, Fiametta baumelte, in

Erwartung der Dinge, zufrieden mit den Beinchen. „Nun erzähle was“, sagte sie. Und Fortunat besann sich nicht lange, die alte phantastische Nacht flüsterte verworren durch die Zweige, er fing sogleich aus dem Stegreife an, als spräch er im Traum:

„Es waren einmal zwei Kinder, Kasperl und Annerl, die hatten einander sehr lieb. Die saßen einmal vor dem Hause und besahen schöne Bilder in einem großen Bilderbuche, das die Annerl mitgebracht hatte, die Vögel sangen im Walde, und das Abendrot ging über die Berge vor ihnen. Auf dem Bilde war eine sehr schöne Gegend zu sehen, fruchtbare Auen, Flüsse, Dörfer und Schlösser, dahinter ein wunderbar gezacktes Gebirg mit einsamen Kapellen und Wäldern, an deren Saum eine Prozession mit bunten Fahnen dahinzog. Das Abendrot schien über das Bild, und wie sie es so mit rechtem Fleiße betrachteten, da fingen auf einmal die gemalten Bäume an leise zu rauschen, schöne, bunte Vögel flogen über die Landschaft, die Brünnlein glitzerten im Gebirge, die Fahnen wehten, sie hörten die Prozession aus weiter Ferne singen. Und eh sich der Knabe noch besinnen konnte, sah er zu seinem Erstaunen auch das kleine Annchen schon mitten drin, sie winkte ihm fröhlich, er faßte sich endlich ein Herz und sprang ihr nach, so liefen sie beide voller Freuden in das Buch und in die Landschaft hinein. – Als Kasperl einmal zurücksah, war ihr Haus und die Gegend, wo es stand, schon hinter ihnen verschwunden, von der Prozession hörten sie nur noch manchmal den Gesang herübertönen, die Sonne war lange untergegangen, je weiter sie kamen, je einsamer und prächtiger wurde alles. Auf einmal, da sie eben durch einen Felsenbogen traten, erblickten sie ein himmelhohes Gebirge vor sich, daß es ihnen ordentlich den Atem verhielt. Auf dem höchsten Berge stand ein herrliches Schloß, das war von lauter Silber, mit Gold gedeckt, vor dem Schloßtore aber saß eine wunderschöne Frau, die war über einer Harfe eingeschlummert. Aus ihren langen Locken und Gewändern kam ein prächtiger Mondenschein und beleuchtete die Alpen und die wundersamen Klüfte, Wälder und Abgründe ringsumher. Unten, wo die Strahlen nicht mehr hinlangen konnten, sahen sie kleine bucklichte Männchen in der Dämmerung lustig von den Felsenzacken Purzelbäume schießen, von fern klang das Glöcklein eines Einsiedlers, ein Jäger, der sich verirrt hatte, stand auf dem Felsen gegenüber, und gab zuweilen mit seinem Waldhorne Antwort. Oben aber am Schlosse weideten weiße Schäfchen auf den Abhängen, hoch vom Turme der Burg bliesen Engel auf silbernen Zinken wunderschön über die stillen Gründe." –

„Ach, da möcht ich auch einmal hin!" rief hier Fiametta freudig aus. – „Es ist nur gar zu weit von hier", erwiderte Fortunat – „aber wackle nicht so mit den Beinchen, wir fallen sonst beide vom Baume." – Sie rückte sich nun näher zum Hören zurecht und Fortunat fuhr wieder fort:

„‚Das ist die Göttin Luna', sagte nun Annerl, auf die Frau vom Schlosse weisend. – ‚Kennst du sie denn?' fragte Kasperl verwundert. – Sie lachte: ‚Du bist doch noch sehr dumm für dein Alter, bleib jetzt nur dicht bei mir, sonst verirrst du dich hier.' – Kasperl aber sah nun einen alten, großen, geduckten Mann seitwärts am Wege sitzen, der hatte einen Sack voll prächtiger Äpfel umhängen. Da wurde er ganz genaschig, er wollte nur geschwind noch ein paar Äpfel auf den Weg kaufen, wie er aber in den Sack hineinguckt, erwischt ihn der Mann schnell bei den Füßen, wippt ihn so hinein und schnürt den Sack über ihm fest zu. ‚Aha, nun hab ich dich!' sagte er, und streckte zufrieden die Beine aus, um ein wenig auszuruhen."

„Pfui, der abscheuliche Kerl!" unterbrach ihn hier Fiametta von neuem, „ich möchte so einen Menschenfresser am liebsten gleich zerpflücken! Nun kommen gewiß die armen Kinder auseinander."

„Ja freilich", entgegnete Fortunat. „In der Angst und Finsternis arbeitete Kasperl wütend mit seinen Ellbogen in den Äpfeln herum. ‚Aber sein Sie doch nicht so sackgrob, Sie erdrücken mich ja', wisperte da plötzlich ein feines Stimmchen neben ihm. – ‚Bist du's?' fragte er leise. ‚Jawohl', antwortete das Stimmchen, ‚ich bin auch gefangen und nage schon lange an dem Sack, daß mir die Zähne weh tun. Jetzt ist der Alte eingeschlafen, hören Sie nur, wie er schnarcht. Sie haben so starke, dicke Finger, sein Sie doch so gütig und helfen Sie mir ein wenig reißen.' – Es war ein allerliebstes, kleinwinziges Mäuschen, das so artig sprach. Kasperl riß nun ganz vorsichtig an dem Sack, das Mäuschen wischte hinaus, biß ihn im Fortspringen noch schelmisch in den Finger und verschlüpfte dann schnell im Mondenschein, er hörte es noch fern zwischen den Steinen kichern. Jetzt kroch er selber sacht hervor, steckte noch geschwind einen hübschen Apfel in die Tasche, und nahm dann eilig Reißaus. – Aber, Gott weiß, der Alte mußte einen groben Flausrock anhaben, denn Kasperl geriet auf einmal in ein verworrenes, ungebürstetes Gestrüpp, in der Eile hatte er den Weg verloren und war, anstatt herabzuklettern, an dem alten Rockärmel gerade hinaufgelaufen. Als er aber oben stand, erstaunt' er erst recht! Da war der Morgen schon angebrochen, der Menschenfresser unter ihm war nichts anderes, als der alte, graue Fels vor seines Vaters Hause, und wo er das prächtige Schloß gesehen hatte und die wunderbaren Klüfte im Mondenschein, da lagen jetzt fahle, dicke Wolken übereinander und dehnten sich noch halb im Schlaf. Er sah die Schornsteine in seinem Dorfe rauchen, der Nachbar trat gähnend in die Tür. ‚Kikereki!' rief er, ‚Kasperl, du willst wohl den Tag auskrähen, daß du dich da so früh auf den alten Stein-Jürgen gestellt hast.'" –

„Aber das arme Annerl?" fiel Fiametta wieder ein. – „Wart nur, es wird gleich noch viel schöner kommen", erwiderte Fortunat: „Das schöne Annerl war fort und kam nicht wieder, und niemand wußte was von ihr, denn sie war immer nur gegen Abend heimlich aus dem Walde mit ihm zu spielen gekommen. Da war Kasperl ganz traurig, er mußte viel lernen, und sehnte sich sehr und wurde darüber nach und nach groß und stark. Einmal des Nachts aber, als der Mondenschein über die Wälder glänzte, da kam es ihm vor, als säße die wunderschöne Frau draußen auf dem Berg vor dem Hause und blätterte in dem alten Bilderbuche, daß der Goldschnitt beim Umwenden zuweilen seltsam über die Bäume am Fenster funkelte. Da wurde er sehr unruhig, und als kaum noch der Morgen dämmerte, saß er schon angezogen in seiner Kammer am Tisch, den Kopf in die Hand gestützt. Da fiel es ihm erst ein, daß er den Apfel, den er damals aus dem Sacke mitgenommen, noch immer in der Tasche hatte. Er nahm ihn heraus und biß vor Schwermut drein, um ihn aufzuessen. Da schreit auf einmal etwas drin, und ein Köpfchen streckt und zwingt sich hervor, und wie er endlich verwundert den Apfel aufbricht, steigt ein kleines, braunes Kerlchen mit Wanderstab und Tasche aus dem Kernhause. – ‚Wer bist du?' – ‚Der Äpfelmann. Adieu!' – Das Männchen ging über den Tisch fort, blieb aber plötzlich am Rande stehen, weil er nicht herunterkonnte. – ‚Ich will dir wohl herunterhelfen, du armer Wicht', sagte Kasperl, ‚aber du mußt mir dagegen etwas versprechen. Kannst du mich zu der Göttin Luna führen?' – ,Warum nicht?' erwiderte das Kerlchen. Da nahm er es sauber zwischen die Finger und setzte es draußen auf den Rasen. Nun traten sie sogleich ihre Wanderschaft an. Der Kleine hinkte, denn Kasperl hatte ihn vorhin im Apfel in die große Zehe gebissen. Kaum aber waren sie weiter in die Heide gekommen, so humpelte das Kerlchen so ungeheuer schnell fort, wie ein Grashüpfer, und lachte und rief immer zurück: ,Komm mir doch nach, komm mir doch nach, hast ja so lange Beine!' und ehe sich's Kasperl versah, hatt er das Kerlchen in dem hohen Grase verloren. Da war er nun wieder so klug wie vorher. – Es war aber gerade ein schöner Sonntagsmorgen. Ein Birnbaum ging eben übers Feld zur Kirche, und rauschte Gottes Lob. ,Gelobt sei Jesus Christ!' grüßte ihn Kasperl, ,habt Ihr nicht so einen kleinen, braunen Pilgrim gesehen?' – ,In Ewigkeit', entgegnete der Birnbaum, ,ich glaube, ich habe vorhin so was im Grase zertreten.' – ,Ach Gott', klagte Kasperl, ,der hat mich irregeführt, nun weiß ich nicht, wo ich bin! wenn ich nur einen Felsen oder Turm wüßte, um mich ein wenig umzusehen in der Welt.' – ,Jetzt hab ich keine Zeit zu Narreteien', meinte der Birnbaum; da aber Kasperl betrübt weitergehen wollte, tat es ihm leid. ,Nun, komm nur schon, komm, was man auch für Not hat mit euch Kindern', sagte er, und stieg schnaufend und ächzend auf einen hohen Berg hinauf, wo er sich breit zurechtstellte und seine grünen Äste lustig in die blaue Luft hinausstreckte. Das ließ sich Kasperl nicht zweimal sagen, er kletterte schnell bis zum Wipfel hinan – da aber warf er plötzlich seinen Hut hoch in die Luft und schrie ,Hurra!' aus Leibeskräften, denn jenseits sah er auf einmal das wunderbare Gebirge wieder, daß ihm ordentlich schwindelte vor großer Freude. – ,Nun, zaus mich doch nicht so grob, das tut ja weh', sagte der Baum. Aber Kasperl schwang sich schon hastig wieder hinab; ,Gotts Lohn, Gotts Lohn!' rief er einmal übers andre. Der gute Birnbaum aber schüttelte sich zum Valet im Morgenhauch, daß der ganze Rasen voll schöner, goldener Früchte lag, die kollerten und hüpften lustig über den grünen Abhang hinunter, und Kasperl sprang ihnen nach zwischen den Morgenlichtern in die prächtige Gegend hinein. – War nun das Gebirge beim Mondglanz schön gewesen, so war jetzt alles noch vieltausendmal schöner im funkelnden Morgenlicht. Das prächtige Schloß mit seinen stillen Türmen stand ganz in rosenroter Glut, die Bäche waren von purem

Gold, die Wälder rauschten und blitzten von Rubinen und Smaragden, auf den Alpen standen Engel umher und fachten mit ihren langen, regenbogenfarbenen Flügeln das Morgenrot an. Und als er endlich zum Walde kam, da erblickte er auf einmal ein wunderschönes Mädchen auf einem weißen Hirsch, die hatte ein lustiges, funkelndes Krönlein im Haar. Mein Gott! die sollt ich ja kennen, dacht er bei sich – es war sein liebes Annerl! – Sie hielt lachend still und sagte: ‚Die schöne Frau Luna ist verwichene Nacht untergegangen, sie läßt dich noch grüßen, ich aber bin ihre Tochter Aurora, die Königin der Wälder.' – ‚So will ich König sein', rief Kasperl und schwang sich hinter sie auf den Hirsch, und hui! ging's nun durch die Waldesnacht unter einsamen Burgen, an kühlen Strömen und Gärten und schimmernden Fernen vorüber, und jedem ging das Herz auf, der sie von fern vorüberfliegen sah. – So hausten sie fortan miteinander in freudenreichem Schalle, und da sie nicht gestorben sind, so leben sie noch heute – denn ich bin der verliebte Kasperl, und du die Waldkönigin Aurora, mein liebes, liebes Dichterweibchen!"

So schloß Fortunat und küßte herzlich Fiametten auf die verschlafenen Augen. Da stieß sie ihn leise an und wies in das Land hinaus. Ein leiser Schimmer flog über die Gegend, wie wenn ein Kind im Traume lächelt, eine früherwachte Lerche hing schon liedertrunken über ihnen hoch in der Dämmerung. „Grüß dich Gott, du schöne, wunderbare Welt!" rief Fortunat, „jetzt frisch ans Werk!" – Sie schüttelten sich schauernd in der Morgenkühle, er sprang schnell vom Baum, Fiametta folgte, er fing sie unten in seine Arme auf. Dann gingen sie schweigend miteinander durch den dämmernden Garten.

Fortunat hatte sich schon im voraus alles klug ausgesonnen. Fiametta sollte fürs erste sich in der Nähe der Amtmannswohnung noch im Grün verborgen halten, er selber wollte unterdes in der Morgenluft wie ein Falke das Haus umkreisen und auf Walter, den er als einen frühen Vogel kannte, wo er sich blicken ließe, sogleich niederstoßen, um mit ihm das Weitere zu verabreden, bevor die andern dazukämen.

Aber der Mensch denkt, und Gott lenkt. Als sie so unter den feierlich rauschenden Wipfeln des Buchenwaldes fortgingen, zupfte und rückte Fiametta mit klopfendem Herzen ihr Wämschen zurecht wie ein Vöglein, das sich im Morgenschein die Flügel putzt, und fing italienisch zu plaudern an, das klang wie ein Glöckchen durch die Stille. Fortunat aber gedachte des schönen Frühlingsmorgens, als er mit Walter zum erstenmal hier eingestiegen. Da war alles wieder so kühl und frisch wie damals. Bald erblickte er seitwärts die duftigen Blumenplätze, den Sitz unter der Linde, lauter alte Bekannte, nun guckten auch schon die weißen Schornsteine herüber – auf einmal standen sie unter den hohen Bäumen vor dem Hause. Da lag noch alles in tiefer Ruhe, durch das Weinlaub am Fenster konnte er die untere Stube übersehen, den bunten Teppich im ungewissen Schimmer und die vergoldeten Rahmen der Bilder gegenüber an der Wand, die alte Stockuhr schlug drin soeben vier. Unter den Bäumen aber stand noch der große runde Tisch mit den Stühlen umher, wie in der alten Zeit, der Amtmann hatte seine Pfeife draußen vergessen, auch Florentinens Gitarre hing wieder über dem Stuhl. Da überkam Fortunat unwiderstehlich seine alte Reiselustigkeit, der kluge Plan, Vorsicht, Geheimnis und alles war vergessen, er ergriff die Gitarre, sprang auf den Tisch hinauf und sang recht aus Herzensgrunde:

„Wer steht hier draußen? – Macht auf geschwind!
Schon funkelt das Feld wie geschliffen,
Es ist der lust'ge Morgenwind,
Der kommt durch den Wald gepfiffen.

Ein Wandervöglein, die Wolken und ich
Wir reisten um die Wette,
Und jedes dacht: nur spute dich,
Wir treffen sie noch im Bette!

Da sind wir nun, jetzt alle heraus,
Die drin noch Küsse tauschen;
Wir brechen sonst mit der Tür ins Haus:
Klang, Duft und Waldesrauschen."

Bei den letzten Klängen öffnete sich oben leise ein Fenster. Florentine fuhr mit dem verschlafenen Köpfchen hervor, er hätte sie beinahe nicht wiedererkannt, so prächtig, voll und blühend war sie geworden. „Herr Jesus! sind Sie's, Herr Baron?" rief sie ganz erschrocken, und schlug schnell das Fenster wieder zu, denn der Morgenwind wollte ihr das leichte Halstuch nehmen. Nun hörte er im Hause die Türen gehen, rufen und rumoren. Draußen aber kletterte das Morgenrot schnell über die Spaliere und Weinranken das stille Haus bis zu den Schornsteinen hinan und guckte neugierig über die Bäume und Fortunat sang von neuem:

„Ich komme aus Italien fern
Und will euch alles berichten,
Vom Berg Vesuv und Romas Stern
Die alten Wundergeschichten.

Da singt eine Fei auf blauem Meer,
Die Myrten trunken lauschen –
Mir aber gefällt doch nichts so sehr,
Als das deutsche Waldesrauschen!“

Als Walter von Italien hörte, zweifelte er nicht länger. Eilig in hohen Schmierstiefeln, die er gegen den beißenden Tau zu gebrauchen pflegte, kam er atemlos aus dem Hause gestürzt. „Mein Gott! du, Herzensbruder!“ rief er schon von weitem und flog, außer sich vor Freude, in Fortunats Arme und stach ihn tüchtig mit seinem schlecht rasierten Bart. Fortunat war im ersten Augenblick ganz verblüfft, denn Walter kam ihm so verbauert vor, altmodisch, beim Reden schreiend und gebräunt im Gesicht; aber die treuen Augen machten gleich alles wieder gut, man sah bis in den Grund der Seele, er war doch durch und durch noch der alte. Jetzt fiel plötzlich ein Schuß hinter ihnen, daß alle zusammenfuhren. Auf der Anhöhe wurde der tolle Förster sichtbar, der von dem Besuche schon Wind bekommen. Er drehte den dünnen, flechsenreichen Hals weit aus der schmalen, engen Binde, und als er nun wirklich Fortunat recht erkannt hatte, feuerte er aus seiner Doppelbüchse geschwind noch einmal über ihre Köpfe weg und stürzte mit großem Vivatgeschrei zu ihnen herab. Dann erwischte er unversehens Fiametta, die gar nicht wußte, wie ihr geschah, und walzte wütend mit ihr unter den Bäumen herum, seine langen Rockschöße, die weit im Rade umherflogen, schleuderten einen von den Gartenstühlen soeben in die Haustür, als die Frau Amtmann feierlich heraustreten wollte. „Nun Gott behüt uns, Herr Nachbar“, rief sie empfindlich, „was ist das wieder für eine Aufführung!“ – „Einführung, Frau Muhme“, entgegnete der Förster, „hohe Reisende, bal à la fourchette, St.-Veits-Tanz, Apfelsinen und Italien! da hat mich so eine verfluchte Tarantul in die Füße gebissen." – Nun schwenkte auch der Amtmann seine schneeweiße Schlafmütze, hinter der das hübsche Gesichtchen Florentinens hervorguckte, alle schrien und fragten durcheinander, die Amtmännin knickste unter vielen Redensarten, die niemand hörte, ein aus dem Schlafe verstörter kalekutischer Hahn hatte sich schon während des Walzers in des Försters fliegende Schöße verbissen – man konnte gar nicht zu Worte und ins rechte Geschick kommen. – „Und der junge Herr? – mit wem hab ich die Ehre?" – sagte endlich die Frau Amtmann, mit einem halben, ungewissen Knicks gegen die hocherrötende Fiametta gewendet. – Himmeltausend! da hab ich nun was Schönes angerichtet! dachte Fortunat. Er besann sich nicht lange. „Ein junger Vetter von mir aus Italien", sagte er. – „Ah" – rief der Förster erstaunt, und entschuldigte nun mit abenteuerlicher Galanterie die ganz ergebenste Erdreistung seiner nicht wissenden Keckheit. Er mühte sich sichtbar ab, in seinen überaus höflichen Diskurs eine Menge italienischer Worte zu mischen, so glaubte er verständlicher zu werden, kam wieder auf die Taranteln zu sprechen, die eigentlich in Italien ansässig seien, ging dann auf die Skorpionen über, auf die er einen ganz besondern Haß geworfen zu haben schien, und bot ihr endlich eine lange, frischgestopfte Pfeife an. – „Nicht doch, die Herren Italiener pflegen nicht zu rauchen", rief die Amtmännin vermittelnd herüber. – „Nun, so tu ich's selbst mit Erlaubnis", erwiderte der Förster und fing in schnellen Zügen heftig an zu dampfen, während die allezeit heitere Fiametta, in dem dicken Tabaksqualm sich manchmal verhustend, ihm in aller Geschwindigkeit die ungeheuersten Geschichten erzählte von geflügelten Skorpionen und einer wahnsinnigen Tarantul, die den St.-Veits-Tanz erfunden.

Der Amtmann, als sich endlich der erste Jubellärm ein wenig gelegt hatte, blickte vergnügt in die Runde. „Im Kalender", sagte er, „ist heute kein Feiertag angemerkt, aber der liebe Gott hat ihn draußen rot angestrichen, so weit man nur sehen kann." Und in der Tat, das alte Schloß, die Wälder, Strom und Täler glühten nun ringsum im schönsten Morgenrot. Die Frauen hatten unterdes den Tisch gedeckt, die Vögel sangen über ihnen im Walde, und die Morgenlichter funkelten lustig über die Weinflaschen und Gläser auf dem blendendweißen

Tischzeug. Walter legte in seiner Fröhlichkeit die Gitarre in Florentinens Arm, sie mußte, nicht ohne häufiges Erröten, gleich zu Willkomm alle Lieblingslieder des Hauses durchsingen. Eine tiefe Wehmut flog dabei durch Fortunats Seele: es waren noch immer dieselben Lieder, die er damals hier gesungen und gedichtet – so lange hatten sie nachgeklungen in dieser Einsamkeit! – Dann mußte er selbst ihnen von seinen Reisen, von Rom und Sizilien erzählen, dazwischen kamen immer wieder hiesige Geschichten aufs Tapet von alten Bekannten, und von den hübschen Mädchen, mit denen er damals im Garten getanzt, sie zeigten ihm die Dörfer in der Ferne, wo sie nun glücklich verheiratet waren, da ein grünverschattetes Pfarrhaus, dort ein paar Schornsteine einsam über dem Wald. Der nach literarischen Neuigkeiten ausgehungerte Walter versuchte mehrere Male vergeblich, ein wissenschaftliches Gespräch mit Fortunat anzuknüpfen. Er hatte noch immer die alte Angst, mit der Bildung fortzuschreiten, und hielt eine Menge Journale, die aber meist ungelesen blieben und von seiner hübschen Frau zum Kuchenbacken verbraucht wurden. Diese hatte sich jetzt mit ihrem Kinde an der Brust vor die Haustür gesetzt, die Morgensonne spielte zwischen dem Weinlaub lieblich über Mutter und Kind. Zuweilen blickte sie unter ihren langen, dunklen Augenwimpern scharf nach Fiametta hinüber, die unterdes, das Köpfchen auf beide Arme gelegt, über dem Schwirren und Summen der Gläser, Teller und Reden am Tische eingeschlafen war.

So war es unter den muntern Gesprächen fast völlig Tag geworden, als auf einmal Walter, einen erbrochenen Brief in der Hand, eilig aus dem Hause trat. „Das ist heut ein wahrer Wundermorgen!“ rief er lachend aus, „denkt euch, da schreibt mir eben unser Rechtsfreund aus der Stadt, ich möchte ihm kollegialisch beistehen, eine junge, adelige Dame auszukundschaften, die mit ihrer Kammerjungfer ihrer alten Tante entflohen und deren Spur zwischen unsern Bergen verlorengegangen sein soll.“ – „Kurios“, sagte der Amtmann, „ja, wilde Wasser lieben die Berge.“ – „Was!“ – rief der Förster, der eben eine neue Pfeife gestopft und nur halb hingehört hatte – „eine alte, wilde Tante ist im Wasser verlorengegangen?“ – „Ja“, fiel Fortunat ein, „und der Rechtsfreund mit ihrer Kammerjungfer entflohen.“ – Walter hatte Mühe, die Konfusion zu berichtigen. „Ein angesehener Mann“, fuhr er dann fort, „verfolgt nun die Flüchtlinge im Auftrage der Tante und hat in der Stadt amtliche Hülfe in Anspruch genommen. Da bist du uns eben zur rechten Stunde gekommen, Fortunat." – „Ich? wieso?" fragte dieser betroffen. – „Ich meine, als Dichter in solchen romantischen Fällen." – „Ach teurer Freund", entgegnete Fortunat, „ich wollte, die Romantik wäre lieber gar nicht erfunden worden! Solche romantische Verliebte – und das ist die adelige Dame gewiß samt der alten Tante und dem Rechtsfreund und seiner Kammerjungfer – die machen zusammen an einem Morgen mehr dumme Streiche, als ein gesetzter Autor im letzten Kapitel jemals wiedergutmachen kann!" – Da hatte er nun eben recht das Kapitel der Frau Amtmann getroffen. Sie nickte ihm freundlich zu, klagte über den jetzigen Leichtsinn der Jugend und schob alles auf die Poesie. Fortunat stimmte ihr in seiner Not gern bei und hetzte noch immer mehr gegen die Poeten. Der Förster aber, nachdem er endlich alles begriffen, saß währenddes wie in Konvulsionen des heftigsten Nachdenkens, bald starrte er in den Himmel, bald wieder in die dicken Tabakswolken vor sich hin. – „Topp, sie ist's", rief er plötzlich aufspringend aus und schlug mit der Hand auf den Tisch, daß die Gläser klirrten. „Wer?!" – wandte sich Fortunat erschrocken herum. Über den Lärm war Fiametta aus dem Schlafe aufgefahren, Florentine sah ihr wieder scharf in die verträumten Augen – es hing alles an einem Haar.

Aber der Förster legte schnell die Pfeife hin und setzte martialisch seinen dreieckigen Hut auf. „Jetzt kommt nur mit", sagte er, „alle, die ihr hier seid, zur Mühle dort am Wald, aber sogleich, damit wir die Vögel noch im Nest erwischen." – Fortunat atmete wieder leichter auf. – Vergebens drang man nun in den Geheimnisvollen, sich näher zu erklären. „Ich will die alte Tante sein", sagte er nur, „wenn ich euch nicht das Fräulein schaffe, und sollte sie wie ein Eichhörnchen von Baum zu Baum springen." – Die Amtmännin mochte von dem Abenteuer nichts wissen und blieb mit Florentinen zurück, die andern aber wanderten erwartungsvoll dem Walde zu. In dem allgemeinen Aufruhr konnte Fortunat durchaus keinen Augenblick gewinnen, Walter auf die Seite zu nehmen, sooft er ihm auch heimlich zuwinkte.

Nach einem kurzen Gange erblickten sie die Mühle in einer einsamen Waldschlucht. Von einem Bergeshange tief verschattet, war in dem kühlen Grunde kaum noch der Tag angebrochen, die Vögel erwachten eben erst in dem stillen Gärtchen, nur die Tauben schimmerten vom Dach, das schon von der Morgensonne beleuchtet war. Hier verteilte der Förster seine Begleitung vorsichtig an allen Ausgängen, und gebot ihnen, sich still zu halten, er selbst aber ging eilig in die Mühle. Da sahen sie, wie sich im Hause ein Dachfenster halb und leise öffnete, sie glaubten oben ein junges Mädchen zu bemerken, das bei ihrem Anblick schnell den Laden wieder zuschlug. „Was ist denn das?" – flüsterte Fiametta ängstlich Fortunat zu. – „Ich glaube", erwiderte dieser, „der ganze Morgen ist toll geworden und spiegelt unsere eigene Geschichte närrisch in der Luft." – Jetzt entstand ein Tumult im Hause, der Waldbach stürzte plötzlich brausend über das Mühlrad, zwischen dem Rauschen hörten sie rennen, klappen und zanken. Auf einmal sprang die Haustür auf und der Förster trat mit triumphierendem Anstande hervor, er führte feierlich eine fremde, wohlgekleidete Dame am Arm, der Morgenwind schlug ihren grünen Schleier zurück und zeigte ein junges, schönes Gesicht. – Da besann sich Fortunat nicht lange. „Welche Überraschung, mein Fräulein!" – rief er schnell hinzuspringend aus – „als ich das Glück hatte, Sie bei Ihrer verehrungswürdigen Tante zu sehen, wer hätte da an diese verwünschte Mühle gedacht! Ich bedaure nur, wenn dieser vorwitzige Morgenwind zu früh den Schleier gelüftet und das harte Gebirg manchen Stein des Anstoßes –" Nun war auch Fiametta dazugekommen und drückte die Hand der Dame zärtlich an ihr Herz. „Himmlisches Mädchen", sagte sie, „und das alles um mich! – Aber wie war es möglich? wie erfuhrst du, wo ich Unglückliche umherschweife? Ja, leugne nur nicht länger, ich weiß es ja doch, du Liebe, Arme! um mich verließest du Schloß und Tante – o es geht mir alles wie ein Mühlrad im Kopfe herum!" – Die Dame sah in höchster Verwirrung bald den einen, bald den andern an, und wußte nicht, was sie erwidern sollte. Die beiden ließen sie aber nicht mehr los, sie führten sie in ihrer Mitte so rasch der Amtmannswohnung zu, daß die andern kaum folgen konnten, dabei sprachen sie unterwegs oft heimlich untereinander. Walter war ganz verdutzt, auch der Amtmann schüttelte bedenklich den Kopf, der Förster aber schimpfte voller Zorn. „So eine schöne Dame", sagte er, „und einem solchen welschen Milchbart nachzulaufen, dem die Eierschalen noch am Schnabel hängen! Da ist keine Gerechtigkeit in dem Handel, ebensogut könnte sich der Herr Amtmann da in mich verlieben." Dann pfiff er mit großem Lärm auf dem Finger nach seinen Hunden, warf die Büchse auf den Rücken und schritt ohne Abschied in den Wald.

Unterdes waren die andern zu Hause angelangt, wo Fiametta sehr fröhlich den erstaunten Frauen ihre unverhofft wiedergefundene Freundin vorstellte. Walter wollte folgen, aber Fortunat faßte ihn am Arm und führte ihn rasch in den Garten hinein. „Nun hilf aus der Konfusion!" rief er aus, da sie allein waren, „denn die gefangene Dame ist eigentlich die Kammerjungfer meines Vetters, und mein Vetter ist meine Geliebte, und meine Liebste ist die entsprungene Nichte der alten Tante." Er erzählte nun kurz den ganzen Hergang der Sache, und wie die Kammerjungfer, plötzlich so verlassen in der Fremde, heimlich ihre Spur im Gebirge verfolgt und gestern abends – was der Förster zufällig erfahren haben müsse – in der Waldmühle eingekehrt sei, um erst das Terrain auszuforschen und des Morgens auf eine geschickte Art wieder mit ihnen sich zu vereinigen. –

Als er geendigt hatte, hüllte er sich in sich selbst, um den Hagelschauer freundschaftlicher Vorwürfe geduldig abzuwarten. Walter aber, aus seiner einförmigen Einsamkeit so auf einmal mitten in das romantischste Abenteuer mit hineingeworfen, rief zu seinem Erstaunen: „Die kleine Marchesin will ich mit Gut und Blut wie meinen Augapfel beschützen" und rannte dann voll Begeisterung sogleich nach dem Hause zu. Unterwegs begegnete ihnen Florentine und fragte, was sie vorhätten? Walter in seiner Freude erwischte sie bloß beim Kopf, küßte sie tüchtig ab und wollte weiter. Aber sie hielt ihn fest. „Tut mir nur nicht so wichtig und geheimnisvoll", sagte sie, „merkt ich's doch längst!" – Walter sah sie groß an. – „Dieser Herr Vetter aus Italien" – fuhr sie fort – „wie er sich gleich anfangs vorsichtig auf den Stuhl setzte, als wollt er sich die Röcke nicht zerknittern – sein Gang, die Stimme – dann –" hier stockte sie plötzlich – „Nun?" fragte Fortunat. – „Dann sah er Sie einmal lange, lange an, als Sie eben mit den andern sprachen und niemand achtgab." – Jetzt standen sie eben auf einer freien Anhöhe. Jenseits von den Waldbergen leuchtete die alte Burg in der Morgensonne herüber, wo Florentine ihm auf jener Spazierfahrt einmal flüchtig einen Kuß gegeben hatte – sie dachten beide daran. Die schöne Frau schlug verwirrt und errötend die Augen nieder – dann reichte sie ihm freundlich lächelnd die Hand, in die er recht herzlich einschlug. Währenddes ging Walter eifrig auf und nieder und zerbrach sich den Kopf. „Wär nur der fremde Herr nicht, der euch verfolgt!“ rief er ärgerlich aus. – „Ei was!“ entgegnete Fortunat lustig, „ich habe das Mädchen und er die Tante, laß ihn die heiraten!“

Sie setzten sich nun auf die Bank unter der Linde und beratschlagten miteinander, was jetzt zunächst zu tun sei. Nach vielem Hin- und Hersinnen wurde endlich einmütig beschlossen, vor dem Förster und den andern das einmal eingeleitete Mißverständnis zu benutzen und die Kammerjungfer für die entflohene Geliebte des Vetters auszugeben, beide aber einstweilen im Hause zu verwahren. Fortunat dagegen sollte schleunigst zu der Tante aufbrechen und dort, bevor er ihr den Aufenthalt Fiamettas entdeckte, nach den Umständen alles selbst vorsichtig ins rechte Geleis zu bringen suchen. „Du hast Rang, Vermögen“, sagte Walter, „und bist eine so gute Partie für die Marchesin, als irgendeine im Lande, es müßte wahrlich mit dem Eigensinne eines Romanschreibers zugehen, wenn ihr euch zuletzt nicht noch kriegtet.“

Währenddes hörten sie Fiametta im Hause lustig plaudern und lachen. Der Förster, den sie weit im Walde wähnten, hatte nämlich sorgfältig seinen neuen Frack und eine lange, weiße Busenkrause angelegt, und wandelte unter allerlei aus der Luft gegriffenen Vorwänden um das Haus, den Hals nach den obern Fenstern verdrehend. „Ich glaube wahrhaftig“, sagte die Amtmann, „der alte Narr ist in das gnädige Fräulein geschossen.“ Fiametta aber hatte geschwind die Kammerjungfer beredet, ans offene Fenster zu treten, warf ihr einen großen Schal um, und fing hinter derselben an zu agieren, und den Förster anzureden, indem sie ihm gerührt für seine Mühwaltung dankte, wodurch er ein von der Tarantel der Liebe gebissenes Herz so frühzeitig von den Holzwegen des Leichtsinns zurückgeführt. – Als er nun seinerseits sich anschickte, verbindlich zu antworten, konnte sie vor Lachen nicht weiter, winkte ihn geheimnisvoll fort, als ob sie belauscht würden, und schlug schnell das Fenster wieder zu. – Florentine schüttelte bedenklich den Kopf und konnte sich durchaus in das buntfarbige Wesen nicht finden.

Fiametta aber, da die Männer ihr jetzt ihren Plan mitteilten, war von der Aussicht einer endlichen, baldigen Entscheidung ihres verwickelten Liebeshandels wie berauscht. Und als nun Florentine noch in aller Eile anfing Kuchen zu backen, die sie morgen Fortunat auf die Reise mitgeben wollten, half sie ihr mit großer Geschäftigkeit und naschte die schönsten Rosinen weg. Zuletzt aber, da sie selbst den Teig angefaßt, mußte auf ihr klägliches Geschrei alles zu Hülfe eilen, um ihre Finger wieder rein zu machen. – Nun ließ sie das Backen ganz und gar, und zeigte Fortunat die Wohnung, die sie ihr oben angewiesen hatten. Es war die schönste Stube im ganzen Hause, sie lag nach dem Walde zu, der durch alle Fenster hereinsah. Da ging es nun lustig ans Einpacken für morgen, die Vögel sangen draußen in den Wipfeln, Fiametta kniete in der grünen Dämmerung vor Fortunats Felleisen und plauderte vergnügt von den schönen Bergen, über die er kommen würde, von dem prächtigen Schlosse und dem Garten der Tante, dabei packte sie heimlich allerlei Kleinigkeiten von sich unter seine Wäsche und wurde über und über rot, als er's bemerkte.

So war unter muntern Verabredungen und Vorbereitungen der Tag verflossen. Walter hatte, die Müdigkeit seiner Gäste vorschützend, für den Abend jeden Besuch entfernt gehalten, die Hausgenossen selbst, nach der halbdurchwachten Nacht, waren schon früh zur Ruh gegangen. Nur Fortunat und Fiametta saßen noch vor der Haustür und hörten zu, wie die Mädchen unten im Dorfe vor dem Johannesbilde und die Heimchen von der fernen Wiese sangen. Fiametta saß zu seinen Füßen im Grase, sie hatte die Gitarre auf ihren Knien und sah still in die mondbeschienene Gegend hinaus, er hatte sie noch nie so nachdenklich gesehen. – Da erklang auf einmal weiter oben ein Waldhorn. Es war der verliebte Förster, der den Herrschaften ein Ständchen blies. Und als nun allmählich Waldhorn und Johanneslieder verklangen, und alles still geworden war im Hause und im Tal, da nahm Fiametta ihre Gitarre und sang:

„Es schienen so golden die Sterne,
Am Fenster ich einsam stand
Und hörte aus weiter Ferne
Ein Posthorn im stillen Land.
Das Herz mir im Leib entbrennte,
Da hab ich mir heimlich gedacht:
Ach, wer da mitreisen könnte
In der prächtigen Sommernacht!

Zwei junge Gesellen gingen
Vorüber am Bergeshang,
Ich hörte im Wandern sie singen
Die stille Gegend entlang:
Von schwindelnden Felsenschlüften,
Wo die Wälder rauschen so sacht,
Von Quellen, die von den Klüften
Sich stürzen in die Waldesnacht.

Sie sangen von Marmorbildern,
Von Gärten, die überm Gestein
In dämmernden Lauben verwildern,
Palästen im Mondenschein,
Wo die Mädchen am Fenster lauschen,
Wann der Lauten Klang erwacht
Und die Brunnen verschlafen rauschen
In der prächtigen Sommernacht." –

Fiametta legte die Gitarre schnell weg, verbarg ihr Gesicht an Fortunats Knien, und weinte bitterlich. – „Wir reisen wieder hin!" flüsterte ihr Fortunat zu. Da hob sie das Köpfchen und sah ihn groß an. „Nein", sagte sie, „betrüg mich nicht!" –

Fünfundzwanzigstes Kapitel

Zur Mittagszeit des folgenden Tages war Fortunat auf seiner Reise schon fern von Hohenstein und rastete eben vor der Tür einer Dorfschenke. Die Bienen summten in der blühenden Linde am Hause, vor ihm über den niedrigen Zäunen und Gärten bezeichnete ein blauer Duftstreif kaum noch die Berge, wo er sein Liebchen zurückgelassen. Ein Mädchen mit frischen Augen brachte Wein und Brot heraus, stutzte aber, da sie ihn erblickte, und sprang schnell wieder in das Haus zurück. Drin hörte er sie lebhaft reden und zu seinem Erstaunen seine Haare, Rock und Stiefeln ausführlich beschreiben. Nun trat auch der Wirt heraus, nickte ihr zu, und Fortunat erfuhr endlich, daß vor kurzem zwei fremde Herren zu Pferde hier nach einem Reiter von seinem Aussehen sich angelegentlich erkundigt und dann sehr eilig, der eine diese, der andere jene Straße eingeschlagen hätten. Vergebens fragte er nach Namen und näheren

Kennzeichen, er konnte aus der konfusen Personbeschreibung durchaus nicht klug werden, die eine hätte gar beinah auf Walter gepaßt. – Ihr fangt mich doch nicht! dachte er, als es ihm plötzlich aufs Herz fiel, daß er jedenfalls freiwillig und aus eigenem Entschluß vor Fiamettas Tante erscheinen müsse, wenn sein ganzer Plan nicht scheitern sollte. – In dieser Unruhe trank er noch rasch des Wirts Gesundheit, schwang sich wieder auf sein Pferd und sprengte durchs Dorf den fremden Herren nach. Draußen aber nahm er sogleich die entgegengesetzte Richtung und atmete erst wieder frei auf, als ein Bauer im Felde ihm einen nähern Holzweg gerade durchs Gebirge bezeichnete, auf dem er jene Reiter zu vermeiden, ihnen wohl gar zuvorzukommen hoffen durfte.

Die Luft war schwül, er ritt lange am Rande eines waldigen Bergrückens fort, an einsamen Klüften und melancholischen Tälern vorüber. Auf einmal leuchtete seitwärts ein lustiger Grund zwischen den Bäumen herauf: rote Ziegeldächer und Gärtchen im schillernden Sonnenscheine an den Felsen hängend, unten ein glitzernder Bach mit badenden Kindern, und auf der Wiese daneben fröhlich Getümmel der Heuernte, Lachen und das Klirren der Sensen dazwischen. Und wie er noch so freudig überrascht hinabschaut, erschallt jenseits plötzlich ein Peitschenknall, und um die Waldecke herum fliegt ein schöner Reisewagen über die glänzende Landschaft. Eine Dame beugt sich aus dem Wagen – Fortunat fährt erschrocken zusammen, es ist offenbar Fiametta, aber in Frauenkleidern, lustig schwatzend mit einem Unbekannten, der neben dem Schlage reitet. Jetzt senkt sich der Weg plötzlich wieder in den Wald, und zwischen den dunklen Tannen ist alles verschwunden und verklungen.

Fortunat stand wie versteinert, im ersten Augenblicke kam ihm Fiametta fast wie ein lieblicher Kobold vor, der neckend durchs Gebirge streifte. Dann dachte er sie sich wieder in Hohenstein entdeckt und mit roher Gewalt fortgeführt; aber wie konnte sie dann noch so fröhlich plaudern! – er war ganz verwirrt. – So lenkte er rasch auf einem Fußsteige den Berg hinab, über die Wiese dem Hohlweg zu, wo die Erscheinung versunken. Bald teilten sich die Wege, auf dem einen glaubte er eine frische Wagenspur zu bemerken und setzte munter die Sporen ein.

Aber je weiter er kam, je wilder und einsamer wurde die Gegend. Sie konnten auf dem steinigen Wege unmöglich so rasch gefahren sein, als er ritt. Oft hielt er lauschend still, da glaubte er einmal wieder ihre Stimme zu hören, es war der fremde Schall eines Waldvogels aus der Ferne. Er sang laut alle Lieder, die er wußte, dann horchte er wieder, und lachte und schimpfte und ritt immer schneller fort, bis er zuletzt mit Entsetzen bemerkte, daß ein Unwetter rasch im Anzuge war, um die Verwirrung vollkommen zu machen. Schon durchkreuzten Möwen mit ihren weißen, spitzigen Flügeln pfeilschnell die schwüle Stille. Vergeblich blickte er nach einem Obdach umher, nicht einmal der Klang einer Holzaxt ließ sich im Walde vernehmen. Nur einzelne Nebelgestalten stiegen nun langsam aus den Klüften empor, und setzten sich mit ihren langen, grauen Gewändern in die Wipfel der Tannen, über dem Berge vor ihm aber hatte das Gewitter allmählich sein bleifarbenes Dunkel ausgebreitet, in das die Mauerspitzen einer Ruine fast grauenhaft hineinragten. –

Indem er noch so zögernd stand und unentschlossen war, wohin er sich wenden sollte, hörte er auf einmal den Schall einer Glocke weit aus der Höhe herüberklingen. „O du göttlicher Aberglaube!“ rief er freudig aus, „was sind alle Blitzableiter der Welt gegen diesen tröstlichen Klang, der wie ein singender Engel mit gefalteten Händen über die Wälder zieht und die Wetter wendet. Ja, die Erde ist noch immer voll schöner Wunder, wir beachten sie nur nicht mehr!“ – Er folgte nun eilig den Klängen, die bald schwächer, bald deutlicher durch den Gewitterwind von dem Berge herabzukommen schienen, wo er vorhin die Ruine erblickt. Ein wildverwachsener, wenig betretener Fußsteig schlang sich zwischen den Klippen gerade in der Richtung hinauf. Der Pfad wurde immer enger und steiler, bald hörte er auch die Glocke nicht mehr, er mußte endlich absteigen und, sein Pferd am Zügel fassend, mühsam von Stein zu Stein hinanklimmen. Manchmal wendete er sich rastend zurück und sah durch die Wolkenrisse tief unten die Landschaft vorüberfliegen.

So war es völlig Nacht geworden, als er atemlos droben ins Freie trat. Ein Licht schimmerte ihm aus der Ferne freundlich entgegen; indem er darauf losging, glaubte er im Dunkel ein großes Schloß zu erkennen mit Türmen, Zinnen und wunderlichen Erkern. Dann, je näher er kam, verwandelte sich allmählich alles wieder, es war wild umhergeworfenes Gestein und phantastische Baumgruppen, was ihm so prächtig erschienen, und voll Erstaunen stand er auf einmal vor einer Einsiedlerklause, halb in den Felsen gehauen, ein Türmchen mit einer Glocke darüber. Eine Lampe von der Decke warf ungewiß flackernde Scheine über die leeren Wände und den hölzernen Tisch und Stuhl in der Mitte. Plötzlich fuhr sein Pferd schnaubend zusammen, aus einem Winkel der Halle blinkte ihnen ein hochaufgerichtetes, weißes Totengerippe entgegen. – „Schauerlicher Gesell!" sagte Fortunat, „bist du der Einsiedler hier und ziehst bei Nacht heimlich die Glocke?" – Er rief nun laut nach allen Seiten, aber nur seine eigene Stimme gab zwischen den Klüften Antwort. Da faßt' er sich ein Herz, band sein Pferd vor der Hütte an und trat hinein.

Er fand sie wohnlicher, als er erwartet hatte. Ein großes Buch lag auf dem Tische, er schlug es auf, es war ein altes Brevier, zu seiner Verwunderung fand er eine kurze, ungarische Tabakspfeife drin als Zeichen eingelegt. Nun, die Toten schmauchen doch nicht, dachte er, und spähte eifriger umher. Da entdeckte er in einer Ecke einen Vorrat köstlichen Heues, weiterhin auch einen vollen Weinkrug und Gläser daneben. Erfreut über den unverhofften Fund zäumte er vor allem sein müdes Pferd ab und versah es reichlich mit Futter. Das ungewohnte Hantieren in dieser Abgeschiedenheit, das Brausen der Wipfel, die ganze unerhörte Lage, in der er sich hier befand, versetzte ihn in eine seltsame Heiterkeit. „Gute Nacht!" rief er fröhlich vom Berge hinab, „wie hat der Herr nun alles untergetaucht in den wunderbaren Strom der Träume! Was ist das für ein Traumlied in den Wäldern, gleichwie die Saiten einer Harfe, die der Finger Gottes gestreift. Wahrlich, wen Gott liebhat, den stellt er einmal über allen Plunder auf die einsame Zinne der Nacht, daß er nichts als die Glocken von der Erde und vom Jenseits zusammenschlagen hört und schauernd nicht weiß, ob es Abend bedeute oder schon Morgen." –

Darauf setzte sich Fortunat zufrieden vor die Klause, doch so, daß er seitwärts die eine Wand im Auge behielt; er traute dem dürren Gesellen im Winkel doch nicht recht, daß er sich nicht unversehens erhübe und murmelnd am Tische aus dem Buche zu lesen anfinge. Draußen aber war es so endlos still, er hörte nur manchmal das Schnauben des Pferdes und den Schrei des Wildes tiefer im Walde, vor ihm streiften durchsichtige Wolken gespensterhaft leise den Rasen wie Schleppen fliehender Feen.

In dieser Einsamkeit überwältigte endlich der Schlaf den Erschöpften, und als er mitten in der Nacht plötzlich wieder aufwachte, waren die Wetter unterdes verzogen, der Mond schien prächtig über die Wälder. Da war's ihm, als hörte er in einiger Entfernung zwei Männer eifrig miteinander sprechen, und im zitternden Mondlichte unter den Bäumen bemerkte er einen riesengroßen Mönch, der mit einem Unbekannten schnell durch den Wald fortging. Vor dem Rauschen der Wipfel konnte er nur einzelne abgebrochene Laute vernehmen, er hörte aber deutlich, wie sie im Gespräche mehrmals seinen und Fiamettas Namen nannten. – „Träume ich denn, oder träumt diese phantastische Nacht von mir?" – rief er erschrocken aufspringend aus, aber die Stimmen waren schon weit, und auf der stillen Höh, wo sie sich endlich im Dunkel ganz verloren hatten, sah er nun plötzlich eine Fackel aufleuchten. Mehrere dunkle Gestalten folgten, sie trugen lautlos einen Sarg. Die roten Widerscheine schweiften wunderbar zwischen den Tannen über ein Felsentor, in welchem auf einmal alles wieder verschwand. – Da war's ihm, als trügen sie Fiametta fort, er stürzte hastig nach in den Wald. Aber vergebens suchte er einen Steg durch die Wildnis, in der flimmernden Dämmerung des Mondenscheins starrten ihm überall zackige Klüfte entgegen, er mußte wieder umkehren. „Nur zu", sagte er ganz verstört, „nur immer zu! der Spuk und die Nacht müssen doch einmal ein Ende nehmen!" – Dann lehnte er sich über den Hals seines schlummernden Pferdes und starrte gedankenvoll in die weite Einsamkeit hinaus.

So hatte er lange halb im Traume gestanden, als er auf einmal von fern den lustigen Schrei eines Waldvogels zu hören glaubte. Erfreut blickte er umher, da schweifte wirklich schon ein ungewisser Morgenschein leise über den Himmel, wie ein Hauch über den Spiegel, seitwärts, als er sich bewegte, fuhr ein Reh auf und flog scheu durch die Dämmerung. Nun dacht er dran, daß heute Sonntag war. Da rannte er schnell in die Klause. „Schau nicht so grämlich in dieser gnadenreichen Stunde", rief er dem knöchernen Klausner zu, „jetzt ist's ja licht und alles, alles wieder gut!" Dann zog er fröhlich die Glocke, als wollt er den Tag anbrechen, und das Herz wurde ihm still und weit, als der Schall so hell durch die Waldesnacht ging, er hatte schon lange nicht so fromm in Gedanken gebetet.

Jetzt fiel ihm erst ein, daß der Glockenklang wohl die rätselhaften Nachtwandler herbeigelockt haben könnte. Er trat hinaus und spähte nach allen Seiten umher. Aber es rührte sich nichts, der Wind hatte die Klänge nach den Tälern geweht, die noch im tiefen Schatten lagen. Auf dem Gipfel des Berges aber, an dessen Lehne die Klause sich befand, bemerkte er jetzt im falben Zwielichte die Mauertrümmer wieder, die er gestern aus dem Tale gesehen. Dort zogen sie hinauf, dachte er, und schwang sich eilig auf sein Pferd. Bald hatte er nun auch den verschlungenen Pfad und das Felsentor entdeckt, das von der andern Seite nach der Höhe führte, und verfolgte unterdessen die Spur, um droben, wo möglich, nähere Auskunft über die Vorgänge der Nacht und die einzuschlagende Reiserichtung zu erhalten.

So ritt er wohlgemut in den wachsenden Morgen hinein, auf dem Berge vor ihm trat allmählich das alte Gemäuer immer deutlicher zwischen den Tannen hervor. Schon unterschied er eine halbverfallene Kirche, leere Fensterbogen und einzeln stehende Pfeiler, von Efeu üppig umrankt, Ziegen kletterten in der grünen Wildnis, alles von der Morgensonne wunderbar beleuchtet. Da erschien auf einmal ein hoher, schlanker Jäger auf der Wand, der Morgen funkelte glutrot darüber, es war, als stünd er ganz im Feuer. Auf seine Büchse gelehnt, schaute er von der andern Seite in die Täler hinab, er hörte ihn oben singen:

„Hier steh ich wie auf treuer Wacht,
Vergangen ist die dunkle Nacht,
Wie blitzt nun auf der Länder Pracht!
Du schöne Welt, nimm dich in acht!“

Jetzt wandt er sich herum – es war Lothario! Auch er hatte nun den Ankommenden bemerkt, sprang rasch herab, und die beiden Freunde lagen einander in den Armen. Der wilde Jäger sah bleich, gebräunt und dennoch schöner aus, als ehemals, Fortunat erschrak fast vor der wunderbaren Tiefe der dunklen Augen, in die er so lange nicht gesehen. – „Aber wie kommst du hier herauf?“ fragte er endlich aufs höchste überrascht. – „Ich spiele den letzten Akt“, erwiderte jener lächelnd, „Gräber, Hochzeit, Gottes grüne Zinnen und die aufgehende Sonne als Schlußdekoration.“ – Hier waren sie am Gipfel bei den Trümmern angelangt, er band Fortunats Pferd an einen Baum. „Laß unterdes hier alles stehen, und komm nur schnell mit mir.“ – „Du bist nicht allein hier oben“, meinte Fortunat,

„wen habt ihr heute nacht im Walde begraben?“ – „Den armen Otto.“ – „O Gott! du fröhliches Liederherz, so frisch wie eine Lerche singend aus der Luft zu fallen! mir ist’s, als hört ich’s noch im Ohre klingen.“ – „Wohl ihm“, entgegnete der Begleiter, „er hatte rasch gelebt und stand schon müd und schlaftrunken im tiefen Abendrote, dort ruht er aus.“

Sie traten durch ein halbverfallenes Bogentor auf einen freien, grünen Platz, es schien ein ehemaliger Klosterkirchhof zu sein. Ein neues Grab, soeben erst mit schönem Rasen belegt, schimmerte ihnen taufrisch entgegen. Ein Mönch kniete betend daneben zwischen wilden, bunten Blumen, und Vögel flatterten und sangen lustig in dem Grün, das aus allen Mauerritzen rankte, über die Gräber aber leuchtete auf einmal eine unermeßliche, prächtige Aussicht aus der rauschenden Tiefe herauf. – „Gott gebe jedem Dichter solch ein Grab!“ rief Fortunat freudig überrascht.

Bei dem Klange seiner Stimme aber hob sich’s plötzlich unter den Blumen, er stand wie im Traum – es war Fiametta. „Ist er da!“ rief sie emporfahrend aus, schüttelte die Locken aus dem Gesicht und sprang fröhlich zu ihm. Nun kam zu seinem Erstaunen auch Walter eilig zwischen den Steinen hervor mit einem Einsiedler und einem Fremden, der Fortunat mit den klugen, scharfen Augen freundlich betrachtete. „Wie haben wir dich gesucht“, rief Walter schon von weitem, „wer von uns hätte das gedacht!“ – Aber Fortunat konnte sich noch gar nichts denken, er blickte verwirrt in dem Kreise umher. Da glänzten unten die Täler in der schönen Sonntagsstille und die Morgenglocken klangen von fern herauf. – „Nun lobet alle Gott!“ sagte Lothario, faßte Fortunat und Fiametta bei der Hand und führte sie in die alte Kirche neben dem grünen Platze, die andern folgten schweigend. Der Mönch stand schon vor dem Altar, zu dem Lothario sie brachte. Die Morgensonne schien seltsam durch das hohe, gemalte Bogenfenster, die Pfeiler waren mit frischen Birken verziert, durch die offene Tür rauschten die Bäume herein. Jetzt bemerkte Fortunat erst, daß Fiametta festlich geschmückt war und ein Myrtenkränzchen im Haar hatte, er wußte nicht, wie ihm geschah. Und als nun der Mönch sich zu ihnen wandte und fragte: ob sie als getreue Eheleute einander lieben wollten bis in den Tod, sagte Fiametta errötend aus Herzensgrunde: „Ja“, und er legte segnend ihre Hände zusammen.

Sechsundzwanzigstes Kapitel

Jungen Eheleuten kommt am Hochzeitsmorgen die Welt wie verwandelt vor, als wäre über Nacht alles schöner und jünger geworden, denn die Erde putzt und spiegelt sich gern in fröhlichen Augen. Wieviel lustiger unserm Paare, gleich Zugvögeln über der prächtigsten Gegend, da war des grünen Waldlebens genug, schattige Gründe, fliegende Schimmer über das Land und, unabsehliche, selige Fernen! – Allmählich erst tauchte Fortunat alles aus dem Morgenglanze auf. Er erfuhr nun, daß der seltsame Lothario Graf Victor selber war und seit geraumer Zeit hier oben als Vitalis lebe, heiter und streng, ein Einsiedler ohne Kutte, ein Jäger, nach höherm Wild gestellt. – Jetzt gab sich auch jener Fremde als Baron Manfred kund, denselben Vetter, der damals Fiamettas Tante auf ihrem Schlosse besucht. Er hatte von ihrer Liebe und ihrem Heimweh gehört und für Fortunat um ihre Hand bei der Tante geworben. Als aber darauf die scheue Marchesin vor dem vermeintlich unbekannten Bräutigam so plötzlich die Flucht ergriffen, verfolgte er unausgesetzt ihre Spur bis Hohenstein, wo er unmittelbar nach Fortunats Abreise eintraf. Dort erfuhr Walter von ihm den ganzen Zusammenhang, sowie den gegenwärtigen Aufenthalt des Grafen Victor, und voll Freude waren sie nun alle noch denselben Morgen aufgebrochen, um Fortunat eiligst einzuholen. So hatte also Fortunat sein Liebchen vor sich selber entführt und ein jeder vor lauter Klugheit die möglichst größte Konfusion angerichtet, der liebe Gott aber unversehens alles wieder gescheiter gemacht.

Morgen wollten die Gäste wieder weiterziehen. Unerwartet waren sie hier auf einer jener Zinnen des Lebens zusammengekommen, die immer nur für wenige Raum hat – das fühlten sie wohl. Was hatten die Freunde nun alles einander zu erzählen in der kurzen Zeit. Lust und Leid, Vergangenes und Künftiges. So war ihnen der Tag in der schönen Einsamkeit schnell verflossen. Als es aber schon wieder abendkühl wurde, saßen sie alle zusammen vor der großen Aussicht unter den hohen Buchen, welche den Abhang an der Klosterruine beschatteten. Spuren von Kiesgängen, sorgfältig mit Buchsbaum umzäunt, Lauben und halbzerworfene Rasenbänke bezeichneten ringsumher den ehemaligen Klostergarten, nur einzeln zerstreute Blumen, wie verlorene Kinder, schimmerten noch aus der alten

Zeit durch das wuchernde Unkraut. Hier hatte der geschäftige Einsiedler einen Tisch gedeckt und Stühle gesetzt, er ließ es sich durchaus nicht nehmen, die Herrschaften aufs beste zu traktieren mit Wein, Obst, Honig und Nüssen, was er nur hatte. Für Fiametta aber hatte er einen Kranz von lustigen Waldnelken besorgt. Er blätterte emsig in seinem Brevier und schenkte ihr die schönsten Heiligenbilder daraus, dabei steckte er ihr immerfort das Beste von dem Naschwerke zu und hatte seine herzinnige Freude, wie sie so schön mit dem Kränzlein aussah und fröhlich plaudernd die Nüsse knackte. – Da hörten sie auf einmal in geringer Entfernung einige Saitenklänge. „Dacht ich's doch", fuhr der Einsiedler auf, „da hat er mir doch meine alte Zither in der Klause aufgestöbert!" – Im Gebüsch aber hörten sie singen:

„Wir zogen manchen Wald entlang,
Viel fröhliche Gesellen,
Und salutierten mit Gesang
Die Burgen und die Quellen.

Nun sang man den zu Grabe still,
Dem sie zur Hochzeit geigen,
Der andre in den Himmel will
Auf wilden Felsen steigen.

Von den einsamen Felsensteigen
Schau ich ins Land so weit,
Da dunkelt und rauscht's so eigen
Von der alten, schönen Zeit."

„Da kriegen wir alle was ab", sagte Fiametta. – „Nun, nun, wir wollen's ihm schon zurückzahlen", meinte der Einsiedler, „aber er singt eine schöne Note, es ist mir ganz wie in meiner Soldatenzeit, wenn ich so bei stiller Nacht mit der Zither im Biwak lag." – Es sang wieder:

„Was das für ein Gezwitscher ist!
Durchs Blau die Schwalben zucken
Und schrein: ‚Sie haben sich geküßt!'
Vom Baum Rotkehlchen gucken.

Der Storch stolziert von Bein zu Bein;
‚Da muß ich fischen gehen –'
Der Abend wie im Traum darein
Schaut von den stillen Höhen.

Und wie im Traum von den Höhen
Seh ich nachts meiner Liebsten Haus,
Die Wolken darüber gehen
Und löschen die Sterne aus."

Fiametta flüsterte wieder: „Ist ihm denn seine Liebste gestorben?" – „Ach, das ist eine dumme Geschichte mit seiner Amour", erwiderte der Einsiedler, „tut mir den Gefallen und bedauert ihn nicht lange, das will er nur, sonst macht er noch immer mehr Flausen davon." „Wer ist's denn?" fragte Fiametta. Aber der Spielmann sang von neuem:

„Im Schloß ihr wohl am Fenster steht
Und herzt euch nach Gefallen,
Der Herbst schon durch die Felder geht,
Da hört ihr's unten schallen.

‚Das klingt ja wie vom Felsenrand
Einst bei des Klausners Buchen,
Ich glaub, das ist der Musikant,
Der kommt zum Kindtaufskuchen.'

Und die Vögel ziehn über die Buchen,
Der Sommer der ist vorbei,
Ich aber muß wandern und suchen,
Wo der ewige Frühling sei."

Hier entstand plötzlich ein heftiges Geräusch, und ehe sie sich's versahen, kam der Sänger in hastiger Flucht durch Laub und Äste geradezu über die alte Gartenmauer dahergeflogen, daß die losen Steine hinter ihm dreinkollerten. Fiametta drängte sich scheu an Fortunat, dieser erkannte zu seinem Erstaunen in dem Flüchtling Dryander. Der Doktor aber blickte noch immer wild zurück, setzte seinen Hut, der vor Eile ganz schief saß, auf dem Kopfe zurecht und schimpfte, außer sich vor Zorn und Schreck, über die dumme Romantik: kaum beträte man das Revier eines Poeten, so schössen verstorbene Doppelgänger, gleich wahnsinnigen Pilzen, aus dem unvernünftigen Boden und säßen auf den Klippen umher und wackelten mit den Köpfen. – Da erkannte er auf einmal in Fiamettas Augen das hübsche Jägerbürschchen vom Donauschiff, und seine ganze Gedankenfolge bekam dadurch plötzlich einen anderen Zug. Fiametta errötete und fragte ihn lächelnd, ob er sich noch mit ihr schlagen wolle? Er aber besann sich nicht lange. „Oh", entgegnete er tapfer, „ich habe damals auf dem Schiffe alles recht gut gewußt, und wollte nur die Damen ein wenig schrekken." – „Ja, ja, das hat die Schiffsgesellschaft wohl gemerkt", sagte Fortunat, „denn sie haben deinen zurückgelassenen Hut über der Tür des Wirtshauses angenagelt zum ewigen Gedächtnis eines verwegenen Duellanten, der vor Zorn und Wut plötzlich die Verschwindsucht bekommen."

Unterdes hatte der Einsiedler das Gebüsch hinter der Mauer untersucht und kam nun mit großem Gelächter zurück. Gerade in dem wildverwachsenen Versteck, wo Dryander das Ständchen gebracht, befand sich der zertrümmerte Eingang zur Klostergruft; dort saß seit alter Zeit ein Totengerippe wie ein Wächter zwischen den Steinen, dem der Einsiedler, als er vorhin Tisch und Stühle abräumte, in der Eile des Doktors Schlafpelz umgehangen. Mitten im Gesange nun sich umwendend, hatte Dryander plötzlich sich selbst zu erblicken geglaubt und so mit größter Behendigkeit die Flucht ergriffen.

Jetzt erfuhr Fortunat auch, daß der Doktor schon seit längerer Zeit in einem angeblichen Bußanfall bei dem Einsiedler sich aufgehalten, der ihm sehr gut war und immer tausend Spaß und Händel hatte mit dem kuriosen Gesellen. Heut noch vor Tagesanbruch aber war Dryander gleichfalls voll Eifer ausgezogen, um Fortunat aufzusuchen, ohne in seiner Zerstreuung vorher erst die Braut zu betrachten. Unterwegs aber hatte er bald die ganze Geschichte wieder vergessen, und schlenderte wohlgemut nach dem nächsten Städtchen, wo er sich im Gasthause tüchtig restaurierte. Das gefiel ihm so wohl, daß er unverzüglich einen großen Einkauf an Wein, Braten und Kuchen machte und einen Burschen zum Tragen mietete, der soeben zu allgemeinem Ergötzen aus seinem Korbe den Markt hervorlangte und sich dann ermüdet neben sie ins Gras setzte.

Wer Dryander genau kannte, konnte bald bemerken, daß er sich wieder einmal in jener phantastischen Faselei befand, wo er sich und andere überredete, ganz besonders unglücklich zu sein. Victor sah ihn scharf an. „Nun beichte nur gleich", sagte er, „was ist wieder passiert?" – Der Doktor zögerte erst, dann begann er mit einer gewissen weichen Feierlichkeit: „Ihr wißt alle, daß meine liebe kleine Frau mich verlassen." – „Sie mußte wohl", fiel ihm Victor ins Wort, „du wolltest ihre gesunde, herbe, klare Prosa durchaus auf die poetische Lyra spannen, was Wunder, wenn endlich die Saite sprang!" – „Und einem Husarenlieutenant an den Schnurrbart flog", sagte der Doktor, ärgerlich über die Unterbrechung. „Kurz, ich wußte wohl ein Jahr lang nicht, wohin sie gekommen. Heute nun, als ich mit diesem guten Jungen da soeben zu den Bergen zurückkehren will, sehen wir ein rotes Ziegeldach durchs Grün schimmern. Wir treten näher, da steht ein Brunnen unter einem blühenden Apfelbaum, die Bienen summen drin in der schwülen Mittagstille, an dem Brunnen aber sitzt ein junges Weib, ihr Kindlein auf dem Arm – es war mein liebes Trudchen. ‚Gott grüß dich, schöne Frau', sag ich, und bitt um einen frischen Trunk. Da blickt sie erschrocken auf – sie kannte mich nicht mehr." – „Nein, Herr", fiel hier der Bursch mit dem Korbe ein, „sie erkannte Euch gleich und schrie: ‚Herrje, Fritz, komm geschwind, da ist mein alter Mann!'" – „Ganz recht", fuhr Dryander fort, „und da kommt ihr neuer Mann, der verabschiedete Husarenlieutenant, in hohen Schmierstiefeln und Hemdsärmeln, Heu und Häcksel in den Haaren, und fährt in der Eile in seinem alten Flauschrock mit der Faust zum Ellbogen heraus, ein Kernwirt, sonst ein guter Kerl. Wir gingen nun miteinander ins Haus, ich lobte alles nach Kräften." – „Ihr erzählt alles so konfus", sagte der Bursch wieder, „Ihr fragtet zuerst, was in der Stadt der Spieß Lerchen koste, die draußen so hübsch sängen?" – „Kann sein!" – „Nein, ich weiß noch alles ganz genau. ‚Und, einmal als Philosoph gesprochen', sagtet Ihr dann, ‚was braucht ein fühlendes Herz mehr: ein ländliches Schloß mit wackligen Mansarden, ein sanfter, unter dreijährigen Dünger gesetzter Hügel daneben, ein schlängelnder Bach aus dem Kuhstall nach der lachenden Wiese'" – „Halt das Maul", fuhr ihn Dryander an. „Ich stand in der Haustür, mit tiefer Wehmut überblickte ich noch einmal den Apfelbaum, das stille Gärtchen und Trudchens Gestalt – dann wandt ich mich –" Hier konnte der Bursche das Lachen nicht halten. – „Was hast du?" fragten die andern. – „Mit Erlaubnis", sagte er, „und als der Herr so von dem schlängelnden Bach sprach, erwischte ihn der Herr Lieutenant am Flügel und schmiß ihn zum Hause heraus, daß er mir bald in den Korb gefallen wäre." – „Nun, wenn Ihr's besser wißt, so ist mir's auch recht", entgegnete der Doktor, ergriff eine Flasche und wollte fort, kehrte aber wieder um, nahm noch eine zweite unter den Arm, und ging eilig in die Ruine. „Wahrhaftig", sagte Fortunat lachend, „da ist Lug und Einbildung, Wahrheit und Dichtung so durcheinandergefilzt und -gewickelt, daß er selber nicht mehr heraus kann! ich wette, er ist nun auf acht Tage in allem Ernst wieder in seine kleine Frau verliebt!"

Während dieser Gespräche war es völlig dunkel geworden. Für Fiametta hatte man unterdes zwischen den Trümmern eine Lagerstatt von duftendem Heu bereitet, und ihre müden Augen waren schon untergegangen, als der Mond über die stillen Wälder aufging. Der Einsiedler, über seinem Rosenkranze nickend, bewachte sie von fern, die andern saßen noch zusammen bis tief in die Nacht. – Dryander aber hatte mit großer Umständlichkeit Papier, Federn, Wein und gestopfte Pfeifen in eine Zelle zusammengeschleppt, wo man ihn öfters eifrig auf und nieder gehen sah. Er wollte die schöne Nacht benutzen, um ein großes Gedicht, mit dem er sich schon lange in Gedanken herumtrug, endlich recht mit Ruhe niederzuschreiben. Da hatte er aber lauter Störungen. Erst nickte ihn aus irgendeinem Mauerloch unaufhörlich ein melancholischer Schuhu an, gegen den er sich sehr erboste, weil er es für eine üble Vorbedeutung hielt. Dann erwachte eine Nachtigall und schmetterte gerade vor seinem Fenster. Er wollte sie mit dem Schnupftuch verjagen, darüber verlor er seine beste Feder hinterm Ohr, die Zugluft durchs offene Fenster fuhr in die beschriebenen Blätter, und als er um sich griff, schimpfte und haschte, löschte ihm gar der Wind das Licht aus. Da ballte er voller Zorn alle Papiere in seine Tasche zusammen, setzte den Hut auf den Kopf und nahm draußen, da alles schon schlief, mit wenigen Worten nur von dem Einsiedler Abschied, der, halb im Traum, nicht wußte, was geschah. Dann raffte er noch geschwind die Viktualien vom Tische in den Korb und rüttelte den Burschen auf. Der mußte ohne weiteres voraus, und so wanderte er mit langen Schritten den Wald hinab, um nie mehr auf diesen Berg zurückzukehren, wo ihm die ungeheure Tugendwirtschaft auf einmal unglaublich langweilig vorkam.

Wir aber lassen das Irrlicht wandern, und überschauen noch einmal das nächtliche Gebirge. Die Wälder und Abgründe liegen noch geheimnisvoll umher in der tiefen Stille, nur das ungewisse Flimmern der Sterne verkündet die Nähe des Morgens. Durch die weite Einsamkeit aber tönt ein Gesang, es ist Victors Stimme:

„Nächtlich macht der Herr die Rund,
Sucht die Seinen unverdrossen,
Aber überall verschlossen
Trifft er Tür und Herzensgrund,

Und er wendet sich voll Trauer:
‚Niemand ist, der mit mir wacht.' –
Nur der Wald vernimmt's mit Schauer,
Rauschet fromm die ganze Nacht.

Waldwärts durch die Einsamkeit
Hört ich über Tal und Klüften
Glocken in den stillen Lüften,
Wie aus fernem Morgen weit. –

An die Tore will ich schlagen,
An Palast und Hütten: Auf!
Flammend schon die Gipfel ragen,
Wachet auf, wacht auf, wacht auf!"

Da regt sich's nach und nach immer lauter und lauter vor dem verfallenen Kloster, gesattelte Pferde wiehern durch die Dämmerung, Walter treibt geschäftig zur Eile, um noch vor der Mittagshitze ins Tal zu kommen, Fiametta sitzt schon auf ihrem Zelter, und schüttelt sich und plaudert reiselustig in der Kühle. Jetzt tritt zu aller Erstaunen auch Victor mit dem Einsiedler ganz wanderfertig aus dem Kloster. „Glückauf!" ruft er ihnen fröhlich entgegen, indem er Fiamettas Pferd am Zügel faßt und den Zug beginnt, der wegekundige Einsiedler, eine Reisetasche umgehängt und einen dicken Wanderstab in der Hand, schreitet im Zwielicht rüstig voran.

„Nun, das ist einmal ein Wort!" rief Fortunat freudig aus, während sie so langsam den Wald hinabzogen, „du wanderst also mit?" – „Was hast du vor?" fragte Manfred fast betroffen.

– „Beschlossen war es längst“, sagte Victor, „und heute leuchten schöne, gute Sterne. Ihr wißt's noch nicht: ich bin auch Bräutigam.“ – Hier öffnete er den Reiserock, unter dem die Kleidung eines katholischen Priesters sichtbar wurde. – „Mein Lieb ist streng und ernst“, fuhr er lächelnd fort, „drum wollt ich hier oben mich erst zusammenraffen und innerlich besinnen. Glaubt mir, ein herrlich Ding ist's um die Einsamkeit auf hohen Bergen; das Buch des Lebens versteht doch nur, wer um Gottes Willen lernt und nicht um der Welt Gunst.“ – Manfred sah ihn lange schweigend an. „Nun wahrlich“, sagte er dann, „wenn ich dich auf dem Schlachtfelde wiedergefunden hätte, hoch zu Roß mit der Fahne voran!“ – „Du sprichst ja wie ein Mädchen davon“, entgegnete Victor, „wie wenn es keinen Krieg gäbe, als den die schmucken Lieutenants führen.“ – „Und dein großes, poetisches Talent“, unterbrach ihn Manfred wieder, „du wirfst es fort, wie ein Verschwender?“ – „Was wär denn Poesie“, meinte Victor unwillig, „wenn sie in feinem Goldschnitt auf einer Morgentoilette durchzublättern wäre? Talent! das ist nur ein Blitz, den der Herr fortschleudert in die Nacht, um zu leuchten, und der sich selbst verzehrt, indem er zündet. Nein, Freunde, genug endlich ist des weiblichen Sehnens, wer gibt uns das Recht zu klagen, wenn niemand helfen mag! Nicht morsche Mönche, Quäker und alte Weiber; die Morgenfrischen, Kühnen will ich werben, die recht aus Herzensgrund nach Krieg verlangt. Auch nicht übers Meer hinüber blick ich, wo unschuldige Völker unter Palmen vom künftigen Morgenrot träumen, mitten auf den alten, schwülen, staubigen Markt von Europa will ich hinuntersteigen, die selbstgemachten Götzen, um die das Volk der Renegaten tanzt, gelüstet's mich umzustürzen und Luft zu hauen durch den dicken Qualm, daß sie schauernd das treue Auge Gottes wiedersehen im tiefen Himmelsgrund.“ – Manfred konnte sich lange nicht erholen. „Ist mir's doch“, sagte er endlich, „wie von einem hohen Berg ins Meer zu sehen, wo mir dein Schiff in der Morgenglut verschwindet. Der Anblick schreckt und blendet mich, ich muß den festen Boden fühlen unter mir, ein nahes Ziel von Tag zu Tag im Auge haben.“ – „Geht, geht“, fiel Fortunat hier ein, „über euren Reden verlier ich mich selber ganz. Du Victor zumal, verwirrst mir schon seit gestern, wie ein nächtliches Wetterleuchten, der Seele Grund: tiefe Klüfte mit kühnen Stegen darüber und manche alte, geliebte Gegend fernab, aber alles so fremd und wunderbar wie in Träumen. Zuletzt ist's doch dasselbe, was ich eigentlich auch meine in der Welt, ich habe nur kein anderes Metier dafür, als meine Dichtkunst, und bei der will ich leben und sterben!"

Jetzt standen sie auf einem Abhang, von dem verschiedene Pfade auseinandergingen. Hier hielt Victor plötzlich an, sein Weg führte ihn noch weiter über den Gebirgskamm nach der Stadt, wo die neuen Gefährten seiner harrten. Er schien tief bewegt. – „Wie's da unten nebelhaft sich durcheinanderschlingt" – sagte er, in die Täler schauend – „man hört schon Stimmen da und dort verworren aus dem Grund, Kommandoruf und Trompetenklänge durch die stille Luft und Morgenglocken dazwischen und den Gesang verirrter Wanderer. Und wo die Nebel auf einen Augenblick sich teilen, sieht man Engel ernst mit blanken Schwertern auf den Bergen stehen, und unten weite Geschwader still kampfbereit aufblitzend, und der Teufel in funkelndem Ritterschmuck reitet die Reihen entlang und zeigt den Völkern durch den Wolkenriß die Herrlichkeit der Länder und ruft ihnen zu: ‚Seid frei, und alles ist euer!' – O Freunde, das ist eine Zeit! glückselig wer drin geboren ward, sie auszufechten!" – Hier reichte er ihnen noch einmal die Hand und wandte sich schnell zum Walde.

„Ade, du geistliches Soldatenherz!" rief Fortunat erschüttert aus. Sie sahen ihm alle noch lange schweigend nach, dann schieden auch sie voneinander. Manfred wollte dem Ruf zu einem bedeutenden Staatsdienste folgen, da hoffte er, wenn auch auf anderer Bahn, auf den frischen Gipfeln des Lebens mit Victor wieder zusammenzutreffen. Walter aber begleitete das junge Ehepaar zunächst noch nach Hohenstein; ihm war's, als sei seit seiner Jugendzeit die Welt zu groß und weit geworden für ihn, er sehnte sich recht aus Herzensgrunde nach seinem stillen, schattigen Gärtchen zurück. – Und so sehen wir denn die rüstigen Gesellen auf verschiedenen Wegen das Gebirge langsam hinabreiten, und eine tiefe Wehmut befällt uns unter den leise rauschenden Bäumen, da nun alle die lieben, langgewohnten Stimmen nach und nach verhallen, wie wenn wir im Herbst die bunten Wandervögel über uns fortziehen hören.

Fiametta aber ritt voll stiller Freude und Erwartung neben Fortunat in den dämmernden Morgen hinein, denn er hatte ihr nun entdeckt, daß er ihren Palast in Rom angekauft habe, dort wollten sie wieder hin. – Vor ihnen glänzte schon manchmal die Landstraße unermeßlich herauf, alle Ströme zogen da hinaus, Wolken und Vögel schwangen sich durchs heitere Blau ihnen nach, und die Wälder neigten sich im Morgenwind nach der prächtigen Ferne. – „Weißt du noch dein Märchen im Baum?“ sagte Fiametta lachend, „nun bin ich wirklich Aurora.“ –

Und als Victor sich noch einmal auf der Höhe zurückwandte, waren schon alle im Morgenrot verschwunden. Durch eine Waldschlucht nur sah er unten einen schwerbepackten Rüstwagen und ein Häuflein Wanderer zu Fuß und zu Roß am Walde vorüberziehen, er erkannte seine alten Komödianten, Dryander schritt mit der Geige wieder voran. – So stand er noch lange in Gedanken oben – da ging die Sonne prächtig auf, die Morgenglocken klangen über die stille Gegend, und der Einsiedler sang:

„Wir ziehen treulich auf die Wacht,
Wie bald kommt nicht die ew'ge Nacht
Und löschet aus der Länder Pracht,
Du schöne Welt, nimm dich in acht!“

ERZÄHLUNGEN

DIE ZAUBEREI IM HERBSTE

Ein Märchen

Ritter Ubaldo war an einem heiteren Herbstabend auf der Jagd weit von den Seinigen abgekommen und ritt eben zwischen einsamen Waldbergen hin, als er von dem einen derselben einen Mann in seltsamer, bunter Kleidung herabsteigen sah. Der Fremde bemerkte ihn nicht, bis er dicht vor ihm stand. Ubaldo sah nun mit Verwunderung, daß derselbe einen sehr zierlichen und prächtig geschmückten Wams trug, der aber durch die Zeit altmodisch und unscheinlich geworden war. Sein Gesicht war schön, aber bleich und wild mit Bart verwachsen.

Beide begrüßten einander erstaunt, und Ubaldo erzählte, daß er so unglücklich gewesen, sich hier zu verirren. Die Sonne war schon hinter den Bergen versunken, dieser Ort weit entfernt von allen Wohnungen der Menschen. Der Unbekannte trug daher dem Ritter an, heute bei ihm zu übernachten; morgen mit dem frühesten wolle er ihm den einzigen Pfad weisen, der aus diesen Bergen herausführe. Ubaldo willigte gern ein und folgte nun seinem Führer durch die öden Waldesschluften.

Sie kamen bald an einen hohen Fels, in dessen Fuß eine geräumige Höhle ausgehauen war. Ein großer Stein lag in der Mitte derselben, auf dem Stein stand ein hölzernes Kruzifix. Ein Lager von trockenem Laube füllte den Hintergrund der Klause. Ubaldo band sein Pferd am Eingange an, während sein Wirt stillschweigend Wein und Brot brachte. Sie setzten sich miteinander hin, und der Ritter, dem die Kleidung des Unbekannten für einen Einsiedler wenig passend schien, konnte sich nicht enthalten, ihn um seine früheren Schicksale zu befragen. – „Forsche nur nicht, wer ich bin“, antwortete der Klausner streng, und sein Gesicht wurde dabei finster und unfreundlich.– Dagegen bemerkte Ubaldo, daß derselbe hoch aufhorchte und dann in ein tiefes Nachsinnen versank, als er selber nun anfing, mancher Fahrten und rühmlicher Taten zu erwähnen, die er in seiner Jugend bestanden. Ermüdet endlich streckte sich Ubaldo auf das ihm angebotene Laub hin und schlummerte bald ein, während sein Wirt sich am Eingang der Höhle niedersetzte.

Mitten in der Nacht fuhr der Ritter, von unruhigen Träumen geschreckt, auf. Er richtete sich mit halbem Leibe empor. Draußen beschien der Mond sehr hell den stillen Kreis der Berge. Auf dem Platz vor der Höhle sah er seinen Wirt unruhig unter den hohen, schwankenden Bäumen auf und ab wandeln. Er sang dabei mit hohler Stimme ein Lied, wovon Ubaldo nur abgebrochen ungefähr folgende Worte vernehmen konnte:

„Aus der Kluft treibt mich das Bangen,
Alte Klänge nach mir langen –
Süße Sünde, laß mich los!
Oder wirf mich ganz darnieder,
Vor dem Zauber dieser Lieder
Bergend in der Erde Schoß!

Gott! Inbrünstig möcht ich beten,
Doch der Erde Bilder treten
Immer zwischen dich und mich,
Und ringsum der Wälder Sausen
Füllt die Seele mir mit Grausen,
Strenger Gott! ich fürchte dich.

Ach! So brich auch meine Ketten!
Alle Menschen zu erretten,
Gingst du ja in bittern Tod.
Irrend an der Hölle Toren,
Ach, wie bald bin ich verloren!
Jesus, hilf in meiner Not!"

Der Sänger schwieg wieder, setzte sich auf einen Stein und schien einige unvernehmliche Gebete herzumurmeln, die aber vielmehr wie verwirrte Zauberformeln klangen. Das Rauschen der Bäche von den nahen Bergen und das leise Sausen der Tannen sang seltsam mit darein, und Ubaldo sank, vom Schlafe überwältigt, wieder auf sein Lager zurück.

Kaum blitzten die ersten Morgenstrahlen durch die Wipfel, als auch der Einsiedler schon vor dem Ritter stand, um ihm den Weg aus den Schluften zu weisen. Wohlgemutet schwang sich Ubaldo auf sein Pferd, und sein sonderbarer Führer schritt schweigend neben ihm her. Sie hatten bald den Gipfel des letzten Berges erreicht, da lag plötzlich die blitzende Tiefe mit Strömen, Städten und Schlössern im schönsten Morgenglanze zu ihren Füßen. Der Einsiedler schien selber überrascht. „Ach, wie schön ist die Welt!“ rief er bestürzt aus, bedeckte sein Gesicht mit beiden Händen und eilte so in die Wälder zurück. – Kopfschüttelnd schlug Ubaldo nun den wohlbekannten Weg nach seinem Schlosse ein.

Die Neugierde trieb ihn indessen gar bald von neuem nach der Einöde, und er fand mit einiger Mühe die Höhle wieder, wo ihn der Klausner diesmal weniger finster und verschlossen empfing.

Daß derselbe schwere Sünden redlich abbüßen wolle, hatte Ubaldo wohl schon aus jenem nächtlichen Gesange entnommen, aber es kam ihm vor, als ob dieses Gemüt fruchtlos mit dem Feinde ringe, denn in seinem Wandel war nichts von der heiteren Zuversicht einer wahrhaft gottergebenen Seele, und gar oft, wenn sie im Gespräch beeinander saßen, brach eine schwer unterdrückte irdische Sehnsucht mit einer fast furchtbaren Gewalt aus den irre flammenden Augen des Mannes, wobei alle seine Mienen sonderbar zu verwildern und sich gänzlich zu verwandeln schienen.

Dies bewog den frommen Ritter, seine Besuche öfter zu wiederholen, um den Schwindelnden mit der ganzen vollen Kraft eines ungetrübten, schuldlosen Gemüts zu umfassen und zu erhalten. Seinen Namen und früheren Wandel verschwieg der Einsiedler indes fortdauernd, es schien ihm vor der Vergangenheit zu schaudern. Doch wurde er mit jedem Besuche sichtbar ruhiger und zutraulicher. Ja, es gelang dem guten Ritter endlich sogar, ihn einmal zu bewegen, ihm nach seinem Schlosse zu folgen.

Es war schon Abend geworden, als sie auf der Burg anlangten. Der Ritter ließ daher ein wärmendes Kaminfeuer anlegen und brachte von dem besten Wein, den er hatte. Der Einsiedler schien sich hier zum ersten Male ziemlich behaglich zu fühlen. Er betrachtete sehr aufmerksam ein Schwert und andere Waffenstücke, die im Widerscheine des Kaminfeuers funkelnd dort an der Wand hingen, und sah dann wieder den Ritter lange schweigend an. „Ihr seid glücklich“, sagte er, „und ich betrachte Eure feste, freudige, männliche Gestalt mit wahrer Scheu und Ehrfurcht, wie Ihr Euch, unbekümmert durch Leid und Freud, bewegt und das Leben ruhig regieret, während Ihr Euch demselben ganz hinzugeben scheint, gleich einem Schiffer, der bestimmt weiß, wo er hinsteuern soll, und sich von dem wunderbaren Liede der Sirenen unterwegens nicht irremachen läßt. Ich bin mir in Eurer Nähe schon oft vorgekommen wie ein feiger Tor oder wie ein Wahnsinniger. – Es gibt vom Leben Berauschte – ach, wie schrecklich ist es, dann auf einmal wieder nüchtern zu werden!"

Der Ritter, welcher diese ungewöhnliche Bewegung seines Gastes nicht unbenutzt vorbeigehen lassen wollte, drang mit gutmütigem Eifer in denselben, ihm nun endlich einmal seine Lebensgeschichte zu vertrauen. Der Klausner wurde nachdenkend. „Wenn Ihr mir versprecht", sagte er endlich, „ewig zu verschweigen, was ich Euch erzähle, und mir erlaubt, alle Namen wegzulassen, so will ich es tun." Der Ritter reichte ihm die Hand und versprach ihm freudig, was er forderte, rief seine Hausfrau, deren Verschwiegenheit er verbürgte, herein, um auch sie an der von beiden lange ersehnten Erzählung teilnehmen zu lassen.

Sie erschien, ein Kind auf dem Arme, das andere an der Hand führend. Es war eine hohe, schöne Gestalt in verblühender Jugend, still und mild wie die untergehende Sonne, noch einmal in den lieblichen Kindern die eigene versinkende Schönheit abspiegelnd. Der Fremde wurde bei ihrem Anblick ganz verwirrt. Er riß das Fenster auf und schaute einige Augenblicke über den nächtlichen Waldgrund hinaus, um sich zu sammeln. Ruhiger trat er darauf wieder zu ihnen, sie rückten alle dichter um den lodernden Kamin, und er begann folgendermaßen:

„Die Herbstsonne stieg lieblich wärmend über die farbigen Nebel, welche die Täler um mein Schloß bedeckten. Die Musik schwieg, das Fest war zu Ende und die lustigen Gäste zogen nach allen Seiten davon. Es war ein Abschiedsfest, das ich meinem liebsten Jugendgesellen gab, welcher heute mit seinem Häuflein dem heiligen Kreuze zuzog, um dem großen christlichen Heere das Gelobte Land erobern zu helfen. Seit unserer frühesten Jugend war dieser Zug der einzige Gegenstand unserer beiderseitigen Wünsche, Hoffnungen und Pläne, und ich versenke mich noch jetzt oft mit einer unbeschreiblichen Wehmut in jene stille, morgenschöne Zeit, wo wir unter den hohen Linden auf dem Felsenabhange meines Burgplatzes zusammensaßen und in Gedanken den segelnden Wolken nach jenem gebenedeiten Wunderlande folgten, wo Gottfried und die anderen Helden in lichtem Glanze des Ruhmes lebten und stritten. – Aber wie bald verwandelte sich alles in mir!

Ein Fräulein, die Blume aller Schönheit, die ich nur einigemal gesehen und zu welcher ich, ohne daß sie davon wußte, gleich von Anfang eine unbezwingliche Liebe gefaßt hatte, hielt mich in dem stillen Zwinger dieser Berge gebannt. Jetzt, da ich stark genug war, mitzukämpfen, konnte ich nicht scheiden und ließ meinen Freund allein ziehen.

Auch sie war bei dem Feste zugegen, und ich schwelgte vor übergroßer Seligkeit in dem Widerglanze ihrer Schönheit. Nur erst, als sie des Morgens fortziehen wollte und ich ihr auf das Pferd half, wagte ich, es ihr zu entdecken, daß ich nur ihretwillen den Zug unterlassen. Sie sagte nichts darauf, aber blickte mich groß und, wie es schien, erschrocken an und ritt dann schnell davon."

Bei diesen Worten sahen der Ritter und seine Frau einander mit sichtbarem Erstaunen an. Der Fremde bemerkte es aber nicht und fuhr weiter fort:

„Alles war nun fortgezogen. Die Sonne schien durch die hohen Bogenfenster in die leeren Gemächer, wo jetzt nur noch meine einsamen Fußtritte widerhallten. Ich lehnte mich lange zum Erker hinaus, aus den stillen Wäldern unten schallte der Schlag einzelner Holzhauer herauf. Eine unbeschreiblich sehnsüchtige Bewegung bemächtigte sich in dieser Einsamkeit meiner. Ich konnte es nicht länger aushalten, ich schwang mich auf mein Roß und ritt auf die Jagd, um dem gepreßten Herzen Luft zu machen.

Lange war ich umhergeirrt und befand mich endlich zu meiner Verwunderung in einer mir bis jetzt noch ganz unbekannt gebliebenen Gegend des Gebirges. Ich ritt gedankenvoll, meinen Falken auf der Hand, über eine wunderschöne Heide, über welche die Strahlen der untergehenden Sonne schrägblitzend hinfuhren, die herbstlichen Gespinste flogen wie Schleier durch die heiter blaue Luft, hoch über die Berge weg wehten die Abschiedslieder der fortziehenden Vögel.

Da hörte ich plötzlich mehrere Waldhörner, die in einiger Entfernung von den Bergen einander Antwort zu geben schienen. Einige Stimmen begleiteten sie mit Gesang. Nie noch vorher hatte mich Musik mit solcher wunderbaren Sehnsucht erfüllt als diese Töne, und noch heute sind mir mehrere Strophen des Gesanges erinnerlich, wie sie der Wind zwischen den Klängen herüberwehte:

‚Über gelb' und rote Streifen
Ziehen hoch die Vögel fort.
Trostlos die Gedanken schweifen,
Ach! sie finden keinen Port,
Und der Hörner dunkle Klagen
Einsam nur ans Herz dir schlagen.

Siehst du blauer Berge Runde
Ferne überm Walde stehn,
Bäche in dem stillen Grunde
Rauschend nach der Ferne gehn?
Wolken, Bäche, Vögel munter,
Alles ziehet mit hinunter.

Golden meine Locken wallen,
Süß mein junger Leib noch blüht –
Bald ist Schönheit auch verfallen,
Wie des Sommers Glanz verglüht,
Jugend muß die Blüten neigen,
Rings die Hörner alle schweigen.

Schlanke Arme zu umarmen,
Roten Mund zum süßen Kuß,
Weiße Brust, dran zu erwarmen,
Reichen, vollen Liebesgruß
Bietet dir der Hörner Schallen,
Süßer! komm, eh sie verhallen!'

Ich war wie verwirrt bei diesen Tönen, die das ganze Herz durchdrangen. Mein Falke, sobald sich die ersten Klänge erhoben, wurde scheu, schwang sich wildkreischend auf, hoch in den Lüften verschwindend, und kam nicht wieder. Ich aber konnte nicht widerstehen und folgte dem verlockenden Waldhornsliede immerfort, das sinnenverwirrend bald wie aus der Ferne klang, bald wieder mit dem Winde näher schwellte.

So kam ich endlich aus dem Walde heraus und erblickte ein blankes Schloß, das auf einem Berge vor mir lag. Rings um das

Schloß, vom Gipfel bis zum Walde hinab, lachte ein wunderschöner Garten in den buntesten Farben, der das Schloß wie ein Zauberring umgab. Alle Bäume und Sträucher in demselben, vom Herbste viel kräftiger gefärbt als anderswo, waren purpurrot, goldgelb und feuerfarb; hohe Astern, diese letzten Gestirne des versinkenden Sommers, brannten dort im mannigfaltigsten Schimmer. Die untergehende Sonne warf gerade ihre Strahlen auf die liebliche Anhöhe, auf die Springbrunnen und die Fenster des Schlosses, die blendend blitzten.

Ich bemerkte nun, daß die Waldhornklänge, die ich vorhin gehört, aus diesem Garten kamen, und mitten in dem Glanze unter wilden Weinlaubranken sah ich, innerlichst erschrocken – das Fräulein, das alle meine Gedanken meinten, zwischen den Klängen, selber singend, herumwandeln. Sie schwieg, als sie mich erblickte, aber die Hörner klangen fort. Schöne Knaben in seidenen Kleidern eilten herab und nahmen mir das Pferd ab.

Ich flog durch das zierlich übergoldete Gittertor auf die Terrasse des Gartens, wo meine Geliebte stand, und sank, von soviel Schönheit überwältigt, zu ihren Füßen nieder. Sie trug ein dunkelrotes Gewand, lange Schleier, durchsichtig wie die Sommerfäden des Herbstes, umflatterten die goldgelben Locken, von einer prächtigen Aster aus funkelnden Edelsteinen über der Stirn zusammengehalten.

Liebreich hob sie mich auf und mit einer rührenden, wie vor Liebe und Schmerz gebrochenen Stimme sagte sie: ‚Schöner, unglücklicher Jüngling, wie lieb ich dich! Schon lange liebt ich dich, und wenn der Herbst seine geheimnisvolle Feier beginnt, erwacht mit jedem Jahre mein Verlangen mit neuer, unwiderstehlicher Gewalt. Unglücklicher! Wie bist du in den Kreis meiner Klänge gekommen? Laß mich und fliehe!‘

Mich schauderte bei diesen Worten und ich beschwor sie, weiterzureden und sich näher zu erklären. Aber sie antwortete nicht, und wir gingen stillschweigend nebeneinander durch den Garten.

Es war indes dunkel geworden. Da verbreitete sich eine ernste Hoheit über ihre ganze Gestalt.

‚So wisse denn‘, sagte sie, ‚dein Jugendfreund, der heute von dir geschieden ist, ist ein Verräter. Ich bin gezwungen seine verlobte Braut. Aus wilder Eifersucht verhehlte er dir seine Liebe. Er ist nicht nach Palästina, sondern kommt morgen, um mich abzuholen und in einem abgelegenen Schlosse vor allen menschlichen Augen auf ewig zu verbergen. – Ich muß nun scheiden. Wir sehen uns nie wieder, wenn er nicht stirbt.‘

Bei diesen Worten drückte sie einen Kuß auf meine Lippen und verschwand in den dunklen Gängen. Ein Stein aus ihrer Aster funkelte im Weggehen kühlblitzend über meinen beiden Augen, ihr Kuß flammte mit fast schauerlicher Wollust durch alle meine Adern.

Ich überdachte nun mit Entsetzen die fürchterlichen Worte, die sie beim Abschiede wie Gift in mein gesundes Blut geworfen hatte und irrte lange nachsinnend in den einsamen Gängen umher. Ermüdet warf ich mich endlich auf die steinernen Staffeln vor dem Schloßtore, die Waldhörner hallten noch fort, und ich schlummerte unter seltsamen Gedanken ein.

Als ich die Augen aufschlug, war es heller Morgen. Alle Türen und Fenster des Schlosses waren fest verschlossen, der Garten und die ganze Gegend still. In dieser Einsamkeit erwachte das Bild der Geliebten und die ganze Zauberei des gestrigen Abends mit neuen morgenschönen Farben in meinem Herzen, und ich fühlte die volle Seligkeit, wiedergeliebt zu werden. Manchmal wohl, wenn mir jene furchtbaren Worte wieder einfielen, wandelte mich ein Trieb an, weit von hier zu fliehen; aber der Kuß brannte noch auf meinen Lippen, und ich konnte nicht fort.

Es wehte eine warme, fast schwüle Luft, als wollte der Sommer noch einmal wiederkehren. Ich schweifte daher träumend in den nahen Wald hinaus, um mich mit der Jagd zu zerstreuen. Da erblickt ich in dem Wipfel eines Baumes einen Vogel von so wunderschönem Gefieder, wie ich noch nie vorher gesehen. Als ich den Bogen spannte, um ihn zu schießen, flog er schnell auf einen anderen Baum. Ich folgte ihm begierig, aber der schöne Vogel flatterte immerfort von Wipfel zu Wipfel vor mir her, wobei seine hellgoldenen Schwingen reizend im Sonnenschein glänzten.

So war ich in ein enges Tal gekommen, das rings von hohen Felsen eingeschlossen war. Kein rauhes Lüftchen wehte hier herein, alles war hier noch grün und blühend wie im Sommer. Ein Gesang schwoll wunderlieblich aus der Mitte dieses Tales. Erstaunt bog ich die Zweige des dichten Gesträuches, an dem ich stand, auseinander – und meine Augen senkten sich trunken und geblendet vor dem Zauber, der sich mir da eröffnete.

Ein stiller Weiher lag im Kreise der hohen Felsen, an denen Efeu und seltsame Schilfblumen üppig emporrankten. Viele Mädchen tauchten ihre schönen Glieder singend in der lauen Flut auf und nieder. Über allen erhoben stand das Fräulein prächtig und ohne Hülle und schaute, während die anderen sangen, schweigend in die wollüstig um ihre Knöchel spielenden Wellen wie verzaubert und versunken in das Bild der eigenen Schönheit, das der trunkene Wasserspiegel widerstrahlte. – Eingewurzelt stand ich lange in flammendem Schauer, da bewegte sich die schöne Schar ans Land, und ich eilte schnell davon, um nicht entdeckt zu werden.

Ich stürzte mich in den dicksten Wald, um die Flammen zu kühlen, die mein Inneres durchtobten. Aber je weiter ich floh, desto lebendiger gaukelten jene Bilder vor meinen Augen, desto verzehrender langte der Schimmer jener jugendlichen Glieder mir nach.

So traf mich die einbrechende Nacht noch im Walde. Der ganze Himmel hatte sich unterdes verwandelt und war dunkel geworden, ein wilder Sturm ging über die Berge. ‚Wir sehen uns nie wieder, wenn er nicht stirbt!' rief ich immerfort in mich selbst hinein und rannte, als würde ich von Gespenstern gejagt.

Es kam mir dabei manchmal vor, als vernähme ich seitwärts Getös von Rosseshufen im Walde, aber ich scheute jedes menschliche Angesicht und floh vor dem Geräusch, sooft es näher zu kommen schien. Das Schloß meiner Geliebten sah ich oft, wenn ich auf eine Höhe kam, in der Ferne stehen; die Waldhörner sangen wieder wie gestern abend, der Glanz der Kerzen drang wie ein milder Mondenschein durch alle Fenster und beleuchtete ringsumher magisch den Kreis der nächsten Bäume und Blumen, während draußen die ganze Gegend in Sturm und Finsternis wild durcheinanderrang.

Meiner Sinne kaum mehr mächtig, bestieg ich endlich einen hohen Felsen, an dem unten ein brausender Waldstrom vorüberstürzte. Als ich auf der Spitze ankam, erblickte ich dort eine dunkle Gestalt, die auf einem Steine saß, still und unbeweglich, als wäre sie selber von Stein. Die Wolken jagten soeben zerrissen über den Himmel. Der Mond trat blutrot auf einen Augenblick hervor – und ich erkannte meinen Freund, den Bräutigam meiner Geliebten.

Er richtete sich, sobald er mich erblickte, schnell und hoch auf, daß ich innerlichst zusammenschauderte, und griff nach seinem Schwerte. Wütend fiel ich ihn an und umfaßte ihn mit beiden Armen. So rangen wir einige Zeit miteinander, bis ich ihn zuletzt über die Felsenwand in den Abgrund hinabschleuderte.

Da wurde es auf einmal still in der Tiefe und ringsumher, nur der Strom unten rauschte stärker, als wäre mein ganzes voriges Leben unter diesen wirbelnden Wogen begraben und alles auf ewig vorbei.

Eilig stürzte ich nun fort von diesem grausigen Orte. Da kam es mir vor, als hörte ich ein lautes, widriges Lachen wie aus dem Wipfel der Bäume hinter mir dreinschallen; zugleich glaubte ich in der Verwirrung meiner Sinne den Vogel, den ich vorhin verfolgte, in den Zweigen über mir wiederzusehen. – So gejagt, geängstigt und halb sinnlos rannte ich durch die Wildnis über die Gartenmauer hinweg zu dem Schlosse des Fräuleins. Mit allen Kräften riß ich dort an den Angeln des verschlossenen Tores. ‚Mach auf', schrie ich außer mir, ‚mach auf, ich habe meinen Herzensbruder erschlagen! Du bist nun mein auf Erden und in der Hölle!'

Da taten sich die Torflügel schnell auf, und das Fräulein, schöner als ich sie jemals gesehen, sank ganz hingegeben in flammenden Küssen an meine von Stürmen durchwühlte, zerrissene Brust.

Laßt mich nun schweigen von der Pracht der Gemächer, dem Dufte ausländischer Blumen und Bäume, zwischen denen schöne Frauen singend hervorsahen, von den Wogen von Licht und Musik, von der wilden, namenlosen Lust, die ich in den Armen des Fräuleins –"

Hier fuhr der Fremde plötzlich auf. Denn draußen hörte man einen seltsamen Gesang an den Fenstern der Burg vorüberfliegen. Es waren nur einzelne Sätze, die zuweilen wie eine menschliche Stimme, dann wieder wie die höchsten Töne einer Klarinette klangen, wenn sie der Wind über ferne Berge herüberweht, das ganze Herz ergreifend und schnell dahinfahrend. – „Beruhigt Euch", sagte der Ritter, „wir sind das lange gewohnt. Zauberei soll in den nahen Wäldern wohnen, und oft zur Herbstzeit streifen solche Töne in der Nacht bis an unser Schloß. Es vergeht ebenso schnell als es kommt, und wir bekümmern uns weiter nicht darum." – Eine große Bewegung schien jedoch in der Brust des Ritters zu arbeiten, die er nur mit Mühe unterdrückte. – Die Töne draußen waren schon wieder verklungen. Der Fremde saß, wie im Geiste abwesend, in tiefes Nachsinnen verloren. Nach einer langen Pause erst sammelte er sich wieder und fuhr, obgleich nicht mehr so ruhig wie vorher, in seiner Erzählung weiter fort:

„Ich bemerkte, daß das Fräulein mitten im Glanze manchmal von einer unwillkürlichen Wehmut befallen wurde, wenn sie aus dem Schlosse sah, wie nun endlich auch der Herbst von allen Fluren Abschied nehmen wollte. Aber ein gesunder, fester Schlaf machte durch eine Nacht alles wieder gut, und ihr wunderschönes Antlitz, der Garten und die ganze Gegend ringsumher blickte mich am Morgen immer wieder erquickt, frischer und wie neugeboren an.

Nur einmal, da ich eben mit ihr am Fenster stand, war sie stiller und trauriger als jemals. Draußen im Garten spielte der Wintersturm mit den herabfallenden Blättern. Ich merkte, daß sie oft heimlich schauderte, als sie in die ganz verbleichte Gegend hinausschaute. Alle ihre Frauen hatten uns verlassen, die Lieder der Waldhörner klangen heute nur aus weiter Ferne, bis sie endlich gar verhallten. Die Augen meiner Geliebten hatten allen ihren Glanz verloren und schienen wie verlöschend. Jenseits der Berge ging eben die Sonne unter und erfüllte den Garten und die Täler ringsum mit ihrem verbleichenden Glanze. Da umschlang das Fräulein mich mit beiden Armen und begann ein seltsames Lied zu singen, das ich vorher noch nie von ihr gehört und das mit unendlich wehmütigem Akkorde das ganze Haus durchdrang. Ich lauschte entzückt, es war, als zögen mich diese Töne mit dem versinkenden Abendrot langsam hinab, die Augen fielen mir wider Willen zu, und ich schlummerte in Träumen ein.

Als ich erwachte, war es Nacht geworden und alles still im Schlosse. Der Mond schien sehr hell. Meine Geliebte lag auf seidenem Lager schlafend neben mir hingestreckt. Ich betrachtete sie mit Erstaunen, denn sie war bleich wie eine Leiche, ihre Locken hingen verwirrt und wie vom Winde zerzaust um Angesicht und Busen herum. Alles andere lag und stand noch unberührt umher, wie es bei meinem Entschlummern gelegen, es war mir, als wäre das schon sehr lange her. – Ich trat an das offene Fenster. Die Gegend draußen schien mir verwandelt und ganz anders, als ich sie sonst gesehen. Die Bäume sausten wunderlich. Da sah ich unten an der Mauer des

Schlosses zwei Männer stehen, die dunkel murmelnd und sich besprechend, sich immerfort gleichförmig beugend und neigend gegeneinander hin und her bewegten, als ob sie ein Gespinste weben wollten. Ich konnte nichts verstehen, nur hörte ich sie öfters meinen Namen nennen. – Ich blickte noch einmal zurück nach der Gestalt des Fräuleins, welche eben vom Monde klar beschienen wurde. Es kam mir vor, als sähe ich ein steinernes Bild, schön, aber totenkalt und unbeweglich. Ein Stein blitzte wie Basiliskenaugen von ihrer starren Brust, ihr Mund schien mir seltsam verzerrt.

Ein Grausen, wie ich es noch in meinem Leben nicht gefühlt, befiel mich da auf einmal. Ich ließ alles liegen und eilte durch die leeren, öden Hallen, wo aller Glanz verloschen war, fort. Als ich aus dem Schlosse trat, sah ich in einiger Entfernung die zwei ganz fremden Männer plötzlich in ihrem Geschäfte erstarren und wie Statuen stillestehen. Seitwärts weit unter dem Berge erblickt ich an einem einsamen Weiher mehrere Mädchen in schneeweißen Gewändern, welche wunderbar singend beschäftigt schienen, seltsame Gespinste auf der Wiese auszubreiten und am Mondschein zu bleichen. Dieser Anblick und dieser Gesang vermehrte noch mein Grausen, und ich schwang mich nur desto rascher über die Gartenmauer weg. Die Wolken flogen schnell über den Himmel, die Bäume sausten hinter mir drein, ich eilte atemlos immer fort.

Stiller und wärmer wurde allmählich die Nacht, Nachtigallen schlugen in den Gebüschen. Draußen tief unter den Bergen hörte ich Stimmen gehen, und alte, langvergessene Erinnerungen kehrten halbdämmernd wieder in das ausgebrannte Herz zurück, während vor mir die schönste Frühlingsmorgendämmerung sich über dem Gebirge erhob. – ‚Was ist das? Wo bin ich denn?‘ rief ich erstaunt und wußte nicht, wie mir geschehen. ‚Herbst und Winter sind vergangen, Frühling ist's wieder auf der Welt. Mein Gott! wo bin ich so lange gewesen?‘

So langte ich endlich auf dem Gipfel des letzten Berges an. Da ging die Sonne prächtig auf. Ein wonniges Erschüttern flog über die Erde, Ströme und Schlösser blitzten, die Menschen, ach! ruhig und fröhlich kreisten in ihren täglichen Verrichtungen wie ehedem, unzählige Lerchen jubilierten hoch in der Luft. Ich stürzte auf die Knie und weinte bitterlich um mein verlorenes Leben.

Ich begriff und begreife noch jetzt nicht, wie das alles zugegangen, aber hinabstürzen mocht ich noch nicht in die heitere, schuldlose Welt mit dieser Brust voll Sünde und zügelloser Lust. In die tiefste Einöde vergraben, wollte ich den Himmel um Vergebung bitten und die Wohnungen der Menschen nicht eher wiedersehen, bis ich alle meine Fehle, das einzige, dessen ich mir aus der Vergangenheit nur zu klar und deutlich bewußt war, mit Tränen heißer Reue abgewaschen hätte.

Ein Jahr lang lebt ich so, als Ihr mich damals an der Höhle traft. Inbrünstige Gebete entstiegen gar oft meiner geängstigten Brust, und ich wähnte manchmal, es sei überstanden und ich habe Gnade gefunden vor Gott; aber das war nur selige Täuschung seltener Augenblicke, und schnell alles wieder vorbei. Und als nun der Herbst wieder sein wunderlich farbiges Netz über Berg und Tal ausspreitete, da schweiften von neuem einzelne wohlbekannte Töne aus dem Walde in meine Einsamkeit und dunkle Stimmen in mir klangen sie wider und gaben ihnen Antwort, und im Innersten erschreckten mich noch immer die Glockenklänge des fernen Doms, wenn sie am klaren Sonntagsmorgen über die Berge zu mir herüberlangten, als suchten sie das alte, stille Gottesreich der Kindheit in meiner Brust, das nicht mehr in ihr war. – Seht, es ist ein wunderbares, dunkles Reich von Gedanken in des Menschen Brust, da blitzen Kristall und Rubin und alle die versteinerten Blumen der Tiefe mit schauerlichem Liebesblick herauf, zauberische Klänge wehen dazwischen, du weißt nicht, woher sie kommen und wohin sie gehen, die Schönheit des irdischen Lebens schimmert von draußen dämmernd herein, die unsichtbaren Quellen rauschen wehmütig lockend in einem fort und es zieht dich ewig hinunter – hinunter!"

„Armer Raimund!" rief da der Ritter, der den in seiner Erzählung träumerisch verlorenen Fremden lange mit tiefer Rührung betrachtet hatte.

„Wer seid Ihr um Gottes willen, daß Ihr meinen Namen wißt!" rief der Fremde und sprang wie vom Blitze gerührt von seinem Sitze auf.

„Mein Gott!" erwiderte der Ritter und schloß den Zitternden mit herzlicher Liebe in seine Arme, „kennst du uns denn gar nicht mehr? Ich bin ja dein alter, treuer Waffenbruder Ubaldo, und da ist deine B e r t a, die du heimlich liebtest, die du nach jenem Abschiedsfeste auf deiner Burg auf das Pferd hobst. Gar sehr hat die Zeit und ein vielbewegtes Leben seitdem unsere frischen Jugendbilder verwischt, und ich erkannte dich erst wieder, als du deine Geschichte zu erzählen anfingest. Ich bin nie in einer Gegend gewesen, die du da beschrieben hast und habe nie mit dir auf dem Felsen gerungen. Ich zog gleich nach jenem Feste gen Palästina, wo ich mehrere Jahre mitfocht, und die schöne Berta dort wurde nach meiner Heimkehr mein Weib. Auch Berta hatte dich nach dem Abschiedsfeste niemals wiedergesehen, und alles, was du da erzähltest, ist eitel Phantasie. – Ein böser Zauber, jeden Herbst neu erwachend und dann wieder samt dir versinkend, mein armer Raimund, hielt dich viele Jahre lang mit lügenhaften Spielen umstrickt. Du hast unbemerkt Monate wie einzelne Tage verlebt. Niemand wußte, als ich aus dem Gelobten Lande zurückkam, wohin du gekommen, und wir glaubten dich längst verloren."

Ubaldo merkte vor Freude nicht, daß sein Freund bei jedem Worte immer heftiger zitterte. Mit hohlen, starr offenen Augen sah er die beiden abwechselnd an, und erkannte nun auf einmal den Freund und die Jugendgeliebte, über deren lang verblühte, rührende Gestalt die Flamme des Kamins spielend die zuckenden Scheine warf.

„Verloren, alles verloren!" rief er aus tiefster Brust, riß sich aus den Armen Ubaldos und flog pfeilschnell aus dem Schlosse in die Nacht und den Wald hinaus.

„Ja verloren, und meine Liebe und mein ganzes Leben eine lange Täuschung!" sagte er immerfort für sich selbst und lief, bis alle Lichter in Ubaldos Schlosse hinter ihm versunken waren. Er nahm fast unwillkürlich die Richtung nach seiner eigenen Burg und langte daselbst an, als eben die Sonne aufging.

Es war wieder ein heiterer Herbstmorgen wie damals, als er vor vielen Jahren das Schloß verlassen hatte, und die Erinnerung an jene Zeit und der Schmerz über den verlorenen Glanz und Ruhm seiner Jugend befiel da auf einmal seine ganze Seele. Die hohen Linden auf dem steinernen Burghofe rauschten noch immer fort, aber der Platz und das ganze Schloß war leer und öde, und der Wind strich überall durch die verfallenen Fensterbogen.

Er trat in den Garten hinaus. Der lag auch wüst und zerstört, nur einzelne Spätblumen schimmerten noch hin und her aus dem falben Grase. Auf einer hohen Blume saß ein Vogel und sang ein wunderbares Lied, das die Brust mit unendlicher Sehnsucht erfüllte. Es waren dieselben Töne, die er gestern abend während seiner Erzählung auf Ubaldos Burg vorüberschweifen hörte. Mit Schrecken erkannte er auch nun den schönen goldgelben Vogel aus dem Zauberwalde wieder. – Hinter ihm aber, hoch aus einem Bogenfenster des Schlosses schaute während des Gesanges ein langer Mann über die Gegend hinaus, still, bleich und mit Blut bespritzt. Es war leibhaftig Ubaldos Gestalt.

Entsetzt wandte Raimund das Gesicht von dem furchtbar stillen Bilde und sah in den klaren Morgen vor sich hinab. Da sprengte plötzlich unten auf einem schlanken Rosse das schöne Zauberfräulein, lächelnd, in üppiger Jugendblüte, vorüber. Silberne Sommerfäden flogen hinter ihr drein, die Aster von ihrer Stirne warf lange grünlich-goldene Scheine über die Heide.

In allen Sinnen verwirrt, stürzte Raimund aus dem Garten, dem holden Bilde nach.

Die seltsamen Lieder des Vogels zogen, wie er ging, immer vor ihm her. Allmählich, je weiter er kam, verwandelten sich diese Töne sonderbar in das alte Waldhornlied, das ihn damals verlockte.

„Golden meine Locken wallen,
Süß mein junger Leib noch blüht –“

hörte er einzeln und abgebrochen aus der Ferne wieder herüberschallen.

„Bäche in dem stillen Grunde
Rauschend nach der Ferne gehen.“ –

Sein Schloß, die Berge und die ganze Welt versank dämmernd hinter ihm.

„Reichen, vollen Liebesgruß
Bietet dir der Hörner Schallen.
Komm, ach komm! eh sie verhallen!“

hallte es wider – und im Wahnsinn verloren ging der arme Raimund den Klängen nach in den Wald hinein und ward niemals mehr wiedergesehen.

DAS MARMORBILD

Es war ein schöner Sommerabend, als Florio, ein junger Edelmann, langsam auf die Tore von Lucca zuritt, sich erfreuend an dem feinen Dufte, der über der wunderschönen Landschaft und den Türmen und Dächern der Stadt vor ihm zitterte, sowie an den bunten Zügen zierlicher Damen und Herren, welche sich zu beiden Seiten der Straße unter den hohen Kastanienalleen fröhlichschwärmend ergingen.

Da gesellte sich, auf zierlichem Zelter, desselben Weges ziehend, ein anderer Reiter in bunter Tracht, eine goldene Kette um den Hals und ein samtnes Barett mit Federn über den dunkelbraunen Locken, freundlich grüßend zu ihm. Beide hatten, so nebeneinander in den dunkelnden Abend hineinreitend, gar bald ein Gespräch angeknüpft, und dem jungen Florio dünkte die schlanke Gestalt des Fremden, sein frisches, keckes Wesen, ja selbst seine fröhliche Stimme so überaus anmutig, daß er gar nicht von demselben wegsehen konnte.

„Welches Geschäft führt Euch nach Lucca?" fragte endlich der Fremde. „Ich habe eigentlich gar keine Geschäfte", antwortete Florio ein wenig schüchtern. „Gar keine Geschäfte? – Nun, so seid Ihr sicherlich ein Poet!" versetzte jener lustig lachend. „Das wohl eben nicht", erwiderte Florio und wurde über und über rot. „Ich habe mich wohl zuweilen in der fröhlichen Sangeskunst versucht, aber wenn ich dann wieder die alten großen Meister las, wie da alles wirklich da ist und leibt und lebt, was ich mir manchmal heimlich nur wünschte und ahnete, da komm ich mir vor wie ein schwaches vom Winde verwehtes Lerchenstimmlein unter dem unermeßlichen Himmelsdom." – „Jeder lobt Gott auf seine Weise", sagte der Fremde, „und alle Stimmen zusammen machen den Frühling." Dabei ruhten seine großen, geistreichen Augen mit sichtbarem Wohlgefallen auf dem schönen Jünglinge, der so unschuldig in die dämmernde Welt vor sich hinaussah.

„Ich habe jetzt", fuhr dieser nun kühner und vertraulicher fort, „das Reisen erwählt, und befinde mich wie aus einem Gefängnis erlöst, alle alten Wünsche und Freuden sind nun auf einmal in Freiheit gesetzt. Auf dem Lande in der Stille aufgewachsen, wie lange habe ich da die fernen blauen Berge sehnsüchtig betrachtet, wenn der Frühling wie ein zauberischer Spielmann durch unsern Garten ging und von der wunderschönen Ferne verlockend sang und von großer, unermeßlicher Lust." – Der Fremde war über die letzten Worte in tiefe Gedanken versunken. „Habt Ihr wohl jemals", sagte er zerstreut aber sehr ernsthaft, „von dem wunderbaren Spielmann gehört, der durch seine Töne die Jugend in einen Zauberberg hinein verlockt, aus dem keiner wieder zurückgekehrt ist? Hütet Euch!" –

Florio wußte nicht, was er aus diesen Worten des Fremden machen sollte, konnte ihn auch weiter darum nicht befragen; denn sie waren soeben, statt zu dem Tore, unvermerkt dem Zuge der Spaziergänger folgend, an einen weiten, grünen Platz gekommen, auf dem sich ein fröhlichschallendes Reich von Musik, bunten Zelten, Reitern und Spazierengehenden in den letzten Abendgluten schimmernd hin und her bewegte.

„Hier ist gut wohnen", sagte der Fremde lustig, sich vom Zelter schwingend; „auf baldiges Wiedersehn!" und hiermit war er schnell in dem Gewühle verschwunden.

Florio stand in freudigem Erstaunen einen Augenblick still vor der unerwarteten Aussicht. Dann folgte auch er dem Beispiele seines Begleiters, übergab das Pferd seinem Diener und mischte sich in den muntern Schwarm.

Versteckte Musikchöre erschallten da von allen Seiten aus den blühenden Gebüschen, unter den hohen Bäumen wandelten sittige Frauen auf und nieder, und ließen die schönen Augen musternd ergehen über die glänzende Wiese, lachend und plaudernd und mit den bunten Federn nickend im lauen Abendgolde wie ein Blumenbeet, das sich im Winde wiegt. Weiterhin auf einem heiter-grünen Plan vergnügten sich mehrere Mädchen mit Ballspielen. Die buntgefiederten Bälle flatterten wie Schmetterlinge, glänzende Bogen hin und her beschreibend, durch die blaue Luft, während die unten im Grünen auf und nieder schwebenden Mädchenbilder den lieblichsten Anblick gewährten. Besonders zog die eine durch ihre zierliche, fast noch kindliche Gestalt und die Anmut aller ihrer Bewegungen Florios Augen auf sich. Sie hatte einen vollen, bunten Blumenkranz in den Haaren und war recht wie ein fröhliches Bild des Frühlings anzuschauen, wie sie so überaus frisch bald über den Rasen dahinflog, bald sich neigte, bald wieder mit ihren anmutigen Gliedern in die heitere Luft hinauflangte. Durch ein Versehen ihrer Gegnerin nahm ihr Federball eine falsche Richtung und flatterte gerade vor Florio nieder. Er hob ihn auf und überreichte ihn der nacheilenden Bekränzten. Sie stand fast wie erschrocken vor ihm und sah ihn schweigend aus den schönen großen Augen an. Dann verneigte sie sich errötend und eilte schnell wieder zu ihren Gespielinnen zurück.

Der größere, funkelnde Strom von Wagen und Reitern, der sich in der Hauptallee langsam und prächtig fortbewegte, wendete indes auch Florio von jenem reizenden Spiele wieder ab, und er schweifte wohl eine Stunde lang allein zwischen den ewig wechselnden Bildern umher.

„Da ist der Sänger Fortunato!" hörte er da auf einmal mehrere Frauen und Ritter neben sich ausrufen. Er sah sich schnell nach dem Platze um, wohin sie wiesen, und erblickte zu seinem großen Erstaunen den anmutigen Fremden, der ihn vorhin hieherbegleitet. Abseits auf der Wiese an einen Baum gelehnt, stand er soeben inmitten eines zierlichen Kranzes von Frauen und Rittern, welche seinem Gesange zuhörten, der zuweilen von einigen Stimmen aus dem Kreise holdselig erwidert wurde. Unter ihnen bemerkte Florio auch die schöne Ballspielerin wieder, die in stiller Freudigkeit mit weiten offenen Augen in die Klänge vor sich hinaussah.

Ordentlich erschrocken gedachte da Florio, wie er vorhin mit dem berühmten Sänger, den er lange dem Rufe nach verehrte, so vertraulich geplaudert, und blieb scheu in einiger Entfernung stehen, um den lieblichen Wettstreit mit zu vernehmen. Er hätte gern die ganze Nacht hindurch dort gestanden, so ermutigend flogen diese Töne ihn an, und er ärgerte sich recht, als Fortunato nun so bald endigte, und die ganze Gesellschaft sich von dem Rasen erhob.

Da gewahrte der Sänger den Jüngling in der Ferne und kam sogleich auf ihn zu. Freundlich faßte er ihn bei beiden Händen und führte den Blöden, ungeachtet aller Gegenreden, wie einen lieblichen Gefangenen nach dem nah gelegenen offenen Zelte, wo sich die Gesellschaft nun versammelte und ein fröhliches Nachtmahl bereitet hatte. Alle begrüßten ihn wie alte Bekannte, manche schöne Augen ruhten in freudigem Erstaunen auf der jungen, blühenden Gestalt.

Nach mancherlei lustigem Gespräch lagerten sich bald alle um den runden Tisch, der in der Mitte des Zeltes stand. Erquickliche Früchte und Wein in hellgeschliffenen Gläsern funkelte von dem blendend weißen Gedeck, in silbernen Gefäßen dufteten große Blumensträuße, zwischen denen die hübschen Mädchengesichter anmutig hervorsahen; draußen spielten die letzten Abendlichter golden auf dem Rasen und dem Flusse, der spiegelglatt vor dem Zelte dahinglitt. Florio hatte sich fast unwillkürlich zu der niedlichen Ballspielerin gesellt. Sie erkannte ihn sogleich wieder und saß still und schüchtern da, aber die langen furchtsamen Augenwimpern hüteten nur schlecht die dunkelglühenden Blicke.

Es war ausgemacht worden, daß jeder in die Runde seinem Liebchen mit einem kleinen improvisierten Liedchen zutrinken solle. Der leichte Gesang, der nur gaukelnd wie ein Frühlingswind die Oberfläche des Lebens berührte, ohne es in sich selbst zu versenken, bewegte fröhlich den Kranz heiterer Bilder um die Tafel. Florio war recht innerlichst vergnügt, alle blöde Bangigkeit war von seiner Seele genommen, und er sah fast träumerisch still vor fröhlichen Gedanken zwischen den Lichtern und Blumen in die wunderschöne, langsam in die Abendgluten versinkende Landschaft vor sich hinaus. Und als nun auch an ihn die Reihe kam, seinen Trinkspruch zu sagen, hob er sein Glas in die Höh und sang:

„Jeder nennet froh die Seine,
Ich nur stehe hier alleine,
Denn was früge wohl die Eine:
Wen der Fremdling eben meine?
Und so muß ich, wie im Strome dort die Welle,
Ungehört verrauschen an des Frühlings Schwelle."

Seine schöne Nachbarin sah bei diesen Worten beinah schelmisch an ihm herauf und senkte schnell wieder das Köpfchen, da sie seinem Blicke begegnete. Aber er hatte so herzlich bewegt gesungen und neigte sich nun mit den schönen bittenden Augen so dringend herüber, daß sie es willig geschehen ließ, als er sie schnell auf die roten, heißen Lippen küßte. – „Bravo, bravo!" riefen mehrere Herren, ein mutwilliges aber argloses Lachen erschallte um den Tisch. – Florio stürzte hastig und verwirrt sein Glas hinunter, die schöne Geküßte schauete hochrot in den Schoß und sah so unter dem vollen Blumenkranze unbeschreiblich reizend aus.

So hatte ein jeder der Glücklichen sein Liebchen in dem Kreise sich heiter erkoren. Nur Fortunato allein gehörte allen oder keiner an und erschien fast einsam in dieser anmutigen Verwirrung. Er war ausgelassen lustig und mancher hätte ihn wohl übermütig genannt, wie er so wildwechselnd in Witz, Ernst und Scherz sich ganz und gar losließ, hätte er dabei nicht wieder mit so fromm-klaren Augen beinah wunderbar dreingeschaut. Florio hatte sich fest vorgenommen, ihm über Tische einmal so recht seine Liebe und Ehrfurcht, die er längst für ihn hegte, zu sagen. Aber es wollte heute nicht gelingen, alle leisen Versuche glitten an der spröden Lustigkeit des Sängers ab. Er konnte ihn gar nicht begreifen. –

Draußen war indes die Gegend schon stiller geworden und feierlich, einzelne Sterne traten zwischen den Wipfeln der dunkelnden Bäume hervor, der Fluß rauschte stärker durch die erquickende Kühle. Da war auch zuletzt an Fortunato die Reihe zu singen gekommen. Er sprang rasch auf, griff in seine Gitarre und sang:

„Was klingt mir so heiter
Durch Busen und Sinn?
Zu Wolken und weiter
Wo trägt es mich hin?

Wie auf Bergen hoch bin ich
So einsam gestellt
Und grüße herzinnig,
Was schön auf der Welt.

Ja, Bacchus, dich seh ich,
Wie göttlich bist du!
Dein Glühen versteh ich,
Die träumende Ruh.

O rosenbekränztes
Jünglingsbild,
Dein Auge wie glänzt es,
Die Flammen so mild!

Ist's Liebe, ist's Andacht,
Was so dich beglückt?
Rings Frühling dich anlacht,
Du sinnest entzückt. –

Frau Venus, du Frohe,
So klingend und weich,
In Morgenrots Lohe
Erblick ich dein Reich

Auf sonnigen Hügeln
Wie ein Zauberring. –
Zart' Bübchen mit Flügeln
Bedienen dich flink,

Durchsäuseln die Räume
Und laden, was fein,
Als goldene Träume
Zur Königin ein.

Und Ritter und Frauen
Im grünen Revier
Durchschwärmen die Auen
Wie Blumen zur Zier.

Und jeglicher hegt sich
Sein Liebchen im Arm,
So wirrt und bewegt sich
Der selige Schwarm." –

Hier änderte er plötzlich Weise und Ton und fuhr fort:

„Die Klänge verrinnen,
Es bleichet das Grün,
Die Frauen stehn sinnend,
Die Ritter schaun kühn.

Und himmlisches Sehnen
Geht singend durchs Blau,
Da schimmert von Tränen
Rings Garten und Au. –

Und mitten im Feste
Erblick ich, wie mild!
Den stillsten der Gäste. –
Woher, einsam Bild?

Mit blühendem Mohne,
Der träumerisch glänzt,
Und Lilienkrone
Erscheint er bekränzt.

Sein Mund schwillt zum Küssen
So lieblich und bleich,
Als brächt er ein Grüßen
Aus himmlischem Reich.

Eine Fackel wohl trägt er,
Die wunderbar prangt.
‚Wo ist einer', frägt er,
‚Den heimwärts verlangt?'

Und manchmal da drehet
Die Fackel er um –
Tiefschauend vergehet
Die Welt und wird stumm.

Und was hier versunken
Als Blumen zum Spiel,
Siehst oben du funkeln
Als Sterne nun kühl. –

O Jüngling vom Himmel,
Wie bist du so schön!
Ich laß das Gewimmel,
Mit dir will ich gehn!

Was will ich noch hoffen?
Hinauf, ach hinauf!
Der Himmel ist offen,
Nimm, Vater, mich auf!"

Fortunato war still und alle die übrigen auch, denn wirklich draußen waren nun die Klänge verronnen und die Musik, das Gewimmel und alle die gaukelnde Zauberei nach und nach verhallend untergegangen vor dem unermeßlichen Sternenhimmel und dem gewaltigen Nachtgesange der Ströme und Wälder. Da trat ein hoher, schlanker Ritter in reichem Geschmeide, das grünlichgoldene Scheine zwischen die im Winde flackernden Lichter warf, in das Zelt herein. Sein Blick aus tiefen Augenhöhlen war irre flammend, das Gesicht schön, aber blaß und wüst. Alle dachten bei seinem plötzlichen Erscheinen unwillkürlich schaudernd an den stillen Gast in Fortunatos Liede. – Er aber begab sich nach einer flüchtigen Verbeugung gegen die Gesellschaft zu dem Büfett des Zeltwirtes und schlürfte hastig dunkelroten Wein mit den bleichen Lippen in langen Zügen hinunter.

Florio fuhr ordentlich zusammen, als der Seltsame sich darauf vor allen andern zu ihm wandte und ihn als einen früheren Bekannten in Lucca willkommen hieß. Erstaunt und nachsinnend betrachtete er ihn von oben bis unten, denn er wußte sich durchaus nicht zu erinnern, ihn jemals gesehn zu haben. Doch war der Ritter ausnehmend beredt und sprach viel über mancherlei Begebenheiten aus Florios früheren Tagen. Auch war er so genau bekannt mit der Gegend seiner Heimat, dem Garten und jedem heimischen Platz, der Florio herzlich lieb war aus alter Zeit, daß sich derselbe bald mit der dunkeln Gestalt auszusöhnen anfing.

In die übrige Gesellschaft indes schien Donati, so nannte sich der Ritter, nirgends hineinzupassen. Eine ängstliche Störung, deren Grund sich niemand anzugeben wußte, wurde überall sichtbar. Und da unterdes auch die Nacht nun völlig hereingekommen war, so brachen bald alle auf.

Es begann nun ein wunderliches Gewimmel von Wagen, Pferden, Dienern und hohen Windlichtern, die seltsame Scheine auf das nahe Wasser, zwischen die Bäume und die schönen wirrenden Gestalten umherwarfen. Donati erschien in der wilden Beleuchtung noch viel bleicher und schauerlicher, als vorher. Das schöne Fräulein mit dem Blumenkranze hatte ihn beständig mit heimlicher Furcht von der Seite angesehen. Nun, da er gar auf sie zukam, um ihr mit ritterlicher Artigkeit auf den Zelter zu helfen, drängte sie sich scheu an den zurückstehenden Florio, der die Liebliche mit klopfendem Herzen in den Sattel hob. Alles war unterdes reisefertig, sie nickte ihm noch einmal von ihrem zierlichen Sitze freundlich zu, und bald war die ganze schimmernde Erscheinung in der Nacht verschwunden.

Es war Florio recht sonderbar zumute, als er sich plötzlich so allein mit Donati und dem Sänger auf dem weiten leeren Platze befand. Seine Gitarre im Arme ging der letztere am Ufer des Flusses vor dem Zelte auf und nieder und schien auf neue Weisen zu sinnen, während er einzelne Töne griff, die beschwichtigend über die stille Wiese dahinzogen. Dann brach er plötzlich ab. Ein seltsamer Mißmut schien über seine sonst immer klaren Züge zu fliegen, er verlangte ungeduldig fort.

Alle drei bestiegen daher nun auch ihre Pferde und zogen miteinander der nahen Stadt zu. Fortunato sprach kein Wort unterwegs, desto freundlicher ergoß sich Donati in wohlgesetzten zierlichen Reden; Florio, noch im Nachklange der Lust, ritt still wie ein träumendes Mädchen zwischen beiden.

Als sie ans Tor kamen, stellte sich Donatis Roß, das schon vorher vor manchem Vorübergehenden gescheuet, plötzlich fast gerade in die Höh und wollte nicht hinein. Ein funkelnder Zornesblitz fuhr, fast verzerrend, über das Gesicht des Reiters, und ein wilder, nur halb ausgesprochener Fluch aus den zuckenden Lippen, worüber Florio nicht wenig erstaunte, da ihm solches Wesen zu der sonstigen feinen und besonnenen Anständigkeit des Ritters ganz und gar nicht zu passen schien. Doch faßte sich dieser bald wieder. „Ich wollte Euch bis in die Herberge begleiten“, sagte er lächelnd und mit der gewohnten Zierlichkeit zu Florio gewendet, „aber mein Pferd will es anders, wie Ihr seht. Ich bewohne hier vor der Stadt ein Landhaus, wo ich Euch recht bald bei mir zu sehen hoffe.“ – Und hiermit verneigte er sich, und das Pferd, in unbegreiflicher Hast und Angst kaum mehr zu halten, flog pfeilschnell mit ihm in die Dunkelheit fort, daß der Wind hinter ihm dreinpfiff.

„Gott sei Dank“, rief Fortunato aus, „daß ihn die Nacht wieder verschlungen hat! Kam er mir doch wahrhaftig vor, wie einer von den falben, ungestalten Nachtschmetterlingen, die wie aus einem phantastischen Traume entflogen, durch die Dämmerung schwirren, und mit ihrem langen Katzenbarte und gräßlich großen Augen ordentlich ein Gesicht haben wollen.“ Florio, der sich mit Donati schon ziemlich befreundet hatte, äußerte seine Verwunderung über dieses harte Urteil. Aber der Sänger, durch solche erstaunliche Sanftmut nur immer mehr gereizt, schimpfte lustig fort und nannte den Ritter, zu Florios heimlichem Ärger, einen Mondscheinjäger, einen Schmachthahn, einen Renommisten in der Melancholie.

Unter solcherlei Gesprächen waren sie endlich bei der Herberge angelangt, und jeder begab sich bald in das ihm angewiesene Gemach.

Florio warf sich angekleidet auf das Ruhebett hin, aber er konnte lange nicht einschlafen. In seiner von den Bildern des Tages aufgeregten Seele wogte und hallte und sang es noch immer fort. Und wie die Türen im Hause nun immer seltener auf und zu gingen, nur manchmal noch eine Stimme erschallte, bis endlich Haus, Stadt und Feld in tiefe Stille versank: da war es ihm, als führe er mit schwanenweißen Segeln einsam auf einem mondbeglänzten Meer. Leise schlugen die Wellen an das Schiff, Sirenen tauchten aus dem Wasser, die alle aussahen, wie das schöne Mädchen mit dem Blumenkranze vom vorigen Abend. Sie sang so wunderbar, traurig und ohne Ende, als müsse er vor Wehmut untergehn. Das Schiff neigte sich unmerklich und sank langsam immer tiefer und tiefer. – Da wachte er erschrocken auf.

Er sprang von seinem Bett und öffnete das Fenster. Das Haus lag am Ausgange der Stadt, er übersah einen weiten stillen Kreis von Hügeln, Gärten und Tälern, vom Monde klar beschienen. Auch da draußen war es überall in den Bäumen und Strömen noch wie im Verhallen und Nachhallen der vergangenen Lust, als sänge die ganze Gegend leise, gleich den Sirenen, die er im Schlummer gehört. Da konnte er der Versuchung nicht widerstehen. Er ergriff die Gitarre, die Fortunato bei ihm zurückgelassen, verließ das Zimmer und ging leise durch das ruhige Haus hinab. Die Tür unten war nur angelehnt, ein Diener lag eingeschlafen auf der Schwelle. So kam er unbemerkt ins Freie und wandelte fröhlich zwischen Weingärten durch leere Alleen an schlummernden Hütten vorüber immer weiter fort.

Zwischen den Rebengeländern hinaus sah er den Fluß im Tale; viele weißglänzende Schlösser, hin und wieder zerstreut, ruhten wie eingeschlafne Schwäne unten in dem Meer von Stille. Da sang er mit fröhlicher Stimme:

„Wie kühl schweift sich's bei nächt'ger Stunde,
Die Zither treulich in der Hand!

Vom Hügel grüß ich in die Runde
Den Himmel und das stille Land.

Wie ist da alles so verwandelt,
Wo ich so fröhlich war, im Tal.
Im Wald wie still, der Mond nur wandelt
Nun durch den hohen Buchensaal.

Der Winzer Jauchzen ist verklungen
Und all der bunte Lebenslauf,
Die Ströme nur, im Tal geschlungen,
Sie blicken manchmal silbern auf.

Und Nachtigallen wie aus Träumen
Erwachen oft mit süßem Schall,
Erinnernd rührt sich in den Bäumen
Ein heimlich Flüstern überall. –

Die Freude kann nicht gleich verklingen,
Und von des Tages Glanz und Lust
Ist so auch mir ein heimlich Singen
Geblieben in der tiefsten Brust.

Und fröhlich greif ich in die Saiten,
O Mädchen, jenseits überm Fluß,
Du lauschest wohl und hörst's von weiten
Und kennst den Sänger an dem Gruß!"

Er mußte über sich selber lachen, da er am Ende nicht wußte, wem er das Ständchen brachte. Denn die reizende Kleine mit dem Blumenkranze war es lange nicht mehr, die er eigentlich meinte. Die Musik bei den Zelten, der Traum auf seinem Zimmer und sein die Klänge und den Traum und die zierliche Erscheinung des Mädchens nachträumendes Herz hatte ihr Bild unmerklich und wundersam verwandelt in ein viel schöneres, größeres und herrlicheres, wie er es noch nirgend gesehen.

So in Gedanken schritt er noch lange fort, als er unerwartet bei einem großen, von hohen Bäumen rings umgebenen Weiher anlangte. Der Mond, der eben über die Wipfel trat, beleuchtete scharf ein marmornes Venusbild, das dort dicht am Ufer auf einem Steine stand, als wäre die Göttin soeben erst aus den Wellen aufgetaucht, und betrachte nun, selber verzaubert, das Bild der eigenen Schönheit, das der trunkene Wasserspiegel zwischen den leise aus dem Grunde aufblühenden Sternen widerstrahlte. Einige Schwäne beschrieben still ihre einförmigen Kreise um das Bild, ein leises Rauschen ging durch die Bäume ringsumher.

Florio stand wie eingewurzelt im Schauen, denn ihm kam jenes Bild wie eine langgesuchte, nun plötzlich erkannte Geliebte vor, wie eine Wunderblume, aus der Frühlingsdämmerung und träumerischen Stille seiner frühesten Jugend heraufgewachsen. Je länger er hinsah, je mehr schien es ihm, als schlüge es die seelenvollen Augen langsam auf, als wollten sich die Lippen bewegen zum Gruße, als blühe Leben wie ein lieblicher Gesang erwärmend durch die schönen Glieder herauf. Er hielt die Augen lange geschlossen vor Blendung, Wehmut und Entzücken. –

Als er wieder aufblickte, schien auf einmal alles wie verwandelt. Der Mond sah seltsam zwischen Wolken hervor, ein stärkerer Wind kräuselte den Weiher in trübe Wellen, das Venusbild, so fürchterlich weiß und regungslos, sah ihn fast schreckhaft mit den steinernen Augenhöhlen aus der grenzenlosen Stille an. Ein nie gefühltes Grausen überfiel da den Jüngling. Er verließ schnell den Ort, und immer schneller und ohne auszuruhen eilte er durch die Gärten und Weinberge wieder fort, der ruhigen Stadt zu; denn auch das Rauschen der Bäume kam ihm nun wie ein verständiges, vernehmliches Geflüster vor, und die langen gespenstischen Pappeln schienen mit ihren weitgestreckten Schatten hinter ihm dreinzulangen.

So kam er sichtbar verstört in der Herberge an. Da lag der Schlafende noch auf der Schwelle und fuhr erschrocken auf, als Florio an ihm vorüberstreifte. Florio aber schlug schnell die Tür hinter sich zu und atmete erst tief auf, als er oben sein Zimmer betrat. Hier ging er noch lange auf und nieder, ehe er sich beruhigte. Dann warf er sich aufs Bett und schlummerte endlich unter den seltsamsten Träumen ein.

Am folgenden Morgen saßen Florio und Fortunato unter den hohen von der Morgensonne durchfunkelten Bäumen vor der Herberge miteinander beim Frühstück. Florio sah blässer, als gewöhnlich, und angenehm überwacht aus. – „Der Morgen“, sagte Fortunato lustig, „ist ein recht kerngesunder, wildschöner Gesell, wie er so von den höchsten Bergen in die schlafende Welt hinunterjauchzt und von den Blumen und Bäumen die Tränen schüttelt und wogt und lärmt und singt. Der macht eben nicht sonderlich viel aus den sanften Empfindungen, sondern greift kühl an alle Glieder und lacht einem ins lange Gesicht, wenn man so preßhaft und noch ganz wie in Mondschein getaucht vor ihn hinaustritt." – Florio schämte sich nun, dem Sänger, wie er sich anfangs vorgenommen, etwas von dem schönen Venusbilde zu sagen, und schwieg betreten still. Sein Spaziergang in der Nacht war aber von dem Diener an der Haustür bemerkt und wahrscheinlich verraten worden, und Fortunato fuhr lachend fort: „Nun, wenn Ihr's nicht glaubt, versucht es nur einmal und stellt Euch jetzt hierher und sagt zum Exempel: ‚O schöne, holde Seele, o Mondschein, du Blütenstaub zärtlicher Herzen' usw., ob das nicht recht zum Lachen wäre! Und doch wette ich, habt Ihr diese Nacht dergleichen oft gesagt und gewiß ordentlich ernsthaft dabei ausgesehen. –"

Florio hatte sich Fortunato ehedem immer so still und sanftmütig vorgestellt, nun verwundete ihn recht innerlichst die kecke Lustigkeit des geliebten Sängers. Er sagte hastig, und die Tränen traten ihm dabei in die seelenvollen Augen: „Ihr sprecht da sicherlich anders, als Euch selber zumute ist, und das solltet Ihr nimmermehr tun. Aber ich lasse mich von Euch nicht irremachen, es gibt noch sanfte und hohe Empfindungen, die wohl schamhaft sind, aber sich nicht zu schämen brauchen, und ein stilles Glück, das sich vor dem lauten Tage verschließt und nur dem Sternenhimmel den heiligen Kelch öffnet wie eine Blume, in der ein Engel wohnt." Fortunato sah den Jüngling verwundert an, dann rief er aus: „Nun wahrhaftig, Ihr seid recht ordentlich verliebt!"

Man hatte unterdes Fortunato, der spazierenreiten wollte, sein Pferd vorgeführt. Freundlich streichelte er den gebogenen Hals des zierlich aufgeputzten Rößleins, das mit fröhlicher Ungeduld den Rasen stampfte. Dann wandte er sich noch einmal zu Florio und reichte ihm gutmütig lächelnd die Hand. „Ihr tut mir doch leid", sagte er, „es gibt gar zu viele sanfte, gute, besonders verliebte junge Leute, die ordentlich versessen sind auf Unglücklichsein. Laßt das, die Melancholie, den Mondschein und alle den Plunder; und geht's auch manchmal wirklich schlimm, nur frisch heraus in Gottes freien Morgen und da draußen sich recht abgeschüttelt; im Gebet aus Herzensgrund – und es müßte wahrlich mit dem Bösen zugehen, wenn Ihr nicht so recht durch und durch fröhlich und stark werdet!" – Und hiermit schwang er sich schnell auf sein Pferd und ritt zwischen den Weinbergen und blühenden Gärten in das farbige, schallende Land hinein, selber so bunt und freudig anzuschauen, wie der Morgen vor ihm.

Florio sah ihm lange nach, bis die Glanzeswogen über dem fernen Meer zusammenschlugen. Dann ging er hastig unter den Bäumen auf und nieder. Ein tiefes unbestimmtes Verlangen war von den Erscheinungen der Nacht in seiner Seele zurückgeblieben. Dagegen hatte ihn Fortunato durch seine Reden seltsam verstört und verwirrt. Er wußte nun selbst nicht mehr, was er wollte, gleich einem Nachtwandler, der plötzlich bei seinem Namen gerufen wird. Sinnend blieb er oftmals vor der wunderreichen Aussicht in das Land hinab stehen, als wollte er das freudig kräftige Walten da draußen um Auskunft fragen. Aber der Morgen spielte nur einzelne Zauberlichter wie durch die Bäume über ihm in sein träumerisch funkelndes Herz hinein, das noch in anderer Macht stand. Denn drinnen zogen die Sterne noch immerfort ihre magischen Kreise, zwischen denen das wunderschöne Marmorbild mit neuer, unwiderstehlicher Gewalt heraufsah. –

So beschloß er denn endlich, den Weiher wieder aufzusuchen, und schlug rasch denselben Pfad ein, den er in der Nacht gewandelt.

Wie sah aber dort nun alles so anders aus! Fröhliche Menschen durchirrten geschäftig die Weinberge, Gärten und Alleen, Kinder spielten ruhig auf dem sonnigen Rasen vor den Hütten, die ihn in der Nacht unter den traumhaften Bäumen oft gleich eingeschlafenen Sphinxen erschreckt hatten, der Mond stand fern und verblaßt am klaren Himmel, unzählige Vögel sangen lustig im Walde durcheinander. Er konnte gar nicht begreifen, wie ihn damals hier so seltsame Furcht überfallen konnte.

Bald bemerkte er indes, daß er in Gedanken den rechten Weg verfehlt. Er betrachtete aufmerksam alle Plätze und ging zweifelhaft bald zurück, bald wieder vorwärts; aber vergeblich; je emsiger er suchte, je unbekannter und ganz anders kam ihm alles vor.

Lange war er so umhergeirrt. Die Vögel schwiegen schon, der Kreis der Hügel wurde nach und nach immer stiller, die

Strahlen der Mittagssonne schillerten sengend über der ganzen Gegend draußen, die wie unter einem Schleier von Schwüle zu schlummern und zu träumen schien. Da kam er unerwartet an ein Tor von Eisengittern, zwischen dessen zierlich vergoldeten Stäben hindurch man in einen weiten prächtigen Lustgarten hineinsehen konnte. Ein Strom von Kühle und Duft wehte den Ermüdeten erquickend daraus an. Das Tor war nicht verschlossen, er öffnete es leise und trat hinein.

Hohe Buchenhallen empfingen ihn da mit ihren feierlichen Schatten, zwischen denen goldene Vögel wie abgewehte Blüten hin und wieder flatterten, während große seltsame Blumen, wie sie Florio niemals gesehen, traumhaft mit ihren gelben und roten Glocken in dem leisen Winde hin und her schwankten. Unzählige Springbrunnen plätscherten, mit vergoldeten Kugeln spielend, einförmig in der großen Einsamkeit. Zwischen den Bäumen hindurch sah man in der Ferne einen prächtigen Palast mit hohen schlanken Säulen hereinschimmern. Kein Mensch war ringsum zu sehen, tiefe Stille herrschte überall. Nur hin und wieder erwachte manchmal eine Nachtigall und sang wie im Schlummer fast schluchzend. Florio betrachtete verwundert Bäume, Brunnen und Blumen, denn es war ihm, als sei das alles lange versunken, und über ihm ginge der Strom der Tage mit leichten, klaren Wellen, und unten läge nur der Garten gebunden und verzaubert und träumte von dem vergangenen Leben.

Er war noch nicht weit vorgedrungen, als er Lautenklänge vernahm, bald stärker, bald wieder in dem Rauschen der Springbrunnen leise verhallend. Lauschend blieb er stehen, die Töne kamen immer näher und näher, da trat plötzlich in dem stillen Bogengange eine hohe schlanke Dame von wundersamer Schönheit zwischen den Bäumen hervor, langsam wandelnd und ohne aufzublicken. Sie trug eine prächtige mit goldnem Bildwerk gezierte Laute im Arm, auf der sie, wie in tiefe Gedanken versunken, einzelne Akkorde griff. Ihr langes goldenes Haar fiel in reichen Locken über die fast blassen, blendend weißen Achseln bis auf den Rücken hinab; die langen weiten Ärmel, wie vom Blütenschnee gewoben, wurden von zierlichen goldenen Spangen gehalten; den schönen Leib umschloß ein himmelblaues Gewand, ringsum an den Enden mit buntglühenden, wunderbar ineinander verschlungenen Blumen gestickt. Ein heller Sonnenblick durch eine Öffnung des Bogenganges schweifte soeben scharf beleuchtend über die blühende Gestalt. Florio fuhr innerlich zusammen – es waren unverkennbar die Züge, die Gestalt des schönen Venusbildes, das er heute Nacht am Weiher gesehen. – Sie aber sang, ohne den Fremden zu bemerken:

„Was weckst du, Frühling, mich von neuem wieder?
Daß all die alten Wünsche auferstehen,
Geht übers Land ein wunderbares Wehen;
Das schauert mir so lieblich durch die Glieder.

Die schöne Mutter grüßen tausend Lieder,
Die, wieder jung, im Brautkranz süß zu sehen;
Der Wald will sprechen, rauschend Ströme gehen,
Najaden tauchen singend auf und nieder.

Die Rose seh ich gehn aus grüner Klause,
Und, wie so buhlerisch die Lüfte fächeln,
Errötend in die laue Luft sich dehnen.

So mich auch ruft ihr aus dem stillen Hause –
Und schmerzlich nun muß ich im Frühling lächeln,
Versinkend zwischen Duft und Klang vor Sehnen."

So singend wandelte sie fort, bald in dem Grünen verschwindend, bald wiedererscheinend, immer ferner und ferner, bis sie sich endlich in der Gegend des Palastes ganz verlor. Nun war es auf einmal wieder still, nur die Bäume und Wasserkünste rauschten wie vorher. Florio stand in blühende Träume versunken, es war ihm, als hätte er die schöne Lautenspielerin schon lange gekannt und nur in der Zerstreuung des Lebens wieder vergessen und verloren, als ginge sie nun vor Wehmut zwischen dem Quellenrauschen unter und riefe ihn unaufhörlich, ihr zu folgen. – Tiefbewegt eilte er weiter in den Garten hinein auf die Gegend zu, wo sie verschwunden war. Da kam er unter uralten Bäumen an ein verfallenes Mauerwerk, an dem noch hin und wieder schöne Bildereien halb kenntlich waren. Unter der Mauer auf zerschlagenen Marmorsteinen und Säulenknäufen, zwischen denen hohes Gras und Blumen üppig hervorschossen, lag ein schlafender Mann ausgestreckt. Erstaunt erkannte Florio den Ritter Donati. Aber seine Mienen schienen im Schlafe sonderbar verändert, er sah fast wie ein Toter aus. Ein heimlicher Schauer überlief Florio bei diesem Anblick. Er rüttelte den Schlafenden heftig. Donati schlug langsam die Augen auf und sein erster Blick war so fremd, stier und wild, daß sich Florio ordentlich vor ihm entsetzte. Dabei murmelte er noch zwischen Schlaf und Wachen einige dunkle Worte, die Florio nicht verstand. Als er sich endlich völlig ermuntert hatte, sprang er rasch auf und sah Florio, wie es schien, mit großem Erstaunen an. „Wo bin ich", rief dieser hastig, „wer ist die edle Herrin, die in diesem schönen Garten wohnt?" – „Wie seid Ihr", frug dagegen Donati sehr ernst, „in diesen Garten gekommen?" Florio erzählte kurz den Hergang, worüber der Ritter in ein tiefes Nachdenken versank. Der Jüngling wiederholte darauf dringend seine vorigen Fragen, und Donati sagte zerstreut: „Die Dame ist eine Verwandte von mir, reich und gewaltig, ihr Besitztum ist weit im Lande verbreitet – Ihr findet sie bald da, bald dort – auch in der Stadt Lucca ist sie zuweilen." – Florio fielen die flüchtig hingeworfenen Worte seltsam aufs Herz, denn es wurde ihm nun immer deutlicher, was ihn vorher nur vorübergehend angeflogen, nämlich, daß er die Dame schon einmal in früherer Jugend irgendwo gesehen, doch konnte er sich durchaus nicht klar besinnen.

Sie waren unterdes rasch fortgehend unvermerkt an das vergoldete Gittertor des Gartens gekommen. Es war nicht dasselbe, durch welches Florio vorhin eingetreten. Verwundert sah er sich in der unbekannten Gegend um; weit über die Felder weg lagen die Türme der Stadt im heitern Sonnenglanze. Am Gitter stand Donatis Pferd angebunden und scharrte schnaubend den Boden.

Schüchtern äußerte nun Florio den Wunsch, die schöne Herrin des Gartens künftig einmal wiederzusehen. Donati, der bis dahin noch immer in sich versunken war, schien sich erst hier plötzlich zu besinnen. „Die Dame", sagte er mit der gewohnten umsichtigen Höflichkeit, „wird sich freuen, Euch kennenzulernen. Heute jedoch würden wir sie stören, und auch mich rufen dringende Geschäfte nach Hause. Vielleicht kann ich Euch morgen abholen." Und hierauf nahm er in wohlgesetzten Reden Abschied von dem Jüngling, bestieg sein Roß und war bald zwischen den Hügeln verschwunden.

Florio sah ihm lange nach, dann eilte er wie ein Trunkener der Stadt zu. Dort hielt die Schwüle noch alle lebendigen Wesen in den Häusern, hinter den dunkelkühlen Jalousien. Alle Gassen und Plätze waren so leer, Fortunato auch noch nicht zurückgekehrt. Dem Glücklichen wurde es hier zu enge, in trauriger Einsamkeit. Er bestieg schnell sein Pferd und ritt noch einmal ins Freie hinaus.

„Morgen, morgen!“ schallte es in einem fort durch seine Seele. Ihm war so unbeschreiblich wohl. Das schöne Marmorbild war ja lebend geworden und von seinem Steine in den Frühling hinuntergestiegen, der stille Weiher plötzlich verwandelt zur unermeßlichen Landschaft, die Sterne darin zu Blumen und der ganze Frühling ein Bild der Schönen. – Und so durchschweifte er lange die schönen Täler um Lucca, den prächtigen Landhäusern, Kaskaden und Grotten wechselnd vorüber, bis die Wellen des Abendrots über dem Fröhlichen zusammenschlugen.

Die Sterne standen schon klar am Himmel, als er langsam durch die stillen Gassen nach seiner Herberge zog. Auf einem der einsamen Plätze stand ein großes schönes Haus, vom Monde hell erleuchtet. Ein Fenster war oben geöffnet, an dem er zwischen künstlich gezogenen Blumen hindurch zwei weibliche Gestalten bemerkte, die in ein lebhaftes Gespräch vertieft schienen. Mit Verwunderung hörte er mehreremal deutlich seinen Namen nennen. Auch glaubte er in den einzelnen abgerissenen Worten, die die Luft herüberwehte, die Stimme der wunderbaren Sängerin wiederzuerkennen. Doch konnte er vor den im Mondesglanz zitternden Blättern und Blüten nichts genau unterscheiden. Er hielt an, um mehr zu vernehmen. Da bemerkten ihn die beiden Damen, und es wurde auf einmal still droben.

Unbefriedigt ritt Florio weiter, aber wie er soeben um die Straßenecke bog, sah er, daß sich die eine von den Damen, noch einmal ihm nachblickend, zwischen den Blumen hinauslehnte und dann schnell das Fenster schloß.

Am folgenden Morgen, als Florio soeben seine Traumblüten abgeschüttelt und vergnügt aus dem Fenster über die in der Morgensonne funkelnden Türme und Kuppeln der Stadt hinaussah, trat unerwartet der Ritter Donati in das Zimmer. Er war ganz schwarz gekleidet und sah heute ungewöhnlich verstört, hastig und beinah wild aus. Florio erschrak ordentlich vor Freude, als er ihn erblickte, denn er gedachte sogleich der schönen Frau. „Kann ich sie sehen?" rief er ihm schnell entgegen. Donati schüttelte verneinend mit dem Kopfe und sagte, traurig vor sich auf den Boden hinsehend: „Heute ist Sonntag." – Dann fuhr er rasch fort, sich sogleich wieder ermannend: „Aber zur Jagd wollt ich Euch abholen." – „Zur Jagd?" – erwiderte Florio höchst verwundert, „heute am heiligen Tage?" – „Nun wahrhaftig", fiel ihm der Ritter mit einem ingrimmigen, abscheulichen Lachen ins Wort, „Ihr wollt doch nicht etwa mit der Buhlerin unterm Arm zur Kirche wandern und im Winkel auf dem Fußschemel knieen und andächtig ‚Gott helf' sagen, wenn die Frau Base niest." – „Ich weiß nicht, wie Ihr das meint", sagte Florio, „und Ihr mögt immer über mich lachen, aber ich könnte heut nicht jagen. Wie da draußen alle Arbeit rastet, und Wälder und Felder so geschmückt aussehen zu Gottes Ehre, als zögen Engel durch das Himmelblau über sie hinweg – so still, so feierlich und gnadenreich ist diese Zeit!" – Donati stand in Gedanken am Fenster, und Florio glaubte zu bemerken, daß er heimlich schauderte, wie er so in die Sonntagsstille der Felder hinaussah.

Unterdes hatte sich der Glockenklang von den Türmen der Stadt erhoben und ging wie ein Beten durch die klare Luft. Da schien Donati erschrocken, er griff nach seinem Hut und drang beinah ängstlich in Florio, ihn zu begleiten, der es aber beharrlich verweigerte. „Fort, hinaus!" – rief endlich der Ritter halblaut und wie aus tiefster, geklemmter Brust herauf, drückte dem erstaunten Jüngling die Hand, und stürzte aus dem Hause fort.

Florio wurde recht heimatlich zumute, als darauf der frische klare Sänger Fortunato, wie ein Bote des Friedens, zu ihm ins Zimmer trat. Er brachte eine Einladung auf morgen abend nach einem Landhause vor der Stadt. „Macht Euch nur gefaßt", setzte er hinzu, „Ihr werdet dort eine alte Bekannte treffen!" Florio erschrak ordentlich und fragte hastig: „Wen?" Aber Fortunato lehnte lustig alle Erklärungen ab und entfernte sich bald. Sollte es die schöne Sängerin sein? – dachte Florio still bei sich, und sein Herz schlug heftig.

Er begab sich dann in die Kirche, aber er konnte nicht beten, er war zu fröhlich zerstreut. Müßig schlenderte er durch die Gassen. Da sah alles so rein und festlich aus, schöngeputzte Herren und Damen zogen fröhlich und schimmernd nach den Kirchen. Aber, ach! die Schönste war nicht unter ihnen! – Ihm fiel dabei sein Abenteuer beim gestrigen Heimzuge ein. Er suchte die Gasse auf und fand bald das große schöne Haus wieder; aber sonderbar! die Tür war geschlossen, alle Fenster fest zu, es schien niemand darin zu wohnen.

Vergeblich schweifte er den ganzen folgenden Tag in der Gegend umher, um nähere Auskunft über seine unbekannte Geliebte zu erhalten, oder sie, wo möglich, gar wiederzusehen. Ihr Palast, sowie der Garten, den er in jener Mittagsstunde zufällig gefunden, war wie versunken, auch Donati ließ sich nicht erblicken. Ungeduldig schlug daher sein Herz vor Freude und Erwartung, als er endlich am Abend, der Einladung zufolge, mit Fortunato, der fortwährend den Geheimnisvollen spielte, zum Tore hinaus dem Landhause zuritt.

Es war schon völlig dunkel, als sie draußen ankamen. Mitten in einem Garten, wie es schien, lag eine zierliche Villa mit schlanken Säulen, über denen sich von der Zinne ein zweiter Garten von Orangen und vielerlei Blumen duftig erhob. Große Kastanienbäume standen umher und streckten kühn und seltsam beleuchtet ihre Riesenarme zwischen den aus den Fenstern dringenden Scheinen in die Nacht hinaus. Der Herr vom Hause, ein feiner fröhlicher Mann von mittleren Jahren, den aber Florio früher jemals gesehn zu haben sich nicht erinnerte, empfing den Sänger und seinen Freund herzlich an der Schwelle des Hauses und führte sie die breiten Stufen hinan in den Saal.

Eine fröhliche Tanzmusik scholl ihnen dort entgegen, eine große Gesellschaft bewegte sich bunt und zierlich durcheinander im Glanze unzähliger Lichter, die gleich Sternenkreisen in kristallenen Leuchtern über dem lustigen Schwarme schwebten. Einige tanzten, andere ergötzten sich in lebhaftem Gespräch, viele waren maskiert und gaben unwillkürlich durch ihre wunderliche Erscheinung dem anmutigen Spiele oft plötzlich eine tiefe, fast schauerliche Bedeutung.

Florio stand noch still geblendet, selber wie ein anmutiges Bild, zwischen den schönen schweifenden Bildern. Da trat ein zierliches Mädchen an ihn heran, in griechischem Gewande leicht geschürzt, die schönen Haare in künstliche Kränze geflochten. Eine Larve verbarg ihr halbes Gesicht und ließ die untere Hälfte nun desto rosiger und reizender sehen. Sie verneigte sich flüchtig, überreichte ihm eine Rose und war schnell wieder in dem Schwarme verloren.

In demselben Augenblicke bemerkte er auch, daß der Herr

vom Hause dicht bei ihm stand, ihn prüfend ansah, aber schnell wegblickte, als Florio sich umwandte. –

Verwundert durchstrich nun der letztere die rauschende Menge. Was er heimlich gehofft, fand er nirgends, und er machte sich beinah Vorwürfe, dem fröhlichen Fortunato so leichtsinnig auf dieses Meer von Lust gefolgt zu sein, das ihn nun immer weiter von jener einsamen hohen Gestalt zu verschlagen schien. Sorglos umspülten indes die losen Wellen, schmeichlerisch neckend den Gedankenvollen und tauschten ihm unmerklich die Gedanken aus. Wohl kommt die Tanzmusik, wenn sie auch nicht unser Innerstes erschüttert und umkehrt, recht wie ein Frühling leise und gewaltig über uns, die Töne tasten zauberisch wie die ersten Sommerblicke nach der Tiefe und wecken alle die Lieder, die unten gebunden schliefen, und Quellen und Blumen und uralte Erinnerungen und das ganze eingefrorne, schwere, stockende Leben wird ein leichter klarer Strom, auf dem das Herz mit rauschenden Wimpeln den lange aufgegebenen Wünschen fröhlich wieder zufährt. So hatte die allgemeine Lust auch Florio gar bald angesteckt, ihm war recht leicht zumute, als müßten sich alle Rätsel, die so schwül auf ihm lasteten, lösen.

Neugierig suchte er nun die niedliche Griechin wieder auf. Er fand sie in einem lebhaften Gespräch mit andern Masken, aber er bemerkte wohl, daß auch ihre Augen mitten im Gespräch suchend abseits schweiften und ihn schon von fern wahrgenommen hatten. Er forderte sie zum Tanze. Sie verneigte sich freundlich, aber ihre bewegliche Lebhaftigkeit schien wie gebrochen, als er ihre Hand berührte und festhielt. Sie folgte ihm still und mit gesenktem Köpfchen, man wußte nicht, ob schelmisch, oder traurig. Die Musik begann, und er konnte keinen Blick verwenden von der reizenden Gauklerin, die ihn gleich den Zaubergestalten auf den alten fabelhaften Schildereien umschwebte. „Du kennst mich“, flüsterte sie kaum hörbar ihm zu, als sich einmal im Tanze ihre Lippen flüchtig beinah berührten.

Der Tanz war endlich aus, die Musik hielt plötzlich inne; da glaubte Florio seine schöne Tänzerin am anderen Ende des Saales noch einmal wiederzusehen. Es war dieselbe Tracht, dieselben Farben des Gewandes, derselbe Haarschmuck. Das schöne Bild schien unverwandt auf ihn herzusehen und stand fortwährend still im Schwarme der nun überall zerstreuten

Tänzer, wie ein heiteres Gestirn zwischen dem leichten fliegenden Gewölk bald untergeht, bald lieblich wieder erscheint. Die zierliche Griechin schien die Erscheinung nicht zu bemerken, oder doch nicht zu beachten, sondern verließ, ohne ein Wort zu sagen, mit einem leisen flüchtigen Händedruck eilig ihren Tänzer.

Der Saal war unterdes ziemlich leer geworden. Alles schwärmte in den Garten hinab, um sich in der lauen Luft zu ergehen, auch jenes seltsame Doppelbild war verschwunden. Florio folgte dem Zuge und schlenderte gedankenvoll durch die hohen Bogengänge. Die vielen Lichter warfen einen zauberischen Schein zwischen das zitternde Laub. Die hin und her schweifenden Masken, mit ihren veränderten grellen Stimmen und wunderbarem Aufzuge, nahmen sich hier in der ungewissen Beleuchtung noch viel seltsamer und fast gespenstisch aus.

Er war eben, unwillkürlich einen einsamen Pfad einschlagend, ein wenig von der Gesellschaft abgekommen, als er eine liebliche Stimme zwischen den Gebüschen singen hörte:

„Über die beglänzten Gipfel
Fernher kommt es wie ein Grüßen,
Flüsternd neigen sich die Wipfel,
Als ob sie sich wollten küssen.

Ist er doch so schön und milde!
Stimmen gehen durch die Nacht,
Singen heimlich von dem Bilde –
Ach, ich bin so froh erwacht!

Plaudert nicht so laut, ihr Quellen!
Wissen darf es nicht der Morgen!
In der Mondnacht linde Wellen,
Senk ich stille Glück und Sorgen." –

Florio folgte dem Gesange und kam auf einen offnen runden Rasenplatz, in dessen Mitte ein Springbrunnen lustig mit den Funken des Mondlichts spielte. Die Griechin saß, wie eine schöne Najade, auf dem steinernen Becken. Sie hatte die Larve abgenommen und spielte gedankenvoll mit einer Rose in dem schimmernden Wasserspiegel. Schmeichlerisch schweifte der Mondschein über den blendend weißen Nacken auf und nieder, ihr Gesicht konnte er nicht sehen, denn sie hatte ihm den Rücken zugekehrt. – Als sie die Zweige hinter sich rauschen hörte, sprang das schöne Bildchen rasch auf, steckte die Larve vor und floh, schnell wie ein aufgescheuchtes Reh, wieder zur Gesellschaft zurück.

Florio mischte sich nun auch wieder in die bunten Reihen der Spaziergehenden. Manch zierliches Liebeswort schallte da leise durch die laue Luft, der Mondschein hatte mit seinen unsichtbaren Fäden alle die Bilder wie in ein goldnes Liebesnetz verstrickt, in das nur die Masken mit ihren ungeselligen Parodien manche komische Lücke gerissen. Besonders hatte Fortunato sich diesen Abend mehreremal verkleidet und trieb fortwährend seltsam wechselnd sinnreichen Spuk, immer neu und unerkannt, und oft sich selber überraschend durch die Kühnheit und tiefe Bedeutsamkeit seines Spieles, so daß er manchmal plötzlich still wurde vor Wehmut, wenn die andern sich halb totlachen wollten. –

Die schöne Griechin ließ sich indes nirgends sehen, sie schien es absichtlich zu vermeiden, dem Florio wieder zu begegnen.

Dagegen hatte ihn der Herr vom Hause recht in Beschlag genommen. Künstlich und weit ausholend befragte ihn derselbe weitläufig um sein früheres Leben, seine Reisen und seinen künftigen Lebensplan. Florio konnte dabei gar nicht vertraulich werden, denn Pietro, so hieß jener, sah fortwährend so beobachtend aus, als läge hinter allen den feinen Redensarten irgendein besonderer Anschlag auf der Lauer. Vergebens sann er hin und her, dem Grunde dieser zudringlichen Neugier auf die Spur zu kommen.

Er hatte sich soeben wieder von ihm losgemacht, als er, um den Ausgang einer Allee herumbiegend, mehreren Masken begegnete, unter denen er unerwartet die Griechin wiedererblickte. Die Masken sprachen viel und seltsam durcheinander, die eine Stimme schien ihm bekannt, doch konnte er sich nicht deutlich besinnen. Bald darauf verlor sich eine Gestalt nach der andern, bis er sich am Ende, eh er sich dessen recht versah, allein mit dem Mädchen befand. Sie blieb zögernd stehen und sah ihn einige Augenblicke schweigend an. Die Larve war fort, aber ein kurzer, blütenweißer Schleier, mit allerlei wunderlichen goldgestickten Figuren verziert, verdeckte das Gesichtchen. Er wunderte sich, daß die Scheue nun so allein bei ihm aushielt.

„Ihr habt mich in meinem Gesange belauscht", sagte sie endlich freundlich. Es waren die ersten lauten Worte, die er von ihr vernahm. Der melodische Klang ihrer Stimme drang ihm durch die Seele, es war, als rührte sie erinnernd an alles Liebe, Schöne und Fröhliche, was er im Leben erfahren. Er entschuldigte seine Kühnheit und sprach verwirrt von der Einsamkeit, die ihn verlockt, seiner Zerstreuung, dem Rauschen der Wasserkunst. – Einige Stimmen näherten sich unterdes dem Platze. Das Mädchen blickte scheu um sich und ging rasch tiefer in die Nacht hinein. Sie schien es gern zu sehen, daß Florio ihr folgte.

Kühn und vertraulicher bat er sie nun, sich nicht länger zu verbergen, oder doch ihren Namen zu sagen, damit ihre liebliche Erscheinung unter den tausend verwirrenden Bildern des Tages ihm nicht wieder verlorenginge. „Laßt das", erwiderte sie träumerisch, „nehmt die Blumen des Lebens fröhlich, wie sie der Augenblick gibt, und forscht nicht nach den Wurzeln im Grunde, denn unten ist es freudlos und still." Florio sah sie erstaunt an; er begriff nicht, wie solche rätselhafte Worte in den Mund des heitern Mädchens kamen. Das Mondlicht fiel eben wechselnd zwischen den Bäumen auf ihre Gestalt. Da kam es ihm auch vor, als sei sie nun größer, schlanker und edler, als vorhin beim Tanze und am Springbrunnen.

Sie waren indes bis an den Ausgang des Gartens gekommen. Keine Lampe brannte mehr hier, nur manchmal hörte man noch eine Stimme in der Ferne verhallend. Draußen ruhte der weite Kreis der Gegend still und feierlich im prächtigen Mondschein. Auf einer Wiese, die vor ihnen lag, bemerkte Florio mehrere Pferde und Menschen, in dem Dämmerlichte halbkenntlich durcheinanderwirrend.

Hier blieb seine Begleiterin plötzlich stehen. „Es wird mich erfreuen", sagte sie, „Euch einmal in meinem Hause zu sehen. Unser Freund wird Euch hingeleiten. – Lebt wohl!" – Bei diesen Worten schlug sie den Schleier zurück, und Florio fuhr erschrocken zusammen. – Es war die wunderbare Schöne, deren Gesang er in jenem mittagschwülen Garten belauscht. – Aber ihr Gesicht, das der Mond hell beschien, kam ihm bleich und regungslos vor, fast wie damals das Marmorbild am Weiher.

Er sah nun, wie sie über die Wiese dahinging, von mehreren reichgeschmückten Dienern empfangen wurde, und in einem schnell umgeworfenen schimmernden Jagdkleide einen schneeweißen Zelter bestieg. Wie festgebannt von Staunen, Freude und einem heimlichen Grauen, das ihn innerlichst überschlich, blieb er stehen, bis Pferde, Reiter und die ganze seltsame Erscheinung in die Nacht verschwunden war.

Ein Rufen aus dem Garten weckte ihn endlich aus seinen Träumen. Er erkannte Fortunatos Stimme und eilte, den Freund zu erreichen, der ihn schon längst vermißt und vergebens aufgesucht hatte. Dieser wurde seiner kaum gewahr, als er ihm schon entgegensang:

„Still in Luft
Es gebart,
Aus dem Duft
Hebt sich's zart,
Liebchen ruft,
Liebster schweift
Durch die Luft;
Sternwärts greift,
Seufzt und ruft,
Herz wird bang,
Matt wird Duft,
Zeit wird lang –
Mondscheinduft
Luft in Luft
Bleibt Liebe und Liebste, wie sie gewesen!

Aber wo seid Ihr denn auch so lange herumgeschwebt?" schloß er endlich lachend. – Um keinen Preis hätte Florio sein Geheimnis verraten können. „Lange?" erwiderte er nur, selber erstaunt. Denn in der Tat war der Garten unterdes ganz leer geworden, alle Beleuchtung fast erloschen, nur wenige Lampen flackerten noch ungewiß, wie Irrlichter, im Winde hin und her.

Fortunato drang nicht weiter in den Jüngling, und schweigend stiegen sie in dem still gewordenen Hause die Stufen hinan. „Ich löse nun mein Wort", sagte Fortunato, indem sie auf der Terrasse über dem Dache der Villa anlangten, wo noch eine kleine Gesellschaft unter dem heiter gestirnten Himmel versammelt war. Florio erkannte sogleich mehrere Gesichter, die er an jenem ersten fröhlichen Abend bei den Zelten gesehen. Mitten unter ihnen erblickte er auch seine schöne Nachbarin wieder. Aber der fröhliche Blumenkranz fehlte heute in den Haaren, ohne Band, ohne Schmuck wallten die schönen Locken um das Köpfchen und den zierlichen Hals. Er stand fast betroffen still bei dem Anblick. Die Erinnerung an jenen Abend überflog ihn mit einer seltsam wehmütigen Gewalt. Es war ihm, als sei das schon lange her, so ganz anders war alles seitdem geworden.

Das Fräulein wurde Bianca genannt, und ihm als Pietros Nichte vorgestellt. Sie schien ganz verschüchtert, als er sich ihr näherte, und wagte es kaum, zu ihm aufzublicken. Er äußerte ihr seine Verwunderung, sie diesen Abend hindurch nicht gesehen zu haben. „Ihr habt mich öfter gesehen", sagte sie leise, und er glaubte dieses Flüstern wiederzuerkennen. – Währenddes wurde sie die Rose an seiner Brust gewahr, welche er von der Griechin erhalten, und schlug errötend die Augen nieder. Florio bemerkte es wohl, ihm fiel dabei ein, wie er nach dem Tanze die Griechin doppelt gesehen. Mein Gott! dachte er verwirrt bei sich, wer war denn das? –

„Es ist gar seltsam", unterbrach sie ablenkend das Stillschweigen, „so plötzlich aus der lauten Lust in die weite Nacht hinauszutreten. Seht nur, die Wolken gehn oft so schreckhaft wechselnd über den Himmel, daß man wahnsinnig werden müßte, wenn man lange hineinsähe; bald wie ungeheure Mondgebirge mit schwindligen Abgründen und schrecklichen Zakken, ordentlich wie Gesichter, bald wieder wie Drachen, oft plötzlich lange Hälse ausstreckend, und drunter schießt der Fluß heimlich wie eine goldne Schlange durch das Dunkel, das weiße Haus da drüben sieht aus wie ein stilles Marmorbild." – „Wo?" fuhr Florio, bei diesem Worte heftig erschreckt, aus seinen Gedanken auf. – Das Mädchen sah ihn verwundert an, und beide schwiegen einige Augenblicke still. – „Ihr werdet Lucca verlassen?" sagte sie endlich zögernd und leise, als fürchtete sie sich vor einer Antwort. „Nein", erwiderte Florio zerstreut, „doch, ja, ja, bald, recht sehr bald!" – Sie schien noch etwas sagen zu wollen, wandte aber plötzlich, die Worte zurückdrängend, ihr Gesicht ab in die Dunkelheit.

Er konnte endlich den Zwang nicht länger aushalten. Sein Herz war so voll und gepreßt und doch so überselig. Er nahm schnell Abschied, eilte hinab und ritt ohne Fortunato und alle Begleitung in die Stadt zurück.

Das Fenster in seinem Zimmer stand offen, er blickte flüchtig noch einmal hinaus. Die Gegend draußen lag unkenntlich und still wie eine wunderbar verschränkte Hieroglyphe im zauberischen Mondschein. Er schloß das Fenster fast erschrocken und warf sich auf sein Ruhebett hin, wo er als ein Fieberkranker in die wunderlichsten Träume versank.

Bianca aber saß noch lange auf der Terrasse oben. Alle andern hatten sich zur Ruhe begeben, hin und wieder erwachte schon manche Lerche, mit ungewissem Liede hoch durch die stille Luft schweifend; die Wipfel der Bäume fingen an sich unten zu rühren, falbe Morgenlichter flogen wechselnd über ihr erwachtes, von den freigelassenen Locken nachlässig umwalltes Gesicht. – Man sagt, daß einem Mädchen, wenn sie in einem, aus neunerlei Blumen geflochtenen Kranze einschläft, ihr künftiger Bräutigam im Traume erscheine. So eingeschlummert hatte Bianca nach jenem Abend bei den Zelten Florio im Traume gesehen. – Nun war alles Lüge, er war ja so zerstreut, so kalt und fremde! – Sie zerpflückte die trügerischen Blumen, die sie bis jetzt wie einen Brautkranz aufbewahrt. Dann lehnte sie die Stirn an das kalte Geländer und weinte aus Herzensgrunde.

Mehrere Tage waren seitdem vergangen, da befand sich Florio eines Nachmittags bei Donati auf seinem Landhause vor der Stadt. An einem mit Früchten und kühlem Wein besetzten Tische verbrachten sie die schwülen Stunden unter anmutigen Gesprächen, bis die Sonne schon tief hinabgesunken war. Währenddes ließ Donati seinen Diener auf der Gitarre spielen, der ihr gar liebliche Töne zu entlocken wußte. Die großen, weiten Fenster standen dabei offen, durch welche die lauen Abendlüfte den Duft vielfacher Blumen, mit denen das Fenster besetzt war, hineinwehten. Draußen lag die Stadt im farbigen Duft zwischen den Gärten und Weinbergen, von denen ein fröhliches Schallen durch die Fenster heraufkam. Florio war innerlichst vergnügt, denn er gedachte im stillen immerfort der schönen Frau.

Währenddes ließen sich draußen Waldhörner aus der Ferne vernehmen. Bald näher, bald weit, gaben sie einander unablässig anmutig Antwort von den grünen Bergen. Donati trat ans Fenster. „Das ist die Dame“, sagte er, „die Ihr in dem schönen Garten gesehen habt, sie kehrt soeben von der Jagd nach ihrem Schlosse zurück.“ Florio blickte hinaus. Da sah er das Fräulein auf einem schönen Zelter unten über den grünen Anger ziehen. Ein Falke, mit einer goldenen Schnur an ihren Gürtel befestigt, saß auf ihrer Hand, ein Edelstein an ihrer Brust warf in der Abendsonne lange, grünlichgoldne Scheine über die Wiese hin. Sie nickte freundlich zu ihm herauf.

„Das Fräulein ist nur selten zu Hause", sagte Donati, „wenn es Euch gefällig wäre, könnten wir sie noch heute besuchen." Florio fuhr bei diesen Worten freudig aus dem träumerischen Schauen, in das er versunken stand, er hätte dem Ritter um den Hals fallen mögen. – Und bald saßen beide draußen zu Pferde.

Sie waren noch nicht lange geritten, als sich der Palast mit seiner heitern Säulenpracht vor ihnen erhob, ringsum von dem schönen Garten, wie von einem fröhlichen Blumenkranz umgeben. Von Zeit zu Zeit schwangen sich Wasserstrahlen von den vielen Springbrunnen, wie jauchzend, bis über die Wipfel der Gebüsche, hell im Abendgolde funkelnd. – Florio verwunderte sich, wie er bisher niemals den Garten wiederfinden konnte. Sein Herz schlug laut vor Entzücken und Erwartung, als sie endlich bei dem Schlosse anlangten.

Mehrere Diener eilten herbei, ihnen die Pferde abzunehmen. Das Schloß selbst war ganz von Marmor, und seltsam, fast wie ein heidnischer Tempel erbaut. Das schöne Ebenmaß aller Teile, die wie jugendliche Gedanken hoch aufstrebenden Säulen, die künstlichen Verzierungen, sämtliche Geschichten aus einer fröhlichen, lange versunkenen Welt darstellend, die schönen marmornen Götterbilder endlich, die überall in den Nischen umherstanden, alles erfüllte die Seele mit einer unbeschreiblichen Heiterkeit. Sie betraten nun die weite Halle, die durch das ganze Schloß hindurchging. Zwischen den luftigen Säulen glänzte und wehte ihnen überall der Garten duftig entgegen.

Auf den breiten glattpolierten Stufen, die in den Garten hinabführten, trafen sie endlich auch die schöne Herrin des Palastes, die sie mit großer Anmut willkommen hieß. – Sie ruhte, halb liegend, auf einem Ruhebett von köstlichen Stoffen. Das Jagdkleid hatte sie abgelegt, ein himmelblaues Gewand, von einem wunderbar zierlichen Gürtel zusammengehalten, umschloß die schönen Glieder. Ein Mädchen, neben ihr kniend, hielt ihr einen reichverzierten Spiegel vor, während mehrere andere beschäftigt waren, ihre anmutige Gebieterin mit Rosen zu schmücken. Zu ihren Füßen war ein Kreis von Jungfrauen auf dem Rasen gelagert, die sangen mit abwechselnden Stimmen zur Laute, bald hinreißend fröhlich, bald leise klagend, wie Nachtigallen in warmen Sommernächten einander Antwort geben.

In dem Garten selbst sah man überall ein erfrischendes Wehen und Regen. Viele fremde Herren und Damen wandelten da zwischen den Rosengebüschen und Wasserkünsten in artigen Gesprächen auf und nieder. Reichgeschmückte Edelknaben reichten Wein und mit Blumen verdeckte Orangen und Früchte in silbernen Schalen umher. Weiter in der Ferne, wie die Lautenklänge und die Abendstrahlen so über die Blumenfelder dahinglitten, erhoben sich hin und her schöne Mädchen, wie aus Mittagsträumen erwachend, aus den Blumen, schüttelten die dunkeln Locken aus der Stirn, wuschen sich die Augen in den klaren Springbrunnen, und mischten sich dann auch in den fröhlichen Schwarm.

Florios Blicke schweiften wie geblendet über die bunten Bilder, immer mit neuer Trunkenheit wieder zu der schönen Herrin des Schlosses zurückkehrend. Diese ließ sich in ihrem kleinen anmutigen Geschäft nicht stören. Bald etwas an ihrem dunkeln duftenden Lockengeflecht verbessernd, bald wieder im Spiegel sich betrachtend, sprach sie dabei fortwährend zu dem Jüngling, mit gleichgültigen Dingen in zierlichen Worten holdselig spielend. Zuweilen wandte sie sich plötzlich um und blickte ihn unter den Rosenkränzen so unbeschreiblich lieblich an, daß es ihm durch die innerste Seele ging. –

Die Nacht hatte indes schon angefangen, zwischen die fliegenden Abendlichter hinein zu dunkeln, das lustige Schallen im Garten wurde nach und nach zum leisen Liebesgeflüster, der Mondschein legte sich zauberisch über die schönen Bilder. Da erhob sich die Dame von ihrem blumigen Sitze und faßte Florio freundlich bei der Hand, um ihn in das Innere ihres Schlosses zu führen, von dem er bewundernd gesprochen. Viele von den andern folgten ihnen nach. Sie gingen einige Stufen auf und nieder, die Gesellschaft zerstreute sich inzwischen lustig, lachend und scherzend durch die vielfachen Säulengänge, auch Donati war im Schwarme verloren, und bald befand sich Florio mit der Dame allein in einem der prächtigsten Gemächer des Schlosses.

Die schöne Führerin ließ sich hier auf mehrere am Boden liegende seidene Kissen nieder. Sie warf dabei, zierlich wechselnd, ihren weiten, blütenweißen Schleier in die mannigfaltigsten Richtungen, immer schönere Formen bald enthüllend, bald lose verbergend. Florio betrachtete sie mit flammenden Augen. Da begann auf einmal draußen in dem Garten ein wunderschöner Gesang. Es war ein altes frommes Lied, das er in seiner Kindheit oft gehört und seitdem über den wechselnden Bildern der Reise fast vergessen hatte. Er wurde ganz zerstreut, denn es kam ihm zugleich vor, als wäre es Fortunatos Stimme. – „Kennt Ihr den Sänger?“ fragte er rasch die Dame. Diese schien ordentlich erschrocken und verneinte es verwirrt. Dann saß sie lange im stummen Nachsinnen da.

Florio hatte unterdes Zeit und Freiheit, die wunderlichen Verzierungen des Gemaches genau zu betrachten. Es war nur matt durch einige Kerzen erleuchtet, die von zwei ungeheuren, aus der Wand hervorragenden Armen gehalten wurden. Hohe, ausländische Blumen, die in künstlichen Krügen umherstanden, verbreiteten einen berauschenden Duft. Gegenüber stand eine Reihe marmorner Bildsäulen, über deren reizende Formen die schwankenden Lichter lüstern auf und nieder schweiften. Die übrigen Wände füllten köstliche Tapeten mit in Seide gewirkten lebensgroßen Historien von ausnehmender Frische.

Mit Verwunderung glaubte Florio, in allen den Damen, die er in diesen letzteren Schildereien erblickte, die schöne Herrin des Hauses deutlich wiederzuerkennen. Bald erschien sie, den Falken auf der Hand, wie er sie vorhin gesehen hatte, mit einem jungen Ritter auf die Jagd reitend, bald war sie in einem prächtigen Rosengarten vorgestellt, wie ein anderer schöner Edelknabe auf den Knien zu ihren Füßen lag.

Da flog es ihn plötzlich wie von den Klängen des Liedes draußen an, daß er zu Hause in früher Kindheit oftmals ein solches Bild gesehen, eine wunderschöne Dame in derselben Kleidung, einen Ritter zu ihren Füßen, hinten einen weiten Garten mit vielen Springbrunnen und künstlich geschnittenen Alleen, geradeso wie vorhin der Garten draußen erschienen. Auch Abbildungen von Lucca und anderen berühmten Städten erinnerte er sich dort gesehen zu haben.

Er erzählte es nicht ohne tiefe Bewegung der Dame. „Damals“, sagte er in Erinnerungen verloren, „wenn ich so an schwülen Nachmittagen in dem einsamen Lusthause unseres Gartens vor den alten Bildern stand und die wunderlichen Türme der Städte, die Brücken und Alleen betrachtete, wie da prächtige Karossen fuhren und stattliche Kavaliers einherritten, die Damen in den Wagen begrüßend – da dachte ich nicht, daß das alles einmal lebendig werden würde um mich herum. Mein Vater trat dabei oft zu mir und erzählte mir manch lustiges Abenteuer, das ihm auf seinen jugendlichen Heeresfahrten in der und jener von den abgemalten Städten begegnet. Dann pflegte er gewöhnlich lange Zeit nachdenklich in dem stillen Garten auf und ab zu gehen. – Ich aber warf mich in das tiefste Gras und sah stundenlang zu, wie Wolken über die schwüle Gegend wegzogen. Die Gräser und Blumen schwankten leise hin und her über mir, als wollten sie seltsame Träume weben, die Bienen summten dazwischen so sommerhaft und in einem fort – ach! das ist alles wie ein Meer von Stille, in dem das Herz vor Wehmut untergehen möchte!" – „Laßt nur das!" sagte hier die Dame wie in Zerstreuung, „ein jeder glaubt mich schon einmal gesehen zu haben, denn mein Bild dämmert und blüht wohl in allen Jugendträumen mit herauf." Sie streichelte dabei beschwichtigend dem schönen Jüngling die braunen Locken aus der klaren Stirn. – Florio aber stand auf, sein Herz war zu voll und tief bewegt, er trat ans offne Fenster. Da rauschten die Bäume, hin und her schlug eine Nachtigall, in der Ferne blitzte es zuweilen. Über den stillen Garten weg zog immerfort der Gesang wie ein klarer kühler Strom, aus dem die alten Jugendträume herauftauchten. Die Gewalt dieser Töne hatte seine ganze Seele in tiefe Gedanken versenkt, er kam sich auf einmal hier so fremd, und wie aus sich selber verirrt vor. Selbst die letzten Worte der Dame, die er sich nicht recht zu deuten wußte, beängstigten ihn sonderbar – da sagte er leise aus tiefstem Grunde der Seele: „Herr Gott, laß mich nicht verlorengehen in der Welt!" Kaum hatte er die Worte innerlichst ausgesprochen, als sich draußen ein trüber Wind, wie von dem herannahenden Gewitter, erhob und ihn verwirrend anwehte. Zu gleicher Zeit bemerkte er an dem Fenstergesimse Gras und einzelne Büschel von Kräutern wie auf altem Gemäuer. Eine Schlange fuhr zischend daraus hervor und stürzte mit dem grünlichgoldenen Schweife sich ringelnd in den Abgrund hinunter.

Erschrocken verließ Florio das Fenster und kehrte zu der Dame zurück. Diese saß unbeweglich still, als lauschte sie. Dann stand sie rasch auf, ging ans Fenster und sprach mit anmutiger Stimme scheltend in die Nacht hinaus. Florio konnte aber nichts verstehen, denn der Sturm riß die Worte gleich mit sich fort. – Das Gewitter schien indes immer näher zu kommen, der Wind, zwischen dem noch immerfort einzelne Töne des Gesanges herzzerreißend heraufflogen, strich pfeifend durch das ganze Haus und drohte die wild hin und her flackernden Kerzen zu verlöschen. Ein langer Blitz erleuchtete soeben das dämmernde Gemach. Da fuhr Florio plötzlich einige Schritte zurück, denn es war ihm, als stünde die Dame starr mit geschlossenen Augen und ganz weißem Antlitz und Armen vor ihm. – Mit dem flüchtigen Blitzesscheine jedoch verschwand auch das schreckliche Gesicht wieder, wie es entstanden. Die alte Dämmerung füllte wieder das Gemach, die Dame sah ihn wieder lächelnd an wie vorhin, aber stillschweigend und wehmütig, wie mit schwerverhaltenen Tränen.

Florio hatte indes, im Schreck zurücktaumelnd, eines von den steinernen Bildern, die an der Wand herumstanden, angestoßen. In demselben Augenblicke begann dasselbe sich zu rühren, die Regung teilte sich schnell den andern mit, und bald erhoben sich alle die Bilder mit furchtbarem Schweigen von ihrem Gestelle. Florio zog seinen Degen und warf einen ungewissen Blick auf die Dame. Als er aber bemerkte, daß dieselbe, bei den indes immer gewaltiger verschwellenden Tönen des Gesanges im Garten, immer bleicher und bleicher wurde, gleich einer versinkenden Abendröte, worin endlich auch die lieblich spielenden Augensterne unterzugehen schienen, da erfaßte ihn ein tödliches Grauen. Denn auch die hohen Blumen in den Gefäßen fingen an, sich wie buntgefleckte bäumende Schlangen gräßlich durcheinanderzuwinden, alle Ritter auf den Wandtapeten sahen auf einmal aus wie er und lachten ihn hämisch an; die beiden Arme, welche die Kerzen hielten, rangen und reckten sich immer länger, als wolle ein ungeheurer Mann aus der Wand sich hervorarbeiten, der Saal füllte sich mehr und mehr, die Flammen des Blitzes warfen gräßliche Scheine zwischen die Gestalten, durch deren Gewimmel Florio die steinernen Bilder mit solcher Gewalt auf sich losdringen sah, daß ihm die Haare zu Berge standen. Das Grausen überwältigte alle seine Sinne, er stürzte verworren aus dem Zimmer durch die öden, widerhallenden Gemächer und Säulengänge hinab.

Unten im Garten lag seitwärts der stille Weiher, den er in jener ersten Nacht gesehen, mit dem marmornen Venusbilde. – Der Sänger Fortunato, so kam es ihm vor, fuhr abgewendet und hoch aufrecht stehend im Kahne mitten auf dem Weiher, noch einzelne Akkorde in seine Gitarre greifend. – Florio aber hielt auch diese Erscheinung für ein verwirrendes Blendwerk der Nacht und eilte fort und fort, ohne sich umzusehen, bis Weiher, Garten und Palast weit hinter ihm versunken waren. Die Stadt ruhte, hell vom Monde beschienen, vor ihm. Fernab am Horizonte verhallte nur ein leichtes Gewitter, es war eine prächtig klare Sommernacht.

Schon flogen einzelne Lichtstreifen über den Morgenhimmel, als er vor den Toren ankam. Er suchte dort heftig Donatis Wohnung auf, ihn wegen der Begebenheiten dieser Nacht zur Rede zu stellen. Das Landhaus lag auf einem der höchsten Plätze mit der Aussicht über die Stadt und die ganze umliegende Gegend. Er fand daher die anmutige Stelle bald wieder. Aber anstatt der zierlichen Villa, in der er gestern gewesen, stand nur eine niedere Hütte da, ganz von Weinlaub überrankt und von einem kleinem Gärtchen umschlossen. Tauben, in den ersten Morgenstrahlen spiegelnd, gingen girrend auf dem Dache auf und nieder, ein tiefer, heiterer Friede herrschte überall. Ein Mann mit dem Spaten auf der Achsel kam soeben aus dem Hause und sang:

„Vergangen ist die finstre Nacht,
Des Bösen Trug und Zaubermacht,
Zur Arbeit weckt der lichte Tag;
Frisch auf, wer Gott noch loben mag!“

Er brach sein Lied plötzlich ab, als er den Fremden so bleich und mit verworrenem Haar daherfliegen sah. – Ganz verwirrt fragte Florio nach Donati. Der Gärtner aber kannte den Namen nicht und schien den Fragenden für wahnsinnig zu halten. Seine Tochter dehnte sich auf der Schwelle in die kühle Morgenluft hinaus und sah den Fremden frisch und morgenklar mit den großen, verwunderten Augen an. – „Mein Gott! wo bin ich denn so lange gewesen!“ sagte Florio halb leise in sich, und floh eilig zurück durch das Tor und die noch leeren Gassen in die Herberge.

Hier verschloß er sich in sein Zimmer und versank ganz und gar in ein hinstarrendes Nachsinnen. Die unbeschreibliche Schönheit der Dame, wie sie so langsam vor ihm verblich und die anmutigen Augen untergingen, hatte in seinem tiefsten

Herzen eine solche unendliche Wehmut zurückgelassen, daß er sich unwiderstehlich sehnte, hier zu sterben. –

In solchem unseligen Brüten und Träumen blieb er den ganzen Tag und die darauffolgende Nacht hindurch.

Die früheste Morgendämmerung fand ihn schon zu Pferde vor den Toren der Stadt. Das unermüdliche Zureden seines getreuen Dieners hatte ihn endlich zu dem Entschlusse bewogen, diese Gegend gänzlich zu verlassen. Langsam und in sich gekehrt zog er nun die schöne Straße, die von Lucca in das Land hinausführte, zwischen den dunkelnden Bäumen, in denen die Vögel noch schliefen, dahin. Da gesellten sich, nicht gar fern von der Stadt, noch drei andere Reiter zu ihm. Nicht ohne heimlichen Schauer erkannte er in dem einen den Sänger Fortunato. Der andere war Fräulein Biancas Oheim, in dessen Landhause er an jenem verhängnisvollen Abende getanzt. Er wurde von einem Knaben begleitet, der stillschweigend und ohne viel aufzublicken, neben ihm herritt. Alle drei hatten sich vorgenommen, miteinander das schöne Italien zu durchschweifen, und luden Florio freundlich ein, mit ihnen zu reisen. Er aber verneigte sich schweigend, weder einwilligend, noch verneinend, und nahm fortwährend an allen ihren Gesprächen nur geringen Anteil.

Die Morgenröte erhob sich indes immer höher und kühler über der wunderschönen Landschaft vor ihnen. Da sagte der heitre Pietro zu Fortunato: „Seht nur, wie seltsam das Zwielicht über dem Gestein der alten Ruine auf dem Berge dort spielt! Wie oft bin ich, schon als Knabe, mit Erstaunen, Neugier und heimlicher Scheu dort herumgeklettert! Ihr seid so vieler Sagen kundig, könnt Ihr uns nicht Auskunft geben von dem Ursprung und Verfall dieses Schlosses, von dem so wunderliche Gerüchte im Lande gehen?“ – Florio warf einen Blick nach dem Berge. In einer großen Einsamkeit lag da altes verfallenes Gemäuer umher, schöne, halb in die Erde versunkene Säulen und künstlich gehauene Steine, alles von einer üppig blühenden Wildnis grünverschlungener Ranken, Hecken und hohen Unkrauts überdeckt. Ein Weiher befand sich daneben, über dem sich ein zum Teil zertrümmertes Marmorbild erhob, hell vom Morgen angeglüht. Es war offenbar dieselbe Gegend, dieselbe Stelle, wo er den schönen Garten und die Dame gesehen hatte. – Er schauerte innerlichst zusammen bei dem Anblicke. – Fortunato aber sagte: „Ich weiß ein altes Lied darauf, wenn ihr damit fürliebnehmen wollt.“ – Und hiermit sang er, ohne sich lange zu besinnen, mit seiner klaren fröhlichen Stimme in die heitere Morgenluft hinaus:

„Von kühnen Wunderbildern
Ein großer Trümmerhauf,
In reizendem Verwildern
Ein blühnder Garten drauf.

Versunknes Reich zu Füßen,
Vom Himmel fern und nah,
Aus andrem Reich ein Grüßen –
Das ist Italia!

Wenn Frühlingslüfte wehen
Hold überm grünen Plan,
Ein leises Auferstehen
Hebt in den Tälern an.

Da will sich's unten rühren
Im stillen Göttergrab,
Der Mensch kann's schauernd spüren
Tief in die Brust hinab.

Verwirrend in den Bäumen
Gehn Stimmen hin und her,
Ein sehnsuchtsvolles Träumen
Weht übers blaue Meer.

Und unterm duft'gen Schleier,
Sooft der Lenz erwacht,
Webt in geheimer Feier
Die alte Zaubermacht.

Frau Venus hört das Locken,
Der Vögel heitern Chor,
Und richtet froh erschrocken
Aus Blumen sich empor.

Sie sucht die alten Stellen,
Das luft'ge Säulenhaus,

Schaut lächelnd in die Wellen
Der Frühlingsluft hinaus.

Doch öd sind nun die Stellen,
Stumm liegt ihr Säulenhaus,
Gras wächst da auf den Schwellen,
Der Wind zieht ein und aus.

Wo sind nun die Gespielen?
Diana schläft im Wald,
Neptunus ruht im kühlen
Meerschloß, das einsam hallt.

Zuweilen nur Sirenen
Noch tauchen aus dem Grund,
Und tun in irren Tönen
Die tiefe Wehmut kund. –

Sie selbst muß sinnend stehen
So bleich im Frühlingsschein,
Die Augen untergehen,
Der schöne Leib wird Stein. –

Denn über Land und Wogen
Erscheint, so still und mild,
Hoch auf dem Regenbogen
Ein andres Frauenbild.

Ein Kindlein in den Armen
Die Wunderbare hält,
Und himmlisches Erbarmen
Durchdringt die ganze Welt.

Da in den lichten Räumen
Erwacht das Menschenkind,
Und schüttelt böses Träumen
Von seinem Haupt geschwind.

Und, wie die Lerche singend,
Aus schwülen Zaubers Kluft
Erhebt die Seele ringend
Sich in die Morgenluft.“

Alle waren still geworden über dem Liede. – „Jene Ruine", sagte endlich Pietro, „wäre also ein ehemaliger Tempel der Venus, wenn ich Euch sonst recht verstanden?" „Allerdings", erwiderte Fortunato, „soviel man an der Anordnung des Ganzen und den noch übriggebliebenen Verzierungen abnehmen kann. Auch sagt man, der Geist der schönen Heidengöttin habe keine Ruhe gefunden. Aus der erschrecklichen Stille des Grabes heißt sie das Andenken an die irdische Lust jeden Frühling immer wieder in die grüne Einsamkeit ihres verfallenen Hauses heraufsteigen und durch teuflisches Blendwerk die alte Verführung üben an jungen sorglosen Gemütern, die dann vom Leben abgeschieden, und doch auch nicht aufgenommen in den Frieden der Toten, zwischen wilder Lust und schrecklicher Reue, an Leib und Seele verloren, umherirren, und in der entsetzlichsten Täuschung sich selber verzehren. Gar häufig will man auf demselben Platze Anfechtungen von Gespenstern verspürt haben, wo sich bald eine wunderschöne Dame, bald mehrere ansehnliche Kavaliers sehen lassen und die Vorübergehenden in einen dem Auge vorgestellten erdichteten Garten und Palast führen." – „Seid Ihr jemals droben gewesen?" fragte hier Florio rasch, aus seinen Gedanken erwachend. – „Erst vorgestern abends", entgegnete Fortunato. – „Und habt Ihr nichts Erschreckliches gesehen?" – „Nichts", sagte der Sänger, „als den stillen Weiher und die weißen rätselhaften Steine im Mondlicht umher und den weiten unendlichen Sternenhimmel darüber. Ich sang ein altes frommes Lied, eines von jenen ursprünglichen Liedern, die, wie Erinnerungen und Nachklänge aus einer andern heimatlichen Welt, durch das Paradiesgärtlein unsrer Kindheit ziehen und ein rechtes Wahrzeichen sind, an dem sich alle Poetische später in dem älter gewordenen Leben immer wiedererkennen. Glaubt mir, ein redlicher Dichter kann viel wagen, denn die Kunst, die ohne Stolz und Frevel, bespricht und bändigt die wilden Erdengeister, die aus der Tiefe nach uns langen."

Alle schwiegen, die Sonne ging soeben auf vor ihnen und warf ihre funkelnden Lichter über die Erde. Da schüttelte Florio sich an allen Gliedern, sprengte rasch eine Strecke den andern voraus, und sang mit heller Stimme:

„Hier bin ich, Herr! Gegrüßt das Licht,
Das durch die stille Schwüle

Der müden Brust gewaltig bricht,
Mit seiner strengen Kühle.

Nun bin ich frei! ich taumle noch
Und kann mich noch nicht fassen –
O Vater, du erkennst mich doch,
Und wirst nicht von mir lassen!"

Es kommt nach allen heftigen Gemütsbewegungen, die unser ganzes Wesen durchschüttern, eine stillklare Heiterkeit über die Seele, gleich wie die Felder nach einem Gewitter frischer grünen und aufatmen. So fühlte sich auch Florio nun innerlichst erquickt, er blickte wieder recht mutig um sich und erwartete beruhigt die Gefährten, die langsam im Grünen nachgezogen kamen.

Der zierliche Knabe, welcher Pietro begleitete, hatte unterdes auch, wie Blumen vor den ersten Morgenstrahlen, das Köpfchen erhoben. – Da erkannte Florio mit Erstaunen Fräulein Bianca. Er erschrak, wie sie so bleich aussah gegen jenen Abend, da er sie zum erstenmal unter den Zelten im reizenden Mutwillen gesehen. Die Arme war mitten in ihren sorglosen Kinderspielen von der Gewalt der ersten Liebe überrascht worden. Und als dann der heißgeliebte Florio, den dunkeln Mächten folgend, so fremd wurde und sich immer weiter von ihr entfernte, bis sie ihn endlich ganz verloren geben mußte, da versank sie in eine tiefe Schwermut, deren Geheimnis sie niemand anzuvertrauen wagte. Der kluge Pietro wußte es aber wohl und hatte beschlossen, seine Nichte weit fortzuführen und sie in fremden Gegenden und in einem andern Himmelsstrich, wo nicht zu heilen, doch zu zerstreuen und zu erhalten. Um ungehinderter reisen zu können, und zugleich alles Vergangene gleichsam von sich abzustreifen, hatte sie Knabentracht anlegen müssen.

Mit Wohlgefallen ruhten Florios Blicke auf der lieblichen Gestalt. Eine seltsame Verblendung hatte bisher seine Augen wie mit einem Zaubernebel umfangen. Nun erstaunte er ordentlich, wie schön sie war! Er sprach vielerlei gerührt und mit tiefer Innigkeit zu ihr. Da ritt sie, ganz überrascht von dem unverhofften Glück, und in freudiger Demut, als verdiene sie solche Gnade nicht, mit niedergeschlagenen Augen schweigend neben ihm her. Nur manchmal blickte sie unter den langen schwarzen Augenwimpern nach ihm hinauf, die ganze klare Seele lag in dem Blick, als wollte sie bittend sagen: „Täusche mich nicht wieder!“

Sie waren unterdes auf einer luftigen Höhe angelangt, hinter ihnen versank die Stadt Lucca mit ihren dunkeln Türmen in dem schimmernden Duft. Da sagte Florio, zu Bianca gewendet: „Ich bin wie neu geboren, es ist mir, als würde noch alles gut werden, seit ich Euch wiedergefunden. Ich möchte niemals wieder scheiden, wenn Ihr es vergönnt.“ –

Bianca blickte ihn, statt aller Antwort selber wie fragend, mit ungewisser, noch halb zurückgehaltener Freude an und sah recht wie ein heiteres Engelsbild auf dem tiefblauen Grunde des Morgenhimmels aus. Der Morgen schien ihnen, in langen goldenen Strahlen über die Fläche schießend, gerade entgegen. Die Bäume standen hell angeglüht, unzählige Lerchen sangen schwirrend in der klaren Luft. Und so zogen die Glücklichen fröhlich durch die überglänzten Auen in das blühende Mailand hinunter.

AUS DEM
LEBEN EINES TAUGENICHTS

Erstes Kapitel

Das Rad an meines Vaters Mühle brauste und rauschte schon wieder recht lustig, der Schnee tröpfelte emsig vom Dache, die Sperlinge zwitscherten und tummelten sich dazwischen; ich saß auf der Türschwelle und wischte mir den Schlaf aus den Augen; mir war so recht wohl in dem warmen Sonnenscheine. Da trat der Vater aus dem Hause; er hatte schon seit Tagesanbruch in der Mühle rumort und die Schlafmütze schief auf dem Kopfe, der sagte zu mir: „Du Taugenichts! da sonnst du dich schon wieder und dehnst und reckst dir die Knochen müde, und läßt mich alle Arbeit allein tun. Ich kann dich hier nicht länger füttern. Der Frühling ist vor der Tür, geh auch einmal hinaus in die Welt und erwirb dir selber dein Brot." – „Nun", sagte ich, „wenn ich ein Taugenichts bin, so ist's gut, so will ich in die Welt gehen und mein Glück machen." Und eigentlich war mir das recht lieb, denn es war mir kurz vorher selber eingefallen, auf Reisen zu gehn, da ich die Goldammer, welche im Herbst und Winter immer betrübt an unserm Fenster sang: „Bauer, miet mich, Bauer miet mich!" nun in der schönen Frühlingszeit wieder ganz stolz und lustig vom Baume rufen hörte: „Bauer, behalt deinen Dienst!" – Ich ging also in das Haus hinein und holte meine Geige, die ich recht artig spielte, von der Wand, mein Vater gab mir noch einige Groschen Geld mit auf den Weg und so schlenderte ich durch das lange Dorf hinaus. Ich hatte recht meine heimliche Freude, als ich da alle meine alten Bekannten und Kameraden rechts und links, wie gestern und vorgestern und immerdar, zur Arbeit hinausziehen, graben und pflügen sah, während ich so in die freie Welt hinausstrich. Ich rief den armen Leuten nach allen Seiten recht stolz und zufrieden Adjes zu, aber es kümmerte sich eben keiner sehr darum. Mir war es wie ein ewiger Sonntag im Gemüte. Und als ich endlich ins freie Feld hinauskam, da nahm ich meine liebe Geige vor, und spielte und sang, auf der Landstraße fortgehend:

„Wem Gott will rechte Gunst erweisen,
Den schickt er in die weite Welt,
Dem will er seine Wunder weisen
In Berg und Wald und Strom und Feld.

Die Trägen, die zu Hause liegen,
Erquicket nicht das Morgenrot,
Sie wissen nur vom Kinderwiegen
Von Sorgen, Last und Not um Brot.

Die Bächlein von den Bergen springen,
Die Lerchen schwirren hoch vor Lust,
Was sollt ich nicht mit ihnen singen
Aus voller Kehl und frischer Brust?

Den lieben Gott laß ich nur walten;
Der Bächlein, Lerchen, Wald und Feld
Und Erd und Himmel will erhalten,
Hat auch mein' Sach' aufs best bestellt!"

Indem, wie ich mich so umsehe, kömmt ein köstlicher Reisewagen ganz nahe an mich heran, der mochte wohl schon einige Zeit hinter mir dreingefahren sein, ohne daß ich es merkte, weil mein Herz so voller Klang war, denn es ging ganz langsam, und zwei vornehme Damen steckten die Köpfe aus dem Wagen und hörten mir zu. Die eine war besonders schön und jünger als die andere, aber eigentlich gefielen sie mir alle beide. Als ich nun aufhörte zu singen, ließ die ältere stillhalten und redete mich holdselig an: „Ei, lustiger Gesell, Er weiß ja recht hübsche Lieder zu singen." Ich nicht zu faul dagegen: „Ew. Gnaden aufzuwarten, wüßt ich noch viel schönere." Darauf fragte sie mich wieder: „Wohin wandert Er denn schon so am frühen Morgen?" Da schämte ich mich, daß ich das selber nicht wußte, und sagte dreist: „Nach Wien"; nun sprachen beide miteinander in einer fremden Sprache, die ich nicht verstand. Die jüngere schüttelte einigemal mit dem Kopfe, die andere lachte aber in einem fort und rief mir endlich zu: „Spring Er nur hinten mit auf, wir fahren auch nach Wien." Wer war froher als ich! Ich machte eine Reverenz und war mit einem Sprunge hinter dem Wagen, der Kutscher knallte und wir flogen über die glänzende Straße fort, daß mir der Wind am Hute pfiff.

Hinter mir gingen nun Dorf, Gärten und Kirchtürme unter, vor mir neue Dörfer, Schlösser und Berge auf; unter mir Saaten, Büsche und Wiesen bunt vorüberfliegend, über mir unzählige Lerchen in der klaren blauen Luft – ich schämte mich, laut zu schreien, aber innerlichst jauchzte ich und strampelte und tanzte auf dem Wagentritt herum, daß ich bald meine Geige verloren hätte, die ich unterm Arme hielt. Wie aber denn die Sonne immer höher stieg, rings am Horizont schwere weiße Mittagswolken aufstiegen, und alles in der Luft und auf der weiten Fläche so leer und schwül und still wurde über den leise wogenden Kornfeldern, da fiel mir erst wieder mein Dorf ein und mein Vater und unsere Mühle, wie es da so heimlich kühl war an dem schattigen Weiher, und daß nun alles so weit, weit hinter mir lag. Mir war dabei so kurios zumute, als müßt ich wieder umkehren; ich steckte meine Geige zwischen Rock und Weste, setzte mich voller Gedanken auf den Wagentritt hin und schlief ein.

Als ich die Augen aufschlug, stand der Wagen still unter hohen Lindenbäumen, hinter denen eine breite Treppe zwischen Säulen in ein prächtiges Schloß führte. Seitwärts durch die Bäume sah ich die Türme von Wien. Die Damen waren, wie es schien, längst ausgestiegen, die Pferde abgespannt. Ich erschrak sehr, da ich auf einmal so allein saß, und sprang geschwind in das Schloß hinein, da hörte ich von oben aus dem Fenster lachen.

In diesem Schlosse ging es mir wunderlich. Zuerst, wie ich mich in der weiten kühlen Vorhalle umschaue, klopft mir jemand mit dem Stocke auf die Schulter. Ich kehre mich schnell um, da steht ein großer Herr in Staatskleidern, ein breites Bandelier von Gold und Seide bis an die Hüften übergehängt, mit einem oben versilberten Stabe in der Hand, und einer außerordentlich langen gebogenen kurfürstlichen Nase im Gesicht, breit und prächtig wie ein aufgeblasener Puter, der mich fragt, was ich hier will. Ich war ganz verblüfft und konnte vor Schreck und Erstaunen nichts hervorbringen. Darauf kamen mehrere Bedienten die Treppe herauf- und heruntergerannt, die sagten gar nichts, sondern sahen mich nur von oben bis unten an. Sodann kam eine Kammerjungfer (wie ich nachher hörte) gerade auf mich los und sagte: ich wäre ein scharmanter Junge, und die gnädige Herrschaft ließe mich fragen, ob ich hier als Gärtnerbursche dienen wollte? – Ich griff nach der Weste; meine paar Groschen, weiß Gott, sie müssen beim Herumtanzen auf dem Wagen aus der Tasche gesprungen sein, waren weg, ich hatte nichts als mein Geigenspiel, für das mir überdies auch der Herr mit dem Stabe, wie er mir im Vorbeigehn sagte, nicht einen Heller geben wollte. Ich sagte daher in meiner Herzensangst zu der Kammerjungfer: „Ja"; noch immer die Augen von der Seite auf die unheimliche Gestalt gerichtet, die immerfort wie der Perpendikel einer Turmuhr in der Halle auf und ab wandelte, und eben wieder majestätisch und schauerlich aus dem Hintergrunde heraufgezogen kam. Zuletzt kam endlich der Gärtner, brummte was von Gesindel und Bauerlümmel unterm Bart, und führte mich nach dem Garten, während er mir unterwegs noch eine lange Predigt hielt: wie ich nur fein nüchtern und arbeitsam sein, nicht in der Welt herumvagieren, keine brotlosen Künste und unnützes Zeug treiben solle, da könnt ich es mit der Zeit auch einmal zu was Rechtem bringen. – Es waren noch mehr sehr hübsche, gutgesetzte, nützliche Lehren, ich habe nur seitdem fast alles wieder vergessen. Überhaupt weiß ich eigentlich gar nicht recht, wie doch alles so gekommen war, ich sagte nur immerfort zu allem: „Ja" – denn mir war wie einem Vogel, dem die Flügel begossen worden sind. – So war ich denn, Gott sei Dank, im Brote. –

In dem Garten war schön leben, ich hatte täglich mein warmes Essen vollauf, und mehr Geld, als ich zum Weine brauchte, nur hatte ich leider ziemlich viel zu tun. Auch die Tempel, Lauben und schönen grünen Gänge, das gefiel mir alles recht gut, wenn ich nur hätte ruhig drin herumspazieren können und vernünftig diskurrieren, wie die Herren und Damen, die alle Tage dahin kamen. Sooft der Gärtner fort und ich allein war, zog ich sogleich mein kurzes Tabakspfeifchen heraus, setzte mich hin, und sann auf schöne höfliche Redensarten, wie ich die eine junge schöne Dame, die mich in das Schloß mitbrachte, unterhalten wollte, wenn ich ein Kavalier wäre und mit ihr hier herumginge. Oder ich legte mich an schwülen Nachmittagen auf den Rücken hin, wenn alles so still war, daß man nur die Bienen sumsen hörte, und sah zu, wie über mir die Wolken nach meinem Dorfe zu flogen und die Gräser und Blumen sich hin und her bewegten, und gedachte an die Dame, und da geschah es denn oft, daß die schöne Frau mit der Gitarre oder einem Buche in der Ferne wirklich durch den Garten zog, so still, groß und freundlich wie ein Engelsbild, so daß ich nicht recht wußte, ob ich träumte oder wachte.

So sang ich auch einmal, wie ich eben bei einem Lusthause zur Arbeit vorbeiging, für mich hin:

„Wohin ich geh und schaue,
In Feld und Wald und Tal,
Vom Berg ins Himmelsblaue,
Vielschöne gnäd'ge Fraue,
Grüß ich dich tausendmal."

Da seh ich aus dem dunkelkühlen Lusthause zwischen den halbgeöffneten Jalousien und Blumen, die dort standen, zwei schöne, junge, frische Augen hervorfunkeln. Ich war ganz erschrocken, ich sang das Lied nicht aus, sondern ging, ohne mich umzusehen, fort an die Arbeit.

Abends, es war gerade an einem Sonnabend, und ich stand eben in der Vorfreude kommenden Sonntags mit der Geige im Gartenhause am Fenster und dachte noch an die funkelnden Augen, da kommt auf einmal die Kammerjungfer durch die Dämmerung dahergestrichen. „Da schickt Euch die viel schöne gnädige Frau was, das sollt Ihr auf ihre Gesundheit trinken. Eine gute Nacht auch!" Damit setzte sie mir fix eine Flasche Wein aufs Fenster und war sogleich wieder zwischen den Blumen und Hecken verschwunden, wie eine Eidechse.

Ich aber stand noch lange vor der wundersamen Flasche und wußte nicht, wie mir geschehen war. – Und hatte ich vorher lustig die Geige gestrichen, so spielt und sang ich jetzt erst recht, und sang das Lied von der schönen Frau ganz aus und alle meine Lieder, die ich nur wußte, bis alle Nachtigallen draußen erwachten und Mond und Sterne schon lange über dem Garten standen. Ja, das war einmal eine gute schöne Nacht!

Es wird keinem an der Wiege gesungen, was künftig aus ihm wird, eine blinde Henne findet manchmal auch ein Korn, wer zuletzt lacht, lacht am besten, unverhofft kommt oft, der Mensch denkt und Gott lenkt, so meditiert ich, als ich am folgenden Tage wieder mit meiner Pfeife im Garten saß und es mir dabei, da ich so aufmerksam an mir heruntersah, fast vorkommen wollte, als wäre ich doch eigentlich ein rechter Lump. – Ich stand nunmehr, ganz wider meine sonstige Gewohnheit, alle Tage sehr zeitig auf, eh sich noch der Gärtner und die andern Arbeiter rührten. Da war es so wunderschön draußen im Garten. Die Blumen, die Springbrunnen, die Rosenbüsche und der ganze Garten funkelten von der Morgensonne wie lauter Gold und Edelstein. Und in den hohen Buchenalleen, da war es noch so still, kühl und andächtig, wie in einer Kirche, nur die Vögel flatterten und pickten auf dem Sande. Gleich vor dem Schlosse, gerade unter den Fenstern, wo die schöne Frau wohnte, war ein blühender Strauch. Dorthin ging ich dann immer am frühesten Morgen und duckte mich hinter die Äste, um so nach den Fenstern zu sehen, denn mich im Freien zu produzieren hatt ich keine Courage. Da sah ich nun allemal die allerschönste Dame noch heiß und halb verschlafen im schneeweißen Kleide an das offne Fenster hervortreten. Bald flocht sie sich die dunkelbraunen Haare und ließ dabei die anmutig spielenden Augen über Busch und Garten ergehen, bald bog und band sie die Blumen, die vor ihrem Fenster standen, oder sie nahm auch die Gitarre in den weißen Arm und sang dazu so wundersam über den Garten hinaus, daß sich mir noch das Herz umwenden will vor Wehmut, wenn mir eins von den Liedern bisweilen einfällt – und ach, das alles ist schon lange her!

So dauerte das wohl über eine Woche. Aber das eine Mal, sie stand gerade wieder am Fenster und alles war stille ringsumher, fliegt mir eine fatale Fliege in die Nase und ich gebe mich an ein erschreckliches Niesen, das gar nicht enden will. Sie legt sich weit zum Fenster hinaus und sieht mich Ärmsten hinter dem Strauche lauschen. – Nun schämte ich mich und kam viele Tage nicht hin.

Endlich wagte ich es wieder, aber das Fenster blieb diesmal zu, ich saß vier, fünf, sechs Morgen hinter dem Strauche, aber sie kam nicht wieder ans Fenster. Da wurde mir die Zeit lang, ich faßte ein Herz und ging nun alle Morgen frank und frei längs dem Schlosse unter allen Fenstern hin. Aber die liebe schöne Frau blieb immer und immer aus. Eine Strecke weiter sah ich dann immer die andere Dame am Fenster stehn. Ich hatte sie sonst so genau noch niemals gesehen. Sie war wahrhaftig recht schön rot und dick und gar prächtig und hoffärtig anzusehn, wie eine Tulipane. Ich machte ihr immer ein tiefes Kompliment, und, ich kann nicht anders sagen, sie dankte mir jedesmal und nickte und blinzelte mit den Augen dazu ganz außerordentlich höflich. – Nur ein einziges Mal glaub ich gesehn zu haben, daß auch die Schöne an ihrem Fenster hinter der Gardine stand und versteckt hervorguckte. –

Viele Tage gingen jedoch ins Land, ohne daß ich sie sah. Sie kam nicht mehr in den Garten, sie kam nicht mehr ans Fenster. Der Gärtner schalt mich einen faulen Bengel, ich war verdrüßlich, meine eigne Nasenspitze war mir im Wege, wenn ich in Gottes freie Welt hinaussah.

So lag ich eines Sonntags nachmittag im Garten und ärgerte mich, wie ich so in die blauen Wolken meiner Tabakspfeife hinaussah, daß ich mich nicht auf ein anderes Handwerk gelegt, und mich also morgen nicht auch wenigstens auf einen blauen Montag zu freuen hätte. Die andern Bursche waren indes alle wohlausstaffiert nach den Tanzböden in der nahen Vorstadt hinausgezogen. Da wallte und wogte alles im Sonntagsputze in der warmen Luft zwischen den lichten Häusern und wandernden Leierkasten schwärmend hin und zurück. Ich aber saß wie eine Rohrdommel im Schilfe eines einsamen Weihers im Garten und schaukelte mich auf dem Kahne, der dort angebunden war, während die Vesperglocken aus der Stadt über den Garten herüberschallten und die Schwäne auf dem Wasser langsam neben mir hin und her zogen. Mir war zum Sterben bange. –

Währenddes hörte ich von weitem allerlei Stimmen, lustiges Durcheinandersprechen und Lachen, immer näher und näher, dann schimmerten rot' und weiße Tücher, Hüte und Federn durchs Grüne, auf einmal kommt ein heller lichter Haufen von jungen Herren und Damen vom Schlosse über die Wiese auf mich los, meine beiden Damen mitten unter ihnen. Ich stand auf und wollte weggehen, da erblickte mich die ältere von den schönen Damen. „Ei, das ist ja wie gerufen", rief sie mir mit lachendem Munde zu, „fahr Er uns doch an das jenseitige Ufer über den Teich!" Die Damen stiegen nun eine nach der andern vorsichtig und furchtsam in den Kahn, die Herren halfen ihnen dabei und machten sich ein wenig groß mit ihrer Kühnheit auf dem Wasser. Als sich darauf die Frauen alle auf die Seitenbänke gelagert hatten, stieß ich vom Ufer. Einer von den jungen Herren, der ganz vorn stand, fing unmerklich an zu schaukeln. Da wandten sich die Damen furchtsam hin und her, einige schrien gar. Die schöne Frau, welche eine Lilie in der Hand hielt, saß dicht am Bord des Schiffleins und sah so still lächelnd in die klaren Wellen hinunter, die sie mit der Lilie berührte, so daß ihr ganzes Bild zwischen den widerscheinenden Wolken und Bäumen im Wasser noch einmal zu sehen war, wie ein Engel, der leise durch den tiefen blauen Himmelsgrund zieht.

Wie ich noch so auf sie hinsehe, fällt's auf einmal der andern lustigen Dicken von meinen zwei Damen ein, ich sollte ihr während der Fahrt eins singen. Geschwind dreht sich ein sehr zierlicher junger Herr mit einer Brille auf der Nase, der neben ihr saß, zu ihr herum, küßt ihr sanft die Hand und sagt: „Ich danke Ihnen für den sinnigen Einfall! ein Volkslied, gesungen vom Volk in freiem Feld und Wald, ist ein Alpenröslein auf der Alpe selbst – die ‚Wunderhörner' sind nur Herbarien – ist die Seele der Nationalseele." Ich aber sagte, ich wisse nichts zu singen, was für solche Herrschaften schön genug wäre. Da sagte die schnippische Kammerjungfer, die mit einem Korbe voll Tassen und Flaschen hart neben mir stand und die ich bis jetzt noch gar nicht bemerkt hatte: „Weiß Er doch ein recht hübsches Liedchen von einer vielschönen Fraue." – „Ja, ja, das sing Er nur recht dreist weg", rief darauf sogleich die Dame wieder. Ich wurde über und über rot. – Indem blickte auch die schöne Frau auf einmal vom Wasser auf, und sah mich an, daß es mir durch Leib und Seele ging. Da besann ich mich nicht lange, faßt ein Herz, und sang so recht aus voller Brust und Lust:

„Wohin ich geh und schaue,
In Feld und Wald und Tal
Vom Berg hinab in die Aue:
Viel schöne, hohe Fraue,
Grüß ich dich tausendmal.

In meinem Garten find ich
Viel Blumen, schön und fein,
Viel Kränze wohl draus wind ich,
Und tausend Gedanken bind ich
Und Grüße mit darein.

Ihr darf ich keinen reichen,
Sie ist zu hoch und schön,
Die müssen alle verbleichen,
Die Liebe nur ohnegleichen
Bleibt ewig im Herzen stehn.

Ich schein wohl froher Dinge
Und schaffe auf und ab,

Und ob das Herz zerspringe,
Ich grabe fort und singe
Und grab mir bald mein Grab."

Wir stießen ans Land, die Herrschaften stiegen alle aus, viele von den jungen Herren hatten mich, ich bemerkt es wohl, während ich sang, mit listigen Mienen und Flüstern verspottet vor den Damen. Der Herr mit der Brille faßte mich im Weggehen bei der Hand und sagte mir, ich weiß selbst nicht mehr was, die ältere von meinen Damen sah mich sehr freundlich an. Die schöne Frau hatte während meines ganzen Liedes die Augen niedergeschlagen und ging nun auch fort und sagte gar nichts. – Mir aber standen die Tränen in den Augen schon wie ich noch sang, das Herz wollte mir zerspringen von dem Liede vor Scham und vor Schmerz, es fiel mir jetzt auf einmal alles recht ein, wie s i e so schön ist und ich so arm bin und verspottet und verlassen von der Welt – und als sie alle hinter den Büschen verschwunden waren, da konnt ich mich nicht länger halten, ich warf mich in das Gras hin und weinte bitterlich.

Zweites Kapitel

Dicht am herrschaftlichen Garten ging die Landstraße vorüber, nur durch eine hohe Mauer von derselben geschieden. Ein gar sauberes Zollhäuschen mit rotem Ziegeldache war da erbaut, und hinter demselben ein kleines, buntumzäuntes Blumengärtchen, das durch eine Lücke in der Mauer des Schloßgartens hindurch an den schattigsten und verborgensten Teil des letzteren stieß. Dort war eben der Zolleinnehmer gestorben, der das alles sonst bewohnte. Da kam eines Morgens frühzeitig, da ich noch im tiefsten Schlafe lag, der Schreiber vom Schlosse zu mir und rief mich schleunigst zum Herrn Amtmann. Ich zog mich geschwind an und schlenderte hinter dem lustigen Schreiber her, der unterwegs bald da bald dort eine Blume abbrach und vorn an den Rock steckte, bald mit seinem Spazierstöckchen künstlich in der Luft herumfocht und allerlei zu mir in den Wind hineinparlierte, wovon ich aber nichts verstand, weil mir die Augen und Ohren noch voller Schlaf lagen. Als ich in die Kanzlei trat, wo es noch gar nicht recht Tag war, sah der Amtmann hinter einem ungeheuren Dintenfasse und Stößen von Papier und Büchern und einer ansehnlichen Perücke, wie die Eule aus ihrem Nest, auf mich und hob an: „Wie heißt Er? Woher ist Er? Kann Er schreiben, lesen und rechnen?" Da ich das bejahte, versetzte er: „Na, die gnädige Herrschaft hat Ihm, in Betrachtung Seiner guten Aufführung und besondern Meriten, die ledige Einnehmerstelle zugedacht." – Ich überdachte in der Geschwindigkeit für mich meine bisherige Aufführung und Manieren, und ich mußte gestehen, ich fand am Ende selber, daß der Amtmann recht hatte. – Und so war ich denn wirklich Zolleinnehmer, ehe ich mich's versah.

Ich bezog nun sogleich meine neue Wohnung und war in kurzer Zeit eingerichtet. Ich hatte noch mehrere Gerätschaften gefunden, die der selige Einnehmer seinem Nachfolger hinterlassen, unter andern einen prächtigen roten Schlafrock mit gelben Punkten, grüne Pantoffeln, eine Schlafmütze und einige Pfeifen mit langen Röhren. Das alles hatte ich mir schon einmal gewünscht, als ich noch zu Hause war, wo ich immer unsern Pfarrer so bequem herumgehen sah. Den ganzen Tag (zu tun hatte ich weiter nichts) saß ich daher auf dem Bänkchen vor meinem Hause in Schlafrock und Schlafmütze, rauchte Tabak aus dem längsten Rohre, das ich von dem seligen Einnehmer vorgefunden hatte, und sah zu, wie die Leute auf der Landstraße hin und her gingen, fuhren und ritten. Ich wünschte nur immer, daß auch einmal ein paar Leute aus meinem Dorfe, die immer sagten, aus mir würde mein Lebtage nichts, hier vorüberkommen und mich so sehen möchten. – Der Schlafrock stand mir schön zu Gesichte, und überhaupt das alles behagte mir sehr gut. So saß ich denn da und dachte mir mancherlei hin und her, wie aller Anfang schwer ist, wie das vornehmere Leben doch eigentlich recht bequem sei, und faßte heimlich den Entschluß, nunmehr alles Reisen zu lassen, auch Geld zu sparen wie die andern, und es mit der Zeit gewiß zu etwas Großem in der Welt zu bringen. Inzwischen vergaß ich über meinen Entschlüssen, Sorgen und Geschäften die allerschönste Frau keineswegs.

Die Kartoffeln und anderes Gemüse, das ich in meinem kleinen Gärtchen fand, warf ich hinaus und bebaute es ganz mit den auserlesensten Blumen, worüber mich der Portier vom Schlosse mit der großen kurfürstlichen Nase, der, seitdem ich hier wohnte, oft zu mir kam und mein intimer Freund geworden war, bedenklich von der Seite ansah, und mich für einen hielt, den sein plötzliches Glück verrückt gemacht hätte. Ich aber ließ mich das nicht anfechten. Denn nicht weit von mir im herrschaftlichen Garten hörte ich feine Stimmen sprechen, unter denen ich die meiner schönen Frau zu erkennen meinte, obgleich ich wegen des dichten Gebüsches niemand sehen konnte. Da band ich denn alle Tage einen Strauß von den schönsten Blumen, die ich hatte, stieg jeden Abend, wenn es dunkel wurde, über die Mauer, und legte ihn auf einen steinernen Tisch hin, der dort inmitten einer Laube stand; und jeden Abend wenn ich den neuen Strauß brachte, war der alte von dem Tische fort.

Eines Abends war die Herrschaft auf die Jagd geritten; die Sonne ging eben unter und bedeckte das ganze Land mit Glanz und Schimmer, die Donau schlängelte sich prächtig wie von lauter Gold und Feuer in die weite Ferne, von allen Bergen bis tief ins Land hinein sangen und jauchzten die Winzer. Ich saß mit dem Portier auf dem Bänkchen vor meinem Hause, und freute mich in der lauen Luft, wie der lustige Tag so langsam vor uns verdunkelte und verhallte. Da ließen sich auf einmal die Hörner der zurückkehrenden Jäger von ferne vernehmen, die von den Bergen gegenüber einander von Zeit zu Zeit lieblich Antwort gaben. Ich war recht im innersten Herzen vergnügt und sprang auf und rief wie bezaubert und verzückt vor Lust: „Nein, das ist mir doch ein Metier, die edle Jägerei!" Der Portier aber klopfte sich ruhig die Pfeife aus und sagte: „Das denkt Ihr Euch just so. Ich habe es auch mitgemacht, man verdient sich kaum die Sohlen, die man sich abläuft; und Husten und Schnupfen wird man erst gar nicht los, das kommt von den ewig nassen Füßen." – Ich weiß nicht, mich packte da ein närrischer Zorn, daß ich ordentlich am ganzen Leibe zitterte. Mir war auf einmal der ganze Kerl mit seinem langweiligen Mantel, die ewigen Füße, sein Tabaksschnupfen, die große Nase und alles abscheulich. – Ich faßte ihn, wie außer mir, bei der Brust und sagte: „Portier, jetzt schert Ihr Euch nach Hause, oder ich prügle Euch hier sogleich durch!" Den Portier überfiel bei diesen Worten seine alte Meinung, ich wäre verrückt geworden. Er sah mich bedenklich und mit heimlicher Furcht an, machte sich, ohne ein Wort zu sprechen, von mir los und ging, immer noch unheimlich nach mir zurückblickend, mit langen Schritten nach dem Schlosse, wo er atemlos aussagte, ich sei nun wirklich rasend geworden.

Ich aber mußte am Ende laut auflachen und war herzlich froh, den superklugen Gesellen los zu sein, denn es war gerade die Zeit, wo ich den Blumenstrauß immer in die Laube zu legen pflegte. Ich sprang auch heute schnell über die Mauer und ging eben auf das steinerne Tischchen los, als ich in einiger Entfernung Pferdetritte vernahm. Entspringen konnt ich nicht mehr, denn schon kam meine schöne gnädige Frau selber, in einem grünen Jagdhabit und mit nickenden Federn auf dem Hute, langsam und, wie es schien, in tiefen Gedanken die Allee herabgeritten. Es war mir nicht anders zumute, als da ich sonst in den alten Büchern bei meinem Vater von der schönen Magelone gelesen, wie sie so zwischen den immer näher schallenden Waldhornsklängen und wechselnden Abendlichtern unter den hohen Bäumen hervorkam – ich konnte nicht vom Fleck. Sie aber erschrak heftig, als sie mich auf einmal gewahr wurde, und hielt fast unwillkürlich still. Ich war wie betrunken vor Angst, Herzklopfen und großer Freude, und da ich bemerkte, daß sie wirklich meinen Blumenstrauß von gestern an der Brust hatte, konnte ich mich nicht länger halten, sondern sagte ganz verwirrt: „Schönste gnädige Frau, nehmt auch noch diesen Blumenstrauß von mir, und alle Blumen aus meinem Garten und alles, was ich habe. Ach, könnt ich nur für Euch ins Feuer springen!" – Sie hatte mich gleich anfangs so ernsthaft und fast böse angeblickt, daß es mir durch Mark und Bein ging, dann aber hielt sie, solange ich redete, die Augen tief niedergeschlagen. Soeben ließen sich einige Reiter und Stimmen im Gebüsch hören. Da ergriff sie schnell den Strauß aus meiner Hand und war bald, ohne ein Wort zu sagen, am andern Ende des Bogenganges verschwunden.

Seit diesem Abend hatte ich weder Ruh noch Rast mehr. Es war mir beständig zumute, wie sonst immer, wenn der Frühling anfangen sollte, so unruhig und fröhlich, ohne daß ich wußte, warum, als stünde mir ein großes Glück oder sonst etwas Außerordentliches bevor. Besonders das fatale Rechnen wollte mir nun erst gar nicht mehr von der Hand, und ich hatte, wenn der Sonnenschein durch den Kastanienbaum vor dem Fenster grüngolden auf die Ziffern fiel, und so fix vom Transport bis zum Latus und wieder hinauf und hinab addierte, gar seltsame Gedanken dabei, so daß ich manchmal ganz verwirrt wurde, und wahrhaftig nicht bis drei zählen konnte. Denn die Acht kam mir immer vor wie meine dicke enggeschnürte

Dame mit dem breiten Kopfputz, die böse Sieben war gar wie ein ewig rückwärts zeigender Wegweiser oder Galgen. – Am meisten Spaß machte mir noch die Neun, die sich mir so oft, eh ich mich's versah, lustig als Sechs auf den Kopf stellte, während die Zwei wie ein Fragezeichen so pfiffig dreinsah, als wollte sie mich fragen: Wo soll das am Ende noch hinaus mit dir, du arme Null? Ohne sie, diese schlanke Eins und Alles, bleibst du doch ewig nichts!

Auch das Sitzen draußen vor der Tür wollte mir nicht mehr behagen. Ich nahm mir, um es bequemer zu haben, einen Schemel mit heraus und streckte die Füße darauf, ich flickte ein altes Parasol vom Einnehmer, und steckte es gegen die Sonne wie ein chinesisches Lusthaus über mich. Aber es half nichts. Es schien mir, wie ich so saß und rauchte und spekulierte, als würden mir allmählich die Beine immer länger vor Langeweile, und die Nase wüchse mir vom Nichtstun, wenn ich so stundenlang an ihr heruntersah. – Und wenn denn manchmal noch vor Tagesanbruch eine Extrapost vorbeikam, und ich trat halb verschlafen in die kühle Luft hinaus, und ein niedliches Gesichtchen, von dem man in der Dämmerung nur die funkelnden Augen sah, bog sich neugierig zum Wagen hervor und bot mir freundlich einen guten Morgen, in den Dörfern aber ringsumher krähten die Hähne so frisch über die leise wogenden Kornfelder herüber, und zwischen den Morgenstreifen hoch am Himmel schweiften schon einzelne zu früh erwachte Lerchen, und der Postillion nahm dann sein Posthorn und fuhr weiter und blies und blies – da stand ich lange und sah dem Wagen nach, und es war mir nicht anders, als müßt ich nur sogleich mit fort, weit, weit in die Welt. –

Meine Blumensträuße legte ich indes immer noch, sobald die Sonne unterging, auf den steinernen Tisch in der dunkeln Laube. Aber das war es eben: damit war es nun aus seit jenem Abend. – Kein Mensch kümmerte sich darum: sooft ich des Morgens frühzeitig nachsah, lagen die Blumen noch immer da wie gestern, und sahen mich mit ihren verwelkten niederhängenden Köpfchen und darauf stehenden Tautropfen ordentlich betrübt an, als ob sie weinten. – Das verdroß mich sehr. Ich band gar keinen Strauß mehr. In meinem Garten mochte nun auch das Unkraut treiben wie es wollte, und die Blumen ließ ich ruhig stehn und wachsen, bis der Wind die Blätter verwehte. War mir's doch ebenso wild und bunt und verstört im Herzen.

In diesen kritischen Zeitläuften geschah es denn, daß einmal, als ich eben zu Hause im Fenster liege und verdrüßlich in die leere Luft hinaussehe, die Kammerjungfer vom Schlosse über die Straße dahergetrippelt kommt. Sie lenkte, da sie mich erblickte, schnell zu mir ein und blieb am Fenster stehen. – „Der gnädige Herr ist gestern von seiner Reise zurückgekommen“, sagte sie eilfertig. „So?“ entgegnete ich verwundert – denn ich hatte mich schon seit einigen Wochen um nichts bekümmert, und wußte nicht einmal, daß der Herr auf Reisen war –, „da wird seine Tochter, die junge gnädige Frau, auch große Freude gehabt haben.“ – Die Kammerjungfer sah mich kurios von oben bis unten an, so daß ich mich ordentlich selber besinnen mußte, ob ich was Dummes gesagt hätte – „Er weiß aber auch gar nichts“, sagte sie endlich und rümpfte das kleine Näschen. „Nun“, fuhr sie fort, „es soll heute abend dem Herrn zu Ehren Tanz im Schlosse sein und Maskerade. Meine gnädige Frau wird auch maskiert sein, als Gärtnerin – versteht Er auch recht – als Gärtnerin. Nun hat die gnädige Frau gesehen, daß Er besonders schöne Blumen hat in Seinem Garten.“ – Das ist seltsam, dachte ich bei mir selbst, man sieht doch jetzt fast keine Blume mehr vor Unkraut. – Sie aber fuhr fort: „Da nun die gnädige Frau schöne Blumen zu ihrem Anzuge braucht, aber ganz frische, die eben vom Beete kommen, so soll Er ihr welche bringen und damit heute abend, wenn's dunkel geworden ist, unter dem großen Birnbaum im Schloßgarten warten, da wird sie dann kommen und die Blumen abholen.“

Ich war ganz verblüfft vor Freude über diese Nachricht, und lief in meiner Entzückung vom Fenster zu der Kammerjungfer hinaus. –

„Pfui, der garstige Schlafrock!“ rief diese aus, da sie mich auf einmal so in meinem Aufzuge im Freien sah. Das ärgerte mich, ich wollte auch nicht dahinter bleiben in der Galanterie, und machte einige artige Kapriolen, um sie zu erhaschen und zu küssen. Aber unglücklicherweise verwickelte sich mir dabei der Schlafrock, der mir viel zu lang war, unter den Füßen, und ich fiel der Länge nach auf die Erde. Als ich mich wieder zusammenraffte, war die Kammerjungfer schon weit fort, und ich hörte sie noch von fern lachen, daß sie sich die Seiten halten mußte.

Nun aber hatt ich was zu sinnen und mich zu freuen. Sie dachte ja noch immer an mich und meine Blumen! Ich ging in mein Gärtchen und riß hastig alles Unkraut von den Beeten, und warf es hoch über meinen Kopf weg in die schimmernde Luft, als zög ich alle Übel und Melancholie mit der Wurzel heraus. Die Rosen waren nun wieder wie ihr Mund, die himmelblauen Winden wie ihre Augen, die schneeweiße Lilie mit ihrem schwermütig gesenkten Köpfchen sah ganz aus wie sie. Ich legte alle sorgfältig in einem Körbchen zusammen. Es war ein stiller schöner Abend und kein Wölkchen am Himmel. Einzelne Sterne traten schon am Firmamente hervor, von weitem rauschte die Donau über die Felder herüber, in den hohen Bäumen im herrschaftlichen Garten neben mir sangen unzählige Vögel lustig durcheinander. Ach, ich war so glücklich!

Als endlich die Nacht hereinbrach, nahm ich mein Körbchen an den Arm und machte mich auf den Weg nach dem großen Garten. In dem Körbchen lag alles so bunt und anmutig durcheinander, weiß, rot, blau und duftig, daß mir ordentlich das Herz lachte, wenn ich hineinsah.

Ich ging voller fröhlicher Gedanken bei dem schönen Mondschein durch die stillen, reinlich mit Sand bestreuten Gänge über die kleinen weißen Brücken, unter denen die Schwäne eingeschlafen auf dem Wasser saßen, an den zierlichen Lauben und Lusthäusern vorüber. Den großen Birnbaum hatte ich gar bald aufgefunden, denn es war derselbe, unter dem ich sonst, als ich noch Gärtnerbursche war, an schwülen Nachmittagen gelegen.

Hier war es so einsam dunkel. Nur eine hohe Espe zitterte und flüsterte mit ihren silbernen Blättern in einem fort. Vom Schlosse schallte manchmal die Tanzmusik herüber. Auch Menschenstimmen hörte ich zuweilen im Garten, die kamen oft ganz nahe an mich heran, dann wurde es auf einmal wieder ganz still.

Mir klopfte das Herz. Es war mir schauerlich und seltsam zumute, als wenn ich jemand bestehlen wollte. Ich stand lange Zeit stockstill an den Baum gelehnt und lauschte nach allen Seiten, da aber immer niemand kam, konnt ich es nicht länger aushalten. Ich hing mein Körbchen an den Arm und kletterte schnell auf den Birnbaum hinauf, um wieder im Freien Luft zu schöpfen.

Da droben schallte mir die Tanzmusik erst recht über die Wipfel entgegen. Ich übersah den ganzen Garten und gerade in die hellerleuchteten Fenster des Schlosses hinein. Dort drehten sich die Kronleuchter langsam wie Kränze von Sternen, unzählige geputzte Herren und Damen, wie in einem Schattenspiele, wogten und walzten und wirrten da bunt und unkenntlich durcheinander, manchmal legten sich welche ins Fenster und sahen hinunter in den Garten. Draußen vor dem Schlosse aber waren der Rasen, die Sträucher und die Bäume von den vielen Lichtern aus dem Saale wie vergoldet, so daß ordentlich die Blumen und die Vögel aufzuwachen schienen. Weiterhin um mich herum und hinter mir lag der Garten so schwarz und still.

Da tanzt sie nun, dacht ich in dem Baume droben bei mir selber, und hat gewiß lange dich und deine Blumen wieder vergessen. Alles ist so fröhlich, um dich kümmert sich kein Mensch. – Und so geht es mir überall und immer. Jeder hat sein Plätzchen auf der Erde ausgesteckt, hat seinen warmen Ofen, seine Tasse Kaffee, seine Frau, sein Glas Wein zu Abend, und ist so recht zufrieden; selbst dem Portier ist ganz wohl in seiner langen Haut. – Mir ist's nirgends recht. Es ist, als wäre ich überall eben zu spät gekommen, als hätte die ganze Welt gar nicht auf mich gerechnet. –

Wie ich eben so philosophiere, höre ich auf einmal unten im Grase etwas einherrascheln. Zwei feine Stimmen sprachen ganz nahe und leise miteinander. Bald darauf bogen sich die Zweige in dem Gesträuch auseinander, und die Kammerjungfer steckte ihr kleines Gesichtchen, sich nach allen Seiten umsehend, zwischen der Laube hindurch. Der Mondschein funkelte recht auf ihren pfiffigen Augen, wie sie hervorguckten. Ich hielt den Atem an mich und blickte unverwandt hinunter. Es dauerte auch nicht lange, so trat wirklich die Gärtnerin, ganz so wie mir sie die Kammerjungfer gestern beschrieben hatte, zwischen den Bäumen heraus. Mein Herz klopfte mir zum Zerspringen. Sie aber hatte eine Larve vor und sah sich, wie mir schien, verwundert auf dem Platze um. – Da wollt's mir vorkommen, als wäre sie gar nicht recht schlank und niedlich. – Endlich trat sie ganz nahe an den Baum und nahm die Larve ab. – Es war wahrhaftig die andere ältere gnädige Frau!

Wie froh war ich nun, als ich mich vom ersten Schreck erholt hatte, daß ich mich hier oben in Sicherheit befand. Wie in aller Welt, dachte ich, kommt die nur jetzt hierher? wenn nun die liebe schöne gnädige Frau die Blumen abholt – das wird eine schöne Geschichte werden! Ich hätte am Ende weinen mögen vor Ärger über den ganzen Spektakel.

Indem hub die verkappte Gärtnerin unten an: „Es ist so stickend heiß droben im Saale, ich mußte gehen, mich ein wenig abzukühlen in der freien schönen Natur." Dabei fächelte sie sich mit der Larve in einem fort und blies die Luft von sich. Bei dem hellen Mondschein konnt ich deutlich erkennen, wie ihr die Flechsen am Halse ordentlich aufgeschwollen waren; sie sah ganz erbost aus und ziegelrot im Gesicht. Die Kammerjungfer suchte unterdes hinter allen Hecken herum, als hätte sie eine Stecknadel verloren. –

„Ich brauche so notwendig noch frische Blumen zu meiner Maske", fuhr die Gärtnerin von neuem fort, „wo er auch stekken mag!" – Die Kammerjungfer suchte und kicherte dabei immerfort heimlich in sich selbst hinein. – „Sagtest du was, Rosette?" fragte die Gärtnerin spitzig. – „Ich sage, was ich immer gesagt habe", erwiderte die Kammerjungfer und machte ein ganz ernsthaftes treuherziges Gesicht, „der ganze Einnehmer ist und bleibt ein Lümmel, er liegt gewiß irgendwo hinter einem Strauche und schläft."

Mir zuckte es in allen meinen Gliedern, herunterzuspringen und meine Reputation zu retten – da hörte man auf einmal ein großes Pauken und Musizieren und Lärmen vom Schlosse her.

Nun hielt sich die Gärtnerin nicht länger. „Da bringen die Menschen", fuhr sie verdrüßlich auf, „dem Herrn das Vivat. Komm, man wird uns vermissen!" – Und hiermit steckte sie die Larve schnell vor und ging wütend mit der Kammerjungfer nach dem Schlosse zu fort. Die Bäume und Sträucher wiesen kurios, wie mit langen Nasen und Fingern, hinter ihr drein, der Mondschein tanzte noch fix, wie über eine Klaviatur, über ihre breite Taille auf und nieder, und so nahm sie, so recht wie ich auf dem Theater manchmal die Sängerinnen gesehn, unter Trompeten und Pauken schnell ihren Abzug.

Ich aber wußte in meinem Baume droben eigentlich gar nicht recht, wie mir geschehen, und richtete nunmehr meine Augen unverwandt auf das Schloß hin; denn ein Kreis hoher Windlichter unten an den Stufen des Einganges warf dort einen seltsamen Schein über die blitzenden Fenster und weit in den Garten hinein. Es war die Dienerschaft, die soeben ihrer jungen Herrschaft ein Ständchen brachte. Mitten unter ihnen stand der prächtig aufgeputzte Portier, wie ein Staatsminister, vor einem Notenpulte, und arbeitete sich emsig an einem Fagott ab.

Wie ich mich soeben zurechtsetzte, um der schönen Serenade

zuzuhören, gingen auf einmal oben auf dem Balkon des Schlosses die Flügeltüren auf. Ein hoher Herr, schön und stattlich in Uniform und mit vielen funkelnden Sternen, trat auf den Balkon heraus, und an seiner Hand – die schöne junge gnädige Frau, in ganz weißem Kleide, wie eine Lilie in der Nacht, oder wie wenn der Mond über das klare Firmament zöge.

Ich konnte keinen Blick von dem Platze verwenden, und Garten, Bäume und Felder gingen unter vor meinen Sinnen, wie sie so wundersam beleuchtet von den Fackeln hoch und schlank dastand, und bald anmutig mit dem schönen Offizier sprach, bald wieder freundlich zu den Musikanten herunternickte. Die Leute unten waren außer sich vor Freude, und ich hielt mich am Ende auch nicht mehr und schrie immer aus Leibeskräften Vivat mit. –

Als sie aber bald darauf wieder von dem Balkon verschwand, unten eine Fackel nach der andern verlöschte, und die Notenpulte weggeräumt wurden, und nun der Garten ringsumher auch wieder finster wurde und rauschte wie vorher – da merkt ich erst alles – da fiel es mir auf einmal aufs Herz, daß mich wohl eigentlich nur die Tante mit den Blumen bestellt hatte, daß die Schöne gar nicht an mich dachte und lange verheiratet ist, und daß ich selber ein großer Narr war.

Alles das versenkte mich recht in einen Abgrund von Nachsinnen. Ich wickelte mich, gleich einem Igel, in die Stacheln meiner eignen Gedanken zusammen: vom Schlosse schallte die Tanzmusik nur noch seltner herüber, die Wolken wanderten einsam über den dunkeln Garten weg. Und so saß ich auf dem Baume droben, wie die Nachteule, in den Ruinen meines Glücks die ganze Nacht hindurch.

Die kühle Morgenluft weckte mich endlich aus meinen Träumereien. Ich erstaunte ordentlich, wie ich so auf einmal um mich her blickte. Musik und Tanz war lange vorbei, im Schlosse und rings um das Schloß herum auf dem Rasenplatze und den steinernen Stufen und Säulen sah alles so still, kühl und feierlich aus; nur der Springbrunnen vor dem Eingange plätscherte einsam in einem fort. Hin und her in den Zweigen neben mir erwachten schon die Vögel, schüttelten ihre bunten Federn und sahen, die kleinen Flügel dehnend, neugierig und verwundert ihren seltsamen Schlafkameraden an. Fröhlich schweifende Morgenstrahlen funkelten über den Garten weg auf meine Brust.

Da richtete ich mich in meinem Baume auf, und sah seit langer Zeit zum ersten Male wieder einmal so recht weit in das Land hinaus, wie da schon einzelne Schiffe auf der Donau zwischen den Weinbergen herabfuhren, und die noch leeren Landstraßen wie Brücken über das schimmernde Land sich fern über die Berge und Täler hinausschwangen.

Ich weiß nicht, wie es kam – aber mich packte da auf einmal wieder meine ehemalige Reiselust: alle die alte Wehmut und Freude und große Erwartung. Mir fiel dabei zugleich ein, wie nun die schöne Frau droben auf dem Schlosse zwischen Blumen und unter seidnen Decken schlummerte, und ein Engel bei ihr auf dem Bette säße in der Morgenstille. – „Nein", rief ich aus, „fort muß ich von hier, und immer fort, so weit als der Himmel blau ist!"

Und hiermit nahm ich mein Körbchen, und warf es hoch in die Luft, so daß es recht lieblich anzusehen war, wie die Blumen zwischen den Zweigen und auf dem grünen Rasen unten bunt umherlagen. Dann stieg ich selber schnell herunter und ging durch den stillen Garten auf meine Wohnung zu. Gar oft blieb ich da noch stehen auf manchem Plätzchen, wo ich sie sonst wohl einmal gesehen, oder im Schatten liegend an sie gedacht hatte.

In und um mein Häuschen sah alles noch so aus, wie ich es gestern verlassen hatte. Das Gärtchen war geplündert und wüst, im Zimmer drin lag noch das große Rechnungsbuch aufgeschlagen, meine Geige, die ich schon fast ganz vergessen hatte, hing verstaubt an der Wand. Ein Morgenstrahl aber aus dem gegenüberstehenden Fenster fuhr gerade blitzend über die Saiten. Das gab einen rechten Klang in meinem Herzen. „Ja", sagt ich, „komm nur her, du getreues Instrument! Unser Reich ist nicht von dieser Welt!" –

Und so nahm ich die Geige von der Wand, ließ Rechnungsbuch, Schlafrock, Pantoffeln, Pfeifen und Parasol liegen und wanderte, arm wie ich gekommen war, aus meinem Häuschen und auf der glänzenden Landstraße von dannen.

Ich blickte noch oft zurück; mir war gar seltsam zumute, so traurig und doch auch wieder so überaus fröhlich, wie ein Vogel, der aus seinem Käfig ausreißt. Und als ich schon eine weite Strecke gegangen war, nahm ich draußen im Freien meine Geige vor und sang:

„Den lieben Gott laß ich nur walten;
Der Bächlein, Lerchen, Wald und Feld
Und Erd und Himmel tut erhalten,
Hat auch mein' Sach' aufs best bestellt!"

Das Schloß, der Garten und die Türme von Wien waren schon hinter mir im Morgenduft versunken, über mir jubilierten unzählige Lerchen hoch in der Luft; so zog ich zwischen den grünen Bergen und an lustigen Städten und Dörfern vorbei gen Italien hinunter.

Drittes Kapitel

Aber das war nun schlimm! Ich hatte noch gar nicht daran gedacht, daß ich eigentlich den rechten Weg nicht wußte. Auch war ringsumher kein Mensch zu sehen in der stillen Morgenstunde, den ich hätte fragen können, und nicht weit von mir teilte sich die Landstraße in viele neue Landstraßen, die gingen weit, weit über die höchsten Berge fort, als führten sie aus der Welt hinaus, so daß mir ordentlich schwindelte, wenn ich recht hinsah.

Endlich kam ein Bauer des Weges daher, der, glaub ich, nach der Kirche ging, da es heut eben Sonntag war, in einem altmodischen Überrocke mit großen silbernen Knöpfen und einem langen spanischen Rohr mit einem sehr massiven silbernen Stockknopf darauf, der schon von weitem in der Sonne funkelte. Ich frug ihn sogleich mit vieler Höflichkeit: „Können Sie mir nicht sagen, wo der Weg nach Italien geht?" – Der Bauer blieb stehen, sah mich an, besann sich dann mit weit vorgeschobener Unterlippe, und sah mich wieder an. Ich sagte noch einmal: „Nach Italien, wo die Pomeranzen wachsen." – „Ach was gehn mich Seine Pomeranzen an!" sagte der Bauer da, und schritt wacker wieder weiter. Ich hätte dem Manne mehr Konduite zugetraut, denn er sah recht stattlich aus.

Was war nun zu machen? Wieder umkehren und in mein Dorf zurückgehn? Da hätten die Leute mit den Fingern auf mich gewiesen, und die Jungen wären um mich herumgesprungen: „Ei, tausend Willkommen aus der Welt! wie sieht es denn aus in der Welt? hat Er uns nicht Pfefferkuchen mitgebracht aus der Welt?" – Der Portier mit der kurfürstlichen

Nase, welcher überhaupt viele Kenntnisse von der Weltgeschichte hatte, sagte oft zu mir: „Wertgeschätzter Herr Einnehmer! Italien ist ein schönes Land, da sorgt der liebe Gott für alles, da kann man sich im Sonnenschein auf den Rücken legen, so wachsen einem die Rosinen ins Maul, und wenn einen die Tarantel beißt, so tanzt man mit ungemeiner Gelenkigkeit, wenn man auch sonst nicht tanzen gelernt hat." – „Nein, nach Italien, nach Italien!" rief ich voller Vergnügen aus, und rannte, ohne an die verschiedenen Wege zu denken, auf der Straße fort, die mir eben vor die Füße kam.

Als ich eine Strecke so fortgewandert war, sah ich rechts von der Straße einen sehr schönen Baumgarten, wo die Morgensonne so lustig zwischen den Stämmen und Wipfeln hindurchschimmerte, daß es aussah, als wäre der Rasen mit goldenen Teppichen belegt. Da ich keinen Menschen erblickte, stieg ich über den niedrigen Gartenzaun und legte mich recht behaglich unter einem Apfelbaum ins Gras, denn von dem gestrigen Nachtlager auf dem Baume taten mir noch alle Glieder weh. Da konnte man weit ins Land hinaussehen, und da es Sonntag war, so kamen bis aus der weitesten Ferne Glockenklänge über die stillen Felder herüber, und geputzte Landleute zogen überall zwischen Wiesen und Büschen nach der Kirche. Ich war recht fröhlich im Herzen, die Vögel sangen über mir im Baume, ich dachte an meine Mühle und an den Garten der schönen gnädigen Frau, und wie das alles nun so weit, weit lag – bis ich zuletzt einschlummerte. Da träumte mir, als käme diese schöne Frau aus der prächtigen Gegend unten zu mir gegangen oder eigentlich langsam geflogen zwischen den Glockenklängen, mit langen weißen Schleiern, die im Morgenrote wehten. Dann war es wieder, als wären wir gar nicht in der Fremde, sondern bei meinem Dorfe an der Mühle in den tiefen Schatten. Aber da war alles still und leer, wie wenn die Leute sonntags in der Kirche sind und nur der Orgelklang durch die Bäume herüberkommt, daß es mir recht im Herzen weh tat. Die schöne Frau aber war sehr gut und freundlich, sie hielt mich an der Hand und ging mit mir, und sang in einem fort in dieser Einsamkeit das schöne Lied, das sie damals immer frühmorgens am offenen Fenster zur Gitarre gesungen hat, und ich sah dabei ihr Bild in dem stillen Weiher, noch vieltausendmal schöner, aber mit sonderbaren großen Augen, die mich so starr ansahen, daß ich mich beinah gefürchtet hätte. – Da fing auf einmal die Mühle, erst in einzelnen langsamen Schlägen, dann immer schneller und heftiger an zu gehen und zu brausen, der Weiher wurde dunkel und kräuselte sich, die schöne Frau wurde ganz bleich und ihre Schleier wurden immer länger und länger und flatterten entsetzlich in langen Spitzen, wie Nebelstreifen, hoch am Himmel empor; das Sausen nahm immer mehr zu, oft war es, als bliese der Portier auf seinem Fagott dazwischen, bis ich endlich mit heftigem Herzklopfen aufwachte.

Es hatte sich wirklich ein Wind erhoben, der leise über mir durch den Apfelbaum ging; aber was so brauste und rumorte, war weder die Mühle noch der Portier, sondern derselbe Bauer, der mir vorhin den Weg nach Italien nicht zeigen wollte. Er hatte aber seinen Sonntagsstaat ausgezogen und stand in einem weißen Kamisol vor mir. „Na“, sagte er, da ich mir noch den Schlaf aus den Augen wischte, „will Er etwa hier Poperenzen klauben, daß er mir das schöne Gras so zertrampelt, anstatt in die Kirche zu gehen, Er Faulenzer!“ – Mich ärgert' es nur, daß mich der Grobian aufgeweckt hatte. Ich sprang ganz erbost auf und versetzte geschwind: „Was, Er will mich hier ausschimpfen? Ich bin Gärtner gewesen, eh Er daran dachte, und Einnehmer, und wenn Er zur Stadt gefahren wäre, hätte Er die schmierige Schlafmütze vor mir abnehmen müssen, und hatte mein Haus und meinen roten Schlafrock mit gelben Punkten.“ – Aber der Knollfink scherte sich gar nichts darum, sondern stemmte beide Arme in die Seiten und sagte bloß: „Was will Er denn? he! he!“ Dabei sah ich, daß es eigentlich ein kurzer, stämmiger, krummbeiniger Kerl war, und vorstehende glotzende Augen und eine rote etwas schiefe Nase hatte. Und wie er immerfort nichts weiter sagte als: „He! – he!“ und dabei jedesmal einen Schritt näher auf mich zukam, da überfiel mich auf einmal eine so kuriose grausliche Angst, daß ich mich schnell aufmachte, über den Zaun sprang und, ohne mich umzusehen, immerfort querfeldein lief, daß mir die Geige in der Tasche klang.

Als ich endlich wieder stillhielt, um Atem zu schöpfen, war der Garten und das ganze Tal nicht mehr zu sehen, und ich stand in einem schönen Walde. Aber ich gab nicht viel darauf acht, denn jetzt ärgerte mich das Spektakel erst recht, und daß der Kerl mich immer E r nannte, und ich schimpfte noch lange im stillen für mich. In solchen Gedanken ging ich rasch fort und kam immer mehr von der Landstraße ab, mitten in das

Gebirge hinein. Der Holzweg, auf dem ich fortgelaufen war, hörte auf und ich hatte nur noch einen kleinen wenig betretenen Fußsteig vor mir. Ringsum war niemand zu sehen und kein Laut zu vernehmen. Sonst aber war es recht anmutig zu gehn, die Wipfel der Bäume rauschten und die Vögel sangen sehr schön. Ich befahl mich daher Gottes Führung, zog meine Violine hervor und spielte alle meine liebsten Stücke durch, daß es recht fröhlich in dem einsamen Walde erklang.

Mit dem Spielen ging es aber auch nicht lange, denn ich stolperte dabei jeden Augenblick über die fatalen Baumwurzeln, auch fing mich zuletzt an zu hungern, und der Wald wollte noch immer gar kein Ende nehmen. So irrte ich den ganzen Tag herum, und die Sonne schien schon schief zwischen den Baumstämmen hindurch, als ich endlich in ein kleines Wiesental hinauskam, das rings von Bergen eingeschlossen und voller roter und gelber Blumen war, über denen unzählige Schmetterlinge im Abendgolde herumflatterten. Hier war es so einsam, als läge die Welt wohl hundert Meilen weit weg. Nur die Heimchen zirpten, und ein Hirt lag drüben im hohen Grase und blies so melancholisch auf seiner Schalmei, daß einem das Herz vor Wehmut hätte zerspringen mögen. Ja, dachte ich bei mir, wer es so gut hätte, wie so ein Faulenzer! unsereiner muß sich in der Fremde herumschlagen und immer attent sein. – Da ein schönes klares Flüßchen zwischen uns lag, über das ich nicht herüber konnte, so rief ich ihm von weitem zu: wo hier das nächste Dorf läge? Er ließ sich aber nicht stören, sondern streckte nur den Kopf ein wenig aus dem Grase hervor, wies mit seiner Schalmei auf den andern Wald hin und blies ruhig wieder weiter.

Unterdes marschierte ich fleißig fort, denn es fing schon an zu dämmern. Die Vögel, die alle noch ein großes Geschrei gemacht hatten, als die letzten Sonnenstrahlen durch den Wald schimmerten, wurden auf einmal still, und mir fing beinah an angst zu werden in dem ewigen, einsamen Rauschen der Wälder. Endlich hörte ich von ferne Hunde bellen. Ich schritt rascher fort, der Wald wurde immer lichter und lichter, und bald darauf sah ich zwischen den letzten Bäumen hindurch einen schönen grünen Platz, auf dem viele Kinder lärmten, und sich um eine große Linde herumtummelten, die recht in der Mitte stand. Weiterhin an dem Platze war ein Wirtshaus, vor dem einige Bauern um einen Tisch saßen und Karten spielten und Tabak rauchten. Von der andern Seite saßen junge Bursche und Mädchen vor der Tür, die die Arme in ihre Schürzen gewickelt hatten und in der Kühle miteinander plauderten.

Ich besann mich nicht lange, zog meine Geige aus der Tasche, und spielte schnell einen lustigen Ländler auf, während ich aus dem Walde hervortrat. Die Mädchen verwunderten sich, die Alten lachten, daß es weit in den Wald hineinschallte. Als ich aber so bis zu der Linde gekommen war, und mich mit dem Rücken dranlehnte, und immerfort spielte, da ging ein heimliches Rumoren und Gewisper unter den jungen Leuten rechts und links, die Bursche legten endlich ihre Sonntagspfeifen weg, jeder nahm die Seine, und eh ich's mir versah, schwenkte sich das junge Bauernvolk tüchtig um mich herum, die Hunde bellten, die Kittel flogen, und die Kinder standen um mich im Kreise, und sahen mir neugierig ins Gesicht und auf die Finger, wie ich so fix damit hantierte.

Wie der erste Schleifer vorbei war, konnte ich erst recht sehen, wie eine gute Musik in die Gliedmaßen fährt. Die Bauerburschen, die sich vorher, die Pfeifen im Munde, auf den Bänken reckten und die steifen Beine von sich streckten, waren nun auf einmal wie umgetauscht, ließen ihre bunten Schnupftücher vorn am Knopfloch lang herunterhängen und kapriolten so artig um die Mädchen herum, daß es eine rechte Lust anzuschauen war. Einer von ihnen, der sich schon für was Rechtes hielt, haspelte lange in seiner Westentasche, damit es die andern sehen sollten, und brachte endlich ein kleines Silberstück heraus, das er mir in die Hand drücken wollte. Mich ärgerte das, wenn ich gleich dazumal kein Geld in der Tasche hatte. Ich sagte ihm, er sollte nur seine Pfennige behalten, ich spielte nur so aus Freude, weil ich wieder bei Menschen wäre. Bald darauf aber kam ein schmuckes Mädchen mit einer großen Stampe Wein zu mir. „Musikanten trinken gern", sagte sie, und lachte mich freundlich an, und ihre perlweißen Zähne schimmerten recht scharmant zwischen den roten Lippen hindurch, so daß ich sie wohl hätte darauf küssen mögen. Sie tunkte ihr Schnäbelchen in den Wein, wobei ihre Augen über das Glas weg auf mich herüberfunkelten, und reichte mir darauf die Stampe hin. Da trank ich das Glas bis auf den Grund aus, und spielte dann wieder von frischem, daß sich alles lustig um mich herumdrehte.

Die Alten waren unterdes von ihrem Spiel aufgebrochen, die jungen Leute fingen auch an müde zu werden und zerstreuten sich, und so wurde es nach und nach ganz still und leer vor dem Wirtshause. Auch das Mädchen, das mir den Wein gereicht hatte, ging nun nach dem Dorfe zu, aber sie ging sehr langsam, und sah sich zuweilen um, als ob sie was vergessen hätte. Endlich blieb sie stehen und suchte etwas auf der Erde, aber ich sah wohl, daß sie, wenn sie sich bückte, unter dem Arme hindurch nach mir zurückblickte. Ich hatte auf dem Schlosse Lebensart gelernt, ich sprang also geschwind herzu und sagte: „Haben Sie etwas verloren, schönste Mamsell?" – „Ach nein", sagte sie und wurde über und über rot, „es war nur eine Rose – will Er sie haben?" – Ich dankte und steckte die Rose ins Knopfloch. Sie sah mich sehr freundlich an und sagte: „Er spielt recht schön." – „Ja", versetzte ich, „das ist so eine Gabe Gottes." – „Die Musikanten sind hier in der Gegend sehr rar", hub das Mädchen dann wieder an und stockte und hatte die Augen beständig niedergeschlagen. „Er könnte sich hier ein gutes Stück Geld verdienen – auch mein Vater spielt etwas die Geige und hört gern von der Fremde erzählen – und mein Vater ist sehr reich." – Dann lachte sie auf und sagte: „Wenn Er nur nicht immer solche Grimassen machen möchte mit dem Kopfe, beim Geigen!" – „Teuerste Jungfer", erwiderte ich, „erstlich: nennen Sie mich nur nicht immer Er; sodann mit dem Kopf-Tremulenzen, das ist einmal nicht anders, das haben wir Virtuosen alle so an uns." – „Ach so!" entgegnete das Mädchen. Sie wollte noch etwas mehr sagen, aber da entstand auf einmal ein entsetzliches Gepolter im Wirtshause, die Haustür ging mit großem Gekrache auf und ein dünner Kerl kam wie ein ausgeschoßner Ladstock herausgeflogen, worauf die Tür sogleich wieder hinter ihm zugeschlagen wurde.

Das Mädchen war bei dem ersten Geräusch wie ein Reh davongesprungen und im Dunkel verschwunden. Die Figur vor der Tür aber raffte sich hurtig wieder vom Boden auf und fing nun an mit solcher Geschwindigkeit gegen das Haus loszuschimpfen, daß es ordentlich zum Erstaunen war. „Was!" schrie er, „ich besoffen? ich die Kreidestriche an der verräucherten Tür nicht bezahlen? Löscht sie aus, löscht sie aus! Hab ich euch nicht erst gestern übern Kochlöffel barbiert und in die Nase geschnitten, daß ihr mir den Löffel morsch entzweigebissen habt? Barbieren macht einen Strich – Kochlöffel, wieder ein Strich – Pflaster auf die Nase, noch ein Strich – wieviel solche hundsföttische Striche wollt ihr denn noch bezahlt haben? Aber gut, schon gut, ich lasse das ganze Dorf, die ganze Welt ungeschoren. Lauft meinetwegen mit euren Bärten, daß der liebe Gott am Jüngsten Tage nicht weiß, ob ihr Juden seid oder Christen! Ja, hängt euch an euren eignen Bärten auf, ihr zottigen Landbären!" Hier brach er auf einmal in ein jämmerliches Weinen aus und fuhr ganz erbärmlich durch die Fistel fort: „Wasser soll ich saufen, wie ein elender Fisch? ist das Nächstenliebe? Bin ich nicht ein Mensch und ein ausgelernter Feldscher? Ach, ich bin heute so in der Rage! Mein Herz ist voller Rührung und Menschenliebe!" Bei diesen Worten zog er sich nach und nach zurück, da im Hause alles still blieb. Als er mich erblickte, kam er mit ausgebreiteten Armen auf mich los, ich glaube, der tolle Kerl wollte mich embrassieren. Ich sprang aber auf die Seite, und so stolperte er weiter, und ich hörte ihn noch lange, bald grob, bald fein, durch die Finsternis mit sich diskurrieren.

Mir aber ging mancherlei im Kopfe herum. Die Jungfer, die mir vorhin die Rose geschenkt hatte, war jung, schön und reich – ich konnte da mein Glück machen, eh man die Hand umkehrte. Und Hammel und Schweine, Puter und fette Gänse mit Äpfeln gestopft – ja, es war mir nicht anders, als säh ich den Portier auf mich zukommen: „Greif zu, Einnehmer, greif zu! jung gefreit hat niemand gereut, wer's Glück hat, führt die Braut heim, bleibe im Lande und nähre dich tüchtig." In solchen philosophischen Gedanken setzte ich mich auf dem Platze, der nun ganz einsam war, auf einen Stein nieder, denn an das Wirtshaus anzuklopfen traute ich mich nicht, weil ich kein Geld bei mir hatte. Der Mond schien prächtig, von den Bergen rauschten die Wälder durch die stille Nacht herüber, manchmal schlugen im Dorfe die Hunde an, das weiter im Tale unter Bäumen und Mondschein wie begraben lag. Ich betrachtete das Firmament, wie da einzelne Wolken langsam durch den Mondschein zogen und manchmal ein Stern weit in der Ferne herunterfiel. So, dachte ich, scheint der Mond auch über meines Vaters Mühle und auf das weiße gräfliche Schloß. Dort ist nun auch schon alles lange still, die gnädige Frau schläft, und die Wasserkünste und Bäume im Garten rauschen noch immerfort wie damals, und allen ist's gleich, ob ich noch da bin, oder in der Fremde, oder gestorben. – Da kam mir die Welt auf einmal so entsetzlich weit und groß vor, und ich so ganz allein darin, daß ich aus Herzensgrunde hätte weinen mögen.

Wie ich noch immer so dasitze, höre ich auf einmal aus der Ferne Hufschlag im Walde. Ich hielt den Atem an und lauschte, da kam es immer näher und näher, und ich konnte schon die Pferde schnauben hören. Bald darauf kamen auch wirklich zwei Reiter unter den Bäumen hervor, hielten aber am Saume des Waldes an und sprachen heimlich sehr eifrig miteinander, wie ich an den Schatten sehen konnte, die plötzlich über den mondbeglänzten Platz vorschossen, und mit langen dunklen Armen bald dahin bald dorthin wiesen. – Wie oft, wenn mir zu Hause meine verstorbene Mutter von wilden Wäldern und martialischen Räubern erzählte, hatte ich mir sonst immer heimlich gewünscht, eine solche Geschichte selbst zu erleben. Da hatt ich's nun auf einmal für meine dummen, frevelmütigen Gedanken! – Ich streckte mich nun an dem Lindenbaum, unter dem ich gesessen, ganz unmerklich so lang aus, als ich nur konnte, bis ich den ersten Ast erreicht hatte und mich geschwinde hinaufschwang. Aber ich baumelte noch mit halbem Leibe über dem Aste und wollte soeben auch meine Beine nachholen, als der eine von den Reitern rasch hinter mir über den Platz dahertrabte. Ich drückte nun die Augen fest zu in dem dunkeln Laube, und rührte und regte mich nicht. – „Wer ist da?" rief es auf einmal dicht hinter mir. „Niemand!" schrie ich aus Leibeskräften vor Schreck, daß er mich doch noch erwischt hatte. Insgeheim mußte ich aber doch bei mir lachen, wie die Kerls sich schneiden würden, wenn sie mir die leeren Taschen umdrehten. – „Ei, ei", sagte der Räuber wieder, „wem gehören denn aber die zwei Beine, die da herunterhängen?" – Da half nichts mehr. „Nichts weiter", versetzte ich, „als ein Paar arme, verirrte Musikantenbeine", und ließ mich rasch wieder auf den Boden herab, denn ich schämte mich auch, länger wie eine zerbrochene Gabel da über dem Aste zu hängen.

Das Pferd des Reiters scheute, als ich so plötzlich vom Baume herunterfuhr. Er klopfte ihm den Hals und sagte lachend: „Nun, wir sind auch verirrt, da sind wir rechte Kameraden; ich dächte also, du hälfest uns ein wenig den Weg nach B. aufsuchen. Es soll dein Schade nicht sein." Ich hatte nun gut beteuern, daß ich gar nicht wüßte, wo B. läge, daß ich lieber hier im Wirtshause fragen oder sie in das Dorf hinunterführen wollte. Der Kerl nahm gar keine Räson an. Er zog ganz ruhig eine Pistole aus dem Gurt, die recht hübsch im Mondschein funkelte. „Mein Liebster", sagte er dabei sehr freundschaftlich zu mir, während er bald den Lauf der Pistole abwischte, bald wieder prüfend an die Augen hielt, „mein Liebster, du wirst wohl so gut sein, selber nach B. vorauszugehn."

Da war ich nun recht übel daran. Traf ich den Weg, so kam ich gewiß zu der Räuberbande und bekam Prügel, da ich kein Geld bei mir hatte, traf ich ihn nicht – so bekam ich auch Prügel. Ich besann mich also nicht lange und schlug den ersten besten Weg ein, der an dem Wirtshause vorüber vom Dorfe abführte. Der Reiter sprengte schnell zu seinem Begleiter zurück, und beide folgten mir dann in einiger Entfernung langsam nach. So zogen wir eigentlich recht närrisch auf gut Glück in die mondhelle Nacht hinein. Der Weg lief immerfort im Walde an einem Bergeshange fort. Zuweilen konnte man über die Tannenwipfel, die von unten herauflangten und sich dunkel rührten, weit in die tiefen, stillen Täler hinaussehen, hin und her schlug eine Nachtigall, Hunde bellten in der Ferne in den Dörfern. Ein Fluß rauschte beständig aus der Tiefe und blitzte zuweilen im Mondschein auf. Dabei das einförmige Pferdegetrappel und das Wirren und Schwirren der Reiter hinter mir, die unaufhörlich in einer fremden Sprache miteinander plauderten, und das helle Mondlicht und die langen Schatten der Baumstämme, die wechselnd über die beiden Reiter wegflogen, daß sie mir bald schwarz, bald hell, bald klein, bald wieder riesengroß vorkamen. Mir verirrten sich ordentlich die Gedanken, als läge ich in einem Traum und könnte gar nicht aufwachen. Ich schritt immer stramm vor mich hin. Wir müssen, dachte ich, doch am Ende aus dem Walde und aus der Nacht herauskommen.

Endlich flogen hin und wieder schon lange rötliche Scheine über den Himmel, ganz leise, wie wenn man über einen Spiegel haucht, auch eine Lerche sang schon hoch über dem stillen Tale. Da wurde mir auf einmal ganz klar im Herzen bei dem Morgengruße, und alle Furcht war vorüber. Die beiden Reiter aber streckten sich, und sahen sich nach allen Seiten um, und schienen nun erst gewahr zu werden, daß wir doch wohl nicht auf dem rechten Wege sein mochten. Sie plauderten wieder viel, und ich merkte wohl, daß sie von mir sprachen, ja es kam mir vor, als finge der eine sich vor mir zu fürchten an, als könnt ich wohl gar so ein heimlicher Schnapphahn sein, der sie im Walde irreführen wollte. Das machte mir Spaß, denn je lichter es ringsum wurde, je mehr Courage kriegt ich, zumal da wir soeben auf einen schönen freien Waldplatz herauskamen. Ich sah mich daher nach allen Seiten ganz wild um, und pfiff dann ein paarmal auf den Fingern, wie die Spitzbuben tun, wenn sie sich einander Signale geben wollen.

„Halt!" rief auf einmal der eine von den Reitern, daß ich ordentlich zusammenfuhr. Wie ich mich umsehe, sind sie beide abgestiegen und haben ihre Pferde an einen Baum angebunden. Der eine kommt aber rasch auf mich los, sieht mir ganz starr ins Gesicht, und fängt auf einmal ganz unmäßig an zu lachen. Ich muß gestehen, mich ärgerte das unvernünftige Gelächter. Er aber sagte: „Wahrhaftig, das ist der Gärtner, wollt sagen: Einnehmer vom Schloß!"

Ich sah ihn groß an, wußte mich aber seiner nicht zu erinnern, hätt auch viel zu tun gehabt, wenn ich mir alle die jungen Herren hätte ansehen wollen, die auf dem Schlosse ab und zu ritten. Er aber fuhr mit ewigem Gelächter fort: „Das ist prächtig! Du vazierst, wie ich sehe, wir brauchen eben einen Bedienten, bleib bei uns, da hast du ewige Vakanz." – Ich war ganz verblüfft und sagte endlich, daß ich soeben auf einer Reise nach Italien begriffen wäre. – „Nach Italien?!" entgegnete der Fremde, „ebendahin wollen auch wir!" – „Nun, wenn das ist!" rief ich aus und zog voller Freude meine Geige aus der Tasche und strich, daß die Vögel im Walde aufwachten. Der Herr aber erwischte geschwind den andern Herrn und walzte mit ihm wie verrückt auf dem Rasen herum.

Dann standen sie plötzlich still. „Bei Gott", rief der eine, „da seh ich schon den Kirchturm von B.! nun, da wollen wir bald unten sein." Er zog seine Uhr heraus und ließ sie repetieren, schüttelte mit dem Kopfe, und ließ noch einmal schlagen. „Nein", sagte er, „das geht nicht, wir kommen so zu früh hin, das könnte schlimm werden!"

Darauf holten sie von ihren Pferden Kuchen, Braten und Weinflaschen, breiteten eine schöne bunte Decke auf dem grünen Rasen aus, streckten sich darüber hin und schmausten sehr vergnüglich, teilten auch mir von allem sehr reichlich mit, was mir gar wohl bekam, da ich seit einigen Tagen schon nicht mehr vernünftig gespeist hatte. – „Und daß du's weißt", sagte der eine zu mir –, „aber du kennst uns doch nicht?" – ich schüttelte mit dem Kopfe. – „Also, daß du's weißt: ich bin der

Maler Leonhard, und das dort ist – wieder ein Maler – Guido geheißen."

Ich besah mir nun die beiden Maler genauer bei der Morgendämmerung. Der eine, Herr Leonhard, war groß, schlank, braun, mit lustigen, feurigen Augen. Der andere war viel jünger, kleiner und feiner, auf altdeutsche Mode gekleidet, wie es der Portier nannte, mit weißem Kragen und bloßem Hals, um den die dunkelbraunen Locken herabhingen, die er oft aus dem hübschen Gesichte wegschütteln mußte. – Als dieser genug gefrühstückt hatte, griff er nach meiner Geige, die ich neben mir auf den Boden gelegt hatte, setzte sich damit auf einen umgehauenen Baumast, und klimperte darauf mit den Fingern. Dann sang er dazu so hell wie ein Waldvögelein, daß es mir recht durchs ganze Herz klang:

„Fliegt der erste Morgenstrahl
Durch das stille Nebeltal,
Rauscht erwachend Wald und Hügel:
Wer da fliegen kann, nimmt Flügel!

Und sein Hütlein in die Luft
Wirft der Mensch vor Lust und ruft:
‚Hat Gesang doch auch noch Schwingen,
Nun so will ich fröhlich singen!'"

Dabei spielten die rötlichen Morgenscheine recht anmutig über sein etwas blasses Gesicht und die schwarzen verliebten Augen. Ich aber war so müde, daß sich mir die Worte und Noten, während er so sang, immer mehr verwirrten, bis ich zuletzt fest einschlief.

Als ich nach und nach wieder zu mir selber kam, hörte ich wie im Traume die beiden Maler noch immer neben mir sprechen und die Vögel über mir singen, und die Morgenstrahlen schimmerten mir durch die geschlossenen Augen, daß mir's innerlich so dunkelhell war, wie wenn die Sonne durch rotseidene Gardinen scheint. „Come è bello!" hört ich da dicht neben mir ausrufen. Ich schlug die Augen auf, und erblickte den jungen Maler, der im funkelnden Morgenlicht über mich hergebeugt stand, so daß beinah nur die großen schwarzen Augen zwischen den herabhängenden Locken zu sehen waren.

Ich sprang geschwind auf, denn es war schon heller Tag geworden. Der Herr Leonhard schien verdrüßlich zu sein, er hatte zwei zornige Falten auf der Stirn und trieb hastig zum Aufbruch. Der andere Maler aber schüttelte seine Locken aus dem Gesicht und trällerte, während er sein Pferd aufzäumte, ruhig ein Liedchen vor sich hin, bis Leonhard zuletzt plötzlich laut auflachte, schnell eine Flasche ergriff, die noch auf dem Rasen stand und den Rest in die Gläser einschenkte. „Auf eine glückliche Ankunft!" rief er aus, sie stießen mit den Gläsern zusammen, es gab einen schönen Klang. Darauf schleuderte Leonhard die leere Flasche hoch ins Morgenrot, daß es lustig in der Luft funkelte.

Endlich setzten sie sich auf ihre Pferde, und ich marschierte frisch wieder nebenher. Gerade vor uns lag ein unübersehliches Tal, in das wir nun hinunterzogen. Da war ein Blitzen und Rauschen und Schimmern und Jubilieren! Mir war so kühl und fröhlich zumute, als sollt ich von dem Berge in die prächtige Gegend hinausfliegen.

Viertes Kapitel

Nun ade, Mühle und Schloß und Portier! Nun ging's, daß mir der Wind am Hute pfiff. Rechts und links flogen Dörfer, Städte und Weingärten vorbei, daß es einem vor den Augen flimmerte; hinter mir die beiden Maler im Wagen, vor mir vier Pferde mit einem prächtigen Postillion, ich hoch oben auf dem Kutschbock, daß ich oft ellenhoch in die Höhe flog.

Das war so zugegangen: Als wir vor B. ankommen, kommt schon am Dorfe ein langer, dürrer grämlicher Herr im grünen Flauschrock uns entgegen, macht viele Bücklinge vor den Herrn Malern und führt uns in das Dorf hinein. Da stand unter den hohen Linden vor dem Posthause schon ein prächtiger Wagen mit vier Postpferden bespannt. Herr Leonhard meinte unterwegs, ich hätte meine Kleider ausgewachsen. Er holte daher geschwind andere aus seinem Mantelsack hervor, und ich mußte einen ganz neuen schönen Frack und Weste anziehn, die mir sehr vornehm zu Gesicht standen, nur daß mir alles zu lang und weit war und ordentlich um mich herumschlotterte. Auch einen ganz neuen Hut bekam ich, der funkelte in der Sonne, als wär er mit frischer Butter überschmiert. Dann nahm der fremde, grämliche Herr die beiden Pferde der Maler am Zügel, die Maler sprangen in den Wagen, ich auf den Bock, und so flogen wir schon fort, als eben der Postmeister mit der Schlafmütze aus dem Fenster guckte. Der Postillion blies lustig auf dem Horne, und so ging es frisch nach Italien hinein.

Ich hatte eigentlich da droben ein prächtiges Leben, wie der Vogel in der Luft und brauchte doch dabei nicht selbst zu fliegen. Zu tun hatte ich auch weiter nichts, als Tag und Nacht auf dem Bocke zu sitzen, und bei den Wirtshäusern manchmal Essen und Trinken an den Wagen herauszubringen, denn die Maler sprachen nirgends ein, und bei Tage zogen sie die Fenster am Wagen so fest zu, als wenn die Sonne sie erstechen wollte. Nur zuweilen steckte der Herr Guido sein hübsches Köpfchen zum Wagenfenster heraus und diskurrierte freundlich mit mir, und lachte dann den Herrn Leonhard aus, der das nicht leiden wollte und jedesmal über die langen Diskurse böse wurde. Ein paarmal hätte ich bald Verdruß bekommen mit meinem Herrn. Das eine Mal, wie ich bei schöner, sternklarer Nacht droben auf dem Bock die Geige zu spielen anfing, und sodann späterhin wegen des Schlafes. Das war aber auch ganz zum Erstaunen! Ich wollte mir doch Italien recht genau besehen, und riß die Augen alle Viertelstunden weit auf. Aber kaum hatte ich ein Weilchen so vor mich hingesehen, so verschwirrten und verwickelten sich mir die sechszehn Pferdefüße vor mir wie Filet so hin und her und übers Kreuz, daß mir die Augen gleich wieder übergingen, und zuletzt geriet ich in ein solches entsetzliches und unaufhaltsames Schlafen, daß gar kein Rat mehr war. Da mocht es Tag oder Nacht, Regen oder Sonnenschein, Tirol oder Italien sein, ich hing bald rechts bald links, bald rücklings über den Bock herunter, ja manchmal tunkte ich mit solcher Vehemenz mit dem Kopfe nach dem Boden zu, daß mir der Hut weit vom Kopfe flog, und der Herr Guido im Wagen laut aufschrie.

So war ich, ich weiß selbst nicht wie, durch halb Welschland, das sie dort Lombardei nennen, durchgekommen, als wir an einem schönen Abend vor einem Wirtshause auf dem Lande stillhielten. Die Postpferde waren in dem daranstoßenden Stationsdorfe erst nach ein paar Stunden bestellt, die Herren Maler stiegen daher aus und ließen sich in ein besonderes Zimmer führen, um hier ein wenig zu rasten und einige Briefe zu schreiben. Ich aber war sehr vergnügt darüber, und verfügte mich sogleich in die Gaststube, um endlich wieder einmal so recht mit Ruhe und Kommodität zu essen und zu trinken. Da sah es ziemlich liederlich aus. Die Mägde gingen mit zerzottelten Haaren herum, und hatten die offenen Halstücher unordentlich um das gelbe Fell hängen. Um einen runden Tisch saßen die Knechte vom Hause in blauen Überziehhemden beim Abendessen, und glotzten mich zuweilen von der Seite an. Die hatten alle kurze, dicke Haarzöpfe und sahen so recht vornehm wie die jungen Herrlein aus. – Da bist du nun, dachte ich bei mir, und aß fleißig fort, da bist du nun endlich in dem Lande, woher immer die kuriosen Leute zu unserm Herrn Pfarrer kamen, mit Mausefallen und Barometern und Bildern. Was der Mensch doch nicht alles erfährt, wenn er sich einmal hinterm Ofen hervormacht!

Wie ich noch eben so esse und meditiere, wuscht ein Männlein, das bis jetzt in einer dunklen Ecke der Stube bei seinem Glase Wein gesessen hatte, auf einmal aus seinem Winkel wie eine Spinne auf mich los. Er war ganz kurz und bucklicht, hatte aber einen großen grauslichen Kopf mit einer langen römischen Adlernase, und sparsamen roten Backenbart, und die gepuderten Haare standen ihm von allen Seiten zu Berge, als wenn der Sturmwind durchgefahren wäre. Dabei trug er einen altmodischen, verschossenen Frack, kurze plüschene Beinkleider und ganz vergelbte seidene Strümpfe. Er war einmal in Deutschland gewesen, und dachte wunder wie gut er Deutsch verstünde. Er setzte sich zu mir und frug bald das, bald jenes, während er immerfort Tabak schnupfte: ob ich der Servitore sei? wenn wir arriware? ob wir nach Roma kehn? aber das wußte ich alles selber nicht, und konnte auch sein Kauderwelsch gar nicht verstehn. „Parlez vous françois?" sagte ich endlich in meiner Angst zu ihm. Er schüttelte mit dem großen Kopfe, und das war mir sehr lieb, denn ich konnte ja auch nicht Französisch. Aber das half alles nichts. Er hatte mich einmal recht aufs Korn genommen, er frug und frug immer wieder; je mehr wir parlierten, je weniger verstand einer den andern, zuletzt wurden wir beide schon hitzig, so daß mir's manchmal vorkam, als wollte der Signor mit seiner Adlernase nach mir hacken, bis endlich die Mägde, die den babylonischen Diskurs mit angehört hatten, uns beide tüchtig auslachten. Ich aber legte schnell Messer und Gabel hin und ging vor die Haustür hinaus. Denn mir war in dem fremden

Lande nicht anders, als wäre ich mit meiner deutschen Zunge tausend Klafter tief ins Meer versenkt, und allerlei unbekanntes Gewürm ringelte sich und rauschte da in der Einsamkeit um mich her, und glotzte und schnappte nach mir.

Draußen war eine warme Sommernacht, so recht um gassatim zu gehn. Weit von den Weinbergen herüber hörte man noch zuweilen einen Winzer singen, dazwischen blitzte es manchmal von ferne, und die ganze Gegend zitterte und säuselte im Mondschein. Ja manchmal kam es mir vor, als schlüpfte eine lange dunkle Gestalt hinter den Haselnußsträuchen vor dem Hause vorüber und guckte durch die Zweige, dann war alles auf einmal wieder still. – Da trat der Herr Guido eben auf den Balkon des Wirtshauses heraus. Er bemerkte mich nicht, und spielte sehr geschickt auf einer Zither, die er im Hause gefunden haben mußte, und sang dann dazu wie eine Nachtigall:

„Schweigt der Menschen laute Lust:
Rauscht die Erde wie in Träumen
Wunderbar mit allen Bäumen,
Was dem Herzen kaum bewußt,
Alte Zeiten, linde Trauer,
Und es schweifen leise Schauer
Wetterleuchtend durch die Brust."

Ich weiß nicht, ob er noch mehr gesungen haben mag, denn ich hatte mich auf die Bank vor der Haustür hingestreckt, und schlief in der lauen Nacht vor großer Ermüdung fest ein.

Es mochten wohl ein paar Stunden ins Land gegangen sein, als mich ein Posthorn aufweckte, das lange Zeit lustig in meine Träume hereinblies, ehe ich mich völlig besinnen konnte. Ich sprang endlich auf, der Tag dämmerte schon an den Bergen, und die Morgenkühle rieselte mir durch alle Glieder. Da fiel mir erst ein, daß wir ja um diese Zeit schon wieder weit fort sein wollten. Aha, dachte ich, heut ist einmal das Wecken und Auslachen an mir. Wie wird der Herr Guido mit dem verschlafenen Lockenkopfe herausfahren, wenn er mich draußen hört! So ging ich in den kleinen Garten am Hause dicht unter die Fenster, wo meine Herren wohnten, dehnte mich noch einmal recht ins Morgenrot hinein und sang fröhlichen Mutes:

„Wenn der Hoppevogel schreit,
Ist der Tag nicht mehr weit,
Wenn die Sonne sich auftut,
Schmeckt der Schlaf noch so gut!" –

Das Fenster war offen, aber es blieb alles still oben, nur der Nachtwind ging noch durch die Weinranken, die sich bis in das Fenster hineinstreckten. – „Nun, was soll denn das wieder bedeuten?" rief ich voll Erstaunen aus, und lief in das Haus und durch die stillen Gänge nach der Stube zu. Aber da gab es mir einen rechten Stich ins Herz. Denn wie ich die Tür aufreiße, ist alles leer, darin kein Frack, kein Hut, kein Stiefel. – Nur die Zither, auf der Herr Guido gestern gespielt hatte, hing an der Wand, auf dem Tische mitten in der Stube lag ein schöner voller Geldbeutel, worauf ein Zettel geklebt war. Ich hielt ihn näher ans Fenster, und traute meinen Augen kaum, es stand wahrhaftig mit großen Buchstaben darauf: „Für den Herrn Einnehmer!"

Was war mir aber das alles nütze, wenn ich meine lieben lustigen Herrn nicht wiederfand? Ich schob den Beutel in meine tiefe Rocktasche, das plumpte wie in einen tiefen Brunnen, daß es mich ordentlich hintenüber zog. Dann rannte ich hinaus, machte einen großen Lärm und weckte alle Knechte und Mägde im Hause. Die wußten gar nicht, was ich wollte, und meinten, ich wäre verrückt geworden. Dann aber verwunderten sie sich nicht wenig, als sie oben das leere Nest sahen. Niemand wußte etwas von meinen Herren. Nur die eine Magd – wie ich aus ihren Zeichen und Gestikulationen zusammenbringen konnte – hatte bemerkt, daß der Herr Guido, als er gestern abends auf dem Balkon sang, auf einmal laut aufschrie, und dann geschwind zu dem andern Herrn in das Zimmer zurückstürzte. Als sie hernach in der Nacht einmal aufwachte, hörte sie draußen Pferdegetrappel. Sie guckte durch das kleine Kammerfenster und sah den buckligen Signor, der gestern mit mir so viel gesprochen hatte, auf einem Schimmel im Mondschein quer übers Feld galoppieren, daß er immer ellenhoch überm Sattel in die Höhe flog und die Magd sich bekreuzte, weil es aussah wie ein Gespenst, das auf einem dreibeinigen Pferde reitet. – Da wußt ich nun gar nicht, was ich machen sollte.

Unterdes aber stand unser Wagen schon lange vor der Tür

angespannt und der Postillion stieß ungeduldig ins Horn, daß er hätte bersten mögen, denn er mußte zur bestimmten Stunde auf der nächsten Station sein, da alles durch Laufzettel bis auf die Minute vorausbestellt war. Ich rannte noch einmal um das ganze Haus herum und rief die Maler, aber niemand gab Antwort, die Leute aus dem Hause liefen zusammen und gafften mich an, der Postillion fluchte, die Pferde schnaubten, ich, ganz verblüfft, springe endlich geschwind in den Wagen hinein, der Hausknecht schlägt die Tür hinter mir zu, der Postillion knallt und so ging's mit mir fort in die weite Welt hinein.

Fünftes Kapitel

Wir fuhren nun über Berg und Tal Tag und Nacht immerfort. Ich hatte gar nicht Zeit, mich zu besinnen, denn wo wir hinkamen, standen die Pferde angeschirrt, ich konnte mit den Leuten nicht sprechen, mein Demonstrieren half also nichts; oft, wenn ich im Wirtshause eben beim besten Essen war, blies der Postillion, ich mußte Messer und Gabel wegwerfen und wieder in den Wagen springen, und wußte doch eigentlich gar nicht, wohin und weswegen ich just mit so ausnehmender Geschwindigkeit fortreisen sollte.

Sonst war die Lebensart gar nicht so übel. Ich legte mich, wie auf einem Kanapee, bald in die eine, bald in die andere Ecke des Wagens, und lernte Menschen und Länder kennen, und wenn wir durch Städte fuhren, lehnte ich mich auf beide Arme zum Wagenfenster heraus und dankte den Leuten, die höflich vor mir den Hut abnahmen oder ich grüßte die Mädchen an den Fenstern wie ein alter Bekannter, die sich dann immer sehr verwunderten und mir noch lange neugierig nachguckten.

Aber zuletzt erschrak ich sehr. Ich hatte das Geld in dem gefundenen Beutel niemals gezählt, den Postmeistern und Gastwirten mußte ich überall viel bezahlen, und ehe ich mich's versah, war der Beutel leer. Anfangs nahm ich mir vor, sobald wir durch einen einsamen Wald führen, schnell aus dem Wagen zu springen und zu entlaufen. Dann aber tat es mir wieder leid, nun den schönen Wagen so allein zu lassen, mit dem ich sonst wohl noch bis ans Ende der Welt fortgefahren wäre.

Nun saß ich eben voller Gedanken und wußte nicht aus noch ein, als es auf einmal seitwärts von der Landstraße abging. Ich schrie zum Wagen heraus auf den Postillion: wohin er denn fahre? Aber ich mochte sprechen was ich wollte, der Kerl sagte immer bloß: „Si, Si, Signore!“ und fuhr immer über Stock und Stein, daß ich aus einer Ecke des Wagens in die andere flog.

Das wollte mir gar nicht in den Sinn, denn die Landstraße lief gerade durch eine prächtige Landschaft auf die untergehende Sonne zu, wohl wie in ein Meer von Glanz und Funken. Von der Seite aber, wohin wir uns gewendet hatten, lag ein wüstes Gebirge vor uns mit grauen Schluchten, zwischen denen es schon lange dunkel geworden war. – Je weiter wir fuhren, je wilder und einsamer wurde die Gegend. Endlich kam der Mond hinter den Wolken hervor, und schien auf einmal so hell zwischen die Bäume und Felsen herein, daß es ordentlich grauslich anzusehen war. Wir konnten nur langsam fahren in den engen steinigten Schluchten, und das einförmige, ewige Gerassel des Wagens schallte an den Steinwänden weit in die stille Nacht, als führen wir in ein großes Grabgewölbe hinein. Nur von vielen Wasserfällen, die man aber nicht sehen konnte, war ein unaufhörliches Rauschen tiefer im Walde, und die Käuzchen riefen aus der Ferne immerfort: „Komm mit, komm mit!“ – Dabei kam es mir vor, als wenn der Kutscher, der, wie ich jetzt erst sah, gar keine Uniform hatte und kein Postillion war, sich einigemal unruhig umsähe und schneller zu fahren anfing, und wie ich mich recht zum Wagen herauslegte, kam plötzlich ein Reiter aus dem Gebüsch hervor, sprengte dicht vor unseren Pferden quer über den Weg, und verlor sich sogleich wieder auf der andern Seite im Walde. Ich war ganz verwirrt, denn, soviel ich bei dem hellen Mondschein erkennen konnte, war es dasselbe bucklige Männlein auf seinem Schimmel, das in dem Wirtshause mit der Adlernase nach mir gehackt hatte. Der Kutscher schüttelte den Kopf und lachte laut auf über die närrische Reiterei, wandte sich aber dann rasch zu mir um, sprach sehr viel und sehr eifrig, wovon ich leider nichts verstand, und fuhr dann noch rascher fort.

Ich aber war froh, als ich bald darauf von fern ein Licht schimmern sah. Es fanden sich nach und nach noch mehrere Lichter, sie wurden immer größer und heller, und endlich kamen wir an einigen verräucherten Hütten vorüber, die wie Schwalbennester auf dem Felsen hingen. Da die Nacht warm war, so standen die Türen offen, und ich konnte darin die hell erleuchteten Stuben und allerlei lumpiges Gesindel sehen, das wie dunkle Schatten um das Herdfeuer herumhockte. Wir aber rasselten durch die stille Nacht einen Steinweg hinan, der sich auf einen hohen Berg hinaufzog. Bald überdeckten hohe Bäume und herabhängende Sträucher den ganzen Hohlweg, bald konnte man auf einmal wieder das ganze Firmament, und in der Tiefe die weite stille Runde von Bergen, Wäldern und Tälern übersehen. Auf dem Gipfel des Berges stand ein großes altes Schloß mit vielen Türmen im hellsten Mondschein. – „Nun Gott befohlen!“ rief ich aus, und war innerlich ganz munter geworden vor Erwartung, wohin sie mich da am Ende noch bringen würden.

Es dauerte wohl noch eine gute halbe Stunde, ehe wir endlich auf dem Berge am Schloßtore ankamen. Das ging in einen breiten, runden Turm hinein, der oben schon ganz verfallen war. Der Kutscher knallte dreimal, daß es weit in dem alten Schlosse widerhallte, wo ein Schwarm von Dohlen ganz erschrocken plötzlich aus allen Luken und Ritzen herausfuhr und mit großem Geschrei die Luft durchkreuzte. Darauf rollte der Wagen in den langen, dunklen Torweg hinein. Die Pferde gaben mit ihren Hufeisen Feuer auf dem Steinpflaster, ein großer Hund bellte, der Wagen donnerte zwischen den gewölbten Wänden. Die Dohlen schrieen noch immer dazwischen – so kamen wir mit einem entsetzlichen Spektakel in den engen, gepflasterten Schloßhof.

Eine kuriose Situation! dachte ich bei mir, als nun der Wagen stillstand. Da wurde die Wagentür von draußen aufgemacht, und ein alter langer Mann mit einer kleinen Laterne sah mich unter seinen dicken Augenbraunen grämlich an. Er faßte mich dann unter den Arm und half mir, wie einem großen Herrn, aus dem Wagen heraus. Draußen vor der Haustür stand eine alte, sehr häßliche Frau in schwarzem Kamisol und Rock, mit einer weißen Schürze und schwarzen Haube, von der ihr ein langer Schnipper bis an die Nase herunterhing. Sie hatte an der einen Hüfte einen großen Bund Schlüssel hängen und hielt in der andern einen altmodischen Armleuchter mit zwei brennenden Wachskerzen. Sobald sie mich erblickte, fing sie an, tiefe Knickse zu machen und sprach und frug sehr viel durcheinander. Ich verstand aber nichts davon und machte immerfort Kratzfüße vor ihr, und es war mir eigentlich recht unheimlich zumute.

Der alte Mann hatte unterdes mit seiner Laterne den Wagen von allen Seiten beleuchtet und brummte und schüttelte den Kopf, als er nirgend einen Koffer oder Bagage fand. Der Kutscher fuhr darauf, ohne Trinkgeld von mir zu fordern, den Wagen in einen alten Schoppen, der auf der Seite des Hofes schon offenstand. Die alte Frau aber bat mich sehr höflich durch allerlei Zeichen, ihr zu folgen. Sie führte mich mit ihren Wachskerzen durch einen langen schmalen Gang, und dann eine kleine steinerne Treppe herauf. Als wir an der Küche vorbeigingen, streckten ein paar junge Mägde neugierig die Köpfe durch die halbgeöffnete Tür und guckten mich so starr an, und winkten und nickten einander heimlich zu, als wenn sie in ihrem Leben noch kein Mannsbild gesehen hätten. Die Alte machte endlich oben eine Tür auf, da wurde ich anfangs ordentlich ganz verblüfft. Denn es war ein großes, schönes, herrschaftliches Zimmer mit goldenen Verzierungen an der Decke, und an den Wänden hingen prächtige Tapeten mit allerlei Figuren und großen Blumen. In der Mitte stand ein gedeckter Tisch mit Braten, Kuchen, Salat, Obst, Wein und Konfekt, daß einem recht das Herz im Leibe lachte. Zwischen den beiden Fenstern hing ein ungeheurer Spiegel, der vom Boden bis zur Decke reichte.

Ich muß sagen, das gefiel mir recht wohl. Ich streckte mich ein paarmal und ging mit langen Schritten vornehm im Zimmer auf und ab. Dann konnt ich aber doch nicht widerstehen, mich einmal in einem so großen Spiegel zu besehen. Das ist wahr, die neuen Kleider vom Herrn Leonhard standen mir recht schön, auch hatte ich in Italien so ein gewisses feuriges Auge bekommen, sonst aber war ich gerade noch so ein Milchbart, wie ich zu Hause gewesen war, nur auf der Oberlippe zeigten sich erst ein paar Flaumfedern.

Die alte Frau mahlte indes in einem fort mit ihrem zahnlosen Munde, daß es nicht anders aussah, als wenn sie an der langen herunterhängenden Nasenspitze kaute. Dann nötigte sie mich zum Sitzen, streichelte mir mit ihren dürren Fingern das Kinn, nannte mich „poverino!“ wobei sie mich aus den roten Augen so schelmisch ansah, daß sich ihr der eine Mundwinkel bis an die halbe Wange in die Höhe zog, und ging endlich mit einem tiefen Knicks zur Tür hinaus.

Ich aber setzte mich zu dem gedeckten Tisch, während eine junge hübsche Magd hereintrat, um mich bei der Tafel zu bedienen. Ich knüpfte allerlei galanten Diskurs mit ihr an, sie verstand mich aber nicht, sondern sah mich immer ganz kurios von der Seite an, weil mir's so gut schmeckte, denn das Essen war delikat. Als ich satt war und wieder aufstand, nahm die Magd ein Licht von der Tafel und führte mich in ein anderes Zimmer. Da war ein Sofa, ein kleiner Spiegel und ein prächtiges Bett mit grünseidenen Vorhängen. Ich frug sie mit Zeichen, ob ich mich da hineinlegen sollte? Sie nickte zwar: „Ja", aber das war denn doch nicht möglich, denn sie blieb wie angenagelt bei mir stehen. Endlich holte ich mir noch ein großes Glas Wein aus der Tafelstube herein und rief ihr zu: „Felicissima notte!" denn so viel hatt ich schon Italienisch gelernt. Aber wie ich das Glas so auf einmal ausstürzte, bricht sie plötzlich in ein verhaltenes Kichern aus, wird über und über rot, geht in die Tafelstube und macht die Tür hinter sich zu. Was ist da zu lachen? dachte ich ganz verwundert, ich glaube, die Leute in Italien sind alle verrückt.

Ich hatte nun nur immer Angst vor dem Postillion, daß der gleich wieder zu blasen anfangen würde. Ich horchte am Fenster, aber es war alles still draußen. Laß ihn blasen! dachte ich, zog mich aus und legte mich in das prächtige Bett. Das war nicht anders, als wenn man in Milch und Honig schwämme! Vor den Fenstern rauschte die alte Linde im Hofe, zuweilen fuhr noch eine Dohle plötzlich vom Dache auf, bis ich endlich voller Vergnügen einschlief.

Sechstes Kapitel

Als ich wieder erwachte, spielten schon die ersten Morgenstrahlen an den grünen Vorhängen über mir. Ich konnte mich gar nicht besinnen, wo ich eigentlich wäre. Es kam mir vor, als führe ich noch immerfort im Wagen, und es hätte mir von einem Schlosse im Mondschein geträumt und von einer alten Hexe und ihrem blassen Töchterlein.

Ich sprang endlich rasch aus dem Bette, kleidete mich an, und sah mich dabei nach allen Seiten in dem Zimmer um. Da bemerkte ich eine kleine Tapetentür, die ich gestern gar nicht gesehen hatte. Sie war nur angelehnt, ich öffnete sie, und erblickte ein kleines nettes Stübchen, das in der Morgendämmerung recht heimlich aussah. Über einem Stuhl waren Frauenkleider unordentlich hingeworfen, auf einem Bettchen daneben lag das Mädchen, das mir gestern abends bei der Tafel aufgewartet hatte. Sie schlief noch ganz ruhig und hatte den Kopf auf den weißen bloßen Arm gelegt, über den ihre schwarzen Locken herabfielen. Wenn die wüßte, daß die Tür offen war! sagte ich zu mir selbst und ging in mein Schlafzimmer zurück, während ich hinter mir wieder schloß und verriegelte, damit das Mädchen nicht erschrecken und sich schämen sollte, wenn sie erwachte.

Draußen ließ sich noch kein Laut vernehmen. Nur ein früherwachtes Waldvöglein saß vor meinem Fenster auf einem Strauch, der aus der Mauer herauswuchs, und sang schon sein Morgenlied. „Nein", sagte ich, „du sollst mich nicht beschämen und allein so früh und fleißig Gott loben!" – Ich nahm schnell meine Geige, die ich gestern auf das Tischchen gelegt hatte, und ging hinaus. Im Schlosse war noch alles totenstill, und es dauerte lange, ehe ich mich aus den dunklen Gängen ins Freie herausfand.

Als ich vor das Schloß heraustrat, kam ich in einen großen Garten, der auf breiten Terrassen, wovon die eine immer tiefer war als die andere, bis auf den halben Berg herunterging. Aber das war eine liederliche Gärtnerei. Die Gänge waren alle mit hohem Grase bewachsen, die künstlichen Figuren von Buchsbaum waren nicht beschnitten und streckten, wie Gespenster, lange Nasen oder ellenhohe spitzige Mützen in die Luft hinaus, daß man sich in der Dämmerung ordentlich davor hätte fürchten mögen. Auf einige zerbrochene Statuen über einer vertrockneten Wasserkunst war gar Wäsche aufgehängt, hin und wieder hatten sie mitten im Garten Kohl gebaut, dann kamen wieder ein paar ordinäre Blumen, alles unordentlich durcheinander, und von hohem, wildem Unkraut überwachsen, zwischen dem sich bunte Eidechsen schlängelten. Zwischen die alten, hohen Bäume hindurch aber war überall eine weite, einsame Aussicht, eine Bergkoppe hinter der andern, so weit das Auge reichte.

Nachdem ich so ein Weilchen in der Morgendämmerung durch die Wildnis umherspaziert war, erblickte ich auf der Terrasse unter mir einen langen, schmalen, blassen Jüngling in einem langen braunen Kaputrock, der mit verschränkten Armen und großen Schritten auf und ab ging. Er tat, als sähe er mich nicht, setzte sich bald darauf auf eine steinerne Bank hin, zog ein Buch aus der Tasche, las sehr laut, als wenn er predigte, sah dabei zuweilen zum Himmel, und stützte dann den Kopf ganz melancholisch auf die rechte Hand. Ich sah ihm lange zu, endlich wurde ich doch neugierig, warum er denn eigentlich so absonderliche Grimassen machte, und ging schnell auf ihn zu. Er hatte eben einen tiefen Seufzer ausgestoßen und sprang erschrocken auf, als ich ankam. Er war voller Verlegenheit, ich auch, wir wußten beide nicht, was wir sprechen sollten, und machten immerfort Komplimente voreinander, bis er endlich mit langen Schritten in das Gebüsch Reißaus nahm. Unterdes war die Sonne über dem Walde aufgegangen, ich sprang auf die Bank hinauf und strich vor Lust meine Geige, daß es weit in die stillen Täler herunterschallte. Die Alte mit dem Schlüsselbunde, die mich schon ängstlich im ganzen Schlosse zum Frühstück aufgesucht hatte, erschien nun auf der Terrasse über mir, und verwunderte sich, daß ich so artig auf der Geige spielen konnte. Der alte grämliche Mann vom Schlosse fand sich dazu und verwunderte sich ebenfalls, endlich kamen auch noch die Mägde, und alles blieb oben voller Verwunderung stehen, und ich fingerte und schwenkte meinen Fiedelbogen immer künstlicher und hurtiger und spielte Kadenzen und Variationen, bis ich endlich ganz müde wurde.

Das war nun aber doch ganz seltsam auf dem Schlosse! Kein Mensch dachte da ans Weiterreisen. Das Schloß war auch gar kein Wirtshaus, sondern gehörte, wie ich von der Magd erfuhr, einem reichen Grafen. Wenn ich mich dann manchmal bei der Alten erkundigte, wie der Graf heiße, wo er wohne? da schmunzelte sie immer bloß, wie den ersten Abend, da ich auf das Schloß kam, und kniff und winkte mir so pfiffig mit den Augen zu, als wenn sie nicht recht bei Sinne wäre. Trank ich einmal an einem heißen Tage eine ganze Flasche Wein aus, so kicherten die Mägde gewiß, wenn sie die andere brachten, und als mich dann gar einmal nach einer Pfeife Tabak verlangte, ich ihnen durch Zeichen beschrieb, was ich wollte, da brachen alle in ein großes unvernünftiges Gelächter aus. – Am verwunderlichsten war mir eine Nachtmusik, die sich oft, und gerade immer in den finstersten Nächten, unter meinem Fenster hören ließ. Es griff auf einer Gitarre immer nur von Zeit zu Zeit einzelne, ganz leise Klänge. Das eine Mal aber kam es mir vor, als wenn es dabei von unten: „Pst! pst!“ heraufrief. Ich fuhr daher geschwind aus dem Bett, und mit dem Kopf aus dem Fenster.

„Holla! heda! wer ist da draußen?“ rief ich hinunter. Aber es antwortete niemand, ich hörte nur etwas sehr schnell durch die Gesträuche fortlaufen. Der große Hund im Hofe schlug über meinen Lärm ein paarmal an, dann war auf einmal alles wieder still, und die Nachtmusik ließ sich seitdem nicht wieder vernehmen.

Sonst hatte ich hier ein Leben, wie sich's ein Mensch nur immer in der Welt wünschen kann. Der gute Portier! er wußte wohl, was er sprach, wenn er immer zu sagen pflegte, daß in Italien einem die Rosinen von selbst in den Mund wüchsen. Ich lebte auf dem einsamen Schlosse wie ein verwunschener Prinz. Wo ich hintrat, hatten die Leute eine große Ehrerbietung vor mir, obgleich sie schon alle wußten, daß ich keinen Heller in der Tasche hatte. Ich durfte nur sagen: „Tischchen deck dich!“ so standen auch schon herrliche Speisen, Reis, Wein, Melonen und Parmesankäse da. Ich ließ mir's wohlschmecken, schlief in dem prächtigen Himmelbett, ging im Garten spazieren, musizierte und half wohl auch manchmal in der Gärtnerei nach. Oft lag ich auch stundenlang im Garten im hohen Grase, und der schmale Jüngling (es war ein Schüler und Verwandter der Alten, der eben jetzt hier zur Vakanz war) ging mit seinem langen Kaputrock in weiten Kreisen um mich herum, und murmelte dabei, wie ein Zauberer, aus seinem Buche, worüber ich dann auch jedesmal einschlummerte. – So verging ein Tag nach dem andern, bis ich am Ende anfing, von dem guten Essen und Trinken ganz melancholisch zu werden. Die Glieder gingen mir von dem ewigen Nichtstun ordentlich aus allen Gelenken, und es war mir, als würde ich vor Faulheit noch ganz auseinanderfallen.

In dieser Zeit saß ich einmal an einem schwülen Nachmittage im Wipfel eines hohen Baumes, der am Abhange stand, und wiegte mich auf den Ästen langsam über dem stillen, tiefen Tale. Die Bienen summten zwischen den Blättern um mich herum, sonst war alles wie ausgestorben, kein Mensch war zwischen den Bergen zu sehen, tief unter mir auf den stillen Waldwiesen ruhten die Kühe auf dem hohen Grase. Aber ganz von weitem kam der Klang eines Posthorns über die waldigen Gipfel herüber, bald kaum vernehmbar, bald wieder heller und deutlicher. Mir fiel dabei auf einmal ein altes Lied recht aufs Herz, das ich noch zu Hause auf meines Vaters Mühle von einem wandernden Handwerksburschen gelernt hatte, und ich sang:

„Wer in die Fremde will wandern,
Der muß mit der Liebsten gehn,
Es jubeln und lassen die andern
Den Fremden alleine stehn.

Was wisset ihr, dunkele Wipfel,
Von der alten, schönen Zeit?
Ach, die Heimat hinter den Gipfeln,
Wie liegt sie von hier so weit!

Am liebsten betracht ich die Sterne,
Die schienen, wenn ich ging zu ihr,
Die Nachtigall hör ich so gerne,
Sie sang vor der Liebsten Tür.

Der Morgen, das ist meine Freude!
Da steig ich in stiller Stund
Auf den höchsten Berg in die Weite,
Grüß dich, Deutschland, aus Herzensgrund!"

Es war, als wenn mich das Posthorn bei meinem Liede aus der Ferne begleiten wollte. Es kam, während ich sang, zwischen den Bergen immer näher und näher, bis ich es endlich gar oben auf dem Schloßhofe schallen hörte. Ich sprang rasch vom Baume herunter. Da kam mir auch schon die Alte mit einem geöffneten Pakete aus dem Schlosse entgegen. „Da ist auch etwas für Sie mitgekommen", sagte sie, und reichte mir aus dem Paket ein kleines, niedliches Briefchen. Es war ohne Aufschrift, ich brach es schnell auf. Aber da wurde ich auch auf einmal im ganzen Gesichte so rot wie eine Päonie, und das Herz schlug mir so heftig, daß es die Alte merkte, denn das Briefchen war von – meiner schönen Frau, von der ich manches Zettelchen bei dem Herrn Amtmann gesehen hatte. Sie schrieb darin ganz kurz: „Es ist alles wieder gut, alle Hindernisse sind beseitigt. Ich benutzte heimlich diese Gelegenheit, um die erste zu sein, die Ihnen diese freudige Botschaft schreibt. Kommen, eilen Sie zurück. Es ist so öde hier und ich kann kaum mehr leben, seit Sie von uns fort sind. Aurelie."

Die Augen gingen mir über, als ich das las, vor Entzücken und Schreck und unsäglicher Freude. Ich schämte mich vor dem alten Weibe, die mich wieder abscheulich anschmunzelte, und flog wie ein Pfeil bis in den allereinsamsten Winkel des Gartens. Dort warf ich mich unter den Haselnußsträuchern ins Gras hin, und las das Briefchen noch einmal, sagte die Worte auswendig für mich hin, und las dann wieder und immer wieder, und die Sonnenstrahlen tanzten zwischen den Blättern hindurch über den Buchstaben, daß sie sich wie goldene und hellgrüne und rote Blüten vor meinen Augen ineinanderschlangen. Ist sie am Ende gar nicht verheiratet gewesen? dachte ich, war der fremde Offizier damals vielleicht ihr Herr Bruder, oder ist er nun tot, oder bin ich toll, oder – „Das ist alles einerlei!“ rief ich endlich und sprang auf, „nun ist's ja klar, sie liebt mich ja, sie liebt mich!“

Als ich aus dem Gesträuch wieder hervorkroch, neigte sich die Sonne zum Untergange. Der Himmel war rot, die Vögel sangen lustig in allen Wäldern, die Täler waren voller Schimmer, aber in meinem Herzen war es noch vieltausendmal schöner und fröhlicher!

Ich rief in das Schloß hinein, daß sie mir heut das Abendessen in den Garten herausbringen sollten. Die alte Frau, der alte grämliche Mann, die Mägde, sie mußten alle mit heraus und sich mit mir unter dem Baum an den gedeckten Tisch setzen. Ich zog meine Geige hervor und spielte und aß und trank dazwischen. Da wurden sie alle lustig, der alte Mann strich seine grämlichen Falten aus dem Gesicht und stieß ein Glas nach dem andern aus, die Alte plauderte in einem fort, Gott weiß was; die Mägde fingen an auf dem Rasen miteinander zu tanzen. Zuletzt kam auch noch der blasse Student neugierig hervor, warf einige verächtliche Blicke auf das Spektakel, und wollte ganz vornehm wieder weitergehen. Ich aber, nicht zu faul, sprang geschwind auf, erwischte ihn, eh er sich's versah, bei seinem langen Überrock, und walzte tüchtig mit ihm herum. Er strengte sich nun an, recht zierlich und neumodisch zu tanzen, und füßelte so emsig und künstlich, daß ihm der Schweiß vom Gesicht herunterfloß und die langen Rockschöße wie ein Rad um uns herumflogen. Dabei sah er mich aber manchmal so kurios mit verdrehten Augen an, daß ich mich ordentlich vor ihm zu fürchten anfing und ihn plötzlich wieder losließ.

Die Alte hätte nun gar zu gerne erfahren, was in dem Briefe stand, und warum ich denn eigentlich heut auf einmal so lustig war. Aber das war ja viel zu weitläuftig, um es ihr auseinandersetzen zu können. Ich zeigte bloß auf ein paar Kraniche, die eben hoch über uns durch die Luft zogen, und sagte: „Ich müßte nun auch so fort und immer fort, weit in die Ferne!“ – Da riß sie die vertrockneten Augen weit auf, und blickte, wie ein Basilisk, bald auf mich, bald auf den alten Mann hinüber. Dann bemerkte ich, wie die beiden heimlich die Köpfe zusammensteckten, sooft ich mich wegwandte, und sehr eifrig miteinander sprachen, und mich dabei zuweilen von der Seite ansahen.

Das fiel mir auf. Ich sann hin und her, was sie wohl mit mir vorhaben möchten. Darüber wurde ich stiller, die Sonne war auch schon lange untergegangen, und so wünschte ich allen gute Nacht und ging nachdenklich in meine Schlafstube hinauf.

Ich war innerlich so fröhlich und unruhig, daß ich noch lange im Zimmer auf und nieder ging. Draußen wälzte der Wind schwere, schwarze Wolken über den Schloßturm weg, man konnte kaum die nächsten Bergkoppen in der dicken Finsternis erkennen. Da kam es mir vor, als wenn ich im Garten unten Stimmen hörte. Ich löschte mein Licht aus, und stellte mich ans Fenster. Die Stimmen schienen näher zu kommen, sprachen aber sehr leise miteinander. Auf einmal gab eine kleine Laterne, welche die eine Gestalt unterm Mantel trug, einen langen Schein. Ich erkannte nun den grämlichen Schloßverwalter und die alte Haushälterin. Das Licht blitzte über das Gesicht der Alten, das mir noch niemals so gräßlich vorgekommen war, und über ein langes Messer, das sie in der Hand hielt. Dabei konnte ich sehen, daß sie beide eben nach meinem Fenster hinaufsahen. Dann schlug der Verwalter seinen Mantel wieder dichter um, und es war bald alles wieder finster und still.

Was wollen die, dachte ich, zu dieser Stunde noch draußen im Garten? Mich schauderte, denn es fielen mir alle Mordgeschichten ein, die ich in meinem Leben gehört hatte, von Hexen und Räubern, welche Menschen abschlachten, um ihre Herzen zu fressen. Indem ich noch so nachdenke, kommen Menschentritte, erst die Treppe herauf, dann auf dem langen Gange ganz leise, leise auf meine Tür zu, dabei war es, als wenn zuweilen Stimmen heimlich miteinander wisperten. Ich sprang schnell an das andere Ende der Stube hinter einen großen Tisch, den ich, sobald sich etwas rührte, vor mir aufheben, und so mit aller Gewalt auf die Tür losrennen wollte. Aber in der

Finsternis warf ich einen Stuhl um, daß es ein entsetzliches Gepolter gab. Da wurde es auf einmal ganz still draußen. Ich lauschte hinter dem Tisch und sah immerfort nach der Tür, als wenn ich sie mit den Augen durchstechen wollte, daß mir ordentlich die Augen zum Kopfe herausstanden. Als ich mich ein Weilchen wieder so ruhig verhalten hatte, daß man die Fliegen an der Wand hätte können gehen hören, vernahm ich, wie jemand von draußen ganz leise einen Schlüssel ins Schlüsselloch steckte. Ich wollte nun eben mit meinem Tische losfahren, da drehte es den Schlüssel langsam dreimal in der Tür um, zog ihn vorsichtig wieder heraus und schnurrte dann sachte über den Gang und die Treppe hinunter.

Ich schöpfte nun tief Atem. Oho, dachte ich, da haben sie dich eingesperrt, damit sie's kommode haben, wenn ich erst fest eingeschlafen bin. Ich untersuchte geschwind die Tür. Es war richtig, sie war fest verschlossen, ebenso die andere Tür, hinter der die hübsche, bleiche Magd schlief. Das war noch niemals geschehen, solange ich auf dem Schlosse wohnte.

Da saß ich nun in der Fremde gefangen! Die schöne Frau stand nun wohl an ihrem Fenster und sah über den stillen Garten nach der Landstraße hinaus, ob ich nicht schon am Zollhäuschen mit meiner Geige dahergestrichen komme, die Wolken flogen rasch über den Himmel, die Zeit verging – und ich konnte nicht fort von hier! Ach, mir war so weh im Herzen, ich wußte gar nicht mehr, was ich tun sollte. Dabei war mir's auch immer, wenn die Blätter draußen rauschten, oder eine Ratte am Boden knosperte, als wäre die Alte durch eine verborgene Tapetentür heimlich hereingetreten und lauere und schleiche leise mit dem langen Messer durchs Zimmer.

Als ich so voll Sorgen auf dem Bette saß, hörte ich auf einmal seit langer Zeit wieder die Nachtmusik unter meinen Fenstern. Bei dem ersten Klange der Gitarre war es mir nicht anders, als wenn mir ein Morgenstrahl plötzlich durch die Seele führe. Ich riß das Fenster auf und rief leise herunter, daß ich wach sei. „Pst, pst!" antwortete es von unten. Ich besann mich nun nicht lange, steckte das Briefchen und meine Geige zu mir, schwang mich aus dem Fenster, und kletterte an der alten, zersprungenen Mauer hinab, indem ich mich mit den Händen an den Sträuchern, die aus den Ritzen wuchsen, anhielt. Aber einige morsche Ziegel gaben nach, ich kam ins Rutschen, es ging immer rascher und rascher mit mir, bis ich endlich mit beiden Füßen aufplumpte, daß mir's im Gehirnkasten knisterte.

Kaum war ich auf diese Art unten im Garten angekommen, so umarmte mich jemand mit solcher Vehemenz, daß ich laut aufschrie. Der gute Freund aber hielt mir schnell die Finger auf den Mund, faßte mich bei der Hand und führte mich dann aus dem Gesträuch ins Freie hinaus. Da erkannte ich mit Verwunderung den guten, langen Studenten, der die Gitarre an einem breiten seidenen Bande um den Hals hängen hatte. – Ich beschrieb ihm nun in größter Geschwindigkeit, daß ich aus dem Garten hinauswollte. Er schien aber das alles schon lange zu wissen, und führte mich auf allerlei verdeckten Umwegen zu dem untern Tore in der hohen Gartenmauer. Aber da war nun auch das Tor wieder fest verschlossen! Doch der Student hatte auch das schon vorbedacht, er zog einen großen Schlüssel hervor und schloß behutsam auf.

Als wir nun in den Wald hinaustraten und ich ihn eben noch um den besten Weg zur nächsten Stadt fragen wollte, stürzte er plötzlich vor mir auf ein Knie nieder, hob die eine Hand hoch in die Höhe, und fing an zu fluchen und zu schwören, daß es entsetzlich anzuhören war. Ich wußte gar nicht, was er wollte, ich hörte nur immerfort: „Idio" und „cuore" und „amore" und „furore!" Als er aber am Ende gar anfing, auf beiden Knien schnell und immer näher auf mich zuzurutschen, da wurde mir auf einmal ganz grauslich, ich merkte wohl, daß er verrückt war, und rannte, ohne mich umzusehen, in den dicksten Wald hinein.

Ich hörte nun den Studenten wie rasend hinter mir drein schreien. Bald darauf gab noch eine andere grobe Stimme vom Schlosse her Antwort. Ich dachte mir nun wohl, daß sie mich aufsuchen würden. Der Weg war mir unbekannt, die Nacht finster, ich konnte ihnen leicht wieder in die Hände fallen. Ich kletterte daher auf den Wipfel einer hohen Tanne hinauf, um bessere Gelegenheit abzuwarten.

Von dort konnte ich hören, wie auf dem Schlosse eine Stimme nach der andern wach wurde. Einige Windlichter zeigten sich oben und warfen ihre wilden roten Scheine über das alte Gemäuer des Schlosses und weit vom Berge in die schwarze Nacht hinein. Ich befahl meine Seele dem lieben Gott, denn das verworrene Getümmel wurde immer lauter und näherte sich immer mehr und mehr. Endlich stürzte der Student mit einer Fackel unter meinem Baume vorüber, daß ihm die Rockschöße weit im Winde nachflogen. Dann schienen sie sich alle nach und nach auf eine andere Seite des Berges hinzuwenden, die Stimmen schallten immer ferner und ferner, und der Wind rauschte wieder durch den stillen Wald. Da stieg ich schnell von dem Baume herab, und lief atemlos weiter in das Tal und die Nacht hinaus.

Siebentes Kapitel

Ich war Tag und Nacht eilig fortgegangen, denn es sauste mir lange in den Ohren, als kämen die von dem Berge mit ihrem Rufen, mit Fackeln und langen Messern noch immer hinter mir drein. Unterweges erfuhr ich, daß ich nur noch ein paar Meilen von Rom wäre. Da erschrak ich ordentlich vor Freude. Denn von dem prächtigen Rom hatte ich schon zu Hause als Kind viele wunderbare Geschichten gehört, und wenn ich dann an Sonntagsnachmittagen vor der Mühle im Grase lag und alles ringsum so stille war, da dachte ich mir Rom wie die ziehenden Wolken über mir, mit wundersamen Bergen und Abgründen am blauen Meer, und goldnen Toren und hohen glänzenden Türmen, von denen Engel in goldenen Gewändern sangen. – Die Nacht war schon wieder lange hereingebrochen, und der Mond schien prächtig, als ich endlich auf einem Hügel aus dem Walde heraustrat, und auf einmal die Stadt in der Ferne vor mir sah. – Das Meer leuchtete von weitem, der Himmel blitzte und funkelte unübersehbar mit unzähligen Sternen, darunter lag die heilige Stadt, von der man nur einen langen Nebelstreif erkennen konnte, wie ein eingeschlafener Löwe auf der stillen Erde, und Berge standen daneben, wie dunkle Riesen, die ihn bewachten.

Ich kam nun zuerst auf eine große, einsame Heide, auf der es so grau und still war, wie im Grabe. Nur hin und her stand ein altes verfallenes Gemäuer oder ein trockener wunderbar gewundener Strauch; manchmal schwirrten Nachtvögel durch die Luft, und mein eigener Schatten strich immerfort lang und dunkel in der Einsamkeit neben mir her. Sie sagen, daß hier eine uralte Stadt und die Frau Venus begraben liegt, und die alten Heiden zuweilen noch aus ihren Gräbern heraufsteigen und bei stiller Nacht über die Heide gehn und die Wanderer verwirren. Aber ich ging immer gerade fort und ließ mich nichts anfechten. Denn die Stadt stieg immer deutlicher und prächtiger vor mir herauf, und die hohen Burgen und Tore und goldenen Kuppeln glänzten so herrlich im hellen Mondschein, als ständen wirklich die Engel in goldenen Gewändern auf den Zinnen und sängen durch die stille Nacht herüber.

So zog ich denn endlich erst an kleinen Häusern vorbei, dann durch ein prächtiges Tor in die berühmte Stadt Rom hinein. Der Mond schien zwischen den Palästen, als wäre es heller Tag, aber die Straßen waren schon alle leer, nur hin und wieder lag ein lumpiger Kerl, wie ein Toter, in der lauen Nacht auf den Marmorschwellen und schlief. Dabei rauschten die Brunnen auf den stillen Plätzen, und die Gärten an der Straße säuselten dazwischen und erfüllten die Luft mit erquickenden Düften.

Wie ich nun eben so weiter fortschlendere, und vor Vergnügen, Mondschein und Wohlgeruch gar nicht weiß, wohin ich mich wenden soll, läßt sich tief aus dem einen Garten eine Gitarre hören. Mein Gott, denk ich, da ist mir wohl der tolle Student mit dem langen Überrock heimlich nachgesprungen! Darüber fing eine Dame in dem Garten an überaus lieblich zu singen. Ich stand ganz wie bezaubert, denn es war die Stimme der schönen gnädigen Frau, und dasselbe welsche Liedchen, das sie gar oft zu Hause am offnen Fenster gesungen hatte.

Da fiel mir auf einmal die schöne alte Zeit mit solcher Gewalt aufs Herz, daß ich bitterlich hätte weinen mögen, der stille Garten vor dem Schloß in früher Morgenstunde, und wie ich da hinter dem Strauch so glückselig war, ehe mir die dumme Fliege in die Nase flog. Ich konnte mich nicht länger halten. Ich kletterte auf den vergoldeten Zieraten über das Gittertor, und schwang mich in den Garten hinunter, woher der Gesang kam. Da bemerkte ich, daß eine schlanke, weiße Gestalt von fern hinter einer Pappel stand und mir erst verwundert zusah, als ich über das Gitterwerk kletterte, dann aber auf einmal so schnell durch den dunklen Garten nach dem Hause zuflog, daß man sie im Mondschein kaum füßeln sehen konnte. „Das war sie selbst!" rief ich aus, und das Herz schlug mir vor Freude, denn ich erkannte sie gleich an den kleinen, geschwinden Füßchen wieder. Es war nur schlimm, daß ich mir beim Herunterspringen vom Gartentore den rechten Fuß etwas vertreten hatte, ich mußte daher erst ein paarmal mit dem Beine schlenkern, eh ich zu dem Hause nachspringen konnte. Aber da hatten sie unterdes Tür und Fenster fest verschlossen. Ich klopfte ganz bescheiden an, horchte und klopfte wieder. Da war es nicht anders, als wenn es drinnen leise flüsterte und kicherte, ja einmal kam es mir vor, als wenn zwei helle Augen zwischen den Jalousien im Mondschein hervorfunkelten. Dann war auf einmal wieder alles still.

Sie weiß nur nicht, daß ich es bin, dachte ich, zog die Geige, die ich allzeit bei mir trage, hervor, spazierte damit auf dem Gange vor dem Hause auf und nieder, und spielte und sang das Lied von der schönen Frau, und spielte voll Vergnügen alle meine Lieder durch, die ich damals in den schönen Sommernächten im Schloßgarten oder auf der Bank vor dem Zollhause gespielt hatte, daß es weit bis in die Fenster des Schlosses hinüberklang. – Aber es half alles nichts, es rührte und regte sich niemand im ganzen Hause. Da steckte ich endlich meine Geige traurig ein, und legte mich auf die Schwelle vor der Haustür hin, denn ich war sehr müde von dem langen Marsch. Die Nacht war warm, die Blumenbeete vor dem Hause dufteten lieblich, eine Wasserkunst weiter unten im Garten plätscherte immerfort dazwischen. Mir träumte von himmelblauen Blumen, von schönen, dunkelgrünen, einsamen Gründen, wo Quellen rauschten und Bächlein gingen, und bunte Vögel wunderbar sangen, bis ich endlich fest einschlief.

Als ich aufwachte, rieselte mir die Morgenluft durch alle Glieder. Die Vögel waren schon wach und zwitscherten auf den Bäumen um mich herum, als ob sie mich für 'n Narren haben wollten. Ich sprang rasch auf und sah mich nach allen Seiten um. Die Wasserkunst im Garten rauschte noch immer fort, aber in dem Hause war kein Laut zu vernehmen. Ich guckte durch die grünen Jalousien in das eine Zimmer hinein. Da war ein Sofa, und ein großer runder Tisch mit grauer Leinwand verhangen, die Stühle standen alle in großer Ordnung und unverrückt an den Wänden herum; von außen aber waren die Jalousien an allen Fenstern heruntergelassen, als wäre das ganze Haus schon seit vielen Jahren unbewohnt. – Da überfiel mich ein ordentliches Grausen vor dem einsamen Hause und Garten und vor der gestrigen weißen Gestalt. Ich lief, ohne mich weiter umzusehen, durch die stillen Lauben und Gänge, und kletterte geschwind wieder an dem Gartentor hinauf. Aber da blieb ich wie verzaubert sitzen, als ich auf einmal von dem hohen Gitterwerk in die prächtige Stadt hinuntersah. Da blitzte und funkelte die Morgensonne weit über die Dächer und in die langen stillen Straßen hinein, daß ich laut aufjauchzen mußte, und voller Freude auf die Straße hinuntersprang.

Aber wohin sollt ich mich wenden in der großen fremden Stadt? Auch ging mir die konfuse Nacht und das welsche Lied der schönen gnädigen Frau von gestern noch immer im Kopfe hin und her. Ich setzte mich endlich auf den steinernen Springbrunnen, der mitten auf dem einsamen Platze stand, wusch mir in dem klaren Wasser die Augen hell und sang dazu:

„Wenn ich ein Vöglein wär,
Ich wüßt wohl, wovon ich sänge,
Und auch zwei Flüglein hätt,
Ich wüßt wohl, wohin ich mich schwänge!"

„Ei, lustiger Gesell, du singst ja wie eine Lerche beim ersten Morgenstrahl!" sagte da auf einmal ein junger Mann zu mir, der während meines Liedes an den Brunnen herangetreten war. Mir aber, da ich so unverhofft deutsch sprechen hörte, war es nicht anders im Herzen, als wenn die Glocke aus meinem Dorfe am stillen Sonntagsmorgen plötzlich zu mir herüberklänge. „Gott willkommen, bester Herr Landsmann!" rief ich aus und sprang voller Vergnügen von dem steinernen Brunnen herab. Der junge Mann lächelte und sah mich von oben bis unten an. „Aber was treibt Ihr denn eigentlich hier in Rom?" fragte er endlich. Da wußte ich nun nicht gleich, was ich sagen sollte, denn daß ich soeben der schönen gnädigen Frau nachspränge, mocht ich ihm nicht sagen. „Ich treibe", erwiderte ich, „mich selbst ein bißchen herum, um die Welt zu sehn." – „So so!" versetzte der junge Mann und lachte laut auf, „da haben wir ja ein Metier. Das tu ich eben auch, um die Welt zu sehn, und hinterdrein abzumalen." – „Also ein Maler!" rief ich fröhlich aus, denn mir fiel dabei Herr Leonhard und Guido ein. Aber der Herr ließ mich nicht zu Worte kommen. „Ich denke", sagte er, „du gehst mit und frühstückst bei mir, da will ich dich selbst abkonterfeien, daß es eine Freude sein soll!" – Das ließ ich mir gern gefallen, und wanderte nun mit dem Maler durch die leeren Straßen, wo nur hin und wieder erst einige Fensterladen aufgemacht wurden und bald ein paar weiße Arme, bald ein verschlafenes Gesichtchen in die frische Morgenluft hinausguckte.

Er führte mich lange hin und her durch eine Menge konfuser, enger und dunkler Gassen, bis wir endlich in ein altes verräuchertes Haus hineinwuschten. Dort stiegen wir eine finstre Treppe hinauf, dann wieder eine, als wenn wir in den Himmel hineinsteigen wollten. Wir standen nun unter dem Dache vor einer Tür still, und der Maler fing an in allen Taschen vorn und hinten mit großer Eilfertigkeit zu suchen. Aber er hatte heute früh vergessen zuzuschließen und den Schlüssel in der Stube gelassen. Denn er war, wie er mir unterweges erzählte, noch vor Tagesanbruch vor die Stadt hinausgegangen, um die Gegend bei Sonnenaufgang zu betrachten. Er schüttelte nur mit dem Kopfe und stieß die Tür mit dem Fuße auf.

Das war eine lange, lange, große Stube, daß man darin hätte tanzen können, wenn nur nicht auf dem Fußboden alles voll gelegen hätte. Aber da lagen Stiefel, Papiere, Kleider, umgeworfene Farbentöpfe, alles durcheinander; in der Mitte der Stube standen große Gerüste, wie man zum Birnenabnehmen braucht, ringsum an der Wand waren große Bilder angelehnt. Auf einem langen hölzernen Tische war eine Schüssel, worauf neben einem Farbenkleckse Brot und Butter lag. Eine Flasche Wein stand daneben.

„Nun eßt und trinkt erst, Landsmann!“ rief mir der Maler zu. – Ich wollte mir auch sogleich ein paar Butterschnitten schmieren, aber da war wieder kein Messer da. Wir mußten erst lange in den Papieren auf dem Tische herumrascheln, ehe wir es unter einem großen Pakete endlich fanden. Darauf riß der Maler das Fenster auf, daß die frische Morgenluft fröhlich das ganze Zimmer durchdrang. Das war eine herrliche Aussicht weit über die Stadt weg in die Berge hinein, wo die Morgensonne lustig die weißen Landhäuser und Weingärten beschien. – „Vivat unser kühlgrünes Deutschland da hinter den Bergen!“ rief der Maler aus und trank dazu aus der Weinflasche, die er mir dann hinreichte. Ich tat ihm höflich Bescheid, und grüßte in meinem Herzen die schöne Heimat in der Ferne noch vieltausendmal.

Der Maler aber hatte unterdes das hölzerne Gerüst, worauf ein sehr großes Papier aufgespannt war, näher an das Fenster herangerückt. Auf dem Papiere war bloß mit großen schwarzen Strichen eine alte Hütte gar künstlich abgezeichnet. Darin saß die heilige Jungfrau mit einem überaus schönen, freudigen und doch recht wehmütigen Gesichte. Zu ihren Füßen auf einem Nestlein von Stroh lag das Jesuskind, sehr freundlich, aber mit großen, ernsthaften Augen. Draußen auf der Schwelle der offnen Hütte aber knieten zwei Hirtenknaben mit Stab und Tasche. – „Siehst du", sagte der Maler, „dem einen Hirtenknaben da will ich deinen Kopf aufsetzen, so kommt dein Gesicht doch auch etwas unter die Leute, und will's Gott, sollen sie sich daran noch erfreuen, wenn wir beide schon lange begraben sind und selbst so still und fröhlich vor der heiligen Mutter und ihrem Sohne knien, wie die glücklichen Jungen hier." – Darauf ergriff er einen alten Stuhl, von dem ihm aber, da er ihn aufheben wollte, die halbe Lehne in der Hand blieb. Er paßte ihn geschwind wieder zusammen, schob ihn vor das Gerüst hin, und ich mußte mich nun daraufsetzen und mein Gesicht etwas von der Seite, nach dem Maler zu, wenden. – So saß ich ein paar Minuten ganz still, ohne mich zu rühren. Aber ich weiß nicht, zuletzt konnt ich's gar nicht recht aushalten, bald juckte mich's da, bald juckte mich's dort. Auch hing mir gerade gegenüber ein zerbrochner halber Spiegel, da mußt ich immerfort hineinsehen, und machte, wenn er eben malte, aus Langeweile allerlei Gesichter und Grimassen. Der Maler, der es bemerkte, lachte endlich laut auf und winkte mir mit der Hand, daß ich wieder aufstehen sollte. Mein Gesicht auf dem Hirten war auch schon fertig, und sah so klar aus, daß ich mir ordentlich selber gefiel.

Er zeichnete nun in der frischen Morgenkühle immer fleißig fort, während er ein Liedchen dazu sang und zuweilen durch das offne Fenster in die prächtige Gegend hinausblickte. Ich aber schnitt mir unterdes noch eine Butterstolle und ging damit im Zimmer auf und ab und besah mir die Bilder, die an der Wand aufgestellt waren. Zwei darunter gefielen mir ganz besonders gut. „Habt Ihr die auch gemalt?" frug ich den Maler. „Warum nicht gar!" erwiderte er, „die sind von den berühmten Meistern Leonardo da Vinci und Guido Reni – aber da weißt du ja doch nichts davon!" – Mich ärgerte der Schluß der Rede. „Oh", versetzte ich ganz gelassen, „die beiden Meister kenne ich wie meine eigne Tasche." – Da machte er große Augen. „Wieso?" frug er geschwind. „Nun", sagte ich, „bin ich nicht mit ihnen Tag und Nacht fortgereist, zu Pferde und zu Fuß und zu Wagen, daß mir der Wind am Hute pfiff, und hab sie alle beide in der Schenke verloren, und bin dann allein in ihrem Wagen mit Extrapost immer weitergefahren, daß der Bombenwagen immerfort auf zwei Rädern über die entsetzlichen Steine flog, und" – „Oho! Oho!" unterbrach mich der Maler, und sah mich starr an, als wenn er mich für verrückt hielte. Dann aber brach er plötzlich in ein lautes Gelächter aus. „Ach", rief er, „nun versteh ich erst, du bist mit zwei Malern gereist, die Guido und Leonhard hießen?" – Da ich das bejahte, sprang er rasch auf und sah mich nochmals von oben bis unten ganz genau an. „Ich glaube gar", sagte er, „am Ende – spielst du die Violine?" – Ich schlug auf meine Rocktasche, daß die Geige darin einen Klang gab. – „Nun wahrhaftig", versetzte der Maler, „da war eine Gräfin aus Deutschland hier, die hat sich in allen Winkeln von Rom nach den beiden Malern und nach einem jungen Musikanten mit der Geige erkundigen lassen." – „Eine junge Gräfin aus Deutschland?" rief ich voller Entzücken aus, „ist der Portier mit?" – „Ja, das weiß ich alles nicht", erwiderte der Maler, „ich sah sie nur einige Male bei einer Freundin von ihr, die aber auch nicht in der Stadt wohnt. – Kennst du die?" fuhr er fort, indem er in einem Winkel plötzlich eine Leinwanddecke von einem großen Bilde in die Höhe hob. Da war mir's doch nicht anders als wenn man in einer finstern Stube die Laden aufmacht und einem die Morgensonne auf einmal über die Augen blitzt, es war – die schöne gnädige Frau! – sie stand in einem schwarzen Samtkleide im Garten, und hob mit der einen Hand den Schleier vom Gesicht und sah still und freundlich in eine weite, prächtige Gegend hinaus. Je länger ich hinsah, je mehr kam es mir vor, als wäre es der Garten am Schlosse, und die Blumen und Zweige wiegten sich leise im Winde, und unten in der Tiefe sähe ich mein Zollhäuschen und die Landstraße weit durchs Grüne, und die Donau und die fernen blauen Berge.

„Sie ist's, sie ist's!" rief ich endlich, erwischte meinen Hut, und rannte rasch zur Tür hinaus, die vielen Treppen hinunter, und hörte nur noch, daß mir der verwunderte Maler nachschrie, ich sollte gegen Abend wiederkommen, da könnten wir vielleicht mehr erfahren!

Achtes Kapitel

Ich lief mit großer Eilfertigkeit durch die Stadt, um mich sogleich wieder in dem Gartenhause zu melden, wo die schöne Frau gestern abend gesungen hatte. Auf den Straßen war unterdes alles lebendig geworden, Herren und Damen zogen im Sonnenschein und neigten sich und grüßten bunt durcheinander, prächtige Karossen rasselten dazwischen, und von allen Türmen läutete es zur Messe, daß die Klänge über dem Gewühle wunderbar in der klaren Luft durcheinanderhallten. Ich war wie betrunken von Freude und von dem Rumor, und rannte in meiner Fröhlichkeit immer gerade fort, bis ich zuletzt gar nicht mehr wußte, wo ich stand. Es war wie verzaubert, als wäre der stille Platz mit dem Brunnen, und der Garten, und das Haus bloß ein Traum gewesen, und beim hellen Tageslicht alles wieder von der Erde verschwunden.

Fragen konnte ich nicht, denn ich wußte den Namen des Platzes nicht. Endlich fing es auch an sehr schwül zu werden, die Sonnenstrahlen schossen recht wie sengende Pfeile auf das Pflaster, die Leute verkrochen sich in die Häuser, die Jalousien wurden überall wieder zugemacht, und es war auf einmal wie ausgestorben auf den Straßen. Ich warf mich zuletzt ganz verzweifelt vor einem schönen großen Hause hin, vor dem ein Balkon mit Säulen breiten Schatten warf, und betrachtete bald die stille Stadt, die in der plötzlichen Einsamkeit bei heller Mittagstunde ordentlich schauerlich aussah, bald wieder den tiefblauen, ganz wolkenlosen Himmel, bis ich endlich vor großer Ermüdung gar einschlummerte. Da träumte mir, ich läge bei meinem Dorfe auf einer einsamen, grünen Wiese, ein warmer Sommerregen sprühte und glänzte in der Sonne, die soeben hinter den Bergen unterging, und wie die Regentropfen auf den Rasen fielen, waren es lauter schöne, bunte Blumen, so daß ich davon ganz überschüttet war.

Aber wie erstaunte ich, als ich erwachte, und wirklich eine Menge schöner frischer Blumen auf und neben mir liegen sah! Ich sprang auf, konnte aber nichts Besonderes bemerken, als bloß in dem Hause über mir ein Fenster ganz oben voll von duftenden Sträuchern und Blumen, hinter denen ein Papagei unablässig plauderte und kreischte. Ich las nun die zerstreuten Blumen auf, band sie zusammen und steckte mir den Strauß vorn ins Knopfloch. Dann aber fing ich an, mit dem Papagei ein wenig zu diskurrieren, denn es freute mich, wie er in seinem vergoldeten Gebauer mit allerlei Grimassen herauf- und herunter stieg und sich dabei immer ungeschickt über die große Zehe trat. Doch ehe ich mich's versah, schimpfte er mich „furfante!" Wenn es gleich eine unvernünftige Bestie war, so ärgerte es mich doch. Ich schimpfte ihn wieder, wir gerieten endlich beide in Hitze, je mehr ich auf deutsch schimpfte, je mehr gurgelte er auf italienisch wieder auf mich los.

Auf einmal hörte ich jemand hinter mir lachen. Ich drehte mich rasch um. Es war der Maler von heute früh. „Was stellst du wieder für tolles Zeug an!" sagte er, „ich warte schon eine halbe Stunde auf dich. Die Luft ist wieder kühler, wir wollen in einen Garten vor der Stadt gehen, da wirst du mehrere Landsleute finden und vielleicht etwas Näheres von der deutschen Gräfin erfahren."

Darüber war ich außerordentlich erfreut, und wir traten unsern Spaziergang sogleich an, während ich den Papagei noch lange hinter mir drein schimpfen hörte.

Nachdem wir draußen vor der Stadt auf schmalen, steinigten Fußsteigen lange zwischen Landhäusern und Weingärten hinaufgestiegen waren, kamen wir an einen kleinen hochgelegenen Garten, wo mehrere junge Männer und Mädchen im Grünen um einen runden Tisch saßen. Sobald wir hineintraten, winkten uns alle zu, uns still zu verhalten, und zeigten auf die andere Seite des Gartens hin. Dort saßen in einer großen, grünverwachsenen Laube zwei schöne Frauen an einem Tisch einander gegenüber. Die eine sang, die andere spielte Gitarre dazu. Zwischen beiden hinter dem Tische stand ein freundlicher Mann, der mit einem kleinen Stäbchen zuweilen den Takt schlug. Dabei funkelte die Abendsonne durch das Weinlaub, bald über die Weinflaschen und Früchte, womit der Tisch in der Laube besetzt war, bald über die vollen, runden, blendendweißen Achseln der Frau mit der Gitarre. Die andere war wie verzückt und sang auf italienisch ganz außerordentlich künstlich, daß ihr die Flechsen am Halse aufschwollen.

Wie sie nun soeben mit zum Himmel gerichteten Augen eine lange Kadenz anhielt, und der Mann neben ihr mit aufgehobenem Stäbchen auf den Augenblick paßte, wo sie wieder in den Takt einfallen würde, und keiner im ganzen Garten zu atmen sich unterstand, da flog plötzlich die Gartentür weit auf, und ein ganz erhitztes Mädchen und hinter ihr ein junger Mensch mit einem feinen, bleichen Gesicht stürzten in großem Gezänke herein. Der erschrockene Musikdirektor blieb mit seinem aufgehobenen Stabe wie ein versteinerter Zauberer stehen, obgleich die Sängerin schon längst den langen Triller plötzlich abgeschnappt hatte und zornig aufgestanden war. Alle übrigen zischten den Neuangekommenen wütend an. „Barbar!" rief ihm einer von dem runden Tische zu, „du rennst da mitten in das sinnreiche Tableau von der schönen Beschreibung hinein, welche der selige Hoffmann, Seite 347 des ‚Frauentaschenbuchs für 1816', von dem schönsten Hummelschen Bilde gibt, das im Herbst 1814 auf der Berliner Kunstausstellung zu sehen war!" – Aber das half alles nichts. „Ach was!" entgegnete der junge Mann, „mit Euren Tableaus von Tableaus! Mein selbsterfundenes Bild für die andern, und mein Mädchen für mich allein! So will ich es halten! O du Ungetreue, du Falsche!" fuhr er dann von neuem gegen das arme Mädchen fort, „du kritische Seele, die in der Malerkunst nur den Silberblick, und in der Dichterkunst nur den goldenen Faden sucht, und keinen Liebsten, sondern nur lauter Schätze hat! Ich wünsche dir hinfüro, anstatt eines ehrlichen malerischen Pinsels, einen alten Duca mit einer ganzen Münzgrube von Diamanten auf der Nase, und mit hellem Silberblick auf der kahlen Platte, und mit Goldschnitt auf den paar noch übrigen Haaren! Ja nur heraus mit dem verruchten Zettel, den du da vorhin vor mir versteckt hast! Was hast du wieder angezettelt? Von wem ist der Wisch, und an wen ist er?"

Aber das Mädchen sträubte sich standhaft, und je eifriger die andern den erbosten jungen Menschen umgaben und ihn mit großem Lärm zu trösten und zu beruhigen suchten, desto erhitzter und toller wurde er von dem Rumor, zumal da das Mädchen auch ihr Mäulchen nicht halten konnte, bis sie endlich weinend aus dem verworrenen Knäuel hervorflog, und sich auf einmal ganz unverhofft an meine Brust stürzte, um bei mir Schutz zu suchen. Ich stellte mich auch sogleich in die gehörige Positur, aber da die andern in dem Getümmel soeben nicht auf uns achtgaben, kehrte sie plötzlich das Köpfchen nach mir herauf und flüsterte mir mit ganz ruhigem Gesicht sehr leise und schnell ins Ohr: „Du abscheulicher Einnehmer! um dich muß ich das alles leiden. Da, steck den fatalen Zettel geschwind zu dir, du findest darauf bemerkt, wo wir wohnen. Also zur bestimmten Stunde, wenn du ins Tor kommst, immer die einsame Straße rechts fort! –"

Ich konnte vor Verwunderung kein Wort hervorbringen, denn wie ich sie nun erst recht ansah, erkannte ich sie auf einmal: es war wahrhaftig die schnippische Kammerjungfer vom Schloß, die mir damals an dem schönen Sonntagsabende die

Flasche mit Wein brachte. Sie war mir sonst niemals so schön vorgekommen, als da sie sich jetzt so erhitzt an mich lehnte, daß die schwarzen Locken über meinen Arm herabhingen. – „Aber, verehrte Mamsell", sagte ich voller Erstaunen, „wie kommen Sie" – „Um Gottes willen, still nur, jetzt still!" erwiderte sie, und sprang geschwind von mir fort auf die andere Seite des Gartens, eh ich mich noch auf alles recht besinnen konnte.

Unterdes hatten die andern ihr erstes Thema fast ganz vergessen, zankten aber untereinander recht vergnüglich weiter, indem sie dem jungen Menschen beweisen wollten, daß er eigentlich betrunken sei, was sich für einen ehrliebenden Maler gar nicht schicke. Der runde, fixe Mann aus der Laube, der – wie ich nachher erfuhr – ein großer Kenner und Freund von Künsten war, und aus Liebe zu den Wissenschaften gern alles mitmachte, hatte auch sein Stäbchen weggeworfen und flankierte mit seinem fetten Gesichte, das vor Freundlichkeit ordentlich glänzte, eifrig mitten in dem dicksten Getümmel herum, um alles zu vermitteln und zu beschwichtigen, während er dazwischen immer wieder die lange Kadenz und das schöne Tableau bedauerte, das er mit vieler Mühe zusammengebracht hatte.

Mir aber war es so sternklar im Herzen, wie damals an dem glückseligen Sonnabend, als ich am offenen Fenster vor der Weinflasche bis tief in die Nacht hinein auf der Geige spielte. Ich holte, da der Rumor gar kein Ende nehmen wollte, frisch meine Violine wieder hervor und spielte, ohne mich lange zu besinnen, einen welschen Tanz auf, den sie dort im Gebirge tanzen, und den ich auf dem alten, einsamen Waldschlosse gelernt hatte.

Da reckten alle die Köpfe in die Höh. „Bravo, bravissimo, ein deliziöser Einfall!" rief der lustige Kenner von den Künsten, und lief sogleich von einem zum andern, um ein ländliches Divertissement, wie er's nannte, einzurichten. Er selbst machte den Anfang, indem er der Dame die Hand reichte, die vorhin in der Laube gespielt hatte. Er begann darauf außerordentlich künstlich zu tanzen, schrieb mit den Fußspitzen allerlei Buchstaben auf den Rasen, schlug ordentliche Triller mit den Füßen, und machte von Zeit zu Zeit ganz passable Luftsprünge. Aber er bekam es bald satt, denn er war etwas korpulent. Er machte immer kürzere und ungeschicktere Sprünge, bis er endlich ganz aus dem Kreise heraustrat und heftig hustete, und sich mit seinem schneeweißen Schnupftuche unaufhörlich den Schweiß abwischte. Unterdes hatte auch der junge Mensch, der nun wieder ganz gescheut geworden war, aus dem Wirtshause Kastagnetten herbeigeholt, und ehe ich mich's versah, tanzten alle unter den Bäumen bunt durcheinander. Die untergegangene Sonne warf noch einige rote Widerscheine zwischen die dunklen Schatten und über das alte Gemäuer und die von Efeu wild überwachsenen, halb versunkenen Säulen hinten im Garten, während man von der andern Seite tief unter den Weinbergen die Stadt Rom in den Abendgluten liegen sah. Da tanzten sie alle lieblich im Grünen in der klaren stillen Luft, und mir lachte das Herz recht im Leibe, wie die schlanken Mädchen und die Kammerjungfer mitten unter ihnen, sich so mit aufgehobenen Armen wie heidnische Waldnymphen zwischen dem Laubwerk schwangen, und dabei jedesmal in der Luft mit den Kastagnetten lustig dazu schnalzten. Ich konnte mich nicht länger halten, ich sprang mitten unter sie hinein und machte, während ich dabei immerfort geigte, recht artige Figuren.

Ich mochte eine ziemliche Weile so im Kreise herumgesprungen sein und merkte gar nicht, daß die andern unterdes anfingen müde zu werden und sich nach und nach von dem Rasenplatze verloren. Da zupfte mich jemand von hinten tüchtig an den Rockschößen. Es war die Kammerjungfer. „Sei kein Narr", sagte sie leise: „du springst ja wie ein Ziegenbock! Studiere deinen Zettel ordentlich und komm bald nach, die schöne junge Gräfin wartet." – Und damit schlüpfte sie in der Dämmerung zur Gartenpforte hinaus, und war bald zwischen den Weingärten verschwunden.

Mir klopfte das Herz, ich wäre am liebsten gleich nachgesprungen. Zum Glück zündete der Kellner, da es schon dunkel geworden war, in einer großen Laterne an der Gartentür Licht an. Ich trat heran und zog geschwind den Zettel heraus. Da war ziemlich kritzlig mit Bleifeder das Tor und die Straße beschrieben, wie mir die Kammerjungfer vorhin gesagt hatte. Dann stand: „Eilf Uhr an der kleinen Tür." –

Da waren noch ein paar lange Stunden hin! – Ich wollte mich dessenungeachtet sogleich auf den Weg machen, denn ich hatte keine Rast und Ruhe mehr; aber da kam der Maler, der mich hierhergebracht hatte, auf mich los. „Hast du das Mädchen gesprochen?" frug er, „ich seh sie nun nirgends mehr; das war das Kammermädchen von der deutschen Gräfin." „Still, still!" erwiderte ich, „die Gräfin ist noch in Rom." „Nun desto besser", sagte der Maler, „so komm und trink mit uns auf ihre Gesundheit!" und damit zog er mich, wie sehr ich mich auch sträubte, in den Garten zurück.

Da war es unterdes ganz öde und leer geworden. Die lustigen Gäste wanderten, jeder sein Liebchen am Arm, nach der Stadt zu, und man hörte sie noch durch den stillen Abend zwischen den Weingärten plaudern und lachen, immer ferner und ferner, bis sich endlich die Stimmen tief in dem Tale im Rauschen der Bäume und des Stromes verloren. Ich war noch mit meinem Maler und dem Herrn Eckbrecht – so hieß der andere junge Maler, der sich vorhin so herumgezankt hatte – allein oben zurückgeblieben. Der Mond schien prächtig im Garten zwischen die hohen, dunklen Bäume herein, ein Licht flackerte im Winde auf dem Tische vor uns und schimmerte über den vielen vergoßnen Wein auf der Tafel. Ich mußte mich mit hinsetzen und mein Maler plauderte mit mir über meine Herkunft, meine Reise, und meinen Lebensplan. Herr Eckbrecht aber hatte das junge hübsche Mädchen aus dem Wirtshause, nachdem sie uns Flaschen auf den Tisch gestellt, vor sich auf den Schoß genommen, legte ihr die Gitarre in den Arm, und lehrte sie ein Liedchen darauf klimpern. Sie fand sich auch bald mit den kleinen Händchen zurecht, und sie sangen dann zusammen ein italienisches Lied, einmal er, dann wieder das Mädchen eine Strophe, was sich in dem schönen stillen Abend prächtig ausnahm. – Als das Mädchen dann weggerufen wurde, lehnte sich Herr Eckbrecht mit der Gitarre auf der Bank zurück, legte seine Füße auf einen Stuhl, der vor ihm stand, und sang nun für sich allein viele herrliche deutsche und italienische Lieder, ohne sich weiter um uns zu bekümmern. Dabei schienen die Sterne prächtig am klaren Firmament, die ganze Gegend war wie versilbert vom Mondschein, ich dachte an die schöne Frau, an die ferne Heimat, und vergaß darüber ganz meinen Maler neben mir. Zuweilen mußte Herr Eckbrecht stimmen, darüber wurde er immer ganz zornig. Er drehte und riß zuletzt an dem Instrument, daß plötzlich eine Saite sprang. Da warf er die Gitarre hin und sprang auf. Nun wurde er erst gewahr, daß mein Maler sich unterdes über seinen Arm auf den Tisch gelegt hatte und fest eingeschlafen war. Er warf schnell einen weißen Mantel um, der auf einem Aste neben dem Tische hing, besann sich aber plötzlich, sah erst meinen Maler, dann mich ein paarmal scharf an, setzte sich darauf, ohne sich lange zu bedenken, gerade vor mich auf den Tisch hin, räusperte sich, rückte an seiner Halsbinde, und fing dann auf einmal an, eine Rede an mich zu halten. „Geliebter Zuhörer und Landsmann!“ sagte er, „da die Flaschen beinah leer sind, und da die Moral unstreitig die erste Bürgerpflicht ist, wenn die Tugenden auf die Neige gehen, so fühle ich mich aus landsmännlicher Sympathie getrieben, dir einige Moralität zu Gemüte zu führen. – Man könnte zwar meinen“, fuhr er fort, „du seist ein bloßer Jüngling, während doch dein Frack über seine besten Jahre hinaus ist; man könnte vielleicht annehmen, du habest vorhin wunderliche Sprünge gemacht, wie ein Satyr; ja, einige möchten wohl behaupten, du seiest wohl gar ein Landstreicher, weil du hier auf dem Lande bist und die Geige streichst; aber ich kehre mich an solche oberflächlichen Urteile nicht, ich halte mich an deine feingespitzte Nase, ich halte dich für ein vazierendes Genie.“ – Mich ärgerten die verfänglichen Redensarten, ich wollte ihm soeben recht antworten. Aber er ließ mich nicht zu Worte kommen. „Siehst du“, sagte er, „wie du dich schon aufblähst von dem bißchen Lobe. Gehe in dich, und bedenke dieses gefährliche Metier! Wir Genies – denn ich bin auch eins – machen uns aus der Welt ebensowenig, als sie sich aus uns, wir schreiten vielmehr ohne besondere Umstände in unsern Siebenmeilenstiefeln, die wir bald mit auf die Welt bringen, gerade auf die Ewigkeit los. Oh, höchst klägliche, unbequeme, breitgespreizte Position, mit dem einen Beine in der Zukunft, wo nichts als Morgenrot und zukünftige Kindergesichter dazwischen, mit dem andern Beine noch mitten in Rom auf der Piazza del Popolo, wo das ganze Säkulum bei der guten Gelegenheit mitwill und sich an den Stiefel hängt, daß sie einem das Bein ausreißen möchten! Und alle das Zucken, Weintrinken und Hungerleiden lediglich für die unsterbliche Ewigkeit! Und siehe meinen Herrn Kollegen dort auf der Bank, der gleichfalls ein Genie ist; ihm wird die Zeit schon zu lang, was wird er erst in der Ewigkeit anfangen?! Ja, hochgeschätzter Herr Kollege, du und ich und die Sonne, wir sind heute früh zusammen aufgegangen, und haben den ganzen Tag gebrütet und gemalt, und es war alles schön – und nun fährt die schläfrige Nacht mit ihrem Pelzärmel über die Welt und hat alle Farben verwischt.“ Er sprach noch immerfort und war dabei mit seinen verwirrten

Haaren von dem Tanzen und Trinken im Mondschein ganz leichenblaß anzusehen.

Mir aber graute schon lange vor ihm und seinem wilden Gerede, und als er sich nun förmlich zu dem schlafenden Maler herumwandte, benutzte ich die Gelegenheit, schlich, ohne daß er es bemerkte, um den Tisch, aus dem Garten heraus, und stieg, allein und fröhlich im Herzen, an dem Rebengeländer in das weite, vom Mondschein beglänzte Tal hinunter.

Von der Stadt her schlugen die Uhren zehn. Hinter mir hörte ich durch die stille Nacht noch einzelne Gitarrenklänge und manchmal die Stimmen der beiden Maler, die nun auch nach Hause gingen, von fern herüberschallen. Ich lief daher so schnell, als ich nur konnte, damit sie mich nicht weiter ausfragen sollten.

Am Tore bog ich sogleich rechts in die Straße ein, und ging mit klopfendem Herzen eilig zwischen den stillen Häusern und Gärten fort. Aber wie erstaunte ich, als ich da auf einmal auf dem Platze mit dem Springbrunnen herauskam, den ich heute am Tage gar nicht hatte finden können. Da stand das einsame Gartenhaus wieder, im prächtigsten Mondschein, und auch die schöne Frau sang im Garten wieder dasselbe italienische Lied, wie gestern abend. – Ich rannte voller Entzücken erst an die kleine Tür, dann an die Haustür, und endlich mit aller Gewalt an das große Gartentor, aber es war alles verschlossen. Nun fiel mir erst ein, daß es noch nicht elf geschlagen hatte. Ich ärgerte mich über die langsame Zeit, aber über das Gartentor klettern, wie gestern, mochte ich wegen der guten Lebensart nicht. Ich ging daher ein Weilchen auf dem einsamen Platze auf und ab, und setzte mich endlich wieder auf den steinernen Brunnen voller Gedanken und stiller Erwartung hin.

Die Sterne funkelten am Himmel, auf dem Platze war alles leer und still, ich hörte voll Vergnügen dem Gesange der schönen Frau zu, der zwischen dem Rauschen des Brunnens aus dem Garten herüberklang. Da erblickt ich auf einmal eine weiße Gestalt, die von der andern Seite des Platzes herkam, und gerade auf die kleine Gartentür zuging. Ich blickte durch den Mondflimmer recht scharf hin – es war der wilde Maler in seinem weißen Mantel. Er zog schnell einen Schlüssel hervor, schloß auf, und ehe ich mich's versah, war er im Garten drin.

Nun hatte ich gegen den Maler schon vom Anfang eine absonderliche Pike wegen seiner unvernünftigen Reden. Jetzt aber geriet ich ganz außer mir vor Zorn. Das liederliche Genie ist gewiß wieder betrunken, dachte ich, den Schlüssel hat er von der Kammerjungfer, und will nun die gnädige Frau beschleichen, verraten, überfallen. – Und so stürzte ich durch das kleine, offengebliebene Pförtchen in den Garten hinein.

Als ich eintrat, war es ganz still und einsam darin. Die Flügeltür vom Gartenhause stand offen, ein milchweißer Lichtschein drang daraus hervor und spielte auf dem Grase und den Blumen vor der Tür. Ich blickte von weitem herein. Da lag in einem prächtigen grünen Gemach, das von einer weißen Lampe nur wenig erhellt war, die schöne gnädige Frau, mit der Gitarre im Arm, auf einem seidenen Faulbettchen, ohne in ihrer Unschuld an die Gefahren draußen zu denken.

Ich hatte aber nicht lange Zeit, hinzusehen, denn ich bemerkte soeben, daß die weiße Gestalt von der andern Seite ganz behutsam hinter den Sträuchern nach dem Gartenhause zuschlich. Dabei sang die gnädige Frau so kläglich aus dem Hause, daß es mir recht durch Mark und Bein ging. Ich besann mich daher nicht lange, brach einen tüchtigen Ast ab, rannte damit gerade auf den Weißmantel los, und schrie aus vollem Halse „Mordjo!“ daß der ganze Garten erzitterte.

Der Maler, wie er mich so unverhofft daherkommen sah, nahm schnell Reißaus, und schrie entsetzlich. Ich schrie noch besser, er lief nach dem Hause zu, ich ihm nach – und ich hatt ihn beinah schon erwischt, da verwickelte ich mich mit den Füßen in den fatalen Blumenstücken, und stürzte auf einmal der Länge nach vor der Haustür hin.

„Also du bist es, Narr!“ hört ich da über mir ausrufen, „hast du mich doch fast zum Tode erschreckt.“ – Ich raffte mich geschwind wieder auf, und wie ich mir den Sand und die Erde aus den Augen wische, steht die Kammerjungfer vor mir, die soeben bei dem letzten Sprunge den weißen Mantel von der Schulter verloren hatte. „Aber“, sagte ich ganz verblüfft, „war denn der Maler nicht hier?“ – „Ja freilich“, entgegnete sie schnippisch, „sein Mantel wenigstens, den er mir, als ich ihm vorhin im Tor begegnete, umgehängt hat, weil mich fror.“ – Über dem Geplauder war nun auch die gnädige Frau von ihrem Sofa aufgesprungen, und kam zu uns an die Tür. Mir klopfte das Herz zum Zerspringen. Aber wie erschrak ich, als ich recht hinsah und, anstatt der schönen gnädigen Frau, auf einmal eine ganz fremde Person erblickte!

Es war eine etwas große, korpulente, mächtige Dame mit einer stolzen Adlernase und hochgewölbten schwarzen Augenbraunen, so recht zum Erschrecken schön. Sie sah mich mit ihren großen funkelnden Augen so majestätisch an, daß ich mich vor Ehrfurcht gar nicht zu lassen wußte. Ich war ganz verwirrt, ich machte in einem fort Komplimente, und wollte ihr zuletzt gar die Hand küssen. Aber sie riß ihre Hand schnell weg, und sprach dann auf italienisch zu der Kammerjungfer, wovon ich nichts verstand.

Unterdes aber war von dem vorigen Geschrei die ganze Nachbarschaft lebendig geworden. Hunde bellten, Kinder schrien, zwischendurch hörte man einige Männerstimmen, die immer näher und näher auf den Garten zukamen. Da blickte mich die Dame noch einmal an, als wenn sie mich mit feurigen Kugeln durchbohren wollte, wandte sich dann rasch nach dem Zimmer zurück, während sie dabei stolz und gezwungen auflachte, und schmiß mir die Tür vor der Nase zu. Die Kammerjungfer aber erwischte mich ohne weiteres beim Flügel und zerrte mich nach der Gartenpforte.

„Da hast du wieder einmal recht dummes Zeug gemacht“, sagte sie unterweges voller Bosheit zu mir. Ich wurde auch schon giftig. „Nun, zum Teufel!“ sagte ich, „habt Ihr mich denn nicht selbst hierherbestellt?“ – „Das ist's ja eben“, rief die Kammerjungfer, „meine Gräfin meinte es so gut mit dir, wirft dir erst Blumen aus dem Fenster zu, singt Arien – und das ist nun ihr Lohn! Aber mit dir ist nun einmal nichts anzufangen; du trittst dein Glück ordentlich mit Füßen.“ – „Aber“, erwiderte ich, „ich meinte die Gräfin aus Deutschland, die schöne gnädige Frau“ – „Ach“, unterbrach sie mich, „die ist ja lange schon wieder in Deutschland, mitsamt deiner tollen Amour. Und da lauf du nur auch wieder hin! Sie schmachtet ohnedies nach dir, da könnt ihr zusammen die Geige spielen und in den Mond gucken, aber daß du mir nicht wieder unter die Augen kommst!“

Nun aber entstand ein entsetzlicher Rumor und Spektakel hinter uns. Aus dem anderen Garten kletterten Leute mit Knüppeln hastig über den Zaun, andere fluchten und durchsuchten schon die Gänge, desperate Gesichter mit Schlafmützen guckten im Mondschein bald da bald dort über die Hecken, es war, als wenn der Teufel auf einmal aus allen Hecken und Sträuchern Gesindel heckte. – Die Kammerjungfer fackelte nicht lange.

„Dort, dort, läuft der Dieb!“ schrie sie den Leuten zu, indem sie dabei auf die andere Seite des Gartens zeigte. Dann schob sie mich schnell aus dem Garten und klappte das Pförtchen hinter mir zu.

Da stand ich nun unter Gottes freiem Himmel wieder auf dem stillen Platze mutterseelenallein, wie ich gestern angekommen war. Die Wasserkunst, die mir vorhin im Mondschein so lustig flimmerte, als wenn Engelein darin auf und nieder stiegen, rauschte noch fort, wie damals, mir aber war unterdes alle Lust und Freude in den Brunnen gefallen. – Ich nahm mir nun fest vor, dem falschen Italien mit seinen verrückten Malern, Pomeranzen und Kammerjungfern auf ewig den Rücken zu kehren, und wanderte noch zur selbigen Stunde zum Tore hinaus.

Neuntes Kapitel

Die treuen Berg stehn auf der Wacht:
„Wer streicht bei stiller Morgenzeit
Da aus der Fremde durch die Heid?“ –
Ich aber mir die Berg betracht
Und lach in mich vor großer Lust,
Und rufe recht aus frischer Brust
Parol und Feldgeschrei sogleich:
Vivat Östreich!

Da kennt mich erst die ganze Rund,
Nun grüßen Bach und Vöglein zart
Und Wälder rings nach Landesart,
Die Donau blitzt aus tiefem Grund,
Der Stephansturm auch ganz von fern
Guckt übern Berg und säh mich gern,
Und ist er's nicht, so kommt er doch gleich,
Vivat Östreich!

Ich stand auf einem hohen Berge, wo man zum erstenmal nach Östreich hineinsehen kann, und schwenkte voller Freude noch mit dem Hute und sang die letzte Strophe, da fiel auf einmal hinter mir im Walde eine prächtige Musik von Blasinstrumenten mit ein. Ich dreh mich schnell um und erblicke drei junge Gesellen in langen blauen Mänteln, davon bläst der eine Oboe, der andere die Klarinett, und der dritte, der einen alten Dreistutzer auf dem Kopfe hatte, das Waldhorn – die akkompagnierten mich plötzlich, daß der ganze Wald erschallte. Ich, nicht zu faul, ziehe meine Geige hervor, und spiele und singe sogleich frisch mit. Da sah einer den andern bedenklich an, der Waldhornist ließ dann zuerst seine Bausbacken wieder einfallen und setzte sein Waldhorn ab, bis am Ende alle stille wurden, und mich anschauten. Ich hielt verwundert ein, und sah sie auch an. – „Wir meinten“, sagte endlich der Waldhornist, „weil der Herr so einen langen Frack hat, der Herr wäre ein reisender Engländer, der hier zu Fuß die schöne Natur bewundert; da wollten wir uns ein Viatikum verdienen. Aber, mir scheint, der Herr ist selber ein Musikant.“ – „Eigentlich ein Einnehmer“, versetzte ich, „und komme direkt von Rom her, da ich aber seit geraumer Zeit nichts mehr eingenommen, so habe ich mich unterweges mit der Violine durchgeschlagen.“ – „Bringt nicht viel heutzutage!“ sagte der Waldhornist, der unterdes wieder an den Wald zurückgetreten war, und mit seinem Dreistutzer ein kleines Feuer anfachte, das sie dort angezündet hatten. „Da gehn die blasenden Instrumente schon besser“, fuhr er fort; „wenn so eine Herrschaft ganz ruhig zu Mittag speist, und wir treten unverhofft in das gewölbte Vorhaus und fangen alle drei aus Leibeskräften zu blasen an – gleich kommt ein Bedienter herausgesprungen mit Geld oder Essen, damit sie nur den Lärm wieder loswerden. Aber will der Herr nicht eine Kollation mit uns einnehmen?“

Das Feuer loderte nun recht lustig im Walde, der Morgen war frisch, wir setzten uns alle ringsumher auf den Rasen, und zwei von den Musikanten nahmen ein Töpfchen, worin Kaffee und auch schon Milch war, vom Feuer, holten Brot aus ihren Manteltaschen hervor, und tunkten und tranken abwechselnd aus dem Topfe, und es schmeckte ihnen so gut, daß es ordentlich eine Lust war anzusehen. – Der Waldhornist aber sagte: „Ich kann das schwarze Gesöff nicht vertragen“, und reichte mir dabei die eine Hälfte von einer großen, übereinandergelegten Butterschnitte, dann brachte er eine Flasche Wein zum Vorschein. „Will der Herr nicht auch einen Schluck?“ – Ich tat einen tüchtigen Zug, mußte aber schnell wieder absetzen und das ganze Gesicht verziehn, denn es schmeckte wie Drei-Männer-Wein. „Hiesiges Gewächs“, sagte der Waldhornist,

„aber der Herr hat sich in Italien den deutschen Geschmack verdorben.“

Darauf kramte er eifrig in seinem Schubsack und zog endlich unter allerlei Plunder eine alte zerfetzte Landkarte hervor, worauf noch der Kaiser in vollem Ornate zu sehen war, den Szepter in der rechten, den Reichsapfel in der linken Hand. Er breitete sie auf dem Boden behutsam auseinander, die andern rückten näher heran, und sie beratschlagten nun zusammen, was sie für eine Marschroute nehmen sollten.

„Die Vakanz geht bald zu Ende“, sagte der eine, „wir müssen uns gleich von Linz links abwenden, so kommen wir noch bei guter Zeit nach Prag.“ – „Nun wahrhaftig!“ rief der Waldhornist, „wem willst du da was vorpfeifen? nichts als Wälder und Kohlenbauern, kein geläuterter Kunstgeschmack, keine vernünftige freie Station!“ – „O Narrenspossen!“ erwiderte der andere, „die Bauern sind mir gerade die liebsten, die wissen am besten, wo einen der Schuh drückt, und nehmen's nicht so genau, wenn man manchmal eine falsche Note bläst.“ – „Das macht, du hast kein point d'honneur“, versetzte der Waldhornist, „odi profanum vulgus et arceo, sagt der Lateiner.“ – „Nun, Kirchen aber muß es auf der Tour doch geben“, meinte der dritte, „so kehren wir bei den Herren Pfarrern ein.“ – „Gehorsamster Diener!“ sagte der Waldhornist, „die geben kleines Geld und große Sermone, daß wir nicht so unnütz in der Welt herumschweifen, sondern uns besser auf die Wissenschaften applizieren sollen, besonders wenn sie in mir den künftigen Herrn Konfrater wittern. Nein, nein, Clericus clericum non decimat. Aber was gibt es denn da überhaupt für große Not? die Herren Professoren sitzen auch noch im Karlsbade, und halten selbst den Tag nicht so genau ein.“ – „Ja, distinguendum est inter et inter“, erwiderte der andere, „quod licet Jovi, non licet bovi!“

Ich aber merkte nun, daß es Prager Studenten waren, und bekam einen ordentlichen Respekt vor ihnen, besonders da ihnen das Latein nur so wie Wasser vom Munde floß. – „Ist der Herr auch ein Studierter?“ fragte mich darauf der Waldhornist. Ich erwiderte bescheiden, daß ich immer besondere Lust zum Studieren, aber kein Geld gehabt hätte. – „Das tut gar nichts“, rief der Waldhornist, „wir haben auch weder Geld, noch reiche Freundschaft. Aber ein gescheuter Kopf muß sich zu helfen wissen. Aurora musis amica, das heißt zu deutsch: mit vielem

Frühstücken sollst du dir nicht die Zeit verderben. Aber wenn dann die Mittagsglocken von Turm zu Turm und von Berg zu Berg über die Stadt gehen, und nun die Schüler auf einmal mit großem Geschrei aus dem alten finstern Kollegium herausbrechen und im Sonnenscheine durch die Gassen schwärmen – da begeben wir uns bei den Kapuzinern zum Pater Küchenmeister und finden unsern gedeckten Tisch, und ist er auch nicht gedeckt, so steht doch für jeden ein voller Topf darauf, da fragen wir nicht viel darnach und essen und perfektionieren uns dabei noch im Lateinisch-Sprechen. Sieht der Herr, so studieren wir von einem Tage zum andern fort. Und wenn dann endlich die Vakanz kommt, und die andern fahren und reiten zu ihren Eltern fort, da wandern wir mit unsern Instrumenten unterm Mantel durch die Gassen zum Tore hinaus, und die ganze Welt steht uns offen."

Ich weiß nicht – wie er so erzählte – ging es mir recht durchs Herz, daß so gelehrte Leute so ganz verlassen sein sollten auf der Welt. Ich dachte dabei an mich, wie es mir eigentlich selber nicht anders ginge, und die Tränen traten mir in die Augen. – Der Waldhornist sah mich groß an. „Das tut gar nichts", fuhr er wieder weiter fort, „ich möchte gar nicht so reisen: Pferde und Kaffee und frischüberzogene Betten, und Nachtmützen und Stiefelknecht vorausbestellt. Das ist just das Schönste, wenn wir so frühmorgens heraustreten, und die Zugvögel hoch über uns fortziehn, daß wir gar nicht wissen, welcher Schornstein heut für uns raucht, und gar nicht voraussehen, was uns bis zum Abend noch für ein besonderes Glück begegnen kann." – „Ja", sagte der andere, „und wo wir hinkommen und unsere Instrumente herausziehen, wird alles fröhlich, und wenn wir dann zur Mittagsstunde auf dem Lande in ein Herrschaftshaus treten, und im Hausflur blasen, da tanzen die Mägde miteinander vor der Haustür, und die Herrschaft läßt die Saaltür etwas aufmachen, damit sie die Musik drin besser hören, und durch die Lücke kommt das Tellergeklapper und der Bratenduft in den freudenreichen Schall herausgezogen, und die Fräuleins an der Tafel verdrehen sich fast die Hälse, um die Musikanten draußen zu sehn." – „Wahrhaftig", rief der Waldhornist mit leuchtenden Augen aus, „laßt die andern nur ihre Kompendien repetieren, wir studieren unterdes in dem großen Bilderbuche, das der liebe Gott uns draußen aufgeschlagen hat! Ja, glaub nur der Herr, aus uns werden gerade die rechten

Kerls, die den Bauern dann was zu erzählen wissen und mit der Faust auf die Kanzel schlagen, daß den Knollfinken unten vor Erbauung und Zerknirschung das Herz im Leibe bersten möchte."

Wie sie so sprachen, wurde mir so lustig in meinem Sinn, daß ich gleich auch hätte mitstudieren mögen. Ich konnte mich gar nicht satt hören, denn ich unterhalte mich gern mit studierten Leuten, wo man etwas profitieren kann. Aber es konnte gar nicht zu einem recht vernünftigen Diskurse kommen. Denn dem einen Studenten war vorhin angst geworden, weil die Vakanz so bald zu Ende gehen sollte. Er hatte daher hurtig sein Klarinett zusammengesetzt, ein Notenblatt vor sich auf das aufgestemmte Knie hingelegt, und exerzierte sich eine schwierige Passage aus einer Messe ein, die er mitblasen sollte, wenn sie nach Prag zurückkamen. Da saß er nun und fingerte und pfiff dazwischen manchmal so falsch, daß es einem durch Mark und Bein ging und man oft sein eigenes Wort nicht verstehen konnte.

Auf einmal schrie der Waldhornist mit seiner Baßstimme: „Topp, da hab ich es", er schlug dabei fröhlich auf die Landkarte neben ihm. Der andere ließ auf einen Augenblick von seinem fleißigen Blasen ab, und sah ihn verwundert an. „Hört", sagte der Waldhornist, „nicht weit von Wien ist ein Schloß, auf dem Schlosse ist ein Portier, und der Portier ist mein Vetter! Teuerste Kondiszipels, da müssen wir hin, machen dem Herrn Vetter unser Kompliment, und er wird dann schon dafür sorgen, wie er uns wieder weiter fortbringt!" – Als ich das hörte, fuhr ich geschwind auf. „Bläst er nicht auf dem Fagott?" rief ich, „und ist von langer, gerader Leibesbeschaffenheit, und hat eine große vornehme Nase?" – Der Waldhornist nickte mit dem Kopfe. Ich aber embrassierte ihn vor Freuden, daß ihm der Dreistutzer vom Kopfe fiel, und wir beschlossen nun sogleich, alle miteinander im Postschiffe auf der Donau nach dem Schloß der schönen Gräfin hinunterzufahren.

Als wir an das Ufer kamen, war schon alles zur Abfahrt bereit. Der dicke Gastwirt, bei dem das Schiff über Nacht angelegt hatte, stand breit und behaglich in seiner Haustür, die er ganz ausfüllte, und ließ zum Abschied allerlei Witze und Redensarten erschallen, während in jedem Fenster ein Mädchenkopf herausfuhr und den Schiffern noch freundlich zunickte, die soeben die letzten Pakete nach dem Schiffe schafften. Ein ältlicher Herr mit einem grauen Überrock und schwarzem Halstuch, der auch mitfahren wollte, stand am Ufer, und sprach sehr eifrig mit einem jungen, schlanken Bürschchen, das mit langen, ledernen Beinkleidern und knapper, scharlachroter Jacke vor ihm auf einem prächtigen Engländer saß. Es schien mir zu meiner großen Verwunderung, als wenn sie beide zuweilen nach mir hinblickten und von mir sprächen. – Zuletzt lachte der alte Herr, das schlanke Bürschchen schnalzte mit der Reitgerte, und sprengte, mit den Lerchen über ihm um die Wette, durch die Morgenluft in die blitzende Landschaft hinein.

Unterdes hatten die Studenten und ich unsere Kasse zusammengeschossen. Der Schiffer lachte und schüttelte den Kopf, als ihm der Waldhornist damit unser Fährgeld in lauter Kupferstücken aufzählte, die wir mit großer Not aus allen unsern Taschen zusammengebracht hatten. Ich aber jauchzte laut auf, als ich auf einmal wieder die Donau so recht vor mir sah; wir sprangen geschwind auf das Schiff hinauf, der Schiffer gab das Zeichen, und so flogen wir nun im schönsten Morgenglanze zwischen den Bergen und Wiesen hinunter.

Da schlugen die Vögel im Walde, und von beiden Seiten klangen die Morgenglocken von fern aus den Dörfern, hoch in der Luft hörte man manchmal die Lerchen dazwischen. Von dem Schiffe aber jubilierte und schmetterte ein Kanarienvogel mit darein, daß es eine rechte Lust war.

Der gehörte einem hübschen jungen Mädchen, die auch mit auf dem Schiffe war. Sie hatte den Käfig dicht neben sich stehen, von der andern Seite hielt sie ein feines Bündel Wäsche unterm Arm, so saß sie ganz still für sich und sah recht zufrieden bald auf ihre neuen Reiseschuhe, die unter dem Röckchen hervorkamen, bald wieder in das Wasser vor sich hinunter, und die Morgensonne glänzte ihr dabei auf der weißen Stirn, über der sie die Haare sehr sauber gescheitelt hatte. Ich merkte wohl, daß die Studenten gern einen höflichen Diskurs mit ihr angesponnen hätten, denn sie gingen immer an ihr vorüber, und der Waldhornist räusperte sich dabei und rückte bald an seiner Halsbinde, bald an dem Dreistutzer. Aber sie hatten keine rechte Courage, und das Mädchen schlug auch jedesmal die Augen nieder, sobald sie ihr näher kamen.

Besonders aber genierten sie sich vor dem ältlichen Herrn mit dem grauen Überrocke, der nun auf der andern Seite des

Schiffes saß, und den sie gleich für einen Geistlichen hielten. Er hatte ein Brevier vor sich, in welchem er las, dazwischen aber oft in die schöne Gegend von dem Buche aufsah, dessen Goldschnitt und die vielen dareingelegten bunten Heiligenbilder prächtig im Morgenschein blitzten. Dabei bemerkte er auch sehr gut, was auf dem Schiffe vorging, und erkannte bald die Vögel an ihren Federn; denn es dauerte nicht lange, so redete er einen von den Studenten lateinisch an, worauf alle drei herantraten, die Hüte vor ihm abnahmen und ihm wieder lateinisch antworteten.

Ich aber hatte mich unterdes ganz vorn auf die Spitze des Schiffes gesetzt, ließ vergnügt meine Beine über dem Wasser herunterbaumeln und blickte, während das Schiff so fortflog und die Wellen unter mir rauschten und schäumten, immerfort in die blaue Ferne, wie da ein Turm und ein Schloß nach dem andern aus dem Ufergrün hervorkam, wuchs und wuchs, und endlich hinter uns wieder verschwand. Wenn ich nur heute Flügel hätte! dachte ich, und zog endlich vor Ungeduld meine liebe Violine hervor und spielte alle meine ältesten Stücke durch, die ich noch zu Hause und auf dem Schloß der schönen Frau gelernt hatte.

Auf einmal klopfte mir jemand von hinten auf die Achsel. Es war der geistliche Herr, der unterdes sein Buch weggelegt und mir schon ein Weilchen zugehört hatte. „Ei", sagte er lachend zu mir, „ei, ei, Herr ludi magister, Essen und Trinken vergißt Er." Er hieß mich darauf meine Geige einstecken, um einen Imbiß mit ihm einzunehmen, und führte mich zu einer kleinen lustigen Laube, die von den Schiffern aus jungen Birken und Tannenbäumchen in der Mitte des Schiffes aufgerichtet worden war. Dort hatte er einen Tisch hinstellen lassen, und ich, die Studenten, und selbst das junge Mädchen, wir mußten uns auf die Fässer und Pakete ringsherum setzen.

Der geistliche Herr packte nun einen großen Braten und Butterschnitten aus, die sorgfältig in Papier gewickelt waren, zog auch aus einem Futteral mehrere Weinflaschen und einen silbernen, innerlich vergoldeten Becher hervor, schenkte ein, kostete erst, roch daran und prüfte wieder, und reichte dann einem jeden von uns. Die Studenten saßen ganz kerzengerade auf ihren Fässern, und aßen und tranken nur sehr wenig vor großer Devotion. Auch das Mädchen tauchte bloß das Schnäbelchen in den Becher, und blickte dabei schüchtern bald auf mich, bald auf die Studenten, aber je öfter sie uns ansah, je dreister wurde sie nach und nach.

Sie erzählte endlich dem geistlichen Herrn, daß sie nun zum ersten Male von Hause in Kondition komme, und soeben auf das Schloß ihrer neuen Herrschaft reise. Ich wurde über und über rot, denn sie nannte dabei das Schloß der schönen gnädigen Frau. – Also das soll meine zukünftige Kammerjungfer sein! dachte ich und sah sie groß an, und mir schwindelte fast dabei – „Auf dem Schlosse wird es bald eine große Hochzeit geben", sagte darauf der geistliche Herr. „Ja", erwiderte das Mädchen, die gern von der Geschichte mehr gewußt hätte; „man sagt, es wäre schon eine alte, heimliche Liebschaft gewesen, die Gräfin hätte es aber niemals zugeben wollen." Der Geistliche antwortete nur mit „Hm, hm", während er seinen Jagdbecher vollschenkte und mit bedenklichen Mienen daraus nippte. Ich aber hatte mich mit beiden Armen weit über den Tisch vorgelegt, um die Unterredung recht genau anzuhören. Der geistliche Herr bemerkte es. „Ich kann's Euch wohl sagen", hub er wieder an, „die beiden Gräfinnen haben mich auf Kundschaft ausgeschickt, ob der Bräutigam schon vielleicht hier in der Gegend sei. Eine Dame aus Rom hat geschrieben, daß er schon lange von dort fort sei." – Wie er von der Dame aus Rom anfing, wurd ich wieder rot. „Kennen denn Ew. Hochwürden den Bräutigam?" fragte ich ganz verwirrt. – „Nein", erwiderte der alte Herr, „aber er soll ein luftiger Vogel sein." – „O ja", sagte ich hastig, „ein Vogel, der aus jedem Käfig ausreißt, sobald er nur kann, und lustig singt, wenn er wieder in der Freiheit ist." – „Und sich in der Fremde herumtreibt", fuhr der Herr gelassen fort, „in der Nacht gassatim geht und am Tage vor den Haustüren schläft." – Mich verdroß das sehr. „Ehrwürdiger Herr", rief ich ganz hitzig aus, „da hat man Euch falsch berichtet. Der Bräutigam ist ein moralischer, schlanker, hoffnungsvoller Jüngling, der in Italien in einem alten Schlosse auf großem Fuß gelebt hat, der mit lauter Gräfinnen, berühmten Malern und Kammerjungfern umgegangen ist, der sein Geld sehr wohl zu Rate zu halten weiß, wenn er nur welches hätte, der" – „Nun, nun, ich wußte nicht, daß Ihr ihn so gut kennt", unterbrach mich hier der Geistliche, und lachte dabei so herzlich, daß er ganz blau im Gesichte wurde, und ihm die Tränen aus den Augen rollten. – „Ich hab doch aber gehört", ließ sich nun das Mädchen wieder vernehmen, „der Bräutigam wäre ein großer, überaus reicher Herr.“ – „Ach Gott, ja doch, ja! Konfusion, nichts als Konfusion!“ rief der Geistliche und konnte sich noch immer vor Lachen nicht zugute geben, bis er sich endlich ganz verhustete. Als er sich wieder ein wenig erholt hatte, hob er den Becher in die Höh und rief: „Das Brautpaar soll leben!“ – Ich wußte gar nicht, was ich von dem Geistlichen und seinem Gerede denken sollte, ich schämte mich aber, wegen der römischen Geschichten, ihm hier vor allen Leuten zu sagen, daß ich selber der verlorene, glückselige Bräutigam sei.

Der Becher ging wieder fleißig in die Runde, der geistliche Herr sprach dabei freundlich mit allen, so daß ihm bald ein jeder gut wurde, und am Ende alles fröhlich durcheinandersprach. Auch die Studenten wurden immer redseliger und erzählten von ihren Fahrten im Gebirge, bis sie endlich gar ihre Instrumente holten und lustig zu blasen anfingen. Die kühle Wasserluft strich dabei durch die Zweige der Laube, die Abendsonne vergoldete schon die Wälder und Täler, die schnell an uns vorüberflogen, während die Ufer von den Waldhornsklängen widerhallten. – Und als dann der Geistliche von der Musik immer vergnügter wurde und lustige Geschichten aus seiner Jugend erzählte: wie auch er zur Vakanz über Berge und Täler gezogen, und oft hungrig und durstig, aber immer fröhlich gewesen, und wie eigentlich das ganze Studentenleben eine große Vakanz sei zwischen der engen, düstern Schule und der ernsten Amtsarbeit – da tranken die Studenten noch einmal herum und stimmten dann frisch ein Lied an, daß es weit in die Berge hineinschallte.

„Nach Süden nun sich lenken
Die Vöglein allzumal,
Viel Wandrer lustig schwenken
Die Hüt im Morgenstrahl.
Das sind die Herrn Studenten,
Zum Tor hinaus es geht,
Auf ihren Instrumenten
Sie blasen zum Valet:
Ade in die Läng und Breite,
O Prag, wir ziehn in die Weite:
Et habeat bonam pacem,
Qui sedet post fornacem!

Nachts wir durchs Städtlein schweifen,
Die Fenster schimmern weit,
Am Fenster drehn und schleifen
Viel schön geputzte Leut.
Wir blasen vor den Türen
Und haben Durst genung,
Das kommt vom Musizieren,
Herr Wirt, einen frischen Trunk!
Und siehe über ein kleines
Mit einer Kanne Weines
Venit ex sua domo –
Beatus ille homo!

Nun weht schon durch die Wälder
Der kalte Boreas,
Wir streichen durch die Felder,
Von Schnee und Regen naß,
Der Mantel fliegt im Winde,
Zerrissen sind die Schuh,
Da blasen wir geschwinde
Und singen noch dazu:
Beatus ille homo
Qui sedet in sua domo,
Et sedet post fornacem
Et habet bonam pacem!“

Ich, die Schiffer und das Mädchen, obgleich wir alle kein Latein verstanden, stimmten jedesmal jauchzend in den letzten Vers mit ein, ich aber jauchzte am allervergnügtesten, denn ich sah soeben von fern mein Zollhäuschen und bald darauf auch das Schloß in der Abendsonne über die Bäume hervorkommen.

Zehntes Kapitel

Das Schiff stieß an das Ufer, wir sprangen schnell ans Land und verteilten uns nun nach allen Seiten im Grünen, wie Vögel, wenn das Gebauer plötzlich aufgemacht wird. Der geistliche Herr nahm eiligen Abschied und ging mit großen Schritten nach dem Schlosse zu. Die Studenten dagegen wanderten eifrig nach einem abgelegenen Gebüsch, wo sie noch geschwind ihre

Mäntel ausklopfen, sich in dem vorüberfließenden Bache waschen, und einer den andern rasieren wollten. Die neue Kammerjungfer endlich ging mit ihrem Kanarienvogel und ihrem Bündel unterm Arm nach dem Wirtshause unter dem Schloßberge, um bei der Frau Wirtin, die ich ihr als eine gute Person rekommandiert hatte, ein besseres Kleid anzulegen, ehe sie sich oben im Schlosse vorstellte. Mir aber leuchtete der schöne Abend recht durchs Herz, und als sie sich nun alle verlaufen hatten, bedachte ich mich nicht lange und rannte sogleich nach dem herrschaftlichen Garten hin.

Mein Zollhaus, an dem ich vorbei mußte, stand noch auf der alten Stelle, die hohen Bäume aus dem herrschaftlichen Garten rauschten noch immer darüber hin, eine Goldammer, die damals auf dem Kastanienbaume vor dem Fenster jedesmal bei Sonnenuntergang ihr Abendlied gesungen hatte, sang auch wieder, als wäre seitdem gar nichts in der Welt vorgegangen. Das Fenster im Zollhause stand offen, ich lief voller Freuden hin und steckte den Kopf in die Stube hinein. Es war niemand darin, aber die Wanduhr pickte noch immer ruhig fort, der Schreibtisch stand am Fenster, und die lange Pfeife in einem Winkel, wie damals. Ich konnte nicht widerstehen, ich sprang durch das Fenster hinein, und setzte mich an den Schreibtisch vor das große Rechenbuch hin. Da fiel der Sonnenschein durch den Kastanienbaum vor dem Fenster wieder grüngolden auf die Ziffern in dem aufgeschlagenen Buche, die Bienen summten wieder an dem offnen Fenster hin und her, die Goldammer draußen auf dem Baume sang fröhlich immerzu. – Auf einmal aber ging die Tür aus der Stube auf, und ein alter, langer Einnehmer in meinem punktierten Schlafrock trat herein! Er blieb in der Tür stehen, wie er mich so unversehens erblickte, nahm schnell die Brille von der Nase, und sah mich grimmig an. Ich aber erschrak nicht wenig darüber, sprang, ohne ein Wort zu sagen, auf, und lief aus der Haustür durch den kleinen Garten fort, wo ich mich noch bald mit den Füßen in dem fatalen Kartoffelkraut verwickelt hätte, das der alte Einnehmer nunmehr, wie ich sah, nach des Portiers Rat statt meiner Blumen angepflanzt hatte. Ich hörte noch, wie er vor die Tür herausfuhr und hinter mir dreinschimpfte, aber ich saß schon oben auf der hohen Gartenmauer, und schaute mit klopfendem Herzen in den Schloßgarten hinein.

Da war ein Duften und Schimmern und Jubilieren von allen

Vöglein; die Plätze und Gänge waren leer, aber die vergoldeten Wipfel neigten sich im Abendwinde vor mir, als wollten sie mich bewillkommnen, und seitwärts aus dem tiefen Grunde blitzte zuweilen die Donau zwischen den Bäumen nach mir herauf.

Auf einmal hörte ich in einiger Entfernung im Garten singen:

„Schweigt der Menschen laute Lust:
Rauscht die Erde wie in Träumen
Wunderbar mit allen Bäumen,
Was dem Herzen kaum bewußt,
Alte Zeiten, linde Trauer,
Und es schweifen leise Schauer
Wetterleuchtend durch die Brust.“

Die Stimme und das Lied klang mir so wunderlich, und doch wieder so altbekannt, als hätte ich's irgendeinmal im Traume gehört. Ich dachte lange, lange nach. – „Das ist der Herr Guido!“ rief ich endlich voller Freude, und schwang mich schnell in den Garten hinunter – es war dasselbe Lied, das er an jenem Sommerabend auf dem Balkon des italienischen Wirtshauses sang, wo ich ihn zum letztenmal gesehn hatte.

Er sang noch immer fort, ich aber sprang über Beete und Hecken dem Liede nach. Als ich nun zwischen den letzten Rosensträuchern hervortrat, blieb ich plötzlich wie verzaubert stehen. Denn auf dem grünen Platze am Schwanenteich, recht vom Abendrot beschienen, saß die schöne gnädige Frau, in einem prächtigen Kleide und einem Kranz von weißen und roten Rosen in dem schwarzen Haar, mit niedergeschlagenen Augen auf einer Steinbank und spielte während des Liedes mit ihrer Reitgerte vor sich auf dem Rasen, geradeso wie damals auf dem Kahne, da ich ihr das Lied von der schönen Frau vorsingen mußte. Ihr gegenüber saß eine andre junge Dame, die hatte den weißen runden Nacken voll brauner Locken gegen mich gewendet, und sang zur Gitarre, während die Schwäne auf dem stillen Weiher langsam im Kreise herumschwammen. – Da hob die schöne Frau auf einmal die Augen, und schrie laut auf, da sie mich erblickte. Die andere Dame wandte sich rasch nach mir herum, daß ihr die Locken ins Gesicht flogen, und da sie mich recht ansah, brach sie in ein unmäßiges Lachen aus, sprang dann von der Bank und klatschte dreimal mit den Händchen. In demselben Augenblick kam eine große Menge kleiner Mädchen in blütenweißen, kurzen Kleidchen mit grünen und roten Schleifen zwischen den Rosensträuchern hervorgeschlüpft, so daß ich gar nicht begreifen konnte, wo sie alle gesteckt hatten. Sie hielten eine lange Blumengirlande in den Händen, schlossen schnell einen Kreis um mich, tanzten um mich herum und sangen dabei:

„Wir bringen dir den Jungfernkranz
Mit veilchenblauer Seide,
Wir führen dich zu Lust und Tanz,
Zu neuer Hochzeitsfreude.
Schöner, grüner Jungfernkranz,
Veilchenblaue Seide."

Das war aus dem „Freischützen". Von den kleinen Sängerinnen erkannte ich nun auch einige wieder, es waren Mädchen aus dem Dorfe. Ich kneipte sie in die Wangen und wäre gern aus dem Kreise entwischt, aber die kleinen, schnippischen Dinger ließen mich nicht heraus. – Ich wußte gar nicht, was die Geschichte eigentlich bedeuten sollte, und stand ganz verblüfft da.

Da trat plötzlich ein junger Mann in feiner Jägerkleidung aus dem Gebüsch hervor. Ich traute meinen Augen kaum – es war der fröhliche Herr Leonhard! – Die kleinen Mädchen öffneten nun den Kreis und standen auf einmal wie verzaubert, alle unbeweglich auf einem Beinchen, während sie das andere in die Luft streckten, und dabei die Blumengirlanden mit beiden Armen hoch über den Köpfen in die Höh hielten. Der Herr Leonhard aber faßte die schöne gnädige Frau, die noch immer ganz still stand und nur manchmal auf mich herüberblickte, bei der Hand, führte sie bis zu mir und sagte:

„Die Liebe – darüber sind nun alle Gelehrten einig – ist eine der kuragiösesten Eigenschaften des menschlichen Herzens, die Bastionen von Rang und Stand schmettert sie mit einem Feuerblicke darnieder, die Welt ist ihr zu eng und die Ewigkeit zu kurz. Ja, sie ist eigentlich ein Poetenmantel, den jeder Phantast einmal in der kalten Welt umnimmt, um nach Arkadien auszuwandern. Und je entfernter zwei getrennte Verliebte voneinander wandern, in desto anständigern Bogen bläst der Reisewind den schillernden Mantel hinter ihnen auf, desto kühner und überraschender entwickelt sich der Faltenwurf, desto länger und länger wächst der Talar den Liebenden hinten nach, so daß ein Neutraler nicht über Land gehen kann, ohne unversehens auf ein paar solche Schleppen zu treten. O teuerster Herr Einnehmer und Bräutigam! obgleich Ihr in diesem Mantel bis an den Gestaden der Tiber dahinrauschtet, das kleine Händchen Eurer gegenwärtigen Braut hielt Euch dennoch am äußersten Ende der Schleppe fest, und wie Ihr zucktet und geigtet und rumortet, Ihr mußtet zurück in den stillen Bann ihrer schönen Augen. – Und nun dann, da es so gekommen ist, ihr zwei lieben, lieben närrischen Leute! schlagt den seligen Mantel um euch, daß die ganze andere Welt rings um euch untergeht – liebt euch wie die Kaninchen und seid glücklich!"

Der Herr Leonhard war mit seinem Sermon kaum erst fertig, so kam auch die andere junge Dame, die vorhin das Liedchen gesungen hatte, auf mich los, setzte mir schnell einen frischen Myrtenkranz auf den Kopf, und sang dazu sehr neckisch, während sie mir den Kranz in den Haaren festrückte und ihr Gesichtchen dabei dicht vor mir war:

„Darum bin ich dir gewogen,
Darum wird dein Haupt geschmückt,
Weil der Strich von deinem Bogen
Öfters hat mein Herz entzückt."

Dann trat sie wieder ein paar Schritte zurück. – „Kennst du die Räuber noch, die dich damals in der Nacht vom Baume schüttelten?" sagte sie, indem sie einen Knicks mir machte und mich so anmutig und fröhlich ansah, daß mir ordentlich das Herz im Leibe lachte. Darauf ging sie, ohne meine Antwort abzuwarten, rings um mich herum. „Wahrhaftig noch ganz der alte, ohne allen welschen Beischmack! aber nein, sieh doch nur einmal die dicken Taschen an!" rief sie plötzlich zu der schönen gnädigen Frau. „Violine, Wäsche, Barbiermesser, Reisekoffer, alles durcheinander!" Sie drehte mich nach allen Seiten, und konnte sich vor Lachen gar nicht zugute geben. Die schöne gnädige Frau war unterdes noch immer still, und mochte gar nicht die Augen aufschlagen vor Scham und Verwirrung. Oft kam es mir vor, als zürnte sie heimlich über das viele Gerede und Spaßen. Endlich stürzten ihr plötzlich Tränen aus den Augen, und sie verbarg ihr Gesicht an der Brust der andern Dame. Diese sah sie erst erstaunt an, und drückte sie dann herzlich an sich.

Ich aber stand ganz verdutzt da. Denn je genauer ich die fremde Dame betrachtete, desto deutlicher erkannte ich sie, es war wahrhaftig niemand anders, als – der junge Herr Maler Guido!

Ich wußte gar nicht, was ich sagen sollte, und wollte soeben näher nachfragen, als Herr Leonhard zu ihr trat und heimlich mit ihr sprach. „Weiß er denn noch nicht?" hörte ich ihn fragen. Sie schüttelte mit dem Kopfe. Er besann sich darauf einen Augenblick. „Nein, nein", sagte er endlich, „er muß schnell alles erfahren, sonst entsteht nur neues Geplauder und Gewirre.

Herr Einnehmer", wandte er sich nun zu mir, „wir haben jetzt nicht viel Zeit, aber tue mir den Gefallen und wundere dich hier in aller Geschwindigkeit aus, damit du nicht hinterher durch Fragen, Erstaunen und Kopfschütteln unter den Leuten alte Geschichten aufrührst, und neue Erdichtungen und Vermutungen ausschüttelst." – Er zog mich bei diesen Worten tiefer in das Gebüsch hinein, während das Fräulein mit der von der schönen gnädigen Frau weggelegten Reitgerte in der Luft focht und alle ihre Locken tief in das Gesichtchen schüttelte, durch die ich aber doch sehen konnte, daß sie bis an die Stirn rot wurde. – „Nun denn", sagte Herr Leonhard, „Fräulein Flora, die hier soeben tun will, als hörte und wüßte sie von der ganzen Geschichte nichts, hatte in aller Geschwindigkeit ihr Herzchen mit jemand vertauscht. Darüber kommt ein andrer und bringt ihr mit Prologen, Trompeten und Pauken wiederum sein Herz dar und will ihr Herz dagegen. Ihr Herz ist aber schon bei jemand, und jemands Herz bei ihr, und der Jemand will sein Herz nicht wiederhaben, und ihr Herz nicht wieder zurückgeben. Alle Welt schreit – aber du hast wohl noch keinen Roman gelesen?" – Ich verneinte es. – „Nun, so hast du doch einen mitgespielt. Kurz: das war eine solche Konfusion mit den Herzen, daß der Jemand – das heißt ich – mich zuletzt selbst ins Mittel legen mußte. Ich schwang mich bei lauer Sommernacht auf mein Roß, hob das Fräulein als Maler Guido auf das andere und so ging es fort nach Süden, um sie in einem meiner einsamen Schlösser in Italien zu verbergen, bis das Geschrei wegen der Herzen vorüber wäre. Unterweges aber kam man uns auf die Spur, und von dem Balkon des welschen Wirtshauses, vor dem du so vortrefflich Wache schliefst, erblickte Flora plötzlich unsere Verfolger." – „Also der bucklige Signor?" – „War ein Spion. Wir zogen uns daher heimlich in die Wälder, und ließen dich auf dem vorbestellten Postkurse allein fortfahren. Das täuschte unsere Verfolger, und zum Überfluß auch noch meine Leute auf dem Bergschlosse, welche die verkleidete Flora stündlich erwarteten, und mit mehr Diensteifer als Scharfsinn dich für das Fräulein hielten. Selbst hier auf dem Schlosse glaubte man, daß Flora auf dem Felsen wohne, man erkundigte sich, man schrieb an sie – hast du nicht ein Briefchen erhalten?" – Bei diesen Worten fuhr ich blitzschnell mit dem Zettel aus der Tasche. – „Also dieser Brief?" – „Ist an mich", sagte Fräulein Flora, die bisher auf unsere Rede gar nicht achtzugeben schien, riß mir den Zettel rasch aus der Hand, überlas ihn und steckte ihn dann in den Busen. – „Und nun", sagte Herr Leonhard, „müssen wir schnell in das Schloß, da wartet schon alles auf uns. Also zum Schluß, wie sich's von selbst versteht und einem wohlerzogenen Romane gebührt: Entdeckung, Reue, Versöhnung, wir sind alle wieder lustig beisammen, und übermorgen ist Hochzeit!"

Da er noch so sprach, erhob sich plötzlich in dem Gebüsch ein rasender Spektakel von Pauken und Trompeten, Hörnern und Posaunen; Böller wurden dazwischen gelöst und Vivat gerufen, die kleinen Mädchen tanzten von neuem, und aus allen Sträuchern kam ein Kopf über dem andern hervor, als wenn sie aus der Erde wüchsen. Ich sprang in dem Geschwirre und Geschleife ellenhoch von einer Seite zur andern, da es aber schon dunkel wurde, erkannte ich erst nach und nach alle die alten Gesichter wieder. Der alte Gärtner schlug die Pauken, die Prager Studenten in ihren Mänteln musizierten mitten darunter, neben ihnen fingerte der Portier wie toll auf seinem Fagott. Wie ich den so unverhofft erblickte, lief ich sogleich auf ihn zu, und embrassierte ihn heftig. Darüber kam er ganz aus dem Konzept. „Nun wahrhaftig, und wenn der bis ans Ende der Welt reist, er ist und bleibt ein Narr!" rief er den Studenten zu, und blies ganz wütend weiter.

Unterdes war die schöne gnädige Frau vor dem Rumor heimlich entsprungen, und flog wie ein aufgescheuchtes Reh über den Rasen tiefer in den Garten hinein. Ich sah es noch zur rechten Zeit und lief ihr eiligst nach. Die Musikanten merkten in ihrem Eifer nichts davon, sie meinten nachher: wir wären schon nach dem Schlosse aufgebrochen, und die ganze Bande setzte sich nun mit Musik und großem Getümmel gleichfalls dorthin auf den Marsch.

Wir aber waren fast zu gleicher Zeit in einem Sommerhause angekommen, das am Abhange des Gartens stand, mit dem offnen Fenster nach dem weiten, tiefen Tale zu. Die Sonne war schon lange untergegangen hinter den Bergen, es schimmerte nur noch wie ein rötlicher Duft über dem warmen, verschallenden Abend, aus dem die Donau immer vernehmlicher heraufrauschte, je stiller es ringsum wurde. Ich sah unverwandt die schöne Gräfin an, die ganz erhitzt vom Laufen dicht vor mir stand, so daß ich ordentlich hören konnte, wie ihr das Herz schlug. Ich wußte nun aber gar nicht, was ich sprechen sollte vor Respekt, da ich auf einmal so allein mit ihr war. Endlich faßte ich ein Herz, nahm ihr kleines, weißes Händchen – da zog sie mich schnell an sich und fiel mir um den Hals, und ich umschlang sie fest mit beiden Armen.

Sie machte sich aber geschwind wieder los und legte sich ganz verwirrt in das Fenster, um ihre glühenden Wangen in der Abendluft abzukühlen. – „Ach“, rief ich, „mir ist mein Herz recht zum Zerspringen, aber ich kann mir noch alles nicht recht denken, es ist mir alles noch wie ein Traum!“ – „Mir auch“, sagte die schöne gnädige Frau. „Als ich vergangenen Sommer“, setzte sie nach einer Weile hinzu, „mit der Gräfin aus Rom kam, und wir das Fräulein Flora glücklich gefunden hatten, und mit zurückbrachten, von dir aber dort und hier nichts hörte – da dacht ich nicht, daß alles noch so kommen würde! Erst heut zu Mittag sprengte der Jockei, der gute, flinke Bursch, atemlos auf den Hof und brachte die Nachricht, daß du mit dem Postschiffe kämst.“ – Dann lachte sie still in sich hinein. „Weißt du noch“, sagte sie, „wie du mich damals auf dem Balkon zum letztenmal sahst? das war gerade wie heute, auch so ein stiller Abend, und Musik im Garten.“ – „Wer ist denn eigentlich gestorben?“ frug ich hastig. – „Wer denn?“ sagte die schöne Frau und sah mich erstaunt an. „Der Herr Gemahl von Ew. Gnaden“, erwiderte ich, „der damals mit auf dem Balkon stand.“ – Sie wurde ganz rot. „Was hast du auch für Seltsamkeiten im Kopfe!“ rief sie aus, „das war ja der Sohn von der Gräfin, der eben von Reisen zurückkam, und es traf gerade auch mein Geburtstag, da führte er mich mit auf den Balkon hinaus, damit ich auch ein Vivat bekäme. – Aber deshalb bist du wohl damals von hier fortgelaufen?“ – „Ach Gott, freilich!“ rief ich aus und schlug mich mit der Hand vor die Stirn. Sie aber schüttelte mit dem Köpfchen und lachte recht herzlich.

Mir war so wohl, wie sie so fröhlich und vertraulich neben mir plauderte, ich hätte bis zum Morgen zuhören mögen. Ich war so recht seelenvergnügt, und langte eine Handvoll Knackmandeln aus der Tasche, die ich noch aus Italien mitgebracht hatte. Sie nahm auch davon, und wir knackten nun und sahen zufrieden in die stille Gegend hinaus. – „Siehst du", sagte sie nach einem Weilchen wieder, „das weiße Schlößchen, das da drüben im Mondschein glänzt, das hat uns der Graf geschenkt, samt dem Garten und den Weinbergen, da werden wir wohnen. Er wußte es schon lange, daß wir einander gut sind, und ist dir sehr gewogen, denn hätt er dich nicht mitgehabt, als er das Fräulein aus der Pensionsanstalt entführte, so wären sie beide erwischt worden, ehe sie sich vorher noch mit der Gräfin versöhnten, und alles wäre anders gekommen." – „Mein Gott, schönste, gnädigste Gräfin", rief ich aus, „ich weiß gar nicht mehr, wo mir der Kopf steht vor lauter unverhofften Neuigkeiten; also der Herr Leonhard?" – „Ja, ja", fiel sie mir in die Rede, „so nannte er sich in Italien; dem gehören die Herrschaften da drüben, und er heiratet nun unserer Gräfin Tochter, die schöne Flora. – Aber was nennst du mich denn Gräfin?" – Ich sah sie groß an. – „Ich bin ja gar keine Gräfin", fuhr sie fort, „unsere gnädige Gräfin hat mich nur zu sich aufs Schloß genommen, da mich mein Onkel, der Portier, als kleines Kind und arme Waise mit hierherbrachte."

Nun war's mir doch nicht anders, als wenn mir ein Stein vom Herzen fiele! „Gott segne den Portier", versetzte ich ganz entzückt, „daß er unser Onkel ist! ich habe immer große Stücke auf ihn gehalten." – „Er meint es auch gut mit dir", erwiderte sie, „wenn du dich nur etwas vornehmer hieltest, sagt er immer. Du mußt dich jetzt auch eleganter kleiden." – „Oh", rief ich voller Freuden, „englischen Frack, Strohhut und Pumphosen und Sporen! und gleich nach der Trauung reisen wir fort nach Italien, nach Rom, da gehn die schönen Wasserkünste, und nehmen die Prager Studenten mit und den Portier!" – Sie lächelte still und sah mich recht vergnügt und freundlich an, und von fern schallte immerfort die Musik herüber, und Leuchtkugeln flogen vom Schloß durch die stille Nacht über die Gärten, und die Donau rauschte dazwischen herauf – und es war alles, alles gut!

UNSTERN

Erstes Kapitel

Das erste Kapitel will ich lieber ganz übergehen; ich habe zuviel zu tun und den Kopf zu voll von den prächtigen Abenteuern, die ich zur Freude des geneigten Lesers beschreiben will. Und gleich hier kann man wahrlich Gottes Langmut nicht genug bewundern, der recht gut wußte, wie genial wir endlich in gegenwärtiger Zeit werden würden, und doch die ganze Geschichte, die Flegeljahre des Mittelalters über die Allongeperücken und Haarbeutel fort bis zu den preußischen Gardezöpfen durchkomponiert hat! Ich wär's nicht imstande, mir wächst schon diese kleine Geschichte hier mit Gewalt aus den Windeln, ich kann sie nicht halten. Was gehn auch den Leser meine Kinderjahre an! Ja von dem e i n e n – es wundert mich überhaupt nur, daß er mich noch liest – kann ich mir durchaus nicht vorstellen, daß er jemals ein Kind gewesen sein sollte, sondern glaube bestimmt, daß er sogleich in Hosen und Frack zur Welt gekommen ist. Für diesen würdigen Mann aber hege ich eine ganz eigne Ehrerbietung und versinke öfters unwillkürlich in eine weitläufige Betrachtung seiner erstaunlichen Eigenschaften: dieser ernsten Haltung, schmeichelhaften Herablassung, vornehm gebogenen Nase. – Ich empfehle mich ihm ganz gehorsamst und dediziere ihm diese Novelle, er braucht sie darum nicht zu lesen, er weiß ja doch alles besser.

Eigentlich wollte ich in diesem Kapitel, gleichsam spielend, neue Gedanken über die Kindererziehung hinwerfen, einen tiefen Blick in die Schulen tun und so unvermerkt mich zu den Universitäten wenden. Darüber war ich aber unverhofft eingeschlafen. Da träumte mir, ich säße auf der Schwelle von meines Vaters Haus und blätterte in Bertuchs „Bilderbuch". Der Schnee tröpfelte ständig vom Dach, die Sonne schien warm durch die Fenster über den getäfelten Fußboden der Zimmer hinter mir. Drin hörte ich die Flötenuhr das alte Stückchen spielen. Seitwärts aber sah ich den alten Daniel, den Diener des Hauses, bis an die Brust im Morgennebel stehn und Haselstöcke schneiden. Im mittelsten Gang des Gartens ging mein Vater schweigend auf und nieder; es fiel keinem auf, daß ich wieder vor der Tür saß, als wär ich gar nicht fort gewesen. Nun erblickte ich tiefer im Garten auch unser schönes Nachbarskind mit den langen, langen, blonden Locken; sie saß am Bergeshang im laublosen Wipfel der Linde, von mir abgewendet, und sang und sang; ich kannte das Lied recht gut, und wie sie sang, ging auf einmal ein Frühlingsschauer durch den ganzen Garten und immer weiter durchs Land, die Nebel zerrissen, ich sah den Fluß im Grund, die ferne Stadt, die blauen Berge dahinter. – „Angela", rief ich, das Kind wandte schnell das Köpfchen – da wacht ich auf. Als ich noch ganz verwirrt im Zimmer umhersah, war das Licht tief heruntergebrannt, von draußen sah ein fremdes Land mit schneeflimmernden Gebirgszacken durch die Fenster herein, die Heimat war so fern, mein Haar ergraut, Vater und Mutter lange tot. – Das könnte einen toll machen – ich fange daher ohne weiteres mit dem

Zweiten Kapitel

an, denn warum ich beim Aufwachen gerade schneebedeckte Gebirgszacken erblickt, kann der wißbegierige Leser erst im letzten Kapitel erfahren. Eins aber habe ich im vorigen doch verträumt, das ich hier notwendig nachholen muß, weil es von großer Wichtigkeit für mich ist, nämlich meine Geburt. Das trug sich aber folgendermaßen zu:

Es war eine tiefe, stille, klare Winternacht des Jahres 1788, die Konstellation war überaus günstig. Jupiter und Venus blinkten freundlich auf die weißen Dächer, der Mond stand im Zeichen der Jungfrau und mußte Schlag Mitternacht kulminieren. Da gewahrte man auf dem einsamen Landschloß zu L. ein wunderbares, geheimnisvolles Treiben und Durcheinanderrennen treppauf, treppab, Lichter irrten und verschwanden an den Fenstern, aber alles still und lautlos, als schweiften Geister durch das alte Haus. Schade, daß ich damals nicht aus dem Fenster sehen konnte, weil ich noch nicht geboren war, denn die Gegend unten hatte feierlich ein schneeweißes Gewand angetan und der Mond flimmernde Juwelen darübergeworfen, die Bäume im Garten standen, festlich gepudert vom Reife, in stiller Erwartung, nur die schlanken Pappeln konnten es nicht erwarten und verneigten sich im Winde immerfort ehrerbietig gegen das Schloß, und die weißen Schornsteine streckten sich verträumt, um zu sehn, was es gebe, denn hoch über sie fort ging ein nächtlicher Wanderzug wilder Gänse, an die Flucht der Stunden mahnend, und manchmal schlug ein Hund an fern im Dorf: Bau, bau nicht auf Sicherheit, bau, schau, wie fliegt die Zeit! – Tiefer im Garten aber sah man lauernd zwischen den Bäumen ein verworrenes Häuflein dunkler Männer im dicken Dampf des eigenen Brodems wie in einem Zauberrauch, in welchem sie ihre erstarrten Arme gleich Windmühlflügeln hin und her bewegten, während andre von Zeit zu Zeit eine Handvoll Schnee nahmen und sich die halberfrornen Nasen rieben.

Jetzt knirschten auf einmal Fußtritte draußen über den verschneiten Hof, eine vermummte Gestalt schlich vorsichtig dicht an den Mauern dem Hinterpförtchen zu. Der alte Daniel war's, den der geneigte Leser schon aus meinem Traume kennt, er begab sich eilig zu dem dunklen Häuflein im Garten. – Dort hatten sich nämlich Koch, Jäger und der Organist mit Trompeten und Pauken versammelt, um mich, sobald ich das Licht der Welt erblickt, feierlich anzublasen. Daneben standen einige geladene Böller, womit Daniel den Takt dazu schlagen wollte; die Hebamme sollte mit einem weißen Tuch aus einem der Fenster das Signal geben. Aber die hatte jetzt ganz andre Dinge im Kopf, sie war eine resolute Frau und mit den Mägden soeben in großen Zank geraten; in der Wut warf sie eine Windel, die ihr zu schlecht dünkte, ohne weiteres zum Fenster hinaus. Das schimmerte weit durch die Nacht – da löste Daniel unverzüglich den ersten Böller, der Organist mit dem Tusch gleich hinterdrein, darüber aber erschrak meine Mutter dergestalt, daß sie plötzlich in eine Ohnmacht fiel. Nun donnerte draußen unaufhaltsam Böller auf Böller, die Trompeten schmetterten, die Schloßuhr schlug ganz verwirrt Zwölfe dazwischen – alles umsonst: die Riechfläschchen für meine Mutter waren nicht so schnell herbeigeschafft, die Konstellation, trotz den vortrefflichen Aspekten, war verpaßt, ich wurde gerade um anderthalb Minuten zu spät geboren.

Eine lumpige Spanne Zeit! Und doch holt sie keiner wieder ein, das Glück ist einmal im Vorsprung, er im Nachtrab, und es ist schlecht traben, wenn man vor lauter Eile mit der einen Hand in den falschen Ärmel gefahren und mit der andern, um keine Zeit zu verlieren, sich die Beinkleider halten muß. Um ein Haar ist er überall der erste, um ein Haar macht er die brillantesten Partien im Lande, um ein Haar bekommt er einen Lorbeerkranz im „Morgenblatt" und Orden mit Eichenlaub, Bändern und Schleifen wie ein Festochs; kurz, er findet überall ein Haar, bis er selber keins mehr auf dem Kopfe hat.

Drittes Kapitel

Nachher kannst du wieder anständig sein nach Herzenslust, jetzt aber, verehrenswürdiger Leser, rasch beide Rockschöße zusammengerafft, den Hut fest auf den Kopf gedrückt, einen kurzen Anlauf genommen und einen ungeheueren Satz gemacht mit mir – hopp! blick im Flug schnell nach unten, aber schwindle nicht: blitzende Kirchturmspitzen, Morgenröte, Vogelschall, Glockenklang und Waldesrauschen märchenhaft durcheinander – so, nun stehn wir drüben auf dem historischen Boden des Jünglingsalters. Wirf noch ein verächtliches Auge zurück auf das übersprungene Ammenmärchen meiner Kinderjahre, stopfe dir eine neue Pfeife und danke Gott, daß du schon so lang und gescheit bist!

Ich kann leider nicht wissen, geneigter Leser, wie du aussiehst, wenn du nicht etwa ein berühmter Mann bist, die man bekanntlich als Deserteurs, welche aus ihrem Zeitalter zur Zukunft überlaufen, überall im Bildnis aufhängt. Da aber die meisten erst berühmt und gehaun und gestochen werden (ich meine in Marmor und Kupfer), wenn sie schon alt und häßlich sind, so benutze ich die Zeit, während du dir Feuer anpinkst, um aus Rücksicht für die Damen, in deren Augen kein Lorbeer die Glatze entschuldigt, in aller Geschwindigkeit mein Porträt ganz so hinzuwerfen, wie ich in diesem Kapitel aussah; dann kann ich lachen und in aller Ruhe berühmt werden.

Ich war also schlank, von edler Statur und Nase (diese um ein wenig zu spitz), hatte ein allerliebstes Grübchen im Kinn, das mir sehr schelmisch stand, im Auge so ein gewisses Etwas, Schwärmerisches und so weiter, das Haar leicht aufwärts toupiert, von der guten alten Zeit noch, wie wenn man über einen Spiegel haucht, leise mit Puder angeblasen (nur bis gegen Mittag gewöhnlich schon etwas windschief und verschoben), einen Frack von gelbem Nanking, der mir niemals recht sitzen wollte, ebensolche Beinkleider, dicht anliegend, an den Knöcheln mit Maschen zierlich gebunden, von denen mir aber die eine oder andre alle Augenblick aufging, in der rechten Hand ein Spazierstöckchen, die linke mit einem langen, seidenen Schnupftuch nachlässig fächelnd (in dieser Beschreibung recht das Pyramidalische, von den breiten Schößen nach oben spitz Zulaufende meiner Gestalt hervorheben und mit: „O hochanstrebende Jugendzeit!“ beendigen). Man sieht wohl, das war keine Figur, um sie unter den Scheffel zu stellen. Mir wurde es zu eng und zu langweilig auf dem Lande (die ewigen Lerchenlieder usw.); dazu kam, daß grade damals ein groß Geschrei von „nützlicher Wirksamkeit“ und „Menschenbeglückung“ war. Ich wollte daher, da mir mein Verstand bereits ziemlich reif schien, auch nicht der letzte sein beim Menschenwohl und ließ eines Morgens schnell anspannen, um in der Residenz gleichsam vor der Staatskanzlei des Ruhmes vorzufahren. Da flimmerte es nur so vor meinen Augen: blitzende Kirchturmspitzen, Morgenröte, Vogelschall, Glockenklang und Waldesrauschen, alles märchenhaft durcheinander wie ein wunderbares, unermeßliches Reich, das ich mir erobern sollte. Jetzt donnerte ich über eine Brücke; der Fluß darunter machte die Grenze des fremden Staats, zwei verschiedene Adler blickten einander an, als wollten sie sich die Augen aushacken, aber die andern Vögel flogen, wie die Gedanken, zollfrei darüber weg, die Wälder rauschten hüben wie drüben.

In dem fremden Staate aber ging es mir sehr schmeichelhaft. Gleich auf der ersten Station stand schon, zu meiner Verwunderung, ein Postzug von vier Schimmeln bereit, der Postillon das Horn am Mund, der Postmeister den Hut in der Hand. „Wer hat mir das getan?“ fragte ich ganz verwundert – nichts als ein geheimnisvolles Lächeln des Postillons, eine tiefe Verbeugung des Postmeisters, der Postmeister trieb, der Postillon schwang sich auf, und nun ging's erst recht los. Da hingen alle Chausseebäume voll Jungens, die Fenster voll Damen, die Hecken voll Schuljugend, die Jungen schrien, die Damen warfen mit Blumensträußen, die Schulkinder meinten's gut und sangen schlecht, und aller Augen schossen ordentlich nach mir, so daß ich einen Augenblick schon glaubte, ich wäre in der Eile mit der Nachtmütze und im Schlafrock ausgefahren, der, wie ich wohl wußte, ein großes Loch am Ellbogen hatte.

So fliege ich unversehens in ein altes Stadttor hinein, der Postillon hält plötzlich an, ich schaue ringsumher, da ist's rechts und links ganz schwarz vor lauter Magistrat. Alles ein ungeheueres

Kompliment, und eh ich mich noch besinne, redet der eine mich schon an: „Schon eilte die fröhliche Kunde voraus.“ „Unmöglich!“ fiel ich ein, „ich flog ja wie eine Kanonenkugel über die Grenze.“ – Mir wurde auf einmal ganz fürstlich zumute. Er aber, in voller Begeisterung seiner Rede: „Erhabener! Noch schmükket dich der Jugend Glanz, ha, greif dir die Adler im Flug!“ Den schwarzen, den roten, den weißen! Ich winkte dem Postillon; der Postillon knallte, das Volk schrie hurra, alles war entzückt von mir, und ich flog zum anderen Tore wieder hinaus.

Als ich aber draußen im Freien war, überlegte ich erst alles: Ich stammte aus einer reichsgräflichen Familie, hatte schon einzelne Gedichte drucken lassen – es war gar nicht unwahrscheinlich, daß man mich so feiern wollte. Da lehnte ich mich mit großer Befriedigung im Wagen zurück, kreuzte die Arme über der Brust und sagte zu mir selbst: Ich habe es immer gesagt, nichts als Narrenpossen mit dieser Gleichheit. Das soll „naturgemäß“ sein! Als wäre die Natur nicht grade erst recht aristokratisch, stellt den Ochsen über das Kalb, den Hund über die Katze, die Katze über die Ratze, und unter den Menschen den hohen Geburtsadel des Genies über das andre, gemeine Pack. Außerdem, setzte ich mit großer Selbstzufriedenheit hinzu, wird es auch, solange nicht allgemeine Barbarei wiederkehrt, immerfort zwei verschiedene Rassen der Gesellschaft geben, die gebildete und die ungebildete, die niemals miteinander fraternisieren können, weil sie sich wechselseitig genieren, und das Genie mit keinem von beiden, denn es heißt eben Genie, weil es sich niemals geniert, sondern nur alle andern, und also – Donnerwetter, fuhr ich hier plötzlich empor. Hier tat es plötzlich einen widerlichen Schrei – es war ein Pfau, der vor mir auf einem Gittertor, mit dem Schweif das Rad schlagend, mir gerade die Kehrseite seiner Pracht zeigte. Da bemerkte ich erst, daß er eigentlich hier den Portier vorstellte und ich unaufhaltsam in einen prächtigen Park hineinfuhr.

Entwurf der weiteren Handlung

Ich fahre nämlich wirklich aus, um eine brillante Anstellung zu suchen in der Residenz, weil mir das Landleben, die ewigen singenden Lerchen, das Waldesrauschen usw. schon ganz langweilig sind. Auf dieser Reise nun geht es mir ganz wunderbar;

nämlich: erst versammeln sich, zu meinem Verdruß, weil sie nur überall die singenden Lerchen und die schöne Natur vertreten, überall wo ich fahre, Gruppen von neugierigen Bauern, grüßen sehr untertänig, ich danke höflich ... Ich fahre, nicht ohne Verwunderung durch einen Triumphbogen abends in ein Städtchen, alle Häuser sind illuminiert, der Bürgermeister und Rat empfängt mich am Tore, ich halte aus dem Wagen eine humoristische Anrede an sie ... vielleicht darüber, wie eigentlich alle und jeder auf Erden eigentlich nur inkognito lebt, ich deute an, daß ich eigentlich innerlich tyrannische Gesinnungen hege, lobrede die Tyrannei usw. – Als ich fertig war, sah ich den Magistrat in so tiefem Kompliment vor dem Wagen, daß ich tief zwischen Nacken und Kragen ihnen hineinsehen konnte. Der Postillon knallte, das Volk schrie Vivat, so flog ich weiter. – Unterwegs begegne ich, auch auf romantische Weise, einer prächtigen jungen Dame zu Pferde, nur ganz flüchtig, und glaube in ihr – Angela zu erkennen. Nun geht es anstatt nach der Residenz nach einem entfernten Landschloß, vergebens verwundere ich mich, ich kann's nicht hindern, die Relais sind überall schon vorausbestellt. „Wem gehört das Schloß?" rufe ich, endlich das prächtige Landpalais erblickend. Der Gräfin Angela, heißt es. – Prächtiges Leben auf diesem Zauberschloß, und Garten voll Goldfasanen usw. Ich werde überall Graf, was ich auch wirklich bin, genannt, aber wie ein König oder Prinz behandelt. Meine Beobachtungen und Betrachtungen auf einem Ball über die verschiedenen Arten von Tänzern: wie der eine beide Arme hebt, als wollt er zu fliegen versuchen, der andere zierlich trippelt, der dritte keck fort ohne allen Takt durch dick und dünn, und bei jedem dabei sein innerster, geheimster Narr herauskommt.

Ich bin sterblich, noch aus der alten Lubowitzer Zeit, verliebt in die Angela, die wunderschön, aber ganz weltlich, ordinär und voller Eitelkeit ist. Sie scheint mich in ihrer Art zu lieben, es wird schon insgeheim alles zur Hochzeit gerüstet, ich soll also unversehens eine ungeheuerlich gute Partie machen. Unterdes aber ist, fast gleichzeitig mit mir, ein junger unscheinbarer Kavalier dort angekommen mit vielen andren Gästen. Der verfolgt mich seltsam überall, ist oft verdrießlich, launisch und manchmal plötzlich ganz stolz und ausfahrend gegen mich. Ich bekomme mit ihm vielleicht ganz unschuldig auf eine ähnliche, zufällige Weise Händel und bittere Feindschaft wie Yorick mit Phutatorius in T. Shandy, oder vielmehr: wir geraten im Halbdunkel zufällig dicht aneinander. Er wirft mir einen verächtlichen, tödlichen Blick zu, ich werfe ihm wieder einen zu, „nu“, sagt er, „he“ sagt ich, so gingen wir stolz, jeder nach einer anderen Seite voneinander. – Ich fange humoristisch Händel mit ihm an, indem ich humoristisch die Offiziersehre u. ä. parodiere, und will mich duellren. Da kommt es plötzlich heraus, daß dieser junge Kavalier ein Prinz des Nachbarstaates ist, der – sentimental, hypochondrisch und durchs Leben gelangweilt – um sich selbst willen von der reichen Gräfin Angela, um die er freit, geliebt sein will und daher im Inkognito, das aber überall ruchbar wurde, hierherkam, und für den ich auf meiner Reise und hier bisher gehalten wurde. Nun schlägt auf einmal (ohne daß ich und der Leser j e t z t den Grund wissen) Angela und alles hier gegen mich um, ich muß bei Nacht und Nebel Reißaus nehmen.

Nun gerate ich mitten in die Vaterländerei und den Patriotismus, kontra die Franzosen, erweise mich übertrieben patriotisch in abenteuerlicher Tracht usw. (wie Anno sieben in Königsberg) mit Helmen, Schwert, Dolch usw., habe großes Glück, eroberte Festerei usw. Da plötzlich Friede (1809), ich muß fliehen – komme arm und zerlumpt nach Lubowitz, das, weil ich gegen die Franzosen zog, konfisziert und dem Prinzenbräutigam zugewiesen ist. Der Prinz mit seiner Gemahlin Angela ist gerade dort auf kurze Zeit zur Jagd, nachdem sie schon lange verheiratet sind. Das Laub ist schon gelb und fällt, alles herbstlich im Garten und im Hasengarten. Ich durchstreife den Garten usw.; Angela, prächtig, reich geschmückt, in vollem Glanze, erblickt mich flüchtig, kennt mich nicht mehr, aber sieht doch dabei etwas nachdenklich aus, die schönen Locken aus der Stirn schüttelnd. Ich begegne im Garten einem lichten Kinde mit blonden Locken – es ist mir wie im Traum, als wäre ich gar nicht weg gewesen –, das Kind, Angelas kleine Tochter, glich ihr auf ein Haar, ich küsse es, das Kind schreit erschrocken, ich entfliehe in den Hasengarten. Dort begegne ich im tiefen Abendrot dem alten Diener, noch aus der alten Zeit, er schneidet Stöcke im Garten für mich zum Vogelstellen, ein geistliches Lied dazu singend in der Einsamkeit wie damals (der alte Daniel). Ich rede ihn an, er erkennt mich gleich an der Stimme mit herzinniger Freude, verwundert sich aber gar nicht. Nach und nach merke ich erst, daß der Alte irre – ich durchstreife mit ihm die ganze Nacht hindurch wunderbar-phantastisch alle alten Jugendplätze, da stirbt er, vielleicht vor Freude, im Garten einschlafend. Der Tag graut schon, ich wecke rasch einen Jäger, übergebe ihm den Toten, nehme ein Jagdhorn ...

Ich gehe nun ... nach Ostindien, entdecke ein Land, das schon früher entdeckt ist, erwerbe ungeheueres Geld, werde aber, scheiternd auf dem Rückweg, allein mit allen meinen ungeheueren Schätzen, auf eine wüste Insel verschlagen. (Mein gemütliches, ausführlich zu beschreibendes Leben mit Büchern usw. auf der wüsten Insel.) Dort schreibe ich als Eremit (der Bart ist mir wie ein Mantel tief heruntergewachsen, antiquitätisch, lächerlich) alles dieses nieder und gebe es einem vorbeifahrenden Schiffe mit. Ich schwanke schon, ob ich doch nicht mitfahren soll, da fängt der Schiffskapitän von Literatur, Morgenblatt usw. zu schwatzen an. Da bekomme ich einen tiefen Ekel; ich bleibe hier, sage ich. Ich wollte das Gold mitgeben, dann aber tat mir die Mannschaft so tief leid, daß der Teufel Gold unter sie fahren sollte; ich sagte nichts davon; ich ließ sie fahren, sie sollten mir nur die arme Angela grüßen, wenn sie noch lebe – Ade für immer!

Überblick

Ich habe in der Tat überall unmenschliches Glück, dabei sooft ich auf eine Fortüne losgehe, treib ich das mich Poussieren, mit dem größten Eifer und Ernst, übertreibe es aber, mache zu tiefe Komplimente u.ä., so daß schon überall der gewaltsam unterdrückte Humor durchflimmert. Im entscheidenden Moment ... überrumpelt mich jedesmal unwiderstehlich hinreißend mein poetisches oder vielmehr tiefhumoristisches Naturell, das immer zur Unzeit schlagend gegen jederlei verdrehte und versteckte Affektation der Welt heiter-wütend, plötzlich unversehens und fast jauchzend ausbricht ..., so daß mir jedesmal, zu meinem eigenen Verwundern und Nichtbegreifen, Fortunas Haarzopf im letzten Moment wieder entwischt und die entrüstete Welt mich stehenläßt, worauf ich selber mich darüber liebenswürdig zum Narren habe ...

Zuletzt schlägt doch alles zu meinem vollen, wenn auch nicht weltlichen Glück aus ... Das Ganze muß fast gar keinen Inhalt haben; bloß ganz einfachste Ereignisse? –

Einzelzüge

Aber in der Residenz, kaum bin ich angekommen, reißt sich der Herr Minister ordentlich um mich, embrassiert mich, denn mein verstorbener Vater, was ich gar nicht wußte (oder was mir vorher gar nicht eingefallen war), war ein alter Jugendfreund des Herrn Ministers, sie hatten zusammen in Halle studiert usw., unmenschliches Glück; ich muß gleich zu Tische bleiben, sitze neben der Fräulein Tochter des Herrn Ministers, eine große Vase mit Blumen auf der Tafel vor mir . . ., „Wer ist der feine junge Mann?" heißt es . . . ich werde vorgestellt rechts und links, sponsiere mit dem Fräulein, aber ich bin schon hier überall humoristisch-übertrieben in Komplimenten . . .

Nun stirbt bei der Tafel selbst plötzlich . . . ein Rat . . ., der bei eben diesem Diner zu viel Austern gegessen . . . Großer Rumor, der Minister deutet sogleich an, daß ich die Stelle haben soll, und empfiehlt mich dem anwesenden betreffenden Präsidenten. – Ich begleite nun als Leidtragender den verstorbenen Rat zu Grabe, entsetzliche Floskeln und Lobhudeleien über die erstaunlichen, unsterblichen Verdienste des Dahingeschiedenen, die anderen trinken tüchtig Wein im Leichenhause, weil es kalt, und erwärmen sich ordentlich herzlich für den Verstorbenen, meine humoristischen Gedanken über Tod usw., bei diesem Leichenkondukt, bei dem ich irgendwie Konfussion mache, vielleicht gar selber eine humoristische Rede am Grabe halte, wobei ich das Leben des Verewigten mit einer stillen Auster vergleiche, die ruhig in sich saugt . . .

Nun eile ich zu dem betreffenden Präsidenten, habe schon eigne Auftritte im Antichambre, mache wieder übertriebene Komplimente . . . Der Präsident ist höchst pedantisch, ein großmäuliger Beamten-Aristokrat, der mir imponieren will mit Phrasen usw., da fährt mir endlich plötzlich der Humor aus, ordentlich dithyrambisch spreche ich immer fort, mittendurch in eignen hohlen Floskeln . . ., so daß der Präsident mich entrüstet stehnläßt, die in den Antichambres, die vorhin kriechend gegen mich, jetzt vornehm die Nasen rümpfen – und die ganze prächtige Anstellung, zum Verdruß des Herrn Ministers, mir an der Nase vorbeigeht.

Aber mich tröstet die offenbare Liebe der Fräulein Tochter des Herrn Ministers. Nun wollte ich aber, da ich unmenschlich reich bin, edelmütig bloß um meiner selbst willen, um des eignen kahlen Ichs willen, von ihr geliebt sein und verbreite überall, daß ich durch Unglücksfälle etc. plötzlich verarmt sei. Da wendet sich ergötzlich alles von mir in meinem Inkognito, alles verachtet mich gründlich ... Das Fräulein jedoch, weil sie ja die Sache besser weiß, bleibt mir immerfort treu, scheint nur immer verliebter in mich, und als ich daher, nachdem ich die unerwartete Nachricht bekommen, daß ich wirklich verarmt, Hochzeit machen will, schlägt die Gunst des Fräuleins und des Herrn Ministers plötzlich um und ich muß mit Schimpf bei Nacht und Nebel Reißaus nehmen. –

Ich gehe nun, durch die Residenz, nach Ostindien ... Oder: Nun schreib ich, als alter Mann, dieses, wieder in dem alten Lubowitz, dort alles tot und wehmütig verwandelt, fremde Leute im Garten ..., ich aber mache doch, glücklich, ein großes Glück dort, wenngleich kein weltliches, sondern ein höheres. – Jedenfalls zu Ende irgend etwas Tiefes, wahrhaft Erschütterndes, so daß das Ganze ein grandioses Ende nimmt!

VIEL LÄRMEN UM NICHTS

Wenn wir Schatten euch beleidigt,
O so glaubt — und wohl verteidigt
Sind wir dann! — ihr alle schier
Habet nur geschlummert hier,
Und geschaut in Nachtgesichten
Eures eignen Hirnes Dichten.

Shakespeares „Sommernachtstraum".

„Wem gehört der prächtige Palast dort unten?" fragte Prinz Romano, auf dem schlanken Engländer nach seinen Begleitern zurückgewandt, indem sie soeben auf einer Höhe aus dem Walde hervorkamen und auf einmal eine weite, reiche Tiefe vor sich erblickten. – „Dem Herrn Publikum!" erwiderte ein schöner Jüngling aus dem Gefolge. – „Wie! Also hier wohnt der wunderliche Kauz? kennst du ihn denn?" rief der Prinz verwundert aus. – „Nur dem Rufe nach", entgegnete der Jüngling, sichtbar verwirrt und mit flüchtigem Erröten.

Die untergehende Sonne beglänzte unterdes scharf die schönsten Umrisse des Palastes; heiter und wohnlich erhob er sich über die weiten, fruchtbaren Ebenen, mit den Spiegelfenstern noch hell herüberleuchtend, während die Felder ringsum schon zu verdunkeln anfingen. Ein schöner Garten umgab das Schloß und schien im Abendduft mit der Landschaft und dem schimmernden Strome bis weit an die fernen blauen Berge hin zusammenzufließen.

„Göttliche Ironie des Reiselebens!" sagte der Prinz zu seinen Begleitern. „Wer von euch hätte nicht schon sattsam von diesem Publikum gehört, über ihn gelacht und sich geärgert? Es juckt mich lange in allen Talenten, ihm einmal ein Schnippchen zu schlagen, und wenn es euch recht ist, so sprechen wir heute über Nacht bei ihm ein. Laßt mich nur machen, es gibt die köstlichste Novelle!" – Der Einfall wurde von der ganzen Gesellschaft mit lautem Beifall aufgenommen, und alle lenkten sogleich der breiten, glänzenden Kunststraße zu, die nach dem Palast zu führen schien.

Es war anmutig anzusehen, wie die bunten Reiter beim Gesang der Waldvögel langsam die grüne Anhöhe hinabzogen, bald zwischen den Bäumen verschwindend, bald wieder vom Abendrote hell beleuchtet. Am wohlgefälligsten aber spielten die Abendlichter über der zierlichen Gestalt jenes schönen Jünglings, der vorhin dem Prinzen den Besitzer des Palastes genannt hatte. Der muntere Bursch, soeben als ausgelernter Jäger aus der Fremde zurückkehrend, hatte sich im Gebirge verirrt. So traf ihn die Gesellschaft im Walde, welcher er sich nun auf einige Tagereisen angeschlossen. Sein frisches, fröhliches Wesen schien den ganzen bunten Trupp wunderbar zu beleben. Denn während seine Augen mit schalkischem Wohlgefallen auf den vornehmen Anführern des Zuges ruhten, führte er hinten ein unausgesetztes Witzgefecht mit den Jägern, oder er sang zu allgemeinem Ergötzen die herrlichsten Jagdlieder. Der Kammerherr des Prinzen schrieb die Lieder sorgfältig auf, und ärgerte sich dann, wenn der Bursch sie das nächste Mal wieder ganz anders sang, so daß er mit Notieren der Varianten gar nicht zu Ende kommen konnte. – Der Prinz aber hatte seine eigenen Pläne dabei: er gedachte sich des hübschen, gewandten Jungen in den nächsten Tagen als Pagen und Liebesboten sehr vorteilhaft zu bedienen. Die junge Gräfin Aurora nämlich, von deren poetischen Natur und Zauberschönheit bei allen Poeten im Lande groß Geschrei war, wurde aus Italien auf ihren Gütern in dieser Gegend hier erwartet, und Romano war soeben aufgebrochen, die Wunderbare kennenzulernen und ihr auf seine Weise den Hof zu machen.

Es war schon dunkel geworden, als die Gesellschaft fröhlich schwätzend in dem Park des Herrn Publikum anlangte. Mit Verwunderung gewahrten sie hier, je tiefer sie hineinritten, eine unerklärliche Bewegung und Unruhe; es war als rührten die Gebüsche sich ringsumher in der Dämmerung, einzelne Figuren schlüpften hastig da und dort hervor, andere schienen erschrocken dem Schlosse zuzueilen. Jetzt sahen sie auch in dem Palaste Lichter durch die ganze Reihe der Fenster auf und nieder irren, eine halberleuchtete Krone drehte sich oben, bald noch eine und wieder eine. Auf einmal stiegen draußen mehrere Leuchtkugeln empor, und ließen plötzlich in wunderbarem, bleichen Licht eine stille Gemeinde fremder Gesichter bemerken, die fast gespensterhaft aus allen Büschen hervorblickten. „Meine Nähe und unser Entschluß hier einzusprechen muß auf dem Schlosse verraten sein“, sagte der Prinz mit vornehmer

Nachlässigkeit; „es ist ein unbequemes Wesen um den Dichterruhm!“

In diesem Augenblick wölbte sich ein Mondschein-Regenbogen lustig vor ihnen über die Wipfel, auf dessen Höhe eine goldene Lyra, von einem Lorbeerkranz umwunden, sichtbar wurde. – „Zart – sinnig!“ rief der überraschte und geschmeichelte Prinz aus, mußte aber schnell abbrechen, um seinen Engländer zu bändigen, der immer ungebärdiger um sich blickte und schnaubte, als sie unter dem glänzenden Triumphtor einzogen. Unterdes gab der unversehene Knall eines Böllers das Signal zum Abbrennen eines ausgedehnten Feuerwerks, das plötzlich den ganzen Platz in einen feurigen Zaubergarten verwandelte. Jetzt war das Pferd nicht länger zu halten; pfeilschnell zwischen dem Sprühen und Prasseln, über Blumen und Hecken gerade fort, flog es an den Feuerrädern und Tempeln vorüber, die Begleiter konnten nicht so rasch nach, die Zuschauer aus den Büschen schrien: „Hurra!“ Mit Schrecken sah der Prinz im Fluge immer näher und näher den Palast vor sich, Fackeln am Eingange, und die Herren des Hauses mit zahlreicher Gesellschaft zum Empfange feierlich die Treppe herabsteigen. Mitten in dieser Verwirrung begann endlich das geängstigte Roß auf dem freien Rasenteppich zu bocken, und so unter den wunderlichsten Sprüngen langte der Prinz wie auf einem toll gewordenen Schaukelpferde vor dem Palast an. – „Mein Gott!“ rief ihm der Herr Publikum entgegen, „lassen Sie sich herab!“ – „Bitte sehr, nichts von Herablassung“, erwiderte der Prinz, schon ganz schief vom Sattel hängend, während er den Hut vom Kopf verlor. Hier wurde ein zweiter Böller gelöst, das Pferd feuerte noch einmal wütend aus, und Romano lag auf dem Sande.

Während sich dies vor dem Palast begab, sah man zwischen den Schlaglichtern des verlöschenden Feuerwerks eine junge Dame zu Pferde die Allee heransprengen. Die wunderbare Beleuchtung gab der hohen schlanken Gestalt etwas Wildschönes, und ein freudiges: „Ach!“ begrüßte von allen Seiten die Erscheinung. Ein reichgeschmückter Jockei der Dame hatte unterdes Romanos lediges Pferd ergriffen. Sie selbst aber schwang sich schnell vom Sattel und trat mit besorgten, fragenden Blicken zu dem gefallenen Prinzen. Dieser, als er die herabgebeugte Gestalt und die schönen großen Augen zwischen den herabwallenden Locken so plötzlich über sich erblickte, erhob sich gewandt auf ein Knie vor ihr, und sagte, zierlich ihre Hand küssend: „Nun weiß ich, an welchen Sternen sich diese verzauberten Gebüsche entzündet haben!“ – Die Dame lächelte schweigend und schien unruhig und vergeblich mit den Augen jemand in dem Kreise der Umstehenden zu suchen. Prinz Romano aber sprang ohne alle Verlegenheit auf, schüttelte sich ab, reichte der Schönen seinen Arm und führte sie die breite Treppe hinan, während der etwas korpulente Herr Publikum, der gar nicht wußte, wie ihm geschah, Mühe hatte, ihnen so rasch zu folgen.

Oben aber entstand nunmehr die größte Konfusion. Durch eine glänzende Reihe hellerleuchteter Gemächer bewegte sich eine zahlreiche Versammlung in festlicher Erwartung, alle Augen waren auf das eintretende Paar gerichtet, der Prinz grüßte vornehm nach allen Seiten. Da kam plötzlich Herr Publikum atemlos nach. „Romano?“ hörte ihn der Prinz hinter sich eifrig zu den Nachfolgenden sagen; „Prinz Romano? Verfasser von –? ich wüßte nicht – habe nicht die Ehre.“ – Die Dame sah verwundert bald den Sprechenden, bald den Prinzen an: „Wer von Ihnen beiden ist denn aber nun eigentlich der Herr Publikum?“ – „Sind Sie denn nicht seine Tochter?“ fragte der Prinz, nicht wenig erstaunt. – Hier wurden sie durch Herrn Publikum unterbrochen, der in eiliger Geschäftigkeit, mit dem seidnen Schnupftuche sich den Schweiß trocknend, der Dame seinen Arm reichte. „Konfusion, lauter Konfusion!“ sagte er voller Verwirrung; „Mondschein, Regenbogen, Böller, Mißverständnis, ein unerwarteter Gast – Alles zu früh abgefeuert; sobald Sie kamen, Gnädigste, sollten sie abgebrannt werden.“ – Hiermit war er mit der Gefeierten in der Menge verschwunden, alles drängte neugierig nach. – „Wer ist die Dame?“ fragte der Prinz einen der Nachzügler. – „Die schöne Gräfin Aurora“, war die Antwort.

Es war noch alles still im Schloß nach dem Feste, das bis tief in die Nacht hinein gedauert hatte. Nur Prinz Romano, die Heimlichkeit der Morgenzeit benutzend, stand schon eifrig vor dem hohen Wandspiegel zwischen Kämmen, Flaschen und Büchschen, die auf allen Stühlen umherlagen. Dem Rausch einer wüst durchlebten Jugend war frühzeitig ein fataler Katzenjammer gefolgt, und sein Haupt insbesondere hatte in den mannigfachen Raufereien mit den Leidenschaften bedeutend

Haare lassen müssen. Alle diese Defekte geschickt zu decken, war heut sein erstes Tagewerk, da er leider aus Erfahrung wußte, daß vor den Augen der Damen in Auroras Alter der Lorbeerkranz die Glatze eines Dichters nicht zu verbergen vermag. – Draußen aber ging der herrlichste Sommermorgen funkelnd an allen Fenstern des Palastes vorüber, alle Vögel sangen in der schönen Einsamkeit, während von fern aus den Tälern die Morgenglocken über den Garten heraufklangen. Da vernahm der Prinz zwischen den blitzenden Gebüschen unten abgebrochen einzelne volle Gitarrenakkorde. Das konnte er niemals ohne innerliche Resonanz ertragen, die frühesten Jugenderinnerungen klangen sogleich mit an: ferne blaue Berge, Reisebilder, italienische Sommernächte, erlebte und gelesene. Auch heute vermochte er dem Zuge poetischer Kameradschaft nicht zu widerstehen, er warf Kämme und Büchsen fort und eilte die breiten stillen Marmortreppen hinab, in den Park hinaus.

Ein frischer Morgenwind ging durch die Wipfel, aber in dem Rauschen war ringsumher kein Lautenklang mehr zu vernehmen. Der Prinz horchte, schritt dann tiefer in das taufrische Labyrinth hinein, und lauschte wieder. Da glaubte er in einiger Entfernung sprechen zu hören, als eine plötzliche Wendung des Ganges ihm einen unerwarteten Anblick eröffnete. Ein junger Mann nämlich, in leichter Reisekleidung und eine Gitarre im Arm, hatte sich soeben über den Zaun in den Garten geschwungen; ein Jäger saß noch auf dem Zaune, beide waren bemüht, einem kurzen wohlbeleibten Manne gleichfalls herüberzuhelfen. „Sind eurer nicht noch mehr dahinter?“ – fragte der Jäger mit pfiffiger Miene. „Dummes Zeug!“ erwiderte der Dicke, mühsam kletternd und halb zu dem andern gewendet; „Ihr habt immer solche absonderliche Streiche im Kopf, und meint, es sei poetisch, weil's kurios ist. Da brauch ich keinen solchen nichtswürdigen Zaun dazu, ich trage die rechte Himmelsleiter allezeit bei mir, die leg ich an gerade in die Luft, wo mir's beliebt, und auf der klettre ich fixer hinan, als ihr alle zusammen!“ – Hier wandte sich der Fremde mit der Gitarre rasch herum, Prinz Romano blieb in höchster Überraschung wie eingewurzelt stehen.

„Mein Gott!“ rief er, „Graf Leontin – aus ‚Ahnung und Gegenwart‘!“ – „Ist gleich an der Gitarre zu erkennen“, fiel ihm der Dicke ins Wort; „er kann nicht wohl gespeist zu haben sagen, ohne einen Griff in die Saiten dazu.“ – „Der Dichter

Faber", sagte Leontin, den Dicken präsentierend, „noch immer der alte; er kann, wie ein Bär, nicht ohne Brummen tanzen." – „Aber, liebe Herzensjungen", entgegnete der Prinz, „ich versteh noch immer nicht – wie kommt ihr hierher, was wollt ihr?" – „Der schönen Aurora im Vorüberziehen ein Ständchen bringen", erwiderte Leontin. – „Ständchen?" rief Prinz Romano begeistert aus; „Morgenständchen im Garten? O da muß ich mit! wo ist ihr Schlafgemach?" – „Der Jäger da will uns weisen", sagte Leontin, „von ihm erfuhren wir's, daß die Gräfin hier ist." – „Pst! pst! wir sind schon unter der Schußweite der Fenster!" unterbrach sie Herr Faber, indem er, ungeachtet seiner Korpulenz, gebückt und voller Eifer auf den Zehen fortzog, als wollte er ein Vogelnest beschleichen. Der Jäger führte ihn unablässig in die Kreuz und Quer, der breite Dichter stolperte und schimpfte, der Jäger sprach lustig Mut zu, die andern folgten lachend. So zog das wunderliche Häuflein zankend, schwirrend und sumsend durch die stille Morgenluft bis an eine Rosenhecke, wo ihr Führer sie endlich aufstellte. Die Schloßfenster leuchteten wie glänzende Augen zu ihnen herüber; Leontin griff, ohne sich lange zu besinnen, in die Saiten, Faber übernahm die Baßpartie, und sie sangen munter:

„In den Wipfeln frische Lüfte,
Fern melod'scher Quellen Fall,
Durch die Einsamkeit der Klüfte
Waldeslaut und Vogelschall,
Scheuer Träume Spielgenossen,
Steigen all beim Morgenschein
Auf des Weinlaubs schwanken Sprossen,
Bis ins Fenster aus und ein.
Und wir nahn noch halb in Träumen,
Und wir tun in Klängen kund,
Was da draußen in den Bäumen
Singt der weite Frühlingsgrund.
Regt der Tag erst laut die Schwingen:
Sind wir alle wieder weit –
Aber tief im Herzen klingen
Lange nach noch Lust und Leid."

„Ein scharmantes Lied!" unterbrach sie hier der entzückte Prinz. – „Still, still", sagte Faber, „da wackelte eben die Gardine oben im Fenster!" – „Wahrhaftig", rief Romano, „seht ihr, zwei göttliche Augen blitzen heimlich zwischen den Vorhängen hindurch!" – Sie sangen von neuem:

„Dicke Liederknospen grünen
Hier vom Wipfel bis zum Grund –
Einen Blick aus den Gardinen,
Und der Strauch blüht liebesbunt!"

Jetzt öffnete sich wirklich das verhängnisvolle Fenster. – Herr Publikum, eine schneeweiße Schlafmütze auf dem Kopf, lehnte sich breit und behaglich heraus und gähnte, als wollte er den ganzen Morgen verschlingen. Die Sänger starrten wie versteinert durch ihr Versteck in den unverhofften Rachen. „Danke, danke, meine unsichtbaren Freunde, für diese angenehme Aufmerksamkeit!" sagte der Maecenas oben, noch immer gähnend und mit der fetten Hand vornehm herabwinkend. „Zuviel Ehre – mein geringes Interesse an den schönen Künsten und Wissenschaften – es freut mich, daß es solche zarte Anerkennung –" – Aber Leontin ließ ihn nicht ausreden, er griff wütend in die Saiten und übersang ihn:

„Was hast du für ein großes Maul,
Kannst sprechen ganz besunder;
Lob mich auch mal, sei nicht so faul!
Lobst sonst ja manchen Plunder."

Der ganz verdutzte Publikum, als er sich recht besann, wie ihm eigentlich geschehen, geriet über diesen unerwarteten Gruß in einen unmäßigen Zorn. „Wer tat mir das!" schrie er, „und in meinem eigenen Garten! Greift mir die impertinenten Kerls!" – Er rief nun eine Menge von Dienern bei ihren Namen, daß er ganz blau im Gesicht wurde. Über dem Geschrei erhob sich durch den ganzen Palast, treppauf treppab, ein verworrenes Rumoren, von allen Seiten fuhren Gesichter neugierig aus allen Fenstern, durch den stillen Garten selbst hörte man schon einzelne Stimmen suchend schweifen. Der Morgenspuk in der Rosenhecke aber war bereits nach verschiedenen Richtungen hin zerstiebt. Leontin konnte vor Lachen fast nicht mehr weiter, der Prinz, aus Besorgnis sich in dem fremden Hause lächerlich zu machen, fand es am geratensten, mit den andern gleichfalls Reißaus zu nehmen; Faber dagegen, den gleich anfangs bei dem überraschenden Anblick des ungeheuren, butterglänzenden Gesichts im Fenster eine wunderliche Furcht ergriffen hatte, war schon ein gut Stück voraus, und keuchte und schimpfte auf Leontins unaufhörliche Narrenstreiche und auf den Jäger, der sie vor die falschen Fenster geführt. Der letztere hatte sich inzwischen verloren, Romano aber glaubte bald da bald dort in den Gebüschen neben sich kichern zu hören und Florentins, seines hübschen Jägerbürschchens, Stimme zu erkennen.

Als sie sich draußen im Walde in Sicherheit sahen, warf sich Leontin erschöpft auf dem Rasen hin, Faber ging vor ihm mit schnellen Schritten auf und nieder, sich emsig die Hände reibend, wie einer, der mit sich selbst zufrieden ist. – „Ihr seid an allem schuld, Faber“, sagte Leontin; „Ihr seid schon zu schwer, Ihr fallt überall durch auf dem Glatteis der Liebe, und reißt uns mit fort.“ – „Was, Reißen, Durchfall!“ entgegnete der vergnügte Dichter; „der Publikum hat doch seinen köstlichen Ärger weg!“ Dazwischen schwor er wieder, den schuftigen Jäger durchzuprügeln, und sollt es am Jüngsten Tage sein. – „Und Sie, Durchlaucht, haben als Volontär die Retirade mitgemacht“, sagte Leontin zum Prinzen. – „Was war zu tun?“ erwiderte dieser, „meine Freiersfüße mußten wohl für Eure Verse das Fersengeld mit bezahlen.“ – „Wie! Freiersfüße? wem setzen Sie darauf nach, wenn man fragen darf?“ – „Dem edelsten Wilde, mein ich, um das jemals ein Jäger Hörner angesetzt, in das jeder Weidmann geschossen ist, mit einem Wort, meine Freunde: ich möchte beinah gesonnen sein, um die Hand der schönen Gräfin Aurora zu werben.“ – Hier brachen Leontin und Faber, zu des Prinzen Erstaunen, plötzlich in ein unaufhaltsames Gelächter aus. „Die Gräfin Aurora?!“ – riefen sie, immerfort lachend, einer nach dem andern aus – „ebensogut könnte man die Göttin Diana unter die Haube bringen – oder der Thetis den Verlobungsring an den rosigen Finger stecken – oder die Phantasie heiraten – und alle neun Musen dazu!“

Der empfindliche Prinz hatte unterdes mit dem vornehmsten Gesicht, das ihm zu Gebot stand, seine Lorgnette hervorgezogen und nahm die Gegend, und dann die Lachenden ruhig in Augenschein. „Ich muß gestehen“, sagte er endlich, das unerträgliche Gelächter unterbrechend, „Sie liebten doch früher eine gewisse geniale Eleganz, lieber Graf; es fiel mir schon vorhin auf, Sie in diesem wunderlichen, altmodischen Aufzuge wiederzusehen. Nehmt mir's nicht übel, ihr Herren, ihr seht aus wie die Trümmer eines reduzierten Freikorps." – „Vortrefflich, Prinz!" rief Leontin, „Sie haben da recht den Nagel auf den Kopf getroffen! Ja, das fliegende Korps der Jugend, dem wir angehören, ist längst aufgelöst, das Handgeld flüchtiger Küsse vergeudet; diese ästhetischen Grafen und Barone, diese langhaarigen reisenden Maler, die genialen Frauen zu Pferde, sie sind nach allen Richtungen hin zerstreut; unsere tapfersten Anführer hat der Himmel quiesziert, ein neues, aus unserer Schule entlaufenes Geschlecht hat neue, langweilige Chausseen gezogen, und wir stehen wie vergessene Wegweiser in der alten, schönen Wildnis." – Der Prinz fuhr fast verlegen mit der Hand über die Stirn, er konnte ein abermaliges Gefühl von Kameradschaft mit diesem verunglückten Freikorps nicht unterdrücken. „Teuerster Graf", sagte er, „Sie pflegten von jeher gern zu übertreiben." – „Ja, Pferde, Liebe, Lust und Witz", erwiderte Leontin; „daher bring ich sie nun alle ein bißchen lahm aus der Kampagne zurück." –

Hier wurden sie durch Faber unterbrochen. Der ermüdete Poet hatte sich in die warme Morgensonne bequem hingelagert, und fing soeben auf die furchtbarste Weise zu schnarchen an. „Gott behüt uns!" – rief der erschrockene Prinz aus, indem er den Schlafenden durch die Lorgnette aufmerksam betrachtete. – „Sehen Sie doch, wie er sich nun abquält, ein gelindes Tabakschmauchen nachzuahmen – jetzt bläst er sich wieder mächtig auf; das ist ja als wenn der Teufel die Baßgeige striche! – und nun auf einmal mit einem Schlagtriller alles wieder abgeschnappt – ich glaube, er erstickt an seinem Ärger über Herrn Publikum. Was hat er denn eigentlich mit dem?"

„Der Entschlafene", erwiderte Leontin, „war in der letzteren Zeit als Hofdichter beim Herrn Publikum angestellt. – Das ging auch anfangs vortrefflich, er wurde gehauen, geschnitten, gestochen, ich meine: in Stein und Kupfer, die Damen rissen sich ordentlich um seine Romantik. Als sie nun aber nach und nach ein wenig abgerissen wurde, da war nichts weiter dahinter. Es war ein Skandal! Er konnte nicht so geschwind die neumodische klassische Toga umschlagen, verwickelte sich in der Hast mit Arm und Beinen in die schottischen Plaids und gab immer mehr Blößen – ja zuletzt sagte ihm Herr Publikum gerade auf den Kopf: er sei nun gänzlich aus der Mode geraten, ja es gebe überhaupt gar keine solche humoristische Hagestolzen, wie er, in der Wirklichkeit, er sei eigentlich ein bloßes in Gedanken stehengebliebenes Hirngespinst, das für nicht vorhanden zu achten. – So hatte die atemlose Zeit auch ihn übergerannt, und ich fand den abgedankten Dichter, an seiner eigenen Existenz verzweifelnd, hier im Walde unfern von meinem Schlosse wieder." – „Wie", rief der Prinz aus, „so wohnen Sie jetzt hier in der Nähe?"

„Allerdings", entgegnete Leontin. „Die spröde Welt, die wir als unser Lustrevier erobern wollten, hat uns nach und nach bis auf ein einsames Waldschloß zurückgedrängt, und die von der alten Garde tun mir die Ehre an, sich um die zerrissene Standarte der Romantik zu versammeln, die ich auf der Zinne des Kastells aufgesteckt. Dort rumoren wir auf unsere eigene Hand lustig fort, gefallen uns selbst, und ignorieren das andre. Rauschen und singen doch die Wälder noch immerfort wie in der Jugend, und jeden Frühling wirbelt die Lerche die alten Gesellen zusammen, und von Zeit zu Zeit besucht uns dort wohl noch unser schönes Waldlieb."

Hier sprang Leontin plötzlich auf, und auch der Prinz wandte, angenehm überrascht, seine Blicke nach dem Felsen; denn ein wunderschöner Gesang klang auf einmal aus dem Walde zu ihnen herüber. Sie konnten etwa folgende Worte verstehen:

„Lindes Rauschen in den Wipfeln,
Vöglein, die ihr fernab fliegt,
Bronnen von den stillen Gipfeln,
Sagt, wo meine Heimat liegt?

Heut im Traum sah ich sie wieder,
Und von allen Bergen ging
Solches Grüßen zu mir nieder,
Daß ich an zu weinen fing.

Ach, hier auf den fremden Gipfeln:
Menschen, Quellen, Fels und Baum,
Wirres Rauschen in den Wipfeln –
Alles ist mir wie ein Traum."

Jetzt erschien der Sänger im hellsten Glanz der Morgenlichter zwischen den Bäumen – es war Florentin, das Jägerbürschchen aus Romanos Begleitung. Er stutzte und brach schnell sein Lied ab, als er den Prinzen unten bemerkte.

„Dacht ich's doch!" rief Leontin, die leuchtende Erscheinung freudig anstaunend. – Faber rieb sich verwirrt die Augen. „Es träumte mir eben", sagt' er, „ein Engel zöge singend über mich durch die Morgenluft." – Unterdes aber war Florentin schon bei ihnen, faßte Leontin und Faber, wie alte Bekannte, rasch bei den Händen und führte sie tiefer in den Wald hinein. – Der Prinz hörte sie untereinander lachen, dann wieder sehr eifrig und heimlich sprechen; Florentins Stimme klang immerfort wie ein Glöckchen zwischen dem Vogelsang herüber.

Als sie zurückkehrten, schienen Leontin und Faber zerstreut und unruhig, wie Leute, die plötzlich einen Anschlag gefaßt haben. „Wir müssen schnell weiter, auf eine lustige Hochzeit dann!" sagte Leontin zum Prinzen, und lud ihn noch heiter ein, ihn auf seinem Kastell zu besuchen. Dann eilte er sogleich mit Faber den Berg hinab, wo auf einer Waldwiese ein Jäger mit ihren Pferden im Schatten ruhte.

Florentin aber war ebenso eilig im Walde wieder verschwunden.

Erstaunt und verwirrt stand nun der Prinz in der unerwarteten Einsamkeit. Da sah er unten die beiden Freunde schon fern zwischen Weinbergen und blühenden Gärten in die glänzende Landschaft hinausziehen, und Schlösser, Türme und Berge erglühten purpurn, und ein leiser Hauch wehte den Klang der Morgenglocken und Lerchensang und Düfte erquickend herauf, als läge das Land der Jugend dort in der blitzenden Ferne. Hoch oben auf den Felsen aber erschien Florentin noch einmal, schwenkte seinen Hut, und sang den Fortziehenden nach:

„Muntre Vögel in den Wipfeln,
Ihr Gesellen dort im Tal,
Grüßt mir von den fremden Gipfeln
Meine Heimat tausendmal!"

Vom Garten des Herrn Publikum bringt der Wind unverhofft ein sonderbares, unerklärliches Gesumse zu uns herüber, es scheint nicht Mühlengebraus, nicht Katzengefecht, noch

Murmeln rieselnder Bäche, sondern vielmehr das alles zusammen. Je mehr wir uns indes mit gebührender Vorsicht nähern, je deutlicher unterscheiden wir nach und nach das verworrene Geschnatter verschiedener Menschenstimmen durcheinander, von Zeit zu Zeit von dem durchdringenden Schrei eines Papageis aus den Fenstern des Palastes überkreischt. Durch eine Öffnung des Gebüsches endlich übersehen wir den schönen Gartenplatz vor dem Schlosse, wo beim lieblichen Morgenschein viele wohlgekleidete Personen verschiedenen Alters und Standes zwischen den blühenden Sträuchern und funkelnden Strahlen der Wasserkünste zufrieden auf und nieder wandeln und plaudern, häufig im Eifer des Gesprächs sich den Schweiß von der Stirn wischen und wieder plaudern. – Nur Herz gefaßt! noch einige Schritte vorwärts: und wir können alles bequem vernehmen.

„Nur das prüde Vornehmtun jener literarischen Aristokratie nicht hineingemengt!" rief soeben ein langer, schlichter Mann mit grauem Überrock und grauem Gesicht. – „Lassen Sie sich umarmen, Lieber!" unterbricht ihn begeistert ein blonder, junger Mann, dessen volle Wangen von unverderbter Jugend strotzen; „das wär es eben auch, was ich meine! Jawohl, diese poetische Vornehmheit, die so gern überall das Pfauenrad der großen Welt schlägt, was ist sie anders, als jene perfide, über allen Erscheinungen, über Gutem und Bösem, mit gleichem Indifferentism schwebende Ironie; Glatteis, auf dem jede hohe Empfindung, Tugend und Menschenwürde lächerlich ausglitschen; kalt, kalt, kalt, daß mich in innerster Seele schaudert! O über die vermessene Lüge göttlicher Objektivität! Heraus, Poet, mit deiner rechten Herzensmeinung hinter deinen elenden Objekten! Ehrlich dein Innerstes ausgesprochen!" – VIELE *(durcheinander)*: Ja, gesprochen, immerzu gesprochen! – JUNGER MANN: Meine Herren! Sie verstehen mich nicht, ich wollte – VIELE: Wir wollen nichts verstehen! – Wir wollen Natur! – Edelmut – gerührtes Familienglück! – GRAUER: He, Ruhe da! das ist ja, als wär auf einmal ein Sack voll Plunder gerissen! – DICHTERIN *(sich hindurchdrängend)*: Was für Ungezogenheit! Pfui doch, Sie treten mir ja das Kleid ab! O diese starken, wilden Männerherzen! – JUNGER MANN: Verehrungswürdigste, in welchem Aufzuge! die Nachthaube ganz schief – und – o wer hätte Ihnen das zugetraut! – noch im fliegenden Nachtgewande. – DICHTERIN *(sich betrachtend)*: O Gott! ich bitte Sie, sehen Sie ein wenig auf die andere Seite, ich verberge mich in mich selbst! – der Schmelz des jungen Tages – meine Ungeduld, meine Zerstreuung, das erste Lied der Nachtigall, ich konnt es nicht erwarten, ich stürz hinaus – ach, wir Dichterinnen schwärmen so gern über die engen Zwinger der Alltagswelt hinaus. Erlauben Sie! *(Sie nimmt das Schnupftuch des jungen Mannes, und schlägt es sich als Halstuch um.)* Aber erzählen Sie doch, was ist denn eigentlich los hier? – JUNGER MANN: Ein neuer Gedanke von der höchsten Wichtigkeit, dessen Folgen für die ganze Literatur sich schwer berechnen lassen. Denn jede neue Idee ist wie der erste Morgenblick; erst rötet er leise die Berge und die Wipfel, dann zündet er plötzlich da, dort mit flammendem Blick einen Strom, einen Turm in der Ferne; nun qualmen und teilen und schlingen sich die Nebel in der Tiefe, der Kreis erweitert sich fern und ferner, die blühenden Länder tauchen unermeßlich auf – wer sagt da, wo das enden will! – Nun, ich weiß, Verehrteste, Sie teilten schon längst unsre Überzeugung, daß jene überspannten künstlichen Erfindungen in der Poesie uns der Natur entfremden und nach und nach ein wunderliches, konventionelles, nirgends vorhandenes, geschriebenes Leben über dem Lebendigen gebildet, ich möchte sagen: eine Bibel über die Tradition gesetzt haben, daß wir also eilig zur Wirklichkeit zurückkehren müssen, daß – – DICHTERIN: Kürzer! ich bitte, fassen Sie sich kürzer, mir wird ganz flau. – GRAUER: Kurz: wir machen hier soeben Novelle. Dieser Garten, der Palast, das Vorwerk, die Stallungen und Düngerhaufen dahinter sind unser Schauplatz; was da aufduckt in dem Revier, italienische Gräfin oder deutscher Michel oder anderes Vieh, wird ohne Barmherzigkeit unmittelbar aus dem Leben gegriffen. Und nun ohne weiteres Gefackel frisch zugegriffen! denn wenn ich des Morgens so kühl und nüchtern bin, da komponier ich den Teufel und seine Großmutter zusammen! – VIELE *(mit großem Lärm)*: Bravo! Sie sind unser Mann! diese Laune, dieser Humor! – JUNGER MANN: Also es bleibt bei dem entworfenen Plane der Novelle. Alles einfach, natürlich: wir führen die schöne Gräfin Aurora mit dem einzigen Manne, welcher dieser berühmten Musenhand würdig, mit unserm unvergleichlichen Herrn Publikum, langsam, Schritt vor Schritt, durch das dunkle Labyrinth des menschlichen Herzens zum Traualtar. Dieses Tappen, dieses Fliehen und Schmachten der wachsenden Leidenschaft ist der goldne Faden, an den sich von selbst, gleich

Perlen, die köstlichsten Gespräche über Liebe, Schönheit, Ehe reihen – oh, teuerste Freunde, ich bin so voller Abhandlungen! – ENGLÄNDER *(mit Weltverachtung hinzutretend)*: Und der Sturm, der um des Herzens Firnen rast? und das Grauen, das wie der Schatten eines unsichtbaren Riesen sich über die gebrochenen Lebensträume legt? – Ich bestehe durchaus auf ein wild zerrissenes Gemüt in der Novelle! – DICHTERIN: Furchtbarer, ungeheurer Mann! – GRAUER: Das ist gleich gemacht. Der Prinz Romano hat ganz das liederliche Aussehen eines unglücklichen Liebhabers. Er geht, wie ihr wißt, auf Freiersbeinen, die sind dünn genug, da lassen wir den englischen Sturm schneidend hindurchpfeifen. – JUNGER MANN: Still! da kommt die Gräfin mit Herrn Publikum. – Nun frisch daran!

Wirklich sah man die Genannten soeben aus dem Schlosse treten, in galanter Wechselrede begriffen, wie man aus der ungewohnten besonderen Beweglichkeit des Herrn Publikum abnehmen konnte, der immer sehr viel auf guten Ton hielt. Die Novellenmacher verneigten sich ehrerbietig, Publikum nickte vornehm. Gräfin Aurora aber hatte heut in der Tat etwas von Morgenröte, wie sie zwischen den leisen Nebeln ihres Schleiers, den sie mit dem schönen Arm mannigfach zu wenden wußte, so leicht und zierlich nach allen Seiten grüßte, und ihre Blicke zündeten, zwar nicht die Turmknöpfe, aber die Sturmköpfe ringsumher. Ein Geflüster der Entzückung ging durch die Versammlung. Der Graue bemächtigte sich geschickt des fetten Ohrs des Herrn Publikum. „Oh", rief er ihm leise zu, „dreimal selig der, dem diese Blicke gelten!" Publikum lächelte zufrieden.

Der Vorschlag der rüstigen Herren, an dem herrlichen Morgen eine Promenade in das nächste Tal vorzunehmen, wurde mit Beifall aufgenommen. Sie aber hatten ihre eigenen Gedanken bei diesem Vorschlage. Um ihre projektierte Novelle gehörig zu motivieren, sollte Herr Publikum zuerst der Gräfin mit seiner Weltmacht imponieren und sodann in der Einsamkeit der schönen Natur Gelegenheit finden, diesen Eindruck zu benutzen, um die Überraschte mit den Blumenketten der Liebe zu fesseln. Zu diesem Zweck lenkten sie den Spaziergang ohne weiteres aus dem Garten nach dem sogenannten praktischen Abgrund hin. Und in der Tat, die Schlauen wußten wohl, was sie taten. Denn schon im Hinabsteigen mußten der Gräfin sogleich einzelne Gestalten auffallen, die gebückt, wie Eulen, in den Felsenritzen kauerten. – „Künstler, Landschafter“, sagte Publikum, „die armen Teufel quälen sich vom frühesten Morgen für mich ab.“ Hier verbreitete er sich sofort gelehrt über die verschiedenen Tinten der Landschaftsmalerei, wäre aber dabei mit seiner Kunstkenntnis bald garstig in die Tinte gekommen, wenn die aufmerksamen Novellisten nicht zu rechter Zeit ausgeholfen hätten. Indes waren sie auf einen Felsenvorsprung aus dem Gebüsch getreten – da lag in einem weiten Tale zu ihren Füßen plötzlich ein seltsames Chaos: blanke Häuser, Maschinen, wunderliche Türmchen und rote Dächer zu beiden Seiten einer Kunststraße an den Bergeshängen überragend. Es war aus dieser Vogelperspektive, als überblickte man auf einmal eine Weihnachtsausstellung, alles rein und zierlich, alles bewegte sich, klippte und klappte, zuweilen ertönte ein Glöckchen dazwischen, zahllose Männchen eilten geschäftig hin und her, daß es einem vor den Augen flimmerte, wenn man lange in das bunte Gewirr hineinsah.

Der junge Mann trat erklärend zu der erstaunten Gräfin. „Der Puls dieses bewunderungswürdigen Umlaufs von Kräften und Gedanken ist unser hochverehrter Herr Publikum“ – sagte er, während sie rasch herabstiegen –, „um seinetwillen, zu seinem Besten sind alle diese Anlagen entstanden.“ Er begann nun eine wohlgedachte und herrlich stilisierte Abhandlung über die ernste praktische Richtung unserer Zeit, die wir aber leider nicht wiederzugeben vermögen, da man inzwischen den Grund erreicht hatte und vor dem wachsenden Lärm, dem Hämmern und Klopfen kein Wort verstehen konnte.

Aurora war ganz verblüfft, und wußte nicht, wohin sie in dem Getöse sich wenden sollte, als eine, wie es schien, mit Dampf getriebene ungeheure Maschine durch die Eleganz ihres Baues ihre besondere Aufmerksamkeit auf sich zog. Sie näherte sich neugierig, und bemerkte, wie hier von der einen Seite unablässig ganze Stöße von dicken, in Schweinsleder gebundenen Folianten in den Beutelkasten geworfen wurden, unter denen sie mit Verwunderung den Grafen Khevenhüller nebst andern Chroniken zu erkennen glaubte. Eine große Menge zierlich gekleideter Herren, weiße Küchenschürzen vorgebunden und die feinen Hemdärmel aufgestreift, eilten auf und ab, das Schroten, Mahlen und Ausbeuteln zu besorgen, während armes, ausgehungertes Volk gierig bemüht war, den Abfall aufzuraffen. – „Das will wieder nicht vom Fleck!“ rief Herr

Publikum den Arbeitern zu; „rasch, nur rasch!" – Darauf führte er die Gräfin an das andere Ende der Maschine und es dauerte nicht lange, so spuckte ein bronzener Delphin die verarbeiteten Folianten als ein zierliches „Vielliebchen" in Taschenformat und in Maroquin gebunden zu ihren Füßen aus. Publikum überreichte es, als das Neueste vom Jahre, galant der Gräfin. Aurora wollte sich totlachen und steckte das niedliche Dingelchen in ihren Strickbeutel.

Sie hätte sich gern noch anderweit im Fabrikwesen näher instruiert, aber das Treiben auf der Kunststraße, die sie soeben betreten, nahm alle ihre Sinne in Anspruch. Das war ein Fahren, Schnurren, Reiten und Drängen! Mitten durch das Gewirr sahen sie einen Postillon mit flämischen Stiefeln, mit einem großen Schnurrbart und von martialischem Ansehen, in gestrecktem Galopp auf sich zufliegen. Es war ein literarischer Klatschkurier. Er parierte sein schäumendes Roß kunstgerecht gerade vor Herrn Publikum, und überreichte ihm seine Depesche. Die Novellisten standen in höchster Spannung und murmelten geheimnisvoll untereinander. – „Schon gut", sagte Publikum, den Kurier mit einem leichten Kopfnicken entlassend. Darauf überflog er das Schreiben für sich, lachte einmal laut auf, rief dann: „Ha!" und steckte die Papiere in die Tasche. Aurora aber sah ihn unverwandt an. – Sie bekam eine große Idee von dem Manne.

Inzwischen hatten die Novellisten einen Fußpfad eingeschlagen, der seitwärts aus dem praktischen Abgrund ins Gebirge führte. Der verworrene Lärm hinter ihnen vertoste mit jedem Schritte immer mehr und mehr und Aurora atmete frisch auf, als sie nun wieder das Rauschen des Waldes und einer einsamen Wassermühle vernahm, auf welche sie zugingen. Ermüdet von dem müßigen Umherschlendern, lagerte die bunte Gesellschaft sich fröhlich auf dem Rasen. Es war ein schattenkühles, freundliches Tal, ringsum von Bergen und Wäldern eingeschlossen; der Mühlbach murmelte über das Gestein und blinkende Kiesel durch die schöne Abgeschiedenheit, über ihnen hin flogen schimmernde Tauben säuselnd der Mühle zu, die Novellisten rieben sich freudig die Hände und hofften das Beste.

Aber hier begegnete Herrn Publikum unerwartet etwas ganz Fatales. Mitten in diesem Sukzeß nämlich bekam er plötzlich einen Anfall seines alten Übels, der Langweile. Er verbarg vergeblich sein wiederholtes Gähnen hinter dem seidenen Taschentuch, er versuchte etwas über die schöne Natur zu sagen, aber es wollte ihm gerade gar nichts einfallen. Endlich setzte er sich durchaus in den Kopf, auf diesem herrlichen Platze eine Kavatine zu singen, da er ein eifriger Dilettant in allen schönen Künsten war und sich besonders auf seine Stimme viel einbildete. Die Novellenmacher erschraken, denn er nahm sich beim Singen eben nicht vorteilhaft aus. Aber da half nun einmal alles nichts. Ein Diener mußte ihm ein großes Notenblatt reichen, der kurze runde Mann stellte sich, das linke Bein ein wenig vorgeschoben, räuspernd zurecht, strich ein paarmal seinen Backenbart, und sang eine italienische verliebte Arie, wobei er den fetten Mund nach der einen Seite wunderlich abwärts zog und von Zeit zu Zeit der Gräfin über das Blatt einen zärtlichen Blick zuwarf. – Aurora sah mit einem leisen schlauen Lächeln den Sänger unter ihren langen schwarzen Augenwimpern halb erstaunt, halb triumphierend an, und die Novelle schien sich in der Tat ihrer idyllischen Katastrophe zu nähern, als auf einmal Waldhornsklänge von den Bergen unwillkommen in die schönsten Koloraturen des Sängers einfielen. – Herr Publikum brach ärgerlich ab und meinte, es seien ohne Zweifel wieder Raubschützen von des Grafen Leontin Schlosse. Unterdes kamen die Klänge immer näher und näher, von Berg zu Berg einander rufend und Antwort gebend, daß der muntere Widerhall in allen Schlüften erwachte. Plötzlich tat die Morgensonne oben im Walde einen Blitz, und Aurora sprang mit einem freudigen: „Ach!“ empor. Denn auf einem Felsen über ihnen wurde auf einmal Prinz Romano in prächtiger Jagdkleidung zwischen den Bäumen sichtbar, wie ein König der Wälder, malerisch auf seine funkelnde Büchse gestützt.

Der Prinz nämlich, die sachte, rieselnde Manier der Novellenmacher gründlich verachtend, hatte bei seiner Rückkehr aus dem Walde kaum von dem Morgenspaziergang der Schloßbewohner gehört, als er sich sogleich voll romantischer Wut in seine schönsten Jagdkleider warf, mit Florentin und seinen Jägern von neuem in den Wald lief, und dort die letztern geschickt auf den Bergen verteilte, um die Gräfin, wie wir eben gesehen, in seiner Art würdig zu begrüßen. So war er in dem günstigen Moment der ersten Überraschung oben auf dem Felsen hervorgetreten und betrachtete nun mit innerster Zufriedenheit die bunte Gruppe der Erstaunten unten im Tale. –

„Sieh nur" – sagte er zu Florentin, der ihm schelmisch über die Achsel guckte – „sieh nur die Gräfin, wie die zwei Sterne da aus der Waldesnacht zu mir herauffunkeln! es kömmt überall nur darauf an, daß man sich in die rechte, poetische Beleuchtung zu stellen weiß." – „In der Tat, gnädigster Herr", erwiderte Florentin, „Sie nehmen sich so stellweis vortrefflich aus, es ist ein rechtes Vergnügen, Sie in der Ferne zu sehen – und wenn die Gräfin nicht zu wild ist, so muß sie wohl ein Erbarmen fühlen." – „Ach, was wild da!" meinte der Prinz, „Cupido ist ein wackerer Schütz, die Sprödeste guckt doch zwischen den Fingern nach dem hübschen, nackten Bübchen hin. Laß mich nur machen!" – Und hiermit stieg er rasch und wohlgemut den Berg hinunter. Je tiefer er aber auf den abgelegenen Fußpfaden in den Wald herabkam, je seltsamer wurde ihm zumute. Wunderliche Erinnerungen flogen ihn an, er glaubte die Bäume, die Felsen zu kennen, und blieb oft, sich besinnend, stehen. Jetzt wurde ein Kirchturm in der Ferne sichtbar, ein rotes Ziegeldach schimmerte plötzlich zwischen den Wipfeln aus dem Grunde herauf. – „Wie ist mir denn!" rief er endlich ganz verwirrt aus, „hier bin ich vor langer Zeit schon einmal gewesen – gerade an einem solchen Morgen war es – da muß ein Brunnen sein: da traf ich das schöne Müllermädchen zum erstenmal – glückliche Jugendzeit! Wie manche schöne Nacht schlich da der ungekannte Wanderer zur Mühle, bis er mit dem letzten Stern auf immer im Morgenrot wieder verschwand. – Wahrhaftig, das ist der Grund, da ist die Mühle – gerade jetzt! Verdammter Zufall!" –

Währenddes ging er auf den altbekannten Pfaden immer weiter und weiter; er war wie im Traum, bunte Schmetterlinge flatterten wieder über dem stillen Grunde, der Mühlbach rauschte, die Vögel sangen lustig, wie damals. Nun kamen auch die hohen Linden, dann der Brunnen – da blieb er auf einmal fast erschrocken stehen. Denn auch sein damaliges Liebchen kniete, Wasser schöpfend, wieder am Brunnen. Als sie so plötzlich den Fremden erblickte, setzte sie langsam den Krug weg, und sah ihn unter dem Strohhut lange Zeit groß an. Es waren die alten, schönen Züge, aber gebräunt, und von Sorge und Arbeit wunderbar verwandelt.

„Kann ich wieder mit dir gehen?" redete Romano sie endlich an.

„Nein", erwiderte sie ruhig, „ich bin längst verheiratet. –

Wie ist es denn dir seitdem gegangen?" fuhr sie fort, „es ist lange her, daß du mich verlassen hast." – Darauf sah sie ihn von neuem aufmerksam an, und sagte: „Du bist heruntergekommen."

„Und weiß doch selber nicht wie!" – entgegnete der Prinz ziemlich verlegen. Da bemerkte er, daß ihr Tränen in den Augen standen, und faßte gerührt ihre Hand, die sich aber so rauh anfühlte, daß es ihm recht in der Seele fatal war.

In demselben Augenblick trat die Gesellschaft vom Schlosse, welche der Waldhornklang weiter in das Tal verlockt hatte, unerwartet aus dem Gebüsch, und ein zweideutiges Lachen, sowie das eifrige Hervorholen der Lorgnetten zeigte, daß man die sonderbarliche Vertraulichkeit des verliebten Prinzen gar wohl bemerkt hatte. Die schöne Müllerin warf, indem sie sich wandte, einen stolzen Blick auf das vornehme Gesindel, und alle Augen folgten unwillkürlich der hohen schlanken Gestalt, als sie, den Krug auf dem Kopfe, langsam zwischen den dunklen Schatten verschwand.

Dieses Ereignis an Amors falscher Mühle, das allerdings nicht in Romanos Rechnung gelegen, hatte bei den verschiedenen Zuschauern einen sehr verschiedenen Eindruck hinterlassen. Die Novellenmacher fühlten eine köstliche Schadenfreude, etwa wie schlechte Autoren, wenn ein Rezensent einem berühmten Manne einen tüchtigen Tintenklecks anhängt. Herr Publikum, der überhaupt immer erst durch andere auf Gedanken gebracht werden mußte, schmunzelte nur und beschloß insgeheim, bei nächster schicklicher Gelegenheit einmal selbst einen einsamen Spaziergang nach der Mühle zu unternehmen. – Gräfin Aurora dagegen begegnete seitdem dem Prinzen überaus schnippisch, zeigte sich launenhaft, und begünstigte auf eine auffallende Weise den armen Publikum, der vor lauter Wonne kaum zu Atem kommen konnte.

Romano aber benahm sich ganz und gar unbegreiflich. Ohne die geringste Spur von Gram oder Scham, schien er die Gräfin nicht mehr zu beachten, als der Anstand eben unausweichlich erforderte, und trieb sich fortwährend wildlustig unter den Jägern umher, mit denen er bald nach den höchsten Wipfeln schoß, bald neue schöne Jagdlieder einübte.

Aurora brachte einmal boshaft die Rede auf die schöne Müllerin – der Prinz lobte sogleich enthusiastisch ihre Taille und die antike Grazie, mit der sie den Krug getragen. – Die Gräfin, als er gerade im Garten war, entwickelte, im Ballspiel mit Herrn Publikum über den Rasen schwebend, die zierlichsten Formen – der Prinz ließ eben sein Pferd satteln und ritt spazieren. – Das war ein Pfiffikus! Aurora hätte weinen mögen vor verbissenem Ärger!

So war die Nacht herangekommen und versenkte Lust und Not. Einzelne Mondblicke schossen durch das zerrissene Gewölk, der Wind drehte knarrend die Wetterfahnen auf dem Schlosse, sonst herrschte eine tiefe Stille im Garten, wo Katzen und Iltis leise über die einsamen Gänge schlüpften. Nur der dunkelmütige Engländer, den wir unter den Novellenmachern kennengelernt, war noch wach und schritt tiefsinnig auf und nieder. Er liebte es, in solchen Nächten zu wandeln, womöglich ohne Hut, mit vom Winde zerworrenem Haar, und nach behaglich durchschwärmten Tagen seine Seele in der Finsternis mit Verzweiflung aufzublasen, gleichsam einen melancholischen Schnaps zu nehmen. Heute aber galt es eigentlich dem Prinzen Romano, der noch immer von seinem Spazierritt nicht wiedergekommen war. Wie eine Kreuzspinne lauerte er am Eingange des Gartens auf den Zurückkehrenden, um ihm bei so gelegener Stunde einen giftigen Stich von Eifersucht beizubringen, und ihn sodann, der Exposition wegen, als unglücklichen Liebhaber in die Novelle einzuspinnen.

Die Turmglocke im Dorfe unten schlug eben Mitternacht, da hörte er endlich ein Roß schnauben, die Hufe im Dunkeln sprühten Funken über das Gestein – es war Romano.

Kaum war er abgestiegen und in den Garten getreten, um sich nach dem Schlosse zu begeben, als ihn der Engländer, verstört und geheimnisvoll, bei beiden Händen faßte und rasch in den finstersten Baumgang mit sich fortriß. Mit schneidender Beredsamkeit verbreitete er sich hier über die sichtlich wachsende Neigung der Gräfin Aurora zu Herrn Publikum, tat Seitenblicke auf jeden ihrer verräterischen Blicke und auf ihre Worte, zwischendurch wieder ihre schöne Gestalt, ihr zauberisches Auge geschickt beleuchtend. Zu seinem Befremden aber blieb der Prinz ganz gelassen, und replizierte immer nur mit einem fast ironischen: – „Hm – ha – was Sie sagen!" – Schon gut, eben die rechte Stimmung, dieses sich selbst zerknirschende Verstummen! dachte der Engländer und fuhr nur um so eifriger fort, mit häufigem teuflischen Hohnlachen, über Liebe, Treue,

Glück und Welt. – Inzwischen hatte Romano in einem entfernten Gebüsch ein leises Flüstern vernommen. Er glaubte die Stimme zu kennen und stand wie auf Nadeln, denn der Engländer wurde immer pathetischer.

„Sie sind mir langweilig, Herr!" wandte sich da der Prinz plötzlich zu ihm. Der Überraschte starrte ihn in höchster Entrüstung an. – Währenddes aber waren sie eben an die Schwelle eines Pavillons gekommen, der Engländer trat hinein. Romano warf schnell die Tür hinter ihm zu und verschloß sie, ohne auf das Toben des melancholischen Kobolds zu achten, das nur die Fledermäuse und Krähen in den nächsten Wipfeln aufscheuchte.

Jetzt folgte der erlöste Prinz rasch den Stimmen in der Ferne. Sie schienen sich zu seinem Erstaunen an dem Flügel des Palastes zu verlieren, wo Aurora schlief. Ein Licht schimmerte noch aus ihrem Fenster, und säumte das Laub der nächsten Bäume mit leisem Glanz. Romano stellte sich ins Gebüsch und wartete lange, bald an den Baum gelehnt, bald sich ungeduldig auf den Zehen erhebend. Manchmal war es ihm, als höre er eben lachen, oft glaubte er, die Schatten zweier Gestalten im Zimmer deutlich zu unterscheiden. Dann verlosch auf einmal das Licht, und es wurde oben und unten so still, daß er das Bellen der Hunde aus den fernen Dörfern hören konnte. Da ging plötzlich ein Pförtchen unten, das zu Auroras Gemächern führte, sachte auf, eine männliche Gestalt schlüpfte daraus hervor, flog eilig über die Rasenplätze und Blumenbeete, und war in demselben Augenblick in der Nacht wieder verschwunden. – „Was ist das?!" rief der Prinz ganz verwundert aus – er glaubte in der flüchtigen Gestalt seinen Jäger Florentin erkannt zu haben. – Noch lange stand er nachdenklich still. Dann schien ihm auf einmal ein neuer Gedanke durch die Seele zu schießen. „Prächtig! herrlich! nun wird die Sache erst verwickelt und interessant!" rief er, indem er hastig tiefer in den einsamen Garten hineinschritt und sich eifrig die Hände rieb, wie einer, der plötzlich einen großen Anschlag gefaßt hat.

Auf dem Schlosse war ein bunter, lebhafter Tag vorübergezogen. Gräfin Aurora, von Romanos Waldhornsgruß aufgeregt, war in ihrer Launenhaftigkeit plötzlich auf die Weidlust verfallen, und der galante Publikum hatte nicht versäumt, sogleich auf morgen eine große Jagd in dem nahen Waldgebirge anzuordnen. Erst spät vertoste im Dorf und auf den Gartenplätzen die fröhliche Wirrung der Zurüstungen, und noch bis tief in die Nacht hörte man einzelne Waldhornsklänge und den Gesang der vorausziehenden Jäger über den stillen Garten herüberklingen. Da saß Aurora in einem abgelegenen Gemache am halbgeöffneten Fenster, und freute sich der schönen sternklaren Nacht über den Wäldern und Bergen draußen, die für morgen das herrlichste Jagdwetter zu verkünden schien. Sie hatte sich hinter die Fenstergardine verborgen, sehr leise mit ihrer Kammerjungfer plaudernd. Sie schienen noch jemand zu erwarten und blickten von Zeit zu Zeit in den Garten hinaus. – „Horch", sagte die Gräfin, „ist das der Wald, der so rauscht? Es ist recht verdrießlich, ich hatte mir schon alles so lustig ausgesonnen für morgen, und nun wird mir ordentlich angst; die dummen alten Bäume vor dem Hause, die finstern Berge, die stille Gegend: es sieht alles so ernsthaft und anders aus, als man sich's bei Tage denkt – wo er auch gerade heute bleibt!" – „Wer denn?" fragte die Kammerjungfer schalkhaft, „der spröde Prinz?" – „Hm, wenn ich just wollte" – erwiderte Aurora.

Hier wurden sie durch eine Stimme unter dem Fenster unterbrochen. Es war ein Jäger, der so spät noch seine Flinte zu putzen begann und fröhlich dazu sang:

„Wir waren ganz herunter,
Da sprach Diana ein,
Die blickt so licht und munter,
Nun geht's zum Wald hinein!"

„Da meint er mich!" flüsterte die Gräfin. – Der Jäger aber sang von neuem:

„Im Dunkeln Äuglein funkeln,
Cupido schleichet leis,
Die Bäume heimlich munkeln –
Ich weiß wohl was ich weiß!"

„Was will der davon wissen, der Narr!" sagte Aurora erschrocken; „kommen wir fort, ich fürchte mich beinahe." – Die Kammerjungfer schüttelte bedenklich ihr Köpfchen, indem sie vorsichtig oben das Fenster wieder schloß.

Währenddes ritt der Prinz Romano – wir wissen nicht weshalb – beim hellsten Mondschein ganz allein mitten durch die phantastische Einsamkeit des Gebirges dem Schlosse des Grafen Leontin zu. Vor Heimlichkeit und Eile hatte er, ohne einen Führer mitzunehmen, nach den Beschreibungen der Landleute den nächsten Waldpfad eingeschlagen. Die Wälder rauschten durch die weite Stille, aus der Ferne hörte man nur den dumpfen Schlag eines Eisenhammers, von Zeit zu Zeit stutzte sein Pferd schnaubend. Bald aber teilten sich die Wege in den verschiedensten Richtungen, die betretenen schienen weit abzuführen, die wilderen verloren sich ganz und gar im Gestein. Manchmal glaubte er Hundegebell aus den Tälern zu vernehmen, aber wenn er hinablenken wollte, stand er plötzlich vor jähen, finstern Abgründen, bis er zuletzt sich selbst eingestehen mußte, sich gänzlich verirrt zu haben.

„Desto schöner!“ rief er aus, stieg ab, band sein Pferd an einen Baum, und streckte sich auf den Rasen hin, um die Morgendämmerung abzuwarten. Wie manche schöne Sommernacht, dachte er, habe ich auf meinen Jugendfahrten schon so verbracht und in der dichterischen Stille, heimlich bildend, den grauen Vorhang angestarrt, hinter dem die frischen Morgen, blitzenden Ströme und duftigen Täler des reichen, unbekannten Lebens vor mir aufsteigen sollten. – Ein naher Bach plauderte verwirrend in seine Gedanken herein, die Wipfel über ihm rauschten einförmig immer fort und fort, so schlummerte er endlich ein, und der Mond warf seine bleichen Schimmer über die schöne wüste Gestalt, wie über die Trümmer einer zerfallenen verlornen Jugend.

Da träumte ihm, er stände auf dem schönen Neckargebirge von Heidelberg. Aber der Sommer war vorbei, die Sonne war lange untergegangen, ihn schauerte in der herbstlichen Kühle. Nur das Jauchzen verspäteter Winzer verhallte noch, fast wehmütig, in den Tälern unten, von Zeit zu Zeit flogen einzelne Leuchtkugeln in die stille Luft. Manche zerplatzte plötzlich in tausend Funken und beleuchtete im Niederfallen langvergessene, wunderschöne Gegenden. Auch seine ferne Heimat erkannte er darunter, es schien schon alles zu schlafen dort, nur die weißen Statüen im Garten schimmerten seltsam in dem scharfen Licht. Dann verschlang die Nacht auf einmal alles wieder. Über die Berge aber ging ein herrlicher Gesang, mit wunderbaren, bald heitern, bald wehmütigen Tönen. Das ist ja das alte, schöne Lied! dachte er, und folgte nun bergauf, bergab den Klängen, die immerfort vor ihm herflohen. Da sah er Dörfer, Seen und Städte seitwärts in den Tälern liegen, aber alles so still und bleich im Mondschein, als wäre die Welt gestorben. So kam er endlich an ein offenes Gartentor, ein Diener lag auf der Schwelle ausgestreckt wie ein Toter. – Desto besser, so schleich ich unbemerkt zum Liebchen, sagte er zu sich selbst, und trat hinein. Dort regte sich kein Blättchen in allen Bäumen den ganzen weiten Garten entlang, der prächtig im Mondschein glänzte, nur ein Schwan, den Kopf unter dem Flügel versteckt, beschrieb auf einem Weiher, wie im Traume, stille, einförmige Kreise; schöne, nackte Götterbilder waren auf ihren Gestellen eingeschlafen, daß die steinernen Haare über Gesicht und Arme herabhingen. – Als er sich verwundert umsah, erblickte er plötzlich ihre hohe und anmutige Gestalt, verlockend zwischen den dunkeln Bäumen hervor. „Geliebteste!“ rief er voll Freude, „dich meint ich doch immer nur im Herzensgrunde, dich mein ich noch heut!“ – Wie er sie aber verfolgte, kam es ihm vor, als wäre es sein eigener Schatten, der vor ihm über den Rasen herfloh, und sich zuletzt in einem dunkeln Gebüsch verlor. Endlich hatte er sie erreicht, er faßte ihre Hand, sie wandte sich. – Da blieb er erstarrt stehen – denn er war es selber, den er an der Hand festhielt. – „Laß mich los!“ schrie er, „du bist's nicht, es ist ja alles nur ein Traum!“ – „Ich bin und war es immer“, antwortete sein gräßliches Ebenbild, „du wachst nur jetzt und träumtest sonst.“ – Nun fing das Gespenst mit einer grinsenden Zärtlichkeit ihn zu liebkosen an. Entsetzt floh er aus dem Garten, an dem toten Diener vorüber, es war, als streckten und dehnten sich hinter ihm die erwachten Marmorbilder, und ein widerliches Lachen schallte durch die Lüfte. – Als er atemlos wieder im Freien anlangte, befand er sich auf einem sehr hohen Berge unter dem unermeßlichen Sternenhimmel. Aber die Sterne über ihm schienen sich sichtbar durcheinander zu bewegen; allmählich wuchs und wuchs oben ein Brausen, Knarren und Rücken, endlich flog der Mond in einem großen Bogen über den Himmel, die Milchstraße drehte sich wie ein ungeheures Feuerrad, erst langsam, dann immer schneller und wilder in entsetzlichem Schwunge, daß er vor Schwindel zu Boden stürzte. Mitten durch das schneidende Sausen hörte er eine Glocke schlagen, es war, als schlüg es seine Todesstunde. Da fiel ihm ein, daß es eben Mitternacht sei. Das ist's auch, dachte er, da stellt ja der liebe Gott die Uhr der Zeit. – Und als er wieder aufblickte, war alles finster geworden, nur das Rauschen eines weiten Sternenmantels ging noch durch die Einsamkeit des Himmels, und auch den Gesang, als sängen Engel ein Weihnachtslied, hörte er wieder hoch in den Lüften so über alle Beschreibung freudig erklingen, daß er vor tiefer Lust und Wehmut aufwachte.

Er konnte sich zwischen den Bäumen und Bergen gar nicht wieder zurechtfinden und blickte verstört in der fremden Gegend umher. Da lag weit und breit alles so still im schönsten Mondglanz. Zu seinem großen Erstaunen aber glaubte er auf der Waldwiese unter sich den Jäger Florentin zu bemerken. Er schien an einem Bache sich zu waschen, seine dunklen Locken verschatteten sein Gesicht, der Mondschein spielte, wie liebestrunken, über den schönen entblößten Nacken und die Schultern des Jünglings. Dann horchte Florentin plötzlich auf, denn von den Bergen ließ sich derselbe Gesang wieder vernehmen, den der Prinz schon im Traum gehört hatte.

Romano schloß verwirrt die Augen, um die lieblichen Traumbilder nicht zu verscheuchen. Da war es ihm, als höre er durch die Stille der Nacht den jungen Jäger zwischen dem Flüstern der Wipfel und Blätter unten mit jemand sprechen. Als er die Augen wieder aufschlug, sah er, wie soeben ein fremder Mann, mit langem weißen Bart und weitem, faltigen Mantel von dem Jüngling fortschritt. Ihn graute fast, denn der Alte kam ihm bekannt vor, er glaubte den alten wahnsinnigen Harfner aus „Wilhelm Meister" zu erkennen. Betroffen und erschüttert sprang er nun auf. Da flog auch Florentin schon über die tauige Wiese, und alles war, wie ein Elfenspuk, auf einmal zerstoben. Nur der Gesang verhallte noch in der weitesten Ferne, und aus dem Zwielicht des anbrechenden Morgens ragten die Türme eines alten Schlosses traumhaft über den Wald hervor.

„Was für ein Phantast ist doch die Nacht!" – sagte der Prinz zu sich selbst, noch immer in das mondbeglänzte Tal hinabstarrend. „Und das ist wohl gar schon Leontins verwünschtes Schloß!" rief er dann freudig aus, schüttelte schnell die schwülen Träume ab, schwang sich wieder auf sein Roß und ritt wohlgemut der neuen Erscheinung zu.

Die Wälder in der Runde rauschten noch verschlafen, in den Tälern aber krähten die Hähne, und hin und her blitzten schon Ströme und einzelne Dächer im Morgenlicht auf. So war er lange, in sich selbst versunken, den alten Türmen entgegengeritten, die sich immer höher aus dem stillen Grau erhoben, als er plötzlich hinter einem dichten unzugänglichen Gebüsch vor sich sehr heftig reden hörte. Er hielt einen Augenblick an, und vernahm deutlich die Worte:

„Wo führst du mich hin, aus Grau durch Nacht zur Hölle?! Ich geh nicht weiter – hier endest du, und alles bricht zusammen!" – Eine andere Stimme, wie es schien, rief nun, wie aus tiefstem Weh: „Erbarmen!"

Romano stutzte. Verwirrt noch, wie er war, von der schlaflosen, träumerischen Nacht, schien ihm dies ein unverhofftes preiswürdiges Abenteuer. Er faßte sich ein Herz, und rief in das Gebüsch hinein: „Zurück, Vermessener, wer du auch seist! Die mordbrütende Nacht schlägt über dir ihren dunklen Mantel auseinander und das Auge Gottes blickt wieder durch die Welt!"

Hierauf wurde auf einmal alles still, und der Prinz, dadurch ermutigt, wiederholte seinen Donnerruf.

Der Unbekannte hinter dem Busch aber schien inzwischen durch die Zweige die Gestalt des Reiters ins Auge gefaßt zu haben, die in ihrem überwachten Zustande auf dem müden Roß allerdings an Don Quijote gemahnte. Dies mochte ihm Mut einflößen, und er erwiderte plötzlich mit kecker gewaltiger Stimme: „Verwegener! greife nicht in das Rad fremder Verhängnisse! Weiche von mir, so dir dein Leben teuer ist!"

Nach dieser Stimme schien es ein grober, massiver Kerl zu sein. Der Prinz geriet in einige Verlegenheit, er war unbewaffnet und auf keine Weise auf solche unerwartet entschlossene Antwort gefaßt gewesen. Während er aber noch so nachsann, was hier zu tun oder zu lassen, erhob der Unsichtbare schon wieder seine Stimme. „Hoho!" rief er, „Morgenstunde hat Blut im Munde. Das Messer ist gewetzt, das Wild umsetzt, ein reicher Fang, hussa zum letzten Gang!"

Jetzt schien er durch das Gebüsch hervorbrechen zu wollen. Romano wandte sein Pferd, aber es verwickelte sich zwischen Wurzeln und Sträuchern, er konnte weder vor- noch rückwärts. Zum Glück bemerkte er soeben in der Nähe einige Hirten, und schrie aus Leibeskräften: „Zu Hülfe! zu Hülfe! Räuber, Mörder! faßt den Kerl, bindet ihn!"

Die Hirten, junge fröhliche Burschen, ließen sich das nicht zweimal sagen; sie sprangen rasch herbei, und es entspann sich hinter dem Gebüsch ein verworrenes Trampeln, Balgen und

Schimpfen. Als der Prinz sich nun vorsichtig wieder näherte, hatten sie den Wilden schon beim Kragen: einen kurzen dicken Mann, der in größter Wut nach allen Seiten um sich stieß.

„Nun, das ist gar das Unglaublichste! Herr Faber!" – rief Romano voller Erstaunen aus. Es war in der Tat niemand anders, als der alte Dichter. – „Das kommt von Euren tollen Streichen!" schrie er dem Prinzen entgegen; „schon vom nüchternen Morgen seid Ihr im romantischen Tran!" – In dem Getümmel flogen seine Manuskripte auf dem Rasen umher. Da verstand er keinen Spaß; außer sich vor Zorn, versetzte er mit unglaublicher Behendigkeit dem einen eine tüchtige Ohrfeige. Aber die Hirten ließen sich nicht irremachen. Sie hatten lange genug auf eine Gelegenheit gewartet, an dem Poeten einmal ihr Mütchen zu kühlen, der ihnen in seinem vornehmen, gelehrten Müßiggange von jeher ein Ärgernis war. Und so schleppten sie ihn denn, trotz aller Gegenrede, in einem Anfall handgreiflichen Humors als Arrestanten nach dem Schlosse zu.

Es war ein wunderlicher Zug. Faber, da er sich überwältigt sah, erschöpfte sich in wütenden Vergleichungen zwischen jungen Sauschlingeln und alten Hauklingen, die beide ungeschliffen seien, zwischen Bauern und Walnußbäumen, die am besten gediehen, wenn man mit Knitteln nach ihnen schmisse. Dazwischen rief er wieder lachend dem Prinzen zu: „Aber Ihr habt Euch trefflich gefürchtet vor mir!" – „Jawohl, schon gut, mein Lieber!" erwiderte Romano, und hielt jedesmal sein Pferd an, wenn der Gefangene sich umwandte; denn er hatte insgeheim die Meinung gefaßt, daß Herr Faber an periodischem Wahnsinn leide, und eben seinen Anfall habe.

Über dem Lärm und Gezänk in der frühen Morgenstille wurde alles wach, wo sie vorüberzogen. Hunde bellten, Bauernköpfe fuhren verschlafen und verwundert aus den kleinen Fenstern.

So waren sie, um eine Bergsecke tretend, plötzlich an eine hohe Felsenwand gekommen, von der Leontins alte Burg fast senkrecht herabschaute. In dem einen Erker flog rasch ein Fenster auf. Eine wunderschöne Frauengestalt, noch halb entkleidet, wie es schien, den Busen von den herabringelnden Locken verhüllt, bog sich neugierig über den Abgrund hinaus und bedeckte mit der kleinen, weißen Hand die Augen vor der

Morgensonne. Die Hirten schienen sich auf einmal ihres Unterfangens zu schämen, und hatten bei der schönen Erscheinung ihren Gefangenen blöde losgelassen. – „Ich appelliere, als ein Dichter, von dem Gericht der Pairs und vom Haus der Gemeinen an den hohen Minnehof!" rief der befreite Faber zu seiner Retterin hinauf. – „Aber was brecht Ihr denn so wütend den Tag an? ist denn ein ganzer Sommertag nicht lang genug zu Narrenstreichen?" schallte die liebliche Stimme, wie aus Morgenlüften, zu ihnen hernieder. – Faber aber trat vor die gewaltigen Schranken, sich feierlich verteidigend, und es kam nun heraus, daß er, vom Hundgetön und Hörnergeheul aus Schlaf und Schloß getrieben, in der Morgeneinsamkeit des Waldes an seinem neuen Trauerspiele habe weiterdichten wollen und eben daraus eine Stelle rezitierte, als der Prinz ankam, den er sogleich erkannt, und das Mißverständnis bemerkend, ihn mit trefflichem Erfolge ins Bockshorn zu jagen versucht habe.

Darüber wurde die Dame erst den Fremden gewahr. Sie warf erschrocken einen fragenden Blick auf ihn, schloß dann schnell das Fenster, und die freudige Erscheinung, deren Züge Romano aus dem blendenden Sonnenglanze nicht zu erkennen vermochte, war plötzlich, wie ein Morgentraum, wieder verschwunden. – Auch die Hirten hatten sich währenddes im Grünen verlaufen; Herr Faber dagegen war schon weit fort, und haschte eifrig die verlornen Blätter seines Trauerspiels, die der Morgenwind, wie Schmetterlinge, mutwillig umhertrieb. Und so sah sich denn Romano in der feierlichen Morgenstille auf einmal wieder einsam vor dem fremden, rätselhaften Schlosse, noch immer in das funkelnde Fenster hinaufstarrend, als plötzlich einer seiner vertrautesten Jäger in gestrecktem Galopp über den Waldgrund dahergeflogen kam. „Was bringst du?" rief ihm Romano gespannt entgegen. – „Sie haben sich nach der andern Seite des Gebirges gewandt, es ist alles verloren!" erwiderte der Jäger atemlos. – „Wissen es die andern? Rücken deine Gesellen nach?" – „Nein, denn der Graf Leontin ist nicht im Schloß." – „Nicht zu Hause?!" rief der Prinz, „so führe mich rasch zu ihm!"

Hiermit setzte der Jäger die Sporen wieder ein, Romano sprengte nach, und der Wächter, der eben von der Schloßwarte den Tag anblies, sah verwundert die beiden fremden Reiter unten in die beglänzte Landschaft hinausjagen.

Schöne, fröhliche Jugendzeit, was tauchst du, wie ein wunderbares Land im Traume, wieder vor mir auf! Die Morgenglocken tönen von neuem durch die weite Stille, es ist, als hört ich Gottes leisen Tritt in den Fluren, und ferne Schlösser erst und Burgen hängen glühend über dem Zauberduft. Wer ahnt, was das geheimnisvolle Rauschen der verträumten Wälder mir verkünden will? – ich höre die Ströme unten gehen, und weiß nicht, wohin sie ziehen, ich bin so voller Glanz und Klang und Liebe, und weiß noch nicht, wo mein künftiges Liebchen wohnt! – Da über die Berge, zwischen den ersten Morgenlichtern sehe ich einen jungen rüstigen Gesellen wandern, einen grünen Eichenzweig auf dem Hut, die braunen Locken vom Tau funkelnd, so frisch und keck, als ging's ins Paradies. Und mir ist, als müßt ich alles liegenlassen und wieder mitreisen, als nun die Sonne plötzlich die schimmernden Abgründe aufdeckt, und der Gesell im Wandern in die Täler hinaussingt:

„Vom Grund bis zu den Gipfeln,
So weit man sehen kann,
Jetzt blüht's in allen Wipfeln,
Nun geht das Wandern an:

Die Quellen von den Klüften,
Die Ström auf grünem Plan,
Die Lerchen hoch in Lüften,
Der Dichter frisch voran.

Und die im Tal verderben
In trüber Sorgen Haft,
Er möcht sie alle werben
Zu dieser Wanderschaft.

Und von den Bergen nieder
Erschallt sein Lied ins Tal,
Und die zerstreuten Brüder
Faßt Heimweh allzumal.

Da wird die Welt so munter
Und nimmt die Reiseschuh,
Sein Liebchen mittendrunter
Die nickt ihm heimlich zu.

Und über Felsenwände
Und auf dem grünen Plan
Das wirrt und jauchzt ohn Ende –
Nun geht das Wandern an!"

Nun aber war es wirklich, als würde das Lied auf einmal lebendig; denn Stimmen ließen sich plötzlich im Walde vernehmen, einzelne Jäger erschienen bald da, bald dort, im Morgenglanz an den Klippen hängend und wieder verschwindend, dazwischen lange, gezogene Waldhornsklänge bis weit in die fernsten Schlüfte hinein, lustiges Hussa, Roßgewieher, Schüsse und Hundegebell, und über den grünen Plan unten sprengte eine Frauengestalt in prächtigem Jagdkleid, mit den hohen Federn ihres grünsamtnen Baretts sich in den heitern Morgenlüften zierlich auf dem Zelter wiegend, und fröhlich nach der glänzenden Reiterschar ihrer Begleiter zurückgewandt, von der bei jedem ihrer Worte ein beifälliges, entzücktes Lachen heraufschallte. – Dem Wandrer aber flog bei dem unerwarteten Anblick eine leuchtende Erinnerung durch die Seele, die ganze Erscheinung war ihm wie eine wunderbare Verheißung; er schwenkte jauchzend seinen Hut über den Vorüberziehenden und blickte ihnen nach, bis sie alle im Walde wieder verschwunden waren. „Seht Ihr ihn?" sagte Gräfin Aurora heimlich vergnügt zu Herrn Publikum – denn niemand anders waren die Jagenden unten – „seht Ihr den Prinzen Romano oben? Ich wußt es wohl, daß er nicht lange wegbleiben wird. Aber was geht es mich an! wir tun, als hätten wir ihn nicht bemerkt." – „Vortrefflich, Göttliche! – gewiß romantische Flausen wieder – verdammtes Beest!" erwiderte Publikum in tausend Nöten, ängstlich den straubigen Hals seines unruhigen Kleppers streichelnd, der soeben zum Schrecken des furchtsamen Reiters mit weit vorgestreckten Nüstern in die frische Morgenluft hinauswieherte.

So waren sie von neuem auf einen freien grünen Platz gekommen, als plötzlich vor ihnen ein verworrenes Geschrei aus dem Walde brach; mehrere Schüsse fielen auf einmal, und ein wütender Eber, von wilden Rüden gehetzt, mit den gefletschten Hauern, Schaum und Blut und Überreste des durchbrochenen Netzes nach allen Seiten um sich schleudernd, stürzte gerade auf die Reiter los. Nun war es nicht anders, als ob ein Wirbelwind durch einen Trödelmarkt führe; Hüte, Tücher und

Federn flatterten mit einem Male auf dem Rasen umher, die scheu gewordenen Pferde drängten und bäumten, Hallo und Angstgeschrei dazwischen; Aurora war mit ihrem Gewande in einen mutwilligen Strauch geraten, das schönste Knie blitzte blendend durch das Getümmel. Vor allen aber sah man Herrn Publikum wie einen zusammengerollten dicken Knäul, den Hals seines Pferdes umklammernd, weithin über den Anger fliegen; die kecken Novellisten feuerten tapfer drein, aber jeder Schuß klatschte so wunderlich in der Luft, daß jedesmal die Jäger in der Runde laut auflachten.

Unterdes war das Ungetüm, mit der verbissenen Meute an den Fersen, pfeilschnell vorübergeschossen. Die Zersprengten sammelten sich wieder, man atmete tief auf, lachte und scherzte; jeder wollte zum Schutz der Damen besondern Mut bewiesen haben. Auch den unaufhaltsamen Publikum hatten die Wildtreiber im Gehölz wieder aufgefangen. Er war ganz außer sich vor Zorn, mit nie gesehener Beweglichkeit bald sein Halstuch lüftend, bald nach allen Seiten schnell ausspuckend, schimpfte er auf seine Leute, die ihm so ein tolles unbändiges Roß gegeben, auf das liederliche Zaumzeug und das ganze dumme, rohe Jagdvergnügen. „Wer tat das?“ rief er endlich, rot und blau im Gesicht wie ein kalekutischer Hahn. „Wer tat das?“ gellerten die, nun aus Gefälligkeit gleichfalls entrüsteten Novellisten nach. Und so mit Hall und Widerhall, dem keine Antwort folgte, vertoste endlich der ganze Schwarm im Walde wieder.

Die Jäger wußten recht gut, wer es getan, sie mochten's aber nicht verraten. Florentin hatte die Flinten für die Literatoren blind geladen, und soeben den umstellten Eber heimlich aus dem Garne gerade auf die Herrschaft losgelassen. –

Weit davon fanden späterhin einige von ihnen das mutwillige Jägerbürschchen mitten im wildesten Gebirge, Pferd und Reiter atemlos und fast taumelnd vor übergroßer Ermüdung. Er hörte kaum auf ihre Erzählung von dem Erfolge seines Schwanks. „Was kümmert's mich!“ unterbrach er sie heftig, wie ein übellaunisches Kind; „es ist mir alles verdreht und verdrießlich, ich mag nicht mehr jagen! ich mag nicht mehr reiten! ich will allein sein! Ich bitt euch, ihr lieben, närrischen, langweiligen Leute, laßt mich allein!“ – Und kaum hatten die Jäger kopfschüttelnd ihn wieder verlassen, so warf er sich in der Einsamkeit vom Pferde in das hohe Gras, und weinte bitterlich – leichte Wolken flogen eilig über das stille, enge Waldtal fort, in weiter Ferne verhallte noch das Lied des fremden Wanderers auf den Höhen.

Es war schon dunkel geworden, da schritt der wandernde Sänger noch immer rüstig durch den Wald. Er blieb soeben ungewiß an einem Kreuzwege stehen, als er plötzlich Stimmen und Pferdetritte in der Ferne hinter sich vernahm. Sie schienen sich in stolpernder Eile zu nähern, und bald konnte er deutlich unterscheiden, was sie sprachen. – „Das kommt bei den Schnurren heraus", sagte der eine; „Zeit und Mühe verloren, und wenn es lange so dauert, verlier ich meine Beine dazu, denn sie hängen mir nur noch wie ein Paar ausgestopfte Lederhosen am Leibe." – „Du hast sonst einen feinen Verstand", entgegnete der andere; „aber wenn du einmal hungrig wirst, bist du ganz gemein und unerträglich. Da wirst du ganz Magen mit einigen schlottrigen Darmkanälen von Gedanken, die von keinem Dufte träumen, als dem eines Schweinebratens, und von keinem Innerlichen, als dem einer dicken Blutwurst."

Jetzt kamen – als ob sie den verlornen Tag suchten – zwei Männer, jeder sein Pferd hinter sich am Zügel führend, zum Vorschein, in denen wir sogleich den Prinzen Romano und seinen Jäger wiedererkennen. Sie hatten im blinden Eifer immer über das Ziel hinausgeschossen, den Grafen Leontin überall verfehlt, und kehrten nun ermüdet und verdrießlich von der vergeblichen Irrfahrt zurück. – Kaum erblickte Romano den Fremden, als er ihm mit übertriebener Tapferkeit, womit Erschrockene wieder erschrecken wollen, ein furchtbares „Halt!" zurief. Dann, nach und nach näher tretend und ihn vom Kopf bis zu den Füßen betrachtend, fragte er ihn endlich gelassener: ob er den Grafen Leontin kenne, und ihm vielleicht in diesem Walde begegnet sei? – „Ich kenne ihn nicht", erwiderte der Wanderer, „aber ich möchte ihm wohl begegnen. Im letzten Dorfe sagte man mir, er sei soeben von einer Jagd heimgekehrt, und ich gedenke noch heut auf seinem Schlosse, von dem ich schon viel Seltsames gehört, einzusprechen."

Das wollte eben Romano auch, und sie beschlossen nun, die Fahrt gemeinschaftlich fortzusetzen. – Die Pferde waren müde, der Weg uneben, so wanderten denn alle zu Fuß nebeneinander hin; der Tritt der Rosse an den Steinen und Wurzeln schallte durch die weite Stille, über ihnen blitzten die Sterne im dunklen Laub, oft sahen sie einander von der Seite schweigend an, um die Signatur der unbekannten Gesichter bei flüchtigem Mondblick zu erraten. – Der heitere fremde Wanderer brach zuerst das Schweigen. Mit der glücklichen Unbefangenheit der Jugend erzählte er, während sie so durch die Nacht fortzogen, mancherlei aus seinem früheren Lebenslauf. Er nannte sich Willibald. Der Sturm der Zeit, der so viele Sterne verlöscht und neue entzündet, hatte auch den Stammbaum seines alten berühmten Geschlechts zerzaust; seine Eltern starben an gebrochenem Stolz, ihre Güter und seine Heimat waren längst an andre Besitzer gekommen, die er nicht einmal dem Namen nach kannte. Aber Unglück gibt einen tiefen Klang in einem tüchtigen Gemüt, und hatte auch ihn frühzeitig durch den tragischen Ernst des Lebens der Poesie zugewendet. Mit freudigem Schauer fühlte er sich bald einer andern, wunderbaren Adelskette angehörig, über welche die Zeit keine Gewalt hat, und rasch Konnexionen, Brotperspektiven und allen Plunder, der das Gemeine bändigt, von sich abschüttelnd, zog er nun eben arm, aber frei und vergnügt, in die Welt, wie in sein weites, fröhliches Reich hinaus. Nur seine schöne Heimat, die am Ausgange dieses Gebirges lag, und an der seine Seele mit aller Macht jugendlicher Erinnerung hing, wollte er noch einmal wiedersehen und dann sich nach Italien wenden.

Während dieser Mitteilungen hatten die Wanderer kaum bemerkt, daß ein furchtbares Gewitter im Anzuge war. Bald aber hallte der Donner immer vernehmlicher zwischen den dunkeln Bergen herauf, ferne Blitze erleuchteten oft plötzlich wunderbare Abgründe neben ihnen, die sich sogleich wieder schlossen. Willibald schaute freudig in die prächtige Nacht. Romano dagegen, der von frühester Jugend an seine Katzennatur bei Gewittern nicht überwinden konnte, wurde immer unruhiger. Er drückte bei jedem Blitze die Augen fest zu, er versuchte ein paarmal zu singen, aber es half alles nichts; er mußte sich entweder der Länge nach auf der Erde hinstrecken, oder unausgesetzt laut reden. Glücklicherweise fiel ihm soeben ein seltsames Abenteuer ein, das ihm früher einmal in solcher Gewitternacht begegnet. Und ohne darnach zu fragen, ob Willibald auf ihn höre, ging er so dicht als möglich neben ihm her und hub, schnell fortschreitend und sich nach und nach immer mutiger sprechend, sogleich folgendermaßen zu erzählen an:

„Als ich nach den unglücklichen Kriegen meinem heimkehrenden Regimente nacheilte, erlebte ich eine ähnliche Nacht, und in dieser Nacht wunderbare Dinge, vor denen uns heute der Himmel bewahren möge! Ich hatte nämlich damals, um sicherer und fröhlicher zu reisen, mich einem, desselben Weges ziehenden Reiterhäuflein angeschlossen, mit dem ich an einem heitern Sommerabend auf einem von Bergen eingeschlossenen Wiesental anlangte. Ein Dorf war in dem nächsten Umkreise nicht zu erblicken, dagegen hatte ein altes, schwerfälliges Schloß, das ganz einsam auf einem der Hügel emporragte, schon in der Ferne meine Aufmerksamkeit auf sich gezogen. Da die Nacht bereits hereingebrochen und in dem Schlosse schwerlich für so viele Pferde gehöriges Unterkommen zu finden war, so beschloß der Trupp, die schöne Nacht im Freien zuzubringen. Mir aber war ein unnützer Biwak mit seinen alle Glieder durchrieselnden Morgenschauern eben nicht sehr gelegen, außerdem hätte ich gern die nähere Bekanntschaft des Schlosses gemacht, das recht geheimnisvoll durch die Nacht herschaute. Ich ritt daher mit mehr abenteuerlicher Neugier, als Vorsicht, nur von meinem Bedienten begleitet, nach der Burg hin.

Das Tor war geschlossen. Wir klopften lange vergeblich. Endlich, als mein sonst phlegmatischer Bediente, dem überhaupt dieses Abenteuer nicht willkommen war, sich erboste und mit seinem Säbelgriff so unermüdlich anhämmerte, daß es dumpf durch das alte Gemäuer widerhallte, knarrte eine Tür, und wir sahen den Schein eines sich von innen nahenden Lichtes über die Mauern schweifen. Das Tor wurde nicht ohne große Anstrengung geöffnet, und ein alter Mann, der das Ansehen eines Dieners hatte, trat mit weit vorgestreckter brennender Kerze hastig hervor, beschaute uns in höchst gespannter, fast trotziger Erwartung von oben bis unten, und fragte dann sichtbar beruhigter und mit einem Gemisch von Verlegenheit und Ironie: was diesem Schlosse die Ehre eines so späten Besuches verschaffe? Ich eröffnete ihm meinen Wunsch, hier zu übernachten. – ‚Das wird nicht gut angehen‘, sagte der Alte. ‚Die Herrschaft‘, setzte er mit einer seltsamen Miene hinzu, ‚die Herrschaft schläft schon lange.‘ – ‚Nun, so laß sie schlafen‘, erwiderte ich, ‚wir sind genügsam, und es gilt auch nur bis zu Tagesanbruch.‘

Der Alte schien sich einen Augenblick zu besinnen, maß uns noch einmal mit scharfen Blicken, und wies dann endlich meinem Bedienten einen vom Tore weit abgelegenen Stall an, wo der übelgelaunte Knappe, etwas von elendem Hundeloch usw. unter dem Bart murmelnd, die ermüdeten Pferde hineinzog. Darauf führte mich unser Schloßwart, stillschweigend voranleuchtend, über den weiten gepflasterten Hof, eine steinerne Treppe hinauf, welche, wie ich bei dem flüchtigen Scheine der Kerze bemerken konnte, nicht im besten Stande zu sein schien. Wir traten in ein altes Gemach, worin zu meinem Erstaunen ein fertiges Bett und alles zum Empfang eines Gastes eingerichtet war. ‚Ihr seid nicht unvorbereitet, wie ich sehe', sagte ich lächelnd zu dem Alten. – ‚Das bringen die häufigen Durchmärsche so mit sich', erwiderte dieser und entfernte sich schnell, kehrte aber bald mit einer Flasche Wein und einem kalten, ziemlich knappen Imbiß wieder zurück. Ich wollte nach dem Namen und sonstigen näheren Verhältnis der Schloßbewohner fragen; aber der Alte entschlüpfte mir gewandt mit einem tiefen Bückling und ließ sich nicht wieder sehen.

Ich hatte nun Muße genug, mich in meiner sonderbaren Behausung genau umzusehen. Das einfache Feldbett, ein altmodischer, mit Leder überzogener und mit gelben Zwacken verzierter, ziemlich wackliger Lehnstuhl, und ein ungeheurer Tisch von gleicher Beschaffenheit machten das ganze Stubengerät aus. In dem hohen Bogenfenster schienen oben mehrere kleine Scheiben zu fehlen. Die Wände waren nur noch zum Teil mit schweren, an manchen Stellen von oben bis unten aufgerissenen Tapeten bedeckt, von denen mich bald verblichene lebensgroße Bilder bei dem ungewissen Licht der Kerze fast schauerlich anblickten. Alles erregte das wehmütigste Gefühl vergangener Herrlichkeit. – Ich legte mich in das Fenster, das auf das Tal hinausging, aus welchem ich gekommen war. Es blitzte von fern, unten sah ich die Feuer des Biwaks und konnte in der grellen Beleuchtung die Gestalten der darum gelagerten Reiter unterscheiden, von denen von Zeit zu Zeit ein fröhliches Lied und das Wiehern einzelner Rosse durch die mondhelle Nacht herüberschallte.

Da fiel es mir aufs Herz, daß ich heut, wider meine sonstige Gewohnheit, vergessen hatte, vor allem andern nach meinen Pferden zu sehen. Ich ging daher noch einmal in den Hof hinunter. In dem unwirtlichen, halbverfallenen Stalle fand ich meinen Bedienten im tiefsten Schlafe, und die Pferde so sicher und gut aufgehoben, als es hier die Umstände erlaubten. Ich lehnte die alte Tür wieder an, konnte aber auf dem Rückwege nicht unterlassen, einen Augenblick in dem geräumigen Hofe zu verweilen, und den wunderlichen Bau genauer zu betrachten, dessen Umrisse im Mondschein nur um desto schärfer hervortraten. Das Schloß bildete ein vollständig geschlossenes Viereck, an dessen innerer Seite eine, von mancherlei kleinen Treppen und Erkern verworren unterbrochne steinerne Galerie herumlief, auf welche die Türen, zum Teil auch einzelne Fenster der Gemächer hinausgingen. Eine Totenstille herrschte in dem ganzen finstern Bau, nur die verrosteten Wetterhähne drehten sich knarrend im Winde, der sich jetzt heftiger erhoben hatte, und schwere, dunkle Wolken über den einsamen Hof hinwegtrieb. Indem ich eben wieder die große Treppe hinaufsteigen wollte, bemerkte ich einen schwachen flüchtigen Lichtschimmer, der von dem entgegengesetzten Flügel des Schlosses herüberzukommen schien. Ich scheute nicht die Mühe, auf kleinen, zum Teil schwankenden Stiegen zu jenem Teile der Galerie zu gelangen, und überzeugte mich nun bald, daß das Licht aus einem zwar ängstlich, aber doch nicht sorgsam genug verhangenen Fenster hervorbrach, welches auf die Galerie hinaussah. Ich blickte durch die kleine Öffnung und sah mit Entsetzen mitten im Gemach auf einem köstlichen Teppich einen schönen, mit einem langen grünen Gewande und blitzenden Gürtel geschmückten weiblichen Leichnam ausgestreckt, die Hände über der Brust gefaltet, das Gesicht mit einem weißen Tuche bedeckt. Der alte Schloßwart, den Rücken nach dem Fenster gewendet, war im Hintergrunde beschäftigt, eine mattlodernde Lampe in Ordnung zu bringen, während er, wie es schien, Gebete leise vor sich hermurmelte. Mich schauerte bei diesem unerwarteten Anblick, mir fielen die Worte des Alten wieder ein: ‚Die Herrschaft schläft.'" –

„Wahrhaftig!" unterbrach hier Willibald lächelnd den Erzähler, „Sie hoffmannisieren recht wacker." – Indem aber blitzte es soeben wieder. Romano blieb die Antwort schuldig, drückte die Augen ein, und fuhr eifrig und überlaut zu erzählen fort:

„Ich eilte nun in der ersten Bestürzung fort nach meinem Schlafgemach, um meine Waffen zu holen und hier vielleicht ein schauderhaftes Verbrechen an das Tageslicht zu bringen. Indes, noch ehe ich über die verschiedenen Treppen und verwickelten Gänge den andern Schloßflügel erreichte, besann ich mich, wie nutzlos mein Unternehmen jetzt im Finstern, in einem mir gänzlich unbekannten Hause sein müßte, dessen vielfache Ausgänge und Erker den kundigen Bewohnern tausend Schlupfwinkel darboten. Ich beschloß daher nach einigem Nachdenken den Tag abzuwarten, und bis dahin ein wachsames Auge auf alles zu haben, was in dem Schlosse vorgehen möchte.

Zu diesem Behuf ließ ich die Tür meines Gemaches offen, aus welchem ich einen Teil der Galerie und den ganzen Hof übersehen konnte. – Draußen im Felde waren die Stimmen der Reiter verschollen und die Wachtfeuer ausgelöscht. Der Sturm erhob sich immer stärker und ging mit entsetzlichen Jammertönen durch das alte Gemäuer. Auch meine Kerze war unterdes ausgebrannt. – Gespannt und auf jeden Laut aufhorchend, setzte ich mich daher völlig angekleidet auf mein Bett und malte mir auf den dunklen Grund der Nacht wilde phantastische Bilder aus.

Eine schauerliche Vorstellung reihte sich verworren an die andere, bis ich endlich, der Ermüdung erliegend, in unruhigen Träumen einschlummerte. Plötzlich fuhr ich von meinem Lager auf, von einem heftigen Donnerschlage aufgeschreckt. Ich sprang an die Stubentür, von der mich ein kalter Wind anblies. Es war ein furchtbares Gewitter, so recht ingrimmig, ohne Regen. Eine dicke Finsternis verhüllte Schloß, Hof und Himmel.“ – Hier zuckte von neuem ein Blitz leuchtend über die ganze Gegend, und Leontins Schloß, wie in Feuer getaucht, stand auf einmal vor ihnen über dem Walde. – „In der Tat“, sagte Romano erstaunt, „wüßte ich nicht – gerade so sah damals das Spukschloß aus! – Doch eilen wir, unser Weg und meine Geschichte sind gleich zu Ende.“ Er fuhr wieder fort:

„Wie ich nun so aus der Tür in das Dunkel hinausstarre, schlängelt sich plötzlich ein Blitz über den Zinnen und ich erblickte mit Grausen in der Tür, welche aus dem gegenüberstehenden Schloßflügel auf den Hof hinausführte, das tote Fräulein mit demselben grünen Gewande und funkelndem Gürtel, wie ich sie in jenem Gemache gesehen, stumm und regungslos aufgerichtet, das Gesicht leichenweiß und unbeweglich; über den Rücken wallte ein langer dunkler Mantel herab. Neben ihr stand eine hohe Gestalt, in einen gleichfalls dunklen weiten Mantel tief verhüllt.

Die Finsternis verschlang sogleich wieder die flüchtige Erscheinung. Ich heftete meine Blicke durchdringend und unausgesetzt auf den grauenvollen Punkt, als nach einer geraumen Pause abermals einer von jenen langen, oder vielmehr sich unaufhörlich wiederholenden Blitzen erfolgte, wo sich gleichsam der ganze Himmel wie ein rotes Auge aufzutun scheint und eine gräßliche Beleuchtung über die stille Erde umherwirft.

Da sah ich, wie das Fräulein mit dem entsetzlich starren Gesicht, die andre dunkle Gestalt und noch ein dritter Vermummter, in welchem ich den alten Schloßwart zu erkennen glaubte, sich im Hofe, ohne ein Wort miteinander zu wechseln, feierlich auf drei schwarze Rosse erhoben, deren Mähnen, sowie die Enden der weiten, faltigen Mäntel in dem Gewitterwinde wild umherflatterten. Lautlos, wie ein Leichenzug, bewegte sich darauf die seltsame Erscheinung durch das geöffnete Schloßtor, den Hügel hinab, immer tiefer, weiter.

Was ist das?" schrie hier Romano plötzlich voll Entsetzen auf. Auch Willibald stutzte, betroffen in die Ferne hinausstarrend. Das wilde Wetterleuchten hatte das Schloß vor ihnen wieder grauenhaft erhellt, und im Tore erblickten sie deutlich die Leichenbraut mit dem grünen Gewande und funkelnden Gürtel, zwei dunkle Gestalten neben ihr, lautlos auf drei schwarzen Rossen, die faltigen Mäntel im Winde flatternd, als wollten sie eben wieder ihren nächtlichen Auszug beginnen.

„Nun, das ist der wunderlichste Ausgang Ihrer Geschichte!" sagte Willibald, sich schnell fassend, als die zurückkehrende Finsternis auf einmal alles wieder bedeckt hatte. – „Ausgang?" rief Romano ganz verstört, „sahen Sie denn nicht, wie sie entsetzlich immer fortspielt?" – „Aber erfuhren Sie denn damals nicht –?" – „Nein, nein", erwiderte der Prinz hastig; „kehrte ich doch am Morgen das ganze Haus um, alles leer, wüst, verfallen, ohne Fenster und voll Schutt, hohes Gras auf dem gepflasterten Hofe; die Bauern sagten nachher, das Schloß sei seit hundert Jahren nicht mehr bewohnt."

Währenddes hatte Willibald den Prinzen unter den Arm gefaßt, und riß ihn über Stock und Stein durch die Finsternis mit sich fort. Der heftige Gewitterwind blies an den Felsennasen um sich her, zwischendurch hörten sie ein verworrenes Gemurmel, wie von vielen Stimmen, und immer stärker, je näher sie dem Schloß kamen; zuweilen war es ihnen als schweife der Widerschein einer Fackel flüchtig über das alte Gemäuer der Burg.

So standen sie, ehe sie's dachten, vor dem Tor. Die gespenstischen Reitergestalten waren verschwunden. Der erste aber, der ihnen entgegentrat, war der alte geheimnisvolle Diener, eine brennende Kerze vorhaltend und die Eindringenden trotzig betrachtend. – Da hielt sich Romano nicht länger, seine Einbildung war von dem raschen Gange, dem Sturm und den wilden Erscheinungen bis zum Wahnsinn empört. „Schläft deine Herrschaft noch immer, verfluchter alter Daniel!“ rief er außer sich, den Alten an der Brust fassend. Dieser, voll Zorn über den unerwarteten Überfall, faßte ihn sogleich wieder und rang mit ihm. Willibald sprang erschrocken dem bedrängten Prinzen zu Hülfe, große Hunde schlugen an, eine wachsende Bewegung erwachte tief in dem dunklen Torwege.

„Was macht ihr wieder für höllischen Lärm, ihr Phantasten!“ donnerte da eine Stimme aus dem Hintergrunde dazwischen. Ein hoher schöner Mann im langen faltigen Reitermantel, die von allen Seiten an ihn heraufspringenden Doggen beschwichtigend, trat plötzlich hervor. – „Graf Leontin!“ rief Romano aus, seinen Daniel schnell loslassend – Beide sahen einander eine Zeitlang erstaunt an.

Endlich nahm der ganz verwirrte Prinz wieder das Wort. „Wer“, fragte er, „ritt vor kurzem hier ins Tor?“ – „Ich, von der Jagd, wo uns die Nacht und das greuliche Wetter überraschte!“ erwiderte Leontin. – „Aber ich sah doch alles ebenso vor langer Zeit im wüsten Schloß an der Donau, diesen Alten, beim Widerschein der Blitze die vermummten Reiter im Tor.“ – Hier brach Leontin plötzlich in ein unmäßiges Gelächter aus. „Wie!“ rief er, „Sie waren es? Wer konnte auch in dem verrufenen Schloß so spät noch Gäste erwarten! Die Verlegenheit war groß, Sie nahmen das Zimmer ein, das der Alte heimlich für uns bereitet hatte.“ – „Und das Fräulein in der Mitte“, fuhr Romano fort, „mit dem totenbleichen, schönen starren Gesicht.“ „Freilich“, versetzte Leontin, noch heftiger lachend; „wir trauten dem unbekannten Gaste nicht, und hatten Larven vorgesteckt, denn ich entführte eben damals meine Julie.“

Das hatte der wundersüchtige Romano am allerwenigsten erwartet, er verachtete im Herzen diese nüchterne Auflösung, und folgte schweigend dem heitern Leontin, der nun die unverhofften Gäste, als eine köstliche Ausgeburt dieser kreißenden Nacht, in seine Burg führte. Der alte Diener ging mit seiner Kerze voran, leise etwas von verrückten Prinzen in den Bart murmelnd und manchmal noch einen wütenden Blick auf Romano zurückschleudernd. So schritten sie durch einen ganz wüsten Schloßflügel, die hohen Fensterbogen standen leer, der flackernde Schein der Kerze schweifte flüchtig über die Stukkatur an den Decken der verfallenen Gemächer; zwischen zerrissenen Fahnen, die im Zugwinde flatterten, starrten ganz gewappnete Ritterbilder die Vorübereilenden gespenstisch aus den geschlossenen Visieren an. Über eine enge Wendeltreppe gelangten sie dann auf eine steinerne Galerie, die am Innern des Schlosses fortzulaufen schien, und von der man den Burghof überblicken konnte. Dort sah es wie ein Schlupfwinkel von Räubern oder Schmugglern aus: verworrene Stimmen durcheinander, Windlichter in dem steinernen Springbrunnen sich spiegelnd, Rosse, lechzende Hunde, Jäger und Waffen, alles von Zeit zu Zeit vom bleichen Widerschein der Blitze, wie in wilden Träumen, wunderbar erleuchtet.

Endlich traten sie in einen ungeheuren Saal, in dessen Mitte Herr Faber ganz allein an einem großen runden Tische saß und unmäßig speiste, ohne aufzusehen und die Kommenden sonderlich zu beachten. Ein Fenster mußte irgendwo schlecht verwahrt sein, denn das einzige Licht auf dem Tische wehte und warf ungewisse Scheine über die Ahnenbilder an den Wänden und in den hintern, dämmernden Raum des Saales, wo eine unkenntliche Gestalt auf der Erde zu liegen schien; mit Erstaunen glaubte Romano, als er genau hinblickte, den wahnsinnigen Harfner wiederzuerkennen, der dort über seiner Harfe eingeschlafen war. – In einer Fensternische aber saß eine junge schöne Frau, mit einer Gitarre im Arm, in die vom Gewitter beleuchtete Gegend hinausschauend. Sie hörten sie im Eintreten eben noch singen:

„Aus der Heimat hinter den Blitzen rot
Da kommen die Wolken her,
Aber Vater und Mutter sind lange tot,
Es kennt mich dort keiner mehr.
Wie bald, wie bald kommt die stille Zeit,
Da ruhe ich auch, und über mir
Rauschet die schöne Waldeinsamkeit
Und keiner mehr kennt mich auch hier.“

„Schon wieder das Lied!" rief ihr Leontin zu, seine Brauen finster zusammenziehend. Da sprang sie schnell auf. „Es ist schon wieder vorüber", sagte sie, und fiel ihm heiter um den Hals. – „Das ist die Leichenbraut mit dem funkelnden Gürtel!" – so stellte Leontin seine Gemahlin Julie lächelnd dem Prinzen vor. Sie errötete, und Romano erkannte sogleich die schlanke Gestalt wieder, die er schon heute am frühen Morgen im Erker erblickt hatte. Mit romanesker Galanterie sagte er, fein auf ihr wehmütiges Lied anspielend: sie sei ein zarter Waldhornslaut, berufen, weithin in den Tälern den Frühling zu wecken, nicht aber an den finstern Tannenwipfeln dieser starren Waldeinsamkeit ihren melodischen Zauber zu verhauchen. – Sie sah ihn mit den frischen klaren Augen groß an, lachte ihm, als er fertig war, geradezu ins Gesicht und wandte sich dann ohne weiteres, um in der verworrenen Wirtschaft zur Aufnahme der späten Gäste das Nötige zu besorgen.

Romano sah ihr nicht ohne einige Empfindlichkeit nach, als seine Blicke zufällig an der gegenüberstehenden Wand auf ein Portrait fielen, das seine ganze Aufmerksamkeit in Anspruch nahm. Es war ein überaus schönes Mädchengesicht, mutwillig aus einer seltsamen phantastischen Tracht hervorguckend, als fragt' es ihn neckend: kennst du mich? – Er wußte es, er hatte diese wunderbaren Züge oft gesehen, und konnte sich doch durchaus nicht besinnen. Voll Neugierde fragte er endlich den Grafen Leontin. – „Weitläufige Verwandtschaft", erwiderte dieser flüchtig, mit sichtbarer Verlegenheit. Er schien die Fremden von dem Bilde ablenken zu wollen, und nötigte sie eilig zum Niedersetzen; aber jeder der altväterischen Stühle, sowie er ihn ergriff, ließ, der eine die Lehne, der andere ein Bein fahren. – „Ich sitze auf dem guten" – sagte Faber, ruhig weiteressend, und Leontin bat nun lachend seine Gäste, lieber mit ihm auf die Galerie hinauszukommen, wo es an handfesten steinernen Bänken nicht fehle.

So lagerte sich denn die ganze Gesellschaft abenteuerlich genug unter den Spitzbogen des alten Altans; ein schwerfälliger Tisch, Weinflaschen und Gläser wurden mit bedeutendem Lärm herbeigeschafft, auch Julie und Faber – letzterer zu Romanos großem Verdruß mit einer langen qualmenden Tabakspfeife – fanden sich wieder ein, und ein vielfach bewegtes Gespräch belebte bald den wunderlichen Kreis. Unten im Hofe aber war währenddes schon alles still geworden, auch das Gewitter hatte sich verzogen, es blitzte nur noch in weiter Ferne, und über dem verfallenen Schloßflügel sah man von allen Seiten die wunderbare Gegend im Mondschein wieder heraufglänzen.

Leontins unverwüstliche Heiterkeit und sein guter Wein, der nicht geschont wurde, überwanden bald alle Müdigkeit, und man beschloß einmütig, den kurzen noch übrigen Teil der schönen Nacht hier zusammenzubleiben. Ein jeder mußte nun eine Novelle aus seinem Leben zum besten geben. Die Reihe traf zuletzt Willibald, der von dieser märchenhaften Umgebung tief aufgeregt schien. Mit besonderem Behagen setzten sich die andern den schönen klaren Augen des Wanderdichters gegenüber, als dieser endlich folgendermaßen zu erzählen begann:

„In den Herbstferien wanderte ich als Student mit mehreren fröhlichen Gesellen aus Halle nach dem Harzgebirge. Ich gedenke noch heute mit eigenem Vergnügen des frischen kühlen Morgens, wie wir vor Tagesanbruch durch die alten stillen Gassen zogen, und hinter den noch fest zugezogenen Fenstervorhängen unsern eingebildeten Liebchen, die wir kaum einmal im Leben von fern gesehen hatten, unser Ade zuriefen. Die Jugend, sagt man, blicke die Welt anders an als andere vernünftige Leute, sehe im funkelnden Walde Diana vorübersprengen, und aus den Strömen schöne Nixen wunderbar grüßend auftauchen. Ich aber bilde mir ein, aus jungen Philistern werden alte Philister, und wer dagegen einmal wahrhaft jung gewesen, der bleibt's zeitlebens. Denn das Leben ist ja doch nur ein wechselndes Morgenrot, die Ahnungen und Geheimnisse werden mit jedem Schritt nur größer und ernster, bis wir endlich von dem letzten Gipfel die Wälder und Täler hinter uns versinken und vor uns im hellen Sonnenschein das andere Land sehen, das die Jugend meinte.

Diesmal war es indes nur der kurze bunte Reisetag, der dämmernd hinter uns versank, als wir fröhlich auf dem heiteren Stufenberge rasteten. Die Abendsonne funkelte noch in den Fenstern des Wirtshauses, vor welchem wir über die Buchenwipfel die glänzende Landschaft und weiterhin das Vorgebirge des Harzes überschauten, das sich schon rätselhaft mit Abendnebeln zu bekränzen anfing. Mir fielen alle alten schönen Sagen dieser romantischen Gegend ein, und ich dichtete die wunderlichsten Reiseabenteuer in das wachsende Dunkel hinein. Auf dem grünen Rasenplatze vor dem Wirtshause sang ein Mädchen, wie ein Waldvöglein, zur Harfe; fremde Wanderer kamen und schieden; wir aber hatten uns dicht am Abhange um einen, mit Weinflaschen wohlbesetzten Tisch gelagert, und meine Gefährten ermangelten nicht, ihre Schätzchen, die sie zu Hause hatten oder nicht hatten, hochleben zu lassen. Mir kam das in diesem Augenblick unbeschreiblich abgeschmackt vor, in meiner Seele leuchtete auf einmal ein Bild wunderbarer Schönheit wieder auf, das ich oft im Traume gesehen, und seitdem auf manchem alten schönen Bilde wiederzuerkennen geglaubt hatte. Vom Wein und dem Rauschen der Wälder und Täler unter uns wie von unsichtbaren Flügeln gehoben, sprang ich plötzlich auf; die untergehende Sonne warf eben ihr purpurnes Licht über die Gegend: ich trank aus voller Seele auf das Wohl meiner künftigen Geliebten, warf meinen Ring in das leere Glas, und schleuderte Glas und Ring in funkelndem Bogen weit in das Abendrot hinaus.

Da aber begab sich's wunderbar. Denn in demselben Augenblick sahen wir unten eine Dame auf einem jener rehfüßigen arabischen Zelter über den grünen Plan sprengen, als flöge eine reizende Huri, im Abendwinde von bunten Schals und reichen, schwarzen Locken umflattert, über die Oase der beglänzten Landschaft. Sie wandte sich laut lachend nach zwei jungen Reitern zurück, vor denen sie, wie zum Scherz, nach dem Saum des Waldes entfloh, wo eine andere Dame die Flüchtigen zu erwarten schien.

Da bemerkte sie den Blitz meines Ringes in der Luft. Sie schaute erstaunt zu mir herauf; im selben Moment tat die untergegangene Sonne noch einen feuerroten Blick über die ganze Gegend, und wir sahen die Reitergestalten nur noch wie bunte, sich jagende Schmetterlinge über den stillen, ernsten Grund dahinschweben.

Meine Reisegesellen feuerten der schönen Reiterin munter gute und schlechte Witze nach, verglichen sie mit einer Bacchantin, mit Luna und Fortuna, bis sie zuletzt darüber untereinander in ein gelehrtes, mythologisches Gezänk gerieten. Mich ärgerte das Geschwätz, aber ich hütete mich wohl, mit dareinzureden, denn mein Anschlag war gefaßt. Und als sie sich alle endlich zur Ruhe begeben hatten, bezeichnete ich ihnen mit Kreide auf der Tür den Ort, wo ich morgen abend wieder mit ihnen zusammentreffen wollte, und stieg beim prächtigsten Mondschein den Berg hinab.

Ich hatte mir den Platz genau gemerkt, wo die Reiterin mit ihrem Gefolge verschwunden war; es gab nur einen Weg, ich schritt bald in tiefem Waldesdunkel, bald über hellbeschienene Wiesen frisch und fröhlich fort, und kam endlich an ein einsames Gasthaus, das im klaren Mondschein am Ausgange des Waldes lag. Es war alles unendlich still ringsumher, doch glaubte ich unten im Hause noch Stimmen zu vernehmen. Ich klopfte an, die Wirtsleute waren noch wach, und ich erfuhr zu meiner unbeschreiblichen Freude, daß wirklich zwei Damen zu Pferde, die eine jung, schön, mit langen, wallenden Locken, nebst ihren Begleitern hier eingekehrt, und in den oberen Zimmern übernachteten, wo sie sich aber bereits der Ruhe überlassen hatten, um morgen mit Tagesanbruch den Roßtrapp zu besteigen.

Bei dieser Nachricht blitzte mir ein Gedanke durch die Seele. Ich erkundigte mich sogleich nach dem für die Damen bestimmten Führer, einem jungen, schlanken Burschen von meiner Größe, und überredete ihn mit Hülfe eines großen Teils meiner kleinen Barschaft, mir auf einen halben Tag seinen Kittel und Wanderstecken abzutreten. Ich kannte den Weg nach dem Roßtrapp von einer früheren Reise sehr genau, und beschloß in dieser Verkleidung morgen die Damen zu führen.

Die Stuben im Hause waren alle besetzt, ich bestieg daher ohne weiteres den Heuboden für die wenigen Stunden der warmen Nacht. Aber ich hatte keine Rast vor fröhlichen Gedanken, und setzte mich, wie ein träumender Vogel, auf die obersten Sprossen der Leiter in das Dachfenster. Da lag der weite, stille Kreis von Bergen im hellen Mondschein vor mir, zahllose Sterne flimmerten, und das Zirpen der Heimchen schallte von den fernen Wiesen durch die große Einsamkeit herüber.

Endlich hielt ich's nicht länger aus, ich stieg wieder herab, wandelte eine Zeitlang hinter dem Gebüsch vor den beglänzten Fenstern des Wirtshauses auf und nieder, und begann zuletzt mit großer Lust ein Ständchen zu singen, das ich vor mehreren Jahren an meine künftige Geliebte gedichtet hatte. Es dauerte auch nicht lange, so glaubte ich oben einige Bewegung zu bemerken. Aber wer beschreibt meinen Schrecken, als sich nun plötzlich leise das Fenster öffnete und eine gar nicht mehr junge, dickliche Dame, mit zahllosen Papilloten um den Kopf, breit und behaglich sich herauslehnte!

‚Ei, ei', lispelte sie, ohne mich zu sehen, mit fetter Stimme zu mir herab; ‚ist das wohl fein, müde Reisende in der süßesten Ruhe zu stören?‘ – Ei, ei, daß dich –! dachte auch ich unten, und sang in meiner Herzensangst nur um so lauter fort. – Die Dame hustete oben ein paarmal heimlich genug. ‚Man will sich nicht zeigen, wie's scheint!‘ sagte sie dann empfindlich. Hinter den Gardinen aber glaubte ich noch eine andere weibliche Gestalt lachend und lauschend zu gewahren. – Voller Ärger sang ich nun mein langes Lied bis zu Ende, und verzweifelt wieder vom Anfang an. – ‚Ach, das ist ja ennuyant, das ewige Gesinge!‘ rief jetzt die Dame, da das Ding kein Ende nehmen wollte, und schmiß mir droben das Fenster vor der Nase zu.“

Hier wurde der Erzähler durch ein lautes Auflachen der Gräfin Julie unterbrochen, die schon vorhin einige Male heimlich gekichert hatte. – „Was haben Sie denn?“ fragte er die Schöne, „mir war es eben nicht sonderlich zum Lachen.“ – „Nichts, nichts“, entgegnete Julie errötend und beschwichtigend, „nur weiter, weiter!“ – Willibald sah sie erstaunt an und fuhr nach einer Pause wieder fort:

„Es war und blieb nun auf einmal alles mäuschenstill im ganzen Hause. – ‚Und ich bekomme dich doch zu sehen, mein sprödes Lieb!‘ sagte ich zu mir selbst, bestieg halb lachend, halb ärgerlich über das verunglückte Ständchen, meinen Heuboden wieder, wickelte mich vergnügt in das Heu und meine verliebte Gedanken, und war bald fest eingeschlafen.

Aber wie erschrak ich, als ich erwachte und mir durch alle Luken und Ritzen des Daches die Morgensonne schon hell in die Augen schien. Ich fuhr hastig in meine geborgten Bauernkleider, und eilte hinunter. Die Wirtsleute lachten mich über meine städtische Langschläferei tüchtig aus, und erzählten, wie sie Mühe gehabt, die wegen der Saumseligkeit des Führers unwilligen Fremden zu begütigen. Während der Wirt mich endlich wecken wollte, seien die Damen bereits aufgebrochen; wenn ich aber auf den Fußsteigen, wie ich behauptete, genau Bescheid wisse, könne ich sie sehr bald einholen. Hier war keine Zeit zu verlieren, ich ergriff meinen langen Stab, und kletterte, ohne mich erst auf die Fußsteige einzulassen, den steilen Berg gerade hinan. Bald hörte ich auch wirklich Stimmen in der Ferne, sie schienen eine andere Richtung genommen zu haben, als die Reisenden gewöhnlich einzuschlagen pflegen. Ich sprang, glitt und schurrte über Stock und Stein, nur eine jähe Kluft trennte mich noch von ihnen, ich setzte meinen

Stecken ein, und schwang mich mit einem gewaltigen Satze über Kluft und Gebüsch auf den Rasenabhang hinaus, wo die Wanderer eben zu rasten schienen.

Alle fuhren mit einem Schrei auf, als ich so plötzlich, wie vom Himmel, unter sie niederfuhr. Die schöne Reiterin stand zunächst, und betrachtete mich lange schweigend von oben bis unten. Fast hätte ich sie nicht wiedererkannt, so gar nicht bacchantisch oder amazonenhaft, so milde, still und über alle Beschreibung schön erschien sie heut. Auch die ältere Dame ruhte sehr erhitzt und pustend auf einem Baumstamme, und rief mir zu: wenn ich hier die Wege kennte, sollte ich bei ihnen bleiben und sie auf dem allernächsten hinaufführen. Beide schienen in mir den nächtlichen Sänger nicht zu ahnen, und ich hütete mich, wie ihr wohl denken könnt, mich zu verraten.

Ich werde es niemals vergessen, wie heiter die schlanke Gestalt meiner jungen Dame, die jetzt dicht am grünen Abhange stand, sich auf dem himmelblauen Hintergrunde abzeichnete, und als sie darauf, zweien neben ihr stehenden jungen Männern die fernen Städte und Dörfer nennend, in die unermeßliche Aussicht hinauswies, da war es, als zöge ihr Rosenfinger eben erst die silbernen Ströme, die duftigen Fernen und die blauen Berge dahinter, und vergolde Seen, Hügel und Wälder, und alle rauschten und jauchzten, wie frühlingstrunken, zu der Zauberin herauf.

Ich aber jauchzte am fröhlichsten in mich hinein, als sich der bunte Zug nun endlich in Bewegung setzte. Ich schritt voran, und hinter mir in der morgenheitern Einsamkeit die Schöne, zwischen dem Waldesrauschen und Vogelschall mit der lieblichsten Stimme plaudernd und scherzend. Nun waren mir zwar die beiden jungen Begleiter gleich von Anfang gar nicht recht gewesen, aber ich bemerkte bald, wie sie mit ihnen nur wunderlich spielte und häufig auf die zierlichste Weise ihr Pantöffelchen über sie schwang. Ja, als das ältere Frauenzimmer von neuem ausruhen mußte, gab sie ihnen geradezu auf, bei der Dame zurückzubleiben, sie selbst wollte unterdes voraus. Hiermit flog sie wie ein Reh über den grünen Plan, und ehe sie im Gebüsch verschwand, wandte sie sich noch einmal zurück und streifte mich mit einem flüchtigen Blick, daß es mir recht durch die Seele drang.

So rasch ich nachfolgte, konnte ich sie doch erst am Gipfel des Roßtrapps wieder erreichen. Hier fand ich sie, zu meinem

Entsetzen, auf dem letzten überhangenden Felsen sitzen, vergnügt mit den roten Reiseschuhen über dem schwindelerregenden Abgrunde baumelnd. Wie einen Nachtwandler auf dem Rande der Zinne, wagte ich sie nicht anzureden. Sie aber hatte mich kaum erblickt, als sie, die reichen Locken aus der Stirn schüttelnd, mir zurief: ‚Da möcht ich gern hinunter. Ein rechter Führer muß jeden Steg kennen, führ mich geschwind hinab, ehe die andern nachkommen.‘

Ich kannte in der Tat einen Pfad zu den Schlünden, und, ohne das Wagstück zu bedenken, nickte ich ihr zu, und machte mich auf den Weg. Das schien ihr zu gefallen, sie sah mich einen Augenblick überrascht und verwundert an, dann sprang sie schnell auf und folgte. – Nun aber war mir's wie im Traume, als so auf einmal das wunderschöne Mädchen, allein mit mir, an jähen Abgründen vorüber von Fels zu Fels in die lautlose Öde hinabstieg, und wie in einem Zauberbrunnen das Himmelblau über uns immer dunkler wurde, immer finsterer das wilde Grün, immer vernehmlicher von unten das Brausen der Bäche in der endlosen Einsamkeit. – Einmal reichte ich ihr helfend die Hand, sie wollte mich erst mit der rechten fassen, zog sie aber, errötend, schnell wieder zurück und gab die andere. ‚Du magst mir auch der rechte Arbeiter sein‘, sagte sie, ‚hast ja Hände wie ein Mädchen.‘ – Jetzt sprang ich über einen tiefen Felsen auf die gegenüberstehende Klippe, sie mußte mir nach. Der Platz war eng, ich breitete beide Arme ihr entgegen, und als sie mir so an die Brust flog, daß mich ihr Atem berührte und ihre Locken mich verhüllten, da umschlang ich sie fest, und drückte einen brennenden Kuß auf ihren schönen Mund.

‚Pfui!‘ rief sie, sich hastig losmachend und den Mund wischend; ‚siehst du, mit deinen dummen Flausen hast du den rechten Weg verfehlt! Dort geht's hinaus!‘ – Hiermit war sie mir lachend auf einmal in dem verworrenen Gebüsch entschwunden. Mit Erstaunen glaubte ich, als sie schnell die Zweige auseinanderbog, an ihrer rechten Hand meinen Ring zu bemerken, den ich vom Stufenberge hinabgeworfen hatte.

Verblüfft, ratlos, recht im innersten Herzen verirrt, stand ich nun in der Wildnis. Vergebens suchte ich meine Schöne wieder zu erhaschen, oft glaubte ich ihr schon ganz nahe zu sein, da tauchte sie mit unbegreiflicher Kühnheit plötzlich fern über den Wipfeln auf, um sich, wie ein Waldvöglein, gleich wieder in dem Grün zu versenken. Dann hörte ich ihr liebliches

Lachen herüberschallen, sie winkte und rief mich, immerfort neckend, bald da bald dort, bald unter mir, bald über mir. Dazwischen rauschten die verborgenen Wasser, verirrte glänzende Schmetterlinge flatterten, wie abgewehte Blütenflocken, taumelnd an meinem Hute vorüber zum Abgrund, nur zuweilen noch klang Vogelschall von dem morgenhellen Bord der Felsen herunter – es war mir, als sei ich in dieser Abgeschiedenheit in ein wahnsinniges Märchen wunderbar verstrickt.

Endlich glaubte ich meine Schöne wieder in der Tiefe zu vernehmen, als ich sie plötzlich mit lautem Lachen wie einen Elfen hoch über mir schwebend auf der obersten Zinne des Berges erblickte, die wir vorhin verlassen. Da erwachte in mir der ganze herbe Jünglingsstolz verschmähter Liebe, ich warf meinen Wanderstecken weit von mir, daß er an den Felsen zersprang, und wandte mich zürnend völlig in den Abgrund.

Das schien sie nicht erwartet zu haben. Wenigstens kam sie mir, als ich noch einmal hinaufblickte, auf einmal bleich und erschrocken vor, ja im eiligen Niedersteigen, zwischen dem Rauschen der Wipfel und Bäche, war es mir zu meinem größten Erstaunen, als nannte sie wiederholt meinen eigenen Namen, als rief sie mir, wie aus tiefster Seele nach: mein lieber, lieber Willibald! –

So töricht ist ein Verliebter! Dieser vertrauliche Ruf wandte mir ganz das Herz um. Ich erklomm von neuem mühselig den Berg, ich suchte, rief nach allen Weltgegenden hinaus, aber es blieb alles still in der Runde, und nirgends war eine Spur von der wunderlichen Gesellschaft mehr wiederzufinden. – Ermüdet kam ich am Ende auf den abenteuerlichsten Umwegen unerwartet zu demselben einsamen Wirtshause, von dem ich am Morgen ausgegangen: über dem Walde war wieder der ferne Kirchtum zu sehen, rechts der Stufenberg im stillen Abendschein; und ganz verwirrt wußte ich nicht, wie mir geschehen, als nun die Leute im Hause, da ich nach der Schönen fragte, mich groß und verwundert ansahen. Eine Gesellschaft, wie ich sie beschrieb, hatte hier gar nicht übernachtet; eine ältliche, etwas starke Dame, sagten sie, und ein hübsches blondhaariges Mädchen seien zwar, bloß in Begleitung eines Reitknechts, heute früh von hier weitergewandert, aber mein wunderbares Waldlieb mit den reichen schwarzen Locken wollte kein Mensch gesehen haben. –

Ich sah sie niemals wieder. Ihr Bild aber blieb seitdem leuchtend in meiner Seele, und als ich nun einsam heimwanderte, hatte der Herbst schon seine Sommerfäden über die Felder gespannt, wie goldene Saiten im Morgenglanz, die bei jedem Windeshauch einen wehmütigen Klang über die Erde gaben." –

Hier endigte Willibald seine Erzählung, und bemerkte erst jetzt, daß alle seine Zuhörer, von der Anstrengung des vorigen Tages überwältigt, fest eingeschlafen waren. Wie Tote lagen die Männer mit den bleichen, scharfgezeichneten Gesichtern umher, Julie war auf Leontins Schoß gesunken, seine Knie mit ihren herabwallenden Locken verhüllend. Draußen aber glänzte herrlicher Mondschein über der leise rauschenden Gegend, nur einzelne Damhirsche weideten unten am Fuße des alten Schlosses. Willibald blickte wunderbar bewegt in die weite Einsamkeit hinaus, es war ihm alles wie ein Zaubermärchen hier, als müßte sein verlornes Lieb ihm wieder irgendein Zeichen geben in dieser prächtigen Mondnacht.

Als der Turmwächter bei Anbruch des Tages hoch über den Schlummernden sein geistliches Lied durch die stillen Lüfte sang, erhob sich unten allmählich einer nach dem andern, in die falbe Morgenkühle schauend.

Romano aber sprang verstört und erschrocken auf, plötzlich des eigentlichen Zweckes seines Besuches gedenkend, den er über den nächtlichen Erzählungen gänzlich vergessen hatte. Ohne Zeitverlust führte er nun den Grafen Leontin in den entlegensten Teil der Galerie, wo beide lange Zeit sehr lebhaft miteinander sprachen und endlich in größtem Eifer nach dem Hofe eilten. Niemand wußte, was sie vorhatten, aber im ganzen Hause entstand auf einmal ein verworrenes Durcheinanderrennen, Briefe wurden geschrieben, Boten zu Pferde abgeschickt, und bald darauf sah man den Prinzen und Leontin selbst, jeden in verschiedenen Richtungen, in den Wald hinaussprengen. – Auch Willibald, den die Sehnsucht nach seiner Heimat aus diesem unbehaglichen Rumor forttrieb, hatte sich währenddes wieder aufgemacht. Julie sah ihn aus ihrem Fenster schon in der Ferne wandern. Sie hätte ihm so gern noch gesagt, daß sie selbst es war, die mit ihrer Begleiterin in dem einsamen Wirtshause sein Ständchen belauscht, und daß sie gar wohl wisse, wer und wo seine Schöne vom Roßtrapp sei. Aber sie winkte ihm vergeblich mit dem Schnupftuche nach, er war schon in dem taufunkelnden Morgenschimmer versunken.

Wir aber lassen den Glücklichen wandern und wenden uns aus dem Morgenrot nach dem dunkeln Gebirge zurück, wo wir Publikums Jagd verlassen haben. Der Abend sinkt schon nieder auf die stillen Schlüfte, da finden wir den Troß in einem abgelegenen Tal, ein altes Jägerhaus, wie Bienen im Abendgold, mit verworrenem Gesumse umschwärmend. Drin wird tüchtig gekocht, denn sooft die Tür sich öffnet, sieht man eine große Flamme lodern, und dicken Bratenduft herausqualmen. Vor der Tür sitzen Aurora und Herr Publikum einträchtig beisammen, über dessen Haupte sich das Hirschgeweih am Gesims des Hauses recht stattlich ausnimmt. Er hat Auroras Hand gefaßt, sie läßt sie ruhig in der seinen, da es schon kühl wird, aber ihre Gedanken sind offenbar nicht bei der Hand, sie schaut halb langweilig, halb verdrießlich vor sich hin. Währenddes sind die besorgten Novellenmacher fleißig bemüht, den Honigseim poetischer Reden zu ihrem Hochzeitsfladen zusammenzukneten. Am zierlichsten unter ihnen drückt sich dabei der schwungreiche, junge Mann aus. Aber da begegnet ihm unerwartet etwas Außerordentliches. Denn indem er zur Gräfin von der Liebe spricht und immer wieder spricht, hat er sich auf einmal selbst in sie verliebt: von unmerkbarem Händedrücken, worüber sie jedesmal mit leisem Lächeln quittiert, durch das allmählich wachsende Feuerwerk loser Schwärmereien und günstiger Blicke gerät er endlich ganz in den holden Wahnsinn. Vergebens treten die Novellisten, denen er wie eine tolle Hummel ihr Novellengespinst zu zerarbeiten droht, ihm heimlich auf die große Zehe, der Schrei des Schmerzes macht seinen sentenziösen Paroxysmus nur noch pikanter; der erschrockene Publikum, der gar nicht weiß, was los ist, fängt an sich vor ihm zu fürchten, da ergreift endlich der Graue den Rasenden ohne weiteres beim Kragen, und der ganze Haufe wälzt sich mit ihm in das Jägerhaus, wo man durch die heftig hinter ihnen zugeworfene Tür noch einen bedeutenden Lärm vernimmt.

Unterdes aber hatte ein Jäger vor Herrn Publikum und die Gräfin ein wohlbesetztes Tischchen hingestellt. Da war es um Publikum geschehen. Er band sich feierlich eine große Serviette wie zum Rasieren unter das Kinn, stülpte die Ärmel auf, setzte sich, ein paarmal beide Ellbogen erhebend, breit und behaglich zurecht, und begann sogleich mit ebensoviel Ernst als Fertigkeit mit den Kinnbacken zu mahlen. Aurora versuchte mehrere Male ein witziges Gespräch anzuknüpfen. Aber beim Essen verstand er keinen Spaß; unaufhörlich nach allen Seiten hin Fleisch, Pfeffer, Salz zulangend, gab er nur halbe oder gar keine Antwort. Er schien ganz eine dicke, fette Zunge voll Wohlgeschmack geworden zu sein, und bemerkte nicht einmal, wie die Gräfin, das gerümpfte Näschen vornehm aufwerfend, endlich rasch aufstand, und empfindlich sich allein in den nahen Wald begab, um hier auf einem kurzen Spaziergange ihren Verdruß abzukühlen.

Die Dämmerung war schon hereingebrochen, nur einzelne Vögel sangen noch tiefer im Gebirge, die Abendluft spielte leise in allen Blättern. Da hörte sie auf einmal ein Geräusch, und bald darauf Gesang in der Ferne. Sie trat neugierig näher und wurde endlich eine dunkle Gestalt gewahr, halb versteckt hinter Felsen und Gebüsch. „Wußt ich's ja doch!" sagte sie, heimlich in sich hineinlachend. – Und sie irrte sich wirklich nicht in dem Carbonaromantel, an dem sie sogleich den Prinzen Romano wiedererkannte.

Der anschlägische Prinz umkreiste schon lange das Jägerhaus, wie der Fuchs den Taubenschlag. Da er aber von den Strapazen der vergangenen Nacht plötzlich heiser geworden, so hatte sich Leontin hinter ihm unter den Mantel verborgen und sang und agierte nun für ihn aus dem faltigen Carbonaro heraus. Bald aber fand Romano die Aktion übertrieben, das Lied nicht zart genug. Leontin verteidigte sich, darüber bekamen sie unter dem Mantel Händel und gerieten miteinander, erst leise, dann immer heftiger, in einen lebhaften Wortwechsel über das schicklichste Metrum für ein Ständchen. – Aurora stutzte; aber als sie auf einmal vier Arme aus dem Mantel sich hervorarbeiten sah, ergriff sie ein Grauen und sie stürzte unaufhaltsam nach dem Jägerhause zurück. Da brach Romano plötzlich hervor, Leontin hatte kaum Zeit, in größter Eile zu entfliehen.

Die atemlose Gräfin schrie laut auf, da der Prinz, der mit seinen langen Beinen ihr den Vorsprung abgewonnen hatte, auf einmal zierlich auf einem Knie vor ihr lag. „Mit wem sprachen Sie soeben?" fragte die Erschrockene, noch immer ängstlich um sich her blickend. – „Mit mir selbst im Traume von dir!" – „Es lief doch aber jemand fort von Ihnen?" – „Mein Schatten wahrscheinlich." – „Ach, es scheint ja weder Sonne noch Mond!" – „Desto besser, so belauscht uns nur Venus vom

Himmel.“ – „Und vier Arme leibhaftig!“ – „Oh, hätt ich deren viertausendvierhundertundvierundvierzig, dich zu umschlingen!“

Das klang der Gräfin denn doch gar zu appetitlich. Sie hob mit einem zärtlichen Blick den Prinzen vom Rasen auf, der nicht versäumte, sogleich seine Kniescheibe sorgfältig abzustäuben. Er bat die Reizende, sich noch ein Weilchen im Walde zu ergehen, sie nickte schlau mit dem schönen Köpfchen, und so wandelten denn die Glücklichen unbelauscht nebeneinander her.

Romano hatte mit malerischer Nachlässigkeit seinen Mantel halb über die Achsel zurückgeschlagen, er sprach von dem Bad in den kosenden Abendlüften, von den Dämmerlauben des Gemüts, von den nackten Bübchen, die in dem luftigen Laube zielen. Aber die nackten Bübchen guckten schon aus Auroras Augen, sie ging so unbedenklich in alle diese Dämmerlauben ein, und wenn es so fortwährte, blieb fast nichts mehr zu erobern an ihr. – Das war dem Prinzen gar nicht recht; er hatte sich's so schön ausgesonnen, allen Aufwand steigender Verführungskünste, die Schnöde allmählich poetisch zu verlocken – er war ganz verstimmt.

Auf einmal stand Aurora still. „Ich höre keine Stimmen mehr vom Jägerhause“, sagte sie, nach allen Seiten umschauend, „wir haben uns verirrt.“ – „Hat keine Not“, erwiderte Romano, „mir leuchten zwei helle Sterne auf dem stillen Meer der Nacht.“ – Hiermit bog er schnell vom Wege auf einen freien Platz hinaus, wo Aurora mit Erstaunen einen Reitknecht mit zwei zierlich aufgezäumten Pferden erblickte. „Mein Bursch kann zu Fuß wandern“, sagte der Prinz, „und wenn Sie sich meines Rößleins bedienen wollen, so besteig ich das seinige, und führe Sie bequem und luftig heim.“

Die ermüdete Gräfin, um bei längerem Ausbleiben Aufsehen im Jägerhause zu verhüten, nahm den Vorschlag an, und so ritten sie bald vertraulich plaudernd in die warme Nacht hinein. Aber die Venus ging unter, der Mond ging auf, und sie ritten noch fort und immer fort.

„Wo führen Sie mich hin?“ sagte endlich die Gräfin wieder; „da hör ich einen Eisenhammer in weiter Ferne.“ – „Wird Amors Mühle sein“, meinte der Prinz, „die arbeitet am lustigsten in solcher Stunde.“ – Mein Gott, ich glaube gar, der will mich entführen, dachte Aurora bei sich, senkte nachdenklich das Köpfchen und wiegte sich mit einem angenehmen schauerlichen Gefühl in der Erinnerung aller nächtlichen Entführungsgeschichten, die sie in den schmierigen, halbzerlesenen Romanen aus der Leihbibliothek so oft in Gedanken mitgemacht hatte.

Unterdes wechselten neben ihnen unbekannte Gegenden und Abgründe rätselhaft im dämmernden Mondlicht, da stutzten plötzlich die schnaubenden Rosse; vor ihnen schoß auf einmal eine wunderliche Gestalt Purzelbäume quer über den Weg, eine zweite folgte, und noch eine, andere standen seitwärts am Wege auf den Köpfen, und verschwanden schnell, wie sich die Reiter nahten. – „Das kommt bei dem dummen Zeuge heraus!“ brach da die heftig erschrockene Gräfin plötzlich los; „ich möcht auch in aller Welt nur wissen, was es hier zu entführen gibt! Ich habe weder einen tyrannischen Vater, noch eine geizige Tante, ich bin ganz frei, ich kann jeden Augenblick heiraten!“ – Romano schwieg ganz still, denn ihm fing selbst an angst zu werden vor den unerklärlichen Erscheinungen. War ihm bei hellem Tage ein gewöhnliches Rendezvous zu gemein gewesen, so verwünschte er nun insgeheim seine unüberwindliche Sucht nach genialen Abenteuern und wäre am liebsten wieder umgekehrt.

In großer Verlegenheit spähte er soeben nach allen Seiten umher, als sich plötzlich eine Rakete prasselnd und sprühend über dem dunkeln Walde emporriß. „Dorthin, dorthin!“ rief Romano voll Freude, und drückte die Sporen ein, daß die erstaunte Gräfin kaum folgen konnte.

Wie im Fluge erreichten sie nun bald einen einsamen, rings von Felsen eingeschlossenen Platz, von dessen anderem Ende ihnen ein Gemäuer entgegenschimmerte. Es war eine Waldkapelle, das verabredete Ziel Romanos, wo er seine schöne Beute einstweilen verbergen und mit Leontin das Weitere beraten wollte. – Mehrere Windlichter bewegten sich an der Klause und beleuchteten wunderbar den Rasen, die Steine und Felsen in der nächtlichen Einsamkeit. Da schoß der Gräfin auf einmal das Blatt – mit klopfendem Herzen sah sie unverwandt in das Spiel der wandelnden Lichter. Romano aber stutzte, er konnte durchaus nicht begreifen, wozu Leontin, allem Geheimnis zum Trotz, so viele Personen hier versammelt hatte. Und als er nun, indem er näher kam, immer mehr fremde Gesichter erblickte, lauter festlich geschmückte Leute, als er dann auch

Leontin darunter erkannte, einen Klapphut unter dem Arm und einen dicken Blumenstrauß vor der Brust, ja als endlich gar ein Geistlicher mit einer Kerze in der Hand majestätisch den Haufen teilte, da wurde Romanos Gesicht immer länger und länger vor wachsendem Grausen.

Unterdes hatte Leontin schon die Gräfin vom Pferde gehoben, die sehr heiter und gemütlich war, und sich hier sogleich recht wie zu Hause zu befinden schien. Auch Romano stieg verwirrt und zögernd ab. Da trat der Geistliche, von dem er kein Auge verwandte, feierlich hervor und redete die Neuangekommenen folgendermaßen an:

„Hochverehrte! Sie stehen hier soeben in dem tugendhaften Begriff, das angenehme Bündnis Ihrer Herzen mit dem süßen Mundlack des Jaworts zu versiegeln. Indem wir daher, Vielverliebte, in diesem feierlichen Augenblick gleichsam mit einem Fuß schon das Bett der Ehe bestiegen, lassen Sie uns dasselbe noch einmal mit gebührendem Ernste betrachten! – Es ist ein Himmelbett – denn die schönsten Engel predigen hinter seiner Gardine. Es ist ein Thronbett – denn gekrönte Häupter ruhen darauf. Es ist ein Paradebett, auf dem verblichene Junggesellen im erhabensten Schmuck stiller Männerwürde, will sagen: in langem damastenen Schlafrock und blendendweißer Zipfelmütze ausgestellt werden, zum Hohn und heimlichen Neid jener schäbigen Rotte von verwegenen Hagestolzen und Familienglücksverächtern. – Ja du, vergangener Junggesell, gerührter Bräutigam! über dessen ehrwürdigem Scheitel endlich die Aurora deiner letzten Liebe aufgegangen, der –“

Hier stockte er plötzlich – seine Augen suchten rings in dem Kreise umher, Romano war nirgends zu sehen. – Ein verworrenes Gemurmel ging bei dieser unerwarteten Entdeckung durch die ganze Versammlung, Leontin wurde unruhig, man suchte in der Kapelle, man rief laut nach den verschiedensten Richtungen, alles vergeblich. Endlich hörten sie von einem Jäger, daß der Prinz gleich zu Anfang der Rede, während alle Blicke auf den Prediger und die schöne Braut gerichtet waren, unbemerkt fortgeschlichen, im nahen Gebüsch sich in verstörter Hast auf ein Pferd geworfen, und wie besessen in den Wald hinausgesprengt sei. – Späterhin erfuhr Leontin, wie er mitten in derselben Nacht ganz verwirrt auf Publikums Schloß angekommen, seine Leute eilig geweckt, und im unaufhaltsamen Entsetzen vor dem Ehestande, zu allgemeinem Erstaunen noch vor Tagesanbruch abgereist sei, ohne daß jemand erraten konnte, wohin er sich gewendet. –

Das war ein Strich durch die ganze Narrenrechnung. Die Gäste sahen in ihren feierlichen Hochzeitskleidern einer den andern spöttisch an, Leontin lachte unmäßig, mehrere erbosten sich über die Mücken, die sie durch ihre ganz unnützen Eskarpins stachen. Am ungebändigsten aber war der Geistliche, der in dieser Verwirrung Bart, Kappe und Salbung verloren hatte. Er beteuerte, es sei unter solchem Volk leichter pokulieren als kopulieren, und schwur, seine Rede, die eben erst witzig werden sollte, bis zu Ende zu halten, und wenn er sie an die Bäume richten müßte. Bei diesen Worten blickte ihn Aurora schärfer an – sie traute ihren Augen nicht: es war der ihr wohlbekannte Poet Faber! – Da brach plötzlich ihre bisher nur mit Mühe verhaltene übelste Laune los. Sie schimpfte, ohne weiter mehr nach Grazie zu fragen, auf die Phantasten, die ihr durch ihre Tollheiten die Haube dicht überm Kopfe wegpariert hatten, aber sie frage, meinte sie, wenig darnach, sie wolle auch ohne solche Flausenmacher doch unter die Haube kommen, es gebe noch andere, reiche und würdige Leute, die sie besser zu schätzen wüßten.

Sie war noch lange nicht mit allem fertig, was sie auf dem Herzen hatte, als sie zu ihrem Erstaunen sich auf einmal allein auf dem Platz erblickte. Hochrot vor Ärger, ließ sie sich mit erzwungenem Stolz auf der Rasenbank vor der Klause nieder, sie konnte nicht begreifen, welche neue Narrheit plötzlich wieder in die wunderliche Gesellschaft gefahren. Sie sah Leontin und seine Spießgesellen in großem Eifer durcheinanderrennen, die Herren gürteten ihre Hirschfänger um, Leontin schien heimlich und leise Befehle zu erteilen, und in wenigen Minuten hatte sich alles in den nahen Wald verlaufen. Jetzt hörte sie nur noch hin und her Gewisper unter den dunkeln Bäumen, manchmal war es ihr, als vernähme sie von fern Pferdegetrappel, dann wieder alles totenstill – fast fing sie sich im Ernste zu fürchten an.

Plötzlich geschieht ein Schrei im Walde, mehrere Pistolen werden abgefeuert, zwischen dem Geknatter Degengeklirr und fremde Stimmen, immer näher und näher, und mit großem Lärm stürzt endlich der ganze verworrene Haufe vom Walde gerade auf die Klause her.

Aurora, die sich erschrocken in die Kapelle zurückgezogen

hatte, bemerkte durch das Fenstergitter, daß Leontin und die Seinigen mehrere Gefangene einbrachten; aber wie groß war ihr Erstaunen, als sie mitten darunter einen Mann zu gewahren glaubte, der, außer sich vor Zorn, schimpfend und vergeblich mit Arm und Beinen zerrend, von vier handfesten Jägern auf den Schultern wie im Triumphe einhergetragen wurde. – „Er räsoniert noch, bindet ihn, knebelt ihn!" rief der nacheilende Faber, der jetzt ein besonderes martialisches Ansehen hatte. Über den Spektakel kam auch Leontin mit einer Fackel herbei, beleuchtete den geängstigten Gefangenen, und prallte bei seinem Anblick erschrocken zurück. – „Unmöglich!" rief er aus, „Sie sind es, Herr Publikum? mitten in der Nacht ohne Schlafrock! ich hoffe doch nicht, daß einen soliden Mann etwa gar der Klang zierlicher Pantöffelchen verlockt hat – wir glaubten uns hier in der Geisterstunde plötzlich von Räubern überfallen." – „Pantöffelchen! Räuber! Das ist es gerade!" erwiderte der noch atemlose Publikum, den die Jäger unterdes respektvoll losgelassen hatten; „der Prinz Romano hat die Gräfin Aurora entführt, wir setzen soeben dem Räuber nach." – Aber Leontin, der, durch einen Jäger von der unerwarteten Ankunft Publikums benachrichtigt, den ganzen Rumor angezettelt hatte, hörte auf nichts, sondern rannte in einem Anfall wütender Courtoisie bald zu den gleichfalls eingefangenen Novellisten, bald zu ihrem dicken Meister, überall das räuberische Mißverständnis entschuldigend, und stülpte zuletzt, gegen plötzliche Erkältung dem letztern die weiße Nachtmütze eines Jägers auf den Kopf. Der schlaue Publikum ließ alles geduldig über sich ergehen, denn er hatte insgeheim eine ebenso große Abneigung als unüberwindliche Furcht vor der phantastischen Grobheit des Grafen, er lobte und belachte jeden seiner Einfälle, und schrie ihn in seiner Herzensangst vor den empörten Novellenmachern als ein echtes Kunstgenie aus.

Währenddes aber war auch Aurora aus ihrer Klause gebrochen, und erschien plötzlich, wie eine Fee die Menge teilend, in dem Kreise der Fackeln. – „Auf ewig!" sagte sie feierlich zu dem überraschten Publikum, ihm die schöne Hand reichend, die dieser mit inbrünstigen Küssen bedeckte. Ein freudiges „Ach!" ging durch die Runde der erstaunten Novellisten. Aurora aber blickte triumphierend über den breiten Rücken des küssenden Publikums nach Leontin und seinen Gesellen hin, als wollte sie sagen: „Nun, seht ihr wohl?!" –

Jetzt hatte auch Publikum wieder Mut gewonnen, und befahl sogleich nach den ersten Verständigungen mit einem vornehmen Ton, nach seinem Schlosse aufzubrechen. Vergebens versprach Leontin, zum Polterabend Herrn Publikum mit einem Pistol den Zipfel seiner Schlafmütze vom Kopfe zu schießen, den Wald anzuzünden, ja sie alle miteinander betrunken zu machen.

Der glückliche Bräutigam, der in seiner Seligkeit ganz vergaß, seine Nachthaube abzunehmen, bedauerte mit hoffärtiger Herablassung Leontins Einsamkeit, die zu solchem Feste keine passenden Mittel böte; wenn es aber der Gräfin Julie an irgendeinem Agrément fehlen sollte, so möge sie sich nur immer nachbarlich und vertrauensvoll an seine künftige Gemahlin, die Gräfin Aurora, wenden. – „Köstlich!" entgegnete Leontin, „meiner Julie kommt manchmal der Einfall, in vollem neumodischen Kopfputz auf die Jagd zu reiten, sie wird sich dann, wenn Sie erlauben, von der Gräfin Aurora frisieren lassen, ich weiß, die versteht das wie keine andere. Nadeln mit doppelten Spitzen will ich schon selbst dazu mitbringen." – Da wandte sich Herr Publikum mit einer kalten Verbeugung, schlug im Weggehen auf seinem Bauche dem Leontin noch heimlich und vorsichtig, damit er's nicht bemerkte, ein Schnippchen, und bestieg mit seinem Gefolge die bereits vorgeführten Rosse.

Leontin sah ihnen lange kopfschüttelnd nach. Plötzlich schien ihm ein Gedanke zu kommen, er verfolgte pfeilschnell die Reiter. „Aber hört doch!" rief er, „seid ihr denn wirklich toll? ihr seid ja abscheulich angeführt. So hört doch!"

Die Glücklichen hörten jedoch nicht mehr. – Faber hatte unterdes eine Violine ergriffen, und geigte dem Zuge lustig nach, Raketen wurden geworfen, die Jäger lösten die für Romanos Kopulation herbeigeschafften Kanonen, die ein entsetzliches Geböller in den nächtlichen Schlüften machten. – Herr Publikum aber mit seiner Schlafmütze, Aurora und die Novellisten zogen alle vergnügt von dannen, um ihre Novelle mit einer weitläufigen Hochzeit zu beschließen.

In derselben angenehmen Jahreszeit hatte Schreiber dieses das Glück, mehrere der denkwürdigen Personen dieser Geschichte selbst kennenzulernen. Als nämlich die Kunde von der ebenso unglaublichen als für uns Poeten erwünschten Verbindung zwischen Herrn Publikum und der berühmten Gräfin

Aurora von Stadt zu Stadt erscholl, war auch ich aufgebrochen, um zum Hochzeitsfeste dem Herrn Publikum eine mit besonderm Fleiße von mir ausgearbeitete Novelle persönlich zu verehren. In meinem neuen engen Frack, der meiner sonst ganz hübschen, aber etwas langen und schmalen Figur ein noch knapperes Ansehen gab, mein Manuskript fest unter den Arm geklemmt, strich ich zufrieden über Land, und memorierte unterweges laut die recht schön ausgedachte Anrede, womit ich das Werkchen überreichen wollte.

Aber wie es den Dichtern oft zu gehen pflegt, daß sie überall zu spät kommen, wo es was Gutes gibt, so gewahrte ich auch, mit nicht geringem Schrecken, als ich bei einbrechender Nacht an Publikums Palast anlangte, daß die Hochzeit eben schon in vollem Gange war. Das ganze Schloß flimmerte von Kronleuchtern, Trompeten raseten, Tanzende schleiften in wechselndem Glanze an den Fenstern vorüber, während andere Paare, heimlich plaudernd, sich in die stille Nachtluft hinauslehnten. Unten rannten viele Bediente mit prächtig duftenden Gerichten an mir vorbei, und mochten mich, mit einem Paket unterm Arme, wohl für einen vazierenden Musikanten halten. Die Musik aber schlang sich immer wehmütiger durch die schirmenden Wipfel über mir, ich lehnte mich an einen Baum, und gedachte der bessern Tage meiner fröhlichen Jugendzeit; neue Gedichte tauchten aus den Klängen in meiner Seele auf, und ich war im besten Zuge, mein Manuskript, Publikum und alles zu vergessen, weshalb ich eigentlich hierhergewandert war.

Da hörte ich plötzlich in einiger Entfernung ein leises Geräusch unten am Schloß, und bald darauf sagte eine liebliche Stimme: „Aber wenn mich die ganze gebildete Welt so findet, so muß es doch auch wirklich so sein! Und ich brauche Sie nun nicht weiter mehr, und verbitte mir von nun an alle Hofmeisterei." – „O du Verblendete!" entgegnete eine andere Stimme; „so fahre denn hin! ich wende meine Hand von dir, und lasse dich in der Gewalt der Philister." – Hier streifte ein Lichtstrahl aus dem Fenster über das Gebüsch, ein wunderschönes Frauenbild mit Diadem und funkelndem Geschmeide blitzte plötzlich aus der Nacht auf, und war in demselben Augenblick auch wieder verschwunden.

Geblendet starrte ich noch hin, als sich auf einmal in derselben Gegend ein großer Lärm erhob. „Dort lief er hin!" rief eine zornige Stimme. Es war der junge Mann von den Novellenmachern, wie ich späterhin erfuhr. Er hatte einen verliebten jungen Fant das Haus umschleichen gesehen, den er soeben mit gezogenem Degen zu verfolgen schien. Aber in seiner moralischen Wut rannte der Tugendheld bei der Dunkelheit einen Bedienten mit einer großen Pastete über den Haufen, und hatte gleich darauf sich selbst mit dem Degen am eignen Rockschoß an einem Baume festgespickt.

Indem ich ihm eilig zu Hülfe springen will, bricht plötzlich ein feines Jägerbürschchen wie ein gehetztes Reh durch das Gebüsch und stürzt atemlos gerade in meine Arme. Und eh ich mich noch besinnen kann, drängt er mich, öfters scheu zurückblickend, in wunderlichem Ungestüm über Beete und Bäume mit sich fort. – „Aber was soll's denn?!“ rief ich endlich tiefer im Garten aus. – Da stutzte das Bürschchen, das mich wahrscheinlich verkannt hatte, und sah mich von oben bis unten verwundert an. „Wer bist du denn eigentlich?“ fragte er dann, „und was wolltest du hier?“ – Ich berichtete ihm nun mit kurzen Worten meinen Namen, Metier, und den Zweck meiner Reise. Darüber wollt er sich auf einmal totlachen, und lachte immer unvernünftiger, je mehr ich meine gerechte Empfindlichkeit zeigte. „Die Anrede“, sagte er, „mußt du an mich halten, ich werde dir zeigen, wie du dazu agieren sollst. – Aber die Hochzeit! – Ich will ja eben auch heiraten.“

Unterdes waren wir an den Ausgang des Parks gekommen, zwei gesattelte Pferde standen dort am Zaun. „Nur schnell, schnell!“ rief er wieder, „du kannst doch reiten? Ich muß rasch fort, und fürcht mich so allein.“ – Ich wußte in der Eile gar nicht, wie mir geschah, er schob mich geschwind auf das eine Pferd hinauf, schwang sich auf das andere, und, eh ich mich's versah, ging's pfeilschnell in die weite Nacht hinaus.

Draußen klang die Tanzmusik uns noch lange über die stillen Felder nach, das Schloß lag wie eine feurige Insel über dem dunklen Walde. Ich betrachtete öfters den lustigen Jäger von der Seite, und verwunderte mich über seine große Schönheit. Da hört ich auf einmal aus dem fernen Gebüsch im Vorüberreiten einen überaus lieblichen Gesang erschallen, es war als ob der Mondschein klänge:

„Bleib bei uns! wir haben den Tanzplan im Tal
Bedeckt mit Mondesglanze,

Johanniswürmchen erleuchten den Saal,
Die Heimchen spielen zum Tanze."

Ich konnte durchaus niemanden erblicken. Aber Florentin – so nannte sich das Jägerbürschchen – antwortete ihnen zu meinem Erstaunen, und zankte sich ordentlich mit den wunderlichen Musikanten. „Warum nicht gar!" rief er fast unwillig nach dem Walde gewendet aus; „jetzt hab ich keine Zeit, heut laßt mich in Frieden. Was wißt ihr von meiner Not!" – Wälder, Wiesen und Dörfer flogen unterdes im hellen Mondschein vorüber, aus den Gebüschen sang es von neuem hinter uns drein:

„Stachelbeer' weiß es und stichelt auf dich –
Will – Wili – wir verraten es nicht –
Sie sagt' es dem Bächlein im Grunde,
Das hörten die Bäume und wundern sich,
Das Bächlein macht' auf sich zur Stunde
Und plaudert' es aus durch den ganzen Wald:
Wil – Wili – Willibald!" –

Die Sterne fingen schon an zu verlöschen, als wir nach dem tollen Ritt an einem Schloß im Gebirge endlich haltmachten. Ein Brunnen plätscherte verschlafen vor dem stillen Hause, auf dem steinernen Geländer schlief ein Storch auf einem Beine, und fuhr über dem Geräusch, das wir machten, erschrocken mit dem Kopf unter den Flügeldecken hervor, uns mit den kleinen Augen verwundernd ansehend. Florentin aber tat hier sogleich wie zu Hause. „Ach nein, lieber Adebar, es ist noch lange Zeit, uns was zu bringen!" sagte er, den Vogel streichelnd, der vergnügt seine Federn aufschüttelte und mit den Flügeln schlug. Dann klopfte er eilig an ein Fenster des Schlosses. Es wurde von innen geöffnet, ein hübsches Mädchen steckte erstaunt das Köpfchen hervor. – „War er hier?" fragte Florentin hastig. – „Niemand!" war die Antwort. – Da wandte sich Florentin wieder zu mir, er schien sehr bestürzt. Das Mädchen schloß mit einem Seitenblick nach mir herüber ihr Fenster, mein Begleiter aber zog rasch einen Schlüssel aus der Tasche, und öffnete die Haupttür des Schlosses. – Wir betraten schweigend eine unabsehbare Reihe prächtiger Gemächer, wo die durch rotseidene Gardinen brechende Dämmerung kaum noch die Schildereien erraten ließ, die in vergoldeten Rahmen an den

Wänden umherhingen, der getäfelte Fußboden glänzte in dem ungewissen Schimmer, eine Flötenuhr in einem der letzten Zimmer begann ihr Spiel und schallte fast geisterartig durch diese Einsamkeit.

Da stieß Florentin in einem der Säle eine Mitteltür auf; sie schien nach dem Garten zu gehn, denn eine duftige Kühle quoll uns plötzlich erfrischend entgegen. Jenseits ging soeben der Mond hinter den dunklen Bergen unter, von der andern Seite flog schon eine leise Röte über den ganzen Himmel, die geheimnisvolle Gegend aber lag unten wunderbar bleich in der Dämmerung, nur im Tale fern blitzte zuweilen schon ein Strom auf. Vor uns schienen verborgene Wasserkünste zu rauschen, eine Nachtigall tönte manchmal dazwischen wie im Traume. –

Florentin hatte sich auf die Schwelle des Schlosses gesetzt, schaute, den Kopf in die Hand gestützt, in die Gegend hinaus und sang:

„Es geht wohl anders, als du meinst,
Derweil du rot und fröhlich scheinst,
Ist Lenz und Sonnenschein verflogen,
Die liebe Gegend schwarz umzogen;
Und kaum hast du dich ausgeweint,
Lacht alles wieder, die Sonne scheint –
Es geht wohl anders als man meint."

Hier brach er plötzlich selbst in Weinen aus. Ich wußte mir gar keinen Rat mit ihm, er war ganz untröstlich, und lachte doch wieder dazwischen, sooft ich ihn mit angemessenen Worten zu beruhigen suchte. „Nein, nein", rief er dann von neuem schluchzend, „es ist alles vorbei, ich hätte ihn über den Possen nicht so gehn lassen sollen, nun ist er auf immer verloren!" – „Aber wer denn?" fragte ich schon halb unwillig. – Da hob er auf einmal, gespannt in die Ferne hinaushorchend, das Köpfchen, daß ihm die Tränen wie Tau von den schönen Augen sprühten, sprang dann rasch auf und war, eh ich's mich versah, in dem Garten verschwunden.

Betroffen folgte ich seiner Spur im tauigen Grase; einzelne Schlaglichter fielen schon durch die Wipfel, von fern hörte ich zwischen dem Schwirren früherwachter Lerchen einen schönen Gesang durch die stille Luft herübertönen. Endlich nach langem Umherirren vernahm ich ganz in der Nähe Florentins munteres Geplauder wieder. Aber wie erstaunte ich, als ich, plötzlich aus dem Gebüsch hervortretend, einen fremden Mann am Abhang des Gartens vor mir ruhen sah. Auf seinem Ränzel ihm zu Füßen saß Florentin, er hatte das Köpfchen vor sich auf den Wanderstab des Fremden gestützt, und sah diesem überaus fröhlich ins Gesicht. Bunte Vögel pickten vor ihnen auf dem Rasen und guckten aus allen Zweigen, und machten lange Hälse, um den Fremden zu sehen. Hinter den fernen blauen Bergen aber ging soeben die Sonne auf, und blitzte so morgenfrisch über die Landschaft und den Garten, daß die Wasserkünste sich, wie jauchzend, aus den Gebüschen emporschwangen.

Jetzt erst in der Blendung besann ich mich recht. „Willibald!" rief ich voller Erstaunen. – Er war der Fremde, ich kannte ihn noch von Halle her, und hatte einmal mit ihm eine Fahrt nach dem Harz gemacht, von der er nachher viel Wunderbares zu erzählen wußte. – Er wandte sich bei dem Klang meiner Stimme schnell herum. „Auch du! – – und hier mein liebes Liebchen vom Roßtrapp!" sagte er, auf Florentin weisend.

„Wie! dieser – diese – dieses Florentin? wessen Geschlechts eigentlich –?"

„Gräflichen, mein Guter, namens Aurora."

„Was! die hält ja eben Hochzeit mit Herrn Publikum!" –

„Ach, das ist meine gewesene Jungfer", lachte der nunmehr gewesene Florentin; „ich gab sie für mich aus, um die tollen Freier zu foppen, und nun haben sie sie wahrhaftig geheiratet! Mich merkte keiner, nur der spitzige Romano hätte mich bald an meinem Bilde erkannt, das der unvorsichtige Leontin in seinem alten Rittersaale hängen ließ. – Aber sieh nur, wie schön!" – wandte sie sich wieder zu Willibald, bald ihn, bald die Gegend betrachtend, daß man nicht wußte, wen sie eigentlich meine. „Ich kaufte das Gut nur für dich, nun ist alles wieder dein – und ich dazu", fuhr sie errötend und ihr Gesicht an seiner Brust verbergend leise fort; „und nun brechen wir bald zusammen nach Italien auf, ich sehne mich schon recht nach meiner Heimat!"

Hier hob plötzlich der Morgenwind ein gut Teil meiner Novelle aus der Rocktasche. Sie hatte sogleich die flatternden Papiere erhascht, und blätterte auf ihrem Knie, bald lachend, bald kopfschüttelnd darin. „Nein, nein", sagte sie dann zu mir, „das ist nichts, schreibe lieber unsere Geschichte hier auf, die

Bäume blühen ja gerade, und alle Vögel singen, so weit man hören kann." –

Und nun ging es lustig her auf dem Schlosse. Gräfin Aurora erzählte mir alles, wie es sich begeben, von Anfang bis zu Ende. Ich aber sitze vergnügt in dem prächtigen Garten, einen Teller mit frischen Pfirsichen neben mir, die sie zum Andenken mit ihren kleinen weißen Zähnchen angebissen; die Morgenluft blättert lustig vor mir in den Papieren, seitwärts weiden Damhirsche im schattigen Grunde, und indem ich dieses schreibe, ziehn unten Aurora und Willibald soeben durch die glänzende Landschaft nach Italien fort, ich höre sie nur noch von fern singen:

„Und über die Felsenwände
Und auf dem grünen Plan
Das wirrt und jauchzt ohn Ende,
Nun geht das Wandern an!"

AUCH ICH WAR IN ARKADIEN

Da säß ich denn glücklich wieder hinter meinem Pulte, um dir meinen Reisebericht abzustatten. Es ist mir aber auf dieser Reise so viel Wunderliches begegnet, daß ich in der Tat nicht recht weiß, wo ich anfangen soll. Am besten, ich hebe, wie die Rosine aus dem Kuchen, ohne weiteres sogleich das Hauptabenteuer für dich aus.

Du weißt, ich lebte seit langer Zeit fast wie ein Einsiedler und habe von der Welt und ihrer Julirevolution leider wenig Notiz genommen. Als ich meinen letzten Ausflug machte, war eben die Deutschheit aufgekommen und stand in ihrer dicksten Blüte. Ich kehrte daher auch diesmal nach Möglichkeit das Deutsche heraus, ja ich hatte mein gescheiteltes Haar, wie Albrecht Dürer, schlicht herabwachsen lassen und mir bei meinem Schneider, nicht ohne gründliche historische Vorstudien, einen gewissen germanischen Reiseschnitt besonders bestellt. Aber da kam ich gut an! Schon auf dem Postwagen – dieser fliegenden Universität – in den nächsten Kaffeehäusern, Konditoreien und Tabagieen konnte ich mit ebensoviel Erstaunen als Beschämung gewahr werden, wie weit ich in der Kultur zurück war.

Die Deutschen, fand ich, waren unterdes französisch, die Franzosen deutsch, beide aber wiederum ein wenig polnisch geworden; jeder wenigstens verlangt das liberum veto für sich und möchte in Europa einen großen polnischen Reichstag stiften. Ich gestehe, daß mir weder das Polnische noch das Französische so gar geläufig ist, und ich stand daher ziemlich verblüfft da in meinem altdeutschen Rocke. Doch zur Sache:

Eines Tages kehrte ich in dem, dir wohl noch bekannten, großen Gasthofe „Zum goldenen Zeitgeist" ein. Das war, wie du dich erinnern wirst, zu unserer Zeit die ästhetische Börse der Schöngeister, wo wir bei einem Schoppen saueren Landweines gemütlich die Valuta und den täglichen Kurs der Poeten notierten. Da ging es damals ziemlich still her, denn wir hatten alle mehr Witz als Geld. Höchstens einige Gitarrenklänge, ein paar Toasts, oder ein leidlicher Lärm, wenn wir um Schlegels „Lucinde“ zankten, oder einen zufällig verlaufenen Kotzebuaner herausschmissen. Ich frug sogleich eifrig nach den alten Gesellen. Aber sie waren wie verschollen, man wollte sich nicht einmal ihrer Namen mehr zu entsinnen wissen. Einen nur wies mir der Kellner mit ironischem Lächeln nach: vom „Goldenen Zeitgeiste“ links ab, die erste Quergasse rechts, dann ins nächste Sackgäßchen wieder halb links ab bis ans Ende – ich glaube, der ironische Kellner wollte mich zur Welt hinausweisen. Nun ist es allerdings richtig: einige hat seitdem der Pegasus abgeworfen, andere haben ihn selbst abgeschafft, weil er Futter braucht und keines gibt. Genug, auch hier war alles verwandelt.

Dagegen verspürte ich jetzt im Hause eine wunderliche Unruhe; ein scharfer Zugwind pfiff durch alle Gänge, die Türen klappten heftig auf und zu, fremde Leute mit sehr erhitzten Gesichtern rannten hin und her, besprachen sich heimlich miteinander und rannten wieder, kurz: ein Rumoren, Gehen und Kommen treppauf treppab, als wollte der ganze Zeitgeist plötzlich mit der Schnellpost aufbrechen.

Noch mehr aber stieg meine Verwunderung, als ich des Abends mich zu der Fremdentafel begab. Schon beim Eintritt in den langen gewölbten Eßsaal fiel mir eine Reihe hoher Betpulte auf, die an den Wänden aufgestellt waren. Vor den Pulten knieten viele elegant gekleidete Herren jedes Alters und beteten mit großer Devotion aus aufgeschlagenen Folianten, in denen sie von Zeit zu Zeit geräuschvoll blätterten. Andere schritten eifrig im Saale auf und nieder, schienen das eben Gelesene mit vieler Anstrengung zu memorieren. Ich hielt jene Folianten für Evangelienbücher oder Missalien, mußte aber, da ich an den Pulten einmal näher vorüberzustreifen wagte, zu meinem Erstaunen bemerken, daß es kolossale Zeitungen waren, englische und französische.

Als mich endlich einige dieser Devoten gewahr wurden, kamen sie schnell auf mich zu und begrüßten mich mit einer sonderbaren kurzen Verneigung nach der linken Seite hin, wobei sie mich schroff ansahen und irgendeine Erwiderung zu erwarten schienen. Diese linkische Begrüßung wiederholte sich, sooft ein Neuer ankam, worauf, wie ich bemerkte, jeder Eintretende sogleich ernst und stolz mit einem kurzen: „Preßfreiheit, Garantie“ oder „Konstitution“ antwortete. – Ich muß gestehen, mir war dabei ein wenig bang zumute, denn, je mehr der Saal sich allmählich füllte, je mehr wuchs ein seltsames, geheimnisvolles Knurren und Murmeln unter ihnen, allerlei Zeichen und Gewirre. Ja der Kellner selbst, als er mir den Speiszettel reichte, kniff mich dabei so eigen in die Finger, daß ich in der Angst unwillkürlich mit einem Freimaurerhändedruck replizierte; aber weit gefehlt! der Kerl wandte schon wieder mit seinem fatalen ironischen Lächeln mir verächtlich den Rücken.

Bei Tische selbst aber präsidierte ein großer, breiter, starker Mann mit dickem Backenbart und Adlernase, den sie den Professor nannten. Nachdem er gleich beim ersten Niedersitzen einen Sessel eingebrochen und mit dem Ellenbogen einige Gläser umgeworfen hatte, streifte er sich beide Ärmel auf, und begann mit einem gewissen martialischen Anstande den Braten zu zerlegen. Nichtsdestoweniger harangierte er zu gleicher Zeit die Gesellschaft in einer abstrakten Rede über Freiheit, Toleranz, und wie das alles endlich zur Wahrheit werden müsse. Dabei langte er über den halben Tisch weg bald nach dem Salzfaß, bald nach der Pfefferbüchse, und schnitt und trank und sprach und kaute mit solchem Nachdruck, daß er ganz rotblau im Gesichte wurde. Aller Augen hingen an seinem glänzenden Munde, nicht ohne schmachtende Seitenblicke auf den Braten, denn er aß beim Vorschneiden in der Tat nicht nur das Beste, sondern fast alles allein auf. Einige benutzten die Momente, wo er den Mund zu voll genommen hatte, um selbst zu Worte zu kommen; sie gaben von dem vorhin Memorierten, wie ich leicht bemerken konnte, da ich selbst vor dem Essen auf meiner Stube im „Moniteur" geblättert hatte. Nur ein einziger, ein neidgelber schlanker Mensch, der bei dem Vorschneiden des Professors so seine eigenen Gedanken zu haben schien, unternahm es, dem letzteren mit scheuer, dünner Stimme zu widersprechen. Die Toleranz, wagte er zu meinen, könne nur dann eine Wahrheit werden, wenn beim Essen wie im Staat, jeder Gast und jedes Volk seinen Braten und seine Freiheit appret für sich habe usw. Der Unglückselige! Erschrocken sahen die andern den Professor an, wie er es aufnähme. Dieser aber geruhete, zwischen den Weinflaschen hindurch einen zornigen, zerschmetternden Blick auf den Sprecher zu schleudern. Da sprang sogleich die ganze Gesellschaft von den Stühlen auf, nahm den Dünnen ohne weiteres in ihre Mitte, und, eh ich mich besinnen konnte, war er zum Saale hinaus, ich sah nur seine Rockschöße noch um den Türpfosten fliegen. – Darauf ergriff jeder sein volles Glas, drängte sich um den Professor und trank ihm, mit einer tiefen Verbeugung, auf die untertänigste Gesundheit der Freiheit zu.

Jetzt wurde, mit nicht geringem Lärm, noch eine Menge anderer Toasts ausgebracht, die ich dir nicht zu nennen vermag; es schienen sämtliche Begriffe aus des Professors „Kompendium des Naturrechts" zu sein. Ich weiß nur, daß nach und nach die Zungen, dann die Köpfe schwer und immer schwerer wurden, bis zuletzt alle, wie nasse Kleidungsstücke, rings über den Stühlen umherhingen. Die Kerzen flackerten verlöschend durch den weiten, stillen Saal und warfen ungewisse Scheine über die bleichen, totenähnlichen Gesichter der Schlafenden. Mir ward ganz unheimlich; ich sah unwillkürlich in meinen Taschenkalender und gewahrte mit Schauern, daß heute Walpurgis war. –

Nur der Professor allein hatte sich aufrecht erhalten, der konnte was vertragen. Er schritt mächtig im Saale auf und nieder, seine Augen rollten, sein Kopf dampfte sichtbar aus den emporgesträubten Haaren. Auf einmal blieb er dicht vor mir stehen, und maß mich mit den Blicken vom Scheitel bis zur Zehe. „Sie gefallen mir", sagte er endlich, „solche Leute können wir brauchen. Sehn Sie hier in die Runde: die matten Wichte da sind von dem bißchen Patriotismus schon umgefallen." – Ich wußte nicht, was ich entgegnen sollte. – Er aber schritt noch einmal den Saal entlang, dann sagte er plötzlich: „Kurz und gut, solche Stunde kehrt so leicht nicht wieder. Wollen Sie mit mir auf den Blocksberg?" – Ich sah ihn groß an, da er aber noch immer fragend vor mir stand, wandte ich im höchsten Erstaunen meine Aufklärung ein, schon Nicolai und Biester hätten ja längst bewiesen – „Ach dummes Zeug!" erwiderte er, „das ist ja eben die Aufklärung!"

Hier wurden wir durch ein schallendes Gewieher von draußen unterbrochen. Ich trat an das Fenster und bemerkte – obgleich wir uns im zweiten Stockwerk befanden – dicht vor den Scheiben ein gewaltiges, störriges und sträubiges Roß, das mit flatternder Mähne in der Luft zu schweben schien. Der Kellner, in einen roten Carbonarimantel gehüllt, hielt das Pferd mit großer Anstrengung an einer langen Leine fest. Ich hätte es ohne Bedenken für den Pegasus gehalten, wenn es nicht Schlangenfüße und ungeheure Fledermausflügel gehabt hätte. – „Jetzt nur nicht lange gefackelt, es ist die höchste Zeit!" rief der Professor, schlug mit einem Ruck die Scheiben ein, schob mich durchs Fenster auf das Roß, schwang sich hinter mich, und, wie aus einer Bombe geschossen, flogen wir plötzlich zwischen den Giebeln und Schornsteinen in die stille Nacht hinaus.

Mir vergingen Atem und Gedanken bei diesem unverhofften Ritt; ich war es ganz ungewohnt, mich so ohne weiteres über alles Bestehende hinwegzusetzen und zwischen Himmel und Erde in leerem Nichts zu schweben. Mein Begleiter dagegen, wie ich wohl bemerken konnte, schien sich hier erst recht zu Hause zu befinden. Zwischen Schlaf und Wachen die Marseillaise sumsend, schmauchte er behaglich einen Zigarren, und bollerte nur von Zeit zu Zeit ungeduldig mit seinen Stiefeln an die Rippen unserer geflügelten Bestie. Da hatte ich denn Muße genug, mich nach allen Seiten hin umzusehen. Tief unter uns lag es wie eine Länder-charte: Städte, Dörfer, Hügel und Wälder flogen wechselnd im Mondschein vorüber. Nur an manchen einzelnen Flecken schien die Nacht wunderlich zu gären. Ungeheuere Staubwirbel schlangen sich durcheinander, und sooft der Wind den Qualm auf Augenblicke teilte, erschien es darunter wie kochende Schlammvulkane.

Vor uns aber im Grau der Nacht stand, allmählich wechselnd, eine große, dunkele Wolke; ich erkannte bald, daß es der Blocksberg war, auf den wir zuflogen. Je näher wir kamen, je mehr füllte die Luft sich ringsumher mit seltsamem Sausen, fernem Rufen und dem Geheul vaterländischer Gesänge. Zahllose Gestalten huschten überall durch den Wind, an denen wir aber, da sie schlechter beritten waren, pfeifend vorüberrauschten. Mit Verwunderung bemerkte ich unter ihnen bekannte Redakteurs liberaler Zeitschriften, sie ritten auf großen Schreibfedern, welche manchmal schnaubend spritzelten, um den guten Städten unten, die rein und friedlich im Mondglanze lagen, tüchtige Dintenkleckse anzuhängen.

Bald konnten wir nun auch die einzelnen Konturen und Felsengruppen des Berges selbst deutlich unterscheiden. „Sehen Sie nur, wie es da wimmelt!" rief mir mein Professor zu, indem er endlich den Schlaf aus den Augen wischte und sich auf dem Rücken des Tieres vergnügt zurechtrückte. Und in der Tat, aus allen Steinritzen und Felsenspalten unten sah ich unabsehbare Scharen aufducken, klettern und steigen, oft plötzlich über das lockere Gerölle hinabschurrend und immer wieder unverdrossen emporklimmend. Mein Gott, wo kommt alle der Plunder her! dachte ich bei mir. Da hörte ich auf einmal Gesang erschallen. Es war eine Prozession weißgekleideter liberaler Mädchen, die sich abquälten, einen gestickten Banner zu dem Feste hinaufzutragen. Der Wind zerarbeitete gar wacker die große Fahne, in deren flatternde Zipfel, sooft sie die Erde streiften, sich Eidechsen und dicke Kröten anhingen. Noch schlimmer schien es weiter unten mehreren anständig gekleideten Männern zu ergehen, die sich vergeblich dem anderen lustigen Gesindel nachzukommen bemühten. Der Professor rieb sich lustig die Hände. „Es geschieht ihnen schon recht", sagte er, „das sind die Doktrinärs, halb des Himmels und halb des Teufels, sie wollen es mit keinem verderben." – Ich konnte nun deutlich vernehmen, wie diese Unglücklichen jede, an ihnen vorüberhuschende Gestalt mit weitläufigen Demonstrationen beredt harangierten. Aber, ehe sie sich's versahen, kehrte ein fliegender Besen sich schnell in der Luft um und schlug ihnen die Hüte vom Kopf, oder ein Bock, den sie eben überzeugt zu haben glaubten, stieß sie plötzlich von der mühsam erklommenen Höhe kopfüber wieder hinab. Noch lange hörte ich sie aus ferner Tiefe kläglich rufen: „Nehmt uns mit, nehmt uns doch mit!" worauf jedesmal ein schadenfrohes Gelächter aus allen Schluften erschallte.

Lärm, Gewirre, Drängen, Fluchen und Stoßen nahmen jetzt mit jeder Minute betäubend zu. Von Zeit zu Zeit aber schoß zwischen dem Gestrüpp und Geklüfte eine ungeheure goldflammende Schlange, wie glühende Lava das unermeßliche Getümmel plötzlich beleuchtend, den ganzen Berg hinunter, und ein allgemeines „Hurra" begrüßte sie vom Gipfel bis in die tiefsten Gründe hinab. Ich glaubte, das gölte unserer Ankunft, und dankte, mit gebührender Höflichkeit mein Haupt entblößend. – „Aber sind Sie toll?" fuhr mich der Professor zornig an, indem er mir den Hut bis über die Augen wieder aufstülpte – „solche servile Gewohnheiten deutschen Knechtsinns!"

Hier stießen wir, etwa in der Mitte des Berges, plötzlich ans Land. Unser Roß wälzte sich sogleich zur Seite und nahm, nach dem ermüdenden Fluge, ein Schlammbad. Wir aber drangen weiter vor. „Halten Sie sich nur an meinen Rockschoß", rief mir der Professor zu, und machte ohne Umstände mit beiden Ellenbogen Platz. Da konnte ich bemerken, in welchem Ansehen der starke Mann hier stand. Von allen Seiten wichen die

Wimmelnden, so gut es gehen wollte, ehrerbietig aus, obgleich es mir vorkam, als zwickten sie, sooft er sich wandte, mich hinterrücks heimlich in die Waden.

Unter solchen Gewaltstreichen erreichten wir endlich eine Restauration, die, ziemlich geschmacklos, sich unter einem dreifarbigen Zelte befand, auf welchem ein fuchsroter alter Hahn saß und unaufhörlich krähte. Sieben Pfeifer saßen zur Seiten auf einem Stein und bliesen das Ça ira von Anfang bis zu Ende und wieder und immer wieder von vorn, so langweilig, als bliesen sie schon auf dem letzten Loche. Auf der Tribüne der Restauration aber stand der Wirt und schrie mitten durch das Geblase mit durchdringender Stimme seine Wunderbüchsen und Likörflaschen aus: Konstitutionswasser, doppelt Freiheit! usw. Unten schossen Kinder Burzelbäume und warfen jauchzend ihre roten Mützchen in die Luft, das Volk war wie besessen, sie würgten einander ordentlich, jeder wollte sein Geld zuerst los sein.

Hatt ich nun aber den Professor schon im „Goldenen Zeitgeist" bewundert, so mußte ich ihn jetzt fast vergöttern. Stürzte er doch fünf, sechs Flaschen abgezogener Garantie hinunter, ohne sich zu schütteln, und fand zuletzt alle das Zeug noch nicht scharf genug! Auch ich mußte davon kosten, konnte es aber nicht herunterbringen, so widerlich fuselte der Schnaps. „Alles Pariser Fabrikat!" rief mir der Professor zu. – „Muß auf dem Transport ein wenig gelitten haben", erwiderte ich bescheiden. – „Kleinigkeit!" mengte sich der Wirt herein, „man tut etwas gestoßenen Pfeffer daran, die Leute mögen's nicht, wenn es sie nicht in die Zunge beißt."

Währenddes war der Professor schon mit beiden Füßen in ein Paar dicke Schmierstiefeln gefahren; ich mußte eiligst desgleichen tun. „Wir müssen nun immer weiter hinauf", sagte er, „wer mit der Zeit fortgehen will, der muß sich vorsehn, da geht's durch dick und dünn." In der Tat begann nun auch von allen Seiten ein allgemeiner Aufbruch, als wenn man kochenden Brei im Kessel umrührte. Bald darauf aber schien der ganze Zug an der Spitze auf einmal wieder in Stocken zu geraten. Es entstand vorn ein Drängeln und Wogen, dann ein heftiges Gezänk, das sich nach und nach, wie ein Lauffeuer, nach allen Richtungen hin verbreitete; man konnte zuletzt durch den Lärm nur noch einzelne grobe Stimmen deutlicher unterscheiden, die beinah wie Rebellion klangen. – „Was gibt's denn?"

schrie der Professor voller Ungeduld. Da kamen mehrere junge Doktoren plötzlich herangestürzt, schreckensbleich und mit allen Zeichen der Verzweifelung, der eine hatte seinen Hut, der andere seinen Rockschoß in dem Getümmel verloren. „Alles aus!" riefen sie atemlos, „sie wollen hier bei der Schnapsbude bleiben, es geht ein Schrei durchs ganze Volk nach Braten und Likör, sie mögen nichts von Freiheit und Prinzipien mehr wissen, sie wollen durchaus nicht weiter fortschreiten!" – „So fraternisiert doch mit dem Lumpengesindel", riet der Professor. – „Zu spät!" entgegneten jene, „sie sind alle schon betrunken. O unsere Reputation! Was wird die öffentliche Meinung sagen? wir kommen um ein Dezennium zurück!" – „Nun so soll sie doch!" donnerte der Professor mit seiner Stentorstimme ganz wütend in das dickste Getümmel hinein, „wollt ihr wohl frei und patriotisch und gebildet sein in des Teufels Namen!" Hiermit stemmte er mit hinreißender Gewalt seinen breiten Rücken gegen die rebellische Masse, die entlaufenen Doktoren und andere Honoratioren folgten mutig seinem Beispiel, die liberalen Mädchen mit ihrer Fahne wallten singend voran, die sieben Pfeifer spielten auf und so rückte über lüderliche Handwerker und betrunkene alte Weiber hinweg, die noch auf dem Boden keiften, die ganze Konfusion unter dem ungeheuersten Lärm und Gezänke langsam der Höhe zu.

Mir klopfte das Herz, als wir uns endlich der Stelle näherten, wo der berühmte Hexenaltar steht; ich blickte nach allen Seiten, ob nicht bald eine Teufelsklaue aus den Nebeln langte, die, wie Drachenleiber, vor uns den Boden streiften. Auf einmal tat es einen kurzen matten Blitz, als wenn es dem Himmel von der Pfanne gebrannt wäre. Was auch der Professor sagen mag, ich laß es mir nicht ausstreiten, ich sah damals einen Kerl mit Kolophonium und Laterne schnell hinter den einen Felsen huschen. Eh ich indes noch darüber reiflich nachdenken konnte, erfolgte ein zweiter, ordentlicher Blitz, das Nachtgewölk teilte sich knarrend – und auf dem Hexensteine vor uns, in bläulicher bengalischer Beleuchtung, stand plötzlich ein ziemlich leichtfertig angezogenes Frauenzimmer zierlich auf einem Beine, beide Arme über sich emporgeschwungen, zu ihren beiden Seiten zwei elegant gekleidete junge Männer in Schuh und Strümpfen und Klapphüte unter den Armen, mit den beiden anderen Armen über dem Haupte der Dame in malerischer Stellung einen luftigen Schwibbogen bildend.

In demselben Augenblick lag auch die ganze Schar der Wallfahrer mit den Angesichtern auf den Boden gestreckt, in tiefster Anbetung versunken. Ich erschrak, als ich fragend um mich her schaute und mich auf einmal als den einzigen Aufrechtstehenden befand in der kuriosen Gemeine. – „Die öffentliche Meinung!“ rief da leise eine Stimme hinter mir, und zugleich fühlte ich ein Paar Fäuste so derb in beiden Kniekehlen, daß ich gleichfalls auf meine Kniee hinstürzte.

Als ich einigermaßen wieder zur Besinnung gekommen war, stand mein Professor schon vor dem Altar und hielt eine gutgesetzte Rede an die öffentliche Meinung. Er sprach und log wie gedruckt: von ihren außerordentlichen Eigenschaften, dann von den Volkstugenden, von der Preßfreiheit und dem allgemeinen Schrei darnach. Ich aber wußte wohl, was sie geschrieen hatten und wer eigentlich gepreßt worden war.

Die Rede dauerte erstaunlich lange. Die arme öffentliche Meinung konnt es kaum mehr aushalten, sie stellte sich bald auf dieses bald auf jenes Bein, das andere vor sich in die Luft streckend, wie eine Gans, die Langeweile hat. Da hatte ich denn Zeit genug, sie mir recht genau zu betrachten. Sie trug ein prächtiges Ballkleid von Schillertaft, der bei der bengalischen Beleuchtung wechselnd in allen Farben spielte, ihre Finger funkelten von Ringen, von der Stirn blitzte ein ungeheueres Regardez-moi, aber alles, wie mir schien, von böhmischen Steinen. Übrigens war sie etwas kurzer, derber Konstitution, daher stand sie auf dem Kothurn, während dicke Sträuße hoher Pfauenfedern von ihrer turmähnlichen Frisur herabnickten. Ein leises Bärtchen auf der Oberlippe stand ihr gar nicht übel; dabei aber hatte sie ein gewisses Air enragé, ich weiß nicht, ob von Schminke, oder von der gezwungenen Stellung, oder ob sie gleichfalls gegen die Nachtluft einen Schnaps genommen hatte.

Währenddes war der Professor allmählich in seiner Redewut fast außer sich geraten. „Triumph! Triumph!“ schrie er ganz rotblau im Gesicht, „das Volk hat sich selbst geistig emanzipiert. Die Augen Europas – was sag ich Europas! – des Weltbaues, sind in diesem hochwichtigen Augenblick auf uns gerichtet. Ja, wenn man mich hier niederwürfe und knebelte, die Gewalt der Wahrheit würde den Knebel aus dem Munde speien, und gefesselt von dem Boden noch würde himmelwärts ich schreien: ‚Es werde Licht, es weiche die Finsternis, nieder mit der Zensur!‘“

Ein ungeheueres Bravogebrüll donnerte den ganzen Berg hinab und wieder herauf. Einige Stimmen riefen: „Da capo!" Der Professor, der sich unterdes ein wenig erholt hatte, schickte sich auch unverdrossen an, von neuem loszulegen, und ich glaube in der Tat, er spräche noch heut, wenn die öffentliche Meinung, die sich seit geraumer Zeit schon zu ennuyieren schien, nicht schnell vom Altar herabgesprungen wäre, sein Haupt mit ihrem Fächer berührend, als wollte sie ihn zum Ritter schlagen.

Darauf rauschte sie in ihrem Taftgewande wohlgefällig durch die Reihen ihrer Getreuen. Da entstand aber bald ein außerordentliches Gedränge um sie her. Jeder wollte wenigstens den Saum ihres Kleides küssen, wobei sie denn manchem mit ihrem Pantöffelchen unversehens einen derben Tritt versetzte, oder wohl auch ihr Schnupftuch fallen ließ und sich dann totlachen wollte, wenn sie sich darum rissen, um es ihr zu apportieren. Viele junge Autoren umschwärmten sie von allen Seiten und suchten sich durch elegante Konversation und politische Witze bei ihr zu insinuieren, während sie jeden Laut aus dem Munde der Angebeteten eifrig in ihre Etuikalender notierten. Mehrere ernstere Männer dagegen schritten nebenher und lasen ihr mit lauter Stimme die schönsten Paragraphen ihrer neuen Kompendien vor. Sie aber ließ ihre spielenden Augen durch die Scharen ergehen, und hatte gar bald einen Studenten erspäht, der, unablässig nach Freiheit schreiend, sich mit Ziegenhainer und Kanonen in dem Gedränge Bahn machte. Er war auf seinem Stiefelknecht hergeritten, ein junger Bursch von kräftigem Gliederbau, mehr Bart als Gesicht, mehr Stiefel als Mann. Sie winkte ihn heran, hing sich ohne weiteres an seinen Arm und, eh ich's mich versah, war sie mitten durch das Getümmel im Dunkel der verschwiegenen Nacht mit ihm verschwunden.

Ich schaute dem Paar, ganz erstaunt, noch lange nach, wäre aber dabei um ein Haar umgerannt worden. Denn die anderen schienen eben nicht viel aus dem Verschwinden zu machen, vielmehr sah ich sie nun, mit einer mir unerklärlichen Geschäftigkeit, plötzlich in großer Eile hin und her laufen, den Professor mitten unter ihnen, voller Eifer anordnend, rufend und treibend. Einige hatten sich an den Zipfel eines vorüberfliegenden Nebelstreifs gehängt und bogen ihn herunter, andere rollten ein leichtes Gewölk wie einen Vorhang auf, während wieder andere sich wunderlich in eine schwere dicke Wolke hineinarbeiteten, die sich auch wirklich nach und nach in Bäume, Felsen und Häuser zu gestalten anfing. Im Hintergrunde aber schien sich ein seltsames Wolkengerüst mit Logen und Galerien langsam aufzubauen, alles Grau in Grau, dazwischen pfiff ein heftiger Zugwind, daß ich meinen Hut mit beiden Händen auf dem Kopfe festhalten mußte, und die Fackeln warfen wilde rote Streiflichter zwischen die Wolkengebilde, überall ein chaotisches Dehnen und Wogen, als sollte die Welt von neuem erschaffen werden. – Vom Professor erfuhr ich endlich im Fluge, daß man in aller Geschwindigkeit eine Bühne einrichte, um vor den Augen der öffentlichen Meinung sich die Zukunft ein wenig einzuexerzieren.

In der Tat, ich bemerkte nun auch bald, wie jene Galerien sich allmählich mit Zuschauern füllten, aber lauter nur halbkenntliche Gestalten, deren Gliedmaßen nebelhaft auseinanderzufließen schienen; ich glaube, es war auch ein zukünftiges Publikum, das in der Eile noch nicht ganz fertig geworden war, aber doch schon sehr laut plauderte. Nur die Hauptloge stand noch leer; sie war prächtig ausgeschmückt, über ihr funkelte eine Sonne in Brillantfeuer, deren Gesicht, zu meinem großen Erstaunen, grauenhaft die Augen rollte und bald schmunzelte, bald gähnte. – Endlich erschien die öffentliche Meinung mit bedeutendem Geräusch in der Loge, das ganze Publikum stand auf und verneigte sich ehrerbietig. In demselben Augenblick wurde ein Böller gelöst und, ohne Ouvertüre, Prolog oder anderen Übergang, ging unten sogleich die Zukunft los.

Zuerst kam ein langer Mann in schlichter bürgerlicher Kleidung plötzlich dahergestürzt, ein Purpurmantel flog von seiner Schulter hinter ihm her, eine Krone saß ihm in der Eile etwas schief auf dem Haupt; dabei die Adlernase, die kleinen blitzenden Augen, die flammendrote Stirn: er war offenbar seines Gewerbes ein Tyrann. Er schritt hastig auf und ab, sich manchmal mit dem Purpurmantel den Schweiß von der Stirn wischend, und studierte in einem dicken Buche über Urrecht und Menschheitswohl, wie ich an den großen goldnen Buchstaben auf dem Rücken des Buches erkennen konnte. Ein Oberpriester im Talar eines ägyptischen Weisen schritt ihm mit einer brennenden Kerze feierlich voran. Ich hätte beinah laut aufgelacht: es war wahrhaftig niemand anders, als mein Professor! Er hatte nicht geringe Not hier, denn, um immer in gehöriger Distanz voranzubleiben, suchte er, halb rückwärts gewendet, Schnelligkeit und Richtung in den Augen des Tyrannen vorauszulesen, der oft anhielt, oft plötzlich wieder rasch vorschritt und dem Professor unverhofft auf die Fersen trat. Auf einmal blieb der Tyrann mit über der Brust verschränkten Armen, wie in tiefes Nachsinnen versunken, stehen. Dann, nach einer gedankenschweren Pause, rief er plötzlich: „Ja, seid umschlungen, Millionen! Es weiche die Finsternis, nieder mit der Zensur!" – Da klatschte die öffentliche Meinung von neuem, die anderen folgten, der Tyrann verneigte sich, die Krone vom Kopfe lüftend, und verschwand mit Würde hinter den Wolkenkulissen.

Jetzt blieb der Professor in seinem Priestertalar allein zurück. Er schien die Exposition des Ganzen machen zu wollen und freute sich in einem salbungsreichen Monologe weitläufig über die gute Applikation des Tyrannen, wie er schon seit geraumer Frist sich auf den Patriotismus lege und es sich recht sauer werden lasse, mit der Zeit fortzuschreiten usw. Während er so deklamierte, traten noch andere und immer mehrere Oberpriester von allen Seiten herzu, jeder von ihnen hatte gleichfalls ein brennendes Licht in der Hand. Sie verneigten sich erst verbindlich einer vor dem anderen und drückten dann ihr gerechtes Erstaunen aus, wie sie in Behandlung des Tyrannen und sonst im Fache der Vaterländerei bereits so Großes vollbracht, wobei sie sich wechselseitig auf das vergnüglichste lobten. Das schien aber nicht ernstlich gemeint, denn jeder Lobende wandte sich jedesmal mit einem verächtlichen Achselzucken von dem eben Belobten und suchte ihm heimlich von seinem tropfenden Lichte einige Kleckse auf den weißen Talar beizubringen, bei welcher Gelegenheit ich dann bemerkte, daß ihre Kerzen bloße Talglichter waren und einen üblen Dunst verbreiteten.

Zwei von den Oberpriestern schienen besonders ihr vertrauliches Stündchen zu haben. Sie nahmen eine Prise Tabak zusammen und beklagten sich, daß es so langsam ginge in der Welt. Sie würden endlich auch alt und schäbig, und ihre Kerzen brennten sie bald auf die Finger. Das Volk werde es am Ende noch merken, daß sie den Tyrannen nur darum in solchen Edelmut und Resignation brächten, um dann selber auf seinem Throne Platz zu nehmen und kommode zu regieren, wie es ihnen eben konveniere. Jeder von ihnen habe doch unten, der eine sein Schätzchen, die durchaus Königin, der andere einen lüderlichen Vetter, der Minister werden wolle. – Vergeblich hustete der Professor immer lauter und lauter, vergebens schimpfte er halbleise: „Seid ihr betrunken, daß ihr das alles hier vor dem Volke ausplaudert!" – Endlich erscholl ein Schrei des einen plauderhaften Oberpriesters; der Professor hatte dem Unglücklichen insgeheim auf sein bestes Hühnerauge getreten.

Glücklicherweise indes war das ganze Gespräch nicht bis zu den Ohren der öffentlichen Meinung gekommen. Diese hatte schon lange nicht mehr aufgepaßt, sie schwatzte mit ihren Nachbarn, bog sich weit aus der Loge hervor und musterte das Publikum durch ihr Opernglas. Der Schrei des Getretenen erregte endlich ihre Aufmerksamkeit. Sie meinte, sie hätten da unten wieder einen philosophischen Zank, was sie jederzeit gewaltig langweilte. Sie ergriff daher rasch ihre Papageno-Flöte, die sie beständig am Halse trug, und fing in ihrer Launenhaftigkeit einen Contre-Tanz zu blasen an. Umsonst protestierten die erschrockenen Oberpriester, das liege ja gar nicht im Plane des Stückes, es half alles nichts, sie mußten, ohne alles vernünftige Motiv, nach ihrer Pfeife tanzen. Das war wie ein Fackeltanz betrunkener Derwische, die langen Habite flogen, bläuliche Irrlichter, wie sie sprangen, schlugen foppend zwischen ihnen aus dem Boden auf, sie betropften sich mit den Talglichtern von oben bis unten, daß es eine Schande war, und der Schweiß strömte von ihren Angesichtern, bis sie endlich in verwegenen Luftsprüngen plötzlich nach allen Seiten auseinanderstoben. Mein armer Professor war dabei unversehens in einen Sumpf geraten; ich sprang herbei und half ihm heraus, aber den einen Schmierstiefel mußte er doch drin steckenlassen.

Die hurtige Zukunft inzwischen ging über umgefallene Oberpriester und Schmierstiefeln unaufhaltsam ihren Gang weiter fort. Ein Mittelgewölk wurde schnell aufgerollt und man übersah auf einmal einen weiten Marktplatz voll der lebhaftesten Geschäftigkeit, von den schönsten Palästen umgeben. Aber die Besitzer der letzteren schienen ausgezogen oder verstorben zu sein; wenigstens erblickte man überall nur Tagelöhner und Fabrikarbeiter, die sich selbst ihre Stiefel putzten, ihre Frauen hingen durchlöcherte Wäsche über die marmornen Fensterbrüstungen zum Trocknen aus, mit den offnen Fenstern klappte der Wind, und von Zeit zu Zeit flogen die Scherben einer zerbrochnen Scheibe den Vorüberwandelnden an die Köpfe. Anderes Volk, als hätte man einen Sack voll Lumpen ausgeschüttet, sonnte sich, behaglich über die Marmortreppen der Paläste hingestreckt. Eine prächtige, mit vier Pferden bespannte

Staatskarosse rollte über den Platz; mit Erstaunen sah ich am Wagenfenster den nackten Ellenbogen eines Handwerkers, der aus dem zerrissenen Ärmel sich in der Sonne spiegelte. Hinten auf dem Wagentritt aber standen zwei Kavaliere und blickten im Bewußtsein aufgeklärten Edelmuts stolz von der Höhe herab, zu der ihre starken Seelen sich zu erheben gewußt.

Das Patriarchalische dieses rührenden Völkerglücks wurde nur durch einen betäubenden Lärm auf dem Platze selbst unterbrochen. Da gab's ein Heben, Messen, Hämmern und Klappern. Es waren die Oberpriester und andere Gelehrte, sie bauten eine große Regierungsmaschine nach der neuesten Erfindung des Professors, der sich darauf ein Patent erteilen zu lassen im Sinne führte.

Mitten durch dieses Getümmel aber sah man den Tyrannen in Pantoffeln und Schlafrock, als Landesvater unter seinen Kindern, mit einer langen Pfeife auf und nieder wandeln. Krone und Mantel hatte er unterdes an einem Türpfosten an den Nagel gehängt, mit dem Szepter rührte eine rüstige Schneiderfrau im Kessel den Brei für ihre Gesellen um. Er selbst hatte, des Budgets eingedenk, sogar den Gebrauch eines Hutes verschmäht, um ihn nicht durch vieles Grüßen abzunutzen. Überhaupt schien er es in der Popularität schon ziemlich weit gebracht zu haben, nur faßte er es offenbar noch etwas ungeschickt an. So kostete er zum Beispiel unnützerweise von dem Brei im Kessel und verbrannte sich den Mund, ja alle zehn Schritte rief er wiederholt: „Où peut on être mieux, qu'au sein de sa famille!" was die Kerls, die kein Französisch verstanden, für eine jesuitische Zauberformel hielten.

Dazwischen gähnte er dann zuweilen wie eine Hyäne, als wollte er seine Untertanen verschlingen. Da wurde dem Professor, der es bemerkte, ein wenig angst. Er suchte seine Aufmerksamkeit auf die neue Regierungsmaschine zu lenken. Aber der Tyrann konnte sich durchaus nicht darein verstehen, die Pfeife ging ihm aus, sein Verstand stand ihm still dabei. Vergeblich sprachen die Oberpriester, erklärend, von Intelligenz, Garantieen, Handels- Rede- Gedanken- Gewerbe- Preß- und anderer Freiheit. „Ja, wenn ich nur etwas davon hätt", entgegnete der Tyrann, kaltblütig seine Pfeife ausklopfend. Man sah es ihm an, wie er sich bezwang und abstrapazierte, human zu sein, er sah schon ordentlich angegriffen aus von den Bürgertugenden.

Bis hierher war nun alles ganz vortrefflich gegangen. Aber, wie es wohl im Leben geschieht, es gehört oft nur ein kleiner Stein dazu, um in den weisesten Kopf ein Loch zu schlagen. So begab sich's nun auch hier. Der Tyrann, an nichts als an seine Fortschritte denkend, war eben bescheiden zur Seite getreten, um seine Tabakspfeife von neuem zu stopfen, als er plötzlich mit langen Schritten und allen Symptomen langverhaltener Wut, wie ein leuchtendes Ungewitter, wieder hervorstürzte; seine Stirn glühte aus dem bleichen Gesicht, die Augen funkelten, der Schlafrock rauschte weit im Winde – das Volk hatte ihm seinen Tabaksbeutel gestohlen! Der Professor, als er ihn so daherfliegen sah, erschrak sehr. „Um Gottes willen!" rief er ihm entgegen, „wie wird Ihnen? woher dieser unverhoffte Rückfall? Sie bringen uns das ganze Stück ins Wackeln!" – Die öffentliche Meinung pfiff aus Leibeskräften, das gebildete Publikum pochte in gerechtem Unwillen, die Oberpriester langten in der Angst eine Konstitution nach der anderen aus den Taschen und warfen sie dem Wüterich zwischen die langen Beine, um ihn zum Stolpern zu bringen. Alles vergebens! Er wollte von Bürgertugend, Popularität und Völkerglück nichts mehr hören, und nahm, wie ein Stier, einen entsetzlichen Anlauf, um die ganze Zukunft umzurennen.

Doch die Konfusion sollte noch immer größer werden. Den Faulenzern auf dem Platze, die sich hier eigentlich durch Selbstdenken hatten empanzipieren sollen, war inzwischen auch die Zeit lang geworden. Was haben sie zu tun? Während die anderen an der Regierungsmaschine arbeiten, nehmen sie ganz wider den Plan des Stückes, heimlich Krone und Purpurmantel vom Nagel, holen den Szepter dazu und begeben sich damit ohne weiteres nach der Restauration. Unterweges kriegen sie Händel untereinander, zerreißen sich und ihre Beute, und lassen sich für die Stücke in der Restauration Schnaps geben. Der Wirt, ein anschlägischer Kopf, wie er diese unerwartete Wendung der Staatsaktion sieht, besinnt sich nicht lange, zapft und läßt laufen was er hat, leimt und flickt die Stücke schnell wieder zusammen, legt selber Kron und Mantel an, nimmt das Szepter in die Rechte und führt die freudetrunkene Bande, wie einen Kometenschweif, nach der Bühne zurück.

War nun die Zukunft vorhin schon im Wackeln, so schien sie jetzt ganz und gar in Stücke gehen zu wollen. Derweil die Oberpriester und Schriftgelehrten noch immer beflissen waren, den empörten Tyrannen wieder zu zähmen, ging auf einmal ein Mittelvorhang auf und man erblickte im Hintergrunde den Thron selbst, auf dem soeben der Wirt aus der Restauration sich breit und vergnüglich zurechtsetzte, wie einer, der mit seiner eigenen Pfiffigkeit wohl zufrieden war. Seine ganze Nation drängte sich, taumelte, lag und hing über Stufen und Lehnen des Thrones um ihn her, so daß er gleich zu Anfang von seinem Szepter einen nachdrücklichen Gebrauch machen mußte.

Der Professor und die Seinigen aber standen unten wie angedonnert, sie trauten sich nicht an den unerwarteten Usurpator und feuerten nur aus der Ferne mit wütenden Blicken. Dann traten sie schnell auf die Seite, steckten die Köpfe zusammen, und schienen zu konspirieren. Mit Erstaunen glaubte ich dabei einigemal meinen Namen nennen zu hören, und konnte wohl bemerken, daß sie mich öfters bedeutungsvoll ansahen. Mein Gott, dachte ich, nun kommst du am Ende noch selbst mit in das Stück hinein, und ein heimliches Entsetzen rieselte mir durch alle Glieder. Es dauerte auch nicht lange, so kam der Professor auf mich zugeflogen, riß mir meinen Oberrock vom Leibe und zog mir rasch ein prächtiges Hofkleid an, ein anderer rasierte mich, ein dritter steckte mir einen dicken Blumenstrauß vorn ins Knopfloch – ich wußte nicht wie mir geschah. In der Eile erfuhr ich dann: wie sie der Meinung seien, ich als Uneingeweihter bringe hier alles in solche Unordnung durch meine kritische Gegenwart; auch könnte ich wohl, wenn ich morgen vom Blocksberg käme, unten alles ausplaudern. Umbringen wollten sie mich nicht, weil ich der öffentlichen Meinung ausnehmend gefalle; ich mußte mich daher mit der letzteren sogleich vermählen, um ganz der Ihrige zu werden. – „Aber das ist ja ein Vergnügen zum Tollwerden!" rief ich auf das heftigste erschrocken aus. – „Bah, Kleinigkeit", fiel mir der Professor in die Rede, „wir alle, die Sie hier sehen, sind schon mit ihr verheiratet." – Mich schauerte bei dem Gedanken dieser ungeheueren Schwägerschaft!

Unterdes waren die anderen Gelehrten dennoch mit dem Volke um den Besitz des Thrones handgemein geworden; darüber bekamen die Prinzipien Luft, die sie in die Regierungsmaschine verbaut hatten. Eins nach dem anderen streckte neugierig den Kopf hervor, und da es so lustig herging draußen, rüttelten und schüttelten sie und brachen den ganzen Plunder entzwei. Da sah man dort einen dürren Paragraphen, dort ein schweres Korollarium, hier einen luftigen Heischesatz aus den

Trümmern steigen, und kaum fühlten sie sich frei, so lagen sie einander auch schon wieder in den Haaren und stürzten raufend in das dickste Getümmel.

Nun entstand eine allgemeine Schlägerei, da wußte keiner mehr, wer Freund oder Feind war! Dazwischen raste der Sturm, Besen flogen, tiefer unten krähte der rote Hahn wieder, bliesen die sieben Pfeifer, schrie der Wirt, die Bühne suchte die alte Freiheit und rührte und reckte sich in wilde Nebelqualme auseinander, ein entsetzliches übermenschliches Lachen ging durch die Lüfte, der ganze Berg schien auf einmal sich in die Runde zu drehen, erst langsam, dann geschwinder und immer geschwinder – mir vergingen die Gedanken, ich stürzte besinnungslos zu Boden.

Als ich die Augen wieder aufschlug, lag ich ruhig in dem Gasthofe „Zum goldenen Zeitgeist" im Bett. Die Sonne schien schon hell ins Zimmer, der fatale Kellner stand neben mir und lächelte wieder so ironisch, daß ich mich schämte, nach dem Professor, dem Pegasus und dem Blocksberg zu fragen. Ich griff verwirrt nach meinem Kopf: ich fühlte so etwas von Katzenjammer. Und in der Tat, da ich's jetzt recht betrachte, ich weiß nicht, ob nicht am Ende alles bloß ein Traum war, der mir, wie eine Fata Morgana, die duftigen Küsten jenes volksersehnten Eldorados vorgespiegelt. Dem aber sei nun wie ihm wolle, genug: „Auch ich war in Arkadien!"

EINE MEERFAHRT

Es war im Jahre 1540, als das valencische Schiff „Fortuna" die Linie passierte und nun in den Atlantischen Ozean hinausstach, der damals noch einem fabelhaften Wunderreiche glich, hinter dem Kolumbus kaum erst die blauen Bergesspitzen einer neuen Welt gezogen hatte. Das Schiff hatte eben nicht das beste Aussehen, der Wind pfiff wie zum Spott durch die Löcher in den Segeln, aber die Mannschaft, lumpig, tapfer und allezeit vergnügt, fragte wenig darnach, sie fuhren immerzu und wollten mit Gewalt neue Länder entdecken. Nur der Schiffshauptmann Alvarez stand heute nachdenklich an den Mast gelehnt, denn eine rasche Strömung trieb sie unaufhaltsam ins Ungewisse von Amerika ab, wohin er wollte. Von der Spitze des Verdecks aber schaute der fröhliche Don Antonio tief aufatmend in das fremde Meer hinaus, ein armer Student aus Salamanca, der von der Schule neugierig mitgefahren war, um die Welt zu sehen. Dabei hatte er heimlich noch die Absicht und Hoffnung, von seinem Oheim Don Diego Kunde zu erhalten, der vor vielen Jahren auf einer Seereise verschollen war und von dessen Schönheit und Tapferkeit er als Kind so viel erzählen gehört, daß es noch immer wie ein Märchen in seiner Seele nachhallte. – Ein frischer Wind griff unterdes rüstig in die geflickten Segel, die künstlich geschnitzte Glücksgöttin am Vorderteil des Schiffes glitt heiter über die Wogen, den wandelbaren Tanzboden „Fortunas". Und so segelten die kühnen Gesellen wohlgemut in die unbekannte Ferne hinaus, aus der ihnen seltsame Abenteuer, zackiges Gebirge und stille blühende Inseln wie im Traume allmählich entgegendämmerten. Schon zwei Tage waren sie in derselben Richtung fortgesegelt, ohne ein Land zu erblicken, als sie unerwartet in den Zauberbann einer Windstille gerieten, die das Schiff fast eine Woche lang mit unsichtbarem Anker festhielt. Das war eine entsetzliche Zeit. Der hagere gelbe Alvarez saß unbeweglich auf seinem ledernen Armstuhle und warf kurze scharfe Blicke in alle Winkel, ob ihm nicht jemand guten Grund zu ordentlichem Zorne geben wollte, die Schiffsleute zankten um nichts vor Langeweile, dann wurde oft alles auf einmal wieder so still, daß man die Ratten im untern Raum schaben hörte. Antonio hielt es endlich nicht länger aus und eilte auf das Verdeck, um nur frische Luft zu schöpfen. Dort hingen die Segel und Taue schlaff an den Masten, ein Matrose mit offener brauner Brust lag auf dem Rücken und sang ein valencianisches Lied, bis auch er einschlief. Antonio aber blickte in das Meer, es war so klar, daß man bis auf den Grund sehen konnte, das Schiff hing in der Öde wie ein dunkler Raubvogel über den unbekannten Abgründen, ihm schwindelte zum erstenmal vor dem Unternehmen, in das er sich so leicht gestürzt. Da gedachte er der fernen schattigen Heimat, wie er dort als Kind an solchen schönen Sommertagen mit seinen Verwandten oft vor dem hohen Schloß im Garten gesessen, wo sie nach den Segeln fern am Horizonte aussahen, ob nicht Diegos Schiff unter ihnen. Aber die Segel zogen wie stumme Schwäne vorüber, die Wartenden droben wurden alt und starben, und Diego kam nicht wieder, kein Schiffer brachte jemals Kunde von ihm. – Das Angedenken an diese stille Zeit wollte ihm das Herz abdrücken, er lehnte sich an den Bord und sang für sich:

„Ich seh von des Schiffes Rande
Tief in die Flut hinein:
Gebirge und grüne Lande,
Der alte Garten mein,
Die Heimat im Meeresgrunde,
Wie ich's oft im Traum mir gedacht,
Das dämmert alles da drunten
Als wie eine prächtige Nacht.

Die zackigen Türme ragen,
Der Türmer, er grüßt mich nicht,
Die Glocken nur hör ich schlagen
Vom Schloß durch das Mondenlicht,
Und den Strom und die Wälder rauschen
Verworren vom Grunde her,
Die Wellen vernehmen's und lauschen
So still übers ganze Meer.

Don Diego auf seiner Warte
Sitzet da unten tief,

Als ob er mit langem Barte
Über seiner Harfe schlief.
Da kommen und gehn die Schiffe
Darüber, er merkt es kaum,
Von seinem Korallenriffe
Grüßt er sie wie im Traum."

Und wie er noch so sann, kräuselte auf einmal ein leiser Hauch das Meer immer weiter und tiefer, die Segel schwellten allmählich, das Schiff knarrte und reckte sich wie aus dem Schlaf und aus allen Luken stiegen plötzlich wilde gebräunte Gestalten empor, da sie die neue Bewegung spürten, sie wollten sich lieber mit dem ärgsten Sturme herumzausen, als länger so lebendig begraben liegen. Auf einmal schrie es „Land!" vom Mastkorbe, „Land, Land!" Antonio kletterte in seinem buntseidenen Wams wie ein Papagei auf der schwankenden Strickleiter den Hauptmast hinan, er wollte das Land zuerst begrüßen. Alvarez eilte nach seiner Karte, da war aber alles leer auf der Stelle, wo sie soeben sich befinden mußten. „Bakkalaureus, Herzensjunge!" schrie er herauf, „schaff mir einen schwarzen Punkt auf die Karte hier, ich mach dich zum Doktor drin, was siehst du?" – „Ein blauer Berg taucht auf", rief Antonio hinab, „jetzt wieder einer – ich glaub es sind Wolken, es dehnt sich und steigt im Nebel wie Turmspitzen. – Nein, jetzt unterscheide ich Gipfel, o wie das schön ist! und helle Streifen dazwischen in der Abendsonne, unten dunkelt's schon grün, die Gipfel brennen wie Gold." – „Gold?" rief der Hauptmann und hatte sein altes Perspektiv genommen, er zielte und zog es immer länger und länger, er schwor, es sei das reiche Indien, das unbekannte große Südland, das damals alle Abenteurer suchten.

In diesem Augenblicke aber waren plötzlich alle Gesichter erbleichend in die Höh gerichtet: ein dunkler Geier von riesenhafter Größe hing mit weit ausgespreizten Flügeln gerade über dem Schiff, als könnt er die Beute von Galgenvögeln nicht erwarten. Bei dem Anblick ging ein Gemurmel, erst leise, dann immer lauter, durch das ganze Schiff, alle hielten es für ein Unglückszeichen. Endlich brach das Schiffsvolk los, sie wollten nicht weiter und drangen ungestüm in den Hauptmann, von dem verhängnisvollen Eiland wieder abzulenken. Da zog Alvarez heftig seinen funkelnden Ring vom Finger, lud ihn schweigend in seine Muskete und schoß nach dem Vogel. Dieser, tödlich getroffen, wie es schien, fuhr pfeilschnell durch die Lüfte, dann sah man ihn taumelnd immer tiefer nach dem Lande hin in der Abendglut verschwinden. „Meld dem Land, daß sein Herr kommt" – sagte Alvarez nachschauend, auf seine Muskete gestützt – „und wer mir den Ring wiederbringt, soll Statthalter des Reichs sein!" – „Hat sich was wiederzubringen", brummte einer, „der Ring war nur von böhmischen Steinen!"

Indem aber fing die Luft schon zu dunkeln an, man beschloß daher, den folgenden Tag abzuwarten, bevor man sich der unbekannten Küste näherte. Die Segel wurden eiligst eingezogen, die Anker geworfen und auf Bord und Masten Wachen ausgestellt. Aber keiner konnte schlafen vor Erwartung und Freude, die Matrosen lagen in der warmen Sommernacht plaudernd auf dem Verdecke umher, Alvarez, Antonio und die Offiziere saßen zusammen vorn auf „Fortunas" Schopfe, unter ihnen schlugen die Wellen leise ans Schiff, während fern am Horizont die Nacht sich mit Wetterleuchten kühlte. Der vielgereiste Alvarez erzählte vergnügt von seinen frühern Fahrten, von ganz smaragdenen Felsenküsten, an denen er einmal gescheitert, von prächtigen Vögeln, die wie Menschen sängen und die Seeleute tief in die Wälder verlockten, von wilden Prinzessinnen auf goldenen Wagen, die von Pfauen gezogen würden. – „Wer da!" rief da auf einmal eine Wache an, alles sprang rasch hinzu. „Wer da, oder ich schieße!" schrie der Posten von neuem. Da aber alles stille blieb, ließ er langsam seine Muskete wieder sinken und sagte nun aus, es sei ihm schon lange gewesen, als hörte er in der See flüstern, immer näher, bald da, bald dort, dann habe plötzlich die Flut ganz in der Nähe aufgerauscht. Alle lauschten neugierig hinaus, sie konnten aber nichts entdecken, nur einmal war's ihnen selber, als hörten sie Ruderschlag von ferne. – Unterdes aber war der Mond aufgegangen und sie bemerkten nun, daß sie dem Lande näher waren, als sie geglaubt hatten. Dunkle Wolken flogen wechselnd darüber, der Mond beleuchtete verstohlen ein Stück wunderbares Gebirge mit Zacken und jähen Klüften, immer höher stieg eine Reihe Gipfel hinter der andern empor, der Wind kam vom Lande, sie hörten drüben einen Vogel melancholisch singen und ein tiefes Rauschen dazwischen, sie wußten nicht, ob es die Wälder waren oder die Brandung. So starrten sie lange schweigend in die dunkle Nacht, als auf einmal einer den andern flüsternd anstieß. „Sirenen!" hieß es da plötzlich von Mund zu Munde, „seht da, ein ganzes Nest von Sirenen!" – und in der Ferne glaubten sie wirklich schlanke weibliche Gestalten in der schimmernden Flut spielend auftauchen und wieder verschwinden zu sehen. – „Die erwisch ich!" rief Alvarez, der sich indes rasch mit Degen, Muskete und Pistolen schon bis an die Zähne bewaffnet hatte und eiligst auf der Schiffsleiter in das kleine Boot hinabstieg. Antonio folgte fast unwillkürlich. – „Gott schütz, der Hauptmann wird verliebt, bindet ihn!" riefen da mehrere Stimmen verworren durcheinander. Alle wollten nun die tolle Abfahrt hindern, da sie aber das Boot festhielten, zerhieb Alvarez zornig mit seinem Schwerte das Tau und die beiden Abenteurer ruderten allein in den Mondglanz hinaus. Die zurückkehrende Flut trieb sie unmerklich immer weiter dem Lande zu, ein erquickender Duft von unbekannten Kräutern und Blüten wehte ihnen von der Küste entgegen, so fuhren sie dahin. Auf einmal aber bedeckte eine schwere Wolke den Mond und als er endlich wieder hervortrat, war See und Ufer still und leer, als hätte der fliegende Wolkenschatten alles abgefegt. Betroffen blickten sie umher, da hatten sie zu ihrem Schrecken hinter einer Landzunge nun auch ihr Schiff aus dem Gesicht verloren. Die wachsende Flut riß sie unaufhaltsam nach dem Strande, das Ufer, wie sie so pfeilschnell dahinflogen, wechselte grauenhaft im verwirrenden Mondlicht, auf einsamem Vorsprunge aber saß es wie ein Riese in weiten grauen Gewändern, der über dem Rauschen des Meeres und der Wälder eingeschlafen. – „Diego!" sagte Antonio halb für sich. – Alvarez aber, in Zorn und Angst, feuerte wütend sein Pistol nach der grauen Gestalt ab. In demselben Augenblick stieß das Boot so hart auf den Grund, daß der weiße Gischt der Brandung hoch über ihnen zusammenschlug. Alvarez schwang sich kühn auf einen Uferfels, den erschrockenen Antonio gewaltsam mit sich emporreißend, hinter ihnen zerschellte das Boot in tausend Trümmer. Aber so zerschlagen und ganz durchnäßt, wie er war, kletterte der Hauptmann eilig weiter hinan, und auf dem ersten Gipfel zog er sogleich seinen Degen, stieß ihn in den Boden und nahm feierlich Besitz von diesem Lande mit allen seinen Buchten, Vorgebirgen und etwa dazugehörigen Inseln. „Amen!" sagte Antonio, sich das Wasser von den Kleidern schüttelnd, „nun aber wollt ich, wir wären mit Ehren wieder von dieser fürstlichen Höhe hinunter, ich gebe Euch keinen Pfeffersack für Euer ganzes zukünftiges

Königreich!" – „Zukünftiges?" erwiderte Alvarez, „das ist mir just das Liebste dran! Mit Kron und Szepter auf dem Throne sitzen, Audienz geben, mit den Gesandten parlieren: was macht unser Herr Vetter von England usw.? Langweiliges Zeug! Da lob ich mir einen Regenbogen, zweifelhafte Türme von Städten, die ich noch nicht sehe, blaues Gebirge im Morgenschein, es ist als rittst du in den Himmel hinein; kommst du erst hin, ist's langweilig. Um ein Liebchen werben ist scharmant; heiraten: wiederum langweilig! Hoffnung ist meine Lust, was ich liebe, muß fern liegen wie das Himmelreich.

Soll Fortuna mir behagen,
Will ich über Strom und Feld
Wie ein schlankes Reh sie jagen
Lustig, bis ans End der Welt!"

Eigentlich aber sang er mit seiner heisern Stimme nur, um sich selber die Grillen zu versingen, denn ihre Lage war übel genug. Zu den Ihrigen wieder zurückzufinden, konnten sie nicht hoffen, ohne sich ihnen durch Signale kundzugeben; Feuer anzünden aber, schießen oder sonstigen Lärm machen, wollten sie nicht, um das wilde Gesindel nicht gegen sich aufzustören, das vielleicht in den umherliegenden Klüften nistete. Da beschlossen sie endlich, einen der höhern Berggipfel zu besteigen, dort wollten sie sich erst umsehen und im schlimmsten Falle den Morgen abwarten. Als sie nun aber in solchen Gedanken immer tiefer in das Gebirge hineingingen, kam ihnen nach und nach alles gar seltsam vor. Der Mondschein beleuchtete wunderlich Wälder, Berge und Klüften, zuweilen hörten sie Quellen aufrauschen, dann wieder tiefe weite Täler, wo hohe Blumen und Palmen wie in Träumen standen. Fremde Rehe grasten auf einem einsamen Bergeshange, die reckten scheu die langen schlanken Hälse empor, dann flogen sie pfeilschnell durch die Nacht, daß es noch weit zwischen den stillen Felswänden donnerte.

Jetzt glaubte Antonio in der Ferne ein Feuer zu bemerken. Alvarez sagte: wo in diesen Ländern eine reiche Goldader durchs Gebirge ginge, da gebe es oft solchen Schein in stillen Nächten. Sie verdoppelten daher ihre Schritte, leis und vorsichtig ging es über mondbeglänzte Heiden, das Licht wurde immer breiter und breiter, schon sahen sie den Widerschein jenseits an den Klippen des gegenüberstehenden Berges spielen.

Auf einmal standen sie vor einem jähen Abhange und blickten erstaunt in ein tiefes, rings von Felsen eingeschlossenes Tal hinab; kein Pfad schien zwischen den starren Zacken hinabzuführen, die Felswände waren an manchen Stellen wunderbar zerklüftet, aus einer dieser Klüfte drang der trübe Schein hervor, den sie von weitem bemerkt hatten. Zu ihrem Entsetzen sahen sie dort einen wilden Haufen dunkler Männer, Windlichter in den Händen, abgemessen und lautlos im Kreise herumtanzen, während sie manchmal dazwischen bald mit ihren Schilden, bald mit den Fackeln zusammenschlugen, daß die sprühenden Funken sie wie ein Feuerregen umgaben. Inmitten dieses Kreises aber, auf einem Moosbette, lag eine junge schlanke Frauengestalt, den schönen Leib ganz bedeckt von ihren langen Locken, und Arme, Haupt und Brust mit funkelnden Spangen und wilden Blumen geschmückt, als ob sie schliefe, und sooft die Männer ihre Fackeln schüttelten, konnten sie deutlich das schöne Gesicht der Schlummernden erkennen.

„Es ist Walpurgis heut", flüsterte Alvarez nach einer kleinen Pause, „da sind die geheimen Fenster der Erde erleuchtet, daß man bis ins Zentrum schauen kann." – Aber Antonio hörte nicht, er starrte ganz versunken und unverwandt nach dem schönen Weibe hinab. „Vermaledeiter Hexensabbat ist's", sagte der Hauptmann wieder, „Frau Venus ist's! in dieser Nacht alljährlich opfern sie ihr heimlich, ein Blick von ihr, wenn sie erwacht, macht wahnsinnig." – Antonio, so verwirrt er von dem Anblick war, ärgerte doch die Unwissenheit des Hauptmanns. „Was wollt Ihr?" entgegnete er leise, „die Frau Venus hat ja niemals auf Erden wirklich gelebt, sie war immer nur so ein Symbolum der heidnischen Liebe, gleichsam ein Luftgebild, eine Schimäre. Horatius sagt von ihr: ‚Mater saeva cupidinum.'" – „Sprecht nicht lateinisch hier, das ist just ihre Muttersprache!" unterbrach ihn Alvarez heftig und riß den Studenten vom Abgrunde durch Hecken und Dornen mit sich fort. „Der Teufel", sagte er, als sie schon eine Strecke fortgelaufen waren, „der Teufel – Wollt sagen: der – nun, Ihr wißt schon, man darf ihn heut nicht beim Namen nennen – der hat für jeden seine besondern Finten, unsereins faßt er geradezu beim Schopf, eh man sich's versieht, euch Gelehrte nimmt er säuberlich zwischen zwei Finger wie eine Prise Tabak."

Unter diesem Diskurs stolperten sie, von Schweiß triefend, im Dunkeln über Stock und Stein, einmal kam's ihnen vor, als flöge eine Mädchengestalt über die Heide, aber der Hauptmann drückte fest die Ohren an. So waren sie in größter Eile, ohne es selbst zu bemerken, nach und nach schon wieder tief ins Tal hinabgekommen, als ihnen plötzlich ein: „Halt, wer da!" entgegenschallte. Da war es ihnen doch nicht anders, als ob sie eine Engelsposaune vom Himmel anbliese! – „He Landsmann, Kameraden, Hollaho!" schrie Alvarez aus vollem Halse; sie traten aus dem Wald und sahen nun die Schiffsmannschaft auf einer Wiese am Meere um Feldfeuer gelagert, die warfen so lustige Scheine über die Gestalten mit den wilden Bärten, breit aufgekrempten Hüten und langen Flinten, daß Antonio recht das Herz im Leibe lachte.

Alvarez aber, noch ganz verstört von der verworrenen Nacht, trat sogleich mitten unter die Überraschten und erzählte, wie sie eben aus dem Venusberge kämen und die Frau Venus auf diamantenem Throne gesehen hätten, was sie da erlebt, wollt er keinem wünschen, denn er müßte gleich toll werden darüber. – „Kerl, warum senkst du die Hellebarde nicht, wenn dein Hauptmann vor dir steht?" fuhr er dazwischen die Schildwache an, die sich neugierig ebenfalls genähert hatte. Der Soldat aber schüttelte den Kopf, als kennte er ihn nicht mehr. Da trat der Schiffslieutenant Sanchez keck aus dem Gedränge hervor, er trug das Hauptmannszeichen an seinem Hut. Es sei hier alles in guter Ordnung, sagte er zu Alvarez, er habe sie verlassen in der Not und Fremde, auch hätten sie sein Boot zertrümmert gefunden, da habe die Mannschaft nach Seegebrauch einen neuen Anführer gewählt, er sei jetzt der Hauptmann! – „Was", schrie Alvarez, „Hauptmann geworden, wie man einen Handschuh umdreht, wie ein Pilz über Nacht?" – Der schlaue Sanchez aber lächelte sonderbar. „Über Nacht?" sagte er, „könnt Ihr etwa im Venusberg wissen, was es an der Zeit ist? Oho, wie lange denkt Ihr denn, daß Ihr fort gewesen, nun?" – Alvarez war ganz betreten, die furchtbare Sage vom Venusberg fiel ihm jetzt erst recht aufs Herz, er traute sich selber nicht mehr. – „Wißt Ihr denn nicht", sagte Sanchez, ihm immer dreister unter das Gesicht tretend, „wißt Ihr nicht, daß mancher als schlanker Jüngling in den Venusberg gegangen und als alter Greis mit grauem Barte zurückgekommen, und meint doch, er sei nur ein Stündlein oder viere zu Biere gewesen, und keiner im Dorfe kannte ihn mehr, und" – wie er aber dem Alvarez so nahe trat, gab ihm dieser auf einmal eine so derbe Ohrfeige, daß der Hauptmannshut vom Kopfe fiel, denn er hatte sich unterdes rund umgesehen und wohl bemerkt, daß die andern kaum um ein paar Stunden älter geworden, seitdem er sie verlassen. Sanchez griff wütend nach seinem Degen, Alvarez auch, die andern drängten sich wild heran, einige wollten dem alten Hauptmann, andere dem neuen helfen. Da sprang Antonio mitten in den dichtesten Haufen, die Streitenden teilend. „Seid ihr Christen?“ rief er, „blickt um euch her, auf was habt ihr eure Sach gestellt, daß ihr so übermütig seid? Diese alten starren Felsen, die nur mit den Wolken verkehren, fragen nichts nach euch und werden sich eurer nimmermehr erbarmen. Oder baut ihr auf die Nußschale, die da draußen auf den Wellen schwankt? Der Herr allein tut's! Er hat uns mit seinen himmlischen Sternen durch die Einsamkeit der Nächte nach einer fremden Welt herübergeleuchtet und geht nun im stillen Morgengrauen über die Felsen und Wogen, daß es wie Morgenglocken fern durch die Lüfte klingt, wer weiß, welchen von uns sie abrufen – und anstatt niederzusinken im Gebet, laßt ihr eure blutdürstigen Leidenschaften wie Hunde gegeneinander los, daß wir alle davon zerrissen werden.“ „Er hat recht!“ sagte Alvarez, seinen Degen in die Scheide stoßend. Sanchez traute dem Alvarez nicht, doch hätte er auffahren mögen vor Ärger, und wußte nicht, an wem er ihn auslassen sollte. „Ihr seid ein tapferer Ritter Rhetorio“, sagte er, „habt Ihr noch mehr so schöne Sermone im Halse?“ – „Ja, um jeden frechen Narren damit zu Grabe zu sprechen“, entgegnete Antonio. – „Oho“, rief Sanchez, „so müßt Ihr Feldpater werden, ich will Euch die Tonsur scheren, mein Degen ist just heute haarscharf.“ Da fuhr Alvarez auf: wer dem Antonio ans Leder wolle, müsse erst durch seinen eignen Koller hindurch. Aber Antonio hatte schon seinen Degen gezogen, trat mit zierlichem Anstande vor und sagte zum Lieutenant, daß sie die Sache als Edelleute abmachen wollten. Alvarez und mehrere andere begleiteten nun die beiden weiterhin bis zum Saume des Waldes, die Schwerter wurden geprüft und der Kampfplatz mit feierlichem Ernst umschritten. Die Palmen streckten ihre langen Blätter und Fächer verwundert über die fremden Gesellen hinaus. Gar bald aber blitzte der Mond in den blanken Waffen, denn Sanchez griff sogleich an und verschwor sich im Fechten, Antonio solle seinen Degen hinunterschlucken bis an den Griff. Der Student aber wußte schöne gute Hiebe und Finten von der Schule zu

Salamanca her, parierte künstlich, maß und stach und versetzte dem Prahlhans, ehe er sich's versah, einen Streich über den rechten Arm, daß ihm der Degen auf die Erde klirrte. Nun faßte Sanchez das Schwert mit der Linken und stürzte in blinder Wut von neuem auf seinen Gegner; er hätte sich selbst Antonios Degenspitze in den Leib gerannt, aber die andern unterliefen ihn schnell und warfen ihn rücklings zu Boden, denn jetzt erst bemerkten sie, daß er schwer betrunken war. In der Hitze des Kampfes hatte er völlig die Besinnung verloren, sie mußten ihn an die Lagerfeuer zurücktragen, wo sie nun seine Wunde verbanden. Da hielt er sich für tot und fing sich selber ein Grablied zu singen an, aber es wollte nicht stimmen, er sah ganz unkenntlich aus, bis er endlich umsank und fest einschlief. – „Das ist gut, er hat die Rebellion mit seinem Blut wieder abgewaschen", sagte Alvarez vergnügt, denn alle waren dem Lieutenant gewogen, weil er Not und Lust brüderlich mit seinen Kameraden teilte und in der Gefahr allezeit der erste war.

Unterdes aber hatte die Schiffsmannschaft eilig bunte Zelte aufgeschlagen und plauderte und schmauste vergnügt. Antonio mußte auf viele Gesundheiten fleißig Bescheid tun, sie erklärten ihn alle für einen tüchtigen Kerl. Dazwischen schwirrte eine Zither vom letzten Zelte, der Schiffskoch spielte den Fandango, während einige Soldaten auf dem Rasen dazu tanzten. Von Zeit zu Zeit aber rief Alvarez den Schildwachen zu, auf ihrer Hut zu sein, denn weit in der Nacht hörte man zuweilen ein seltsames Rufen im fernen Gebirge. Nach einer Stunde etwa erwachte der Lieutenant plötzlich und sah verwirrt bald seinen Arm an, bald in der fremden Runde umher, aber er verwunderte sich nicht lange, denn dergleichen war ihm oft begegnet. Vom Meere wehte nun schon die Morgenluft erfrischend herüber, ihn schauerte innerlich, da faßte er einen Becher mit Wein und tat einen guten Zug; dann sang er, noch halb im Taumel, und die andern stimmten fröhlich mit ein:

„Ade, mein Schatz, du mochtst mich nicht,
Ich war dir zu geringe,
Und wenn mein Schiff in Stücken bricht,
Hörst du ein süßes Klingen,
Ein Meerweib singt, die Nacht ist lau,
Die stillen Wolken wandern,

Da denk an mich, 's ist meine Frau,
Nun such dir einen andern.

Ade, ihr Landsknecht, Musketier!
Wir ziehn auf wildem Rosse,
Das bäumt und überschlägt sich schier
Vor manchem Felsenschlosse,
Lindwürmer links bei Blitzesschein,
Der Wassermann zur Rechten,
Der Haifisch schnappt, die Möwen schrein –
Das ist ein lustig Fechten!

Streckt nur auf eurer Bärenhaut
Daheim die faulen Glieder,
Gott Vater aus dem Fenster schaut,
Schickt seine Sündflut wieder.
Feldwebel, Reiter, Musketier,
Sie müssen all ersaufen,
Derweil auf der ‚Fortuna' wir
Im Paradies einlaufen."

Hier wurden sie auf einmal alle still, denn zwischen den Morgenlichtern über der schönen Einsamkeit erschien plötzlich auf einem Felsen ein hoher Mann, seltsam in weite bunte Gewande gehüllt. Als er in der Ferne das Schiff erblickte, tat er einen durchdringenden Schrei, dann, beide Arme hoch in die Lüfte geschwungen, stürzte er durch das Dickicht herab und warf sich unten auf seine Knie auf den Boden, die Erde inbrünstig küssend. Nach einigen Minuten aber erhob er sich langsam und überschaute verwirrt den Kreis der Reisenden, die sich neugierig um ihn versammelt hatten, es war ein Greis von fast grauenhaftem verwilderten Ansehn. Wie erschraken sie aber, als er sie auf einmal spanisch anredete, wie einer, der die Sprache lange nicht geredet und fast vergessen hatte. „Ihr habt euch", sagte er, „alle sehr verändert in der einen langen Nacht, daß wir uns nicht gesehen." Darauf nannte er mehrere unter ihnen mit fremden Namen und erkundigte sich nach Personen, die ihnen gänzlich unbekannt waren.

Die Umstehenden bemerkten jetzt mit Erstaunen, daß sein Gewand aus europäischen Zeugen bunt zusammengeflickt war, um die Schultern hatte er phantastisch einen köstlichen halbverblichenen Teppich wie einen Mantel geworfen. Sie fragten ihn, wer er sei und wie er hierher gekommen? Darüber schien der Unbekannte in ein tiefes Nachsinnen zu versinken. „In Valencia“, sagte er endlich halb für sich leise und immer leiser sprechend, „in Valencia zwischen den Gärten, die nach dem Meere sich senken, da wohnt ein armes schönes Mädchen und wenn es Abend wird, öffnet sie das kleine Fenster und begießt ihre Blumen, da sang ich manche Nacht vor ihrer Tür. Wenn ihr sie wiederseht, sagt ihr – daß ich – sagt ihr –“ Hier stockte er, starr vor sich hinsehend, und stand wie im Traume. Alvarez entgegnete: Das Mädchen, wenn sie etwa seine Liebste gewesen, müsse nun schon hübsch alt oder längst gestorben sein. – Da sah ihn der Fremde plötzlich mit funkelnden Augen an. „Das lügt Ihr“, rief er, „sie ist nicht tot, sie ist nicht alt!“ – „Wer lügt?“ entgegnete Alvarez ganz hitzig. – „Elender“, erwiderte der Alte, „sie schläft nur jetzt, bei stiller Nacht erwacht sie oft und spricht mit mir. Ich dürfte nur ein einz'ges Wort ins Ohr ihr sagen und ihr seid verloren, alle verloren.“ – „Was will der Prahlhans?“ fuhr Alvarez von neuem auf.

Sie wären gewiß hart aneinandergeraten, aber der Unbekannte hatte sich schon in die Klüfte zurückgewandt. Vergeblich setzten ihm die Kühnsten nach, er kletterte wie ein Tiger, sie mußten vor den entsetzlichen Abgründen stillstehen; nur einmal noch sahen sie seine Gewänder durch die Wildnis fliegen, dann verschlang ihn die Öde.

„Wunderbar“ – sagte Antonio, ihm in Gedanken nachsehend – „es ist, als wäre er in dieser Einsamkeit in seiner Jugend eingeschlummert, den Wechsel der Jahre verschlafend und spräch nun irre aus der alten Zeit.“ – Hier wurden sie von einigen Schiffssoldaten unterbrochen, die währenddes einen Berggipfel erstiegen hatten und nun ihren Kameraden unten unablässig zuriefen und winkten. Alles kletterte eilfertig hinauf, auch Alvarez und Antonio folgten und bald hörte man droben ein großes Freudengeschrei und sah Hüte, Degenkoppeln und leere Flaschen durcheinander in die Luft fliegen. Denn von dem vorspringenden Berge sahen sie auf einmal in ein weites gesegnetes Tal wie in einen unermeßlichen Frühling hinein. Blühende Wälder rauschten herauf, unter Kokospalmen standen Hütten auf luftigen Auen, von glitzernden Bächen durchschlängelt, fremde bunte Vögel zogen darüber wie abgewehte Blütenflocken. – „Vivat der Herr Vizekönig Don Alvarez!“

rief die Schiffsmannschaft jubelnd und hob den Hauptmann auf ihren Armen hoch empor. Dieser, auf ihren breiten Schultern sich zurechtsetzend, nahm das lange Perspektiv und musterte zufrieden sein Land.

Der Student Antonio aber saß doch noch höher zwischen den Blättern einer Palme, wo er mit den jungen Augen weit über Land und Meer sehen konnte. Es war ihm fast wehmütig zumute, als er in der stillen Morgenzeit unten Hähne krähen hörte und einzelne Rauchsäulen aufsteigen sah. Aber die Hähne krähten nicht in den Dörfern, sondern wild im Walde und der Rauch stieg aus fernen Kratern, zur Warnung, daß sie auf unheimlichem vulkanischen Boden standen.

Plötzlich kam ein Matrose atemlos dahergerannt und erzählte, wie er tiefer im Gebirge auf Eingeborene gestoßen, die wären anfangs scheu und trotzig gewesen, auf seine wiederholten Fragen aber hätten sie ihn endlich an ihren König verwiesen und ihm das Schloß desselben in der Ferne gezeigt. – Er führte die andern sogleich höher zwischen den Klippen hinauf und sie erblickten nun wirklich gegen Osten hin wunderbare Felsen am Strande, seltsam zerrissen und gezackt gleich Türmen und Zinnen. Unten schien ein Garten wie ein bunter Teppich sich auszubreiten, von dem Felsen aber blitzte es in der Morgensonne, sie wußten nicht, waren es Waffen oder Bäche; der Wind kam von dort her, da hörten sie es zuweilen wie ferne Kriegsmusik durch die Morgenluft herüberklingen.

Einige meinten, man müsse den wilden Landsmann wieder aufsuchen, als Wegweiser und Dolmetsch, aber wer konnte ihn aus dem Labyrinth des Gebirges herausfinden, auch schien es töricht, sich einem Wahnsinnigen zu vertrauen, denn für einen solchen hielten sie alle den wunderlichen Alten. Alvarez beschloß daher, die Verwegensten zu einer bewaffneten feierlichen Gesandtschaft auszuwählen, er selbst wollte sie gleich am folgenden Morgen zu der Residenz des Königs führen, dort hofften sie nähere Auskunft von der Natur und Beschaffenheit des Landes und vielleicht auch über den rätselhaften Spanier zu erhalten.

Das war den abenteuerlichen Gesellen eben recht, sie schwärmten nun in aller Eile wieder den Berg hinab und bald sah man ihr Boot zwischen dem Schiffe und dem Ufer hin und her schweben, um alles Nötige zu der Fahrt herbeizuholen. Auf dem Lande aber wurde das kleine Lager schleunig mit Wällen umgeben, einige fällten Holz zu den Palisaden, andere putzten ihre Flinten, Alvarez stellte die Wachen aus, alles war in freudigem Alarm und Erwartung der Dinge, die da kommen sollten. – Mitten in diesen Vorbereitungen saß Antonio in seinem Zelt und arbeitete mit allem Fleiß eine feierliche Rede aus, die der Hauptmann morgen an dem wilden Hofe halten wollte. Der Abend dunkelte schon wieder, draußen hörte er nur noch die Stimmen und den Klang der Äxte im Wald, seine Rede war ihm zu seiner großen Zufriedenheit geraten, er war lange nicht so vergnügt gewesen.

Die Sonne ging eben auf, das ganze Land schimmerte wie ein stiller Sonntagsmorgen, da hörte man ein Kriegslied von ferne herüberklingen, eine weiße Fahne mit dem kastilianischen Wappen flatterte durch die grüne Landschaft. Don Alvarez war's, der zog schon so früh mit dem Häuflein, das er zu der Ambassade ausgewählt, nach der Richtung ins Blaue hinein, wo sie gestern die Residenz des Königs erblickt hatten. Die Schalksnarren hatten sich zu dem Zuge auf das allervortrefflichste ausgeputzt. Voran mit der Fahne schritt ein Trupp Soldaten, die Morgensonne vergoldete ihnen lustig die Bärte und flimmerte in ihren Hellebarden, als hätten sich einige Sterne im Morgenrot verspätet. Ihnen folgten mehrere Matrosen, welche auf einer Bahre die für den König bestimmten Geschenke trugen: Pfannen, zerschlagene Kessel und was sonst die Armut an altem Gerümpel zusammengefegt. Darauf kam Alvarez selbst. Er hatte, um sich bei den Wilden ein vornehmes Ansehen zu geben, den Schiffsesel bestiegen, eine große Allongenperücke aufgesetzt und einen alten weiten Scharlachmantel umgehängt, der ihn und den Esel ganz bedeckte, so daß es aussah, als ritt' der lange hagre Mann auf einem Steckenpferde über die grüne Au. Der dicke Schiffskoch aber war als Page ausgeschmückt, der hatte die größte Not, denn der frische Seewind wollte ihm alle Augenblick das knappe Federbarett vom Kopfe reißen, während der Esel von Zeit zu Zeit gelassen einen Mund voll frischer Kräuter nahm. Antonio ging als Dolmetsch neben Alvarez her, denn er hatte schon zu Hause die indischen Sprachen mit großem Fleiße studiert. Alvarez aber zankte in einem fort mit ihm; er wollte in die Rede, die er soeben memorierte, noch mehr Figuren und Metaphern haben, gleichsam einen gemalten Schnörkel vor jeder Zeile. Dem Antonio aber fiel durchaus nichts mehr ein, denn der steigende Morgen vergoldete rings um sie her die Anfangsbuchstaben einer wunderbaren unbekannten Schrift, daß er innerlich still wurde vor der Pracht.

Ihre Fahrt ging längs der Küste fort, bald sahen sie das Meer über die Landschaft leuchten, bald waren sie wieder in tiefer Waldeinsamkeit. Der rüstige Sanchez streifte unterdes jägerhaft umher.

Kaum hatte der Zug die Gebirgsschluchten erreicht, als ein Wilder, im Dickicht versteckt, in eine große Seemuschel stieß. Ein zweiter gab Antwort und wieder einer, so lief der Schall plötzlich von Gipfel zu Gipfel über die ganze Insel, daß es tief in den Bergen widerhallte. Bald darauf sahen sie's hier und da im Walde aufblitzen, bewaffnete Haufen mit hellen Speeren und Schilden brachen in der Ferne aus dem Gebirge wie Waldbäche und schienen alle auf einen Punkt der Küste zuzueilen. Antonion klopfte das Herz bei dem unerwarteten Anblick. Sanchez aber schwenkte seinen Hut in der Morgenluft vor Lust. So rückte die Gesandtschaft unerschrocken fort; die Hütten, die sie seitwärts in der Ferne sahen, schienen verlassen, die Gegend wurde immer höher und wilder. Endlich, um eine Bergesecke biegend, erblickten sie plötzlich das Ziel ihrer Wanderschaft: den senkrechten Fels mit seinen wunderlichen Bogen, Zacken und Spitzen, von Bächen zerrissen, die sich durch die Einsamkeit herabstürzten, dazwischen saßen braune Gestalten, so still, als wären sie selber von Stein, man hörte nichts, als das Rauschen der Wasser und jenseits die Brandung im Meere. In demselben Augenblick aber tat es einen durchdringenden Metallklang wie auf einen großen Schild, alle die Gestalten auf den Klippen sprangen plötzlich rasselnd mit ihren Speeren auf und rasch zwischen dem Waldesrauschen, den Bächen und Zacken stieg ein junger, hoher, schlanker Mann herab mit goldenen Spangen, den königlichen Federmantel um die Schultern und einen bunten Reiherbusch auf dem Haupt, wie ein Goldfasan. Er sprach noch im Herabkommen mit den andern und rief den Spaniern gebieterisch zu. Da aber niemand Antwort gab, blieb er auf seine Lanze gestützt vor ihnen stehen. Alvarez' Perücke schien ihm besonders erstaunlich, er betrachtete sie lange unverwandt, man sah fast nur das Weiße in seinen Augen.

Antonio war ganz konfus, denn zu seinem Schrecken hatte er schon bemerkt, daß er trotz seiner Gelehrsamkeit kein Wort von des Königs Sprache verstand. Der unverzagte Alvarez aber fragte nach nichts, er ließ die Tragbahre mit dem alten Gerümpel dem Könige vor die Füße setzen, rückte sich auf seinem Esel zurecht und hielt sogleich mit großem Anstande seine wohlverfaßte Anrede, während einige andere hinten feierlich die Zipfel seines Scharlachmantels hielten. Da konnte sich der König endlich nicht länger überwinden, er rührte neugierig mit seinem Speer an Alvarez' Perücke, sie ließ zu seiner Verwunderung und Freude wirklich vom Kopfe des Redners los und, mit leuchtenden Augen zurückgewandt, wies er sie hoch auf der Lanze seinem Volke. Ein wildes Jauchzen erfüllte die Luft, denn ein großer Haufe brauner Gestalten hatte sich unterdes nachgedrängt, Speer an Speer, daß der ganze Berg wie ein ungeheurer Igel anzusehen war.

Der König hatte unterdes gewinkt, einige Wilde traten mit großen Körben heran, der König griff mit beiden Händen hinein und schüttete auf einmal Platten, Körner und ganze Klumpen Goldes auf seine erstaunten Gäste aus, daß es lustig durcheinanderrollte. Da sah man in dem unverhofften Goldregen plötzlich ein Streiten und Jagen unter den Spaniern, jeder wollte alles haben und je mehr sie lärmten und zankten, je mehr warf der König aus, ein spöttisches Lächeln zuckte um seinen Mund, daß seine weißen Zähne manchmal hervorblitzten, wie bei einem Tiger. Währenddes aber schwärmten die Eingeborenen von beiden Seiten aus den Schluchten hervor, mit ihren Schilden und Speeren die Raufenden wild umtanzend.

Da war Alvarez der erste, der sich schnell besann. „Ehre über Gold und Gott über alles!" rief er, seinen Degen ziehend und stürzte in den dicken Knäuel der Seinigen, um sie mit Gewalt auseinanderzuwirren. „Christen", schrie er, „wollt ihr euch vom Teufel mit Gold mästen lassen, damit er euch nachher die Hälse umdreht, wie Gänsen? Seht ihr nicht, wie er mit seiner Leibgarde den Ring um euch zieht?" – Aber der Teufel hatte sie schon verblendet; um nichts von ihrem Golde zurückzugeben, entflohen sie einzeln vor dem Hauptmann, sich im Walde verlaufend mit den lächerlich vollgepfropften Taschen. Nur einige alte Soldaten sammelten sich um Alvarez und den Lieutenant. Die Eingeborenen stutzten, da sie die bewegliche Burg und die Musketen plötzlich zielend auf sich gerichtet sahen, sie schienen den Blitz zu ahnden, der an den dunkeln Röhren hing, sie blieben zaudernd stehen. So entkam der Hauptmann mit seinen Getreuen dem furchtbaren Kreise der Wilden, ehe er sich noch völlig hinter ihnen geschlossen hatte.

In der Eile aber hatte auch dieses Häuflein den ersten besten Pfad eingeschlagen und war, ohne es zu bemerken, immer tiefer in den Wald geraten. Der nahm kein Ende, die Sonne brannte auf die nackten Felsen und als sie sich endlich senkte, hatten sie sich gänzlich verirrt. Jetzt brach die Nacht herein, ein schweres Gewitter, das lange in der Ferne über dem Meere gespielt, zog über das Gebirge; den armen Antonio hatten sie gleich beim Anbruch der Dunkelheit verloren. So stoben sie wie zerstreute Blätter im Sturme durch die schreckliche Nacht, nur die angeschwollenen Bäche rauschten zornig in der Wildnis, dazwischen das blendende Leuchten der Blitze, das Schreien der Wilden und die Signalschüsse der Verirrten aus der Ferne. – „Horcht", sagte Sanchez, „das klingt so hohl unter den Tritten, als ging' ich über mein Grab und die Wetter breiten sich darüber wie schwarze Bahrtücher mit feurigen Blumen durchwirkt, das wär ein schönes Soldatengrab!" – „Schweig", fuhr ihn Alvarez an, „wie kommst du jetzt darauf?" – „Das kommt von dem verdammten Trinken", entgegnete Sanchez, „da werd ich zuzeiten so melancholisch darnach." Er sang:

„Und wenn es einst dunkelt,
Der Erd bin ich satt,
Durchs Abendrot funkelt
Eine prächtige Stadt;
Von den goldenen Türmen
Singet der Chor,
Wir aber stürmen
Das himmlische Tor!"

„Was ist das!" rief plötzlich ein Soldat. Sie sahen einen Fremden mit bloßem Schwerte durch die Nacht auf sich zustürzen, sein Mantel flatterte weit im Winde. – Beim Glanz der Blitze erkannten sie ihren wahnsinnigen Landsmann wieder. – „Hallo!" rief ihm Sanchez freudig entgegen, „hat dich der Lärm und das Schießen aus deinen Felsenritzen herausgelockt, kannst du das Handwerk nicht lassen?" – Der Alte aber, scheu zurückblickend, ergriff hastig die Hand des Lieutenants und drängte alle geheimnisvoll und wie in wilder Flucht mit sich fort. „Noch ist es Zeit", sagte er halbleise, „ich rette euch noch, nur rasch, rasch fort, es brennt, seht, wie die blauen Flämmchen hinter mir aus dem Boden schlagen, wo ich trete!" – „Führ uns ordentlich und red nicht so toll in der verrückten Nacht!" entgegnete Alvarez ärgerlich. – Da leuchtete ein Blitz durch des Alten fliegendes Haar. Er blieb stehen und zog die Locken über das Gesicht durch seine weit ausgespreizten Finger. „Grau, alles grau geworden in einer Nacht" – sagte er mit schmerzlichem Erstaunen – „aber es könnte noch alles gut werden", setzte er nach einem Augenblick hinzu, „wenn sie mich nur nicht immer verfolgte." – „Wo? wer?" fragte Sanchez. – „Die grausilberne Schlange", erwiderte der Alte heimlich und riß die Erstaunten wieder mit sich durch das Gestein. Plötzlich aber schrie er laut auf: „Da ist sie wieder!" – Alles wandte sich erschrocken um. – Er meinte den Strom, der, soeben tief unter dem Felsen vorüberschießend, im Wetterleuchten heraufblickte. – Ehe sie sich aber noch besannen, flog der Unglückliche schon durch das Dickicht fort, die Haare stiegen ihm vor Entsetzen zu Berge, so war er ihnen bald in der Dunkelheit zwischen den Klüften verschwunden.

Währenddes irrte Antonio verlassen im Gebirge umher. In der Finsternis war er unversehens von den Seinigen abgekommen. Als er's endlich bemerkte, waren sie schon weit; da hörte er plötzlich wieder Tritte unter sich und eilte darauf zu, bis er mit Schrecken gewahr wurde, daß es Eingeborene waren, die hastig und leise, als hätten sie einen heimlichen Anschlag, vorüberstreiften, ohne ihn zu sehen. Ihn schauerte und doch war's ihm eigentlich recht lieb so. Er dachte übers Meer nach Hause, wie nun alle dort ruhig schliefen und nur die Turmuhr über dem mondbeschienenen Hof schlüge und die Bäume dunkel rauschten im Garten. Wie grauenhaft waren ihm da vom Balkon oft die Wolken vorgekommen, die über das stille Schloß gingen, wie Gebirge im Traum. Und jetzt stand er wirklich mitten in dem Wolkengebirge, so rätselhaft sah hier alles aus in dieser wilden Nacht! „Nur zu, blas nur immer zu, blinder Sturm, glühet ihr Blitze!" rief er aus und schaute recht zufrieden und tapfer umher, denn alles Große ging durch seine Seele, das er auf der Schule aus den Büchern gelernt, Julius Cäsar, Brutus, Hannibal und der alte Cid. – Da brannte ihn plötzlich sein Gold in der Tasche, auch er hatte sich nicht enthalten können, in dem Goldregen mit seinem Hütlein einige Körner aufzufangen. – „Frei vom Mammon will ich schreiten auf dem Felde der Wissenschaft", sagte er und warf voll Verachtung den Goldstaub in den Sturm, es gab kaum einen Dukaten, aber er fühlte sich noch einmal so leicht.

Unterdes war das Gewitter rasch vorübergezogen, der Wind zerstreute die Wolken wie weiße Nachtfalter in wildem Fluge über den ganzen Himmel, nur tief am Horizont noch schweiften die Blitze, die Nacht ruhte ringsher auf den Höhen aus. Da fühlte Antonio erst die tiefe Einsamkeit, verwirrt eilte er auf den verschlungenen Pfaden durch das Labyrinth der Klippen lange fort. Wie erschrak er aber, als er auf einmal in derselben Gegend herauskam, aus der sie am Morgen entflohen. Der Fels des Königs mit seinen seltsamen Schluften und Spitzen stand wieder vor ihm, nur an einem andern Abhange desselben schien er sich zu befinden. Jetzt aber war alles so stumm dort, die Wellen plätscherten einförmig, riesenhaftes Unkraut bedeckte überall wildzerworfenes Gemäuer. – Antonio sah sich zögernd nach allen Seiten um. Schon gestern hatten ihn die Mauertrümmer, die fast wie Leichensteine aus dem Grün hervorragten, rätselhaft verlockt. Jetzt konnte er nicht länger widerstehen, er zog heimlich seine Schreibtafel hervor, um den kostbaren Schatz von Inschriften und Bilderzeichen, die er dort vermutete, wie im Fluge zu erheben.

Da aber wurde er zu seinem Erstaunen erst gewahr, daß er eigentlich mitten in einem Garten stand. Gänge und Beete mit Buchsbaum eingefaßt, lagen umher, eine Allee führte nach dem Meere hin, die Kirschbäume standen in voller Blüte. Aber die Beete waren verwildert, Rehe weideten auf den einsamen Gängen, an den Bäumen schlangen sich üppige Ranken wild bis über die Wipfel hinaus, von wunderbaren hohen Blumen durchglüht. Seitwärts standen die Überreste einer verfallenen Mauer, die Sterne schienen durch das leere Fenster, in dem Fensterbogen schlief ein Pfau, den Kopf unter die schimmernden Flügel versteckt.

Antonio wandelte wie im Traum durch die verwilderte Pracht, kein Laut rührte sich in der ganzen Gegend, da war es ihm plötzlich, als sähe er fern am andern Ende der Allee jemand zwischen den Bäumen gehen, er hielt den Atem an und blickte noch einmal lauschend hin, aber es war alles wieder still, es schien nur ein Spiel der wankenden Schatten. Da kam er endlich in eine dunkle Laube, die der Wald sich selber lustig gewoben, das schien ihm so heimlich und sicher, er wollt nur einen Augenblick rasten und streckte sich ins hohe Gras. Ein würziger Duft wehte nach dem Regen vom Walde herüber, die Blätter flüsterten so schläfrig in der leisen Luft, müde sanken ihm die Augen zu.

Die wunderbare Nacht aber sah immerfort in seinen Schlaf hinein und ließ ihn nicht lange ruhen, und als er erwachte, hörte er mit Schrecken neben sich atmen. Er wollte rasch aufspringen, aber zwei Hände hielten ihn am Boden fest. Beim zitternden Mondesflimmer durchs Laub glaubte er eine schlanke Frauengestalt zu erkennen: – „Ich wußte es wohl, daß du kommen würdest", redete sie ihn in spanischer Sprache an. – „So bist du eine Christin?" fragte er ganz verwirrt. – Sie schwieg. – „Hast du mich denn schon jemals gesehen?" – „Gestern nachts bei unserm Fest", erwiderte sie, „du warst allein mit euerm Seekönig." – Eine entsetzliche Ahnung flog durch Antonios Seele, er mühte sich in der Finsternis vergeblich, ihre Züge zu erkennen, draußen gingen Wolken wechselnd vorüber, zahllose Johanniswürmchen umkreisten leuchtend den Platz. – Da hörte er fern von den Höhen einen schönen männlichen Gesang. „Wer singt da?" fragte er erstaunt. – „Still, still", erwiderte die Unbekannte, „laß den nur in Ruh. Hier bist du sicher, niemand besucht diesen stillen Garten mehr, sonst war es anders" – dann sang sie selber wie in Gedanken:

„Er aber ist gefahren
Weit übers Meer hinaus,
Verwildert ist der Garten,
Verfallen liegt sein Haus.

Doch nachts im Mondenglanze
Sie manchmal noch erwacht,
Löst von dem Perlenkranze
Ihr Haar, das wallt wie Nacht.

So sitzt sie auf den Zinnen,
Und über ihr Angesicht
Die Perlen und Tränen rinnen,
Man unterscheidt sie nicht."

Da teilte ein frischer Wind die Zweige, im hellen Mondlicht erkannte Antonio plötzlich die „Frau Venus" wieder, die sie gestern nachts schlummernd in der Höhle gesehen, ihre eigenen

Locken wallten wie die Nacht. – Ein Grauen überfiel ihn, er merkte erst jetzt, daß er unter glühenden Mohnblumen wie begraben lag. Schauernd sprang er empor und schüttelte sie ab, sie wollte ihn halten, aber er riß sich von ihr los. Da tat sie einen durchdringenden Schrei, daß es ihm durch Mark und Bein ging, dann hörte er sie in herzzerreißender Angst rufen, schelten und rührend flehen.

Aber er war schon weit fort, der Gesang auf den Höhen war verhallt, die Wälder rauschten ihm wieder erfrischend entgegen, hinter ihm versank allmählich das schöne Weib, das Meer und der Garten, nur zuweilen noch hörte er ihre Klagen wie das Schluchzen einer Nachtigall von ferne durch den Wind herüberklingen.

„Du sollst mich doch nicht fangen,
Duftschwüle Zaubernacht!
Es stehn mit goldnem Prangen
Die Stern auf stiller Wacht
Und machen überm Grunde,
Wo du verirret bist,
Getreu die alte Runde,
Gelobt sei Jesus Christ!

Wie bald in allen Bäumen
Geht nun die Morgenluft,
Sie schütteln sich in Träumen,
Und durch den roten Duft
Eine fromme Lerche steiget,
Wenn alles still noch ist,
Den rechten Weg dir zeiget –
Gelobt sei Jesus Christ!"

So sang es im Gebirge, unten aber standen zwei spanische Soldaten fast betroffen unter den Bäumen, denn es war ihnen, als ginge ein Engel singend über die Berge, um den Morgen anzubrechen. Da stieg ein Wanderer rasch zwischen den Klippen herab, sie erkannten zu ihrer großen Freude den Studenten Antonio, er schien bleich und zerstört. – „Gott sei Dank, daß Ihr wieder bei uns seid!" rief ihm der eine Soldat entgegen. „Ihr hättet uns beinah konfus gemacht mit Eurem Gloria", meinte der andere, „Ihr habt eine gute geistliche Kehle. Wo kommt Ihr her?" – „Aus einem tiefen Bergwerke", sagte Antonio, „wo mich der falsche Flimmer verlockt – wie so unschuldig ist hier draußen die Nacht!" – „Bergwerk? wo habt Ihr's gefunden?" fragten die Soldaten mit hastiger Neugier. – „Wie, sprach ich von einem Bergwerk?" erwiderte Antonio zerstreut, „wo sind wir denn?" – Die Soldaten zeigten über den Wald, dort läge ihr Landungsplatz. Sie erzählten ihm nun, wie die zersprengte Gesandtschaft unter großen Mühseligkeiten endlich wieder das Lager am Strande erreicht. Da habe der brave Alvarez, da er den Antonio dort nicht gefunden, sie beide zurückgeschickt, um ihn aufzusuchen und wenn sie jeden Stein umkehren und jede Palme schütteln sollten. Antonio schien wenig darauf zu hören. Die Soldaten aber meinten, es sei diese Nacht nicht geheuer im Gebirge, sie nahmen daher den verträumten Studenten ohne weiteres in ihre Mitte und schritten rasch mit ihm fort.

So waren sie in kurzer Zeit bei ihren Zelten angelangt. Dort stand Alvarez wie ein Wetterhahn auf dem frisch aufgeworfenen Erdwall, vor Ungeduld sich nach allen Winden drehend. Er schimpfte schon von weitem, da er endlich den Verirrten ankommen sah. „Ein Weltentdecker", sagte er, „muß den Kompaß in den Füßen haben, in der Wildnis bläst der Sturm die Studierlampe aus, da schlägt ein kluger Kopf sich Funken aus den eignen Augen. Was da Logik und Rhetorik! Sie hätten deinen Kopf aufgefressen mit allen Wissenschaften drin, aber ich hatt's ihnen zugeschworen, sie mußten zum Nachtisch alle unsere bleiernen Pillen schlucken, oder meine eignen alten Knochen nachwürgen. Du bist wohl recht verängstigt und müde, armer Junge, Gott, wie du aussiehst!" – Nun ergriff er den Studenten vor Freuden beim Kopf, strich ihm die vollen braunen Locken aus der Stirn und führte ihn eilig ins Lager in sein eignes Zelt, wo er sich sogleich auf eine Matte hinstrecken mußte. Im Lager aber war schon ein tiefes Schweigen, die müden Gesellen lagen schlafend wie Tote umher. Nur der Lieutenant Sanchez wollte diese Nacht nicht mehr schlafen noch ruhen, er saß auf den zusammengelegten Waffen der Mannschaft; eine Flasche in der Hand, trank er auf eine fröhliche Auferstehung, der Nachtwind spielte mit der roten Hahnfeder auf seinem Hut, der ihm verwegen auf einem Ohr saß; er war wahrhaftig schon wieder berauscht. Antonio mußte nun seine Abenteuer erzählen. Er berichtete verworren und zerstreut, in seinem Haar hing noch eine Traumblume aus dem Garten. Alvarez blieb dabei, das Frauenzimmer sei die Frau Venus gewesen und jene Höhle, die sie in der Walpurgisnacht entdeckt, der Eingang zum Venusberge. Sanchez aber rückte immer näher, während er hastig ein Glas nach dem andern hinunterstürzte; er fragte wunderlich nach der Lage der Höhle, nach dem Wege dahin, sie mußten ihm alles ausführlich beschreiben. – Auf einmal war er heimlich verschwunden.

Der Abenteurer schlich sich sacht und vorsichtig durch die schläfrigen Posten, über dem Gespräch hatte ihn plötzlich das Gelüsten angewandelt, den dunkeln Vorhang der phantastischen Nacht zu lüften – er wollte die Frau Venus besuchen. Er hatte sich Felsen, Schlünde und Stege aus Alvarez' Rede wohl gemerkt, es traf alles wunderbar zu. So kam er in kurzer Zeit an das stille Tal. Ein schmaler Felsenpfad führte fast unkenntlich zwischen dem Gestrüpp hinab, die Sterne schienen hell über den Klippen, er stieg im trunkenen Übermut in den Abgrund. Da brach plötzlich ein Reh neben ihm durch das Dickicht, er zog schnell seinen Degen. „Hoho, Ziegenbock!" rief er, „hast du die Hexe abgeworfen, die zu meiner Hochzeit ritt! Das ist eine bleiche schläfrige Zeit zwischen Morgen und Nacht, da schauern die Toten und schlüpfen in ihre Gräber, daß man die Leichentücher durchs Laub streichen hört. Wo sich eine verspätet beim Tanz, ich greif sie, sie soll meine Brautjungfer sein. – Zum Teufel, red vernehmlicher, Waldeinsamkeit! ich kenn ja dein Lied aus alter Zeit, wenn wir auf wilder Freite in Flandern nachts an den Wällen lagen vor mancher schönen Stadt, die von den schlanken Türmen mit ihrem Glockenspiele durch die Luft musizierte. Die Sterne löschen schon aus, wer weiß, wer sie wiedersieht! – Nur leise, sacht zwischen den Werken, in den Laufgräben fort! die Wolken wandern, die Wächter schlafen auf den Wällen, in ihre grauen Mäntel gehüllt, sie tun, als wären sie von Stein. – Verfluchtes Grauen, ich seh dich nicht, was hauchst du mich so kalt an, ich ringe mit dir auf der Felsenwand, du bringst mich nicht hinunter!"

Jetzt stand er auf einmal vor der Kluft, die Alvarez und Antonio in jener Nacht gesehen. Es war die erste geheimnisvolle Morgenzeit, in dem ungewissen Zwielicht erblickte er die junge schlanke Frauengestalt, ganz wie sie ihm beschrieben worden, auf dem Moosbett in ihrem Schmucke schlummernd, den schönen Leib von ihren Locken verdeckt. Alte halbverwitterte Fahnen, wie es schien, hingen an der Wand umher, der Wind spielte mit den Lappen, hinten in der Dämmerung, den Kopf vornübergebeugt, saß es wie eine eingeschlafene Gestalt.

„Es ist die höchste Zeit", flüsterte Sanchez ganz verblendet, „sonst versinkt alles wieder, schon hör ich Stimmen gehn. Wie oft schon sah ich im Wein ihr Bild, das war so schön und wild in des Bechers Grund. Einen Kuß auf ihren Mund, so sind wir getraut, eh der Morgen graut." – So taumelte der Trunkene nach der Schlummernden hin, er fuhr schauernd zusammen, als er sie anfaßte, ihre Hand war eiskalt. Im Gehen aber hatte er sich mit den Sporen in die Trümmer am Boden verwickelt, eine Rüstung an der Wand stürzte rasselnd zusammen, die alten Fahnen flatterten im Wind, bei dem Dämmerschein war's ihm, als rührte sich alles und dunkle Arme wänden sich aus der Felswand. Da sah er plötzlich im Hintergrunde den schlafenden Wächter sich aufrichten, daß ihn innerlich grauste. An dem irren funkelnden Blick glaubte er den alten wahnsinnigen Spanier wiederzuerkennen, der warf, ohne ein Wort zu sagen, seinen weiten Mantel über die Schultern zurück, ergriff das neben ihm stehende Schwert und drang mit solcher entsetzlichen Gewalt auf ihn ein, daß Sanchez kaum Zeit hatte, seine wütenden Streiche aufzufangen. Bei dem Klange ihrer Schwerter aber fuhren große scheußliche Fledermäuse aus den Felsenritzen und durchkreisten mit leisem Fluge die Luft, graue Nebelstreifen dehnten und reckten sich wie Drachenleiber verschlafen an den Wipfeln, dazwischen wurden Stimmen im Walde wach, bald hier, bald dort, eine weckte die andre, aus allen Löchern, Hecken und Klüften stieg und kroch es auf einmal, wilde dunkle Gestalten im Waffenschmuck, und alles stürzte auf Sanchez zusammen. „Nun, nun, steht's so!" rief der verzweifelte Lieutenant, „laß mich los, alter Narr mit deinem verwitterten Bart! Das ist keine Kunst, so viele über einen. Schickt mir euern Meister selber her, es gelüstet mich recht, mit ihm zu fechten! Aber der Teufel hat keine Ehre im Leibe. Ihr höllisches Ungeziefer, nur immer heraus vor meine christliche Klinge! nur immerzu, ich hau mich durch!" – So, den Degen in der Faust, wich er, wie ein gehetztes Wild, kämpfend von Stein zu Stein, das einsame Felsental hallte von den Tritten und Waffen, im Osten hatte der Morgen schon wie ein lustiger Kriegsknecht die Blutfahne ausgehangen.

Im Lager flackerten unterdes nur noch wenige Wachtfeuer halberlöschend, eine Gestalt nach der andern streckte sich in der Morgenkühle, einige saßen schon wach auf ihrem Mammon und besprachen das künftige Regiment der Insel. Plötzlich riefen draußen die Schildwachen an, sie hatten Lärm im Gebirge gehört. Jetzt vermißte man erst den Lieutenant. Alles sprang bestürzt zu den Waffen, keiner wußte, was das bedeuten könnte. Der Lärm aber, als sie so voller Erwartung standen, ging über die Berge wie ein Sturm wachsend immer näher, man konnte schon deutlich dazwischen das Klirren der Waffen unterscheiden. Da, im falben Zwielicht, sahen sie auf einmal den Sanchez droben aus dem Walde dahersteigen, bleich und verstört, mit den Geistern fechtend. Hinter ihm drein aber toste eine wilde Meute, es war, als ob aller Spuk der Nacht seiner blutigen Fährte folgte. Sein Frevel, wie es schien, hatte das dunkle Wetter, das schon seit gestern grollend über den Fremden hing, plötzlich gewendet, von allen Höhen stürzten bewaffnete Scharen wie reißende Ströme herab, der Klang der Schilde, das Schreien und der Widerhall zwischen den Felsen verwirrte die Stille und bald sahen sich die Spanier von allen Seiten umzingelt. – „Macht dem Lieutenant Luft!“ rief Alvarez und warf sich mit einigen Soldaten mitten in den dicksten Haufen. Schon hatten sie den Sanchez gefaßt und führten den Wankenden auf einen freien Platz am Meer, aber zu spät, von vielen Pfeilen durchbohrt, brach er neben seinen Kameraden auf dem Rasen zusammen – sein Wort war gelöst, er hatte sich wacker durchgeschlagen.

Bei diesem Anblick ergriff alle eine unsägliche Wut, keiner dachte mehr an sich im Schmerz, sie mähten sich wie die Todesengel in die dunkeln Scharen hinein, Alvarez und Antonio immer tapfer voran. Da erblickten sie auf einmal ihren wahnsinnigen Landsmann, mitten durch das Getümmel mit dem Schwert auf sie eindringend. Vergebens riefen sie ihm warnend zu – er stürzte sich selbst in ihre Speere, ein freudiges Leuchten ging über sein verstörtes Gesicht, daß sie ihn fast nicht wiedererkannten, dann sahen sie ihn taumeln und mit durchbohrtem Herzen tot zu Boden sinken. – Ein entsetzliches Rachegeschrei erhob sich über dem Toten, die Wilden erneuerten mit verdoppeltem Grimm ihren Angriff, es war, als ständen die Erschlagenen hinter ihnen wieder auf, immer neue scheußliche Gestalten wuchsen aus dem Blut, schon rannten sie jauchzend nach dem Strand, um die Spanier von ihrem Schiffe abzuschneiden. Jetzt war die Not am höchsten, ein jeder befahl sich Gott, die Spanier fochten nicht mehr für ihr Leben, nur um einen ehrlichen Soldatentod. – Da ging es auf einmal wie ein Schauder durch die unabsehliche feindliche Schar, alle Augen waren starr nach dem Gebirge zurückgewandt. Auch Antonio und Alvarez standen ganz verwirrt mitten in der blutigen Arbeit. Denn zwischen den Palmenwipfeln in ihrem leuchtenden Totenschmucke kam die Frau Venus, die wilden Horden teilend, von den Felsen herab. Da stürzten plötzlich die Eingebornen wie in Anbetung auf ihr Angesicht zur Erde, die Spanier atmeten tief auf, es war auf einmal so still, daß man die Wälder von den Höhen rauschen hörte.

Indem sie aber noch so staunend stehn, tritt die Wunderbare mitten unter sie, ergreift Sanchez' Mantel, den sie seltsam um ihren Leib schlägt und befiehlt ihnen, sich rasch in das Boot zu werfen, ehe der Zauber gelöst. Darauf umschlingt sie Antonion, halb drängt, halb trägt sie ihn ins Boot hinein, die andern, ganz verdutzt, bringen eiligst Sanchez' Leichnam nach, alles stürzt in die Barke. So gleiten sie schweigend dahin, schon erheben sich einzelne Gestalten wieder am Ufer, ein leises Murmeln geht wachsend durch die ganze furchtbare Menge, da haben sie glücklich ihr Schiff erreicht. Dort aber faßt die Unbekannte sogleich das Steuer, die stille See spiegelt ihr wunderschönes Bild, ein frischer Wind vom Lande schwellt die Segel und als die Sonne aufgeht, lenkt sie getrost zwischen den Klippen in den Glanz hinaus.

Die Spanier wußten nicht, wie ihnen geschehen. Als sie sich vom ersten Schreck erholt, gedachten sie erst ihrer Goldklumpen wieder, die sie auf der Insel zurückgelassen. Da fuhren sie dann wieder so arm und lumpig von dannen, wie sie gekommen. – „Der Teufel hat's gegeben, der Teufel hat's genommen", sagte der spruchreiche Alvarez verdrießlich. – Darüber aber hatten sie den armen Sanchez fast vergessen, der auf dem Verdeck unter einer Fahne ruhte. Alvarez beschloß nun, vor allem andern ihm die letzte Ehre anzutun, wie es einem tapfern Seemann gebührte. Er berief sogleich die ganze Schiffsmannschaft, die einen stillen Kreis um den Toten bildete, dann trat er in die Mitte, um die Leichenrede zu halten. „Seht da, den gewesenen Lieutenant", sagte er, „nehmt euch ein Exempel dran, die ihr immer meint, Unkraut verdürb nicht. Ja, da seht ihn liegen, er war tapfer, oftmals betrunken, aber tapfer –" weiter bracht er's nicht, denn die Stimme brach ihm plötzlich und Tränen stürzten ihm aus den Augen, als er den treuen Kumpan so bleich und still im lustigen Morgenrot daliegen sah. Einige Matrosen hatten ihn unterdes in ein Segeltuch gewickelt, andere schwenkten die Flaggen über ihm auf eine gute Fahrt auf dem großen Meere der Ewigkeit – dann ließen sie ihn an Seilen über Bord ins feuchte Grab hinunter. „So ist denn", sagte Alvarez, „sein Leiblied wahr geworden: ‚Ein Meerweib singt, die Nacht ist lau, da denkt an mich, 's ist meine Frau.' Man soll den Teufel nicht an die Wand malen." – Kaum aber hatte der Tote unten die kalte See berührt, als er auf einmal in seinem Segeltuch mit großer Vehemenz zu arbeiten anfing. „Ihr Narren, ihr", schimpfte er, „was, Wein soll das sein? elendes Wasser ist's!" – Die Matrosen hätten vor Schreck beinah Strick und Mann fallen lassen, aber Alvarez und Antonio sprangen rasch hinzu und zogen voller Freuden den Ungestümen wieder über Bord hinauf. Hier drängten sich nun die Überraschten von allen Seiten um ihn herum und während die einen seine Wunden untersuchten und verbanden, andere jauchzend ihre Hüte in die Luft warfen, glotzte der unsterbliche Lieutenant alle mit seinen hervorstehenden Augen stumm und verwogen an, bis sein Blick endlich die wunderbare Führerin des Schiffes traf. Da schrie er plötzlich auf: „Die ist's! ich selber sah sie in den Klüften auf dem Moosbett schlafen!"

Aller Augen wandten sich nun von neuem auf die schöne Fremde, die, auf das Steuer gelehnt, gedankenvoll nach der fernen Küste hinübersah. Keiner traute ihr, Antonio aber erkannte bei dem hellen Tageslicht das Mädchen aus dem wüsten Garten wieder. Da faßte Alvarez sich ein Herz, trat vor und fragte sie, wer sie eigentlich wäre? – „Alma", war ihre Antwort. – Warum sie zu ihnen gekommen? – „Weil sie euch erschlagen wollten", erwiderte sie in ihrem gebrochenen Spanisch. – Ob sie mit ihnen fahren und ihm als Page dienen wolle? – Nein, sie wolle dem Antonio dienen. – Woher sie denn aber Spanisch gelernt? – Vom Alonzo, den sie erstochen hätten. – „Den tollen Alten", fiel hier Sanchez hastig ein, „wer war er und wie kam er zu dir?" – „Ich weiß nicht", entgegnete Alma. – „Kurz und gut", hob Alvarez wieder an, „war die Frau Venus auf Walpurgisnacht auf eurer Insel? Oder bist du gar selber die

Frau Venus? Habt ihr beide – wollt sagen: du oder die Frau Venus – dazumal in der Felsenkammer geschlafen?" – Sie schüttelte verneinend den Kopf. – „Nun, so mag der Teufel daraus klug werden! ich will mich heute gar nicht mehr wundern, Frau Venus, Urgande, Megära, das kommt und geht so", rief der Hauptmann ungeduldig aus und benannte das Eiland, dessen blaue Gipfel soeben im Morgenduft versanken, ohne weiteres die Venusinsel, von der Frau Venus, die nicht da war.

Die darauffolgende Nacht war schön und sternklar, die „Fortuna" mit ihren weißen Segeln glitt wie ein Schwan durch die mondlichte Stille. Da trat Antonio leise auf das Verdeck hinaus, er hatte keine Rast und Ruh, es war ihm, als müßte er die schöne Fremde bewachen, die sorglos unten ruhte. Wie erstaunte er aber, als er das Mädchen droben schon wach und ganz allein erblickte, es war alles so einsam in der Runde, nur manchmal schnalzte ein Fisch im Meer, sie aber saß auf dem Boden mitten zwischen wunderlichem Kram, ein Spiegel, Kämme, ein Tamburin und Kleidungsstücke lagen verworren um sie her. Sie kam ihm wie eine Meerfee vor, die bei Nacht aus der Flut gestiegen, sich heimlich putzt, wenn alle schlafen. Er blieb scheu zwischen dem Tauwerk stehen, wo sie ihn nicht bemerken konnte. Da sah er, wie sie nun einzelne Kleidungsstücke flimmernd gegen den Mond hielt, er erkannte seinen eignen Sonntagsstaat, den er ihr gestern gezeigt: die gestickte Feldbinde, das rotsamtne weißgestickte Wämschen. Sie zog es eilig an; Antonio war schlank und fein gebaut, es paßte ihr alles wie angegossen. Darauf legte sie den blendendweißen Spitzenkragen um Hals und Brust und drückte das Barett mit den nickenden Federn auf das Lockenköpfchen. Als sie fertig war, sprang sie auf, sie schien sich über sich selbst zu verwundern, so schön sah sie aus. Da stieß sie unversehens mit den Sporen an das Tamburin am Boden. Sie ergriff es rasch, und den tönenden Reif hoch über sich schwingend, fing sie mit leuchtenden Augen zu tanzen an, fremd und doch zierlich, und sang dazu:

„Bin ein Feuer hell, das lodert
Von dem grünen Felsenkranz,
Seewind ist mein Buhl und fodert
Mich zum lust'gen Wirbeltanz,

Kommt und wechselt unbeständig.
Steigend wild,
Neigend mild,
Meine schlanken Lohen wend ich,
Komm nicht nah mir, ich verbrenn dich!

Wo die wilden Bäche rauschen
Und die hohen Palmen stehn,
Wenn die Jäger heimlich lauschen,
Viele Rehe einsam gehn.
Bin ein Reh, flieg durch die Trümmer
Über die Höh,
Wo im Schnee
Still die letzten Gipfel schimmern,
Folg mir nicht, erjagst mich nimmer!

Bin ein Vöglein in den Lüften,
Schwing mich übers blaue Meer,
Durch die Wolken von den Klüften
Fliegt kein Pfeil mehr bis hierher,
Und die Aun und Felsenbogen,
Waldeseinsamkeit
Weit, wie weit,
Sind versunken in die Wogen –
Ach ich habe mich verflogen!"

Bei diesen Worten warf sie sich auf den Boden nieder, daß das Tamburin erklang, und weinte. – Da trat Antonio rasch hinzu, sie fuhr empor und wollte entfliehen. Als sie aber seine Stimme über sich hörte, lauschte sie hoch auf, strich mit beiden Händen die aufgelösten Locken von den verweinten Augen und sah ihn lächelnd an.

Antonio, wie geblendet, setzte sich zu ihr an den Bord und pries ihren wunderbaren Tanz. Sie antwortete kein Wort darauf, sie war erschrocken und in Verwirrung. Endlich sagte sie schüchtern und leise: sie könne nicht schlafen vor Freude, es sei ihr so licht im Herzen. – Geradeso geht mir's auch, dachte er und schaute sie noch immer ganz versunken an. Da fiel ihm eine goldne Kette auf, die aus ihrem Wämschen blinkte. Sie bemerkte es und verbarg sie eilig. Antonio stutzte. „Von wem hast du das kostbare Angedenken?" fragte er. – „Von Alonzo", erwiderte sie zögernd. – „Wunderbar", fuhr er fort, „gesteh es nur, du weißt es ja doch, wer der Alte war und wie er übers Meer gekommen. Und du selbst – wir sahn dich schlummern in der Kluft beim Fackeltanz, und dann an jenem blutigroten Morgen warf sich das Volk erschrocken vor dir hin – wer bist du?" – Sie schwieg mit tiefgesenkten Augen und wie er so fortredend in sie drang, brach endlich ein Strom von Tränen unter den langen schwarzen Wimpern hervor. „Ach, ich kann ja nicht dafür!" rief sie aus und bat ihn ängstlich und flehentlich, er sollt es nicht verlangen, sie könnt es ihm nicht sagen, sonst würde er böse sein und sie verjagen. – Antonio sah sie verwundert an, sie war so schön, er reichte ihr die Hand. Als sie ihn so freundlich sah, rückte sie näher und plauderte so vertraulich, als wären sie jahrelang schon beisammen. Sie erzählte von der Nacht auf dem Gebirge, wo sie ihn beim flüchtigen Fackelschein zum erstenmal gesehn, wie sie dann traurig gewesen, als er damals im Garten sie so schnell verließ, sie meinte, die Wilden würden ihn erschlagen.

Antonion aber war's bei dem Ton ihrer Stimme, als hörte er zur Frühlingszeit die erste Nachtigall in seines Vaters Garten. Die Sterne schienen so glänzend, die Wellen zitterten unter ihnen im Mondenschein, nur von ferne kühlte sich die Luft mit Blitzen, bis endlich Alma vor Schlaf nicht mehr weiter konnte und müde ihr Köpfchen senkte.

Auch Antonio war zuletzt eingeschlummert. Da träumte ihm von dem schönen verwilderten Garten, es war, als wollt ihm der Vogel in dem ausgebrochenen Fensterbogen im Schlaf von Diego erzählen, der unter den glühenden Blumen sich verirrt. Und als er so, noch halb im Traume, die Augen aufschlug, flog schon ein kühler Morgenwind kräuselnd über die See, er blickte erschrocken umher, da hörte er wieder die Frau Venus neben sich atmen wie damals und von fern stiegen die Zacken und Felsen der Insel allmählich im Morgengrauen wieder empor, dazwischen glaubte er wirklich den Vogel im Gebirge singen zu hören. Jetzt ruft es auch plötzlich: „Land!" aus dem Mastkorb; verschlafene Matrosen erheben sich, im Innern des Schiffs beginnt ein seltsames Murmeln und Regen. Nun fährt Alma verwirrt aus dem Schlafe empor. Da sie die Wälder, Felsen und Palmen sieht, springt sie voller Entsetzen auf und wirft einen dunkeln tödlichen Blick auf Antonio. „Du hast mich verraten, ihr wollt mich bei den Meinigen heimlich wieder aussetzen!“ ruft sie aus und schwingt sich behende auf den Bord des Schiffes, um sich ins Meer zu stürzen. Aber Antonio faßte sie schnell um den Leib, sie stutzte und sah ihn erstaunt mit ungewissen Blicken an. Unterdes war auch Alvarez auf dem Verdeck erschienen: „Still, still“, rief er den Leuten zu, „nur sacht, eh sie uns drüben merken!“ Er ließ die Anker werfen, das Boot wurde leise und geräuschlos heruntergelassen, die Berge und Klüfte breiteten sich immer mächtiger in der Dämmerung aus. Da zweifelte Antonio selbst nicht länger, daß es auf Alma abgesehn. Ganz außer sich schwang er die arme Verratne auf seinen linken Arm, zog mit der rechten seinen Degen und rief vortretend mit lauter Stimme: es sei schändlich, treulos und undankbar, das Mädchen wider ihren Willen wieder auf die Insel zu setzen, von der sie alle eben erst mit Gefahr ihres Lebens gerettet. Aber er wolle sie bis zu seinem letzten Atemzuge verteidigen und mit ihr stehn oder fallen, wie ein Baum mit seiner Blüte!

Zu seiner Verwunderung erfolgte auf diese tapfere Anrede ein schallendes Gelächter. „Was Teufel machst du denn für ein Geschrei, verliebter Bakkalaureus!“ sagte Alvarez, „wir wollen hier geschwind, eh etwa noch die Wilden erwachen, frisches Wasser holen von den unverhofften Bergen, du siehst ja doch, ’s ist ein ganz anderes Land!“ Nun sah es Antonio freilich auch, freudig und beschämt, denn die Morgenlichter spielten schon über den unbekannten Gipfeln. Alma aber hatte ihn fest umschlungen und bedeckte ihn mit glühenden Küssen. – Die Sonne vergoldete soeben Himmel, Meer und Berge und in dem Glanze trug Antonio sein Liebchen hurtig in das Boot, das nun durch die Morgenstille nach dem fremden Lande hinüberglitt.

Alma war die erste, die ans Land sprang, wie ein Kind lief sie erstaunt und neugierig umher. Es blitzte noch alles vom Tau, Menschen waren nirgends zu sehen, nur einzelne Vögel sangen hie und da in der Frische des Morgens. Die praktischen Seeleute hatten indes gar bald eine Quelle, Kokos- und Brotbäume in Menge entdeckt, es ärgerte sie nur, daß die liebe Gottesgabe nicht auch schon gebacken war.

Alvarez aber, da heute eben ein Sonntag traf, beschloß auf dem gesegneten Eilande einige Tage zu rasten, um das Schiff und die Verwundeten und Kranken wieder völlig instand zu setzen. Währenddes waren mehrere auf den nächsten Gipfel gestiegen und erblickten überrascht jenseits des Gebirges eine weite lachende Landschaft. Auf ihr Geschrei kam auch der Hauptmann mit Antonio und Alma herbei. „Das ist ja wie in Spanien", sagte Alvarez erfreut, „hier möcht ich ausruhn, wenn's einmal Abend wird und die alten Segel dem Sturme nicht mehr halten." – Sie konnten der Versuchung nicht widerstehen, die Gegend näher zu betrachten, sie wanderten weiter den Berg hinunter und kamen bald in ein schönes grünes Tal. Auf dem letzten Abhange aber hielten sie plötzlich erschrokken still: ein einfaches Kreuz stand dort unter zwei schattigen Linden. Da knieten sie alle schweigend nieder, Alma sah sie verwundert an, dann sank auch sie auf ihre Knie in der tiefen Sonntagsstille, es war, als zöge ein Engel über sie dahin.

Als sie sich vom Gebet wieder erhoben, bemerkten sie erst einen zierlichen Garten unter dem Kreuz, den die Bäume von oben verdeckt hatten. Voll Erstaunen sahen sie sehr sorgfältig gehaltene Blumenbeete, Gänge und Spaliere, die Bienen summten in den Wipfeln, die in voller Blüte standen, aber der Gärtner war nirgends zu finden. – Da schrie Alma auf einmal erschrocken auf, als hätte sie auf eine Schlange getreten, sie hatte menschliche Fußtapfen auf dem tauigen Rasen entdeckt. – „Den wollen wir wohl erwischen", rief Alvarez, und die Wanderer folgten sogleich begierig der frischen Spur. Sie ging jenseits auf die Berge, sie glaubten den Abdruck von Schuhen zu erkennen. Unverdrossen stiegen sie nun zwischen den Felsen das Gebirge hinan, aber bald war die Fährte unter Steinen und Unkraut verschwunden, bald erschien sie wieder deutlich im Gras, so führte sie immer höher und höher hinauf und verlor sich zuletzt auf den obersten Zacken, wie in den Himmel. – „Es ist heut Sonntag, der Gärtner ist wohl der liebe Gott selber", sagte Alvarez, betroffen in der Wildnis umherschauend.

In dieser Zeit aber war die Sonne schon hoch gestiegen und brannte sengend auf die Klippen, sie mußten die weitere Nachforschung für jetzt aufgeben und kehrten endlich mit vieler Mühe wieder zu den Ihrigen am Strande zurück. Als sie dort ihr Abenteuer erzählten, wollte alles sogleich in das neuentdeckte Tal stürzen. Aber Alvarez schlug klirrend an seinen Degengriff und verbot feierlich allen und jedem, das stille Revier nicht anders als unter seinem eignen Kommando zu betreten. Denn, sagte er, das sei keine Soldatenspelunke, um dort Karten zu spielen, da stecke was Absonderliches dahinter. – Vergebens zerbrachen sie sich nun die Köpfe, was es mit dem Garten für ein Bewenden habe, denn ein Haus war nirgends zu sehen und soviel hatten sie schon von den Bergen bemerkt, daß das Land eine, wie es schien, unbewohnte Insel von sehr geringem Umfange war. Man beschloß endlich, sich hier an der Küste ein wenig einzurichten und am folgenden Tage gleich in der frühesten Morgenkühle die Untersuchung gemeinschaftlich fortzusetzen.

Unterdes hatten die Zimmerleute schon ihre Werkstatt am Meere aufgeschlagen, rings hämmerte und klapperte es lustig, einige schweiften mit ihren Gewehren umher, andere flickten die Segel im Schatten der überhängenden Felsen, während fremde Vögel über ihnen bei dem ungewohnten Lärm ihre bunten Hälse neugierig aus dem Dickicht streckten.

Mit dem herannahenden Abend versammelte sich nach und nach alles wieder unter den Felsen, die Jäger kehrten von den Bergen zurück und warfen ihre Beute auf den Rasen, da lag viel fremdes Getier umher, die Schützen an ihren Gewehren müde daneben. Indem kam ein Soldat, der sich auf der Jagd verspätet, ganz erschrocken aus dem Walde und sagte aus, er sei hinter einem schönen scheuen Vogel weit von hier zwischen die höchsten Felsen geraten und als er eben auf den Vogel angelegt, habe er plötzlich in der Wildnis ein riesengroßes Heiligenbild auf einer Klippe erblickt, daß ihm die Büchse aus der Hand gesunken. Die ersten Abendsterne am Firmament hätten das Haupt des Bildes wie ein Heiligenschein umgeben, darauf habe es auf einmal sich bewegt und sei langsam wie ein Nebelstreif mitten durch den Fels gegangen, er habe es aber nicht wieder gesehen und vor Grauen kaum den Rückweg gefunden. – „Das ist der Gärtner, den wir heut früh schon suchten", rief Alvarez, hastig aufspringend. Dabei traute er nun doch dem unschuldigen Aussehn der Insel nicht und beschloß, noch in dieser Stunde selber auf Kundschaft auszugehen, damit sie nicht etwa mitten in der Nacht unversehens überfallen würden. Das war dem abenteuerlichen Sanchez eben recht, auch Antonio und Alma erboten sich tapfer, den Hauptmann zu begleiten.

Alvarez stellte nun eilig einzelne Posten auf die nächsten

Höhen aus, wer von ihnen den ersten Schuß im Gebirge hörte, sollte antworten und auf dieses Signal die ganze Mannschaft nachkommen. Darauf bewaffnete er sorgfältig sich und seine Begleiter, auch Alma mußte einen Hirschfänger umschnallen, jeder steckte aus Vorsicht noch ein Windlicht zu sich, der Soldat aber, der die seltsame Nachricht gebracht, mußte voran auf demselben Wege, den er gekommen; so zog das kleine Häuflein munter in das wachsende Dunkel hinein.

Schon waren die Stimmen unter ihnen nach und nach verhallt, nur manchmal leuchtete das Wachtfeuer noch durch die Wipfel, die Gegend wurde immer kühler und öder. Alma war recht zu Hause hier, sie sprang wie ein Reh von Klippe zu Klippe und half lachend dem steifen Alvarez, wenn ihm vor einem Sprunge graute. Der Soldat vorn aber schwor, daß sie nun schon bald in der Gegend sein müßten, wo er das Bild gesehen. Darüber wurde Sanchez ganz ungeduldig. „Heraus, Nachteule, aus deinem Felsennest!“ rief er aus und feuerte schnell sein Gewehr in die Luft ab. Die nahe hohe Felsenwand brach den Schall und warf ihn nach der See zurück, es blieb alles totenstill im Gebirge. – Da glaubten sie plötzlich eine Glocke in der Ferne zu hören, die Luft kam von den Bergen, sie unterschieden immer deutlicher den Klang. Ganz verwirrt blieben nun alle lauschend stehen, über ihnen aber brach der Mond durch die Wolken und beleuchtete die unbekannten Täler und Klüfte, als sie auf einmal eine schöne tiefe Stimme in ihrer Landessprache singen hörten:

„Komm Trost der Welt, du stille Nacht!
Wie steigst du von den Bergen sacht,
Die Lüfte alle schlafen,
Ein Schiffer nur noch, wandermüd,
Singt übers Meer sein Abendlied
Zu Gottes Lob im Hafen.

Die Jahre wie die Wolken gehn
Und lassen mich hier einsam stehn,
Die Welt hat mich vergessen,
Da tratst du wunderbar zu mir,
Wenn ich beim Waldesrauschen hier
In stiller Nacht gesessen.

O Trost der Welt, du stille Nacht,
Der Tag hat mich so müd gemacht,
Das weite Meer schon dunkelt,
Laß ausruhn mich von Lust und Not,
Bis daß das ew'ge Morgenrot
Den stillen Wald durchfunkelt."

Die Wandrer horchten noch immer voll Erstaunen, als der Gesang schon lange wieder in dem Gewölk verhallt war, das soeben vor ihnen mit leisem Fluge die Wipfel streifte. Alvarez erholte sich zuerst. „Still, still", sagte er, „nur sachte mir nach, vielleicht überraschen wir ihn." – Sie schlichen nun durch das Dickicht leise und vorsichtig immer tiefer in den feuchten Nebel hinein, niemand wagte zu atmen – als plötzlich der vorderste mit großem Geschrei auf einen Fremden stieß, jetzt schrie wieder einer und noch einer auf, manchmal klang es wie Waffengerassel von ferne. Überwacht und aufgeregt wie sie waren, zog jeder sogleich seinen Degen. Indem sahen sie auch schon mehre halbkenntlich zwischen den Klippen herandringen, die unerschrockenen Abenteurer stürzten blind auf sie ein, da klirrte Schwert an Schwert im Dunkeln, immer neue Gestalten füllten den Platz, als wüchse das Gezücht aus dem Boden nach. – In diesem Getümmel bemerkte niemand, wie ein fernes Licht, immer näher und näher, das Laub streifte, auf einmal brach der Widerschein durch die Zweige, den Kampfplatz scharf beleuchtend, und die Fechtenden standen plötzlich ganz verblüfft vor altbekannten Gesichtern – denn die vermeintlichen Wilden waren niemand anders, als ihre Kameraden von unten, die verabredetermaßen auf Sanchez' Schuß zu Hülfe gekommen.

„Da ist er!" schrie hier plötzlich der Soldat, der vorhin den Alvarez heraufgeführt. Alle wandten sich erschrocken um: ein schöner riesenhafter Greis mit langem weißen Bart, in rauhe Felle gekleidet, eine brennende Fackel in der Hand, stand vor ihnen und warf dem Sanchez die Fackel an den Kopf, daß ihn die Funken knisternd umsprühten. „Ruhe da!" rief er; „was treibt euch, hier die Nacht mit wüstem Lärm zu brechen, das wilde Meer murrt nur von fern am Fuß der Felsen und alle blinden Elemente hielten Frieden hier seit dreißig Jahren in schöner Eintracht der Natur, und die ersten Christen, die ich wiedersehe, bringen Krieg, Empörung, Mord."

Hier erblickte er Alma, deren Gesicht von der Fackel hell

beleuchtet war, da wurde er auf einmal still. – Die erstaunten Gesellen standen scheu im Kreise, sie hielten ihn insgeheim für einen wundertätigen Magier. Diese Pause benutzte Alvarez und trat, seinen Degen einsteckend, einige Schritte vor. „Ihr sollt nicht glauben“, sagte er, „daß wir loses Gesindel seien, das da ermangelt, einem frommen Waldbruder die gebührende Reverenz zu erweisen; mit dem Lärm vorhin, das war nur so eine kleine Konfusion.“ – Der Einsiedler aber schien nicht darauf zu hören, er sah noch immer Alma an, dann, wie in Gedanken in dem Kreise umherschauend, fragte er, woher sie kämen? – Das wußte nun Alvarez selber nicht recht und berichtete kurz und verworren von der Frau Venus, von Händeln mit den Wilden, von einem prächtigen Reich, das sie entdeckt, aber wieder verloren. – Der Alte betrachtete unterdes noch einmal alle in die Runde. Nach kurzem Schweigen sagte er darauf: es sei schon dunkle Nacht und seine Klause liege weit von hier, auch habe er oben nicht Raum für so viele unerwartete Gäste, am folgenden Tage aber wollte er sie mit allem, dessen sie zur Reise bedürften, aus dem Überfluß versehen, womit ihn Gott gesegnet. Der Hauptmann solle jetzt die Seinen zum Ankerplatz zurückführen und morgen, wenn sie die Frühglocke hörten, mit wenigen Begleitern wiederkommen.

Die Wandrer sahen einander zögernd an, sie hätten lieber noch heut den Waldbruder beim Wort genommen. Aber in seinem strengen Wesen war etwas Unüberwindliches, das zugleich Gehorsam und Vertrauen erweckte. Er selbst ergriff rasch die Fackel, an der die andern ihre Windlichter anzünden mußten, und zeigte ihnen, voranschreitend, einen von Zweigen verdeckten Felsenweg, der unmittelbar zum Strande führte. Als sie nach kurzem Gange zwischen den Bäumen heraustraten, sahen sie schon das Meer wieder heraufleuchten, tief unter ihnen riefen die zurückgebliebenen Wachen einander von ferne an. – „Mein Gott“, sagte der Einsiedler fast betroffen, „das habe ich lange nicht gehört, es ist doch ein herrlich Ding um die Jugend.“ – Dann grüßt’ er alle noch einmal und wandte sich schnell in die Finsternis zurück. Unten aber erschraken die Wachen, da sie ein Licht nach dem andern aus den Klüften steigen und durch die Nacht schweifen sahen, als kämen die verstörten Gebirgsgeister den stillen Wald herab.

Der folgende Tag graute noch kaum, da fuhr Alma schon von ihrem bunten Teppich auf, sie hatte vor Freude auf die bevorstehende Fahrt die ganze Nacht nur leise geschlummert und immerfort von dem Gebirge und dem Einsiedler geträumt. Erstaunt sah sie sich nach allen Seiten um, Antonio lag zu ihren Füßen im Gras. Es war noch alles still, die Wachtfeuer flackerten erlöschend im Zwielicht. Da überfiel Alma ein seltsames Grauen in der einsamen Fremde, sie konnt es nicht lassen, sie stieß Antonion leis und zögernd an. Der verträumte Student richtete sich schnell auf und sah ihr in die klaren Augen. Sie aber wies aufhorchend nach dem Gebirge. Da hörte er hoch über ihnen auch schon die Morgenglocke des Einsiedlers durch die Luft herüberklingen und bei dem Klange fuhren die Langschläfer an den Feuern, einer nach dem andern, empor. Jetzt trat auch Alvarez schon völlig bewaffnet aus dem Zelte und teilte mit lauter Stimme seine Befehle für den kommenden Tag aus. Sanchez sollte heute das Kommando am Strande führen, er mochte ihn nicht wieder auf die Berge mitnehmen, da er ihm überall unverhofften Lärm und Verwirrung anrichtete. Bald wimmelte es nun wieder bunt über den ganzen Platz und ehe noch die Sonne sich über dem Meere erhob, brach der Hauptmann schon, nur von Alma und Antonio begleitet, zu dem Waldbruder auf.

Alma hatte sich alle Stege von gestern wohl gemerkt und kletterte munter voraus. Antonio trug mühsam ein großes dickes Buch unter dem Arme, in welchem er mit jugendlicher Wißbegierde und Selbstzufriedenheit merkwürdige Pflanzen aufzutrocknen und zu beschreiben pflegte. Alma meinte, er mache Heu für den Schiffsesel und brachte ihm Disteln und anderes nichtswürdiges Unkraut in Menge. Das verdroß ihn sehr, er suchte ihr in aller Geschwindigkeit einen kurzen Begriff von dem Nutzen der Wissenschaft beizubringen. Aber sie lachte ihn aus und steckte sich die schönsten frischen Blumen auf den Hut, daß sie selbst wie die Gebirgsflora anzusehen war. – Auf einmal starrten alle überrascht in die Höh. Denn fern auf einem Felsen, der die andern Gipfel überschaute, trat plötzlich der Einsiedler mitten ins Morgenrot, als wär er ganz von Feuer; er schien die Wandrer kaum zu bemerken, so versunken war er in den Anblick des Schiffs, das unten ungeduldig wie ein mutiges Roß auf den Wellen tanzte. Jetzt fiel es dem Alvarez erst aufs Herz, daß er ein verkleidetes Mädchen zu dem frommen Manne mit heraufbringen wolle. Er bestand daher ungeachtet Antonios Fürbitten darauf, daß Alma zurückkehren und ihre Wiederkehr unten erwarten sollte. Sie war betroffen und traurig darüber; als sie aber endlich die Skrupel des Hauptmanns begriff, schien sie schnell einen heimlichen Anschlag zu fassen, sah sich noch einmal genau die Gegend an und sprang dann, ohne ein Wort zu sagen, wieder nach dem Lagerplatze hinab.

Unterdes hatte der Einsiedler oben die Ankommenden gewahrt und wies ihnen durch Zeichen den nächsten Pfad zu dem Gipfel, wo er sie mit großer Freude willkommen hieß. „Laßt uns die Morgenkühle noch benutzen", sagte er dann nach kurzer Rast, und führte seine Gäste sogleich wieder weiter zwischen die Berggipfel hinein. Sie gingen lange an Klüften und rauschenden Bächen vorüber, sie erstaunten, wie rüstig ihr Führer voranschritt. So waren sie auf einem hochgelegenen freien Platze angekommen, der nach der Gegend, wo das Schiff vor Anker lag, von höhern Felsen und Wipfeln ganz verschattet war; von der andern Seite aber sah man weit in die fruchtbaren Täler hinaus, während zu ihren Füßen der Garten heraufduftete, den sie schon gestern zufällig entdeckt hatten. – „Das ist mein Haus", sagte der Einsiedler und zeigte auf eine Felsenhalle im Hintergrund. Die Morgensonne schien heiter durch die offene Tür und beleuchtete einfaches Hausgerät und ein Kreuz an der gegenüberstehenden Wand, unter dem ein schönes Schwert hing. Die Ermüdeten mußten sich nun auf die Rasenbank vor der Klause lagern, der Einsiedler aber brachte zu ihrer Verwunderung Weinflaschen und köstliches Obst, schenkte die Gläser voll und trank auf den Ruhm Altspaniens. Unterdes hatte der Morgen ringsum alles vergoldet und funkelte lustig in den Gläsern und Waffen, ein Reh weidete neben ihnen und schöne bunte Vögel flatterten von den Zweigen und naschten vertraulich mit von dem Frühstück der Fremden.

Hier saßen sie lange zusammen in der erfrischenden Kühle. Der Einsiedler erkundigte sich nach ihrem gemeinschaftlichen Vaterlande, aber er sprach von so alten Zeiten und Begebenheiten, daß ihm fast nur Antonio aus seinen Schulbüchern noch Bescheid zu geben wußte. Da sie ihn aber so heiter sahen, drangen sie endlich in ihn, ihnen seinen eigenen Lebenslauf und wie er auf diese Insel gekommen, ausführlich zu erzählen. Da besann er sich einen Augenblick. „Es ist mir alles nur noch wie ein Traum", sagte er darauf, „die fröhlichen Gesellen meiner Jugend, die sich daran ergötzen könnten, sind lange tot, andere Geschlechter gehen unbekümmert über ihre Gräber, und ich stehe zwischen den Leichensteinen allein wie in tiefem Abendrote. Doch sei es drum, ich schwieg so lange Zeit, daß mir das Herz recht aufgeht bei den heimatlichen Lauten; ich will euch von allem treulich Kunde geben, vielleicht erinnert sich doch noch jemand meiner, wenn ihr's zu Hause wiedererzählt.“ So rückten sie denn im Grünen näher zusammen und der Alte hub folgendermaßen an:

Geschichte des Einsiedlers

„Die letzte Macht der Mohren war zertrümmert, die Zeit war alt und die Waffen verklungen, unsere Burgen standen einsam über wallenden Kornfeldern, das Gras wuchs auf den Zinnen, da blickte mancher vom Walle übers Meer und sehnte sich nach einer neuen Welt. Ich war damals noch jung, vor meiner Seele dämmerte bei Tag und Nacht ein wunderbares Reich mit blühenden Inseln und goldenen Türmen aus den Fluten herauf – so rüstete ich freudig ein Schiff aus, um es zu erobern.

Was soll ich euch von den ersten Wochen der Fahrt erzählen, von den vorüberfliegenden Küsten, von der Meereseinsamkeit und den weitgestirnten prächtigen Nächten, ihr kennt's ja so gut, wie ich. Es sind jetzt gerade dreißig Jahre, es war des Königs Namenstag, wir fuhren auf offner unbekannter See. Ich hatte zur Gedächtnisfeier des Tages ein Fest auf dem Verdeck bereitet, die Tische waren gedeckt, wir saßen unter bunten Fahnen in der milden Luft, einige sangen spanische Lieder zur Zither, glänzende Fische spielten neben dem Schiff, ein frischer Wind schwellte die Segel. Da, indem wir so der fernen Heimat gedachten, sahen wir auf einmal verflogene Paradiesvögel über uns durch die klaren Lüfte schweifen, alle hielten's für die Verheißung eines nahen Landes. ‚Und was für ein Land muß das sein‘, rief ich aufspringend, ‚wo der Wind solche Blüten herüberweht!‘ Wir hofften alle das wunderbare Eldorado zu entdecken. Aber mein Lieutenant, ein junger, stiller und finsterer Mann, entgegnete in seiner melancholischen Weise: das Eldorado liege auf dem großen Meere der Ewigkeit, es sei töricht, es unter den Wolken zu suchen. – Das verdroß mich. Ich schenkte rasch mein Glas voll. ‚Wer's hier nicht sucht, der findet's nimmer', rief ich, ‚durch! und wenn's am Monde hinge.' Aber wie ich anstieß, sprang mein Glas mitten entzwei, mir graute – da rief's auf einmal vom Mastkorbe: ‚Land!'

Alles fuhr nun freudig erschrocken auf, wir waren fern von allen bekannten Küsten, es mußte ein ganz fremdes Land sein. Wir sahen erst nur einen Nebelstreif, dann allmählich wuchs und dehnte sich's wie ein Wolkengebirge. Unterdes aber kam der Abend, die Luft dunkelte schläfrig und verdeckte alles wieder. – Wir gingen nun so nah am Strande als möglich vor Anker, um mit Tagesanbruch zu landen. O der schönen erwartungsvollen Nacht! Es war so still, daß wir die Wälder von der Küste rauschen hörten, ein köstlicher Duft von Kräutern wehte herüber, im Walde sang ein Vogel mit fremdem Schalle, manchmal trat der Mond plötzlich hervor und beleuchtete flüchtig wunderbare Gipfel und Klüfte.

Als endlich der Morgen anbrach, standen wir schon alle wanderfertig auf dem Verdecke vor dem blitzenden Eilande. Ich werde den Anblick niemals vergessen – mir war's als schlüge die strenge Schöne, die ich oft im Traume gesehen, ihre Schleier zurück und ich säh ihr auf einmal in die wilden dunkeln Augen. – Wir landeten nun und richteten uns fröhlich am Fuß des Gebirges ein, ich aber machte sogleich mit mehreren Begleitern einen Streifzug ins Land. Wir fanden alles wild und schön, fremde Tiere flogen scheu vor uns in das Dickicht, weiterhin stießen wir auf ein Dorf in einem fruchtbaren Felsentale, die Schmetterlinge flatterten friedlich in den blühenden Bäumen, aber die Hütten waren leer und alles so still in der Einsamkeit zwischen den Klüften und Wasserfällen, als wäre der Morgen der Engel des Herrn, der die Menschen aus dem Paradiese gejagt und nun zürnend mit dem Flammenschwerte auf den Bergen stände.

Als ich zurückkehrte, ließ ich der Vorsicht wegen einige Feldschlangen vom Schiffe bringen und unsern Lagerplatz verschanzen, da ich beschlossen hatte, das Land genau zu durchforschen. So war die Nacht herangekommen. Ich hatte wenig Ruh vor schweren seltsamen Träumen und als ich das eine Mal aufwachte, war unser Wachtfeuer fast schon ausgebrannt, es konnte nicht mehr weit vom Tage sein. Ich begab mich daher zu den äußersten Posten, die ich am Abend ausgestellt, die waren sehr erfreut, mich zu sehen, denn sie hatten die ganze Nacht über eine wunderliche Unruhe im Gebirge bemerkt, ohne erraten zu können, was es gebe. Ich legte mich mit dem Ohr an den Boden, da war's zu meinem Erstaunen, als vernähm ich den schweren Marsch bewaffneter Scharen in der Ferne. Manchmal erschallte es weit in den Bäumen wie Nachtgeflügel, das aufgeschreckt durch die Zweige bricht, dann war alles wieder still. Indem ich aber noch so lauschte, hör ich auf einmal ein Flüstern dicht neben mir im Dunkeln. Ich trat einige Schritte zurück, meine Jagdtasche war mit Feuerwerk wohlversehen, ich warf schnell eine Leuchtkugel nach dem Gebirge hinaus. Da bot sich uns plötzlich der wunderbarste Anblick dar: bei dem hellen Widerschein sahen wir einen furchtbaren Kreis bewaffneter dunkler Gestalten, lauernd an die Palmen gelehnt, hinter Steinen im Dickicht, Kopf an Kopf bis tief in den finstern Wald hinein. Alle Augen folgten dem feurigen Streif der Leuchtkugel, und als sie prasselnd in der Luft zerplatzte, richteten sich mehrere auf und betrachteten erstaunt die funkelnden Sterne, die im Niedersinken die Wipfel vergoldeten. Unterdes waren auf das Feuerzeichen die Unsrigen, die auf meinen Befehl bekleidet und mit den Waffen geruht hatten, erschreckt und noch halbverschlafen herbeigeeilt. Als nun die Wilden das Wirren und ängstliche Hin- und Herlaufen bemerkten, sprangen sie plötzlich aus ihrem Hinterhalt, ein Hagel von Speeren und Steinen flog hinter ihnen drein, ich hatte kaum Zeit, die Meinigen zu ordnen. Ich ließ fürs erste nur blind feuern, die Eingebornen stutzten, da sie sich aber alle unversehrt fühlten, lachten sie wild und griffen nun um so wütender an. Eine zweite scharfe Ladung empfing die Verwegenen, wir sahen einige von ihnen getroffen sinken, die Hintersten aber gewahrten es nicht und drängten immer unaufhaltsamer über die Gefallenen vor. Mehrere von den Unsrigen wollten unterdes mitten in dem Getümmel ein Weib mit fliegendem Haar gesehen haben, die wie ein Würgengel unter ihren eigenen Leuten die Zurückweichenden mit ihrem Speer durchbohrte, es entstand ein dumpfes scheues Gemurmel von einer schönen wilden Zauberin, die Meinigen fingen an zu wanken. Jetzt zauderte ich nicht länger, ich befahl unsere Feldschlange loszubrennen, der Schuß weckte einen anhaltenden furchtbaren Widerhall zwischen den Bergen und riß eine breite Lücke in den dichtesten Haufen der Wilden. Das entschied den Kampf; wie vor einer unbegreiflichen übermenschlichen Gewalt standen sie eine Zeitlang regungslos, dann wandte sich auf einmal die ganze Schar mit durchdringendem Geheul, durch den Pulverdampf sahen wir sie ihre Toten und Verwundeten auf den Rücken eilig fortschleppen und in wenigen Minuten war alles zwischen dem Unkraut und den Felsenritzen wie ein Nachtspuk in der Morgendämmerung verschlüpft, die nun allmählich wachsend das Gebirge erhellte.

Wir standen noch ganz verwirrt, wie nach einem unerhörten Traume. Ich ließ darauf die Verwundeten zurückbringen und sammelte die Frischesten und Kühnsten, um den Saum des Waldes von dem Gesindel völlig zu säubern. So schritten wir eben vorsichtig in die Berge hinein, als plötzlich auf einem Felsen über uns zwischen den Wipfeln eine hohe schlanke Mädchengestalt von so ausnehmender Schönheit erschien, daß alle, die auf sie zielten, ihre Arme sinken ließen. Sie war in ein buntgeflecktes Pantherfell gekleidet, das von einem funkelnden Gürtel über den Hüften zusammengehalten wurde, mit Bogen und Köcher, wie die heidnische Göttin Diana. Sie redete uns furchtlos und wie es schien, zürnend an, aber keiner verstand die Sprache und der Klang ihrer Stimme verhallte in den Lüften, bis sie endlich selbst zwischen den Bäumen wieder verschwand.

Mein Lieutenant insbesondere war von der wunderbaren Erscheinung ganz verwirrt. Er pflegte sonst nicht viel Worte zu machen, jetzt aber funkelten seine Augen, ich hatte ihn noch nie so heftig gesehn. Er nannte das Mädchen eine teuflische Hexe, man müsse sie tot oder lebendig fangen und verbrennen, er selbst erbot sich, sogleich Jagd auf sie zu machen. Ich verwies ihm seine unsinnige Rede. Wir brauchten, sagte ich, vor allem einige Tage Ruh und frische Lebensmittel, dazu müßten wir jetzt Frieden halten mit den Eingebornen. Der Lieutenant aber war bei seinem stillen Wesen leicht zum Zorne zu reizen, er hieß mich selber des Teufels Zuhalter und verschwor sich, wenn ihm keiner beistehn wollte, das christliche Werk allein zu vollbringen. Und mit diesen Worten stieg er eilig das Gebirge hinan, ehe wir ihn zurückhalten konnten. Vergebens riefen wir ihm warnend, bittend und drohend nach, ich selbst durchschweifte mit vielen andern fruchtlos die nächsten Berge, es sah ihn niemand wieder.

Dieses ganz unerwartete Ereignis machte mir große Sorgen, denn entweder wandte der Unglückliche durch sein Unternehmen das kaum vorübergezogene Ungewitter von neuem auf uns zurück, oder ich verlor, was wahrscheinlicher war, einen redlichen und tapfern Offizier. Das letzte schien leider zutreffen zu wollen, denn alle unsere Nachforschungen blieben ohne Erfolg, mehrere Tage waren seitdem vergangen, meine Leute gaben ihn schon auf. Da beschloß ich endlich, mir um jeden Preis Gewißheit über sein Schicksal zu verschaffen. Ich ließ unser Lager abbrechen, lichtete die Anker und segelte, mich immer möglichst dicht zum Lande haltend, weiter an der Küste herab.

Wir fuhren nun abwechselnd an wilden und lachenden Gestaden vorüber, aber, wo wir auch ans Land stiegen, sahen wir's verlassen, die Eingebornen flohen scheu vor uns in die Wälder, von dem Lieutenant war keine Spur zu entdecken. – So hatten wir uns einmal beim ersten Morgengrauen in einem von Bergen umgebenen Tale gelagert, das mir besonders anmutig und reich bevölkert schien, wie ich aus den vielen Stimmen abnahm, die wir nachts von der Küste gehört hatten. Ich ließ unsern Lagerplatz sogleich mit Zweigen eines Baumes bestecken, von dem ich wußte, daß er in diesen Weltgegenden als Zeichen des Friedens und der Freundschaft angesehen wird, flatternde Bänder und bunte Teppiche wurden ringsum an Stangen ausgehängt, unsere Spielleute mußten dazu musizieren, das klang gar lustig in der Einsamkeit, die nun schon von der schönsten Morgenröte nach und nach erhellt wurde. Ich hatte mich in meiner Erwartung auch nicht getäuscht, denn es währte nicht lange, so erschienen einzelne Wilde neugierig hie und da wie Raben an den Klippen, jetzt erkannten wir auch im steigenden Morgen die Gegend ringsumher, fruchtbare Gründe, Wasserfälle und wunderbar gezackte Felsen, die wie Burgen über den Wäldern hingen.

Bald darauf aber sahen wir es fern am Saum des Waldes in der Morgensonne schimmern. Ein unübersehbarer Zug von Wilden bewegte sich jetzt unter den Bäumen die nachtkühlen Schlüfte herab, voran schwärmten hohe schlanke Bursche über den beglänzten Wiesengrund, die gewandt ihre blinkenden Speere in die Luft warfen und wieder auffingen. So im künstlichen Kampfspiel bald sich verschlingend, bald wieder auseinanderfliegend, nahten sie sich langsam unserm Lager, dazwischen sang der Zug dahinter ein rauhes aber gewaltiges Lied und sooft sie schwiegen, gaben andere von den Bergen Antwort.

Ich wußte nicht, was ich von dem seltsamen Beginnen halten

sollte. Mir war aber alles daran gelegen, mit ihnen in ein friedliches Verständnis zu kommen. Ich hieß daher meine Leute die Feldschlange laden und sich kampffertig halten, während ich selber allein den Ankommenden entgegenging, das grüne Reis hoch über meinem Hute schwenkend. Da gewahrte ich an der Spitze des Zuges mehrere schöne junge Männer in kriegerischem Schmuck, die über ihren Köpfen breite Schilde wie ein glänzendes Dach emporhielten. Auf diesen aber erblickte ich zu meinem Erstaunen das Wundermädchen wieder, die wir damals auf dem Felsen gesehen. Mit dem schlanken Pantherleib, zu beiden Seiten von den langen dunklen Locken umwallt, ruhte sie in ihrer strengen Schönheit wie eine furchtbare Sphinx auf den Schilden.

Kaum aber hatte sie mich erblickt, als sie sich rasch von ihrem Sitze schwang und auf mich zueilte, die turnierenden Bursche stoben zu beiden Seiten auseinander und senkten ehrerbietig die Lanzen vor ihr – es war die Königin des Landes.

Sie trat, während die andern in einem weiten Halbkreise zurückblieben, mitten unter uns mit einem Anstande, der uns alle erstaunen machte, und betrachtete mich, als den vermeintlichen König der Fremden, lange Zeit mit ernsten Blicken. Ich ließ ihr einen bunten Teppich zum Sitze über den Rasen breiten und überreichte ihr dann ein Geschenk von Glaskorallen, Tüchern und Bändern. Sie nahm alles wie einen schuldigen Tribut an, ohne sich jedoch, nach einem flüchtigen Blick darauf, weiter darum zu bekümmern, ihre Seele schien von ganz andern Gedanken erfüllt. Unterdes war auch ihr Gefolge nach und nach vertraulicher geworden. Einzelne näherten sich den Unsrigen, einer von ihnen benutzte die Verwirrung, rollte schnell einen Teppich auf und entfloh damit nach dem Walde. Die Königin bemerkte es, rasch aufspringend zog sie einen Pfeil aus ihrem Köcher und durchbohrte den Fliehenden, daß er tot ins Gras stürzte; da hing die ganze Schar wie eine dunkle Wolke wieder unbeweglich am Saume des Waldes.

Mir graute, sie aber wandte sich von neuem zu uns, ihre Blicke spielten umher, sie schien etwas mit den Augen zu suchen. Endlich erblickt sie's: es war unsere Feldschlange. Sie betrachtete sie mit großer Aufmerksamkeit, auf ihr Begehren mußte ich sie wenden und losbrennen lassen. Bei dem Knall stürzten die Eingebornen zu Boden, das Mädchen schauerte kaum und stand wie eine Zauberin in dem ringelnden Dampf.

Dann aber flog sie pfeilschnell nach der Gegend, wohin der Schuß gefallen. Ich folgte ihr, denn es schien mir ratsam, ihr die unwiderstehliche Gewalt unseres Geschützes begreiflich zu machen. Es war ein abgelegener Ort tief im Walde, wo die Kugel einen Baum zerschmettert hatte; Stamm, Krone und Äste lagen zerrissen umher, wie vom Blitz gespaltet. – Als sich die Königin von der furchtbaren Wirkung des Schusses überzeugt hatte, wurde sie ganz nachdenklich und traurig; wie vernichtet setzte sie sich auf den Rasen hin. So saß sie lange stumm, ich hatte sie noch nicht so nah gesehn, nun fesselte mich ihre Schönheit und ganz verwirrt und geblendet drückte ich flüchtig ihre Hand. Da wandte sie fast betroffen ihr Gesicht nach mir herum und sprang dann plötzlich wild auf, daß ich zusammenschrak. Sie eilte nach unserm Lagerplatz zurück, dort hatte sie, eh ich's noch hindern konnte, unsere Schiffsfahne ergriffen und schwenkte sie hoch in der Luft, uns alle auf ihre Berge einladend. Ich hatte kaum noch Zeit genug, die nötigen Wachen am Strande anzuordnen, denn sie flog schon mit dem weißen flatternden Banner voran. Von Zeit zu Zeit, während wir vorsichtig folgten, erschien sie über den Wipfeln auf überhängenden Felsen, daß uns grauste, und sooft sie oben sichtbar wurde, jauchzten die Eingebornen ihr zu und ihre Hörner schmetterten dazwischen, daß es weit im Gebirg widerhallte.

Ich übergehe hier unsern Empfang und ersten Aufenthalt auf diesen Felsen, die scheue Gastfreundschaft der Wilden, unser Lagern über den Klüften, die herrlichen Morgen und die wunderbaren Nächte – es ist mir von allem nur noch das Bild der Königin in der Seele zurückgeblieben. Denn sie selber war wie das Gebirge, in launenhaftem Wechsel bald scharf gezackt, bald sammetgrün, jetzt hell und blühend bis in den fernsten tiefsten Grund, dann alles wieder grauenhaft verdunkelt. Wie oft stand ich damals auf den Bergen und schaute in das blaue Meer! Den Lieutenant hatte ich lange aufgegeben, der Wind wehte günstig, alles war zur Abfahrt bereit – und doch mußte ich mich immer wieder zurückwenden in jene wildschöne Einsamkeit.

In dieser Zeit schweifte ich oft mit der Königin auf der Jagd umher. Auf einem solchen Streifzuge war ich eines Tages weit von ihr abgekommen. Vergebens rief ich ihren Namen, die Täler unten ruhten schwül, nur der Widerhall gab Antwort zwischen den Felsen. Auf einmal erblickte ich sie fern im

Walde, es war, als ginge jemand unter den Bäumen eilig von ihr fort. Als ich aber hinaufkam, war alles wieder still; dann aber hörte ich sie singen über mir, eine so wunderbare Melodie, daß es mir die Seele wandte. So verlockte sie mich immer weiter in die Wildnis, ihr Lied war auch verklungen, kein Vogel sang mehr in dieser unwirtbaren Höhe – da, wie ich mich einmal plötzlich wende, steht sie auf einer Klippe in der Waldesstille, den Bogen lauernd auf mich angelegt. – Ich starrte sie erschrokken an, sie aber lachte und ließ den Bogen sinken, zwischen den Wasserfällen im Widerschein der Abendlichter zu mir herabsteigend. – Es war eine öde Gebirgsebene hoch über allen Wäldern, der Abend dunkelte schon. Sie setzte sich zu mir ins Gras, mir graute, denn um ihren Hals bemerkte ich eine Perlenschnur von Zähnen erschlagener Feinde. Und dennoch wandte ich keinen Blick von ihr, gleichwie man gern in ein Gewitter schaut. So lag ich, den Kopf in meine Hand gestützt, ganz in den Anblick ihrer wunderbaren Erscheinung versunken. Da sie's aber gewahrte, wandte sie sich plötzlich von mir, schwenkte aufspringend ihren Jagdspeer über sich und sang ein seltsames Lied, es waren in unserer Sprache etwa folgende Worte:

‚Bin ein Feuer hell, das lodert
Von dem grünen Felsenkranz,
Seewind ist mein Buhl und fodert
Mich zum lust'gen Wirbeltanz,
Kommt und wechselt unbeständig.
Steigend wild,
Neigend mild,
Meine schlanken Lohen wend ich,
Komm nicht nah mir, ich verbrenn dich!'"

Bei diesen Worten versank Antonio in Nachsinnen, es war offenbar dasselbe Lied, das damals Alma tanzend auf dem Schiffe gesungen. Er mochte aber jetzt den Einsiedler nicht unterbrechen, der in seiner Erzählung folgendermaßen fortfuhr:

„Dieser Abend gab den Ausschlag. Damals tat ich einen heimlichen Schwur, mich selber für die Königin zu opfern. Ich gelobte, Europa zu entsagen für immer, um sie und ihr Volk zum Christentum zu bekehren und dann mit ihr das Eiland zu regieren zu Gottes Ehre. – Ich Tor, ich bildete mir ein, den Himmel zu erobern, und meinte doch nur das schöne Weib!

Mein Plan war bald gemacht. Erst mußt ich sichern Boden haben unter mir. Unter meinen Leuten befanden sich geschickte Werkmeister aller Art; Holz, Steine und was zum Bauen nötig, lag verworren umher, ich ließ rasch zugreifen und auf dem Vorgebirg, welches das ganze Land beherrschte, eine feste Burg errichten zu Schutz und Trutz, und pflanzte einen Garten daneben nach unserer Weise.

Nur wenigen von den Meinen hatte ich das eigentliche Vorhaben angedeutet, die andern blendete das Gold, das überall verlockend durch den grünen Teppich der Insel schimmerte. Die Königin wußte nicht wie ihr geschah, erst wollte sie's hindern, dann stutzte sie und staunte, und während sie noch so zögernd sann und schwankte, wuchsen die Hallen und Bogen und Lauben ihr schon über dem Haupt zusammen und alles schoß üppig auf und rauschte und blühte, als sollt es ein ewiger Frühling sein.

Dazumal an einem Sonntage besichtigte ich das neue Werk, meine Leute waren lustig im Grünen zerstreut, ich hatte Wein unter sie verteilen lassen, denn morgen sollten die Kanonen vom Schiff auf die Mauern gebracht und die Burg feierlich eingeweiht werden. Ich ging durch den einsamen Hof und freute mich, wie die jungen Weinranken überall an den Pfeilern und Wänden hinaufkletterten. Es war ein schwüler Nachmittag, die Bäume flüsterten so seltsam über die Mauer, die Arbeit ruhte weit und breit, nur manchmal schlüpfte eine bunte Schlange durch das Gras, während einzelne Wolken träg und müßig über die Gegend hinzogen. Draußen aber schillerte der junge Garten im Sonnenglanze, wie mit offnen Augen schlafend, als wollt er mir im Traum etwas sagen. Ich trat hinaus und streckte mich endlich ermattet vor dem Tor unter die blühenden Bäume, wo mich die Bienen gar bald in Schlummer summten. – So mochte ich lange geschlafen haben, als ich plötzlich Stimmen zu hören glaubte.

Ich bog die Zweige auseinander und erblickte wirklich mehre Eingeborne im Burghof, sie strichen, heimlich und scheu umherschauend, an den Mauern hin, ich erkannte die Häuptlinge der Insel an ihrem Schmuck. Im ersten Augenblick glaubte ich, es gelte mir, aber sie konnten mich nicht bemerken. Zu meinem Entsetzen aber gewahre ich nun auch unsern Lieutenant mitten unter ihnen mit verworrenem Bart, bleich und verwildert wie ein Gespenst, er redet geläufig ihre Mundart, sie sprechen leise und lebhaft untereinander. Darauf alles auf einmal wieder totenstill – da erblickte ich die Königin am jenseitigen Tor, in ihrem Pantherkleid mit dem Bogen, ganz wie ich sie zum erstenmal gesehen. Sie macht mit ihrem Pfeile wunderliche Zeichen in die Luft und plötzlich, schnell und lautlos, ist alles wieder zerstoben. – Ich rieb mir die Augen, die ganze Erscheinung war mir wie ein Spuk.

Als ich mich ein wenig besonnen, sprang ich hastig auf, da ich aber an den Bergrand trat, stand schon der Abend dunkelrot über der Insel, aus dem Waldgrunde unter mir hörte ich die Meinigen singen. Ich eilte sogleich nach der Gegend des Gebirges hin, wo die Königin mit den Häuptlingen verschwunden war. Da sah ich jemand fern unter den Bäumen sich ungewiß bewegen, bald rasch vortretend, bald wieder zögernd und unschlüssig zurückkehrend. Auf einmal kam er wie rasend auf mich hergestürzt – es war der Lieutenant. ‚Fort, fort!' schrie er, ‚die Nacht bricht schon herein, laßt alles stehn, werft euch auf euer Schiff und flieht, nur fort!' – Mir flog eine schreckliche Ahnung durch die Seele. ‚Überläufer!' rief ich, meinen Degen ziehend, ‚du hast uns verraten, das Kainszeichen brennt dir blutrot an der Stirn!' – ‚Wo, wo brennt's?' entgegnete er erschrokken, sich wild nach allen Seiten umsehend. – ‚Aus deinen Augen lodert es versengend', sagte ich; – ‚das ist nicht wahr', erwiderte er, ‚im Walde brennt's unter meinen Füßen, in meinem Haar, in meinen Eingeweiden brennt's!' und mit diesen Worten ergriff er sein Schwert und drang verzweifelt auf mich ein. ‚Hier, Aug in Aug, sieh nicht so scheu hinweg!' rief ich ihm zu. Ich weiß nicht, täuschte mich die Dämmerung, aber mir war's, als böt er recht mit Herzenslust die entblößte Brust oft wehrlos meiner Degenspitze – mir graute, ihn zu morden.

Da, während wir so fechten, tritt auf einmal die Königin aus dem Walde und mitten zwischen uns. Der Lieutenant, da er sie erblickt, taumelt wie geblendet einige Schritte zurück. Dann seinen Degen plötzlich zu ihren Füßen niederwerfend, ruft er aus: ‚Da nimm's, ich k a n n nicht!' Und in demselben Augenblick bricht er zusammen, auf den Boden schlagend. – Die Königin aber neigte sich über ihn und nannte ihn beim Namen so lieblich mit dem wunderbaren Klange ihrer Stimme, daß er verwirrt den Kopf erhob und lauschte. Da setzte sie mutwillig ihren Fuß auf seinen Nacken; ‚geh nur, geh', sagte sie, und ein spöttisches Lächeln flog um ihren Mund. Und zu meinem Erstaunen raffte nun der Lieutenant, seinen Degen fassend, sich rasch wieder empor, seine Augen funkelten irr über die hohe Gestalt, die er, ich sah's wohl, tödlich haßte und rasend liebte, er konnte meinen Blick nicht ertragen, seine Kleider waren mit Blut bespritzt von einer leichten Wunde am Arm, aber er bemerkte es nicht. So stürzte er von neuem fort in den Wald und ein blutiger Streif bezeichnete seine Spur im Grase.

Nun wandte sich die Königin wieder zu mir, ich fragte sie, wo der Lieutenant so lange gewesen? Sie schien zerstreut und gab verworren Antwort. Drauf fragte ich, wohin sie ging? – ‚Auf den Anstand', entgegnete sie lachend, ‚der Wind weht vom Gebirge, da wechselt das Wild, es gibt heut ein lustiges Jagen!' Jetzt traten wir droben aus dem Gestrüppe, da sah ich tief unter uns meine gesamte Mannschaft, in buntem Gemisch mit vielen Eingebornen um Becher und Würfelspiel gelagert. Von der einen Seite ragte meine halbfertige Burg über die Wipfel, die Luft dunkelte schon, Vögel schwärmten kreischend um die Mauern. – Ich hatte keine Ruh, es trieb mich zu den Meinen, die Königin führte mich auf dem nächsten Wege hinab. Sie lauschte oft in die Ferne, da hörte ich Stimmen, bald da, bald dort ein Laut, dann sah ich Rauchsäulen im Walde aufsteigen, ich hielt es für Höhenrauch nach dem schwülen Tage. Unterdes aber kam die Nacht und der Mond, die Bäche rauschten im Dunkeln neben uns, die Königin wurde immer schöner und wilder, sie riß am Wege leuchtende Blumen ab und kränzte sich und mich damit; so stieg sie mit mir von Klippe zu Klippe, selber wie die Nacht. Nun standen wir am letzten Abhange, schon konnte ich die Stimmen der Meinigen im Waldgrunde unterscheiden, da trat sie plötzlich vor mir auf den Fels hinaus und schleuderte ihren Jagdspeer übers Tal. Kaum aber sahen die unten zerstreuten Wilden ihn funkelnd blitzen über sich, so sprangen alle jauchzend auf und warfen sich wie Tigerkatzen über meine Leute, die sich der Tücke nicht versahen. Jetzt wurde mir auf einmal alles schrecklich klar. Ich zog und hieb voll Zorn erst nach der Königin, sie aber flog schon ferne durch den Wald, so stürzt ich nun den Meinigen zu Hülfe. Diese waren hart bedrängt, nur wenige hatten so schnell zu ihren Waffen gelangen können, ich sammelte, so gut es ging, die Verwirrten, meine unerwartete Gegenwart belebte alle und in kurzer Zeit war das verräterische Gesindel wieder verjagt.

Aber rings am Saume des Waldes schwoll und wuchs nun die

Schar unermeßlich, zahllose dunkle Gestalten mit Feuerbränden wirrten sich kreuzend durch die Nacht und steckten in grauenvoller Geschäftigkeit ringsum die Wälder an. Die Sonne hatte wochenlang gesengt über dem Lande, da griff das Feuer, an den Felswänden auf und nieder steigend, lustig in die alten Wipfel, der Sturm faßte und rollte die Flammen auf, wie blutige Fahnen, in der entsetzlichen Beleuchtung sah ich die Königin auf ihren Knien, als wollte sie die Lohen auf uns wenden mit ihrem schrecklichen Gebet. Kaum noch vermochten wir zu atmen in dem Rauch, der von Pfeilen schwirrte, von allen Seiten rückt' es rasch heran, das Schrein, das sprühende Knistern und Prasseln, nur manchmal von dem Donner stürzender Bäume unterbrochen; schon lief das Feuer in dem verdorrten Heidekraut über den Waldgrund, uns immer enger umzingelnd mit seinem furchtbaren Ringe. Da in der höchsten Not teilte der Wind auf einen Augenblick den Qualm und wir gewahrten plötzlich eine dunkle Furt in den Flammenwogen. Ein reißender Waldstrom rang dort mit dem wilden Feuermanne, der zornig Wurzeln, Stämme und Kronen darübergeworfen hatte. Das rettete uns, wir eilten über die lodernden Brücken und erreichten in der allgemeinen Verwirrung glücklich das Meer, eh uns der große Haufen bemerkte.

Als wir aber an den Strand kamen, sahen wir zu unserm Schrecken unser Boot schon von Eingebornen besetzt. Die Königin war's mit vielen bewaffneten Häuptlingen, sie schienen von unserm Schiffe herzukommen und sprangen soeben leis und heimlich ans Land. Da sie uns erblickten, nicht weniger überrascht als wir, umringten sie eiligst ihre Königin und suchten uns in die Flammen zurückzutreiben. Auf diesem einsamen Platze aber waren wir die Mehrzahl, es entstand ein verzweifelter Kampf, denn unser aller Leben hing an einer Viertelstunde. Vergebens streckte die Königin mit ihrem tödlichen Geschoß meine kühnsten Gesellen zu Boden, die Häuptlinge fochten sterbend noch auf den Knien und als der letzte sank, schwang ich die Schreckliche gewaltsam auf meinen Arm und stürzte mich mit ihr und den wenigen, die mir geblieben, in das Boot. – Es war die höchste Zeit, denn schon drangen die Eingebornen aus allen Felsenspalten und brennenden Waldtrümmern wie ein Schwarm Salamander auf uns ein, und kaum hatten wir den Bord des Schiffs erklommen, so wimmelte die See von unzähligen bewaffneten Nachen. Ich ließ schnell die Anker lichten, ein frischer Wind schwellte die Segel, die Wilden folgten und bedeckten das Schiff mit einem Pfeilregen.

Nun aber brach auf dem Schiffe selbst der rohe Grimm der verwilderten Soldaten aus. Sie hatten, eh ich sie zügeln konnte, die Königin gebunden und verhöhnten sie mit gemeinen Spottreden; sie aber saß stolz und schweigend unter ihnen, als wäre sie noch die Herrin hier und wir ihre Gefangenen. Auf einmal erkannte sie einen Häuptling, der sich auf einem Kahne tollkühn genähert. Sich gewaltsam auf dem Verdeck hoch aufrichtend, fragte sie: ob alle Weißen von der Insel vertilgt seien? und da er's bejahte, winkte sie ihnen zu, unser Schiff zu verlassen. Die Wilden zögerten erschrocken und verwirrt, ein dunkles Gemurmel ging durch den ganzen Schwarm. Da befahl sie ihnen noch einmal mit lauter Stimme, eiligst an den Strand zurückzukehren, und zu unserm Erstaunen wandten sich alle, Boot auf Boot, aber ein wehklagender Abschiedsgesang erfüllte die Luft wie ein Grabeslied.

Mir war das Betragen der Königin unbegreiflich. Noch einmal leuchtete mir die Hoffnung auf, sie wolle alles verlassen und mit uns ziehn, als plötzlich der Schreckensruf: ‚Feuer!' aus dem untern Schiffsraum erscholl. Todbleiche Gesichter, auf das Verdeck stürzend, bestätigten das furchtbare Unheil. Das Feuer hatte die Planken der Pulverkammer gefaßt, an Löschen war nicht mehr zu denken, wir waren alle unrettbar verloren. Mich überflog eine gräßliche Ahnung. Ich sah die Königin durchdringend an; sie flüsterte mir heimlich zu: sie selber habe das Schiff angesteckt, als sie vorhin am Bord gewesen. – Jetzt züngelten die Flammen schon aus allen Luken aufs Verdeck hinauf, da, mitten in der entsetzlichen Verwirrung, zerriß sie plötzlich ihre Banden und freudig und unverwandt nach den brennenden Wäldern schauend, streckte sie beide Arme frei in die sternklare Nacht wie ein Engel des Todes. In demselben Augenblick aber fühlte ich einen dumpfen Schlag, die Bretter wichen unter mir, meine Sinne vergingen, ich sah nur noch einen unermeßlichen Feuerblick, wie tief in die Ewigkeit hinein.

Als ich wieder zu mir selbst kam, war alles still überm Meer, nur dunkle Trümmer des Schiffs und zerrissene Leichname meiner Landsleute trieben einzeln umher. Ich hatte im Todeskampf einen Mastbaum fest umklammert. Jetzt bemerkte ich einen Nachen der Eingebornen, der verlassen sich neben mir auf den Wellen schaukelte. Verwundet und zerschlagen wie ich war, bot ich meine letzten Kräfte auf und warf mich todmüde hinein. Der Wind trieb mich dicht an dem umbuschten Gestade hin, der Mond schien blaß durch die Rauchwolken, auf der Insel aber hatte unterdes das Feuer auch meine Burg ergriffen, die Flammen schlugen aus allen Fenstern, langsam neigte sich der Turm, und Bogen auf Bogen stürzte alles donnernd in die Glut zusammen. Da sah ich im hellen Widerschein der Flammen fern die Leiche der Königin schwimmen in bleicher Todesschönheit, als schliefe sie auf dem Meere. Auf einem vorspringenden Felsen aber stand der Lieutenant, auf sein blutiges Schwert gestützt, ganz allein, vom Feuer verbrannt; er bemerkte mich nicht, mein Schifflein flog um die Klippe – ich sah ihn niemals wieder."

Hier schwieg der Einsiedler, seine Seele schien tief bewegt. Da ihn aber seine Gäste noch immer fragend ansahen, hub er nach einem Weilchen von neuem an: „Was wäre nach jener Nacht noch weiter zu berichten! Ich rang mit Hunger, Sturm und Wogen, ich wünschte mir tausendmal den Tod und haschte doch begierig die zerstreuten Lebensmittel, Werkzeuge und Gerätschaften auf, die der Wind von dem zertrümmerten Schiff an meinen Nachen spülte. So warf die See mich endlich am dritten Tage an dies Eiland. – Hier zwischen diesen Wäldern stieg ich in die Felseneinsamkeit hinauf: meine Jugend, mein Ruhm und meine Liebe waren hinter mir im Meere versunken und kampfesmüd hing ich mein Schwert an diesen Baum; da seht, da hängt's noch heut, von Blüten ganz verhüllt."

„So seid Ihr Don Diego von Leon!" fuhr hier Antonio plötzlich auf, das Wappen seines Oheims auf dem Degengriff erkennend.

„Der war ich ehemals in der Welt", erwiderte der Einsiedler, „wie kennt Ihr mich?"

Aber der überraschte Antonio lag schon zu seinen Füßen und umklammerte seine Knie, daß ihn des Alten langer weißer Bart wie Höhenrauch umwallte.

Noch bevor dies an der Klause vorging, war Alvarez unruhig aufgestanden und weiterhin unter die Bäume getreten, denn er glaubte einen seltsamen Gesang im Walde zu hören. Nun vernahm es auch der Einsiedler. Auf einmal richtete dieser sich gewaltsam aus Antonios Armen auf. „Im Namen Gottes", rief er nach dem Walde hin, „wende dich ab und gehe ein zur ewigen Ruh!“ Antonio und Alvarez schauten erschrocken nach dem Fleck, wohin er starrte und sahen mit Grauen die Frau Venus von der andern Insel zwischen den wechselnden Schatten über den Bergrücken schweifen. Der Hauptmann zog seinen Degen, man hörte die Flüchtige immer deutlicher und näher durch das Dickicht brechen. Jetzt trat sie unter den Bäumen hervor – es war Alma in der Tracht und dem Schmuck ihrer Heimat, so stand sie scheu und atemlos, sie hatte es unten nicht länger ausgehalten und schon lange Antonion zwischen den Felsen wieder aufgesucht.

Der Einsiedler verwendete keinen Blick von ihr. „Wer bist du?“ sagte er endlich. „Du schaust wie sie und bist es doch nicht!“ – Alma aber war ganz verwirrt und sah ängstlich einen nach dem andern an. „Ich kann ja nichts dafür“, erwiderte sie dann zögernd, „sie sagten's immer, daß ich aussäh wie meine Muhme, die tote Königin.“ – „Mein Gott“, fiel hier Alvarez ein, „ihr macht mich ganz konfus; so war das also die Insel der wilden Königin, von der wir hergekommen?“ – Alma nickte mit dem Köpfchen. „Auch die Meinigen“, sagte sie, „hielten mich damals, als wir fortfuhren, für die verstorbene Königin, sonst hätten sie euch sicherlich erschlagen.“ – Da das Mädchen sah, daß ihr niemand zürne, wurde sie wieder heiterer und gesprächiger. Sie erzählte nun, daß sie gar oft in ihrer Heimat von alten Leuten gehört, wie die tapfere Königin mit einem spanischen Schiff, das sie selber angezündet, in die Luft geflogen, in jener Schreckensnacht hätten sie dann ihren Leichnam aus dem Meere gefischt und mit den eroberten Fahnen und Waffen der Fremden in die Königsgruft gelegt, wo die besondere eisige Luft die Toten unversehrt erhalte. Nur Alonzo allein sei von den Spaniern zurückgeblieben. – „Wie!“ rief Alvarez, „so war der wahnsinnige Alte in seinem tollen Ornat derselbe gewesene Schiffslieutenant!“ – Alma aber fuhr fort: „Der arme Alonzo bewachte seitdem die tote Königin bei Tag und Nacht, und meint', sie schliefe nur, bis er bei unsrer Abfahrt selbst den Tod gefunden.“ – Der Einsiedler war während dieser Erzählung in tiefes Nachdenken versunken. „Entsetzlich!“ sagte er dann halb für sich, „nun ist er abgelöst von seiner schauerlichen Wacht – Gott sei ihm gnädig!“

Unterdes war Alma in die Felsenhalle gegangen und untersuchte dort alles mit furchtsamer Neugier. Alvarez aber rief sie wieder heraus, sie mußte sich zu ihnen vor die Klause setzen und nun ging es an ein Fragen und Erzählen aus der alten Zeit, daß keiner merkte, wie die Nacht allmählich schon Berg und Tal verschattete.

Tiefer unten aber rumorte es noch immer im Walde, Sanchez machte eifrig die Runde, denn gab es hier auch nichts zu bewachen, den müßigen Gesellen war es in ihrer Langenweile eben nur um den Lärm zu tun. In einzelnen Trupps auf den waldigen Abhängen um die Wachtfeuer gelagert, sangen sie aus der Ferne schöne Lieder und sooft sie pausierten, hörte man Meer und Wald heraufrauschen. Das hatte die arme Alma lange nicht gehört; sie plauderte froh in ihrer fremden Sprache und sang und tanzte den Kriegstanz ihres Volks. Diegos Augen aber ruhten bald auf ihr, bald auf dem blühenden Antonio, ihm war, als spiegelte sich wunderbar sein Leben wie ein Traum noch einmal wider.

Die Spanier lagen noch mehrere Tage auf dieser Insel, um günstigen Wind abzuwarten. Don Diego hatte, als er sein Haus im Felsen baute, Gold in Menge gefunden, das lag seitdem vergessen im Schutt. Jetzt fiel's ihm wieder ein, er verteilte den Schatz nach Amt und Würden an seine armen Gäste. Da war ein Jubilieren, Prahlen und Projektemachen unter dem glückseligen Schwarm, jeder wollte was Rechtes ausbrüten über seinem unverhofften Mammon und ließ allmählich die lustigen Reiseschwingen sinken in der schweren Vergoldung. Den Studenten Antonio aber verlangte wieder recht nach den duftigen Gärten der Heimat, um dort in den blühenden Wipfeln mit seinem schönen fremden Wandervöglein sich sein Nest zu bauen. So beschlossen sie alle einmütig, die neue Welt vorderhand noch unentdeckt zu lassen und vergnügt in die gute alte wieder heimzukehren. – Diego schüttelte halb unwillig den Kopf. „So", sagte er, „hätte ich nicht getan, als ich noch jung war."

In dieser Zeit erwachte einmal Alma mitten in der schönsten Sommernacht, es war als hätte sie jemand im Schlafe auf die Stirn geküßt. Sie fuhr erschrocken halb empor und sah soeben Don Diego von dem Platze fortgehn, der zu ihrem Erstaunen ganz still und verlassen war. Als sie sich aber völlig ermunterte, vernahm sie tiefer unten ein verworrenes Getümmel, es war als sei plötzlich über Nacht der Frühling gekommen: ein Jubel und Rufen und Durcheinanderrennen den ganzen Strand entlang.

Jetzt kamen auch mehrere Soldaten mit gefüllten Schläuchen von den Quellen im Walde herab. „Viktoria!“ riefen sie ihr zu, „der Wind hat sich gedreht, nun geht's nach Spanien.“ – Da sprang Alma pfeilschnell auf, suchte emsig alles zusammen und schnürte ihr Bündel und jauchzte in sich, sie meinte, sie hätte den gestirnten Himmel noch niemals so weit und schön gesehen!

Indem sie aber noch so fröhlich hantierte, sah sie Antonio mit Don Diego eilig und in lebhaftem Gespräch vom Strande kommen. Auf der Klippe über ihr stand Diego plötzlich still. „Nun geh hinab“, sagte er zu Antonio, „du beredest mich nicht, ich bleibe hier.

Mein Leben ist wie ein Gewitter schön und schrecklich vorübergezogen und die Blitze spielen nur noch fern am Horizont wie in eine andere Welt hinüber. Du aber sollst dir erst die Sporen verdienen, kehre zurück in die Welt und haue dich tüchtig durch, daß du dir einst auch solchen Fels eroberst, der die Wetter bricht – weiter bringt es doch keiner. Fahre wohl!“ – Hier umarmte er gerührt den Jüngling und verschwand in der Wildnis. Antonio sah ihm lange in die nachtkühle Einsamkeit nach. – Da erblickte er auf einmal Alma dicht vor sich, schwang sie auf seinen Arm hoch in das aufdämmernde Morgenrot und stürzte mit ihr hinab.

Und als die Sonne aufging, flog das Schiff schon übers blaue Meer, der frische Morgenwind schwellte die Segel, Alma saß vergnügt mit ihrem Reisebündel und schaute in die glänzende Ferne, die Schiffer sangen wieder das Lied von der „Fortuna“, auf dem allmählich versinkenden Felsen der Insel aber stand Diego und segnete noch einmal die fröhlichen Gesellen, denen auch wir eine glückliche Fahrt nachrufen.

DAS SCHLOSS DÜRANDE

In der schönen Provence liegt ein Tal zwischen waldigen Bergen, die Trümmer des alten Schlosses Dürande sehen über die Wipfel in die Einsamkeit herein; von der andern Seite erblickt man weit unten die Türme der Stadt Marseille; wenn die Luft von Mittag kommt, klingen bei klarem Wetter die Glokken herüber, sonst hört man nichts von der Welt. In diesem Tale stand ehemals ein kleines Jägerhaus, man sah's vor Blüten kaum, so überwaldet war's und weinumrankt bis an das Hirschgeweih über dem Eingang: in stillen Nächten, wenn der Mond hell schien, kam das Wild oft weidend bis auf die Waldeswiese vor der Tür. Dort wohnte dazumal der Jäger Renald, im Dienst des alten Grafen Dürande, mit seiner jungen Schwester Gabriele ganz allein, denn Vater und Mutter waren lange gestorben.

In jener Zeit nun geschah es, daß Renald einmal an einem schwülen Sommerabend, rasch von den Bergen kommend, sich nicht weit von dem Jägerhaus mit seiner Flinte an den Saum des Waldes stellte. Der Mond beglänzte die Wälder, es war so unermeßlich still, nur die Nachtigallen schlugen tiefer im Tal, manchmal hörte man einen Hund bellen aus den Dörfern oder den Schrei des Wildes im Walde. Aber er achtete nicht darauf, er hatte heut ein ganz anderes Wild auf dem Korn. Ein junger, fremder Mann, so hieß es, schleiche abends heimlich zu seiner Schwester, wenn er selber weit im Forst; ein alter Jäger hatte es ihm gestern vertraut, der wußte es vom Waldhüter, dem hatt es ein Köhler gesagt. Es war ihm ganz unglaublich, wie sollte sie zu der Bekanntschaft gelangt sein? Sie kam nur sonntags in die Kirche, wo er sie niemals aus den Augen verlor. Und doch wurmte ihn das Gerede, er konnte sich's nicht aus dem Sinn schlagen, er wollte endlich Gewißheit haben. Denn der Vater hatte sterbend ihm das Mädchen auf die Seele gebunden, er hätte sein Herzblut gegeben für sie.

So drückte er sich lauernd an die Bäume im wechselnden Schatten, den die vorüberfliegenden Wolken über den stillen Grund warfen. Auf einmal aber hielt er den Atem an, es regte sich am Hause, und zwischen den Weinranken schlüpfte eine schlanke Gestalt hervor; er erkannte sogleich seine Schwester an dem leichten Gang; o mein Gott, dachte er, wenn alles nicht wahr wäre! Aber in demselben Augenblick streckte sich ein langer dunkler Schatten neben ihr über den mondbeschienenen Rasen, ein hoher Mann trat rasch aus dem Hause, dicht in einen schlechten grünen Mantel gewickelt, wie ein Jäger. Er konnte ihn nicht erkennen, auch sein Gang war ihm durchaus fremd; es flimmerte ihm vor den Augen, als könnte er sich in einem schweren Traume noch nicht recht besinnen.

Das Mädchen aber, ohne sich umzusehen, sang mit fröhlicher Stimme, daß es dem Renald wie ein Messer durchs Herz ging:

„Ein' Gems auf dem Stein,
Ein Vogel im Flug,
Ein Mädel, das klug,
Kein Bursch holt die ein!"

„Bist du toll!" rief der Fremde, rasch hinzuspringend.

„Es ist dir schon recht", entgegnete sie lachend, „so werd ich dir's immer machen; wenn du nicht artig bist, sing ich aus Herzensgrund." Sie wollte von neuem singen, er hielt ihr aber voll Angst mit der Hand den Mund zu. Da sie so nahe vor ihm stand, betrachtete sie ihn ernsthaft im Mondschein. „Du hast eigentlich recht falsche Augen", sagte sie; „nein, bitte mich nicht wieder so schön, sonst sehn wir uns niemals wieder, und das tut uns beiden leid. – Herr Jesus!" schrie sie auf einmal, denn sie sah plötzlich den Bruder hinterm Baum nach dem Fremden zielen. – Da, ohne sich zu besinnen, warf sie sich hastig dazwischen, so daß sie, den Fremden umklammernd, ihn ganz mit ihrem Leibe bedeckte. Renald zuckte, da er's sah, aber es war zu spät, der Schuß fiel, daß es tief durch die Nacht widerhallte. Der Unbekannte richtete sich in dieser Verwirrung hoch empor, als wär er plötzlich größer geworden, und riß zornig ein Taschenpistol aus dem Mantel; da kam ihm auf einmal das Mädchen so bleich vor, er wußte nicht, war es vom Mondlicht oder vom Schreck. „Um Gottes willen", sagte er, „bist du getroffen?"

„Nein, nein", erwiderte Gabriele, ihm unversehens und herzhaft das Pistol aus der Hand windend, und drängte ihn heftig fort. „Dorthin", flüsterte sie, „rechts über den Steg am Fels, nur fort, schnell fort!"

Der Fremde war schon zwischen den Bäumen verschwunden,

als Renald zu ihr trat. „Was machst du da für dummes Zeug!" rief sie ihm entgegen, und verbarg rasch Arm und Pistol unter der Schürze. Aber die Stimme versagte ihr, als er nun dicht vor ihr stand und sie sein bleiches Gesicht bemerkte. Er zitterte am ganzen Leibe und auf seiner Stirn zuckte es zuweilen, wie wenn es von fern blitzte. Da gewahrte er plötzlich einen blutigen Streif an ihrem Kleide. „Du bist verwundet", sagte er erschrocken, und doch war's, als würde ihm wohler beim Anblick des Bluts; er wurde sichtbar milder und führte sie schweigend in das Haus. Dort pinkte er schnell Licht an, es fand sich, daß die Kugel ihr nur leicht den rechten Arm gestreift; er trocknete und verband die Wunde, sie sprachen beide kein Wort miteinander. Gabriele hielt den Arm fest hin und sah trotzig vor sich nieder, denn sie konnte gar nicht begreifen, warum er böse sei; sie fühlte sich so rein von aller Schuld, nur die Stille jetzt unter ihnen wollte ihr das Herz abdrücken, und sie atmete tief auf, als er endlich fragte: wer es gewesen? – Sie beteuerte nun, daß sie das nicht wisse, und erzählte, wie er an einem schönen Sonntagsabend, als sie eben allein vor der Tür gesessen, zum ersten Male von den Bergen gekommen und sich zu ihr gesetzt, und dann am folgenden Abend wieder und immer wieder gekommen, und wenn sie ihn fragte, wer er sei, nur lachend gesagt: ihr Liebster.

Unterdes hatte Renald unruhig ein Tuch aufgehoben und das Pistol entdeckt, das sie darunter verborgen hatte. Er erschrak auf das heftigste und betrachtete es dann aufmerksam von allen Seiten. – „Was hast du damit?" sagte sie erstaunt; „wem gehört es?" Da hielt er's ihr plötzlich funkelnd am Licht vor die Augen: „Und du kennst ihn wahrhaftig nicht?"

Sie schüttelte mit dem Kopf.

„Ich beschwöre dich bei allen Heiligen", hub er wieder an, „sag mir die Wahrheit."

Da wandte sie sich auf die andere Seite. „Du bist heute rasend", erwiderte sie, „ich will dir gar keine Antwort mehr geben."

Das schien ihm das Herz leichter zu machen, daß sie ihren Liebsten nicht kannte, er glaubte es ihr, denn sie hatte ihn noch niemals belogen. Er ging nun einige Male finster in der Stube auf und nieder. „Gut, gut", sagte er dann, „meine arme Gabriele, so mußt du gleich morgen zu unserer Muhme ins Kloster; mach dich zurecht, morgen, ehe der Tag graut, führ ich dich hin." Gabriele erschrak innerlichst, aber sie schwieg und dachte: kommt Tag, kommt Rat. Renald aber steckte das Pistol zu sich und sah noch einmal nach ihrer Wunde, dann küßte er sie noch herzlich zur guten Nacht.

Als sie endlich allein in ihrer Schlafkammer war, setzte sie sich angekleidet aufs Bett und versank in ein tiefes Nachsinnen. Der Mond schien durchs offne Fenster auf die Heiligenbilder an der Wand, im stillen Gärtchen draußen zitterten die Blätter in den Bäumen. Sie wand ihre Haarflechten auf, daß ihr die Locken über Gesicht und Achseln herabrollten, und dachte vergeblich nach, wen ihr Bruder eigentlich im Sinn habe und warum er vor dem Pistol so sehr erschrocken – es war ihr alles wie im Traume. Da kam es ihr ein paarmal vor, als ginge draußen jemand sachte ums Haus. Sie lauschte am Fenster, der Hund im Hofe schlug an, dann war alles wieder still. Jetzt bemerkte sie erst, daß auch ihr Bruder noch wach war; anfangs glaubte sie, er rede im Schlaf, dann aber hörte sie deutlich, wie er auf seinem Bett vor Weinen schluchzte. Das wandte ihr das Herz, sie hatte ihn noch niemals weinen gesehen, es war ihr nun selber, als hätte sie was verbrochen. In dieser Angst beschloß sie, ihm seinen Willen zu tun; sie wollte wirklich nach dem Kloster gehen, die Priorin war ihre Muhme, der wollte sie alles sagen und sie um ihren Rat bitten. Nur das war ihr unerträglich, daß ihr Liebster nicht wissen sollte, wohin sie gekommen. Sie wußte wohl, wie herzhaft er war und besorgt um sie; der Hund hatte vorhin gebellt, im Garten hatte es heimlich geraschelt wie Tritte, wer weiß, ob er nicht nachsehen wollte, wie es ihr ging nach dem Schrecken. – Gott, dachte sie, wenn er noch draußen stünd! – Der Gedanke verhielt ihr fast den Atem. Sie schnürte sogleich eilig ihr Bündel, dann schrieb sie für ihren Bruder mit Kreide auf den Tisch, daß sie noch heute allein ins Kloster fortgegangen. Die Türen waren nur angelehnt, da schlich sie vorsichtig und leise aus der Kammer über den Hausflur in den Hof, der Hund sprang freundlich an ihr herauf, sie hatte Not, ihn am Pförtchen zurückzuweisen; so trat sie endlich mit klopfendem Herzen ins Freie.

Draußen schaute sie sich tiefaufatmend nach allen Seiten um, ja, sie wagte es sogar, noch einmal bis an den Gartenzaun zurückzugehen, aber ihr Liebster war nirgend zu sehen, nur die Schatten der Bäume schwankten ungewiß über den Rasen. Zögernd betrat sie nun den Wald und blieb immer wieder stehen und lauschte; es war alles so still, daß ihr graute in der großen Einsamkeit. So mußte sie nun endlich doch weitergehen, und zürnte heimlich im Herzen auf ihren Schatz, daß er sie in ihrer Not so zaghaft verlassen. Seitwärts im Tal aber lagen die Dörfer in tiefer Ruh. Sie kam am Schloß des Grafen Dürande vorbei, die Fenster leuchteten im Mondschein herüber, im herrschaftlichen Garten schlugen die Nachtigallen, und rauschten die Wasserkünste; das kam ihr so traurig vor, sie sang für sich das alte Lied:

„Gut Nacht, mein Vater und Mutter,
Wie auch mein stolzer Bruder,
Ihr seht mich nimmermehr!
Die Sonne ist untergegangen
Im tiefen, tiefen Meer."

Der Tag dämmerte noch kaum, als sie endlich am Abhange der Waldberge bei dem Kloster anlangte, das mit verschlossenen Fenstern, noch wie träumend, zwischen kühlen, duftigen Gärten lag. In der Kirche aber sangen die Nonnen soeben ihre Metten durch die weite Morgenstille, nur einzelne, früh erwachte Lerchen draußen stimmten schon mit ein in Gottes Lob. Gabriele wollte abwarten, bis die Schwestern aus der Kirche zurückkämen, und setzte sich unterdes auf die breite Kirchhofsmauer. Da fuhr ein zahmer Storch, der dort übernachtet, mit seinem langen Schnabel unter den Flügeln hervor und sah sie mit den klugen Augen verwundert an; dann schüttelte er in der Kühle sich die Federn auf und wandelte mit stolzen Schritten wie eine Schildwacht den Mauerkranz entlang. Sie aber war so müde und überwacht, die Bäume über ihr säuselten noch so schläfrig, sie legte den Kopf auf ihr Bündel und schlummerte fröhlich unter den Blüten ein, womit die alte Linde sie bestreute.

Als sie aufwachte, sah sie eine hohe Frau in faltigen Gewändern über sich gebeugt, der Morgenstern schimmerte durch ihren langen Schleier, es war ihr, als hätt im Schlaf die Mutter Gottes ihren Sternenmantel um sie geschlagen. Da schüttelte sie erschrocken die Blütenflocken aus dem Haar und erkannte ihre geistliche Muhme, die zu ihrer Verwunderung, als sie aus der Kirche kam, die Schlafende auf der Mauer gefunden. Die Alte sah ihr freundlich in die schönen, frischen Augen. „Ich hab dich gleich daran erkannt", sagte sie, „als wenn mich deine selige Mutter ansähe!" – Nun mußte sie ihr Bündel nehmen und die Priorin schritt eilig ins Kloster voraus; sie gingen durch kühle dämmernde Kreuzgänge, wo soeben noch die weißen Gestalten einzelner Nonnen wie Geister vor der Morgenluft lautlos verschlüpften. Als sie in die Stube traten, wollte Gabriele sogleich ihre Geschichte erzählen, aber sie kam nicht dazu. Die Priorin, so lange wie auf eine selige Insel verschlagen, hatte so viel zu erzählen und zu fragen von dem jenseitigen Ufer ihrer Jugend, und konnte sich nicht genug verwundern, denn alle ihre Freunde waren seitdem alt geworden oder tot, und eine andere Zeit hatte alles verwandelt, die sie nicht mehr verstand. Geschäftig in redseliger Freude strich sie ihrem lieben Gast die Locken aus der glänzenden Stirn wie einem kranken Kinde, holte aus einem altmodischen, künstlich geschnitzten Wandschrank Rosinen und allerlei Naschwerk, und fragte und plauderte immer wieder. Frische Blumensträuße standen in bunten Krügen am Fenster, ein Kanarienvogel schmetterte gellend dazwischen, denn die Morgensonne funkelte draußen schon durch die Wipfel und vergoldete wunderbar die Zelle, das Betpult und die schwergewirkten Lehnstühle; Gabriele lächelte fast betroffen, wie in eine neue ganz fremde Welt hinein.

Noch an demselben Tage kam auch Renald zum Besuch; sie freute sich außerordentlich, es war ihr, als hätte sie ihn ein Jahr lang nicht gesehn. Er lobte ihren raschen Entschluß von heute nacht und sprach dann viel und heimlich mit der Priorin; sie horchte ein paarmal hin, sie hätte so gern gewußt, wer ihr Geliebter sei, aber sie konnte nichts erfahren. Dann mußte sie auch wieder heimlich lachen, daß die Priorin so geheimnisvoll tat, denn sie merkt' es wohl, sie wußt es selber nicht. – Es war indes beschlossen worden, daß sie fürs erste noch im Kloster bleiben sollte. Renald war zerstreut und eilig, er nahm bald wieder Abschied und versprach, sie abzuholen, sobald die rechte Zeit gekommen.

Aber Woche auf Woche verging und die rechte Zeit war noch immer nicht da. Auch Renald kam immer seltener und blieb endlich ganz aus, um dem ewigen Fragen seiner Schwester nach ihrem Schatze auszuweichen, denn er konnte oder mochte ihr nichts von ihm sagen. Die Priorin wollte die arme Gabriele trösten, aber sie hatt es nicht nötig, so wunderbar war das Mädchen seit jener Nacht verwandelt. Sie fühlte sich, seit sie von ihrem Liebsten getrennt, als seine Braut vor Gott, der wolle sie bewahren. Ihr ganzes Dichten und Trachten ging nun darauf, ihn selber auszukundschaften, da ihr niemand beistand in ihrer Einsamkeit. Sie nahm sich daher eifrig der Klosterwirtschaft an, um mit den Leuten in der Gegend bekannt zu werden; sie ordnete alles in Küche, Keller und Garten, alles gelang ihr, und wie sie so sich selber half, kam eine stille Zuversicht über sie wie Morgenrot, es war ihr immer, als müßt ihr Liebster plötzlich einmal aus dem Walde zu ihr kommen.

Damals saß sie eines Abends noch spät mit der jungen Schwester Renate am offenen Fenster der Zelle, aus dem man in den stillen Klostergarten und über die Gartenmauer weit ins Land sehen konnte. Die Heimchen zirpten unten auf den frischgemähten Wiesen, überm Walde blitzte es manchmal aus weiter Ferne. Da läßt mein Liebster mich grüßen, dachte Gabriele bei sich. – Aber Renate blickte verwundert hinaus; sie war lange nicht wach gewesen um diese Zeit. „Sieh nur“, sagte sie, „wie draußen alles anders aussieht im Mondschein, der dunkle Berg drüben wirft seinen Schatten bis an unser Fenster, unten erlischt ein Lichtlein nach dem andern im Dorfe. Was schreit da für ein Vogel?“ – „Das ist das Wild im Walde“, meinte Gabriele. –

„Wie du auch so allein im Dunkeln durch den Wald gehen kannst“, sagte Renate wieder; „ich stürbe vor Furcht. Wenn ich so manchmal durch die Scheiben hinaussehe in die tiefe Nacht, dann ist mir immer so wohl und sicher in meiner Zelle wie unterm Mantel der Mutter Gottes.“

„Nein“, entgegnete Gabriele, „ich möcht mich gern einmal bei Nacht verirren recht im tiefsten Wald, die Nacht ist wie im Traum so weit und still, als könnt man über die Berge reden mit allen, die man lieb hat in der Ferne. Hör nur, wie der Fluß unten rauscht und die Wälder, als wollten sie auch mit uns sprechen und könnten nur nicht recht! – Da fällt mir immer ein Märchen ein dabei, ich weiß nicht, hab ich's gehört, oder hat mir's geträumt.“

„Erzähl's mir doch, ich bete unterdes meinen Rosenkranz fertig“, sagte die Nonne, und Gabriele setzte sich fröhlich auf die Fußbank vor ihr, wickelte vor der kühlen Nachtluft die Arme in ihre Schürze und begann sogleich folgendermaßen:

„Es war einmal eine Prinzessin in einem verzauberten Schlosse gefangen, das schmerzte sie sehr, denn sie hatte einen Bräutigam, der wußte gar nicht, wohin sie gekommen war, und sie konnte ihm auch kein Zeichen geben, denn die Burg hatte nur ein einziges, festverschlossenes Tor nach einem tiefen, tiefen Abhang hin, und das Tor bewachte ein entsetzlicher Riese, der schlief und trank und sprach nicht, sondern ging nur immer Tag und Nacht vor dem Tore auf und nieder wie der Perpendikel einer Turmuhr. Sonst lebte sie ganz herrlich in dem Schloß; da war Saal an Saal, einer immer prächtiger als der andere, aber niemand drin zu sehen und zu hören, kein Lüftchen ging und kein Vogel sang in den verzauberten Bäumen im Hofe, die Figuren auf den Tapeten waren schon ganz krank und bleich geworden in der Einsamkeit, nur manchmal warf sich das trockne Holz an den Schränken vor Langeweile, daß es weit durch die öde Stille schallte, und auf der hohen Schloßmauer draußen stand ein Storch, wie eine Vedette, den ganzen Tag auf einem Bein."

„Ach, ich glaube gar, du stichelst auf unser Kloster", sagte Renate. Gabriele lachte und erzählte munter fort:

„Einmal aber war die Prinzessin mitten in der Nacht aufgewacht, da hörte sie ein seltsames Sausen durch das ganze Haus. Sie sprang erschrocken ans Fenster und bemerkte zu ihrem großen Erstaunen, daß es der Riese war, der eingeschlafen vor dem Tore lag und mit solcher grausamer Gewalt schnarchte, daß alle Türen, sooft er den Atem einzog und wieder ausstieß, von dem Zugwind klappend auf und zu flogen. Nun sah sie auch, sooft die Tür nach dem Saale aufging, mit Verwunderung, wie die Figuren auf den Tapeten, denen die Glieder schon ganz eingerostet waren von dem langen Stillstehen, sich langsam dehnten und reckten; der Mond schien hell über den Hof, da hörte sie zum erstenmal die verzauberten Brunnen rauschen, der steinerne Neptun unten saß auf dem Rand der Wasserkunst und strählte sich sein Binsenhaar; alles wollte die Gelegenheit benutzen, weil der Riese schlief; und der steife Storch machte so wunderliche Kapriolen auf der Mauer, daß sie lachen mußte, und hoch auf dem Dache drehte sich der Wetterhahn und schlug mit den Flügeln und rief immerfort: ‚Kick, kick dich um, ich seh ihn gehn, ich sag nicht wen!' Am Fenster aber sang lieblich der Wind: ‚Komm mit geschwind!' und die Bächlein schwatzten draußen untereinander im Mondglanz, wie wenn der Frühling anbrechen sollte, und sprangen glitzernd und wispernd über die Baumwurzeln: ‚Bist du bereit?

wir haben nicht Zeit, weit, weit, in die Waldeinsamkeit!' – ,Nun, nun, nur Geduld, ich komm ja schon', sagte die Prinzessin ganz erschrocken und vergnügt, nahm schnell ihr Bündel unter den Arm und trat vorsichtig aus dem Schlafzimmer; zwei Mäuschen kamen ihr atemlos nach und brachten ihr noch den Fingerhut, den sie in der Eile vergessen. Das Herz klopfte ihr, denn die Brunnen im Hofe rauschten schon wieder schwächer, der Flußgott streckte sich taumelnd wieder zum Schlafe zurecht, auch der Wetterhahn drehte sich nicht mehr; so schlich sie leise die stille Treppe hinab." –

„Ach Gott! wenn der Riese jetzt aufwacht!" sagte Renate ängstlich.

„Die Prinzessin hatte auch Angst genug", fuhr Gabriele fort, „sie hob sich das Röckchen, daß sie nicht an seinen langen Sporen hängenblieb, stieg geschickt über den einen, dann über den andern Stiefel, und noch einen herzhaften Sprung – jetzt stand sie draußen am Abhang. Da aber war's einmal schön! da flogen die Wolken und rauschte der Strom und die prächtigen Wälder im Mondschein, und auf dem Strom fuhr ein Schifflein, saß ein Ritter darin." –

„Das ist ja gerade wie jetzt hier draußen", unterbrach sie Renate, „da fährt auch noch einer im Kahn dicht unter unserm Garten; jetzt stößt er ans Land."

„Freilich" – sagte Gabriele mutwillig und setzte sich ins Fenster, und wehte mit ihrem weißen Schnupftuch hinaus –, „ ,Und grüß dich Gott', rief da die Prinzessin, ,grüß dich Gott in die weite, weite Fern, es ist ja keine Nacht so still und tief als meine Lieb!' "

Renate faßte sie lachend um den Leib, um sie zurückzuziehen. – „Herr Jesus!" schrie sie da plötzlich auf, „ein fremder Mann, dort an der Mauer hin!" – Gabriele ließ erschrocken ihr Tuch sinken, es flatterte in den Garten hinab. Ehe sie sich aber noch besinnen konnte, hatte Renate schon das Fenster geschlossen; sie war voll Furcht, sie mochte nichts mehr von dem Märchen hören und trieb Gabrielen hastig aus der Tür, über den stillen Gang in ihre Schlafkammer.

Gabriele aber, als sie allein war, riß noch rasch in ihrer Zelle das Fenster auf. Zu ihrem Schreck bemerkte sie nun, daß das Tuch unten von dem Strauche verschwunden war, auf den es vorhin geflogen. Ihr Herz kopfte heftig, sie legte sich hinaus, so weit sie nur konnte, da glaubte sie draußen den Fluß wieder aufrauschen zu hören, darauf schallte Ruderschlag unten im Grunde, immer ferner und schwächer, dann alles, alles wieder still – so blieb sie verwirrt und überrascht am Fenster, bis das erste Morgenlicht die Bergesgipfel rötete.

Bald darauf traf der Namenstag der Priorin, ein Fest, worauf sich alle Hausbewohner das ganze Jahr hindurch freuten; denn auf diesen Tag war zugleich die jährliche Weinlese auf einem nahe gelegenen Gute des Klosters festgesetzt, an welcher die Nonnen mit teilnahmen. Da verbreitete sich, als der Morgenstern noch durch die Lindenwipfel in die kleinen Fenster hineinfunkelte, schon eine ungewohnte, lebhafte Bewegung durch das ganze Haus, im Hofe wurden die Wagen von dem alten Staube gereinigt, in ihren besten, blütenweißen Gewändern sah man die Schwestern in allen Gängen geschäftig hin und her eilen; einige versahen noch ihre Kanarienvögel sorgsam mit Futter, andere packten Taschen und Schachteln, als gälte es eine wochenlange Reise. – Endlich wurde von dem zahlreichen Hausgesinde ausführlich Abschied genommen, die Kutscher knallten und die Karawane setzte sich langsam in Bewegung. Gabriele fuhr nebst einigen auserwählten Nonnen an der Seite der Priorin in einem, mit vier alten dicken Rappen bespannten Staatswagen, der mit seinem altmodischen, vergoldeten Schnitzwerk einem chinesischen Lusthause gleichsah. Es war ein klarer, heiterer Herbstmorgen, das Glockengeläute vom Kloster zog weit durchs stille Land, der Alteweibersommer flog schon über die Felder, überall grüßten die Bauern ehrerbietig den ihnen wohlbekannten geistlichen Zug.

Wer aber beschreibt nun die große Freude auf dem Gratialgute, die fremden Berge, Täler und Schlösser umher, das stille Grün und den heitern Himmel darüber, wie sie da in dem mit Astern ausgeschmückten Gartensaal um eine reichliche Kollation vergnügt auf den altfränkischen Kanapees sitzen und die Morgensonne die alten Bilder römischer Kirchen und Paläste an den Wänden bescheint und vor den Fenstern die Sperlinge sich lustig tummeln und lärmen im Laub, während draußen weißgekleidete Dorfmädchen unter den schimmernden Bäumen vor der Tür ein Ständchen singen.

Die Priorin aber ließ die Kinder hereinkommen, die scheu und neugierig in dem Saal umherschauten, in den sie das ganze Jahr über nur manchmal heimlich durch die Ritzen der verschlossenen Fensterladen geguckt hatten. Sie streichelte und ermahnte sie freundlich, freute sich, daß sie in dem Jahre so gewachsen, und gab dann jedem aus ihrem Gebetbuch ein buntes Heiligenbild und ein großes Stück Kuchen dazu.

Jetzt aber ging die rechte Lust der Kleinen erst an, da nun wirklich zur Weinlese geschritten wurde, bei der sie mithelfen und naschen durften. Da belebte sich allmählich der Garten, fröhliche Stimmen da und dort, geputzte Kinder, die große Trauben trugen, flatternde Schleier und weiße schlanke Gestalten zwischen den Rebengeländern schimmernd und wieder verschwindend, als wanderten Engel über den Berg. Die Priorin saß unterdes vor der Haustür und betete ihr Brevier und schaute oft über das Buch weg nach den vergnügten Schwestern; die Herbstsonne schien warm und kräftig über die stille Gegend und die Nonnen sangen bei der Arbeit:

„Es ist nun der Herbst gekommen,
Hat das schöne Sommerkleid
Von den Feldern weggenommen,
Und die Blätter ausgestreut,
Vor dem bösen Winterwinde
Deckt er warm und sachte zu
Mit dem bunten Laub die Gründe,
Die schon müde gehn zur Ruh."

Einzelne verspätete Wandervögel zogen noch über den Berg und schwatzten vom Glanz der Ferne, was die glücklichen Schwestern nicht verstanden. Gabriele aber wußte wohl, was sie sangen, und ehe die Priorin sich's versah, war sie auf die höchste Linde geklettert; da erschrak sie, wie so groß und weit die Welt war. – Die Priorin schalt sie aus und nannte sie ihr wildes Waldvöglein. Ja, dachte Gabriele, wenn ich ein Vöglein wäre! Dann fragte die Priorin, ob sie von da oben das Schloß Dürande überm Walde sehen könne? „Alle die Wälder und Wiesen", sagte sie, „gehören dem Grafen Dürande; er grenzt hier an, das ist ein reicher Herr!" Gabriele aber dachte an *ihren* Herrn, und die Nonnen sangen wieder:

„Durch die Felder sieht man fahren
Eine wunderschöne Frau,
Und von ihren langen Haaren
Goldne Fäden auf der Au

Spinnet sie und singt im Gehen:
‚Eia, meine Blümelein,
Nicht nach andern immer sehen,
Eia, schlafet, schlafet ein.'"

„Ich höre Waldhörner!" rief hier plötzlich Gabriele; es verhielt ihr fast den Atem vor Erinnerung an die alte schöne Zeit. – „Komm schnell herunter, mein Kind", rief ihr die Priorin zu. Aber Gabriele hörte nicht darauf, zögernd und im Hinabsteigen noch immer zwischen den Zweigen hinausschauend, sagte sie wieder: „Es bewegt sich drüben am Saum des Waldes; jetzt seh ich Reiter; wie das glitzert im Sonnenschein! sie kommen gerade auf uns her."

Und kaum hatte sie sich vom Baum geschwungen, als einer von den Reitern, über den grünen Plan dahergeflogen, unter den Linden anlangte und mit höflichem Gruß vor der Priorin stillhielt. Gabriele war schnell in das Haus gelaufen, dort wollte sie durchs Fenster nach dem Fremden sehn. Aber die Priorin rief ihr nach: der Herr sei durstig, sie solle ihm Wein herausbringen. Sie schämte sich, daß er sie auf dem Baume gesehn, so kam sie furchtsam mit dem vollen Becher vor die Tür mit gesenkten Blicken, durch die langen Augenwimpern nur sah sie das kostbare Zaumzeug und die Stickerei auf seinem Jagdrock im Sonnenschein flimmern. Als sie aber an das Pferd trat, sagte er leise zu ihr: er sehe doch ihre dunkeln Augen im Wein sich spiegeln wie in einem goldnen Brunnen. Bei dem Klang der Stimme blickte sie erschrocken auf – der Reiter war ihr Liebster – sie stand wie verblendet. Er trank jetzt auf der Priorin Gesundheit, sah aber dabei über den Becher weg Gabrielen an und zeigte ihr verstohlen ihr Tuch, das sie in jener Nacht aus dem Fenster verloren. Dann drückte er die Sporen ein und, flüchtig dankend, flog er wieder fort zu dem bunten Schwarm am Walde, das weiße Tuch flatterte weit im Winde hinter ihm her.

„Sieh nur", sagte die Priorin lachend, „wie ein Falk, der eine Taube durch die Luft führt!"

„Wer war der Herr?" frug endlich Gabriele tief aufatmend. – „Der junge Graf Dürande", hieß es. – Da tönte die Jagd schon wieder fern und immer ferner den funkelnden Wald entlang, die Nonnen aber hatten in ihrer Fröhlichkeit von allem nichts bemerkt und sangen von neuem:

„Und die Vöglein hoch in Lüften
Über blaue Berg und Seen,
Ziehn zur Ferne nach den Klüften,
Wo die hohen Zedern stehn,
Wo mit ihren goldnen Schwingen
Auf des Benedeiten Gruft
Engel Hosianna singen,
Nächtens durch die stille Luft.“

Etwa vierzehn Tage darauf schritt Renald eines Morgens still und rasch durch den Wald nach dem Schloß Dürande, dessen Türme finster über die Tannen hersahen. Er war ernst und bleich, aber mit Hirschfänger und leuchtendem Bandelier wie zu einem Feste geschmückt. In der Unruhe seiner Seele war er der Zeit ein gut Stück vorausgeschritten, denn als er ankam, war die Haustür noch verschlossen und alles still, nur die Dohlen erwachten schreiend auf den alten Dächern. Er setzte sich unterdes auf das Geländer der Brücke, die zum Schlosse führte. Der Wallgraben unten lag lange trocken, ein marmorner Apollo mit seltsamer Lockenperücke spielte dort zwischen gezirkelten Blumenbeeten die Geige, auf der ein Vogel sein Morgenlied pfiff; über den Helmen der steinernen Ritterbilder am Tore brüsteten sich breite Aloen; der Wald, der alte Schloßgesell, war wunderlich verschnitten und zerquält, aber der Herbst ließ sich sein Recht nicht nehmen und hatte alles phantastisch gelb und rot gefärbt, und die Waldvögel, die vor dem Winter in die Gärten flüchteten, zwitscherten lustig von Wipfel zu Wipfel. – Renald fror, er hatte Zeit genug und überdachte noch einmal alles: wie der junge Graf Dürande wieder nach Paris gereist, um dort lustig durchzuwintern, wie er selbst darauf mit fröhlichem Herzen zum Kloster geeilt, um seine Schwester abzuholen. Aber da war Gabriele heimlich verschwunden, man hatte einmal des Nachts einen fremden Mann am Kloster gesehn; niemand wußte, wohin sie gekommen. –

Jetzt knarrte das Schloßtor, Renald sprang schnell auf, er verlangte seinen Herrn, den alten Grafen Dürande, zu sprechen. Man sagte ihm, der Graf sei eben erst aufgewacht; er mußte noch lange in der Gesindestube warten zwischen Überresten vom gestrigen Souper, zwischen Schuhbürsten, Büchsen und Katzen, die sich verschlafen an seinen blanken Stiefeln dehnten, niemand fragte nach ihm. Endlich wurde er in des

Grafen Garderobe geführt, der alte Herr ließ sich soeben frisieren und gähnte unaufhörlich. Renald bat nun ehrerbietig um kurzen Urlaub zu einer Reise nach Paris. Auf die Frage des Grafen, was er dort wolle, entgegnete er verwirrt: seine Schwester sei dort bei einem weitläufigen Verwandten – er schämte sich herauszusagen, was er dachte. Da lachte der Graf. „Nun, nun“, sagte er, „mein Sohn hat wahrhaftig keinen übeln Geschmack. Geh Er nur hin, ich will Ihm an seiner Fortune nicht hinderlich sein; die Dürandes sind in solchen Affären immer splendid; so ein junger wilder Schwan muß gerupft werden, aber mach Er's mir nicht zu arg.“ – Dann nickte er mit dem Kopfe, ließ sich den Pudermantel umwerfen und schritt langsam zwischen zwei Reihen von Bedienten, die ihn im Vorüberwandeln mit großen Quasten einpuderten, durch die entgegengesetzte Flügeltür zum Frühstück. Die Bedienten kicherten heimlich – Renald schüttelte sich wie ein gefesselter Löwe.

Noch an demselben Tage trat er seine Reise an.

Es war ein schöner, blanker Herbstabend, als er in der Ferne Paris erblickte; die Ernte war längst vorüber, die Felder standen alle leer, nur von der Stadt her kam ein verworrenes Rauschen über die stille Gegend, daß ihn heimlich schauerte. Er ging nun an prächtigen Landhäusern vorüber durch die langen Vorstädte immer tiefer in das wachsende Getöse hinein, die Welt rückte immer enger und dunkler zusammen, der Lärm, das Rasseln der Wagen betäubte, das wechselnde Streiflicht aus den geputzten Läden blendete ihn; so war er ganz verwirrt, als er endlich im Wind den roten Löwen, das Zeichen seines Vetters, schwanken sah, der in der Vorstadt einen Weinschank hielt. Dieser saß eben vor der Tür seines kleinen Hauses und verwunderte sich nicht wenig, da er den verstaubten Wandersmann erkannte. Doch Renald stand wie auf Kohlen. „War Gabriele bei dir?“ fragte er gleich nach der ersten Begrüßung gespannt. – Der Vetter schüttelte erstaunt den Kopf, er wußte von nichts. – „Also doch!“ sagte Renald, mit dem Fuß auf die Erde stampfend; aber er konnte es nicht über die Lippen bringen, was er vermute und vorhabe.

Sie gingen nun in das Haus und kamen in ein langes, wüstes Gemach, das von einem Kaminfeuer im Hintergrunde ungewiß erleuchtet wurde. In den roten Widerscheinen lag dort ein wilder Haufe umher: abgedankte Soldaten, müßige Handwerksburschen und dergleichen Hornkäfer, wie sie in der

Abendzeit um die großen Städte schwärmen. Alle Blicke aber hingen an einem hohen, hagern Manne mit bleichem, scharfgeschnittenem Gesicht, der, den Hut auf dem Kopf und seinen langen Mantel stolz und vornehm über die linke Achsel zurückgeschlagen, mitten unter ihnen stand. – „Ihr seid der Nährstand", rief er soeben aus; „wer aber die andern nährt, der ist ihr Herr; hoch auf, ihr Herren!" – Er hob ein Glas, alles jauchzte wild auf und griff nach den Flaschen, er aber tauchte kaum die feinen Lippen in den dunkelroten Wein, als schlürft' er Blut, seine spielenden Blicke gingen über dem Glase kalt und lauernd in die Runde.

Da funkelte das Kaminfeuer über Renalds blankes Bandelier, das stach plötzlich in ihre Augen. Ein starker Kerl mit rotem Gesicht und Haar wie ein brennender Dornbusch, trat mit übermütiger Bettelhaftigkeit dicht vor Renald und fragte, ob er dem Großtürken diene? Ein anderer meinte, er habe ja da, wie ein Hund, ein adeliges Halsband umhängen. – Renald griff rasch nach seinem Hirschfänger, aber der lange Redner trat dazwischen, sie wichen ihm scheu und ehrerbietig aus. Dieser führte den Jäger an einen abgelegenen Tisch und fragte, wohin er wolle. Da Renald den Grafen Dürande nannte, sagte er: „Das ist ein altes Haus, aber der Totenwurm pickt schon drin, ganz von Liebschaften zerfressen." – Renald erschrak, er glaubte, jeder müßte ihm seine Schande an der Stirn ansehn. „Warum kommt Ihr gerade auf die Liebschaften?" fragte er zögernd. – „Warum?" erwiderte jener, „sind sie nicht die Herrn im Forst, ist das Wild nicht ihres, hohes und niederes? Sind wir nicht verfluchte Hunde und lecken die Schuh, wenn sie uns stoßen?" – Das verdroß Renald; er entgegnete kurz und stolz: der junge Graf Dürande sei ein großmütiger Herr, er wolle nur sein Recht von ihm und weiter nichts. – Bei diesen Worten hatte der Fremde ihn aufmerksam betrachtet und sagte ernst: „Ihr seht aus wie ein Scharfrichter, der, das Schwert unterm Mantel, zu Gerichte geht; es kommt die Zeit, gedenkt an mich, Ihr werdet der Rüstigsten einer sein bei der blutigen Arbeit." – Dann zog er ein Blättchen hervor, schrieb etwas mit Bleistift darauf, versiegelte es am Licht und reichte es Renald hin. „Die Grafen hier kennen mich wohl", sagte er; er solle das nur abgeben an Dürande, wenn er einen Strauß mit ihm habe, es könnte ihm vielleicht von Nutzen sein. – „Wer ist der Herr?" fragte Renald seinen Vetter, da der Fremde sich rasch wieder wandte. – „Ein Feind der Tyrannen", entgegnete der Vetter leise und geheimnisvoll.

Dem Renald aber gefiel hier die ganze Wirtschaft nicht, er war müde von der Reise und streckte sich bald in einer Nebenkammer auf das Lager, das ihm der Vetter angewiesen. Da konnte er vernehmen, wie immer mehr und mehr Gäste nebenan allmählich die Stube füllten; er hörte die Stimme des Fremden wieder dazwischen, eine wilde Predigt, von der er nur einzelne Worte verstand, manchmal blitzte das Kaminfeuer blutrot durch die Ritzen der schlechtverwahrten Tür; so schlief er spät unter furchtbaren Träumen ein.

Der Ball war noch nicht beendigt, aber der junge Graf Dürande hatte dort so viel Wunderbares gehört von den feurigen Zeichen einer Revolution, vom heimlichen Aufblitzen kampffertiger Geschwader, Jakobiner, Volksfreunde und Royalisten, daß ihm das Herz schwoll wie im nahenden Gewitterwinde. Er konnte es nicht länger aushalten in der drückenden Schwüle. In seinen Mantel gehüllt, ohne den Wagen abzuwarten, stürzte er sich in die scharfe Winternacht hinaus. Da freute er sich, wie draußen fern und nah die Turmuhren verworren zusammenklangen im Wind, und die Wolken über die Stadt flogen und der Sturm sein Reiselied pfiff, lustig die Schneeflocken durcheinanderwirbelnd: „Grüß mir mein Schloß Dürande!" rief er dem Sturme zu; es war ihm so frisch zumut, als müßt er, wie ein lediges Roß, mit jedem Tritte Funken aus den Steinen schlagen.

In seinem Hotel aber fand er alles wie ausgestorben, der Kammerdiener war vor Langeweile fast eingeschlafen, die jüngere Dienerschaft ihren Liebschaften nachgegangen, niemand hatte ihn so früh erwartet. Schauernd vor Frost stieg er die breite, dämmernde Treppe hinauf, zwei tief herabgebrannte Kerzen beleuchteten zweifelhaft das vergoldete Schnitzwerk des alten Saales, es war so still, daß er den Zeiger der Schloßuhr langsam fortrücken und die Wetterfahnen im Winde sich drehen hörte. Wüst und überwacht warf er sich auf eine Ottomane hin. „Ich bin so müde", sagte er, „so müde von Lust und immer Lust, langweilige Lust! ich wollt, es wäre Krieg!" – Da war's ihm, als hört' er draußen auf der Treppe gehn mit leisen, langen Schritten, immer näher und näher. „Wer ist da?" rief er. – Keine Antwort. – „Nur zu, mir eben recht", meinte er,

Hut und Handschuh wegwerfend, „rumor nur zu, spukhafte Zeit, mit deinem fernen Wetterleuchten über Stadt und Land, als wenn die Gedanken aufstünden überall und schlaftrunken nach den Schwertern tappten. Was gehst du in Waffen rasselnd um und pochst an die Türen unserer Schlösser bei stiller Nacht; mich gelüstet mit dir zu fechten; herauf, du unsichtbares Kriegsgespenst!"

Da pocht' es wirklich an der Tür. Er lachte, daß der Geist die Herausforderung so schnell angenommen. In keckem Übermut rief er: „Herein!" Eine hohe Gestalt im Mantel trat in die Tür; er erschrak doch, als diese den Mantel abwarf und er Renald erkannte, denn er gedachte der Nacht im Walde, wo der Jäger auf ihn gezielt. – Renald aber, da er den Grafen erblickte, ehrerbietig zurücktretend, sagte: er habe den Kammerdiener hier zu finden geglaubt, um sich anmelden zu lassen. Er sei schon öfters zu allen Tageszeiten hier gewesen, jedesmal aber, unter dem Vorwand, daß die Herrschaft nicht zu Hause oder beschäftigt sei, von den Pariser Bedienten zurückgewiesen worden, die ihn noch nicht kannten; so habe er denn heute auf der Straße gewartet, bis der Graf zurückkäme.

„Und was willst du denn von mir?" fragte der Graf, ihn mit unverwandten Blicken prüfend.

„Gnädiger Herr", erwiderte der Jäger nach einer Pause, „Sie wissen wohl, ich hatte eine Schwester, sie war meine einzige Freude und mein Stolz – sie ist eine Landläuferin geworden, sie ist fort."

Der Graf machte eine heftige Bewegung, faßte sich aber gleich wieder und sagte halb abgewendet: „Nun, und was geht das mich an?"

Renalds Stirn zuckte wie fernes Wetterleuchten, er schien mit sich selber zu ringen. „Gnädiger Herr", rief er darauf im tiefsten Schmerz, „gnädiger Herr, gebt mir meine arme Gabriele zurück!"

„Ich?" fuhr der Graf auf, „zum Teufel, wo ist sie?"

„Hier –" entgegnete Renald ernst.

Der Graf lachte laut auf und, den Leuchter ergreifend, stieß er rasch eine Flügeltür auf, daß man eine weite Reihe glänzender Zimmer übersah. „Nun", sagte er mit erzwungener Lustigkeit, „so hilf mir suchen. Horch, da raschelt was hinter der Tapete, jetzt hier, dort, nun sage mir, wo steckt sie?"

Renald blickte finster vor sich nieder, sein Gesicht verdunkelte sich immer mehr. Da gewahrte er Gabrielens Schnupftuch auf einem Tischchen; der Graf, der seinen Augen gefolgt war, stand einen Augenblick betroffen. – Renald hielt sich noch, es fiel ihm der Zettel des Fremden wieder ein, er wünschte immer noch, alles in Güte abzumachen, und reichte schweigend dem Grafen das Briefchen hin. Der Graf, ans Licht tretend, erbrach es schnell, da flog eine dunkle Röte über sein ganzes Gesicht. – „Und weiter nichts?" murmelte er leise zwischen den Zähnen, sich in die Lippen beißend. „Wollen sie mir drohen, mich schrecken?" – Und rasch zu Renald gewandt, rief er: „Und wenn ich deine ganze Sippschaft hätt, ich gäb sie nicht heraus! Sag deinem Bettleradvokaten, ich lachte sein und wäre zehntausendmal noch stolzer als er, und wenn ihr beide euch im Hause zeigt, laß ich mit Hunden euch vom Hofe hetzen, das sag ihm; fort, fort, fort!" – Hiermit schleuderte er den Zettel dem Jäger ins Gesicht, und schob ihn selber zum Saal hinaus, die eichene Tür hinter ihm zuwerfend, daß es durchs ganze Haus öde erschallte.

Renald stand, wild um sich blickend, auf der stillen Treppe. Da bemerkte er erst, daß er den Zettel noch krampfhaft in den Händen hielt; er entfaltete ihn hastig und las an dem flackernden Licht einer halbverlöschten Laterne die Worte: „Hütet Euch. Ein Freund des Volks." –

Unterdes hörte er oben den Grafen heftig klingeln; mehrere Stimmen wurden im Hause wach, er stieg langsam hinunter wie ins Grab. Im Hofe blickte er noch einmal zurück, die Fenster des Grafen waren noch erleuchtet, man sah ihn im Saale heftig auf und nieder gehen. Da hörte Renald auf einmal draußen durch den Wind singen:

„Am Himmelsgrund schießen
So lustig die Stern,
Dein Schatz läßt dich grüßen
Aus weiter, weiter Fern!

Hat eine Zither gehangen
An der Tür unbeacht',
Der Wind ist gegangen
Durch die Saiten bei Nacht.

Schwang sich auf dann vom Gitter
Über die Berge, übern Wald –
Mein Herz ist die Zither,
Gibt einen fröhlichen Schall.“

Die Weise ging ihm durch Mark und Bein; er kannte sie wohl. – Der Mond streifte soeben durch die vorüberfliegenden Wolken den Seitenflügel des Schlosses, da glaubte er in dem einen Fenster flüchtig Gabrielen zu erkennen; als er sich aber wandte, wurde es schnell geschlossen. Ganz erschrocken und verwirrt warf er sich auf die nächste Tür, sie war fest zu. Da trat er unter das Fenster und rief leise aus tiefster Seele hinauf, ob sie drin wider ihren Willen festgehalten werde? so solle sie ihm ein Zeichen geben, es sei keine Mauer so stark als die Gerechtigkeit Gottes. – Es rührte sich nichts als die Wetterfahne auf dem Dach. – „Gabriele“, rief er nun lauter, „meine arme Gabriele, der Wind in der Nacht weint um dich an den Fenstern, ich liebte dich so sehr, ich lieb dich noch immer, um Gottes willen komm, komm herab zu mir, wir wollen miteinander fortziehen, weit, weit fort, wo uns niemand kennt, ich will für dich betteln von Haus zu Haus, es ist ja kein Lager so hart, kein Frost so scharf, keine Not so bitter als die Schande.“

Er schwieg erschöpft, es war alles wieder still, nur die Tanzmusik von dem Balle schallte noch von fern über den Hof herüber; der Wind trieb große Schneeflocken schräg über die harte Erde, er war ganz verschneit. – „Nun, so gnade uns beiden Gott!“ sagte er, sich abwendend, schüttelte den Schnee vom Mantel und schritt rasch fort.

Als er zu der Schenke seines Vetters zurückkam, fand er zu seinem Erstaunen das ganze Haus verschlossen. Auf sein heftiges Pochen trat der Nachbar, sich vorsichtig nach allen Seiten umsehend, aus seiner Tür, er schien auf des Jägers Rückkehr gewartet zu haben und erzählte ihm geheimnisvoll: das Nest nebenan sei ausgenommen, Polizeisoldaten hätten heute abend den Vetter plötzlich abgeführt, niemand wisse wohin. – Den Renald überraschte und verwunderte nichts mehr, und zerstreut mit flüchtigem Danke nahm er alles an, als der Nachbar nun auch das gerettete Reisebündel des Jägers unter dem Mantel hervorbrachte und ihm selbst eine Zuflucht in seinem Hause anbot.

Gleich am andern Morgen aber begann Renald seine Runde in der weitläufigen Stadt, er mochte nichts mehr von der Großmut des stolzen Grafen, er wollte jetzt nur sein Recht! So suchte er unverdrossen eine Menge Advokaten hinter ihren großen Dintenfässern auf, aber die sahen's gleich alle den goldbortenen Rauten seines Rockes an, daß sie nicht aus seiner eigenen Tasche gewachsen waren; der eine verlangte unmögliche Zeugen, der andere Dokumente, die er nicht hatte, und alle forderten Vorschuß. Ein junger reicher Advokat wollte sich totlachen über die ganze Geschichte; er fragte, ob die Schwester jung, schön, und erbot sich, den ganzen Handel umsonst zu führen und die arme Waise dann zu sich ins Haus zu nehmen, während ein andrer gar das Mädchen selber heiraten wollte, wenn sie fernerhin beim Grafen bliebe. – In tiefster Seele empört, wandte sich Renald nun an die Polizeibehörde; aber da wurde er aus einem Revier ins andere geschickt, von Pontius zu Pilatus, und jeder wusch seine Hände in Unschuld, niemand hatte Zeit, in dem Getreibe ein vernünftiges Wort zu hören, und als er endlich vor das rechte Bureau kam, zeigten sie ihm ein langes Verzeichnis der Dienstleute und Hausgenossen des Grafen Dürande: seine Schwester war durchaus nicht darunter. Er habe Geister gesehen, hieß es, er solle keine unnützen Flausen machen; man hielt ihn für einen Narren, und er mußte froh sein, nur ungestraft wieder unter Gottes freien Himmel zu kommen. Da saß er nun todmüde in seiner einsamen Dachkammer, den Kopf in die Hand gestützt; seine Barschaft war mit dem frühzeitigen Schnee auf den Straßen geschmolzen, jetzt wußt er keine Hülfe mehr, es ekelte ihm recht vor dem Schmutz der Welt. In diesem Hinbrüten, wie wenn man beim Sonnenglanz die Augen schließt, spielten feurige Figuren wechselnd auf dem dunklen Grund seiner Seele: schlängelnde Zornesblicke und halbgeborne Gedanken blutiger Rache. In dieser Not betete er still für sich; als er aber an die Worte kam: „Vergib uns unsere Schuld, als auch wir vergeben unseren Schuldnern", fuhr er zusammen; er konnte es dem Grafen nicht vergeben. Angstvoll und immer brünstiger betete er fort. – Da sprang er plötzlich auf, ein neuer Gedanke erleuchtete auf einmal sein ganzes Herz. Noch war nicht alles versucht, nicht alles verloren, er beschloß, den König selber anzutreten – so hatte er sich nicht vergeblich zu Gott gewendet, dessen Hand auf Erden ja der König ist.

Ludwig XVI. und sein Hof waren damals in Versailles; Renald eilte sogleich hin und freute sich, als er bei seiner Ankunft hörte, daß der König, der unwohl gewesen, heute zum ersten Male wieder den Garten besuchen wolle. Er hatte zu Hause mit großem Fleiß eine Supplik aufgesetzt, Punkt für Punkt, das himmelschreiende Unrecht und seine Forderung, alles, wie er es dereinst vor Gottes Thron zu verantworten gedachte. Das wollte er im Garten selbst übergeben, vielleicht fügte es sich, daß er dabei mit dem König sprechen durfte; so, hoffte er, könne noch alles wieder gut werden.

Vielerlei Volk, Neugierige, Müßiggänger und Fremde hatten sich unterdes schon unweit der Tür, aus welcher der König treten sollte, zusammengestellt. Renald drängte sich mit klopfendem Herzen in die vorderste Reihe. Es war einer jener halbverschleierten Wintertage, die lügenhaft den Sommer nachspiegeln, die Sonne schien lau, aber falsch über die stillen Paläste, weiterhin zogen Schwäne auf den Weihern, kein Vogel sang mehr, nur die weißen Marmorbilder standen noch verlassen in der prächtigen Einsamkeit. Endlich gaben die Schweizer das Zeichen, die Saaltür öffnete sich, die Sonne tat einen kurzen Blitz über funkelnden Schmuck, Ordensbänder und blendende Achseln, die schnell, vor dem Winterhauch, unter schimmernden Tüchern wieder verschwanden. Da schallt' es auf einmal: „Vive le roi!" durch die Lüfte und im Garten, so weit das Auge reichte, begannen plötzlich alle Wasserkünste zu spielen, und mitten in dem Jubel, Rauschen und Funkeln schritt der König in einfachem Kleide langsam die breiten Marmorstufen hinab. Er sah traurig und bleich – eine leise Luft rührte die Wipfel der hohen Bäume und streute die letzten Blätter wie einen Goldregen über die fürstlichen Gestalten. Jetzt gewahrte Renald mit einiger Verwirrung auch den Grafen Dürande unter dem Gefolge, er sprach soeben halbflüsternd zu einer jungen schönen Dame. Schon rauschten die taftenen Gewänder immer näher und näher. Renald konnte deutlich vernehmen, wie die Dame, ihre Augen gegen Dürande aufschlagend, ihn neckend fragte, was er drin sehe, daß sie ihn so erschreckten. –

„Wunderbare Sommernächte meiner Heimat", erwiderte der Graf zerstreut. Da wandte sich das Fräulein lachend, Renald erschrak, ihr dunkles Auge war wie Gabrielens in fröhlichen Tagen – es wollte ihm das Herz zerreißen.

Darüber hatte er alles andere vergessen, der König war fast vorüber; jetzt drängte er sich nach, ein Schweizer aber stieß ihn mit der Partisane zurück, er drang noch einmal verzweifelt vor. Da bemerkt ihn Dürande, er stutzt einen Augenblick, dann, schnell gesammelt, faßt er den Zudringlichen rasch an der Brust und übergibt ihn der herbeieilenden Wache. Der König über dem Getümmel wendet sich fragend. – „Ein Wahnsinniger“, entgegnet Dürande. –

Unterdes hatten die Soldaten den Unglücklichen umringt, die neugierige Menge, die ihn für verrückt hielt, wich scheu zurück, so wurde er ungehindert abgeführt. Da hörte er hinter sich die Fontänen noch rauschen, dazwischen das Lachen und Plaudern der Hofleute in der lauen Luft; als er aber einmal zurückblickte, hatte sich alles schon wieder nach dem Garten hingekehrt, nur ein bleiches Gesicht aus der Menge war noch zurückgewandt und funkelte ihm mit scharfen Blicken nach. Er glaubte schaudernd den prophetischen Fremden aus des Vetters Schenke wiederzuerkennen.

Der Mond bescheint das alte Schloß Dürande und die tiefe Waldesstille am Jägerhaus, nur die Bäche rauschen so geheimnisvoll in den Gründen. Schon blüht's in manchem tiefen Tal und nächtliche Züge heimkehrender Störche hoch in der Luft verkünden in einzelnen halbverlornen Lauten, daß der Frühling gekommen. Da fahren plötzlich Rehe, die auf der Wiese vor dem Jägerhaus gerastet, erschrocken ins Dickicht, der Hund an der Tür schlägt an, ein Mann steigt eilig von den Bergen, bleich, wüst, die Kleider abgerissen, mit wildverwachsenem Bart – es ist der Jäger Renald.

Mehrere Monate hindurch war er in Paris im Irrenhause eingesperrt gewesen; je heftiger er beteuerte, verständig zu sein, für desto toller hielt ihn der Wärter; in der Stadt aber hatte man jetzt Wichtigeres zu tun, niemand bekümmerte sich um ihn. Da ersah er endlich selbst seinen Vorteil, die Hinterlist seiner verrückten Mitgesellen half ihm treulich aus Lust an der Heimlichkeit. So war es ihm gelungen, in einer dunklen Nacht mit Lebensgefahr sich an einem Seil herabzulassen und in der allgemeinen Verwirrung der Zeit unentdeckt aus der Stadt durch die Wälder, von Dorf zu Dorfe bettelnd, heimwärts zu gelangen. Jetzt bemerkte er erst, daß es von fern überm Walde blitzte, vom stillen Schloßgarten her schlug schon eine Nachtigall, es war ihm, als ob ihn Gabriele riefe. Als er aber mit klopfendem Herzen auf dem allbekannten Fußsteig immer weiterging, öffnete sich bei dem Hundegebell ein Fensterchen im

Jägerhaus. Es gab ihm einen Stich ins Herz; es war Gabrielens Schlafkammer, wie oft hatte er dort ihr Gesicht im Mondschein gesehen. Heut aber guckte ein Mann hervor und fragte barsch, was es draußen gäbe. Es war der Waldwärter, der heimtückische Rotkopf war ihm immer zuwider gewesen. „Was macht Ihr hier in Renalds Haus?“ sagte er. „Ich bin müde, ich will hinein.“ Der Waldwärter sah ihn von Kopf bis zu den Füßen an, er erkannte ihn nicht mehr. „Mit dem Renald ist's lange vorbei“, entgegnete er dann, „er ist nach Paris gelaufen und hat sich dort mit verdächtigem Gesindel und Rebellen eingelassen, wir wissen's recht gut, jetzt habe ich seine Stelle vom Grafen.“ – Drauf wies er Renald am Waldesrand den Weg zum Wirtshause und schlug das Fenster wieder zu. – Oho, steht's so! dachte Renald. Da fielen seine Augen auf sein Gärtchen, die Kirschbäume, die er gepflanzt, standen schon in voller Blüte, es schmerzte ihn, daß sie in ihrer Unschuld nicht wußten, für wen sie blühten. Währenddes hatte sein alter Hofhund sich gewaltsam vom Stricke losgerissen, sprang liebkosend an ihm herauf und umkreiste ihn in weiten Freudensprüngen; er herzte sich mit ihm wie mit einem alten, treuen Freunde. Dann aber wandte er sich rasch zum Hause; die Tür war verschlossen, er stieß sie mit einem derben Fußtritt auf. Drin hatte der Waldwärter unterdes Feuer gepinkt. „Herr Jesus!“ rief er erschrokken, da er entgegentretend, plötzlich beim Widerschein der Lampe den verwilderten Renald erkannte. Renald aber achtete nicht darauf, sondern griff nach der Büchse, die überm Bett an der Wand hing. „Lump“, sagte er, „das schöne Gewehr so verstauben zu lassen!“ Der Waldwärter, die Lampe hinsetzend und auf dem Sprunge, durchs Fenster zu entfliehen, sah den furchtbaren Gast seitwärts mit ungewissen Blicken an. Renald bemerkte, daß er zitterte. „Fürcht dich nicht“, sagte er, „dir tu ich nichts, was kannst du dafür; ich hol mir nur die Büchse, sie ist vom Vater, sie gehört mir und nicht dem Grafen, und so wahr der alte Gott noch lebt, so hol ich mir auch mein Recht, und wenn sie's im Turmknopf von Dürande versiegelt hätten, das sag dem Grafen und wer's sonst wissen will.“ – Mit diesen Worten pfiff er dem Hunde und schritt wieder in den Wald hinaus, wo ihn der Waldwärter bei dem wirren Wetterleuchten bald aus den Augen verloren hatte.

Währenddes schnurrten im Schloß Dürande die Gewichte der Turmuhr ruhig fort, aber die Uhr schlug nicht, und der verrostete Weiser rückte nicht mehr von der Stelle, als wäre die Zeit eingeschlafen auf dem alten Hofe beim einförmigen Rauschen der Brunnen. Draußen, nur manchmal vom fernen Wetterleuchten zweifelhaft erhellt, lag der Garten mit seinen wunderlichen Baumfiguren, Statuen und vertrockneten Bassins wie versteinert im jungen Grün, das in der warmen Nacht schon von allen Seiten lustig über die Gartenmauer kletterte und sich um die Säulen der halbverfallenen Lusthäuser schlang, als wollt nun der Frühling alles erobern. Das Hausgesinde aber stand heimlich untereinander flüsternd auf der Terrasse, denn man sah es hie und da brennen in der Ferne; der Aufruhr schritt wachsend schon immer näher über die stillen Wälder von Schloß zu Schloß. Da hielt der kranke alte Graf um die gewohnte Stunde einsam Tafel im Ahnensaal, die hohen Fenster waren fest verschlossen, Spiegel, Schränke und Marmortische standen unverrückt umher wie in der alten Zeit, niemand durfte, bei seiner Ungnade, der neuen Ereignisse erwähnen, die er verächtlich ignorierte. So saß er, im Staatskleide, frisiert, wie eine geputzte Leiche, am reichbesetzten Tisch vor den silbernen Armleuchtern und blätterte in alten Historienbüchern, seiner kriegerischen Jugend gedenkend. Die Bedienten eilten stumm über den glatten Boden hin und her, nur durch die Ritzen der Fensterladen sah man zuweilen das Wetterleuchten, und alle Viertelstunden hakte im Nebengemach die Flötenuhr knarrend ein und spielte einen Satz aus einer alten Opernarie.

Da ließen sich auf einmal unten Stimmen vernehmen, drauf hörte man jemand eilig die Treppe heraufkommen, immer lauter und näher. „Ich muß herein!" rief es endlich an der Saaltür, sich durch die abwehrenden Diener drängend, und bleich, verstört und atemlos stürzte der Waldwärter in den Saal, in wilder Hast dem Grafen erzählend, was ihm soeben im Jägerhaus mit Renald begegnet. –

Der Graf starrte ihn schweigend an. Dann, plötzlich einen Armleuchter ergreifend, richtete er sich zum Erstaunen der Diener ohne fremde Hülfe hoch auf. „Hüte sich, wer einen Dürande fangen will!" rief er, und gespenstisch wie ein Nachtwandler mit dem Leuchter quer durch den Saal schreitend, ging er auf eine kleine eichene Tür los, die zu dem Gewölbe des Eckturms führte. Die Diener, als sie sich vom ersten Entsetzen über sein grauenhaftes Aussehen erholt, standen verwirrt und unentschlossen um die Tafel. „Um Gottes willen", rief da auf einmal ein Jäger herbeieilend, „laßt ihn nicht durch, dort in dem Eckturm habe ich auf sein Geheiß heimlich alles Pulver zusammentragen müssen; wir sind verloren, er sprengt uns alle mit sich in die Luft!“ – Der Kammerdiener, bei dieser schrecklichen Nachricht, faßte sich zuerst ein Herz und sprang rasch vor, um seinen Herrn zurückzuhalten, die andern folgten seinem Beispiel. Der Graf aber, da er sich so unerwartet verraten und überwältigt sah, schleuderte dem Nächsten den Armleuchter an den Kopf, darauf, krank wie er war, brach er selbst auf dem Boden zusammen.

Ein verworrenes Durcheinanderlaufen ging nun durch das ganze Schloß; man hatte den Grafen auf sein seidenes Himmelbett gebracht. Dort versuchte er vergeblich, sich noch einmal emporzurichten, zurücksinkend rief er: „Wer sagte da, daß der Renald nicht wahnsinnig ist?“ – Da alles still blieb, fuhr er leiser fort: „Ihr kennt den Renald nicht, er kann entsetzlich sein, wie fressend Feuer – läßt man denn reißende Tiere frei aufs Feld? – Ein schöner Löwe, wie er die Mähnen schüttelt – wenn sie nur nicht so blutig wären!“ – Hier, sich plötzlich besinnend, riß er die müden Augen weit auf und starrte die umherstehenden Diener verwundert an.

Der bestürzte Kammerdiener, der seine Blicke allmählich verlöschen sah, redete von geistlichem Beistand, aber der Graf, schon im Schatten des nahenden Todes, verfiel gleich darauf von neuem in fieberhafte Phantasien. Er sprach von einem großen, prächtigen Garten, und einer langen, langen Allee, in der ihm seine verstorbene Gemahlin entgegenkäme immer näher und heller und schöner. – „Nein, nein“, sagte er, „sie hat einen Sternenmantel um und eine funkelnde Krone auf dem Haupt. Wie rings die Zweige schimmern von dem Glanz! – Gegrüßt seist du, Maria, bitt für mich, du Königin der Ehren!“ – Mit diesen Worten starb der Graf.

Als der Tag anbrach, war der ganze Himmel gegen Morgen dunkelrot gefärbt; gegenüber aber stand das Gewitter bleifarben hinter den grauen Türmen des Schlosses Dürande, die Sterbeglocke ging in einzelnen, abgebrochenen Klängen über die stille Gegend, die fremd und wie verwandelt in der seltsamen Beleuchtung heraufblickte. – Da sahen einige Holzhauer im Walde den wilden Jäger Renald mit seiner Büchse und dem Hunde eilig in die Morgenglut hinabsteigen; niemand wußte, wohin er sich gewendet.

Mehrere Tage waren seitdem vergangen, das Schloß stand wie verzaubert in öder Stille, die Kinder gingen abends scheu vorüber, als ob es drin spuke. Da sah man eines Tages plötzlich droben mehrere Fenster geöffnet, buntes Reisegepäck lag auf dem Hofe umher, muntere Stimmen schallten wieder auf den Treppen und Gängen, die Türen flogen hallend auf und zu und vom Turme fing die Uhr trostreich wieder zu schlagen an. Der junge Graf Dürande war, auf die Nachricht vom Tode seines Vaters, rasch und unerwartet von Paris zurückgekehrt. Unterweges war er mehrmals verworrenen Zügen von Edelleuten begegnet, die schon damals flüchtend die Landstraßen bedeckten. Er aber hatte keinen Glauben an die Fremde und wollte ehrlich Freud und Leid mit seinem Vaterlande teilen. Wie hatte auch der erste Schreck aus der Ferne alles übertrieben! Er fand seine nächsten Dienstleute ergeben und voll Eifer, und überließ sich gern der Hoffnung, noch alles zum Guten wenden zu können.

In solchen Gedanken stand er an einem der offenen Fenster, die Wälder rauschten so frisch herauf, das hatte er so lange nicht gehört, und im Tale schlugen die Vögel und jauchzten die Hirten von den Bergen, dazwischen hörte er unten im Schloßgarten singen:

„Wär's dunkel, ich läg im Walde,
Im Walde rauscht's so sacht,
Mit ihrem Sternenmantel
Bedecket mich da die Nacht,
Da kommen die Bächlein gegangen:
Ob ich schon schlafen tu?
Ich schlaf nicht, ich hör noch lange
Den Nachtigallen zu,
Wenn die Wipfel über mir schwanken,
Es klinget die ganze Nacht,
Das sind im Herzen die Gedanken,
Die singen, wenn niemand wacht."

Ja wohl, gar manche stille Nacht, dachte der Graf, sich mit der Hand über die Stirn fahrend. – „Wer sang da?" wandte er sich dann zu den auspackenden Dienern; die Stimme schien ihm so bekannt. Ein Jäger meinte, es sei wohl der neue Gärtnerbursch aus Paris, der habe keine Ruhe gehabt in der Stadt; als sie fortgezogen, so sei er ihnen zu Pferde nachgekommen. „Der?"

– sagte der Graf – er konnte sich kaum auf den Burschen besinnen. Über den Zerstreuungen des Winters in Paris war er nicht oft in den Garten gekommen; er hatte den Knaben nur selten gesehn und wenig beachtet, um so mehr freute ihn seine Anhänglichkeit.

Indes war es beinahe Abend geworden, da hieß der Graf noch sein Pferd satteln, die Diener verwunderten sich, als sie ihn bald darauf so spät und ganz allein noch nach dem Walde hinreiten sahen. Der Graf aber schlug den Weg zu dem nahen Nonnenkloster ein, und ritt in Gedanken rasch fort, als gält es, ein lange versäumtes Geschäft nachzuholen; so hatte er in kurzer Zeit das stille Waldkloster erreicht. Ohne abzusteigen, zog er hastig die Glocke am Tor. Da stürzte ein Hund ihm entgegen, als wollt er ihn zerreißen, ein langer, bärtiger Mann trat aus der Klosterpforte und stieß den Köter wütend mit den Füßen; der Hund heulte, der Mann fluchte, eine Frau zankte drin im Kloster, sie konnte lange nicht zu Worte kommen. Der Graf, befremdet von dem seltsamen Empfang, verlangte jetzt schleunig die Priorin zu sprechen. – Der Mann sah ihn etwas verlegen an, als schämte er sich. Gleich aber wieder in alter Roheit gesammelt, sagte er, das Kloster sei aufgehoben und gehöre der Nation; er sei der Pächter hier. Weiter erfuhr nun der Graf noch, wie ein Pariser Kommissär das alles so rasch und klug geordnet. Die Nonnen sollten nun in weltlichen Kleidern hinaus in die Städte, heiraten und nützlich sein; da zogen alle in einer schönen stillen Nacht aus dem Tal, für das sie so lange gebetet, nach Deutschland hinüber, wo ihnen in einem Schwesterkloster freundliche Aufnahme angeboten worden.

Der überraschte Graf blickte schweigend umher, jetzt bemerkte er erst, wie die zerbrochenen Fenster im Winde klappten; aus einer Zelle unten sah ein Pferd schläfrig ins Grün hinaus, die Ziegen des Pächters weideten unter umgeworfenen Kreuzen auf dem Kirchhof, niemand wagte es, sie zu vertreiben; dazwischen weinte ein Kind im Kloster, als klagte es, daß es geboren in dieser Zeit. Im Dorfe aber war es wie ausgekehrt, die Bauern guckten scheu aus den Fenstern, sie hielten den Grafen für einen Herrn von der Nation. Als ihn aber nach und nach einige wiedererkannten, stürzte auf einmal alles heraus und umringte ihn, hungrig, zerlumpt und bettelnd. Mein Gott, mein Gott, dachte er, wie wird die Welt so öde! – Er warf alles

Geld, das er bei sich hatte, unter den Haufen, dann setzte er rasch die Sporen ein und wandte sich wieder nach Hause.

Es war schon völlig Nacht, als er in Dürande ankam. Da bemerkte er mit Erstaunen im Schloß einen unnatürlichen Aufruhr, Lichter liefen von Fenster zu Fenster, und einzelne Stimmen schweiften durch den dunklen Garten, als suchten sie jemand. Er schwang sich rasch vom Pferde und eilte ins Haus. Aber auf der Treppe stürzte ihm schon der Kammerdiener mit einem versiegelten Blatte atemlos entgegen: es seien Männer unten, die es abgegeben und trotzig Antwort verlangten. Ein Jäger, aus dem Garten hinzutretend, fragte ängstlich den Grafen, ob er draußen dem Gärtnerburschen begegnet? der Bursch habe ihn überall gesucht, der Graf möge sich aber hüten vor ihm, er sei in der Dämmerung verdächtig im Dorf gesehen worden, ein Bündel unterm Arm, mit allerlei Gesindel sprechend, nun sei er gar spurlos verschwunden.

Der Graf, unterdes oben im erleuchteten Zimmer angelangt, erbrach den Brief und las in schlechter, mit blasser Dinte mühsam gezeichneter Handschrift: „Im Namen Gottes verordne ich hiermit, daß der Graf Hippolyt von Dürande auf einem, mit dem gräflichen Wappen besiegelten Pergament die einzige Tochter des verstorbenen Försters am Schloßberg, Gabriele Dubois, als seine rechtmäßige Braut und künftiges Gemahl bekennen und annehmen soll. Dieses Gelöbnis soll heute bis elf Uhr nachts in dem Jägerhause abgeliefert werden. Ein Schuß aus dem Schloßfenster aber bedeutet: Nein. Renald."

„Was ist die Uhr?" fragte der Graf. – „Bald Mitternacht", erwiderten einige, sie hätten ihn so lange im Walde und Garten vergeblich gesucht. – „Wer von euch sah den Renald, wo kam er her?" fragte er von neuem. Alles schwieg. Da warf er den Brief auf den Tisch. „Der Rasende!" sagte er, und befahl für jeden Fall die Zugbrücke aufzuziehen, dann öffnete er rasch das Fenster, und schoß ein Pistol, als Antwort in die Luft hinaus. Da gab es einen wilden Widerhall durch die stille Nacht, Geschrei und Rufen und einzelne Flintenschüsse bis in die fernsten Schlünde hinein, und als der Graf sich wieder wandte, sah er in dem Saal einen Kreis verstörter Gesichter lautlos um sich her.

Er schalt sie Hasenjäger, denen vor Wölfen graute. „Ihr habt lange genug Krieg gespielt im Walde", sagte er, „nun wendet sich die Jagd, wir sind jetzt das Wild, wir müssen durch. Was wird es sein! Ein Tollhaus mehr ist wieder aufgeriegelt, der rasende Veitstanz geht durchs Land und der Renald geigt ihnen vor. Ich hab nichts mit dem Volk, ich tat ihnen nichts als Gutes, wollen sie noch Besseres, sie sollen's ehrlich fordern, ich gäb's ihnen gern, abschrecken aber laß ich mir keine Handbreit meines alten Grund und Bodens; Trotz gegen Trotz!"

So trieb er sie in den Hof hinab, er selber half die Pforten, Luken und Fenster verrammen. Waffen wurden rasselnd von allen Seiten herbeigeschleppt, sein fröhlicher Mut belebte alle. Man zündete mitten im Hofe ein großes Feuer an, die Jäger lagerten sich herum und gossen Kugeln in den roten Widerscheinen, die lustig über die stillen Mauern liefen – sie merkten nicht, wie die Raben, von der plötzlichen Helle aufgeschreckt, ächzend über ihnen die alten Türme umkreisten. – Jetzt brachte ein Jäger mit großem Geschrei den Hut und die Jacke des Gärtnerburschen, die er zu seiner Verwunderung beim Aufsuchen der Waffen im Winkel eines abgelegenen Gemaches gefunden. Einige meinten, das Bürschchen sei vor Angst aus der Haut gefahren, andere schworen, er sei ein Schleicher und Verräter, während der alte Schloßwart Nicolo, schlau lächelnd, seinem Nachbar heimlich etwas ins Ohr flüsterte. Der Graf bemerkte es. „Was lachst du?" fuhr er den Alten an; eine entsetzliche Ahnung flog plötzlich durch seine Seele. Alle sahen verlegen zu Boden. Da faßte er den erschrockenen Schloßwart hastig am Arm und führte ihn mit fort in einen entlegenen Teil des Hofes, wohin nur einige schwankende Schimmer des Feuers langten. Dort hörte man beide lange Zeit lebhaft miteinander reden, der Graf ging manchmal heftig an dem dunklen Schloßflügel auf und ab, und kehrte dann immer wieder fragend und zweifelnd zu dem Alten zurück. Dann sah man sie in den offenen Stall treten, der Graf half selbst eilig den schnellsten Läufer satteln, und gleich darauf sprengte Nicolo quer über den Schloßhof, daß die Funken stoben, durchs Tor in die Nacht hinaus. „Reit zu", rief ihm der Graf noch nach, „frag, suche bis ans Ende der Welt."

Nun trat er rasch und verstört wieder zu den andern, zwei der zuverlässigsten Leute mußten sogleich bewaffnet nach dem Dorf hinab, um den Renald draußen aufzusuchen; wer ihn zuerst sähe, solle ihm sagen: er, der Graf, wolle ihm Satisfaktion geben wie einem Kavalier und sich mit ihm schlagen, Mann gegen Mann – mehr könne der Stolze nicht verlangen.

Die Diener starrten ihn verwundert an, er aber hatte unterdes einen rüstigen Jäger auf die Zinne gestellt, wo man am weitsten ins Land hinaussehen konnte. „Was siehst du?“ fragte er, unten seine Pistolen ladend. Der Jäger erwiderte: die Nacht sei zu dunkel, er könne nichts unterscheiden, nur einzelne Stimmen höre er manchmal fern im Feld und schweren Tritt, als zögen viele Menschen lautlos durch die Nacht, dann alles wieder still. „Hier ist's lustig oben“, sagte er, „wie eine Wetterfahne im Wind – was ist denn das?“ –

„Wer kommt?“ fuhr der Graf hastig auf.

„Eine weiße Gestalt, wie ein Frauenzimmer“, entgegnete der Jäger, „fliegt unten dicht an der Schloßmauer hin.“ – Er legte rasch seine Büchse an. Aber der Graf, die Leiter hinauffliegend, war schon selber droben und riß dem Zielenden heftig das Gewehr aus der Hand. Der Jäger sah ihn erstaunt an. „Ich kann auch nichts mehr sehen“, sagte er dann halb unwillig und warf sich nun auf die Mauer nieder, über den Rand hinausschauend: „Wahrhaftig, dort an der Gartenecke ist noch ein Fenster offen, der Wind klappt mit den Laden, dort ist's hereingehuscht.“

Die Zunächststehenden im Hofe wollten eben nach der bezeichneten Stelle hineilen, als plötzlich mehrere Diener, wie Herbstblätter im Sturm über den Hof daherflogen! die Rebellen, hieß es, hätten im Seitenflügel eine Pforte gesprengt, andere meinten, der rotköpfige Waldwärter habe sie mit Hülfe eines Nachschlüssels heimlich durch das Kellergeschoß hereingeführt. Schon hörte man Fußtritte hallend auf den Gängen und Treppen und fremde, rauhe Stimmen da und dort, manchmal blitzte eine Brandfackel vorüberschweifend durch die Fenster. – „Hallo, nun gilt's, die Gäste kommen, spielt auf zum Hochzeitstanze!“ rief der Graf, in niegefühlter Mordlust aufschauernd. Noch war nur erst ein geringer Teil des Schlosses verloren; er ordnete rasch seine kleine Schar, fest entschlossen, sich lieber unter den Trümmern seines Schlosses zu begraben, als in diese rohen Hände zu fallen.

Mitten in dieser Verwirrung aber ging auf einmal ein Geflüster durch seine Leute: der Graf zeige sich doppelt im Schloß, der eine hatte ihn zugleich im Hof und am Ende eines dunkeln Ganges gesehen, einem andern war er auf der Treppe begegnet, flüchtig und auf keinen Anruf Antwort gebend, das bedeute seit uralter Zeit dem Hause großes Unglück. Niemand hatte jedoch in diesem Augenblick das Herz und die Zeit, es dem

Grafen zu sagen, denn soeben begann auch unten der Hof sich schon grauenhaft zu beleben; unbekannte Gesichter erschienen überall an den Kellerfenstern, die Kecksten arbeiteten sich gewaltsam hervor und sanken, ehe sie sich draußen noch aufrichten konnten, von den Kugeln der wachsamen Jäger wieder zu Boden, aber über ihre Leichen weg kroch und rang und hob es sich immer von neuem unaufhaltsam empor, braune verwilderte Gestalten, mit langen Vogelflinten, Stangen und Brecheisen, als wühlte die Hölle unter dem Schlosse sich auf. Es war die Bande des verräterischen Waldwärters, der ihnen heimtückisch die Keller geöffnet. Nur auf Plünderung bedacht, drangen sie sogleich nach dem Marstall und hieben in der Eile die Stränge entzwei, um sich der Pferde zu bemächtigen. Aber die edlen schlanken Tiere, von dem Lärm und der gräßlichen Helle verstört, rissen sich los und stürzten in wilder Freiheit in den Hof; dort mit zornig funkelnden Augen und fliegender Mähne, sah man sie bäumend aus der Menge steigen und Roß und Mann verzweifelnd durcheinanderringen beim wirren Wetterleuchten der Fackeln, Jubel und Todesschrei und die dumpfen Klänge der Sturmglocken dazwischen. Die versprengten Jäger fochten nur noch einzeln gegen die wachsende Übermacht; schon umringte das Getümmel immer dichter den Grafen, er schien unrettbar verloren, als der blutige Knäuel mit dem Ausruf: „Dort, dort ist er!“ sich plötzlich wieder entwirrte und alles dem andern Schloßflügel zuflog.

Der Graf, in einem Augenblick fast allein stehend, wandte sich tief aufatmend und sah erstaunt das alte Banner des Hauses Dürande drüben vom Balkon wehen. Es wallte ruhig durch die wilde Nacht, auf einmal aber schlug der Wind wie im Spiel die Fahne zurück – da erblickte er mit Schaudern sich selbst dahinter, in seinen weißen Reitermantel tief gehüllt, Stirn und Gesicht von seinem Federbusch umflattert. Alle Blicke und Röhre zielten auf die stille Gestalt, doch dem Grafen sträubte sich das Haar empor, denn die Blicke des furchtbaren Doppelgängers waren mitten durch den Kugelregen unverwandt auf ihn gerichtet. Jetzt bewegte es die Fahne, es schien ihm ein Zeichen geben zu wollen, immer deutlicher und dringender ihn zu sich hinaufwinkend.

Eine Weile starrt er hin, dann von Entsetzen überreizt, vergißt er alles andere und unerkannt den Haufen teilend, der wütend nach dem Haupttor dringt, eilt er selbst dem gespenstischen Schloßflügel zu. Ein heimlicher Gang, nur wenigen bekannt, führt seitwärts näher zum Balkon, dort stürzt er sich hinein; schon schließt die Pforte sich schallend hinter ihm, er tappt am Pfeiler einsam durch die stille Halle, da hört er atmen neben sich, es faßt ihn plötzlich bei der Hand, schauernd sieht er das Banner und den Federbusch im Dunkeln wieder schimmern. Da, den weißen Mantel zurückschlagend, stößt es unten rasch eine Tür auf nach dem stillen Feld, ein heller Mondblick streift blendend die Gestalt, sie wendet sich. – „Um Gottes willen, Gabriele!“ ruft der Graf und läßt verwirrt den Degen fallen.

Das Mädchen stand bleich, ohne Hut vor ihm, die schwarzen Locken aufgeringelt, rings von der Fahne wunderbar umgeben. Sie schien noch atemlos. „Jetzt zaudere nicht“, sagte sie, den ganz Erstaunten eilig nach der Tür drängend, „der alte Nicolo harrt deiner draußen mit dem Pferde. Ich war im Dorf, der Renald wollte mich nicht wiedersehn, so rannte ich ins Schloß zurück, zum Glück stand noch ein Fenster offen, da fand ich dich nicht gleich und warf mich rasch in deinen Mantel. Noch merken sie es nicht, sie halten mich für dich; bald ist's zu spät, laß mich und rette dich, nur schnell!“ – Dann setzte sie leiser hinzu: „und grüße auch das schöne Fräulein in Paris, und betet für mich, wenn's euch wohl geht.“

Der Graf aber, in tiefster Seele bewegt, hatte sie schon fest in beide Arme genommen und bedeckte den bleichen Mund mit glühenden Küssen. Da wand sie sich schnell los. „Mein Gott, liebst du mich denn noch, ich meinte, du freitest um das Fräulein?“ sagte sie voll Erstaunen, die großen Augen fragend zu ihm aufgeschlagen. – Ihm war's auf einmal, wie in den Himmel hineinzusehen. „Die Zeit fliegt heut entsetzlich“, rief er aus, „dich liebte ich immerdar, da nimm den Ring und meine Hand auf ewig, und so verlaß mich Gott, wenn ich je von dir lasse!“ – Gabriele, von Überraschung und Freude verwirrt, wollte niederknien, aber sie taumelte und mußte sich an der Wand festhalten. Da bemerkte er erst mit Schrecken, daß sie verwundet war. Ganz außer sich riß er sein Tuch vom Halse, suchte eilig mit Fahne, Hemd und Kleidern das Blut zu stillen, das auf einmal unaufhaltsam aus vielen Wunden zu quellen schien. In steigender, unsäglicher Todesangst blickte er nach Hülfe ringsumher, schon näherten sich verworrene Stimmen, er wußte nicht, ob es Freund oder Feind. Sie hatte währenddes den Kopf müde an seine Schulter gelehnt. „Mir flimmert's so schön vor den Augen“, sagte sie, „wie dazumal, als du durchs tiefe Abendrot noch zu mir kamst; nun ist ja alles, alles wieder gut.“

Da pfiff plötzlich eine Kugel durch das Fenster herein. „Das war der Renald!“ rief der Graf, sich nach der Brust greifend; er fühlte den Tod im Herzen. – Gabriele fuhr hastig auf. „Wie ist dir?“ fragte sie erschrocken. Aber der Graf, ohne zu antworten, faßte heftig nach seinem Degen. Das Gesindel war leise durch den Gang herangeschlichen, auf einmal sah er sich in der Halle von bewaffneten Männern umringt. – „Gute Nacht, mein liebes Weib!“ rief er da; und mit letzter, übermenschlicher Gewalt das von der Fahne verhüllte Mädchen auf den linken Arm schwingend, bahnt' er sich eine Gasse durch die Plünderer, die ihn nicht kannten und verblüfft von beiden Seiten vor dem Wütenden zurückwichen. So hieb er sich durch die offene Tür glücklich ins Freie hinaus, keiner wagte ihm aufs Feld zu folgen, wo sie in den schwankenden Schatten der Bäume einen heimlichen Hinterhalt besorgten.

Draußen aber rauschten die Wälder so kühl. „Hörst du die Hochzeitsglocken gehn?“ sagte der Graf; „ich spür schon Morgenluft.“ – Gabriele konnte nicht mehr sprechen, aber sie sah ihn still und selig an. – Immer ferner und leiser verhallten unterdes schon die Stimmen vom Schlosse her, der Graf wankte verblutend, sein steinernes Wappenschild lag zertrümmert im hohen Gras, dort stürzt' er tot neben Gabrielen zusammen. Sie atmeten nicht mehr, aber der Himmel funkelte von Sternen, und der Mond schien prächtig über das Jägerhaus und die einsamen Gründe; es war, als zögen Engel singend durch die schöne Nacht.

Dort wurden die Leichen von Nicolo gefunden, der vor Ungeduld schon mehrmals die Runde um das Haus gemacht hatte. Er lud beide mit dem Banner auf das Pferd, die Wege standen verlassen, alles war im Schloß, so brachte er sie unbemerkt in die alte Dorfkirche. Man hatte dort vor kurzem erst die Sturmglocke geläutet, die Kirchtür war noch offen. Er lauschte vorsichtig in die Nacht hinaus, es war alles still, nur die Linden säuselten im Wind, vom Schloßgarten hörte er die Nachtigallen schlagen, als ob sie im Traume schluchzten. Da senkte er betend das stille Brautpaar in die gräfliche Familiengruft und die Fahne darüber, unter der sie noch heut zusammen ausruhn. Dann aber ließ er mit traurigem Herzen sein Pferd frei in die Nacht hinauslaufen, segnete noch einmal die schöne Heimatsgegend und wandte sich rasch nach dem Schloß zurück, um seinen bedrängten Kameraden beizustehen; es war ihm, als könnte er nun selbst nicht länger mehr leben.

Auf den ersten Schuß des Grafen aus dem Schloßfenster war das raubgierige Gesindel, das durch umlaufende Gerüchte von Renalds Anschlag wußte, aus allen Schlupfwinkeln hervorgebrochen, er selbst hatte in der offenen Tür des Jägerhauses auf die Antwort gelauert und sprang bei dem Blitz im Fenster wie ein Tiger allen voraus, er war der erste im Schloß. Hier, ohne auf das Treiben der andern zu achten, suchte er mitten zwischen den pfeifenden Kugeln in allen Gemächern, Gängen und Winkeln unermüdlich den Grafen auf. Endlich erblickt' er ihn durchs Fenster in der Halle, er hört' ihn drin sprechen, ohne Gabrielen in der Dunkelheit zu bemerken. Der Graf kannte den Schützen wohl, er hatte gut gezielt. Als Renald ihn getroffen taumeln sah, wandte er sich tief aufatmend – sein Richteramt war vollbracht.

Wie nach einem schweren, löblichen Tagewerke, durchschritt er nun die leeren Säle in der wüsten Einsamkeit zwischen zertrümmerten Tischen und Spiegeln, der Zugwind strich durch alle Zimmer und spielte traurig mit den Fetzen der zerrissenen Tapeten.

Als er durchs Fenster blickte, verwunderte er sich über das Gewimmel fremder Menschen im Hofe, die ihm geschäftig dienten wie das Feuer dem Sturm. Ein seltsam Gelüsten funkelte ihn da von den Wänden an aus dem glatten Getäfel, in dem der Fackelschein sich verwirrend spiegelte, als äugelte der Teufel mit ihm. – So war er in den Gartensaal gekommen. Die Tür stand offen, er trat in den Garten hinaus. Da schauerte ihn in der plötzlichen Kühle. Der untergehende Mond weilte noch zweifelnd am dunkeln Rand der Wälder, nur manchmal leuchtete der Strom noch herauf, kein Lüftchen ging, und doch rührten sich die Wipfel, und die Alleen und geisterhaften Statuen warfen lange, ungewisse Schatten dazwischen, und die Wasserkünste spielten und rauschten so wunderbar durch die weite Stille der Nacht. Nun sah er seitwärts auch die Linde und die mondbeglänzte Wiese vor dem Jägerhause; er dachte sich die verlorne Gabriele wieder in der alten unschuldigen Zeit als

Kind mit den langen dunkeln Locken, es fiel ihm immer das Lied ein: „Gute Nacht, mein Vater und Mutter, wie auch mein stolzer Bruder" – es wollte ihm das Herz zerreißen, er sang verwirrt vor sich hin, halb wie im Wahnsinn:

„Meine Schwester, die spielt' an der Linde. –
Stille Zeit, wie so weit, so weit!
Da spielten so schöne Kinder
Mit ihr in der Einsamkeit.

Von ihren Locken verhangen,
Schlief sie und lachte im Traum,
Und die schönen Kinder sangen
Die ganze Nacht unterm Baum.

Die ganze Nacht hat gelogen,
Sie hat mich so falsch gegrüßt,
Die Engel sind fortgeflogen
Und Haus und Garten stehn wüst.

Es zittert die alte Linde
Und klaget der Wind so schwer,
Das macht, das macht die Sünde –
Ich wollt, ich läg im Meer –

Die Sonne ist untergegangen
Und der Mond im tiefen Meer,
Es dunkelt schon über dem Lande;
Gute Nacht! seh dich nimmermehr."

„Wer ist da?" rief er auf einmal in den Garten hinein. Eine dunkle Gestalt unterschied sich halb kenntlich zwischen den wirren Schatten der Bäume; erst hielt er es für eins der Marmorbilder, aber es bewegte sich, er ging rasch darauf los, ein Mann versuchte sich mühsam zu erheben, sank aber immer wieder ins Gras zurück. „Um Gott, Nicolo, du bist's!" rief Renald erstaunt; „was machst du hier?" – Der Schloßwart wandte sich mit großer Anstrengung auf die andere Seite, ohne zu antworten.

„Bist du verwundet?" sagte Renald, besorgt näher tretend, „wahrhaftig an dich dacht ich nicht in dieser Nacht. Du warst mir der liebste immer unter allen, treu, zuverlässig, ohne Falsch; ja, wär die Welt wie du! Komm nur mit mir, du sollst herrschaftlich leben jetzt im Schloß auf deine alten Tage, ich will dich über alle stellen."

Nicolo aber stieß ihn zurück: „Rühre mich nicht an, deine Hand raucht noch von Blut."

„Nun", entgegnete Renald finster, „ich meine, ihr solltet mir's alle danken, die wilden Tiere sind verstoßen in den wüsten Wald, es bekümmert sich niemand um sie, sie müssen sich ihr Futter selber nehmen – bah, und was ist Brot gegen Recht?"

„Recht?" sagte Nicolo, ihn lange starr ansehend, „um Gottes willen, Renald, ich glaube gar, du wußtest nicht –"

„Was wußt ich nicht?" fuhr Renald hastig auf.

„Deine Schwester Gabriele –"

„Wo ist sie?"

Nicolo wies schweigend nach dem Kirchhof; Renald schauderte heimlich zusammen. „Deine Schwester Gabriele", fuhr der Schloßwart fort, „hielt schon als Kind immer große Stücke auf mich, du weißt es ja; heut abend nun in der Verwirrung, eh's noch losging, hat sie in ihrer Herzensangst mir alles anvertraut."

Renald zuckte an allen Gliedern, als hinge in der Luft das Richtschwert über ihm. „Nicolo", sagte er drohend, „belüg mich nicht, denn dir, gerade dir glaube ich."

Der Schloßwart, seine klaffende Brustwunde zeigend, erwiderte: „Ich rede die Wahrheit, so wahr mir Gott helfe, vor dem ich noch in dieser Stunde stehen werde! – Graf Hippolyt hat deine Schwester nicht entführt."

„Hoho", lachte Renald, plötzlich wie aus unsäglicher Todesangst erlöst, „ich sah sie selber in Paris am Fenster in des Grafen Haus."

„Ganz recht", sagte Nicolo, „aus Lieb ist sie bei Nacht dem Grafen heimlich nachgezogen aus dem Kloster." –

„Nun siehst du, siehst du wohl? ich wußt's ja doch. Nur weiter, weiter", unterbrach ihn Renald; große Schweißtropfen hingen in seinem wildverworrenen Haar.

„Das arme Kind", erzählte Nicolo wieder, „sie konnte nicht vom Grafen lassen; um ihm nur immer nahe zu sein, hat sie verkleidet als Gärtnerbursche sich verdungen im Palast, wo sie keiner kannte."

Renald, aufs äußerste gespannt, hatte sich unterdes neben dem Sterbenden, der immer leiser sprach, auf die Knie hingeworfen, beide Hände vor sich auf die Erde gestützt. „Und der Graf", sagte er, „der Graf, aber der Graf, was tat der? Er lockte, er kirrte sie, nicht wahr?"

„Wie sollt er's ahnen!" fuhr der Schloßwart fort; „er lebte wie ein loses Blatt im Sturm von Fest zu Fest. Wie oft stand sie des Abends spät in dem verschneiten Garten vor des Grafen Fenstern, bis er nach Hause kam, wüst, überwacht – er wußte nichts davon bis heute abend. Da schickt' er mich hinaus, sie aufzusuchen; sie aber hatte sich dem Tode schon geweiht, in seinen Kleidern euch täuschend wollte sie eure Kugeln von seinem Herzen auf ihr eigenes wenden – o jammervoller Anblick – so fand ich beide tot im Felde Arm in Arm – der Graf hat ehrlich sie geliebt bis in den Tod – sie beide sind schuldlos – rein – Gott sei uns allen gnädig!"

Renald war über diese Worte ganz still geworden, er horchte noch immer hin, aber Nicolo schwieg auf ewig, nur die Gründe rauschten dunkel auf, als schauderte der Wald.

Da stürzte auf einmal vom Schloß die Bande siegestrunken über Blumen und Beete daher, sie schrien Vivat und riefen den Renald im Namen der Nation zum Herrn von Dürande aus. Renald, plötzlich sich aufrichtend, blickte wie aus einem Traum in die Runde. Er befahl, sie sollten schleunig alle Gesellen aus dem Schlosse treiben und keiner, bei Lebensstrafe, es wieder betreten, bis er sie riefe. Er sah so schrecklich aus, sein Haar war grau geworden über Nacht, niemand wagte es, ihm jetzt zu widersprechen. Darauf sahen sie ihn allein rasch und schweigend in das leere Schloß hineingehen, und während sie noch überlegen, was er vorhat und ob sie ihm gehorchen oder dennoch folgen sollen, ruft einer erschrocken aus: „Herr Gott, der rote Hahn ist auf dem Dach!" und mit Erstaunen sehen sie plötzlich feurige Spitzen bald da bald dort aus den zerbrochenen Fenstern schlagen und an dem trocknen Sparrwerk hurtig nach dem Dache klettern. Renald, seines Lebens müde, hatte eine brennende Fackel ergriffen und das Haus an allen vier Ecken angesteckt. – Jetzt, mitten durch die Lohe, die der Zugwind wirbelnd faßte, sahen sie den Schrecklichen eilig nach dem Eckturme schreiten, es war, als schlüge Feuer auf, wohin er trat. Dort in dem Turme liegt das Pulver, hieß es auf einmal, und voll Entsetzen stiebte alles über den Schloßberg auseinander. Da tat es gleich darauf einen furchtbaren Blitz und donnernd stürzte das Schloß hinter ihnen zusammen. Dann wurde alles still! wie eine Opferflamme, schlank, mild und prächtig stieg das Feuer zum gestirnten Himmel auf, die Gründe und Wälder ringsumher erleuchtend – den Renald sah man nimmer wieder.

Das sind die Trümmer des alten Schlosses Dürande, die weinumrankt in schönen Frühlingstagen von den waldigen Bergen schauen. – Du aber hüte dich, das wilde Tier zu wecken in der Brust, daß es nicht plötzlich ausbricht und dich selbst zerreißt.

DIE ENTFÜHRUNG

Der Abend senkte sich schon über der fruchtbaren Landschaft, welche die Loire durchströmt, als ein junger Mann, jagdmüde und mit der Büchse über dem Rücken aus dem Walde tretend, unerwartet zwischen den grünen Bergen in der schönsten Einsamkeit ein altes Schloß erblickte. Er konnte durch die Wipfel nur erst Dach und Türme sehen, von Efeu überwachsen, mit geschlossenen Fenstern, halb wie im Schlafe. Neugierig drang er durch das verworrene Gebüsch die Anhöhe hinan, es schien der ehemalige Schloßgarten zu sein, denn künstliche Hecken durchschnitten oben den Platz, weiterhin schimmerte noch eine weiße Statue durch die Zweige, aber rings aus den Tälern ging der Frühling, mit Waldblumen funkelnd, lustig über die gezirkelten Beete und Gänge, alles prächtig verwildernd.

Jetzt, um eine Hecke biegend, sah er auf einmal das ganze Schloß vor sich, mitten im Grün, als wollt's in alle Fenster steigen; auf der steinernen Rampe vor der Saaltür, vom Abendrot beschienen, saßen eine ältliche Dame und eine schlanke Mädchengestalt am Stickrahmen, ein zahmes Reh graste neben ihnen in der schönen Wildnis, alle drei den Ankommenden erstaunt betrachtend.

Dieser stutzte überrascht, aber schnell entschlossen näherte er sich den Frauen und entschuldigte mit vielem Anstand seinen unwillkürlichen Überfall, er kenne hier die Waldgrenzen noch zu wenig, so sei er in dies fremde Revier geraten und lege nun als Wildschütz sein Geschick in ihre Hände. Die alte Dame, ohne seine Entschuldigung besonders zu beachten und ihn vom Kopf bis zu den Füßen mit den Blicken messend, bat ihn, da er fein gekleidet erschien, ziemlich kalt, neben ihnen Platz zu nehmen, indem sie auf einen Lehnstuhl wies, den auf ihren Wink ein bejahrter Diener in etwas verschossener Livree soeben aus dem Gartensaal brachte.

Die Unterhaltung stockte einen Augenblick, aber der Fremde, der sich in der maskenhaften Freiheit eines Unbekannten zu gefallen schien, wußte bald mit großer Gewandtheit das Gespräch zu ergreifen und zu beleben. Sie sprachen demnächst von der Räuberbande, die sich in diesem Frühjahr hier zwischen den Bergen eingenistet und durch ihre verwegenen Züge die ganze Gegend in Furcht und Schrecken setzte. Der Gast sagte lachend, das komme von der langen Friedenszeit, da spiele der Krieg, der sich sein Recht nicht nehmen lasse, auf seine eigne Hand im Lande. Der Mensch verlange immer etwas Außerordentliches, und wenn es das Entsetzlichste wäre, um nur dem unerträglichsten Übel, der Langenweile, zu entkommen. – Die neueste Zeitung lag soeben auf dem Tischchen vor ihnen, sie enthielt eine ungefähre Personbeschreibung des vermutlichen Hauptmannes der Bande. Der Fremde las sie mit großer Aufmerksamkeit, und es fiel der Dame auf, da er darauf um die Erlaubnis bat, das Blatt mitzunehmen, und es hastig einsteckte.

Währenddes war Frenel, der alte Diener, mit sichtbaren Zeichen von Bestürzung wieder hinzugetreten. Er schien aus dem Hofe zu kommen, und der Dame einen heimlichen Wink gebend, sprach er lange leise und lebhaft mit ihr im Hintergrunde des Saales. Er meldete, daß sich im Walde unweit des Schlosses unbekannte, bewaffnete Männer zu Pferde gezeigt, sie hielten ein lediges Roß, das schöner und kostbarer gezäumt als die andern. Der Waldhirte, der unbemerkt in ihrer Nähe gewesen, habe deutlich vernommen, wie sie von ihrem Herrn geredet, mehrmals ungeduldig nach dem Schlosse schauend, als ob sie jemanden von hier erwarteten. – Die alte Dame, bei dieser seltsamen Nachricht einen Augenblick nachsinnend, überflog unwillkürlich in Gedanken die Beschreibung des Räuberhauptmannes aus der Zeitung, er war als ein junger, schöner, weltgewandter Mann geschildert – es fuhr ihr auf einmal wie ein Blitz durch die Seele, wie alles gar wohl auf ihren rätselhaften Gast bezogen werden konnte.

Indem sie so in großer Bewegung mit sich selber schnell beriet, wie sie in dieser sonderbaren Lage sich zu benehmen habe, schien der Fremde von alledem nichts zu bemerken. Er unterhielt sich heiter und angelegentlich mit dem Fräulein, während der Abend über dem wilden Garten schon immer tiefer hereindunkelte. Da fiel plötzlich ein Schuß unten im Walde. Die Dame trat entschlossen einige Schritte auf den Fremden zu. „Das sind meine Leute“, sagte dieser, rasch aufspringend. – „Ihre Leute?“ – „Gewiß“, erwiderte er. – Da er aber auf einmal den Schreck der erbleichten Dame bemerkte, entschuldigte er sich abermals wegen dieser Unruhe, versprach den Frevler ernstlich zu bestrafen und nahm sogleich Abschied, indem er, flüchtig seinen Namen nennend, noch um die Erlaubnis bat, wiederkommen zu dürfen. Aber niemand hörte oder antwortete ihm in der Verwirrung: so flog er den Schloßberg hinab. Der Abend tat noch einen roten, falschen Blick über die Bergkuppen, unten war schon alles finster und still, man hörte nur den Hufschlag von mehreren Rossen den Waldgrund entlang. Das Fräulein, das nun auch den entsetzlichen Verdacht vernommen, rief aufs tiefste erschrocken: „O Gott, o Gott, er kommt gewiß wieder!"

Wirklich konnte die Lage der verwitweten Marquise Astrenant – so hieß die Dame – gerechte Besorgnis erregen. Die Erinnerung an den alten Glanz und den verschwenderischen Aufwand ihres verstorbenen Gemahls war in der Gegend noch frisch genug, um die Anschläge des Raubgesindels auf das abgelegene Schloß zu lenken, und doch war sie in der Tat so verarmt, daß sie nicht daran denken konnte, in diesem Augenblick mit ihrer Tochter Leontine diese gefährliche Einsamkeit zu verlassen. In dieser Not fiel ihr ein, daß der Graf Gaston, wie sie von ihren Leuten gehört, soeben auf kurze Zeit auf einem seiner benachbarten Jagdschlösser angekommen war. Diesen glücklichen Umstand benutzend, stellte sie dem Grafen, obgleich sie ihn noch nicht persönlich kannte, schriftlich in wenigen Worten ihre Abgeschiedenheit und Gefahr vor und beschwor ihn, als Nachbar sie in ihrer hülflosen Lage zu beschützen. Mit diesem Briefe wurde noch denselben Abend ein reitender Bote nach dem Jagdschlosse gesandt.

So war die Nacht allen unter mancherlei Vorsichtsmaßregeln schlaflos vergangen. Schon am folgenden Morgen aber erhielten sie die Antwort: der Graf werde nicht ermangeln, ihren Wünschen nach Kräften zu entsprechen und womöglich heute noch selbst seine Aufwartung machen. Diese Zusage und das tröstliche Morgenlicht hatten alle Sorge gewendet. Sie schämten sich fast und lachten über die übertriebene Furcht und Besorgnis, womit die Wälder ringsumher im Dunkeln sie geschreckt. Und wie nach Gewittern oft ein heiterer Glanz über die Landschaft fliegt, so brachte auch hier der angekündigte Besuch des Grafen Gaston sehr bald das ganze stille Haus in eine ungewohnte fröhliche Bewegung. Die gläsernen Kronleuchter, die so lustig funkelten, wurden sorgfältig geputzt, die verstaubten Tapeten ausgeklopft und Teppiche gelüftet, der Morgen glänzte durch die verbleichten, rotseidenen Gardinen seltsam auf dem getäfelten Boden der Zimmer, während draußen über dem sonnigen Rasenplatz vor dem Hause die Schwalben jauchzend hin und her schossen. Leontine erschien besonders fleißig, sie war aufgewachsen zwischen diesen Trümmern des früheren Glanzes, nun schien ihr alles so prächtig, weil es ins Morgenrot ihrer Kindheit getaucht. Die Marquise lächelte schmerzlich, aber sie mochte die Freude der Tochter nicht stören.

Die Sonne stieg indes und senkte sich schon wieder nach den Tälern, und der Graf war zu ihrem Befremden noch immer nicht angekommen, noch hatte er den ganzen Tag über etwas von sich hören lassen. Sie mußten seinen Besuch für heute schon aufgeben, und als endlich der Abend von neuem die Wälder färbte, saßen beide Frauen, durch die Geschäftigkeit des Tages zerstreut und zuversichtlicher geworden, wie sonst, wieder auf der steinernen Rampe vor dem Garten an ihrer Arbeit, als wäre eben nichts vorgefallen. Leontine, in vergeblicher Erwartung des Grafen, war geschmückt wie eine arme Braut, die nicht weiß, wie schön sie in ihrer Armut ist. Aber die Abendsonne blitzte über ihre frischen Augen und hüllte sie ganz in ihr schönstes, goldnes Kleid, und ihr Reh sah von fern verwundert nach der prächtigen Herrin, es war, als hätt es alle seine Spielkameraden mit herbeigerufen, so neugierig wimmelten die Waldvögel im Garten und guckten durch die Zweige und schwatzten vergnügt untereinander. Vor dem Hause aber ging die Abendluft lind durch die Blumen unter ihnen. Leontine sah oft in Gedanken über ihre Arbeit ins Tal hinaus und sang:

„Überm Lande die Sterne
Machen die Runde bei Nacht,
Mein Schatz ist in der Ferne,
Liegt am Feuer auf der Wacht.“

Die Marquise sagte: „Das hast du von unserm alten Frenel, da er noch Soldat war; sollte man doch glauben, du hättst einen Offizier zum Liebsten.“ Leontine lachte und sang weiter:

„Übers Feld bellen Hunde,
Wenn der Mondschein erblich,

Rauscht der Wald auf im Grunde:
Reiter, jetzt hüte dich!"

„Ist's denn schon so spät?" unterbrach sie sich selbst, „sie läuten ja schon die Abendglocken, der Wind kommt über den Wald her, wie schön das klingt aus der Ferne herüber." Sie sang von neuem:

„Um das Lager im Dunkeln
Jetzt schleichen sie sacht,
Die Gewehre schon funkeln –
So falsch ist die Nacht!"

„Was steigt denn da für ein Rauch auf im Walde?" fragte hier die Mutter. – „Es wird wohl der Köhler sein", erwiderte Leontine, aber sie sah doch gespannt hin und sang zögernd:

„Ein Gesell durchs Gesteine
Geht sacht in ihrer Mitt,
Es rasseln ihm die Beine –
Hat einen leisen, leisen Tritt –"

„Nein!" sprang sie auf, „das ist ein Brand, da schlägt ja die helle Flamme auf, horch, sie läuten die Sturmglocken drüben!"

Indem nun beide sich erhoben, hörten sie in derselben Richtung ein paarmal schießen, dann war alles wieder still. „Da haben gewiß die Nachbarn großes Jagen", sagte die Marquise, „sie können nun einmal nicht fröhlich sein ohne Lärm." Da sie aber jetzt das Schloßgesinde am Abhange des Gartenberges versammelt sah, in großer Aufregung untereinander redend und nach jener Gegend hinausschauend, rief sie hinab: was es gebe? – „Blutige Köpfe!" hieß es zurück, der Waldwärter sei eben aus den Bergen gekommen, der Graf Gaston habe vor Tagesanbruch heimlich alle seine Bauern und Jäger bewaffnet und die Räuberbande aufgespürt und treibe sie von einem brennenden Schlupfwinkel zum andern durch den Wald, es gehe scharf her da drüben! – Da wandte sich Leontine, die bisher wie im Traume gestanden, plötzlich herum, sie sagte: es sei schändlich und gottlos, die Schlafenden zu überfallen und Menschen zu hetzen wie die wilden Tiere! – Die Mutter sah sie erstaunt an. Aber sie hatte keine Zeit, dem sonderbaren Betragen der Tochter nachzudenken, denn der alte Frenel trat soeben voll Eifer aus dem Hause, er hatte hastig seine Büchse geladen und wollte mit hinunter. Die Marquise beschwor ihn, zum Schutze bei ihnen zu bleiben, wenn etwa einzelne versprengte Räuber hier vorüberschweiften, die andern sollten das Hoftor schließen, sich mit Beilen und Sensen versehen und den offenen Garten umstellen.

Leontine aber war indes schon in das obere Stockwerk gestiegen, die Fledermäuse in den wüsten Sälen schossen verstört aus den offenen Fenstern, sie schaute aus einem Erker angestrengt in die Waldgründe hinaus, als wollte sie durch die Wipfel sehen. Es dunkelte schon über den Tälern, die Schüsse schienen näher zu kommen, manchmal brachte der Wind einen wilden Schrei aus der Ferne herüber, vom Walde sah sie ein Reh von dem Lärm erschrocken unten über die Wiese fliegen. O wäre ich doch ein Mann! dachte sie tausendmal; dazwischen betete sie wieder still im Herzen vor der aufsteigenden Nacht, dann lehnte sie sich weit aus dem Fenster und winkte mit ihrem weißen Schnupftuch über die dunkeln Wälder, sie wußte selbst nicht, was sie tat.

Jetzt hörte sie, wie unten im Garten nach und nach mehrere Boten zurückkamen, die die Mutter auf Kundschaft ausgeschickt; sie konnte in der Stille jedes Wort vernehmen. Die Bande, hieß es, sei völlig geschlagen, gefangen oder zerstreut. Ein anderer erzählte von der außerordentlichen Kühnheit des Grafen Gaston, wie er, überall der erste voran, den Hauptmann selber aufs Korn genommen. Auf der Felsenkante im Walde seien sie endlich aneinandergeraten, da habe der Graf ihn, immerfort fechtend, samt dem Pferde über den Abhang hinabgestürzt. Aber Unkraut verdirbt nicht, unten sich überkugelnd, seien Roß und Reiter, wie die Katzen, wieder auf die Beine gekommen; nun jagten sie alle den Räuber hier nach dem Schlosse zu, aber er sei ganz umzingelt, er könne nicht mehr entwischen. – „Gott segne den tapfern Grafen!“ rief die Marquise bei diesem Berichte aus, „er hat ritterlich sein Wort gelöst.“

Leontine aber sah wieder unverwandt nach dem Walde, denn draußen hatte die wilde Jagd sich plötzlich gewendet, ein Schuß fiel ganz nah, darauf mehrere, immer näher und näher, man sah die einzelnen Schüsse blitzen im Dunkeln. Auf einmal glaubte sie einen Reiter in verzweifelter Flucht längs dem

Saume des Waldes flimmern zu sehen, die Jäger des Grafen, eine andere Fährte einschlagend, schienen ihn nicht zu bemerken, er flog gerade nach dem Schlosse her. Da, in wachsender Todesangst sich plötzlich aufraffend, stürzt sie pfeilschnell über die steinernen Treppen durch das stille Haus hinab und unten an dem alten Walle durch eine geheime Pforte, den Riegel sprengend, ins Freie. Als sie aber am Fuß des Schloßberges atemlos anlangt, vor Ermattung fast in die Knie sinkend, kommt auch der Reiter schon durch die dunkelnde Luft daher – es war, wie sie geahnt, der Fremde von gestern, verstört, mit fliegenden Haaren, sein Pferd ganz von Schaum bedeckt.

„Was wollen Sie hier?" rief sie ihm schon von fern entgegen. – Er, bei ihrem Anblick stutzend, hielt schnell an und, sich vom Pferde schwingend, erwiderte er höflich: er wolle, seinem Versprechen gemäß, sie und die Marquise noch einmal begrüßen. – „Um Gottes willen, sind Sie rasend! heut, in dieser Stunde?" – Der Reiter entschuldigte sich, der Kampf sei ernster geworden und habe ihn länger aufgehalten, als er gedacht, es sei der einzige noch übrige Augenblick, er müsse sogleich wieder weiter. – „Oh, Gott, ich weiß", fiel Leontine ein. – „Sie wissen? –"

Leontine schauderte, da er, dicht vor ihr, sie auf einmal so durchdringend ansah. – „Sie bluten", sagte sie dann erschrokken. – „Nur ein Streifschuß", entgegnete er; „doch Sie haben recht", fuhr er lächelnd fort, „es ziemt sich nicht, in diesem Zustande bei Damen Besuche abzustatten." Aber Leontine hörte kaum mehr, was er sprach, sie stand in tiefen Gedanken. „Ich wüßte wohl einen verborgenen Ort für diese Nacht", sagte sie darauf schnell und leise, „wenn nur – nein, nein, es ist unmöglich! Das Schloß ist voll Leute, vielleicht kommt der Graf selbst noch." – Und den Fremden in steigender, höchster Angst fortdrängend, wies sie ihm einen abgelegenen Fußsteig, der führe zu einer Furt des Flusses, da solle er hinüber, dann den Pfad rechts einschlagen – „nur schnell, schnell", flehte sie, „da kommen schon Leute zwischen den Bäumen, sie suchen – " „Wen?" fragte der Reiter, sich rasch umsehend. – „O mein Gott", rief Leontine fast weinend, „Sie selbst, den unglücklichen Hauptmann!" – Der Fremde, bei diesen Worten plötzlich wie aus einem Traume erwachend, schlug schnell den Mantel zurück und nahm sie in beide Arme: „Kind, Kind, wie liebst du mich so schön! Das werde ich dir gedenken mein Lebelang, du sollst noch von dem Räuberhauptmann hören. – Jetzt drängt die Zeit. Grüße die Mutter oben, sag ihr, das Land sei frei, sie könne ohne Sorgen schlafen, leb wohl!“ – Noch vom Pferde aber bat er sie um ihr weißes Tuch, sie reicht' es ihm zögernd; das wollte er um seine Wunde schlagen, da heilt' es über Nacht. – So ritt er fort.

Jetzt bemerkte sie erst, daß ihr Handschuh blutig geworden von seinem Arm, sie verbarg ihn, heftig an allen Gliedern zitternd. Im Walde indes und droben im Schlosse gingen verworrene Stimmen, sie sah noch immer dem Reiter nach und atmete tief auf, als er endlich in der schirmenden Wildnis verschwunden. Dann setzte sie sich auf den Rasen, den Kopf in beide Hände gestützt, und weinte bitterlich.

Noch in derselben Nacht brach auch Graf Gaston von seinem Jagdschlosse wieder auf, wohin er nur erst vor wenigen Tagen mit dem Ruhme eines ausgezeichneten Offiziers aus fremdem Kriegsdienste zurückgekehrt, um sich in der Einsamkeit zu erholen. Aber der Ruf seiner Tapferkeit war ihm längst nach Paris vorangeeilt, und fast gleichzeitig mit der Bitte der Marquise um seinen Schutz vor den Räubern erhielt er den unerwarteten Befehl des Königs, sich unverzüglich an den Hof zu begeben, wo man bei den damaligen heimlichen Kriegsrüstungen seine Erfahrung benutzen wollte. So war es gekommen, daß er, um sein Wort gegen die besorgte Dame zu lösen, die Räuberjagd auf das gewaltsamste beschleunigt, dann aber keine Zeit mehr übrig hatte, bei der Marquise noch den versprochenen Besuch abzustatten.

In Paris zog er wie im Triumphe ein. Der frische Lorbeerkranz stand der hohen, schlanken Gestalt gar anmutig zu dem gebräunten Gesicht. Nun folgte ihm auch noch das vergrößernde Gerücht der Kühnheit, womit er soeben die lange vergeblich aufgesuchte Räuberbande wie im Fluge zwischen den Bergen vernichtet. Der König selbst hatte ihn ausgezeichnet empfangen, jedermann wollte ihn kennenlernen und die Damen sahen scheu und neugierig durch die Fenstergardinen, wenn er im vollen Schmuck soldatischer Schönheit die Straßen hinabritt. – Unter ihnen aber zog nur e i n e seine Aufmerksamkeit auf sich und diese hatte er bis jetzt noch nirgend erblickt.

Ganz Paris sprach damals von der jungen, reichen Gräfin

Diana, einer amazonenhaften, spröden Schönheit mit rabenschwarzem Haar und dunkeln Augen. Einige nannten sie ein prächtiges Gewitter, das über die Stadt fortzöge, unbekümmert, ob und wo es zünde; andere verglichen sie mit einer zauberischen Sommernacht, die, alles verlockend und verwirrend, über seltsame Abgründe scheine. So fremd und märchenhaft erschien diese wilde Jungfräulichkeit an dem sittenlosen Hofe.

Über ihr früheres Leben konnte Graf Gaston nur wenig erfahren. Schon als Kind elternlos und auf dem abgelegenen Schlosse ihres Vormunds ganz männlich erzogen, soll sie diesen in allen Reiter- und Jagdkünsten sehr bald übertroffen haben. Da verliebte sich, so hieß es, der unkluge Vormund sterblich in das wunderbare Mädchen, dem schon längst der benachbarte junge Graf Olivier mit aller schüchternen Schweigsamkeit der ersten Liebe heimlich zugetan war. Um den Vormund zu vermeiden, hatte er, wie von einem Spazierritt oder vom Jagen zurückkehrend, sich fast jeden Abend, wenn im Schlosse schon alles schlief, unter ihren Fenstern eingefunden, wo sie in der Stille der Nacht, da sie seine zärtlichen Blicke nicht verstand, sorglos und fröhlich mit ihm zu plaudern pflegte. – Jetzt aber, da er eines Abends spät wiederkommt, trifft er zu seinem Erstaunen die Gräfin reisefertig draußen im Garten. Sie verlangt ein Pferd von ihm, sie könne mit dem Vormund nicht länger zusammenwohnen. Überrascht und einen Augenblick ungemessenen Hoffnungen Raum gebend, bietet er ihr sein eigenes Roß an und schwingt sich freudig auf das seines Dieners, der unter den hohen Bäumen am Garten hielt. So reiten sie lange schweigend durch den Wald. Da öffnet ihm die schöne Einsamkeit das Herz, er spricht zum erstenmal glühend von seiner Liebe zu ihr, während sie eben an einem tiefen Felsenriß dahinziehn. Diana, bei seinen Worten erschrocken auffahrend, sieht ihn verwundert von der Seite an, drauf, nach kurzem Besinnen plötzlich ihr Pferd herumwerfend, setzt sie grauenhaft über die entsetzliche Kluft – sein störrisches Pferd bäumt und sträubt sich, er kann nicht nach. Drüben aber hört er sie lachen und eh sie im Walde verschwunden, blitzt noch einmal die ganze Gestalt seltsam im Mondlicht auf; es war ihm, als hätt er eine Hexe erblickt. – So kam sie mitten in der Nacht ohne Begleitung auf dem Landhaus ihrer Tante bei Paris an. Olivier aber hatte wenige Tage darauf seine Güter verlassen und fiel im Auslande im Kriege; man sagt, er habe sich selbst in den Tod gestürzt.

Der Tor! dachte Gaston, wer schwindelig ist, jage nicht Gemsen! Es war ihm recht wie Alpenluft bei der Erzählung von der schönen Gräfin, und er freute sich auf das bevorstehende Hoffest, wo er ihr endlich einmal zu begegnen hoffte.

Der Ball bei Hofe war halb schon verrauscht, als Gaston, den Besuch, Freunde und alte Erinnerungen auf jedem Schritte aufgehalten hatten, in seinen Domino gewickelt, die Treppen des königlichen Schlosses hinaufeilte. Betäubt, geblendet trat er mitten aus der Nacht in das erschreckende Gewirr der Masken, die sich gespenstisch schrillend kreuzten, durchblitzt vom grünen Gefunkel der Kronleuchter und in den Spiegelwänden tausendfach verdoppelt, wie wenn das heidnische Gewimmel von den gemalten Decken der Gemächer plötzlich lebendig geworden und herabgestiegen wäre.

Als er, sich mühsam durchdrängend, endlich den großen Saal erreicht, fiel eben die Musik majestätisch in eine Menuett ein, die tanzfertigen Paare, einander an den Fingerspitzen haltend, verneigten sich feierlich gegen den Eingang, als wollten sie den Eintretenden bewillkommnen, der sich nicht enthalten konnte, die Begrüßung mit einem tiefen Kompliment lustig zu erwidern. Da schwang der Kapellmeister auf dem goldverschnörkelten Chor seine Rolle wieder: ein neuer Akkord, und wie auf einen Zauberschlag mit den taftenen Gewändern auseinanderrauschend, auf den Zehen sich zierlich wendend und wieder verschlingend, wogt' es auf einmal melodisch den ganzen, kerzenhellen Saal entlang.

Gaston aber sah wie ein Falk durch die duftende Tanzwolke, denn sooft sie sich teilte, erblickte er im Hintergrunde mitten zwischen den fliegenden Schößen und Reifröcken, gleich einer Landschaft durch Nebelrisse, eine prächtige Zigeunerfürstin, hoch, schlank, mit leuchtendem Schmuck, die Locken aufgeringelt über die glänzenden Schultern.

Und wie er noch so hinstarrend stand, kam sie selber quer durch den Saal und ein Kometenschweif galanter Masken hinter ihr, die ihr eifrig den Hof zu machen schienen. Sie war in seltsamer Geschäftigkeit. Aus ihrem Handkörbchen ein Band aufrollend, schwang sie es plötzlich wie einen Regenbogen über die Verliebten, jeder griff und haschte graziös darnach. Drauf hier und dort durch den Haufen sich schlingend und alle wie mit Zaubersprüchen rasch umgehend, das eine Ende des

Bandes fest in der Hand, schlang sie's behend dem einen um den Hals, dem andern um Arm und Füße, immer schneller, dichter und enger. Die überraschten Liebhaber, Ritter, Chinesen und weise Ägyptier, als sie die unverhoffte Verwickelung gewahr wurden, wollten nun schnell auseinander, aber je zierlicher sie sich wanden und reckten, je unauflöslicher verwirrte sich der Knäul; auf dem glatten Boden ausglitschend, verloren sie Larven, Helme und phrygische Mützen, daß die Haarbeutel zum Vorschein kamen und der Puder umherstob, die Menuett selbst kam aus ihrer Balance, man hörte im Saale ein kurzes, anständiges Lachen – die Zigeunerin aber war unterdes in dem Getümmel verschlüpft.

Gaston aber, eh sich die andern besannen, flog ihr schon nach, aus dem Saal, durch mehrere anstoßende Zimmer. Dort in den Spiegeln ihn hinter sich gewahrend, wandte sie sich einmal nach ihm herum, daß er vor den Augen erschrak, die aus der Larve funkelten. Dann sah er sie durch den Gartensaal schweifen, jetzt trat sie aus der Tür auf die Terrasse und schien plötzlich draußen in der Nacht zu verschwinden, wie ein Elfe, der nur neckend zum flüchtigen Besuch gekommen.

Gaston wollte dennoch seine Jagd nicht aufgeben, wurde aber durch einen ungewöhnlichen Aufruhr der Gesellschaft aufgehalten. Die Masken traten rasch auseinander, ehrfurchtsvoll eine Gasse bildend; der König mit seiner vertrautesten Umgebung nahte, nach allen Seiten sprechend und lachend, unmaskiert in bürgerlicher Kleidung, ein schöner Jüngling voll lebensfrohen Mutwillens, wie damals Ludwig der Funfzehnte war. „Hütet Euch, Gaston" – sagte er, diesen sogleich an Größe und Haltung erkennend – „dies ist eine gefährliche Räubernacht, es wird mit Augen um Herzen gefochten."

Alle Blicke waren auf den Grafen gerichtet, der nun die Larve abnehmend, dem König folgen mußte. Sie traten, um sich zu erfrischen, vor den Gartensaal hinaus. Es war eine schwüle Sommernacht, der Himmel halbverdunkelt von finstern Wolken, aus denen sich die weißen Statuen fast gespenstisch abhoben, tiefer im Garten hörte man eine Nachtigall schlagen, zuweilen blitzte es von fern über den hohen schwarzen Bäumen.

Der König, indem er sich tanzmüde und gähnend unter den Orangenbäumen auf der Terrasse niederließ, wollte zur Unterhaltung von Gaston irgendein Abenteuer seiner Fahrten hören.

Diesem, der noch immer zerstreut und unruhig in den Garten schaute, wo die Zigeunerin verschwunden, war bei dem plötzlichen Anblick der stillen Nacht soeben ein seltsamer Vorfall wieder ganz lebendig geworden und ohne sich lange zu besinnen, erzählte er, wie er auf seiner jetzigen Reise hierher eine alte verfallene Burg, in der es der Sage nach spuken sollte, aus Neugier besucht und, da es gerade schwüle Mittagszeit, unter den Trümmern im hohen Grase rastend eingeschlummert.

„Gute Nacht, gute Nacht!“ unterbrach ihn der König, „das ist ein schläfriges Abenteuer.“

„Es wird gleich wieder munter, Sire“, entgegnete Gaston, „denn auf einmal, mitten in dieser Einsamkeit, fiel ein Schuß ganz in der Nähe, traumtrunken seh ich ein Reh getroffen vor mir in den Abgrund stürzen, und wie ich erschrocken aufspringe, steht über mir zwischen den wilden Nelken im zerbrochenen Fensterbogen der Burg eine unbekannte, wunderschöne Frauengestalt auf ihr Gewehr gestützt, die wandte sich nach mir – den Blick vergesse ich nimmer, gleichwie das Wetterleuchten überm Garten dort!“

Der König lachte: das sei eine Waldfrau gewesen mit dem Zauberblick, von dem die Jäger sprechen, die hab es ihm angetan.

„Und Sie setzten ihr nicht nach?“ riefen die andern.

„Wohl tat ich das“, erwiderte Gaston, „aber ich konnte so bald über das Gemäuer und Geröll nicht den Eingang finden, und als ich endlich in die Hallen eintrat, war alles still und kühl, nur ein wilder Apfelbaum blühte im leeren Hofe, die Bienen summten drin, kein Vogel sang den weiten Wald entlang – Herr Gott, das ist sie!“

„Wie, unsere Amazone?“ rief der König überrascht herumgewendet.

Die Zigeunerin, ihre Larve am Gürtel und vom Streiflicht der Fenster getroffen, trat aus einer der Alleen zu ihnen auf die Terrasse. Gaston war ganz verwirrt, da sie ihm gleich darauf als die Gräfin Diana vorgestellt wurde.

Sie aber, als sie seinen Namen nennen hörte, der so tapfern Klang hatte, sah ihn mit großer, fast scheuer Aufmerksamkeit an. „Wenn ich nicht irre“, sagte sie, „so traf ich schon letzthin auf der alten Burg –“

„Ein edles Wild mit Zauberblicken“, fiel rasch der König ein. –

„Also auch schon lahm!“ erwiderte sie halb für sich und

wandte plötzlich dem Grafen verächtlich den Rücken. – Die Umstehenden blickten ihn schadenfroh an, Gaston aber lachte wild und kurz auf und verschwor sich innerlich, die Stolze zu demütigen, und sollt er auf den Zinnen von Notre-Dame mit ihr den Tanz wagen!

Über des Königs Stirn aber flog eine leichte Röte, denn er hegte seit Gastons Anwesenheit in Paris insgeheim den Wunsch, ihn mit Diana zu verbinden. Etwas verstimmt, um nur die plötzlich eingetretene peinliche Stille zu unterbrechen, fragte er Diana: ob sie denn so allein im Garten nicht fürchte, daß sie entführt werde? – Sie lachte: der König habe alles zahm gemacht, sie hätte nur Grillen gefunden in den Hecken, die zirpten lieblich, dort wie hier. – Gaston meinte: die Gräfin habe ganz recht, solche Grillenhaftigkeit sei nicht gefährlich, und mache auch manche noch so weite Sprünge, jeder wackere Bursch überhole sie leicht. – Diana schüttelte die Locken aus der Stirn; es verdroß sie doch gerade von ihm, daß er ihr so trotzte. Und da einer der Kammerherren, um wieder einzulenken, soeben zirpte: selbst die Heimchen brächten ihr Ständchen, wenn sie träumend durch den nächtlichen Garten ging', erwiderte sie rasch in heimlicher Aufregung: „Wahrhaftig, mir träumte, der Tag mache der Nacht den Hof, er duftete nach Jasmin und Lavendel, blond, artig, lau, etwas lispelnd, mit kirschblütenen Manschetten und Hirtenflöte, ein guter, langweiliger Tag.“ – Man lachte, keiner bezog es auf sich; ein Vicomte, als Troubadour die Zither im Arme, sagte zierlich: „Aber die keusche Nacht wandelte unbekümmert fort, ihren Elfenreihen ätherisch dahinschwebend.“ – „Nein“, entgegnete Diana, indem sie ihm in ihrer wunderlichen Laune die Zither nahm und, sich auf das Marmorgeländer der Terrasse setzend, zur Antwort sang:

„Sie steckt' mit der Abendröte
In Flammen rings das Land
Und hat samt Manschetten und Flöte
Den verliebten Tag verbrannt.

Und als nun verglommen die Gründe:
Sie stieg auf die stillen Höhn,
Wie war da rings um die Schlünde
Die Welt so groß und schön!

Waldkönig zog durch die Wälder
Und stieß ins Horn vor Lust,
Da klang über die stillen Felder,
Wovon der Tag nichts gewußt. –

Und wer mich wollt erwerben,
Ein Jäger müßt's sein zu Roß,
Und müßt auf Leben und Sterben
Entführen mich auf sein Schloß!"

Hier gab sie lachend die Zither zurück. Gaston aber bei der plötzlichen Stille erwachte wie aus tiefen Gedanken. „Und wenn es wirklich einer wagte?" sagte er rasch in einem seltsamen Tone, daß es allen auffiel. – „Wohlan, es gilt", fiel da der junge König ein, „ich trete der Herausforderung der Gräfin als Zeuge und Kampfrichter bei, ihr alle habt's gehört, welchen Preis sie dem Entführer ausgesetzt."

Diana stand einen Augenblick überrascht. „Und verspielt der Vermessene?" fragte sie dann ernst. – „So wird er tüchtig ausgelacht", erwiderte der König, „wie ein Nachtwandler, der bei Mondschein verwegen unternimmt, wovor ihm bei Tage graut."

Mit diesen Worten erhob er sich und im Vorbeigehen dem Grafen noch leise zuflüsternd: „Wenn ich nicht der König wär, jetzt möcht ich Gaston sein!" wandte er sich, wie über einen herrlich gelungenen Anschlag lebhaft die Hände reibend, durch den Gartensaal in die innern Gemächer. – Diana aber schien anderes bei sich zu beschließen, sie folgte zürnend.

Jetzt umringten die Hofleute von allen Seiten den Grafen, ihm zu dem glänzenden Abenteuer, wie einem verzauberten Prinzen und Feenbräutigam, hämisch Glück wünschend. Die übrige Gesellschaft unterdes, da der König sich zurückgezogen, strömte schon eilig nach den Türen, die Masken hatten ihre Larven abgenommen und zeigten überwachte, nüchterne Gesichter, durch die Säle zwischen den wenigen noch wankenden Gestalten strich die Langeweile unsichtbar wie ein böser Luftzug.

Gaston blieb nachdenklich am offenen Fenster, bis alles zerstoben. Er sah sich hier unerwartet durch leichtsinnige Reden, die anfänglich nur ein artiges Spiel schienen, plötzlich seltsam und unauflöslich verwickelt. Es war ihm wie eine prächtige Nacht, vor der eine marmorkalte Sphinx lag, er mußte ihr Rätsel lösen oder sie tötete ihn.

Währenddes war Diana schon in ihrem Schlafgemache angelangt. Als sie in dem phantastischen Ballschmuck eintrat, erstaunte die Kammerjungfer von neuem und rief fast erschrokken aus: wie sie so wunderschön! Die Gräfin verwies es ihr unwillig, das sei ein langweiliges Unglück. Und da das Mädchen drauf ihr Befremden äußerte, daß sie durch solche Härte so viele herrliche Kavaliere in Gefahr und Verzweiflung stürze, erwiderte Diana streng: „Wer nimmt sich meiner an, wenn diese Kavaliere bei Tag und Nacht mit Listen und Künsten bemüht sind, mich um meine Freiheit zu betrügen?“ –

Draußen aber rollten indes die Wagen noch immerfort, jetzt flog das rote Licht einer Fackel über die Scheiben, in dem wirren Widerschein der Windlichter unten erblickte sie noch einmal flüchtig den Gaston, wie er eben sein Pferd bestieg, die Funken stoben hinter den Hufen, sie sah ihm gedankenvoll nach, bis er in der dunkeln Straße verschwunden. Dann, vor den Wandspiegel tretend, löste sie die goldne Schlange aus dem Haar, die schwarzen Locken rollten tief über die Schultern hinab, ihr schauerte vor der eigenen Schönheit.

Kurze Zeit nach diesem Feste war der Hof fern von Paris zum Jagen versammelt. Da ging das Rufen der Jäger, Hundegebell und Waldhornsklang, wie ein melodischer Sturmwind durch die stillen Täler, breite, ausgehauene Alleen zogen sich geradlinig nach allen Richtungen hin, jede an ihrem Ende ein Schloß oder einen Kirchturm in weiter Ferne zeigend. Jetzt brachte die Luft den verworrenen Schall immer deutlicher herüber, immer näher und häufiger sah man geschmückte Reiter im Grün aufblitzen, plötzlich brach ein Hirsch, das Geweih zurückgelegt, aus dem Dickicht in weiten Sätzen quer über eine der Alleen und ein Reiter leuchtend hinterdrein mit hohen, steifen Jagdstiefeln, einen kleinen dreieckigen Tressenhut über den gepuderten Locken, in reichgesticktem grünen Rock, dessen goldbordierte Schöße weit im Winde flogen – es war der junge König. – „Das ist heute gut Jagdwetter, man muß es rasch benutzen!“ rief er flüchtig zurückgewandt zu Gaston herüber, der im Gefolge ritt. Gaston erschrak, er wußte wohl, was der König meinte.

Diana aber fehlte im Zuge, sie war zuletzt auf einer der entfernteren Waldhöhen gesehen worden. Des Treibens müde und ohne jemanden von ihrem Vorhaben zu sagen, hatte sie sich mitten aus dem Getümmel nach einem nahegelegenen, ihr gehörigen Jagdschloß gewendet; denn sie kam sich selber als das Wild vor auf dieser Jagd, auf das sie alle zielten. Es war das Schloß, wo sie als Kind gelebt, sie hatte es lange nicht mehr besucht. Die Nacht war schon angebrochen, als sie anlangte, niemand erwartete sie dort, alle Fenster waren dunkel im ganzen Hause, als ständ es träumend mit geschlossenen Augen. Und da endlich der erstaunte Schloßwart, mit einem Windlicht herbeigeeilt, die alte schwere Türe öffnete, gab es einen weiten Schall durch den öden Bau, draußen schlug soeben die Uhr vom Turme, als wollte sie mit dem wohlbekannten Klange grüßen.

Diana, fast betroffen oben im Saale umherblickend, öffnete rasch ein Fenster, da rauschten von allen Seiten die Wälder über den stillen Garten herauf, daß ihr das Herz wuchs. Mein Gott, dachte sie, wo bin ich denn so lange gewesen! o wunderschöne Einsamkeit, wie bist du kühl und weit und ernst, und versenkst die Welt, und baust dir in den Wolken drüber Schlösser kühn wie auf hohen Alpen. Ich wollt, ich wäre im Gebirg, ich stieg' am liebsten auf die höchsten Gipfel, wo ihnen allen schwindelte nachzukommen – ich tu's auch noch, wer weiß wie bald!

Unterdes war das Nötigste zu ihrer Aufnahme eingerichtet, jetzt wurde nach und nach auch im Schlosse alles wieder still, sie aber konnte lange nicht einschlafen, denn die Nacht war so schwül, und in den Fliederbüschen unter den Fenstern schlugen die Nachtigallen und das Wetter leuchtete immerfort von fern über dem dunkeln Garten.

Als Diana am folgenden Morgen erwachte, hörte sie draußen eine kindische Stimme lieblich singen. Sie trat rasch ans Fenster. Es war noch alles einsam unten, nur des Schloßwarts kleines Töchterlein ging schon geputzt den stillen Garten entlang, singend, mit langem, blondem Haar, wie ein Engel, den der Morgen auf seinem nächtlichen Spielplatz überrascht. Bei diesem Anblick flog eine plötzliche Erinnerung durch ihre Seele, wie einzelne Klänge eines verlorenen Liedes, es hielt ihr fast den Atem an, sie bedeckte die Augen mit beiden Händen und sann und sann – auf einmal rief sie freudig: „Leontine!“

Da sprang sie schnell auf, es fiel ihr ein, daß die Marquise Astrenant mit ihrer Tochter ja nur wenige Meilen von hier wohnte. Sie setzte sich gleich hin und schrieb an Leontine. Sie erinnerte sie an die schöne Morgenstille ihrer gemeinschaftlichen Jugendzeit, wo sie immer die kleine Elfe genannt wurde wegen ihrer langen, blonden Locken, wie sie da in diesem Garten hier als Kinder wild und fröhlich miteinander gespielt und seitdem eines das andere nicht wiedergesehen. Sie werde sie auch nicht mehr schlagen oder im Sturm auf dem Flusse unterm Schlosse mit ihr herumfahren wie damals. Sie solle nur eilig herüberkommen, so wollten sie wieder einmal ein paar Tage lang zusammen sich ins Grüne tauchen und nach der groß gewordenen Welt draußen nichts fragen. – Diese Aussicht hatte sie lebhaft bewegt. Sie klingelte und schickte noch in derselben Stunde einen Boten mit dem Brief nach dem Schlosse der Marquise ab.

Darauf ging sie in den Garten hinab. Sie hätte ihn beinahe nicht wiedererkannt, so verwildert war alles, die Hecken unbeschnitten, die Gänge voll Gras, weiterhin nur glühten noch einige Päonien verloren im tiefen Schatten. Da fiel ihr ein Lied dabei ein:

Kaiserkron und Päonien rot,
Die müssen verzaubert sein,
Denn Vater und Mutter sind lange tot,
Was blühn sie hier so allein?

Jetzt sah sie sich nach allen Seiten um, sie kam sich selbst wie verzaubert vor zwischen diesen stillen Zirkeln von Buchsbaum und Spalieren. Die Luft war noch immer schwül, in der Ferne standen Gewitter, dazwischen stach die Sonne heiß, von Zeit zu Zeit glitzerte der Fluß, der unten am Garten vorüberging, heimlich durch die Gebüsche herauf. Es war ihr, als müßte ihr heut was Seltsames begegnen, und die stumme Gegend mit ihren fremden Blicken wollte sie warnen. Sie sang das Lied weiter:

„Der Springbrunnen plaudert noch immerfort
Von der alten schönen Zeit,
Eine Frau sitzt eingeschlafen dort,
Ihre Locken bedecken ihr Kleid.

Sie hat eine Laute in der Hand,
Als ob sie im Schlafe spricht,
Mir ist, als hätt ich sie sonst gekannt –
Still, geh vorbei und weck sie nicht!

Und wenn es dunkelt das Tal entlang,
Streift sie die Saiten sacht,
Da gibt's einen wunderbaren Klang
Durch den Garten die ganze Nacht."

„Ich weckte sie doch", sagte sie, „wenn ich sie so im Garten fände, und spräch mit ihr."

Unterdes aber waren die Wolken von allen Seiten rasch emporgestiegen, es donnerte immer heftiger, die Bäume im Garten neigten sich schon vor dem voranfliegenden Gewitterwinde. Die schwülen Traumblüten schnell abschüttelnd, blickte sie freudig in das Wetter. Da gewahrte sie erst dicht am Abhang den alten Lindenbaum wieder, auf dem sie als Kind so oft gesessen und vom Wipfel die fernen, weißen Schlösser weit in der Runde gezählt. Er war wieder in voller Blüte, auch die Bank stand noch darunter, deren künstlich verflochtene Lehne fast bis an die ersten Äste reichte. Sie stieg rasch hinauf in die grüne Dämmerung, der Wind bog die Zweige auseinander. Da rollte sich plötzlich rings unter ihr das verdunkelte Land auf, der Strom, wie gejagt von den Blitzen, schoß pfeilschnell daher, manchmal klangen von fern die Glocken aus den Dörfern, alle Vögel schwiegen, nur die weißen Möwen über ihr stürzten sich jauchzend in die unermeßliche Freiheit – sie ließ vor Lust ihr Tuch im Sturme mit hinausflattern.

Auf einmal aber zog sie es erschrocken ein. Sie hatte einen fremden Jäger im Garten erblickt. Er schlich am Rande der Hecken hin; bald sachte vorgebogen, bald wieder verdeckt von den Sträuchern, keck und doch vorsichtig, schien er alles ringsumher genau zu beobachten. Sie hielt den Atem an und sah immerfort unverwandt hin, wie er, durch die Stille kühn gemacht, nun hinter dem Gebüsch immer näher und näher kam; jetzt, schon dicht unter dem Baume, trat er plötzlich hervor – sie konnte sein Gesicht deutlich erkennen. In demselben Augenblick aber hörte er eine Tür gehn im Schlosse und war schnell im Grünen verschwunden.

Diana aber, da alles wieder still geworden, glitt leise vom Baume; darauf, ohne sich umzusehen, stürzte sie durch den einsamen Garten die leeren Gänge entlang nach dem Schlosse, die eichene Tür hinter sich zuwerfend, als käme das Gewitter hinter ihr, das nun in aller furchtbaren Herrlichkeit über den Garten ging.

Sie achtete aber wenig darauf. In großer Aufregung im Saale auf und nieder gehend, schien sie einem Anschlage nachzusinnen. Manchmal trat sie wieder ans Fenster und blickte in den Garten hinab. Da sich aber unten nichts rührte als die Bäume im Sturm, nahm sie ein paar Pistolen von der Wand, die sie sorgfältig lud; dann setzte sie sich an den goldverzierten Marmortisch und schrieb eilig mehrere Briefe. Und als das Wetter draußen kaum noch gebrochen, wurden im Hofe gesattelte Pferde aus dem Stalle geführt, und bald sah man reitende Boten nach allen Richtungen davonfliegen.

Gleich darauf aber rief sie ihr ganzes Hausgesinde zusammen. Sie mußten schnell herbeischaffen, was die Vorräte vermochten, Wild, Früchte, Wein und Geflügel. Einer der Jäger, dessen Vater einst Küchenmeister gewesen, verstand sich noch am besten unter ihnen auf den guten Geschmack und mußte, zu allgemeinem Gelächter, eine weiße Schürze vorbinden und den Kochlöffel statt des Hirschfängers führen. Bald loderte ein helles Feuer im Kellergeschoß, die halbverrosteten Bratspieße drehten sich knarrend in der alten verödeten Küche, überall war ein lustiges Plaudern und Getümmel. Alle guten Stühle und Kanapees aber ließ die Gräfin oben in den großen Saal zusammentragen, Spieltische wurden zurechtgerückt und in der Mitte des Saales eine lange Tafel gedeckt. Die feierlichen Anstalten hatten fast etwas Grauenhaftes in dieser Einsamkeit, als sollten die Ahnenbilder, die mit ihren Kommandostäben ernst von den Wänden schauten, sich zu Tische setzen, denn niemand wußte sonst, wer die Gäste sein sollten.

So war in seltsamer Unruhe der Abend gekommen und das Gewitter lange vorbei, als Diana allein mit ihrer Kammerjungfer unten in das Gartenzimmer trat, die sich beim Hereintreten rasch und verstohlen nach allen Seiten umsah. Sie hatte, ohne zu wissen zu welchem Zweck, das schöne Kleid anziehen müssen, das die Gräfin heute getragen, das hinderte sie, es war überall zu knapp und zu lang. Sie ging vor den Spiegel, als wollte sie sich's zurechtrücken, ihre Blicke aber schweiften seitwärts durchs Fenster, und als Diana sich einmal wandte, benutzte sie's schnell und schien zornig jemanden in den Garten hinauszuwinken. Die Gräfin, sie an ihre Verabredung erinnernd, hieß sie vom Fenster wegtreten, ordnete rasch noch die Locken des Mädchens und setzte ihr ihren eigenen Jagdhut auf. Dann, die Verkleidete von allen Seiten zufrieden musternd, schärfte sie ihr nochmals ein, sich in diesem Zimmer still zu verhalten und nicht in den Garten zu gehen, bis sie draußen dreimal leise in die Hände klatschen höre, denn es dunkele schon und die Nacht habe wilde Augen. – „Wo?“ rief das ganz zerstreute Mädchen heftig erschrocken. – Aber Diana, eilig wie sie war, bemerkte es nicht mehr; heftig einen Jägermantel umwerfend, der über dem Stuhle lag, und einen Männerhut tief in die Augen drückend, flog sie in den dämmernden Garten hinaus.

Kaum aber war sie verschwunden, so sprang die Kammerjungfer geschwind ans Fenster. „Aber, Robert, bist du denn ganz toll!“ rief sie einem fremden Jäger entgegen, der schon längst draußen im Gebüsch steckte und nun rasch hinzutrat. – „I Gott bewahre, hast du mich doch erschreckt!“ entgegnete dieser, sie erstaunt vom Kopf bis zu den Füßen betrachtend, „das ist ja ganz wie deine Gräfin!“ – Das Mädchen aber nannte ihn einen Unverschämten, daß er sie hier auf dem Lande besuche; wenn die Gräfin ihn sähe, sei es um ihren Dienst geschehen, er solle auf der Stelle wieder fort. – „Nicht eher“, erwiderte der eifersüchtige Liebhaber, „bis ich weiß, wer der Mann war, der soeben von dir ging.“ – Da lachte sie ihn tüchtig aus: er sei ein rechter Jäger, der auf dem Anstand das Wild ververwechsele, es sei ja die Gräfin selber gewesen. – „So?“ – sagte Robert sehr überrascht und einen Augenblick in Nachsinnen versunken. Dann plötzlich mit leuchtenden Blicken fragte er hastig: warum denn die Gräfin sich verkleidet, wohin sie ginge, ob sie diesen Abend in dem Mantel bleibe? Aber das ungeduldige Mädchen, in wachsender Furcht, drängte ihn statt aller Antwort schon von der Schwelle über die Stufen hinab. Er gab ihr noch schnell einen Kuß, dann sah sie ihn freudig über Beete und Sträucher fortspringen.

Als sie wieder allein war, fiel ihr erst die seltsame Hast und Neugierde des Jägers aufs Herz, es überflog sie eine große Angst, daß sie in der Verwirrung die Verkleidung der Gräfin ausgeplaudert. Auch schreckte sie nun in dieser Stille die aufsteigende Nacht im Garten, es war ihr, als blickten wirklich überall wilde Augen aus dem Dunkel auf sie, manchmal glaubte sie gar Stimmen in der Ferne zu hören. Sie konnte durchaus nicht erraten, was es geben sollte, und verwünschte tausendmal ihre Liebschaften und die unbegreiflichen Einfälle der Gräfin und das ganze dumme Landleben mit seiner spukhaften Einsamkeit.

Ein tiefes Schweigen bedeckte nun schon alle Gründe, nur fern im Garten war noch ein heimlich Knistern und Wispern überall zwischen den Büschen, als zög eine Zwerghochzeit unsichtbar über die stillen Beete hin, von Zeit zu Zeit funkelte es aus den Hecken herüber wie Waffen oder Schmuck. Dann hörte man von der andern Seite eine Zither anschlagen und eine schöne Männerstimme sang:

„Hörst du die Gründe rufen
In Träumen halb verwacht?
O von des Schlosses Stufen
Steig nieder in die Nacht! –“

Drauf alles wieder still, nur eine Nachtigall schlug in dem blühenden Lindenbaum am Abhange. Auf einmal raschelt was, eine schlanke Gestalt schlüpft droben aus dem Gebüsch. Es war Diana, in ihren Jägermantel dicht verhüllt, die über den Rasen nach dem Schlosse ging. Tiefer im Garten sang es von neuem:

„Die Nachtigallen schlagen,
Der Garten rauschet sacht,
Es will dir Wunder sagen
Die wunderbare Nacht.“

Jetzt stand Diana vor der Tür des Gartenzimmers und klatschte dreimal leise in die Hand. In demselben Augenblick aber sieht sie auch schon zwei dunkle Gestalten zwischen den Bäumen vorsichtig hervortreten. – „Bist du es, Robert? und wo ist sie?“ flüstert der eine dem andern leise zu.

Sie zog sich tiefer in den Garten zurück. Da sah sie, wie die Kammerjungfer auf das verabredete Zeichen oben aus dem Hause getreten, die eine Gestalt schien sich ihr zu nähern. – Diana triumphierte schon im Herzen, als jetzt plötzlich der andere gerade auf ihren Versteck losschritt. Bei dieser unerwarteten Wendung flog sie erschrocken über den Rasenplatz den Gartenberg hinab, seitwärts sah sie den Fremden bei ihrem Anblick rasch durch die Hecken brechen, als wollt er ihr den Vorsprung abgewinnen, sie verdoppelte ihre Eile, schon glaubte sie unten Bekannte zwischen den Bäumen zu erblicken, jetzt trat sie atemlos am Fuß des Berges aus dem Garten, zu gleicher Zeit aber war auch der Fremde angelangt und vor ihr stand Graf Gaston.

Hut und Mantel waren ihr im Gebüsch entfallen, Gaston, rasch die Zither wegwerfend, blickte ihr lächelnd in die Augen. – „Ihr seid der kühnste Freier, den ich jemals sah“, sagte sie nach einem Weilchen finster. Gaston küßte feurig ihre Hand, die er nicht wieder losließ. Vor ihnen aber, vom Gesträuche halb verdeckt, stand ein leichter Wagen mit vier Pferden, die Kutscher in den Sätteln, die Pferde schnaubend, scharrend, alles wie ein Pfeil auf gespanntem Bogen, der eben losschnellen will.

Indem aber, wie Gaston den Kutschern winkend und ihr ehrerbietig den Arm reichend, sie in den Wagen heben will, sieht er, daß sie, einige Schritte zurückgetreten, mit einem Pistol nach ihm zielt. Er stutzt, sie aber lacht und feuert das Pistol in die Luft. Da bei dem Knall, wie ein Schwarm verstörter Dohlen, brechen plötzlich seitwärts aus allen Hecken Gestalten mit Haarbeuteln, Staubmänteln und gezückten Stahldegen. Gaston erkennt sogleich mit Erstaunen die alten Gesichter aus der Residenz, alles jubelfröhlich, siegsgewiß.

„Fahrt zu!“ ruft er da, ohne sich zu bedenken, den Kutschern zu, die nun, ihre Peitschen schwingend, gerade in den glänzenden Schwarm hineinjagen, der sogleich von allen Seiten lachend den Wagen umringt, um die vermeintlich Entführte daraus zu erlösen. Gaston und Diana aber standen währenddes dicht am Bergstrom, der unter dem Garten vorüberschoß, ein Kahn lag dort am Ufer angebunden. Der Graf, eh Diana sich besinnt, schwingt sie hoch auf dem Arm in den Nachen, zerhaut mit seinem Hirschfänger das Tau und lenkt rasch mitten ins Fahrwasser; so flogen sie, bevor noch die am Wagen es gewahr wurden, in der entgegengesetzten Richtung pfeilschnell den Fluß hinab.

Er selbst war es gewesen, den Diana am Morgen vom Lindenbaum umherspähend erblickt. Da zweifelte sie keinen Augenblick länger, daß er sein verwegenes Vorhaben in der folgenden Nacht auszuführen gedenke. Ihr Anschlag war schnell gefaßt. Voll Übermut lud sie durch vertraute Boten sogleich das ganze Hoflager zu Entführung und Abendbrot herüber, die einzeln und ohne Aufsehen eingetroffenen Hofleute wurden am Wege versteckt, Gaston in der Verwirrung und Dunkelheit sollte, statt ihrer, das verkappte Kammermädchen entführen und so vor den Augen des hervorbrechenden Hinterhalts doppelt beschämt werden. – Nun aber hatte die unzeitige Liebschaft des

Mädchens und Dianas eigene Unbesonnenheit im entscheidenden Augenblick plötzlich alles anders gewendet!

Schon waren Schloß und Garten hinter den Fortschiffenden dämmernd versunken, immer ferner und schwächer nur hörte man von dorther noch verworrnes Rufen, Schüsse und Hörnersignale der bestürzten Hofleute, die sich wie durch eine unbegreifliche Verzauberung auf einmal in allen Plänen gekreuzt sahen und nun die auf Gaston geladenen Witze verzweifelt gegeneinander selbst abschossen.

Der Fluß indes ging rasch durch wüsten Wald, Diana wußte recht gut, daß hier kein Haus und keine menschliche Hülfe in der Nähe war; so saß sie still am Rand des Kahnes und schaute vor sich in die Flut, die von Zeit zu Zeit in Wirbeln dunkel aufrauschte. Gaston aber wohl fühlend, daß in dieser unerhörten Lage alle gewöhnliche Galanterie und Entschuldigung nur lächerlich in den Wind gesprochen sei, blieb gleichfalls stumm und so glitten sie lange Zeit schweigend zwischen stillen Wäldern und Felsenwänden durch die tiefe Einsamkeit der Nacht, während der Graf immerfort Dianas Spiegelbild im mondbeschienenen Wasser vor sich sah, als zöge eine Nixe mit ihnen neben dem Schiff.

Endlich, um nur die unerträgliche Stille zu brechen, sagte er, als wäre nichts geschehen: alles hier erinnere ihn wunderbar an eine Sage seiner Heimat. Da stehe im Schloßgarten ein marmornes Frauenbild und spiegele sich in einem Weiher. Keiner wage es, in stiller Mittagszeit vorbeizugehen, denn wenn die Luft linde kräuselnd übers Wasser ginge und das Spiegelbild bewegte, da sei's, als ob es sachte seine Arme auftät.

Diana, ohne ein Wort zu erwidern, fuhr unwillig mit der Hand über das Wasser, daß alle Linien ihres Bildes drin durcheinanderlaufend im Mondesflimmer sich verwirrten.

„Von diesem Bilde", fuhr Gaston fort, „geht die Rede, daß es in gewissen Sommernächten, wenn alles schläft und der Vollmond, wie heut, über die Wälder scheint, von seinem Steine steigend, durch den stillen Garten wandle. Da soll sie mit den alten Bäumen und den Wasserkünsten in fremder Sprache reden, und wer sie da zufällig erblickt, der muß in Liebesqual verderben, so schön ist die Gestalt."

„Was ist das für ein Turm dort überm Walde?" rief hier Diana, sich plötzlich aufrichtend, daß er zusammenschrak, als hätt er selbst das Marmorbild erblickt, von dem er sprach – es waren ihre ersten Worte. Er sah sich verwundert nach allen Seiten um, weiterhin schien sich die Schlucht zu öffnen, durch eine Waldlichtung erblickte er wirklich schon flüchtig den Turm seines Jagdschlosses, tiefer unten den Fahrweg, der in weiten Umkreisen um das Gebirge ging; dort hatte er seine Leute vom Schloß zum Empfange hinbestellt. Gleich darauf aber verdeckten Felsen und Bäume alles wieder und der Fluß wandte sich von neuem. Gaston, der das abgelegene Schloß selten besucht, kannte die Umgebung nur wenig, er stand einen Augenblick verwirrt, und wußte nicht, an welchem Ufer er landen sollte.

Da bemerkte er rechts den Schimmer eines kleinen Feuers ungewiß durch die Büsche. Das sind sie, dachte er, und lenkte darauf hin. Der Kahn stieß hart ans Land, indem er aber, schon am Ufer, das Gestripp auseinanderbog, um der Gräfin Platz zu schaffen, stieß diese, eh er's hindern konnte, im Heraussteigen den Nachen weit hinter sich, der nun unwiederbringlich mit dem reißenden Strom forttrieb. Gaston sah sie überrascht an, sie blickte funkelnd nach allen Seiten in der schönen Nacht umher.

So standen sie an einem wildumzirkten Platz, Bäume, Fels und altes Bauwerk wirr durcheinander gewachsen. Es war, wie er beim Mondlicht erkannte, eine verfallene, unbewohnte Wassermühle, hinten, wie ein Schwalbennest, an die hohe unersteigliche Felsenwand gehängt, von zwei andern Seiten vom schäumenden Fluß umgeben. Von dort zwischen Unkraut und Gebälk kam der Lichtschein her, den er vom Strom gesehen, er trat eilig mit Diana in das wüste Gehöft, voll Zuversicht, die Seinigen zu treffen. Wie groß aber war sein Erstaunen, da er den Platz leer fand, nur einzelne blaue Flämmchen zuckten noch aus der halb verloschenen Brandstätte, als wäre sie eben von Hirten verlassen worden.–

„Ist das Ihr Schloß?“ fragte Diana höhnend. Gaston aber, der einen zerbrochenen Fensterladen im Winde klappen hörte, war schon ins Haus gegangen. Dort durch die Öffnung schauend, gewahrte er zu seinem Schrecken erst, daß er auf dem falschen Ufer gelandet, drüben hinter den dunkeln Wipfeln lag sein Jagdschloß im prächtigen Mondschein – nun wußt er's auf einmal, warum Diana vorhin den Nachen zurückgestoßen!

In dieser Verlegenheit zog er schnell ein Pistol unter seinem

Mantel hervor und feuerte es in die Nacht ab, ein Reh fuhr nebenan aus dem Dickicht, man konnte seinen Hufschlag noch weit durch den stillen Waldgrund hören. Zugleich aber gab zu seiner großen Freude ein Schuß drüben Antwort, bald wieder einer, und drauf ein Schreien und Rufen vom Felde, daß fern in den Dörfern die Hunde anschlugen. Schon glaubte er einige der Stimmen zu erkennen und wollte eben ein zweites Pistol abschießen, als er auf einmal ein seltsames Knistern und Blinken in allen Ritzen des alten Hauses bemerkte. „Um Gottes willen, da schlagen Flammen auf!“ schrie er entsetzt hinausstürzend, der einzige Ausgang zum Walde brannte schon lichterloh – Diana, da sie bei dem Herannahen der Signale und Stimmen keine Rettung mehr sah, hatte das Haus an allen vier Ecken angezündet. Jetzt erblickte er die Schreckliche selbst hoch auf dem hölzernen Balkon der Mühle, gerade über dem Strom. Da sie ihn gewahrte, wandte sie sich schnell herum, es war wieder jenes Wetterleuchten des Blicks, das ihn schon einmal geblendet. – „Komm nun und hol die Braut!“ rief sie ihm wild durch die Nacht zu, „das Brautgemach ist schon geschmückt, die Hochzeitsfackeln brennen.“

Unterdes aber züngelten einzelne Flammenspitzen schon hier und da durch die Fugen, der heiße Sommer hatte alles gedörrt, das Feuer, im Heidekraut fortlaufend, kletterte hurtig in dem trocknen Gebälk hinauf und der Wind faßte lustig die prächtigen Lohen, und von drüben kam das Rufen und Schießen rasch immer näher und lauter, und: „Hol deine Braut!“ frohlockte Diana wieder dazwischen. – Da, ohne hinter sich zu blicken, stürzte Gaston durch den wirbelnden Rauch die brennende Treppe hinan. „Zurück, rühr mich nicht an!“ rief ihm Diana entgegen, „wer hieß dich mit Feuer spielen, nun ist's zu spät, wir beide müssen drin verderben!“

Aber die Funken von den Kleidern stäubend, stand er schon droben dicht bei ihr; am Ufer brannte ein schlanker Tannenbaum vom Wipfel bis zum Fuß, die schöne Gestalt und die stille Gegend beleuchtend. Gaston blickte ratlos in der Verwüstung umher, es schien keine Hülfe möglich, die Balken stürzten rings schon krachend in die Glut zusammen, hinten die steile Felsenwand und unter ihnen der Strom, in dem der Brand sich gräßlich spiegelte.

Indem aber hat das Feuer die dürren Wurzeln der Tanne zerfressen und, wie das Gerüst eines abgebrannten Feuerwerks allmählich verdunkelnd und sich neigend, sinkt der Baum prasselnd quer über den wütenden Felsbach. Da faßt Gaston, der alles ringsher scharf beachtet, plötzlich Dianas Hand, schwingt sie selbst, eh sie sich des versieht, auf seinen Arm, und, seinen Mantel um sie schlagend, mit fast übermenschlicher Gewalt, trägt er die Sträubende mitten durch die Flamme über die grauenvolle Brücke, unter der der Fluß wie eine feurige Schlange dahinschoß.

Jetzt hat er, aus dem furchtbaren Bezirk tretend, glücklich das jenseitige Ufer erreicht und schleudert den brennenden Mantel hinter sich in den Fluß. Diana, plötzlich Stirn und Augen enthüllt, wandte sich von ihm ab in die Nacht. „Sieh mich nicht so an", sagte sie, „du verwirrst mir der Seele Grund." – Da hörte er auf einmal auch die Stimmen wieder im Felde, mehrere Gestalten schwankten fern durch den Mondschein; es waren seine Leute, die, der Verabredung gemäß, am Fahrwege auf ihn gewartet und nun ganz erstaunt herbeieilten, da sie den Herrn auf dem Wege vom Fluß erkannten. „Zum Schloß!" rief ihnen Gaston zu, und alle Kräfte noch einmal zusammenraffend, trug er seine Beute rasch den Gartenberg hinan; schon schimmerten rechts und links ihm altbekannte Plätze entgegen, jetzt teilten sich die alten Bäume und vor ihnen ernst und dunkel lag das stille Haus; da ließ er erschöpft die Gräfin auf den steinernen Stufen vor der Schloßtür nieder. Von drüben aber beleuchtete der Brand taghell Garten und Schloß und Dianas grausame Schönheit; Gaston schüttelte sich heimlich vor Grausen.

Indem waren auch die Diener, entschuldigend, fragend und erzählend, von allen Seiten herbeigekommen. Der Graf, ohne ihrer Neugier Rede zu stehen, befahl ihnen, rasch die Türen zu öffnen, und die Kerzen anzuzünden, er schien in seinem ganzen Wesen auffallend verändert, daß sie sich fast vor ihm fürchteten. Darauf der Gräfin seinen Arm reichend, indem er sie in das unterdes geöffnete Schloß führte, sagte er mit glatter, seltsamer Kälte zu ihr: die Aufgabe sei gelöst und die wunderliche Wette entschieden, sie möge nun ausruhen und Schloß, Garten, Diener und Wildbahn hier ganz als die ihrigen betrachten. Und so, ohne ihre Antwort abzuwarten, ließ er sie im kerzenhellen Saale allein.

Draußen aber, in großer Aufregung, hieß er schnell alle Gemächer reinigen und schmücken, und ordnete zu allgemeiner

Verwunderung der Diener, sogleich alles zu einem glänzenden Feste an. Die Jäger flüsterten mit verbissenem Lachen heimlich untereinander, der eine winkte schlau mit den Augen nach der schönen Fremden im Saale. Gaston, der es bemerkte, faßte ihn zornig an der Brust und schwor jedem den Tod, der der Gräfin drin, als ihrer Herrin, nicht ehrfurchtsvoll und pünktlich wie ihm selber diente.

Drauf ließ er ein Pferd satteln und ritt noch dieselbe Stunde fort, niemand wußte wohin.

Auf dem Schlosse der Marquise Astrenant ging seit jener Räuberjagd gar mancherlei Gerede. Den Anführer der Räuber, hieß es, habe von dem Augenblick, da Graf Gaston ihn vom Fels gestürzt, niemand mehr wiedergesehen, nur eine blutige Fährte hätten sie beim Verfolgen bemerkt, die führte endlich zwischen ungangbaren Klippen in einen Abgrund, wo keiner hinabgekonnt, da habe er ohne Zweifel in dem Felsstrom unten seinen wohlverdienten Tod gefunden. – Leontine wußt es wohl besser, aber das Geheimnis wollt ihr das Herz abdrücken.

In den Wäldern war es unterdes schon lange wieder still geworden, über den wilden Garten vor dem Schlosse schien soeben die untergehende Sonne, die Luft kam vom Tal, man hörte die Abendglocken weither durch die schöne Einsamkeit herüberklingen. Da stand Leontine, wie damals, zwischen den Hecken und fütterte wieder ihr Reh und streichelt' es und sah ihm in die klaren, unschuldigen Augen. „Deine Augen sind ohne Falsch", sagte sie schmeichelnd zu ihm, „du bist mir treu, wir wollen auch immer zusammenbleiben hier zwischen den Bergen, es fragt ja doch niemand draußen nach uns." Und da die Vögel so schön im Walde sangen, fiel ihr dabei ein Lied wieder ein, an das sie lange nicht gedacht, und sie sang halb traurig:

„Konnt mich auch sonst mit schwingen
Übers grüne Revier,
Hatt ein Herze zum Singen
Und Flügel wie ihr.

Flog über die Felder,
Da blüht' es wie Schnee,
Und herauf durch die Wälder
Spiegelt' die See.

Ein Schiff sah ich gehen
Fort über das Meer,
Meinen Liebsten drin stehen –
Dacht meiner nicht mehr.

Und die Segel verzogen
Und es dämmert das Feld,
Und ich hab mich verflogen
In der weiten, weiten Welt. –"

„Leontine!" rief da die Marquise an der Gartentür des Schlosses, „sieh doch einmal, was wirbelt denn dort für Staub auf vom Wege?" Leontine trat an den Abhang des Gartens, und, die Hand vor dem Glanz über die Augen haltend, sagte sie: „Ein Reiter kommt, die Sonne glitzert nur zu sehr, ich kann nichts deutlich erkennen." – Gott, dachte sie heimlich, wenn er es wäre! – jetzt biegt er schon um den Weidenbusch, wie das fliegt! – ach nein, ein fremder Jäger ist's, was der nur noch bringen mag.

Die Mutter aber, voll Neugier und Verwunderung, war dem Reiter schon entgegengegangen und kam gleich darauf mit einem geöffneten Briefe zurück. Es war Dianas Einladung; sie beschwor das Fräulein in wenigen Zeilen herzlich und ungestüm, doch ja sogleich zu ihr hinüberzukommen, da sie nur eben ein paar Tage für sich habe und sich selbst dort nicht losmachen könne. – Die Marquise stand einen Augenblick nachsinnend. „Daran hatt ich am wenigsten gedacht", sagte sie dann, „Diana ist übermütig, herrisch und gewaltsam, ihre Art ist mir immer zuwider gewesen, aber sie hat wie ein prächtiges Feuerwerk mit ihren Talenten, die sie selbst nicht kennt, den Hof und ganz Paris geblendet, du mußt ja doch endlich auch in die Welt hinaus, es ist wie ein Fingerzeig Gottes, sein Wille geschehe." – Leontinen aber flimmerten die Zeilen lustig im Abendrot, es blitzte ihr plötzlich alles wieder auf daraus: die schöne Jugendzeit, die wilden Spiele und kindischen Zänkereien mit Diana, alle ihre Gedanken waren auf einmal in die schimmernde Ferne gewendet, die sich so unerwartet aufgetan.

Es wurde nun nach kurzer Beratung beschlossen, daß sie, um keine Zeit zu verlieren und die angenehme Kühle zu benutzen, noch heute abreisen und die schöne Sommernacht hindurch fahren sollte; der alte Frenel sollte sie begleiten. Und nun ging es sogleich herzhaft an die nötigen Vorbereitungen, treppauf, treppab, die Türen flogen, Frenel klopfte seine alte Staatslivree aus, aus dem Schoppen wurde der verstaubte Reisewagen geschoben, der Hund bellte im Hofe und der Truthahn gollerte in dem unverhofften Rumor.

Oben aber in der Stube saß Leontine mit untergeschlagenen Beinen fröhlich plaudernd auf dem glänzenden Getäfel des Fußbodens vor ihrem Koffer, Kleider und Schuhe und Schals in reizender Verwirrung um sie her, und die Mutter half ihr einpacken, das Schönste, das sie hatt. Dann brachte sie ihr das Reisekleid und strich ihr die Locken aus der Stirn und putzte sie auf vor dem Spiegel. Und von draußen sah der Abend durchs offene Fenster herein und füllte das ganze Zimmer mit Waldhauch, und unten sangen die Vögel wieder so lustig zum Valet und Leontine war so schön in ihrem neuen Reisehut; es war lange nicht solche Freude gewesen in dem stillen Hause.

Endlich fuhr unten der Wagen vor, es war alles bereit, vor der Haustür stand das ganze Hofgesinde versammelt, um ihr Fräulein fortfahren zu sehen. Beim Hinabsteigen sagte die Marquise: „Ich weiß nicht, jetzt ängstigt mich ein Traum von heute nacht, ich sah dich prächtig geschmückt die große Allee hinuntergehen, da war's, als würde sie immer länger und länger und hinten eine ganz fremde Gegend, ich rief dir nach, aber du hörtest mich nicht mehr, als wärst du nicht mehr mein." – Leontine lachte: der Schmuck bedeute große Ehre und Freude, wer weiß, was für ein Glück sie in der Fremde erwarte. Damit küßte sie noch einmal herzlich die Mutter und sprang in den Wagen. Aber es war ihr doch wehmütig, als nun die Wagentür wie ein Sargdeckel hinter ihr zuschlug und die Mutter, die ihr immer noch mit dem Tuche nachwinkte, im Dunkel verschwand und Schloß und Garten allmählich hinter den schwarzen Bäumen versanken.

Jetzt rollten sie schon im Freien durch die einsame Gegend hin, der Mondschein wiegte sich auf den leise wogenden Kornfeldern, der Kutscher knallte lustig, daß es weit in den Wald schallte, manchmal schlugen Hunde an, fern in den Dörfern, und Frenels Tressenhut blinkte immerfort vom hohen Kutschbock. Leontine hatte das Wagenfenster geöffnet, sie war noch niemals zu dieser Stunde im Felde gewesen, nun war sie ganz überrascht, so wunderbar ist die ernste Schönheit der Nacht, die nur in Gedanken spricht und das Entfernteste wie im Traum zusammenfügt. Sie hatte auch Leontinen gar bald in sich versenkt. Im Fahren durch die stille Einsamkeit dachte sie sich den Räuberhauptmann hoch im Gebirge am Feuer zwischen Felsenwänden, wie sie neben ihm auf dem Rasen schlief und er sie bewachte, tief unten aber durch den Felsenriß die Täler unermeßlich im Mondschein heraufdämmernd, Städte, Felder, gewundene Ströme und ihrer Mutter Schloß weit in der Ferne, und das Feuer, mit dem die Luft spielte, spiegelte sich flackernd an den feuchten Felsenwänden und die Nachtigallen schlugen tief unten in den stillen Gärten, wo die Menschen wohnten, und die Wälder rauschten darüber hin, bis allmählich Wald und Strom und Flammen sich seltsam durcheinanderwirrten und sie wirklich einschlummerte.

Sie mochte lange geschlafen haben, denn als sie erwachte, hielt der Wagen still mitten in der Nacht, Frenel und der Kutscher waren fort, seitwärts stand eine einzelne Hütte, man sah das Herdfeuer durch die kleinen Fenster schimmern, im Hause hörte sie den Frenel sprechen, er schien nach dem Wege zu fragen. Sie lehnte sich in das Kutschenfenster, ein finstrer Wald lag vor ihnen und drüben auf einer Höhe ein Schloß im Mondschein. Wie sie aber so, nicht ohne heimliches Grauen, mit ihren Augen noch die Öde durchmißt, hört sie auf einmal Pferdetritte fern durch die Stille der Nacht. Es schallt immer näher und näher, jetzt sieht sie einen Reiter, in seinen Mantel gehüllt, im scharfen Trabe auf demselben Wege vom Walde rasch daherkommen. Sie fährt erschrocken zurück und drückt sich in die Ecke des Wagens. Der Reiter aber, da er den verlassenen Wagen bemerkt, hält plötzlich an.

„Wer ist da“, rief er, „wo wollen Sie hin?“ – „Nach St. Lüc“, erwiderte Leontine, ohne sich umzusehen. – „St. Lüc? das ist das Schloß der Gräfin Diana“, sagte der Reiter; „wenn Sie die Gräfin sehen wollen, die ist seit einigen Stunden schon auf des Grafen Gaston Schloß dort überm Wald.“ – „Unmöglich“, versetzte das Fräulein, sich lebhaft aufrichtend bei der unerwarteten Nachricht.

„Leontine!“ – rief da auf einmal der Fremde, ganz dicht an den Wagenschlag heranreitend, daß sie zusammenfuhr, ein Mondblick durch die Wipfel der Bäume funkelte über Reiter und Roß – es war der Räuberhauptmann.

Er zog, da er sie nun erkannte, schnell das weiße Tuch hervor, das sie ihm damals gegeben, und es ihr vorhaltend, fragte er: ob sie das kenne und seiner manchmal noch gedacht? – Leontine, auf das heftigste erschrocken und an allen Gliedern zitternd, hatte doch die Besinnung, nicht um Hülfe zu schreien. „Um Gottes willen“, rief sie, „nur jetzt nicht, reiten Sie fort!“ – Er aber, sich vorbeugend in sichtlicher Spannung, als hing' die Welt an ihrer Antwort, fragte noch einmal dringender: ob sie ihn und jene wildschöne Nacht vergessen oder nicht? – „Rasender, was tun Sie!“ erwiderte sie mit einiger Heftigkeit, „meine Leute sind nur wenige Schritte von hier, verlassen Sie mich auf der Stelle!“ – Da ließ er langsam Arm und Tuch sinken und vor sich sehend, sagte er finster: „Was tut's, ich bin des Lebens müde.“ –

Jetzt hörte sie plötzlich die Tür gehen im Hause und Frenels Stimme. „Sie kommen“, rief sie in Todesangst und fast in Weinen ausbrechend, „o ich beschwöre dich, reit eilig fort, sie fangen dich, ich überlebt es nicht!“

„Das war der alte Klang, du liebst mich noch!“ jubelte da plötzlich der Reiter auf, sein Pferd lustig herumwerfend. Nun traten auch Frenel und der Kutscher wieder aus dem Hause. „Dort hinaus, immer den Wald entlang!“ rief er ihnen im Vorübersprengen zu und verschwand im Dunkel vor ihnen.

„Wer war denn das?“ fragte Frenel, ihm erstaunt nachsehend. Aber Leontine, noch ganz verwirrt, atmete erst tief auf, als die letzten Roßtritte verhallt und sie den Reiter in der Freiheit der Nacht wieder geborgen wußte. Darauf befahl sie, sogleich nach dem Schloß des Grafen Gaston zu fahren, das sie dort über dem Walde sähen, die Gräfin Diana sei dort, sie habe es soeben von jenem Reiter gehört, einem reisenden Herrn, setzte sie zögernd hinzu, der von dorther gekommen. – Frenel, sehr verwundert, wollte noch mancherlei fragen, aber sie trieb ihn in großer Hast. – „Nun, nun, es wird auch ganz finster, der Mond geht schon unter, wir mußten ohnedies an dem Schlosse vorüber“, sagte er, mühsam seinen Sitz besteigend, der Kutscher schwang die Peitsche und sie flogen dem Walde zu; es war derselbe Weg, den ihnen der Reiter gewiesen.

So fuhren sie rasch an den Tannen hin, von der andern Seite schwebten Wiesen, Felder und Hecken leise wechselnd vorüber, das Schloß trat immer deutlicher über den Wipfeln heraus, man hörte fern schon Nachtigallen in den Gärten schlagen. Leontine, in Nachsinnen versunken, sah sich noch manchmal scheu nach allen Seiten um, es war ihr alles wie ein Traum.

„Da blitzt es von weitem“, sagte sie nach einem Weilchen zu Frenel, um in der Angst nur etwas zu sprechen. Aber Frenel, der von seiner hohen Warte freier ins Land schauen konnte, schüttelte den Kopf: er sehe schon lange hin, das sei kein Wetterleuchten, sondern Raketen oder Leuchtkugeln, die sie vom Schlosse würfen, jetzt hab er's ganz deutlich gesehen, sie müßten droben heut ein Fest haben.

Während sie aber noch so sprachen, kam plötzlich ein Lakai zu Pferde, in prächtiger Liverei und von Golde flimmernd, ihnen durch die Nacht entgegen. Frenel ganz überrascht, zog ehrerbietig seinen Tressenhut. Jener aber ritt dicht an den Wagen, das Fräulein begrüßend, indem er sich als einen Diener aus dem Schlosse ankündigte, wohin er die Herrschaft geleiten solle. Und mit diesen Worten, ohne eine Antwort abzuwarten, drückte er die Sporen wieder ein und setzte sich rasch an die Spitze, in der hohen, dunkeln Kastanienallee dem Wagen vorreitend. – Frenel hatte sich von seinem Bocke ganz zurückgebogen und sah durch die Scheiben erstaunt und fragend das Fräulein an. Leontine zuckte nur mit den Achseln, sie wußte durchaus nicht mehr, was sie davon denken sollte. Ihre Verwirrung wurde aber noch größer, als sie bald darauf an mehreren kleinen Häusern vorüberkamen, wo ungeachtet der weit vorgerückten Nacht alles noch in seltsamer Erwartung und Bewegung schien. Überall brannte Licht, daß man weit in die reinlichen Zimmer hineinsehen konnte, Mädchen und Frauen lagen neugierig in den offenen Fenstern. „Da kommt sie, das ist sie!“ hörte Leontine im Vorüberfahren ausrufen. „Mein Gott“, sagte sie zu Frenel, „das muß hier irgendein Mißverständnis sein.“

In diesem Augenblick aber bogen sie rasch um eine Ecke, der Wagen rollte über eine steinerne Brücke und gleich darauf in das hohe, dunkle, lange Schloßtor hinein. Jetzt flog rotes Licht spielend über die alten Mauern und Erker, Leontine, als hätte sie plötzlich ein Gespenst erblickt, starrte mit weitoffenen Augen in die Blendung, denn der ganze Hof wimmelte von Windlichtern und reichgeschmückten Dienern, und auf den Stufen des Schlosses mitten im wirren Widerschein der Fackeln stand schon wieder der Räuberhauptmann!

Er schien selbst auch erst angelangt, sein Pferd, noch rauchend, wurde eben abgeführt. Als der Wagen anhielt, stieg er rasch hinab, alles wich ihm ehrerbietig aus. Er hob die ganz

Verstummte aus dem Wagen und führte sie, wie einen längst erwarteten Besuch, durch die Reihe von Dienern mit höfischem Anstand die Treppe hinan, ohne mit Wort oder Mienen anzudeuten, was zwischen ihnen vorgefallen. So gingen sie durch mehrere Gemächer, alle waren hell erleuchtet, eine seltsame Ahnung flog durch Leontinens Seele, sie wagt' es kaum zu denken. Jetzt traten sie in den Saal. „Mein Gott", sagte sie, „Sie sind –"

„Graf Gaston", erwiderte ihr Begleiter, „vergeben Sie die Täuschung, sie war so schön!"

Drauf blickte er rasch im Saal umher. „Wo ist die Gräfin Diana?" fragte er die Diener. Man sagte ihm, die Gräfin habe gleich, nachdem er das Schloß verlassen, Pferd und Wagen verlangt, so sei sie mitten in der Nacht fortgefahren, der Kutscher selbst habe noch nicht gewußt, wohin es ginge. – Gastons Stirne verdunkelte sich bei dieser Nachricht, er sah nachsinnend vor sich nieder.

Leontine aber hatte unterdes schnell noch einmal alles überdacht: den ersten Besuch des Unbekannten, seine flüchtige Erscheinung, dann unten vor dem Schloß die verworrenen Gerüchte von dem Tode des Räubers – wie hatte Schreck und Zufall alles wunderbar verwechselt! Sie stand verwirrt mit niedergeschlagenen Augen, tiefbeschämt, daß er nun alles, alles wußte, wie sehr sie ihn geliebt.

Da wandte sich Gaston, nach kurzem Überlegen, lächelnd wieder zu ihr. „Das Spiel ist aus", sagte er, „ein todwunder Räuber steht vor Ihnen und gibt sich ganz in Ihre Hand. Morgen geleit ich Sie zurück zur Mutter, da sollen Sie richtend entscheiden über ihn auf Leben oder Tod." –

Drauf, als wollte er schonend die Überraschte heut nicht weiter drängen, klingelte er rasch; weibliche Dienerschaft trat herein zu des Fräuleins Aufwartung. Und ihre Hand küssend, eh er schied, flüsterte er ihr noch leise zu: „Ich kann nicht schlafen, ich zieh heut mit den Sternen auf die Wacht und mach die Runde um das Schloß die ganze schöne Nacht, es ist ein heimlich Klingen draußen in der stillen Luft, als zög eine Hochzeit ferne an den Bergen hin." –

Leontine stand noch lange am offnen Fenster über dem fremden Garten, Johanneswürmchen schweiften leuchtend durch Blumen und Sträucher, manchmal schlug eine Nachtigall fern im Dunkel. „Es ist nicht möglich", sagte sie tausendmal still in sich, „es ist nicht möglich!" –

Unten im Hofe aber erkundigte sich Gaston jetzt noch genauer, wiewohl vergeblich, nach der Richtung, die Diana genommen. Verblendet wie er war von ihrer zauberischen Schönheit, hatte sich, als er in den Flammen dieser Nacht sie plötzlich in allen ihren Schrecken erblickt, schaudernd sein Herz gewendet, und, wie eine schöne Landschaft nach einem Gewitter, war in seiner Seele Leontinens unschuldiges Bild unwiderstehlich wieder aufgetaucht, das Diana so lange wetterleuchtend verdeckt. Dieser hatte er nun auf dem Schlosse hier Leontinen als seine Braut vorstellen wollen; das sollte seine Rache sein und ihre Buße. Nun aber war unerwartet alles anders gekommen.

Wenige Wochen darauf ging an dem Schloß der Marquise ein fröhliches Klingen durch die stille Morgenluft, eine Hochzeit zog an den Waldbergen hin: glänzende Wagen und Reiter, Leontine als Braut auf zierlichem Zelter voran, heiter plaudernd an Gastons Seite. Die Vögel sangen ihr nach aus der alten, schönen Einsamkeit, das treue Reh folgte ihr frei, manchmal am Wege im Walde grasend. Sie zogen nach Gastons prächtigem Schloß an der Loire.

Hier lebte er in glücklicher Abgeschiedenheit mit seiner schönen Frau. Nur manchmal überflog ihn eine leise Wehmut, wenn bei klarem Wetter die Luft den Klang der Abendglocken von dem Kloster herüberbrachte, das man aus dem stillen Schloßgarten fern überm Walde sah. Dort hatte Diana in der Nacht nach ihrer Entführung sich hingeflüchtet und gleich darauf, der Welt entsagend, den Schleier genommen. Als Oberin des Klosters furchtbare Strenge gegen sich und die Schwestern übend, wurde sie in der ganzen Gegend fast wie eine Heilige verehrt. Den Gaston aber wollte sie nie wiedersehen.

DIE GLÜCKSRITTER

1. Suppius und Klarinett

Der Abend funkelte über die Felder, eine Reisekutsche fuhr rasch die glänzende Straße entlang, der Staub wirbelte, der Postillion blies, hinten auf dem Wagentritte aber stand vergnügt ein junger Bursch, der im Wandern heimlich aufgestiegen, bald auf den Zehen lang gestreckt, bald sich duckend, damit die im Wagen ihn nicht bemerkten. Und hinter ihm ging die Sonne unter und vor ihm der Mond auf, und manchmal wenn der Wald sich teilte, sah er von ferne Fenster glitzern im Abendgold, dann einen Turm zwischen den Wipfeln und weiße Schornsteine und Dächer immer mehr und mehr, es mußte eine Stadt ganz in der Nähe sein. Da zog er geschwind die Ärmel seines Rocks tiefer über die Handgelenke, denn er hatte ihn ausgewachsen, auch war derselbe schon etwas dünn und spannte über dem Rücken. Im Walde neben ihm aber war ein großes Gefunkel und Zwitschern und Hämmern von den Spechten, bald da bald dort, als wollten sie ihn necken, und die Eichkätzchen guckten um die Stämme nach ihm, und die Schwalben kreuzten jauchzend über den Weg: „Kiwitt, kiwitt, was hat dein Rock für einen schönen Schnitt!"

So ging's wie im Fluge fort, es wurde allmählich dunkel, jetzt klangen schon deutlich die Abendglocken über den Wald herüber. „Sind wir bald dort?" fragte eine wunderliebliche Stimme aus dem Wagen. – „Gleich, gleich", antwortete rasch der Bursch, der sich in der Freude vergessen; da bemerkten sie ihn erst alle. „Wart, ich will dir herunterhelfen", rief der Postillion und hieb mit der Peitsche zurück nach ihm, eine Hand haspelte eifrig von innen am Wagenfenster. Indem aber fuhren sie eben an einer Gartenmauer hin, über die der Ast eines Apfelbaumes weit herauslangte, der Bursch hatte ihn schon gefaßt und schwang sich behend auf die Mauer und von der Mauer auf den Baum. Darüber öffnete sich das Glasfenster der Kutsche, ein junges Mädchengesichtchen guckte neugierig hervor. „Gott wie ist die schön!" rief der Bursch und schüttelte aus Leibeskräften den Baum vor Lust, daß der Wagen im Vorbeifliegen ganz von Blüten verschneit war. Über dem Schütteln aber flog ihm droben der Hut vom Kopf, er wollte ihn haschen, darüber verlor er sein Bündel, und eh er sich's versah, fuhren Hut und Bündel und Bursch prasselnd zwischen den Zweigen in den fremden Garten hinab.

Jetzt tat's plötzlich unten einen lauten Schrei, er aber erschrak am allermeisten, denn als er aufblickte, bemerkte er in der Dunkelheit eine Dame und einen Herren dicht vor sich, die dort zu lustwandeln schienen. Da ruft ihm aber zu seinem großen Erstaunen auch schon der Herr lachend entgegen: „Nun, endlich, endlich, willkommen!" und: „Wir haben schon recht auf Sie gewartet", sagt die Dame. Der Bursch, ohne sich in der Konfusion lange zu besinnen, macht ein Kompliment und erwidert: sein Kurier wäre an allem schuld, der hätte zur Unzeit mit der Peitsche geschnalzt, da habe sein Roß einen erstaunlichen Satz gemacht, daß er mit der Frisur am Aste hängengeblieben; so habe er in der Geschwindigkeit die Gartentür verfehlt – „Und den rechten Ton getroffen", meinte die Dame, „Sie spielen zum Entzücken." – „Bloß das Klarinett ein wenig", sagte der Bursch verwundert. – „Aber wo bleibt denn dein Schatz?" fragte der Herr wieder. – „Schatz?" – entgegnete der Bursch – „o die kommt mir mit Extrapost nachgefahren wie eine Ananas im Glaskasten." – Und wahrhaftig, als er unter den dunkeln Bäumen umherschaute, sah er seitwärts am Gartentor den Wagen, den er kaum verlassen, soeben im hellen Mondschein stillhalten. Aber die andern bemerkten es nicht mehr, sie waren schon lachend vorausgeeilt. „Er ist da, Herr Klarinett ist da!" riefen sie und sprangen nach dem Hause im Garten, daß der taftene Reifrock der Dame im Winde rauschte.

Indem aber hüpft auch das hübsche Frauenzimmer am Tor schon aus dem Wagen und gleich hinter ihr ein junger Mensch, schlank, gesellenhaft, ein Bündel auf dem Rücken; die streichen im Dunkel an dem Burschen, der nicht weiß wie ihm geschieht, schnell vorüber gerade nach dem Hause hin, und wie sie ankommen, geht eben die Haustür auf, ein Glanz von Lichtern schlägt blendend heraus, drin sumst und wimmelt es ordentlich vor Gesellschaft. „Da, Herr Klarinett und sein Schatz –" und „süperb" und „tausendwillkommen", hört der Bursch von dem Hause, drauf noch ein großes Scharren und Komplimentieren auf der Schwelle, dann klappt auf einmal die Saaltür hinter dem ganzen Jubel zu, und der Bursch stand wieder ganz allein draußen in der Nacht.

Das ärgerte ihn sehr, denn wußt er gleich in der Finsternis nicht recht, wo eigentlich Fortunas Haarzopf hier flatterte, so hatte er ihn doch fast schon erwischt, und sah nun unschlüssig zwischen einem Holunderstrauch hervor. Da eilt plötzlich ein galonierter Bedienter dicht an ihm vorüber, und in demselben Augenblick öffnet sich leise seitwärts ein Fensterchen und: „Pst pst, bist du's?" reicht ein weißer Arm fix eine Flasche Wein heraus. Der Bursch, nicht zu faul, langt schnell nach der Flasche, der Bediente, der soeben der prächtigen Felsentorte, die er nach dem Hause trug, heimlich zugesprochen, hatte beide Backen voll und konnte weder gleich reden noch zugreifen. Und eh er sich noch besinnt, hat der Bursch auch schon der Torte das Dach eingeschlagen und schiebt sie zur Flasche, in den Schubsack, das ging alles so still und rasch hintereinander, daß man's nicht so geschwind erzählen kann. Nun aber bekam der Bediente endlich Luft und schrie: „Diebe, Spitzbuben!" das Frauenzimmer am Fensterchen kreischte, ein Hund schlug im Garten an, mehrere Türen im Hause flogen heftig auf. Der Bursch indes war quer durchs Gesträuch schon am andern Ende des Gartens. Kaum aber hatte er beide Beine über den Zaun geschwungen, so schreit's schon wieder draußen: „Wer da!" neben ihm. Er, ohne Antwort zu geben, mit den dickgeschwollenen Rocktaschen über ein frischgeackertes Feld immerfort, daß der Staub flog, zwei Kerls mit langen Stangen hinter ihm: „Hallo", und „fangt den Schnappsackspringer!" und Gärten rechts, und Gärten links, so stürzten endlich alle miteinander durch ein altes Tor unverhofft mitten in eine Stadt herein.

Hier wäre er ihnen um ein Haar entwischt, denn er hatte einen guten Vorsprung und flog eben in ein abgelegenes Seitengäßchen, aber das war zum Unglück eine Sackgasse, dort trieben sie ihn hinein und warfen ihm ihre Stangen nach den Füßen, worüber in der ganzen Gegend ein großes Verwundern und Tür- und Fensterklappen entstand. Da trat aber plötzlich ein langer Mann in einem zottigen Mantel um die Ecke, wie ein Tanzbär in Stiefeln, der faßte ohne ein Wort zu sagen, den einen Häscher am Genick, den andern an der Halsbinde, warf den dahin, den dorthin, riß dem dritten seine Stange aus der Hand und versetzte damit dem vierten, der etwas dick war und nicht so geschwind entspringen konnte, einen Schlag über den breiten Rücken, und in einem Augenblick war alles auseinandergestoben und der Platz leer. Nun wetzte er die eroberte Stange, die unten mit Eisen beschlagen war, kreuzweis auf dem Pflaster, daß es Funken gab, und rief zu wiederholten Malen: „Hoho, sind noch mehre da, die Prügel haben wollen?“ Da sich aber niemand weiter meldete, so nahm er die Stange, die er einen Bleistift nannte, unter den einen Arm und den Burschen unter den andern, und führte ihn über die Straße fort. Unterweges, als dieser sich wieder etwas erholt und nach allen Seiten umgesehen hatte, fragte er endlich, was denn das für eine Stadt sei? – „Das wird Halle geheißen“, erwiderte jener.

So kamen sie an ein kleines Haus und über eine enge Treppe, wo der Graumantel mit seinen ungeheuren Reiterstiefeln mehrmals stolperte, in eine große, wüste Stube, in der eine Öllampe verwirrte Scheine über die kahlen Wände und in die staubigen Winkel umherwarf. Der alte Student (denn das war der im Mantel) warf, wie er eintrat, seinen Bleistift mitten in die Stube und zog mühsam das Docht der halbverloschenen Lampe zurecht; da tauchte nach und nach allerlei Gerümpel ringsher aus der Dämmerung: ein ausgetrocknetes Dintenfaß, leere Bierflaschen, die als Leuchter gedient, Rapiere und ein alter Stiefel daneben, da hatt er seine Wäsche drin. Er selbst aber nahm sich, so bei Licht besehen, ziemlich graulich aus: große, weit herausstehende Augen, eine lederne Kappe auf dem zerzausten Kopf, einen Strick um den Leib und lauter Bart, wie ein Eremit.

Als er mit der Lampe fertig war, reckte er sich zufrieden, daß ihm alle Glieder knackten. „Ach“, sagte er, „solche Motion tut not, wenn man so den ganzen Tag über den Büchern hockt.“ – Der Bursch sah sich überall um, aber es war kein Buch zu sehen. – Drauf wandte der Student sich zu ihm: „Aber Fuchs, bist du denn des Teufels“, sagte er, „gleich zwischen Spießen und Stangen hier mit der Tür ins Haus zu brechen!“ – „Zerbrochen?“ entgegnete der Bursch, erschrocken nach seinem Schubsack greifend, „nein, da ist die ganze Bescherung.“

Mit diesen Worten brachte er Flasche und Torte aus den Taschen hervor. Als der Student das sah, fragte er nicht weiter nach dem Herkommen, sondern verbiß sich, obgleich es fast über Mitternacht war, sogleich mit so erstaunlichem Appetit in die Felsentorte, daß ihm die Trümmer über den Bart herabkollerten. „Wie heißt du denn?“ fragte er dazwischen. – Der Bursch, ohne sich lange zu bedenken, erwiderte: „Klarinett.“ – „Hm, ein guter Klang“, meinte der Student. Dann griff er nach dem Wein, und da kein Glas da war, trank er ihm aus der Flasche zu: „Daß dich der Donner erschlag, Klarinett, wenn du nicht ein ordentlicher Kerl wirst! Überhaupt“, fuhr er, sich den Bart wischend fort, „wenn du studieren willst, da mußt du die Bücher in die Nase – wollt sagen die Nase in die Bücher stecken und Cajus, Cujacius und allen den schweinsledernen Kerls auf den Leib gehen, und wenn sie noch so dick wären!“

„Aber“, fiel ihm hier der Bursch ins Wort, „ich bin ja gar kein Student, sondern eigentlich ein wandernder Musikus.“

„Was, ein Musikant?“ rief der Student, „was spielst du?“ – „Das Klarinett.“ – „Oho“, sagte er, „du pfeifst also deinen eignen Namen wie der Kuckuck.“ Hier ging er, wie in reiflicher Überlegung, mit langen Schritten ein paarmal im Zimmer auf und nieder, dann blieb er plötzlich vor dem Burschen stehen, und vertraute ihm, wie er eine große, heimliche Lieb gefaßt hätte seit langer Zeit zu einer vornehmen Dame hier im Ort; er wüßte aber nicht, wie sie hieß, sondern ginge nur zuweilen an ihrem Hause vorüber, wo sie mit ihrem dicken Kopfzeug wie eine prächtige Hortensia am Fenster säße, aber sooft er unter die Fenster käme, hörte er bloß ein angenehmes Flüstern droben und sähe nichts als weiße Arme flimmern und Augen funkeln durch die Blumen –

Der Bursch versetzte darauf, er sollte sich nur etwas besser herausputzen bei solchen Gelegenheiten. – Der Student sah an sich herunter, schüttelte den Kopf und schien ganz zufrieden mit seinem Aufzuge. Dann sagte er, er hätte schon lange die Intention gehabt, vor ihren Fenstern eine Serenade aufzuführen, aber seine Kommilitonen könnte er dazu nicht brauchen, die würden ihn auszustechen suchen bei ihr; nun aber wolle er ihr morgen abend das Ständchen bringen, da sollte der Bursch mitblasen helfen.

Dieser war damit zufrieden, und nun sollte auch sogleich die Senerade eingeübt werden. Der Student nahm voller Eifer ein Waldhorn von der Wand, staubte es erst sorgfältig ab, setzte ein wackelichtes Notenpult unter Zorn und Fluchen, weil es nicht fest stehn wollte, mitten in der Stube zurecht, legte die Notenbücher drauf, und beide stellten sich nun einander gegenüber und fingen mit großer Anstrengung ein sehr künstliches Stück zu blasen an. Darüber aber war bei der nächtlichen Stille nach und nach die ganze Nachbarschaft in Aufruhr geraten. Ein Hund fing im Hofe zu heulen an, drauf tat sich erst bescheiden ein Fenster gegenüber auf, dann wieder eins, und endlich unaufhaltsam immer mehrere vom Keller bis zum Dach, und dicke und dünne Stimmen durcheinander, alles schimpfte und zankte auf die unverhoffte Nachtmusik. Zuletzt wurde es doch dem Studenten zu toll, er warf voller Wut das Horn weg, ergriff ein altes, verrostetes Pistol vom Tisch und drohte zum offenen Fenster hinaus, den Zipfel von jeder Schlafmütze herabzuschießen, die sich ferner am Fenster blicken ließe. Da duckten auf einmal alle Mausköpfe unter und es wurde stille draußen, nur der Hund bellte noch ein Weilchen den Mond an, der prächtig über die alten Dächer schien.

Der Student aber, sich den Schweiß von der Stirn wischend, streckte sich nun ganz ermüdet der Länge nach auf das zerrissene Sofa hin, Klarinett sollte sich's auch kommode machen, aber es war nur ein einziger Stuhl in der Stube, und als er ihn angriff, ging die Lehne auseinander. Da wies der Student auf einen leeren Koffer neben dem Kanapee, dann verlangte er gähnend, Klarinett sollte ihm seinen Lebenslauf erzählen, damit er ihm darnach gute Ratschläge für sein weiteres Fortkommen erteilen könnte.

Der Bursch schoß einen seltsamen scharfen Blick herüber, als wollt er erst prüfen, wieviel er hier vertrauen dürfte, dann rückte er sich auf seinem Koffer zurecht und begann nach kurzem Besinnen:

„Ich weiß nicht, ob mein Vater ein Müller war, aber er wohnte in einer verfallenen Waldmühle, da rauschten die Wasser lustig genug, aber das Rad war zerbrochen und das Dach voller Lücken, in den klaren Winternächten sahen oft die Wölfe durch die Löcher ins Haus herein."

„Was lachst du denn?" unterbrach ihn hier der Student. – „Wahrhaftig", erwiderte der Bursch, „Ihr gemahnt mich heut ganz an meinen seligen Vater, wie ihn mir die Mutter einmal beschrieben hat." – „Was geht mich dein seliger Vater an", meinte der Student. Aber der Bursch fuhr von neuem lachend fort: „Es war nämlich gerade den Abend nach einer Schlacht, man hatte den ganzen Tag in der Ferne schießen hören, da ging mein seliger Vater eilig ins Feld hinaus, denn die Mühle lag seitwärts im Grunde tief verschneit; so war der Krieg darüber weggegangen. Draußen aber hatte er mancherlei Plunder im Schnee verstreut, zerhauene Wämser, Fahnen, Pickelhauben und Waffen; mein Vater konnte alles brauchen, er fuhr sogleich in ein Paar ungeheure Reiterstiefel hinein, zog hastig Pappenheimsche Kürasse, schwedische Koller und Kroatenmäntel an, eins über das andre, dabei war er in der Geschwindigkeit mit beiden Armen in ein Paar spanische Pluderhosen geraten, der Wind blies den Kroatenmantel im Freien weit auf, je mehr er zuckte und reckte, je verwickelter wurde die Konfusion von Schlitzen, Falten, flatternden Zipfeln und Quasten, und als nun meine Mutter, die eben guter Hoffnung war, ihn so haspelnd und fluchend mit ausgespreizten Armen wie einen fliegenden Wegweiser daherstreichen sah, mußte sie so darüber lachen, daß sie plötzlich meiner genas. Und in demselben Augenblick, wo ich zur Welt kam, ging draußen klingendes Spiel durch die stille Luft, die Kaiserlichen bliesen noch im Fortziehn Victoria weit auf den Bergen, daß es lustig über den Schnee herüberklang, mein Vater meinte, das wäre ein gutes Zeichen, ich würde ein glücklicher Soldat werden. Ich selbst aber weiß mich von allem dem nur noch dunkel so viel zu erinnern, daß ich so recht still und warm in der wohlgeheizten Stube in meinen Kissen lag und verwundert die spielenden Ringe und Figuren betrachtete, welche die Nachtlampe an der Stubendecke abbildete. Das zahme Rotkehlchen war von dem ungewohnten Licht und Nachtrumor aufgewacht, schüttelte die Federn, wie wenn es auch sein Bettlein machen wollte, setzte sich dann neugierig auf die Bettlade vor mir und sang ganz leise, als wollt es mir zum Geburtstag gratulieren. Meine Mutter aber neigte sich mit ihrem schönen bleichen Gesicht und den großen Augen freundlich über mich, daß ihre Locken mich ganz umgaben, zwischen denen ich draußen die Sterne und den stillen Schnee durchs kleine Fenster hereinfunkeln sah. Seitdem, sooft ich eine klare, weitgestirnte Winternacht sehe, bin ich immer wieder wie neugeboren.“ –

Hier hielt er plötzlich inne, denn er hörte soeben Herrn Suppius (so hieß der Student) auf dem Kanapee schon tüchtig schnarchen. Der Mondschein lag wie Schnee auf den Dächern, da war's ihm in dieser Stille, wie der Lampenschein so flatternd an der Decke spielte, als hörte er draußen die Wasser und den Wind wieder gehen durch die Wipfel im Wald und das Rotkehlchen wieder dazwischensingen.

2. *Die Serenaden*

Am folgenden Tage durchstrich Klarinett neugierig alle Gassen und Plätze, die der dreißigjährige Kriegssturm übel zugerichtet. Aber es gefiel ihm doch sehr, denn die ganze Stadt war jetzt wie ein lustiges Feldlager, die Studenten in schönen, unerhörten Trachten schwärmten plaudernd durch die Straßen, überall Lachen, Waffengeklirr und der fröhliche Klang der Jugend, als hätte sich mitten aus dem neuen Frieden, der nun allmählich draußen die müde Welt überzog, ein Haufen Holkscher Jäger hierhergeworfen, um die Wissenschaften zu erstürmen.

Als er endlich, nach vielem Umherirren und Fragen, ziemlich spät die Sackgasse wiedergefunden, traf er Herrn Suppius schon unten an der Haustür voller Unruhe wegen der verabredeten Serenade. Er hätte ihn beinah nicht wiedererkannt, denn er hatte einen gestickten Modefrack mit steifen Schößen angezogen und eine große Wolkenperücke auf dem Kopf, wie ein Gesandter. Er quälte sich soeben voll Zorn und Eifer, einen alten Degen, der nicht passen wollte, galant anzustecken, darüber waren mehrere Locken der Perücke aufgegangen, da und dort kam sein eignes struppiges Haar darunter hervor, aber er fragte nichts darnach, und stülpte einen dreieckigen Tressenhut drauf, daß es staubte, der saß ihm ganz hintenüber recht im Genick. Klarinett mußte nun auch geschwind seine besten Kleider anlegen, und als die balsamische Nacht über die verräucherten Dächer daherkam, wanderten schon beide vergnügt mit ihren Instrumenten durch die finstere Stadt. Ihre Tritte hallten in der abgelegenen Einsamkeit, nur ein Student sang noch am offnen Fenster zur Zither, mehrere Uhren schlugen verworren durch den Wind, der Nachtwächter rief eben die elfte Stunde, einige Stimmen ahmten ihn verhöhnend nach, man hörte Lärm und Gezänke in der Ferne, dann plötzlich alles wieder still. Auf einmal winkte Suppius, sie schlüpften durch eine Lücke der Stadtmauer ins Freie, und standen vor einem schönen, großen Hause. Klarinett betrachtete verwundert Dach, Erker und den mondbeschienenen Garten zur Seite, er glaubte nach und nach dieselbe Villa wiederzuerkennen, wo er gestern abends angekommen; da dacht er sich's gleich, daß es wieder nicht gut ablaufen würde.

Aber alles erschien heute von einer anderen Seite, sie waren in einen kleinen, winkligen Hof geraten voll Gerümpel und alter Tonnen, die Fenster im Hause waren fest verschlossen, nur die Wetterfahne drehte sich manchmal knarrend auf dem Dach, eine Katze unten funkelte sie mit ihren grünfeurigen Augen an und wand sich mit gebogenem Buckel spinnend um ihre Stiefel. „Hier heraus muß sie schlafen, halt dich nur dicht hinter mir", sagte Suppius, sein Waldhorn leise zurechtsteckend.

Kaum aber hatten sie sich zwischen den Tonnen zum Blasen zurechtgestellt, so war's ihnen, als hörten sie von der einen Seite draußen ein Pferd schnauben. Sie setzten die Instrumente ab und horchten ein Weilchen, da ließ sich gleich darauf ein heimliches Knistern im Hause vernehmen, in demselben Augenblick tat sich ein Hinterpförtchen leise auf, ein Mann vorsichtig nach allen Seiten umschauend, trat hervor und führte ein Frauenzimmer, die zögernd folgte, schnell bei der Hand an den blühenden Sträuchern fort. Der Mond schien bald hell bald dunkel zwischen wechselnden Wolken, da sahen sie deutlich, wie der Mann jetzt unter den hohen Bäumen die Dame auf ein Pferd hob, sich selber hinter ihr hinaufschwang, einen weiten weißen Mantel um beide schlug und sacht und lautlos davonritt. Da warf Suppius plötzlich die leeren Tonnen auseinander, und mit einem Satz sich über den Zaun schwingend, rannte er unaufhaltsam mit entsetzlichem Geschrei übers Feld an den letzten Häusern vorüber, daß alle Hunde erwachten und die Leute erschrocken an die Fenster fuhren. Der Herr auf dem Pferde aber, da er ihn unverhofft mit seinen großen Stiefeln hinter sich so hohe, weite Sprünge machen sah, setzte die Sporen ein und es dauerte nicht lange, so waren Roß und Reiter verschwunden.

Der Student nun, als er sie im Dunkel verloren, blieb atemlos mitten im Felde stehen und schimpfte auf die Nacht, die alles bemäntelte, und auf den Mond, der wie eine Spitzbubenlaterne dazu leuchtete, und auf den Wind, der ihm die Wolkenperücke zerzaust, und auf Klarinett, der darüber lachte. – „Aber um Gottes willen, was gibt's denn eigentlich?" fragte dieser endlich ganz erstaunt. – „Was es gibt?" erwiderte Suppius zornig, „Mord, Totschlag, Entführung gibt's, hast du nicht den Reiter gesehen?" – „Ja, und eine Dame." – „Und das war just meine Liebste!" rief Suppius.

Klarinett aber, da er diese unerwartete Nachricht vernommen, lag schon der Länge nach im Grase und legte das Ohr an den Boden. „Die Luft kommt von dorther“, sagte er eifrig, „ich höre noch den Klang der Huftritte von fern, jetzt schlagen die Hunde an drüben im Dorf, dort sind sie hin.“ – „Gut, so steh nur rasch wieder auf“, sagte Suppius und beschloß sogleich, dem Entführer weiter nachzusetzen, Klarinett sollte auch mit, er selber habe alles von Wert bei sich und in der Stadt nichts zurückgelassen als ein paar lumpige Schulden, den Weg aber, den der Räuber eingeschlagen, kenne er wie seine Tasche und wisse recht gut, wohin er führe, sie brauchten nur schnell auf der Saale sich in einen Kahn zu werfen, so kämen sie ihnen noch vor Tagesanbruch ein gut Stück voraus.

Das war dem Klarinett eben recht, und so gingen sie rasch miteinander nach dem Ufer zu. Dort fanden sie bald unter dem Weidengebüsch einen angebundenen Nachen, ein Fischer lag drin voller Gedanken auf dem Rücken, der machte große Augen, als er Herrn Suppius, den hier in der Gegend alle kannten, so martialisch auf sich zukommen sah. Suppius sagte ihm, wo sie hinauswollten, der Fischer griff stumm und verschlafen nach den Rudern, und nach einigen Minuten fuhren sie alle schon lustig die Saale hinunter. Der Wind hatte unterdes die Wolken zerstreut, da legte Suppius, der sich in der Nachtkühle wieder ein wenig beruhigt, dem Fischer gelehrt den ganzen Himmelsplan aus mit lateinischen Skorpionen, Krebsen und Schlangen, und geriet, da der ungläubige Fischer von dem allen nichts wissen wollte, immer tiefer und eifriger in den Disput. Klarinett aber saß in der Einsamkeit ganz vorn im Kahn; das war eine prächtige Nacht! Sternschnuppen am Himmel, und Berge, Wälder und Dörfer am Ufer flogen wie im Traum vorüber, manchmal rauscht' es leise im Wasser auf, als wollte eine Nixe auftauchen in der großen Stille, von beiden Seiten hörte man Nachtigallen fern in den Gärten. Da sang Klarinett:

„Möcht wissen, was sie schlagen
So schön bei der Nacht,
's ist in der Welt ja doch niemand,
Der mit ihnen wacht.

Und die Wolken, die reisen,
Und das Land ist so blaß,

Und die Nacht wandert leise,
Man hört's kaum, durchs Gras.

Nacht, Wolken, wohin sie gehen,
Ich weiß es recht gut,
Liegt ein Grund hinter den Höhen,
Wo meine Liebste jetzt ruht.

Zieht der Einsiedel sein Glöcklein,
Sie höret es nicht,
Es fallen ihr die Löcklein
Übers ganze Gesicht.

Und daß sie niemand erschrecket,
Der liebe Gott hat sie schier
Ganz mit Mondschein bedecket,
Da träumt sie von mir."

Jetzt glitt der Nachen durch das säuselnde Schilf ans Ufer, ein erleuchtetes Fenster spiegelte sich im Fluß, Klarinett erkannte nach und nach alte Mauern und Türme und eine Stadt im Mondschein. Suppius aber hatte ihn schon am Arme gefaßt und sprang mitten aus seinem Diskurse ans Land. „Dort am Galgen geht der Feldweg vorbei, den sie kommen müssen", sagte er und bezahlte rasch den Schiffer, der gähnend wieder in die schöne Nacht hinausstieß. Die beiden aber schritten nun sogleich durch das alte Tor, da hatte der Krieg das Stadtwappen ausgebissen, bei der angenehmen Friedenszeit lag der Nachtwächter schnarchend auf der steinernen Bank daneben, der Mond beschien hell die stille Straße mit ihren spitzen, finstern Giebeln, draußen vom Felde hörte man fern eine Wachtel schlagen. Als sie auf den Markt kamen, machte Suppius plötzlich halt. „Die Stadt hat nur zwei Tore", sagte er, „von dem Brunnen hier kann man von einem Tor zum andern sehn, die Nacht ist klar, sie mögen nun erst ankommen oder schon drin sein, hier können sie uns nicht entwischen." Mit diesen Worten postierte er den Klarinett an die eine Seite des Brunnens und setzte sich selbst von der andern auf die steinerne Rampe, die Arme über der Brust verschlungen und unverwandt in die Straße hinausschauend. Indem bemerkte Klarinett noch Licht in einem schönen, großen Hause, ein tief heruntergebrannter

Kronleuchter drehte sich, wie verschlafen, hinter den Scheiben, man schien soeben nach einem Tanze die Kerzen auszuputzen von einem Fenster zum andern, und bald war das ganze Haus ebenfalls dunkel bis auf ein einziges Zimmer. Da tat sich plötzlich unten eine Tür auf und laut plaudernd, scherzend und lachend, brach ein dunkles Häuflein in die kühle Stille heraus, es waren Schüler oder Musikanten mit überwachten Gesichtern, ihre Instrumente unter den Mänteln. Als sie noch das Licht oben sahn, traten sie schnell wieder zusammen, stellten sich unter das erleuchtete Fenster und fingen sogleich ein Ständchen zu blasen an, das zog wie ein goldener Traum über die schlafende Stadt. Auf einmal aber öffnete sich oben das Fenster, zwischen den rotseidenen Gardinen erschien eine schöne, schlanke Mädchengestalt und bog sich weit heraus in den Mondschein, als wollte sie zu ihnen sprechen.

„Da ist sie!“ rief hier plötzlich Suppius, von dem Rande des steinernen Brunnens aufspringend. In demselben Augenblick aber faßte von hinten ein dunkler Arm das Mädchen schnell um den Leib, zog sie in das Zimmer zurück, und warf hastig das Fenster zu, dann sah man noch drin an den Wänden lange Schatten wie Windmühlflügel verworren durcheinanderarbeiten, und gleich darauf war auch das Licht oben ausgelöscht und alles wieder still.

Die unverhoffte Erscheinung des Suppius brachte die erschrockenen Musikanten unten ganz aus dem Konzept, einer sah den andern verwundert an, nur hier und da fuhr noch ein verlegener Ton aus, wie bei einer Orgel, der der Wind ausgegangen. Zu beiden Seiten ehrerbietig ausweichend, antworteten alle eifrig durcheinander: „Wir sind's, wir sind's, wir wollten ihnen, da sie oben noch Licht hatten, einen Willkommen blasen.“ – „Wem denn?“ – „Nun Ihr wißt's ja, die vorhin ankamen, als wir drin zum Tanze aufspielten, der fremde Herr mit der Dame.“ – „Zu Pferd, im langen Mantel?“ – „Ja, die Euch so höflich grüßten, Ihr saht eben auch zum Fenster heraus.“ – „Ich?“ – „Freilich, und: ‚ha das faule Hofgesind!‘ rief der fremde Kavalier im Hofe, ‚wo bleibt meine Leibkarosse?‘ Und als Ihr eben droben den Kehraus tanztet –“ „Da möcht man ja gleich des Teufels werden!“ „– kam auch die Karosse wirklich nach, Ihr rieft noch dem Kutscher aus dem Fenster zu, er sollt nach dem Hof fahren.“ – „Wer ist hier betrunken, ich oder ihr?“ – „Ich und Ihr und wir alle für unseren Herrn Burgemeister, vivat hoch!“ schrien da auf einmal die berauschten Musikanten, und wollten nun den Suppius, den sie in seinen höfischen Staatskleidern im Dunkeln für den Burgemeister hielten, durchaus mit Musik nach Hause bringen. Vergebens sträubte sich der entrüstete Student, sie ließen sich's nicht nehmen, und eh er sich's versah, setzten sie sich paarweis in Ordnung und schritten, einen feierlichen Marsch spielend, quer über den Markt voran, als wollten sie die Sterne am Himmel ausblasen. In ihrem Eifer merkten sie's gar nicht, daß Suppius an einer Straßenecke hinter ihnen entwischt war; immerfort blasend, bogen sie in die finstre Gasse hinein, da wurden von allen Seiten über dem Lärm die Hunde wach, dann hörte man sie noch mit dem Nachtwächter um den verlorenen Burgemeister zanken, immer weiter und weiter, bis endlich alles zwischen den dunklen Häusern nach und nach vertoste.

Unterdes aber hatten Suppius und Klarinett, der eine schimpfend, der andre lachend, schon den offnen Hof des Wirtshauses erreicht, als ihnen eine ausgespannte Reisekutsche mit Glasfenstern und vergoldeten Schnörkeln im Mondschein prächtig entgegenglitzerte. Suppius, bei dem erfreulichen Anblick ohne ein Wort zu sprechen, öffnete sogleich die Tür der verlassenen Kutsche, schob den verwunderten Klarinett in den Wagen und schwang sich selber hurtig nach. „So“, sagte er, nachdem er das Glasfenster hinter ihnen behutsam wieder geschlossen hatte, „jetzt sitzen wir mitten in der Entführung drin, wie der fromme Äneas im hölzernen Pferde, um die geraubte Helena zu retten; der Kavalier kann nicht fahren ohne Wagen, der Wagen nicht ohne mich, und ich nicht, ohne den Kavalier und den Wagen und ganz Troja umzuwerfen.“ – „Amen, Gott weiß, wer dabei zuoberst oder zuunterst zu liegen kommt“, erwiderte Klarinett, dem die Bündigkeit des trojanischen Anschlages noch nicht recht einleuchten wollte. Eigentlich aber freute er sich selber sehr auf die Konfusion, die nun jeden Augenblick ausbrechen konnte.

Suppius hatte sich indes in der Finsternis des Wagens unverhofft in die seidnen Franzen und Quasten, die überall herumbommelten, verhaspelt und kam nicht aus dem Ärger. Dabei unterließ er aber doch nicht, von Zeit zu Zeit die Gardinen am Wagenfenster zurückzuschlagen und aus seinem Kastell Beobachtungen anzustellen. Das ganze Haus lag in tiefem Schlaf, nur von der einen Seite stand die Stalltür halb offen, sie hörten drin zuweilen Pferde stampfen und schnauben und einzelne Fußtritte, der Kutscher schien schon wach zu sein. Auf einmal stieß er Klarinett an. „Sieh doch“, sagte er, „was ist das für ein großer Pilz da auf der Hofmauer?“

„Das wackelt ja“, entgegnete Klarinett scharf hinblickend, „ein breiter Klapphut ist's, den Wind und Wetter so zerknattert haben, seht Ihr nicht die Augen darunter hervorfunkeln?“

„Wahrhaftig“, bemerkte Suppius wieder, „nun hampelt's und hebt sich's, Haare, Bart und Mantel verworren durcheinandergefilzt, jetzt kommt ein Bein über die Mauer.“

„Und ein Ellbogen aus dem Ärmel“, meinte Klarinett.

Indem aber schwang sich die ganze Figur plötzlich von der Mauer in den Hof hinab, eine zweite folgte, lange, bärtige, soldatische Gesellen.

Beide, erst nach allen Seiten umherspähend, schlichen an die Haustür und versuchten vorsichtig zu öffnen, fanden aber alles fest verschlossen. Suppius und Klarinett verwandten kein Auge von ihnen. Jetzt bemerkten sie, wie die Fremden, an der Stalltür vorbei, quer über den Hof gingen und in der Gaunersprache miteinander redeten. „Schau“, sagte der eine, „haben schöne Klebis“ (Pferde), „werden Santzen“ (Edelleute) „sein, oder vornehme Kummerer“ (Kaufleute), „die nach Leipzig schwänzen“ (reisen). – „Eine gute Schwärze“ (Nacht), versetzte der andre, „es schlunt“ (schläft) „noch alles im Schöcherbeth“ (Wirtshaus), „kein Quin“ (Hund) „bellt und kein Strohbohrer“ (Gans) „raschelt. Alch“ (troll dich) „wollen die Karosse zerlegen, hat vielleicht Messen“ (Gelder) „in den Eingeweiden.“

„Das sind verlaufne Lenninger“ (Soldaten), flüsterte Klarinett, „die kommen bracken“ (stehlen), „ich wollt, ich könnt den Mausköpfen grandige Kuffen stecken“ (schwere Schläge geben!) – „Was Teufel, verstehst du denn auch das Rotwelsch?“ fragte Suppius erstaunt.

Aber da war keine Zeit mehr zu Erklärungen, denn die Lenninger kamen jetzt gerade auf den Wagen los; der eine schnupperte ringsherum, ob er nicht einen Koffer oder Mantelsack fände, der andere aber griff geschwind, damit es sein Gesell nicht merken sollte, nach der Wagentür. Suppius und Klarinett hielten sie von innen fest, er konnte sie mühsam nur ein wenig öffnen, wunderte sich, daß es so schwer ging, und tappte sogleich mit der Hand hinein. „Aha, ein Paar Stiefeln!“ sagte er vergnügt in sich, des überraschten Suppius Füße fassend.

Indem aber schnappt Klarinett die Tür, wie eine Auster, rasch wieder zu, der Dieb hatte kaum so viel Zeit, die gequetschte Hand zurückzuziehn, er meinte in der Finsternis nicht anders, sein Kamerad hätt ihn geklemmt, weil er ihm den ersten Griff nicht gönnte. „Was ist das!“ rief er zornig und böse diesem zu, „bist ein Hautz“ (Bauer), „und kein ehrlicher Gleicher“ (Mitgesell), „möchtest alles allein schöchern“ (trinken) „und mir den leeren Glestrich“ (Glas) „lassen!“ – Der andre, der gar nicht wußte was es gab, erwiderte ebenso: „Was barlest“ (sprichst) „du so viel, wenn wir eben was auf dem Madium“ (Ort) „haben, komm nur her, sollst mir den Hautz wie gefunkelten Johann“ (Branntwein) „hinunterschlingen!“ Da trat plötzlich der Mond aus den Wolken und der Kutscher in die Stalltür, und die erschrockenen Schnapphähne flogen, wie Eidechsen, unter dem Schatten des Hauses zwischen Steinen und Ritzen durch den Hof und über die Mauer wieder in die alte Freiheit hinaus.

„Nun, die bleiben auch noch draußen am Galgen hängen“, meinte Suppius aufatmend. Der schlaftrunkene Kutscher aber, der von allem nichts bemerkt hatte, siebte im Mondschein den Hafer für seine Pferde, gähnte laut und sang:

„Wann der Hahn kräht auf dem Dache,
Putzt der Mond die Lampe aus
Und die Stern ziehn von der Wache,
Gott behüte Land und Haus.“

Darauf ging der Knecht an den Brunnen im Hofe, plumpte Wasser in den Eimer und kämmte und wusch sich, umständlich mit vielem Gegurgel und Geräusch, zu großem Ärger des Suppius, der gerne gesprochen hätte. Endlich kehrte er in den Stall zurück, auch die Schnapphähne ließen sich nicht wieder blicken, und da nun alles still blieb, sagte Suppius ernst zu Klarinett gewendet: „Hör, junger Gesell, es ist ein löblicher Brauch, Verirrte auf den rechten Weg zu weisen. Du redetest vorhin ziemlich geläufig eine gewisse Sprache – Ex ungue leonem – Also glaube ich –“

„Was denn?“ unterbrach ihn Klarinett etwas betroffen; „unter den Römern gab's Schnapphähne genug, und Ihr redet doch auch lateinisch.“ Aber Suppius, den der Tiefsinn der Nacht angeweht, ließ sich nicht aus seiner feierlichen Verfassung bringen. Er hatte sich in das Wagenfenster gelehnt, den Kopf in die rechte Hand gestützt, die Sterne funkelten durch den Lindenbaum vor dem Hause, von den Bergen rauschte der Wald über die Dächer herein. „Da nimm dir ein Exempel dran", fuhr er fort, „Wälder und Berge stehn nachts in Gedanken, da soll der Mensch sich auch bedenken. Alle weltliche Lust, Hoheit und Pracht, die Nacht hat alles umgeworfen, die wunderbare Königin der Einsamkeit, denn ihr Reich ist nicht von dieser Welt. Sie steigt auf alle Berge und stellt sich auf die Zinnen der Schlösser und schlägt mahnend die Glocken an, aber es hört es niemand als die armen Kranken, und niemand hört die Gewichte der Turmuhr schnurren und den Pendul der Zeit gehn in der stillen Stadt. Der Schlaf probiert heimlich den Tod, und der Traum die Ewigkeit. Da hab ich immer meine schönsten –"

Hier überwältigte ihn unversehens der Schlaf, er nickte ein paarmal mit seinem dreieckigen Tressenhut; dann plötzlich ein Weilchen wieder hinausstarrend, in abgebrochenen Sätzen wie eine abgelaufene Spieluhr: „Meine schönsten Gedanken", hub er noch einmal an „– in der Nacht, wo Laub und Fledermaus und Igel und Iltis verworren miteinander flüstern – und der Mensch im Traume – ihre Sprache versteht." –

Jetzt aber hatte die Nacht ihn selber umgeworfen. Klarinett horchte noch immer hin, denn es war ihm wirklich bei den Worten als hört' er des Einsiedels Glöcklein fern überm Wald. Er zog, da Suppius nun fest schlief, das Wagenfenster vorsichtig wieder auf; dann lehnt' er in Gedanken die Stirn an die Scheibe, da hörte er vom Stall her wieder das einförmige Schnurzen der Pferde beim Futter, und über ihm rauschte der Baum und seitwärts die Saale hinter dem Hause fort und immerfort, bis auch er endlich vor großer Ermüdung einschlummerte. –

Ruck! – stießen da auf einmal beide so hart mit den Köpfen aneinander, daß es dröhnte. Suppius blickte wild nach allen Seiten um sich, und wußte durchaus nicht, wo er war. Als er sich aber endlich auf seine Liebste und die ganze Entführungsgeschichte wieder besonnen hatte, sagte er verwirrt: „Was ist das, Klarinett? wir fahren ja, ich glaube gar, nun werden wir selbst entführt." – „Ja, und gerade in einen Wald hinein", erwiderte Klarinett nicht weniger verwundert, „seht nur, vier prächtige Rosse vor dem Wagen und der fromme Kutscher drauf." – „Mit einem goldbordierten Hut", sagte Suppius wieder, „und hinter uns aus der Stadt krähen uns die Hähne nach, als wollten sie uns foppen, mir scheint, ich wittre schon Morgenluft.“ – „Freilich, aber die Fledermäuse schwirren noch durch die Dämmerung“, versetzte Klarinett plötzlich aufmerksamer zur Seite blickend, „da schaut nur zwischen die Bäume, da noch einer, dort wieder einer: bei Gott, das sind die Bärenhäuter von heute nacht, die halten Euch gewiß für den reisenden Kavalier.“

Indem aber fiel auch schon ein Schuß aus dem Walde und gleich darauf noch ein zweiter. Der Kutscher duckte sich, die Kugel pfiff über ihn weg, er peitschte heftig in die Pferde, Suppius schrie voll Wut aus dem Wagen: „Fehlgeschossen, ihr Narren! ich bin's ja nicht!“ Der Kutscher, da er zu seinem großen Erstaunen auf einmal fremde Leute im Wagen bemerkte, die er gleichfalls für Strauchdiebe hielt, warf sich nun ohne weiteres aus dem Sattel, überkugelte sich ein paarmal im Graben und war dann schnell im Dickicht verschwunden. Über dem Lärm aber wurden die ledigen Pferde ganz wild, die Räuber fluchten, die Kugeln pfiffen, Suppius drohte, so sausten sie unaufhaltsam dahin, man hört' es noch lange durch die heitere Morgenstille rumpeln und schimpfen –

3. Waldesrauschen

In einer warmen Sommernacht schlief ein Mädchen im Wald, sie hatte den Kopf über den rechten Arm auf ihr Tamburin gelegt und das Gesicht gegen den Tau mit der Schürze bedeckt, ein Pferd weidete daneben, weiterhin lag ein junger Bursch, der wendete sich manchmal und redete unverständlich im Schlaf. Zwischen den Bäumen aber flog das erste halbe Morgenlicht schon schräg über den luftigen Rasen, ein paar Rehe, die in der Nacht mit dem Pferde geweidet, schlüpften raschelnd durch die Dämmerung tiefer in den Wald zurück, sonst war noch alles still.

Auf einmal ertönte ein gellender Wachtelschlag, das Mädchen hob sich rasch, daß die Glöckchen am Tamburin klangen. Es war der Vater, der mit seinem Pfeifchen die Schlafenden weckte. Er stand schon in voller Reisetracht: knappe blaue Beinkleider mit rotem Paß, und eine grüne ungersche Jacke mit gelben Schnüren und blinkenden Knöpfchen nachlässig über die Schulter geworfen, ein ehemaliger Soldat, der nun als

Puppenspieler und starker Mann mit den Kindern durchs Land zog.

„Horch", sagte er, „da krähen Hähne in weiter Ferne nach jener Seite hin, die Luft kommt von drüben, da muß ein Dorf sein, der Wald liegt hoch, besteig einmal den Tannenbaum, Seppi, und sieh dich um." Der Bub reckte und dehnte sich mit beiden Armen in die ungewisse Luft und schüttelte die Locken aus der Stirn, dann kletterte er schnell in den höchsten Wipfel hinauf. Nach einem Weilchen rief er herab: „Da unten ist noch alles nachtkühl und still, es liegt alles durcheinander im tiefen Grund, da haben sie wieder ein Dorf verbrannt." – „Ja, ja", versetzte der Vater, „der große Schnitter Krieg mäht uns tapfer voran, man hört seine Sense bei Tag und bei Nacht klirren durchs Land, wir geringen Leut haben die Nachlese auf den Stoppeln. Siehst du sonst nichts?" – „In der Ferne ein schönes Schloß überm Wald, die Fenster glitzern herüber." – „Raucht der Schornstein?" – „Ja, kerzengerad aus den Wipfeln." – „Gut", versetzte der Vater, „so komm nur wieder herunter, da wollen wir hin." – Aber im Herabsteigen zögernd rief der Bursch noch einmal: „Ach aber da drüben, da liegt das ganze Tal schon im Sonnenschein, jetzt blitzen drunten Hellebarden aus den Kornfeldern, Landsknechte ziehn nach dem Walde zu, wie schön sie singen!" – „Da ist der Siglhupfer dabei!" sagte das Mädchen freudig. – Der Vater blickte rasch nach ihr herüber, man wußt niemals recht, ob er lächelte oder heimlich schnappen und beißen wollte, so scharf blitzten manchmal seine Zähne unter dem langen, gewichsten Schnurrbart hervor. „Rauch und Wind!" sagte er, „wer weiß, wo der Siglhupfer schon zerhauen im Graben liegt." – Das Mädchen aber lachte: „Ihr sprecht immer so barsch, er denkt doch an mich, er ist ein Soldat von Fortüne und kommt wohl wieder, eh wir's denken, als Offizier zu Pferde mit hohen Federn auf dem Hut."

Währenddes hatte sie ein Stück von einem zerschlagenen Spiegel vor sich an den Baum gelehnt, setzte sich davor ins Gras und flocht ihr langes, schwarzes Haar auf zigeunerisch in zierliche Zöpfchen, dabei biß sie von Zeit zu Zeit in eine Wecke und streute einzelne Krümchen über den Rasen für die Vögel, die ihr neugierig aus dem Laube zusahen. Der Vater und Seppi aber zäumten und packten schon das Saumroß, unverdrossen bald einen König- bald einen Judenbart zurückschiebend, die in schmählicher Gleichheit durcheinandergeworfen, aus dem löcherigen Puppensack herausdrängten. Dann hauchte der Vater ein paarmal auf ein großes, schwarzes Pflaster, das er über das linke Auge und Backe legte, damit er martialischer aussäh und die Leute sich vor ihm fürchteten. Und als endlich alles reisefertig war, schwang er die Tochter in den Sattel, Seppi mußte vorausgehen, er aber führte das Pferd über die Wurzeln und Steine vorsichtig hinter sich am Zügel, und droben auf ihrem luftigen Sitze, das Tamburin neben sich gehängt, baumelte das Mädchen vergnügt mit den Füßchen und freute sich über ihre neuen roten Halbstiefeln; manchmal streifte ihr ein Zweig Stirn und Wange, daß sie wie eine Blume ganz voll Tauperlen hing. Da stimmte Seppi vorne lustig an:

„Der Wald, der Wald, daß Gott ihn grün erhalt,
Gibt gut Quartier und nimmt doch nichts dafür!"

Und das Mädchen antwortete sogleich:

„Zum grünen Wald wir Herberg halten,
Denn Hoffart ist nicht unser Ziel,
Im Wirtshaus, wo wir nicht bezahlten,
Es war der Ehre gar zu viel,
Der Wirt er wollt uns gar nicht lassen,
Sie ließen Kanne und Kartenspiel,
Die ganze Stadt war in den Gassen
Und von den Bänken mit Gebraus
Stürzt' die Schule heraus,
Wuchs der Haufe von Haus zu Haus,
Schwenkt' die Mützen und jubelt' und wogt',
Der Hatschier, die Stadtwacht, der Bettelvogt,
Wie wenn ein Prinz zieht auf die Freit,
Gab alles, alles uns fürstlich Geleit.
Wir aber schlugen den Markt hinab
Uns durch die Leut mit dem Wanderstab
Und hoch mit dem Tamburin, daß es schallt' –"

Und der Puppenspieler und Seppi fielen jubelnd ein:

„Zum Wald, zum Wald, zum schönen, grünen Wald!"

Das Mädchen sang wieder:

„Und da nun alle schlafen gingen,
Der Wald steckt seine Irrlicht' an,

Die Frösche tapfer Ständchen bringen,
Die Fledermaus schwirrt leis voran,
Und in dem Fluß auf feuchtem Steine
Gähnt laut der alte Wassermann,
Strählt sich den Bart im Mondenscheine
Und frägt ein Irrlicht, wer wir sind?
Das aber duckt sich geschwind,
Denn über ihn weg im Wind
Durch die Wipfel der wilde Jäger geht,
Und auf dem alten Turm sich dreht
Und kräht der Wetterhahn uns nach:
Ob wir nicht einkehrn unter sein Dach?
O Gockel, verfallen ist ja dein Haus,
Es sieht die Eule zum Fenster heraus
Und aus allen Toren rauschet der Wald.
Der Wald, der Wald, der schöne grüne Wald!

Und wenn wir müd einst, sehn wir blinken
Eine goldne Stadt still überm Land,
Am Tor Sankt Peter schon tut winken:
‚Nur hier herein, Herr Musikant!‘
Die Engel von den Zinnen fragen,
Und wie sie uns erst recht erkannt,
Sie gleich die silbernen Pauken schlagen,
Sankt Peter selbst die Becken schwenkt,
Und voll Geigen hängt
Der Himmel, Cäcilia an zu streichen fängt,
Dazwischen hoch vivat! daß es prasselt und pufft,
Werfen die andern vom Wall in die Luft
Sternschnuppen, Kometen,
Gar prächtige Raketen,
Versengen Sankt Peter den Bart, daß er lacht,
Und wir ziehen heim, schöner Wald, gute Nacht!“

Und zum Chor machte der Puppenspieler mit dem Munde prasselnd das Feuerwerk nach, und Seppi schmetterte mit einem Pfeifchen wie eine Nachtigall, und die Tochter schwang ihr Tamburin schwirrend dazwischen; so zogen sie wie eine Bauernhochzeit durch den Wald in den aufblitzenden Morgen hinunter, als zögen sie schon ins Himmelreich hinein.

Als sie aber am Rand des Waldes zu sein vermeinten, fing jenseits der Wiese schon wieder ein andrer an, die Heiden waren ohne Weg, die Bäche ohne Steg, manchmal ward ihnen wie wenn sie Hunde bellen hörten aus der Ferne und Stimmen gehn im Grund, das Schloß aber, wohin sie zielten, stand bald drüben, bald dort, immer neue Schluchten dazwischen, als wollt es sie foppen. Und so war es fast schon wieder Abend geworden, als sie endlich, aus einem verworrenen Gebüsch tretend, auf einmal die Burg ganz nahe vor sich sahen.

Sie schauten sich erst nach allen Seiten um, eine Allee von wilden Kastanien führte nach dem Tor, man konnte bis in den gepflasterten Hof, und im Hofe einen Brunnen und Galerien rings an dem alten Hause sehen, es rührte sich aber nichts darin. „Ich weiß nicht, Denkeli“, sagte der Puppenspieler nach einem Weilchen zur Tochter, „das kommt mir doch kurios vor mit dem Schloß, das hängt ja alles so liederlich, die Sparren vom Dach und die Laden aus den Fenstern, als wär auch schon der Kriegsbesen darübergefahren.“ – Indem schlug die Uhr vom Turme langsam durch die große Einsamkeit. – „Da muß aber doch jemand wohnen, der die Uhr aufzieht“, sagte Denkeli. – „Das tun die Toten bei Nacht in solchen Schlössern“, erwiderte der Vater verdrießlich.

Darüber waren sie an ein altes Gittertor gekommen, und blickten durch die ehemals vergoldeten Stäbe in den Schloßgarten hinein. Da lag alles einsam und schattig-kühl, Regen, Wind und Sonnenschein waren, wie es schien, schon lange die Gärtner gewesen, die hatten einen steinernen Neptun aufs Trockne gesetzt und ihm eine hohe grüne Mütze von Ginster bis über die Augen gezogen, wilder Wein, Efeu und Brombeer kletterten von allen Seiten an ihm heran, eine Menge Sperlinge tummelte sich lärmend in seinem Bart, er konnt sich mit seinem Dreizack vor dem Gesindel gar nicht mehr erwehren. Und wie er so sein Regiment verloren, reckten und dehnten sich auch die künstlich verschnittenen Laubwände und Baumfiguren aus ihrer langen Verzauberung phantastisch mit seltsamen Fühlhörnern, Kamelhälsen und Drachenflügeln in die neue Freiheit hinaus, und mitten unter ihnen auf dem Dach eines halbverfallenen Lusthauses saß melancholisch ein Pfau noch aus der vorigen Pracht, und rief der untergehenden Sonne nach, als hätte sie ihn hier in der Wildnis vergessen. Auf einmal aber tat es einen leuchtenden Blitz durchs Grün, eine wunderschöne Dame erschien tiefer im Garten, durch die stillen Gänge nach dem Schlosse zu wandelnd, ganz allein in prächtigem Gewande, ihr langes Haar wallte ihr wie ein goldener Mantel über die Schultern, die Abendsonne blitzte noch einmal leuchtend über das kostbare Geschmeide auf Stirn und Gürtel. Denkeli blickte sie scheu, doch unverwandt an, sie dachte an die vorigen Reden des Vaters, es war ihr, als ginge die Zauberin dieser Wildnis vorüber. Die Dame aber bemerkte die Wanderer nicht, sie sah ein paarmal zurück nach ihrer taftenen Schleppe, die schlängelnd hinter ihr herrauschte, und verlor sich dann wieder zwischen den Bäumen.

Jetzt hörten sie zu ihrem Erstaunen plötzlich auch Stimmen am Schloß, sie gingen eilig hin und bemerkten nach langem Umherirren endlich einen Balkon zwischen den Wipfeln, der nach dem Walde herausging. Dort sahen sie einige Herrn an dem steinernen Geländer stehen, die Dame aus dem Garten schien auch bei ihnen zu sein; aber sie konnten nichts deutlich erkennen, denn die Linde, die in voller Blüte stand, reichte bis an den Balkon, und die Abendsonne funkelte blendend dazwischen. Der Puppenspieler war auf alle Glücksfälle vorbereitet, er zog schnell eine Orgelpfeife, die er vor den Mund band, und eine Geige hervor, Seppi einen Triangel und Denkeli ihr Tamburin, und so stellten sie sich unter die Bäume und brachten gleich den Herrschaften ein Ständchen. Denkeli sah dabei öfters scharf hinauf; auf einmal ließ sie, mitten in dem Geschwirre abbrechend, Arm und Tamburin sinken, sie hatte in größter Verwirrung in dem einen Kavalier droben den Siglhupfer erkannt, sie sah, wie er galant und scharmant sich neigte und beugte und mit der Dame parlierte, sie konnt es gar nicht begreifen. Der Vater stieß sie ein paarmal mit dem Ellbogen an, sie sollte zu singen anfangen, aber sie warf das Köpfchen trotzig empor und wollte durchaus nicht, und dem Vater mochte sie die Ursach nicht sagen, denn er lachte sie immer aus mit ihrer Liebschaft. Während dem Hin-und-Herwinken aber kam auch schon eine Kammerjungfer schnell aus dem Schloß herunter und brachte ihnen einen Krug Wein und jedem einen Rosenobel sauber in Papier gewickelt mit der Botschaft, ihre Herrschaft sei heute gar nicht wohl, und zu müde, um die Musik anzuhören, auch sei im ganzen Hause kein Unterkommen für sie zur Nacht.

„Seht Ihr, sie mögen meinen Gesang ja nicht“, sagte Denkeli zum Vater; sie dachte bei sich, Siglhupfer habe sie erkannt und wolle sie nur los sein, weil er sich ihrer schäme vor der vornehmen Dame.

Der Puppenspieler zuckte, ohne zu antworten, ein paarmal zornig mit den buschigten Augenbraunen, trank aber doch auf die Gesundheit der Dame und reichte drauf den Krug der Tochter, die ihn mit der Hand von sich stieß. So stritten sie heimlich untereinander, der Vater zankte noch immer über Denkelis Eigensinn, dann packte er heftig seine Instrumente zusammen, um weiterzuziehn, sie wußten nicht wohin in der fremden Gegend. Über ihnen aber summten die Bienen im Wipfel und hinter den Blüten droben plauderten und lachten die Herrschaften in der schönen Abendkühle und machten sich lustig über die Bettelmusikanten, Denkeli erkannte Siglhupfers Stimme darunter recht gut, das schnitt ihr durch die Seele! manchmal sah sie auch seinen Federhut und die Locken und den Schmuck der Dame durch die Zweige schimmern, es war ihr alles wie ein Traum. Im Weggehn fragte sie die Jungfer noch: „Wer ist denn der junge Herr da droben?"

„Ei, Ihr kommt wohl von weit her?" erwiderte diese, „das ist ja der Herr Rittmeister von Klarinett, der Bräutigam des gnädigen Fräulein."

4. Das verzauberte Schloß

Der Schall einer Trompete gab das Zeichen zur Tafel. Eine Flügeltür tat sich plötzlich auf und Suppius, in goldbrokatenem Staatskleid leuchtend, einen Federhut in der einen Hand, führte an der andern eine prächtige Dame, von kostbaren Armbändern, Halsketten und Ohrgehängen umblitzt und umbommelt, daß man nicht hinsehn konnte, wenn die Sonne darauf schien. So stiegen beide feierlich eine steinerne Treppe in den großen, alten Gartensaal hinab, ein Hündchen mit silbernen Schellen um den Hals trat oft der Dame auf die schwere Schleppe, die von Stufe zu Stufe hinter ihnen her rauschte. Klarinett folgte in reicher Offizierkleidung: in dunkelgrünem Samt mit geschlitzten Ärmeln, einem Kragen von Brüssler Kanten darüber und den Hut mit goldner Spange und nickenden Federn schief auf den Kopf gedrückt, es paßte ihm alles prächtig. Er spielte vornehm mit einer Reitgerte und nickte kaum, als ihm der Diener der Dame meldete, daß sein Reisegepäck gehörig untergebracht sei.

Im Saale aber war der Tisch schon gedeckt, sie nahmen mit

großem Geräusch und unter vielen Komplimenten Platz auf den schweren rotsamtenen Sesseln mit hohen künstlich geschnitzten Lehnen. Klarinett überblickte unterdes erstaunt die Tafel, da gab's so wunderliche Pracht, abenteuerlich gehenkelte Krüge, hohe, altmodisch geschliffene Stengelgläser von den verschiedensten Farben und Gestalten, seltsam getürmte Speisen und Schaugerichte und heidnische Götter von Silber dazwischen, die Pomeranzen in den Händen hielten. Seitwärts aber stand die Tür auf, daß man weit in den Garten sehn konnte, die Sonne funkelte in den Gläsern, der Diener eilte mit Schüsseln und vergoldeten Aufsätzen flimmernd hin und her, und draußen sangen die Vögel dazu und vor der Tür saß ein Pfau auf der marmornen Rampe und schlug sein prächtiges Rad.

So saßen sie lange in freudenreichem Schalle, da hub Fräulein Euphrosine (so war die Dame genannt) mit freundlicher Gebärde an: sie könne sich noch immer nicht dreinfinden, denn es käme selten ein Fremder in diese Einsamkeit, und keiner so seltsam, als ihre beiden Gäste, die, wie sie versicherte, heut beim ersten Morgengrauen vom Walde quer übers Feld plötzlich mit vier schäumenden Rossen ohne Kutscher mitten in den Schloßhof, und gewiß auch am andern Ende wieder hinausgeflogen wären, hätten sie nicht am Torpfeiler Achse und Deichsel gebrochen. – Klarinett, mit zierlichen Reden den verursachten Schreck entschuldigend, erzählte nun, sie seien fremde Kavaliere, die vom Westfälischen Frieden nach ihren Herrschaften reisend, in jenem Wald von Räubern überfallen worden, Haushofmeister, Kutscher, Leibhusar, alles sei erschossen; und da das Fräulein auf die Frage: ob sie in Tztschneß hinter Tzquali in Mingrelim bekannt? mit dem Kopf schüttelte, bedauerte er das sehr, denn gerade von dort seien sie her.

Suppius stürzte ein Glas Ungarwein so eilig aus, daß er sich den gestickten Zipfel seiner Halsbinde begoß; es war, als hätte Klarinett mit seinen Lügen ihn plötzlich in einen Strom gestoßen, nun mußte er mit durch, oder schmählich vor den Augen der Dame untergehn. Dabei sah er oft das Fräulein bedenklich von der Seite an, sie kam ihm schon wieder auf ein Haar wie seine entführte Geliebte vor, aber er traute sich doch nicht recht, er hatte seine Liebste so selten und immer nur flüchtig am Fenster hinter den Blumen gesehen; so wurde er ganz konfus und wagte es nicht, von der Entführung zu reden. Und als er darauf dennoch mit großer Feinheit die

Sommerkühle der vergangenen Nacht pries, gelegentlich einen Seitenblick über jenes mondbeschienene Städtchen warf, und endlich leise über den Marktplatz am steinernen Brunnen vorbei zu dem Wirtshaus kam, auf das Fenster zielend, wo ihnen damals der lieblichste Stern erschienen: sah die Dame ihn befremdet an und wußte durchaus nicht, was er wollte. Aber Suppius war einmal im Zuge ausbündiger Galanterie. „Was frag ich noch nach Sternen!“ rief er aus, „flogen wir doch auf vergoldeten Rädern Fortunas aus Nacht zu Aurora, daß ich vor Blendung noch nicht aufzublicken vermag.“ – Da schlug das Fräulein mit einem angenehmen Lächeln die schönen Augen nieder, Suppius, entzückt, griff hastig nach ihren Fingerspitzen um sie zu küssen, warf aber dabei mit dem breiten Aufschlag seines Ärmels dem silbernen Cupido die Pomeranze aus der Hand, und wie er sie haschen wollte, verwickelte er sich mit Sporen und Degenspitze unversehens ins Tischtuch, alle Gläser stießen auf einmal klirrend an, als wollten sie seine Gesundheit ausbringen, der Cupido stürzte und riß einen Weinkrug mit, das Hündchen bellte, der Pfau draußen schrie. Euphrosine aber mit flüchtigem Erröten stand rasch auf, die Tafel aufhebend, indem sie dem Klarinett ihren Arm reichte.

Sie traten vor die Saaltür auf die Terrasse, von der eine breite Marmortreppe nach dem Garten führte. Eine Eidechse, als sie herauskamen, fuhr erschrocken zwischen die Ritzen der Stufen, aus denen überall das Gras hervordrang, seitwärts stand ein alter Feldstuhl, eine Zither lehnte daran. Als Suppius, der noch immer den Aufruhr an der Tafel mit seinen weiten Alamodeärmeln ausführlich zu entschuldigen beflissen war, das Instrument erblickte, stockt' er auf einmal und entfernte sich schnell wie einer, der plötzlich einen guten Einfall hat. Das Fräulein aber ließ sich in der Tür auf dem Feldstuhl nieder, Klarinett, die Zither auf den Knien prüfend und stimmend, setzte sich auf die Stufen zu ihren Füßen, daß der Pfau von dem steinernen Geländer ihm mit seinem schlanken Hals über die Schulter sah. Draußen aber war es unterdes kühl geworden, der ganze Garten stand tief in Abendrot, während die Täler schon dunkelten, auch der Pfau steckte jetzt den Kopf unter die Flügel zum Schlaf, die Luft kam über den Garten und brachte den Schall einer Abendglocke aus weiter Ferne. Da fiel dem Klarinett in dieser Abgeschiedenheit eine Sage ein, die er unten in den Dörfern gehört, und da das Fräulein sie wissen wollte, erzählte er von einem verzauberten Schlosse des Grafen Gerold, da wüchse auch das Gras aus den Steinen, da sänge kein Vogel ringsum, und kein Fenster würde jemals geöffnet, man höre nichts als den Wetterhahn sich drehn und den Zugwind flüstern und zuweilen bei großer Trockne das Getäfel krachen im Schloß, so stünd es öde seit hundert Jahren, als redet' es mit geschlossenen Augen im Traum. – Jetzt hatte er die Zither in Ordnung gebracht. – „Es gibt auch eine Weise darauf", sagte er, und sang:

„Doch manchmal in Sommertagen
Durch die schwüle Einsamkeit
Hört man mittags die Turmuhr schlagen
Wie aus einer fremden Zeit.

Und ein Schiffer zu dieser Stunde
Sah einst eine schöne Frau
Vom Erker schaun zum Grunde –
Er ruderte schneller vor Graun.

Sie schüttelt' die dunkeln Locken
Aus ihrem Angesicht:
‚Was ruderst du so erschrocken,
Behüt dich Gott, dich mein ich nicht.'

Sie zog ein Ringlein vom Finger,
Warf's tief in die Saale hinein:
‚Und der mir es wiederbringet,
Der soll mein Liebster sein!'"

Hier gewahrte Klarinett auf einmal, daß das Fräulein, wie in tiefes Nachsinnen versunken, aufmerksam den kostbaren Demantring betrachtete, den er mit dem andern Staat in der fremden Karosse gefunden und leichtsinnig angesteckt. Er stutzte einen Augenblick, das Fräulein aber, als hätte sie nichts bemerkt, fragte mit seltsamem Lächeln nach dem Ausgang der Sage. Klarinett, etwas verwirrt, erzählte weiter: „Und wenn nun der Rechte mit dem Ringe kommt, hört die Verzauberung auf, aus den Winkeln der stillen Gemächer erheben sich überall schlaftrunken Männer und Frauen in seltsamen Trachten, das öde Schloß wird nach und nach lebendig, Diener rennen, die

Vögel singen wieder draußen in den Bäumen, und dem Liebsten gehört das Land, so weit man vom Turme sehn kann."

Bei diesen Worten fiel auf einmal draußen ein Waldhorn ein; der galante Suppius war es, er zog in seinem Goldbrokat wie ein ungeheurer Johanniswurm durch den finstern Garten, als wollt er mit seinen Klängen die Nacht anbrechen, die nun von allen Seiten prächtig über die Wälder heraufstieg, Schloß, Büsche und Garten wurden immer wunderbarer im Mondschein, und wenn die Luft die Zweige teilte, blinkte aus der Tiefe unterm Schloß die Saale herauf und das Geschmeide und die Augen des Fräuleins blitzten verwirrend dazwischen – Da hub plötzlich die Uhr vom Turme zu schlagen an. Klarinett fuhr unwillkürlich zusammen, in demselben Augenblick glaubte er einen flüchtigen Händedruck zu fühlen, und als er verwundert aufsah, traf ihn ein funkelnder Blick der Dame.

Indem aber trat der Diener mit einer Kerze hinter ihnen in den Saal, um die Fremden ins Schlafgemach zu geleiten, die Dame erhob sich zierlich und gemessen wie sonst, und war nach einer freundlichen Verbeugung schnell durch eine innere Tür des Saals verschwunden. Doch als Klarinett sich betroffen wandte, ging eben der Mond aus einer Wolke und beschien hell das steinerne Bildwerk über der Tür: es war wirklich das ihm wohlbekannte Wappen des Grafen Gerold. – Was ist denn das? dachte er erschrocken, am Ende hab ich da selber den Ring. –

Am folgenden Tage hielt er's fast für einen Traum, so ganz anders sah die Welt aus, der Morgen hatte alles wieder mit Glanz und Vogelschall verdeckt, nur das unheimliche Wappen über der Tür blieb aus jener Nacht, und der Zauberblick der Dame. Er hatte sich in dem Wetterleuchten ihrer Augen nicht geirrt, sie spielten munter fort, ihre Liebe zu Klarinett brach rasch aus wie der Frühling nach einem warmen Gewitterregen. Und so ließ er denn auch alles gut sein und wollte mit Grübeln das Glück nicht versuchen, das ihm so unversehens über den Kopf gewachsen.

Dem Suppius aber ging es über den seinigen weg, ohne daß er's merkte. Jeden Morgen putzte er sich, mit Rat und Beistand des mutwilligen Klarinett, auf das sorgfältigste heraus, und probierte vor dem Wandspiegel insgeheim artige Stellungen. Aber bis zu Mittag war doch alles wieder schief und verschoben, das vornehme Kleid der guten Lebensart, saß ihm als wär er in der Eile mit einem Arm in den falschen Ärmel gefahren. Manchmal fielen ihm auch plötzlich die Wissenschaften wieder ein, da erschrak er sehr und verwünschte alle Abenteuer, die er doch immer selber wieder anzettelte. Dann ergriff er hastig das dicke Buch, das in der Tasche seines Serenadenrockes mitgekommen, damit setzte er sich in die abgelegensten Winkel des Gartens ins Gras, und schlug das Kapitel auf, wo er in Halle stehngeblieben. Aber der alte Ungarwein aus dem Schloßkeller war stärker als er, der ließ die Buchstaben auf magyarisch vor ihm tanzen und drückte ihm jedesmal die Augen zu und die Nase ins Buch. Und wenn er aufwachte, steckte zu seinem Erstaunen das Zeichen im Buch immer beim unrechten Paragraphen, auch glaubte er auf dem Rasen Spuren von Damenschuhen zu bemerken, als hätten ihn Elfen im Schlafe besucht, ja das eine Mal lag, statt des Zeichens, ein ganzer Strauß brennender Liebe zwischen den Blättern. Da steckt' er ihn triumphierend vorn an die Brust und sprach den ganzen Tag durch die Blume zu Euphrosine von heimlicher Liebe und Hochzeit. Er zweifelte und verwunderte sich nicht, daß sie in ihn verliebt, und ließ oft gegen Klarinett fallen, wie er darauf bedacht sein werde, ihn hier als seinen Kapellmeister oder Fasanengärtner anzustellen.

Klarinett aber wußt es wohl besser, es kam alles bald zum Ausgang. Denn als er eines Morgens bei einem Spaziergang mit Euphrosine und ihrem Diener auf eine Anhöhe gestiegen, von der man weit ins Land hinaussehn konnte, wies ihm der Diener rings in die Runde die Schlösser, Wälder, Teiche, weidende Herden und Untertanen, die alle seinem Fräulein gehörten. Der Morgen funkelte drüber, die Teiche blickten wie Augen aus dem Grün, alle Wälder grüßten ehrerbietig rauschend herauf, Klarinett war wie geblendet. Da sagte Euphrosine rasch: „Und alles ist dein – wenn du diese Hand nicht verschmähst", setzte sie mit gesenkten Augen kaum hörbar hinzu. Klarinett aber, ganz verblüfft, stürzte auf ein Knie nieder und schwor, so wahr er Kavalier und Rittmeister sei, wolle er sie nimmer verlassen, und ein Kuß auf ihre Hand versiegelte den schönen Bund, und in dem Auge des grauen Dieners zitterte eine Freudenträne.

Nun aber lebten sie alle vergnügt von einem Tage zum andern, da war nichts als Schmausen und Musizieren und Umherliegen über Rasenbänken und Kanapees. Täglich zur selben

Zeit lustwandelten sie rauschend in vollem Staate vor dem Schloß, gleichsam leuchtende Zirkel und Namenszüge durch den Garten beschreibend, der mit seinen Schnörkeln von bunten Scherben wie ein Hochzeitskuchen im Sonnenschein lag, im Hofe hatte der blühende Holunderbusch ihre Staatskarosse schon beinah ganz überwachsen, auf der Marmortreppe schlug der Pfau täglich dasselbe Rad, die Vögel sangen immer dieselben Lieder in denselben Bäumen. Und an einem prächtigen Morgen, den er halb verschlafen, dehnte sich Klarinett, daß ihm die Glieder vor Nichtstun knackten; „nein", sagte er, „nichts langweiliger als Glück!"

5. Fortunas Schildknappen

Zur selben Zeit lag das Dorf, das einst zu dem Schlosse gehört, fern unterm Berg in Trümmern. Es war seit dem letzten Durchzug der Schweden zerstört und verlassen, nun rückte der Wald, den die Bauern so lange tapfer zurückgedrängt, über die verrasten Beete unter Vogelschall mit Stacheln, Disteln und Dornen wieder ein und hatte sich das verbrannte Gebälk schon mit Efeu und wilden Blumen prächtig ausgeschmückt und auf dem höchsten Aschenhaufen einen blühenden Strauch als Siegesfahne ausgesteckt, nur einzelne Schornsteine streckten noch, wie Geister, verwundert die langen weißen Hälse aus der verwilderten Einsamkeit. Heute aber fing auf einmal der eine Schornstein wieder zu rauchen an, ein helles Feuer knisterte unter demselben, und sooft der Wind den Rauch teilte, sah man in der Glut des Widerscheins wilde dunkle Gestalten, wie Arbeiter in einem Eisenhammer, mit aufgestreiften Ärmeln vor dem Feuer hantieren, kochen und Bratspieße drehn; einer saß im Grase und flickte sein Wams, ein andrer lag daneben und sah ihm verächtlich zu, den Arm stolz in die Seite gestemmt, daß ihm im Mondschein der Ellbogen aus dem Loch im Ärmel glänzte, während weiterhin zwei Holkische Jäger soeben durch das Dickicht brachen und ein frischgeschossenes Reh herbeischleppten. Es waren versprengte Landsknechte, die das Ende des Dreißigjährigen Krieges plötzlich vom Pferd auf den Friedens- und Bettelfuß gesetzt. In solchem Schimpf hatten sie beschlossen, den Krieg auf ihre eigne Faust fortzusetzen und sich mitten durch ihren gemeinschaftlichen Feind, den Frieden, nach Ungarn durchzuschlagen, wo sie gegen den Türken neue Ehre und Beute zu gewinnen hofften.

„Hartes Bett, gemeines Bett!“ sagte der Stolze mit dem Loch im Ärmel, „heute ist's gerade ein Jahr, es war auch so eine blanke Nacht, da hing's nur von mir ab, ich konnte auf kostbaren Teppichen liegen mit eingewirkten Wappen, in jedem Zipfel mein Namenszug in Gold.“ –

Da kniff ein grauer Kerl seitwärts den neben ihm liegenden Dudelsack, der plötzlich schnarrend einfiel. – „Ruhe da!“ rief ein breiter Landsknecht hinüber, und mehrere Schalke rückten zum Feuer, um den Schreckenberger (so hieß der Stolze) besser zu hören. Dieser warf dem Dudelsack einen martialischen Blick zu und fuhr fort:

„Denkt ihr noch dran, nach der Schlacht bei Hanau, wie wir da querfeld mit der Regimentskasse retirierten, nichts als Rauchwirbel in der Ferne und Rabenzüge über uns, in den Dörfern guckten die Wölfe aus den Fenstern, und die Bauern grasten im Wald.“ – „Freilich“, versetzte der schlaue Landsknecht, „und eine Dame auf kostbarem Zelter, einen Pagen hinter sich, immer neben uns her, und als wir am Abend an einem verbrannten Dorfe haltmachten, kehrte sie auch über Nacht ein in dem wüsten Gartenschloß daneben.“ – „Ja, und die Augen“, sagte Schreckenberger, „spielten ihr wie zwei Spiegel im Sonnenschein, dich und die andern hat's geblendet, ihr wart alle vernarrt in sie. Nun denk ich an nichts und gehe abends am Schloß vorüber, da schreibt sie euch aus dem Fenster ordentlich: vivat Schreckenberger! mit den feurigen Blicken in die Luft, und wie ich mich wende, ruft sie: ‚Ach!‘ und fällt in Ohnmacht vor großer Lieb zu mir. So was war mir schon oft passiert, ich fragt wenig darnach, da ich aber tiefer im Garten bin, kommt plötzlich der Page im Dunkel daher mit einem Brief an mich auf rosenfarbnem Papier.“

Hier zog Schreckenberger ein Brieflein aus dem Wams und reichte es mit vornehm zugekniffenen Augen über die Achsel den andern hin. Der Landsknecht nahm es hastig und las: „Im Garten bei Nacht – Das Lusthaus ohne Wacht – Sturmleitern daran – Cupido führt an – Um Mitternacht Runde – Parol: Adelgunde.“ –

„Das klappt ja wie ein Trommelwirbel“, sagte der Landsknecht, indem er, den Brief zurückgebend, neugierig noch näher rückte, „ja, Cupido hat schon manchen angeführt, nur weiter, weiter!“

„Kurz: um Mitternacht bin ich auf meinem Posten“, hub Schreckenberger wieder an, „im Garten nichts als Mondschein, große Stille, das Lusthaus wie's im Briefe steht, droben ein offnes Fenster auf dem Dach, drunten eine Leiter, ich weiß nicht mehr, ob von Sandelholz oder Seide oder Frauenhaaren. Ich fackle nicht lange, die Büchse auf dem Rücken, in jeder Hand ein Pistol, den blanken Säbel zwischen den Zähnen, so klettr ich hinauf –“

„Also du warst es doch!“ fiel hier der Landsknecht verwundert ein.

„Nun wer denn sonst?“ erwiderte Schreckenberger, „und Jasmin, wie ich hinaufsteige, Rose von Jericho, Holunder, Jelängerjelieber, alles umhalst und umschlingt mich vor Freuden, das riß sich ordentlich um mich, daß ich die Sporen nicht nachbringen konnte, und vom Fenster droben hoben mich plötzlich zwei alabasterne Schwanenarme aus dem Brunnen der Nacht, und über mir ein prächtiges Gewitter von schwarzen Locken, da blitzen Augen und Juwelen draus, und in dem Brunnen gehn immerfort goldne Eimer auf und nieder mit Muskateller und Konfekt, und die Gräfin Adelgunde sitzt neben mir auf einem mit Diamanten gesprenkelten Kanapee, und: ‚langen Sie zu‘, sagte sie, und: ‚o ich bitte sehr‘, sag ich – Da hör ich auf einmal unter uns in dem Lustpalaste inwendig ein Gesumse wie in einem Bienenstock. ‚Was war das?‘ ruf ich –“

Jetzt brach plötzlich ein Lachen aus. „W i r waren's“, sagte einer der Zuhörer, „denn wir steckten ja alle drin, der Page hatte uns alle nacheinander auch ins Lusthaus geladen und drauf die Tür hinter uns verriegelt.“

Aber Schreckenberger, einmal im Strom der Erzählung, ließ sich nicht irremachen; „ich springe auf“, fuhr er fort, „‚ha Verrat!‘ schrei ich –“

Nun sprachen alle rasch durcheinander: „Ja, du machtest einen Teufelslärm auf dem Dache, denn sie hatten hinter dir die Leiter weggenommen und das Fenster oben war verschlossen.“

„Und die Gräfin in dem einen Arm, den Säbel im andern, und unter mir kocht's und zischt's und rumpelt's –“

„Freilich, im dunklen Lusthaus stießen wir einer auf den andern, und einer fragte den andern trotzig, was er hier suchte, und jeder hatte seine Parole Adelgunde, bis wir zuletzt alle aneinandergerieten und aus der Parole ein großes Feldgeschrei und Geraufe wurde.“

„Und ich steche links, steche rechts, die Gräfin, ohnmächtig, ruft: ‚Genug des Gemetzels!‘ Aber ich laß mich nicht halten und feure prasselnd alle meine Pistolen ab nach allen Seiten wie ein Feuerwerk –“

„Das hörten wir wohl“, fiel nun der Landsknecht wieder ein, „und hielten's für einen feindlichen Überfall, da arbeiteten wir und stemmten uns an die verriegelte Tür und die Wände, bis das ganze morsche Lusthaus über uns in Stücken auseinanderging. So kamst du auch kopfüber mit herunter – du machtest einmal Sprünge quer übers Feld fort, ohne dich umzusehn! wir erkannten dich nicht in der Verwirrung, und wußten dann gar nicht, wo du auf einmal hingekommen; später hieß es, du wärst zu den Kaiserlichen desertiert in dieser Nacht.“

„Nacht?“ fuhr der unverwüstliche Schreckenberger noch immer fort, „ja recht mitten durch die Nacht auf einem schneeweißen Zelter, sich die Tränen wischend mit dem goldbordierten Schleier und mir zuwinkend, flog die dankbar gerettete Gräfin –“

„Mit eurer verlaßnen Regimentskasse in die weite Welt“, versetzte einer der Holkischen Jäger, „denn es war unsere Marketenderin, die schöne Sinka, die hatt's euch allen angetan, das merkte sie wohl und vexierte euch von der Feldwacht fort.“

Schreckenberger schwieg und warf wieder einen martialischen Blick rings in die Runde. Aber der Jäger fuhr fort: „Und gleich am andern Morgen, da wir bei unserem Regiment sie alle kannten, wurden wir kommandiert, ihr nachzusetzen. Das war eine lustige Jagd, wir strichen wie die Füchse auf allen Diebswegen und schüttelten jeden Baum, ob das saubre Früchtchen nicht herabfiel. So kamen wir am folgenden Abend – es war gerade ein Sonntag – in ein kleines Städtchen; da war großes Gewirr auf dem Platz, ein Stoßen und Drängen und Lärm von Trommeln und Pfeifen, in allen Fenstern lagen Damen wie ein Blumengeländer bis an die Dächer herauf, wo die Schornsteinfeger aus den Rauchfängen guckten und vor Lust ihre Besen schwangen. An des Burgemeisters Hause aber war vom Balkon ein Seil gespannt über die Stadt und die Gärten weg bis zum Waldberg jenseits überm Fluß. Ein schlanker

Bursch stand auf dem Geländer des Balkons in flimmernder spanischer Tracht mit wallenden Locken. Der alte Burgemeister schien wie vernarrt in das blanke Püppchen, plauderte und nickte ihm freundlich zu, daß die Sonne in den Edelsteinen seines kostbaren Hutes spielte, der Bursch reckte ihm lachend den Fuß hin, er mußte ihm mit einem großen Stück Kreide die Sohlen einreiben. Auf einmal wendet er sich herum – ‚das ist Sinka!‘ ruf ich erstaunt meinen Kameraden zu. – Aber sie hatte uns auch schon bemerkt, und eh wir uns durchdrängen können, nimmt sie rasch dem Burgemeister den kostbaren Hut von der Glatze, drückt sich ihn auf die Locken, und zierlich mit zwei bunten Fähnchen schwenkend und grüßend, schreitet sie unter großem Jubelgeschrei über Köpfe, Dächer und Gärten fort. Der Abend dunkelte schon, das Seil wurde unkenntlich aus der Ferne, es war als ginge sie durch die leere Luft, die untergehende Sonne blitzte noch einmal in den Steinen am Hut, so verschwand sie wie eine Sternschnuppe jenseits überm Walde; niemand hat sie wiedergesehn.“

„Meinetwegen, Stern oder Schnuppe!“ fiel hier Schreckenberger ein, tat einen Zug aus seiner Feldflasche und sang:

„Aufs Wohlsein meiner Dame,
Eine Windfahn ist ihr Panier,
Fortuna ist ihr Name,
Das Lager ihr Quartier.

Und wendet sie sich weiter,
Ich kümmre mich nicht drum,
Da draußen ohne Reiter,
Da geht die Welt so dumm.

Statt Pulverblitz und Knattern:
Aus jedem wüsten Haus
Gevattern sehn und schnattern
Alle Lust zum Land hinaus.

Fortuna weint vor Ärger,
Es rinnet Perl auf Perl.
‚Wo ist der Schreckenberger?
Das war ein andrer Kerl!‘

Sie tut den Arm mir reichen,
Fama bläst das Geleit,
So zu dem Tempel steigen
Wir der Unsterblichkeit."

Nun schwenkten die andern die Hüte, und: „Vivat das hohe Brautpaar", schrien sie jubelnd, „hoch lebe unser Tempelherr der Unsterblichkeit!" und der Dudelsack schnurrte wieder einen Tusch dazu.

Da schlugen plötzlich die großen Hunde an, die jede Nacht um ihr Lager die Runde machten, die Gesellen horchten auf, es war auf einmal alles totenstill. Man hörte in der Ferne Äste knacken, wie wenn jemand durchs Dickicht bräche, es kam immer näher, jetzt vernahmen sie deutlich Fußtritte und Stimmen, die Wipfel der Sträucher bewegten sich schon, Schreckenberger nahm schnell seine Muskete und zielte nach der Gegend hin.

Plötzlich aber ließ er Arm und Flinte wieder sinken: „Ih Pamphil, wo kommst denn du hergezigeunert!" rief er ganz verwundert aus. Der Puppenspieler trat aus dem Gebüsch, Seppi und Denkeli hinter ihm, die großen Hunde, denen sie Brocken zuwarf, gaben ihnen frei Geleit. Der Puppenspieler visierte erst die ganze Gesellschaft rings im Kreise scharf mit dem einen Auge, dann, da er lauter bekannte Gesichter bemerkte, nahm er das schwarze Pflaster vom andern. „Hast du wieder Mondfinsternis gemacht, um besser zu mausen?" fragte lachend der Landsknecht. – „Wir sind alle im abnehmenden Mond bei dem wachsenden Frieden", erwiderte Pamphil, „wir haben den faulen Bauern die Felder mit Blut gedüngt, nun schießt alles in Kraut und Rüben, die Welt wird noch ersticken vor Langerweile. Aber was treibt ihr hier, ihr alten Kriegsgurgeln, man hört euch ja eine halbe Meile weit durch die stille Nacht, ich konnt nicht fehlen."

Nun raschelte es in allen Winkeln, immer mehr wilde Gestalten richteten sich aus dem Dunkel empor, da war des Begrüßens, Händeschüttelns und Fragens kein Ende. Wie sie aber hörten, daß Pamphil soeben von dem Schlosse kam, das sie unterwegs von fern überm Walde gesehn, trat alles um ihn herum, und da er von zwei Kavalieren droben erzählte und von einem schönen Reisewagen im Hofe, mußt er ihnen alles ausführlich beschreiben; sie zweifelten nicht, daß es die beiden

Edelleute mit der Karosse seien, die sie vor einiger Zeit bei Nacht in dem Städtchen gesehen, und die ihnen dann im Walde mitten durchs Kreuzfeuer ihrer Pistolen so schnöde entwischt.

Unterdes saß Denkeli seitwärts auf einem Baumsturz, den Kopf in die Hand gestützt und ohne sich um die andern zu bekümmern, man wußte nicht, ob sie müde oder traurig. Das stach den Gesellen in die Augen, einige wollten sich galant zeigen und scharrten und gollerten wie aufgeblasene Truthähne um sie herum. Der Holkische Jäger, kecker als die andern, schlich sich leis von hinten heran, um das Mädchen zu küssen, da wandt sie sich und gab ihm unversehens eine Ohrfeige, daß es laut klatschte. Der Überraschte griff wütend nach seinem Hirschfänger, aber der Puppenspieler, der alles bemerkt, hatte ihn schon von unten an dem einen Bein gefaßt und hob ihn so, zu allgemeinem Gelächter, mit ausgestrecktem Arm hoch über sich in die Luft. „Bleibt meiner Denkeli vom Leib“, rief er mit martialischen Mienen, „oder ich mach meine schönsten Kunststücke an eueren eignen Knochen durch.“ – „Laßt sie nur“, sagte Denkeli, „ich werde schon allein mit ihnen fertig, heute kommen sie mir gerade recht.“ – Der Jäger, da er wieder auf dem Boden war, sah den Puppenspieler halb verwundert halb trotzig vom Kopf bis zu den Füßen an, wie ein Mops, der unverhofft auf einen Bullenbeißer gestoßen.

Denkeli aber blickte scharf zur Seite zwischen die dunkelen Bäume, dort waren die andern unterdes wieder zusammengetreten und redeten heimlich untereinander in der Spitzbubensprache. Eine entsetzliche Ahnung stieg plötzlich in ihrer Seele auf, denn sie hörte von Zeit zu Zeit des reichen Fräuleins auf dem Schloß und der beiden Kavaliere erwähnen. Ihr Herz klopfte; scheinbar gleichgültig am Feuer kauernd und die Flamme schürend, horchte sie mit wachsender Angst hinüber, da erfuhr und erriet sie nach und nach alles: wie sie noch heute den Berg hinaufschleichen, das schlechtverwahrte Schloß im ersten Schlafe überfallen und die Beraubten auf ewig stillmachen wollten. Auch der Vater trat nun hinzu, und schien mancherlei guten Rat zu erteilen.

Denkeli dachte mit Schrecken an Siglhupfer, den sie oben gesehen. Sonst achtete sie wenig auf die Anschläge der Männer, sie war von Jugend dran gewöhnt; jetzt kam ihr auf einmal alles ganz anders und unleidlich vor. Aber zu verhindern war's nicht mehr, das wußt sie wohl, eher hätte sie den Sturmwind im Fluge wenden können. So suchte sie nach kurzem Bedenken unbemerkt die Pistolen des Vaters hervor, lud sie und legte drauf hastig ihren schönsten Putz an, ihre Augen funkelten, und wie sie auf einmal, von den schwarzen Locken umringelt, sich in ihrem Schmuck am Feuer aufrichtete, erschrak alles, so prächtig war sie. Der Vater lobte sie, daß sie etwas auf sich hielt' vor den Leuten. Sie erwiderte rasch: sie wisse schon alles, sie habe sich die Gegend wohl gemerkt und wolle nach dem Schloß vorausgehn, um auszukundschaften, ob der Wald sicher, eh die andern nachkämen. Es fiel dem Vater nicht auf, er kannte sie, wie beherzt sie war. Da stand sie noch einen Augenblick zögernd. „Lebt wohl", sagte sie dann aus tiefstem Herzensgrund. Der Vater stutzte bei dem ungewöhnlich bewegten Klang der Stimme, und sah ihr in Gedanken nach, aber, ihr Tamburin schwingend, war sie schon im Walde verschwunden.

6. Viel Lärmen um Nichts

Währenddes ruhte schon alles im Schloß, nur Klarinett konnte vor den vielen schlagenden Nachtigallen im Garten nicht einschlafen. Der Mond schien hell durchs ganze Zimmer, manchmal bewegte die Zugluft die alten Tapeten, und wo sie zerrissen, waren auf den kahlen Wänden, dem Stammbuch müßiger Soldaten, überall Gesichter und Figuren ungeschickt mit Kohle gemalt. Seitwärts in einen weiten damastenen Schlafrock gehüllt, saß er auf dem schweren Himmelbett, an dem Himmel und Betten fehlten, und dachte über seine, immer näher heraufrückende Vermählung nach. – Jetzt öffnete er ungeduldig ein Fenster, der frische Waldhauch wehte ihn plötzlich über die Dächer an, da war's, als wollten die rauschenden Wipfel ihn an ein Lied erinnern, das er früher gar oft in solcher nächtlichen Einsamkeit gesungen. Er besann sich lange, dann stimmte er, halb singend halb sprechend, leise vor sich an:

„Es ist ein Klang gekommen
Herüber durch die Luft."

Die Weise wollte ihm durchaus nicht einfallen –

„Der Wind hat's gebracht und genommen –"

Er ärgerte sich, daß er hier alles verlernt, was ihm sonst lieb gewesen, es wurde ihm so heiß und angst, er schob's auf den ungewohnten Ungarwein und eilte endlich aus dem schwülen Gemach, die stille Treppe hinab, durch ein verborgenes Pförtchen ins Freie. Er ging so eilig durch den Garten, daß er sich alle Augenblick in die weiten Falten des Schlafrockes verwickelte, die Mücken stachen ihn, die Gedanken jagten sich ihm durch die Seele wie die Wolken am Himmel, er wußt sich gar nicht zu retten. Sei kein Narr, sei kein Narr, sagte er hastig zu sich selbst, ein Schloß, drei Weiler, vier Teiche und fette Karpfen und Untertanen und Himmelbett – und was macht die Frau Liebste? – danke für höfliche Nachfrag, sie wiegt – ach und die lieben Kleinen? – sie schrein und die Wiegen rumpeln – und derweil rauscht der Wald draußen und schilt mich, und die Rehe gucken durch den Gartenzaun und lachen mich aus – ja Wald und Rehe, als wenn das alles nur so zum Einheizen und Essen wär! –

So war er in seinem Eifer mit dem langen Schlafrock mitten ins Dickicht zwischen Dornen und Nesseln geraten, und als er sich umsah, erblickte er wahrhaftig die wunderbare Fei in einem Fensterbogen über sich. Er starrte betroffen hin, denn dieser Teil des Schlosses war völlig wüst und unbewohnt, auch kam die Gestalt ihm jetzt schlanker und ganz anders vor als Euphrosine, sie bog sich weit herüber, als säh sie nach jemand aus, ihn schauerte – Da schien sie ihn zu bemerken und verschwand schnell wieder am Fenster.

Jetzt aber hörte er zu seinem Erstaunen eine wunderschöne Stimme singen, bald näher bald ferner, wie in goldnen Kreisen um das ganze stille Haus. Er stutzte und hielt den Atem an, das Herz wurde ihm so leicht und fröhlich bei dem Klange, die Luft kam vom Schloß, er meinte die Weise zu kennen aus alter Zeit. Da schlug er sich plötzlich vor die Stirn, jetzt wußt er auf einmal das Lied, auf das er sich niemals besinnen konnte, und sang jauchzend aus frischer Brust:

„Es ist ein Klang gekommen
Herüber durch die Luft,
Der Wind hat's gebracht und genommen,
Ich weiß nicht, wer mich ruft.
Es schallt der Grund von Hufen,
In der Ferne fiel ein Schuß –

Das sind die Jäger, die rufen,
Daß ich hinunter muß!"

Und auf einmal ganz nahe unter dem Garten antwortete die Stimme:

„Das sind nicht die Jäger – im Grunde
Gehn Stimmen hin und her,
Hüt dich zu dieser Stunde!
Mein Herz ist mir so schwer,
Wer dich liebhat, macht die Runde,
Steig nieder und frag nicht wer?
Ich führ dich aus diesem Grunde –
Dann siehst du mich nimmermehr."

Aber Klarinett hatte schon den Schlafrock abgeworfen, er fühlt' sich auf einmal so leicht in dem alten Wanderkleid und schaute in das stille Meer der Nacht, als hört' er die Glocken gehn von den versunkenen Städten darunter, und aus dem Waldgrund tönte der Gesang immerfort dazwischen:

„Ich weiß einen großen Garten,
Wo die wilden Blumen stehn,
Die Engel frühmorgens sein' warten,
Wenn alles noch still auf den Höhn,
Manch zackiges Schloß steht darinne,
Die Rehe grasen ums Haus,
Da sieht man weit von der Zinne,
Weit, über die Länder hinaus –"

Klarinett erkannte die Stimme recht gut, und ganz verwirrt, zwischen den wankenden Schatten der Bäume stieg er durch den Garten in die mondbeglänzte Einsamkeit hinab, immer tiefer, tiefer, das Schloß war hinter ihm schon versunken.

Nun wurde oben alles wieder totenstill, nur der Wetterhahn auf dem Turm drehte sich unruhig im Winde hin und her, als traute er der falschen Nacht nicht und wollte die Schlafenden warnen. Da raschelt plötzlich etwas in der Ferne, lockeres Steingeröll, wie hinter Fußtritten, rollt schallend in den Abgrund, drauf wieder die alte unermeßliche Stille. Allmählich aber schien das heimliche Geknister ringsum sich zu nähern, manchmal fuhr ein verstörter Waldvogel aus dem Gebüsch, sich erschrocken in wildem Zickzack in die Nachtluft stürzend, da und dort blinkte es wie Stahl auf und funkelten wilde Augen durchs Gesträuch. Jetzt trat eine fremde Gestalt vorsichtig aus den Hecken hervor, ein zweiter und mehrere folgten von allen Seiten, die ganze Bande mit Blendlaternen, Brecheisen, Stricken und Leitern schritt sacht und lautlos dem Schlosse zu. – „Nur immer mir nach hier die Marmorstufen hinauf", flüsterte der Puppenspieler zurück. Sie arbeiteten nun, daß ihnen die Schweißtropfen aus dem struppigen Haar rannen, an der verschlossenen Tür, um sie unbemerkt zu öffnen. Andere hoben ungeduldig indes die Scheiben aus den Fenstern und legten die Leitern an, eifrig hinansteigend. Indem aber tut auch die Tür sich schon mit Krachen auf, und das ganze Gesindel durch Fenster und Tür stürzt auf einmal mitten in den Gartensaal. – „Das Fräulein!" schreit plötzlich der Puppenspieler: Euphrosine, von ihrem Diener begleitet, erschrocken, mit fliegendem Haar im Widerschein eines Windlichts tritt ihnen rasch entgegen. – „Was Teufel, die tolle Sinka", ruft da der Holkische Jäger, und alle stehn wie verzaubert.

Pamphil war der erste, der sich von seinem Erstaunen wieder erholte. „Was ist das, wie kommt ihr hierher?" fragte er den Diener, „ich traf dich doch erst vor kurzem in Halle, es war gerade Geburtstag, glaub ich, und Maskerade in des Grafen Gerold Haus an der Stadtmauer; da sagtest du, du hättest einen Schatz drin." – „Und den hab ich auch in der folgenden Nacht gehoben aus der Jungfernkammer auf mein Roß", entgegnete der Diener, „denn Sinka war Kammerjungfer im Haus und ich entführte sie die Nacht nach dem Feste." – Wie die andern so viel von Schätzen hörten, schrien alle durcheinander: da stecke was dahinter, sie wüßten's wohl, Sinka hätte hier auf dem Schloß wie eine Prinzessin gelebt und aus dem gräflichen Hause mehr als ihren Abschied genommen, auch sei sie ihnen noch ihre Regimentskasse schuldig, sie sollte ihnen zur Goldtruhe vorleuchten, oder sie würden ihr das Schloß überm Kopfe anzünden.

Sinka blickte ratlos umher, wie nach einem guten Einfall, denn sie gedachte des in Halle gestohlenen Schmuckkästchens droben unter ihrem Bett, und verwünschte im Herzen die beiden Kavaliers und ihr Heiratsprojekt, das sie so lange hier im Schlosse aufgehalten. Doch die Gesellen ließen keine Bedenkzeit, überwacht und in der übelsten Laune stürmten die einen schon die innere Saaltür, die andern wollten das Schlafzimmer der beiden Edelleute aufsuchen, wieder andre verrannten diesen wie jenen den Weg, um die ersten zu sein beim Fange, und jeder zankte auf den Puppenspieler, daß er sie mit seinem falschen Schloßfräulein vexiert. So gerieten endlich alle, lärmend, stoßend und über die Marmorstufen sich wieder hinabdrängend, auf dem Gartenplatz vor dem Schlosse wütend aneinander. Vergebens warf sich Sinka dazwischen und schimpfte sie wilde Gänse, die ihr ins Netz fielen und alle Maschen zerrissen, da sie eben einen jungen Goldfasan fangen wollte, morgen sei die Hochzeit mit dem Rittmeister, sie wolle ehrlich mit ihnen teilen. Keiner hörte mehr, alles stach, hieb und raufte in der stockfinstern Nacht, daß die Fetzen flogen und die Funken von den Klingen sprühten.

Da schrie plötzlich Sinka durchdringend auf, mit Entsetzen bemerken sie auf einmal mitten unter sich ein fremdes Gesicht, jetzt wieder eins, bald da bald dort beim Streiflicht des Mondes immer mehr unbekannte Gestalten, die schweigend mitkämpfen, die eine von furchtbarem Aussehn ingrimmig durch den dicksten Haufen mähend, als föchte der Teufel mit ihnen. Da faßt alle ein unwiderstehliches Grauen, und Sinka voran, stiebt plötzlich der ganze verbissene Knäul, wie ein Nachtspuk, in die Waldschluchten auseinander.

Nur der grimme Fechter, mit zerhauenem Hute blutend auf ein Knie gesunken, verteidigte sich noch immer gegen die geisterhafte Runde der Unbekannten, die nun allein auf dem Platz zurückgeblieben. Der eine leuchtete ihm mit seiner Fackel unter die herabhängende Hutkrempe – „Ei, Herr Suppius, was machen Sie denn hier!" rief er erschrocken zurückprallend.

Suppius – der bei dem ersten Lärm sich sogleich aus seinem Schlafgemach in das Getümmel gestürzt hatte – blickte im Kreise herum und erkannte nun mit großem Erstaunen einige reichgekleidete Jäger des Grafen Gerold aus Halle, die er damals öfters gesehn, wenn er unter den Fenstern seiner eingebildeten Geliebten vorbeistrich. Sie halfen ihm sogleich wieder auf die Beine, und da sie seine umherschweifenden fragenden Blicke bemerkten, erzählten sie ihm in aller Geschwindigkeit wie ihrem Herrn vor kurzem, da er mit seiner Tochter im nächsten Städtchen übernachtet, eine Karosse nebst Effekten, die er auf der Reise vorausgeschickt, verwegen weggeschnappt worden, da seien sie endlich der Diebsbande auf die Spur gekommen und ihr immer dicht auf den Fersen bis hier zu des Grafen wüstem Jagdschloß gefolgt.

„Des Grafen Schloß?“ fragte Suppius ganz verwirrt. Aber er hatte nicht Zeit, sich lange zu verwundern. „Wo ist der Samson, der die Philister geschlagen?“ rief ein stattlicher Herr im Garten. Es war Graf Gerold selbst, der, sich rasch vom Pferde schwingend, herzutrat und den abenteuerlichen Studenten mit heimlichem Lächeln betrachtete. Hinter ihm hielt seine Tochter, im ersten Morgenlicht mit den wallenden Federn vom Zelter nickend. – Das ist sie wirklich und leibhaftig! – dachte Suppius überrascht.

Nun war unter den Schalken ringsum viel Rühmens von dem wütenden Studenten, der wie ein Sturmwind das Gesindel auseinandergeblasen. Indem hatten die Jäger im Schloßhofe auch die verschwundene Karosse entdeckt, andre brachten soeben den verlorenen Reisekoffer mit den Staatskleidern und das gestohlene Schmuckkästchen herbei. Der lustige Graf, ohne lange zu kramen, zog sogleich eine schwere, goldne Kette hervor, aus lauter St.-Jürgen und Lindwürmern künstlich zusammengefügt, und reichte sie seiner Tochter, die mußte sie feierlich dem tapfern Retter des Schlosses um den Hals hängen. Dann gab er seinen Leuten einen Wink. Da setzten sie rasch die Trompeten an und bliesen dem Suppius zu Ehren einen schmetternden Tusch, während die andern, eh er sich's versah, ihn auf ihre Schultern schwangen und so im Triumph ins Schloß zum Frühstück trugen.

Unterdes war der Tag schon angebrochen, Suppius konnte von seinem luftigen Sitz weit über die Hecken weg ins Tal schauen. Da sah er, zu neuem Erstaunen, unter seinen Gefährten Klarinett zu Roß, seine Denkeli vor sich im Sattel, wie einen Morgenblitz am Saum des Waldes dahinfliegen. Siglhupfer (denn niemand anders war Klarinett) hatte sich nicht getäuscht: Denkeli, entschlossen mit Gefahr ihres eigenen Lebens ihn zu warnen und zu retten, war die singende Fei im Fenster gewesen – nun verstand er erst die Sage; so weit man vom Turm des Schlosses sehen konnte, es war ja alles, alles wieder sein!

Oben aber schmetterten jetzt von frischem die Trompeten, Vivat und Jubelgeschrei, und hinter sich sah Suppius die Hüte schwenken und Weinflaschen blinken und die schönen Augen der jungen Gräfin dazwischen funkeln. – So hatte er, wie man die Hand umdreht, sein Glück gemacht – Siglhupfer aber blieb fortan in den Wäldern selig verschollen. –

LIBERTAS UND IHRE FREIER

Ein Märchen

Es war einmal ein Schloß in Deutschland mit dicken Pfeilern, Bogentor und Türmchen, von denen Wind und Regen schon manchen Schnörkel abgebissen hatten. Das Schloß lag mitten im Walde und war sehr verrufen in der ganzen Gegend, denn man wußte nicht, wer eigentlich darin wohnte. Jemand konnte es nicht sein, sonst hätte man ihn doch manchmal am Fenster erblicken müssen; und niemand auch nicht, denn in dem Schlosse hörte man bei Tag und Nacht beständig ein entsetzliches Rumoren, Seufzen, Stöhnen und Zischen, als würde drin die Welt von neuem erschaffen; ja des Nachts fuhr bald da bald dort ein Feuerschein aus einem der langen Schornsteine oder Fenster heraus, als ob gequälte Geister plötzlich ihre lechzenden Zungen ausstreckten. Über dem Schloßportal aber befand sich eine überaus künstliche Uhr, die mit großem Geknarre Stunden, Minuten und Sekunden genau angab, aber aus Versehen rückwärts fortrückte und daher jetzt beinah schon um fünfzig Jahre zu spät ging; und jede Stunde spielte sie einen sinnigen Verein gebildeter Arien zur Veredlung des Menschengeschlechts, z. B.:

In diesen heil'gen Hallen
Kennt man die Rache nicht –
Und Ruhe ist vor allen
Die erste Bürgerpflicht usw.

Die benachbarten Hirten, Jäger und andere gemeinen Leute aber waren das schon gewöhnt und fragten nicht viel danach, denn sie wußten ohnedem von der Sonne schon besser, was es an der Zeit war, und sangen unbekümmert ihre eignen Lieder. Wer aber recht genau aufpaßte, der konnte wirklich zuweilen zur Nachtzeit oder in der schwülen Mittagstille den Schloßherrn aus dem großen Uhrportal hervortreten und auf den einsamen Kiesgängen des Ziergartens lustwandeln sehen; einen hagern, etwas schiefbeinigen Herrn mit gebogener Nase und langem Schlafrock, der war von oben bis unten mit allerlei

Hieroglyphen und Zaubersprüchen verblümt und punktiert, und hatte unten einige Zimbeln am Saume, die aber immer gedämpft waren, um ihn nicht im Nachdenken zu stören. Das war aber niemand anders, als der Baron Pinkus, der große Nekromant, und die Sache verhielt sich folgendermaßen:

Vor geraumer Zeit und bevor er noch Baron war, hatte der Staatsbürger Pinkus auf dem Trödelmarkt in Berlin den ganzen Nachlaß des seligen Nicolai (der damals gerade altmodisch geworden, weil soeben die Romantik aufgekommen war) für ein Lumpengeld erstanden und machte in Ideen. Er war ein anschlägiger Kopf und setzte die Ware ab, wo sie noch rar war. So war er denn eines Tages an das abgelegene Schloß eines gewissen Reichsgrafen gekommen. Der Graf saß gerade in freudenreichem Schalle an der Mittagstafel mit seinem Stallmeister, Hofmarschall und dem andern Hofgesind. Da riß es plötzlich so stark an der Hausglocke, daß die Kanarienvögel, Papageien und Pfauen vor Schreck zusammenschrien und die Puthähne im Hofe zornig zu gollern anfingen. Der Graf rief: „Wer ist da draußen vor dem Tor?" Der Page rief: „Was wollen Sie, mein Herr?" – „Menschenwohl, Jesuiten wittern und Toleranzen." – Der Page kam: „Dem Menschen ist nicht wohl, er will einen Bittern oder Pomeranzen." – „Das verdenk ich ihm nicht", entgegnete der Graf, „aber geh und frag noch einmal genauer wer er sei." – Der Page ging: „Ihr Charakter, mein Herr?" – „Kosmopolit!" – Der Page kam: „Großhofpolyp." – Das Brockhausische Konversationslexikon war damals noch nicht erfunden, um darin nachschlagen zu können, es entstand daher ein allgemeines Schütteln des Kopfes und der Graf war sehr neugierig die neue Hofcharge kennenzulernen. So wurde nun Pinkus eingelassen und trat mit stolzer Männerwürde in den Saal, und nachdem die notwendigen Bewillkommnungskomplimente zu beiderseitiger Zufriedenheit glücklich ausgewechselt waren, begann er sogleich eine wohlstilisierte Rede von der langen Nacht, womit die schlauen Jesuiten das Land überzogen, kam dann auf den großen Nicolai, wie derselbe, da in dem Stichdunkel alle mit den Köpfen aneinanderrannten, in edler Verzweiflung seinen unsterblichen Zopf ergriff, ihn an seiner Studierlampe anzündete und mit dieser Fackel das Volk der Tugendusen, die bloß von Moral leben, siegreich bis mitten in die Ultramontanei führte. – Hier nahm der Hofmarschall verzweiflungsvoll eine Prise, und verschiedene Kavaliere gähnten heimlich durch die Nase. Aber Pinkus achtete nicht darauf, sondern fing nun an, den besagten Nicolaischen Zopf ausführlich in seine einzelnen philosophischen Bestandteile zu entwickeln. „Das ist ja nicht auszuhalten!“ rief der Oberstallmeister mit schwacher kläglicher Stimme, die andern stießen schon schlummernd mit ihren Frisuren gegeneinander, daß der Puder stob, die Pfauen draußen hatten längst resigniert die Köpfe unter die Flügel gesteckt, im Vorzimmer schnarchte die umgefallene Dienerschaft fürchterlich auf Stühlen und Bänken. Es half alles nichts, der unaufhaltsame Pinkus zog immer neue, lange, vergilbte Papierstreifen aus dem erstandenen Nachlaß, rollte sie auf und murmelte fort und immerfort von Aufklärung, Intelligenz und Menschenbeglückung. – „Sapperment!“ schrie endlich der Graf voll Wut und wollte aufspringen, aber er konnte nicht mehr, sondern versank mit dem ganzen Hofstaat in einen unauslöschlichen Zauberschlaf, aus dem sie alle bis heut noch nicht wieder erwacht sind.

„Man muß nur haben Verstand!“ rief da der böse Nekromant und rieb sich vergnügt die Hände, legte sie aber nicht müßig in den Schoß, denn durch die offenen Türen, da niemand mehr da war sie zuzumachen, kam der Wind dahergepfiffen und griff unverschämt nach seinen Papieren; aus der großen Kristallflasche, die der Hofmarschall beim Einschlafen umgeworfen, war ihm das Wasser in die Schnallenschuhe gestürzt und die Kerze, woran sie ihre Pfeifen anzuzünden pflegten, flackerte unordentlich und wollte durchaus die seidene Gardine anstecken. Pinkus aber hatte sie alle schon lange auf dem Korn und eine gründliche Verachtung vor der Luft, dem landstreicherischen Windbeutel, sowie vor dem Wasser, das keine Balken hat und immer nur von Stein zu Stein springen, glitzern, schlängeln und die unnützen Vergißmeinnichts küssen möchte, und vor dem Feuer, das nichts tut, als vertun und verzehren. Er trat daher entrüstet in den Garten hinaus, zivilisierte ohne Verzug jene ungeschlachten Elemente durch seine weitschweifigen Zaubersprüche, die keine Kreatur lange aushält, und stellte sie dann in dem verstorbenen Schlosse an. In demselben Schlosse aber legte er sofort eine Gedankendampffabrik an, die ihre Artikel zu Benjowskys Zeiten bis nach Kamtschatka absetzte und ebenden außerordentlichen Lärm machte, den sich die dummen Leute in der Umgegend nicht zu deuten wußten.

So war also der Staatsbürger Pinkus ein überaus reicher Mann und Baron geworden, und befand, daß alles gut war.

Seitdem waren viele Jahre vergangen, da gewahrte man in einer schönen Nacht dort in der Gegend ein seltsames Zittern und Blinkern in der Luft, als würde am Himmel ganz was Absonderliches vorbereitet. Die Vögel erwachten darüber und reckten und dehnten noch verschlafen ihre Flügel, da sahen sie droben auch den Adler schon wach und fragten erstaunt:

„Was gibt's, daß vom Horste
An der zackigen Kluft
Der Adler schon steigt
Und hängt überm Forste
In der stillen Luft,
Wenn alles noch schweigt?"

Der Adler aber vernahm es und rief hinab:

„Ich hörte in Träumen
Ein Rauschen gehn,
Sah die Gipfel sich säumen
Von allen Höhn –
Ist's ein Brand, ist's die Sonne,
Ich weiß es nicht,
Aber ein Schauer voll Wonne
Durch die Wälder bricht."

Jetzt schüttelten die Vögel geschwind den Tau von den bunten Wämschen und hüpften und kletterten nun selber in ihrem grünen Haus bis in die allerhöchsten Wipfel hinaus, da konnten sie weit ins Land hinaussehn, und sangen:

„Sind das Blitze, sind das Sterne?
Nein, der Aar hat recht gesehn,
Denn schon leuchtet's aus der Ferne,
Daß die Augen übergehn.

Und in diesen Morgenblitzen
Eine hohe Frau zu Roß,
Als wär mit den Felsenspitzen
Das Gebirge dort ihr Schloß.

Geht ein Klingen in den Lüften,
Aus der Tiefe rauscht der Fluß,
Quellen kommen aus den Schlüften,
Bringen ihr der Höhen Gruß.

Und die grauen Schatten sinken,
Wie sie durch die Dämmrung bricht,
Und die Kreaturen trinken
Dürstend alle wieder Licht.

Ja, sie ist's, die wir da schauen,
Unsre Königin im Tal!
O Libertas! schöne Fraue,
Grüß dich Gott vieltausendmal!"

„Habt Dank, meine lustigen Kameraden!" rief da eine wunderliebliche Stimme, die wie ein Glöcklein durch die Einsamkeit klang, und die Lerche stieg sogleich kerzengerade in die Höh und jubilierte: „Die Libertas ist da, die Libertas ist da!" – es wollt's niemand glauben. Sie war's aber wirklich, die soeben zwischen dem Gesträuch auf den Schloßberg heraustrat. Sie ließ ihr Rößlein frei neben sich weiden und schüttelte die langen wallenden Locken aus der Stirn; die Bäume und Sträucher hatten sie ganz mit funkelndem Tau bedeckt, daß sie fast wie eine Kriegsgöttin in goldener Rüstung anzusehen war. Hinter ihr aber, wo sie geritten, zog sich's wie eine leuchtende Furt durchs Land, denn sie war über Nacht gekommen, der Mond hatte prächtig geschienen und die Wälder seltsam dazu gerauscht, in den Tälern aber schlief noch alles, nur die Hunde bellten erschrocken in den fernen Dörfern und die Glocken auf den Türmen schlugen von selbst an, wo sie vorüberzog.

„Ich wollte doch auch wieder einmal meine Heimat besuchen", sagte sie jetzt, „die schönen Wälder, wo ich aufgewachsen. Da ist viel abgeholzt seitdem, das wächst so bald nicht wieder nach auf den kahlen Bergen." Nun erblickte sie erst das geheimnisvolle Schloß und den Ziergarten. „Aber wo bin ich denn hier hingeraten?" fragte sie erstaunt. Es schwieg alles; was wußten die Vögel von dem Baron Pinkus! Es war ihr alles so fremd, sie konnte sich gar nicht zurechtfinden. „Das ist die Burg nicht mehr, wo sonst meine liebsten Gesellen gewohnt. Mein Gott! wo sind die alten Linden hin, unter denen wir damals so oft zusammengesessen?" – Darüber wurde sie auf einmal ganz ernsthaft, trat an den Abhang und sprach laut in die Tiefe hinaus:

„Die gebunden da lauern,
Sprengt Riegel und Gruft,
Du ahnend Schauern
Der Felsenkluft,
Unsichtbar Ringen
In der stillen Luft,
Du träumend Singen
Im Morgenduft!
Brecht auf! schon ruft
Der webende blaue
Frühling durchs Tal."

Und die Vögel jubelten wieder:

„O Libertas, schöne Fraue,
Grüß dich Gott vieltausendmal!"

Da ging erst ein seltsames Knistern und Flüstern durch die Buchsbäume und Spaliere, fast grauenhaft, wie wenn sie heimlich miteinander reden wollten in der großen Einsamkeit, drauf kam von den Waldbergen auf einmal ein Rauschen immerfort wachsend über den ganzen Garten, es war, als stiege über die Hecken und Gitter von allen Seiten verwildernd der Wald herein, die Fontäne fing wie eine Fee mit kristallenen Gewändern zu tanzen an, und Krokus, Tulipanen, Königskerzen und Kaiserkronen kicherten lustig untereinander; im Schloß aber entstand zu gleicher Zeit ein entsetzliches Krachen und Tosen, daß alle Türen und Fenster aufsprangen. Da kam plötzlich Pinkus, ganz verstört und zerzaust, aus dem Haupttor mit solcher Vehemenz dahergeflogen, daß die Schöße seines punktierten Schlafrocks weit hinter ihm drein rauschten. Er wollte vernünftig reden, aber der Frühlingssturm hatte ihn mit erfaßt, er mußte zu seinem großen Ärger in lauter Versen sprechen und schrie ingrimmig:

„Bin ich selber von Sinnen?
Im Schlosse drinnen
Ein Brausen, Rumoren,

Alles verloren!
Die Wasser, die Winde,
Das Feuer, das blinde,
Die ich besprochen,
Wild ausgebrochen,
Die rasen und blasen
Aus feurigen Nasen,
Mit glühenden Blicken,
Brechen alles in Stücken!"

Hier stutzte er auf einmal, er hatte die Libertas erblickt, da schoß ihm plötzlich das Blatt. Er kannte sie zwar nicht von Person, aber der schlaue Magier wußte nun sogleich, wer die ganze Verwirrung angerichtet. Ohne Verzug schritt er daher auf sie los und forderte ihren Paß. Sie betrachtete ihn von oben bis unten, er sah vom Schreck so windschief und verschoben aus; sie mußte ihm hellaut ins Gesicht lachen. Da wurde er erst recht wild und rief die bewaffnete Macht heraus, die sich nun von allen Seiten mit großer Anstrengung mobil machte, denn der Friedensfuß, auf dem sie so lange gestanden, war ihr soeben etwas eingeschlafen. Libertas stand unterdessen wie in Gedanken und wußte gar nicht, was die närrischen Leute eigentlich wollten. Doch sie sollte es nur zu bald erfahren. Pinkus befahl, die gefährliche Landstreicherin im Namen der Gesittung zu verhaften. Sie ward eiligst wie ein Wickelkind mit Stricken umwunden und ihr, in gerechter Vorsicht, darüber noch die Zwangsjacke angelegt. Da hätte man sehen sollen, wie bei dieser Arbeit manchem würdigen Krieger eine Träne in den gewichsten Schnurrbart herabperlte; aber der Patriotismus war groß und Stockprügel tun weh. So wurde Libertas unter vielem Lärm in das mit dem Schlosse verbundene Arbeitshaus abgeführt.

Pinkus aber, nachdem er sich von der Alteration einigermaßen wieder erholt hatte, schrieb sogleich ein großes Renaissancefest aus, das in einem feierlichen Aufzuge aus dem chinesischen Lusthause nach dem Schloß bestand und wohl einer würdigeren Feder wert wäre. Da sah man nämlich zuerst zwölf weißgekleidete Mädchen, eine hinter der andern vorschreitend, in den chinesischen Saal hereinschweben, sie trugen auf ihren Achseln eine wunderliche Festgabe, die wie eine lange Wurst oder wie ein greulicher Wurm aussah. Damit traten sie in einer Reihe vor Pinkus, stellten sich auf das eine Bein und streckten das andere anmutsvoll in die Luft, während eine jede die rechte Hand auf ihr Herz legte, mit der linken aber das langschweifige Weihopfer hoch in die Höhe hob und alle lieblich dazu sangen:

„Wir bringen dir der Treue Zopf
Von eigner Locken Seide,
Lang trag ihn dein erhabner Kopf
Zu deines Landes Freude,
Kopf, Zopf und Lockenseide!"

Es war wirklich ein ungeheurer Zopf, den sie eiligst aus ihren eigenen Locken zusammengewunden hatten. Der gerührte Pinkus riß sich sofort den Haarbeutel vom Haupt, verehrte ihn unter angemessenen Worten den Jungfrauen, um ihn als teures Andenken in dem Prüfungssaale ihrer Pensionsanstalt aufzuhängen und ließ sich dann den patriotischen Zopf am Genick befestigen, was sich sehr feierlich ausnahm, denn er schleppte ihn hinten etwas nach, so daß ihm jeder drei Schritt vom Leibe bleiben mußte, um nicht unversehens darauf zu treten. Jetzt aber begann der Zug durch den Garten. Voran schritten, wie eine Schar schneeweißer Gänse, die glücklichen Jungfrauen mit dem Haarbeutel auf samtnem Kissen, ihnen folgte der Haushofmeister, an dessen Allongeperücke in der feuchten Abendluft die Locken aufgegangen waren und wie ein Fürstenmantel fast bis an die Fersen herabfielen, endlich kam Pinkus selbst, dem der Kammerdiener den Zipfel des Opferzopfes ehrerbietig nachtrug. Auch der Ziergarten, der seit Libertas gebunden war, hatte unterdes seine vorige würdige Haltung wiedergewonnen, und wo Pinkus vorüberschritt, präsentierte der marmorne Herkules mit seiner Keule, der geigende Apollo salutierte mit dem Fiedelbogen und die Tritonen in den steinernen Becken bliesen auf ihren Muscheln aus Leibeskräften: „Heil dir im Siegerkranz!"

Die Geschichte machte damals großes Aufsehn in Deutschland. Die Schwalbe schoß ängstlich hin und her und schwatzte und schrie von allen Dächern und Zäunen: „Weh, weh, Frau Libertas ist gefangen!" Die Lerche stieg sogleich wieder kerzengerade in die Höh und meldete es dem Adler, die Nachtigall schluchzte und konnt sich gar nicht erholen, selbst der Uhu seufzte einigemal tief auf; der Rohrdrommel aber trommelte sofort Alarm und der Storch marschierte im Paradeschritt durch alle Wiesen und Felder und klapperte unablässig zum Appell. Bald wurde es auch weiter im Walde lebendig; der Hase duckte sich im Kohl und mochte von der ganzen Sache nichts wissen, der Fuchs wollte erst abwarten, welche Wendung sie nehmen würde; der biedere Bär dagegen ging schnaubend um und wurde immer brummiger, und die Hirsche rannten verzweiflungsvoll mit ihren Geweihen gegen die dicksten Eichen, oder fochten krachend miteinander, um sich in den Waffen zu üben.

Da kam zur selben Stunde der Doktor Magog dahergewandert, der seinen Verleger nicht finden konnte und daher soeben in großer Verlegenheit war. Der hörte mit Verwunderung das ungewöhnliche Geschrei der Vögel; durch einen entflogenen Star, der reden gelernt, erfuhr er alles, was geschehen, und wollte aus der Haut fahren über diese Nachricht. „Ha!“ rief er, und dabei fuhr ihm wirklich der Ellbogen aus dem Ärmel. Aber sein Entschluß war sogleich gefaßt: er wandte sich eiligst seitwärts nach dem Wald hin. Da erblickte ihn ein Köhler von fern und rief ihm zu, wohin er ginge? – „Zum Urwald“, erwiderte Magog. – „Seid Ihr toll?“ schrie der Köhler wieder herüber,

„Kehrt um auf der Stelle,
Dort steht ein Haus,
Da brennt die Hölle
Zum Schornstein heraus,
Und auf der Schwelle
Tanzt der Teufel Kehraus.“

„Laßt ihn tanzen!“ entgegnete Magog und schritt stolz weiter. Der fromme Köhler sah ihm nach, bis er im Walde verschwunden war. „So gnad ihm Gott“, sagte er dann und schlug ein Kreuz. Magog aber räsonierte noch lange innerlich: „Abergläubisches Volk, das im Mittelalter und in der Religion steckengeblieben! Darum wächst auch der Wald hier so dumm ins Blaue hinein, daß man keinen vernünftigen Fortschritt machen kann.“

So war er eine Weile durch das Dickicht vorgedrungen, als er unverhofft eine dünne Gestalt sehr eilfertig auf sich zukommen sah. Es war eine lange, hagere, alte Dame in ganz verschossenem altmodischem Hofstaat, das graue Haar in lauter Papilloten gedreht, wie ein gespickter Totenkopf, die hatte unter jedem Arm eine große Pappschachtel, hielt mit der einen Hand ein zerrissenes Parasol über sich und stützte sich mit der andern auf einen Haubenstock. – „Ist das der rechte Weg zum Urwald?“ fragte Magog. – „Gewiß, leider, mein Herr“, erwiderte die Dame, sich feierlich verneigend. „Ja“, setzte sie dann mit außerordentlicher Geschwindigkeit in einem Striche fortredend hinzu – „ja, diese bäuerische ungesittete Nachbarschaft macht sich von Tag zu Tag breiter, besonders seit einigen Tagen, man sagt, die famose Libertas sei wieder einmal in der Luft, es ist nicht mehr auszuhalten in dieser gemeinen Atmosphäre, keine Gottesfurcht mehr vor alten Familien, aber ich hab es meinem hochseligen Herrn Neveu immer vorausgesagt, das war auch so ein herablassender Volksfreund, wie sie es nennen, ja das eine Mal embrassierte er sich gar mit dem Pöbel, da haben sie ihn jämmerlich erdrückt, und nun gar wir Jungfrauen sind beständigen Attacken ausgesetzt, und so sehe ich mich soeben bemüßiget zu emigrieren; o Sie glauben gar nicht, mein Herr, was so eine arme Waise von Distinktion sich zerärgern muß in der gegenwärtigen Abwesenheit aller Tugenden von Stande!“ Hier kam sie vor großem Eifer ins Singen und machte plötzlich einen langen feinen Triller wie eine verdorbene Spieluhr, bis sie sich endlich ganz verhustete. Magog, der ihr voll Erstaunen zugehört, brach in ein schallendes Gelächter aus. Darüber geriet die Dame in solchen Zorn, daß sie verächtlich und ohne Abschied zu nehmen eiligst weiter emigrierte. – „Ohne Zweifel die Urtante, da kann ich nicht mehr weit haben“, dachte Magog und schritt getrost wieder vorwärts.

Bald aber verlor sich der Fußsteig vor seinen Füßen, der Forst wurde immer wilder und dichter, von fern nur sah er eine seltsame Rauchsäule über die Wipfel aufsteigen; da gedachte er der Warnung des Köhlers und des wüsten Hauses, aus dem die Hölle brennen sollte. Aber ein rauchender Schornstein war ihm von jeher ein anziehender Anblick und so klomm er mühsam eine Anhöhe hinan, um das ersehnte Haus zu entdecken. Doch zu seinem Schrecken bemerkte er, daß es ringsum bereits zu dunkeln anfing. Jetzt begann es auch unten am Boden schon sich geheimnisvoll zu rühren, Eidechsen raschelten durch das trockne Laub, die Fledermäuse durchkreuzten mit leisem Flug die Dämmerung, aus den feuchten Wiesen krochen und wanden sich überall trägringelnd lange Nebelstreifen und hingen sich an die Tannenäste wie Trauerflöre, und als Magog endlich droben ins Freie trat, stieg die kühle stille Nacht über die Wälder herauf und bedeckte alles mit Mondschein. Auch die Rauchsäule konnte er nicht mehr bemerken, es war als hätte die fromme Nacht die Hölle ausgelöscht. Da beschloß er, hier oben den Morgen abzuwarten, streckte sich auf das weiche Moos hin, schob sein mit Manuskripten vollgepfropftes Reisebündel unter den Kopf, betrachtete dann noch eine Zeitlang die zerrissenen Wolken, die über ihm dahinjagten und manchmal wie Drachen nach dem Monde zu schnappen schienen, und war endlich vor großer Müdigkeit fest eingeschlafen.

So mochte er eine geraume Zeit geruht haben, da meinte er mitten durch den Schlummer ein Geflüster zu vernehmen und dazwischen ein seltsames Geräusch, wie wenn ein Messer auf den Steinen gewetzt würde. Die Stimmen kamen immer näher und näher. „Er schläft", sagte die eine, „jetzt ist's die rechte Zeit." – „Ein schlechter Braten", entgegnete eine andere tiefe Stimme, „er ist sehr mager, hab seinen Futtersack untersucht, den er unterm Kopfe hat, er lebt bloß von Papier." – Nun schien es dem Magog, als hörte er auch die emigrierte Tante leise und eifrig dazwischenreden in verschiedenen unbekannten Sprachen, die andern antworteten ebenso, die Wipfel rauschten verworren drein, auf einmal schlug sie wieder ihren schrillenden Triller. Da sprang Magog ganz entsetzt auf – es war ein heiserer Hahn, der fern im Tale krähte. Verstört blickte er um sich, der Morgen blitzte zu seinem Erstaunen schon über die Wälder, er wußte nicht, ob ihm das alles nur geträumt oder sich wirklich ereignet hatte.

Jetzt sah er auch die Rauchsäule von gestern wieder emporwirbeln, er hielt es für einen unverhofften feuerspeienden Berg. Als er indes näher kam, erkannte er, daß es nur eine ungeheure Lehmhütte war, in welcher wahrscheinlich das Frühstück gekocht wurde. In diesen tröstlichen Gedanken ging er also unaufhaltsam darauf los. Auf einmal aber blieb er ganz erschrokken stehen. Denn auf dem Rasenplatze vor der Hütte war ein Riesenweib wahrhaftig soeben damit beschäftigt, ein großes Schlachtmesser zu wetzen. Sie schien ihn nicht zu bemerken oder weiter nicht zu beachten, weil er so klein war, und in demselben Augenblick brachen auch mehrere Riesenkinder mit großem Geschrei aus der Hütte und zankten und würgten und rauften untereinander, daß die Haare davonflogen. Über diesem Lärm aber erhob sich plötzlich eine wunderbare baumlange Gestalt und gähnte, daß ihm die Morgensonne bis tief in den Schlund hineinschien. Der Mann war greulich anzusehen, ungewaschen und ungekämmt, wie ein zerzaustes Strohnest, und hatte eine ungeheuere Wildschur an, die war aus lauter Lappen und Fetzen von Fuchsbalg, wilden Schweinshäuten und Bärenfellen zusammengeflickt. – „Herr Rüpel?!" rief da Magog in freudigem Erstaunen. – „Wer ruft mich?" erwiderte der Riese noch halb im Schlafe und sah den Fremden verwundert an. – „Sie eben hab ich aufgesucht", entgegnete Magog, „eine höchst wichtige Angelegenheit." – Aber Rüpel hatte gerade mit der Kindererziehung zu tun. „Hetzoh!" schrie er den Jungens zu, die noch immer fortrauften, „du da wirst dich doch nicht unterkriegen lassen, frisch drauf!" Dann streckte er unversehens sein langes Bein vor, da stürzten und kollerten die Verbissenen plötzlich verworren übereinander, während die Riesenmutter voller Zorn ihren Kehrbesen mitten in den Knäuel warf. Darüber kamen alle in ein so herzhaftes Lachen, daß der Wald zitterte.

Da nun Magog die Familie in so guter Laune sah, faßte er sich ein Herz und rückte sogleich mit seinem eigentlichen Plane heraus. „Herr Rüpel", sagte er, „ich bin ein Biedermann und kenne kein Hofieren und keinen Hof, als den Hühnerhof meiner Mutter, aber das muß ich Ihnen rundheraus sagen: Ihre Macht und Gesinnungstüchtigkeit ist durch ganz Europa ebenso berühmt als geschätzt und ebenso geschätzt als gefürchtet. Darum wende ich mich vertrauensvoll an Ihr großes Herz und rufe: wehe und abermals wehe! die Libertas ist geknechtet! – wollen wir das dulden?" – „Libertas? wer ist die Person?" fragte Rüpel. – „Libertas?" erwiderte Magog, „Libertas ist die Schutzpatronin aller Urwälder, die Patronin dieses langweiligen – wollt sagen: altheiligen Waldes." – „I bewahre", fiel ihm hier die Riesin ins Wort, „unsere Grundherrschaft ist das gnädige Fräulein Sibylla da draußen." – „Was? die mit den Papilloten und großen Haubenschachteln?" rief Magog, den dieser unerwartete Einwurf ganz aus dem Konzept gebracht hatte. Aber er faßte sich bald wieder. „Grundherrschaft!" fuhr er fort, „schützt die Grille Krokodile, der Frosch das Rhinozeros, der Weißfisch den Haifisch? – Wer die Macht hat, ist der Herr und Ihr habt die Macht, wenn die Libertas regiert, und habt die Macht nicht, wenn die Libertas gefangen ist, und die Libertas ist gefangen – ich frage also nochmals, wollen wir das dulden?"

Hier aber wurde er, da er eben im besten Zuge war, durch

einen seltsamen Auftritt unterbrochen. Ein Reiher kam nämlich pfeilschnell dahergeschossen, setzte sich gerade auf seinen zerknitterten Kalabreser, drehte ein paarmal mit dem dünnen Halse, verneigte sich dann feierlich vor der Gesellschaft und sagte: „Sie lassen alle ihren Respekt vermelden und es tut ihnen sehr leid, aber sie können heut und morgen nichts bringen, wir haben alle außerordentlich Wichtiges zu tun; schönen guten Morgen!" Und damit sich abermals höflich verneigend, schwang er sich wieder in die Lüfte. – „Guten Morgen, Herr Fischer", erwiderte Rüpel, ihm ganz verblüfft und mit einer verzweifelten Resignation nachschauend. Jetzt sah man auf einmal auch einen ungeheuern Schwarm wilder Gänse über den Wald fortziehen, einen alten gewiegten Gänserich voran, alle die Hälse wie Lanzen weit vorgestreckt und in einem spitzen Keile dahinstürmend, als wollten sie den Himmel durchbrechen, und dabei machten sie ein so entsetzliches kriegerisches Geschrei, daß man sein eigenes Wort nicht hören konnte. Währenddes aber hatte der eine Riesenknabe sich mit dem Ohr auf den Boden gelegt und sagte: „Draußen im Grund hör ich ein groß Getrampel, man kann die Tritte deutlich unterscheiden: Hirsche, Auerochsen, Bären, Damhirsche, Rehe, zieht alles wild durcheinander den großen See entlang." – „Die Tollköpfe!" rief die Riesenmutter aus, „da haben sie gewiß wieder Verdruß gehabt mit dem gnädigen Fräulein und haben unsern guten Wald in Verruf getan und wandern aus; denn das Fräulein ist ihnen immer spinnefeind gewesen und ließ sie mit Hunden hetzen und schinden und braten obendrein."

„Nein, nein, die alte Spinne ist ja selber ausgewandert, ich bin ihr gestern begegnet", sagte Magog voll Verwunderung, „aber warum nehmen Sie sich denn die Sache so sehr zu Herzen, teuerste Frau von Rüpel?"

„Wie sollt ich nicht!" erwiderte die Riesin, „ach wir armen Waldleute müssen uns gar kümmerlich durchhelfen mit der großen Familie. Sehen Sie, lieber Herr, ich und mein Mann arbeiten hier für die vornehmen Tiere: Hirsche, Rehe und anderes Hochwild um Tagelohn, den wir von ihnen in Naturalien beziehen. Des Abends spricht mancher Edelhirsch bei uns ein, wenn er nachts auf die Freite gehen will, da muß ihm mein Mann die Pelzstiefelchen putzen, dafür erhalten wir denn die Felle der verunglückten Kameraden und die abgeworfenen Geweihe in die Wirtschaft. Alle Morgen aber kommen die

Bären und lassen sich ihre Pelze ausklopfen und bringen uns große Honigfladen, oder ein paar wilde Schweine lassen sich ihre Hauer schleifen und werfen uns zum Dank einen fetten Frischling auf die Schwelle, denn die Zeiten sind schlecht, da kommt es ihnen auf ein Kind mehr oder weniger nicht an. Ich aber flechte Nester für die Adler, Habichte und Auerhühner und die lassen uns dann im Vorüberfliegen einen Hasen oder ein Zicklein herunterfallen, oder legen uns nachts einige Schock Eier vor die Tür, wenn sie eben nicht Lust haben, alle auszubrüten. Und nun – ach das große Unglück! jetzt haben wir unsere Kundschaft verloren und stehen ganz verlassen in der Welt, oh! oh!" – Und hier fing sie jämmerlich zu heulen an und der Riese, der sich lange gehalten, stimmte plötzlich furchtbar mit ein.

Da trat Magog mannhaft mitten unter sie. „Das soll bald anders werden!" rief er; „kennt Ihr das Schloß des Baron Pinkus?" Der Riese entgegnete, er habe es wohl von fern gesehen, wenn er manchmal zur Unterhaltung bis an den Rand des Waldes gegangen, um die Köhler und andere kleine Leute zu schrecken. – „Nun gut", fuhr Magog fort, „dort eben sitzt die Libertas gefangen. Seht, mich hat auch die Welt nur auf elende Lorbeeren gebettet, daß ich mir an dem stacheligen Zeug schon den ganzen Ärmel am Ellbogen durchgelegen; darum habe ich ein Herz für das arme Riesenvolk. Die Libertas ist eine reiche Partie, wir müssen sie befreien! Dabei kann es vielleicht einige Püffe setzen, was frag ich danach! Ihr habt ja ein dickes Fell, alles für meine leidenden Brüder! Mit einem Wort: Ihr befreit sie und ich heirate sie dann und Ihr seid auf dem Schlosse Portier und Schloßwart und Haushofmeister, eh man die Hand umdreht. Topp, schlagt ein – aber nicht zu stark, wenn ich bitten darf."

Darüber war Rüpel ganz wild geworden und schritt, ohne ein Wort zu sagen, so eilig in die Hütte, daß Magog nur mühsam und mit vorgehaltenen Händen tappend folgen konnte. Denn sie stiegen über viele ungeschickte Felsenstufen in eine große Höhle hinab, über welcher der Berg, den Magog für die Hütte gehalten, nur das Dach und den Schornstein bildete. Im Hintergrunde der Höhle hing ein Kessel über dem Feuer, ein zahmer Uhu mit großen funkelnden Augen saß in einem Felsenspalt daneben und fachte mit seinen Flügeln die Flamme an und schnappte manchmal nach den Fledermäusen, die geblendet nach dem Feuer flogen. Die Flamme warf ein ungewisses Licht über die rauhen und wunderlichen Steingestalten umher, die bei den flackernden Widerscheinen sich heimlich zu bewegen schienen, und mächtige Baumwurzeln drängten sich überall wie Schlangen aus den Wänden, in der Tiefe aber hörte man ein Picken und Hämmern und unterirdische Wasser verborgen gehen, und dazwischen rauschte der Wald immerfort durch die offene Tür herein. Rüpel aber rumorte eifrig in der Höhle herum, er schien allerlei zusammenzusuchen. Auf einmal wandte er sich zu Magog: „Und damit Punktum, ich geh mit auf die Befreiung!"

Da nun die Riesin merkte, wo das alles eigentlich hinauswollte, wurde sie plötzlich ganz empfindlich und nannte ihren Mann einen alten Bummler und den Magog einen verlaufenen Schnappsackspringer, der nur gekommen, das häusliche Familienglück zu stören. Vergebens hielt ihr Magog den Patriotismus und den gebieterischen Gang der neuen Weltgeschichte entgegen. Sie behauptete, sie hätten schon hier im Hause Geschichten genug und nicht nötig, noch neue zu machen, und die ganze Geschichte ging die Welt gar nichts an! So entspann sich unversehens ein bedenklicher Streit. Rüpel fluchte, die Riesin zankte, die Kinder schrien und draußen war von dem Lärm das Echo aus dem Morgenschlummer erwacht und schimpfte immerfort mit drein, man wußte nicht, ob auf Rüpel, auf Magog oder auf die Riesin.

Da hob sich auf einmal im Boden ein Stein dicht neben Magog, der erschrocken die Beine einzog, denn er meinte, es wollte ihn ein Riesenmaulwurf in die Zehen beißen. Es war aber nur eine heimliche Falltür und aus dieser fuhr mit halbem Leibe ein winziges Kerlchen mit altem Gesicht und spitzer Mütze zornig empor: „Was macht ihr heute hier oben wieder für ein greuliches Spektakel", sagte er mit seiner dünnen Stimme, „wenn ihr nicht manierlich seid, kündigen wir euch die Miete auf!" Dabei tat es einen glühenden Blick aus der Tiefe herauf und Magog konnte durch die Öffnung weit hinabschauen. Da sah er unzählige kleine Wichte, jedes eine Grubenlampe auf dem Kopf, in goldnen Eimern wundersam singend auf und nieder schweben, und ganz unten blitzte und funkelte es bei den vielen irrenden Lichtern von Diamanten, Kristallen und Saphiren wie ein prächtiger Garten. – „Um Gottes willen", rief die Riesin ihm leise und ängstlich zu, „schaut nicht so hin, man wird wahnsinnig, wenn man lange da hinuntersieht; das sind unsere Hausherren, die Zwerge und Grubenleute, die unter uns wohnen und uns diese Dachkammer für ein Billiges überlassen haben.“ Aber Rüpel, dem noch der vorige Zank in den Gliedern steckte, hatte schon mit dem Fuße nach dem Zwerglein gestoßen und hätte es sicherlich zertreten, wenn es nicht fix wieder untergeduckt und den Stein hinter sich zugeklappt hätte.

Sodann ergriff Rüpel rasch seinen knotigen Wanderstab, warf seinen Sack über die Schultern und stand in seinen Pelzhäuten wie eine Kürschnerbude reisefertig in der Tür. Da hätte man nun die feierliche Abschiedsszene sehen sollen, die wohl geeignet war, ein fühlendes Herz mit den sanftesten Regungen zu erfüllen! Die Riesin hing mit aufgelöstem Haar am Halse des geliebten Mannes und schluchzte außerordentlich: auch von seinem gerechten Schmerze zeugte eine ungeheuere Träne im Auge, die lieben Kleinen umklammerten kindlich lallend die Knie ihres verehrten Erzeugers, da hörte man nichts, als die süßen Namen: „Papa“ und „teurer Gatte“ und „treue Lebensgefährtin!“ Aber Rüpel zerdrückte die Träne und riß sich los wie ein Mann. „Weib, du sollst von mir hören!“ rief er und schritt majestätisch in den Wald hinein und Magog versäumte nicht, ihm auf das allereilfertigste nachzufolgen, denn hinter ihnen hörte er noch immer die Stimme der verwaiseten Familienmutter und konnte nicht recht unterscheiden, ob sie noch immer weinte oder etwa von neuem schimpfte.

Endlich war alles verhallt, man vernahm nur noch den Tritt der einsamen Wandrer. Magog bemerkte mit vieler Genugtuung den langen Fortschritt seines Reisekumpans, und da er seinen Rücken recht betrachtete, freute er sich dieser breitesten Grundlage und lud ihm auch noch sein eigenes Ränzel mit auf, das freilich nicht sonderlich schwer war. Durch die Wildnis aber wehte ihnen ein kräftiger Waldhauch entgegen, da wurden beide ganz lustig. Rüpel erzählte, wie er eigentlich von dem berühmten deuschen Bärenhäuter abstamme, Magog aber stimmte sein Lieblingslied an:

„Von des Volkes unverjährbaren Rechten
Und der Tyrannen Attentaten,
Die die Völker verdummen und knechten,
Fürsten und Pfaffen und Bürokraten.“

„Und Bier und Braten!" fiel hier Rüpel jubelnd mit ein. – „Haben Sie etwas mit?" wandte sich Magog rasch herum. Rüpel schüttelte mit dem Kopfe. – „Ha, also nur immer vorwärts, vorwärts!" ermutigte Magog.

Über dem Singen und den vergnügten Gesprächen aber hatte Rüpel unvermerkt den rechten Weg verloren. Vergebens bestieg er nun jeden Berg, dem sie begegneten, um sich wieder zurechtzufinden; man sah nichts als Himmel und Wald, der wie ein grünes Meer im frischen Winde Wellen schlug, so weit die Blicke reichten. Und fragen konnten sie auch niemand. Denn der Lärm, den sie unterwegs machten, war groß, und wo sie etwa ein einsamer Hirt oder Jäger hörte und des erschrecklichen Riesen ansichtig wurde, entfloh er sogleich oder verbarg sich im dicksten Gebisch, bis sie vorüber waren. So irrten sie den ganzen Tag umher.

Des Abends, da sie schon sehr hungrig waren, kamen sie endlich an eine anmutige Anhöhe, an der unten ein Fluß vorüberging. Jenseits des Flusses aber lag ein weiter wüster Platz, rings vom finstern Walde eingeschlossen, und auf dem Platze lagen einzelne große Felsblöcke zerstreut, wie Trümmer einer verfallenen Stadt, was sehr einsam anzusehen war. Auf dieser Höhe machte Rüpel plötzlich halt und ließ den Magog seitwärts zwischen das Gebüsch treten und sich dort ganz still verhalten. Er selbst aber setzte sich mitten auf die Höhe, zog sein haariges Wams, gleich einer Nebelkappe, aus der nur seine großen Augen hervorfunkelten, bis über den Kopf herauf, kniff aus den Fellen ein Paar seltsame Ohren darüber und breitete mit beiden Armen den Pelzmantel aus wie zwei Flügel, so daß er wie eine ungeheuere Nachteule aussah. Es dauerte auch nicht lange, so kamen von allen Seiten die schreckhaftesten Vögel, wilde Auerhühner, Birkhähne und Fasanen mit großem Geschrei herbei und stießen und hackten auf das Ungetüm; und als der Schwarm am dicksten, schlug er rasch beide Pelzflügel über ihnen zusammen und schob alles in seine weitläufigen Manteltaschen. – „Das hab ich von meinem Urgroßvater Kauzenweitel gelernt", rief er sehr zufrieden aufstehend zu Magog hinüber. Dann ging er zu dem Fluß hinab und streckte sich unter dem hohen Schilfe platt auf den Leib am Ufer hin. Magog meinte, er sei durstig und wolle den Fluß austrinken; aber Rüpel ließ bloß seinen verworrenen Bart ins Wasser gleiten, den hielten die klügsten Hechte und die breitmauligsten Karpfen für spielendes Gewürm und sooft sie danach schnappten, schnappte Rüpel auch nach ihnen und hatte gar bald mehrere Mundvoll auserlesene Fische aufs Trockne gebracht. Darauf kehrte er wieder zu Magog zurück, holte aus seinem Reisesack einen Feldkessel, Bratspieß, Messer und Gabeln hervor und schlug sich mit der Faust auf beide Augen, daß es Funken gab. Daran zündete er ein großes Feuer an und fing sogleich mit vielem Eifer zu kochen und zu braten an; und eh es noch dunkel wurde, saßen beide Wanderer um die lustige Flamme gelagert und schmausten in freudereichem Schalle.

Unterdes war die Nacht herangekommen, in dem Feuer neben ihnen flackerte nur noch manchmal ein blaues Flämmchen auf; sie richteten sich daher in dem trocknen Laube, so gut es gehen wollte, zur Ruhe ein und waren auch beide sehr bald eingeschlafen. Es mochte aber noch lange nicht Mitternacht sein, als Magog, wie in seiner ersten Reisenacht, wieder ein seltsames Rauschen und Murmeln vernahm, das bald schwächer, bald wieder lauter wurde, fast wie das verworrene Brausen einer fernen Stadt. Er richtete sich mit halbem Leibe auf, aber diesmal war es kein bloßer Traum. Denn obgleich der Mond zwischen vorüberjagendem Gewölk den wüsten Platz jenseits des Flusses nur flüchtig beleuchtete, so konnte er doch zu seinem Erstaunen deutlich bemerken, daß der Platz jetzt ganz belebt war. In einem weiten Halbkreise am Waldrande drüben lagen nämlich, dicht Kopf an Kopf gereiht, zahllose Auerochsen, zunächst hinter ihnen standen Rehe und Damhirsche, über diese hinweg starrte dann ein ganzer Wald von Hirschgeweihen und weiterhin noch bis tief in die Schatten des Waldes schien es verworren zu wimmeln und zu drängen, denn sooft ein Mondstrahl das Dunkel streifte, sah man da und dort den Kopf eines Einhorns oder bärtigen Elends sich abenteuerlich hervorstrecken, und zwischen ihren Beinen Marder, Iltis und andere geringe Tiere geschäftig hin und her schlüpfen. Selbst die Bäume, die den Platz von der einen Seite umschlossen, waren von allerlei großen und kleinen Vögeln bedeckt, daß sie aussahen wie Weinstöcke im Herbst und man nicht wußte, was Blatt oder Vogel war, rings um den Platz aber machten Störche ernsthaft die Runde und hoben die langen Schnäbel gegen den Wind, ob etwa von fern ein Feind nahe.

Aha, das sind gewiß die Tiere, die der Riesenknabe schon heute früh in der Ferne hat marschieren gehört, dachte Magog und wollte, als er sich vom ersten Erstaunen ein wenig erholt, geschwind den Rülpel wecken und rüttelte und schüttelte ihn mit großer Anstrengung aus Leibeskräften. Der tat aber nach der guten Mahlzeit einen schweren Schlaf, er hob bloß den Kopf in die Höh und glotzte ihn an, ohne etwas zu sehen, dann wälzte er sich auf die andere Seite und schnarchte so schrecklich weiter, daß von dem Atem die nächsten Bäume sich auf und nieder bogen.

Nun schaute Magog still und unverwandt nach dem Platze hinüber, denn er war sehr neugierig, was die Tiere in dieser Einsamkeit eigentlich vorhätten. Da sah er, wie ein Auerochs plötzlich aus der vorderen Reihe brach, mit einem gewaltigen Satze auf einen der umherliegenden Steinblöcke sprang und, nachdem er mit seinem zottigen Haupte sich dreimal vor der Versammlung verneigt, sofort eine donnernde Rede begann. Dabei brüllte er mitten im Sprechen oft plötzlich furchtbar auf, scharrte mit dem einen Vorderfuß, ringelte wütend den Schweif in die Luft und schüttelte die Mähne, daß man beim Mondschein seine rotglühenden Augen rollen sah. Magog konnte nichts davon verstehen, aber die Rede mußte sehr hinreißend sein, denn als er endlich von dem Steine wieder zu seinen Kameraden zurücksprang, ging ein freudiges Brüllen, Schnurren und Scharren durch die ganze Versammlung und alle Hirsche schlugen mutig mit ihren Geweihen zusammen. Darauf hatte ein Bär das Wort erhalten. Auch dieser kletterte bedächtig auf einen der Steine herauf, stellte sich auf die Hinterbeine und streckte während seiner Ansprache bald das eine, bald das andere Vorderbein weit vor sich aus, dann legte er die eine Tatze an sein Herz – er konnte vor Rührung nicht weiter und mußte abtreten. Jetzt ließ sich unerwartet aus irgendeinem dunkeln Winkel ein Uhu auf dem Steine nieder. Das wollten die andern Vögel durchaus nicht leiden, ja ein kecker Nußhäher schoß plötzlich hervor und hackte nach ihm, aber die wachthabenden Störche stellten klappernd sogleich die Ruhe wieder her. Nun schüttelte der Uhu seine Federn auf, daß er aussah wie eine Allongeperücke, klappte zum Gruß dreimal mit dem Schnabel, setzte eine Brille auf und fing aus einem Blatte, das er mit der einen Klaue vor sich hielt, zu lesen an. Er schien alles sehr weitläufig und gründlich auseinanderzusetzen, denn die ganze Gesellschaft hörte dem gelehrten Redner so aufmerksam zu, daß man dazwischen das Wiederkäuen der

Ochsen vernehmen konnte; nur die ungeduldigen Vögel in den Bäumen, die nun einmal ärgerlich geworden, störten leider zuweilen die feierliche Stille durch plötzliches ungebührliches Schreien und Raufen. Unterdes aber ging die Vorlesung ohne Komma und ohne Punktum in einem Tone immer fort und fort, wie murmelnde Bäche und spinnende Kater, und Magog wußte nicht, wie lange die Rede gedauert, denn ehe sie noch ihr Ende erreicht hatte, war er über dem einförmigen Gemurmel, sosehr er sich auch dagegen sträubte, unaufhaltsam eingeschlummert.

Er hätte auch wahrscheinlich bis in den Tag hinein geschlafen, wenn ihn nicht mitten in der Nacht Rüpel auf einmal durch unablässiges Rufen geweckt hätte. Sein erster Blick fiel auf den geheimnisvollen Platz drüben, der war aber, als wäre eben nichts geschehen, wieder so still und einsam wie gestern. Rüpel aber verzehrte bereits mit großem Appetit die Überbleibsel vom gestrigen Mahle und hatte auch ein gut Stück davon für Magog zurückgelegt. Da dieser ihm nun erzählte, was er in der Nacht jenseits des Flusses gesehen, gab Rüpel wenig darauf und meinte, das sei ohne Zweifel eine geheime Verschwörung, da kümmere er sich nicht darum, wenn er nur sein Auskommen habe. Mit dem Auskommen aber stehe es heute gerade sehr schlimm. Er habe nämlich jetzt erst an den Gestirnen die rechte Richtung erkannt, sie seien ganz auf den Holzweg geraten und hätten noch weit zu gehen. In dieser Richtung gebe es jedoch keinen Fluß, um darin zu fischen, und mit dem vom seligen Kauzenweitel ererbten Kunststück sei es auch nichts, weil die verschwornen Vögel heut alle nicht zu Hause seien. Sie mußten daher eilen, um womöglich noch in der Nacht ihr Ziel zu erreichen.

So geschah es also, daß sie noch zur selben Stunde, nachdem sie sich gehörig gestärkt hatten, ihren Befreiungszug unverdrossen wieder fortsetzten. War aber schon der Anfang dieser Nacht schön gewesen, so war sie jetzt noch vieltausendmal schöner. Die Sterne blinkten durch das dunkle Laub, als ob die Bäume silberne Blüten trügen und der Mond ging wie ein Einsiedler über die stillen Wälder und spielte melancholisch mit der schlummernden Erde, indem er bald einen Felsen beleuchtete, bald einen einsamen Grund in tiefen Schatten versenkte und Berg und Wald und Tal verworren durcheinanderstellte, daß alles fremd und wunderbar aussah. Auf einmal blieb

Rüpel stehen, denn ein seltsam schweifendes Licht streifte die Spitzen des Gebüsches vor ihnen. Sie bogen die Zweige vorsichtig auseinander und erblickten nun mehrere schöne schlanke Mädchengestalten in leuchtenden Gewändern, die sich bei den Händen angefaßt hatten und dort einen Ringeltanz hielten. Ihre langen blonden Haare flogen in der leisen Luft, daß es wie ein Schleier von Mondschein um sie her wehte, und doch sahen sie aus wie Kinder und berührten mit den zierlichen Füßchen kaum den Boden, und wo sie ihn berührten, schimmerte das Gras von goldnem Glanze. Dabei sangen sie überaus lieblich:

„Luft'ge Kreise, lichte Gleise
Von Gesang und Mondenschein
Ziehn wir leise dir zur Reise,
Kehre bei uns Elfen ein!"

Das ließen sich die Reisenden nicht zweimal sagen und eilten sehr erfreut über die große Höflichkeit aus ihrem Versteck hervor. Kaum waren sie indes auf den freien Platz herausgekommen, so war plötzlich die ganze Erscheinung lautlos verschwunden und sie schwankten auf einem mit trügerischem Rasen bedeckten Moorgrund, in welchem Rüpel sogleich bis über die Knie versank. Dabei glaubten sie hie und da heimlich lachen zu hören, konnten jedoch durchaus niemand mehr entdecken. Rüpel aber, um sich zu helfen, griff wütend um sich, erwischte den Magog, der soeben schon wieder aufs Trockne sprang, beim Rockzipfel und riß ihm einen Schoß seines alten Frackes glatt weg, worüber der Doktor höchst entrüstet wurde und beide in einen sehr unangenehmen und lauten Wortwechsel gerieten.

Nachdem sie sich endlich herausgearbeitet und an dem Moose möglichst wieder gesäubert hatten, sagte Rüpel: „Ja, in dieser Gegend ist's nicht recht geheuer, hier nahebei muß auch der stille See liegen mit dem versunknen Schlosse; man kann, wenn's windstill ist, tief im Grunde noch die Türme sehen und manchmal in schönen Sommernächten taucht es herauf, bis die ersten Hähne krähen." Und in der Tat, der unheimliche Spuk wollte gar nicht aufhören, je weiter sie in der verrufenen Gegend fortschritten. Irrlichter hüpften überall über den Weg vor ihnen und spielten und wanden sich untereinander wie junge Kätzchen; dann fuhren sie neckend nach Rüpels Bart;

setzten sich auf Magogs Hut oder haschten von hinten nach ihm, als wollten sie ihm den noch übriggebliebenen Frackschoß abreißen. Rüpel sagte: „Die närrischen Dinger werden mir noch meine Wildschuhe anzünden", und suchte immerfort eines zu greifen und da es jedesmal mißlang, brach er endlich in ein so herzhaftes Lachen aus, daß es weit durch den Wald schallte und die Irrlichter erschrocken nach allen Seiten auseinanderfuhren.

„Hab ich's nicht gesagt?!" rief dann Rüpel, indem er plötzlich ganz erschrocken stillstand und mit dem Finger in die Nacht hinauswies. Magog wandte sich rasch herum und erblickte in der Waldeinsamkeit einen großen klaren See, und mitten in dem See ein schneeweißes Schloß mit goldenen Zinnen, das sich wie ein schlummernder Schwan im Wasser spiegelte, und rings um das Schloß herum schien ein Garten mit Myrten, Palmen und andern wunderbaren Bäumen gleichfalls zu schlummern, so still war es dort. Jetzt aber erhoben sich auf einmal einige Elfen, die unter den Palmen geschlafen hatten, dann immer mehrere, und gleich darauf sah man sie alle wie Johanniswürmchen geschäftig hin und her irren, als würde dort ein großes Fest vorbereitet. Dabei streiften sie im Vorüberschweben mit ihren Fingerspitzen Bäume, Blumen und Sträucher, die von der flüchtigen Berührung allmählich in hundertfarbigem Glanze, wie lauter Bergkristalle, Rubinen, Smaragden und Saphire zu leuchten anfingen, und wenn die Luft durch den Garten ging, gab es einen wunderbaren Klang, als ob der Mondschein selber sänge. – „Das ist ihr Traumschloß", flüsterte Rüpel dem Magog zu und wandte kein Auge von der prächtigen Illumination. Magog aber warf stolz den Kopf zurück. „Einfältiges Waldesrauschen, alberne Kobolde, Mondenschein und klingende Blumen", sagte er mit außerordentlicher Verachtung, „nichts als Romantik und eitel Märchen, wie sie müßige Ammen sonst den Kindern erzählten. Aber der Menschengeist ist seitdem mündig geworden. Vorwärts! die Weltgeschichte wartet draußen auf uns." Mit diesen Worten drängte er den kindischen Riesen fort zu verdoppelter Eile und ruhte nicht, bis der Blumengesang und der schimmernde Garten hinter ihnen verklungen und versunken.

Das war aber nun einmal eine wahre Hexennacht, denn sie mochten kaum noch eine Stunde lang gegangen sein, so hörten sie schon wieder ein seltsames Geräusch vor sich, ein Schwanken und Knistern in den Zweigen und Hufklang dazwischen, immer näher und näher, wie wenn jemand rasch und heimlich durch das Dickicht bräche. Und es war auch wirklich ein flüchtiger Zug, der gerade auf sie zukam. Voran eilten viele Irrlichter in lustigen Sprüngen, um unter den Eichenschatten den Weg zu zeigen, dann folgte ein Hirsch und auf dem Hirsche saß eine sehr schöne Dame, von ihren Locken, wie von einem goldnen Mantel, durch den die Sterne schienen, rings umwallt und einen Kranz ums Haupt, der in grüngoldenem Feuer funkelte. Als sie die beiden Wanderer gewahrte, stutzte sie und auf einen Wink von ihr hielten Hirsch und Irrlichter plötzlich an. Rüpel verneigte sich so tief er's vermochte und wagte kaum verstohlen aufzublinzeln, während die Irrwische, die keinen Augenblick ruhig bleiben konnten, sich schon wieder mit Magogs verwitwetem Rockschoß zu schaffen machten. „Was sucht ihr hier?" fragte die Reiterin, die Fremden mit einem strengen und durchdringenden Blick betrachtend. – „Die Libertas", entgegnete Magog stolz. Da lachte die Dame und winkte wieder, und wieder eilten die Irrlichter voran und flog der Hirsch mit seiner schönen Herrin über den Rasen fort – sie schienen nach dem Traumschlosse hinzuziehen.

Jetzt erst richtete sich Rüpel mühsam aus seiner Devotion wieder auf; „gewiß Ihre Majestät die Elfenkönigin", rief er, dem Zuge noch lange nachsehend. „Das wäre mir eine schöne Königin", erwiderte Magog, „ihr Diadem war nicht einmal echt, nichts als leuchtende Johanneswürmchen."

Der Morgen fing endlich an zu dämmern, in der Ferne krähte schon ein Hahn; da bog Rüpel bald da, bald dort die Wipfel auseinander und spähte unruhig nach allen Seiten umher. „Jetzt hab ich's!" rief er auf einmal, „dort ist das Schloß des Baron Pinkus." – „Das trifft sich ja vortrefflich", entgegnete Magog, „es scheint noch alles zu schlafen droben, wir müssen das Schloß überrumpeln. Der Star hat mir alles ausführlich beschrieben; dort in dem Eckturm sitzt die Libertas gefangen. Sie, lieber Herr Rüpel, haben gerade die gehörige Leibeslänge, Sie langen also ohne weiteres in das Turmfenster hinein und heben die Gefangene in meine Arme. Ja, jetzt gilt's: Entführung, Hochzeit, Tod oder Haushofmeister!" Nun aber hatte er seine Not mit dem Riesen, der nicht so leise auftreten konnte, wie es die Wichtigkeit des entscheidenden Augenblicks erheischte und überdies bald Eicheln knackte, bald wieder einen Ast abbrach, um sich die Zähne zu stochern. Jetzt glaubten sie in dem Schloßhofe einen Hund anschlagen zu hören. „Um des Himmels willen", flüsterte Magog seinem Gefährten zu, „nur still jetzt, sachte, sachte!" – So zogen sie sich vorsichtig am Rande des Waldes hin, als ob sie ein Eulennest beschleichen wollten.

Da sahen sie zu ihrer nicht geringen Verwunderung auf einmal einen glänzenden Punkt sich wie eine Sternschnuppe übers Feld bewegen. Es kam immer näher und bald konnten sie deutlich unterscheiden, daß es eine Frauengestalt und die Sternschnuppe eine glimmende Zigarre war, die sie im Munde hielt. Sie kam, wie es schien, in großer Angst vom Schlosse gerade auf sie dahergeflogen: eine prächtige Amazone mit Schärpe, Reitgerte und klingenden Sporen, ein zierliches Reisebündel unter dem Arm. Jetzt stand sie atemlos dicht vor Magog, den sie beinah umgerannt hätte. – „Mein Ideal!" rief sie da plötzlich aus, und „Libertas!" schallte es aus Magogs entzücktem Munde herüber. Sie hatten einander im Augenblick erkannt, ein geheimnisvoller Zug gleichgestimmter Seelen riß Herz an Herz, und in einer langen stummen Umarmung ging ihnen die Welt unter und die Ewigkeit auf. – Unterdes war auch Rüpel neugierig zwischen den Bäumen hervorgetreten, da erschrak die Dame sehr und sah ihn scheu von der Seite an. Rüpel aber, dem ihr neckisches Wesen gefiel, wurde auf einmal sehr galant, wollte ihr seine Bärenhaut unterbreiten und sie in seinem Futtersack durch den Wald tragen, ja er versuchte sogar in seiner Lustigkeit auf dem Rasen eine Menuett auszuführen, die er einst die alte Urtante hatte tanzen gesehen. Nun wurde auch die Dame wieder ganz vertraulich und erzählte, wie sie es auf dem barbarischen Schlosse nicht länger habe aushalten können; dann geriet sie immer mehr in sichtbare Begeisterung und sprach von Tyrannenblut, von Glaubens-, Rede-, Preß- und allen erdenklichen Freiheiten. Da hielt sich Magog nicht länger, reckte zum Treuschwur den Arm hoch zu den Göttern empor, reichte ihr darauf die Rechte und verlobte sich sogleich mit ihr, und Rüpel schrie in einem fort „Vivat!" dazu.

Über diesem Freudengeschrei aber entstand nach und nach ein bedenkliches Rumoren im Schlosse. Die Verliebten draußen merkten es gar nicht, wie erst einzelne Wachen verdächtig über das stille Feld fast bis zum Walde streiften und dann eiligst wieder zum Schlosse zurückkehrten. Auf einmal aber tat sich das Schloßtor auf und die ganze bewaffnete Macht schritt mit dem Feldgeschrei: „Die Libertas ist entwischt!“ todesmutig daraus hervor. Dazwischen konnte man deutlich die Stimme des Baron Pinkus unterscheiden, der entrüstet gegen das Dasein von Riesen und dergleichen abergläubischen Nachtspuk, wovon die Streifwachen gefabelt, im Namen der Aufklärung protestierte. Jetzt aber erblickten sie den Rüpel, den sie anfangs für einen knorrigen Baumstamm angesehen hatten, und hielten plötzlich an. Niemand wagte sich zu regen, es war so still, daß man fast die Gedanken hören konnte; überall nichts als ein irres Flüstern mit den Augen, todbleiche Gesichter und fliegende Röte dazwischen, kurz, alle Symptome einer allgemeinen Verschwindsucht. Bei Pinkus endlich kam sie zum Ausbruch. Erst ganz leise mit langen langen Schritten, den Kopf noch immer zurückgewendet, dann unaufhaltsam in immer weitern Sprüngen, daß ihm der Opferzopf hoch in der Luft nachflog, stürzte er nach dem Schlosse und die bewaffnete Macht in wildester Flucht ihm nach. Rüpel hatte eben nur noch Zeit genug, den behenden Pinkus mit ein paar gewaltigen Sätzen am Zipfel seines Zopfes zu erfassen, aber er behielt den Zopf allein in der Hand und damit hieb er wütend rechts und links und trieb sie alle vor sich her; ja, er wäre ohne Zweifel mit ihnen zugleich in das Schloß gedrungen, wenn er nicht in der Hitze des Gefechts an den Schwibbogen des Tores mit solcher Vehemenz mit dem Kopfe angerannt wäre, daß er unversehens rücklings zu Boden fiel, was den empfindlich Geschlagenen notdürftigen Vorsprung gewährte, sich in das Schloß zu salvieren und, ehe Rüpel sich wieder aufraffte, die eisernen Torflügel dicht vor ihm krachend zuzuwerfen.

Nun wandte sich Rüpel sehr vergnügt um, mit Magog weitern Kriegsrat zu pflegen. Aber wie erstaunte er, als er niemand hinter sich erblickte. Vergebens ging und rief er am Rande des Waldes auf und nieder, die beiden Liebenden waren spurlos verschwunden. Die Libertas mag sich wohl vor dem Schlachtlärm etwas tiefer in den Wald zurückgezogen haben, dachte er; er hoffte noch immer sie wiederzufinden und ging und rief von neuem immer weiter fort, worüber er aber mit dem Echo, das ihm lauter unvernünftige Antworten gab, in einen ebenso heftigen als fruchtlosen Wortwechsel geriet. Und so hatte er denn von der ganzen großen Unternehmung nichts als ein paar neuer

Löcher in seiner alten Wildschur gewonnen und schritt endlich voller Zorn und so eilfertig wieder in den Urwald zurück, daß wir ihm unmöglich weiter nachgehen können.

Wie aber war die Libertas so unverhofft aus ihrem Turme entkommen?

Wir haben schon früher gesehen, daß seit ihrer Gefangenschaft im Pinkusschen Schlosse und Garten die gute alte Zeit wieder repariert und neu vergoldet worden, wo sie durch ihre impertinente Einmischung etwa gelitten hatte. Alles schämte sich pflichtschuldigst der augenblicklichen Verführung und Verwilderung; in der schillernden Mittagsschwüle plätscherten die Wasserkünste wieder wie blödsinnig immerfort in endloser Einförmigkeit; die Statuen sahen die Buchsbäume, die Buchsbäume die Statuen an und die Sonne vertrieb sich die Zeit damit, auf den Marmorplatten vor dem Schlosse glitzernde Schnörkel und Ringe zu machen; es war zum Sterben langweilig. Libertas hatte daher schon lange nachgedacht, wie sie sich befreien könnte, und sann und sann, bis endlich die Nacht der ganzen Industrie im Schloß das Handwerk gelegt und draußen die Welt ungestört wieder aufatmete. Auch der Schwan auf dem Wallgraben unter dem Turm war nun eingeschlummert und drüben standen die Wälder im Mondschein. Da trat Libertas an das offene Fenster und sprach:

„Wie rauscht so sacht
Durch alle Wipfel
Die stille Nacht,
Hat Tal und Gipfel
Zur Ruh gebracht.
Nur in den Bäumen
Die Nachtigall wacht
Und singt, was sie träumen
In der stillen Pracht."

Die Nachtigall aber antwortete aus dem Fliederbusche unten:

„In der stillen Pracht,
In allen frischen Büschen, Bäumen flüstert's in Träumen
Die ganze Nacht,
Denn über den mondbeglänzten Ländern

Mit langen weißen Gewändern
Ziehen die schlanken
Wolkenfrauen, wie geheime Gedanken,
Senden von den Felsenwänden herab die behenden
Frühlingsgesellen: die hellen Waldquellen,
Um's unten zu bestellen
An die duftigen Tiefen,
Die tun, als ob sie schliefen,
Und wiegen und neigen in verstelltem Schweigen
Sich doch so eigen mit Ähren und Zweigen,
Erzählen's den Winden,
Die durch die blühenden Linden,
Vorüber an den grasenden Rehen
Säuselnd über die Seen gehen,
Daß die Nixen verschlafen auftauchen
Und fragen,
Was sie so lieblich hauchen?
Ich weiß es wohl, dürft ich nur alles, alles sagen."

Hier kam plötzlich ein Storch aus dem Gesträuch und klapperte zornig nach dem Fliederbusche hin, und die Nachtigall schwieg auf einmal. – Was hat nur der Storch mit der Nachtigall zu so später Zeit? er ruht doch sonst auch gern bei Nacht, sagte Libertas zu sich selbst und wußte gar nicht, was sie davon denken sollte.

Aber die Nachtigall wußte es recht gut, und daß sie in der Nähe des Schlosses nicht so viel ausplaudern sollte; denn unter den freien Tieren des Waldes war in jener großen nächtlichen Versammlung, die Magog auf seiner Wanderschaft von ferne mit angesehen hatte, eine geheime Verschwörung gemacht worden und sollte eben in der heutigen Nacht zum Ausbruch kommen. Schon am vorigen Abend war es den Landleuten, die vor Schlafengehen noch ihre Saaten in Augenschein nahmen, sehr aufgefallen, wie da über der Au im Tale, wo die glänzenden Sommerfäden an den Gräsern hingen, so viele Schwalben emsig hin und her schweiften und mit ihren Schnäblein die Fäden aufrafften, so viel eine jede im Fluge erhaschen konnte, daß sie, als sie damit durch die Luft flogen, wie in langen silbernen Schleiern dahinzogen. Dieses feine Gespinst aber breiteten die Schwalben sodann auf einer einsamen Waldwiese im Mondschein aus; da kamen hurtig unzählige kleine Spinnen, die schon darauf gewartet, rote, braune und grüne, und drehten die Fäden fleißig zusammen und woben, damit es besser aussähe, auch etwas Mondschein darein, während die Johannesfünkchen ihnen dabei leuchteten und die Heimchen dazu sangen. Kaum aber hatten sie die letzten Maschen geknüpft, so säuselte es leise leise durch die Stille, von allen Seiten kamen Bienen, die heute Schlaf und Honig vergaßen, dicke Päckchen an ihren Füßen, die streckten und steiften mit dem Wachs das ganze Gespinst gar kunstreich zu einer langen Strickleiter. Unterdes sah man bei dem klaren Mondlicht bald da, bald dort am Waldessaume ein Reh mit den klugen Augen hervorgucken und schnell wieder im Dickicht verschwinden, denn das wachsame Wild machte die Runde, um sogleich zu warnen, wenn etwa Verrat drohte. Der getreue Storch aber, der vorher die Nachtigall wegen ihrer Plauderhaftigkeit ausgescholten, stand die ganze Zeit hindurch, nur ein paarmal wider Willen einnickend, unbeweglich auf einem Beine bei den Spinnen und Bienen, um auf ihr Werk aufzupassen und ohne Nachsicht jeden wegzuschnappen, der sich bei der Arbeit saumselig zeigte. Und als die Leiter fertig war, prüfte er sie bedächtig, hing sie dann an den Ast des nächsten Baumes und stieg selbst daran hinauf, um zu versuchen, ob sie fest genug, wobei er sich aber so ungeschickt und seltsam anstellte, daß die kleinen behenden Kreaturen ringsumher einigemal heimlich kichern mußten und die Heimchen neckend: „Storch, Storch Steiner, hast so lange Beiner!“ zu ihm hinüberriefen, worüber er jedesmal sehr böse wurde und mit seinem langen Schnabel nach ihnen hackte.

Als er nun aber sah, daß alles gut war, nahm er das eine Ende der luftigen Leiter in den Schnabel, flog damit zu dem Fenster der Libertas hinan und schlang es fest um das Fensterkreuz. Zu gleicher Zeit schlug die Wachtel gellend in dem nahen Kornfelde; das war das verabredete Zeichen. Da erwachten alle Waldvögel draußen, die ohnedies nicht fest geschlafen vor Freude und Erwartung und weil die Nachtigall die ganze Nacht so laut geschmettert hatte. Die flogen nun alle nach dem Turmfenster droben, pickten an die Scheiben und sangen ganz leise:

„Frau Libertas, komm heraus!
Denn der liebe Gott hat lange

Draußen unser grünes Haus
Schon geschmückt dir zum Empfange,
Hat zur Nacht die stillen Tale
Rings mit Mondenschein bedeckt,
Und in seinem Himmelssaale
Alle Lichter angesteckt.
Horch, das rauscht so kühl herauf,
Frau Libertas, wache auf!“

Aber Libertas, die an dem heimlichen Treiben draußen längst alles gemerkt, hatte schon ihr Bündel geschnürt und betrat, die treuen Vögel freundlich grüßend, die Strickleiter, und wie sie so in die Nacht hinabstieg, boten ihr die kleinen Birken, die aus den Mauerritzen des alten Turmes wuchsen, überall helfend die grünen Hände, und von unten wehte ihr der Duft der Wälder und Wiesen erfrischend entgegen. Als sie aber an den breiten Wallgraben kam, war schon der Schwan am Ufer und schwellte stolz seine Flügel wie zwei schneeweiße Segel. Da setzte sich Libertas dazwischen und er glitt mit ihr hinüber und betrachtete voll Entzücken ihr schönes Bild, das auf dem Spiegel des Weihers neben ihm dahinschwebte. Unterdes hatte aber der Kettenhund im Hofe schon lange die Ohren gespitzt und weckte jetzt laut bellend seinen Nachbar, den boshaften Puter, der hätte bald alles verraten, er gollerte so heftig, daß er ganz rot und blau am Kragen wurde vor Zorn und Hoffart, darüber wachten auch die Gänse im Stalle auf und schrien Zeter und abermals Zeter, denn sie hatten die rechte Witterung von den heimlichen Umtrieben am Turme und fürchteten alle, wenn die Libertas entwischte, aus dem guten Futter zu kommen und zu den andern gemeinen Vögeln in die Freiheit gesetzt zu werden. Aber ihr Lärm und Ärger kam zu spät, Libertas war schon jenseits des Wallgrabens. Drüben aber stand ein Hirsch am Waldessaume und neigte die Knie und sein Geweih vor ihr bis auf den Rasen. Da schwang sie sich rasch hinauf und fort ging es durch Nacht und Wald, und der Storch mit den andern Vögeln, um ihr das Geleit zu geben, stürzte sich hinterdrein vom Turme in die Luft, in stillen Kreisen über den mondbeglänzten Gärten, Wäldern und Seen schwebend. Die im Schlosse merkten es erst bei Tagesanbruch, wo sie, wie wir gesehen, zu ihrem Unglück auf ihre Verfolgung ausrückten. Nur die Hirten, die an den Bergeshängen bei ihren Herden wachten, hörten erstaunt den Gesang in den Lüften und die geheimnisvolle Flucht im Waldesgrund an den einsamen Weilern vorüberziehn. Und das war eben die schöne Frauengestalt auf dem Hirsch, die in derselben Nacht Rüpel und Magog auf ihrer Wanderschaft im Urwald gesehen, ohne die Libertas zu erkennen, auf deren Befreiung sie so schlau und vorsichtig ausgezogen.

Die Amazone aber, die sie gerettet hatten, war niemand anders als die Pinkussche Silberwäscherin Marzebille, ein herzhaftes Frauenzimmer, die schon früher als Marketenderin mit den Aufklärungstruppen durch dick und dünn mit fortgeschritten und nirgends fehlte, wo es was Neues gab. Die hatte nun seit der Libertas Erscheinung eine inkurable Begeisterung erlitten und sich daher an jenem denkwürdigen Morgen kurz resolviert, aus dem Schloßdienst in die Freiheit zu entlaufen. Der Dr. Magog aber war damals vor dem unverhofften Schlachtgetümmel am Schlosse so heftig erschrocken, daß er mit seiner glücklich emanzipierten Braut, die hier alle Schliche und Wege kannte, unaufhaltsam sogleich quer durch Deutschland und übers Meer bis nach Amerika entfloh, wo er wahrscheinlich die Marzebille noch heut für die Libertas hält.

Da konnte sie denn Rüpel freilich nicht mehr errufen. Und das schadet auch nichts, denn Magog hatte schon während der feierlichen Verlobung hin und her gesonnen, auf welche Weise er den Riesen, da er ihn nun nicht mehr brauchte, wieder loswerden könnte; er dachte gar nicht daran, einen so ungeschlachten Gesellen zu seinem Haushofmeister zu machen, dessen große Familie ihm wohl bald Haus und Hof verzehrt hätte. Dafür haben ihn, gleichwie die Menschen Vogelscheuchen aufzurichten pflegen, die dankbaren Vögel in Erwägung seiner vor dem Schlosse bewiesenen Bravour als Hüter des Urwaldes angestellt, mit der einzigen Verpflichtung, von Zeit zu Zeit mit den schrecklichsten Tierfellen, Mähnen und Auerochsenhörnern sich am Rande des Waldes zu zeigen. Dort also hat der Biedermann endlich sein sicheres Brot.

Die emigrierte Urtante ist gänzlich verschollen. Von der Libertas dagegen sagt man, daß sie einstweilen bei den Elfen im Traumschlosse wohne, das aber seitdem niemand wieder aufgefunden hat.

ANHANG

ANMERKUNGEN

Verzeichnis der Abkürzungen und Siglen

AG	=	*Ahnung und Gegenwart.*
Anm.	=	Anmerkung.
Asts Zs.	=	*Zeitschrift für Wissenschaft und Kunst.* Hrsg. von Georg Anton Friedrich Ast.
AT	=	*Altes Testament.*
BMA	=	*Berliner Musenalmanach für 1831.* Hrsg. von Moritz Veit.
D	=	Erstausgabe bzw. Erstdruck.
DG	=	*Dichter und ihre Gesellen.*
DMA	=	*Deutscher Musenalmanach.* – Das Erscheinungsjahr wird jeweils hinzugefügt. 1833–36 sowie 1838 wurde der *DMA* hrsg. von Adalbert von Chamisso und Gustav Schwab; 1837 gab Chamisso ihn allein heraus, 1839 zusammen mit Franz Freiherrn von Gaudy; 1840 und 1841 (im letzteren Jahrgang mit einem Bildnis Eichendorffs) wurde der *DMA* hrsg. von E. T. Echtermeyer und Arnold Ruge.
Dtb	=	*Deutsches Taschenbuch auf das Jahr 1837.* Hrsg. von Karl Büchner.
E	=	Joseph Freiherr von Eichendorff.
Ftb	=	*Frauentaschenbuch.* – Die Jahrgänge 1816–18 wurden hrsg. von Friedrich de la Motte-Fouqué.
G1	=	*Gedichte von Joseph Freiherrn von Eichendorff. Berlin. Verlag von Duncker und Humblot. 1837.*
Ges	=	*Der Gesellschafter oder Blätter für Geist und Herz.* Hrsg. von Friedrich Wilhelm Gubitz.
Gr.	=	*Silva de romances viejos publicada por Jacobo Grimm.* Vienna de Austria en casa de Jacobo Mayer y Comp. 1815.
Hb.	=	*Teatro Pequeño de Elocuencia y Poesía Castellana con breves Noticias Biográficas y Literarias* por D. V. A. Huber. Brema, 1832. (Spanisches Lesebuch. Auswahl aus der classischen Litteratur der Spanier in Prosa und in Versen nebst kurzen biografischen und litterarischen Nachrichten und einem vollständigen Wörterbuch. Zum Gebrauch für Schulen und zum Privatunterricht. Von Dr. V. A. Huber. Bremen, 1832).
HKA[1]	=	*Sämtliche Werke des Freiherrn Joseph von Eichendorff. Historisch-kritische Ausgabe.* Hrsg. von Wilhelm Kosch und August Sauer. Regensburg. – Bd. I/1–2 (1921); III (1913);

IV (1939); VI (1950); X (1911); XI (1908); XII (1910); XIII (1910); XXII (1927).

HKA = *Sämtliche Werke des Freiherrn Joseph von Eichendorff. Historisch-kritische Ausgabe*. Begründet von Wilhelm Kosch und August Sauer. Fortgeführt und hrsg. von Hermann Kunisch. Regensburg. – Bd. VIII/1 (1962); VIII/2 (1965).

Hs. = Handschrift.

Hsp = *Die Hesperiden. Blüthen und Früchte aus der Heimath der Poesie und des Gemüths. Herausgegeben von Isidorus* [d. i. Graf Loeben]. *1816.*

Jh. = Jahrhundert.

MG = *Monumenta Germaniae Historica.*

NT = *Neues Testament.*

Pissin = *Joseph und Wilhelm von Eichendorffs Jugendgedichte.* Vermehrt durch ungedruckte Gedichte aus dem handschriftlichen Nachlaß. Hrsg. und eingeleitet von Dr. R. Pissin. Berlin, o. J. (1906).

Slg. = Die zu E's Lebzeiten erschienene, erweiterte Sammlung der Gedichte, wie sie in *W1* vorliegt, und deren Anordnung von der vorliegenden Ausgabe übernommen wurde.

SW = *Joseph Freiherrn von Eichendorff's sämmtliche Werke. Zweite Auflage. Mit des Verfassers Portrait und Facsimile. Leipzig, Voigt & Günther. 1864.* (6 Bände)

SW1 = Der 1. Band der *Sämmtlichen Werke*, der Eichendorffs Gedichte sowie eine „Biographische Einleitung" von seinem Sohn Hermann enthält.

TM = Gedichtsammlung im Anhang der Ausgabe: *Aus dem Leben eines Taugenichts und das Marmorbild. Zwei Novellen nebst einem Anhang von Liedern und Romanzen von Joseph Freiherrn von Eichendorff. Berlin 1826. In der Vereinsbuchhandlung.*

u. d. T. = unter dem Titel.

V. = Vers.

W = *Joseph Freiherrn von Eichendorff's Werke. Berlin: M. Simion 1841.* (4 Bände)

W1 = Der 1. Band der *Werke* von 1841, der die Gedichte enthält.

WD = Wiederabdruck.

Wunderhorn = *Des Knaben Wunderhorn. Alte deutsche Lieder, gesammelt von L. A. v. Arnim und Clemens Brentano.* (3 Bände). – Zitiert wird nach der Neuausgabe des Neudrucks (Meersburg 1928) der Heidelberger Originalausgabe (1806–19), Berlin 1968.

Zs. = Zeitschrift.

ROMANE

Ahnung und Gegenwart

Der Roman entstand nach Ausweis der Tagebücher und Briefe in den Jahren 1810 bis Herbst 1812 in Wien. Die erhaltenen Zeugnisse zur Entstehungsgeschichte in *HKA*[1] III, 338ff.

Erste Erwähnung ist ein Brief von Loeben, der am 27. 12. 1810 an die Brüder Eichendorff schreibt: „Eure Romane zu lesen ... bin ich sehr ungeduldig" (*HKA*[1] XIII, 240). Das Tagebuch erwähnt den Roman zum erstenmal am 26. 6. 1811: „Diesen Monath fleißig am Romane." Da die Tagebücher für die Zeit vom April 1808 bis Oktober 1809 sowie Juli 1810 bis Juni 1811 große Lücken aufweisen und auch der Briefwechsel nur unvollständig erhalten ist, müssen noch andere Kriterien zur Datierung herangezogen werden. Dabei ergibt sich: Das Märchen *Von den Machandel Bohm* (Kap. 5, S. 45) kann E schon seit Juli 1808 gekannt haben, zu welchem Zeitpunkt es in der *Einsiedlerzeitung* erschien (vgl. Anm. zu *Halle und Heidelberg*, Bd. I, S. 934). Die Satire auf Lafontaine (Kap. 6, S. 62) ist erst nach 1808 wahrscheinlich, da E diesen Schriftsteller in Heidelberg noch bewunderte (vgl. Tagebuch zum 20. 9. 1807). Die Donaureise der Brüder Eichendorff, an die das 1. Kapitel erinnert, fand im Jahre 1808 statt. Das Lied im 5. Kapitel („Obschon ist hin der Sonnenschein", S. 42) kann E, falls er es nicht aus dem *Wunderhorn*, sondern aus dem *Simplicissimus* direkt übernahm, erst im Jahre 1810 kennengelernt haben (vgl. Tagebuch zum 24. 12. 1809 u. 10. 3. 1810). Die Schilderung der ästhetischen Teegesellschaft im 12. Kapitel kann auf Eindrücke in Sanders Haus in Berlin zurückgehen, wo E 1809/10 verkehrte. Das 3. Buch schließlich hat den Tiroler Aufstand von 1809 zur Voraussetzung.

Diese Anhaltspunkte machen es wahrscheinlich, daß die Niederschrift des Romans im Jahre 1810 begonnen hat. Als letztes nachweisbares Datum der Niederschrift wäre anzusetzen Michaelis (29. 9.) 1812, wenn die Anspielungen auf Tiecks *Phantasus* (S. 197, Kap. 17; S. 281, Kap. 24) richtig gedeutet werden. Thomas Riley (in: *Aurora* 1959, S. 65ff.) hat gezeigt, daß man den Oktober 1812 etwa als Datum des Abschlusses der Niederschrift annehmen kann; denn in dem Brief vom 1. 10. 1814, in dem E. Fouqué bittet, den Roman einem Verleger zu empfehlen, heißt es: „Ich hatte denselben vollendet, ehe noch die Franzosen in Moskau waren." (*HKA*[1] XII, 8) Das würde als terminus ante quem den 14. 9. 1812 ergeben, was zweifelsohne richtig ist gegenüber der Angabe in dem gedruckten, von Fouqué redigierten (und mit „6. Januar 1815" datierten) Vorwort des Romans, wo es heißt: „ehe noch die Franzosen im letzten Krieg Rußland betraten", d.h. am 26. 6. 1812. Wegen der Entfernung und der staatlichen Zensur erfuhr die breite Öffentlichkeit in Wien von diesem Ereignis erst am 1. Oktober, so daß Ende September/Anfang Oktober 1812 als Datum der Beendigung des Romans mit einiger Sicherheit festzuhalten wäre.

Nach dem Abschluß der Niederschrift des Romans ,,teilte [ich] ihn Fried. Schlegeln und seiner Frau mit. ... Sie ermunterten mich, ihn drucken zu lassen und von der letzteren Hand rühren zu diesem Endzwecke die vielen Korrekturen her, die sich in diesem Manuskripte befinden" (E an Fouqué, 1. 10. 1814; *HKA*[1] XII, S. 8f.). Nach Hermann von Eichendorff (*SW 1*, S. 53) soll Dorothea auch den Titel *Ahnung und Gegenwart* vorgeschlagen haben.

Nach Loebens Zeugnis hatte E zuerst an Friedrich Schlegel oder Adam Müller als Herausgeber gedacht (Brief Loebens an E vom 22. 8. 1814; *HKA*[1] XIII, 57). Loeben bestärkte ihn in der Absicht, sich an Fouqué zu wenden: ,,In Hinsicht des Bekanntwerdens Deines Romans ist es klüglich getan, daß ihn ein von dem ganzen Publikum beachteter Dichter wie Fouqué herausgibt" (Brief v. 7. 6. 1814; *HKA*[1] XIII, 23). Am 1. 10. 1814 schreibt E an Fouqué: ,,Sollte er [sc.: der Roman] in dieser Gestalt ... noch eines öffentlichen Anteils fähig und in poetischer Hinsicht überhaupt des Druckes wert sein, und Ew. Hoch- und Wohlgeboren dort ein Verleger dafür bewußt sein, so bitte ich, über das Manuskript, Titel, Zueignung usw. ganz nach Gutdünken zu verfügen und sich meines innigsten Dankes zu versichern" (*HKA*[1] XII, 9). Auf Fouqués Rat ersetzte E die einleitenden Stanzen durch ein Vorwort (vgl. Anm. zu dem Gedicht *An die Freunde*, Bd. I, S. 180); dieses erscheint, nur leicht überarbeitet, als Vorwort Fouqués in der Erstausgabe. Der Originalentwurf E's wurde erstmals 1935 von Karl von Eichendorff in *Aurora* 5, S. 9f. veröffentlicht.

,,Vorwort

Ich hatte diesen Roman vollendet, ehe noch die Franzosen im letzten Kriege Rußland betraten. Eine nothwendig fortlaufende Berührung des Buches mit den öffentlichen Begebenheiten verhinderte damals den Druck desselben. Später faßte mich selber der große Strom der Zeit, alle meine Muße, Gedanken und Kräfte auf andere Art für den gemeinschaftlichen Zweck in Anspruch nehmend, und so ist nun vielleicht der eigentliche Zeitpunkt einer allgemeinen Teilnahme für diesen Roman inzwischen verstrichen.

Ich konnte nun freilich die Fäden dieser Geschichte künstlich in die neuesten Begebenheiten hinüberspinnen, oder mit der Miene eines Propheten Trostreiche Aussichten auf die erfolgte Weltbefreiung darin aufstellen; aber einmal: erscheint mir unsere jetzige Zeit noch zu unentschieden, ringend und Gestaltlos, fast ohne Gegenwart, nur als eine überschwenglichreiche Zukunft, um die ruhigen Bilder einer Dichtung sicher daran zu knüpfen, und dann: so wäre auf diese Weise mein Buch etwas ganz anderes geworden, und nicht mehr das, was es seyn wollte, ein getreues Bild jener Gewitterschwülen Zeit der Erwartung, der Sehnsucht u. Verwirrung. Diese Betrachtung bewog mich daher, den Roman wörtlich u. ohne die geringste Änderung so zu geben, wie ich es damals aufgeschrieben hatte.

Es lieben edle Gemüther, sich mitten aus der Freude nach den überstandenen Drangsalen zurückzuwenden, nicht um hochmüthig über sich selbst zu erstaunen, wie sie seitdem so Großes vollbracht, sondern um sich noch einmal mit jenem heiligen Zürnen, jenem gerüsteten Ernste der Noth zu erfüllen, der uns im Glück eben so noth thut, als im Unglück. (Diesen weihe ich das Buch als ein Denkmal der Schuldgedrückten Vergangenheit.)

Alle Kräfte, die nun aufgewacht, schlummerten oder träumten schon damals. Aber Rost frißt das Eisen. Die Sehnsucht hätte sich langsam selbst verzehrt und die Weisheit nichts ausgesonnen, wenn sich der Herr nicht endlich erbarmt und in dem Brande von Moskau die Morgenröthe eines großen herrlichen Tages der Erlösung angezündet hätte. Und so laßt uns Gott preisen, jeder nach seiner Art! Ihm gebührt die Ehre, uns ziemt Demuth, Wachsamkeit und frommer, treuer Fleiß.

Der Verfasser."

(Zit. nach *Aurora* 15, 1955, S. 45f. Faksimiledruck des Vorwortes in *Aurora* 14, 1954.)

Nachdem E auf Fouqués Rat eine Korrektur Dorotheas zugunsten des ursprünglichen Textes revidiert hatte („Doch bin auch ich vollkommen Ihrer Meinung, daß Faber in das Land hinausreiten, und daher das Ausgestrichene an dieser Stelle des Manuskriptes stehen bleiben müsse." An Fouqué, 25. 12. 1814; *HKA*[1] XII, 11) und seine Zustimmung dazu erteilt hatte, daß auf dem Titel sein voller Name und nicht das Pseudonym Florens erschien (Fouqué an E: „Der Mündigkeit und Kraft Ihrer Poesie scheint mir das pseudonyme Spiel nicht mehr zuzusagen." 26. 11. 1814; *HKA*[1] XIII, 67), konnte das Werk dem Verleger übergeben werden. Am 28. 1. 1815 meldete E an Philipp Veit: „Mein Roman erscheint zu Ostern bei Schrag in Nürnberg, ich bekomme 1 Friedrichsd'or für den Druckbogen." (*HKA*[1] XII, 14) In die Hand nehmen konnte E das gedruckte Werk freilich erst Ende 1815/Anfang 1816, nach seiner Rückkehr aus dem zweiten Feldzug gegen Napoleon. Vom 29. 1. 1816 datiert ein Dankesbrief an Fouqué: „So geschah es, daß ich meinen inzwischen gedruckten Roman erst bei der Rückkehr nach Deutschland zu Gesicht bekam, und da waren Sie es, verehrtester Herr Baron, der mich der erste, als ein treuer Hüter unseres heiligsten Reichs, am Rheine mit Ihrem Vorworte freundlich empfing. Ich kann es nicht sagen, mit welcher innerlichsten Freudigkeit mich diese Ihre Worte erfüllt und über mich selber erhoben haben. Ich danke Ihnen herzlich dafür, sowie überhaupt für die ermunternde tätige Teilnahme, mit der Sie mein Werk beehrt." (*HKA*[1] XII, 15f.)

Der Roman hatte bei seinem Erscheinen wenig Erfolg (zeitgenössische Rezensionen: *HKA*[1] XIII, 345ff.), so daß zu Lebzeiten E's kein Druck mehr veranstaltet wurde, außer dem im 2. Band der Gesamtausgabe von 1841.

D: *Ahnung und Gegenwart. Ein Roman von Joseph Freiherrn von Eichendorff. Mit einem Vorwort von de la Motte Fouqué. Nürnberg, bei Johann Leonhard Schrag. 1815.*

7 *Donau herunter:* Die Beschreibung geht auf Eindrücke E's zurück, der im Sommer 1808 mit seinem Bruder die Donau von Regensburg nach Wien hinabfuhr. – *Argonauten:* in der griechischen Sage die Gefährten Jasons, die mit ihm auf dem Schiff Argo nach Kolchis fahren, um das goldene Vlies zu holen. – *der Wirbel genannt:* vielleicht der Donauwirbel bei Grein (vgl. H. F. Ch. Bertuch (1771–1828): *Bemerkungen auf einer Reise von Thüringen nach Wien im Winter 1805/6.* Weimar 1808, I, S. 49). Der Felsen mit dem Kreuz wäre dann der (heute gesprengte) Haus-stein. Vielleicht ist aber auch der Strudel am nördlichsten Punkt der Donau, nahe Regensburg gemeint, von dem im Volkslied die Rede ist:

„Als wir jüngst in Regensburg waren,
Sind wir über den Strudel gefahren . . ."

8 *Die Jäger ziehn in grünen Wald:* in der Slg. u.d.T. *Die Studenten* (Bd. I, S. 195).

12 *Ins Horn, ins Horn, ins Jägerhorn:* Das Lied wurde von E's Bruder Wilhelm verfaßt; D: *Asts Zs.*, 1808, 2. Bd., S. 43:

„Ins Horn, ins Horn, ins Jägerhorn,
Es wacht Aurora wieder,
Hinab, hinauf durch Busch und Dorn
Ins Felsental hernieder."

(Zit. nach *Pissin*, S. 139.) – Die Zeile „Ins Horn . . ." ist auch Refrain in dem Studentenlied *Der Fürst von Thorn.* E selbst nahm ihn in sein Lied *Jägerkatechismus* auf (vgl. S. 80).

13 *Grüß euch aus Herzensgrund:* in der Slg. u.d.T. *Steckbrief* (Bd. I., S. 189).

16 *Schlag von Eisenhämmern:* Das Motiv geht vielleicht auf ein Erlebnis der Brüder Eichendorff während der Harzreise zurück (vgl. das Tagebuch E's zum 11. 9. 1805). – *was Rechtes in der Welt vollbringe!:* Vgl. die Anm. zu dem Gedicht *An meinen Bruder* (Bd. I., S. 165) und V. 8 des Gedichtes *Die zwei Gesellen* (Bd. I., S. 90).

17 *Er reitet nachts auf einem braunen Roß:* in der Slg. u. d. T. *Nachtwanderer* (Bd. I., S. 308).

19 *Drittes Kapitel:* Das Kapitel ist beeinflußt von Goethes *Wilhelm Meisters Lehrjahre* (1795/96) (IV. Buch, 5. Kap.) und von Dorothea Schlegels Roman *Florentin* (1801). Das Vorbild Erwins ist Mignon im *Wilhelm Meister.*

20 *Schwarzwald:* Nadelwald.

21 *einen Mann, der . . . an einem Tischchen saß:* Literarische Vorbilder Fabers waren wohl der Dichter Haber in Brentanos Roman *Godwi oder das steinerne Bild der Mutter* (1801) und Waller in Arnims Roman *Armut, Reichtum, Schuld und Buße der Gräfin Dolores* (1810). Wahrscheinlich schwebten E auch Züge des Übersetzers Gries vor (vgl. Bd. I.,

Erlebtes, S. 936), den er in Heidelberg kennengelernt hatte und der wiederum Brentano zu seinem Haber inspirierte. – *Wär ich ein muntres Hirschlein schlank:* in der Slg. u. d. T. *Jäger und Jägerin* (Bd. I., S. 203).

24 *Lustre:* (frz.) Kronleuchter. – *Ottomanen:* (türk.) niedrige Sofas.

25 *Frühmorgens durch die Winde kühl:* in der Slg. u.d.T. *Der Freiwerber* (Bd. I., S. 202f.).

27 *Radottements:* (frz.) Faseleien. – *ich sei die Weltseele:* Anspielung auf Schellings Schrift *Von der Weltseele* (1798).

28 *Philine:* Vgl. *Wilhelm Meisters Lehrjahre*, IV. Buch, 1. Kap. – „*An die Deutschen*" ... *als er Reißaus nahm:* Vermutlich eine Anspielung auf den österreichischen Dichter Ignaz Franz Castelli (1781–1862), dessen Kriegs- und Wehrmannslieder Erzherzog Karl in 300000 Exemplaren an die Armeen verteilen ließ, der aber beim Nahen Napoleons am 24. 4. 1809 Wien schleunigst verließ und erst 8 Monate später zurückkehrte.

29 *mit weinerlichen Sonetten:* Die Sonettenmanie in der Romantik wurde verspottet von Görres in der *Zeitung für Einsiedler* (1808): *Die Sonettenschlacht bei Eichstädt.* Vgl. auch Anm. zu *Halle und Heidelberg* Bd. I., S. 934 und 943.

30 *Wie Memnons Bild:* eine von zwei Statuen im ägyptischen Theben, die, nach ihrer teilweisen Zerstörung durch ein Erdbeben (27 v. Chr.), helle, zitternde Töne von sich gaben, verursacht durch das Zerspringen kleinster Sandsteinteilchen bei Temperaturschwankungen. – *Marie:* Vorbilder für sie waren Philine im *Wilhelm Meister*, Flammetta in Brentanos *Godwi* und Ilse in Arnims *Gräfin Dolores* (vgl. Anm. zu S. 21).

31 *Die Welt ruht still im Hafen:* in der Slg. u.d.T. *Die Einsame (2)* (Bd. I., S. 227f.). – *Viertes Kapitel:* in der Handlung stark von Dorothea Schlegels *Florentin* (1801) beeinflußt.

34 *Hinaus, o Mensch, weit in die Welt:* in der Slg. als dritte Strophe des Gedichtes *Der Morgen* (Bd. I., S. 68).

35 *wie Schäfer:* Verspottung der Schäferpoesie, besonders der Heinrich Graf Loebens (1786–1825), dessen Roman *Arkadien* während E's Wiener Aufenthalt erschienen war und von Friedrich und Dorothea Schlegel scharf kritisiert wurde („Schafpoesie"; vgl. Tagebucheintragung vom 13. 2. 1812).

38 *Märchen:* In dieser Dichtung schließt E sich den romantischen Dichtungen über Elementargeister an, z. B. Fouqués *Undine* (1811).

39 *malte ... große Schnurrbärte:* Diese Szene erinnert stark an eine ähnliche in Arnims Roman *Gräfin Dolores* (2. Abt., Kap. 2).

42 *Obschon ist hin der Sonnenschein:* Die Verse bilden die zweite Strophe des Liedes des Einsiedlers in Grimmelshausens Roman *Der abentheurliche Simplicissimus Teutsch* (1669) (I. Buch, 7. Kap.). E kannte es vielleicht auch aus dem *Wunderhorn* (I, S. 199).

44 *Jugendgeschichte:* Sie enthält manches Autobiographische aus E's Jugend.

45 *Märchen von dem Kinde: Von den Machandel Bohm. Ein Kindermärchen in der Hamburger Volkssprache, nacherzählt von Ph. O. Runge*, erschien im 29. und 30. Stück der *Zeitung für Einsiedler*, Juli 1808. (Vgl. Anm. zu *Halle und Heidelberg*, Bd. I, S. 934.)

46 *Zwischen Bergen, liebe Mutter:* in der Slg. u. d. T. *Die Kleine* (Bd. I, S. 201f.).

50 *der gehörnte Siegfried:* Das Volksbuch gleichen Titels erwähnt E im Tagebuch am 20. 9. 1807. Görres hatte es 1807 zusammen mit anderen in der Sammlung *Deutsche Volksbücher* herausgegeben. –

51 *Ritter Peter:* eine Szene aus dem Volksbuch von der *Schönen Magelone*, das ebenso wie das von *Genoveva* oder das von den *Haimonskindern* in Görres' Sammlung enthalten war. – *Hofmeister:* Hofmeister der Brüder Eichendorff war der Priester Bernhard Heinke (1769–1840). – *Campes Kinderbibliothek:* Joachim Heinrich Campe (1746–1818), Pädagoge und Schriftsteller. Bearbeitete den *Robinson Crusoe* für die Jugend (1779/80), gab 1779–84 eine *Kleine Kinderbibliothek* in 12 Bänden mit fremden und eigenen Beiträgen heraus. Er wohnte 1786–1816 in Hamburg. – *Scharaden:* Silbenrätsel. – *Matthias Claudius:* (1740–1815), leitete von 1771–75 den *Wandsbecker Boten.* Wohnte 1768–71 und 1788–1815 in Hamburg, 1771–88 in Wandsbeck.

53 *Ich hab manch Lied geschrieben:* in der Slg. u. d. T. *Klage* (Bd. I, S. 209f.).

54 *Ach, von dem weichen Pfühle:* nicht in die Slg. aufgenommen. E parodiert hier Goethes, einem italienischen Volkslied nachgebildetes, Gedicht *Nachtgesang.*

56 *auf der Leiter:* Eine ähnliche Geschichte beschreibt Arnim in der *Gräfin Dolores* (II. Abt., 25. Kap.).

58 *tollgewordene Genialität:* Vielleicht schwebte E hier Bettina von Arnim (1785–1859) vor; vgl. sein Tagebuch zum 5. 8. 1811 sowie den Brief Loebens an E vom 7. 12. 1810 (*HKA*[1] XIII, 240).

62 *Lafontaine:* August Heinrich (1758–1834), Verfasser sentimentaler Familienromane, von E öfter verspottet (vgl. Bd. I, Anm. zu S. 906). – *die schöne Seele:* Vgl. das VI. Buch von Goethes *Wilhelm Meisters Lehrjahre* sowie in Bd. I *Krieg den Philistern!*, S. 513 und die Anm. –*Parutsch:* Barouche; wienerischer Ausdruck für einen kremserähnlichen Wagen.

64 *Der Tanz, der ist zerstoben:* in der Slg. u. d. T. *Wahl* (Bd. I, S. 193).

65 *Stand ein Mädchen an dem Fenster:* in der Slg. u. d. T. *Das Mädchen* (Bd. I, S. 194f.).

66 *Merker:* Aufpasser. – *Ein hagerer Mensch . . . in einem langen weißen Mantel:* Zugrunde liegt wohl das Erlebnis mit einem Herrn von Fuglar aus der Nachbarschaft von Lubowitz (vgl. das Tagebuch zum 28. 4. 1810 u. ö.). – *junger, bleicher Mann:* Vorbild Viktors ist der Lubowitzer Kaplan Paul Ciupke (1771–1855), der Freund und Jugendgefährte der Brüder Eichendorff (vgl. Anm. zu S. 96).

67 *armer Edelmann:* Vgl. dazu *Erlebtes*, Bd. I., S. 904 und die Anm.

69 *Volkslied:* Die Tante vertritt hier Anschauungen der Aufklärung, indem sie sich gegen die Volkslieder wendet. Friedrich Nicolai (1733 bis 1811), einer der Hauptvertreter der Berliner Aufklärung, gab 1776 einen Almanach gegen die Volkslieder heraus.

70 *weder eine französische noch englische durchgreifende Regel:* d.h. der Garten war weder nach französischem noch nach englischem Geschmack angelegt. Vgl. E's Beschreibung in *Der Adel und die Revolution*, Bd. I, S. 904ff.

71 *Herr von A.:* Die Charakteristik entspricht etwa der, die Hermann von Eichendorff von dem Vater des Dichters gibt (*SW 1*, S. 6).

73 *phantastische Tracht:* Vgl. die Beschreibung von Mignons Anzug in *Wilhelm Meisters Lehrjahre* (II. Buch, Kap. 9).

74 *Jagdgut:* Die ganze Szenerie stimmt zu dem Rittergut Summin, nördlich Lubowitz, das 1795 vom Vater E's erworben wurde. Zur Schilderung des Jagdausfluges vgl. Tagebücher zum 8.–11. und 27.–29. 10. 1806.

76f. *die er sogleich sang, ohne jemals ein einziges aufzuzeichnen:* Solche Improvisationen werden von Clemens Brentano berichtet, dessen Charakterzüge Leontin mehr und mehr annimmt.

79 *Was wollt ihr in dem Walde haben:* in der Slg. u.d.T. *Jägerkatechismus* (Bd. I, S. 196f.).

80 *die leeren Weinfäßchen:* Vgl. das Tagebuch zum 27. 8. 1806.

81 *Die erquickliche Art:* Die Schilderung kehrt teilweise wörtlich wieder in *Der Adel und die Revolution*, Bd. I, S. 901. – *In diesem Augenblick:* Ähnliches im Tagebuch, vgl. zum 28. 10. 1806 und 15. 6. 1810.

83 *Prinz in Sizilien:* Ferdinando Francesco II. Gravina, Prinz von Pallagonien (1722–88). Seine Villa in La Bagheria (östlich von Palermo) zeigt in Anlage, Ornamentik und Einrichtung unzählige Auswüchse eines verwilderten barocken Geschmackes. Auf welche Quelle sich E stützt, ist unbekannt. Vielleicht spielt er auch auf Arnims *Gräfin Dolores* an (IV. Abt., 13. Kap.).

85 *Schlafe Liebchen, weil's auf Erden* bis *Träumend jedes schöne Kind:* in der Slg. u.d.T. *Abendständchen* (Bd. I, S. 191).

86 *Es waren zwei junge Grafen* bis *Dann plötzlich meerwärts drehn:* in der Slg. u.d.T. *Wehmut (3)* (Bd. I, S. 98f.).

87 *Schlag mit den flamm'gen Flügeln!:* in der Slg. u.d.T. *Der Pilger (3)* (Bd. I, S. 277). – *Feuermann:* Irrlicht.

91 *malen Sie uns keinen Schnurrbart an das Heiligenbild!:* Vgl. S. 39 und die Anm.

93 *den ersten Robinson:* Gemeint ist eine der vielen Robinsonaden, die durch Defoes *Robinson Crusoe* (1719) angeregt wurden.

95 *dessen kleines Wohnhaus:* Die Beschreibung trifft auch auf die Wohnung Ciupkes (vgl. die Anm. zu S. 66 und 96) zu, der dort fast alle landwirtschaftlichen Geräte selbst herstellte (vgl. Tagebuch zum 12. 10. 1803; 3. 5. 1807; 23. 8. 1807). – *Abraham von St. Clara:* Pseudonym für Hans

Ulrich Megerle (1644–1709), den Wiener Hofprediger und Schriftsteller des Barock, der durch seine volkstümliche Drastik berühmt wurde. – „*Gemisch-Gemasch*“: Anspielung auf Abraham a St. Claras Schrift *Heilsames Gemisch-Gemasch, das ist: allerlei seltsame und verwunderliche Geschichten* (1704).

96 *Und du seltsamer, guter, geprüfter Freund:* Diese persönliche Anrede, die die Romanfiktion durchbricht, erweist Paul Ciupke (s. Anm. zu S. 66) als Vorbild Viktors.

98 *um die Mauern streichen:* Vgl. *Faust I*, V. 3655ff.

101 *Séjour:* (frz.) Aufenthalt. – *gedruckt in diesem Jahr:* typische Formel auf den Titelblättern der Erstausgaben von Volksbüchern des 16. Jhs.

102 „*Freut euch des Lebens*“: Verfasser des 1793 entstandenen Liedes ist Johann Martin Usteri (1763–1827).

104 *Philister über dir, wach, Simson, wach auf:* Vgl. *AT*, Buch der Richter, 16,9.

105 *O Täler weit, o Höhen:* in der Slg. u.d.T. *Abschied* (vgl. Bd. I, S. 67 und die Anm.).

107 *Redoutensälen:* Redoute (frz.) Maskenball. – *Zwei große, hohe Säle:* Der Schauplatz ähnelt den Festsälen der Wiener Hofburg, die E 1811 kennenlernte.

108 *Taminos:* Tamino, männl. Hauptfigur in Mozarts Oper *Die Zauberflöte* (1791). – *Knochenhände eines Totengerippes:* Diese Szene wurde wahrscheinlich inspiriert von einer Verkleidung Philipp Veits im Januar oder Februar 1811 im Redoutensaal der Hofburg (vgl. Weichberger in: *Euphorion* XIII, S. 787). – *Janhagel:* Pöbel.

109 *Der Tod von Basel:* Anspielung auf das später zerstörte Fresko an der Kirchhofsmauer des Dominikanerklosters in Basel (entstanden 1437–41).

113 *Der armen Schönheit Lebenslauf:* unter dem gleichen Titel in der Slg. (Bd. I, S. 348ff.).

119 *Laue Luft kommt blau geflossen:* in der Slg. u.d.T. *Frische Fahrt* (Bd. I, S. 47).

121 *aus Jean Pauls Romanen:* Gemeint sind die kalten, herzlosen Höflingsfiguren in den sogenannten „italienischen“ Romanen Jean Pauls (1763–1825), z.B. im *Titan* (1800).

122 *kameralistischen Wissenschaften:* Finanz-, Wirtschafts- und Verwaltungslehre. – *Tableau:* (frz.) von Personen dargestelltes, sog. „lebendes Bild“. – *Haus der Dame:* Die folgende Darstellung schaltete E, geringfügig verändert, in *Halle und Heidelberg* ein (Bd. I, S. 937ff.). Er kritisiert hier die Pseudoromantik, eine in den ersten Jahrzehnten des 19. Jhs. in Deutschland verbreitete literarische Strömung mit verschwommenen religiösen und ästhetischen Vorstellungen. Die Vorbilder der einzelnen Gestalten sind wahrscheinlich Graf Loeben (vgl. Bd. I., S. 936 u. die Anm.), dem E in Heidelberg 1807/8 nahestand, sowie die Teegesellschaften der Sophie Sander (der Frau des Buchhändlers Jo-

hann Daniel Sander (1759–1825), des Verlegers von Kotzebue und Lafontaine), wo Loeben und die Brüder E in ihrer Berliner Zeit verkehrten (vgl. E's Tagebücher zum 24. 12. 1809). – *Man sah nämlich:* Das folgende Bild ist literarisch beeinflußt von der Abschiedsvorstellung Biondettens in Brentanos *Romanzen vom Rosenkranz* (1811) (8. Romanze), die E nach dem Zeugnis des Tagebuchs kannte (vgl. Eintragung zum 3. 3. 1810). – *weibliche Gestalt:* Philipp Veit (1793–1877), den E 1810 in Wien kennenlernte, entwarf 1817 für die vatikanischen Fresken in Rom ein *Triumph der Religion* betiteltes Gemälde, das bis in Einzelheiten mit der hier geschilderten Darstellung übereinstimmt.

126 *Thyrsusschwinger:* Thyrsus: mit Efeu und Weinlaub umwundener Stab, Attribut der Bacchantinnen (Mänaden) im Zuge des Dionysos. – E karikiert hier Loebens „Jünger" Gerhard Friedrich Abraham Strauß (1768–1863; später Oberhofprediger in Berlin). Das zeigen eine Tagebuchstelle (6. 12. 1807), sowie die Wortspiele im folgenden (vgl. S. 139 und 147). Daß eine Parodie des Loebenschen Tones gemeint war, zeigt der Anklang an ein Gedicht Loebens im *Reisebüchlein eines andächtigen Pilgers* (1808, S. 204), betitelt: *Dithyrambe:*

„Fasse mich, Sturm der Liebe,
Daß ich entgegen, entgegen
Stürze dem Zug
Trunkener Thyrsusschwinger.
Sei mir gegrüßt,
Lieblich grünender Stab,
Neues Zeichen der Gnade,
Thyrsus des Kreuzes
Sei mir gegrüßt.
Wasche mich, Blut des Lammes,
Daß ich rein,
Daß ich wert sei, zu wandeln
Mit im orgischen Zug,
Daß ich schwinge den Thyrsus."

(Loeben, *Gedichte*. Hrsg. von Pissin. *Deutsche Literaturdenkmale* Nr. 135. Berlin 1905, S. 36) – *Karfunkelstein:* Reminiszenz an das gleichnamige Lied aus Zacharias Werners Drama *Martin Luther oder Die Weihe der Kraft* (1807). Die romantische Vorliebe für diesen Stein parodierte Jens Baggesen in *Karfunkel oder Klingklingel-Almanach: Ein Taschenbuch für vollendete Romantiker und angehende Mystiker* (1810).

127 *schmachtendem Ansehn:* Im „Schmachtenden" parodiert E Loeben selbst. Vgl. dessen Brief vom 20. 10. 1814 an E (*HKA*[1] XiII, 63): „Ich lasse mir es nicht nehmen, daß Du so im Schmachtenden eine kranke Lebensperiode eines Menschen darstellen wolltest, der mir allerdings näher steht als der nächste Herzensfreund – gestehe mir nur, daß ich recht habe." E fügte als Randbemerkung dazu: „Ja, Du hast recht, Du

guter, lieber Freund." Vgl. auch den Brief E's an Loeben vom 25. 12. 1814 (gedruckt bei Häckel, *E's Gesammelte Werke*, Berlin 1962, Bd. III, S. 631): „Unverkennbar allgemeiner ist der Schmachtende gehalten, und wenn ich dabei bisweilen wirklich an Dich, wie Du damals schienst, dachte (verzeihe es mir, lieber guter Freund! denn ich will es nicht leugnen), so habe ich doch ebensooft mich selber gemeint, wie schon die schmachtenden Probegedichte beweisen, die ich selbst in jener Periode gemacht habe." – *Priesterleben:* In einem Brief an E (vom 7. 6. 1814; *HKA*[1] XIII, 20) spricht Loeben von seiner Absicht, ins Kloster einzutreten. – *Mir will ew'ger Durst nur frommen:* von Goethe in den *Noten und Abhandlungen zum besseren Verständnis des West-Östlichen Divans* zitiert als Zeugnis für die Selbstparodie der Romantiker.

128 *Ein Wunderland ist oben aufgeschlagen:* in der Slg. u.d.T. *Sonette (3)* (Bd. I, S. 95). – *Haufen Sonette:* Die Sonett-Manie vor allem der Trivialromantiker wurde in der *Zeitung für Einsiedler* von Görres und Arnim karikiert. (Vgl. Anm. zu S. 29.)

129 *Gräfin Romana:* In einer Anm. zu einem Brief Loebens vom 20. 10. 1814 (*HKA*[1] XIII, 62) bestreitet E, daß diese Gestalt ein lebendes Vorbild gehabt habe. Sie steht in der literarischen Tradition des genialischen, dämonischen Weibes aus dem Sturm und Drang und der Romantik (vgl. *Die neue Arria* von Klinger, Philine im *Wilhelm Meister*, Gräfin Violetta in Brentanos *Godwi* u.a.). – *Weit in einem Walde droben:* in der Slg. u.d.T. *Die wunderliche Prinzessin* (Bd. I, S. 337ff.).

135 *Gräfin Dolores:* Gemeint ist Achim von Arnims (1781–1831) Roman *Armut, Reichtum, Schuld und Buße der Gräfin Dolores* (1810).

138 *dithyrambische Thyrsusschwinger:* Vgl. Anm. zu S. 126.

139 *der Strauß:* Vgl. Anm. zu S. 126.

142 *Abällino:* Anspielung auf den Räuberroman *Abällino, der große Bandit* (1794) von Johann Heinrich Daniel Zschokke (1771–1848). – *Lineamente:* Grundlinien. – „*Bürgerlicher Seelenadel*": Anspielung auf Wilheim Ifflands (1761–1819) rührselige Stücke (vgl. Bd. I, Anm. zu S. 906).

143 *schillerndes Stück:* E polemisierte verschiedentlich gegen die Schillerepigonen (vgl. Bd. I, S. 567 u. die Anm.).

146 *die Lüneburger Ebne mit Aussicht auf Heidekraut:* Vgl. Tagebuch zum 25.9.1805: „Wir witterten gar bald, daß wir uns in Zerbinos Lande der Aufklärung befänden – Sandebnen u. Aussicht auf Heydekraut." 1799 war Ludwig Tiecks Komödie *Prinz Zerbino* erschienen. – *Meßkataloge:* Seit Ende des 16. Jhs. erschienen in Frankfurt/M. und Leipzig halbjährlich Kataloge der auf den betreffenden Messen ausgestellten oder angekündigten Bücher, Landkarten und Kunstgegenstände.

147 *simplicianisch-teutschen Michels* bis *Redensarten:* von E wörtlich in die *Geschichte der poetischen Literatur Deutschlands* übernommen (1857; II, 205) und auf Loeben bezogen. – *verstümmeltes Sprachgepränge:* eine Anspielung auf Grimmelshausens Schrift *Des weltberufenen Simplicissimi Prahlerei und Gepräng mit seinem Teutschen Michel* (1673). – *Und besäße ihn*

bis *O jemine!:* Die Sätze Leontins und Romanas Ausruf sind Zitate aus der Schlegelschen Übersetzung von Shakespeares Komödie *Was ihr wollt* (III, 4).

148 *Lustig auf den Kopf, mein Liebchen:* in der Slg. u.d.T. *Die Geniale* (Bd. I, S. 205).

152 *Wenn die Sonne lieblich schiene:* in der Slg. u.d.T. *Der wandernde Musikant (2)* (Bd. I, S. 50f.).

153 *Vergangen ist der lichte Tag:* in der Slg. u.d.T. *Nachtlied* (Bd. I, S. 286f.).

155 *Oh, ich möchte Millionen glücklich machen!:* parodiert Schillers *Seid umschlungen, Millionen* aus der Hymne *An die Freude.*

157 *Brockennacht:* Der Brocken (Harz) ist der sagenhafte Treffpunkt der Hexen in der Walpurgisnacht (Nacht zum 1. Mai). – *Dauerndem im Wechsel:* eine Anspielung auf Goethes Gedicht *Dauer im Wechsel* (1804).

158 *Spielmann vom Venusberge:* Tannhäuser; der Vergleich meint, daß Friedrich bisher, verzaubert wie jener, in Passivität gegenüber dem tätigen Leben verharrte.

159 *Erbprinz:* Diese Gestalt ist an Goethes *Egmont* orientiert. Vgl. die Randbemerkungen E's zu dem Brief Loebens vom 20.10.1814 (*HKA*[1] XIII, 60) sowie die Anm. zu S. 162.

162 *ein junges Mädchen ... auf einem Schemel:* z.T. wörtlich aus Goethes Regieanweisung im *Egmont* (III, Klärchens Wohnung) übernommen. In einer Randglosse zu Loebens Brief vom 20.10.1814 bemerkt E: „Der Prinz soll ja eben ein bloßer wirklicher Nachahmer des Erdichteten, Gelesenen sein. (Egmont und Klärchen.)" (*HKA*[1] XIII, 60)

163 *Wann der kalte Schnee zergangen:* in der Slg. u.d.T. *Der Schnee* (Bd. I, S. 317).

167 *Es weiß und rät es doch keiner:* in der Slg. u.d.T. *Die Stille* (Bd. I, S. 193f.). Die vierte Strophe erinnert an das Volkslied *Wenn ich ein Vöglein wär* im *Wunderhorn* (I, S. 231).

170 *Ich kann wohl manchmal singen:* in der Slg. u.d.T. *Wehmut (1)* (Bd. I, S. 97).

171 *Herzensbruder:* Der Name des Freundes des Simplicissimus aus Grimmelshausens Roman (1669) war in der Heidelberger Zeit ständige Anrede zwischen Arnim und Brentano.

172 *Weihe der Kraft:* Anspielung auf Zacharias Werners Drama *Martin Luther oder Die Weihe der Kraft* (1807).

174 *diese Alwinas, diese neuen Heloisen:* Angespielt wird auf die bürgerliche Tugendheuchelei der Zeit, die ihre Rechtfertigung in empfindsamen Romanen fand.

176 *Es ist schon spät, es wird schon kalt:* in der Slg. u.d.T. *Waldgespräch* (Bd. I, S. 315).

178 *Hubertus:* Schutzpatron der Jäger. Ihm erschien, als er an einem Feiertag jagte, ein Hirsch, der ein goldenes Kreuz im Geweih trug.

179 *Wir sind so tief betrübt:* in der Slg. u.d.T. *Sonette. An A... (2).* (Bd. I, S. 141).

182 *Die beiden . . . unbändigen Rosse:* Vgl. Goethe, *Egmont* (II, Egmonts Wohnung): „Wie von unsichtbaren Geistern gepeitscht gehen die Sonnenpferde der Zeit mit unsres Schicksals leichtem Wagen durch; und uns bleibt nichts, als mutig gefaßt die Zügel festzuhalten und bald rechts, bald links, vom Steine hier, vom Sturze da, die Räder wegzulenken. Wohin es geht, wer weiß es?"

183 *Abraham a St. Clara:* Vgl. Anm. zu S. 95.

184 *Rauchtal:* ist geographisch nicht zu bestimmen.

193 *Dämmrung will die Flügel spreiten:* in der Slg. u. d. T. *Zwielicht* (Bd. I, S. 49).

195 *In goldner Morgenstunde:* in der Slg. u. d. T. *Der Gefangene* (Bd. I, S. 319f.).

197 *Drachen im Liebeszauber:* Vgl. Tiecks Novelle *Der Liebeszauber* im 1. Band des *Phantasus* (1812).

198 *Armida:* Figur in Torquato Tassos (1544–95) Dichtung *Das befreite Jerusalem*, 1575.

200 *Achtzehntes Kapitel:* Historischer Hintergrund der Handlung ist der Aufstand der Tiroler gegen die französische Herrschaft 1809, in Verbindung mit der allgemeinen österreichischen Erhebung. Nach der österreichischen Niederlage bei Wagram (Juli 1809) bricht auch der Tiroler Volksaufstand zusammen. Sein Führer Andreas Hofer wird verraten und 1810 in Mantua von den Franzosen erschossen.

202 *Zeitung:* im älteren Wortgebrauch: Neuigkeit.

204 *Elend ohne Treue und Gesinnung:* Vgl. den Brief E's an Ast von 1809 (*HKA*[1] XII, 5), in dem er von „unsre[r] abtrünnige[n] Nation in ihrer kultivierten Barbarei" spricht, womit die politische Schwäche der Deutschen gemeint ist. – *Schillers Reiterlied:* „Wohl auf, Kameraden, aufs Pferd, aufs Pferd!" *(Wallensteins Lager)*. – *Dessauer Marsch:* „So leben wir, so leben wir, so leben wir alle Tage." Der Titel bezieht sich auf den preußischen Feldmarschall Fürst Leopold I. von Anhalt-Dessau (1693–1747).

205 *In stiller Bucht, bei finstrer Nacht:* in der Slg. u. d. T. *Der Tiroler Nachtwache. 1810.* (Bd. I, S. 150f.).

206 *talket:* österreichisches Dialektwort: töricht. – *Mein Schatz, das ist ein kluges Kind:* in der Slg. u. d. T. *Die Schärpe* (Bd. I, S. 225).

210 *Das Kriegsglück wandte sich:* Im Frieden von Wien (14. 10. 1809) mußte Österreich Vorarlberg und Tirol an das mit Napoleon verbündete Bayern abtreten.

212 *Als die letzte Schlacht verloren war:* Gemeint ist wahrscheinlich die Niederlage Österreichs in der Schlacht von Wagram (12. 7. 1809), die Österreich zum Frieden zwang.

218 *In einem kühlen Grunde:* in der Slg. u. d. T. *Das zerbrochene Ringlein* (Bd. I, S. 318f.).

223 *Hoch über den stillen Höhen* bis *Flog fort über den See hinaus:* in der Slg. u. d. T. *Der Reitersmann* (Bd. I, S. 323f.).

226 *Wer soll Bräutigam sein:* Die Verse bilden die zweite Strophe des Schlußgesangs von Goethes Singspiel *Die Fischerin* (1782).

227 *Ich guckte der Eule in ihr Nest:* Vgl. *Faust I*, Walpurgisnacht, V. 3969f.

231 *durchdringenden Schrei:* Vgl. den Tod Mignons im *Wilhelm Meister*, VIII. Buch, 5. Kap.

239 *Surrogattempel:* Vgl. *Erlebtes*, Bd. I, S. 904ff.

243 *seltsamer Mensch:* Satire auf Loeben und die Hirtendichtung. Vgl. Anm. zu S. 35 sowie Delitios Aufzug in *Krieg den Philistern!* (Bd. I, S. 552 und die Anm.). – *kalkuttischen Hahnes:* Puter. – *Karfunkelstein:* Vgl. Anm. zu S. 126. – *altdeutsch:* Vgl. *Krieg den Philistern!* (Bd. I, S. 474 und die Anm.).

244 *Berlin:* Die Stadt wurde von E wiederholt als Sitz der Aufklärer vom Schlage Nicolais verspottet (Bd. I, Anm. zu S. 488). – *Perkal:* ein feinfädiges, bedrucktes Gewebe aus Baumwolle.

245 *bon soir, bon soir, mes amis!:* (frz.) Guten Abend, guten Abend, meine Freunde! – *Lazerte:* (lat.) Eidechse.

246f. *Schnapphahn:* berittener Wegelagerer.

249 *Ein Stern still nach dem andern fällt:* in der Slg. u.d.T. *Morgenlied* (Bd. I, S. 105f.).

251 *Signor Amoroso:* (ital.) Herr Liebhaber.

256 *Unruhen in Italien:* Gemeint sind vermutlich die Unruhen, die die Französische Revolution Ende des 18. Jhs. in Italien auslöste.

258 *An einem schönen Sommerabende:* Die folgende Darstellung lehnt sich bis in Einzelheiten an eine Schilderung in Dorothea Schlegels Roman *Florentin* (Kap. 10) an.

261 *Correggios Bogenschütz:* Correggio, eigentlich Antonio Allegri, italienischer Maler (1489–1534). Angespielt wird hier wahrscheinlich auf den bogenschnitzenden Eros des Parmeggianino (d.i.: Francesco Mazzola, 1503–1540) in der Wiener Galerie, der früher Correggio zugeschrieben wurde.

262 *Ich hab gesehn ein Hirschlein schlank:* in der Slg. u.d.T. *Der verirrte Jäger* (Bd. I, S. 332).

264 *Albrecht Dürer* (1471–1528) und *Michelangelo* Buonarroti (1475–1564) wurden als Vorbilder romantischer Kunst gefeiert in den *Herzensergießungen eines kunstliebenden Klosterbruders* (von Wackenroder/Tieck, 1797) und in Tiecks Roman *Franz Sternbalds Wanderungen* (1798). – *Medusengewalt:* Die Meduse ist in der griechischen Mythologie eine der drei Gorgonen, deren Anblick versteinert.

265 *L'hombrechen:* eingedeutschte Verkleinerungsform von frz. l'hombre (ein Kartenspiel). – *Mir war recht kannibalisch wohl:* Vgl. Goethe, *Faust I*, Auerbachs Keller, V. 2293.

268 *Jahrmarkt zu Plundersweilern:* Goethes satirische Farce *Jahrmarktsfest zu Plundersweilern* (1773).

269 *Nachts durch die stille Runde:* in der Slg. u.d.T. *Die Hochzeitsnacht* (Bd. I, S. 351f.).

273 *Nächtlich dehnen sich die Stunden:* in der Slg. u.d.T. *Der Geist* (Bd. I, S. 142).

274 *Waldeseinsamkeit:* ein durch Tieck aufgebrachtes Wort (in dessen Märchen *Der blonde Eckbert*, 1797).
275 *Laß, mein Herz, das bange Trauern:* in der Slg. u.d.T. *Laß das Trauern* (Bd. I, S. 99f.).
281 *Et tu Brute?:* (lat.) Auch du, Brutus? Diese Frage wurde angeblich von Caesar bei seiner Ermordung (44 v.Chr.) an einen der Mörder, Marcus I. Brutus (85–42 v.Chr.), gerichtet. – *Metallfürst:* Figur aus Tiecks Märchen *Die Elfen* (1812). – *sie haben sich zu Toren gemacht vor der Welt:* Vgl. *NT*, 1. Kor. 10. – *der steinerne Gast:* Figur aus der Don-Juan-Tradition; vgl. auch Mozarts Oper *Don Giovanni* (1787).
282 *Dodona:* griechische Orakelstätte in Epirus, wo aus dem Tönen freihängender Kupferbleche, die der Wind bewegte, geweissagt wurde. – *Eremitagen:* (frz.) Nachahmungen von Einsiedlerklausen in Gärten des 18. Jhs.
283 *O könnt ich mich niederlegen:* in der Slg. u.d.T. *Klage* (Bd. I, S. 143).
284 *Von der deutschen Jungfrau:* in der Slg. u.d.T. *Die deutsche Jungfrau* (Bd. I, S. 336).
285 *In Wind verfliegen sah ich, was wir klagen:* in der Slg. u.d.T. *Mahnung (1)* (Bd. I, S. 149f.).
286 *Vaterländerei:* Vgl. Bd. I, *Krieg den Philistern!* S. 507 und die Anm.
287 *Wo treues Wollen, redlich Streben:* in der Slg. u.d.T. *An die Dichter* (Bd. I, S. 130ff.).
289 *Kühle auf dem schönen Rheine:* in der Slg. u.d.T. *Auf dem Rhein* (Bd. I, S. 153).
291 *Weh, daß ich zur Welt, sie einzurichten kam!:* Shakespeare, *Hamlet*, I, 5 (Übersetzung: A.W. Schlegel).

Dichter und ihre Gesellen

Zur Entstehungszeit des Romans gibt es nur ein Zeugnis E's: In einem Brief an Theodor von Schön vom 12. 4. 1833 schreibt er: „Was meine Poesie anbetrifft, so schreibe ich jetzt ... an einem größeren Roman, der die verschiedenen Richtungen des Dichterlebens darstellen soll. Ob und wann ich damit fertig werde, hängt von der Muse und Muße ab, ich werde über Gelingen und Fortgang Eurer Exzellenz ... von Zeit zu Zeit getreulich Bericht erstatten." (*HKA*[1] XII, 44) Dieses Versprechen hat E nicht erfüllt, falls die Briefe nicht verlorengegangen sind.

Im September 1920 wurden in Schloß Sedlnitz, dem letzten von E's Gütern, zahlreiche Hss. E's gefunden (s. dazu: *Der Wächter*, 4. Jahrgang, 1921, S. 228f.), darunter auch 83 Blätter mit Entwürfen und Reinschriften zu einigen Teilstücken des Romans. Es lassen sich (nach Reinhard, Einleitung zu *HKA*[1] IV, S. XXXVI) drei vorausgehende, unausgeführte Fassungen erkennen, von denen jedoch, ebenso wie von der endgültigen Reinschrift, keine vollständige Hs. erhalten ist. Die wichtigsten Wandlungen (über Einzelheiten s. *HKA*[1] IV, S. XIIff.) sind die Verlegung des

Handlungsortes von Heidelberg nach Schlesien (wobei nach E's Notizen an die Gegend von Warmbrunn, das Riesengebirge und die Schneekoppe gedacht ist. Vgl. *HKA*[1] IV, S. XXVIII.) sowie die Aufgabe der Absicht, die Literatursatire *Meierbeths Glück und Ende* (die gesondert schon 1828 erschienen war) in den Roman einzufügen.

D: *Dichter und ihre Gesellen. Novelle von Josef Freiherr von Eichendorff. Berlin 1834. Verlag von Duncker und Humblot.*

293 *freundlichen Städtchen:* Gemeint ist Warmbrunn im Hirschberger Kessel (Schlesien). – *Heidelberg:* E studierte hier 1807/8. Vgl. *Halle und Heidelberg* (Bd. I, S. 932ff.).

295 *blöde:* hier in der älteren Bedeutung: einfältig, schüchtern.

296 *Rumor:* (lat.) Unruhe. – *Satisfaktion:* (lat.) Genugtuung. – *Corpus juris:* (lat.) Bezeichnung für Rechtssammlungen.

297 *Mediceischen Venus:* berühmte antike Statue, die sich lange Zeit im Besitz des florentinischen Herrscherhauses Medici befand und heute in der Kunstsammlung der Uffizien zu Florenz ausgestellt ist.

298 *Laufern:* altertümlich für: Läufer. – *moderieren:* (lat.) mäßigen. – *retirierte:* (lat.) zog sich zurück. – *Taranteln:* Spinnenart, durch deren Biß schmerzhafte Entzündungen hervorgerufen werden. Als Heilmittel galt früher wildes Tanzen. Vgl. den Namen des schnellen, süditalienischen Tanzes: Tarantella.

299 *St.-Veits-Tanz:* eine rheumatische Erkrankung des Nervensystems, die zu unkontrollierten Muskelzuckungen führt, teilweise auch zu Intelligenzdefekten. Dem ungeregelten Hüpfen der von dieser Krankheit Befallenen gab der Volksmund diesen Namen, weil man glaubte, daß die Krankheit durch die Anrufung des heiligen Veit gebannt werden könne. – *Partikulier:* (frz.) Privatmann, Rentner. – *diskurrieren:* (lat.) sich unterhalten.

300 *Pochhammer:* eine Maschine zum Zerkleinern von Gesteinen oder Erzen. – Diese Situation ist ein häufiges Motiv bei E. (vgl. Anm. zu *Ahnung und Gegenwart*, S. 16).

301 *Wie schön, hier zu verträumen:* in der Slg. u.d.T. *Die Nacht* (Bd. I, S. 69).

303 *Zwei Musikanten ziehn daher:* In der Slg. stehen u.d.T. *Vor der Stadt* die beiden ersten Strophen selbständig (Bd. I, S. 58f.). Die dritte Strophe steht in dem Zyklus *Der wandernde Musikant (3)* (Bd. I, S. 51).

304 *Hilmar Curas:* deutscher Gelehrter, gest. 1747, verfaßte eine *Einleitung zur Universalhistorie* sowie eine französische Grammatik (1720).

305 *Schabracke:* (türk.-ung.) prunkvoll verzierte Satteldecke.

306 *Blocksberge:* Bezeichnung mehrerer sagenumwobener Orte, besonders des Brocken (Harz), in denen der Volksaberglauben Versammlungsorte der Hexen sieht. – *epinösesten:* (frz.) dornigsten, stachligsten.

307 *Schreibesel:* altertümlicher Bürostuhl, auf dem man rittlings sitzt. – *Ressource:* (frz. Hilfsquelle) geselliger Verein.

308 *Poschen:* (frz. poche) Taschen.

309 *Perspektiv:* ausziehbares Fernrohr.

310 *Salve!:* (lat.) Sei gegrüßt! – *Pandekten:* (griech.) Sammlung altrömischer Rechtsliteratur, ein Bestandteil des Corpus Juris Civilis.

312 *Studentenleben in Halle:* 1805/6 studierte E selbst in Halle. – *Giebichenstein:* Vgl. *Halle und Heidelberg* (Bd. I, S. 928). – *Sarabande:* langsamer, schwermütiger Tanz des 17. Jhs., in Spanien entstanden.

314 *Grammaire:* (frz.) Grammatik. – *Ich wollt im Walde dichten:* in der Slg. u.d.T. *Rückblick* (Bd. I, S. 119).

317 *Treckschuite:* (holl.) ein Schiff, das vom Leinpfad aus gezogen wird.

320 *Venusberge:* Anspielung auf die Tannhäusersage.

326 *Bei dem angenehmsten Wetter* sowie die folgende Strophe *Frei von Mammon will ich schreiten* (S. 327)*:* in der Slg. u.d.T. *Der wandernde Student* (Bd. I, S. 55); vgl. auch S. 756. – *in üblem Humor:* „Humor" hier in der allgemeinen Bedeutung „Laune".

327 *nicht sonderlich konditionierten:* nicht sonderlich (gut) beschaffenen. – *quamquam sint sub aqua, sub aqua maledicere tentant:* (lat.) „Obwohl sie unter Wasser sind, versuchen sie, unter Wasser zu schmähen". (Aus Ovids *Metamorphosen*, 6, 376.) Der Satz bezieht sich auf die in Frösche verwandelten lykischen Bauern. – *memorieren:* (lat.) auswendig lernen.

330 *Tiedge:* Christoph August (1752–1841), ein zeitgenössischer Modeliterat, schrieb 1801 ein empfindsames, lyrisch-didaktisches Gedicht, mit dem er Schillers Gedankenlyrik nacheiferte: *Urania, über Gott, Unsterblichkeit und Freiheit.* Die Stelle ist wahrscheinlich eine Parodie auf eine Partie in Goethes *Leiden des jungen Werther* (1774) (I. Buch, Am 16. Junius), wo Lotte in ähnlicher Weise den Namen „Klopstock" nennt. – *Lafontaine ... Kotzebue:* zwei der bekanntesten Trivialschriftsteller der Zeit (vgl. Bd. I, Anm. zu S. 906 u. 915). – *Die fernen Heimatshöhen:* in der Slg. u. d.T. *Erinnerung (2)* (vgl. Bd. I, S. 77).

331 *Reverbère:* (frz.) Metallspiegel zum Zurückwerfen des Lampenlichts. – *al fresco:* (ital.) d.h. nach Art und Wirkung eines Freskogemäldes, wie großflächige Malerei. – *als Oberförster:* E spielt hier offenbar auf Ifflands rührselige Familienstücke mit ihrem stets wiederholten Typeninventar an (vgl. Bd. I, Anm. zu S. 906). – *Ritterwams:* vielleicht eine Anspielung auf die nach Klischees angefertigten Ritterdramen der Zeit, etwa Fouqués *Held des Nordens* (1808/10).

332 *ihr guten Leute und schlechten Philosophen:* ähnelt einer Formulierung aus Brentanos *Ponce de Leon* (1804): „Diese schlechten Musikanten und guten Leute" (V. 2), die E.T.A.Hoffmann in den *Lebensansichten des Katers Murr* (1820) wieder aufnahm: „Gute Leute und schlechte Musikanten" (im 2. Abschnitt). – *Bardulphs feurige Nase:* Bardulph ist eine Figur aus Shakespeares Drama *Heinrich IV.*, ein Genosse des trinkfreudigen Falstaff. – *Dortchen Lakenreißer:* Frau von zweifelhaftem Ruf aus Shakespeares Drama *Heinrich IV.* (2. Teil). – *Rattenkönig:* volkstümlicher Ausdruck für: unentwirrbare Schwierigkeit. Zugrunde

liegt die Vorstellung von Ratten, die mit ihren Schwänzen ineinander verwickelt sind. – *turbieren:* (lat.) beunruhigen.

333 *Apostrophe:* (griech.) Anrede. – *räsoniert:* (frz.) widersprochen, geschimpft. – *von persönlicher Freiheit und unverletzlichen Menschenrechten:* E macht sich hier über die naturrechtliche Staatstheorie lustig. Zu seiner politischen Auffassung vgl. die Anmerkungen zu *Auch ich war in Arkadien.*

334 *Cicerone:* (ital.) Fremdenführer.

336 „*In diesen heiligen Hallen*": Baßarie aus Mozarts Oper *Die Zauberflöte* (II, 12).

337 *Zirkumflexe:* Längezeichen der griechischen Rechtschreibung, hier für eine Zauberformel gehalten. – *weint um Hekuba:* Anspielung auf Shakespeares *Hamlet* (II, 2):

„Was ist ihm Hekuba, was ist er ihr,
daß er um sie soll weinen?"

(Übertragung: A. W. Schlegel.)

forderst den Stiefelknecht in Jamben?: eine Anspielung, die vielleicht auf J. H. Voß (1751–1826) gemünzt ist, der in seinen Idyllen Alltagsverrichtungen in klassischem Stil beschrieb.

338 *embrassierte:* (frz.) umarmte.

339 *Mich brennt's an meinen Reiseschuhn:* in der Slg. u. d. T. *Dryander mit der Komödiantenbande* (Bd. I, S. 59).

341 *Livereien:* von frz. livrée, uniformierte Dienerkleidung. – *Meltau:* zuckerhaltige Ausscheidung von Blattläusen.

343 *Aus Wolken, eh im nächt'gen Land:* in der Slg. u. d. T. *Der Maler* (Bd. I, S. 55f.).

344 *deutschem Rock:* zu der sog. altdeutschen Tracht vgl. *Krieg den Philistern!* (Bd. I, S. 474 und die Anm.). – *Loris:* (niederl.-frz.) Halbaffen.

345 *Markise:* (frz.) Schutzdach. – *Boursen:* (frz.) Bezeichnung für die Säckchen, in welche die Billardkugeln hineinrollen. – *Karoline:* abgeleitet von Karamboline, einem Billardspiel. – *die altdeutsche Tracht:* Vgl. *Krieg den Philistern!* (Bd. I, S. 474 und die Anm.). – *Kasperl:* eine der vielen Ausprägungen der komischen Figur auf der Bühne. Trotz des Verdikts durch den Literaturprofessor Johann Christoph Gottsched (1700–66) blieb ihre Tradition im süddeutschen Raum lebendig. Einen Kasperl kreierte der Wiener Komiker Johann Laroche (gest. 1807).

346 *1813:* das Jahr der Niederlage Napoleons in der Völkerschlacht bei Leipzig. In Deutschland kam es zur Bildung von Freiwilligenverbänden für den Kampf gegen die Franzosen, unter starker Beteiligung der Studenten. E selbst meldete sich zum Lützowschen Freikorps. – *Eisenbraut:* aus dem Schlußvers des *Schwertliedes* von Theodor Körner (1791–1813): „Hurra, du Eisenbraut, Hurra!"

347 *Inkarnats:* (lat.) Fleischfarbe.

348 *Meine Kameraden gefielen sich dort:* Anspielung auf die Malerschule der sog. Nazarener (vgl. *Halle und Heidelberg*, Bd. I, S. 944 und die Anm.).

351 *Kriegstrouble:* von frz. trouble, Verwirrung.

353 *seltsame, phantastisch geschmückte Weibergestalt:* E's Beschreibung hält sich z.T. wörtlich an die Wiedergabe des Aussehens der Courasche in Grimmelshausens Roman *Der seltzame Springinsfeld* (1670) (4. Kap.). – *Preziosa:* die Heldin des gleichnamigen Schauspiels von Pius Alexander Wolff (1782–1828), das Carl Maria von Weber 1821 vertonte. Vorbild des Schauspiels ist Cervantes' Novelle *La Gitanilla* (Die kleine Zigeunerin) (um 1610). – „*Einsam bin ich nicht alleine*": Arie aus *Preziosa* (II, 2). – *Silentium:* (lat.) Ruhe. – *Libuschka:* der böhmische Mädchenname der Grimmelshausenschen Courasche.

355 *Am Kreuzweg, da lausche ich, wenn die Stern:* in der Slg. u.d.T. *Die Zigeunerin* (Bd. I, S. 54).

357 *Hörst du nicht die Bäume rauschen:* in der Slg. u.d.T. *Lockung* (Bd. I, S. 118f.).

359 *Diskurs:* Das Gespräch behandelt die zeitgenössischen politischen Positionen des uneinsichtigen Konservatismus (Baron) und der neuen republikanischen Ideen (Prediger). Das Bild der Gewitterschwüle für die im Anzug begriffene politische Umwälzung gebraucht E auch in *Der Adel und die Revolution* (Bd. I, S. 903).

360 *lateinische Reiter:* Umkehrung von Reiterlatein = schlechtes Latein. – *wie Chaldäisch im Halse:* d.h. ich bin unfähig zu sprechen (Chaldäa ist das Babylon des *AT*; es handelt sich hier also um eine Anspielung auf die babylonische Sprachverwirrung).

361 *französisch mit ihr sprechend:* Der Baron vertritt die deutschen Adligen des 18. Jhs., die sich ganz der Nachahmung der französischen Kultur verschrieben hatten. – ‚*Cosa rara*': (span.) Eine seltene Sache. Hier ist gemeint die gleichnamige Oper (1786) von Vincenzo Martín y Soler (1754–1806).

362 *Kriege Napoleons gegen Spanien:* im Jahre 1808/9.

363 *sarmatischen Gehänge:* Sarmaten wurden im Altertum die Einwohner Rußlands genannt. Hier wohl für: überladen. – *Dolman:* (türk.) pelzgefütterte, mit Schnüren behängte Jacke der Husaren. – *Burgos:* Stadt in Altkastilien.

369 *deutschen Legion:* Sie bestand vorwiegend aus Hannoveranern, Hessen und Braunschweigern und focht mit den Engländern in Spanien gegen die Franzosen.

375 *Hermen:* viereckige Pfeiler mit Porträtkopf.

376 *Drucker:* auch: Drücker. In der Malerei Verstärkung und Betonung charakteristischer Stellen in einem Gemälde durch starken Farbauftrag.

377 *wollt Ihr ein Dichter werden ... so müßt Ihr Euch ... daran gewöhnen, für die Handvoll Gescheiter im Lande zu dichten:* Vgl. E's Brief an Fouqué vom 25. 12. 1814: „Es gibt nichts Tröstlicheres auf der Welt als den Beifall der wenigen zu erlangen, an die man beim Schreiben eigentlich immer nur gedacht hat." (*HKA*[1] XII, 10) An L. Dreves schreibt er am 9. 2. 1848: „Es kann ja dem Dichter nichts Tröstlicheres begegnen,

als bei den besten und wenigen Stimmberechtigten noch freudigen Anklang zu finden." (*HKA*[1] XII, 87)

378 *feinperkalenen:* von frz. percale = feines, weißes Baumwollgewebe. – *wo, nach Goethe, die Zitronen blühn:* Anspielung auf das Lied Mignons in *Wilhelm Meisters Lehrjahren* (Buch III, Kap. 1): „Kennst du das Land, wo die Zitronen blühn?" – *Duca ... Degli Lazzaroni:* (ital.) Herzog der Tagediebe.

379 *Kuchenreiter:* eine berühmte Pistolenart, benannt nach ihren Herstellern, den Brüdern Johann Andreas und Johann Jakob Kuchenreiter in Regensburg (um 1800). – *à la Vigano:* Salvatore Vigano (1769–1821), italienischer Tänzer und Komponist. – *Touren:* (frz.) Umdrehungen, Tanzfiguren. – *Motion:* (lat.) Bewegung.

380 *Lurelei:* ältere Form für: Lorelei.

382 *Belriguardo:* Schauplatz von Goethes Drama *Torquato Tasso.* Angespielt wird hier auf Tassos Liebesverhältnis zur Fürstin von Este.

386 *Hymen:* der griechische Gott der Hochzeit.

389 *Und wo noch kein Wandrer gegangen:* in der Slg. u.d.T. *Der Kühne* (Bd. I, S. 307).

395 *kategorischen Imperativ:* „Handle so, daß die Maxime deines Willens jederzeit zugleich als Prinzip einer allgemeinen Gesetzgebung gelten könne." (Kant, *Kritik der praktischen Vernunft*, § 7) – *die Tugend, sie ist kein leerer Schall!:* Zitat aus Schillers Gedicht *Worte des Glaubens*; vgl. auch die letzte Strophe der *Bürgschaft*.

396 *Tausend Parlament:* verballhornt aus: tausend Sapperment. – *Schändlichmens:* Gentlemen. – *Lordmajors:* Lord-Mayor: Titel des Oberbürgermeisters in verschiedenen englischen Großstädten. Soll hier heißen: Lords und Majore. – *tausend Pfund Sperling:* tausend Pfund Sterling.

397 *Ecco là!:* (ital.) Hier ist es! – *Vetturin:* (ital. vetturino) Lohnkutscher.

398 *Es rauschen die Wipfel und schauern:* in der Slg. u.d.T. *Schöne Fremde* (Bd. I, S. 70f.).

399 *Lazerten:* (lat.) Eidechsen. – *Trumeau:* (frz.) Steh-, Pfeilerspiegel.

400 *homme de lettres:* (frz.) Schriftsteller. – *Siècle:* (frz.) Jahrhundert. – *Parnaß:* Gebirge in Mittelgriechenland; in der Sage Sitz Apolls und der Musen. – *Boreas:* Nordwind.

404 *Jetzt wandr ich erst gern!:* in der Slg. u.d.T. *Liebe in der Fremde (4)*, dort ohne die 2. Strophe (Bd. I, S. 72). Vgl. auch S. 471.

405 *Schaff:* Gefäß, Schrank.

406 *Fichte*, Johann Gottlieb (1762–1814), und *Schelling*, Friedrich Wilhelm (1775–1854), Philosophen des deutschen Idealismus, die mit ihren frühen Schriften die Romantik einleiteten.

407 *geheimer Jesuit:* E macht sich hier über die Jesuitenriecherei lustig, die besonders während des Verbots des Ordens (1773–1814) von den Aufklärern und den Liberalen betrieben wurde; vgl. Bd. I, Anm. zu S. 895. – *proselytenmacherischer Emissär!:* Anhänger werbender Abgesandter.

408 *Jesuiterroquelaure:* Kleidungsstück, das nach seinem Erfinder, dem Herzog von Roquelaure, benannt wurde.

409 *Blancheflour:* nach der Figur in der mittelalterlichen Erzählung von *Floire et Blancheflor.*

410 *voll neuer Konstitutionen:* Vgl. Bd. I, Anm. zu S. 591. – *proponiert:* (lat.) schlägt vor. – *haranguiere:* (frz.) rede feierlich an.

411 *Petschieren:* siegeln. – *salvieren:* (lat.) retten. – *retirierten:* (lat.) zogen (uns) zurück.

412 *Limonien:* (ital.) Limonen, Zitronen. – *resolvieren:* (lat.) entscheiden. – *Alguazils:* (span.) Gerichtsdiener, Häscher.

413 *Felicissima notte!:* (ital.) Eine recht gute Nacht!

415 *eingezogen:* zurückgezogen.

419 *Das Kränzlein ist herausgerissen:* als Strophe 9 in E's Romanze *Der armen Schönheit Lebenslauf* (Bd. I, S. 349).

420 *Aera cattiva:* (ital.) ungesunde Luft (des Sommers in Rom). – *Die Nachtigall schweigt, sie hat ihr Nest gefunden* bis *Wie einsam bin ich in der Welt geblieben:* teilweise stark verändert u.d.T. *Sommerschwüle (2)* in der Slg. (Bd. I, S. 122).

423 *Die Lerch, der Frühlingsbote:* bildet mit der folgenden Strophe, teilweise verändert, die dritte bzw. sechste in *Der wandernde Musikant (6)* (Bd. I, S. 54).

425 *Carbonaro:* (ital.) Mitglied eines italienischen Geheimbundes Anfang des 19. Jhs., der für Einheit und Freiheit Italiens kämpfte. – *Sbirren:* (ital.) Schergen, Häscher.

429 *banquerout:* (frz.) bankrott. – *drosselt:* hier: umarmt.

432 *Lieder schweigen jetzt und Klagen:* in der Slg. u.d.T. *Verlorene Liebe* (Bd. I, S. 216f.).

441 *Löffeln:* in der Jägersprache: Ohren.

444 *Assonanzen:* Gleichklang der Vokale vom letzten Akzent der Verszeile an. Die Romantiker versuchten, diese in der spanischen Lyrik gebräuchliche Form der Versbindung auch in die deutsche Dichtung wieder einzuführen und verwendeten sie besonders in ihren Romanzen (vgl. *AG*, S. 127). – *süßvalenz'schen Nacht:* von der spanischen Stadt Valencia abgeleitet.

445 *Haarbeutel:* Beutel aus Taft, der zur männlichen Haartracht des 18. Jhs. gehörte. – *Pendul:* von lat. pendulum, Pendel.

449 *Zelot:* Eiferer. – *succumbit humi bos et Caesar:* Es fällt zur Erde Ochs und Caesar (Vergil, *Äneis*, V. 481). – *Canonicus in herbis:* (lat.) „Kanonikus in den Kräutern". Im mittelalterlichen Kirchenrecht ein noch nicht im Genuß einer Pfründe stehender Geistlicher. – *Küchenlatein:* das verdorbene Mönchslatein des Mittelalters.

450 *Frater:* (lat.) Bruder. – *Laus Deo!:* (lat.) Gelobt sei Gott! – ‚*Contenti estote*' ... *begnügt euch mit eurem Kommißbrote:* (Seid zufrieden ... begnügt euch ...) Zitat aus der Kapuzinerpredigt in Schillers *Wallensteins Lager*, V. 106.

451 *Anno 1814:* Im Winter 1813/14 überschritt Blücher den Rhein. – ‚*Laudetur Jesus Christus*‘: (lat.) Gelobt sei Jesus Christus.

455 *Sie stand wohl am Fensterbogen:* in der Slg. u.d.T. *Parole*; dort fehlen die beiden letzten Strophen (Bd. I, S. 330f.).

457 *hirnschellig:* toll im Hirn.

458 *Kuchenreiter:* s. Anm. zu S. 379.

468 *Come è bello!:* (ital.) Wie schön er ist! – *Meerfei Melusina:* vermutlich eine Reminiszenz an Tiecks Bearbeitung der französischen Sage: *Sehr wunderbare Historie von der Melusine* (1821). – *Frag nicht nach mir:* Der Sage nach verschwand Melusine, nachdem ihr Mann sie einmal in ihrer Fischgestalt erblickt hatte.

469 *von den zwölf schlafenden Jungfrauen?:* wahrscheinlich eine Anspielung auf den Roman *Die zwölf schlafenden Jungfrauen* (3 Bde., 1794ff.) von Christian Heinrich Spieß (1755–99), dem bekannten Verfasser von Ritter- und Gespensterromanen. – *Morpheus:* der griechische Gott der Träume.

471 *Jetzt wandr ich erst gern!:* u.d.T. *Liebe in der Fremde (4)* in der Slg. Dort ist noch eine weitere Strophe hinzugefügt (Bd. I, S. 72f.). – Vgl. auch S. 404. – *regnichten:* zu E's Zeit gebräuchlich für: regnerischen.

473 *Mauschel:* (jidd.) Moses; armer Jude.

475 *Waldeinsamkeit:* in der Slg. u.d.T. *Der Umkehrende (5)*, ohne die Verse „O du stille Zeit!“ usw. (Bd. I, S. 275).

477 *Jakobs Traumleiter:* Vgl. *AT*, 1. Mos., 28, 12.

478 *Kasperl und Annerl:* Die Namen sind vielleicht gewählt nach Brentanos Novelle *Die Geschichte vom braven Kasperl und vom schönen Annerl* (1817).

479 *genaschig:* naschhaft.

483 *Wer steht hier draußen? – Macht auf geschwind!* bis *Als das deutsche Waldesrauschen!:* in der Slg. u.d.T. *Rückkehr* (Bd. I, S. 79f.).

484 *flechsenreichen:* Flechse = Sehne. – *bal à la fourchette:* (frz.) Analogiebildung E's zu frz. déjeuner à la fourchette: Gabelfrühstück.

485 *St.-Veits-Tanz:* Vgl. Anm. zu S. 299. – *Tarantul:* Tarantel (vgl. Anm. zu S. 298). – *kalekutischer Hahn:* Puter.

486 *aufs Tapet:* Tapet (griech.) Teppich, Tischdecke; etwas aufs Tapet bringen: etwas zur Sprache bringen.

491 *Es schienen so golden die Sterne:* in der Slg. u.d.T. *Sehnsucht* (Bd. I, S. 66).

500 *Was das für ein Gezwitscher ist!:* in der Slg. u.d.T. *Zur Hochzeit* (Bd. I, S. 80).

502 *den Markt:* das Ermarktete, Gekaufte.

503 *Kernwirt:* Vgl. *Der Adel und die Revolution:* „Denn ein guter Ökonom war das Ideal des Herrn, der Ruf einer ‚Kernwirtin‘ der Stolz der Dame.“ (Bd. I, S. 902).

504 *Viktualien:* (lat.) Lebensmittel.

505 *Nächtlich macht der Herr die Rund:* in der Slg. u.d.T. *Der Wächter* (Bd. I, S. 272f.).

506 *Quäker:* englische Sekte. Mitte des 17. Jhs. von G. Fox (1624–91) gegründet. (Von engl. quake = zittern). – *Renegaten:* (lat.) Abtrünnige.

ERZÄHLUNGEN

DIE ZAUBEREI IM HERBSTE

Dieses Märchen wurde zuerst von Wilhelm Kosch veröffentlicht, in der Sammlung *Aus dem Nachlaß des Freiherrn Josef von Eichendorff. Briefe und Dichtungen.* (Vereinsgabe der Görres-Gesellschaft zur Pflege der Wissenschaft im katholischen Deutschland. Köln 1906.) Als Druckvorlage diente eine nicht von E stammende Hs., die mit dem Pseudonym *Florens* unterzeichnet ist, dessen sich E bediente, als er 1808 seine ersten Gedichte erscheinen ließ. Auf die Entstehung in dieser Zeit deutet auch folgende Tatsache: Hermann von Eichendorff fügte aus dem Nachlaß seines Vaters das glaubwürdig 1809 datierte Gedicht *Gebet* in die Slg. ein (*SW 1*, S. 588f.). Es besteht aus der geringfügig veränderten zweiten und der dritten Strophe des Liedes *Aus der Kluft treibt mich das Bangen* (im Text S. 512). Offensichtlich handelt es sich hier um eine zweite Fassung des ursprünglich zu dem Märchen gehörenden Gedichtes. Das Märchen kann also, da in den Jahren 1808/9 entstanden, als früheste Prosadichtung E's angesehen werden.

Als stoffliches Vorbild des von E noch öfter behandelten Tannhäuser-Motivs diente bis in stilistische Anklänge hinein Ludwig Tiecks Erzählung *Der getreue Eckart und der Tannhäuser* (zuerst in: *Romantische Dichtungen*, Bd. I, 1799).

515 *Gottfried:* Gemeint ist Gottfried von Bouillon (um 1060–1100), der Anführer des ersten Kreuzzuges (1096–99).
516 *Port:* (frz.) Hafen.
518 *Staffeln:* Stufen.

DAS MARMORBILD

Entstanden ist diese Novelle vermutlich zwischen Juni 1816 und März 1817. Sie wurde für Fouqués *Frauentaschenbuch* geschrieben. In einem Brief vom 15. 6. 1816 an den Herausgeber Fouqué bedauert E, ihm für den Almanach im Augenblick „nichts Bedeutenderes" (*HKA*[1] XII, 17) anbieten zu können als einige Gedichte, während er am 15. 3. 1817 an denselben schreibt (*HKA*[1] XII, 19): „Ich war soeben im Begriff, Ihnen eine Novelle zuzusenden, die ich für das Frauentaschenbuch geschrieben habe." Bei dieser Novelle handelte es sich ohne Zweifel um *Das Marmorbild*, das E noch nicht abschickte, da er glaubte, daß es aus Raummangel nicht mehr in der nächsten Ausgabe des Taschenbuches erscheinen könne. Fouqué bat ihn aber um die Zusendung (Brief an E vom 10. 4. 1817; *HKA*[1] XIII, 74) und bestätigte den Empfang am 31. 12. des gleichen Jahres: „. . . ein herzlicher Dank für Ihr lieblich blühendes und glühendes Novellenmärchen" (*HKA*[1] XIII, 78).

Zu den Quellen seiner Novelle bemerkt E im Brief vom 2. 11. 1817, mit dem er die „Novelle oder [das] Märchen" an Fouqué schickt: „... irgend eine Anekdote aus einem alten Buche, ich glaube es waren Happellii Curiositates, [hat] die entfernte Veranlassung, aber weiter auch nichts, gegeben." (*HKA*[1] XII, 21). Damit meint E offenbar G.E. Happels *Größeste Denkwürdigkeiten der Welt oder sogenannte relationes curiosae* (1687), in deren drittem Band (S. 510) die Geschichte *Die seltzahme Lucenser-Gespenst* steht, der E den Ort der Handlung und den Namen Donati entnahm. (Vgl. auch die Anm. zu *Julian*, Bd. I, S. 376.)

Über seine Stimmung und Absicht beim Dichten schreibt E an gleicher Stelle: „Da mir nunmehr die Gegenwart in tausend verdrießlichen und eigentlich für alle Welt unersprießlichen Geschäften in eine fast lächerliche Nähe gerückt ist, gleichwie man ein großes Freskogemälde nur aus einiger Entfernung betrachten muß, wenn man nicht vor den einzelnen groben Strichen erschrecken soll, so habe ich in vorliegendem Märchen versucht, mich in die Vergangenheit und in einen fremden Himmelsstrich zu flüchten, und betrachte dasselbe als einen Spaziergang in amtsfreien Stunden ins Freie hinaus. Ob ich nun auf einem so verzweifelten Spaziergang den Weg ins Freie und in die alte poetische Heimat gefunden habe, ob sich nicht vielmehr Aktenstaub statt Blütenstaub angesetzt hat, und ob demnach die ganze Novelle, so wie sie ist, der Aufnahme in Ihr schönes Frauentaschenbuch gewürdigt werden darf, überlasse ich, Herr Baron, Ihrem und Ihrer Frau Gemahlin bewährtem Urteil."

D: im *Frauentaschenbuch für das Jahr 1819 von de la Motte Fouqué*. Der Herausgeber erlaubte sich dabei kleine Änderungen an „zwei Stellen, wo die Farben allzudreist erglühten, um nach meiner Überzeugung vor Jungfrauenaugen treten zu können" (Brief an E vom 31. 12. 1817; *HKA*[1] XIII, 78). Diese Korrekturen Fouqués sind heute nicht mehr nachweisbar. – Der zweite Druck erfolgte 1826 in der Ausgabe: *Aus dem Leben eines Taugenichts und das Marmorbild. Zwei Novellen nebst einem Anhange von Liedern und Romanzen von Joseph Freiherrn von Eichendorff. Berlin 1826. In der Vereinsbuchhandlung.*

526 *Lucca:* italienische Stadt nördlich Pisa, berühmtes Heilbad.

528 *den Blöden:* hier in der älteren Bedeutung: schüchtern.

529 *Jeder nennet froh die Seine:* in der Slg. u.d.T. *Liebe in der Fremde (1)* (Bd. I, S. 71).

530 *Was klingt mir so heiter:* u.d.T. *Götterdämmerung (1)* in der Slg. (Bd. I, S. 252ff.).

535 *Wie kühl schweift sich's bei nächt'ger Stunde:* u.d.T. *Liebe in der Fremde (2)* in der Slg. (Bd. I, S. 71f.).

538 *preßhaft:* bresthaft (gebrechlich).

541 *Was weckst du, Frühling, mich von neuem wieder?:* in der Slg. u.d.T. *Frau Venus* (Bd. I, S. 220).

547 *Über die beglänzten Gipfel:* u.d.T. *Liebe in der Fremde (3)* in der Slg. (Bd. I, S. 72).

560 *Von kühnen Wunderbildern:* in der Slg. u.d.T. *Götterdämmerung (2)* (Bd. I, S. 254ff.). In dem Epos *Julian* nahm E fast wörtlich die Verse der Strophe 11 wieder auf (vgl. Bd. I, S. 376).

562 *Hier bin ich, Herr! Gegrüßt das Licht:* u.d.T. *Der Umkehrende (2)* in der Slg. (Bd. I, S. 274).

Aus dem Leben eines Taugenichts

Die ersten Kapitel der Erzählung sind vielleicht schon vor dem März 1817 entstanden (vgl. *HKA*[1] I/2, S. 640). Abgeschlossen wurde sie erst nach 1820 (a.a.O., S. 659), und zwar, wie Hermann von Eichendorff mitteilt (*SW 1*, S. 117), wahrscheinlich in Danzig. Die handschriftliche Urfassung der beiden ersten Kapitel trug den Titel *Der neue Troubadour, zwei Kapitel aus dem Leben eines Taugenichts* (abgedruckt in *Aurora* 1939).

1823 wurde das erste Kapitel unter dem späteren Titel in den *Deutschen Blättern für Poesie, Literatur, Kunst und Theater*, hrsg. von Karl Schall und Karl von Holtei, Breslau 1823, Nr. 125–158 gedruckt. Der vollständige Erstdruck erschien 1826. – Im *Literaturblatt* Nr. 63 (1826), der literarischen Beilage zu Cottas *Morgenblatt für die gebildeten Stände*, erschien eine nicht signierte Rezension, die in folgenden Sätzen gipfelt: ,,Man erwartet etwas Komisches und findet nur langweilige Rührung. Der Taugenichts taugt auch gar nichts und hat nicht einen Fetzen von jener göttlichen Bettelhaftigkeit der Tagediebe bei Shakespeare und Cervantes, also fehlt ihm alles, was man Humor nennt." (Zit. nach der Eichendorff-Ausgabe von Häckel, Bd. III, S. 702) Trotzdem wurde der *Taugenichts* dasjenige Werk E's, das zu seinen Lebzeiten den größten Erfolg hatte. Als einziges erlebte es in der Einzelausgabe mehrere Auflagen und wurde sogar, da die Verleger es als Quelle des Profites ausnutzen wollten, noch im Alter für E Gegenstand eines unerfreulichen Streites. (Vgl. den Briefwechsel E's mit dem Verlag Voigt & Günther in den Jahren 1856/57. *HKA*[1] XII, 203f.; *HKA*[1] XIII, 211ff.)

D: *Aus dem Leben eines Taugenichts und das Marmorbild. Zwei Novellen nebst einem Anhange von Liedern und Romanzen von Joseph Freiherrn von Eichendorff. Berlin 1826. In der Vereinsbuchhandlung.*

Zu Lebzeiten E's erschienen noch folgende Einzelausgaben:

Aus dem Leben eines Taugenichts. – In: *Enzyklopädie der deutschen Nationalliteratur.* Hrsg. von O. L. B. Wolff. Leipzig (Otto Wigand) 1831. (Dies war ein unerlaubter Nachdruck, gegen den E's Verlag Voigt & Günther erfolgreich prozessierte, vgl. *HKA*[1] XIII, 211 u. 228.)

Aus dem Leben eines Taugenichts. Novelle von Joseph Freiherrn von Eichendorff. Mit [7] Zeichnungen von Adolph Schrödter in Düsseldorf. Berlin 1824. M.Simion.

Aus dem Leben eines Taugenichts. Novelle von Joseph Freiherrn von Eichendorff. 3. Auflage. Berlin 1850, M.Simion.

Aus dem Leben eines Taugenichts. Novelle von Joseph Freiherrn von Eichendorff. 4. Auflage. Leipzig 1856. Voigt & Günther.

Bis zum Jahre 1888 erschienen insgesamt 16 Auflagen des *Taugenichts.*

566 *Wem Gott will rechte Gunst erweisen:* u.d.T. *Der frohe Wandersmann* in der Slg. (Bd. I, S. 48).

567 *Bandelier:* (frz.) Wehrgehänge.

568 *herumvagieren:* herumschweifen.

569 *Wohin ich geh und schaue:* Vgl. Anm. zu S. 572.

570 *Tulipane:* Tulpe.

572 *Wunderhörner:* Gemeint sind die Bände *Des Knaben Wunderhorn*, die von Arnim und Brentano 1806 und 1808 herausgegebene Sammlung deutscher Volkslieder. – *Herbarien:* Pflanzensammlungen. – *Wohin ich geh und schaue:* in der Slg. u.d.T. *Der Gärtner* (Bd. I, S. 196).

573 *hineinparlierte:* (frz. parler) hineinredete.

574 *Meriten:* (lat.) Verdienste.

576 *Jagdhabit:* (frz. habit) Jägerrock. – *von der schönen Magelone:* dem Volksbuch aus dem 16. Jh., das Ludwig Tieck 1797 in seinen *Volksmärchen* neu herausgab. – *vom Transport bis zum Latus:* Ausdrücke aus der Buchhaltung: Transport (lat.) Übertrag (Summe einer Seite, die auf eine andere Seite übertragen wird). Latus (lat.) Seite; die Summe einer Seite, der Seitenbetrag.

577 *Parasol:* (frz.) Sonnenschirm.

581 *Flechsen:* Sehnen.

584 *Den lieben Gott laß ich nur walten:* 4. Strophe des Gedichts *Der frohe Wandersmann* (s. Anm. zu S. 566). – *Pomeranzen:* bittere Apfelsinenart. – *Konduite:* (frz.) Lebensart.

585 *die Tarantel beißt:* Vgl. Anm. zu S. 298.

586 *Kamisol:* (frz.) kurzes Wams. – *Poperenzen:* für Pomeranzen. – *mich immer Er nannte:* „Er" war, vor allem im 18. Jh., die gebräuchliche Anrede für Personen niederen Standes.

587 *attent:* (frz.) aufmerksam.

588 *Stampe:* Glas.

589 *Kopf-Tremulenzen:* Wortkombination aus tremolieren und Turbulenz; gemeint sind: Drehungen, Verrenkungen.

590 *Feldscher:* früher: Wundarzt bei der Armee. – *Rage:* (frz.) Wut. – *embrassieren:* (frz.) umarmen.

592 *Schnapphahn:* Räuber.

593 *Du vazierst:* (lat.) bist ohne Anstellung. – *repetieren:* schlagen (von einer Repetieruhr).

594 *altdeutsche Mode:* Vgl. Anm. zu *Krieg den Philistern!*, Bd. I, S. 474. – *Fliegt der erste Morgenstrahl:* u.d.T. *Der Morgen* in der Slg. Dort ist noch eine dritte Strophe hinzugefügt (Bd. I, S. 68). – *Come è bello!:* (ital.) Wie schön er ist!

596 *Filet:* (frz.) mit großen Durchbrüchen gemusterte netzartige Wirkware.

597 *Kommodität:* (lat.) Bequemlichkeit. – *Servitore:* (ital.) Diener. – *arrivare:* (ital.) ankommen.

598 *gassatim zu gehn:* (Studentensprache) auf die Gasse zu gehen, herum-

zuschlendern. – *Schweigt der Menschen laute Lust:* u.d.T. *Der Abend* in der Slg. (Bd. I, S. 69).

602 *Schnipper:* Stirnläppchen einer Haube.

603 *„poverino!“:* (ital.) armer Schlucker.

604 *„Felicissima notte!“:* (ital.) Eine recht gute Nacht!

605 *Kaputrock:* Kapuzenmantel.

607 *Vakanz:* (lat.) Ferien.

608 *Wer in die Fremde will wandern:* u.d.T. *Heimweh* in der Slg. (Bd. I, S. 77f.).

609 *stieß ein Glas nach dem andern aus:* (Studentensprache) trank ein Glas nach dem andern aus.

610 *Basilisk:* geflügelte Schlange mit tödlichem Blick. Vgl. Anm. zu Bd. I, S. 403.

612 *Idio:* (ital.) bei Gott. – *cuore:* (ital.) Herz. – *amore:* (ital.) Liebe. – *furore!:* (ital.) Wut!

613 *die Frau Venus begraben liegt:* Vgl. *Das Marmorbild*, S. 562.

616 *Wenn ich ein Vöglein wär:* Reminiszenz an das Volkslied im *Wunderhorn* (I, S. 231f.).

618 *Leonardo da Vinci:* 1452–1519. – *Guido Reni:* 1575–1642.

620 *furfante:* (ital.) Spitzbube, Strolch.

622 *der selige Hoffmann:* Die Erzählung *Die Fermate* von E.T.A. Hoffmann (1776–1822) war zuerst im Herbst 1815 in dem von Fouqué herausgegebenen *Frauentaschenbuch für das Jahr 1816* erschienen. Sie beginnt mit der Beschreibung des Bildes *Die Gesellschaft in einer italienischen Lokanda* von dem deutschen Maler und Professor an der Berliner Akademie der Künste Johann Erdmann Hummel (1769–1852). E folgt der Beschreibung bei Hoffmann nahezu wörtlich. – *Tableaus:* (frz.) Bilder; hier sind gemeint von Personen dargestellte, sog. „lebende Bilder“, oft nach der Vorlage von gemalten. (Vgl. die Schilderung im 12. Kapitel von *Ahnung und Gegenwart*, Bd. I, S. 122ff.) – *Silberblick:* Silberglanz. – *Duca:* (ital.) Herzog.

623 *Divertissement:* (frz.) Lustbarkeit, Tanzeinlage.

627 *eine absonderliche Pike:* einen Pik auf jemanden haben, jemandem grollen.

629 *desperate:* (lat.) verzweifelte.

630 *Die treuen Berg stehn auf der Wacht:* in der Slg. u.d.T. *An der Grenze* (Bd. I, S. 78).

631 *Dreistutzer:* Dreispitz. – *akkompagnierten:* (frz.) begleiteten. – *Viatikum:* (lat.) Wegzehrung. – *Kollation:* (lat.) kleine Erfrischung. – *Drei-Männer-Wein:* Spottwort für den schlechten, ungenießbaren Wein aus Grünberg (Schlesien). Drei Männer gehören nach dem bekannten Witz dazu, ihn zu trinken: einer, der ihn eingibt, einer, der ihn trinkt, und einer, der den Trinkenden aufrecht hält.

632 *point d'honneur:* (frz.) Ehrgefühl. – *odi profanum vulgus et arceo:* (lat.) Ich hasse das gemeine Volk und halte es fern. Horaz, *Oden*, III, 1,1. –

Sermone: (lat.) Reden. – *uns ... applizieren:* (lat.) uns zuwenden. – *Konfrater:* (lat.) Mitbruder. – *Clericus clericum non decimat:* (lat.) Ein Geistlicher nimmt von einem Geistlichen keinen Tribut. – *distinguendum est inter et inter:* (lat.) Man muß unterscheiden. – *quod licet Iovi, non licet bovi:* (lat.) Was Jupiter erlaubt ist, ist dem Ochsen nicht erlaubt. (Lat. Sprichwort.) – *Aurora musis amica:* (lat.) Die Morgenröte ist der Musen Freundin (lat. Sprichwort).

633 *ihre Kompendien repetieren:* ihre Lehrbücher wiederholen.

634 *Kondiszipels:* (lat.) Mitschüler.

636 *ludi magister:* (lat.) Meister des Spiels. – *Devotion:* (lat.) Ehrerbietung.

637 *in Kondition komme:* in eine Stellung komme.

638 *Nach Süden nun sich lenken:* u.d.T. *Wanderlied der Prager Studenten* in der Slg. (vgl. Bd. I, S. 78f. und die Anm.).

640 *rekommandiert:* (lat.) empfohlen.

642 *Wir bringen dir den Jungfernkranz:* Chorlied aus der Oper *Der Freischütz* (1821) von Carl Maria von Weber (1786–1826). – *kuragiösesten:* (frz.) mutigsten.

643 *sich ... zugute geben:* sich genugtun.

Unstern

Nachdem Konrad Weichberger in seiner *Incognito*-Ausgabe (Oppeln 1901) als erster ein kleines Bruchstück des *Unstern* gedruckt hatte, veröffentlichte Hubert Pöhlein 1933 im 3. Jahrgang der *Aurora* das gesamte nachgelassene Novellenfragment. In neuer, sinnvoller Anordnung, von Paul Stöcklein kommentiert, wurden die teils ausgearbeiteten, teils fragmentarisch gebliebenen Kapitel im Katalog der Ausstellung zum 100. Todestag E's herausgegeben. Nach Hermann Kunisch (*Die Frankfurter Novellen- und Memoirenfragmente. Handschriften von Joseph von Eichendorff.* In: *Jahrbuch des Freien Deutschen Hochstifts*, Tübingen, 1968, S. 382) gehört das Fragment „als für sich stehendes und aus einem eigenen Ansatz lebendes Stück in den Gesamtkomplex novellistischer Versuche, die Jugend dichterisch zu bewältigen.“ Zahlreiche Motive des *Unstern* tauchen in den autobiographischen Entwürfen wieder auf. (Vgl. H. Kunisch, ebd.). – Begonnen hat E die Arbeit am *Unstern* vermutlich 1831. Der Abschluß der vollendeten Teile des vorliegenden Fragments wäre auf 1839 festzusetzen, wie die thematischen Ähnlichkeiten mit anderen handschriftlichen Fragmenten vermuten lassen (vgl. Dietmar Kunisch, a.a.O., S. 101).

Zu den Anmerkungen wurden benutzt: *Katalog der Ausstellung zum 100. Todestag Josephs Freiherrn von Eichendorff. Hrsg. von der Bayerischen Akademie der Schönen Künste.* München 1957, S. 123ff. (Erläuterungen zum *Unstern* von Paul Stöcklein). – Dietmar Kunisch: *Textkritische Studien zu Eichendorffs Novellenfragment ‚Unstern‘.* In: *Literaturwissenschaftliches Jahrbuch. Im Auftrage der Görres-Gesellschaft hrsg. von Hermann Kunisch.* N.F., 2. Bd., 1961. S. 69ff.

648 *Unstern:* Titel und Handlung knüpfen an eine damals beliebte komische Ballade Ludwig Uhlands an, die zuerst am 17. 10. 1815 im *Morgenblatt für gebildete Stände* erschienen war (abgedr. in: *Uhlands Werke*, hrsg. von L. Fränkel, Leipzig u. Wien o. J. [1893], Bd. I, S. 194f.). – *Das erste Kapitel will ich lieber ganz übergehen:* Hier werden die formalen Experimente der Frühromantik verspottet. – *Allongeperücken und Haarbeutel:* Haartrachten der sog. Zopfzeit (spätes 18. Jh. in Deutschland). Vgl. auch *Erlebtes*, Bd. I., S. 900 u. 906. u. die Anm. – *von dem einen:* Gemeint ist Goethe. Die Satire richtet sich hier nicht nur gegen ihn, sondern gegen die gesamte autobiographische Mode der Zeit und den darin üblichen selbstgefälligen Ton. Goethe wird die Novelle scherzhaft gewidmet, weil dieser wohl nicht unschuldig an der autobiographischen Mode ist. – *dediziere:* (lat.) widme. – *er braucht sie darum nicht zu lesen:* vermutlich eine Anspielung darauf, daß Goethe, dem E sein Drama *Der letzte Held von Marienburg* schickte (vgl. Brief an Goethe vom 19. 5. 1830; *HKA*[1] XII, 32), darauf nicht einmal antwortete (vgl. D. Kunisch, a.a.O., S. 99). – *er weiß ja doch alles besser:* Diese Bemerkung wurde von E in der Hs. gestrichen. – *Bertuchs „Bilderbuch“:* Friedrich Bertuch (1747–1822) gab in Weimar 1790–1822 sein *Bilderbuch für Kinder* heraus, eines der verbreitetsten Kinderbücher der Zeit.

649 *Angela:* Erinnerung an die gleichnamige Figur aus *AG* (5. Kap.; Bd. I., S. 47). – *Es war eine tiefe ... Winternacht des Jahres 1788:* E wurde am 16. 3. 1788 geboren. Die folgende Schilderung ist sehr ähnlich der, die E in dem Memoirenfragment *Kapitel von meiner Geburt* gibt. – *Konstellation:* (lat.) Stellung der Gestirne zueinander. Vgl. den berühmten Eingang von Goethes *Dichtung und Wahrheit:* „Die Konstellation war glücklich; die Sonne stand im Zeichen der Jungfrau, und kulminierte für den Tag; Jupiter und Venus blickten sie freundlich an ...“ – *kulminieren:* (lat.) Ein Gestirn erreicht den höchsten oder tiefsten Stand in Bezug auf den Beobachter. – *Landschloß zu L.:* E's Geburtsort Lubowitz.

650 *Aspekten:* (lat.) Konstellation von Sonne, Mond und Planeten. Vgl. Goethe: „Diese guten Aspekten, welche mir die Astrologen in der Folgezeit sehr hoch anzurechnen wußten ...“ (*Dichtung und Wahrheit*, Buch I). – *Eine lumpige Spanne Zeit!:* An Stelle dieses Absatzes steht in einer handschriftlichen Variante ein Abschnitt mit Erinnerungen des Helden an seine frühesten Eindrücke. Es wurde von E fast unverändert in die Novelle *Die Glücksritter* (D: 1841) übernommen (vgl. S. 872).

651 *Lorbeerkranz im „Morgenblatt“:* Der von Johann Friedrich Cotta (1764–1832) herausgegebenen Zs. *Morgenblatt für die gebildeten Stände* lag periodisch ein *Literaturblatt* bei. In Nr. 63 (1826) wurde E's *Taugenichts* sofort nach Erscheinen vernichtend besprochen (vgl. S. 964). – *im Bildnis aufgehängt:* Gemeint sind Hinrichtungen „in effigie“, wie sie

z. B. an Deserteuren vollzogen wurden. – *anpinkst:* Pinken bezeichnet das Feuerschlagen mit Stahl, Stein und Schwamm. – *Nanking:* Gewebe aus Baumwolle.

652 *„nützlicher Wirksamkeit" und „Menschenbeglückung":* Schlagworte der Aufklärung.

653 *Den schwarzen, den roten, den weißen!:* Gemeint sind die preußischen Adlerorden. – *einzelne Gedichte:* E's erste Gedichte erschienen 1808 in Friedrich Asts *Zeitschrift für Wissenschaft und Kunst* unter dem Pseudonym Florens.

654 *Relais:* (frz.) Stelle zum Wechseln der Postpferde.

655 *T. Shandy:* Der Pfarrer Yorick und der Gelehrte Phutatorius sind Gestalten aus dem Roman *Leben und Meinungen des Tristram Shandy* (1759–65) von Lawrence Sterne (1713–68). Vgl. insbes. Buch 4, Kap. 27. – *Vaterländerei:* So bezeichnet E den übertriebenen Patriotismus aus der Zeit der Befreiungskriege. – *wie Anno sieben in Königsberg:* E stand 1807 noch nicht in Kriegsdiensten. Freikorpsaktionen in Norddeutschland gab es erst 1809. – *Friede (1809):* Mit dem Frieden von Schönbrunn im Oktober 1809 endete die österreichische Erhebung gegen Napoleon.

656 *Morgenblatt:* Vgl. Anm. zu S. 651.

657 *sponsiere:* (lat.) mache den Hof. – *Leichenkondukt:* (lat.) feierliches Leichengeleit. – *Antichambres:* (frz.) Vorzimmern. – *dithyrambisch:* begeistert, hymnisch. (Dithyrambus: kultisches Chor- und Reigenlied auf Dionysos.) „Dithyrambisch" gebärdete sich auch der Loeben-Kreis (vgl. *AG*, S. 126 u. die Anm.).

Viel Lärmen um Nichts

Die Briefe berichten nichts über die Entstehung der Novelle. Als Literatursatire ist sie verwandt mit den dramatischen Satiren *Krieg den Philistern!* (1824) und *Meierbeths Glück und Ende* (1828). Der Gegenstand (die Wendung der deutschen Literatur um 1830 von Romantik zu bürgerlichem Realismus) wurde E nahegebracht durch die Einblicke in die seit Ende der 20er Jahre tonangebenden literarischen Kreise in Berlin: seit seiner Übersiedelung nach Berlin im Jahre 1831 war E Mitglied der „Mittwochsgesellschaft", die, von J.E. Hitzig (1780–1844) gegründet, seit 1824 zusammentrat. Mitglieder waren u.a. Adalbert von Chamisso (1781–1838), Willibald Alexis (1798–1871), Friedrich de la Motte-Fouqué (1777–1843) sowie die beiden Schlesier von Holtei (1798–1880) und Karl Schall (1780–1833). E schrieb für die „Mittwochsgesellschaft" einige Gedichte (vgl. Bd. I, S. 113ff.), darunter auch, der literarischen Tendenz der Gesellschaft entsprechend, ein verehrendes Gedicht zu Goethes Geburtstag 1831 (s. Bd. I, S. 115f.). Gegner dieser Gesellschaft und ihrer Literatur war der 1827 von Moritz Gottlieb Saphir (1795–1858) gegründete „Berliner Sonntagsverein" (später: „Tunnel über der Spree"), wo die Anhänger eines neuen Realismus sich trafen. 1828 erreichte der Streit zwischen beiden Gesellschaften seinen Höhepunkt, wobei Saphirs besondere Feindschaft Holtei galt. Saphir verließ 1829 Berlin, aber Karl Gutzkow (1811–78), einer der wichtigsten Vertreter des Jungen Deutschland, griff 1831 diesen Streit in seinem *Forum der Journalliteratur* nochmals auf. In diesen Ereignissen sind die historischen Hintergründe der Novelle zu suchen.

Zu den Anmerkungen wurde benutzt die Dissertation von Reinhold Wesemeier: *Josef von Eichendorffs satirische Novellen.* Marburg 1915.

D: *Der Gesellschafter oder Blätter für Geist und Herz.* 16. Jgg., 2.–28. 4. 1832. (Zs., hrsg. von F.W. Gubitz, 1786–1870)

Der zweite Druck erschien 1833 in der Ausgabe: *Viel Lärmen um Nichts.* Von Joseph Freiherrn von Eichendorff und: *Die mehreren Wehmüller und ungarische Nationalgesichter* von Clemens Brentano. Zwei Novellen. Berlin, 1833; In der Vereinsbuchhandlung.

659 *Viel Lärmen um Nichts:* Der Titel ist nach der Baudissinschen Übersetzung der Komödie Shakespeares gewählt. – *Wenn wir Schatten euch beleidigt:* Epilog (V, 1) nach der Übersetzung von A. W. Schlegel. – *Prinz Romano:* Er trägt charakteristische Züge des Fürsten Hermann von Pückler-Muskau (1785–1871), dessen *Briefe eines Verstorbenen* 1830 mit großem Erfolg erschienen waren. Er war der typische liberale Aristokrat und pseudoromantische Literat, dem sich alle Erlebnisse in Poesie verwandeln und der zugleich seine Poesie ins Leben überträgt. Dabei bleibt nur das eitle Ich übrig, und Dichtung und Leben werden Gegenstand bloßen Spiels.

660 *Meine Nähe ... muß ... verraten sein:* spielt auf die Gewohnheit Fürst Pücklers an, inkognito zu reisen und den nachgeholten Empfang dann doppelt zu genießen.

663 f. *Alle diese Defekte geschickt zu decken:* Auch Fürst Pückler suchte seinem durch Ausschweifungen ruinierten Aussehen mit Verschönerungskünsten wieder aufzuhelfen. – *Leontin ... Faber:* Figuren aus E's Roman *Ahnung und Gegenwart.* E ironisiert hier selbst die häufigen Liedeinlagen in seinen Werken.

664 *Morgenständchen im Garten?:* Ein charakteristisches E'sches Requisit wird hier von ihm selbst parodiert. – *In den Wipfeln frische Lüfte:* u.d.T. *Morgenständchen* in der Slg. (Bd. I., S. 190).

665 *Maecenas:* Caius Cilnius (gest. 8 v.Chr.), Freund des Augustus, förderte Horaz, Vergil u.a. Dichter. Hier für: Mäzen.

666 *Florentins:* vermutlich eine Anspielung auf E's Pseudonym *Florens,* unter dem er seine ersten Gedichte erscheinen ließ (vgl. Anm. zu *Jugendandacht 3,* Bd. I, S. 258), sowie auf den Roman *Florentin* (1793) von Dorothea Schlegel (1763–1839), von dem *Ahnung und Gegenwart* beeinflußt wurde. – *Volontär:* (frz.) Freiwilliger. – *Retirade:* (frz.) Rückzug. – *Diana:* römische Göttin der Jagd, hatte ewige Jungfräulichkeit

gelobt. – *Thetis:* griechische Meernymphe, die sich heftig gegen ihre Vermählung mit dem sterblichen Helden Peleus wehrte.

667 *das fliegende Korps der Jugend:* Gemeint ist der Kreis der sogenannten jüngeren Romantik; vgl. dazu die Schilderungen in *Halle und Heidelberg*, Bd. I. – *diese ästhetischen Grafen und Barone:* z.B. der Pseudoromantiker Otto Heinrich Graf Loeben (1786–1825), mit dem E ebenfalls in Heidelberg verkehrte. – *diese langhaarigen reisenden Maler:* wahrscheinlich eine Anspielung auf die sog. Nazarener. (Vgl. Anm. zu *Halle und Heidelberg*, Bd. I, S. 944.) – *die genialen Frauen:* Dichterinnen wie Dorothea Schlegel (1763–1839) oder Bettina von Arnim, geb. Brentano (1785–1859). – *tapfersten Anführer hat der Himmel quiesziert:* (quiesziert: in den Ruhestand versetzt.) Friedrich Schlegel starb 1829, Achim von Arnim 1831, Clemens Brentano schwieg seit seiner Konversion zum Katholizismus (1817) fast völlig. – *unserer Schule:* Gemeint ist die sog. „romantische Schule". – *die neumodische klassische Toga:* Anspielung auf Nachahmer antiker Formen wie August Graf von Platen (1796–1835) oder auf Epigonen der Weimarer Klassik wie Ernst von Raupach (1784–1852). – *schottischen Plaids:* (Plaid: Umhängetuch aus grober Wolle). Gemeint sind die historischen Romane Walter Scotts (1771–1832) und deren zahlreiche Nachahmungen (vgl. E's Satire *Meierbeths Glück und Ende*).

668 *Lindes Rauschen in den Wipfeln:* in der Slg. u.d.T. *Erinnerung (1)*. (Bd. I., S. 77).

670 *das prüde Vornehmtun jener literarischen Aristokratie:* Angespielt wird auf Goethe. Gegen ihn polemisierte Wolfgang Menzel (1798–1873) im *Literaturblatt* (Nr. 1–5, 1830) des Cottaschen *Morgenblattes*. Prüde: (frz.) urspr. altklug, spröde. – *poetische Vornehmheit ... Indifferentism ... göttliche Objektivität:* Dies waren die Schlagworte, mit denen Karl Gutzkow (1811–78) in seinem *Forum der Journalliteratur* Goethe und seine Verehrer angriff. – *Ehrlich dein Innerstes ausgesprochen!:* vermutlich eine Anspielung auf das von den Jungdeutschen propagierte Hereintragen politischer Tageskämpfe in die Literatur. – *Natur! ... Edelmut ... gerührtes Familienglück!:* Themen der Werke vielgelesener Trivialautoren wie Iffland, Kotzebue (vgl. Anm. zu *Krieg den Philistern!*, Bd. I, S. 512) oder Clauren (= Karl Heun, 1771–1854). – *Dichterin:* zielt auf Autorinnen von Familien- und Entsagungsromanen wie Fanny Tarnow (1779–1862), Caroline Pichler (1769–1843) und Johanna Schopenhauer (1766–1838).

671 *Morgenblick:* Morgenglanz. – *ohne Barmherzigkeit unmittelbar aus dem Leben gegriffen:* bezieht sich auf die ästhetisch z.T. unzulänglichen Versuche der Jungdeutschen, Leben und Literatur in einem neuen Realismus zu vereinen, dann vor allem auch auf den im Zusammenhang damit entstehenden Stil des modernen Journalismus.

672 *ich bin so voller Abhandlungen!:* Anspielung auf die Mode der Jungdeutschen, in ihren Romanen zahlreiche belehrende Abschweifungen un-

terzubringen, ähnlich wie die Aufklärer des 18. Jhs. – *Engländer:* repräsentiert die durch Lord Byron (1788–1824) eingeführte, in Deutschland besonders von Heinrich Heine (1797–1856) vertretene Dichtung des „Weltschmerzes", der Zerrissenheit, des Kulturpessimismus. – *unglücklichen Liebhabers:* Fürst Pückler (Vgl. Bd. I, Anm. zu S. 909) hatte in seinen *Briefen eines Verstorbenen* (1830) geschildert, wie er – vergeblich – versuchte, nach der Scheidung von seiner deutschen Frau in England eine reiche Erbin zu heiraten, mit deren Vermögen er seine Finanzen zu stabilisieren gedachte, die durch einen aufwendigen Lebensstil und kostspielige Parkbauten ruiniert waren.

673 *Landschafter:* Landschaftsmaler. Auf der Berliner Kunstausstellung von 1830 hatte sich eine neue, realistische Art der Landschaftsmalerei durchgesetzt, die die idealisierende Kunst der Nazarener verdrängte. – *Tinten:* hier: Farben. – *Grafen Khevenhüller:* Gemeint ist wahrscheinlich Franz Christoph von Khevenhüller (1588–1650), dessen *Annales Ferdinandei* in 2. Auflage 1716–26 erschienen (12 Bände). – *Schroten:* Zerkleinern.

674 *Vielliebchen:* Name eines Taschenbuches, das Karl August Friedrich von Witzleben (1773–1839) unter dem Pseudonym A. von Tromlitz 1827–41 herausgab. Die Fabrik des Herrn Publikum ist eine Satire auf die steigende Produktion an Novellen, Romanen, Almanachen und Taschenbüchern, die vorwiegend aus historisch-romantischen Stoffen schöpften. Die Verflachung des allgemeinen literarischen Niveaus, aber auch das Vordringen eines neuen bürgerlich-realistischen Geschmacks, wurde gefördert durch Verleger, die in literarischer Massenproduktion (ermöglicht durch die Erfindung der Schnellpresse 1811) ihre Profitchancen erkannten, zugleich sich dem Geschmack der Masse anpaßten, um ihre Produktion abzusetzen. W. Menzel stellte 1830 (im *Literaturblatt* 1830, Nr. 2) fest, daß das Publikum eine Macht geworden sei, der die Autoren schmeicheln müßten. – *Maroquin:* feines, genarbtes Ziegenleder. – *Aurora:* Zwischen 1820 und 1830 erschienen drei verschiedene Taschenbücher mit Namen *Aurora* sowie ein Almanach *Morgenröte.* – *Klatschkurier:* Moritz Gottlieb Saphir (1795–1858) gab 1827–29 den *Berliner Courier, ein Morgenblatt für Theater, Mode, Eleganz, Stadtleben und Lokalität* heraus sowie 1826–29 die *Berliner Schnellpost für Literatur, Theater und Geselligkeit*, die beide vor allem die Klatsch- und Skandalsucht des Publikums befriedigten. – *Sukzeß:* (lat.) Erfolg.

675 *Kavatine:* (ital.) kurze, liedartige Opernarie.

676 *sein damaliges Liebchen:* In dieser Liebschaft mit einem Mädchen aus dem Volk nimmt Prinz Romano Züge des Erbprinzen aus *AG* an (14./15. Kap.); sehr ähnlich ist eine Szene in *DG* (11. Kap.).

680 *Wir waren ganz herunter:* u.d.T. *Die Jäger* in der Slg. (Bd. I, S. 200).

681 *Da träumte ihm:* Der folgende Traum ist ein Symbol der „falschen Romantik" und ihres Subjektivismus.

683 *alten wahnsinnigen Harfner aus „Wilhelm Meister“:* Vgl. Goethe, *Wilhelm Meisters Lehrjahre*, 2. Buch, 11. und 13. Kapitel.

686 *Gericht der Pairs:* Gericht für Adelige, gebildet aus Ranggleichen (frz. pair: gleich). – *Haus der Gemeinen:* Unterhaus des englischen Parlaments (House of Commons), zusammengesetzt aus bürgerlichen Abgeordneten. – *Minnehof:* Im mittelalterlichen Frankreich wurden, in der Form eines Gesellschaftsspiels, Streitfragen um die Liebe vor fingierten Gerichtshöfen mit allegorischem Aufwand entschieden.

687 *Vom Grund bis zu den Gipfeln:* u.d.T. *Allgemeines Wandern* in der Slg. (Bd. I, S. 47f.).

689 *kalekutischer Hahn:* Puter. – *gellerten:* verstärkte Form von gellten.

691 *Willibald:* trägt autobiographische Züge E's.

694 *hoffmannisieren:* in der Art der Spukgeschichten E.T.A. Hoffmanns (1776–1822) erzählen. Hier ist das Vorbild Hoffmanns Erzählung *Die Räuber. Abenteuer zweier Brüder auf einem Schloß in Böhmen.* (1822).

697 *Daniel:* Eine Gestalt in der Erzählung Hoffmanns (s. vorige Anm.) trägt diesen Namen, eine andere heißt Willibald. – *Julie:* in *AG* die Braut Leontins.

698 *Aus der Heimat hinter den Blitzen rot:* in der Slg. u.d.T. *In der Fremde* (Bd. I, S. 249).

700 *aus Halle nach dem Harzgebirge:* Die Erzählung geht, teilweise bis in Einzelheiten (Verirren, Besteigen der Roßtrappe), zurück auf Erinnerungen an die Wanderung, die die Brüder E im September 1805 von Halle aus in den Harz unternahmen. Vgl. die Tagebücher, Eintragung vom 12. 9. 1805 (*HKA*[1], XI, 113ff.).

702 *Papilloten:* (frz.) Haarwickler.

703 *ennuyant:* (frz.) langweilig.

708 *Paroxysmus:* heftiger Anfall einer Krankheit.

709 *Carbonaromantel:* Die carbonari (ital. Köhler) waren zu Anfang des 19. Jhs. eine politisch-revolutionäre Vereinigung in Italien. Daß der Prinz sich in dieser Art verkleidet, soll sowohl seine Gesinnungslosigkeit zeigen (Gesinnungen sind, wie Kleidungsstücke, für ihn auswechselbar) als auch die bloß spielerische Auffassung von Politik, wie sie Fürst Pückler (vgl. Anm. zu S. 659) verkörperte, der der höchsten Aristokratie angehörte, aber trotzdem mit dem politischen Liberalismus liebäugelte.

711 *Da schoß der Gräfin auf einmal das Blatt:* Da wurde die Gräfin auf einmal aufmerksam.

713 *Eskarpins:* (frz.) Tanzschuhe. – *pokulieren:* (lat.) trinken. – *kopulieren:* (lat.) verheiraten. – *wegpariert:* von parieren = abwehren (beim Fechten). Der Ärger Auroras über die ihr entgangene Heirat enthüllt ihre Romantik als Schein, der nur ihre bürgerlichen, gewöhnlichen Absichten verbirgt.

715 *Der glückliche Bräutigam:* Die Heirat Auroras mit Publikum „bedeutet die Vereinigung von bürgerlicher Wirklichkeit und falschem, vornehm romantischem Schein in Leben und Literatur". (Wesemeier, a.a.O., S. 10). – *Agrément:* (frz.) Bequemlichkeit; auch: Zierat.

717 *Bleib bei uns! wir haben den Tanzplan im Tal:* u.d.T. *Elfe* als 1. Strophe in der Slg. (Bd. I, S. 184).

718 *Stachelbeer' weiß es:* Vgl. in Novalis' *Die Lehrlinge zu Sais* das Märchen von *Hyazinth und Rosenblüt.*

719 *Es geht wohl anders, als du meinst:* in der Slg. u.d.T. *Wandersprüche (1)* (Bd. I, S. 74).

721 *Und über die Felsenwände:* letzte Strophe des Gedichtes *Allgemeines Wandern* (s. o. S. 688).

Auch ich war in Arkadien

Gedruckt wurde diese politische Satire zuerst im Nachlaßband der *Vermischten Schriften* (1866). Indem der Sohn, als Herausgeber, die ersten drei Absätze der Novelle fortließ und den Untertitel *Eine Phantasie* hinzufügte, versuchte er, ihr einen unverbindlicheren Anstrich zu geben (vgl. Hertrich, a.a.O., S. 106).

Diese Satire ist E's Antwort auf das Hambacher Fest (1832) und wahrscheinlich im gleichen Jahr entstanden (Wesemeier, S. 24). E hatte sich durch seine vorübergehende Anstellung beim Ministerium des Auswärtigen (Oktober 1831 bis Juli 1832) nach eigenem Zeugnis „recht speziell mit den politischen Kämpfen der gegenwärtigen Zeit vertraut gemacht". (Brief an den Freiherrn von Altenstein, 16. 10. 1832; *HKA*[1] XII, 41) Da er zeitweise Aussicht hatte, Redakteur in Rankes *Historisch-politischer Zeitschrift* zu werden (Brief an J. K. H. Philipsborn vom 19. 11. 1831; *HKA*[1] XII, 36), verfaßte er politische Aufsätze. Im Frühjahr 1832 schrieb er den sog. „Politischen Brief" (*HKA*[1] X, 345ff.), der als Vorarbeit zu der Satire angesehen werden kann: einige Personen (Professor, Redakteur, öffentliche Meinung) treten schon auf, auch verschiedene Bilder und Vergleiche werden in die Satire übernommen.

Die politische Einstellung E's ist in den Aufsätzen wie in den Satiren (vgl.: *Libertas und ihre Freier* sowie einige Bemerkungen in den Literatursatiren *Viel Lärmen um Nichts*, *Krieg den Philistern!* und *Meierbeths Glück und Ende*) dieselbe: E denkt romantisch-historisch, lehnt i. S. des Historismus konstruierte Verfassungen ab und glaubt, daß jedes Volk gemäß seiner historischen Entwicklung die ihm zukommende Staatsform erhalten müsse. Grundlegend für ein Staatswesen soll nicht eine geschriebene Verfassung, sondern das wechselseitige Vertrauen zwischen Regierung und Volk sein.

Das Ereignis, das E zu seiner Satire anregte, war die Versammlung von ca. 25000 Bauern, Handwerkern und Intellektuellen in Hambach (Pfalz) am 27. 5. 1832 (dem Jahrestag der bayerischen Verfassung). Unter der Leitung der Redakteure J. G. A. Wirth (1798–1848) und Philipp Jakob Siebenpfeiffer (1789–1845) wurde gefordert: Volkssouveränität, republikanische Staatsform, nationale Einheit Deutschlands, ein Bund der republikanischen Staaten Europas. Unmittelbare Folge dieser Kundgebung waren die von den erschreckten Regierungen vereinbarten Bundestagsbeschlüsse vom 28. 6. 1832, die im Bereich des Deutschen Bundes Presse-, Vereins- und Versammlungsfreiheit vollends abschafften.

Zu den Anmerkungen wurden folgende Arbeiten benutzt: Ilse Heyer: *Eichendorffs dramatische Satiren im Zusammenhang mit dem geistigen und kulturellen Leben ihrer Zeit.* Halle 1931. (= Hermea 28). – Reinhold Wesemeier: *Josef von Eichendorffs satirische Novellen.* Diss., Marburg 1915. – Elmar Hertrich: *Über Eichendorffs satirische Novelle „Auch ich war in Arkadien!“* (in: *Literaturwissenschaftliches Jahrbuch der Görresgesellschaft.* N. F., 2. Bd. 1961, S. 103ff.).

722 *Julirevolution:* Am 28./29. 7. 1830 wurde Karl X. von Frankreich (1757 bis 1836; König seit 1824) durch einen republikanischen Aufstand in Paris gestürzt und Louis-Philippe, Herzog von Orleans (1773–1850), zum König gewählt. Frankreich erhielt eine liberale Verfassung und ein wirksames Parlament, in dem freilich auf Grund des ungleichen Wahlrechts das besitzende Bürgertum dominierte. In der Folge fanden auch in Deutschland einige Unruhen und Aufstände statt, die aber lokal begrenzt blieben. – *Deutschheit:* spielt auf den deutschen Patriotismus 1812/13 an. – *liberum veto:* (lat.) das freie Veto; ermöglichte jedem Adligen im polnischen Reichstag des 16. bis 18. Jhs., die Regierung handlungsunfähig zu machen. – *altdeutschen Rocke:* Vgl. Anm. zu *Krieg den Philistern!*, Bd. I, S. 474. – *Valuta:* (ital.) Wertstellung.

723 *Schlegels „Lucinde“:* Friedrich Schlegels frühromantischer Roman von 1799 war umstritten vor allem wegen seiner antibürgerlichen Moralvorstellungen. – *Kotzebuaner:* Anhänger des Trivialdramatikers August von Kotzebue (1761–1819), der für E das Muster weltmännischer Gesinnungslosigkeit war. Vgl. Bd. I, Anm. zu S. 512 u. 915. – *einige hat seitdem der Pegasus abgeworfen:* wahrscheinlich Anspielung auf Romantiker wie Friedrich de la Motte-Fouqué (1777–1843), deren literarisches Schaffen später ins Triviale abglitt. – *andere haben ihn selbst abgeschafft:* wie z.B. Ludwig Uhland (1787–1862), der fast nur in seiner Jugend dichtete und sich später, als Professor der Literatur in Tübingen, ausschließlich seinem Brotberuf widmete bzw. politisch tätig wurde (1848 als Abgeordneter der Nationalversammlung in Frankfurt). – *Missalien:* (lat.) Meßbücher. – *Zeitungen . . ., englische und französische:* E warf den Liberalen vor allem vor, daß sie seiner Meinung nach abstrakte Verfassungsideen nach Deutschland übertragen wollten, die auf ganz anderen historischen Entwicklungen beruhten. – *„Preßfreiheit, Garantie“ . . . „Konstitution“:* Pressefreiheit und eine garantierte, geschriebene Verfassung waren Hauptforderungen der Libe-

ralen. Vgl. E's Arbeiten zur Pressegesetzgebung und Zensur (*HKA*[1] X, 196ff., 226ff., 243ff.), die *Politische Abhandlung über preußische Verfassungsfragen* (a.a.O. S. 282) und *Über Garantien* (a.a.O. S. 331).

724 *Bei Tische . . . präsidierte:* E parodiert hier eines der bei den Liberalen beliebten politischen Festessen. Der „Professor" dürfte, nach der Beschreibung seines Äußeren und nach seinen Ansichten, wahrscheinlich Karl Theodor Welcker (1790–1869) sein, der liberale Rechtslehrer, dem E vorhielt, politisch doktrinär zu sein, was hier damit angedeutet wird, daß der „Professor" alles allein aufißt, niemanden zu Wort kommen läßt und keinen Widerspruch duldet. Im sog. „Politischen Brief" spricht E von einem „Despotismus der Liberalität" (*HKA*[1] X, 359). – *harangierte:* (frz.) langweilte mit einer Rede. – „*Moniteur*"*:* französisches Amtsblatt; halbamtliche Zeitung mit amtlichen Veröffentlichungen im *Moniteur officiel.* Erschien 1799–1814; 1815–69.

725 „*Kompendium des Naturrechts*"*:* das bekannteste derartige Werk war Karl von Rottecks *Lehrbuch der Staatswissenschaften und des Vernunftrechts* (1829–36). – *Walpurgis:* Nacht vor dem 1. Mai, in der nach dem Volksaberglauben die Hexen zum Blocksberg fliegen. Die Bezeichnung des politischen Festes als Walpurgisnacht geht vielleicht auf Karl Ernst Jarcke (1801–1852), den seit 1824 zum Katholizismus konvertierten Ultramontanen, Vertrauten Metternichs und Freund E's zurück, der in seinem *Berliner Politischen Wochenblatt* vom 9. 6. 1832 (Nr. 23, S. 149) das Hambacher Fest eine politische Walpurgisnacht genannt hatte. – *Nicolai*, Friedrich (1733–1811) und *Biester*, Johann Erich (1749–1811), Vertreter der Aufklärung des 18. Jhs., von E oft wegen ihrer nüchternen, z.T. platten Denkweise angegriffen. – *Carbonarimantel:* Die carbonari (ital. Köhler) waren politische, nationale Verschwörer Anfang des 19. Jhs. in Italien.

726 *bekannte Redakteurs liberaler Zeitschriften:* Seit 1. März 1832 redigierten Rotteck und Welcker (vgl. Anm. zu S. 724 u. 725) die liberale Zeitung *Der Freisinnige*, neben der es noch zahlreiche andere liberale Blätter gab, die von der Zensur freilich sehr behindert wurden; z.B. Wirths (vgl. Anm. zu S. 728) *Die Tribüne* oder Siebenpfeiffers (vgl. Anm. zu S. 728) *Der Westbote.*

727 *Doktrinärs:* Gemeint sind Politiker wie Guillaume Guizot (1787–1847) oder Casimir Périer (1777–1832), die eine Position zwischen der monarchischen und der republikanischen Staatsform vertraten und unter dem französischen Julikönigtum vor allem die Interessen der hohen Bourgeoisie verfochten. – „*Nehmt uns mit!*"*:* erinnert an die „Stimme unten" in Goethes *Faust I*, Walpurgisnacht, V. 3996ff. Weitere Parallelen zu Goethes Walpurgisnacht bei Hertrich, a.a.O., S. 115.

728 *unter einem dreifarbigen Zelte, auf welchem ein . . . Hahn saß:* Dreifarbig war in Frankreich wie in Deutschland die Fahne der Revolution. Der Hahn wurde in der Revolution von 1789 als Wappentier Frankreichs eingeführt. – *Sieben Pfeifer:* Anspielung auf einen der Hauptredner

des Hambacher Festes, Philipp Jakob Siebenpfeiffer (1789–1845). Er gab die Zeitungen *Rheinbayern* und *Der Westbote* heraus. Nach dem Hambacher Fest wurde er verhaftet, von den Geschworenen (die politische Vergehen im allg. nachsichtig beurteilten) zwar freigesprochen, dann aber wegen Beamtenschmähung zu Gefängnis verurteilt. Er floh 1833 in die Schweiz. – *Ça ira:* (frz. „es wird gehen") das Revolutionslied von 1789. – *Auf der Tribüne ... stand der Wirt:* Der Redakteur Johann Georg August Wirth (1798–1848), einer der Organisatoren des Hambacher Festes, gab eine Zeitung *Deutsche Tribüne* (im März 1832 verboten) heraus, in der er die amerikanische Staatsform als Ideal verherrlichte. Wirth wurde nach dem Fest verhaftet, vom Schwurgericht zwar freigesprochen, aber vom Zuchtpolizeigericht wegen Beleidigung in- und ausländischer Behörden zu zwei Jahren Haft verurteilt. Er emigrierte 1836 nach Frankreich.

729 *Schwibbogen:* zwischen zwei Mauerzügen gespannter Bogen.

730 „*Die öffentliche Meinung!*": Die Liberalen trieben mit der von den reaktionären Regierungen ignorierten öffentlichen Meinung einen Kult, aber E sah hier nur die Gefahr der Manipulation (die er im folgenden auch an dem „Professor" vorführt). – *Regardez-moi:* (frz.) Seht mich an! – *von böhmischen Steinen:* In Böhmen wurden aus Glas Kunstedelsteine hergestellt. – *Kothurn:* hoher Bühnenschuh, von antiken Schauspielern getragen zur Vergrößerung ihrer Figur. – *Air enragé:* (frz.) wütendes Aussehen.

731 *Da capo!* (ital.): Noch einmal! – *ennuyieren:* (frz.) langweilen. – *insinuieren:* (lat.) einschmeicheln. – *Studenten:* Sie betätigten sich vielfach politisch, waren beim Hambacher Fest zahlreich vertreten und waren Lieblinge der „öffentlichen Meinung", d.h. der liberalen Zeitungen. – *Ziegenhainer:* Knotenstock. – *Kanonen:* hohe Schaftstiefel.

732 *Tyrann:* ist der Bürgerkönig Louis-Philippe (König von Frankreich 1830–48), der über die Köpfe seiner Minister hinweg handelte.

733 *Ja, seid umschlungen Millionen!* Aus Schillers Hymne *An die Freude*. Hier Anspielung auf die Geldgier Louis-Philippes. – *Applikation:* (lat.) Anwendung; hier: Eignung. – *Vaterländerei:* verstiegener Patriotismus. – *Zwei von den Oberpriestern:* In ihnen will E die Schattenseiten des Parlamentarismus kritisieren. Daß sie den Tyrannen stürzen ist nur die letzte Konsequenz des Systems der konstitutionellen Monarchie. Die Aufklärung „ist nunmehr erst praktisch geworden" (E in: *Politischer Brief*, *HKA*[1] X, 347).

734 *Papageno-Flöte:* Nicht mit der Flöte, sondern dem Glockenspiel bringt Papageno in der *Zauberflöte* (I, 17) den Mohren Monostatos zum Tanzen. – *Contre-Tanz:* Gesellschaftstanz, bei dem je vier Paare gegeneinandertanzen („Française"). – *Die hurtige Zukunft ... ging ... weiter fort:* E malt einen Staat, in dem die Volkssouveränität vollendet ist, was nach seiner Auffassung eine Art sozialistischen Staatswesens ergibt mit der Umkehrung aller Stände. Die bekanntesten Sozialisten

damals waren die Anhänger des Grafen Saint-Simon (1760–1825), unter denen besonders Prosper Enfantin (1796–1864) und Saint-Armand Bazard (1791–1832) hervorragten, die in Paris eine Schule eingerichtet hatten. Sie predigten Erneuerung des Christentums, Abschaffung des Eigentums, Verwirklichung der Nächstenliebe, Verbesserung des Loses der Armen nach wissenschaftlichen Prinzipien (utopischer Sozialismus). In der Rue Taitbout (Paris) hielten sie Gottesdienste ab, bei denen sie als Priester fungierten. Ihre Schule wurde im August 1832 verboten. Vielleicht erfand E seine „Oberpriester" nach diesem Vorbild; da er aber deren ägyptische Tracht (S. 732) betont, scheint er eher an Freimaurer (vielleicht auch an die Priester aus Mozarts *Zauberflöte*) gedacht zu haben und an deren humanistisch-aufklärerische Parolen.

735 *Landesvater:* Hier wird Louis-Philippes Familiensinn und sein Popularitätsbedürfnis verspottet. – *Où peut on être mieux, qu'au sein de sa famille!:* Wo kann man sich wohler fühlen, als am Busen seiner Familie!

737 *den Thron . . ., auf dem soeben der Wirt . . . sich . . . zurechtsetzte:* Nach E wäre die Folge allen Liberalismus und Parlamentarismus eine Republik, wie sie J.G.A.Wirth auf dem Hambacher Fest gefordert hatte und die sich E nur in der Form einer Despotie der Straße, ja einer Anarchie vorstellen konnte. Die Entwicklung von der Tyrannei über Monarchie, Oligarchie, Demokratie zum Despotismus hatte E sich aus der Geschichte der großen englischen Revolution (1640–60) abgeleitet (vgl. den *Politischen Brief*, *HKA*[1] X, 348f.). – *Korollarium:* (lat.) logischer Folgesatz.

738 *Eldorados:* S. Anm. zu S. 777. – *Auch ich war in Arkadien!:* Arkadien: das imaginäre, idyllische Hirtenreich des ewigen Frühlings. – Der Ausruf findet sich zuerst in lateinischer Sprache (Et in Arcadia ego) als Unterschrift eines Bildes von Bartolomeo Schidone (1559–1615), auf dem 2 Hirten einen Totenkopf betrachten. Nicolas Poussin (ca. 1593–1665) setzte ihn als Grabschrift in eines seiner Landschaftsbilder. Die älteste deutsche Übersetzung stammt von J.G.Jacobi (1740–1814). Wieder verwendet hat ihn Wieland in *Pervonte* (1778) und Schiller in der Form: „Auch ich war in Arkadien geboren" in seinem Gedicht *Resignation*. Goethe setzt ihn als Motto vor seine *Italienische Reise* (1816/17).

Eine Meerfahrt

Diese Novelle wurde zuerst von Hermann von Eichendorff aus dem Nachlaß seines Vaters veröffentlicht, und zwar in den *Sämmtlichen Werken*, Band III, (1864). Er verlegt die Entstehung in die Jahre 1837–41 (*SW 1*, S. 156). Da aber Gedichte, die in dieser Novelle enthalten sind, schon in *G 1* erschienen waren, ist sie sicher schon früher entstanden. Hermann von Eichendorff berichtet von Bemerkungen in der Handschrift, die auf eine von E beabsichtigte, aber nicht mehr ausgeführte Umarbeitung hindeuten.

739 *valencische:* aus der südspanischen Stadt Valencia. – *die Linie passierte:* gemeint ist der Äquator. – *Salamanca:* Stadt in der spanischen Provinz León; seit dem 13. Jh. Sitz einer berühmten Universität. – *künstlich:* kunstvoll.

740 *Ich seh von des Schiffes Rande:* u.d.T. *Meeresstille* in der Slg., wo die 2. Strophe fehlt und in der 3. statt „Don Diego" „Seekönig" steht (Bd. I, S. 342).

741 *Bakkalaureus:* seit dem 13. Jh. niedrigster akademischer Grad an Universitäten.

742 *von böhmischen Steinen:* Bezeichnung für die in böhmischen Glasschleifereien hergestellten Edelsteinimitationen.

744 *parlieren:* (frz.) sprechen.

745 *Walpurgis:* Nacht vom 30. April zum 1. Mai, in der, nach dem Volksaberglauben, die Hexen auf dem Blocksberg eine schwarze Messe feiern. – *Horatius:* Quintus Horatius Flaccus, *Oden* I, 119. – *Mater saeva cupidinum:* die wilde Mutter der Begierden.

747 *Ritter Rhetorio:* Ritter der Redekunst.

748 *Ade, mein Schatz, du mochtst mich nicht:* u.d.T. *Seemanns Abschied* in der Slg. Dort in der 3. Strophe statt „Fortuna": „mit frischem Winde" (Bd. I, S. 57).

750 *Vizekönig:* Titel des Stellvertreters des Königs von Spanien in den Kolonien; wurde oft denen verliehen, die ein Land für die spanische Krone entdeckten oder eroberten.

752 *Ambassade:* (frz.) Gesandtschaft. – *Allongenperücke:* Perücke mit sehr langen Locken, 1673 in Frankreich eingeführt. – *die indischen Sprachen:* im Sinne von „westindisch", indianisch. „Indisch" und „indianisch" wurden noch lange Zeit gleichbedeutend gebraucht.

755 *Und wenn es einst dunkelt:* in der Slg. u.d.T. *Der Soldat* (Bd. I, S. 272).

756 *Frei vom Mammon will ich schreiten:* Vgl. die dritte Strophe von *Der wandernde Student* (Bd. I, S. 55).

758 *Seekönig:* bei den Wikingern Anführer großer Flottenverbände.

759 *Du sollst mich doch nicht fangen:* u.d.T. *Der Umkehrende (1)* in der Slg. (Bd. I, S. 273f.). – *Gloria:* Lobgesang.

761 *auf wilder Freite:* Vgl. die Anm. zu dem Gedicht *Die ernsthafte Fastnacht* (Bd. I, S. 162f.) – *Werken:* hier: Befestigungswerke.

764 *Der Teufel hat's gegeben:* Vgl. *AT*, Buch Hiob, 1,21: „Der Herr hat's gegeben, der Herr hat's genommen."

765 *Ein Meerweib singt:* Vgl. im Text S. 748, 1. Strophe.

766 *Urgande:* Dämonin. – *Megära:* eine der drei Erynnien (griechische Rachegöttinnen). – *Bin ein Feuer hell, das lodert:* u.d.T. *Waldmädchen* in der Slg. (Bd. I, S. 312f.).

772 *Komm Trost der Welt, du stille Nacht!:* u.d.T. *Der Einsiedler* in der Slg. (Bd. I, S. 279).

777 *Die letzte Macht der Mohren war zertrümmert:* 1492 fiel Granada, die letzte Festung der Mauren in Spanien. – *des Königs Namenstag:* Im Jahre

1510 war Karl I. König von Spanien geworden, der spätere deutsche Kaiser Karl V. – *Eldorado:* (span.) „der Vergoldete", nach einem kultischen Brauch der Muiska-Indianer. Sagenhaftes Goldland in den nördlichen Anden Südamerikas, nach dem Entdecker und Abenteurer des 16. Jhs. vergeblich suchten. Allgemein für: Paradies.

778 *Feldschlangen:* Feldgeschütze.

789 *Feuerblick:* Feuerblitz.

Das Schloss Dürande

Gedruckt wurde die Novelle, die E zu seinen besten zählte (nach Hermann von Eichendorff, *SW I*, S. 155), in *Urania. Taschenbuch für das Jahr 1837*. Dessen Verleger, F. A. Brockhaus, hatte E in einem Brief vom 19. 10. 1835 aufgefordert, eine Novelle als Beitrag zu liefern (*HKA*[1] XIII, 127). Da die Taschenbücher jeweils im Herbst des vorangehenden Jahres erschienen, wird man die Entstehung von *Schloß Dürande*, mangels weiterer Zeugnisse, auf die Jahre 1835/36 ansetzen müssen.

795 *schlechten ... Mantel:* in der alten Bedeutung von „schlicht". – *Ein' Gems auf dem Stein:* u. d. T. *Übermut* in der Slg. (Bd. I, S. 198).

796 *pinkte er ... Licht an:* pinken = Feuer schlagen, mit Stahl, Stein und Zunder.

798 *Gut Nacht, mein Vater und Mutter:* letzte Strophe des Volksliedes *Die Judentochter*. Vgl. *Wunderhorn*, I, S. 252.

801 *Vedette:* (frz.) Wachtposten der Kavallerie.

803 *Gratialgute:* Nutzgut. – *Kollation:* (lat.) Erfrischung.

804 *Es ist nun der Herbst gekommen:* zusammen mit den beiden folgenden Strophen in der Slg. u. d. T. *Herbst* (Bd. I, S. 270). – *wenn ich ein Vöglein wäre!:* Anspielung auf das Volkslied. Vgl. *Wunderhorn*, I, S. 231 f.

806 *Bandelier:* Wehrgehenk. – *Apollo ... Lockenperücke ... Geige:* Anspielung auf die Verkitschung der antiken Mythologie in französischen Ziergärten (vgl. E's Beschreibung in *Der Adel und die Revolution*, Bd. I, S. 906).

807 *Fortune:* (frz.) Glück, Vermögen.

808 *Nährstand:* Bezeichnung für den dritten Stand, zu dem vor 1789 alle gerechnet wurden, die nicht zum Adel oder zur Geistlichkeit gehörten. Ähnlich wie hier der Redner argumentiert die Schrift des Abbé Sieyès (1748–1836): *Was ist der dritte Stand?*, eine der berühmtesten Flugschriften der Französischen Revolution.

809 *Jakobiner:* Mitglieder des radikalsten politischen Klubs der Französischen Revolution, genannt nach ihrem Versammlungsort, dem Kloster St. Jakob in Paris. – *Volksfreunde:* den Jakobinern nahestehende politische Gruppe um Jean Paul Marat (1744–93), der die Zeitschrift *Der Volksfreund* herausgab.

811 *Am Himmelsgrund schießen:* u. d. T. *Der Bote* in der Slg. (Bd. I, S. 199).

813 *Rauten:* hier: Abzeichen. – *Ludwig XVI.:* 1774–92 König von Frankreich, wurde 1793 enthauptet.

814 *Supplik:* (lat.) Bittschrift. – *Schweizer:* Die Leibgarde Ludwigs XVI. bestand aus Schweizer Söldnern. – *Vive le roi!:* (frz.) Es lebe der König! – *Partisane:* Spieß.

819 *Wär's dunkel, ich läg im Walde:* u.d.T. *Die Einsame (3)* in der Slg. (Bd. I, S. 228).

822 *Veitstanz:* Vgl. *DG*, Anm. zu S. 299.

828 *Gute Nacht, mein Vater und Mutter:* Vgl. Anm. zu S. 798. – *Meine Schwester, die spielt' an der Linde:* u.d.T. *Die falsche Schwester* in der Slg. (Bd. I, S. 323).

Die Entführung

Am 11. 4. 1837 schickte E diese Novelle an den Buchhändler Brockhaus und schrieb dazu: „... und würde es mich sehr freuen, wenn Dieselben von dieser Novelle, bei ihrem geringen Umfange, noch pro 1838 unter den vorjährigen Bedingungen Gebrauch machen könnten." (*HKA*[1] XII, 55.) Gedruckt wurde sie aber erst in *Urania. Taschenbuch für das Jahr 1839.* Neue Folge. 1. Jahrgang. Die Entstehung ist für das Jahr 1836 anzunehmen.

835 *Überm Lande die Sterne:* in der Slg. u. d.T. *Nacht (3)*, zusammen mit der folgenden Strophe (Bd. I, S. 192).

841 *Domino:* Maskenmantel mit weiten Ärmeln und Kapuze.

842 *phrygische Mützen:* kegelförmige, an der Spitze nach vorn gebogene Mützen, im Altertum von Phrygiern und kleinasiatischen Griechen getragen. 1789 Symbol der Freiheit des Volkes. – *Haarbeutel:* Beutel aus Taft, der zur männlichen Haartracht des 18. Jhs. gehörte. – *Ludwig der Funfzehnte:* König von Frankreich 1715–74.

844 *Sie steckt' mit der Abendröte:* u.d.T. *Die Stolze* in der Slg. (Bd. I, S. 202).

845 *Wenn ich nicht der König wär:* erinnert an den Ausspruch Alexanders des Großen: „Wenn ich nicht Alexander wäre, möchte ich wohl Diogenes sein." (Plut., *Alexander*, 14) – *Sphinx:* griechische Sagengestalt, halb Mensch, halb Löwe. Tötete jeden, der ihr Rätsel nicht lösen konnte, bis Ödipus die Antwort gab: da stürzte sie sich selbst von dem Berg Phikion und zerschellte im Tal.

848 *Kaiserkron und Päonien rot:* u.d.T. *Der alte Garten* in der Slg. (Bd. I, S. 316).

852 *Hörst du die Gründe rufen:* Die beiden Strophen finden sich in der Slg. u.d.T. *Nacht (4)* (Bd. I, S. 192).

858 *Konnt mich auch sonst mit schwingen:* u.d.T. *An die Waldvögel* in der Slg. (Bd. I, S. 125f.).

863 *Liverei:* Livree.

Die Glücksritter

Dies ist die letzte Novelle, die E noch selbst herausgab. Sie wurde zuerst gedruckt im *Rheinischen Jahrbuch für Kunst und Poesie*. Herausgegeben von F. Freiligrath, Matzerath und K. Simrock. 2. Jahrgang. Köln 1841. Über die Entstehung ist nichts bekannt.

868 *galonierter:* betreßter. – *Schnappsackspringer:* Straßenräuber.

869 *Bleistift:* Vgl. Bd. I., S. 923. – *Motion:* (lat.) Bewegung. – *Fuchs:* Neuling in einer studentischen Verbindung.

870 *Caius:* römischer Rechtsgelehrter des 2. Jhs., dessen Hauptwerk *Institutiones* (= Unterweisungen) das wichtigste Lehrbuch zum Studium des römischen Rechts war. – *Cuiacius:* Jacques de Cujas (1522 bis 1590), französischer Lehrer des römischen Rechts.

872 *Pappenheimsche Kürasse:* Brustharnisch, der von den Soldaten des kaiserlichen Reitergenerals Gottfried Heinrich Graf zu Pappenheim (1594–1632) getragen wurde. – *Koller:* Wams. – *Ich selbst aber weiß mich* ... bis ... *wie neugeboren:* Der ganze Absatz stand fast ohne Abweichung in der 1. Fassung des 2. Kapitels des Novellenfragments *Unstern* (s.o. S. 650 u. die Anm.).

873 *Holkscher Jäger:* Angehöriger des unter dem Befehl des kaiserlichen Feldmarschalls Heinrich Graf von Holk (1599–1633) stehenden Kürassierregiments.

875 *Möcht wissen, was sie schlagen:* u.d.T. *Die Nachtigallen* in der Slg. (Bd. I, S. 250f.).

878 *Äneas:* war einer der Verteidiger Trojas, in deren Mauern sich die von Paris geraubte Helena befand. Den belagernden Griechen gelang die Eroberung Trojas erst, als sie, die Trojaner über ihre Absichten täuschend, abzogen und ein hölzernes Pferd vor der Stadt zurückließen, in dem sich Odysseus und seine Soldaten verborgen hatten. Die Trojaner holten das Pferd in die Stadt, und die Männer des Odysseus konnten den Griechen die Tore von innen öffnen.

880 *Wann der Hahn kräht auf dem Dache:* u.d.T. *Wann der Hahn kräht* in der Slg. (Bd. I, S. 68). – *Ex ungue leonem:* (lat.) An der Klaue erkennt man den Löwen.

882 *Paß:* Nahtstreifen. – *ungersche:* ungarische.

884 *Der Wald, der Wald, daß Gott ihn grün erhalt!:* u.d.T. *Lustige Musikanten* in der Slg. (Bd. I, S. 73f.).

887 *Rosenobel:* Goldmünze Eduards III. von England (1327–77).

890 *Alamodeärmeln:* von frz. à la mode = nach der Mode, nämlich nach der französischen, die im 17. Jh. in Europa die herrschende war.

891 *Trockne:* Trockenheit. – *Doch manchmal in Sommertagen:* u.d.T. *Die Saale* in der Slg. (Bd. I, S. 315).

895 *Schalke:* in älterer Bedeutung: Knechte. – *Schlacht bei Hanau:* Hanau wurde 1630–36 von den Kaiserlichen belagert. – *retirierten:* (lat.) uns zurückzogen.

898 *Aufs Wohlsein meiner Dame:* u.d.T. *Der Schreckenberger* in der Slg. (Bd. I, S. 129f.).
901 *Es ist ein Klang gekommen:* u.d.T. *Klang um Klang* in der Slg. (Bd. I, S. 218f.).
906 *Samson:* Vgl. *AT.*, Buch der Richter, 14. – *St.-Jürgen:* St. Georg, frühchristlicher Märtyrer, seit dem 11. Jh. als Drachentöter verehrt.

Libertas und ihre Freier

Entstanden ist dieses Märchen während der Revolutionszeit 1848/49. E floh, wie viele Angehörige des Adels und der bürgerlichen Oberschicht, nach den Märzereignissen (Barrikadenkampf vom 18./19. 3., Berufung des neuen, bürgerlich-liberalen Ministeriums Camphausen) aus Berlin und zog nach Dresden. (Brief an Dreves vom 25. 5. 1848; *HKA*[1] XII, 90) Er sah zwar den Zustand der Unfreiheit, in dem sich Deutschland befand, konnte aber, von seiner Sicht her, die Freiheit nicht von einem gewaltsamen Umsturz unter aufklärerischen Vorzeichen, zumal nach den Erfahrungen der Französischen Revolution, erwarten, sondern nur von einem allgemeinen Sinneswandel, der die Idee der Freiheit wieder in Natur und Religion verankern sollte. Dieser Sinneswandel sollte von einer neuen Elite, einem Geistesadel, eingeleitet werden. „Es ist überhaupt auffallend, wie in jetziger Zeit alle Individuen verschwinden, alles ist allein auf die Massen gestellt. Und doch ist die Masse nur eine Idee, die, wie das Königtum, die Freiheit u.s.w., wenn sie wirklich ins Leben treten soll, individuell, persönlich werden muß. Wird eine solche welthistorische Persönlichkeit endlich in Deutschland erscheinen?" (Brief an Theodor von Schön, 25. 1. 1849; *HKA*[1] XII, 96) Schon bald dachte er daran, die Ereignisse im Rahmen einer romantischen Satire zu behandeln, war sich aber der Schwierigkeiten bewußt: „Die Dichter sind eigentlich am schlimmsten daran. Wir alle stehen den Dingen noch allzunah, um sie poetisch aufzufassen und ruhig gestalten zu können." (ebd.)

Inzwischen hatte die Reaktion nachhaltige Erfolge erzielt. Die bürgerlichen verfassunggebenden Versammlungen in Berlin und Wien wurden gewaltsam aufgelöst, Preußen am 5. 12. 1848 eine Verfassung oktroyiert. Die vom Bürgertum im Interesse von Handel und Wirtschaft weithin begrüßte Wiederherstellung der Ordnung durch das Militär kommentierte E so: „Das Pöbelregiment ist dumm, das Säbelregiment noch dümmer, und so ärgere ich mich ... täglich tausendmal; und der Ärger ist eine schlechte Muse." (ebd.) Am 7. 3. 1849 aber schrieb er schon an Dreves, daß sich das projektierte Drama *Libertas* in ein Prosamärchen verwandelt habe und „ungefähr über die Hälfte fertig" sei (a.a.O., S. 98). Am 1. 8. 1849 ist „Libertas ... längst fix und fertig, aber einstweilen ad acta gelegt, da sie wohl mit der gegenwärtigen Zeit zu sehr kollidiert, um sich in ihr zu produzieren." (An Dreves, 1. 8. 1849, a.a.O., S. 102.) Nach der Niederschlagung der Maiaufstände 1849 (die E in Dresden miterlebte, vgl. den Brief an Th. v. Schön vom 2. 6. 1849, a.a.O., S. 101 f.), in denen die unteren Volksschichten die Waffen ergriffen für die Verfassung der Frankfurter Nationalversammlung, die für diese Menschen nichts zu tun gewillt war und die auch ihr eigenes Werk nur mit Parolen verteidigte, richtete sich die Reaktion fester denn je in Deutschland ein, und E wurde von Resignation befallen: „... ich befürchte das Dümmste, und also auch das Gräßlichste." (Ebd.) „Es ist doch kein Zopf so ungeheuer, für den nicht irgendein deutscher Kopf paßte." (An dens., 1. 8. 1849, a.a.O., S. 105 f.) „Im Öffentlichen geht es jetzt recht wie auf dem Polnischen Reichstage, schlau und lau, und alles halb." (An dens., 13. 2. 1850, a.a.O., S. 112) – Zu E's Auffassung von der Revolution vgl. auch den Entwurf zu einem „Allegorisch-dramatischen Spiel in Versen" (Cotta-Ausg., hrsg. v. H. Baumann, Bd. I, S. 955 ff.) sowie die Nachlaßgedichte aus den Jahren 1848/49, insbesondere *Ihr habt es ja nicht anders haben wollen* und *Der Freiheit Klage* (a.a.O., S. 170 ff.).

Da das Märchen für einen Einzeldruck zu kurz war und die vorhandenen Zeitschriften und Almanache E offensichtlich nicht zusagten (am 7. 3. 1849 hatte er noch an „die Brockhaussche Urania" gedacht; Brief an Dreves, a.a.O., S. 98), wußte er „keinen rechten Weg, sie [sc.: die *Libertas*] an den Mann zu bringen". (An Dreves, 22. 2. 1850, a.a.O., S. 113.) Das Märchen erschien daher erst nach E's Tod, im 3. Band der *Sämtlichen Werke* von 1864, u.d.T. *Libertas und ihr Freier*.

Zu den Anmerkungen wurde herangezogen die Dissertation von Reinhold Wesemeier: *Josef von Eichendorffs satirische Novellen*. Marburg 1915.

907 *Libertas:* (lat.) Freiheit. – *In diesen heil'gen Hallen:* Baßarie aus Mozarts Oper *Die Zauberflöte*, die aus freimaurerischer Gesinnung für die Erziehung und Veredelung des Menschen wirbt. – *Und Ruhe ist vor allen:* „Ruhe ist die erste Bürgerpflicht", ein sprichwörtlich gewordener Satz aus dem Erlaß des Gouverneurs von Berlin, Graf von der Schulenburg, nach der Schlacht von Jena (1806). Er wurde 1848 zur Losung des Bürgertums, nachdem dieses mit Hilfe der unteren Schichten sich in der Märzrevolution einige Privilegien (Pressefreiheit, Parlamente mit Budgetrecht, verantwortliche Ministerien) erkämpft hatte und die ärmeren Klassen bald darauf Forderungen an ihre neuen Herren stellten (parlamentarische Vertretung, Schutz vor Ausbeutung, gerechte Löhne). Unter diesem Motto ging das Bürgertum, zur Sicherung der eigenen Position, mit der Reaktion ein Bündnis ein (im Oktober 1848 in Wien, im November in Berlin).

908 *Nekromant:* (griech.) Geisterbeschwörer. – *Nicolai:* Friedrich N. (1733 bis 1811), der von E immer wieder (vgl. *Auch ich war in Arkadien*, S. 725; *Meierbeths Glück und Ende*, Bd. I, S. 591) angegriffene Vertreter der Aufklärung, deren Hauptideen Pinkus im folgenden preist. – *anschlägig:* geschickt, gewieft. – *Brockhausische Konversationslexikon:* das im Verlag von F. A. Brockhaus seit 1808 herausgegebene Lexikon, das eine populäre Form der Enzyklopädien der Aufklärung darstellte.

– *ein allgemeines Schütteln des Kopfes:* sich wiederholende Redewendung in der *Jobsiade* (1784; 1. Teil, 19. Kap.) von C. A. Kortum (1745–1824). – W. Buschs *Bilder zur Jobsiade* erschienen erst 1872. – *Hofcharge:* (beliebiger) Dienstgrad bei Hofe. – *Stichdunkel:* Stickdunkel, Stockdunkel. – *Tugendusen:* Wortbildung E's für Tugendbolde. – *Ultramontanei:* Ultramontane (von lat. ultra montes: jenseits der Berge, nämlich der Alpen) war im 19. Jh. abschätzige Bezeichnung für die Vertreter eines politischen Katholizismus, die man wegen ihrer kirchlichen Bindung an Rom der nationalen Unzuverlässigkeit verdächtigte.

909 *zu Benjowskys Zeiten bis nach Kamtschatka:* Anspielung auf die minderwertige literarische Massenproduktion August von Kotzebues (1761 bis 1819), der aus den Abenteuern des ungarischen Grafen Benjowsky (1741–88) ein Drama verfertigte: *Die Verschwörung in Kamtschatka* (1791). Benjowsky war als polnischer General 1769 in russische Gefangenschaft geraten und wurde nach Kamtschatka verbannt, wo er ein freundschaftliches Verhältnis mit dem dortigen Gouverneur anknüpfte, dann aber sich gegen ihn verschwor und mit dessen Tochter entfloh. 1790 erschienen in London seine Memoiren, 1791 die deutsche Übersetzung von Georg Forster (1754–94).

910 *und Baron geworden:* Der Werdegang des Pinkus ist Anspielung auf den raschen Aufstieg des jüdischen Bankiers Anselm Meyer Rothschild (1743–1812) und seiner Söhne, die 1822 in den österreichischen Freiherrnstand erhoben wurden. E will im Baron Pinkus und dessen Verbindung von Aufklärung und Geschäftstüchtigkeit den Zusammenhang von Rationalismus und aufkommendem Kapitalismus kritisieren.

913 *da schoß ihm plötzlich das Blatt:* da gingen ihm plötzlich die Augen auf. – *die bewaffnete Macht . . ., die sich . . . mit großer Anstrengung mobil machte:* Wie in der Zeit vor 1806, so war 1848 das preußische Heer auf Grund der langen Friedenszeit, wie E meint, nicht sofort einsatzbereit gegen die Revolution. In Wahrheit drängten 1848 die – durchweg adligen – Berufsoffiziere von Anfang an auf eine bewaffnete Niederschlagung der Revolution, aber unter den Mannschaften, besonders der Landwehr in den Rheinprovinzen, war durchaus keine Bereitschaft dazu vorhanden, und auch der König Friedrich-Wilhelm IV. (1840–57) war unentschlossen. Erst als das Bürgertum selbst im Sommer und Herbst 1848 gegen eine drohende soziale Revolution (vgl. Anm. zu S. 907) das Militär zu Hilfe rief (wie der Fabrikherr Pinkus), konnten die Konservativen mit der Konterrevolution beginnen, unter Billigung weiter Kreise des liberalen Bürgertums. – *der Patriotismus war groß und Stockprügel tun weh:* über den Patriotismus macht sich E verschiedentlich lustig (vgl. Anm. zu *Krieg den Philistern!*, Bd. I, S. 507); die Stockprügel, das Hauptmittel der preußischen Militärdisziplin bis 1808, kritisiert E als Symbol des Militarismus, den er schon in seiner Schrift *Über die Folgen von der Aufhebung der Landeshoheit der Bischöfe und Klöster in Deutschland* von 1818 (*HKA*[1] X, 174)

angreift. Vgl. auch *Erlebtes*, Bd. I, S. 900. – *Alteration:* (lat.) Aufregung. – *Renaissancefest:* „Renaissance" meint das Wiedererstehen des Barons Pinkus, womit E den Triumph ökonomischer Interessen nach der militärischen Niederschlagung der Revolution andeutet.

914 *Wir bringen dir der Treue Zopf:* parodiert den Brautjungfernchor aus C. M. von Webers Oper *Der Freischütz* (1821): „Wir winden dir den Jungfernkranz". (II, 4). – *ein ungeheurer Zopf:* Der Zopf ist hier „das mystische Symbol" (vgl. *Der Adel und die Revolution*, Bd. I, S. 900) für alles Tote, Mechanische, für rohe Gewalt und Zentralisation. Die Gefahr der „Einerleiheit", die die organisch gewachsenen Unterschiede in Gesellschaft und Staat unterdrückt, sah E sowohl im preußischen Militarismus gegeben (vgl. *Über die Folgen von der Aufhebung der Landeshoheit der Bischöfe und Klöster in Deutschland*, 1818. *HKA*[1] X, 174), als auch im Streben der Liberalen nach einer rationalen Staatsverfassung (*Preußen und die Konstitutionen*, 1830. *HKA*[1] X, S. 323). – *Haarbeutel:* Beutel aus Taft, zur männlichen Haartracht des 18. Jhs. gehörend. – *Allongeperücke:* Perücke mit langen Locken, im 17. Jh. von Ludwig XIV. (1638–1715) als Staatsperücke eingeführt, danach auch in Deutschland getragen. – *Tritonen:* halbmenschliche Meeresgottheiten der griech. Mythologie, Söhne des Poseidon und der Amphitrite. – *Heil dir im Siegerkranz:* Anfangsvers des später zur deutschen Nationalhymne gewordenen Liedes von B. G. Schumacher (1755 bis nach 1801), zuerst veröffentlicht am 17. 12. 1793 in den *Berliner Nachrichten von Staats- und gelehrten Sachen* u.d.T. *Berliner Volksgesang.* Es handelt sich um eine Umarbeitung des „Liedes für den dänischen Untertan, an seines Königs Geburtstag zu singen" in der Melodie des englischen *God save the King.*

915 *Doktor Magog:* Er repräsentiert den Typ des politischen Demagogen, der stets Verleger und Geld sucht, des aufgeklärten, junghegelischen Atheisten und Materialisten (zu denken ist etwa an Robert Blum, Friedrich Hecker, Karl Marx). Die Agitation in Zeitungen (*Die Zeitungshalle*, *Der Volksfreund*, *Neue Rheinische Zeitung*) und politischen Klubs (Zentralmärzvereine) spielte eine wesentliche Rolle für den Zusammenhalt der demokratischen Massenbewegungen von 1848. Die konservative Agitation organisierte sich erst spät (z.B. in der *Kreuzzeitung*, seit dem 1. 7. 1848). – *Papilloten:* (frz.) Lockenwickler.

916 *Parasol:* (frz.) Sonnenschirm. – *Haubenstock:* Gestell für Hauben. – *Neveu:* (frz.) Neffe. Möglicherweise wird angespielt auf Louis Philippe Joseph Herzog von Orléans (1747–93), der als Philippe Egalité sich der Revolution anschloß, in der Nationalversammlung für die Hinrichtung Ludwigs XVI. stimmte und 1793 selbst guillotiniert wurde. – *Volksfreund: Ami du Peuple*, Titel einer während der Französischen Revolution von Jean Paul Marat (1744–93) herausgegebenen Zeitung. Gustav Adolf Schlöffel (etwa 1828–49) gab im Frühjahr 1848 in Berlin eine *Volksfreund* betitelte Zeitung heraus, die sich

vor allem für die städtischen Arbeiter einsetzte und bald verboten wurde. Schlöffel floh aus dem Gefängnis und fiel 1849 in Ungarn. – *embrassierte:* (frz.) umarmte. – *Distinktion:* (lat.) vornehmes Wesen. Vgl. dazu E's Schilderung in *Der Adel und die Revolution*, S. 904ff.: „In der zweiten Reihe des Adels ... standen die Exklusiven, Prätentiösen, die sich und andere mit übermäßigem Anstande langweilten ..."

918 *Wildschur:* schwerer Reisepelz. – *Rüpel:* Er verkörpert das ländliche Proletariat, das sich z.T. von Heimarbeit (Weber), überwiegend aber von unregelmäßiger Arbeit im Tagelohn ernährte. Es stellte den größten Teil der Bevölkerung dar und zugleich den ärmsten. Nach E's Meinung wurden diese unteren, politisch noch „verschlafenen" Schichten des Volkes durch radikale Demagogen zum Aufstand verführt. Sie hätten in der Tat das größte und gefährlichste Potential der revolutionären Bewegung bilden können. In Wirklichkeit nahmen am aktivsten, neben dem liberalen Bürgertum, die Handwerker, Kleinbürger und Arbeiter an der Revolution teil. Bauernaufstände fanden in ganz Deutschland nur im Februar 1848, später nur noch vereinzelt in Baden oder Schlesien statt (z.B. die Erstürmung des Schlosses Hultschin, das dem Baron Rothschild gehörte, in E's Heimat, am 5. 9. 1848). Die Bauern verloren jegliches weitere Interesse an der politischen Entwicklung in dem Augenblick, als sie mit Gewalt oder durch Gesetz die Befreiung von ihren gutsherrlichen Lasten erreicht hatten. – *Grundherrschaft!:* Gemeint ist das patrimoniale Herrschaftsverhältnis des grundbesitzenden Adels zu den ihm (in Polizei-, Schul-, Kirchenwesen und anderen Rechten) unterstehenden Bauern und Tagelöhnern. Im Gegensatz zur *Kreuzzeitung*, dem Organ der pietistischen Konservativen um Ludwig von Gerlach (1795–1877) und Otto von Bismarck, kritisierte E dieses Feudalverhältnis als unrealistisch für die Gegenwart (vgl. *Preußen und die Konstitutionen. HKA*[1] X, 305f.).

919 *Kalabreser:* nach der italienischen Landschaft Kalabrien benannter Filzhut mit breiter Krempe und spitzem Kopf, der 1848/49 viel von Revolutionären getragen wurde.

920 *jetzt haben wir unsere Kundschaft verloren:* Die armen Tagelöhner und die zahlreichen, in die Städte gezogenen Arbeiter, die, oft arbeitslos, von Aushilfsarbeiten lebten und meist viele Kinder zu versorgen hatten, waren 1848/49 schlechter daran als zuvor, da Handel und Gewerbe wegen der unsicheren politischen Lage stockten und viele Unternehmer ihre Betriebe einfach stillegten, um, auf ihr Vermögen gestützt, ruhigere Zeiten abzuwarten. – *Ihr befreit sie und ich heirate sie dann:* Magog will also (wie die radikalen Republikaner und Sozialisten in E's Vorstellung) nur Macht und Reichtum aus den Händen der Geldaristokratie reißen, um sich dann selbst an deren Stelle zu setzen (vgl. *Auch ich war in Arkadien* S. 737 und die Anm.).

921 *Schnappsackspringer:* Straßenräuber.

922 *Zwerge und Grubenleute:* Der Bergbau galt „seit Novalis als die romantische, ideale Industrie im Gegensatz zu der willkürlich und unhistorisch erscheinenden kapitalistischen Industrie“ (Wesemeier, S. 50). – *breitesten Grundlage:* Die breiteste Grundlage einer Regierung war nach den Vorstellungen der Radikalen das allgemeine und gleiche Wahlrecht. Die verfassunggebenden bürgerlichen Versammlungen versuchten, es mit gesetzgeberischen Kniffen zu umgehen, und auch in die Verfassung der Frankfurter Nationalversammlung wurde es nur auf Grund eines Kompromisses aufgenommen. In Preußen wurde das allgemeine Wahlrecht 1849 als Dreiklassenwahlrecht formell eingeführt, praktisch aber durch die Bestimmungen dieses Wahlrechts zugunsten des besitzenden Bürgertums manipuliert. – *Von des Volkes unverjährbaren Rechten:* Das „Lieblingslied“ Magogs besteht aus versifizierten Schlagworten. E will hier die politische Lyrik dieser Jahre, z. B. die eines Georg Herwegh (1817–75), karikieren.

924 *Elend:* Elen, Elch.

925 *Nun schaute Magog ... nach dem Platze:* Die Versammlung der Tiere karikiert die zahlreichen Massenversammlungen und Parlamente der Revolutionsjahre. Der *Auerochs* repräsentiert Volksredner wie Robert Blum (1848 nach dem Wiener Oktoberaufstand standrechtlich erschossen) oder Friedrich Hecker (emigrierte nach der Niederschlagung des badischen Aufstandes im April 1848 nach Amerika). Der *Bär* klagt rührselig, wie es oft bei der Darstellung der Nöte der unteren Schichten geschah. In solchen rhetorischen Übungen erschöpfte sich denn auch meistens das Mitleid. So erhoben sich die Mitglieder des Vorparlaments (30. 3. bis 3. 4. 1848) in einer Sitzung aus Sympathie für die Not der arbeitenden Klasse von ihren Sitzen – und taten nichts. – *Uhu:* karikiert einen der zahlreichen Professoren in der Frankfurter Nationalversammlung, die sich in langatmigen, dogmatischen Vorträgen verloren, ohne konkret etwas in Angriff zu nehmen.

926 *eine geheime Verschwörung, da kümmere er sich nicht darum, wenn er nur sein Auskommen habe:* Diese Meinung gibt die Haltung eines großen Teils der Landbevölkerung wieder, der die Politik gleichgültig war und die sich nach Gewährung einiger, sie unmittelbar betreffender Forderungen gänzlich von der Revolution zurückzog (vgl. Anm. zu S. 918). In den meisten Parlamenten war die arme Landbevölkerung überhaupt nicht vertreten.

931 *Schwibbogen:* ein zwischen zwei Mauerzügen gespannter Bogen. – *salvieren:* (lat.) retten. – *ein paar neuer Löcher in seiner alten Wildschur:* Ähnlich wie Rüpel gewann die arme Bevölkerung unmittelbar nichts durch die Revolution. In Österreich allerdings wurden die Bauern endgültig aus der Dienstuntertänigkeit befreit, und in Deutschland entwickelten sich aus der sogenannten Arbeiterverbrüderung die Anfänge der späteren sozialdemokratischen Partei.

932 *In der stillen Pracht:* ähnelt dem Gesang der Nachtigall in Brentanos *Märchen vom Murmeltier.*

934 *Storch, Storch Steiner, hast so lange Beiner!:* Kindervers, der auch im *Wunderhorn* (III, S. 323) steht.

936 *ohne die Libertas zu erkennen:* Rüpels materiellem Sinn bleibt das geistige Wesen der Libertas verschlossen. Er will sie mit Gewalt erobern, so wie sich das Volk 1848 mit Gewalt aus seiner materiellen Not befreien wollte. Auch Magog erkennt die Libertas nicht, da er durch sie nur Macht und Reichtum erringen will. – *Marzebille ...:* erinnert an die Marketenderin Hegesa in E's *Krieg den Philistern!* (Bd. I, S. 473). – *inkurable:* (lat.) unheilbare. – *resolviert:* (lat.) entschlossen. – *bis nach Amerika entfloh:* vielleicht eine Anspielung darauf, daß Georg Herwegh (1817–75) sich nach dem badischen Aufstand im April 1848 nur mit Hilfe seiner Frau retten konnte. Amerika war das Ziel vieler von der Revolution Enttäuschter oder von der Reaktion Vertriebener, wie z. B. Friedrich Heckers (1811–81) oder Carl Schurz' (1829–1906). Aus Baden, wo das preußische Militär nach dem Juniaufstand 1849 mit Standgerichten besonderen Terror übte, emigrierten in den ersten Jahren nach der Revolution allein 80000 Menschen.

ZUM TEXT DER AUSGABE

Die Prinzipien für die Textgestaltung der vorliegenden Ausgabe von Eichendorffs Werken sind in deren erstem Band im einzelnen aufgeführt. – Für die freundliche Überlassung der Textvorlage zu dem Fragment *Unstern* sprechen wir an dieser Stelle Herrn Prof. Dr. Paul Stöcklein unseren herzlichen Dank aus. Gleichfalls zu Dank verpflichtet sind wir der Deutschen Staatsbibliothek Berlin, die uns eine Fotokopie der in ihrem Besitz befindlichen Handschrift der Erzählung *Auch ich war in Arkadien* zur Verfügung stellte.

Die im folgenden verwendeten Abkürzungen und Siglen sind auf Seite 939f. dieses Bandes erklärt.

Die Druckvorlagen der in diesem Band vereinigten Romane und Erzählungen Eichendorffs waren für:

Ahnung und Gegenwart: W, Bd. 2. Zum Vergleich und zur Berichtigung hinzugezogen wurde der Erstdruck (D): *Ahnung und Gegenwart. Ein Roman von Joseph Freiherrn von Eichendorff. Mit einem Vorwort von de la Motte Fouqué. Nürnberg, bei Johann Leonhard Schrag. 1815.*

Dichter und ihre Gesellen: W, Bd. 3. Hinzugezogen der Erstdruck: *Dichter und ihre Gesellen. Novelle von Joseph Freiherrn von Eichendorff. Berlin, 1834. Verlag von Duncker und Humblot.*

Die Zauberei im Herbste: in *Aus dem Nachlaß des Freiherrn von Eichendorff. Briefe und Dichtungen. Im Auftrage seines Enkels Karl Freiherrn von Eichendorff herausgegeben, eingeleitet und erläutert von Wilhelm Kosch. Görres-Gesellschaft zur Pflege der Wissenschaft im katholischen Deutschland. Dritte Vereinsschrift für 1906. Köln 1906.*

Das Marmorbild: W, Bd. 4. Hinzugezogen der Erstdruck in Ftb 1819.

Aus dem Leben eines Taugenichts: W, Bd. 4. Hinzugezogen der Erstdruck: *Aus dem Leben eines Taugenichts und das Marmorbild. Zwei Novellen nebst einem Anhange von Liedern und Romanzen von Joseph Freiherrn von Eichendorff. Berlin, 1826. In der Vereinsbuchhandlung.*

Unstern: der von Paul Stöcklein in neuer Anordnung der Textfragmente wiedergegebene Abdruck in: *Joseph Freiherr von Eichendorff. Ausstellung zum 100. Todestag. München 1957.*

Viel Lärmen um nichts: W, Bd. 4. Hinzugezogen die erste Buchausgabe von 1833: *Viel Lärmen um Nichts. Von Joseph Freiherrn von Eichendorff; und: Die mehreren Wehmüller und ungarischen Nationalgesichter. Von Clemens Brentano. Zwei Novellen. Berlin, 1833. In der Vereins-Buchhandlung.*

Auch ich war in Arkadien: Handschrift Eichendorffs in der Deutschen Staatsbibliothek Berlin.

Eine Meerfahrt: SW.

Das Schloß Dürande: W, Bd. 4. Hinzugezogen der Erstdruck in: *Urania. Taschenbuch auf das Jahr 1837. Leipzig: F. A. Brockhaus. 1837.*

Die Entführung: W, Bd. 4. Hinzugezogen der Erstdruck in: *Urania. Taschenbuch auf das Jahr 1839. Neue Folge. Erster Jahrgang. Leipzig: F. A. Brockhaus. 1839.*

Die Glücksritter: W, Bd. 4. Hinzugezogen der Erstdruck in: *Rheinisches Jahrbuch für Kunst und Poesie.* Herausgegeben von Freiligrath, Matzerath und Simrock. 2. Jg. Köln 1841.

Libertas und ihre Freier: SW.

Das nachfolgende Verzeichnis der Textänderungen führt alle Stellen auf, an denen der Text unserer Druckvorlagen auf Grund wahrscheinlicherer bzw. besserer Lesarten anderer Ausgaben, z.B. der Erstdrucke (D), geändert oder auch durch eine Konjektur ersetzt wurde. Eindeutige Setzerfehler wurden stillschweigend verbessert. Nach Seiten- und Zeilenzahl folgt in Kursivsatz die Lesart unserer Ausgabe, nach dem Doppelpunkt, ebenfalls kursiv, die Lesart der Textvorlage. Die Hinweise ,,nach D" usw. bedeuten, daß wir dem Erstdruck usw. gefolgt sind.

8/25	*ihrem* : *ihren* ; nach D
12/33	*Jägerhorn!* : *Jägerhorn:* ; nach D
15/17	*still stehen* : *stillstehen*
18/23	*Müller,* : *Müller* ; nach D
18/35	*er,* : *er* ; nach D
20/30	*so wie* : *sowie* ; nach D
21/25	*erlegten* : *erlegtem* ; nach D
33/32	*ihr* : *Ihr* ; nach D
34/17	*euch* : *Euch* ; nach E; entsprech. i. f.
38/15	*Unschuld* : *Schuld* ; nach D
38/17	*alle* : *aller* ; nach D
41/33	*einem tiefen* : *einem* ; nach D
44/28	*erzählen:* : *erzählen;* ; nach D
47/18	*von* : *vor* ; nach D
47/28	*ineinanderschlungen* : *in einander schlangen* ; nach D
49/30	*wie* : *wo* ; nach D
57/22	*und Wunderdinge* : fehlt in Vorlage, nach D ergänzt
59/16	*Menschlein,* : *Menschlein* ; nach D
64/20	*stehst* : *siehst* ; nach D, G 2 (1841)
65/27	*er* : *es* ; nach D
65/28	*besonders* : *besonderen* ; nach D
76/18	*wohnen!* : *wohnen?* ; nach D
102/35f.	*Lebens" usw.,* : *Lebens u.s.w.,"*
110/36	*Kutschenfenster* : *Kutschfenster* ; nach D
112/30	*geworden!* : *geworden?* ; nach D
122/27f.	*quiekendes* : *quickendes* ; D hat *quickerndes*

126/20	*dieser* : *Dieser*
126/21	*anderer* : *Anderer*
133/ 4	Zeile fehlt in Vorlage; nach D ergänzt
133/22	Beginn eines neuen Abschnitts nach D
143/12	*kommen* : D hat *können*
147/ 9	*teutschen* : *deutschen* ; nach D
158/23	*tauben Herzen* : *Taubenherzen* ; nach mündlich mitgeteilter Konjektur Prof. P. Stöckleins
161/20	*sie* : *sich* ; nach D
187/28	*all'* : *alle* ; nach D
196/26	*ihn,* : *ihn*
198/22	*halbverirrt* : *halbverwirrt* ; nach D
201/11f.	*derentwillen* : *derenwillen* ; nach D
215/33	*fräßen* : *fraßen* ; nach D
216/ 4	*dunklen* : *bunten* ; nach D
218/25	*Worte,* : *Worte* ; nach D
221/19	*verirrte* : *verwirrte* ; nach D
222/ 6	*gäng* : D hat *gang*
222/ 9	*glücklich verborgenen* : *glückverborgenen* ; nach D
223/14	*sang:* : *sang.* ; nach D
224/29	*,Ich* : *Ich*
224/32	*totenbleich.'* : *todtenbleich.*
225/ 1	*,Sie* : *Sie*
225/17	*geschehen?* : *geschehen* ; nach D
225/20	*bang!'* : *bang!*
228/31	*meinen ersten* : *meinen* ; nach D
234/ 7	*auf* : *an* ; nach D
235/10	*Erwine* : *Erwin*
236/22	*Handwerksmann, der,* : *Handwerksmann, der* ; nach D
238/ 7	*Erwine* : *Erwin* ; nach D
240/11	*einsamer* : *einfacher* ; nach D
241/ 3	*einmal:* : *einmal* ; nach D
241/31	*Erwinens* : *Erwins* ; nach D
247/ 4	*Erwinen* : *Erwin* ; nach D
247/10	*Erwine* : *Erwin* ; nach D
251/19	*ihr* : *Ihr*
252/30	*sie* : *dieselbe* ; nach D
259/21	*steinernen* : *eisernen* ; nach D
264/37	*Anblicks* : *Augenblicks* ; nach D
277/ 6	*auszeichnete* : *aufzeichnete* ; nach D
283/10	*alt!* : *alt,* ; nach D
285/31	*euch* : *Euch*
288/28	*spielte* : *schielet*
294/23	*beide* : *Beide* ; nach D
302/ 5	*möglich,* : *möglich* ; nach D

306/14 *im* : *in* ; nach D
306/41 *Pfeife,* : *Pfeife* ; nach D
313/23 *rauschenden* : *lauschenden*
318/18 *Gefährliche* : *Gefährlichste* ; nach D
318/39 *närrisch!* : *närrisch?* ; nach D
329/16 *nicht,* : *nicht* ; nach D
329/21 *und,* : *und* ; nach D
331/31 *bezahlen,* : *bezahlen* ; nach D
333/24 *seinen* : *seinem* ; nach D
335/ 5 *Siebentes* : *Neuntes* ; in E richtig
336/31 *euch* : *Euch* ; nach D; entspr. i. f.
338/ 5 *Gesicht,* : *Gesicht* ; nach D
338/20 *euch* : *Euch* ; nach D; entspr. i. f.
338/26 *paar* : *Paar*
345/10 *schlafen* : *schafen* ; nach D
347/ 6 *Alberts* : *Albrechts* ; nach D
351/40 *paar* : *Paar*
359/ 2f. *und . . . schnellte* : fehlt in Vorlage, nach D ergänzt
369/33f. *ihm, unterdes zu satteln,* : *ihm, unterdeß zu satteln* ; D hat *ihm unterdeß zu satteln*
375/13f. *neuem,* : *Neuem?*
378/ 7 *Fortunas* : *Fortunats* ; nach D
383/26 *von* : *vor* ; nach D
386/28 *verzweifelten* : *verzweifelnden* ; nach D
386/34 *Blicke* : *Blöcke*
399/26 *Trumeau* : *Trümaur* (oder *Trumaux*?)
403/ 9 *ihrem* : *ihren* ; nach D
407/ 2f. *Bischöfen!* : *Beschöfen?*
409/24 *nicht,* : *nicht?* ; nach D
411/16 *Alabasterhals und -busen* : *Alabaser-Hals und Busen*
415/ 3 *Otto,* : *Otto* ; nach D
425/10 *aufschlagenden* : *ausschlagenden* ; nach D
427/22 *fröhlich auf* : *auf* ; nach D (*fröhlich* in Vorlage vielleicht wegen der beiden *-lich* gestrichen)
434/40 *entgegnet* : *entgegnete*
435/ 6 *er* : *er,* ; nach D
435/ 7 *Treppen* : *Treppen,* ; nach D
443/12 *Naturen* : *Staturen*
447/ 7 *aufgespannt* : *ausgespannt* ; nach D
450/35 *das Himmelsmanna* : *des Himmels-Manna* ; nach D
469/ 8 *Langerweile* : *Längerweile* ; nach D
470/10 *Traummantel* : *Trauermantel* ; nach D
470/13 *des Einsiedlers* : fehlt in Vorlage, nach D ergänzt
475/12 *alles* : *Alles* ; nach D
477/30 *Harfe,* : *Harfe.* ; nach D

476/ 4 *rauschet* : *rauschet* ; nach D
485/ 5 und 25 *die Amtmännin* : *die Amtmann* ; nach D
487/26f. *mit", sagte er, „alle* : *mit, alle* ; nach D
494/ 5 *immer schneller* : *immer* ; nach D
494/24 *beachten* : *betrachten* ; nach D
498/18 *den* : *der* ; nach D
502/34 *schlenderte* : *schleuderte* ; nach D
519/ 6 *in* : *um*
523/ 5 *bis ich* : *bis*
529/11 *Augenwimpern* : *Augenwimper*
535/10 *nun* : *nur* ; nach D
547/28 *Morgen!* : *Morgen* ; nach D
548/38 *Schleier,* : *Schleier* ; nach D
556/16 *Jugendträumen* : *Jugenddräumen* ; nach D
560/27 *Feier* : *Feier,* ; nach D
562/19 *einen* : *einem* ; nach D
563/15 *Morgenstrahlen,* : *Morgenstrahlen* ; nach D
563/18 *im* : *in* ; nach D
569/17 *viel schöne* : *vielschöne*
590/15 *embrassieren* : *ambrassiren*
597/23 *verschossenen* : *verschossen* ; nach D
598/ 5f. *gassatim* : *passatim*
602/25 *Schloßhof* : *Schloßhofe* ; nach D
630/29 *säh* : *sah* ; nach W 1
637/29 *gassatim* : *passatim*
638/26 *ernsten Amtsarbeit* : *Amtsarbeit ernsten* ; nach D
672/18 *verneigten* : *vereinigten* ; nach 1833
672/23 *Sturmköpfe* : *Sturmknöpfe* ; nach 1833
674/13 *Stiefeln,* : *Stiefeln* ; nach 1833 (dort nur Spatium)
678/39 *Stimmung,* : *Stimmung*
682/23 *immer* : *nimmer*
687/16 *hinaussingt* : *hinaufsingt* ; nach 1833
689/ 1 *dem* : *den* ; nach 1833
689/36 *übellaunisches* : *überlaunisches* ; nach 1833
689/41 *der* : *die* ; nach 1833
694/11 *im* : *in* ; nach 1833
700/32 *es* : *es,* ; nach 1833
720/34 *seiner* : *seine* ; nach 1831
722/ 1 Die Handschrift ist ohne Titel
726/ 8f. *und Erde* : *Erde*
726/25 *seltsamem* : Vorlage (Hs.) undeutlich, vielleicht auch *seltsamen*
731/22f. *Kompendien* : Vorlage hat offensichtlich *Kompendion*
739/ 6 *hatte.* : *hatte*
746/ 4 *ihnen* : *ihn*
748/ 1 *Salamanca* : *Salamenka*

749/ 6 *Felsenschlosse* : *Felsenschosse* ; nach G 1
755/ 3 *den* : *die*
759/ 3 *sie* : *sich*
759/18 *überm* : *unterm* ; nach G 1
760/17 *Zelten* : *Zellen*
761/26 *kenn* : *kann*
766/15 *der* : *die*
767/ 3 *mild*, : *mild* ; nach G 1
777/30 *hielten's* : *hießen's*
807/ 8 *Ihm* : *ihm* ; nach D
813/ 3 *Dintenfässern* : *Dintefässern* ; nach D
817/24 *Viertelstunden* : *Viertelstunde* ; nach D
830/12 *euch* : *Euch*
837/16 *tausendmal;* : *tausendmal!* ; nach D
844/20 *ging'* : *ging*
851/40 *ganze* : *ganz* ; nach D
866/27 *herunterhelfen"*, : *herunterhelfen;*
867/12 *gewartet"*, : *gewartet"*
869/35 *seinem* : *seinen* ; nach D
875/38 *Wolken*, : *Wolken* ; nach D
882/16 *dann* : *denn* ; nach D
884/26 *jubelt'* : *jubelt* ; nach D
891/ 3 *würde* : *wurde* ; nach D
891/31 *seltsamem* : *seltsamen* ; nach D
894/21 *ausgesteckt* : *ausgestreckt* ; nach D
896/35 *Teufelslärm* : *Teufelsbären* ; nach D
898/27 *Reiter*, : *Reiter* ; nach D
901/24 *einen* : *einem* ; nach D
902/14 *derweil* : *derweil*, ; nach D
902/24 *sie* : *sie sich* ; nach D
903/24 *Zinne*, : *Zinne* ; nach D
907/ 1 *ihre* : *ihr*
908/ 4f. *Nekromant* : *Negromant* ; so auch i. f.
908/25 *kam:* : *kam;*
912/ 5 *Sprengt* : *Sprengt'*
921/31 *ihr* : *Ihr* ; entspr. i. f.
922/ 8 *seinen* : *einen*
934/26 *Beiner* : *Beine*

INHALT

Romane
Ahnung und Gegenwart 7
Erstes Buch 7
Zweites Buch 106
Drittes Buch 200
Dichter und ihre Gesellen 293
Erstes Buch 293
Zweites Buch 394
Drittes Buch 430
Erzählungen
Die Zauberei im Herbste 511
Das Marmorbild 526
Aus dem Leben eines Taugenichts 565
Unstern 648
Viel Lärmen um nichts 659
Auch ich war in Arkadien 722
Eine Meerfahrt 739
Das Schloß Dürande 794
Die Entführung 832
Die Glücksritter 866
Libertas und ihre Freier 907
Anhang
Anmerkungen 939
Zum Text der Ausgabe 990